Volker Eichener

They Rocked the City

Volker Eichener

They Rocked the City

Rockmusik und gesellschaftlicher Umbruch

Musikwissenschaftliche Beratung:
Hubert Minkenberg

Zweitausendeins

Aus Gründen der besseren Lesbarkeit wird auf eine geschlechtsneutrale Differenzierung verzichtet. Entsprechende Begriffe gelten im Sinne der Gleichbehandlung grundsätzlich für alle Geschlechter. Die verkürzte Sprachform beinhaltet keine Wertung.

FSC
www.fsc.org
MIX
Papier aus verantwortungsvollen Quellen
FSC® C014496

Erste Auflage Sommer 2021.

Karl-Tauchnitz-Str. 6, 04107 Leipzig.
www.zweitausendeins.de

Umschlagillustration von Christiane Nebel.

Druck: GGP Media GmbH, Pößneck.
Printed in Germany.

ISBN 978-3-96318-079-8

Inhalt

Vorwort

1968 war ein Schlüsseljahr der Gesellschaftsgeschichte. In diesem Jahr erreichten die Proteste der rebellierenden Jugend ihren Höhepunkt – in Deutschland, in Frankreich, in England, in den USA und in vielen anderen westlichen Ländern. Um 1968 hat ein größerer gesellschaftlicher und politischer Wandel stattgefunden als in den zwei Jahrzehnten zuvor und in den fünf Jahrzehnten danach. Erst damals, in den 1960er Jahren, sind die Themen auf die Agenda gekommen, die uns bis heute beschäftigen: Emanzipation, Demokratisierung, Liberalisierung, Diversität, Toleranz, Gleichstellung, Ökologie, Internationalisierung.

Eine ganze Generation ist nach diesem Schlüsseljahr benannt worden, die 68er, mit denen diejenigen gemeint sind, die 1968 in dem Alter waren, in dem man sich in irgendeiner Form – sei es durch die Teilnahme an Demonstrationen, sei es durch das Tragen langer Haare und ungehöriger Kleidung, sei es durch das Hören von ekstatischer Rockmusik – gegen die überkommenen Traditionen und Autoritäten auflehnte. Die rebellische Bewegung hatte Anfang der 1960er eingesetzt, ausgelöst durch die Bürgerrechtsbewegung in den USA. Und es war kein Zufall, dass exakt zur gleichen Zeit auch eine musikalische Innovation stattgefunden hat, die ebenso beispiellos war, die für die langfristige Entwicklung der Popmusik ähnlich einflussreich war wie die politisch-gesellschaftliche Debatte und die mit der Protestbewegung enge thematische und kulturelle Verbindungen aufwies: die Rockmusik.

Im Fachbereich Sozial- und Kulturwissenschaften der Hochschule Düsseldorf befassen wir uns nicht nur mit Soziologie und Politikwissenschaft, Psychologie, Pädagogik, Sozialmedizin und Recht, sondern verfügen auch über einen Schwerpunkt im Bereich Kultur, Ästhetik und Medien. Dadurch sind uns die Beziehungen zwischen kulturellen sowie gesellschaftlichen und politischen Entwicklungen wohlvertraut. Bestimmte Prozesse in der Gesellschaft – namentlich Erfahrungen von Ausgrenzung und Repression, aber auch soziale Bewegungen des Aufbegehrens und Rebellierens – schlagen sich in kulturellen Formen nieder und werden durch diese kulturellen Artefakte wiederum beeinflusst und mitunter beschleunigt. Dabei kommt der Musik eine besondere Bedeutung zu.

Musik, deren Beats mit der Herzfrequenz korrespondieren – Largo entspricht dem Ruhepuls, Prestissimo dem Maximalpuls bei höchster Anstrengung oder Aufregung –, wirkt unmittelbar auf das vegetative und motorische System und kann sowohl beruhigen wie stimulieren.[1] Sie wirkt auch auf Emotionen und Psyche und kann trösten – über Blues wie Klassik wird sogar gesagt, dass Musik heilen kann.[2] Sie kann aber auch, vor allem in Verbindung mit Bewegung, stimulieren, Energie übertragen, fröhlich machen oder Wut entfachen und Aggressionen verstärken. Die

1 E. R. Gasenzer, R. Leischik: Musik, Puls, Herz und der Sport. In: Herz, Bd. 43, Nr. 1 (2017), S. 1–10.

2 John Lee Hooker, Carlos Santana: The Healer (1989); Hermann Rauhe: Musik hilft heilen. München: Arcis 1993.

Botschaften, die Liedtexte enthalten, werden durch die Musik intensiver aufgenommen, mit Stimmungen und Gefühlen verknüpft und weitaus nachhaltiger im Gedächtnis gespeichert, als dies gesprochene oder gar nur gelesene Sachtexte vermögen. Der antike Philosoph Platon hatte schon vor 2.400 Jahren erkannt, dass »der Rhythmus und die Harmonie am meisten in das Innerste der Seele dringen«.[3] Musikpsychologische Studien haben bestätigt, dass bestimmte Musikstücke lebenslang mit biografischen Erinnerungen verbunden sind, insbesondere die Musik, die man im Alter zwischen 15 und 24 Jahren gehört hat.[4] Musik steht in engem Verhältnis zum gesellschaftlichen Erleben.

Die Rockmusik hatte in der spießigen, von Autorität und Konventionen gelähmten Gesellschaft der 1960er Jahre ganz besonders intensive Wirkungen. »Sie bewegte uns derart«, schreibt der Dylan- und Woodstock-Fotograf Elliott Landy rückblickend, »dass wir zu unserem wahren Selbst vorstießen. Sie war wild und befreite uns von kulturellen Beschränkungen, von der Verklemmtheit, die uns mittels Moral übergestülpt worden war. Nun konnten wir uns nackt in der Öffentlichkeit zeigen, über Sex sprechen, mit Freunden kiffen, LSD nehmen, uns lange Haare wachsen lassen, uns so kleiden, wie es uns gefiel, experimentieren und das Leben im Allgemeinen ganz neu wahrnehmen.«[5] Und Michael Lang, einer der Veranstalter des Woodstock-Festivals, schrieb fünfzig Jahre später, ein bloßes Musikfestival habe eine ganze Generation geprägt, die »sich anschickte, die Welt zu verändern«. Und warum hat das die Musik bewirkt? – Weil sie den 400.000 Zuhörern und Millionen anderen, die den Konzertmitschnitt gehört oder die Filmdokumentation gesehen haben, das Erlebnis der Freiheit verschaffte, »du selbst zu sein«.[6] Rockmusik hatte den Anspruch, die Welt zu verändern; das sagte niemand anderes als Jimi Hendrix: »Musik lügt nicht. Wenn es etwas gibt, das in dieser Welt geändert werden muss, dann kann es nur durch Musik geschehen.«[7]

Die Frage nach der Henne und dem Ei ist müßig. Rockmusik und politischer Protest befanden sich in enger Interdependenz. Viele Rockmusiker haben politische Schriften – einschließlich der Bücher von Karl Marx – gelesen und in manchen Songs sogar explizit darauf verwiesen (z. B. Don McLeans »American Pie«). Die Beatles setzten ein Marx-Portrait auf das Cover von »Sgt. Pepper«; Mick Jagger sagte, dass er mit »(I Can't Get No) Satisfaction« ein Lied über Entfremdung – eine Kategorie des Marxismus und der Kritischen Theorie – geschrieben hat, und Jefferson Airplane vertonte mit »We Can Be Together« ein politisches Pamphlet, das

---

3 Platon: Politeia. III, 401.

4 Reinhard Kopiez, Friedrich Platz und Anna Wolf: Über die heilsame Wirkung der Nostalgie. Musik als Soundtrack unserer Lebenserinnerungen. In: Neue Zeitschrift für Musik, Bd. 177, Nr. 1 (2016), S. 31–33.

5 Elliott Landy: Woodstock Vision. The Spirit of a Generation. Deutschsprachige Ausgabe, Leipzig: Zweitausendeins 2019, S. 6.

6 Michael Lang: Vorwort. In: Landy, Woodstock, a. a. O., S. 5.

7 Zitiert nach: Ian Peddie (Hg.): Popular Music and Human Rights. Vol. 1. Farnham: Ashgate 2011, S. 2.

von der Kritischen Theorie inspiriert war. Umgekehrt ist die Protestbewegung, die 1968 ihren Höhepunkt fand, maßgeblich von den textlich wie musikalisch aufrüttelnden Protestliedern befeuert worden. Mit Sicherheit haben sehr viel mehr junge Menschen die Songs eines Bob Dylan gehört als die spröden Schriften eines Theodor W. Adorno gelesen – auch wenn der Sänger mitunter ebenso unverständlich formulierte wie der Soziologe. Ohne die Texte, die Rhythmen und die Kultur der Rockmusik lässt sich der Geist der 1968er Protestbewegung nicht wirklich verstehen, so dass es sich lohnt, die gesellschaftstheoretischen Schriften mit der Rockmusik in Beziehung zu setzen. Es war der Großmeister der Protestlieder, Pete Seeger, der im Jahr 2004, mit 85 Jahren, die Macht der Musik rückblickend mit folgenden Worten beurteilte:

»Es ist wohlbekannt, dass Krisen im Leben eines Menschen oder eines Landes viele Lieder erzeugen. Man kann sie ›Protestlieder‹ nennen, wenn man will. Ich nenne sie ›unerwiderte Liebeslieder‹, Protestlieder gegen Nichtbeachtung. Niemand kann sagen, was ein Lied erreichen kann. Man kann nur Leute zitieren, die sagten: ›Dieses Lied hat mein Leben geändert‹ oder etwas ähnliches. Und Führer wie Dr. King haben bezeugt, wie wichtig Musik für die Bewegung war. John L. Lewis meinte, ›Eine singende Bewegung ist eine siegende Bewegung‹. Ich zitierte gewöhnlich Platon, der sagte, ›Es ist sehr gefährlich, die falsche Art von Musik in der Republik zu erlauben‹.«[8]

Dass die Masse der Rocksongs in englischer Sprache gesungen wurde, heißt nicht, dass sie die deutschsprachigen Jugendlichen nicht erreicht hätten. Im Gegenteil, die Jugend lernte in den Schulen leidlich Englisch und war begierig, diese Sprachkompetenz nicht nur auf (die eher unbeliebten) Shakespeare-Sonette, sondern auf die Texte fetziger Rocksongs und trauriger Balladen anzuwenden. Das Englische stand für jene Weltläufigkeit und Aufgeschlossenheit, mit der man sich von der spießbürgerlichen Engstirnigkeit und dem Nationalismus der Elterngeneration abgrenzen konnte, der zwei Jahrzehnte nach dem Ende des Nationalsozialismus noch immer nicht ganz überwunden war. Mit anderen Worten: Englisch war cool, und an den Lagerfeuern sang die Jugend jetzt »Blowin' in the Wind« und »House of the Rising Sun«, und die deutschsprachigen Protestsongs waren kein Ersatz, sondern Ergänzung der englischsprachigen Rockmusik, ebenso wie die wenigen deutschsprachigen Bands, die »echte« Rockmusik machten, allen voran Ton Steine Scherben, die an sich selbst den Anspruch richteten, so etwas wie die deutschen Rolling Stones zu sein. Und international war die rebellische Bewegung der 1960er Jahre ohnehin.

Wir werden uns deshalb mit den Texten besonders einflussreicher Lieder aus der Zeit des gesellschaftlichen Umbruchs befassen, aber auch mit ihren Vorläufern und bisweilen auch mit ihren Nachläufern. Die Texte, die wir analysieren werden, sind überwiegend Transkriptionen der gesungenen Texte, die mitunter von den Texten,

---

8 Pete Seeger: Interview mit Richard Kurin im Smithsonian Center for Folklife and Cultural Heritage, 2004. https://www.youtube.com/watch?v=wNObXI15OcA, zugegriffen am 1.7.2020.

die von den Musikverlagen veröffentlicht worden sind, abweichen, wenn das eine oder andere Wort der Zensur zum Opfer fiel. Weil wir die Texte für analytische Zwecke verwenden (und nicht als Vorlage für Coverbands), sind sie um Füllsel, Refrains, Wiederholungen und weniger interessante Passagen gekürzt. Auslassungen sind mit ... gekennzeichnet. Die Jahresangabe bei den Songs bezieht sich auf das Jahr, in dem das Stück komponiert oder aufgenommen wurde, auch wenn die Veröffentlichung erst später erfolgte.

Die Quellen von Wissenschaftlern, Zeitzeugen, Musikern, Kritikern und Journalisten sind angegeben, soweit es sich nicht um allgemein bekannte Informationen handelt, über die in den Medien breit berichtet worden ist und die sich in Wikipedia-Artikeln und ähnlichen populären Quellen leicht finden lassen. Die in den Fußnoten genannten Quellen beziehen sich in der Regel auf den gesamten inhaltlichen Komplex, über den berichtet wird, also auch auf den vor- und nachstehenden Text. Soziologische Klassiker, die in zahlreichen Ausgaben erschienen sind, werden lediglich mit Angabe des Ersterscheinungsjahrs versehen, um die Zufälligkeit einer bestimmten Ausgabe, aus der zitiert wird, zu vermeiden. Äußerungen der Musiker sind mit der gebotenen Vorsicht bewertet worden, denn nicht selten haben sie den Journalisten einen Bären aufgebunden und manchen subversiven Vers mit einer eltern- und behördentauglichen Erklärung kaschiert.

Sämtliche Übersetzungen englischsprachiger Quellen wie Liedtexte, Interviews, Biografien oder wissenschaftliche Analysen stammen vom Verfasser, sofern nicht eine deutsche Übersetzung als Quellenangabe genannt wird. Den englischsprachigen Songtexten habe ich eigene Übersetzungen beigefügt, um auch den einen oder anderen Slang- und Szeneausdruck verständlich zu machen. Denn wer hat schon im Englischunterricht gelernt, dass »I'm on a losing streak« (aus »Satisfaction«) »ich habe meine Tage« bedeutet? Und dass »Strawberry Fields« der Name einer Marihuana-Sorte war, wussten damals selbst britische Eltern, Lehrer, Polizeibeamte und Richter nicht. Die Übersetzungen der Songtexte folgen dem Grundsatz, möglichst nah am Originaltext zu bleiben und keine deutsche Nachdichtung vorzunehmen. Dabei gingen zwangsläufig Reim, Metrum und Alliterationen verloren, so dass die deutschen Übersetzungen mitunter recht hölzern klingen – aber die Übersetzungen sind ja für den Zweck sozialwissenschaftlicher Analyse gedacht und nicht zum Nachsingen. Angesichts der Mehrdeutigkeiten, die typisch für die Slang- und Szenesprachen sind, kann allerdings nicht immer eindeutig bestimmt werden, was wirklich gemeint war.

Die 68er-Bewegung war nicht nur ein Impuls zur gesellschaftlichen Modernisierung, sie war eine Modernisierungsrevolution. Mit hoher Aggressivität kämpfte sie gegen eine erstarrte Gesellschaft, die sie als veraltet überwinden wollte. Sie hat Prozesse angestoßen, die sich inzwischen so sehr weiterentwickelt haben, dass uns einiges der 68er-Bewegung und ihrer Musik veraltet vorkommt. Das gilt insbesondere für ein äußerst beliebtes und immer wieder vorkommendes Motiv der Rockmusik: Das Frauenbild und die dazu passende Sprache. Zwar ist unbestreitbar, dass die Rockmusik ganz wesentlich zur Emanzipation der Frau beigetragen hat, allerdings verhielten sich die allermeisten männlichen Rockstars wie Machos, nein, wie Mega-Machos. In den Songtexten werden Frauen regelmäßig als Girls verniedlicht und erscheinen oft genug als willenlose oder willfährige Objekte ungehemmter männlicher sexueller Lust. Die Originalsprache der Rockmusik-Generation war gegenüber den Frauen mindestens verdinglichend, nicht selten regelrecht herabwürdigend. Mick Jagger zeichnete sich in dieser Disziplin mit Songs wie »Stray Cat Blues« oder »Brown Sugar« in besonderem Maße aus. Wir haben die Songs mit all ihrer frauenverachtenden Sprache dennoch wortgetreu übersetzt, um nichts im Nachhinein zu verfälschen, zu relativieren, zu verharmlosen, und wir werden nicht umhinkommen, diese Sprache in unseren Analysen aufzugreifen. Wir hoffen, dass dennoch die kritische Distanz erkennbar wird, die wir aus heutiger Sicht einnehmen müssen – bei aller Begeisterung für die Musik und auch für den Spirit der Rockmusik-Ära.

Gleichwohl sind wir nicht so weit gegangen, in diesem Buch konsequent zu gendern. Wir haben das Gendersternchen in einigen Kapiteln ausprobiert und mussten feststellen, dass es den Lesefluss zu sehr hemmte. Und noch zeigen repräsentative Bevölkerungsumfragen, dass eine Mehrheit der Leserinnen und Leser dem Gendern kritisch gegenübersteht.[9] Wenn wir also, der besseren Lesbarkeit halber, das generische Maskulinum verwenden, sind damit alle Menschen gemeint – männlich, weiblich und divers. Wir hatten im Manuskript auch *schwarz* mit großem Anfangsbuchstaben geschrieben, um darauf hinzuweisen, dass es sich bei diesen Kategorien um soziale Konstruktionen handelt – bis uns bewusst wurde, dass *Schwarze Musik* etwas ganz anderes meint, nämlich die *Dark Music* der *Schwarzen Szene*. Begnügen wir uns damit, dass es die Rockmusik war, die die musikalische Rassentrennung weitgehend aufzuheben vermochte.

Eine kritische Distanzierung wird sich auch bei anderen Widersprüchlichkeiten der Rockmusik nicht vermeiden lassen. Wenn es um das eigene Geld ging, kam der sozialistische Impetus so manchen Musikers an seine Grenze, und der Umgang der Rockmusiker untereinander war nicht immer von Kollegialität und Fairness geprägt, auch nicht von finanzieller Fairness. Das Thema Plagiate gehört auch in dieses Buch, ebenso wie aufgewiesen werden muss, dass mancher Bühnenradikalismus mitunter ebenso unauthentisch klang wie der Salonmarxismus, mit dem einst mancher reiche Erbe kokettierte. Hardcore-Fans werden es ertragen müssen, dass wir auch mancher Ikone der Rockmusik den einen oder anderen Kratzer auf der allzu glatt schimmernden Oberfläche nicht ersparen können, und handele es sich um den extrem verdienstvollen Nobelpreisträger Bob Dylan. Auch Gitarrengötter sind letztlich nur Menschen mit ihren menschlichen Schwächen.

Eine letzte Quelle – und Motivation zum Schreiben dieses Buches – möchte ich nicht unerwähnt lassen. Durch mein Engagement für die Kulturbrauerei Hülsmann in Herne-Eickel bin ich immer wieder in die Rolle eines Konzertveranstalters

9 In einer Umfrage von YouGov vom Mai 2020 hielten 53 Prozent der Frauen und 61 Prozent der Männer das Gendern für unwichtig; nach einer Befragung von Infratest dimap im gleichen Zeitraum lehnten 52 Prozent der Frauen und 61 Prozent der Männer das Gendern ab.

und Bandbetreuers geraten und hatte so Gelegenheit, intensive und freundschaftliche, mitunter nächtelange, Gespräche mit Zeitzeugen zu führen, die aus allererster Hand berichteten. Besonders erwähnen möchte ich dabei die auch menschlich sehr angenehmen Begegnungen mit (in alphabetischer Reihenfolge) Brian Auger (Oblivion Express, The Steampacket, Trinity, Eric Burdon and Brian Auger Band, Jon Lord Blues Project, The Spencer Davis Group u. a.), Phil Bates (ELO Part II), Tom Fowler (Banned From Utopia, It's a Beautiful Day, Captain Beefheart, Mothers of Invention, Frank Zappa, Ray Charles u. a.), Alex Ligertwood (Oblivion Express, Santana, Jeff Beck Group u. a.), Bobby Martin (Banned From Utopia, Etta James, Frank Zappa, Paul McCartney, Wilson Pickett, Bette Midler, Prince u. a.) und Kai Sichtermann (Ton Steine Scherben).

Meinem Kollegen Dr. Hubert Minkenberg, Professor für Musikwissenschaft an der Hochschule Düsseldorf, bin ich für wertvolle Hinweise zum historischen Kapitel dieses Buches dankbar, ebenso meinem alten Freund Jochen Bauer (Guntram Leuchtkäfer Blues Band) für zahlreiche Anregungen. Die Fehler, die dieses Buch immer noch enthält, gehen selbstverständlich ganz allein zu meinen Lasten.

1. When I Saw It Was a Time for a Change

You Can't Always Get What You Want	**Du kannst nicht immer bekommen, was du willst**
... We went down to the demonstration To get your fair share of abuse Singing, »We're gonna vent our frustration If we don't we're gonna blow a 50-amp fuse« ...	... Wir gingen hinunter zur Demonstration, Um unseren gerechten Anteil an Misshandlung zu erhalten. Wir sangen: »Wir machen unserem Frust Luft. Wenn nicht, dann jagen wir eine 50-Ampere-Sicherung in die Luft« ...

The Rolling Stones, 1968. Text & Musik: Mick Jagger, Keith Richards (Decca)

Am 16. November des Schlüsseljahres 1968 sang Mick Jagger vom Alltag in jener Zeit. Die Jugend war gefrustet von einer Gesellschaft, die autoritär, intolerant, ungerecht, repressiv und konsummaterialistisch war. Die Jugend machte sich Luft, indem sie demonstrierte, auch wenn das Misshandlungen durch eine brutal knüppelnde Polizei mit sich brachte. Und dann kommt ein Vers, der das Verhältnis von politischem Protest und Rockmusik darstellt: Wenn sie ihren Frust nicht auf der Demo ablassen, dann drehen sie eben die Verstärker bis zum Anschlag auf, so dass die Sicherung durchbrennt. Politischer Protest und Rockmusik waren (in der Sprache der Soziologie) funktionale Äquivalente – beides waren Mittel, um den Frust abzureagieren und sich politisch zu artikulieren. Warum war die Jugend gefrustet? – Statt trockener Analysen berichten wir einfach aus der damaligen Lebenswirklichkeit junger Menschen. Wir befinden uns im Jahr 1965. Der Leiter eines Wohnheims für Lehrlinge machte es folgendermaßen:[10]

Wenn einer seiner Schützlinge gegen eine Hausregel verstoßen hatte, musste er die Hosen herunterlassen und sich bücken. Dann züchtigte der Heimleiter ihn mit Schlägen aufs Gesäß, die er mit einer Rute aus Lederschnüren ausführte. Wenn blutige Wunden aufplatzten, zog der Heimleiter die Lederschnüre durch einen Eimer mit Sand, damit die Sandkörner an dem blutigen Leder anhafteten und die Schmerz- und Verletzungswirkung verstärkten. Wenn der Heimleiter meinte, genug gezüchtigt zu haben, warf er noch eine Handvoll Salz auf die blutenden Wunden, um den Schmerz abermals zu steigern und lange anhalten zu lassen.

10 Interview des Verfassers mit dem ehemaligen Leiter eines Wohnheims für Bergbaulehrlinge im Ruhrgebiet.

Diese Art von Züchtigung wurde fällig, wenn ein Lehrling wiederholt unpünktlich war, die Bettruhe nicht einhielt, sein Zimmer nicht in Ordnung hielt, mit Mädchen herummachte, sich die Haare zu lang wachsen ließ, Widerworte gab oder sich ähnlicher Vergehen schuldig machte. Der Heimleiter war kein Einzelfall. Kinder und Jugendliche wurden damals regelmäßig gezüchtigt – mitunter täglich – und zwar von allen: von Vätern, von Müttern, von älteren Geschwistern, von Nachbarn, von Lehrern, von Ausbildern, sogar von Pfarrern. Viele der Erwachsenen hatten eigens dafür vorgesehene Instrumente wie Stöcke oder Ruten. Zur Not tat es auch der Kochlöffel oder ein Ledergürtel.

Am 30. September 1960 störte die dreizehnjährige Schülerin Elke G. eine Rechenarbeit zweimal hintereinander durch Schwatzen. Der Lehrer wies sie zurecht und drohte ihr schließlich mit Schlägen. Da diese Ermahnungen erfolglos blieben, ließ er Elke nach vorn kommen und versetzte ihr rund sieben Schläge an den Kopf und auf die Wangen. Als sie weiteren Schlägen ausweichen wollte, stieß Elke mit dem Kopf gegen eine Wandtafel. Am Tag danach – nachdem die Eltern sie erst noch trotz ihrer Schmerzen zur Kartoffelernte eingespannt hatten – stellte der Arzt eine Gehirnerschütterung sowie Hautabschürfungen an der Wirbelsäule fest und verordnete eine Woche Bettruhe. Das ist der Sachverhalt, den der Bundesgerichtshof in einem Urteil darstellte.[11] Und wie kommentierte das höchste deutsche Gericht das Verhalten des Lehrers?

»Die 13-jährige Elke G. hatte sich in schwerer Weise gegen die Schulzucht vergangen, indem sie mehrfache Ermahnungen des alten Lehrers unbeachtet ließ, die anderen Schüler bei der Anfertigung ihrer Rechenarbeit entgegen dem ausdrücklichen Verbot des Lehrers durch ihr wiederholtes Schwatzen erheblich störte und dadurch auch dem Lehrer vor den beiden versammelten obersten Klassen der Schule die ihm gebührende Achtung versagte sowie die Schulzucht im Allgemeinen gefährdete. Bei diesem Sachverhalt läßt sich nicht mit Sicherheit ausschließen, daß eine körperliche Züchtigung des widerspenstigen Mädchens durch mehrere maßvolle Ohrfeigen aus erzieherischen Gründen angebracht war.«[12]

Das Urteil des Bundesgerichtshofs enthält Wörter, die für die damalige Zeit typisch waren: »Schulzucht«, »in schwerer Weise«, »widerspenstig«, »Züchtigung«. Sie sind Ausdruck der autoritären Strukturen, mit denen Kinder und Jugendliche konfrontiert waren. Die extreme Unverhältnismäßigkeit von Anlass (zweimaliges Schwatzen) und Strafe (körperliche Züchtigung mit erheblichen Verletzungen) zeigt, dass die Aufrechterhaltung der Autoritätsstrukturen (»die ihm gebührende Achtung«) oberste Maxime des Handelns war und nicht etwa Verständnis für die Begleiterscheinungen der einsetzenden Pubertät.

Volljährig und wahlberechtigt war man damals erst mit 21 Jahren. Das Alltagsleben war mit strafbewehrten Restriktionen aller Art durchsetzt. Das sogenannte Gleichberechtigungsgesetz von 1957 verpflichtete Frauen immer noch auf die Füh-

---

11 Bundesgerichtshof, Urteil vom 4.5.1962, Az.: 4 StR 100/62, RdNr. 3.

12 Ebd., RdNr. 13f.

rung des Haushalts und erlaubte einer Ehefrau lediglich dann eine Erwerbstätigkeit, »soweit dies mit ihren Pflichten in Ehe und Familie vereinbar ist«. Bei Streitigkeiten zwischen den Ehepartnern über Fragen der Kindererziehung hatte der Mann das letzte Wort. Diese eindeutig grundgesetzwidrigen Bestimmungen wurden erst 1977 aufgehoben.

Sexualität wurde tabuisiert. Unverheiratet zusammenzuleben war nahezu unmöglich. Ein Vermieter, der einem unverheirateten Paar eine Wohnung vermietete, handelte sittenwidrig, bis der Bundesgerichtshof diese Rechtsauffassung am 17. April 1970 aufhob. Ein Hotelier, der einem Paar ein Doppelzimmer überließ, ohne sich den Trauschein zeigen zu lassen, machte sich strafbar, bis der Kuppelei-Paragraf 180 des Strafgesetzbuchs im Jahr 1973 nachhaltig entschärft wurde. Selbst die Frisuren waren reglementiert. Ein Junge, dem das Haar über die Ohren fiel oder den Kragen erreichte, hatte nicht nur mit verächtlichen Sprüchen (»langhaariger Gammler«) zu rechnen, sondern mit ernsthaften Sanktionen – in der Schule wie im Betrieb. Genau deshalb sollten sich die langen Haare, die ganz wesentlich durch die Rockmusiker propagiert wurden, zum Symbol des Widerstands entwickeln, dem sich das Musical »Hair« widmete.

Der Widerstand gegen die Autoritäten entwickelte sich schon im Kleinen. Elke G. war nicht die Einzige, die mit Schlägen traktiert wurde, weil sie ihrem Lehrer »die ihm gebührende Achtung« versagte. Ziemlich genau zur gleichen Zeit hatte der Fremdsprachenlehrer Dr. Bennett, der an der Grammar School eines Londoner Vororts unterrichtete, einen Schüler, der »so darauf aus war, mich zu beleidigen, dass ich ihn einfach schlug«. Und Mr. Harris, der Mathematiklehrer, bemerkte über den Schüler: »Er stellte Autorität infrage – er fragte nach dem Warum, und das war damals sehr ungewöhnlich.« Der Name des Schülers: Michael Philip Jagger.[13] In Liverpool stellte ein John Winston Lennon ebenfalls Autoritäten infrage. Mick Jagger war trotz seiner Aufsässigkeit intelligent genug, die Schule mit einer Hochschulzugangsberechtigung abzuschließen, ein Regierungsstipendium zu erhalten und ein Studium an der renommierten London School of Economics aufzunehmen. Er sollte aber auch zu *dem* Prototypen des rebellischen jungen Manns werden, der den spießbürgerlichen Lebensstil verachtete, sich gegen Autoritäten auflehnte, Regeln und Gesetze systematisch brach und dem Frust wie dem Freiheitsdrang seiner gesamten Generation Ausdruck verschaffte, indem er aufrührerische Lieder zu rockiger Musik sang.

Jaggers Freundin Marianne Faithfull – als eine Hauptakteurin des »Swinging London«, als Musikerin und als rebellische junge Frau eine wichtige Zeitzeugin – sah in der Jugendbewegung der 1960er Jahre hauptsächlich eine »Revolution des Stils«, die sie mit folgenden Begriffen verband, durch die sich die bürgerliche Gesellschaft in höchstem Maße bedroht fühlte: »ungenierter Hedonismus, sexuelle Promiskuität, Drogen, Mystizismus, radikale Politik, bizarre Klamotten und vor

13 Zitiert in: Bill Wyman (mit Richard Havers): Bill Wymans Rolling Stones Story. Deutschsprachige Ausgabe, Starnberg: Dorling Kindersley 2002, S. 21.

allem junge Leute mit zu viel Geld! Es trudelte alles auf seine eigene unbekümmerte Weise in Richtung Zerstörung des Status quo, ohne daß es einer wirklich wollte, und die Bannerträger dieses Kinderkreuzzugs waren die Rolling Stones. Und ich stand die ganze Zeit hinter ihnen und feuerte sie an.«[14]

Mit dem »Kinderkreuzzug« ist Marianne Faithfull eine brillante Wortwahl gelungen. Grace Slick sollte in ähnlicher Weise die rebellische Janis Joplin als ein »entzückendes Kind« charakterisieren, das den Älteren lediglich Streiche spielte.[15] Es waren tatsächlich überwiegend unter 21-Jährige, die gegen die Autoritäten rebellierten. Und eigentlich hätte sich die rebellische Jugend wohl mit ein wenig Liberalisierung zufriedengegeben, aber das Establishment war so wenig bereit, auch nur einen Zentimeter mehr Luft zu lassen, dass sich eine Art »Kreuzzug« gegen Spießertum, Intoleranz, Diskriminierung, Disziplin, Autorität, Massenkonsum und Kapitalismus daraus entwickelte.

Weil es Anfang der 1960er Jahre in England, in den USA und auch in Deutschland viele junge Männer und Frauen gab, die dem rebellischen Geist ihrer Generation einen musikalischen Ausdruck verliehen und ihn dadurch verstärkten, trugen sie zu der Protestbewegung bei, die im Jahr 1968 ihren Höhepunkt erreichte. Und ab der Bundestagswahl des Jahres 1969 setzte die Reformpolitik unter Führung des Bundeskanzlers Willy Brandt ein, die zahlreiche Forderungen der Studentenbewegung umsetzte, und dies in erstaunlich kurzer Zeit. Ähnlich verhielt es sich in anderen westlichen Ländern. Und endlich kam es zu signifikanten Fortschritten in Themenfeldern, die die politische und gesellschaftliche Debatte noch bis heute prägen: Gleichstellung der Geschlechter, sexuelle Selbstbestimmung, Toleranz, Vielfalt, Partizipation, Antidiskriminierung, Internationalität, Frieden, soziale Gerechtigkeit, Schutz der Umwelt und der natürlichen Ressourcen. Selbst die Esoterikbewegung nahm in dieser Zeit ihren Anfang. Und all das zeigt: In den fünf Jahren um 1968 hat sich die Gesellschaft schneller gewandelt als in den fünfzig Jahren danach.

»Die Geschichte aller bisherigen Gesellschaft ist die Geschichte von Klassenkämpfen.«[16] Mit diesem Satz haben Karl Marx und Friedrich Engels das Kommunistische Manifest begonnen. Darin spiegelt sich die Erkenntnis, dass der gesellschaftliche Wandel nicht in gleichmäßigem Tempo verläuft, sondern im Wechsel von Latenzphasen und Sprüngen. So war es in der Zeit nach dem Zweiten Weltkrieg. Eine bleierne Schwere lag auf der Gesellschaft, die sich damals nicht nur nicht weiterentwickelte, sondern sogar einen Rollback erlebte. Manche Errungenschaften der 1920er Jahre, der Roaring Twenties – auch an Kleidung und Haarschnitt erkennbare Fortschritte bei der Frauenemanzipation, sexuelle Freiheiten, die sich in neuartigen Tänzen ausdrückten, die Übernahme der »wilden« Musik

---

14 Marianne Faithfull (mit David Dalton): Faithfull. Eine Autobiographie. Deutschsprachige Ausgabe, Frankfurt a. M.: Zweitausendeins 1995, S. 115.

15 Grace Slick am 22.10.1998 in der Fernsehsendung »Donnie & Marie«. https://www.youtube.com/watch?v=5Gr2jryiqOM, zugegriffen am 20.2.2021.

16 Karl Marx, Friedrich Engels: Manifest der Kommunistischen Partei (1848).

der Afroamerikaner – wurden während der Kriegszeit in allen westlichen Ländern zurückgedreht, und als der Krieg beendet war, suchten die Menschen Halt in der spießbürgerlichen Idylle der Kleinfamilie, die die Orientierung an überkommenen patriarchalisch-autoritären Werten mit der Flucht in den materiellen Konsum neu verfügbarer Waren verband.

Der konservative Rollback fand sogar einen bis heute in allen westlichen Ländern erkennbaren demografischen Niederschlag. Der Rückzug auf das traditionell verstandene Familienleben wird heute rückblickend als »Golden Age of Marriage« bezeichnet, das den an Geburtenziffer und Altersstruktur deutlich ablesbaren Babyboom gebracht hat.[17] Die Kinofilme drehten sich in den 1950er Jahren und der ersten Hälfte der 1960er Jahre fast ausschließlich um das Thema, wie ein Paar sich findet. Und die Popmusik produzierte die zu diesem Thema passenden Liebesschnulzen – woran sich auch der Rock and Roll beteiligte (»Love Me Tender« etc.).

Marx und Engels hatten richtig erkannt, dass sich der Wandel in Sprüngen vollzog. Dass es stets soziale Klassen sind, die gegeneinander kämpfen, sollte sich in den 1960er Jahren dagegen nicht bestätigen. Da war es eher ein Konflikt zwischen Generationen und nicht zwischen Klassen, auch wenn die Kritik am Kapitalismus dabei eine große Rolle spielte. Aber die rebellische Jugend rekrutierte sich nicht, wie wir noch sehen werden, aus der Arbeiterklasse, sondern überwiegend aus bürgerlichen Schichten. Marx und Engels waren noch in einer anderen Hinsicht sehr einseitig: Für Karl Marx waren technologische Fortschritte (in seiner Terminologie: die Entwicklung der Produktivkräfte) ursächlich für Revolutionen der Wirtschaftsordnung (der Produktionsverhältnisse), die die Basis der Gesellschaft bilden, die sich in einem juristischen, politischen, religiösen, künstlerischen, philosophischen, kulturellen, kurz: ideologischen Überbau widerspiegelt, der sich, wenn sich die ökonomische Basis wandelt, ebenfalls langsamer oder schneller umwälzt.[18]

Max Weber, der große Gegenspieler von Karl Marx, hatte zu zeigen versucht, dass es sich manchmal auch umgekehrt verhält, dass nämlich kulturelle Entwicklungen zu wirtschaftlichen Veränderungen führen. So haben bloße Bücher, insbesondere die Schriften der Reformatoren Martin Luther und Johannes Calvin, die protestantische Ethik begründet, die die geistige Voraussetzung dafür bildete, dass der Kapitalismus überhaupt erst entstehen konnte, weil die weltliche Enthaltsamkeit die Akkumulation von Kapital ermöglichte.[19] Der US-amerikanische Soziologe William Ogburn befasste sich mit der zeitlichen Struktur des gesellschaftlichen Wandels und stellte die Theorie des Cultural Lag (›kultureller Rückstand‹) auf, die besagt, dass kulturelle Veränderungen häufig erst mit zeitlicher Verzögerung auf den technologischen Wandel folgen[20] – eine Diagnose, die sicherlich für die 1950er und

17 Detlev Lück: Der zögernde Abschied vom Patriarchat. Der Wandel von Geschlechterrollen im internationalen Vergleich. Berlin: Sigma 2009.

18 Karl Marx: Einleitung zur Kritik der Politischen Ökonomie (1859).

19 Max Weber: Die protestantische Ethik und der Geist des Kapitalismus (1905).

20 William Fielding Ogburn: Social Change with Respect to Culture and Original Nature (1922).

1960er Jahre zutraf, als gesellschaftliche Wertmuster und Familienformen noch aus den Zeiten agrarisch strukturierter, patriarchalischer und allenfalls frühindustrieller Gesellschaften stammten, während die wirtschaftliche Entwicklung längst andere Realitäten geschaffen hatte, die auch in der Arbeitswelt nach höherer Bildung, mehr Kreativität und mehr selbstständigem Denken verlangten.

Aber bis zur Mitte der 1960er Jahre schien es, als würde ein Flaschenkorken den Wandel der Gesellschaft aufhalten. Es war kein Wunder, dass auch die soziologischen Theorien jener Zeit die Stabilität der Gesellschaft und nicht den sozialen Wandel betonten. Aus konservativer Perspektive entwickelte Talcott Parsons die strukturell-funktionale Systemtheorie, die die Funktionen darstellte, die verschiedene Strukturelemente (Werte, Normen, Persönlichkeitsmuster, Institutionen etc.) für die Stabilisierung von Gesellschaften erbrachten.[21] Aus gesellschaftskritischer Perspektive identifizierte die Kritische Theorie der Frankfurter Schule ebenfalls, wenn auch mit umgekehrten Vorzeichen, die politischen, kulturellen und psychologischen Mechanismen, die zur Stabilisierung des kapitalistischen Wirtschafts- und Herrschaftssystem beitrugen.[22]

Den konservativen Zeitgeist, dass ja »alles in Ordnung« sei, brachte der Soziologe Helmut Schelsky mit seinem Konzept der »nivellierten Mittelstandsgesellschaft« auf den Punkt,[23] das von dem Bundeskanzler Ludwig Erhard unter dem Begriff *formierte Gesellschaft* politisches Programm wurde. Klassen und Schichten hätten sich weitgehend aufgelöst, dementsprechend auch Klassengegensätze und soziale Ungerechtigkeiten. Die Gesellschaft erschien damals weitgehend homogen, durch Wohlstand, gemeinsame Werte und Normen geeint und stabil. Aber der Korken des Konservatismus, mit dem ein autoritäres Handeln einherging, das kritisches Denken unterdrückte, sollte nur dafür sorgen, dass sich ein Druck aufbaute, der in den Jahren um 1968 zu einer explosionsartigen – und mitunter gewalttätigen – Revolte führte.

Es waren fünf Jahre, in denen sich die Welt veränderte. Die Bewegung hatte in den USA begonnen, als Bürgerrechtsbewegung gegen die Diskriminierung der Afroamerikaner, deren Programm Martin Luther King durch seine Rede mit den Worten »I Have a Dream« am 28. August 1963 verkündete, weitete sich aber rasch, auch durch den Einfluss von Musikern wie Bob Dylan, zu einer Bewegung aus, die die Liberalisierung der gesamten Gesellschaft forderte. Im Jahr 1965 verschärften sich die Fronten. In Alabama brachen blutige Straßenschlachten zwischen afroamerikanischen Bürgerrechtlern und Polizeitruppen aus, bis schließlich der Voting Rights Act die Diskriminierung bei Wahlen beendete. In Vietnam kam es zur ersten offenen Schlacht mit dem Vietcong. In Deutschland formierte sich die APO, die Außerparlamentarische Opposition, als Widerstandsbewegung gegen die erste Große Koalition. Mit der Aufnahme des Lehrbetriebs an der Ruhr-Universität Bo-

21 Talcott Parsons: The Structure of Social Action (1937).

22 Max Horkheimer und Theodor W. Adorno: Dialektik der Aufklärung (1947).

23 Helmut Schelsky: Die skeptische Generation. Eine Soziologie der deutschen Jugend (1957).

chum begann die Expansion der höheren Bildung mit dem ausdrücklichen Ziel, auch Arbeiterkindern ein akademisches Studium zu ermöglichen.

Die Jugend wurde rebellisch und lehnte sich gegen die rigorosen Normen der Elterngeneration und des politischen und gesellschaftlichen Establishments auf. Sie begann, diese schlampigen Jeans zu tragen, sich die Haare wachsen zu lassen, Sex ohne Trauschein zu praktizieren, mit psychoaktiven Substanzen zu experimentieren, politisch gegen jede Art von Unterdrückung, gegen Krieg, Umweltzerstörung und gegen den Spätkapitalismus überhaupt zu demonstrieren, auch unter Anwendung von Gegengewalt gegen das brutale Vorgehen der Ordnungsmächte.

Die Jugend wollte Freiheit und keine Regeln und Vorschriften mehr, die eine untergehende Gesellschaft aufgestellt hatte. Graham Nash sang in Woodstock, dass die Jugend die Welt verändern könne:

<table>
<tr><td>Chicago (We Can Change the World)</td><td>Chicago (Wir können die Welt verändern)</td></tr>
<tr><td>... We can change the world,
Re-arrange the world
It's dying, if you believe in justice
It's dying, and if you believe in freedom
It's dying, let a man live it's own life
It's dying, rules and regulations, who needs them
Open up the door
Somehow people must be free ...</td><td>... Wir können die Welt verändern,
die Welt neu aufbauen.
Sie stirbt, wenn du an Gerechtigkeit glaubst.
Sie stirbt, wenn du an Freiheit glaubst.
Sie stirbt, lass jeden sein eigenes Leben leben.
Sie stirbt, Regeln und Vorschriften, wer braucht sie?
Öffnet die Tür,
so dass die Menschen in Freiheit leben ...</td></tr>
</table>

Graham Nash, 1968. Text & Musik: Graham Nash (Atlantic)

Und Nash sollte Recht behalten. Der spießbürgerliche Mief, der sich durch die Nachkriegszeit zog, wurde durch den Sturm der Proteste fortgeweht. Ein Jahr später, am 28. Oktober 1969, sah die Welt anders aus. »Wir wollen mehr Demokratie wagen«, rief der frisch gewählte Bundeskanzler Willy Brandt bei seiner ersten Regierungserklärung.

Und tatsächlich: Es kam zu einer breiten Demokratisierungswelle in den Betrieben (Betriebs- und Personalräte, Mitbestimmung), in Schulen und Hochschulen (Schüler- und Studentenvertretungen), in der Stadtplanung (Bürgerbeteiligung) und in vielen anderen Bereichen des gesellschaftlichen Lebens. Die Ostpolitik von Willy Brandt führte zu einer massiven Entspannung des Kalten Kriegs (1970 bis 1972), und auch die USA beendeten schließlich ihren Vietnamkrieg (1973), der eine ganze Generation traumatisiert hatte. Restriktive Gesetze gegen die sexuelle Selbstbestimmung wurden gelockert (§ 175 StGB gegen Homosexuelle in den Jahren 1969 und 1973, § 180 gegen Kuppelei 1969 und 1973, § 218 gegen Abtreibungen 1974 und 1976). 1971 wurde die Bürgerbeteiligung bei städtebaulichen

Sanierungs- und Entwicklungsmaßnahmen eingeführt, 1972 wurden die Mitbestimmungsrechte von Arbeitnehmern nach dem Betriebsverfassungsgesetz gestärkt. Helmut Schelsky sollte im Nachhinein noch einmal gegen die nichtsnutzigen Intellektuellen wettern, die die Studentenrevolte und den darauf folgenden »Marsch durch die Institutionen« getragen hatten[24] – aber zurückdrehen ließ sich das Rad der Geschichte nicht mehr. Und Schelskys Jammern war letztlich nichts anderes als das Eingeständnis der Niederlage des Konservatismus.

Die Jahre 1965 bis 1969 waren zugleich die Blütezeit der Rockmusik. Aus ihren Vorläufern Rock and Roll und Beat entwickelte sich ziemlich genau im Jahr 1965 jene kraftvolle, rhythmische Musik, die wir als *Rock* im eigentlichen Sinne bezeichnen. Und im Jahr 1969 sollte die Rockmusik mit dem Festival in Woodstock ihren Höhepunkt erreichen. Der Mord vor der Bühne von Altamont markierte bereits das Ende der Hippie-Ära, und im Jahr darauf verschieden mit Janis Joplin und Jimi Hendrix zwei prägende Musiker des Rockzeitalters, kurz darauf gefolgt von Jim Morrison. Am 20. August 1969 trafen sich die Beatles zum letzten Mal im Studio, bevor sie sich einige Monate später offiziell auflösten.

Das alles war zwar nicht das Ende der Rockmusik, die sich in Richtung Bombastik und Glamrock entwickelte, die Crossovers mit Jazz und Klassik einging, die metallisch wurde, die zum rotzig-primitiven Punk regredierte und die eine ganze Reihe weiterer Musikrichtungen zeugte; aber die ungeheure Explosion an musikalischer Kreativität, die sich in diesen wenigen Jahren ereignete, sollte beispiellos bleiben. Die Musik war der gesellschaftlichen und politischen Entwicklung etwas vorausgeeilt und hielt sich auch noch etwas länger als die Studentenbewegung. Wenn wir berücksichtigen, dass Bob Dylan mit seinem »Freewheelin'«-Album schon 1963 die Saat für die Protestbewegung legte, die kurz darauf aufgehen sollte, und dass der Hardrock seinen Höhepunkt erst in den Jahren 1971/72 erreichte, können wir die in etwa fünfjährige Kernphase der Rockmusik, die sich von 1965 bis 1969 erstreckte, mit einem Vorlauf und einem Nachlauf auf die zehn Jahre von 1963 bis 1972 erweitern.

Was ist nicht in diesen zehn Jahren an musikalischen Innovationen entstanden, was sind damals nicht für Klassiker produziert worden? Bob Dylan, The Beatles, The Rolling Stones, The Kinks, The Who, Cream, The Jimi Hendrix Experience, The Doors, Deep Purple, Led Zeppelin haben alle zwischen 1963 und 1972 historische Meilensteine eines Genres gesetzt, mit denen sich noch ein halbes Jahrhundert später ganze Stadien füllen ließen.

Dass diese fünf bis zehn Jahre eine extrem hohe musikalische Qualität hervorgebracht haben, ist nicht nur ein Gefühl, es lässt sich auch empirisch nachweisen. Nun ist die Messung von musikalischer Qualität keine einfache Sache. Aber wenn man eine Jury aus 172 Fachleuten (Musikjournalisten, Musikkritiker, Musiker) zusammenstellt, sind subjektive Präferenzen ausgemendelt. Und wenn man die Jury

---

24 Helmut Schelsky: Die Arbeit tun die anderen. Klassenkampf und Priesterherrschaft der Intellektuellen. Opladen: Westdeutscher Verlag 1975.

die 500 besten Songs benennen lässt, ist ziemlich sichergestellt, dass kein erwähnenswertes Stück über die Klippe gegangen ist und dass auch ungewöhnliche Stücke die Chance haben, in die Liste zu kommen. Und wenn das Ganze im Jahr 2010 stattfindet und Lieder aus sieben Jahrzehnten berücksichtigt werden, können wir davon ausgehen, dass nicht Eintagsfliegen und auch nicht das, was gerade aktuell ist, auf der Liste landen, sondern Stücke, deren Qualität andauernd ist. Nehmen wir es also als Kriterium für einen Song mit nachhaltiger Qualität, wenn er es in die Liste der 500 besten Songs geschafft hat, die das Rockmusikmagazin Rolling Stone aufgestellt hat. Auf den ersten drei Plätzen dieser Liste stehen übrigens »Like a Rolling Stone« von Bob Dylan, »(I Can't Get No) Satisfaction« von den Rolling Stones und »Imagine« von John Lennon – wer würde bezweifeln, dass es diese Musiker und diese Stücke verdient haben, auf die Spitzenplätze zu kommen? Und jetzt schauen wir uns an, in welchem Jahr wie viele Stücke mit nachhaltiger Qualität herausgekommen sind.

Songs pro Jahr, die in die Top 500 des Rolling Stone aufgenommen wurden[25], und signifikante Ereignisse in den USA und in Deutschland

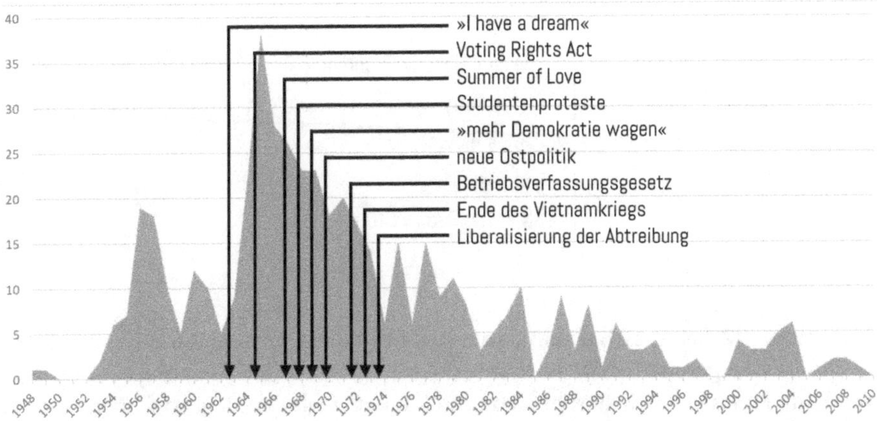

Die Grafik zeigt ein klar erkennbares Gebirge. Die Rock-and-Roll-Ära zwischen 1954 und 1958 war recht produktiv gewesen, aber nur kurz und stellte, um in dem Bild zu bleiben, lediglich das Vorgebirge dar. Und dann explodierte die Kreativität

25 Quelle: 500 Greatest Songs of All Time. Rolling Stone's definitive list of the 500 greatest songs of all time. [2010 Update]. https://www.rollingstone.com/music/music-lists/500-greatest-songs-of-all-time-151127/, zugegriffen am 20.2.2021, eigene Darstellung.

regelrecht, nach einem Vorglühen 1963, im Jahr 1964, um dann im Jahr 1965 ihr Allzeithoch zu erreichen – mit 38 Top-500-Songs allein in diesem Jahr (der langjährige Durchschnitt liegt bei knapp acht Liedern pro Jahr). Die musikalische Produktivität blieb für einige Jahre auf hohem Niveau, um ab 1973 deutlich abzusinken.

Vor 1963 hatte es einige gute Blues-, Rock-and-Roll- und Soulnummern gegeben, und nach 1972 haben noch Musiker und Bands wie David Bowie, Stevie Wonder, Eagles, Queen, Bruce Springsteen, Prince oder Nirvana Ausrufezeichen gesetzt, aber solche Riffs, solche Melodien, solche Texte sind in dieser zeitlichen Dichte nie zuvor und nie wieder danach produziert worden. Werfen wir einen Blick auf die Musiker und auf die Bands, die die meisten Songs in die Top-500-Liste eingebracht haben:

Zahl der TOP-500-Songs	Musiker bzw. Band
23	The Beatles
14	The Rolling Stones
13	Bob Dylan
11	Elvis Presley
8	U2
7	The Beach Boys
7	The Jimi Hendrix Experience
6	Chuck Berry
6	James Brown
6	Led Zeppelin
6	Sly & The Family Stone

Man muss U2 fast dankbar dafür sein, dass es wenigstens eine modernere Band in diese Liste geschafft hat, so dominant war die Ära der Rockmusik. Und was hätte Jimi Hendrix noch alles produzieren können, wenn er nicht so früh gestorben wäre? Und noch etwas fällt bei der Zusammenstellung auf: Auch wenn es vier afroamerikanische Musiker beziehungsweise Bands in die Liste der elf erfolgreichsten geschafft haben, war die Rockmusik doch überwiegend *white music* mit einer erkennbaren europäischen, genauer gesagt britischen, Dominanz. Über beides wird noch zu sprechen sein.

Die zeitliche Koinzidenz von gesellschaftlicher Liberalisierung und Blütezeit der Rockmusik war kein Zufall. Beides hing eng zusammen. Die Rockmusik war einerseits Folge der philosophischen und soziologischen Konzepte des Existenzialismus und der Kritischen Theorie, die die bürgerliche Gesellschaft angegriffen hatten und die die heranwachsende Jugend bereitmachten, eine nie gekannte Stufe der Rebellion gegen Elterngeneration und Establishment zu erklimmen, die auch die

Frechheit der Rockmusik ermöglichte. Ab Anfang der 1960er explodierten sowohl der Freiheitsdrang der Jugend als auch deren Kreativität, und eine wesentliche Ausdrucksform dieser Explosion war die – im historischen Vergleich nie zuvor und nie danach in dieser Dichte und Qualität produzierte – Rockmusik.

Die Rockmusik war andererseits auch ein treibendes Element des gesellschaftlichen Wandels, der alle Lebensbereiche der Jugend erfasste – Kleidung, Haartracht, Lebensstil, Sexualität, Drogenkonsum, politische Aktivität – und selbstverständlich auch die für Heranwachsende enorm wichtige Musik. Die Rockmusik war damit auch ein Faktor, der zum gesellschaftlichen Umbruch beitrug. Während nur ein winziger Teil der 68er den ersten Teil des »Kapitals« wirklich gelesen (geschweige denn verstanden) hatte und auch der sperrige Adorno den allermeisten Demonstranten fremd geblieben war, übte die Musik einen viel größeren und breiteren Einfluss auf die Jugend aus, auch aufgrund ihrer Wirkungen auf Stimmungen und Emotionen – seien es tieftraurige Folk- und Bluesballaden gewesen, die das Lebensgefühl der Jugend trafen, seien es fetzige Rocknummern gewesen, mit denen sich Energie, Lebensfreude, Wut und Aggressionen entladen ließen.

Auch die deutschen Jugendlichen verstanden die überwiegend englischen Rocksongs. Die besonders politisierte Folkmusik wurde auch von deutschen Jugendlichen millionenfach nachgesungen – wie Dylans »Blowin' in the Wind« und »The Times They Are a-Changin'«, Buffy Sainte-Maries »Universal Soldier« (gecovert von Donovan) oder zahlreiche Songs und Cover von Joan Baez. Von Pete Seegers Antikriegslied gab es die deutsche Version »Sag mir, wo die Blumen sind«, die der Komponist sogar für besser hielt als sein englisches Original.[26] Man ließ sich aber auch vom Lebensstil der Rockmusiker anstiften, der durch Plattencover, Jugend- und Musikzeitschriften, Konzerterlebnisse und Massenmedien überall bekannt war. Man begann, die Haare anders zu tragen, sich nonkonformistisch zu kleiden, mit Drogen zu experimentieren, andere Lebensformen auszuprobieren, sich sexuell zu befreien, andere Gedanken zu wagen und sich anders auszudrücken. Im Kern handelte es sich um fünf Jahre, die politisch und musikalisch explosiv waren. Aber wie jede Geschichte haben auch diese fünf Jahre einen langen Vorlauf und eine lange Nachwirkung gehabt.

26 Pete Seeger beim Konzert in Schweden in 1968. https://www.youtube.com/watch?v=PS3-lyqCl80, zugegriffen am 1.7.2020.

2. Blues Had a Baby and They Named It Rock and Roll

2.1. Congo Square

Die Namen der Väter der Rockmusik sind in Vergessenheit geraten. Der Name der Mutter bezeichnet auch die Wiege der Menschheit: Mama Afrika. Das Zeugungsdatum ist vage – etwa Ende des 18. Jahrhunderts. Aber eines wissen wir und das präzise: den Ort, an dem die Rockmusik gezeugt wurde. Er hat die Koordinaten 29°57'40,48" Nord 90°04'07,00" West. Heute ist dort ein unscheinbarer Platz, der mit Betonsteinen gepflastert ist, umgeben von großen Eichen und Parkbänken. Der Platz heißt *Beauregard Square* und bildet die südliche Ecke des Louis Armstrong Parks, nördlich der Rampart Street, also gerade außerhalb der alten Mauer, die die Stadt New Orleans einst umgeben hatte. Es lohnt sich kaum, dort hinzugehen: ein langweiliger Platz in einem mittelgroßen Park, der schon in einem Viertel liegt, in dem Touristen nicht mehr ganz willkommen sind. Nur eine Tafel erinnert noch an das, was dieser Platz einmal gewesen war.

Seit uralten Zeiten war dies der heilige Grund der Houma, die das Land besiedelt hatten, bevor die Europäer kamen. Genau hier haben sie alljährlich ihre Maisernte gefeiert, ihre monotonen Gesänge gesungen und ihre stampfenden Tänze aufgeführt.[27] Das blieb auch noch so, als die Franzosen kamen und im Jahr 1718 die Stadt La Nouvelle-Orléans gründeten. Die Stadtmauer, Les Remparts, bauten sie, wo heute noch die Rampart Street verläuft. Die Franzosen brachten auch Afrikaner mit, die als Sklaven auf den Plantagen arbeiten mussten. Und vor der Mauer, am Rand der Plantage von Tremé, da war die Wiese, die schon den amerikanischen Ersteinwohnern heilig war. Auch damals war der Platz von seiner äußeren Gestalt recht unscheinbar und sechs Tage in der Woche so langweilig wie heute. Aber Sonntagnachmittag, da wurde hier die Rockmusik gezeugt – nämlich die Musik, deren Reifung noch zwei Jahrhunderte in Anspruch nehmen sollte, die aber schon in ihrem Embryonalstadium als Rockmusik erkennbar war.

Sonntag war der Tag, an dem ein 1724 erlassenes Gesetz sogar den Sklaven freigab. Sonntags morgens besuchten sie den Gottesdienst und nachmittags versammelten sie sich hier, auf diesem Platz vor den Mauern der Stadt. Hier fanden sich die Familienmitglieder zusammen, die oft, einzeln als Sklaven verkauft, auf viele Plantagen und Herrenhäuser verstreut waren. Man redete, handelte Waren auf dem Markt, tauschte Fetische und Zaubertränke, pflegte afrikanische Religionen und den Voodoo-Kult, die einen farbenfrohen Synkretismus mit dem Christentum eingingen. Und man trommelte. Und man sang. Und man tanzte. Die Musik, das war

27 Jerah Johnson: Congo Square in New Orleans. Gretna: Pelican 1995.

der Hauch der Freiheit in der Sklaverei. Sechs Tage lang in jeder Woche herrschte Plackerei – von Sonnenaufgang bis Sonnenuntergang. Auf Baumwollfeldern, beim Bau von Deichen, in den Werkstätten und Küchen der weißen Herrschaften. Doch sonntags war alles anders. Morgens wurden Kirchenlieder gesungen – daraus sind die Spirituals und Gospels hervorgegangen, die die Rockmusik ebenfalls beeinflussen sollten – aber nachmittags, da ging die Post ab: Da sang und tanzte man sich den Frust der Woche aus dem Leib.

Ihre Musik hatten nämlich die Sklaven aus ihrer afrikanischen Heimat mitbringen dürfen. Historische Dokumente bezeugen, dass Sklavenhändler ihre Gefangenen ermutigt hatten, ihre traditionellen Instrumente an Bord der Sklavenschiffe zu bringen, damit sie auf Deck musizieren, singen und tanzen konnten, freilich nur, um die Sterblichkeit zu reduzieren,[28] ganz wie es auch in Heinrich Heines bitterem, von Harriet Beecher Stowes Buch »Onkel Toms Hütte« inspiriertem Gedicht »Das Sklavenschiff« beschrieben wird: »Musik! Musik! Die Schwarzen soll'n/Hier auf dem Verdecke tanzen./Und wer sich beim Hopsen nicht amüsiert,/Den soll die Peitsche kuranzen.«[29]

29°57'40,48" Nord 90°04'07,00" West war ein Stückchen Heimat in der Neuen Welt, ein Stück Afrika – ungefähr von 1740 bis 1856 (als die puritanischen Amerikaner das bunte Treiben unterbanden). *Place Congo*, später *Congo Square*, wurde dieser Platz genannt – nach der Herkunft eines Teils seiner Besucher. 500 bis 600 Menschen waren es, die sich hier am Sonntagnachmittag einfanden. Die Tänze, die hier getanzt wurden, nannten sich *Bamboula* (nach der gleichnamigen Trommel), *Calinda* (nach einem Kampfsport, der mit Stöcken ausgetragen wurde und der sich zu einem Tanz entwickelte) und *Congo* (nach dem afrikanischen Land). Die Nächte Louisianas waren heiß, und die Rhythmen ebenfalls. Die Trommeln klangen durch die Nacht, und so auch der Gesang.

Der Architekt Benjamin Latrobe war um 1818 auf dem Congo Square und er berichtete über die Musik, die er dort gehört hat, mit folgenden Worten: »Die Musik kam aus zwei Trommeln und einem Saiteninstrument. Ein alter Mann saß rittlings auf einer zylindrischen Trommel mit etwa einem Fuß Durchmesser und schlug sie mit unglaublicher Schnelligkeit mit seiner Handkante und den Fingern. … Sie machten einen Höllenlärm. Das sonderbarste Instrument jedoch war ein Saiteninstrument, das ohne Zweifel aus Afrika importiert worden war. Am oberen Ende des Griffbretts sah man die geschnitzte Figur eines sitzenden Mannes, dahinter saßen zwei Zapfen, an denen die Saiten befestigt waren. Der Korpus bestand aus einer Kalebasse. Ein winziger alter Mann, der aussah wie achtzig oder neunzig Jahre alt, spielte darauf. Die Frauen schrien zu dem Spiel einen Gesang

---

28 Gerhard Kubik: Africa and the Blues. Jackson: University Press of Mississippi 1999, S. 6f. m. w. N.

29 Heinrich Heine: Das Sklavenschiff (1855).

heraus, in Intervallen, der aus zwei Noten bestand, so wie die Neger, die in unseren Städten arbeiten, auf den Gesang ihres Anführers antworten.«[30]

Der Architekt beschreibt hier eine Fusion aus zwei afrikanischen Musiktraditionen, nämlich der westafrikanischen Tradition, in der Saiteninstrumente (Akonting, Kora) dominieren, wie sie in Gambia und Senegal noch heute gespielt werden, und der trommelbetonten Musik des Kongo.[31] Überhaupt verschmolzen in Amerika die musikalischen Traditionen der verschiedenen Regionen Afrikas, aus denen die Sklaven verschleppt worden waren.[32] Latrobes kurze, aber sehr präzise Beschreibung lässt erkennen, dass die aus Afrika mitgebrachte Musik auf dem Congo Square bereits wesentliche Merkmale der Rockmusik aufwies, die überhaupt nicht den Hörgewohnheiten der Europäer und auch nicht der aus Europa stammenden Siedler entsprach:

Erstens war die Musik sehr rhythmisch, von Trommeln dominiert, was man in der klassischen Musik des europäischen Kontinents in dieser Form nicht kannte.

Zweitens war der Beat bereits extrem schnell, wenn sich Latrobe über die Geschwindigkeit des Trommelns verwundert zeigte.

Drittens war die Musik für europäische Ohren sehr laut. Laut, schnell und rhythmisch – eben rockig.

Viertens bestand die Liedstruktur aus dem Gesang eines Leadsängers und einem Refrain in Form eines Chors, der dem Sänger antwortete. Dieses Call-and-Response-Schema sollte dann auch bei den Spirituals auftauchen, den afroamerikanischen Adaptionen europäischer Kirchenlieder, bei den Worksongs und Fieldhollers der afroamerikanischen Feldarbeiter sowie im Blues-Schema. Im Englischen heißt der Refrain *chorus*, und das verweist darauf, dass die Afroamerikaner den Refrain, der in europäischen Kirchenliedern unbekannt war, ursprünglich im Chor gesungen hatten. Die Liedstruktur aus Strophen und Refrain, die letztlich auf afrikanische Chorgesänge zurückgeht, sollte zur Grundstruktur von Rocksongs werden.

Fünftens wurde auch schon die typische Instrumentierung der Rockmusik vorweggenommen. Die wichtigsten Instrumente der Rockmusik sind das Schlagzeug, das den Rhythmus vorantreibt, und die Gitarre. Eine Rockband ohne Schlagzeug ist kaum vorstellbar. Selbst die Gitarre ließe sich noch ersetzen, beispielsweise durch ein Klavier, nicht jedoch das Schlagzeug. Aber einen afrikanischen Vorläufer der Gitarre erwähnt Latrobe auch hier: ein zweisaitiges Zupfinstrument mit einem Flaschenkürbis als Resonanzkörper – offensichtlich ein Akonting aus Westafrika, aus dem sich im Süden der USA das Banjo entwickelt hatte, das sich wegen seiner Lautstärke gut als Tanzbegleitung eignete. Das Banjo wurde später von den Bluesmusikern durch die (voller klingende) Gitarre ersetzt, die ebenfalls aus Afrika

30 Benjamin Henry Latrobe: The Journals of Benjamin Henry Latrobe, 1799–1820: From Philadelphia to New Orleans. Bd. 3, New Haven: Maryland Historical Society 1980, S. 204.

31 Ned Sublette: The World That Made New Orleans: From Spanish Silver to Congo Square. Chicago: Lawrence Hill 2008, S. 275.

32 Kubik, Africa, a. a. O., S. 98.

stammte und von den Mauren auf die iberische Halbinsel gebracht worden war, in der klassischen europäischen Musik aber nie über eine Randexistenz hinausgekommen war.

Die Musik auf dem Congo Square war bereits um 1818 rockig: laut, schnell, rhythmisch, mit Gesang in Call-and-Response-Form und Refrain, gespielt auf einem Saiteninstrument und Trommeln. Wie hat das wohl geklungen? – Um 1840 trieb sich auch ein Junge aus New Orleans gelegentlich auf dem Congo Square herum, der später den klassischen europäischen Kompositionsstil erlernte. Louis Moreau Gottschalk hat in seiner Sinfonie »La Nuit des Tropiques« (»Tropische Nacht«) die »Fiesta criolla«, das kreolische Fest, untergebracht, in der afrikanische Trommelrhythmen zu hören sind, die offensichtlich den Sound auf dem Congo Square dominierten. In seiner Fantasie »Bamboule – Der Tanz der Neger« (ja, so hieß das damals) hört man bereits Ragtime-Synkopen, die zeigen, wie sich der Jazz aus den Tänzen des Congo Square entwickelt hat. Es waren die Rhythmen und die Melodien, aus denen Blues und Jazz hervorgegangen sind: Blues – die langsame, schwermütige Musik mit schweren Beats – und Jazz, die schnellen, fröhlichen Takte mit ihren komplexeren Rhythmen. Typisch für beide waren die »schmutzigen« Noten, die Blue Notes, die oft einen Viertel- oder Halbton tiefer liegen und mitunter auch noch gedehnt werden, beispielsweise beim Bending auf Saiteninstrumenten. Die Blue Notes wurden bereits in Afrika verwendet, um eine besondere emotionale Tiefe zum Ausdruck zu bringen.

1985 versuchte der Bluesgitarrist Sonny Landreth die Atmosphäre, die damals auf dem Congo Square herrschte, in einem Blues auszudrücken, den er zehn Jahre später noch einmal zusammen mit Mark Knopfler einspielte.

Congo Square

... It might be superstition but some kind of somethin'
Goin' on down there
It's an old time tradition when they play their
Drums at night in Congo Square ...

You can hear 'em in the distance
And the old folks up the bayou say a prayer
That's when the voodoo people gather
And they play their drums at night in Congo Square ...

My eyes were not believin'
What I seen there but I could not turn away
They had that mojo in motion
And I seen 'em dance in trance with that snake ...

Yeah it might be superstition
But when I hear 'em in the night I say a prayer
Because I respects tradition
Like the kind they carry on in Congo Square ...

Congo-Platz

... Es mag Aberglauben sein, aber da ist etwas, was sich dort abspielt.
Es ist eine Tradition aus alten Zeiten, wenn sie nachts ihre Trommeln auf dem Congo-Platz spielen.

Du kannst sie aus der Entfernung hören,
und die Alten drüben im Sumpf sprechen ein Gebet,
Das ist, wenn sich die Voodoo-Leute versammeln
Und ihre Trommeln nachts auf dem Congo-Platz spielen ...

Meine Augen konnten nicht glauben,
Was sie sahen, aber ich konnte sie nicht abwenden.
Sie ließen den Zauber wirken,
Und ich sah sie in Trance tanzen mit dieser Schlange ...

Ja, es mag Aberglauben sein,
Aber wenn ich sie nachts höre, spreche ich ein Gebet,
Weil ich die Tradition respektiere,
Wie sie auf dem Congo-Platz fortgeführt wird ...

Sonny Landreth, 1985. Text & Musik: Sonny Landreth, Mel Melton, Dave Ranson (Blues Unlimited)

Es muss Magie im Spiel gewesen sein – die schwarze Magie des Voodoo –, als auf dem Congo Square die Musik gespielt wurde, die später die Blues- und Rockmusik hervorbringen sollte. Es war eine bedrohliche Magie, die die Schlange, die einst Eva und Adam verführt hatte, beschwor und gegen die man sich mit christlichen Gebeten schützen musste. Aber heute betet der Musiker aus Dankbarkeit, weil er die musikalische Tradition achtet, die auf dem Congo Square begründet wurde. Denn das Magische sollte die Rockmusik bis heute prägen – und es ist nach wie vor eine dunkle Magie, die gern mal mit dem Teuflischen spielt. Aber letztlich bleibt es nur ein Spiel.

2.2. They Rock the City

Und die Bezeichnung *Rockmusik*? Auch sie wurde hier gezeugt, und wir wissen sogar, wann: Es war im Jahr 1819. In dem Jahr, als Beethoven die »Missa Solemnis« zu komponieren begann, reiste der Schriftsteller Henry C. Knight nach New Orleans. In seinem Reisebericht findet sich ein denkwürdiger Satz: »On sabbath evening, the African slaves meet on the green, by the swamp, and rock the city with their Congo dances.« – »Am Sonntagabend treffen sich die afrikanischen Sklaven auf der Wiese in der Nähe des Sumpfes und bringen mit ihren Kongotänzen die Stadt zum Beben.«[33]

They »rock the city«! Sie bringen die Stadt zum Beben! Das ist wohl das erste Mal, dass das Verb *rock* in exakt dem gleichen Sinn wie in *rock music* gebraucht wird.[34] Das angelsächsische Wort *rock* hat dieselbe germanische Wurzel wie das deutsche Wort *Ruck* und auch ungefähr die gleiche Bedeutung. Das Hauptwort *rock* (›Felsen‹) hat übrigens überhaupt nichts mit dem Verb zu tun. Während das Verb *rock* aus der germanischen Sprachfamilie stammt, kommt das Nomen *rock* aus dem lateinischen Sprachkreis, von mittellateinisch *rocca* für den Felsen. *To rock* heißt ›sich oder etwas ruckartig bewegen, etwas erschüttern, etwas zum Beben bringen‹. *To rock*, das bedeutet aber auch ›etwas aus den Angeln heben‹ oder, wie wir auf Deutsch sagen würden, ›es krachen lassen‹. *We rock the city* übersetzt man am treffendsten mit ›wir bringen die Stadt zum Beben‹. *Rocken* heißt also ›sich heftig, rhythmisch zu bewegen‹. Eben wie man es zu einer lauten, rhythmusbetonten Musik tut.

Oder beim Sex. Im Slang bedeutet *rock me, Baby* schlichtweg ›Sex machen‹. Wie heißt es in dem uralten, zigmal variierten Bluesklassiker: »Rock me, Baby, rock me all night long.« Will man die Bewegungsabläufe etwas präziser beschreiben, differenziert man zwischen *rock* und *roll*. *Roll* kommt ebenfalls aus dem Germanischen und heißt genau wie im Deutschen ›rollen‹. *Rocking and rolling* heißt bei Booten, dass sie zugleich stampfen und rollen. Schon im frühen 19. Jahrhundert wurde *rock and roll* auch für die Kopulation gebraucht, beispielsweise in dem englischen Shanty »Johnny Bowker« (»Oh! do my Johnny Bowker, come rock 'n' roll me over«). Die Bluesnummer »My Daddy Rocks Me (With One Steady Roll)« von Trixie Smith kombinierte im Jahr 1922 ebenfalls die beiden Verben. *Rocken* wäre also, ähnlich wie beim Boot, das Stoßen nach vorn, *rollen* das seitliche Wälzen. Und beides zusammen ergibt dann einen wilden Rhythmus im Bett.

Rock und *rock and roll* bedeutet schlichtweg Sex. Oder zumindest sexy Tanzen. Inzwischen hat sich das Rocken verselbständigt. Eine moderne Bedeutung von *rock* ist ›zu Popmusik mit kräftigem Beat zu tanzen‹, womit uns gleich eine prägnante

---

33 Henry C. Knight: Letters from the South and West. Boston: Richardson and Lord 1824.

34 Sublette, World, a. a. O., S. 276.

Definition von Rockmusik geliefert wird.[35] Und es hat sich weiterentwickelt. *Es rockt* heißt heute auch so viel wie ›es geht ab, es ist cool‹. Gerockt wurde schon vor über 200 Jahren auf dem Congo Square, in allen Bedeutungsvarianten.

35 Online Etymology Dictionary: Rock. http://www.etymonline.com/index.php?search=rock&searchmode=none, zugegriffen am 1.7.2020.

2.3. Yer Blues

Musikalisch begann alles in West- und Zentralafrika. Am Gambiafluss, wo allein die Hälfte der Sklaven verschifft wurde, spielte man das Akonting, aus dem sich das Banjo entwickeln sollte. Der heute noch geübte Zupfstil des Akonting, *o'teck* genannt, war mit dem ersten, in Banjo-Lehrbüchern dokumentierten Zupfstil *stroke* (später als *frailing* oder *clawhammer* bezeichnet), identisch. Am Kongo, wo die andere Hälfte der Sklaven verschleppt wurde, trommelte man. Ein um 1780 gemaltes Bild zeigt Sklaven auf einer Plantage, die im Sonntagsstaat zu einer Trommel und einem Banjo tanzen. Der männliche Tänzer hält einen Stock, also wird hier wohl Calinda getanzt.

Ab den 1830er Jahren übernahmen auch weiße Musiker, die in den Minstrel-Shows auftraten, die Banjomusik der Schwarzen. Die rhythmusgeprägte Tanzmusik entwickelte sich unmittelbar aus afrikanischer Tradition. Noch rhythmischer waren die Worksongs und Fieldhollers, die die Sklaven zum Takt ihrer Arbeit sangen. Worksongs und Fieldhollers waren schon in Afrika gesungen worden.[36] Typisch war auch hier das Call-and-Response-Schema, bei dem ein Chor von Arbeitern auf den Ruf des Vorarbeiters antwortete. Es ist eine ganze Reihe von Worksongs und Fieldhollers aufgezeichnet worden, vielfach auch solche, die von Chaingangs oder in Gefängnissen gesungen wurden, namentlich im *Parchman Farm* genannten Staatsgefängnis von Mississippi.

Melodie und Rhythmus des Worksongs »Long John« sollen noch direkt aus Westafrika stammen. »Long John« ist – wie die Arbeit selbst – ein schier endloses Lied, das sich immer wiederholt. Jeder Vers wird von einem Vorsänger intoniert und dann vom Chor wiederholt. Begleitet wird das Lied von einfachen Trommelschlägen. Der Refrain »Well it's Long John …«, der mit erhobener Stimme gesungen wird, sorgt für kleine Höhepunkte in dem ansonsten monotonen Singsang.

---

36 Kubik, Africa, a. a. O.

Long John (Ausschnitt)

Well it's Long John,
He's long gone ...
Well if I hadn't listened,
What the road they say,
I could sit at home ...
Got to runnin' around,
First thing I know,
I was jail house bound,
Well I got in jail,
With my mouth poked out,
Well now I'm in the pen,
and I can't get out,
It's Long John,
He's long gone ...
Well the God say,
In the chapter fourteen,
If the man live,
Let his sin be free ...
Well the god say,
In the chapter fourteen,
If a man die,
He can live again ...

Der lange Hans

Gut, es ist der lange Hans,
er ist schon lange weg ...
Gut, wenn ich nicht darauf gehört hätte,
was sie auf der Straße gesagt haben,
könnte ich zuhausesitzen ...
Fing an, herumzulaufen,
die erste Sache, die ich weiß,
war, dass ich für den Knast bestimmt war.
Gut, ich landete im Knast
Mit ausgeschlagenem Maul.
Gut, jetzt bin ich im Bau
und komme nicht heraus,
Es ist der lange Hans,
er ist schon lange weg ...
Gut, der Gott sagt,
im Kapitel vierzehn,
Wenn der Mann lebt,
lass ihn voller Sünde sein ...
Gut, der Gott sagt,
im Kapitel vierzehn,
Wenn ein Mann stirbt,
kann er wieder leben ...

Worksong einer Chaingang in den Südstaaten der USA, frühes 20. Jahrhundert

»Long John« handelt vom Abgleiten in die Kriminalität, vom Leben im Knast und von der Bibel, in der der Mensch als Sünder erscheint, die aber auch die Auferstehung verspricht. Es waren wohl diese Worksongs und Fieldhollers, aus denen sich Ende des 19. Jahrhunderts die Bluesmusik entwickelte. Der Worksong oder Fieldholler besteht in der Regel aus zwei Versen, dem Call und der Response, die zum Rhythmus der Arbeit unendlich oft wiederholt werden. Das Versschema lautet also *ab*. Die erste verbale Beschreibung eines Fieldhollers stammt vom Landschaftsarchitekten Frederick Law Olmsted, der die Südstaaten bereist hatte:

»Plötzlich ließ einer einen Ton erklingen, den ich niemals zuvor gehört hatte; ein langer, lauter, musikalischer Ruf, der im Ton ansteigt und fällt und in ein Falsett bricht; seine Stimme klang durch das Buschland in die klare, frostige Nachtluft wie der Ruf eines Jagdhorns. Als er endete, wurde die Melodie von einem anderen aufgenommen, dann noch einem anderen und dann von mehreren im Chor. ... Nach wenigen Minuten konnte ich hören, wie einer die anderen zur Arbeit drängte, und bald schritt er zu den Baumwollballen und sagte, ›Kommt, Brüder, kommt, lasst es uns anpacken, kommt jetzt, i-o-ho! Schafft weg! Iii-o-ho, iii-o-ho, uiii-o-ho-i!‹«[37]

37 Frederick Law Olmsted: The Cotton Kingdom: A Traveller's Observations on Cotton and Slavery in the American Slave States. New York: Mason Brothers 1861, S. 214.

Aus den Worksongs und Fieldhollers entwickelte sich nahtlos der Blues, der meist das Versschema *aab* aufweist, wenn der erste Vers, der Call, wiederholt wird, und der Sänger oder die Sängerin dann selber die Response liefert. Der Musikethnologe Gerhard Kubik, der seit 1959 den afrikanischen Kontinent erforschte, stieß auf seinen Forschungsreisen auf zahlreiche Worksongs und Fieldhollers, die typische Merkmale des Blues aufwiesen. Er beschreibt das Lied, das eine Frau in einem abgelegenen kamerunischen Dorf sang, während sie Mais mahlte: »Seine Grundstruktur besteht aus disjunkten Intervallen, mit einem fallenden melodischen Duktus jedes Verses. Der Gesamteindruck der Melodie erinnert mich in erstaunlicher Weise an den des Blues. In rhythmischer Organisation deckt ihr Zyklus der Handhabung des Mühlsteins 36 Grundimpulse (4 mal 9) für jeden Vers des Lieds ab. Es gibt starke Offbeat-Akzente im schaberartigen Mahlrhythmus. Diese Akzente sind so platziert, dass sie einen *swingenden* Dreifachrhythmus produzieren.«[38] Und die Blueslegende John Lee Hooker zeigte sich beeindruckt von den Parallelitäten seines Blues mit der traditionellen, arabisch-islamisch beeinflussten Musik in Mali.[39] Blues-ähnlicher Gesang mit Instrumentenbegleitung war auch von westafrikanischen Barden bekannt. Man sollte festhalten, dass die musikalischen Wurzeln der Rockmusik nicht (wie die konservative Musikwissenschaft lange glaubte) in orgiastischen Fruchtbarkeitsriten lagen, sondern im Rhythmus der Arbeit und in den Gebetsrufen der Muezzins.

Der »Boll Weevil Holler« ist ein Fieldholler, der schon fast nach einem Blues klingt, und der 1927 aufgenommene Blues »Mistreatin' Mama« des Mundharmonikaspielers Jaybird Coleman besteht noch aus den langgezogenen, im Ton auf- und wieder absteigenden Rufen des Fieldhollers, die aber bereits in die Dreiklangharmonie des Blues aus Tonika, Subdominante und Dominante eingebettet sind. Der Holler wurde auf dem Feld gesungen, den Blues spielten die Afroamerikaner in ihrer Freizeit, wo sie noch ein Instrument zu Verfügung hatten. »Vor allem beeinflussten die mäandernden, unendlichen Hollers, die von den Feldarbeitern tausender Südstaaten-Plantagen improvisiert wurden«, schreibt der Bluesforscher Paul Oliver, »die Entwicklung dieses *ex tempore*-Lieds. Sie wurden von Männern bei der Arbeit gesungen, aber der Blues entwickelte sich als ein Lied, das primär von Männern in ihrer Freizeit geschaffen wurde, wo sie Zeit und Gelegenheit hatten, eine instrumentale Begleitung zu ihren Versen zu spielen. Mit Geige, Banjo und vor allem Gitarre waren sie in der Lage, eine zweite, antwortende Stimme zu ergänzen, welche die Bedeutung ihres eigenen Lieds verstärkte. Indem man bestimmte Grenzen akzeptierte, die ein Instrument beinhaltete, zog man sich zurück auf die einfache Harmonie aus drei Akkorden – Tonika, Subdominante und Dominante – der Hymnen und Balladen. Aber die Tonfärbung, das Verziehen der Töne und das Erniedrigen der Noten, was den Feldarbeiter so entzückt hatte, behielten sie in ihrem vokalen Vortrag bei, und es fand im Gebrauch der labil intonierten Terz, des

38 Kubik, Africa, a. a. O., S. 73.

39 Ebd., S. 191.

Dominantseptimenakkords und in den wimmernden Tönen, die durch das Gleiten über die Saiten sowie den Gebrauch anderer unorthodoxer Gitarren- und Pianotechniken seinen instrumentalen Ausdruck.«[40]

Letztlich entstand der Blues im Süden der USA als Fusion verschiedener Stilgruppen aus unterschiedlichen Regionen Afrikas, aus denen die Sklaven verschleppt wurden, sich dann aber auf den Plantagen vermischten.[41] Dass sich die eher traurig klingende Stilistik durchsetzte, hing auch mit der sozialen Situation der Afroamerikaner zusammen: Die Bluessongs waren Klagelieder, welche die Härte des Lebens und die Traurigkeit des Sängers oder der Sängerin zum Ausdruck brachten. In den Bluestexten ging es um harte Arbeit, Geldmangel, wirtschaftliche Not, um enttäuschte Liebe und ähnliche Katastrophen des Alltags. Und aus dem Zwiegespräch des einsamen Gitarristen auf seiner Veranda mit sich selbst entwickelte sich eine Vortragsform, weil sich Zuhörerinnen und Zuhörer mit ihren Gedanken und Gefühlen in den Liedern wiederfanden: »Der Folk-Blues beschäftigte sich nicht mit einzigartigen oder abseitigen Erfahrungen, die nur der Sänger verstehen konnte, oder mit den Erfahrungen von Menschen, die anders waren als der Sänger und sein Publikum. Diese Lieder dienen als Mittel des Selbstausdrucks für den Bluessänger, aber auch indirekt für das Publikum um ihn herum. Der Bluessänger wird zu ihrem Sprachrohr, zum Gestalter ihrer Gedanken, Meinungen und Fantasien.«[42] Genau das – die Beschreibung der Härte des Lebens und kein Liebessingsang – sollte auch zum zentralen Merkmal der Rockmusik werden.

Das alles muss sich während der zweiten Hälfte des 19. Jahrhunderts ereignet haben, denn um die Jahrhundertwende hatte sich die Bezeichnung *Blues* für diese Musikrichtung bereits etabliert, die es von einem privaten Feierabendvergnügen zu einer Kunstform gebracht hatte, die durch professionelle Bands in Clubs aufgeführt wurde. Der 1902 komponierte »Buddy Bolden's Blues«, der es in New Orleans zu enormer (allerdings unanständiger) Popularität brachte, war wohl auch aus einem Fieldholler hervorgegangen.[43] Dieses Stück ist musikhistorisch mehrfach interessant, denn es hieß ursprünglich »Funky Butt« und stellt die erste Verwendung des Wortes *funky* in der Musik dar. *Funky* bedeutete damals schlicht ›miefig‹ und der *butt* ist der ›Hintern‹. Als Buddy Bolden, der als »Vater des Jazz« oder »erster Jazzer« gilt,[44] mit seiner Band samstagabends in überfüllten Sälen spielte, verdichteten sich die Gerüche von billigem Schnaps, billigem Parfüm, dem Schweiß aneinander reibender Körper und andere menschliche Ausdünstungen zu einem Mief,

40 Paul Oliver: Blues Fell This Morning. Meaning in the Blues. 2. Aufl. Cambridge: Cambridge University Press 1990, S. 5.

41 Kubik, Africa, a. a. O., S. 98.

42 David Evans: Structure and Meaning in the Folk Blues. In: Jan H. Brunvand (Hg.): Study of American Folklore. 2. Aufl. New York: Norton 1978, S. 421–447, hier: S. 443.

43 Bill Wyman (mit Richard Havers): Blues. Frankfurt a. M.: Zweitausendeins 2006, S. 65.

44 Ted Gioia: The History of Jazz. Oxford: Oxford University Press 1997, S. 34; Donald M. Marquis: In Search of Buddy Bolden: First Man of Jazz. 2. Aufl. Baton Rouge: Lousiana State University Press 2005.

der Bolden eines Abends dazu veranlasste, danach zu rufen, die Fenster zu öffnen, um den Gestank herauszulassen. Sein Posaunist Willie Cornish nahm sofort Boldens Worte auf und improvisierte daraus einen Liedtext: »I thought I heard Buddy Bolden say/Stinky butt, funky butt, take it away« – »Ich dachte, ich hörte Buddy Bolden sagen/Stinkender Hintern, miefiger Hintern, raus damit«. Das Lied war über Jahrzehnte lang so verbreitet, dass aus dem buchstäblich anrüchigen *funky* irgendwann ein Synonym für *abgefahren* oder *flippig* wurde.

Blues ist eigentlich ein Pluralwort und bedeutet wörtlich übersetzt: ›die Blauen‹. Mit den »Blauen« sind die traurigen Gedanken und Gefühle gemeint, die wie melancholische Schwaden über einen kommen. Dass *blue* auch ›traurig‹ bedeutet, leitet sich vielleicht davon ab, dass die germanischen Vorläuferworte von *blue* neben ›blau‹ auch ›bleifarbig‹ bedeuteten und *blue* damit womöglich auch für die ›bleierne Schwere‹ von Gedanken stand. Mit der Zeit wurde aber auch im Englischen *blues* als Bezeichnung für eine bestimmte Form melancholischer Musik auch im Singular benutzt, etwa um ein bestimmtes Bluesstück zu benennen: *He played a blues.* Im Deutschen hat es sich eingebürgert, dass das Lehnwort *Blues* stets im Singular gebraucht wird: *den Blues haben* oder *einen Blues spielen.*

Der Blues verwendet das Call-and-Response-Schema meist in der *aab*-Form, wobei es in der Regel derselbe Sänger (oder Sängerin) ist, der (oder die) sich quasi selbst ruft und antwortet. Im häufigsten Bluesschema, das aus zwölf Takten und drei Versen besteht (es können aber auch acht oder sechszehn Takte sein), ist der erste Vers der Ruf, der dann noch einmal wiederholt wird (auch um Zeit zu gewinnen, sich den dritten Vers auszudenken), bevor dann im dritten Vers die Antwort kommt, die den ersten Vers erklärt, manchmal auch eine humorige Punchline, eine Pointe, setzt.

Ein klassisches Beispiel für die *aab*-Struktur von Bluessongs ist der »Wee Baby Blues«, der unter anderem von Art Tatum, Count Basie, Nat King Cole, Jimmy Reed und Muddy Waters gespielt wurde, bevor ihn Bluesrock-Bands wie Taste und Cuby + Blizzards aufnahmen – die niederländische Band übrigens in einer ausgesprochen rockigen, schnell gespielten Version mit einem brillanten Dialog von Piano und E-Gitarre. Die Verse *aa* beschreiben eine triviale Situation des Alltags: Ein Junge geht zur Schule, wie jeden Morgen. Der dritte Vers *b* bringt dann die Pointe: Er bricht die Regeln seiner Mutter – um die Schule zu schwänzen und stattdessen mit einem Mädchen herumzumachen.

Wee Baby Blues (Ausschnitt)	**Kleines-Schätzchen-Blues**
It was early one Monday mornin', And I was on my way to school. It was early one Monday mornin', When I was on my way to school. That was the mornin' When I broke my mother's rule ...	Es war früh an einem Montagmorgen Und ich war auf meinem Weg zur Schule. Es war früh an einem Montagmorgen Und ich war auf meinem Weg zur Schule. Das war der Morgen, An dem ich die Regel meiner Mutter gebrochen habe ...

Art Tatum, 1941. Text & Musik: Pete Johnson, Big Joe Turner (Atlantic)

In Robert Johnsons »Love in Vain«, das die etwas ungewöhnlichere Struktur *aabc* aufweist, zeigt die Alltagssituation, die in den ersten beiden Versen beschrieben wird, einen Zug, der aus einem Bahnhof herausfährt. Die Verse *bc* erklären dann, dass die Rücklichter des Zugs die Stimmung des unglücklich verliebten Sängers symbolisierten.

Love in Vain (Ausschnitt)	**Vergebliche Liebe**
When the train, it left the station with two lights on behind When the train, it left the station with two lights on behind Well, the blue light was my blues and the red light was my mind All my love's in vain.	Als der Zug aus dem Bahnhof fuhr, waren hinten zwei Lichter an. Als der Zug aus dem Bahnhof fuhr, waren hinten zwei Lichter an. Ja, das blaue Licht war meine Traurigkeit, und das rote Licht war meine Seele. All meine Liebe ist vergebens.

Robert Johnson, 1937. Text & Musik: Robert Johnson (Vocalion)

Das Cover von »Love in Vain« der Rolling Stones – vor allem die Live-Version auf »Get Yer Ya-Yas Out« mit Mick Taylors Gitarrensolo – gehört übrigens zu dem Besten, was die britische Band in Sachen Blues gespielt hat. Als der Bluessänger Bukka White 1937 in die *Parchman Farm* eingewiesen wurde, schrieb er einen traurigen Blues über das berüchtigte Gefängnis, den Mose Allison später mit einer witzigen Pointe versah. Durch das *aaab*-Schema wird die Spannung auf den Schlussvers besonders gesteigert:

Parchman Farm Blues	**Parchman-Farm-Blues**
Well I'm sittin' over here on Parchman Farm Well I'm sittin' over here on Parchman Farm Well I'm sittin' over here on Parchman Farm And I ain't never done no man no harm ... Well I'm gonna be here for the rest of my life I'm gonna be on this farm for my natural life Well I'm a gonna be here for the rest of my life And all I did was shoot my wife	Ich sitze hier auf der Parchman Farm. Ich sitze hier auf der Parchman Farm. Ich sitze hier auf der Parchman Farm. Und habe keinem Mann jemals etwas zuleide getan. ... Ich werde hier für den Rest meines Lebens sein. Ich werde auf dieser Farm sein, solange ich lebe. Ich werde hier für den Rest meines Lebens sein. Und alles, was ich tat, war, meine Frau zu erschießen.

Mose Allison, 1957 (Bukka White, 1940). Text & Musik: Bukka White, Mose Allison (Okeh)

John Mayall hat übrigens »Parchman Farm« mit einer irrsinnig schnell gespielten Mundharmonika als einziger Instrumentierung aufgenommen.

Dass auch ein Rockmusiker einen modernen Blues mit *aab*-Schema und einer witzigen Schlusspointe texten kann, hat Jimi Hendrix mit seinem Lied über sein Liebchen gezeigt, das in einem roten Haus wohnt, aber mit ihrem Lover Schluss macht. Mit seiner Punchline, die in einem unglaublich coolen Macho-Tonfall gesungen wird, rettet der Sänger die Situation und vermeidet den Blues.

Red House	**Das rote Haus**
... I might as well go on back down go back 'cross yonder over the hill Lord, I might as well go back over yonder, way back yonder cross the hill 'Cause if my baby don't love me no more I know her sister will	... Ich könnte genauso gut wieder zurückgehen, zurückgehen nach drüben über den Hügel. Gott, ich könnte genauso gut wieder nach drüben gehen, ganz zurück nach drüben über den Hügel. Denn ich weiß, wenn mein Schätzchen mich nicht mehr liebt: Ihre Schwester wird es tun.

Jimi Hendrix Experience, 1967. Text & Musik: Jimi Hendrix (Track)

Um den Fieldholler zum Blues und damit zu einem Vorläufer der Rockmusik werden zu lassen, brauchte es noch ein weiteres Element: den Rhythmus. Die klagenden Hollers waren langgezogen und langsam, die Tänze auf dem Congo Square dagegen schnell und rhythmisch. Ein einfacher Rhythmus ist der Shuffle, bei dem jeweils zwei Noten schnell hintereinander gespielt werden. Man stelle sich jetzt einen Afroamerikaner vor, der im Mississippi-Delta auf der hölzernen Veranda seiner

Hütte sitzt, mit seiner Gitarre einen einzigen Akkord im Shuffle-Rhythmus spielt und dabei über die Last des Lebens klagt. Das muss noch nicht einmal melodischer Gesang sein und sich reimen, es kann auch einfach gesprochen werden, wie beim Talking Blues. Die endlose, monotone, aber rhythmische Wiederholung dieses einen Akkords war eine Vorform des Blues, »ein dröhnendes, endloses Stampfen ohne feste Versform, aus dem sich ein kumulativer, tranceartiger Effekt aufbaute«, wie der Blueshistoriker Robert Palmer notierte.[45] Ein Tondokument einer solchen Vorform des Blues ist der 1929 aufgenommene »Cottonfield Blues« der Mississippi-Gitarristen Garfield Akers und Joe Callicott, der viele Ähnlichkeiten mit dem Stück »Boogie Chillen« von John Lee Hooker aufweist, dessen musikalische Form Hooker in den frühen 1920er Jahren von seinem Stiefvater gelernt hatte. »Boogie Chillen« sollte zum Prototyp des Guitar Boogie werden, der »eine Million Songs« angestoßen hat, wie es der Musikkritiker Cub Koda ausdrückte,[46] darunter »On the Road Again« von Canned Heat, »Spirit in the Sky« von Norman Greenbaum oder »La Grange« von ZZ Top.

Um zum Blues zu kommen, ging das Call-and-Response-Schema der Hollers eine Fusion mit dem Rhythmischen der Tänze ein. Der Call, die Wiederholung des Calls und die Response erfolgen in einem Schema aus Tonika, Subdominante und Dominante. Das ganze Lied besteht aus mehreren Strophen, wobei in der Regel die vorletzte Strophe durch ein Solo ersetzt wird – das ist eigentlich auch die Struktur eines Rocksongs. Und zahlreiche Rocksongs sind nichts anderes als Bluesstücke. Bob Dylan, The Beatles, The Rolling Stones, The Who, Uriah Heep, Jethro Tull, Jefferson Airplane, Janis Joplin, The Doors, Led Zeppelin, Pink Floyd, Them, Deep Purple, Blind Faith, Cream, Eric Clapton, Jimi Hendrix, Fleetwood Mac, Canned Heat, ZZ Top, Ten Years After, Emerson, Lake & Palmer, Colosseum, Frank Zappa, Black Sabbath, Metallica – sie alle haben reinrassige Bluesstücke gespielt, teils traditionelle Stücke, teils eigene Kompositionen, die das Bluesschema verwendeten. Der »Roadhouse Blues«, der aus Jim Morrisons Feder stammt, ist beispielsweise selbst zum Klassiker geworden (»Ich wachte morgens auf und holte mir ein Bier«). Eine der originellsten Neukompositionen, die wunderbar ironisch mit der Traurigkeit des Blues spielt, stammt von John Lennon:

45 Robert Palmer: Deep Blues. New York: Penguin 1982, S. 243f.

46 Cub Koda: John Lee Hooker: Boogie Chillen. Song Review. Allmusic. http://www.allmusic.com/song/boogie-chillen-mt0010580320, zugegriffen am 1.7.2020.

Yer Blues	Dein Blues
Yes I'm lonely wanna die ... If I ain't dead already Oh girl you know the reason why	Ich bin einsam, will sterben ... Falls ich nicht schon tot bin, O Mädchen, du weißt schon, warum.
In the morning wanna die In the evening wanna die If I ain't dead already ...	Am Morgen möchte ich sterben. Am Abend möchte ich sterben. Falls ich nicht schon tot bin ...
My mother was of the sky My father was of the earth But I am of the universe And you know what it's worth I'm lonely wanna die	Meine Mutter war ein Kind des Himmels, mein Vater von der Erde. Doch ich bin ein Kind des Universums und du weißt, was es wert ist. Ich bin einsam, will sterben ...
The eagle picks my eye The worm he licks my bone I feel so suicidal Just like Dylan's Mr. Jones ...	Der Adler pickt mein Auge aus, der Wurm saugt an meinen Knochen. Mir ist so nach Selbstmord, genau wie Dylans Mr. Jones ...
Black cloud crossed my mind Blue mist round my soul Feel so suicidal Even hate my rock and roll ...	Schwarze Wolke durchkreuzte mein Hirn, trauriger Nebel umhüllt meine Seele. Mir ist so nach Selbstmord, hasse sogar meinen Rock'n'Roll ...

The Beatles, 1968. Text & Musik: John Lennon, Paul McCartney (Apple)

Der Song ist eine Satire auf die britische Blueswelle am Ende der 1960er Jahre.[47] Die Traurigkeit wird übertrieben bis hin zu Selbstmordgedanken und in makabre Metaphern gehüllt. Das »Mädchen« scheint ja der einzige Grund zu sein, der ihn noch am Leben hält – es kann also kein bluestypischer Liebeskummer sein, der ihn lebensmüde macht, sondern etwas Höheres – vielleicht die Unvollkommenheit der Welt an sich. Denn Lennon bemüht sich, die meist sehr bodenständigen Bluestexte durch philosophische Anspielungen intellektuell zu übertreffen, ebenso wie durch einen literarischen Verweis auf Bob Dylans »Ballad of a Thin Man«, in der es um einen konservativen Journalisten names Jones geht, der die neue Welt der Beatniks, Freaks und Rockmusiker nicht mehr versteht (und deshalb, zumindest nach Lennons Logik, eigentlich nur Selbstmord begehen kann). Ein intellektueller Rebell des Jahres 1968 hat eben andere Gründe, freiwillig aus dem Leben zu scheiden als ein Afroamerikaner aus dem Mississippi-Delta, der über eine böse Frau, die ewige Ebbe in der Kasse, einen fiesen Chef oder den Baumwollkapselkäfer (Boll Weevil) lamentiert. Bei allem schwarzen Humor, der in Lennons Text steckt: Bei manchem Jugendlichen der 1960er Jahre, der sich unverstanden und hilflos den Autoritäten

47 Jonathan Gould: Can't Buy Me Love: The Beatles, Britain, and America. New York: Three Rivers Press 2008, S. 520.

ausgesetzt fühlte, war die Verzweiflung so groß, dass der Gedanke, auf die eine oder andere Weise aus dieser Welt zu fliehen, durchaus verbreitet war. Sterbefantasien waren ein gängiges Thema der Rocksongs.

Die beste Version von »Yer Blues« ist übrigens in dem Rolling-Stones-Film »Rock and Roll Circus« zu sehen, wo Lennon den Song zusammen mit Eric Clapton, Keith Richards (am Bass!) und dem Jimi-Hendrix-Drummer Mitch Mitchell spielt. Sehenswert ist auch der verbale Hahnenkampf zwischen Mick Jagger und John Lennon vor der Performance (den Lennon gewinnt). Aber immerhin essen beide wie selbstverständlich vom selben Teller und teilen sich die Gabel. Auch wenn Lennon sich darüber lustig macht: Die Wurzeln der Rockmusik liegen im Blues, sowohl hinsichtlich der musikalischen Struktur als auch hinsichtlich der Themen, allerdings ergänzt um ein paar weitere Zutaten, zu denen wir noch kommen werden.

Von allen musikalischen Entwicklungssträngen, die Einfluss auf die Rockmusik nehmen sollten – Blues, Rock and Roll, Skiffle, Soul –, war der Blues nicht nur der Grundlegendste, weil sich alles andere aus ihm entfaltet hat, sondern auch ganz direkt der einflussreichste. Und das lag nicht nur an der musikalischen Form, das lag auch am Lebensgefühl, das die Bluessongs vermittelten:

1. Der traurige Grundton passte zum Lebensgefühl einer jungen Generation, die sich in den 1960er Jahren von der Generation ihrer Eltern nicht verstanden fühlte und die über den Zustand der Welt verzweifelt war.

2. Der Blues war die Musik von Außenseitern der Gesellschaft und behandelte soziale Probleme, Armut, Ausgrenzung und Unterdrückung, also Themen, für die die Jugend in den 1960ern ebenfalls sensibilisiert war.

3. Der Blues war frivol, ging offen mit Sexualität um und eignete sich deshalb als Vorbild, um spießbürgerliche Tabus und Normen anzugreifen.

4. Indem der Blues diese drei Elemente kombinierte, verlieh er aber auch Stärke. Die Bluesmusikerinnen und -musiker vermochten mit Hilfe ihrer Musik, die Probleme zu bewältigen. Sie ließen sich von den gesellschaftlichen Verhältnissen nicht unterkriegen, sondern zeigten sich selbstbewusst, auch sexuell selbstbewusst, und stark. Das ist das rebellische Element, das aus dem Blues erwuchs und das die Jugend in den 1960ern inspirierte und ermutigte.

2.4. Cross Road Blues

Es waren die Gitarrengötter, die Lead-Gitarristen, die der Rockmusik ihr Gesicht und ihren Sound gegeben haben. Wie viele Jungen haben davon geträumt, selbst einmal mit der E-Gitarre im gleißenden Licht der Scheinwerfer zu stehen? Rankings, wer der beste Gitarrist aller Zeiten war, wer das beste Gitarrensolo gespielt hat, wer das beste Riff komponiert hat, gibt es zuhauf. Die Chatrooms sind voll von ebenso hitzigen wie albernen Debatten, wer der größte ist: Jimi Hendrix (Nr. 1 der »100 Greatest Guitarists« des »Rolling Stone« vom 18.12.2015), Eric Clapton (Nr. 2), Jimmy Page (Nr. 3), Keith Richards (Nr. 4 – nicht wegen seiner Spieltechnik, sondern wegen seiner Riffs und der kreativen Nutzung der Open-G-Stimmung) oder ein Schnellspieler wie Eddie van Halen (Nr. 8)?

Fragt man die Virtuosen der Rockmusik selber, wird häufig ein ganz anderer Name genannt. Eric Clapton hat sich vor seinem Gitarrenspiel »geängstigt«. Für Robert Plant verdankt ihm die gesamte Rockmusik ihre Existenz. Bob Dylan wollte sein wie er. Als Brian Jones Keith Richards eine Platte von ihm vorspielte, fragte Richards gar: »Wer ist der andere Typ, der mit ihm die Gitarre spielt?« – dabei war es nur einer, der so spielen konnte wie zwei. Viele, die selbst groß geworden sind, haben seine Stücke nachgespielt: Die Stones, Cream, Led Zeppelin, Fleetwood Mac, Steve Miller, Johnny Winter … Der Virtuose, von dem die Rede ist, hatte nur 29 Stücke aufgenommen und starb einen frühen Tod. Zeit seines Lebens war ihm kein wirklicher Erfolg beschieden, und fast wäre er vergessen worden. Sein Todesjahr: 1938. Sein Name: Robert Johnson.

Robert Johnson war 1911 in einem Kaff im Mississippi-Delta geboren worden, und die Verhältnisse waren wie bei so vielen Afroamerikanern: Geboren als unehelicher Sohn mit elf Halbgeschwistern, vom Stiefvater geschlagen, mehrfach umgezogen, Schule abgebrochen, als Plantagenarbeiter verdingt. Der junge Robert Johnson lernte Mundharmonika und Gitarre spielen, unter anderem vom Bluesmusiker Willie Brown. Kaum achtzehnjährig, heiratete Robert Johnson eine Frau, die aber schon nach einem Jahr mit dem Neugeborenen im Kindbett starb. Jetzt hatte Johnson wirklich alles, was man für den Blues braucht.

Nun, fast alles. Denn richtig Gitarrespielen konnte er noch nicht. Der Bluesmusiker Son House, der nach Robinsonville kam, wo Johnson jetzt lebte, weigerte sich, Johnson in seine Band aufzunehmen. Johnson sei zwar ein passabler Blues-Harp-Spieler, aber ein schlechter Gitarrist, so Son House. Überhaupt war Johnson häufig die Zielscheibe des Spotts der Musiker. Ein lausiger Gitarrist als Pionier der virtuosen Rockgitarre, wie sollte das gehen?

Es ging, wie es geht am Mississippi. 1931, gerade zwanzig geworden, verließ Robert Johnson Robinsonville und kehrte ein Jahr später zurück, mit einer neuen Frau, und überraschte die Musikszene in Robinsonville mit jenem technisch brillanten Gitarrenspiel, für das er dreißig Jahre später berühmt werden sollte. Alle waren von Johnsons Technik, mit einer Hand bis zu drei Melodien gleichzeitig auf der Gitarre spielen zu können, beeindruckt: Nicht nur Son House, sondern auch die seinerzeit berühmtesten Bluesgitarristen wie Sonny Boy Williamson II., Robert Nighthawk, Howlin' Wolf oder Memphis Slim. Robert Johnson absolvierte viele Auftritte, nahm eine Platte auf, von der wegen der einsetzenden Wirtschaftskrise allerdings gerade einmal 500 Exemplare verkauft wurden, und eine zweite, deren Verkaufszahlen zweistellig blieben.

Insgesamt 29 Songs sind von Robert Johnson erhalten, darunter so berühmte wie der von den Rolling Stones gecoverte »Love in Vain Blues«, »Sweet Home Chicago« (u. a. von Status Quo, Fleetwood Mac, Eric Clapton, Blues Brothers gespielt), »Rambling On My Mind«, »Hell Hound On My Trail« und sein Meisterwerk »Cross Road Blues«. Als der gemeinhin als technisch gut angesehene Gitarrist Eric Clapton für Cream »Crossroads« adaptierte, musste er Johnsons Stück in mehreren Schritten vereinfachen, um es überhaupt spielen zu können. Die Basslinie beispielsweise, die Johnson mit dem Daumen gespielt hatte, überließ Clapton Jack Bruce.[48] Samuel B. Charters fasst den innovativen Charakter der einzigartigen Symbiose von Text, Gesang und mehrstimmigem Gitarrenspiel bei Robert Johnson in folgenden Sätzen zusammen:

»... er benutzt die Gitarre als einen dünnen, brummenden Unterton oder als eine Erweiterung seines Gesangs, und sein Stil ist definitiv sein eigener. Für viele seiner Untermalungen benutzt er einen Bottleneck, um über die Saiten zu gleiten, was der Gitarre einen eindringlichen, wimmernden Ton verleiht. ... Die besten Bluesstücke von Robert Johnson weisen eine bedrückende Atmosphäre von Qual und Verzweiflung auf. Der Blues ist zu einer personifizierten Figur der Resignation geworden. ... Sein Gesang wirkt so verstört, dass es beinahe unmöglich ist, den Text zu verstehen. Die Stimme und die Gitarre drängen in permanenter Rhythmik voran. ... Nicht zu vergessen, dass er der erste Musiker war, der ausgefeilte Boogie-Woogie-Riffs auf den tiefen Saiten der Gitarre spielte, die später als Grundlage für den Chicago Blues dienten. Und auch sein Bottleneckspiel war sehr modern und prägte ganze Generationen von Bluesmusikern.«[49]

Johnson spielte Boogie-Woogie-Läufe, die man bisher nur vom Klavier kannte, auf der Gitarre (v.a. in »I Believe I'll Dust My Broom«) und setzte damit einen Standard, der von zahlreichen Chicagoer Bluesgitarristen übernommen werden sollte. Gesang und Gitarre folgten mitunter verschiedenen Rhythmen, so dass man den Eindruck erhielt, es spielten mehrere Musiker. 52 Jahre nach seinem Tod, im Jahr 1990, setzte ihn das Spin-Magazin auf Platz eins der Rangliste von 35 »Gitarrengöttern«.

In einem Jahr vom Stümper zum Virtuosen? Wie konnte das gehen? Son House war es, der die Geschichte erzählte, niemand anders als der Teufel habe Robert Johnson das virtuose Gitarrenspiel beigebracht, als Gegenleistung für den Verkauf

48 Dave Headlam: Blues Transformations in the Music of Cream. In: John Covach/Graeme M. Boone (Hg.): Understanding Rock: Essays in Musical Analysis. New York, Oxford: Oxford University Press 1997, S. 59–93, hier: S. 69–71.

49 Samuel B. Charters: The Country Blues. 2. Aufl. New York: Da Capo Press 1975, S. 209ff.

der Seele. Und Robert Johnson selbst kultivierte die Geschichte. Sein wohl berühmtestes Stück, das später von Cream gecovert werden sollte, war der »Cross Road Blues«.

Cross Road Blues

I went to the cross road ...
fell down on my knees
Asked the Lord above: »Have mercy, now
save poor Bob, if you please«

Standin' at the cross road
I tried to flag a ride ...
Didn't nobody seem to know me
everybody pass me by

The sun goin' down, boy
dark gon' catch me here ...
I haven't got no lovin' sweet woman that
love and feel my care

You can run, you can run
tell my friend-boy Willie Brown ...
Lord, that I'm standin' at the cross road,
babe
I believe I'm sinkin' down

Wegscheiden-Blues

Ich ging zur Wegscheide,
Fiel auf meine Knie ...
Betete zum Herrn dort oben: »Sei gnädig,
rette den armen Bob, wenn es Dir gefällt.«

Ich stand an der Wegscheide
Und versuchte, eine Mitfahrt zu ergattern ...
Niemand schien mich zu kennen,
jeder fuhr vorbei.

Die Sonne geht unter, Junge,
Die Dunkelheit wird mich hier erwischen ...
Ich habe keine süße liebende Frau,
die mich liebt und meine Zuneigung fühlt.

Du kannst rennen, du kannst rennen,
sag es meinem Freund Willie Brown ...
Gott, dass ich an der Wegscheide stehe,
Schätzchen,
ich glaube, ich sinke hinab.

Robert Johnson, 1936. Text & Musik: Robert Johnson (Vocalion)

Die University of Virginia hat das Stück interpretiert.[50] Das Lied beschreibt einen Mann, der an dem Punkt angelangt ist, wo es nicht mehr zurückgeht. Soeben ist er dem Leibhaftigen begegnet, und er hat alle Hoffnung aufgegeben. Es bleibt ihm nichts, als auf seine Knie zu sinken, aber die Mächte der Finsternis, mit denen er sich eingelassen hat, sind stärker als der Gott, zu dem er betet. Er hat keine liebende Frau, die ihn retten könnte (wenn die Dunkelheit kommt, kann man geschützt werden, wenn man innerhalb des magischen Kreises bleibt, der durch die ausgebreiteten Arme einer Frau beschrieben wird). Passanten beachten ihn nicht, und kein Wagen nimmt ihn mit. Am Ende trifft er doch noch jemanden, dem er zuruft, er solle die Beine in die Hand nehmen, aber seinem Freund Willie Brown (einem Sideman von Charley Patton, der Johnsons Gitarrenlehrer war) noch erzählen, wie er zugrunde gegangen ist.

50 University of Virginia, Department of American Studies. http://xroads.virginia.edu/~MUSIC/blues/crb.html, zugegriffen am 1.7.2020.

Dann, an der Wegscheide, versinkt die Sonne, die Finsternis kommt, die mehr ist als die bloße Nacht, und in ihr wird der Sänger selbst versinken. Die Wegscheide, die *crossroad*, symbolisiert nicht nur die Wahl des Menschen zwischen dem steinigen Weg zum Paradies und der Prachtstraße, die in die Hölle führt, sondern auch den Ort, an dem man den Teufel zu rufen pflegt.[51] Kein Zweifel, Robert Johnson hat seine Seele dem Leibhaftigen verkauft, damit dieser ihn zum besten Gitarristen seiner Zeit machte. Der Pakt beinhaltete jedoch, dass Johnson nur fünf Jahre lang von seiner Fähigkeit zehren durfte, bevor ihn der Teufel holen würde.

So starb Johnson am 16. August 1938 im Alter von 27 Jahren bei Greenwood, Mississippi. In der Todesurkunde war vermerkt, dass ein Plantagenbesitzer erklärte, dass Johnson zwei oder drei Wochen vor seinem Tod aus der Ortschaft Tunica gekommen war, um bei einer Tanzveranstaltung der Afroamerikaner Banjo zu spielen. Weil er nicht für den Plantagenbesitzer gearbeitet hatte, ließ dieser ihm keine ärztliche Hilfe zukommen, so dass er starb – wahrscheinlich aufgrund von Syphilis, wie der Plantagenbesitzer vermutete.[52]

Aber das war nur eine Vermutung. Der Bluesmusiker Sonny Boy Williamson erzählte, dass Johnson während einer Tanzveranstaltung mit der Ehefrau eines Zuschauers geflirtet habe. Die Frau habe Johnson dann eine Flasche Whiskey gereicht, die ihm Williamson aus der Hand geschlagen habe, mit der Bemerkung, er solle niemals aus einer Flasche trinken, die nicht vor seinen Augen geöffnet worden sei. Johnson war ungehalten. Als ihm eine zweite Flasche angeboten wurde, trank er daraus. Offenbar war der Whiskey vergiftet worden, denn Johnson ging es danach schlecht, bis er nach drei Tagen unter krampfartigen Schmerzen verstarb (was mit der Aussage des Plantagenbesitzers kompatibel ist). Dem Historiker Robert McCormick vom renommierten Smithsonian-Institut war es nach intensiven Feldforschungen gelungen, sogar den Mörder ausfindig zu machen, der dem Gitarristen den vergifteten Whiskey verabreicht hatte, und diesem ein Geständnis zu entlocken.[53] Dem Musiker durch eine schöne Frau eine Falle zu stellen und ihn dann elendig an vergiftetem Whiskey zugrunde gehen zu lassen – sah das nicht dem Teufel ähnlich?

Johnsons Musik können wir entnehmen, dass er sein Schicksal geahnt hatte. Wenn Robert Johnson dem Teufel seine Seele verkauft hatte, um der beste Gitarrenspieler aller Zeiten zu werden, dann beschreibt das Lied den Zeitpunkt, an dem der Satan seinen Preis einforderte. Der »Cross Road Blues« ist nicht das einzige Stück, das Johnsons Begegnungen mit dem Leibhaftigen besingt. »Hell Hound on My Trail« zeugt davon, dass der Musiker wusste, dass ihm der Teufel auf den Fersen war.

---

51 Jacob Grimm: Deutsche Mythologie. Göttingen: Dieterich'sche Buchhandlung 1835, S. 607.

52 Todesurkunde von Robert Johnson vom 14.9.1938. https://web.archive.org/web/20160305144848/http://blues.jfrewald.com/wp-content/uploads/2009/07/cert_back.jpg, zugegriffen am 1.7.2020.

53 Frank DiGiacomo: Searching for Robert Johnson. In: Vanity Fair vom 1.10.2008. https://archive.vanityfair.com/article/2008/11/searching-for-robert-johnson, zugegriffen am 20.2.2021.

Hell Hound on My Trail

I got to keep movin' ...
Blues fallin' down like hail ...
And the days keeps on worryin' me
There's a hellhound on my trail ...

If today was Christmas Eve ...
And tomorrow was Christmas Day ...
Aw, wouldn't we have a time, baby?
All I would need my little sweet rider
Just to pass the time away ...

You sprinkled hot foot powder ...
It keep me with ramblin' mind, rider, every old place I go ...

I can tell the wind is risin' the leaves tremblin' on the tree ...
All I need's my little sweet woman and to keep my company ...

Höllenhund auf meinen Fersen

Ich muss in Bewegung bleiben ...
Trübsinn fällt nieder wie Hagel ...
Und jeder Tag bereitet mir Sorgen.
Mir ist ein Höllenhund auf den Fersen ...

Wäre heute Heiligabend ...
Und wäre morgen Weihnachten ...
Hätten wir es dann nicht gut, Schätzchen?
Alles, was ich bräuchte, ist meine kleine süße Reiterin.
Nur um die Zeit zu vertreiben ...

Du verstreutest magisches Abwehrpulver ...
Es lässt meinen Geist nicht ruhen, Reiterin,
zu welchem alten Ort ich auch immer gehe ...

Ich sag dir, der Wind wird stärker, er bringt die Blätter am Baum zum Zittern ...
Alles was ich brauche, ist meine kleine süße Frau, die bei mir ist ...

Robert Johnson, 1937. Text & Musik: Robert Johnson (Vocalion)

Welcher Musiker hat jemals so viel Angst vor der Hölle gehabt? Sein lächerliches Voodoo-Zauberpulver hat ihm nichts genutzt, so bleibt ihm nichts als ein letztes Vergnügen mit seiner »Reiterin« – Sex bleibt auch im Angesicht der Höllenfahrt noch wichtig. Allerdings ist der Höllenhund nur eine Metapher, wie die ganze Szenerie der Verzweiflung und Hoffnungslosigkeit. Johnsons Schwester sagte, dass ihr Bruder über die weißen Aufseher auf den Plantagen schrieb, die »Höllenhunde« genannt wurden und gegen die kein Zauber half.[54] Das Höllen- und Teufelsmotiv war Johnson, ebenso wie seiner Zuhörerschaft, aus den sonntäglichen Predigten wohlvertraut. Die Hölle, von der viele seiner Songs handelten, das waren die Lebensbedingungen der Afroamerikaner in den Südstaaten, und wenn Robert Johnson wirklich vom Teufel geholt worden sein sollte, dann war er in Gestalt des Plantagenbesitzers aufgetreten, der dem schwerkranken Musiker die medizinische Hilfe verweigerte.

Robert Johnson starb jung und hat nichts hinterlassen als die Aufnahmen von 29 Songs – die aber Musikgeschichte geschrieben haben. Die verhängnisvolle Wegkreuzung ist übrigens ebenso wenig gefunden worden wie sein Grab. Eine – auch musikalisch höchst anspruchsvolle – Interpretation der übersinnlichen Vorgänge um Robert Johnson gibt der Film »Crossroads – Pakt mit dem Teufel« von Walter

54 Annye C. Anderson: Brother Robert: Growing Up with Robert Johnson. New York: Hachette 2020, S. 161.

Hill aus dem Jahr 1986. Während Ry Cooder für die Slidegitarrenparts verantwortlich zeichnete, besteht der dramatische und musikalische Höhepunkt des Films in einem höllischen Gitarrenduell, das Steve Vai in Wirklichkeit mit sich selbst führt und das auch separat als Musikstück unter dem Titel »Eugene's Trick Bag« veröffentlicht worden ist. Johnson mag in der Hölle schmoren, aber seine Kompositionen sind unsterblich.

2.5. All That Jass

Gemeinsamkeiten und Unterschiede von Blues und Rock finden sich mitunter im selben Stück. Led Zeppelins »American Woman« beginnt wie ein traditioneller Deltablues, mit akustischer Gitarre und wimmerndem Gesang, bevor es zu einer echten Rocknummer mutiert, mit rocktypischer Instrumentierung aus schwerem Schlagzeug, wummerndem Bass und E-Gitarren, unterlegt von einem perkussiven Gitarrenriff, das sehr dem Riff von »Whole Lotta Love« ähnelt – übrigens auch einem Rockstück, das auf einem Bluessong (von Willie Dixon) basiert. Aber kommen wir zurück zur Evolution der musikalischen Vorläufer der Rockmusik.

Nach dem Ende des Bürgerkriegs im Jahr 1865 war die Sklaverei beendet, und viele afroamerikanische Musiker konnten insbesondere Blechblasinstrumente preisgünstig aus den Beständen der aufgelösten Armeekapellen erwerben. Bald sollten durch die Straßen von New Orleans Marching Bands ziehen, die mit ihren kräftig tönenden Hörnern eine Mischung aus Congo-Square-Rhythmen, aus Marschmusik, aus afrikanisch beeinflusster Zirkusmusik der Minstrelshows und aus europäischer Musik bliesen, die man heute als »archaischen Jazz« bezeichnet. Bei Louis Moreau Gottschalk finden wir schon 1840 jazzige Synkopen, der er auf dem Congo Square gehört hatte.

Marching Bands marschierten einfach so durch die Stadt, in der Hoffnung, ein paar Münzen im Klingelbeutel aufzufangen, oder sie wurden für Feste und Feiern angeheuert. Am einflussreichsten für die Entwicklung der Jazzmusik war aber der Einsatz der Marching Bands bei Trauerfeiern. Jazz-Begräbnisse in New Orleans waren und sind legendär. Sind woanders Beerdigungen Privatereignisse der Trauernden, so macht die Jazzband im Big Easy die Trauerprozession zu einem öffentlichen Ereignis. Das fängt schon mit der Kleidung an. Statt in Schwarz geht man in New Orleans gern in farbenfrohen Kostümen hinter dem Sarg her. In den getragenen Trauermarsch mischen sich ruckartige Bewegungen – ein Erbe aus der afrikanischen Vergangenheit, wo man mit solchen Bewegungen böse Geister auf Distanz halten wollte –, so dass der Marsch eher wie ein Tanz wirkt. Die Marching Band sorgt für Musik, und Alkohol ist auch dabei. »New Orleans' Finest« – die feinste Gesellschaft der Stadt – schließt sich gern den Trauerzügen an: Drag Queens, Stripperinnen und Stripper, Transvestiten, Voodoo-Priester, Gaukler, Musiker. Ein Begräbnis wird zum Happening. Wenn eine Marching Band den Sarg zum Friedhof begleitet, sind die Klänge langsam, getragen, traurig, bluesig. Doch wenn der Tote unter der Erde ist, wird auf dem Rückweg das Leben gefeiert, mit flotten, fröhlichen Klängen – die zwei Gesichter des Jazz.

Der Entwicklungsstrang, der aus der archaischen Musik der afrikanischen Sklaven zum Jazz führte, wurde durch die komplizierteren Rhythmen beeinflusst, die über die Karibik nach New Orleans kamen, aber letztlich ihre Wurzeln ebenfalls in Afrika hatten: Tresillo, Habanera, Cinquillo. Folgte der aus den Fieldhollers hervorgegangene Blues meist einfachen Rhythmen wie dem Shuffle, so ist der Jazz durch größere rhythmische Komplexität definiert. Ein wichtiger Schritt auf dem

Weg zum modernen Jazz war der meist auf dem Klavier gespielte Ragtime, dessen strenges rhythmisches Korsett von dem Pianisten Jelly Roll Morton aufgebrochen wurde. Die karibischen Rhythmen nannte er »spanische Färbung«, und so sagte er: »In einer meiner frühesten Kompositionen, ›New Orleans Blues‹, kann man die spanische Färbung wahrnehmen. Wenn es dir nicht gelingt, die spanische Färbung in deine Kompositionen zu bringen, dann wirst du niemals in der Lage sein, die richtige Würze zu erhalten. Ich nenne es Jazz.«[55]

Das Wort *jass* – ursprünglich mit *ss* – stammte vom Congo Square, findet sich auch schon in afrikanischen Sprachen, und bezeichnete eine anstrengende, energiereiche Aktivität, insbesondere aber den Geschlechtsverkehr. In New York begann man, um seine zwielichtige etymologische Herkunft zu verschleiern, *jass* – mit *zz* – zu schreiben. »Als es der Broadway aufnahm«, erzählte der Jazzpionier Eubie Blake, »nannten sie es ›J-A-Z-Z‹. Es hieß nicht so. Es wurde ›J-A-S-S‹ buchstabiert. Das war schmutzig, und wenn du wusstest, was es bedeutete, hättest du es nicht in Gegenwart von Damen gesagt.«[56] Und vor allem wäre das Wort und die gesamte damit verbundene Musikrichtung von Konzertveranstaltern und Radiosendern auf den Index gesetzt worden.

Vom Blues ausgehend entwickelte sich der Jazz als eigenständige Musikrichtung, indem er sich rhythmisch dem Swing zuwandte und die Blue Notes, die schmutzigen Noten, kultivierte. Außerdem zog der Jazz rasch in die Großstädte Chicago und New York, wo ihn weiße Musiker in eleganten Anzügen mit hierarchisch organisierten Orchestern spielten, die dem Vorbild der europäischen Sinfonieorchester folgten. Für die Entwicklung zur Rockmusik blieb der urtümlichere, proletarischere Blues wichtiger, der es in den 1920er und 1930er Jahren, als sich die Schallplatte verbreitete, unter der afroamerikanischen Bevölkerung zu hoher Popularität brachte.

---

55 Jelly Roll Morton: Interview. In: Alan Lomax: Mr. Jelly Roll. The Fortunes of Jelly Roll Morton, New Orleans Creole and Inventor of Jazz. New York: Universal Library 1950, S. 62.

56 Eubie Blake: Interview. In: Tom Vitale: The Musical That Ushered in the Jazz Age Gets Its Own Musical. NPR (National Public Radio) vom 19.3.2016. https://www.npr.org/2016/03/19/470879654/the-musical-that-ushered-in-the-jazz-age-gets-its-own-musical, zugegriffen am 1.7.2020.

2.6. Rockin' Rollin' Mama

Durch die Mechanisierung der Landwirtschaft wurden Arbeitsplätze in den Südstaaten knapp, während die Schlachthöfe und Fabriken von Chicago den Schwarzen, die nach Norden wanderten, neue Beschäftigungsmöglichkeiten boten. Die nach Norden wandernden Afroamerikaner nahmen ihre Musik mit, die sich zum Chicago Blues weiterentwickelte. Als Schlüsselfaktor für die Blüte des Chicago Blues in den 1940er und 1950er Jahren erwies sich die Plattenfirma Chess Records, die mit dem Bassisten Willie Dixon über einen begnadeten Komponisten und Arrangeur verfügte, der unter anderem für den ebenfalls aus dem Süden zugewanderten Muddy Waters »Hoochie Coochie Man« und zahlreiche andere Hits schrieb. Muddy Waters veränderte den Tonfall des Blues, einerseits, weil er eine elektrische Gitarre spielte, und andererseits, weil er, wie Willie Dixon sagen sollte, »Pep« in die bislang eher traurige Bluesmusik brachte.

Überhaupt begann man, Blues allmählich schneller zu spielen. Auf dem Congo Square war getanzt worden, und das westafrikanische Wort für Tanzen ist *bogi*. Schneller, tanzbarer Blues wurde vor allem auf dem Klavier gespielt, wo man mit der linken Hand eine auf- und abwandernde Basslinie hinterlegen konnte. In »Pinetop's Boogie Woogie« des Pianisten Clarence »Pinetop« Smith vom 29. Dezember 1928 ist zum ersten Mal die Wendung *Boogie-Woogie* veröffentlicht worden. Der traurige, langsame Blues hatte das Elend der Welt bejammert. Mit dem fröhlichen, tanzbaren und schnellen Boogie-Woogie wurde der Blues konstruktiv. Tanzparties veranstaltete man vor allem, wenn jemand so pleite war, dass er seine Miete nicht mehr zahlen konnte. In so einem Fall spielte man einen »House Rent Boogie«, alle hatten Spaß und tanzten und ein Hut ging herum, in den jeder etwas hineinwarf, bis der Betrag für die nächste Mietzahlung beisammen war.

Übertrug man das Tempo des Boogie-Woogie auf eine Big Band, hatte man den Jump Blues, der mit afroamerikanischen Musikern wie Louis Jordan, Big Joe Turner und Wynonie Harris als direkter Vorläufer des Rock and Roll gelten kann. *Jump* wurde er genannt, weil man zu dem schnellen Beat keinen Walzer tanzte, sondern Hüpfer und Sprünge machte. Die Rockmusik war von Anfang an mit dem Tanzen verbunden. Rockmusik war nie Musik zum Zuhören – sie war Musik zum Tanzen.

Die afrikanischen Tänze waren nicht vom Schreiten abgeleitet wie die europäischen Tänze, sondern vom Springen. Afrikanische Tänze tanzte man nicht nur auf dem Congo Square, sondern auch in Harlem, New York City, wo die Afroamerikaner lebten. 1928 entstand dort der Lindy Hop, eine Mischung aus der achttaktigen europäischen und der lebhafteren afrikanischen Tanztradition, die aus *hops* (Hopsern) und *jumps* (Sprüngen) bestand. Der Lindy Hop war der Ursprung der Swing-Tänze, aus denen sich 1934 der Jitterbug entwickelte, der bereits die akrobatischen Figuren aufwies, welche später auch den Rock-and-Roll-Tanz auszeichnen sollten.

Es war kein Zufall, dass die wilden Tänze und die dazu passende Uptempo-Musik in den Roaring Twenties entstanden waren. »Tight Like That« von Tampa Red und Georgia Tom klang im Jahr 1928 schon verdammt nach Rock and Roll, und im Folgejahr zeigten »Crazy About My Baby« der Sängerin Blind Roosevelt Graves sowie »Going To Move To Alabama« von Charley Patton, dass Rock and Roll eigentlich nichts anderes ist als ein schnell gespielter Blues. Das wird noch deutlicher, wenn man die historischen Aufnahmen noch ein bisschen schneller abspielt, etwa mit anderthalbfacher Geschwindigkeit. Es wird auch erkennbar, wenn man sich Bluesstücke von Rockbands anhört, die bei einem Tempowechsel vom Blues in den Rock and Roll fallen und umgekehrt – also beispielsweise bei John Lennons »Yer Blues« oder beim »Midnight Rambler« von den Rolling Stones. Ausgerechnet Charley Patton, der traditionellste aller traditionellen Bluesmusiker, hatte bereits den Rock and Roll vorweggenommen! Auch Bill Wyman nennt Patton den »ersten Rock-'n'-Roller«.[57] Oder, wie es Muddy Waters 1977 in einem Songtitel ausdrückte: »The Blues Had a Baby and They Named It Rock & Roll.«

Der Blues war die Musik der Schwarzen. In den USA waren nicht nur Wohnviertel, Busse und Schulen segregiert, sondern auch die Musik. Es gab Plattenfirmen für schwarze Musiker – die sogenannten *Race Records* – und Labels für Weiße. Es gab Radiosender für Schwarze und Sender für Weiße. Es war fein säuberlich getrennt. Allerdings wurde der Begriff *Race Music* zunehmend als diskriminierend empfunden; und zur Überraschung der Musikindustrie begannen auch Weiße, den schnell gespielten, tanzbaren und fröhlichen Jump Blues zu hören und dazu zu tanzen. Man brauchte allmählich eine andere Bezeichnung für die Musik, die von afroamerikanischen Musikern gemacht wurde, und das war *Rhythm and Blues* – ein Begriff, der zum ersten Mal im Jahr 1941 auftauchte.

Die Wortschöpfung schien passend zu sein. Die Musik der Afroamerikaner war in erster Linie der Blues gewesen, aber 1941 gab es eben schon die schnell gespielte Musik wie den Boogie-Woogie und den Jump Blues, so dass man die Musik der Schwarzen nicht mehr allein durch das Wort *Blues* abbilden konnte. Aber was zeichnete die rockige Musik der Schwarzen aus? – Das Rhythmische, also nannte man die Musik der Afroamerikaner eben *Rhythm and Blues*. 1948 benannte das Label RCA Victor *Race Music* in *Blues and Rhythm* um, und 1949 das einflussreiche Billboard-Magazin seine *Harlem Hit Parade* in *Rhythm and Blues*. Schwarze und weiße Musik war damit zwar immer noch scharf getrennt, aber zumindest wurde der Rassenbegriff durch einen Gattungsbegriff ersetzt, der auf die Eigenschaften der Musik Bezug nahm: das Bluesschema und das rhythmisch Rockige – beides Erben des Congo Square.

Einer der prägendsten Rhythm-and-Blues-Musiker war Louis Jordan, der seine ersten musikalischen Erfahrungen in den Big Bands der Swing-Ära gemacht hatte und deren Sound er durch kleinere Bands nachahmte, die neben der Rhythmusgruppe die jazztypischen Bläsergruppen, aber auch bereits die elektrische Gitarre und später auch die elektrische Orgel einsetzten. An seinem swingenden »Keep A-Knockin' (but You Can't Come In)« (1939), dem bluesigen Mid-Tempo-Stück »Let

57 Bill Wyman, Blues, a. a. O., S. 148.

the Good Times Roll« und den rockigen Stücken »Caldonia« (1945), »Choo Choo Ch'Boogie« (1946) und »Ain't That Just Like A Woman« (1946) lässt sich gut die Evolution vom Blues mit Anleihen beim Swing zum Rock and Roll erkennen. Das E-Gitarrenintro von »Ain't That Just Like A Woman« sollte Chuck Berry 1958 für »Johnny B. Goode« kopieren – was die direkte Entwicklung vom Jump Blues zum Rock and Roll belegt.

Natürlich stammten auch die Wörter *rock* und *roll* aus den Bluessongs – als Chiffren für Geschlechtsverkehr. »Roll 'Em Pete« von Big Joe Turner und Pete Johnson hatte im Jahr 1938 nicht nur das Wort *roll* im Titel, es war wohl auch die erste Aufnahme überhaupt, die den Rock-and-Roll-typischen Backbeat aufwies – wenngleich sie auf dem Label noch als »Fast Blues« charakterisiert wurde und Chuck Berry sie später als »Boogie Woogie« bezeichnen sollte – aber genauso spielte wie seine sonstigen Rocksongs. Endgültig kam der Backbeat 1939 durch Harry James And His Orchestra mit dem auch »Back Beat Boogie« genannten Stück ins Repertoire. 1939 veröffentlichte Buddy Jones ein Rock-and-Roll-Stück, das sogar die Phrase »Rock and Roll« verwendete.

Rockin' Rollin' Mama

... Waves on the ocean, waves in the sea
But that gal of mine rolls just right for me
Rockin' rollin' mama, I love the way you rock and roll ...

Stoßende, wälzende Frau

... Wellen auf dem Ozean, Wellen auf dem Meer,
aber mein Mädchen wälzt sich genau richtig für mich.
Stoßende, wälzende Frau, ich liebe die Art, wie du stößt und dich wälzt ...

Buddy Jones, 1937. Text & Musik: Buddy Jones (Decca)

Mit der Bezugnahme des ersten Verses auf die Meereswellen übernahm Buddy Jones die alliterative Phrase *rocking and rolling* aus der Sprache der britischen Seeleute. In den 1930er und 1940er Jahren verbreiteten sich die Wörter *rock* und *roll*, einzeln oder gemeinsam benutzt, für eine schnelle, rhythmische, sexuell anzügliche Musik und die Bewegungen, die man im Bett macht und auf der Tanzfläche andeutungsweise nachvollzieht. Oder auch einfach nur für eine Musik, die einen guten Beat aufwies. 1931 spielte Duke Ellington »Rockin' in Rhythm«. Die Boswell Sisters nahmen 1934 ein Lied namens »Rock and Roll« auf, das wieder auf das Schlingern eines Bootes anspielte, aber musikalisch eher dem Swing zuzurechnen war. Wild Bill Moore sang 1947 »we're gonna rock, we're gonna roll«. Richtig Dynamik kam in den neuen Musikstil, als Wynonie Harris 1948 mit »Good Rockin' Tonight« einen Nummer-eins-Hit landete, der 28 Wochen in den Charts blieb. Nichts zeigt schöner den Übergang vom traurigen Blues zum fröhlichen Rock and Roll als der Refrain »We're gonna rock and roll all our blues away« – »wir rocken und rollen unseren ganzen Blues fort«!

1949 veröffentlichte Jimmy Preston den Boogie »Rock the Joint«, der bereits ganz klar Proto-Rock-and-Roll war. Als der weiße Countrymusiker Bill Haley den Song nur drei Jahre später coverte, steuerte sein Gitarrist Danny Cedrone ein schnelles Solo bei (das gleiche Solo sollte er später auf »Rock Around the Clock« noch einmal recyceln), so dass der Sound abermals ein wenig flotter, frischer und frecher wurde – und gut genug, um für gute Verkaufszahlen der Platte zu sorgen. Eine Stadt, wo sich »Rock the Joint« gut verkaufte, war Cleveland, wo der Radiomoderator Alan Freed auf den Song aufmerksam wurde. Es ist bis heute nicht ganz geklärt, was die Henne und was das Ei war, aber Haleys »Rock the Joint« tauchte in Freeds Radiosendung genau zu der Zeit auf, als Freed den neuen Musikstil, diese Mischung aus schwarzem Rhythm and Blues und weißem Western-Swing, nach der sprachlichen Wendung, die bereits üblich geworden war, »Rock and Roll« nannte. Der Musikstil hatte sich längst entwickelt – und jetzt bekam er auch noch einen Namen, den er verdiente.

Es war der afroamerikanische Rhythm and Blues, aus dem der Rock and Roll hervorgegangen war, aber die neue Musikrichtung hatte das Potential, die in den USA der 1940er und 1950er Jahre so prominenten Rassengrenzen zu überwinden. Zur Musik der Weißen gehörte die Countrymusik. Die Countrymusik hatte sich seit den 1920er Jahren in den USA entwickelt. Der Name passte, denn es waren überwiegend Hillbillys – zu Deutsch: ›Hinterwäldler‹ – die diese Musik spielten und hörten. Aber die Musik war interkultureller als das streng segregierte Musikgeschäft, denn weiße Countrymusiker, deren Herkunftsmilieus und Lebensstile sich mit denen der Afroamerikaner überschnitten, hatten weniger Berührungsängste mit ihren Nachbarn und ließen sich gern von der schwarzen Blues- und Jazzmusik beeinflussen.

Gleich die erste Countryplatte, die sich überhaupt mehr als eine Million Mal verkaufte, »The Wreck of the Old 97« von Henry Whitter aus dem Jahr 1924, hatte als B-Seite den »Lonesome Road Blues«, der genauso populär wurde wie die A-Seite. Die Melodie von »The Wreck of the Old 97« (eine Hommage an ein Eisenbahnunglück aus dem Jahr 1903) stammte übrigens von dem Seemannslied »The Ship That Never Returned«, das der amerikanische Musiker Henry Clay Work schon im Jahr 1865 komponiert hatte, während der flotte Rhythmus von der böhmischen Polka beeinflusst war, die sich in der Countryszene bis heute großer Beliebtheit erfreut.

Eine höchst originelle Verbindung stellte der Yodel Blues dar, der insbesondere von Jimmie Rodgers, dem »ersten echten Countrystar«, gepflegt wurde. Der Yodel Blues war eine Fusion aus dem zwölftaktigen Bluesschema mit dem alpenländischen Jodelgesang. Der Yodel Blues sollte in der Countrymusik sehr populär werden. Nicht zuletzt Bill Haley hatte einen Song namens »Yodel Your Blues Away« komponiert, der das Programm vorgab: Den langsamen, traurigen Blues in eine fröhliche, beschwingte Tanzmusik zu überführen. Rhythmisch entfernte sich Country deshalb vom bluestypischen Shuffle, nahm dagegen den Swing vom Jazz auf (Western Swing).

Und natürlich ließ sich die Countrymusik auch vom schnell gespielten Boogie-Woogie der Bluesmusiker und dem sich daraus entwickelnden Jump Blues inspirieren – mit erstaunlichen Rückwirkungen und Verflechtungen. Louis Jordans »Choo

Choo Ch'Boogie« war ein von schwarzen Musikern gespielter, auf afroamerikanische Musiktraditionen zurückgehender Jump Blues, der von weißen Countrymusikern komponiert worden war. Als dann weiße Countrymusiker den ursprünglich Schwarzen Rock and Roll zu spielen begannen, war Rockabilly geboren – die Kombination aus Rock and Roll und Hillbilly. Der texanische Musiker Bob Wills, der zu den Hauptvertretern des Western Swing zählte, hat es mit folgenden Worten auf den Punkt gebracht: »Rock and Roll? Wieso, Mann, das ist die gleiche Art von Musik, die wir seit 1928 gespielt haben! … Es ist einfach der grundlegende Rhythmus, und der hat in meiner Zeit eine Menge unterschiedlicher Namen erhalten. Es ist egal, ob du einem getrommelten Beat wie in Afrika folgst oder ob du ihn mit einer Vielzahl von Instrumenten einbettest. Der Rhythmus ist das, was wichtig ist.«[58] Wichtiger als die Hautfarbe.

58 Bob Wills. Zitiert in: Charles R. Townsend: The Life and Music of Bob Wills. Champaign: University of Illinois 1976, S. 269.

2.7. Sweet Home Chicago

Um 1950 stand der Blues in voller Blüte, der Big-Band-Jazz hatte ihn mit Rhythmus und Tempo ausgestattet und – ausgerechnet, würde man heute sagen! – die heute so konservative, aber damals gegenüber den Afroamerikanern sehr aufgeschlossene Countrymusik hatte die scharfe Segregation von schwarzer und weißer Musik überwunden. Aber es fehlte noch ein Element für die Herausbildung der echten Rockmusik: die Instrumentierung. Dazu müssen wir uns vergegenwärtigen, wie Blues und Jazz entstanden waren. Blues war die Musik des Mississippi-Deltas gewesen. Das gängige Klischee beschreibt den typischen Bluesmusiker als einen Afroamerikaner, der am späten Nachmittag, wenn die Arbeit getan war, auf der *front porch*, der Veranda, seiner Hütte saß und traurig die Gitarre zupfte. Aber genauso erlebten der Ethnomusikologe John Lomax und sein Sohn Alan, als sie ab 1933 über den amerikanischen Kontinent zu reisen begannen, noch Bluesmusiker wie W.C. Handy, Son House, Robert Johnson, Lead Belly und Bukka White (die letzten beiden allerdings im Zuchthaus), deren Musik sie aufnahmen, um sie für die Nachwelt zu konservieren.

1941 und 1942 fuhr Alan Lomax in das Delta nach Clarksdale, wo er auf der Stovall Plantation einen Bluessänger und -gitarristen namens McKinley Morganfield aufnahm, der aber auf den Spitznamen *Muddy Water* (später *Waters*) – also ›schlammiges Wasser‹ – hörte. Ein Schwarz-Weiß-Foto, unter das handschriftlich »Muddy Water« gekritzelt ist, zeigt den Sänger, wie er mit seiner Gitarre auf einem Holzstuhl auf einer ziemlich brüchigen Veranda sitzt und den »Burr Clover Blues« spielt. *Burr Clover* (*Medicago polymorpha*) heißt auf Deutsch ›rauer Schneckenklee‹ und ist eigentlich ein Wildkraut, das auch auf schlechten Böden gedeiht und dessen Samen für die Alkoholproduktion verwendet werden. »Muddy«, so erinnert sich Howard Stovall aus der Eignerfamilie der Plantage, »war der Schneckenkleemann und war auch einer der ersten, die auf unserer Plantage einen Traktor gefahren haben, allerdings nicht der zufriedenste Traktorfahrer der Welt und er konnte es nicht abwarten, die Landwirtschaft zu verlassen und ein Leben als Entertainer zu führen.«[59]

---

59 Howard Stovall. Zitiert in: Richard Havers: The Lomax Legacy: Giving a Voice to the Voiceless. Udiscovermusic vom 26.1.2019, https://www.udiscovermusic.com/stories/muddy-waters-first-recording/, zugegriffen am 1.7.2020.

Burr Clover Blues	**Schneckenklee-Blues**
Well now, I told my man, way up in Dundee … Well now, you go down to Mr. Howard Stovall's place, he got all the burr clover you need	Nun gut, sagte ich meinem Vorarbeiter oben in Dundee … Nun gut, du gehst jetzt runter zu Mr. Howard Stovalls Hof, er hat jetzt allen Schneckenklee, den man brauchen kann.
Well now, the reason I love that old Burr Clover Farm so well … Well now, we always have money and we never raise no hell	Nun gut, der Grund, weswegen ich diese alte Schneckenkleefarm so sehr liebe … Nun gut, wir haben stets Geld und wir machen nie einen Aufstand.
Well now I'm leavin' this mo'nin', sho' do hate to go, yeah babe … Well now, I've got to leave that Burr Clover Farm, I ain't comin' back here no mo'	Nun gut, ich haue heute morgen ab, sollte es hassen zu gehen, Schätzchen … Nun gut, ich muss diese Schneckenkleefarm verlassen, ich komme nie wieder zurück.
Play that boy! Yeah told you I was leavin' at four o'clock this mo'nin'	Erzähl das allen, Junge! Ich sagte dir, dass ich heute morgen um vier abgehauen bin.
Now goodbye ev'rybody, an I may not come back down … Well now I gotta leave that Burr Clover Farm, my baby don't want me around	Jetzt tschüss euch allen, und ich komme nicht mehr zurück … Gut, jetzt verlasse ich die Schneckenkleefarm, mein Schätzchen will mich nicht mehr sehen.
Well so long, … you gonna need my help, I say … Well now I'm gonna sell ya some Burr Clover honey, just before I go away	Mach's gut … du wirst meine Hilfe brauchen, das sage ich dir … Nun gut, ich verpasse dir noch schnell etwas Schneckenkleehonig, bevor ich fortgehe.

Muddy Water(s), 1942. Text & Musik: McKinley Morganfield (Chess)

Muddy Waters erzählt hier die typische Geschichte der afroamerikanischen Feldarbeiter, die von den Plantagen im Mississippi-Delta genug hatten. Und sein Mädchen hält ihn auch nicht mehr im Süden. Aber ganz konnte das der alte Macho nicht einsehen, also hat er ihr in der Abschiedsnacht noch eine Ladung »Honig« verpasst – ohne ein bisschen Schlüpfrigkeit war ein Blues eben kein richtiger Blues. Und wo ging Muddy Water(s) hin? Natürlich nach Chicago, wo Hunderttausende Afroamerikaner hinzogen, weil es dort Arbeit in den riesigen Schlachthöfen gab, die das Vieh aus dem Mittleren Westen verarbeiteten.

Sweet Home Chicago (Ausschnitt)	**Süße Heimat Chicago**
But I'm cryin baby Honey don't you wanna go Back to the land of California To my sweet home Chicago	Ich weine aber, Schätzchen. Liebes, willst du nicht Zurück in das Land Kalifornien gehen In meine süße Heimat Chicago

Robert Johnson, 1936. Text & Musik: Robert Johnson (Vocalion)

Robert Johnsons Blues wurde zigmal gecovert (u.a. von Roosevelt Sykes, Fleetwood Mac, Eric Clapton, Status Quo, Blues Brothers und – vom ehemaligen US-Präsidenten Barack Obama, der das Lied über seine Heimatstadt am 21.2.2012 zusammen mit Buddy Guy und B. B. King gesungen hat). Warum der Sänger nicht nur in die Stadt Chicago, sondern auch nach Kalifornien gehen wollte, bleibt ein vieldebattiertes Rätsel der Musikgeschichte. In jedem Fall waren beide Orte – das sonnige Kalifornien ebenso wie die Metropole des Mittleren Westens – Sehnsuchtsorte für die Afroamerikaner aus dem Süden, so dass die Geografie schon einmal durcheinandergehen konnte. Chicago war leichter erreichbar, gab es doch seit 1911 eine direkte Bahnverbindung von New Orleans aus. Ab 1947 wurde ein Zug eingerichtet, der die 1.482 Kilometer lange Strecke in knapp sechzehn Stunden schaffte. Der Folksänger Steve Goodman errichtete dem *City of New Orleans* genannten Zug 1970 ein gleichnamiges musikalisches Denkmal, das in den Coverversionen von Arlo Guthrie, Willie Nelson, Johnny Cash oder John Denver sehr bekannt werden sollte.

In Chicago wurde der Blues urban. Was machte die Musik urban? Ganz einfach: Um sich gegen den Lärm der Stadt durchsetzen zu können, musste die Musik in erster Linie laut sein. Der Jazz war schon immer urban und laut. Die Lautstärke bezog er vor allem durch die Bläser, allen voran die Trompeter. Schon die Marching Bands aus New Orleans mussten laut sein, die Jazzbands in Chicago ebenfalls. Und nun kamen die Bluesmusiker mit ihren Gitarren und mussten sich gegenüber dem Straßenlärm durchsetzen. Glücklicherweise war bereits die elektrisch verstärkte Gitarre erfunden worden. Seit 1932 war die Rickenbacker Frying Pan auf dem Markt, seit 1935 Rickenbackers Electro-Spanish Ken Roberts, seit 1936 die sehr erfolgreiche Gibson ES-150, und 1940 revolutionierte der Jazzgitarrist Les Paul die E-Gitarre, indem er ihr einen festen Körper verpasste.

Muddy Waters, der genug vom Schneckenklee hatte, ging 1943 nach Chicago, wo ihn Big Bill Broonzy in die Clubszene einführte, und im Jahr darauf besaß er seine erste elektrische Gitarre: »Als ich in die Clubs ging, war das erste, was ich wollte, ein Verstärker. Mit einer Akustischen konnte dich keiner hören.«[60] Die urbane Form des Blues, die bald *Chicago Blues* genannt wurde, um ihn vom traditionellen

60 Muddy Waters. Zitiert in: David P. Szatmary: Rockin' in Time: A Social History of Rock-and-Roll. Upper Saddle River: Pearson 2014, S. 8.

Mississippi-Delta-Blues abzugrenzen, war also aus ganz praktischen Gründen entstanden, aber auch in einer anderen Situation: Nämlich in Nachtclubs, wo es darum ging, Menschen zu unterhalten und zum Tanzen zu bringen. Der urbane Blues hatte deshalb mehr »Pep« (Willie Dixon) als der traurige Delta Blues. 1947 war Muddy Waters zum ersten Mal auf einer Platte zu hören, aber noch innerhalb einer jazztypischen Bläser-Combo und ohne auf dem Cover namentlich erwähnt zu werden. Sollte es das Schicksal der Bluesgitarristen sein, ein Leben als namenlose, zweitrangige Studiomusiker zu fristen, die in bläserdominierten Jazzbands ein kaum zu hörendes, nachrangiges Instrument spielten?

Muddy Waters sollte nicht so enden. Im Gegenteil, für die Entwicklung der Rockmusik sollte er eine entscheidende Rolle spielen, aber das konnte er als Musiker nicht allein schaffen. Dazu bedurfte es der Mitwirkung zweier Brüder, die ironischerweise zunächst gar nichts mit Musik am Hut hatten. Weil sie für die Verbreitung der Musik verantwortlich waren, die die unmittelbaren Vorläufer der Rockmusik bildeten, lohnt es sich, die Geschichte der Familie Czyz etwas ausführlicher darzustellen.[61] Und auch, weil es eine typische Einwandergeschichte war – nicht vom Tellerwäscher zum Millionär, aber vom Klüngelskerl zum Millionär. Vor allem aber, weil die eigentliche Rockmusik, die Anfang der 1960er Jahre in England entstehen sollte, durch die Bluesmusik inspiriert wurde, die auf Schallplatten gepresst war, die hauptsächlich in Chicago fabriziert und dann über den Atlantik verschifft worden waren. Und hätte es nicht eine ganze Kette von Zufällen gegeben, wäre die Rockmusik wohl gar nicht entstanden – die coolen britischen Kids hätten dann Trompete oder Saxofon gelernt und nicht Gitarre.

Die bettelarme jüdische Familie Czyz stammte aus einem winzigen Dorf, das mal zu Weißrussland und mal zu Polen gehörte. Yasef Czyz wanderte schließlich, wie so viele polnisch-weißrussische Juden, in die USA aus, wo er in Chicago eine lebhafte jüdische Immigrantenkolonie vorfand und zunächst seinen erlernten Beruf als Schuhmacher ausübte. Das war noch eine ziemlich normale Immigrantengeschichte. Dann kam der erste Zufall. Seine Schwiegermutter verstarb in ihrem Heimatdorf, so dass Yasefs Frau Cyrla mit den Kindern Malka, Lejzor und Fiszel nachkommen konnte. Weil sie keine sentimentalen Bindungen an ihr Herkunftsland Polen hatten, das einer diskriminierten religiösen Minderheit niemals richtig Heimat gewesen war, änderten die Czyzs sogleich ihre Namen: Aus Yasef wurde Joe, aus Cyrla Celia, aus Malka Mae, aus Lejzor Leonard und aus Fiszel Philip. Und aus Czyz wurde Chess.

In Chicago lebten die jüdischen Immigranten in unmittelbarer Nachbarschaft der aus dem Süden zugezogenen Afroamerikaner in der South Side. Beide Minderheiten hatten keine Probleme miteinander. Beide gehörten nicht zu den WASPs, den White Anglo-Saxon Protestants. Die überwiegend aus Mittel- und Osteuropa

---

61 Die folgende Darstellung stützt sich auf das hervorragende Buch von Nadine Cohodas: Wie Chess den Blues vergoldete. Höfen: Koch und Hannibal 2002. Sowie auf den Film »Cadillac Records« von Darnell Martin aus dem Jahr 2008, der von Marshall Chess produziert wurde und auch von den Erinnerungen des Bassisten Willie Dixon lebt.

stammenden Juden hatten fast 2.000 Jahre lang Ausgrenzungs-, Diskriminierungs-, Vertreibungs- und Vernichtungserfahrungen gemacht, die Verständnis schafften für die Lage der Afroamerikaner in Amerika.

Und die Angehörigen beider Minderheiten hatten Respekt, wenn es einer aus der anderen Gruppe schaffte, sich durch Initiative, Fleiß, Können und gute Manieren aus den erbärmlichen Verhältnissen, denen beide entstammten, hochzuarbeiten. Wie sagte Dave Usher, der spätere Toningenieur von Chess Records, in bestem Jiddisch: »Wir kamen mit den *shvartzes* wirklich gut aus.«[62] Die geteilten Ausgrenzungserfahrungen von Juden und Afroamerikanern schlugen sich auch in der Musik nieder, die Trost spenden sollte. Wie drückte es der jüdische Musikproduzent Ralph Bass aus? »Du musst verstehen, da gibt's eine Affinität zwischen Blues und hebräischer Musik. Ich höre diese Molltöne, und hallo, schon bin ich wieder zurück in der Synagoge!«[63]

Joe Chess machte also Geschäfte mit den Afroamerikanern. Zunächst als Schuhmacher, dann mit einem Kleidergeschäft. Und dann kam ein weiterer Zufall ins Spiel. Nach der Weltwirtschaftskrise brach das Geschäft ein und Joe beschloss, sich als Klüngelskerl durchzuschlagen, der Schrott, Altglas, Altpapier und ähnliche Stoffe sammelte. Und sein ältester Sohn Leonard half ihm dabei. Leonard lernte dabei einige Schnapsbrenner kennen, bei ihnen wurde er seine alten Flaschen los. Als sich die Gelegenheit ergab, eröffnete er mitten in der schwarzen Wohngegend einen Schnapsladen. Ein Schnapsladen war damals auch mit einer Bar und einer Art Jukebox ausgestattet, damit man beim Trinken Musik hören konnte. Leonard lernte, dass man Geld verdienen konnte, wenn man den Leuten Alkohol und Musik verkaufte.[64]

Da war es kein Zufall mehr, sondern folgerichtig, dass Leonard Chess im Jahr 1946 zusammen mit seinem Bruder Phil eine Bar eröffnete. Weil die Brüder gelernt hatten, wie wichtig die Musik war, sorgten sie dafür, dass ihre *Macomba Lounge*, die ein afroamerikanisches Publikum anzog, eine gute Hausband hatte, die bläserlastigen Jazz und tanzbaren Jump Blues spielte. Die Brüder konnten gut mit den schwarzen Musikern, und bald wurde die Macomba Lounge zum Treffpunkt von allen möglichen Musikern, die gern nach ihren Gigs in den teureren Clubs und Hotels einkehrten, um noch ein paar Stunden zusammen zu jammen. Und so lernten die Chess-Brüder immer mehr über Musik.

Und noch ein Zufall stellte sich ein. Die jüdische Familie Aron, die schon länger in Chicago ansässig war und es zu Wohlstand und Kultur gebracht hatte, machte sich den Spaß, eine Plattenfirma zu gründen, die sie, die ehemaligen Einwanderer, ironischerweise *Aristocrat Record Company* nannten. Aristocrat presste den ortsüblichen Jazz und so landeten sie rasch bei den Musikern, die in der Macomba

62 Cohodas, Chess, S. 166.

63 Ralph Bass. Zitiert in: Adrian Wolfen, Chessthetik des Blues. In: Cohodas, Chess, a. a. O., S. 322-337, hier: S. 327.

64 Cohodas, Chess, S. 23.

Lounge auftraten. Leonard Chess witterte ein Geschäft und beteiligte sich gleich an einer Plattenproduktion, die ihn, der von Noten »keinen Schimmer« hatte, sogar als Songtexter aufführte – um einen Tantiemenanspruch zu begründen. Leonard hatte Spaß am Schallplattengeschäft und begann, sich als Vertriebsmann für Aristocrat Records zu engagieren. Weitere Zufälle sorgten dafür, dass die Chess-Brüder nach und nach Anteile an der Firma erwerben konnten, bis sie schließlich die alleinigen Eigentümer waren und das Label in *Chess* umbenannten. Noch ein Zufall bestand darin, dass sie eine hübsche Versicherungssumme in ihre Plattenfirma investieren konnten, als die Macomba Lounge, die ihnen ohnehin lästig geworden war, just zum richtigen Zeitpunkt abbrannte. Der wohl folgenreichste Zufall bestand darin, dass Ende 1947 Muddy Waters, der mittlerweile in Chicago vier Jahre mit drittklassigen Gigs verbracht hatte, bei einer Aristocrat-Aufnahmesession auftauchte. Waters' erste Einspielungen blieben wie Blei in den Regalen liegen, aber der weiße Jude Leonard Chess und der Afroamerikaner Muddy Waters schlossen eine Freundschaft, die ein Leben lang halten sollte.

Überhaupt pflegten die Chess-Brüder enge persönliche Beziehungen zu den afroamerikanischen Musikern, denen sie ihren Reichtum verdanken sollten. Die Verhältnisse in der Firma waren ausgesprochen familiär, und es kam öfter vor, dass der eine oder andere Musiker auch mal für ein paar Wochen bei einem der Brüder unterkam. Leonard und Phil kümmerten sich um persönliche Angelegenheiten und Probleme ihrer Musiker, paukten sie immer wieder aus juristischen Schwierigkeiten heraus, halfen bei Drogenproblemen, schützten auch manchmal (vor allem im Fall Etta James) die Musiker davor, ihr Vermögen zu verschleudern, und versorgten sie mit heißen Autos (»Cadillac Records«) und so viel Geld, wie sie nach Leonards Meinung gerade brauchten. Dass Tantiemen auf diese Weise nicht immer korrekt abgerechnet wurden und die Taschen der Brüder im Laufe der Jahre immer voller wurden, sollte Gegenstand regelmäßiger Beschwerden und, insbesondere nach Leonards Tod, juristischer Auseinandersetzungen werden.[65]

Im April 1948 kam es zu einer zweiten Session mit Muddy Waters. Anfangs wurden noch Stücke in gewohnter urbaner Instrumentierung aufgenommen – mit dem Klavier als dominantem Instrument, einem Altsaxofon und Waters' Gitarre, die nur zwischendurch zu hören war. Über diese konventionellen Stücke ist die Musikgeschichte hinweggegangen. Aber es kam noch zu einem weiteren Zufall, denn es blieb noch Zeit im Studio, die Muddy Waters nutzte, um, lediglich von den Basslinien »Big« Crawfords begleitet, zu zeigen, wie virtuos er die elektrische Gitarre beherrschte und über welches Stimmvolumen er verfügte. Die ersten 3.000 Exemplare von »I Can't Be Satisfied« waren innerhalb von 24 Stunden ausverkauft, obwohl der vollkommen neuartige Sound bei den Kritikern durchfiel. Die Chess-Brüder wussten, dass sie mit diesem neuen Klang – der bald *Chicago Blues*, *Urban Blues* oder *Electric Blues* getauft wurde – eine Goldader entdeckt hatten. Phil Chess sagte einmal: »Wenn du die Tonleiter an die Wand hängst und mich fragst, was C,

65 Cohodas, Chess, pass.

D, E ist, kann ich's nicht unterscheiden, und Leonard auch nicht. Aber«, und jetzt zeigte er auf sein Ohr, »das kennt sich aus. Auf das konnten wir uns verlassen.«[66] Und er sollte recht behalten: Siebzehn Jahre später landeten die Rolling Stones mit »(I Can't Get No) Satisfaction« einen Welterfolg, der musikalisch wie textlich auf Muddy Waters' Hit aufbaute und ihn in einen Rocksong transformierte.

Die musikalischen Innovationen kamen nicht von den Branchenriesen mit ihren Scouts und Stäben wie RCA Victor, Columbia, Atlantic oder Decca, sondern von den kleinen, unabhängigen Plattenfirmen wie Chess oder Sun Records. Wie schrieb der Kolumnist Gary Kramer am 16. Februar 1957 über die »Independents«: »Sie waren die Pioniere und Triebkräfte des Rhythm and Blues und des Rock and Roll und bilden immer noch die Speerspitze.«[67] Die Chess-Brüder kümmerten sich nämlich nicht nur um das Kaufmännische, sondern betätigten sich – ebenso wie Sam Philipps von Sun Records – auch als Produzenten. Es waren die Chess-Brüder, die genaue Vorstellungen davon hatten, wie ein Song zu klingen hatte und sie brachten die Musiker im Studio dorthin, wo sie sie haben wollten – und wenn es dafür 36 Takes brauchte (wie bei Chuck Berrys »Maybellene«)![68]

Aber es waren nicht nur die Ohren von Leonard und Phil Chess. Es war auch Willie Dixon. Der 1915 geborene Bassist, der 1936 aus dem Delta nach Chicago gekommen war, arbeitete (mit Unterbrechungen) zwischen 1950 und 1965 für Chess Records als Talentsucher, Komponist, Arrangeur, Bassist, Bandleader, Produzent und als rechte Hand von Leonard Chess. Er schrieb Stücke für Muddy Waters, Howlin' Wolf, Little Walter, Bo Diddley und Chuck Berry; er war das Bindeglied zwischen Blues und Rock and Roll, und seine Kompositionen sollten auch die Rockmusik prägen:

Titel	**Erstinterpret**	**Coverversionen (Auswahl)**
Little Red Rooster	Howlin' Wolf	The Rolling Stones (UK Singles Charts Nr. 1)
I'm Your Hoochie Coochie Man	Muddy Waters	Eric Burdon, The Allman Brothers Band, Alexis Korner, Steppenwolf, Chuck Berry, Motörhead, Eric Clapton, John P. Hammond, Jimi Hendrix, Jeff Healey, Manfred Mann, Dave Van Ronk
I'm Ready	Muddy Waters	Humble Pie, Buddy Guy, Aerosmith, Eric Burdon
Back Door Man	Howlin' Wolf	The Doors, Grateful Dead

66 Phil Chess. Zitiert in: Cohodas, Chess, S. 62.

67 Gary Kramer: On the Beat. Rhythm & Blues, Rock & Roll. In: Billboard vom 16.2.1957, S. 27.

68 Cohodas, Chess, S. 123.

Titel	Erstinterpret	Coverversionen (Auswahl)
I Just Want to Make Love to You	Muddy Waters	Chuck Berry, The Rolling Stones, The Kinks, Van Morrison, The Yardbirds, Grateful Dead, Mungo Jerry, The Animals
I Ain't Superstitious	Howlin' Wolf	Jeff Beck Group, Grateful Dead, Megadeth, The White Stripes, The Yardbirds
Spoonful	Howlin' Wolf	Cream, Canned Heat, Ten Years After
You Can't Judge a Book by the Cover	Bo Diddley	The Monkees, The Yardbirds, The Rolling Stones
You Need Love	Muddy Waters	Small Faces, Led Zeppelin

Bei »Hoochie Coochie Man« zeigten sich alle Talente Dixons, nämlich ein markantes Riff, eine Melodie und einen originellen Text miteinander zu verbinden. Der Song verknüpfte das Sexuelle mit dem Mystischen, hatte ein geniales Riff und führte die Stoptime ein – also die Pause nach jedem Vers, in der alle Instrumente schwiegen. Leonard Chess meinte, das sei ein Song für Muddy Waters. Im Dezember 1953 machte Willie Dixon Muddy Waters im Club Zanzibar ausfindig, wo er mit seiner Band einen Auftritt hatte. In der Pause, vor der Toilettentür, zeigte Dixon Waters das Riff und erklärte ihm den Song. Eine Viertelstunde lang übte Waters den Song ein, dann probte er ihn kurz mit seiner Band und spielte ihn gleich dem Publikum vor, das begeistert darauf reagierte. Im darauffolgenden Februar wurde das Lied im Studio aufgenommen.[69]

I'm Your Hoochie Coochie Man

The gypsy woman told my mother
Before I was born
I got a boy child's coming
He's gonna be a son of a gun
He gonna make pretty womens
Jump and shout
Then the world wanna know
What this all about

But you know I'm him
Everybody knows I'm him
Well, you know I'm a Hoochie Coochie Man
Yeah, everybody knows I'm him

Ich bin dein Hellseher

Die Zigeunerin erzählte meiner Mutter,
Bevor ich geboren wurde:
Du wirst einen Knaben gebären.
Er wird ein Satansbraten sein.
Er wird schöne Frauen
Zum Springen und Schreien bringen.
Dann wird die Welt wissen wollen,
Was das Ganze soll.

Aber du weißt, ich bin es.
Jeder weiß, dass ich es bin.
Ja, du weißt, dass ich ein Hellseher bin.
Ja, jeder weiß, dass ich es bin.

69 Ebd., S. 100f.

I got a black cat bone I got a mojo tooth I got the John the conqueror root I'm gonna mess with you I'm gonna make you girls Lead me by my hand Then the world would know That I'm a Hoochie Coochie Man ...	Ich habe den Knochen einer schwarzen Katze. Ich habe einen magischen Zahn. Ich habe die Zauberwurzel [Jalape]. Ich werde mich mit dir anlegen. Ich werde es mit euch treiben, Mädels. Führ mich an meiner Hand. Dann wird die Welt wissen, Dass ich ein Hellseher bin ...
On the seventh hours On the seventh day On the seventh month The seven doctors said He was born for good luck And that you'll see I got seven hundred dollars Don't you mess with me ...	In der siebten Stunde, Am siebten Tag, Im siebten Monat, Sagten die sieben Ärzte, Er war im Glück geboren. Und du wirst sehen, Ich habe siebenhundert Dollar. Leg dich nicht mit mir an ...

Muddy Waters, 1954. Text & Musik: Willie Dixon (Chess)

Das Wort *Hoochie Coochie* bezeichnete ursprünglich einen erotischen Tanz, der mit dem Voodoo-Kult der afroamerikanischen Einwanderer in New Orleans verknüpft war. Willie Dixon erklärte, dass er den Begriff im Sinne eines ›Hellsehers‹ verwendete (der durch seine magischen Fähigkeiten freilich auch über eine besondere sexuelle Ausstrahlung verfügte). Die Afroamerikaner waren abgrundtief abergläubisch, und der Song zieht alle Register der schwarzen Magie einschließlich der Voodoo-Zauber, der magischen Zahl sieben, der weissagenden Zigeunerin, des Zauberkrauts etc. (einiges davon sollte später noch einmal in »Voodoo Chile« von Jimi Hendrix auftauchen). Und Magie ist Sex. Der Musikwissenschaftler Ted Gioia sieht im Beschwören von Männlichkeit und Sexualität das Bemühen, die afroamerikanische Identität angesichts der Gefahr der Rassenvermischung in den letzten Tagen der Segregation zu erhalten.[70] Leonard Chess' Sohn Marshall nahm es lockerer: »Es war Sex. Wenn Sie Muddy damals je gesehen hätten, die Wirkung, die er auf die Frauen hatte! Blues ist ja immer eine Sache für Frauen gewesen.«[71]

Überhaupt der Sex. Der Hausanwalt von Chess Records, Nate Notkins, hatte alle Hände voll zu tun, Muddy Waters aus Dutzenden von Vaterschaftsklagen herauszuhauen. Und amüsierte sich dennoch über den Song »Tiger in Your Tank«, der voller automobiler Metaphern für den Kopulationsakt steckte (»ich stecke einen Tiger in deinen Tank«, »dann geb' ich dir das Öl« etc.). Und Willie Dixon kannte das Lieblingsthema seiner Songs auch nicht nur aus der Theorie. Der junge Marshall Chess war schwer beeindruckt, als er einmal bei Dixons zu Besuch war und

70 Ted Gioia: Delta Blues. New York City: W. W. Norton 2009, S. 220.

71 Marshall Chess. Zitiert nach: Wolfen, Chessthetik, a. a. O., S. 331.

feststellte, dass Willie Dixon zwei Frauen und zwei Familien hatte, die auch noch zusammenlebten. Für den Bluesmusiker, der in »Little Red Rooster« ja die Potenz des Mannes mit der eines Gockels verglichen hatte, war das überhaupt nichts Besonderes: »Schließlich kommen auf einen Bullen vierzig Kühe, auf einen männlichen Fisch hundert Weibchen, auf einen Hahn zehn Hennen. Und wenn es in der Gegend einen einzigen Kater gibt, ist für Nachwuchs gesorgt.«[72] Die Rockmusik sollte das Sexuelle der Bluesmusik später aufgreifen, freilich etwas britischer, etwas kühler und etwas sublimierter.

Muddy Waters war und blieb ihr Star, aber die Chess-Brüder begannen, weitere Bluesgitarristen und -harmonikaspieler zu rekrutieren, die einen ähnlichen Sound erzeugen konnten, darunter Robert Nighthawk, Howlin' Wolf (Chester Burnett), Little Walter, John Lee Hooker, später auch Bo Diddley, Chuck Berry und Buddy Guy. Bluesgitarristen gab es zwar wie Sand am Meer, aber Chess prägte, durch Muddy Waters initiiert, einen neuen Blues-Sound, der sich durch folgende Merkmale auszeichnete:

- kräftiger E-Gitarrensound
- prägnante Gitarrenriffs
- Songstrukturen mit Gitarrensoli als Vorspiel, Zwischenspielen, einem langen Solo in der Songmitte und Nachspiel
- stampfende, treibende Beats anstelle der langsamen Traurigkeit des Delta Blues
- kräftige Gesangsstimmen (am ausgeprägtesten bei Howlin' Wolf)
- eine Bandstruktur mit der elektrischen Leadgitarre als dominierendem Instrument, rhythmisch begleitet von einer zweiten (Rhythmus-)Gitarre, Bass und Schlagzeug
- eine laute und leicht verzerrte Aufnahme (wie sie entsteht, wenn man die Nadel der Aussteuerungsanzeige des Aufnahmegeräts in das rote Feld ausschlagen lässt, was bei Chess eher die Regel als die Ausnahme war)

Das war ganz anders als der bis dahin vorherrschende Sound der Jazzbands mit ihren elaborierten Klangebenen. Es war die bewusste Elektrifizierung der Musik. Und es waren genau die Elemente, die eineinhalb Jahrzehnte später die britische Rockmusik begründen sollten. Die Pioniere der Rockmusik wie Alexis Korner, John Mayall, Brian Jones, Keith Richards und Eric Clapton waren mit dem Blues-Sound von Chess Records aufgewachsen, den sie versuchten, nach Gehör nachzuspielen. Mick Jagger und Keith Richards waren sogar, nachdem sie sich zunächst aus den Augen verloren hatten, als Musiker zusammengekommen, weil sie sich zufällig begegneten – beide mit einem Stapel Bluesplatten unter dem Arm, darunter wohl hauptsächlich Pressungen aus dem Hause Chess. Das eindrucksvollste Symbol für den Einfluss von Muddy Waters und den Chess-Brüdern auf die Rockmusik

72 Willie Dixon. Zitiert nach: Cohodas, Chess, a. a. O., S. 92.

bestand darin, dass sich sowohl die erfolgreichste Rockband aller Zeiten als auch die wichtigste Zeitschrift der Rockmusik nach dem 1950 aufgenommenen Muddy-Waters-Song »Rollin' Stone« nannten, der die zweite Platte bildete, die überhaupt unter dem Label Chess herausgebracht wurde.

Rollin' Stone	**Herumtreiber**
Well, I wish I was a catfish, Swimmin in a oh, deep, blue sea I would have all you good lookin women, Fishin, fishin after me ...	Ja, ich wünschte, ich wäre ein Wels, Und schwämme in einer tiefen, blauen See. Ich hätte all die gutaussehenden Frauen, Die nach mir fischen würden ...
I went to my baby's house, And I sit down oh, on her steps She said: »C'mon in now, Muddy You know, my husband just now left« ...	Ich ging zum Haus meines Schätzchens Und setzte mich auf ihre Schwelle. Sie sagte: »Komm schon rein, Muddy, Du weißt, mein Mann ist gerade gegangen« ...
Well, my mother told my father, Just before I was born: »I got a boy child's comin', Gonna be, he gonna be a rollin' stone« ...	Ja, meine Mutter sagte meinem Vater, Just bevor ich geboren wurde: »Ich werde einen Jungen gebären, Er wird ein Herumtreiber werden« ...
Feel that I could lay down, time ain't long I'm gonna catch the first thing smokin', Back, back down the road I'm goin' ... Sure 'nough back, sure 'nough back	Ich fühle, dass ich mich bald sesshaft machen könnte. Ich nehme den ersten Zug, Zurück, zurück von dort, wo ich gekommen bin, Ganz sicher zurück, ganz sicher zurück.

Muddy Waters, 1950. Text & Musik: McKinley Morganfield (Chess)

Die Verse mit dem Wels (im Blues haben sich Männer gern mit Tieren verglichen, um ihre Potenz zu betonen) stammten ursprünglich von Jim Jackson, der sie bereits 1928 in seinem »Kansas City Blues, Part 3« verwendet hatte, der ersten Schallplatte überhaupt, die sich mehr als eine Million Mal verkaufte und die darüber hinaus musikhistorisch von höchster Bedeutung war, weil ihre Melodielinie über Charlie Pattons »Going To Move To Alabama« zu Bill Haleys »Rock Around The Clock« führte. Muddy Waters hat jedoch das Motiv des »Rollin' Stone« ergänzt, also des Herumtreibers, der von Ort zu Ort und von Frau zu Frau und unterwegs ist – gemäß dem altenglischen Sprichwort *a rolling stone gathers no moss* (›ein rollender Stein setzt kein Moos an‹). Der heimatlose, unstete, aktive, ewig suchende Individualist, der sich nicht in seiner Triebbefriedigung bremsen lassen will, war nicht nur ein Thema der Bluessänger, sondern auch der Rockmusik-Generation, so dass der *rolling stone* zum zentralen Symbol wurde.

Und wenn es noch einen Zweifel gegeben hätte, welche Bedeutung Chess Records für die Entwicklung der Rockmusik gehabt hatten, dann wurden sie zerstreut, als es den Rolling Stones endlich gelang, am 10. Juni 1964 ihr Mekka zu besuchen und in den heiligen Studios von Chess Records vierzehn Stücke aufzunehmen, darunter die Eigenkomposition »2120 South Michigan Avenue«, mit der sie dem legendären Studiogebäude huldigten. Wie revolutionär die Chess-Brüder waren, als sie gitarrendominierte Bands herausbrachten, zeigte sich noch am 1. Januar 1962, als die britische Plattenfirma Decca die Beatles nach intensivem Vorspielen mit dem Argument abblitzen ließ, »Gitarrengruppen seien auf dem absteigenden Ast«. Als sie ihren katastrophalen Fehler bemerkten, beeilten sie sich, als Ersatz die Rolling Stones vertraglich zu binden. Und für die war ja das Chess-Studiogebäude der heilige Gral.

2.8. Rock Around the Clock

Musikalisch war der Jump Blues dem Rock and Roll bereits sehr ähnlich, aber die Arrangements waren noch ganz anders. Das änderte sich im März 1951. Auf seinen Vertriebsreisen in den Süden hatte Leonard Chess bereits Sam Philipps kennengelernt, der in Memphis ein Aufnahmestudio betrieb. Philipps war daran interessiert, mit den sympathischen Chess-Brüdern ins Geschäft zu kommen. Und die griffen sofort zu, als Philipps ihnen ein Stück anbot, das nach dem neuen Oldsmobile-Modell *Rocket 88* benannt war. Der Sänger hieß Jackie Brenston und die Musik stammte von Ike Turners sechsköpfiger Band, die – wie Muddy Waters – in Clarksdale, Mississippi, beheimatet war.

»Rocket 88« war eigentlich ein klassischer Jump Blues, wurde aber mit anderer Instrumentierung gespielt. Es gab keine Trompete und nur ein Tenorsaxofon, während das ansonsten übliche zweite Saxofon durch eine E-Gitarre ersetzt wurde, der neunzehnjährige Ike Turner Boogie-Woogie-Piano spielte und Bass und Schlagzeug für den Rhythmus sorgten. Und natürlich kam auch hier wieder der Zufall ins Spiel. Der Verstärker des Gitarristen Willie Kizart wurde während der Autofahrt beschädigt. Um den Konus wieder in die richtige Position zu bekommen, stopften die Jungs die Verstärkerbox mit zerknülltem Zeitungspapier aus – und das erzeugte einen knisternden, verzerrten Sound, wie er später auf elektronischem Wege durch die Fuzzbox generiert werden sollte.

Damit war der Rock and Roll endgültig geboren. Nach der langen Evolution vom Fieldholler über den Blues, den Boogie Woogie, den Jump Blues erforderte die »Erfindung« des Rock and Roll keinen großen Musenkuss mehr. Der letzte Evolutionsschritt, die Instrumentierung, wurde durch die Besetzung von Ike Turners Band vorgegeben. Und die »Komposition« von »Rocket 88« erfolgte im Auto, auf der Fahrt von Clarksdale nach Memphis, auf der Basis des »Cadillac Boogie« von Jimmy Liggins aus dem Jahr 1947 und von Pete Johnsons »Rocket 88 Boogie« aus dem Jahr 1949. Musikalische Innovationen erfolgen, ebenso wie andere Formen von Kreativität, schrittweise. Den Rock and Roll hat niemand »erfunden«, er hat sich über drei Jahrzehnte Schritt für Schritt für Schritt entwickelt, bis schließlich bei »Rocket 88« alle Elemente beisammen waren.

»Rocket 88« stand fünf Wochen lang an der Spitze der Billboard-R&B-Charts. Der neue Sound war jetzt landesweit bekannt. Ausschlaggebend für die Verbreitung des Begriffs *Rock and Roll* als Bezeichnung für die neue Stilrichtung war der extrem einflussreiche New Yorker Radiomoderator Alan »Moon Dog« Freed, der seine Radiosendung, in der er zunehmend Rhythm-and-Blues-Stücke spielte, 1952 *Moon Dog's Rock 'n' Roll House Party* nannte, um zu vermeiden, dass weiße Hörer abgeschreckt wurden, weil *Rhythm and Blues* eine Bezeichnung für schwarze Musik war. Rock and Roll wurde damit zur ersten Musikrichtung, die sowohl von schwarzen als auch von weißen Musikern gespielt und auch von Angehörigen beider Hautfarben gehört wurde. Jetzt war die Lawine losgetreten. Bill Haley and His Comets nahmen am 12. April 1954 »Rock Around the Clock« auf und veröffentlichten ein

Jahr später »Rock-a-Beatin' Boogie«, mit den denkwürdigen Zeilen: »Rock, rock, rock, everybody / Roll, roll, roll, everybody«. Allmählich lösten sich die Wörter *rock* und *roll* vom Sexualakt und bezeichneten einen wilden, immer noch sexuell aufgeladenen Tanzstil.

In den 50er Jahren spielten Musiker wie Chuck Berry, Bill Haley, Fats Domino, Little Richard und Elvis Presley den Rock and Roll. Gesellschaftlich war das eine Sensation, weil sowohl schwarze wie weiße Musiker den neuen Musikstil spielten, obgleich dieser seine Wurzeln eindeutig im Blues der Afroamerikaner hatte. Ganz wichtig für die Weiterentwicklung dieser Musikrichtung war aber auch ein Musiker, der bereits fünfzig Hits geschrieben hatte, als er im Alter von 22 Jahren bei einem Flugzeugabsturz ums Leben kam: Buddy Holly, der als Urvater des Rockband-Line-up mit zwei elektrischen Gitarren, Bass und Schlagzeug gilt. Holly bereitete den Weg für den Rocksound wohl mehr als jeder andere Musiker. Das begann mit Gesangstechniken, die Wechsel zwischen normaler Singstimme und Falsett sowie bewusstem Stottern beinhalteten. Sein Gitarrenspiel war perkussiv, mit Downstrokes, melodischen Soli, Stops und Bending. Und es endete mit innovativen Aufnahmetechniken wie Overdubbing und Nachhall.[73]

Und es gab noch eine Revolution: Ein Fließbandarbeiter namens Elvis Presley sang 1956 in der äußerst beliebten Fernsehsendung »The Ed Sullivan Show« das Rock-and-Roll-Stück »Hound Dog« und demonstrierte dabei zum Gaudi der laut kichernden und kreischenden Zuschauerinnen durch schwingende Hüften absolut eindeutig, was *rock* und *roll* wirklich bedeuteten. Elvis sang und tanzte und war so frivol, wie man es bisher nur von Schwarzen kannte. Ein Weißer hatte sich die vermeintliche sexuelle Zügellosigkeit der Schwarzen zum Vorbild genommen! Das war ungeheuerlich. Die Ära der sexuellen Befreiung, die Ende der 1960er Jahre richtig in Fahrt kommen sollte, hatte im Rock and Roll ihren Anfang gefunden, den die Jugend weltweit begierig zu ihrer Kultur machte. Musikalisch mag Elvis gar nicht einmal besonders innovativ gewesen sein, weil er zumeist das Material anderer Komponisten vortrug, aber der Entwicklung der Rockmusik setzte er seinen Stempel auf, indem er die Rolle des sexuell aufgeladenen Frontmanns gänzlich neu erschuf.

Wie hätte sich wohl die Musikgeschichte entwickelt, wenn der elfjährige Elvis Aaron Presley aus Tupelo, Mississippi nicht eine Gitarre geschenkt bekommen hätte, sondern, wie er es sich gewünscht hatte, ein Fahrrad?[74] – Wahrscheinlich wäre nicht viel aus dem Jungen geworden. Elvis' Vater war ein ungelernter Gelegenheitsarbeiter, der sich zumeist als Lastwagenfahrer über Wasser hielt. Sein Sohn zeigte schon früh musikalisches Talent und belegte mit zehn Jahren in einem Gesangswettbewerb den fünften Platz, was seine Mutter aber nicht daran hinderte, ihm am gleichen Tag noch eine Tracht Prügel zu verabreichen. Die Musik, mit der der

73 Stephen Valdez: Buddy Holly. In: Lee Stacey, Lol Henderson (Hg.): Encyclopedia of Music in the 20th Century. London, New York: Routledge 2014, S. 296.

74 Die folgende Darstellung stützt sich auf: Peter Guralnick: Elvis Presley. In: Anthony DeCurtis, James Henke, Holly George-Warren: The Rolling Stone Illustrated History of Rock & Roll. New York 1992.

kleine Elvis aufwuchs, waren die Gospels, die in der Kirche gesungen wurden. Und die Adventisten der Gemeinde sangen sie in dem Stil, den sie von den Afroamerikanern gelernt hatten.

Und dann kam der zweite Zufall ins Spiel. Als Elvis dreizehn war, zog die Familie, die in Tupelo kein Auskommen mehr finden konnte, nach Memphis, Tennessee, wo der bereits erwähnte Sam Phillips ein Aufnahmestudio betrieb und afroamerikanischen Musikern die Gelegenheit bot, an ihren ersten Platten zu arbeiten. Und er entdeckte dabei nicht wenige Talente, die ihre Karriere in seinem Studio begannen, darunter Howlin' Wolf, Little Junior Parker und B.B. King. Elvis Presley war nicht schwarz, aber auch er stand am Rande der Gesellschaft. Sowie ihm die ersten Barthaare wuchsen, versuchte er, sich Koteletten zu rasieren. Und langes Haar ließ er sich wachsen, das er zu einer Tolle einölte. Er wollte halt, so sagte er einmal, aussehen wie ein Lastwagenfahrer. Er kleidete sich auch extravagant, gern in Schwarz und Rosa. In der Schule war er ein Außenseiter. Man glaubt es kaum, aber bei den Mädchen hatte er überhaupt keine Chancen. Ein Schulkamerad beschrieb ihn einmal als einen Typen, der »Charakter hatte, aber keine Persönlichkeit, wenn du weißt, was ich meine. Er verhielt sich einfach doof, saß hinten im Klassenzimmer und spielte auf seiner Gitarre. Keiner kam auf die Idee, dass aus ihm einmal *irgendetwas* werden würde.«[75] Nach dem Schulabschluss landete er als Hilfsarbeiter am Fließband einer Werkzeugfabrik. Mit einem Wort: Mit achtzehn Jahren war Elvis Aaron Presley bereits eine gescheiterte Existenz, ein Sonderling, der von den Gleichaltrigen geschnitten, von den Mädchen gemieden wurde, der keine Berufsausbildung hatte.

Aber da war ja Sam Phillips. Phillips bot jedem an, der zwei Dollar übrig hatte, eine Platte zu pressen. Elvis investierte vier Dollar für eine A- und eine B-Seite und ließ für seine Mutter zwei Balladen aufnehmen. Und dann ging er Phillips, dem er nicht sonderlich sympathisch war, auf die Nerven. Irgendwann, nach einem Dreivierteljahr, gab ihm Phillips die Chance, eine Demo-Platte aufzunehmen, eine weitere Ballade, für die sich aber niemand interessierte. Aber Phillips war Profi genug, um sich davon nicht beirren zu lassen. Er brachte Elvis mit Scotty Moore zusammen, einem 22-jährigen Gitarristen, der versuchte, eine Rockabilly-Band aufzubauen. Scotty erinnert sich an das erste Treffen mit Elvis, der in seiner Wohnung erschien, »mit einem rosa Anzug, weißen Schuhen und Entenschwanzfrisur. Ich dachte, meine Frau würde durch die Hintertür verschwinden«.[76]

Phillips hatte eine fixe Idee: »Wenn ich einen weißen Mann finden könnte, der den Sound eines Negers [so sprach man damals] und das Gefühl eines Negers hat, dann könnte ich eine Milliarde Dollar machen«, sagte er wieder und wieder. Und Elvis war derjenige, der passte. Aber bis dahin war es noch ein ganzes Stück Arbeit. Elvis, Scotty und der Bassist Bill Black probierten verschiedene Musikrichtungen aus – Balladen, Country, Blues. Nichts schien wirklich zu funktionieren. Und dann,

75 Zitiert nach ebd., S. 26f.

76 Zitiert nach ebd., S. 27.

am 5. Juli 1954, fing Elvis während einer Kaffeepause an, im Studio herumzualbern und »That's All Right« zu singen. Und plötzlich steckte Sam Phillips seinen Kopf durch die Tür und sagte: »Was macht ihr da?« – »Das wissen wir nicht«, sagte Elvis. Und Phillips sagte: »Versucht einen Punkt zu finden, wo ihr wieder anfangt und macht es noch einmal.«

Und Elvis' erstes Lied war geboren. »That's All Right, Mama« war ein einfacher Up-Tempo-Blues des Delta-Blues-Sängers Arthur Crudup aus dem Jahr 1946, den Elvis noch etwas stärker in Richtung Rock and Roll – mit Country-Einschlag – brachte. Aber es war nicht die Musik, die das Besondere ausmachte, es war die Stimme, die bereits Phillips aufgefallen war, als er Elvis im Nebenzimmer herumalbern hörte. So eine Stimme hatte man noch nie gehört: jung, frisch, authentisch, geradezu unbekümmert, zugleich kraftvoll und auch verletzlich. Elvis nahm weitere Platten auf und ging auf Tour. Und wenn er auf der Bühne stand, ging die Post erst richtig ab. Der Countrysänger Bob Luman beschrieb für viele andere, wie Elvis auf der Bühne wirkte:

»Dieser Typ kam heraus in roten Hosen und einem grünen Sakko und einem rosa Hemd und rosa Socken, und er hatte diesen spöttischen Gesichtsausdruck und er stand, ich wette, fünf Minuten lang hinter dem Mikro, bevor er eine einzige Bewegung machte. Dann spielte er einen Lick auf seiner Gitarre und zerriss dabei zwei Saiten. Ich habe zehn Jahre lang gespielt, und in der ganzen Zeit habe ich insgesamt noch keine zwei Saiten zerrissen. So stand er da, mit diesen zwei Saiten, die herunterhingen, und hatte noch gar nichts gemacht, und diese Schulmädchen kreischten und fielen in Ohnmacht und stürmten die Bühne, und dann begann er, seine Hüften ganz langsam zu bewegen, so als ob er sein Ding in seiner Gitarre hätte. Das war Elvis Presley, als er neunzehn war und in Kilgore, Texas spielte. Er sorgte dafür, dass einem ein Schauer über den Rücken lief, Mann, als ob einem die Haare zu Berge stehen würden.«[77]

So sexy hatte noch nie zuvor ein Musiker auf der Bühne gestanden, und ein Weißer schon gar nicht. Elvis definierte den Frontman vollkommen neu. Hätte es Mick Jagger geben können, wenn Elvis nicht den Weg geebnet hätte? Sein Biograf Peter Guralnick schreibt, dass Elvis nicht alles neu erfunden hat, sondern nur »ein weiteres Glied in einer Kette historischer Zwangsläufigkeiten« gewesen sei.[78] Die Entenschwanzfrisur hatte schon der Schauspieler Tony Curtis getragen, den aufsässigen Ausdruck hatte bereits Marlon Brando gezeigt, und die Verletzlichkeit war typisch für James Dean gewesen, Elvis' großes Vorbild. Selbst den »schwarzen« Klang weißer Stimmen hatte man zuvor schon hören können, beispielsweise bei Frankie Laine, Johnnie Ray, Al Jolson und sogar dem frühen Bing Crosby.

Elvis erschien dennoch revolutionär, weil die Kraft, mit der er all das auf die Bühne und auf die Platten brachte, bisher ungekannt war. Und damit Wege ebnete. »Ohne Elvis hätte es niemand von uns zu etwas gebracht«, sollte ausgerechnet einer

77 Zitiert nach ebd., S. 23.

78 Ebd., S. 21.

der größten Innovatoren der Rockmusik sagen, Buddy Holly.[79] Elvis machte guten, fetzigen Rock and Roll wie »Hound Dog« oder »Jailhouse Rock«, der meist aus den Federn des Komponistenduos Jerry Leiber und Mike Stoller stammte. Zugleich ermöglichte ihm die emotionale Expressivität seiner Stimme aber auch, gefühlvolle Balladen wie »Love Me Tender«, »Heartbreak Hotel« oder das gesellschaftskritische »In the Ghetto« zu singen.

Der Weiße mit der schwarzen Stimme bewirkte eine Revolution im Musikbusiness. Vor Elvis waren die Sparten streng getrennt: Es gab Pop und Country & Western für die Weißen sowie Rhythm and Blues für die Schwarzen. Für die drei Sparten hatte man unterschiedliche Labels und Charts. Und dann kam der »Zwitter«.[80] Sam Phillips' Label *Sun* war zu klein für die Revolution. Bereits nach einem Jahr bei Sun kaufte der Branchenriese RCA Victor das Talent für den damals sagenhaften Preis von 35.000 Dollar (im Nachhinein ein Trinkgeld). RCA hatte einen Plan, und der ging auf: Die Elvis-Songs erreichten nämlich die Spitze in allen drei Charts, das hieß, dass sowohl schwarze wie weiße Kids die Platten gleichermaßen kauften. Endlich konnte die musikalische Rassensegregation überwunden werden (freilich aus ökonomischem Interesse von Plattenfirmen und Radiosendern). Mit Verweis auf Elvis Presley und Carl Perkins – einer weiteren Phillips-Entdeckung, der mit »Blue Suede Shoes« ebenfalls einen Dreifacherfolg gefeiert hatte – schrieb das Fachblatt »Cash Box« in der Ausgabe vom März 1956: »Rock and Roll könnte die große einigende Kraft sein«.[81] Und das Billboard-Magazin richtete eine integrative Kolumne ein, die *On the Beat – Rhythm & Blues – Rock and Roll* genannt wurde.

Elvis Presley war der publikumswirksamste Rock-and-Roller. Der stilistisch reinste war aber wohl Chuck Berry, dessen Songs »Maybellene« (1955), »Roll Over Beethoven« (1956), »Rock and Roll Music« (1957), »Sweet Little Sixteen« (1959) und »Johnny B. Goode« (1958) zu auch heute noch viel gespielten Klassikern des Genres wurden. Für John Lennon war *Chuck Berry* schlicht eine andere Bezeichnung für *Rock and Roll*.[82] Chuck Berry kam vom Blues und übernahm insbesondere von T-Bone Walker Gitarrenriffs und die Art, sich auf der Bühne zu präsentieren. Zusammen mit dem Pianisten Johnnie Johnson und dessen Band spielte er im Cosmopolitan Club von St. Louis Blues. »Die Musik, die um St. Louis am meisten gespielt wurde, war«, so schrieb Berry in seiner Autobiografie, »Country-Western und Swing. Neugier bewegte mich dazu, unser hauptsächlich schwarzes Publikum mit einer Menge unseres Countryzeugs zu überziehen, und einige aus unserem schwarzen Publikum begannen zu flüstern: ›Wer ist dieser schwarze Hillbilly im Cosmo?‹ Nachdem sie sich über mich lustig gemacht hatten, wollten sie aber trotzdem das Hillbilly-Zeug hören und hatten Spaß daran, dazu zu tanzen. … Vielleicht lag es an

79 Zitiert nach ebd., S. 23.

80 Cohodas, Chess, S. 152.

81 Rock and Roll May Be the Great Unifying Force. Cash Box vom 17.3.1956..

82 John Lennon. Zitiert in: Alex Abramovich: Another Name for Rock and Roll. London Review of Books, LRB Blog vom 20.3.2017. https://www.lrb.co.uk/blog/2017/03/20/alex-abramovich/another-name-for-rock-and-roll/, zugegriffen am 1.7.2020.

meinen Country-Western-Songs, dass bald auch vermehrt weißes Publikum in den Cosmo Club kam. War der Saal oft nur mittelmäßig gefüllt gewesen, jetzt war er fast immer ausverkauft.«[83]

Wenn es noch eines Beweises bedurft hätte, dass Rock and Roll aus der Fusion von (langsamem, traurigem) Blues und (flotter, fröhlicher, tanzbarer) Countrymusik entstanden war, dann ist es diese Aussage eines der wichtigsten Pioniere der neuen Musikrichtung. Chuck Berry hatte seinen Stil gefunden. Jetzt brauchte er nur noch einen Plattenvertrag. Berry investierte fünfzig Cent in eine Eintrittskarte für ein Konzert von Muddy Waters in Chicago. Nach dem Konzert quatschte er den großen Bluesmusiker einfach an und fragte ihn, wen er ansprechen sollte, um eine Platte pressen zu können. »Ja, geh zu Leonard Chess. Ja, Chess Records, drüben an der 47sten und Cottage.«[84]

Anstatt, wie geplant, nach St. Louis zurückzufahren, blieb Berry in Chicago. Er schaffte es, an der Empfangsdame vorbeizukommen und erläuterte Leonard Chess seine Pläne. Geschäftsleute lieben Pläne (am liebsten Business-Pläne), und Musiker haben selten genug welche. Chess fragte Berry, was er aufnehmen wollte. Berry hatte ein Blues-Cover im Gepäck, für das sich Chess, der selbst genug Bluesmusiker unter Vertrag hatte, nicht interessierte. Aber Berry wollte auch den Western-Swing-Song »Ida Red« aufnehmen, der ursprünglich im Jahr 1938 von Bob Wills und den Texas Playboys herausgebracht worden war.

Ein schwarzer Musiker, der einen Hillbilly-Song covern wollte – Leonard Chess war begeistert. In Berry sah er das Gegenstück zum weißen Sänger Elvis Presley, der schwarzen Rock and Roll vortrug. Chess wollte einen kräftigeren Beat und steuerte seinen bewährten Bassisten, Arrangeur und Komponisten Willie Dixon sowie einen Maracas-Spieler bei. Jetzt musste nur noch der Text optimiert werden. »Ida Red« klang ihm zu ländlich. Als sein Blick auf eine Mascaraschachtel der Kosmetikfirma Maybelline fiel, sagte Chess, »lasst uns das verdammte Ding Maybellene nennen«, nicht ohne die Schreibweise leicht zu verändern, um eine Markenklage zu vermeiden. Chuck Berry sagte später, die einzige Maybellene, die er je gekannt hatte, sei eine Kuh gewesen, aber der Songtitel reimte sich auch besser, und so wurde der Text auch noch dem Zeitgeist entsprechend umgeschrieben.

»Maybellene« blieb im Kern ein Zwölf-Takt-Blues, vereinigte aber den Countrysound mit dem Rhythm-and-Blues-Beat von Willie Dixon. Die gitarrendominierte Instrumentierung rührte ohnehin von Berrys Bluesvergangenheit her. Das war die Erfolgsformel für den Rock and Roll. Der Song wurde Nummer eins in den R&B-Charts und verkaufte sich innerhalb von sechs Monaten mehr als eine Million Mal. Für den Siegeszug, den der Rock and Roll zwischen den Jahren 1955 und 1960 antrat, war »Maybellene« ausschlaggebend. Eine traurige Fußnote bildet die Liste der Komponisten. Bob Wills, der den Ursprungssong geschrieben hatte, wurde überhaupt nicht genannt und erhielt auch keine Tantiemen. Willie Dixon, der den

83 Chuck Berry: The Autobiography. 2. Aufl. London, New York: Faber & Faber 2001, S. 89f.

84 Ebd., S. 98ff.

Backbeat beigesteuert hatte, ging ebenfalls leer aus. Chuck Berry erhielt fünfzig Prozent der Tantiemen, die andere Hälfte teilten sich zwei, die überhaupt nichts mit dem Song zu tun hatten. Der eine war der Radio-DJ Alan Freed, der daraufhin »Maybellene« so häufig spielte, dass es zu einem der ersten Rock-and-Roll-Hits überhaupt wurde – eine Praxis, die später im Payola-Skandal angeprangert wurde. Der zweite Unbeteiligte war ein gewisser Russ Fratto, der mit Musik nun wirklich überhaupt nichts zu tun hatte. Aber Fratto gehörte zur italienischen Migranten-Community, und in einer Stadt, die von der Mafia beherrscht wurde, konnte es nie schaden, einem Italiener eine milde Gabe zukommen zu lassen.[85] Und liebten Italiener nicht die Musik? Chuck Berry, der es selbst mit dem Gesetz nicht so genau nahm, echauffierte sich sein Leben lang über diesen Betrug, selbst als Freed, Fratto und Chess längst tot waren.

Berrys Erfolg gründete sich auf den methodischen Ansatz, mit dem er seine Musik entwickelte – und der Leonard Chess veranlasst hatte, ihm den ersten Plattenvertrag zu geben. Ein Gitarrist aus St. Louis hatte Berry erzählt, dass 80 Prozent der populären Songs auf den Akkorden aus George Gershwins »I Got Rhythm« basierten. Also brachte sich Berry »fast 80 Prozent« der Akkorde von über neunzig populären Songs bei[86] – mit dem Ziel, mit seiner Musik ein möglichst breites Publikum zu erreichen. Und das sollte ihm gelingen, zumindest fünf Jahre lang.

---

85 Es gab natürlich niemals einen Beweis. Vgl. Cohodas, Chess, S. 237.

86 Abramovich, Another Name, a. a. O.

2.9. A WOP BOP ALU BOP A WOP BAM BOOM

»Wenn die Nadel das Vinyl berührt«, schrieb der »Rolling Stone«, »gibt es einen Moment der Stille. Dann: ›A WOP BOP ALU BOP A WOP BAM BOOM‹!«[87] Das war ein Ausrufezeichen! Noch nie hatte man eine Platte gehört, die so begonnen hat. Damit hat Little Richard dem Rock and Roll etwas gegeben, das bisher unbekannt und ungeheuerlich gewesen war. Dabei erinnerte die Entstehungsgeschichte an die erste Aufnahme von Elvis Presley. Richard Penniman, der, weil er schon als Vierzehnjähriger seine ersten Auftritte hatte, stets »Little Richard« genannt wurde, obwohl er alles andere als klein war, begann als Bluessänger. Aber die Welt brauchte Anfang der 50er Jahre keine neuen Bluessänger mehr, dafür hatte Chess genügend Bluesgiganten unter Vertrag, die noch, wie Muddy Waters, im Delta unterwegs gewesen waren.

Und so begann seine Musikerkarriere schleppend. Er nahm einige Platten auf, die sich aber nicht verkauften, und schlug sich als Tellerwäscher in der Cafeteria der Greyhound Bus Station von Macon, Georgia durch. Im Februar 1955 schickte er ein Demoband an Specialty Records. Dessen Besitzer, Art Rupe, ließ ihn erst einmal sieben Monate schmoren, bevor er ihm im September einen Termin in einem Studio in New Orleans gab, wozu er Fats Dominos Combo als Backing Band einlud. Die Session lief alles andere als gut und es schien, als würde nichts Vernünftiges dabei herauskommen. Also machten sie eine Pause in einem Club namens Dew Drop Inn, wo Little Richard seinen Frust herausließ, indem er sich ans Klavier setzte und einen obszönen Song grölte, den er sich einst in der Greyhoundküche hatte einfallen lassen, um seinen Boss zu schockieren.

Der Produzent Robert Blackwell wusste sofort, dass das ein Hit werden würde. Das Problem war, dass »Tutti Frutti« in Richards Originalversion nicht nur extrem unanständig war, sondern sich auch noch an einen Schwulen richtete. Also beauftragte Blackwell eine örtliche Texterin namens Dorothy LaBostrie sowie den jüdischen Komponisten Joe Lubin damit, einen Text zu verfassen, der halbwegs radiotauglich war. Hier sind beide Versionen einschließlich der deutschen Übersetzungen:

87 Langdon Winner: Little Richard. In: Anthony DeCurtis, James Henke, Holly George-Warren: The Rolling Stone Illustrated History of Rock & Roll. New York 1992.

Tutti Frutti Ursprungsversion von Little Richard	**Alle Früchte Ursprungsversion deutsch**	**Tutti Frutti Endversion**	**Alle Früchte Endversion deutsch**
A-wop-bom-a-loo-mop-a-lomp-bom-bom!	A-wop-bom-a-loo-mop-a-lomp-bom-bom!	A whop bop-a-lu a whop bam boo	A whop bop-a-lu a whop bam boo
Tutti Frutti, good booty If it's tight, it's all right And if it's greasy, it makes it easy[88]	Alle Früchte, schöner Arsch. Wenn's eng ist, ist's in Ordnung. Und wenn's gefettet ist, macht es es leicht.	Tutti frutti, aw rooty ...	Alle Früchte, alles klar. ...
Tutti Frutti, good booty	Alle Früchte, schöner Arsch.	Got a girl named Sue, she knows just what to do She rocks to the east, she rocks to the west But she's the girl that I know best	Habe ein Mädchen namens Sue, sie weiß, was sie zu tun hat. Sie fickt nach Osten, sie fickt Westen, aber sie ist das Mädchen, das ich am meisten liebe.
If it don't fit, don't force it You can grease it, make it easy[89]	Wenn's nicht passt, erzwing's nicht. Du kannst es einfetten, macht es leicht.	Tutti frutti ...	
		Got a girl named Daisy, she almost drives me crazy ... She knows how to love me, yes indeed Boy, I don't know what she do to me	Habe ein Mädchen namens Daisy. Sie macht mich fast verrückt. Sie weiß, wie man mich liebt, ja wirklich. Junge, ich weiß nicht, was sie mit mir macht.

Little Richard, 1955. Text & Musik: Richard Penniman, Dorothy LaBostrie, Joe Lubin (Specialty)

Die Profis haben die Homosexualität und das allzu Explizite herausgenommen. Das Verb *rock* war mehrdeutig genug, um halbwegs unverfänglich zu sein. Als der Song im September 1955 herauskam, schlug er ein wie eine Bombe. Hier war fast alles neu: der halsbrecherisch schnelle Beat, das »A whop bop-a-lu a whop bam boo«, Little Richards Gekreische und Gestöhne und der Text, der auch in seiner gesäuberten Form noch scharf genug war, um sexuelle Fantasien zu wecken. Ausgerechnet ein homosexueller Sänger wurde zum Mädchenschwarm, gegen den Elvis

88 Nach der Erinnerung des Schlagzeugers Charles Connor, Interview. In: BBC: Rock 'n' Roll America. Part 1: Sweet Little Sixteen. Fernsehsendung auf BBC4 vom 9.12.2017.

89 Nach Charles White: The Life and Times of Little Richard. 2. Aufl. Boston: Da Capo Press 1994, S. 55.

wie ein Waisenknabe wirkte! Little Richard kommentierte den Erfolg mit folgenden Worten: »Meine größte Leistung müsste ›Tutti Frutti‹ sein. Es erlöste mich von der Küche – ich schuftete zwölf Stunden am Tag als Tellerwäscher im Busbahnhof und machte zehn Dollar pro Woche. ›Tutti Frutti‹ war ein Segen und eine Lektion. Ich danke Gott für ›Tutti Frutti‹.«[90]

Little Richard brachte in schneller Folge einige sehr erfolgreiche Rock-and-Roll-Nummern heraus, wie »Good Golly, Miss Molly«, »Lucille«, »Rip It Up« oder »Keep a Knockin'«. Seinen geliebten Blues brachte er hauptsächlich auf B-Seiten und LPs unter. Aber schon 1957 zog er sich aus der weltlichen Musik zurück, weil er ein Erweckungserlebnis hatte und Prediger werden wollte. 1962 konnte der Manager der jungen Beatles, Brian Epstein, Little Richard jedoch davon überzeugen, im Hamburger Star Club aufzutreten und die Beatles als Vorgruppe einzusetzen. Paul McCartney nahm die Gelegenheit wahr, bei dem Rock-and-Roll-Sänger Gesangsunterricht zu nehmen und dadurch seinen typischen Gesangsstil auszubilden. Als Little Richard ein Jahr später durch England tourte, hatte er eine andere Vorgruppe: The Rolling Stones.

90 Songfacts: Tutti Frutti by Little Richard. http://www.songfacts.com/detail.php?id=1843, zugegriffen am 1.7.2020.

2.10. Rock and Roll Deserves to Die

Die Zeit war reif. Die Schäden des Zweiten Weltkriegs waren beseitigt, die Wohlstandsmaschinerien waren wieder angesprungen, und das Bedürfnis nach einer neuen Leichtigkeit stellte sich auf beiden Seiten des Atlantiks ein. GIs brachten die amerikanische Musik nach Europa, wo Rhythmen, Tänze, Haartracht und Mode rasch übernommen wurden. Auch in Deutschland spielten Peter Kraus »Teddy Bär«, Ted Herold »Rock 'n' Roll geht immer«, Danny Mann »Sexy Hexy« und selbst das seriöse Max-Greger-Orchester »Rock 'n' Roll-Boogie«. In Europa wie in Amerika wollte man nach dem Krieg tanzen, Spaß haben, auch ein bisschen gegen den spießbürgerlichen Muff rebellieren, und man wollte auch sexy sein. Und der Rock and Roll war die passende Musik dazu. Die Musikwelt hatte auch auf den Rock and Roll gewartet.

Der Blues war zu schwermütig. Der Jazz, der sich zu Bebop und Cool Jazz entwickelt hatte, war zu intellektuell geworden. Die Countrymusik war fröhlich und tanzbar, aber sie war auch extrem hinterwäldlerisch. Man schaue sich nur an, wie sich die Countrymusiker kleideten (als Cowboy-Karikaturen) und wie sie sich benahmen (wie die eigenen Onkel)! Musikalisch war der Rock and Roll die Fusion aus diesen drei Musikstilen. Und er war frech und antibürgerlich. Little Richard hatte es von allen am besten erkannt: Mache genau das, was die Eltern auf die Palme bringt, und du wirst damit bei der Jugend ankommen! Die jungen Leute versetzte der Rock and Roll in Ekstase. Junge Männer – von den Älteren spöttisch als »Halbstarke« abqualifiziert – trugen Lederjacken, Schlaghosen, Schmalztollen und machten mit Vespas und Mopeds auf Macho. Die Rock-and-Roll-Ära der 1950er Jahre war bereits eine kulturelle Rebellion der Jugend gegen die ältere Generation, aber sie war noch nicht politisch und wirkte eher spätpubertär als wirklich gesellschaftskritisch. Es war Chuck Berry, der gesagt hat: »Wenn du deine Aggression abreagieren willst, steh auf und tanze. Das ist alles, worum es beim Rock and Roll geht.« Abreagieren statt Verändern – damit begnügte sich der Rock and Roll. Und er ergänzte: »Musik sollte gemacht werden, um die Menschen ihre Probleme vergessen zu lassen, wenn auch nur für kurze Zeit.«[91]

Die Gesellschaftskritik kam von einer ganz anderen Seite, nämlich von den intellektuellen »Beatniks«, die Jean-Paul Sartre lasen und Cool Jazz hörten. Musikalisch hatte sich der Rock and Roll auch nach wenigen Jahren totgelaufen – seien wir ehrlich: Rock-and-Roll-Stücke hören sich alle irgendwie gleich an. Rock and Roll war zwar frech, aufsässig, unverschämt sexy und verdarb die Jugend, letztlich fehlte den Rock-and-Rollern aber die politische Souveränität, die es ein paar Jahre später den Rolling Stones und dann auch den Beatles ermöglichen sollte, das

91 Chuck Berry. Zitiert nach: Alex Johnson: Chuck Berry Actually Kinda, Sorta Liked Punk Rock. NBC News vom 19.3.2017. https://www.nbcnews.com/pop-culture/music/chuck-berry-wasn-t-least-bit-shocked-punk-rock-n735531, zugegriffen am 20.2.2021.

gesellschaftliche Establishment ungestraft anzugreifen. Ausgerechnet die einflussreichsten Rock-and-Roller wurden vom Establishment entweder auf die eine oder andere Weise vernichtet oder sie wurden ruhiggestellt, assimiliert und korrumpiert. Allerdings machten es die Musiker dem Establishment auch leicht. Einige machten allergröbsten Unsinn, andere zogen sich selbst aus dem Verkehr:

- Chuck Berry, der schon mit siebzehn eine dreijährige Haftstrafe wegen eines bewaffneten Raubüberfalls verbüßt hatte, betrieb einen Nachtclub – was an sich bereits ein Gewerbe ist, das mit allerlei Versuchungen verbunden ist. Auf der Höhe seines Erfolgs war er so clever, sich mit einer vierzehnjährigen Prostituierten aus Mexiko einzulassen, was ihm im März 1960 eine Haftstrafe von zwanzig Monaten einbrachte, von der er sich nie wieder richtig erholen sollte.
- Jerry Lee Lewis schaffte es nicht nur, mit 22 Jahren zum dritten Mal verheiratet zu sein, sondern ehelichte auch noch die damals dreizehnjährige Tochter seines Cousins ersten Grades, was Pädophilie mit Inzest toppte. Als das aufflog, wurden seine Platten boykottiert und seine Tourneen abgesagt. Erst Jahre später durfte Jerry Lee Lewis wieder auftreten, aber nur noch als Countrysänger.
- Little Richard entsagte im Oktober 1957 der weltlichen Musik, weil er die Lichtstreifen am Himmel, die der Start der Sputnik-Rakete erzeugte, für ein Zeichen Gottes hielt.
- Elvis wurde hingegen ruhiggestellt. Den ersten Einbruch markierte seine Einberufung zum Wehrdienst im März 1958. Danach sorgte Las Vegas dafür, dass er seine Aufsässigkeit gegen weiße Glitzeranzüge eintauschte und zur aufgeschwemmten Karikatur eines kränkelnden Rock-and-Rollers wurde.
- Und Bill Haley wollte einfach keiner mehr hören. Er war zwar einer der ersten, die Rock and Roll gespielt hatten, war aber weder innovativ noch flamboyant genug, um mit seinen Kollegen mitzuhalten. Außerdem soff er zu viel (und sollte daran zugrunde gehen).
- Der wohl vielversprechendste und kreativste aller Rock-and-Roller, Buddy Holly, kam schon im Alter von 22 Jahren ums Leben – durch einen unvorsichtigen Piloten, der bei schlechtem Wetter startete, obwohl er keine Lizenz für den Instrumentenflug besaß.

Das Establishment nahm Rache – nicht nur an einzelnen Musikern, die strenge und mitunter rassistische Richter in die Gefängnisse steckten. Viel cleverer und systematischer war die Verfolgung des Rock and Roll, die auf den sogenannten Payola-Skandal folgte. Plattenfirmen hatten Radiomoderatoren Schmiergelder gezahlt, wenn sie ihre Platten auflegten. Die Payola-Praxis war zwar mindestens seit 1916 bekannt. Aber jetzt gab es diesen schmutzigen Rock and Roll, der die Jugend verdarb und der nichts anderes als das Werkzeug eines gottlosen Kommunismus sein konnte, der versuchte, die moralischen Grundfesten der USA zu untergraben.[92] Der »Beweis« dafür: Die Rock-and-Roll-Welle sei überhaupt nur durch kriminelle Machenschaften entstanden.

Die Chess-Brüder steckten einem Moderator einfach mal 25, mal 50 Dollar zu, wenn er eine ihrer Platten auflegte. Andere Labels machten es ebenso. Das konnte sich schon einmal, wie im Fall des Joseph Smith, auf 8.995 Dollar in drei Jahren summieren, also in etwa der Hälfte seines regulären Gehalts. Sein Kollege Dick Clark bezog Gratifikationen auf elegantere Art und Weise, nämlich über Beteiligungen an nicht weniger als 33 Plattenfirmen. Beispielsweise hatte er für 125 Dollar Anteile an Jamie Records erworben, die er aber für 11.900 Dollar verkaufen konnte. Darüber hinaus verfügte er über Autorenrechte an 160 Songs, von denen ihm 143 eingeräumt worden waren, ohne dass er an der Komposition beteiligt gewesen war. Alan Freed, der den Begriff *Rock and Roll* popularisiert hatte, wurde, wie Al Capone, von der Steuerfahndung belangt, weil er Einkünfte aus Schmiergeldern in Höhe von 56.652 Dollar nicht versteuert hatte. Er verlor seinen Job und starb kurze Zeit später.

In der Öffentlichkeit wurde Payola fast ausschließlich auf den Rock and Roll bezogen, und in den Radiosendern brach aufgrund der Untersuchungen Hysterie aus. Moderatoren wurden verdächtigt und denunziert, mussten sich teilweise sogar Lügendetektortests unterwerfen. Die logische – und wohl auch politisch beabsichtigte – Folge war, dass die Radiosender den Rock and Roll, der jetzt nicht mehr nur als schmutzig, sondern auch als kriminell galt, von ihren Setlists verbannten. Was die britische Glamrockband The Darkness im Jahr 2019 selbstironisch singen sollte – »Rock and Roll Deserves to Die« (›Rock and Roll verdient zu sterben‹) –, war 1960 die einhellige Meinung des konservativen Bürgertums. Dass die großen Musiker des Rock and Roll freiwillige oder erzwungene Schaffenspausen einlegten, kam gerade recht. 1960 schien die Ära des Rock and Roll, die erst wenige Jahre zuvor begonnen hatte, bereits wieder zu Ende zu sein – zumindest in den USA und zumindest in der starren Form des wenig variationsreichen, schnell gespielten Blues. Aber das Laszive und das Rebellische sollten nicht so leicht kleinzukriegen sein.

92 Vgl., auch zum Folgenden, John Morthland: The Payola Scandal. In: Anthony DeCurtis, James Henke, Holly George-Warren: The Rolling Stone Illustrated History of Rock & Roll. New York: Rolling Stone Press 1992.

2.11. Sex Machine

Wodurch wurde der Rock and Roll Anfang der 1960er Jahre in den USA ersetzt? – Es war Popmusik, die industriell produziert wurde. Mit industrieller Produktion verbinden wir meist ein Fabrikgebäude, in dem Arbeiter schuften. Im Fall der Popmusik handelte es sich bei der Songfabrik um ein Bürogebäude, das Brill Building, mit der Adresse 1619 Broadway, New York City. Dort residierte Aldon Music, dessen Inhaber Don Kirshner das musikalische Vakuum füllte, das sich nach dem Tod des Rock and Roll gebildet hatte. Er heuerte eine Reihe von professionellen Songschreibern an, die er zu Teams zusammenstellte, um am Fließband Popmusik zu komponieren, so Jerry Leiber / Mike Stoller (»Hound Dog«, »Jailhouse Rock«), Barry Bann / Cynthia Weil (»You've Lost That Lovin' Feeling«), Jeff Barry / Ellie Greenwich (»Then He Kissed Me«, »Do Wah Diddy Diddy«, »River Deep – Mountain High«), Howard Greenfield / Neil Sedaka (»Stupid Cupid«) sowie, als erfolgreichste von allen, Gerry Goffin / Carole King (»The Loco-Motion«, »Chains«, »Natural Woman«).[93]

Die jungen britischen Beatgruppen – The Animals, Manfred Mann, The Beatles – bedienten sich dieses Reservoirs, aber es waren hauptsächlich Girl Groups, Italo-Schmalz-Sänger und die gefälligen Motown-Musiker, die jetzt leichte, seichte, angepasste Popmusik über Herz und Schmerz produzierten. Zu den Motown-Musikern gehörte auch ein afroamerikanischer Junge aus Detroit, der bereits als Zwölfjähriger einen Hit gelandet hatte: Stevie Wonder mit »Fingertips – Part 2«, das eine bemerkenswerte Gesangspräsenz mit halsbrecherischem Mundharmonikaspiel verband. Seine richtig große Zeit sollte dann aber erst in den 1970er und 1980er Jahren kommen, ausgelöst durch seinen ersten Nummer-eins-Hit »Superstition« aus dem Jahr 1972. Das Brill Building war auch die Ausbildungsstätte eines Komponisten und Produzenten, der (auch wegen seines exzentrischen Auftretens) zur lebenden Ikone des Fließband-Pop werden sollte: Phil Spector. In den 1960er Jahren galt das Sprichwort: »Was Phil Spector anfasst, wird zu Gold.« Immerhin verdanken wir ihm die »Wall of Sound«, die bombastische Orchesterkulisse des Songs »River Deep – Mountain High«, den er von Tina Turner – ohne ihren Ehemann Ike – einsingen ließ.

Neben der Popmusik entstand aber auch noch eine andere Musikrichtung, von der die Rockmusik deutlich stärker beeinflusst werden sollte: Es war die Musik der Afroamerikaner, die *Soul* genannt wurde. Soul hatte sich bereits Mitte der 1940er Jahre innerhalb des Dreiecks von Jazz, Blues und Rhythm and Blues zu entwickeln begonnen. Aber der Auslöser für die Soul-Welle, die Ende der 1950er Jahre aufkommen sollte, war ein 1930 geborener Afroamerikaner, der mit sechs Jahren sein Augenlicht verlor und auf einer Blindenschule eine solide musikalische Ausbildung

93 Greg Shaw: Brill Building Pop. In: Anthony DeCurtis, James Henke, Holly George-Warren: The Rolling Stone Illustrated History of Rock & Roll. New York 1992.

mit Chopin, Sibelius und Art Tatum erhielt sowie lernte, Klavier, Orgel, Klarinette, Saxofon und Trompete zu spielen. Als er im Alter von fünfzehn Jahren seine Mutter verlor, machte sich Ray Charles Robinson (der seinen Nachnamen aufgab, um nicht mit einem Boxer verwechselt zu werden) auf, um seinen Lebensunterhalt als Barpianist zu verdienen. Die Musik, die er spielte, war Cocktail-Swing im Stil von Nat King Cole – glatt und rein, aber wenig originell.[94]

1953 ging Ray Charles nach New Orleans und begann mit dem Bluessänger Guitar Slim zusammenzuarbeiten. Und Guitar Slim war das Gegenteil von Charles, der ja eine klassische Musikausbildung genossen hatte, nämlich musikalisch unausgebildet, roh, primitiv, aber auch leidenschaftlich. Guitar Slim stand in der Tradition der Gospelmusik, die Charles ja auch als Kind kennengelernt hatte, bevor ihm die Schule die verfeinerte Klassik und den Jazz beigebogen hatte. Der Durchbruch kam mit »I've Got A Woman«, das es rasch an die Spitze der R&B-Charts brachte. Der Song war eine Mischung aus Bluesschema, dem gospeltypischen Call and Response sowie Jazzrhythmus und Saxofonsolo. Dominant war jedoch ein Gesang, der erstmals die Emotionalität des Gospels einschließlich einer erdigen, rauen Stimme und ekstatischer Kreischlaute in einen jazzigen musikalischen Rahmen brachte. Der Bluessänger Big Bill Broonzy war fasziniert: »Er weint, geweiht. Er mischt den Blues mit den Spirituals. Er sollte in einer Kirche singen.«[95]

Ray Charles hatte einen neuen Musikstil entwickelt, und wieder einmal durch die Fusion bisheriger Stilrichtungen. Den Höhepunkt erreichte er 1959 mit dem extrem erfolgreichen »What'd I Say«, das in mehrfacher Hinsicht den Rahmen der Musik sprengte, wie man sie bisher gekannt hatte: In einer Zeit, als die Rock-and-Roll-Nummern meist (im Interesse der Musikboxaufsteller) kürzer als zwei Minuten waren, dauerte der Song 5:04 Minuten (ursprünglich sogar 7:30). Charles beginnt mit rockigen Riffs auf dem elektrischen Klavier, um dann auf ein mechanisches Piano zu wechseln. Das Schlagzeug setzt ein mit einem ungewöhnlichen lateinamerikanischen Conga-Tumbao-Rhythmus. Das Stück ist so lang und weist so viele Breaks auf, dass praktisch jedes Instrument zu einer Solopassage kommt – ebenfalls ein neuartiges Element.

Charles singt improvisierte, scheinbar unzusammenhängende Verse. Zwischendurch stoppt die Musik einfach und Charles fordert seinen Chor, die Raelettes, auf, ein Call and Response mit ihm zu singen, dem sich die Bläsergruppe anschließt. Und nicht nur das: Was Ray Charles mit den Raelettes machte, nämlich ab einem gewissen Punkt nur noch zu stöhnen, war das, was »dem Geräusch des Orgasmus im Top-40-Radio der Eisenhower-Ära am Nächsten kommen konnte«.[96] Der Text sparte auch nicht mit expliziten sexuellen Aufforderungen.

---

94 Auch zum Folgenden: Peter Guralnick: Ray Charles. In: Anthony DeCurtis, James Henke, Holly George-Warren: The Rolling Stone Illustrated History of Rock & Roll. New York 1992.

95 Big Bill Broonzy. Zitiert in: Guralnick, Ray Charles, a. a. O., S. 131f.

96 What'd I Say. Ray Charles. Rolling Stone vom 9.12.2004.

What'd I Say (Parts 1 & 2)	**Was ich sagte (Teil 1 & 2)**
Hey mama, don't you treat me wrong Come and love your daddy all night long All right now, hey hey, all right	Hey, Mutti, behandle mich nicht falsch. Komm und liebe deinen Papi die ganze Nacht. Alles klar jetzt, hey, hey, alles klar.
See the girl with the diamond ring She knows how to shake that thing All right now ...	Sieh das Mädchen mit dem Diamantring. Sie weiß, wie man das Ding schüttelt. Alles klar ...
When you see me in misery Come on baby, see about me Now yeah, all right, all right, aw play it, boy ...	Wenn du mich im Elend siehst, Komm schon, Schätzchen, schau nach mir. Jetzt, ja, alles klar, alles klar, spiel es, Junge ...
Yeah yeah, what'd I say, all right Well, tell me what'd I say, yeah ...	Ja, ja, was ich sagte, alles klar. Sag mir, was ich sagte, ja ...
And I wanna know ...	Und ich will es wissen ...
Hey, don't quit now! (c'mon honey) Naw, I got, I uh-uh-uh, I'm changing (stop! stop! we'll do it again) Wait a minute, ... oh hold it! ... [Stöhnen]	Hey, hör jetzt nicht auf! (Komm schon, Liebes!) Nein, ich habe ..., Ich, ah-ah-ah, ich mach es anders (Halt! Halt! Wir machen es noch mal.) Warte eine Minute ... halte es zurück! ... [Stöhnen]
Ah! Make me feel so good (make me feel so good) ... Aw it's all right (baby it's all right)	Ah, mache, dass ich mich so wohl fühle ... Oh, es is gut so ...
Woah! Shake that thing now ... Woah! I feel all right now yeah ...	Boah! Schüttle das Ding jetzt ... Boah! Ich fühl mich jetzt so gut ...

Ray Charles, 1959. Text & Musik: Ray Charles (Atlantic)

Auf die offene Sexualität seines Songs angesprochen, antwortete Charles cool: »Mir steht es nicht zu, meine eigenen Lieder zu interpretieren, aber wenn du ›What'd I Say‹ nicht verstehst, ist etwas falsch. Entweder das, oder du bist nicht vertraut mit den süßen Geräuschen der Liebe.«[97] »What'd I Say« nahm die sexuelle Freizügigkeit und die Formfreiheit vorweg, die auch die Rockmusik auszeichnen sollte. Zugleich machte Ray Charles die raue Stimme salonfähig, die später auch weiße Rockmusiker wie Joe Cocker, Eric Burdon oder Steve Winwood pflegen sollten. Und ganz nebenbei verschaffte Ray Charles der neuen Musikrichtung, die den Namen »Soul« erhalten sollte, weil die Musik so erdig, so leidenschaftlich und – trotz ihrer Sexualität – so gospelmäßig klang, eine ungeheure Popularität. »What'd I Say« sollte die Entwicklung der Rockmusik auch ganz direkt beeinflussen. Paul McCartney war

97 Ray Charles, David Ritz: Brother Ray: Ray Charles' Own Story. 3. Aufl. Boston: Da Capo Press 2004, S. 191.

fasziniert von dem Song, und während ihrer Zeit im Hamburger Star Club spielten die Beatles das Stück jeden Abend, manchmal sogar auf eine volle Stunde ausgedehnt. »In Hamburg haben wir uns quasi von dieser Platte ernährt, es war unser Showsong.«[98] Und auch manch anderer seiner Songs war schon ziemlich rockig, so wie »Unchain My Heart«, das später viele Joe Cocker zuschrieben, der es aber nur gecovert hat.

Das Erfolgsrezept von »What'd I Say« bis zum Exzess trieb James Brown, der sich auf der Bühne wie ein Prediger verhielt (den er dann im Film »Blues Brothers« auch sehr überzeugend spielte) – nur, dass er Sex predigte. Browns Bühnenshows, die sich an ein ausschließlich schwarzes Publikum wendeten, waren perfekt durchchoreografiert und in jeder Hinsicht Superlative. Brown trug die extravagantesten Kostüme. Er tanzte am wildesten, mit spektakulärer Akrobatik. Seine Band war die härteste und lauteste. Und die, die am harmonischsten zusammenspielte (kein Wunder, denn jede falsche Note bestrafte Brown mit hohen Strafzahlungen). Und die Show war sekundenscharf durchgetaktet – einschließlich aller Kostümwechsel, Akrobatiknummern, Breaks und Soli. Und doch bewirkte all diese Präzision genau den gegenteiligen Effekt: Nämlich, dass die Musik gänzlich spontan und improvisiert, geradezu ekstatisch wirkte. Wie schon Ray Charles' »What'd I Say« sprengte James Brown den Rahmen konventioneller Musik.

Nicht nur, dass er seine Songs unendlich in die Länge zog. »Sex Machine« konnte 16,5 Minuten erreichen. Er unterlegte sie auch mit unglaublich monotonen Rhythmen, bei denen die Gitarre minutenlang nur einen einzigen Akkord spielte, die Bläser nur einen einzigen Ton. Den traditionellen Backbeat der afroamerikanischen Musik 1-**2**-3-**4** veränderte er zum **1**-2-3-4-Downbeat (man hörte ihn oft schreien »auf die eins!«) und begründete damit die Funk-Musik. Zu dem rhythmisch-monotonen Hintergrundsound schrie James Brown seine unendlich oft wiederholten Botschaften wie ein Prediger heraus und ließ sich dabei gern von den Musikerkollegen und dem Publikum anfeuern – so wie man es aus evangelikalen Predigten kannte. 1972, als psychedelische Klangmuster aus Europa herübergeschwappt waren und sich bereits in Kalifornien breitgemacht hatten, griffen The Temptations mit »Papa Was a Rolling Stone« den James-Brown-Stil auf und verknüpften in einer Zwölf-Minuten-Version einen einzigen Akkord mit einem sparsamen Liedtext (ganze drei Strophen für Zwölf Minuten) sowie sphärischen Klängen, die auf einer Vielzahl von Instrumenten (Gitarren, Bläser, Streicher, Synthesizer, Händeklatschen etc.) erzeugt wurden.

Eine ganz andere, ebenfalls amerikanische, Entwicklungslinie der Rockmusik entstand in Kalifornien, wo insbesondere die Beach Boys ab 1961 den (nach ihrem ersten Hit »Surfin'« benannten) »Surf Rock« spielten, indem sie Rock and Roll mit mehrstimmigem Barber-Shop-Gesang verknüpften. Der Surf Rock passte in die Zeit, korrespondierte doch die musikalische Verherrlichung des Strandlebens mit der einsetzenden Reisewelle. Es folgten Hits mit so originellen Titeln wie »Surfin'

98 Paul McCartney. In: Barry Miles: Many Years from Now. Reinbek: Rowohlt 1998, S. 84.

Safari«, »Surfer Girl« und »Surfin' USA« – das musikalisch nichts als ein Plagiat von Chuck Berrys »Sweet Little Sixteen« war. Und das Intro von »Fun, Fun, Fun« klingt verdammt nach Berrys »Johnny B. Goode«. So viel zur Kreativität der Beach Boys. Die Gesangstruppe The Mamas and the Papas sprangen mit »California Dreamin'« auf den fahrenden Zug auf.

Und dann entwickelte sich in der ersten Hälfte der 1960er Jahre in den USA noch etwas, das sich mit der Rockmusik verbinden sollte: der Folkrock. *Folk music* heißt auf Deutsch ›Volksmusik‹ und meint auch das Gleiche: die einfache, mündlich tradierte Musik, die auf Bauernhöfen, bei Volksfesten und Zeremonien gespielt wurde. Aus der Tradition der »echten« Volksmusik erwuchs aber in den 1940er Jahren, vor allem von Woody Guthrie und Pete Seeger vorangebracht, etwas, das wir im Deutschen als *Liedermacher* bezeichnet haben: Nämlich Sänger, die gesellschaftskritische und politische Texte in einfache Melodien packten, die in der Tradition der Volksmusik standen. Das Genre der Protestsongs war begründet.

Und als sich Anfang der 1960er Jahre eine gesellschaftskritische politische Bewegung zu formieren begann, sprangen junge Musikerinnen und Musiker wie Joan Baez, Bob Dylan, Tom Paxton, Phil Ochs oder Peter, Paul and Mary in den schon rollenden Folk-Zug auf. Ironischerweise hatten die Liedermacher (der Begriff *Singer-Songwriter* wurde erst 1965 eingeführt) mit der Tradition der ländlichen Volksmusik eigentlich gar nichts zu tun, kamen die meisten doch aus der höchst urbanen Musikszene im New Yorker Greenwich Village. Es waren die Texte, die den wichtigsten Beitrag zur Entstehung der Rockmusik lieferten, während es musikalisch eher umgekehrt war: Die British Invasion der Beat- und Rockmusik sorgte dafür, dass sich Folkmusik zum Folkrock wandelte, was nirgendwo besser symbolisiert wurde als auf dem Newport Folk Festival, als Bob Dylan am 25. Juli 1965 zum Entsetzen seiner Fans zu einer elektrischen Gitarre griff. Es waren dann vor allem The Byrds, die mit dem Begriff *Folkrock* assoziiert wurden, weil sie den Sound der Beatles mit Folkmusik verknüpften. Aber da war die Rockmusik schon entstanden, und zwar nicht in Amerika, sondern in England.

Denn man muss konstatieren, dass der Rock and Roll Anfang der 1960er Jahre allenfalls in seinen letzten Zuckungen lag, wenn er nicht schon ganz tot war. Die rebellische Phase war vorbei, wenn eine der wenigen Bands, die überhaupt noch reinen Rock and Roll spielten, nicht mehr von Sex und Freiheit sang, sondern von Stränden und Surfbrettern. Die amerikanische Mainstream-Musik mit Pop und Motown-Soul war kommerziell, seicht und gesichtslos geworden, auch wenn Ray Charles und James Brown punktuell neue Ideen und Energien einbrachten und die Folkmusik politische Texte. Die großen musikalischen Innovationen sollten aber nicht mehr aus Nordamerika kommen, sondern aus England.

2.12. Satisfaction

Der Rock and Roll war noch keine Rockmusik, sondern ein wichtiger, wenngleich kurzlebiger Vorläufer, als dessen Zeugungsort wir den Congo Square vor den Toren von New Orleans identifiziert hatten, wo rund zweihundert Jahre zuvor rhythmische, schnelle, laute und sexuell aufgeladene Musik gespielt wurde, die die Sklaven aus Afrika mitgebracht hatten.

Wenn man der Rockmusik ein Geburtsdatum geben will, dann war es die Nacht zum 7. Mai 1965. Und der Geburtsort hat die Koordinaten 27° 57' 48.6" Nord, 82° 48' 1.44" West. In dieser Nacht, so schreibt das »Rolling Stone«-Magazin, wandelte ein magischer »Funke« das »pubertäre Gehopse« des Rock and Roll zum Rock.[99] Verantwortlich für diese Transformation war ein Gitarrenriff, das Keith Richards mitten in der Nacht einfiel, als er in einem Zimmer des Jack Tar Harrison Hotels in Clearwater, Florida, lag und das er geistesgegenwärtig auf einem Kassettenrekorder aufnahm, bevor er wieder einschlief.[100] Mick Jagger schrieb dann am anderen Morgen am Hotelpool den Text dazu. Der Song hatte gleich mehrere Elemente, die den neuen Musikstil, die Rockmusik, prägten:

Erstens ist es die Härte und Prägnanz des Riffs, das den Rock ausmacht. Wikipedia definiert ein *Riff* als »ein kurzes, melodisch oder rhythmisch prägnantes Motiv, das durch ostinate Wiederholung einer zwei- oder viertaktigen Melodiereihung gekennzeichnet ist und einen hohen Wiedererkennungswert hat«.[101] In der klassischen Musik nennt man es *Ostinato*, was die italianisierte Form des lateinischen Wortes *obstinatus* ist, das ›hartnäckig‹ oder ›eigensinnig‹ bedeutet. Denn man spricht von einem Ostinato, also einem hartnäckigen Motiv, wenn es sich durch ein ganzes Musikstück zieht und es dadurch prägt, dabei aber auch derart eigensinnig ist, dass es sich als Ohrwurm im Gehör festsetzt und ein Stück sofort erkennbar macht. Wer kennt nicht das Ostinato aus Ravels »Bolero«, das während des gesamten Stücks einfach nur endlos wiederholt wird, allerdings mit zunehmender Instrumentierung und dramatisch ansteigender Intensität, bis das erotischste Stück der klassischen Musik seinen Höhepunkt erreicht (Jefferson Airplane sollten das »Bolero«-Riff in »White Rabbit« verwenden). Riffs – kurze, prägnante Tonfolgen – gab es auch schon im Blues wie auch in anderen Musikrichtungen, aber »Satisfaction« hat ein echtes Rockriff, ein hartes Riff aus Powerchords, das einen zum Beben bringt, zu dem man auf den Boden stampfen, in die Luft springen, wild tanzen kann und das einen geradezu auffordert, das zu tun. Es ist eben ein Riff, das »rockt«.

---

99 Rolling Stone Magazine: 500 Greatest Songs of All Time. 2. The Rolling Stones, '(I Can't Get No) Satisfaction'. http://www.rollingstone.com/music/lists/the-500-greatest-songs-of-all-time-20110407/the-rolling-stones-i-cant-get-no-satisfaction-20110516, zugegriffen am 1.7.2020.

100 Keith Richards: Life. New York, Boston, London: Little, Brown and Company 2010, S. 176.

101 Wikipedia: Riff (Musik). https://de.wikipedia.org/wiki/Riff_(Musik), zugegriffen am 1.7.2020.

Powerchords sind Gitarrenakkorde aus einem Grundton, einer Quinte und häufig noch einem oktavierten Grundton, die insbesondere mit elektrischer Verzerrung besonders kräftig (*powerful*) klingen. In die moderne Musik sind sie 1951 durch den Bluesgitarristen Willie Johnson eingeführt worden. 1955 popularisierte Bo Diddley die Powerchords in seinem gleichnamigen Song, und in der jungen britischen Rockszene brillierte der Gitarrist der Kinks, Dave Davies, 1964 in »You Really Got Me« mit den kraftvollen Akkorden, von denen sich auch Keith Richards inspirieren ließ.[102] Das kraftvolle Powerchord-Riff von »Satisfaction« sollte zum Vorbild werden für andere prägnante Riffs wie beispielsweise in Deep Purples »Smoke on the Water«, Led Zeppelins »Whole Lotta Love«, Jimi Hendrix' »Voodoo Child (Slight Return)«, Creams »Sunshine of Your Love«, Eric Claptons »Layla«, ELOs »Don't Bring Me Down« oder Black Sabbaths »Paranoid«, um nur einige zu nennen. Das sind alles Rockstücke, die in erster Linie durch ihre Riffs definiert werden. Die Zeit war natürlich reif gewesen für ein Rockriff. Die (aus dem Blues bekannten) Riffs waren bereits im Laufe der Jahrzehnte härter geworden. »Satisfaction« war gar nicht einmal der erste Song mit einem echten Rockriff gewesen, denn The Kinks hatten mit »You Really Got Me« schon ein paar Monate vorher ein rockiges Riff gebracht. Aber »Satisfaction« hatte noch mehr zu bieten als ein hartes Riff.

Denn zweitens kam mit »Satisfaction« zum ersten Mal der gerade erst entwickelte elektronische Verzerrer, Gibsons Maestro FZ-1 Fuzztone, bei einer Plattenaufnahme zum Einsatz, um einem Gitarrenriff eine bis dahin noch nie gehörte Dominanz zu verleihen. Unabsichtliche oder absichtliche Verzerrungen hatte es auch vorher schon gegeben (z. B., wie bereits erwähnt, bei »Rocket 88« durch eine defekte Box), aber so einen Klang hatte man noch nie zuvor von einer Gitarre gehört. Damit wurde ein zweites Merkmal der Rockmusik geschaffen: der harte Sound, der sich aus der heftigen Verzerrung der Klänge ergibt, zu der auch die Charakteristik der damaligen Röhrenverstärker beitrug.

Das dritte Merkmal der Rockmusik steuerte Mick Jagger bei: den kulturell wie politisch rebellischen Text, der den Frust einer ganzen Generation über die kommerzialisierte Spießgesellschaft mit einer sexuellen Anzüglichkeit verbindet, die nach Befreiung schreit. Der Text von »Satisfaction« liest sich wie eine künstlerische Verarbeitung der Theorie des »eindimensionalen Menschen« von Herbert Marcuse. Damit wurde die Rockmusik als eine gesellschaftskritische und politische Musikrichtung geboren, die nicht mehr von Liebe und Herzschmerz sang, sondern von Frust und Rebellion. Die Gesellschaftskritik von »Satisfaction« kam jedoch nicht intellektuell-akademisch daher, sondern zweideutig sexuell und anstößig, wie es im Blues seit hundert Jahren Tradition gewesen war. Auch wenn längst nicht alle Rocksongs politische Botschaften transportieren, so sind viele von ihnen doch zumindest unterschwellig gesellschaftskritisch, rebellisch oder zumindest ungehörig.

---

102 Marc Myers: Anatomy of a Song: The Inside Stories behind 45 Iconic Hits. London: Grove Press 2017, Kap. 18.

»Der Text war wahrhaft bedrohlich für ein älteres Publikum. Dieses Lied wurde als ein Angriff auf den Status quo wahrgenommen.«[103] Das war im Jahr 1965, bevor die Studentenrevolte startete. Aber der amerikanische Konsumkritiker Vance Packard hatte bereits im Jahr 1957 unter dem Titel »Die geheimen Verführer« die manipulativen Methoden der Werbung analysiert und Herbert Marcuse hatte 1961 den »eindimensionalen«, durch die Werbung zum Konsumfetischisten degenerierten Menschen beschrieben. Und 1965 schlug das Lied ein wie eine Bombe, zum einen, weil es dieses unglaubliche Riff hatte, das mit einer bis dahin noch ungehörten elektronischen Verzerrung zu einem mitreißenden Beat gespielt wurde, und zum anderen, weil der Text eine ungeheuerliche Mischung aus Gesellschaftskritik und Sexualität darstellte.

(I Can't Get No) Satisfaction

I can't get no satisfaction ...
'Cause I try and I try and I try and I try
I can't get no, I can't get no

When I'm drivin' in my car
And that man comes on the radio
He's tellin' me more and more
About some useless information
Supposed to fire my imagination
I can't get no, oh no, no, no
Hey hey hey, that's what I say

I can't get no satisfaction ...

When I'm watchin' my TV
And that man comes on to tell me
How white my shirts can be
But he can't be a man 'cause he doesn't smoke
The same cigarettes as me ...

I can't get no satisfaction
I can't get no girl reaction

When I'm ridin' round the world
And I'm doin' this and I'm signing that
And I'm tryin' to make some girl
Who tells me baby better come back later next week
'Cause you see I'm on a losing streak ...

(Ich kriege keine) Befriedigung

Ich kriege keine Befriedigung ...
Denn wenn ich es versuche und versuche
Ich kriege keine, ich kriege keine

Wenn ich mit meinem Auto fahre
Und da kommt dieser Mann im Radio
Redet auf mich ein und ein
Mit lauter unnützen Informationen
Die wohl meine Einbildung anregen sollen
Ich kriege keine, keine, keine, keine
Ej, ej, ej, das ist, was ich sage

Ich kriege keine Befriedigung ...

Wenn ich vor dem Fernseher sitze
Und da kommt dieser Mann und erzählt mir
Wie weiß meine Hemden werden können
Aber er kann gar kein Mann sein, denn er
Raucht nicht die gleichen Zigaretten wie ich ...

Ich kriege keine Befriedigung
Ich kriege keine Reaktion von einem Mädchen

Wenn ich in der Welt herumreise
Und ich mache dies und unterschreibe das
Und ich versuche, irgendein Mädchen aufzureißen
Das zu mir sagt, Schatz, komm besser nächste Woche wieder
Weil, wie du siehst, ich gerade meine Tage habe ...

The Rolling Stones, 1965. Text & Musik: Mick Jagger, Keith Richards (Decca)

103 Paul Gambaccini in einer BBC-Sendung. BBC Radio 2, Sold on Song. http://www.bbc.co.uk/radio2/soldonsong/songlibrary/indepth/satisfaction.shtml, zugegriffen am 1.7.2020.

Allein der Titel war schon anstößig. Wer »Satisfaction« hörte, mit dieser Stimme, mehr herausgeschrien als gesungen, und diesem hämmernden Rhythmus, und diesem sexy Riff, der dachte natürlich als Erstes an sexuelle Befriedigung – auch wenn Mick Jagger in einem Interview scherzte, sexuell sei er ausreichend befriedigt, finanziell aber nicht und nach der philosophischen Befriedigung würde er noch suchen.[104] Aber damit nicht genug: Was den Sänger nicht befriedigt, ist die Erweckung »falscher Bedürfnisse« (Marcuse) durch die penetrante Werbung. All das hatte die Elterngeneration im Jahr 1965 begeistert: Waschmittel mit optischen Aufhellern, die Identifikation mit den Typen aus der Zigarettenwerbung etc. Aber den 22-jährigen Sänger nervt das nur. Konsum und noch mehr Konsum befriedigt ihn nicht – er sucht nach einem Sinn des Lebens, den er aber nicht findet. Später hat Mick Jagger klar gesagt, dass er mit dem Lied den Zeitgeist einfangen wollte, nämlich die »Entfremdung«.[105]

Entfremdung war eine philosophische Kategorie, die die Kritische Theorie im Anschluss an Marx und Engels genau zu jener Zeit auf die »spätkapitalistische« Gesellschaft anzuwenden pflegte. Wenn es noch eines Beweises bedurfte, dass es dem Musiker bei dem außerordentlich einflussreichen Rocksong »Satisfaction« darum ging, Gesellschaftskritik in einer poetisch-musikalischen Form zum Ausdruck zu bringen, dann hat ihn Mick Jagger selbst geliefert.

In der dritten Strophe kommt der Sex ins Spiel. Jagger singt, auch ein Novum in der Popmusik, ganz persönlich von dem nervenaufreibenden Geschäft eines Rockstars. Aber wenn er ein Groupie aufreißen will, klappt das dann ebenfalls nicht. Es ist schon amüsant, dass eine amerikanische Fernsehsendung den Vers »And I'm tryin' to make some girl« zensierte, nicht aber, wie Mick Jagger es ausdrückte, den »schmutzigsten Vers«: »I'm on a losing streak«, denn dass Jagger damit die Menstruation meinte,[106] konnten sich die Erwachsenen damals gar nicht vorstellen, so tabuisiert war dieser natürliche biologische Prozess (der freilich zur vorübergehenden sexuellen Abstinenz führt).

Das »Time Magazine« veröffentlichte im Juli 1966 einen Artikel über die versteckten Anspielungen in Rocksongs, der die damalige Naivität der Elterngeneration ebenso zum Ausdruck bringt wie den Spaß, den die Rockmusiker an den Doppeldeutigkeiten hatten.[107] Da wird bei Bob Dylans Vers »Ev'rybody must get stoned« gefragt, ob es Lamento eines Steinzeitmenschen oder die Fantasie eines Paranoiden sei, um dann zu erklären, dass »getting stoned« »durch Drogen high werden« bedeutet. Der Titel des Songs »Rainy Day Women« sei gewählt, um die

104 Mick Jagger. Interview am 26.11.1969, AP Archive, Britain's Rolling Stones give news conference. https://www.youtube.com/watch?v=em4Pt4SSMoI, zugegriffen am 20.2.2021.

105 Mick Jagger. In: Pete Fornatale: 50 Licks. Myths and Stories from Half a Century of the Rolling Stones. New York et al.: Bloomsbury 2013, S. 45.

106 Mick Jagger. Zitiert in: Going to Pot. Time Magazine vom 1.7.1966. http://content.time.com/time/subscriber/article/0,33009,835889,00.html, zugegriffen am 20.2.2021.

107 Going to Pot. Time Magazine vom 1.7.1966. http://content.time.com/time/subscriber/article/0,33009,835889,00.html, zugegriffen am 20.2.2021.

Radiosender nicht zu verunsichern, denn im Slang wäre das eine Chiffre für einen Marihuana-Joint. Der Artikel klärt darüber auf, dass ein »Trip« einen LSD-Rausch bedeutet, was 1966 dem bürgerlichen Publikum noch gar nicht klar war. Er zitiert den 23-jährigen Sänger von Jefferson Airplane, Marty Balin: »Ihr Erwachsenen zahlt uns das ganze Geld, damit wir auf euren Wohltätigkeitsveranstaltungen und Cocktailpartys spielen, und dann kommen wir mit diesem Jargon um die Ecke und weiden uns daran, wie peinlich berührt ihr seid. Das kickt.« Gleichzeitig werden die Leser informiert, dass es bei dem Song »Running Around the World« um das »fantastische Erlebnis [geht], unter LSD Liebe zu machen«, wie Balin sagte.

Die Meister der versteckten Bedeutungen waren die Beatles. In »Norwegian Wood« geht es um einen Kerl, der ein Date mit einer jungen Frau hat, die sich als lesbisch erweist (»Ich verzog mich, um in der Badewanne zu schlafen«). »Day Tripper« soll sich um eine Prostituierte drehen, aber die Verse »sie war eine große Verführerin ... sie machte nur *one night stands*« scheinen eher eine selbstbewusste Frau zu beschreiben, die einfach den Spieß der männlichen Promiskuität umgedreht hatte (was 1966 freilich so viel gefährlicher war als eine Prostituierte, dass man diese ungeheuerliche Möglichkeit gar nicht in Betracht zog).

Vielleicht ist der Redaktion des »Rolling Stone«-Magazins der Sinn für Dramatisierung etwas zu sehr durchgegangen, indem sie die »Erfindung« der Rockmusik auf die Nacht zum 7. Mai 1965 und in ein Hotelbett von Clearwater legten. Mitte der 1960er Jahre war die Zeit einfach reif für einen härteren Sound, der die Beatmusik auf ein höheres Niveau hob, und es gab eine ganze Reihe von britischen und amerikanischen Bands, die diesen Sound zeitgleich entwickelten. Die Rolling Stones gehörten aber zu den frechsten, sexuell und politisch explizitesten Bands und trauten sich einfach mehr als die Beatles, die musikalisch softer waren und ihre ungehörigen Botschaften hinter lyrischen Texten zu verstecken wussten.

Aber wer auch immer die neue, härtere Musik spielte, ob die Beatles, die Stones, The Kinks, The Who oder US-amerikanische Bands wie The Byrds, Jefferson Airplane, The Doors oder Bob Dylan himself: Der Geist der Rebellion gegen die spießbürgerliche Gesellschaft fand nicht nur in den Texten Ausdruck, die mal rebellisch (wie bei »Satisfaction«) waren, mal poetisch verklausuliert, mal aber auch nur konventionelle Liebeslyrik darstellten, sondern auch in der Musik, die laut war, die wild war, die zu wildem, sexuell aufgeladenem Tanzen aufforderte. Warum bildeten zu Klassikern der Rockmusik gewordene Songs immer wieder den Soundtrack von rebellischen Bewegungen, ob es die 1968er Studentenrevolte war oder das Ende der DDR gut zwanzig Jahre später? – »Weil in den Rhythmus dieser Musik der Geist der Revolte eingeschrieben ist.«[108]

108 Bernd Lindner: Rock & Revolte: Ein Rhythmus verändert die Welt. In: Stiftung Haus der Geschichte der Bundesrepublik Deutschland, Bundeszentrale für politische Bildung (Hg.): Rock! Jugend und Musik in Deutschland. Begleitbuch zur Ausstellung. Berlin: Ch. Links 2005, S. 12–23, hier: S. 23.

2.13. Orgiastic Music

Wie reagierte das Bürgertum auf die neuartigen Klänge? – Lassen wir einen höchst einflussreichen Musikwissenschaftler zu Wort kommen, Stanley Sadie, seit 1964, also in der »heißen Zeit«, Musikkritiker der »Times«, später Herausgeber der »Musical Times« und des renommierten »New Grove Dictionary of Music and Musicians« sowie Präsident der Royal Musical Association und der International Musicological Society, Träger des Händel-Preises und zahlreicher weiterer Ehrungen. Für die BBC produzierte er eine größere Fernsehserie über die Musik samt einer achtbändigen Buchreihe. Sadie war das Sprachrohr des Bürgertums, der dessen musikalisches Empfinden in gelehrte Worte zu fassen wusste, und er war zugleich ein Multiplikator, der dem konservativen Publikum sagte, was gute und was schlechte Musik war. Und dieser Stanley Sadie gab dann, im Jahr 1985, ein Buch für die Universität Cambridge heraus, dessen deutsche Ausgabe den Titel »Das Cambridge Buch der Musik« erhielt.[109] Dieses Buch führt ein in die Grundelemente, Strukturen und Instrumente der Musik und stellt auf gut 600 Seiten die Geschichte der europäischen Musik vom Mittelalter bis zur Gegenwart dar. Das allerletzte (Unter-) Kapitel heißt schlicht *Rock*.

Einen Vorgeschmack, wie Rockmusik zu beurteilen sei, liefert der konservative Musikwissenschaftler bereits, wenn er generell über die »Unterhaltungsmusik« schreibt, dass sie als »Produkt der Industrialisierung« »nur« das Ziel habe, »eine große Anzahl von Menschen zu unterhalten«.[110] Da klingt schon eine grundsätzliche Abwertung der Popmusik an, deren Berechtigung man mit Fug und Recht in Zweifel ziehen kann. Wollten Mozart und Händel mit ihrer Musik nicht auch unterhalten – allerdings nicht das Volk, sondern den König und eine kleine Schar von Adeligen, die ihren Konzerten lauschten? Und zählt Kunst nur dann als Kunst, wenn sie höhere Botschaften transportiert, wie die religiöse Musik oder die Verherrlichung von Potentaten? Es war Susan Sontag, die in dem Jahr, in dem Stanley Sadie zum Musikkritiker der »Times« wurde, unter Berufung auf die ästhetische Theorie von Karl Marx und Friedrich Engels einen wegweisenden Aufsatz schrieb, der die Befreiung der Kunst von dem Zwang, Botschaften für Kirche und Machthaber zu transportieren, feierte und der modernen Kunst die Möglichkeit einer rein subjektiven, nicht interpretierbaren Ausdrucksweise des Künstlers oder der Künstlerin zubilligte.[111] Ja, Kunst, darf subjektiver Ausdruck sein, und Kunst darf auch »nur« unterhalten. Aber wer sagt denn, dass die Rockmusik nicht auch politische Botschaften transportieren wollte?

---

109 Stanley Sadie, Alison Latham: The Cambridge Music Guide. London: Calmann and King 1985 (deutsch: Das Cambridge Buch der Musik. 13. Aufl. Frankfurt a. M.: Zweitausendeins 1997).

110 Ebd. (deutsche Ausgabe), S. 567.

111 Susan Sontag: Against Interpretation. In: Dies.: Against Intepretation and Other Essays. New York: Farrar, Straus and Giroux 1966, S. 1–10.

Interessant ist, auf welche Musiker Stanley Sadie die Evolution der Rockmusik reduziert: auf den Countrysänger Hank Williams und auf Elvis Presley, die er beide als »weiße Jungs aus den Südstaaten mit einem glaubenseifrigen Hintergrund« charakterisiert, die beide »nervenkrank« waren oder wurden.[112] Die Rockmusik als Produkt von Verrückten! Denn Weiße, die schwarze Musik adaptierten, konnten ja nur verrückt sein. Im Übrigen nennt man das, was Sadie betreibt, »Geschichtsklitterung«. Die eigentliche Rockmusik sortiert Sadie säuberlich nach »schlechter« und »gutartigerer« Musik. Nicht »gut«, aber »gutartiger« sind für ihn The Incredible String Band, The Moody Blues, Pentangle, Steeleye Span, Joni Mitchell, später auch The Police und Eurythmics, und – natürlich – die Beatles, die er als »beste« Gruppe der Popgeschichte bezeichnet, während sein Urteil über Bob Dylan zwiespältig ausfällt, weil er ihm zu viel schwarzen Blues gespielt habe. An den Softrock-Gruppen gefällt ihm, dass sie »sanfte, modale Melodien und Klänge« spielen, die überwiegend der europäischen Musiktradition entstammen, der europäischen Volksmusik, dem britischen Choral und den Klängen der Music Hall.[113]

Für die schlechte Rockmusik stehen bei ihm dagegen The Doors, Grateful Dead, The Velvet Underground, Jimi Hendrix, The Who, The Mothers of Invention, Frank Zappa. Den Inbegriff der bösartigen und zugleich schlechten Musik stellt für ihn jedoch die Band The Rolling Stones dar, die orgiastischer Musik am nächsten käme, »sie ist vergleichbar mit der in Stammesgesellschaften hervorgebrachten Musik«. Das Wort *Negermusik* vermeidet Sadie im Jahr 1985, aber seine Wortwahl lässt keinen Zweifel daran, wie sehr er die »primitive« afrikanische Musik verachtet, die die Stones übernommen haben. Als Beweise führt er das »afrikanisierte Schreien« und die »Körperverrenkungen« von Mick Jagger an, dessen »schwarze Stimme« das bluestypische »Leiden durch Aggression ersetzt«. Und jetzt kommt Sadie erst richtig in Fahrt:

»Das Schlagzeug ist gewalttätiger als ein echtes Stammesgetrommel, einerseits weil es metrisch brutaler ist und andererseits weil es, durch die Verstärkung ungeheuer laut, eine Schmerzschwelle überschreitet, so daß man taub und betäubt wird. Das Durchbrechen der Klangschwelle kann statt zu erlaubter Euphorie zu einer zerstörerischen, dem Voodoo vergleichbaren Kraft werden. 1970 löste Jaggers Wiedergabe von *Under My Thumb* während des Konzerts einen Ritualmord der Hells Angels aus. Es überrascht nicht, dass die primitive pentatonische Melodik sich hier in ihrer Schwungkraft hauptsächlich auf den treibenden Beat verläßt; die Harmonie ist – wie bei echter Stammesmusik – minimal oder fehlt ganz, sie ist reduziert auf ein oder zwei immer wiederholte Akkorde.«[114]

Die Texte seien »zum größten Teil nicht herauszuhören oder wirken, wenn sie verständlich sind, negativ und zerstörerisch«, denn bei der Rockmusik handele es sich »wie bei echten Stammesritualen« um eine »Unterwerfung unter den Teufel«.

---

112 Sadie, Latham, Cambridge, a .a. O., S. 591.

113 Ebd., S. 594–597.

114 Ebd., S. 593.

In der Musik von Jimi Hendrix, »der sein musikalisches wie auch sein sexuelles Instrument gleichsetzte« sahen seine Fans ein »Vorspiel für ein Initiationsritual«; das gleiche Verdikt fällt Sadie über The Who. Zappa und The Mothers of Invention bescheinigt er Obszönität und die Verherrlichung von Drogen sowie eine Nähe »zu manchen indianischen Kulten«.[115]

Sadie bedient sich der klassischen Klaviatur der Bigotterie:[116] Er polarisiert in Schwarz und Weiß, er übertreibt, er wertet heftigst (»teuflisch« und »mörderisch«), er spekuliert und er verbreitet Unwahrheiten: Die Ermordung von Meredith Hunter beim Konzert in Altamont hatte nichts Rituelles und war auch nicht durch die Musik ausgelöst worden, und Frank Zappa setzte ein strenges Drogenverbot in seinen Bands durch. Sadie erweist sich als durch und durch vorurteilsbehaftet, als übler Rassist (die Adjektive »afrikanisch« oder »indianisch« reichen ihm bereits, um etwas zu verurteilen), als autoritätsgläubig, als elitistisch und als sexuell verklemmt – also als ein typischer Repräsentant der konservativen Generation der Eltern, Lehrer, Politiker und sonstigen Autoritäten, gegen die die Rockmusik rebellierte.

Die Intensität von Sadies Wut mag sich auch daraus erklären, dass er genau begriffen hat, wogegen die Rockmusik opponierte: Gegen eine Gesellschaft, die als »materialistisch«, »feindlich« und »krank« betrachtet wird. Die braven Beatles dagegen thematisierten seiner Meinung nach ja nur das »ewige Problem der Jugend: Einsamkeit, Angst, Freundschaft, Sex, Generationenkonflikt, Entfremdung, Albträume«.[117] Pubertätsprobleme zu adressieren, bedrohte die Gesellschaft in ihren Grundfesten weitaus weniger als antikapitalistischer Protest. Und die tatsächlichen Botschaften der Beatles scheint der Musikwissenschaftler ebensowenig verstanden zu haben wie die meisten Angehörigen seiner Generation. Noch zwanzig Jahre später troffen Stanley Sadie die Verachtung und der Hass gegenüber der Rockmusik aus der Feder. Und die Verurteilungen des hochgelobten Musikkritikers der »Times« waren repräsentativ für die Reaktion des Bürgertums auf die neue Musik. Konnte der Rockmusik ein größeres Lob zu Teil werden als die Verachtung durch die bürgerlich-konservative Musikkritik?

---

115 Ebd., S. 593f.

116 Vgl. dazu Gordon W. Allport: The Nature of Prejudice. Reading: Addison-Wesley 1954.

117 Sadie, Latham, Cambridge, a. a. O., S. 596.

2.14. British Invasion

Vor den Stones waren die Beatles gekommen, die den Stones ja ihre Komposition »I Wanna Be Your Man« abgetreten hatten und die mit dem Merseyside Beat ebenfalls einen neuen Sound geprägt hatten. Zeitgleich hatte sich auch eine härtere, rockigere Art des Blues entwickelt, was später als *Bluesrock* bezeichnet werden sollte. Die Beatmusik war unmittelbarer Vorläufer der Rockmusik und kam wiederum von der Skifflemusik. Und hier müssen wir etwas tiefer in die britische Musikszene der 50er Jahre eintauchen, um die einzelnen Personen und die Schritte zu identifizieren, die 1964/65 zur Entstehung der Rockmusik geführt haben.

Eine entscheidende Figur bei dieser Entwicklung war der britische Posaunist Chris Barber, der 1950 die Chris Barber's New Orleans Band gründete, die im Wesentlichen flotten Dixieland-Jazz aus New Orleans, aber auch Blues spielte. Barber war Blues-Fan, und er war es, der Bluesmusiker wie Big Bill Broonzy, Sonny Terry und Brownie McGhee sowie Muddy Waters nach England holte. In Barbers Band spielte der Schotte Lonnie Donegan das Banjo. Und Donegan hatte ein Faible für Skifflemusik. Skiffle war eine Variante der afroamerikanischen Musik des Südens der USA, die sich dadurch auszeichnete, dass sie auf altertümlichen und improvisierten Instrumenten gespielt wurde, beispielsweise dem Waschbrett, der Säge, dem Kamm, aus Zigarrenkisten gebastelten Fideln oder dem einsaitigen Waschzuberbass. Musikalisch war Skiffle eine Mischung aus Jazz-, Blues-, Folk- und Country-Elementen. Skiffle hatte viel vom Blues, war aber rhythmisch offener – und das sollte entscheidend auf dem Weg zum Rock sein.

Auf der ersten LP, die Chris Barbers Jazzband mit der Skiffle-Group um Lonnie Donegan 1954 veröffentlichte, war auch der Bluesklassiker »Rock Island Line« zu hören, der ursprünglich 1929 von dem Rock Island Colored Booster Quartet gespielt wurde, einer Gesangstruppe von Beschäftigten der gleichnamigen Eisenbahnlinie. John Lomax nahm den Song, der wie ein typischer Worksong von Gefängnisinsassen gesungen wurde, 1934 auf. Der Bluesmusiker Lead Belly, der über reichlich Erfahrung mit Gitterstäben verfügte, machte daraus einen Blues, den er aber mit einem schnellen Rhythmus versah, der an das Stampfen einer rasend schnell laufenden Lokomotive erinnerte. Diese Version hatte Donegan übernommen und damit einen entscheidenden Zwischenschritt auf dem Weg vom Blues zum Beat gemacht, denn die Singleauskopplung des Songs wurde zu einem Hit, der unter englischen Jugendlichen einen wahren Skiffleboom auslöste. Man kann es auch so formulieren: Nahezu die gesamte Geschichte der Rockmusik spiegelte sich in der »Karriere« dieses einen Lieds wider: vom Worksong über den Blues und über den Skiffle zum Beat.

Im Nachkriegsengland war Skiffle einfach zu spielen, und die dafür benötigten Instrumente konnte man sich sogar selbst basteln. Waschbretter gab es damals noch. Und so schossen Skifflebands wie Pilze aus dem Boden, darunter eine Band von Schülern der Quarry Bank High School in Liverpool, die sich The Quarrymen nannte. Auch Van Morrison, Jimmy Page, Ritchie Blackmore, Robin Trower oder David Gilmour hatten mit Skiffle begonnen. Da diese Form von »Do-It-Yourself-Musik«, wie Bill Wyman bemerkt, allzu anspruchslos war, ebbte die Skifflewelle rasch ab.[118] Aber Skiffle hatte den schnell gespielten Viervierteltakt gebracht, den *Beat*. Der Beat war einfach zu spielen, gut tanzbar, und bot musikalisch mehr Freiheiten als das enge Schema von Blues und Rock and Roll.

Und der Beat entwickelte sich aus dem Skiffle vor allem entlang des Flusses Mersey, der durch Liverpool fließt. Eine Liverpooler Boygroup war so begeistert von Buddy Hollys Band The Crickets (»die Grillen«), dass sie sich *The Silver Beetles* (»Silberkäfer«) nannten, was sie dann, auch als Reverenz an den Beat in *The Beatles* änderten. Wenn die Rolling Stones auch die erste Rocknummer herausgebracht haben mögen – die Beatles, die bereits 1956 als The Quarrymen begonnen hatten, waren unbestritten die erste Rockband der Musikgeschichte, auch wenn sie noch einige Jahre benötigen sollten, um aus Skiffle und Beat echte Rockmusik zu entwickeln, die in ihrer Spätphase das Label *Psychedelic Rock* führen sollte. Weil The Quarrymen und The Beatles sowie einige andere Bands, die den neuen Sound spielten, vom Fluss Mersey kamen, nannte man das Genre entsprechend *Merseyside Beat* oder *Merseybeat* oder schlicht *Beat*. Und wenn Beat gespielt wurde, tanzten die Mädchen und kreischten sich dazu die Seele aus dem Leib.

Chris Barber war für die Entwicklung des Rock nicht nur deshalb wichtig, weil er den Blues nach England geholt und dem Skiffle eine Plattform geboten hatte. Zu Barbers Band zählten nämlich auch ein Gitarrist namens Alexis Korner und der Harmonikaspieler Cyril Davies, die später zusammen eine eigene Bluesband gründeten, die Blues Incorporated, die regelmäßig im Londoner Marquee-Club auftrat. In dieser Band spielten Musiker wie Charlie Watts, Jack Bruce, Ginger Baker, Long John Baldry, Graham Bond, Danny Thompson oder Dick Heckstall-Smith. Letztlich gab Korner die Initiative zur Gründung der Rolling Stones, die ihren ersten Auftritt im Marquee-Club hatten, um die Blues Incorporated zu vertreten, als diese einen Fernsehauftritt hatten.

Alexis Korner war nicht nur Vater des »weißen Blues«, sondern ermutigte auch den Grafikdesigner John Mayall dazu, eine Karriere als Profimusiker zu beginnen. Der Multiinstrumentalist war ein weiterer britischer Bluesmusiker, der sich als Talentschmied einen Namen machen sollte, weil Musiker wie Eric Clapton, Aynsley Dunbar, Mick Fleetwood, Peter Green, Mick Taylor oder John McVie aus seiner Bluesbreakers-Band hervorgingen. Unglaubliche 130 Musiker waren bei Mayall in die Lehre gegangen, und ohne ihn hätte es Spitzenbands wie Cream, Fleetwood Mac oder Colosseum nicht gegeben.[119]

Der Blues – insbesondere der urbane Chicago Blues, der von Chess Records produziert wurde – stellte aber auch eine ganz direkte Einflusslinie für die Entwicklung der Rockmusik dar, die sich letztlich als wichtiger als der Skiffle erweisen sollte. Brian Jones, Mick Jagger, Keith Richards, Eric Clapton – um nur einige zu

---

118 Wyman, Blues, a. a. O., S. 318.

119 Dinu Logoz: John Mayall. The Blues Crusader. Zürich: Olms 2015.

nennen – hörten begeistert die Bluesstücke von Muddy Waters, John Lee Hooker, Howlin' Wolf, Buddy Guy – ja selbst des halbvergessenen Gitarrenvirtuosen Robert Johnson – auf ihren primitiven Plattenspielern, um die Songs selbst nachzuspielen. Die jungen Engländer wollten den traditionellen Blues spielen. Dass es die Musik der Afroamerikaner war, störte sie nicht. In England gab es keine »Race Records«, Plattenfirmen nur für Schwarze, keinen Rhythm and Blues, Musik von Schwarzen für Schwarze, und keine »schwarzen« Radiosender.

Die Rolling Stones begannen als reine Bluesband. Die Setlists ihrer ersten Auftritte im Jahr 1963, die Bill Wyman in seinem Buch abdruckt, enthielten praktisch nur Blues- und Rock-and-Roll-Nummern.[120] Doch als es daran ging, die erste Plattenaufnahme zu machen, dachten sie, der Blues wäre vielleicht doch nicht so tauglich für das Massenpublikum. Also wählten sie eine schnellere Rock-and-Roll-Nummer, nämlich »Come On« von Chuck Berry. Und dann kam der Tag im Jahr 1964, als ihr Manager Andrew Loog Oldham Mick Jagger und Keith Richards in der Küche einsperrte und ankündigte, sie erst wieder hinauszulassen, wenn sie einen Song geschrieben hätten, der weder ein Blues sein sollte, noch eine Imitation von irgendetwas anderem.[121] Und die beiden Zwanzigjährigen kamen heraus mit »As Tears Go By« – keiner fetzigen Popnummer, sondern einem langsamen, traurigen Stück, das die gleiche Melancholie ausstrahlte wie ein Blues, ohne dessen musikalische Form zu besitzen.

Warum war der Blues Anfang der 1960er Jahre für die jungen Engländer so interessant? – Blues war die Musik der Traurigen und Verzweifelten. Verzweifelte Trauer ist ein typisches Gefühl der Pubertät, zumindest bei intellektuellen Jugendlichen, die sich von den Eltern, den Lehrern und anderen Autoritätspersonen nicht verstanden fühlen und bei denen es zu allem Überfluss auch mit der Liebe noch nicht so richtig klappen will. Bluesgefühle sind einerseits alterstypisch, andererseits in bestimmten historischen und soziologischen Situationen besonders ausgeprägt. Es waren im Wesentlichen Jugendliche aus einer intellektuellen Mittelschicht, die den Blues hatten. Und es waren die Jugendlichen der Nachkriegszeit, der Zeit des Wirtschaftswunders, als sich die Menschen mit materiellem Konsum betäubten (Fresswelle, Reisewelle etc.), als autoritäre Strukturen freies Denken nicht zuließen, als überall auf der Welt Menschen unterdrückt und ausgebeutet wurden, ohne dass jemand die Stimme dagegen erhob, und als sich die Heranwachsenden von gesellschaftlichen Konventionen eingeengt fühlten, auch in sexueller Hinsicht.

Es war eine Phase, in der auch der Literaturnobelpreisträger Hermann Hesse viel gelesen wurde, der in seinen Romanen »Unterm Rad«, »Siddhartha« und »Der Steppenwolf« von einsamen, ausgegrenzten, unterdrückten, sinnsuchenden Menschen schrieb. Nach Hesses Meisterwerk benannte sich sogar die US-amerikanisch-kanadische Hardrock-Band *Steppenwolf*. Das musikalische Äquivalent war der Blues. Der Blues handelte von den Unterdrückten und Ausgebeuteten, die aber irgendwie

---

120 Wyman, Blues, a. a. O., S. 322.

121 Richards, Life, a. a. O., S. 142f.

den Kopf hochhielten. Und oft fand der Blues eine Lösung – und wenn es eine witzige Pointe war, wie Adrian Wolfen schreibt:

»Muddy Waters, Howlin' Wolf, Sonny Boy Williamson, Bo Diddley, Chuck Berry und John Lee Hooker, das waren Vatergestalten für den britischen Blues. Weder die Rolling Stones noch die Yardbirds mit Eric Clapton, Jimmy Page oder Jeff Beck, weder die Animals noch Van Morrison hätten ohne sie jemals eine Bühne betreten. Zudem wussten alle, dass diese schwarzen Männer aus den USA gelitten hatten wegen ihrer Rasse. Sie waren Unterdrückte und Ausgebeutete, die aber dennoch mit ihrer Musik über ihre Herrscher triumphierten – und wenn das nicht der Stoff für einen jugendlichen Heldenroman ist, was sonst? Doch die alten Männer boten noch mehr: Wo ihre Musik von Sex und Magie handelte, da befriedigten sie all jene jugendlich-pubertären Triebe, für deren Ausleben es im Nachkriegseuropa noch keine zeitgemäßen Formen gab. Dass einige schmächtige und picklige Jünglinge wie Keith Relf von den Yardbirds eher keine besonders gute Figur machten, wenn sie Hookers Macho-Pose ›Boom Boom‹ nachahmten oder gar Bo Diddleys ›I'm a Man‹ anstimmten, nun, darüber sollte besser der Mantel des barmherzigen Schweigens ausgebreitet werden.«[122]

Der Blues konnte verdammt traurig sein. Aber er konnte auch trotzig sein. Er konnte humorvoll sein. Er konnte stolz sein. Er konnte angeberhaft sein. Und ungeheuer machomäßig. Der Blues konnte für alle Probleme dieser Welt eine Lösung sein. John Lee Hooker hat das (erst spät, im Jahr 1989, zusammen mit Carlos Santana) auf den Punkt gebracht: »Der Blues ist ein Heilmittel.« Und das brachte das Lebensgefühl der jungen Generation in den 1960er Jahren auf den Punkt. Und deshalb liebten sie den Blues – hielten sich aber nicht mit ihm auf, sondern zogen weiter.

The Healer

Blues a healer, all over the world ...
It healed me, it can heal you
The blues can heal you, early one morning ...

I was down
It healed me ...
One night, I was laying down, feeling so bad, so low, so low
My woman had left me, blues came along and healed me ...
Can heal you ..., if you let it

Das Heilmittel

Blues ist ein Heilmittel, in der ganzen Welt ...
Er heilte mich, er kann dich heilen.
Der Blues kann dich heilen, eines frühen Morgens ...

War ich am Boden,
Er heilte mich ...
In einer Nacht, ich lag danieder, fühlte mich so schlecht, so schwach, so schwach.
Meine Frau hatte mich verlassen, der Blues kam und heilte mich ...
Kann dich heilen ... wenn du ihn lässt.

John Lee Hooker & Carlos Santana, 1989. Text & Musik: John Lee Hooker, Roy Rogers, Carlos Santana, Chester Thompson (Chameleon)

122 Wolfen, Chessthetik, a. a. O., S. 335.

Die Stones gingen ihren Weg. Sie waren vom Blues gekommen, den sie nie vergessen sollten, spielten Rock and Roll, übernahmen aber auch den Beat und machten daraus eine Melange, die musikalisch ähnlich vielfältig werden sollte wie das Repertoire der Beatles. Beide Bands hatten klassische Rock-and-Roll-Nummern im Programm, fetzige Beats, aber auch langsame Schmusesongs und zunehmend auch Experimentelles, beispielsweise Ethnoklänge, die mit exotischen Instrumenten wie Maracas oder der Sitar erzeugt wurden.

Parallel dazu sollte sich insbesondere John Mayall als Wegbereiter der Rockmusik erweisen, nicht nur, weil er eine Talentfabrik betrieb, die am laufenden Band Spitzenmusiker hervorbrachte. Mayall selbst spielte mit seinen Bluesbreakers einen immer kreativeren Blues, der Anfang der 1960er Jahre härter und rockiger wurde. Im Londoner R&B-Club Klooks Kleek nahmen die Bluesbreakers am 7. Dezember 1964 ein Live-Album auf, das den Titel »John Mayall Plays John Mayall« erhielt, weil es aus Eigenkompositionen bestand. Die Songs »I Need Your Love«, »Crawling Up a Hill« und »Crocodile Walk« klangen schon ziemlich rockig, auch wenn sie noch dem zwölftaktigen Bluesschema folgten. Das 1966 erschienene Album »Blues Breakers – John Mayall with Eric Clapton« enthielt neben einigen Stücken aus der Feder von John Mayall und einer Gemeinschaftskomposition von Mayall und Clapton hauptsächlich Bluesklassiker, prägte aber den Sound des Bluesrock. Wesentlich für den Erfolg des Albums war der neuartige, durch Röhrenverzerrung und Sustain gekennzeichnete Sound, den Clapton durch die Kombination einer Gibson Les Paul mit einem Marshall JTM-45-Verstärker erzielte und – gegen den erbitterten Widerstand der Tontechniker – nicht herunterdrehen wollte (wir erkennen Parallelen zur Aufnahmetechnik der Chess-Studios – aber Clapton drehte die Schraube noch weiter). Wie beeindruckt die Fans von diesem neuen Sound in Kombination mit bluestypischen Soli waren, zeigten die »Clapton Is God«-Graffiti, die nach den ersten Live-Auftritten der Bluesbreakers an Londoner Häuserwände gepinselt wurden.

Noch im selben Jahr schloss sich Clapton mit dem Ex-Mayall- und Ex-Manfred-Mann-Bassisten Jack Bruce und dem Ex-Alexis-Korner-Schlagzeuger Ginger Baker von der Graham Bond Organization zur ersten Supergroup der Rockgeschichte zusammen, die sich selbstbewusst *Cream* nannte, nach dem Sprichwort *the cream rises to the top*, also die Crème de la Crème. Und Cream spielte sowohl uralte Bluesklassiker wie Eigenkompositionen, in jedem Fall aber richtig rockig und mit virtuosen Soli aller drei Instrumente – allen voran natürlich den Gitarrensoli Eric Claptons. Und Claptons Interpretation von Robert Johnsons Klassiker, jetzt »Crossroads« geschrieben, sollte zu einem der größten Hits von Cream werden, den Clapton auch nach Auflösung der Supergroup nicht müde wurde zu spielen.

Innerhalb von nur drei Jahren hatte sich die Rockmusik entwickelt – aus dem Beat wie aus dem Blues, wobei beide Stränge musikalisch wie vom Personal her eng miteinander verflochten waren. Denn es war damals in England eine ziemlich kleine Szene, in der sich der neue Sound entwickelte. Interessanterweise fand die musikalische Innovation in England statt, wo die Musiker sich noch mühsam amerikanische Schallplatten über den Atlantik schicken lassen mussten, die sie dann, autodidaktisch und nach Gehör, Note für Note nachzuspielen versuchten. Aber

Innovation, auch musikalische Innovation, entsteht in der Regel, indem man Elemente miteinander kombiniert, die vorher separat waren. So war der Rock and Roll entstanden, der Soul, der Skiffle und der Beat. Aber in den USA war die Zeit der Brückenschläge vorbei – der amerikanische Musikmarkt war segmentiert (nach Hautfarben, Zielgruppen und Stilrichtungen), kommerzialisiert und – in Gestalt der Songfabriken im Brill Building, bei Phil Spector und Motown – industrialisiert.

Die Briten hatten diese Restriktionen nicht. Die britischen Musiker, die die Rockmusik entwickelten, waren überwiegend Anfang zwanzig, stilistisch unbelastet und gierig darauf, alles aufzusaugen, was aus Nordamerika kam, egal welcher Kategorie von Musik es zugerechnet wurde. Und sie kombinierten und transformierten diese amerikanische Musik derart unbekümmert, dass etwas Neues daraus entstand: erst der Beat, und dann der Rock. Denn unbewusst, ob sie es wollten oder nicht, flossen auch die jahrhundertealten musikalischen Traditionen der europäischen, britischen und sogar der keltischen Musik mit ein, die ihnen ja von Kindheit an durch Folksongs, Kirchenlieder, Choräle, Music-Hall-Songs, Trinklieder und ähnliches vertraut waren, zumal sich überraschende Kompatibilitäten einstellten: Das bluestypische *aab*-Schema war seit dem Mittelalter auch in den italienischen Canzonen, den Vorträgen provenzalischer Troubadoure, und im deutschen Minnesang verbreitet, im Minnesang als Dreiklang aus Stollen, Stollen und Abgesang. Und so etwas wie die rocktypischen Powerchords hatte es auch schon in der Musik des Mittelalters gegeben.[123]

Mit einem Wort: Unbelastet von dem Schubladendenken, das in der US-amerikanischen Musikindustrie wie auch in der Musikkritik zu Erstarrungserscheinungen geführt hatte, konnten die britischen Musiker munter die verschiedensten musikalischen Traditionen so miteinander kombinieren, dass daraus ein völlig neuer Sound entstand, der sich in jeglicher Hinsicht durch jene Offenheit auszeichnete, die erst die kreative Explosion ermöglichte, die so charakteristisch für die junge Rockmusik war.

Deshalb war der amerikanische Markt reif für die British Invasion, die am 16. Januar 1964 begann, als die Beatles-Platte »I Want to Hold Your Hand« die Spitzenposition der US-Charts eroberte. Der nachfolgende Auftritt der Beatles in der »Ed Sullivan-Show« geriet mit 74 Millionen Zuschauern zu einem triumphalen Erfolg: Die Beatlemania war geboren. Aber nicht nur die Beatles eroberten Amerika. Als nächstes landete die Londonerin Dusty Springfield, die wie eine Afroamerikanerin sang, in den oberen Rängen der Charts (ihr »Son Of a Preacher Man« klang wie ein religiöser Gospel, hatte aber einen höchst ungehörigen Text), dann feierten auch andere britische Musiker wie The Animals, Petula Clark, Manfred Mann, Herman's Hermits, The Rolling Stones, The Dave Clark Five, The Troggs, Donovan, The Searchers, Them, Tom Jones, The Yardbirds, The Spencer Davis Group, Small Faces und The Kinks Erfolge.

---

123 Ruth Barratt-Peacock, Ross Hagen (Hg.): Medievalism and Metal Music Studies: Throwing Down the Gauntlet. Bingley: Emerald 2019.

Und dann ereigneten sich die großen Überraschungen: Die inzwischen zu Geld und Ruhm gekommenen britischen Rockmusiker wollten ihren Vorbildern, namentlich den Bluesmusikern, ihre Reverenz erweisen. Und die Bluesmusiker, die in den USA niemand mehr hören wollte, schon gar keine Weißen, erlebten auf einmal, dass sie von den umjubelten jungen und weißen Superstars aus England hofiert wurden. Als die Rolling Stones im Juni 1964 ihre erste Tournee durch Amerika unternahmen, ließen sie es sich nicht nehmen, in Chicago bei Chess Records vorbeizuschauen und in deren Studios einige Stücke aufzunehmen, darunter die instrumentale Reverenz an die Adresse der Plattenfirma »2120 South Michigan Avenue«. Und wie sah die erste Begegnung der Rolling Stones mit ihrem großen Idol Muddy Waters aus, der sie sogar zu ihrem Bandnamen inspiriert hatte? – Sie betraten die Chess Studios und sahen diesen Kerl im schwarzen Overall, der die Decke strich und dem die Farbe die Wangen herablief. Und das war der berühmte Muddy Waters, dessen Platten sich 1964 wohl nicht mehr so gut verkauften. [124] Und Bill Wyman erinnerte sich, wie der Doyen der Bluesmusik Verstärker ins Studio schleppte.[125] Die für Chess hochnotpeinliche Geschichte ist niemals wirklich dementiert, sondern nur für unwahrscheinlich erklärt worden.[126]

Es muss für Muddy Waters und für seine Kollegen eine seltsame Erfahrung gewesen sein, dass auf einmal diese dünnen, blassen Jungs aus England kamen und sie, die man schon zum alten Eisen zählte, verehrten. Und nicht nur das: Die ihre alten Songs coverten und ihnen Tantiemen überwiesen, die alles übertrafen, was sie selbst verdienen konnten. Und die dafür sorgten, dass sie wieder Auftritte bekamen, sowohl im Vorprogramm ihrer Konzerte als auch auf dem Newport Folk Festival, und die dafür sorgten, dass sie auf einmal wieder frenetisch bejubelt wurden – und diesmal nicht von einem schwarzen, sondern von einem weißen Publikum.

»Natürlich wunderte ich mich, dass diese weißen Kids sich mit meiner Musik beschäftigten und den Blues spielten, dem meine schwarzen Kids aus dem Weg gingen«, sagte Muddy Waters später über diese Zeit. »Das war wirklich großartig, es war kaum zu fassen.«[127] Seine Verwunderung war berechtigt. Denn als die Beatles im Februar 1964 zum ersten Mal in die USA kamen, erzählten sie bei einer Pressekonferenz, dass sie Muddy Waters und Bo Diddley sehen wollten. Daraufhin stellte ein amerikanischer Journalist die Frage: »Muddy Waters ... Wo liegt das?« Paul McCartney lachte und sagte: »Kennt ihr hier nicht einmal eure eigenen berühmten Leute?«[128]

Eine tragische Figur des Blues war Skip James. 1902 wurde Nehemiah »Skip« James als Sohn eines Priesters in Bentonia, Mississippi geboren. Als Hobo tingelte

---

124 Richards, Life, a. a. O., S. 158.

125 Wyman, Blues, a. a. O., S. 350.

126 Cohodas, Chess, S. 250f.

127 Ebd., S. 251.

128 Zitiert in Christian O'Connell: Blues, How Do You Do?: Paul Oliver and the Transatlantic Story of the Blues. Ann Arbor: University of Michigan Press 2015, S. 11.

er in den 20er Jahren durch das Delta, wo er zusammen mit einem Kollegen in Bars und auf Partys spielte. Als er bei einem Talentwettbewerb Aufnahmesessions in einem Studio gewann, spielte er 1931 beim Blues-Label Paramount 26 Stücke ein, wofür er ein Honorar von vierzig Dollar erhielt. Wegen der Wirtschaftskrise hatten die Afroamerikaner jetzt aber kaum noch Geld, Platten zu kaufen. So zog sich Skip James aus der Musik zurück und wurde Priester. 1964 traf ein Bluesenthusiast in einem Krankenhaus auf den schwerkranken James und lud ihn zum Newport Folk Festival ein, wo er mit seinen über dreißig Jahre alten Songs junge britische Musiker beeindruckte. Cream coverten 1966 sein bitter-ironisches Lied »I'm So Glad«, und die 6.000 Dollar, die der Komponist an Tantiemen dafür erhielt, ermöglichten ihm, die medizinische Behandlung zu bezahlen, die ihm zwei weitere Lebensjahre schenkte, bevor er 1969 verstarb. Jack Bruce erzählte folgende Begegnung, die er in den 1970er Jahren nach einem Konzert in Philadelphia hatte:

»Ich ging in die Garderobe und da saß diese kleine alte Dame, die sich sehr unwohl fühlte bei dieser richtig lauten Musik. Es war Mrs. Skip James. Sie war gekommen, um mir für die Aufnahme des Lieds zu danken. Sie sagte, ihre Familie hatte für die Version, die Cream gemacht hat, mehr Geld erhalten, als ihr verstorbener Ehemann in seinem ganzen Leben als Musiker eingenommen hatte. Das Geld ermöglichte ihm, am Ende seines Lebens eine anständige medizinische Versorgung zu erhalten.«[129]

John Lee Hooker fasste das Phänomen zusammen: »Die Gruppen aus England waren dafür verantwortlich, dass die jungen Leute sich mehr und mehr für Blues interessierten – die weißen jungen Leute. Früher, fünfzehn Jahre zuvor, ausschließlich Schwarzer Blues – die alten Schwarzen. Und dieser Aufschwung begann in England mit den Beatles, den Animals, den Rolling Stones, sie sorgten dafür, dass alle anfingen, im Blues nach Gold zu schürfen.«[130]

Die britische Rockmusik bewirkte ein Revival des Blues und auch ein Revival des Rock and Roll. Der für die Rockmusik einflussreichste (und von den Beat- und Rockbands am meisten gecoverte) Rock-and-Roller Chuck Berry erlebte eine zweite Blüte, die er vor allem einer Zote mit dem Titel »My Ding-A-Ling« verdankte, die es den Pubertierenden im prüden Amerika erlaubte, bei seinen Konzerten schamrot zu kichern und mitzugrölen.

Und was ist aus der Plattenfirma Chess geworden, die der Rockmusik den Sound verlieh? – Leonard Chess war wohl, wie vielen mittelständischen Unternehmern, der Erfolg zu Kopf gestiegen. Strategische Fragen pflegte er zu klären, indem er mit Kraftausdrücken um sich warf.[131] In den 1960er Jahren beging er, der anfangs einen so guten Riecher besessen hatte, eine Serie von Fehlentscheidungen. Erstens

---

129 Jack Bruce, Interview. In: Jim Clash: Jack Bruce Lost Tapes (VIII): Skip James' Widow Thanks Cream For I'm So Glad. Forbes vom 8.7.2015.

130 John Lee Hooker. Zitiert in: Brian Micklethwait: Muddy Waters? – Where's that? Samizdata vom 13.12.2002. https://www.samizdata.net/2002/12/muddy-waters-wheres-that/, zugegriffen am 1.7.2020.

131 Cohodas, Chess, pass.

vernachlässigte er das Europageschäft genau in dem Moment, als in den USA keiner mehr Blues hören wollte, aber in der Alten Welt alle ganz heiß auf die Musik der Afroamerikaner waren. Es entbehrt nicht einer gewissen Ironie, dass sich Mick Jagger und Keith Richards regelrecht abmühen mussten, um sich Chess-Platten besorgen zu können. Aber wer weiß, ob sie ohne diese Mühen zueinandergefunden und die Rolling Stones gegründet hätten? Ohne die Chess-Platten der 50er Jahre hätte es die Rolling Stones sowieso nicht gegeben. Leonard Chess hasste aber den Kontinent, auf dem er seine armselige Kindheit verbracht hatte. Der zweite Fehler war, dass er die langhaarigen Jüngelchen aus England ebenso sehr verachtete, wie es die gestandenen Bluesmusiker taten. Dabei hätte Chess locker amerikanischer Vertriebspartner für die Rolling Stones werden können, wahrscheinlich sogar auch für die Beatles. Drittens hielt Leonard auch nichts von seinem Sohn Marshall, der ein Kind der Rockmusik-Generation war, Timothy Leary und Bob Dylan anhimmelte, Drogen konsumierte und auf psychedelische Rockmusik stand.

Die Folge dieser Fehlentscheidungen war, dass der Blues bei Chess verkümmerte und stattdessen Popmusik produziert wurde, die zwar kommerziell einigermaßen erfolgreich war, aber heute längst vergessen ist. Lediglich »I'd Rather Go Blind«, gesungen von der exzentrischen Etta James, wurde zu einem der langlebigsten Hits der Rockgeschichte, allerdings eher in den von Christine Perfect (später McVie) mit Stan Webb's Chicken Shack und Fleetwood Mac gesungenen Fassungen. Konsequenterweise verlor Leonard Chess den Spaß am Schallplattengeschäft und verkaufte die Sparte für gut sieben Millionen Dollar – was nicht schlecht war für einen, der als Schrottsammler begonnen hatte. Noch während der Betriebsübergabe verstarb er im Alter von 52 Jahren an seinem zweiten Herzinfarkt. Sein Bruder Phil zog ins sonnige Arizona, um sein Vermögen noch durch Immobiliengeschäfte zu erweitern. Und der Sohn Marshall – der Einzige, der die Rolling Stones im Juni 1964 in der 2120 South Michigan Avenue freundlich willkommen geheißen hatte – wurde Gründungspräsident der Rolling Stones Records, bevor er irgendwann sein eigenes Label gründete, das den ursprünglichen Familiennamen trug – Czyz Records. Als Executive Producer drehte er noch den Film »Cadillac Records« über die Firma seines Vaters und seines Onkels, die einem Bluesmusiker, den sie gerade aus dem Delta geholt hatten, gern als Erstes einen tollen Schlitten verschafften – als Vorschuss auf zukünftige Tantiemen (die man dann auch schon einmal gegenüber den rechtmäßigen Ansprüchen zu kürzen wusste).

2.15. The Day the Music Died

Mit seinen 94 Versen, die sich über achteinhalb Minuten erstrecken, ist »American Pie« nicht nur einer der längsten Songs der Rockgeschichte – es ist auch einer der einflussreichsten. »American Pie« ist eine traurige Liebeserklärung an den Rock and Roll, der durch die Rockmusik abgelöst worden war, und zugleich Ausdruck des Lebensgefühls einer Generation. Das im Herbst 1971 veröffentlichte Lied beginnt im Jahr 1959 mit dem Tod der Musiker Buddy Holly, Ritchie Valens und The Big Bopper, die auf dem Weg zu ihrem nächsten Konzert mit einem Flugzeug abgestürzt waren. Dieser Tod markiert für Don McLean zugleich das Ende einer Epoche – der goldenen Fünfziger Jahre.

Vor allem Buddy Holly war, obwohl er nur 22 Jahre alt wurde, bereits ein extrem innovativer und einflussreicher Musiker. Don McLean fasste seine Bewunderung für Buddy Holly in folgende Worte: »Buddy Holly hätte denselben musikalischen Status, ganz gleich, wie lange er noch weitergelebt hätte. Wegen seiner Leistungen, die, im Rückblick, niemand – und ich meine niemand, weder die Beatles noch die Rolling Stones noch irgendjemand anders – übertreffen kann, und zwar aus diesen Gründen: Als er 22 Jahre alt war, hatte er rund fünfzig Songs aufgenommen, von denen er die meisten selbst geschrieben hatte, und von denen jeder einzelne nach meiner Meinung und der Meinung vieler anderer ein Hit war. Buddy Holly and the Crickets waren das Vorbild aller Rockbands, die danach kamen.«[132]

Die 1950er Jahre spielten in der amerikanischen Geschichte eine besondere Rolle. Die USA hatten den Zweiten Weltkrieg in Europa und in Ostasien gewonnen und waren damit zur Weltmacht geworden. Die Wirtschaft boomte und versorgte die American Middle Class mit Autos, Fernsehern und Küchenmaschinen. Es war eine Zeit der Idylle bürgerlichen Familienlebens, des unbeeinträchtigten Glaubens an patriotische Werte und des Optimismus. Wie der renommierte Historiker David Halberstam schreibt: »In jener Epoche allgemeinen Wohlwollens und wachsenden Wohlstands haben wenige Amerikaner an der fundamentalen Richtigkeit ihres Gesellschaftsmodells gezweifelt. Diese Qualität wurde ihnen nicht nur durch zeitgenössische Bücher und Zeitschriften zurückgespiegelt, sondern viel deutlicher und sogar noch eindrücklicher durch die neuen Familienserien im Fernsehen. In Verbindung mit den kommerziellen Zielen ihrer Finanziers bemühten sich diese Serien, die Erwartungen ihrer Zuschauer zu formen. Allerdings brauchten die meisten Amerikaner nur wenig Nachhilfe, wie sie ihr Leben führen wollten. Sie schauten optimistisch in ihre Zukunft.« [133]

Was symbolisiert die Idylle der amerikanischen Mittelschicht mehr als die »Miss American Pie«? Vor dem geistigen Auge formt sich geradezu das Bild einer adretten Kleinstadt im mittleren Westen (vielleicht Tina Turners Nutbush?), wo junge

132 Don McLean: Buddy Holly, Rest in Peace. CNN Opinion vom 6.3.2015. http://edition.cnn.com/2015/03/05/opinions/mclean-buddy-holly-ntsb/, zugegriffen am 1.7.2020.

133 David Halberstam: The Fifties. New York: Villard 1993, S. X.

Damen im heiratsfähigen Alter die selbstgebackenen, mit kleinen US-Fähnchen verzierten Apfelkuchen präsentieren, um die Misswahl zu gewinnen. »So amerikanisch wie Apfelkuchen« lautete ein populäres Sprichwort. Aber das war 1959 vorbei: »Bye, bye Miss American Pie«. Die Sechziger kamen und mit ihnen die Zweifel an der Legitimität einer Gesellschaft, die Afroamerikaner und andere Minderheiten unterdrückte, die Linke, Langhaarige und Cannabisraucher verfolgte und die in Vietnam einen schmutzigen Krieg führte. Die junge Generation, die sich in den Sechzigern politisierte, startete keine hoffnungsvolle Revolte, auch wenn die Blumenkinder manchmal fröhlich feierten. Die Generation war auch voller Zweifel und voller Trauer – und was symbolisiert diese Traurigkeit besser als die Träne, die Don McLean aus seinem Auge kullerte, als er 1972 »American Pie« sang?

Der Song ist ein poetisches Meisterwerk, voller Allegorien, Symbole, Anspielungen und Zitate. Gehen wir mit dem Anglisten Jim Fann auf eine Reise durch den Song.[134]

American Pie	**Gedeckter Apfelkuchen**
A long long time ago I can still remember how That music used to make me smile And I knew if I had my chance That I could make those people dance And maybe they'd be happy for a while	Vor langer, langer Zeit, ich kann mich noch erinnern, wie jene Musik ein Lächeln auf meine Lippen zauberte, und ich wusste, wenn ich die Gelegenheit hätte, könnte ich diese Menschen zum Tanzen bringen, und vielleicht wären sie für eine Zeitlang glücklich.

Damals hat die simple Country- und Rock-and-Roll-Musik die Menschen die Sorgen des Alltags für eine Weile vergessen lassen. Das erscheint 1971 aber schon verdammt lange her, weil in den 60ern so viel passiert ist.

But February made me shiver With every paper I'd deliver Bad news on the doorstep I couldn't take one more step I can't remember if I cried When I read about his widowed bride But something touched me deep inside The day the music died	Aber der Februar ließ mich erzittern. Mit jeder Zeitung, die ich ausliefere, sehe ich schlechte Nachrichten auf der Türschwelle. Ich konnte keinen Schritt mehr machen. Ich weiß nicht, ob ich geweint habe, als ich über seine verwitwete Braut las, aber etwas hat mich tief in meinem Inneren berührt am Tag, als die Musik starb.

134 Ich stütze mich im Folgenden stark, aber nicht vollständig auf Jim Fanns Interpretation. https://web.archive.org/web/20031008134735/http://www.understandingamericanpie.com/index.htm, zugegriffen am 20.2.2021.

Am 3. Februar 1959 starb Buddy Holly. Der dreizehnjährige Don McLean war damals Zeitungsjunge und erfuhr von dem Unfall, als er das Bündel der frisch gelieferten Zeitungen aufschnitt. Mit dem Unfall brach für ihn eine Welt zusammen – der Tag, an dem die Musik starb. Holly hinterließ eine schwangere Frau, die bald darauf eine Fehlgeburt hatte. Der Rock and Roll der 50er Jahre war am Ende.

Bye, bye Miss American Pie Drove my Chevy to the levee but the levee was dry Them good ole boys were drinking whiskey and rye Singin': »This'll be the day that I die«	Tschüss, Miss Apfelkuchen. Ich fuhr mit meinem Chevrolet zum Deich, aber hinterm Deich war es trocken. Die guten alten Jungs tranken Whiskey und Roggenkorn und sangen: »Das wird der Tag sein, an dem ich sterben werde.«

Tschüss, bürgerliche Idylle der Apfeltortenkönigin (McLean hatte mal einen Flirt mit einer Teilnehmerin eines Miss-American-Pie-Wettbewerbs). Der Refrain nimmt einen Song aus einem patriotischen Werbespot für die amerikanischste aller Automarken auf: »Drive your Chevrolet through the US / America's the greatest land of all / On a highway or a road along a levee …«. Aber jetzt war der Fluss hinter dem Deich ausgetrocknet – eine Allegorie auf das Ende einer Epoche. Die guten alten Leute in Lubbock, Texas heben ihre Gläser, um mit ortsüblichen Schnäpsen den Tod ihres Sohnes Buddy Holly und zugleich die gute alte Zeit zu betrauern. Hier nimmt Don McLean den Vers »Cause that'll be the day when I die« aus dem Refrain von Hollys Song »That'll be the Day« auf, in dem der Sänger das Schlimmste fürchtet, falls seine Liebe ihn verlässt. Auch Don McLean ist zum Sterben zumute.

Did you write »The Book of Love« And do you have faith in God above If the Bible tells you so? Now do you believe in rock and roll? Can music save your mortal soul?	Hast du »Das Buch der Liebe« geschrieben und glaubst du an Gott dort oben, wenn dir die Bibel das so erzählt? Glaubst du jetzt an Rock and Roll? Kann Musik deine sterbliche Seele retten?

Der Sänger wendet sich an eine junge Frau, die ihm wohl etwas bedeutet, indem er auf den 1957 von The Monotones herausgebrachten Hit »The Book of Love« anspielt – eine elegante Art, seine Liebe zu erklären. Aber dann kommt sofort schon die Frage: Glaubst du noch an die alte Ordnung, so wie die braven Bürger glauben, was die Bibel schreibt? Es ist schon pervers, dass der Rock and Roll zum Religionsersatz wurde. Rock and Roll war in den Fünfzigern – wie früher das »Opium des Volkes« – eine Ablenkung von den wirklichen Problemen der Gesellschaft. Die neomarxistischen Gesellschaftstheoretiker der Frankfurter Schule, namentlich Herbert Marcuse, hatten die Popkultur zu dem Verblendungszusammenhang gezählt, der die kapitalistische Unterdrückung verschleiert.

And can you teach me how to dance real slow? Well, I know that you're in love with him Cause I saw you dancin' in the gym You both kicked off your shoes Man, I dig those rhythm and blues	Und kannst du mir beibringen, wie man ganz langsam tanzt? Gut, ich weiß, dass du ihn liebst, weil ich euch in der Turnhalle tanzen sah. Ihr habt beide eure Schuhe abgestreift, Mann, ich schürfe in diesem Rhythm and Blues.

Er will etwas mit ihr anfangen. Und jetzt hat ihm noch ein anderer die Perle ausgespannt. Die Turnhallen der Schulen wurden damals zum Tanzen genutzt. Allerdings durfte man nur auf Socken tanzen, um den Turnhallenboden zu schonen. Er sucht Trost im Blues.

I was a lonely teenage broncin' buck With a pink carnation and a pickup truck But I knew I was out of luck The day the music died	Ich war als Teenager ein einsamer wilder Hengst, mit einer rosa Nelke im Knopfloch und einem Pickup-Wagen, aber ich wusste, ich hatte kein Glück am Tag, als die Musik starb.

Er hatte alles, was man damals für ein Date brauchte – rosa Nelke im Knopfloch (wie in dem Hit »A White Sport Coat And a Pink Carnation« von Marty Robbins aus dem Jahr 1957) und einen Pick-up, der als geiles Auto galt. Aber alles ging schief – das private Glück zerbrach ebenso wie die Epoche des Rock and Roll.

Now, for ten years we've been on our own And moss grows fat on a rolling stone But, that's not how it used to be When the jester sang for the King and Queen In a coat he borrowed from James Dean And a voice that came from you and me	Nun sind wir seit zehn Jahren auf uns allein gestellt, und das Moos wächst dicht auf einem kullernden Stein. Aber das ist nicht, wie es einmal war, als der Hofnarr für den König und die Königin sang, in der Jacke, die er sich von James Dean geborgt hatte, Und mit einer Stimme, die von dir und mir kam.

Don McLean blickt aus dem Jahr 1971 zurück auf die Sechziger – als die junge Generation sich verlassen fühlte und die Dinge selbst in die Hand nahm. Zugleich ein Zitat von Bob Dylans »Like a Rolling Stone«. In den Sechzigern waren tatsächlich alle Dinge auf den Kopf gestellt. Die Kids fühlten sich als kullernde Steine – rastlos, suchend, immer in Bewegung, rebellisch. Aber auch eine Protestbewegung kann Moos ansetzen und eine Tradition entwickeln. Hofnarr war ein gängiger Spitzname für Bob Dylan, der auf dem Cover des Albums »The Freewheelin' Bob Dylan« die Jacke von James Dean trägt, also dem cineastischen Symbol für den jugendlichen Rebellen. Und Dylan sprach einer ganzen Generation aus dem Herzen. Mit »King« ist Elvis Presley gemeint, mit »Queen« Connie Francis.

Oh and while the King was looking down The jester stole his thorny crown The courtroom was adjourned No verdict was returned	Oje, als der König nach unten blickte, stahl ihm der Narr seine Dornenkrone. Das Gericht wurde vertagt, kein Urteil gefällt.

Bob Dylan hat Elvis die Krone abgenommen – aber es war eine dornige Krone, denn auch der Ruhm des Rockstars hat seinen Preis. Das Bürgertum hat den Rock and Roll nicht verteidigt.

And while Lennon read a book on Marx The quartet practiced in the park And we sang dirges in the dark The day the music died	Und während Lennon ein Buch über Marx gelesen hat, probte das Quartett im Park. Und wir sangen Grablieder im Dunkeln, am Tag, als die Musik starb.

Angeführt von John Lennon politisierte sich die Jugend mit Hilfe der marxistischen Gesellschaftskritik. Das berühmte Quartett, die Beatles, wurde experimenteller, politischer, rebellischer. Im Candlestick Park von San Francisco gaben sie am 29. August 1966 ihr letztes Live-Konzert. Es gab damals viele Tote zu beklagen, John und Robert Kennedy, Martin Luther King. Aber natürlich sang Don McLean auch ein Grablied auf Buddy Holly – und die Epoche, die mit ihm starb.

Helter skelter in a summer swelter The Byrds flew off with a fallout shelter Eight miles high and falling fast It landed foul on the grass The players tried for a forward pass With the jester on the sidelines in a cast	Totales Durcheinander in der Sommerhitze, die Vögel [Byrds] hoben ab mit einem Atombunker. Acht Meilen hoch und schnell herabgestürzt, landete es böse auf dem Gras. Die Spieler versuchten einen Pass nach vorn, mit dem Hofnarr im Gips an der Seitenlinie.

Wir sind im heißen Sommer von 1967. »Helter Skelter« ist ein Song der Beatles, den der Massenmörder Charles Manson als Aufruf verstanden hatte, Amerika vor dem Rassenkonflikt zu warnen. Der mit LSD vollgepumpte Manson dachte, die Beatles seien die vier apokalytischen Reiter und sprächen über ihre Songs direkt zu ihm. Den Vers »What they need's a damn good whacking« (»Sie brauchen eine ordentliche Tracht Prügel«) aus dem Beatles-Song »Piggies« verstand er als Aufforderung zu töten. Auch sonst war der Sommer des Jahres 1967 chaotisch – die Proteste, Demonstrationen, Gefangennahmen und der Mord an Martin Luther King. Dann zitiert McLean das Stück »Eight Miles High« von den Byrds und spielt auf eine fallende Atombombe an. Jetzt sind wir auf dem Spielfeld der Politik. Die Spieler sind bisher erwähnte und nicht erwähnte Rockmusiker – The Beatles, Jefferson Airplane, Grateful Dead, The Byrds, The Rolling Stones. Sie versuchen, auf Angriff zu spielen – mit ihrem Coach Bob Dylan an der Seitenlinie, der nach seinem Motorradunfall eingegipst wurde.

Now the half-time air was sweet perfume
While sergeants played a marching tune
We all got up to dance
Oh, but we never got the chance
Cause the players tried to take the field
The marching band refused to yield
Do you recall what was revealed
The day the music died?

Die Halbzeitluft war süßer Duft,
während Sergeants einen Marsch spielten.
Wir wollten alle anfangen zu tanzen,
wir hatten allerdings nie die Chance dazu,
weil die Spieler versuchten, das Feld zu
besetzen.
Die Marschkapelle weigerte sich aufzuhören.
Erinnerst du dich, was offenbart wurde
am Tag, als die Musik starb?

Der Summer of Love von 1967 war die Halbzeit der Rebellion und zugleich erfüllt vom süßen Duft der Hoffnung und glimmender Joints. Mit »Sgt. Pepper's Lonely Hearts Club Band« kam das nach allgemeiner Meinung beste Album der Beatles heraus, das Standards für die weitere Entwicklung der Rockmusik setzte. Der Summer of Love war ein Moment der Euphorie – aber dann kam die gewaltsame Niederschlagung der Proteste und die Zeit der Prozesse. Die rebellische Jugend versuchte, die Oberhand zu gewinnen. Auch die Beatles ließen sich vom Bürgertum nicht vereinnahmen – John Lennon gab 1969 den vier Jahre zuvor erhalten Orden Member of the Most Excellent Order of the British Empire zurück. Was »offenbart« wurde, als die Rockmusik-Ära die Zeit des Rock and Roll ablöste, war zwiespältig. Auf jeden Fall zählte Gewalt dazu, wie wir hören werden.

Oh, and there we were all in one place
A generation lost in space
With no time left to start again
So come on Jack be nimble, Jack be quick
Jack Flash sat on a candlestick
Cause fire is the devil's only friend
And as I watched him on the stage
My hands were clenched in fists of rage
No angel born in Hell
Could break that Satan's spell
And as the flames climbed high into the night
To light the sacrificial rite
I saw Satan laughing with delight
The day the music died

Sie waren alle an einem Ort
zusammengekommen,
eine Generation, die sich im Universum
verirrt hatte,
die keine Zeit mehr hatte, um neu
anzufangen.
Komm schon, Hänschen, sei behende und sei
schnell.
Jack Flash saß auf einem Kerzenhalter,
weil Feuer der einzige Freund des Teufels ist,
und als ich ihn auf der Bühne sah,
ballte ich meine Hände aus Zorn zu Fäusten.
Kein Engel, der in der Hölle geboren wurde,
konnte jenen Fluch Satans brechen.
Und als die Flammen in der Nacht
hochschlugen,
um den Opferritus zu beleuchten,
sah ich Satan, wie er erfreut lachte
am Tag, als die Musik starb.

Wir sind im Herbst 1969 angekommen, auf dem tragischen Open-Air-Konzert auf der Rennbahn von Altamont, wo ein kalifornisches Woodstock geplant war, das aber mit einem Mord unmittelbar vor der Bühne endete. 300.000 Menschen waren versammelt, als die Hoffnungen auf eine neue, friedliche Hippiekultur brutal zerstört wurden. Die rebellische Generation hatte die Orientierung verloren. Mick

Jagger – Jumpin' Jack Flash – tritt auf, singt »Sympathy for the Devil« und ruft mit »Street Fighting Man« zum Straßenkampf auf. Die Verse nehmen auch Bezug auf das Kinderlied »Jack Be Nimble«. Mick Jagger hat mit dem Feuer gespielt, die Jugend aufgestachelt und ist einen Pakt mit dem Teufel eingegangen. Der Dokumentarfilm »Gimmie Shelter« zeigt zwei junge Männer, die Mick Jagger vergeblich gebeten hatten, das Konzert abzubrechen, um das Schlimmste zu vermeiden. Dem Sänger von »American Pie« bleibt nur ohnmächtige Wut. Die Hells Angels – die Engel aus der Hölle – waren als Ordner engagiert worden, aber sie konnten das Böse nicht verhindern – im Gegenteil, sie waren die Mörder, die einen farbigen Zuschauer erstachen, wie bei einem Ritualmord. Das Feuer der Rebellion verbrennt die alte Ordnung, aber auch die naiven Illusionen der Hippiekultur. Und das Böse, das die Hippies zu überwinden glaubten, triumphiert auch in der Welt der Blumenkinder.

I met a girl who sang the blues And I asked her for some happy news But she just smiled and turned away	Ich traf ein Mädchen, das sang den Blues und ich fragte sie nach guten Nachrichten, aber sie lächelte nur und wandte sich ab.

Das Mädchen, das den Blues singt, ist Janis Joplin, die aber auch keine guten Nachrichten mehr zu verkünden hat. Im Gegenteil, sie fällt dem Drogentod zum Opfer.

I went down to the sacred store Where I'd heard the music years before But the man there said the music wouldn't play	Ich ging in den heiligen Laden, wo ich vor Jahren die Musik gehört habe, aber der Mann dort sagte, die Musik würde nicht gespielt werden.

Der Sänger geht in seinen alten Plattenladen (den »heiligen« Laden; wir erinnern uns, der Rock and Roll konnte die Seele retten), aber die Harmonie der fünfziger Jahre kann nicht mehr zurückgeholt werden.

And in the streets the children screamed The lovers cried, and the poets dreamed But not a word was spoken The church bells all were broken	Und in den Straßen schrien die Kinder, die Verliebten weinten, und die Dichter träumten, aber kein Wort wurde gesprochen, die Kirchenglocken waren zerbrochen.

Die protestierende Jugend wird bei den Demonstrationen niedergeknüppelt. Das alte Amerika ist zerstört. Die Zeit der unschuldigen Liebe vorbei. Die Poeten träumen zwar noch, aber sind sprachlos geworden. Selbst die Kirche verheißt keine Erlösung mehr.

And the three men I admire most – the Father, Son, and the Holy Ghost – They caught the last train for the coast The day the music died	Und die drei Männer, die ich am meisten bewundere – den Vater, den Sohn und den Heiligen Geist – sie kriegten den letzten Zug zum Meer am Tag, als die Musik starb.

Hiermit sind die drei Verstorbenen Buddy Holly, Ritchie Valens und the Big Bopper gemeint, die ihre letzte Reise angetreten haben und mit denen noch viel mehr als ihre Musik gestorben ist. Der Kreis ist geschlossen, das Lied zu Ende.

Don McLean, 1971. Text & Musik: Don McLean (United Artists)

Don McLean hat sich, wie die meisten Musiker, aus der Debatte um die Interpretation seines Lieds weitgehend herausgehalten. In einem Brief an Cecil Adams schrieb er: »Wie Du Dir vorstellen kannst, bin ich über die Jahre viele Male gebeten worden, mein Lied ›American Pie‹ zu diskutieren und zu erklären. Ich habe den Text niemals diskutiert, aber den Bezug auf Holly in den Anfangsversen zugegeben. Ich habe das Album ›American Pie‹ Buddy Holly gewidmet, um das ganze Lied mit Holly in Verbindung zu bringen, weil ich die Hoffnung hatte, so Interesse an ihm zu wecken, was dann auch geschehen ist. (…) Du wirst viele ›Interpretationen‹ meiner Verse finden, aber keine von mir. Ist das nicht lustig? Es tut mir leid, dass ich Deine Fragen unbeantwortet lassen muss, aber ich habe schon vor langer Zeit erkannt, dass Liedermacher ihren Punkt machen und zum nächsten Projekt übergehen und ansonsten würdevoll schweigen sollten.«[135]

Aber dann brach er doch sein Schweigen. Und es war dann doch der Mammon, der ihn weich machte. Im Februar 2015 kündigte McLean an, er würde die wahre Bedeutung des Liedtextes offenbaren, um die Versteigerung des Originalmanuskripts zu befördern. Am 7. April ging die Handschrift in New York für 1,2 Millionen Dollar über den Tisch. Im Versteigerungskatalog schrieb McLean: »Im Grunde geht in American Pie alles in die falsche Richtung. … Das Leben ist nicht mehr so idyllisch. Ich weiß nicht, ob du das für falsch oder richtig hältst, aber es ist in gewissem Sinne ein moralisches Lied.« Es wird bestätigt, das mit »King« Elvis gemeint ist und mit dem Hofnarren Bob Dylan. Und es wäre ein Zeichen gewesen, dass sich die Ermordung von Meredith Hunter beim Konzert in Altamont zehn Jahre nach dem Flugzeugabsturz ereignete hätte, bei dem Holly, Valens und Richardson ums Leben kamen.

»American Pie« ist eines der nachdenklichsten und intelligentesten Lieder der Rockgeschichte. All die Trauer, die es atmet, schützte es aber nicht vor Kommerzialisierung. Ausgerechnet das – stets lasziv gekleidete, oder besser: nicht gekleidete –

135 What is Don McLean's song »American Pie« all about? The Straight Dope, May 15, 1993. http://www.straightdope.com/columns/read/908/what-is-don-mcleans-song-american-pie-all-about, zugegriffen am 1.7.2020.

Popsternchen Madonna Louise Ciccone trivialisierte den Song durch ein Cover, das den größten Teil des Textes wegließ und mit tumben Synthesizer-Tönen einen Dancepop-Song daraus machte. McLean machte gute Miene zum bösen Spiel. Madonnas Plattenfirma durfte verbreiten, dass er ihre Version als »Geschenk einer Göttin« bezeichnet hatte, das »sinnlich und mystisch« sei.[136] Die feine Ironie scheint den Madonna-Fans ebenso entgangen zu sein wie Madonnas Presseabteilung.

---

136 Don McLean Praises Madonna's 'American Pie'. MTV News vom 16.2.2000.

3. One-Dimensional Man

1968 war das Jahr, in dem die Studentenproteste ihren Höhepunkt erreichten und das der gesamten 68er-Bewegung und der 68er-Generation den Namen verleihen sollte. 1968 war aber auch das Jahr, in dem die Rockmusik eine besondere Kreativität entfaltete. Die Rolling Stones brachten mit »Beggars Banquet« das politischste Album der Bandgeschichte heraus, und die Beatles, die (mit individuell unterschiedlichem Erfolg) beim Guru in Indien eine radikale Alternative zur bürgerlichen Existenz erprobten, hatten ihr produktivstes Jahr überhaupt, das sich in einem Doppelalbum, dem sogenannten »White Album«, niederschlug. Janis Joplin erlebte 1968 ihren Durchbruch, und Jimi Hendrix brachte in diesem Jahr mit »Electric Ladyland« sein Meisterwerk heraus. In Deutschland produzierte der linke Liedermacher Franz Josef Degenhardt in diesem Jahr gleich zwei Alben mit politischen Liedern, die sich unter anderem mit dem Vietnamkrieg, dem Prager Frühling, der griechischen Diktatur, der Antibabypille, dem Konservatismus und dem Wankelmut der Sozialdemokratie auseinandersetzten.

Und wie verhielt es sich mit dem bürgerlichen Zeitgeist im Jahr 1968, speziell in Deutschland? Wir wollen der bürgerlichen Geisteshaltung anhand einer kurzen Fallstudie nachspüren. Hätte es in den 1960er Jahren eine Wahl zum beliebtesten Deutschen gegeben, hätte sie einer spielend Jahr für Jahr gewonnen: Hans-Joachim Kulenkampff, der Moderator der Quizshow »Einer wird gewinnen«, die am Samstagabend zur Primetime ausgestrahlt wurde und unglaubliche Einschaltquoten von bis zu neunzig Prozent (!) erreichte.[137] »Das Quiz war eine der erfolgreichsten, beliebtesten und langlebigsten Sendungen, die es im deutschen Fernsehen gab«, schreibt das Fernsehlexikon noch im Jahr 2005 rückblickend.[138] Und diese Show lebte von ihrem Moderator, der die Sendung mit einer fünfminütigen Stand-up-Nummer zum Tagesgeschehen eröffnete, in Einspielern in Erscheinung trat und die Show mit altväterlichem Charme und Humor dominierte, wozu auch gern Herrenwitze gehörten. Konsequenterweise erhielt Kulenkampff 1961 und 1966 den durch Leserwahl vergebenen Otto-Preis der Jugendzeitschrift Bravo, 1966 die Goldene Kamera in der Kategorie »Beliebtester Fernsehstar«, und 1969 auch noch den Bambi. Und dieser extrem beliebte Fernsehmoderator brachte exakt im Jahr 1968 ein Buch mit dem Titel »Höchstvergnügliche Anekdotensammlung« heraus.[139] Das sehr erfolgreiche Buch wurde bis ins Jahr 1982 mehrfach neu aufgelegt. Und was den

---

137 Thilo Wydra: Hans-Joachim Kulenkampff: Ein Mann, eine Show. Der Tagesspiegel vom 24.4.2011.

138 Michael Reufsteck, Stefan Niggemeier: Das Fernsehlexikon – Alles über 7000 Sendungen von Ally McBeal bis zur ZDF-Hitparade. München: Goldmann 2005. Hier zitiert nach: http://www.fernsehlexikon.de/334/einer-wird-gewinnen/, zugegriffen am 1.7.2020.

139 Hans Joachim Kulenkampff: Hans-Joachim Kulenkampffs höchstvergnügliche Anekdotensammlung. München: Kindler 1968.

Deutschen im Jahr 1968 auf 364 Seiten »höchstes Vergnügen« bereitete, sagt einiges über den damaligen Zeitgeist aus.

Erstens zeugen weite Teile des Buchs von einer nach wie vor großen Bewunderung, die »großen« Königen und Fürsten gezollt wurde, die in den Anekdoten überwiegend als menschlich und gerecht dargestellt wurden. Die Demokratie war in den 1960er Jahren noch nicht wirklich angekommen.

Zweitens wurden auch ehemalige und amtierende Bundeskanzler in ähnlicher Weise verklärt. Den autokratischen Regierungsstil Konrad Adenauers, der sich gern über Parlament und Fraktion hinwegsetzte und damit demokratisch-parlamentarische Verfahrensregeln missachtete, fand man keineswegs demokratiegefährdend, sondern amüsant. Der amtierende Bundeskanzler Kurt-Georg Kiesinger, der ein aktives Mitglied der NSDAP gewesen und in der Nazizeit als Leiter einer ministeriellen Propagandaabteilung tätig war, wurde über volle fünf Seiten als gebildete, kluge, schlagfertige und starke Führungspersönlichkeit dargestellt. Dessen ungeachtet sollte er kurz nach dem Erscheinen des Buchs die Notstandsgesetze durchbringen und damit die Proteste der Außerparlamentarischen Opposition (APO) erst so richtig anheizen. Selbst Lyndon B. Johnson, der den Vietnamkrieg eskalieren ließ, erschien in der Anekdotensammlung als fähiger und sympathischer Präsident. Dagegen musste der sowjetische Führer Nikita Chruschtschow für einen billigen Witz über die kriminelle Mentalität der Russen herhalten.

Drittens wurden Großkapitalisten wie Rothschild, Rockefeller, Morgan, Morgenthau, Fürstenberg und insbesondere der extrem einflussreiche Hermann Josef Abs (u.a. Deutsche Bank) und der Finanzjongleur Rudolf Münemann (der die Methode der Fristentransformation erfand, die zur Finanzkrise der Jahre 2008/09 beitrug) mit dem Ausdruck des Bewunderns gewürdigt. Als sympathischer Witz wird die Äußerung des Eigentümers der Privatbank Sal. Oppenheim präsentiert, der auf die Frage, was er täte, wenn er eine Million D-Mark hätte, arrogant antwortete, er müsse sich einschränken.

Viertens hatte der populäre Fernsehmoderator noch im Jahr 1968 überhaupt kein Problem damit, Vorurteile über Juden (Finanzkapital!) zu reproduzieren und sich über Juden und die Diskriminierung von Juden lustig zu machen. Wenn es noch eines schriftlichen Beweises bedurft hätte, dass die Tätergeneration den Faschismus nicht aufgearbeitet hatte, dann lag er hiermit vor.

Fünftens wurde auch Hitler in mehreren Anekdoten verharmlost. Allein, dass der schlimmste Menschenschlächter des 20. Jahrhunderts Gegenstand »höchst vergnüglicher« Unterhaltungsliteratur wurde, hätte dem Vordenker der Kritischen Theorie, Theodor W. Adorno, die Gallenblase anschwellen lassen. Einer von Hitlers wichtigsten Unterstützern, sein ehemaliger Reichswirtschaftsminister Hjalmar Schacht, wurde ebenfalls als Sympathieträger gezeichnet. Und Kulenkampff entblödete sich nicht, selbst von Hermann Göring eine »lustige« (Jagd-) Geschichte zu erzählen.

Sechstens wurde der Krieg als Spiel der Machthaber glorifiziert. Wenn der einfache Soldat seinen sicheren Tod realistisch vor Augen hatte und darüber trockene Witze machte, war das offenbar vergnüglich. Und das Publikum sollte sich auch amüsieren, wenn ein Freiwilliger angab, sich »aus Blutdurst« für einen Kriegseinsatz gemeldet zu haben.

Siebtens atmete das Buch übelsten Rassismus. Die »Neger« (ja, das war die Formulierung!) wurden als unzivilisiert und naiv dargestellt. Das Buch machte sich lustig über die mangelnden Deutschkenntnisse von Afrikanern (die neben einem halben Dutzend einheimischer Sprachen auch Englisch und Französisch beherrschten), über deren mangelnde Vertrautheit mit westlichen Technologien und den immer noch vermuteten Kannibalismus.

Und achtens waberte Sexismus durch das gesamte Buch. Wenn sich mächtige Männer Frauen (im Buch ohne Ironie als »schwaches Geschlecht« bezeichnet) als Objekte für den schnellen Sex nahmen, galt dies selbst Erzbischöfen als minderschweres Laster, das die Potentaten doch als menschlich erscheinen ließ. Einem Professor, der eine »hübsche« Studentin nötigt, ihm während der Vorlesung einen Kuss zu geben, wird von Kulenkampff »Witz wie Sachverstand« attestiert. Witzig fand man es offenbar auch, dass Bertolt Brecht dem Philosophen Wolfgang Harich empfahl, seine Ehefrau zu verprügeln, weil sie sich in einen anderen verguckt hatte. Überhaupt pickte sich Kulenkampff aus Hunderten Anekdoten über den marxistischen Schriftsteller genau die heraus, die ihn in schlechtem Licht zeichneten.[140]

Im Arbeitermilieu wurde Kulenkampffs Buch wohl weniger gelesen, aber sein Publikumserfolg brachte zum Ausdruck, worüber sich das Bürgertum im Jahre 1968 amüsierte. Und welche Geisteshaltung sich dahinter verbarg, wenn man Potentaten, Autokraten, Revanchisten, Kriegstreiber, Generäle, Nazis und Ex-Nazis, Frauenverächter, Rassisten und Großkapitalisten amüsant und sympathisch fand. Diese Denkart hatten die Jugendlichen in den 1960er Jahren in der Generation ihrer Eltern und Großeltern, Lehrer, Arbeitgeber, Richter und Polizisten zur Genüge erlebt. Eine »höchstvergnügliche« Sammlung von gar nicht so harmlosen und unschuldigen Anekdoten ist heute noch geeignet, jene Wut zu wecken, die sich in der Rockmusik ebenso abreagierte wie in den Demonstrationen. Und der Erfolg dieses Buches machte noch etwas deutlich: Das deutsche Bürgertum befand sich im Jahr 1968 noch in einer rückwärtsgerichteten Denkwelt, in der sich vordemokratische Autoritätshörigkeit mit frühkapitalistischer Großspurigkeit und unbewältigtem Nationalsozialismus vermengten. Und welche Musik wurde dazu in der Quizshow »Einer wird gewinnen« gespielt? – Deutschsprachige Schlagerstars wie Freddy Quinn, Caterina Valente, Udo Jürgens, Karel Gott oder Peter Alexander sowie Opernsänger wie Hermann Prey, Roberta Peters oder Georg Stern. Und auf keinen Fall Langhaarige, die »Negermusik« machten. Die Rockmusik war 1968 im Bürgertum noch nicht angekommen. Man war noch in der eigenen Rückständigkeit erstarrt – und stolz darauf. Es gab auch einen musikalischen Ausdruck der

140 Bei der genannten Anekdote handelt es sich um eine wörtliche Übernahme aus dem Buch von André Müller und Gerd Semmer: Geschichten vom Herrn B. Frankfurt am Main: Insel 1967. Weder ist die Authentizität des Brecht-Zitats gesichert, noch ist der Gesichtsausdruck bekannt, den er bei der angeblichen Bemerkung zeigte.

Spießigkeit, die sich durch die Rockmusik und ihre Kultur angegriffen fühlte: das Lied »Wir« des Schlagersängers Freddy Quinn, der sich als Interpret von kernigen Seemannsliedern einen Namen gemacht hatte.

Wir

Wer will nicht mit Gammlern verwechselt werden? Wir!
Wer sorgt sich um den Frieden auf Erden? Wir!
Ihr lungert herum in Parks und in Gassen,
Wer kann eure sinnlose Faulheit nicht fassen? Wir! ...
Wer hat den Mut, für euch sich zu schämen? Wir!
Wer läßt sich unsere Zukunft nicht nehmen? Wir!
Wer sieht euch alte Kirchen beschmieren,
Und muß vor euch jede Achtung verlieren? Wir! ...

Denn jemand muss da sein, der nicht nur vernichtet,
Der uns unseren Glauben erhält,
Der lernt, der sich bildet, sein Pensum verrichtet,
Zum Aufbau der morgigen Welt.

Die Welt von Morgen sind bereits heute Wir!
Wer bleibt nicht ewig die lautstarke Meute? Wir!
Wer sagt sogar, dass Arbeit nur schändet,
So gelangweilt, so maßlos geblendet? Ihr! ...
Wer will nochmal mit euch offen sprechen? Wir!
Wer hat natürlich auch seine Schwächen? Wir!
Wer hat sogar so ähnliche Maschen,
Auch lange Haare, nur sind sie gewaschen? Wir! ...

Auch wir sind für Härte,
Auch wir tragen Bärte,
Auch wir geh'n oft viel zu weit.
Doch manchmal im Guten,
In stillen Minuten,
Da tut uns Verschiedenes leid.

Wer hat noch nicht die Hoffnung verloren? Wir!
Und dankt noch denen, die uns geboren? Wir!
Doch wer will weiter nur protestieren,
Bis nichts mehr da ist zum Protestieren? Ihr! ...

Freddy Quinn, 1966. Text: Fritz Rotter, Musik: Lotar Olias (Polydor)

Als Freddy Quinn das Lied herausbrachte, war »Satisfaction« schon auf dem Markt, hatte die Rockmusik schon eingeschlagen. Doch das Bürgertum, vertreten durch seinen Sänger, feierte seine Vorurteile: Die rebellische Jugend wurde einerseits als faules, arbeitsscheues, langhaariges, ungewaschenes, gelangweiltes Gesindel abqualifiziert. Andererseits wurde ihre gesellschaftspolitische Haltung kritisiert: den mangelnden Respekt vor der Elterngeneration, die Kritik an den Kirchen, die Sorge um die Zukunft, die Bereitschaft, gegen die Verhältnisse zu protestieren. Der Texter begibt sich in die Rolle des guten Onkels, der Verständnis zeigt: Die brave, bürgerliche Jugend trägt ja auch Bärte und lange Haare (aber gewaschen!), hat auch ihre Schwächen, überzieht auch schon einmal – aber, wenn sie nachdenkt, lenkt sie ein, und vor allem krempelt sie die Ärmel hoch und packt an, um zum Wirtschaftswunder beizutragen. Ja, und die braven Bürgerlichen sorgen sich sogar um den Weltfrieden – was allerdings auf einer Platte zum Rohrkrepierer wurde, deren A-Seite mit dem Lied »Eine Handvoll Reis« den Vietnamkrieg verherrlichte (»wir kämpften für Freiheit und Demokratie«).

Das Lied löste damals in den Medien eine breite Debatte über das »Gammlerwesen« aus, in die sich der damalige Bundeskanzler Erhard mit der Bemerkung einschaltete: »Solange ich regiere, werde ich alles tun, um dieses Unwesen zu zerstören.«[141] Der Psychologe Tobias Brocher fand dagegen eine Erklärung für die Protest- und Verweigerungshaltung der jungen Menschen: »Alle Versprechungen … haben sich für diese Jugendlichen als unwahr erwiesen: Es ist kein Friede, und der Wohlstand neigt sich dem Ende zu. Die Antwort der Gammler ist ein Signal für ein Versäumnis. Diese Antwort lautet: Wir wollen ganz bestimmt anders sein, als ihr zu uns gewesen seid.«[142] Auch wenn der Kanzler glaubte, den Volkszorn hinter sich zu haben, musste er zurückrudern. Die zuständigen Behörden der Bundesländer antworteten sinngemäß, es handele sich erstens nicht um ein Problem der öffentlichen Ordnung und die Polizei sei zweitens kein Erziehungsinstitut. Übrigens war sich die kommunistische DDR in der Ablehnung der Gammler, der rebellischen Jugendkultur und der Rockmusik mit ihrem kapitalistischen Nachbarstaat vollkommen einig, wie der Soziologe Steffen Mau aus eigener Anschauung zu berichten weiß.[143] Freddy Quinn hatte sich mit dem Lied auch keinen Gefallen getan. Angesichts der Proteste war seine Karriere am Ende, und er zog es vor, aus Deutschland zu verschwinden. Viel später, in hohem Alter, hat er das Lied bedauert und die Beiträge der 68er-Generation zum gesellschaftlichen und politischen Wandel gewürdigt.[144]

Die 1960er Jahre waren aber ein Jahrzehnt des gesellschaftlichen Umbruchs. Und die Rockmusik trug einen erheblichen Teil dazu bei. Die Rockmusik und alles was dazu gehörte – Kleidung, Haare, Sex, Drogen, politischer Protest, ungehöriges Benehmen – revolutionierten die Gesellschaft. Die Rockmusik war eine Kulturrevolution, die sich freilich, wie jede Revolution, gegen massive Widerstände durchsetzen musste. Wer sich damals, wie sich der Musikwissenschaftler und Woodstock-Pilger Volkmar Kramarz erinnert, mit langen Haaren in den Bus setzte,

---

141 Ludwig Erhard. Zitiert in: Gammler. Schalom aleichem. Der Spiegel vom 19.9.1966.

142 Tobias Brocher. Zitiert in: Ebd.

143 Steffen Mau: Lütten Klein. Leben in der ostdeutschen Transformationsgesellschaft. 3. Aufl. Berlin: Suhrkamp 2019, S. 67–71.

144 Elmar Kraushaar: Freddy Quinn: Ein unwahrscheinliches Leben. Zürich: Atrium 2011, S. 173.

wurde schon einmal unsanft hinausgeworfen und von Gleichaltrigen, die kurze Haare trugen, mit Schlägen bedroht.[145]

Es gehört zu den gesicherten Erkenntnissen der Gesellschaftstheorie, dass Ökonomie und Kultur in wechselseitiger kausaler Abhängigkeit stehen. Karl Marx hatte die Produktionsverhältnisse des Kapitalismus analysiert.[146] Die Eigentümer von Kapital – auch Bourgeoisie genannt – besitzen Unternehmen mit Fabriken und Maschinen. Die Arbeiter – das Proletariat – haben nichts als ihre Arbeitskraft, die sie dem Kapitalisten gegen Lohn verkaufen müssen. Da es stets mehr Arbeitskräfte gibt, als benötigt werden, werden diese in einem Konkurrenzkampf gehalten, so dass Löhne gedrückt werden und sich Arbeitsbedingungen verschlechtern. Die Kapitalisten bilden die stärkere Seite und zahlen den Lohnabhängigen lediglich einen Teil des ihnen eigentlich zustehenden Lohns, um aus dem Mehrwert der Lohnarbeit ihren Profit zu ziehen.

Die Ausbeutung der Lohnabhängigen ist auch Ursache für die Unterdrückung der Frau. Es liegt im Interesse des Kapitals, dass der Arbeiter sein Leben ganz der Arbeit widmet. Es wird ihm lediglich ein Minimum an Schlafenszeit und Freizeit zugestanden, damit er seine Arbeitskraft reproduzieren kann. Der Reproduktion der gesamten Arbeiterklasse dient die Familie, die genügend Kinder zu produzieren hat, damit auch in Zukunft noch genügend Arbeitskräfte zur Verfügung stehen. Die Versorgung des Mannes und die Aufzucht der Kinder ist im Kapitalismus Sache der Frau. Ehemänner und gesellschaftliche Normen sorgen dafür, dass die Frau ihre Rolle klaglos erfüllt.

Lohnarbeit ist aber nicht nur ökonomische Ausbeutung, sie entfremdet auch den Arbeiter vom Produktionsprozess und seinem Produkt. Während der Handwerker noch seine Persönlichkeit in seinem Produkt »entäußern« konnte (wie es im philosophischen Jargon hieß), weil er den gesamten Produktionsprozess unter seiner Kontrolle hatte, sorgt die industrielle Arbeitsteilung dafür, dass jeder Arbeiter nur einzelne Handgriffe ausführen und kein Verhältnis mehr zu dem Produkt aufbauen kann, an dessen Herstellung er als winziges Rädchen innerhalb der kapitalistischen Maschinerie mitwirkt.

Marx träumte davon, dass die Automatisierung die Notwendigkeit der Arbeitsteilung beseitigen würde. Seine Vision war, morgens Jäger zu sein, nachmittags Fischer, abends Viehzüchter und nach dem Essen Literaturkritiker.[147] Marx erwartete, dass sich die Verelendung der Arbeiterklasse weiter verschärft, so dass es zur Revolution kommt, die den Kapitalismus abschafft und durch eine Gesellschaft ersetzt, in der »jeder nach seinen Fähigkeiten« zum allgemeinen Wohlstand beiträgt und »jedem nach seinen Bedürfnissen« Güter zugeteilt werden.[148] Die kommunis-

145 Volkmar Kramarz: Interview (Tondokument). Regenbogen 2: Musikreport vom 16.8.2019. https://www.regenbogen.de/zwei/musikreport/20190816/woodstock-zeitzeuge-dr-volkmar-kramarz-im-interview?r2=1, zugegriffen am 1.7.2020.

146 Am intensivsten in seinem Hauptwerk: Das Kapital. 3 Bände (1867ff.).

147 Karl Marx/Friedrich Engels: Die deutsche Ideologie (1846).

148 Karl Marx: Kritik des Gothaer Programms (1875).

tische Gesellschaft sollte eine Assoziation sein, in der »die freie Entwicklung eines jeden die Bedingung für die freie Entwicklung aller ist«.[149]

Solche Formulierungen waren schon nach dem Geschmack der Jugend in den 1960er Jahren, die sich durch die Normen und Zwänge des Kapitalismus und der bürgerlichen Gesellschaft ausgebeutet und an der freien Entfaltung ihrer Persönlichkeiten gehindert fühlte. Während Marx allerdings 40.000 Druckseiten darauf verwendete, den Kapitalismus zu analysieren, widmete er dem Kommunismus nur wenige dürre Zeilen, die kaum ein Blatt Papier ausfüllten. Dies ermöglichte dann einer ganzen Bande von Autokraten wie Lenin, Stalin, Mao Zedong, Ulbricht, Honecker, Tito, Castro und anderen, unter falscher Berufung auf Karl Marx eigene Ausbeutungs- und Unterdrückungsregime zu unterhalten, die jeden Kapitalismus in den Schatten stellten. Aber das sahen die Jugendlichen, die in den 1960er Jahren mit der Sozialistischen Deutschen Arbeiterjugend (SDAJ) Bildungsreisen nach Moskau oder Havanna unternahmen, wo sie mit viel *Drushba* (›Freundschaft‹) und Wodka eingelullt wurden, nicht unbedingt so.

Damit der Kapitalismus funktioniert, benötigt er einen juristischen und politischen Überbau, der gewährleistet, dass Arbeiter legal ausgebeutet werden dürfen und Unternehmen beste staatliche Voraussetzungen vorfinden, um Profite zu machen.[150] Eine radikale Richtung des Marxismus, die in der Studentenbewegung der 1960er Jahre sehr populär war, die Theorie des Staatsmonopolistischen Kapitalismus (kurz Stamokap) betrachtete den Staat sogar als »den Büttel des Großkapitals«, das in der Spätphase des Kapitalismus monopolistische Strukturen ausgebildet hätte. Das gesamte politische System sei vom Großkapital so manipuliert, dass seine Interessen erfüllt würden, gleich welche Parteien gerade die Mehrheit haben. Die Gewerkschaftsbewegung und die Sozialdemokratie seien sogar besonders perfide Instrumente des Kapitals, weil diese den Arbeitern vorgaukeln, sie würden ihre Interessen vertreten, während sie doch nur dazu beitragen, die Profite des Kapitals zu steigern. Über Lobbyarbeit der Wirtschaftsverbände, Personalaustausch zwischen Wirtschaft und Politik sowie institutionalisierte Bündnisse (z.B. Sozialpartnerschaft) wird das politische System gekapert und der imperialistische Staat agiert als »ideeller Gesamtkapitalist«, der im Dienste der Monopole wirkt.[151]

Marx selbst hatte subtiler argumentiert. Nach seiner Theorie bildeten die Produktionsverhältnisse die ökonomische Basis, über der sich ein ideologischer Überbau erhebt und welcher bestimmte gesellschaftliche Bewusstseinsformen entsprechen: »Es ist nicht das Bewußtsein der Menschen, das ihr Sein, sondern umgekehrt ihr gesellschaftliches Sein, das ihr Bewußtsein bestimmt.«[152] Zu den Bewusstseinsformen, die dazu dienen, das kapitalistische Wirtschaftssystem zu legitimieren,

149 Karl Marx/Friedrich Engels: Manifest der Kommunistischen Partei (1848).

150 Karl Marx: Einleitung zur Kritik der Politischen Ökonomie (1859).

151 Z.B. hier: Stamokap-Strömung Österreich: Was ist »Stamokap«? https://www.stamokap.org/%C3%BCber-uns/positionen/stamokap-theorie/, zugegriffen am 19.3.2019.

152 Karl Marx: Einleitung zur Kritik der Politischen Ökonomie (1859).

gehören Ideologien, Wertesysteme, Wissenschaften, der gesamte Bereich der Kultur (Literatur, Kunst, Musik ...) sowie die Religion als »Opium des Volkes«, die den Zweck hat, das Proletariat durch Verkündigung einer paradiesischen Existenz im Jenseits ruhig zu stellen und durch Androhung ewigen Höllenfeuers von Widerstand und Aufruhr abzuhalten.

Marx' Gegenspieler Max Weber hat diese Kausalität, zumindest für eine bestimmte historische Situation, auf den Kopf gestellt, als er empirische Belege vorbrachte, dass die protestantische Ethik, die durch die Reformation gekommen war, den Kapitalismus überhaupt erst ermöglicht hatte, weil sie mit ihrem Diktum von Fleiß, Bescheidenheit und Sparsamkeit überhaupt erst die Akkumulation von Kapital ermöglicht hätte.[153] Aber Weber galt in den linken Kreisen der 1960er Jahre als reaktionär.

Der Soziologe Norbert Elias verzichtete darauf, der Wechselwirkung zwischen Ökonomie und Kultur ein bestimmtes kausales Verhältnis zu geben.[154] Nach seinen Untersuchungen sind ökonomische und kulturelle Sphäre interdependent, das heißt, sie bedingen und befördern sich gegenseitig. Die fortschreitende ökonomische Differenzierung, insbesondere die Arbeitsteilung, erfordert eine zunehmende Synchronisierung individuellen Verhaltens, was wachsende Disziplin, überhaupt eine zunehmende Kontrolle der Triebe und Affekte der Menschen notwendig macht. Umgekehrt ermöglicht die zunehmende Affektkontrolle eine Weiterentwicklung der Ökonomie. Mit anderen Worten: Mit der Entwicklung von Wirtschaft und Gesellschaft (Elias verwendet dafür den Begriff der »Soziogenese«) korrespondiert die Entwicklung der Trieb- und Affektstruktur der Menschen und ihrer Verhaltensformen (was Elias »Psychogenese« nennt). Die Verhaltensformen der Menschen, insbesondere der Grad der Affektregulierung, variieren im Laufe der historischen Entwicklung und entsprechen den jeweiligen ökonomischen Verhältnissen.

Die jeweiligen Verhaltensformen unterscheiden sich in der Art und Weise, wie die Menschen ihre Triebe und Affekte regulieren, also ihre Manieren, ihre Sexualität, ihre Aggressivität. Im Mittelalter waren, wie Elias zeigt, die Menschen noch recht ungehemmt, sie mussten sogar impulsiv sein, um überleben zu können. Wer jederzeit damit rechnen musste, auf einem Hohlweg von Straßenräubern überfallen zu werden, brauchte eine ungezähmte Aggressivität, um sich ohne weiteres Nachdenken verteidigen zu können. Mit der Entwicklung staatlicher Strukturen, hierarchischer Institutionen, einer arbeitsteiligen Wirtschaft und eines staatlichen Gewaltmonopols in Form von Militär und Polizei konnten und mussten die Menschen lernen, ihr Verhalten zu regulieren. Dies geschah zunächst in Form von Fremdzwängen, also gesellschaftlichen Normen und juristischen Verboten ungehemmter Affektentladung, dann durch Selbstzwänge (»Gewissen«), die den Menschen durch Erziehung und Sozialisation antrainiert wurden, bis sie blind und bewusstlos wirkten.

---

153 Max Weber: Die protestantische Ethik und der Geist des Kapitalismus (1905).

154 Norbert Elias: Der Prozeß der Zivilisation (1939). Zusammenfassend: Volker Eichener/Ralf Baumgart: Norbert Elias zur Einführung. 3., erw. Aufl., Hamburg: Junius 2013.

Solche Selbstzwänge werden den Menschen zu einer zweiten Natur, und sie empfinden es schlichtweg als natürlich, sich in bestimmter Weise zu verhalten. Der Grad der Affektkontrolle sorgte auch für Überlegenheit. Die oberen sozialen Schichten, die Courtoisie, höfische Manieren zeigten, blickten stets herab auf den unbeherrschten Pöbel, die entwickelten, »zivilisierten« Gesellschaften auf die »primitiven« Wilden. Unsere Sprache bestätigt das: Wir verbinden mit Wörtern wie *höflich* (›vom Königshof‹), *hübsch* (ebenfalls ›vom Hof‹) positive Wertungen, mit *pöbelhaft* (von *peuple* = ›Volk‹) oder *primitiv* (eigentlich ›früh‹) negative Assoziationen. Dass die »feinen Unterschiede« bis heute wirken, hat der französische Soziologe Pierre Bourdieu mit seiner gleichnamigen Untersuchung für die Gegenwartsgesellschaft bestätigt.[155]

Unterschiede im Grad der Verhaltensregulierung lösen regelmäßig Konflikte aus, weil die einen die anderen nicht verstehen. Wenn uns eine bestimmte Form des Verhaltens zur zweiten Natur geworden ist, halten wir abweichendes Verhalten für unnatürlich, für widerwärtig, für pervers. Wie empfindlich die Menschen auf Verhaltensformen reagieren, die von der eigenen Norm abweichen, demonstriert Elias an einem instruktiven Beispiel: Als eine byzantinische Prinzessin im Jahr 995 am venezianischen Hof Fleischstücke mit Hilfe einer Gabel in den Mund führte, löste dies einen handfesten Skandal aus, weil es als Gotteslästerung betrachtet wurde, die Speisen nicht mit den von Gott gegebenen Fingern aufzunehmen. In Byzanz war die Gabel schlicht ein Ausdruck des Fortschritts in der Hygiene.

So ähnlich haben die braven Bürger in den 60er Jahren über die Rockmusiker geurteilt, die sich nicht die Haare schnitten, Jeans und Armee-Parkas trugen, Drogen nahmen und ihre Sexualität auslebten. Wenn sich Wirtschaft und Gesellschaft ändern, ändern sich auch die Verhaltensformen. Und die 1960er Jahre waren eine Zeit des wirtschaftlichen und gesellschaftlichen Umbruchs – sogar eines Umbruchs, der so schnell kam, dass er die meisten Zeitgenossen überforderte.

Bis in die sechziger Jahre hinein war die Gesellschaft von der industriellen Arbeit geprägt. Mitte des 19. Jahrhunderts hatte in Europa und in Nordamerika die Industrialisierung eingesetzt. Der Kapitalismus hatte die ständische Zunftorganisation abgelöst und die Gesellschaft in Arbeiterklasse und Bourgeoisie aufgeteilt. Die Arbeit in Fabriken erforderte eine besondere Verhaltensweise: den disziplinierten Arbeiter, der jeden Morgen pünktlich zur Schicht erschien, sich am Arbeitsplatz nicht prügelte, seinen Alkoholkonsum im Griff hatte, seinen kargen Lohn bis zum nächsten Zahltag sparsam verwaltete, seine Familie versorgte und ein ordentliches, geregeltes Leben führte. Eskapaden jeder Art passten nicht zur Rolle, die der Arbeiter zu spielen hatte. Der Arbeiter hatte das Rädchen im großen Getriebe der kapitalistischen Wirtschaft zu sein, das reibungslos funktionierte, und dazu musste der Arbeiter seine Triebe und Affekte zähmen.

Zum Ethos des Fabrikarbeiters gehörte, sauber, ehrlich und anständig zu sein. Raum für Individualität ließ die Fabrikarbeit den Menschen nicht. Am Arbeitsplatz

155 Pierre Bourdieu: Die feinen Unterschiede. Kritik der gesellschaftlichen Urteilskraft (1982).

trug man eine Uniform, den Blaumann, und am Sonntagmorgen, wenn es zur Kirche ging, den Straßenanzug mit Krawatte und Hut. Die Familie zu versorgen, war die Pflicht des Arbeiters. Um die Familien nicht zu gefährden, war Sex nur im ehelichen Schlafzimmer erlaubt und ansonsten war das Thema tabu. Die Kinder erzog man im gleichen Geist, damit auch sie lernten, als Zahnrad im Räderwerk des Kapitalismus zu funktionieren. Die hohen Anforderungen an Arbeitsdisziplin, die sie zu zeigen hatten, wurden durch eine entsprechend strenge Erziehung gewährleistet. Eltern, Lehrer, Polizei, Justiz, Arbeitgeber – alle agierten Hand in Hand, wenn es galt, Jugendliche zu anständigen Menschen zu erziehen und abweichendes Verhalten auszumerzen.

Im Jahr 1931 hatten die Frankfurter Soziologen Max Horkheimer und Theodor W. Adorno das Institut für Soziologie begründet, dessen Kritische Theorie versuchte, die Marxsche Theorie auf die Gegenwartsgesellschaft anzuwenden. Der konventionelle (»antirevisionistische«) Marxismus litt darunter, dass die von Marx mit »naturgesetzlicher Zwangsläufigkeit« prognostizierte Verelendung des Proletariats nicht eingetreten war (und damit auch nicht die kommunistische Revolution, zumindest nicht dort, wo sie vorausgesagt worden war, nämlich in den entwickelten kapitalistischen Ländern), sondern dass erstens auch die Arbeiterschicht an steigendem Wohlstand partizipierte, dass zweitens eine staatliche Sozialpolitik Lebensrisiken wie Alter, Krankheit, Armut und Arbeitslosigkeit absicherte, dass drittens beträchtliche Teile der Arbeiterschaft den sozialen Aufstieg in eine neue Mittelschicht geschafft hatten, auch dank einer unterstützenden Bildungspolitik. Wie konnte man die marxistische Kritik an einer Gesellschaft retten, die ganz offensichtlich wachsenden Wohlstand für alle produzierte?

Ein zentrales Theorem der Frankfurter Schule bestand darin, den Widerspruch zwischen dem »Möglichen und dem Wirklichen« aufzudecken, aus dem sich ergibt, dass Theorie »unabdingbar kritisch« zu sein habe.[156] Das »Wirkliche« war der Wohlstand der Nachkriegszeit, der aber erkauft wurde durch die Unterwerfung unter die kapitalistische Logik der Kapitalverwertung. Das »Mögliche« wäre ein noch größerer Wohlstand bei egalitärer Verteilung von Einkommen und Vermögen (aber eigentlich sollte das Vermögen komplett abgeschafft werden) und die schon von Marx beschworene »freie Entwicklung eines Jeden«. Stattdessen sei die »spätkapitalistische« Gesellschaft (man war stets überzeugt, dass der Kapitalismus kurz vor seinem Ende stand) geprägt von der Trinität aus Entfremdung, Verdinglichung und Totalität.[157] Die *Entfremdung* hatte bereits Marx analysiert: Der Arbeiter war von seinem Produkt entfremdet, der Mann von der Frau, die Kinder von den Eltern, der Mensch von seinem Körper (insbesondere seiner Sexualität). Der Kapitalismus hatte einen unnatürlichen Gesellschaftszustand geschaffen. Mit *Verdinglichung*

156 Theodor W. Adorno: Soziologie und empirische Forschung. In: Theodor W. Adorno, Ralf Dahrendorf, Harald Pilot, Hans Albert, Jürgen Habermas, Karl R. Popper: Der Positivismusstreit in der deutschen Soziologie. Neuwied u. Berlin: Luchterhand 1969, S. 82.

157 Theodor W. Adorno: Einleitung. In: Adorno et al., a. a. O.

bezeichnete die Kritische Theorie, dass jeder Aspekt des menschlichen Lebens in die Warenform überführt wurde. Buchstäblich alles wurde als handelbare Ware verdinglicht, sogar die Kultur und insbesondere die Musik (in Form von Schallplatten), die Liebe (Groschenhefte, Liebesfilme) und die Sexualität (Pornografie, Prostitution). Und *Totalität* bezeichnete den allumfassenden Charakter der kapitalistischen Gesellschaft, die sämtliche Lebensbereiche umspannte, aus der es kein Entkommen gab.

Der Totalität der Gesellschaft ausgeliefert zu sein – das war die typische Erfahrung der Heranwachsenden in den 1950er und 1960er Jahren. Familie, Schule, Arbeitswelt, Behörden – alles griff nahtlos ineinander, überall war man denselben Restriktionen, Entfremdungen, Verklemmungen, Verdinglichungen, Regeln, Verboten, Tabus, Denk- und Sprechverboten, Ungerechtigkeiten, Ausbeutungen, Diskriminierungen und Autoritarismen unterworfen.

Als das Frankfurter Institut für Sozialforschung vor den Nationalsozialisten nach New York emigrieren musste (es kehrte 1950 wieder an die Frankfurter Universität zurück), führte Theodor W. Adorno zusammen mit Psychologen eine empirische Studie durch, welche die »Autoritäre Persönlichkeit« erforschte.[158] Motiviert war die Forschung durch die Ausbreitung von Antisemitismus, Ethnozentrismus und Faschismus in der gesamten westlichen Welt. Hitlers Nationalsozialisten und Mussolinis Faschisten waren zwar besonders extrem, standen aber nicht allein. Auch in den USA waren Antisemitismus und Rassismus verbreitet. In der McCarthy-Ära kam politische Intoleranz hinzu. Nach der Theorie der autoritären Persönlichkeit erwächst die Sympathie für faschistische Ideologien aus einer kontrafaktischen (Fake News), vorurteilsbehafteten Betrachtung der sozialen und politischen Verhältnisse, die wiederum aus einer Persönlichkeitsstruktur resultiert, die sich durch politisch-ökonomischen Konservatismus auszeichnet. Als Messinstrumente für diese Einstellungen entwickelte die Forschergruppe mehrere Skalen, die politisch-ökonomischen Konservatismus, Ethnozentrismus, Antisemitismus sowie implizite antidemokratische Tendenzen und Faschismuspotential anhand der Zustimmung zu bestimmten Statements im Fragebogen messen sollten. Zur autoritären Persönlichkeit gehörten unter anderem folgende Elemente:

- autoritäre Unterwürfigkeit (man ordnet sich Autoritäten unter, ohne deren Legitimation infrage zu stellen)
- autoritäre Aggression (die Tendenz, Verstöße anderer gegen hergebrachte Werte ahnden zu wollen)
- Ablehnung von Innerlichkeit – des Subjektiven, Imaginativen und Schöngeistigen
- Aberglaube, Stereotypisierung, Klischees, Kategorisierungen, Vorurteile und Schicksalsdeterminismus

158 Theodor W. Adorno, Else Frenkel-Brunswik, Daniel Levinson und Nevitt Sanford: The Authoritarian Personality, Studies in Prejudice Series, Volume 1. New York: Harper & Row 1950.

- Macht und Härte (Identifikation mit Machthabern, starken Führern, Überbetonung der gesellschaftlich befürworteten Eigenschaften des Ego)
- Destruktivität und Zynismus (allgemeine Feindseligkeit, Herabsetzung anderer Menschen)
- Projektivität (Veranlagung, an die Existenz des Bösen in der Welt zu glauben und unbewusste emotionale Impulse nach außen zu projizieren)
- Tabuisierung und Unterdrückung der Sexualität.

Erwartungsgemäß ergaben sich Korrelationen zwischen Konservatismus, Ethnozentrismus, Antisemitismus sowie antidemokratischen und faschistoiden Tendenzen, die sich zur »autoritären Persönlichkeit« verdichteten, die ebenso mit geringer Bildung und niedriger Intelligenz einherging.

Die Heranwachsenden erlebten solche autoritären Persönlichkeiten in Person von Vätern, Lehrern, Polizisten, Politikern, Unternehmern, Vorgesetzten, Beamten, Trainern im Sportverein – eben überall. Bis zum Ende der 1960er Jahre war die autoritäre Persönlichkeit auch so etwas wie ein Rollenmodell oder Leitbild, wie Männer zu sein hatten: männlich (in Bezug auf Habitus, Kleidung und »männlicher«, d.h. kurzhaariger Frisur), hart, diszipliniert, fleißig, regeltreu, konventionell, autoritär gegenüber Untergebenen und unterwürfig gegenüber Höhergestellten. Der liberale Softie bildete dann das Gegenmodell, das aber erst im Zuge der Studentenbewegung der zweiten Hälfte der 1960er Jahre aufkam.

Die autoritäre Persönlichkeit wurde von der Kritischen Theorie als eine Form der Entfremdung beziehungsweise Deformation des Menschen angesehen. Die theoretische Grundlage dafür hatte Sigmund Freud gelegt.[159] Nach seiner Theorie teilt sich die menschliche Persönlichkeit in die drei Bereiche des Triebhaften (Es), des Bewussten (Ich) und des Gewissens (Über-Ich). Das Über-Ich wird durch Erziehung und Sozialisation aufgebaut. Es vermittelt dem bewussten Ich Schuldgefühle, wenn Triebe ausgelebt werden, insbesondere der Sexualtrieb (Libido).

Der *autoritäre Charakter* war bereits von Erich Fromm als Ergebnis von Erziehungsprozessen in der kapitalistischen Gesellschaft analysiert worden. Insbesondere agieren Vater und Mutter als Repräsentanten patriarchaler und autoritärer gesellschaftlicher Verhältnisse: »Die äußere in der Gesellschaft wirksame Gewalt tritt dem in der Familie aufwachsenden Kind in der Person der Eltern und … speziell der des Vaters gegenüber.« Und: »Der Familienvater ist zwar dem Kind gegenüber (zeitlich gesehen) der erste Vermittler der gesellschaftlichen Autorität, ist aber (inhaltlich gesehen) nicht ihr Vorbild, sondern ihr Abbild.«[160] Daraus ergab sich dann ein quasi »natürlicher« Generationenkonflikt: Die Rebellion gegen die Gesellschaft ist zugleich auch Rebellion gegenüber den eigenen Eltern. Die kapitalistische Gesellschaft verdinglicht den Menschen als Bereitsteller von Arbeitskraft oder als Konsu-

159 Sigmund Freud: Abriss der Psychoanalyse (1940).

160 Erich Fromm: Der autoritäre Charakter, in: Ders.: Die Gesellschaft als Gegenstand der Psychoanalyse. Frühe Schriften zur Analytischen Sozialpsychologie (1936).

ment von Waren. Darauf reagieren die Menschen mit der narzisstischen Tendenz, sich durch materielle Statussymbole soziale Anerkennung zu verschaffen, was zum Massenkonsum führt, der durch Werbung noch verstärkt wird.

Herbert Marcuse, der auch mit der Frankfurter Schule in die USA fliehen musste, verknüpfte die marxistische Gesellschaftsanalyse ebenfalls mit der Freud'schen Psychoanalyse.[161] Die ökonomische Ausbeutung des Menschen im Kapitalismus führt dazu, dass sich die Menschen der gesellschaftlichen Realität zu unterwerfen haben und das Lustprinzip verdrängen müssen. Die Unterdrückung des Lustprinzips schwächt den Eros, so dass der destruktive Thanatostrieb die Oberhand gewinnt und zu den Sozialpathologien spätkapitalistischer Gesellschaften wie Unterdrückung, Krieg und Massenmord führt.

Der entwickelte Kapitalismus schafft aber auch die Bedingungen für eine befreite Gesellschaft. Durch Produktivitätssteigerung und Automation werden zeitliche Spielräume frei, die genutzt werden könnten, um den Lusttrieb Eros wieder zu befreien. Insbesondere in der Kunst sieht Marcuse eine Form menschlicher Arbeit, die es ermöglicht, eine sublimierte Libido ohne Entfremdung und Triebunterdrückung auszuleben. Kunst und Ästhetik bilden damit das Modell für eine befreite Gesellschaft, in der das Lustprinzip über das Realitätsprinzip herrscht.

Marcuses zweites Hauptwerk »Der eindimensionale Mensch« befasst sich mit der Analyse des von Karl Marx definierten ideologischen Überbaus der spätkapitalistischen Gesellschaft.[162] Als *eindimensional* bezeichnet Marcuse das technokratische Denken in Sachzwängen, das Kritik und grundsätzliche Reflexion der Herrschaftsverhältnisse ausschließt. Eindimensional ist aber auch der Mensch in seiner Rolle als Arbeiter, Bürger und Konsument, der durch das Vorgaukeln einer heilen Welt durch Massenmedien und Konsumwerbung so manipuliert wird, dass er kein kritisches oder gar revolutionäres Bewusstsein entwickelt und stattdessen instrumentalisiert wird, um innerhalb der kapitalistischen Gesellschaft reibungslos als Arbeitskraft, Konsument und Wähler zu funktionieren.

Durch Massenmedien (damals: Radio, Fernsehen, Zeitungen, Zeitschriften) und Werbung werden die Menschen so manipuliert, dass ihre »wahren« Bedürfnisse durch »falsche« Bedürfnisse ersetzt werden. Falsche Bedürfnisse »sind diejenigen, die dem Individuum durch partikuläre gesellschaftliche Mächte, die an seiner Unterdrückung interessiert sind, auferlegt werden: diejenigen Bedürfnisse, die harte Arbeit, Aggressivität, Elend und Ungerechtigkeit verewigen. ... Die meisten der herrschenden Bedürfnisse, sich im Einklang mit der Reklame zu entspannen, zu vergnügen, zu benehmen und zu konsumieren, zu hassen und zu lieben, was andere hassen und lieben, gehören in diese Kategorie falscher Bedürfnisse.«[163]

---

161 Herbert Marcuse: Eros and Civilization. A Philosophical Inquiry into Freud (1955). Deutsch: Triebstruktur und Gesellschaft. Ein philosophischer Beitrag zu Sigmund Freud (1965).

162 Herbert Marcuse: One-Dimensional Man (1964). Deutsch: Der eindimensionale Mensch. Neuwied: Luchterhand 1967.

163 Ebd., S. 11.

Die Sucht, »falsche« Bedürfnisse durch Massenkonsum zu befriedigen, verhindert, dass sich die Menschen ihrer »Knechtschaft« bewusst werden und sich gegen das kapitalistische Wirtschaftssystem erheben. Der Massenkonsum verschleiert auch den Klassengegensatz von Bourgeoisie und Proletariat: »Wenn der Arbeiter und sein Chef sich am selben Fernsehprogramm vergnügen und dieselben Erholungsorte besuchen, wenn die Stenotypistin ebenso attraktiv hergerichtet ist wie die Tochter ihres Arbeitgebers, wenn der Neger [steht so im Original, V.E.] einen Cadillac besitzt, wenn sie alle dieselbe Zeitung lesen, dann deutet diese Angleichung nicht auf das Verschwinden der Klassen hin, sondern auf das Ausmaß, in dem die unterworfene Bevölkerung an den Bedürfnissen und Befriedigungen teil hat, die der Erhaltung des Bestehenden dienen.«[164]

Das Luxusauto als Statussymbol, der Fernseher als Betäubungsinstrument! Das hat nicht nur Marcuse soziologisch analysiert, sondern auch eine Rocksängerin musikalisch zum Ausdruck gebracht. Und sie hat dabei auch noch die Religion ins Spiel gebracht. Wann betet man zu Gott? – Tiefreligiöse Menschen beten täglich, ritualisiert, wie es beispielsweise Ordensleute zu bestimmten Zeiten zu tun pflegen. Andere beten, wenn sie sich von Gott Hilfe erhoffen, zum Beispiel weil sie Angst haben, weil ihnen ein Schicksalsschlag droht, weil sie oder ein nahestehender Mensch von schwerer Krankheit getroffen sind, weil ihnen die Welt keine Hoffnung mehr bietet. Man bittet den Allmächtigen um Hilfe, wenn man sich nicht mehr zu helfen weiß. Und die eigene Existenz auf dem Spiel steht. Zum Beispiel, wenn man ein Luxusauto braucht, das man sich selbst nicht leisten kann. Und so singt Janis Joplin ein Gebet an den Herrn:

Mercedes Benz

Oh Lord won't you buy me a Mercedes Benz?
My friends all drive Porsches, I must make amends.
Worked hard all my lifetime, no help from my friends.
So oh Lord won't you buy me a Mercedes Benz?

Mercedes-Benz

O Herr, willst Du mir nicht einen Mercedes-Benz kaufen?
Meine Freunde fahren alle Porsche, ich muss da eine Scharte auswetzen.
Habe mein ganzes Leben lang hart gearbeitet, keine Hilfe von meinen Freunden erhalten.
Also, o Herr, willst Du mir nicht einen Mercedes-Benz kaufen?

Der durch den Kapitalismus pervertierte, eindimensionale Mensch braucht halt ein dickes Auto als Statussymbol, sonst wird man gesellschaftlich nicht akzeptiert. Durch harte Arbeit allein schafft man das aber nicht, und wer hilft einem schon in dieser egoistischen Gesellschaft? – Also, Allmächtiger, hurtig, tu etwas für mich, dass ich mein Seelenheil nicht verliere!

---

164 Ebd., S. 13.

Oh Lord won't you buy me a color TV? »Dialing for Dollars« is trying to find me. I wait for delivery each day until three. So oh Lord won't you buy me a color TV?	O Herr, willst Du mir nicht einen Farbfernseher kaufen? [Die Gewinnshow] »Dialing for Dollars« versucht, mich zu erreichen. Ich warte jeden Tag bis drei Uhr auf die Lieferung. Also, o Herr, willst Du mir nicht einen Farbfernseher schenken?

Es muss auch noch einer dieser neuen Farbfernseher sein. Warum? Es gibt ja diese Show im Fernsehen, wo sie einen anrufen und man etwas gewinnen kann. Und übrigens, Allmächtiger: Ich erwarte pünktliche Lieferung, das ist im Kapitalismus so üblich.

Oh Lord won't you buy me a night on the town? I'm counting on you lord, please don't let me down. Prove that you love me and buy the next round! Oh Lord won't you buy me a night on the town?	O Herr, willst Du mir nicht einen Abend in der Stadt bezahlen? Ich zähle auf Dich, Herr, bitte lass mich nicht hängen. Beweise, dass Du mich liebst und bezahle die nächste Runde! O Herr, willst Du mir nicht einen Abend in der Stadt bezahlen?

Ach ja, wenn Du schon dabei bist, Allmächtiger, dann kannst Du mir ja auch noch eine Sauftour bezahlen. Irgendwie muss ich mich ja betäuben, wenn mir meine eindimensionale, kapitalismuspervertierte Persönlichkeit sonst keinen Sinn im Leben gibt. Aber weil mich der Konsum nicht wirklich befriedigt, sondern mich nach immer mehr Konsum verlangen lässt, darfst Du mich nicht hängen lassen. Wir alle müssen uns im Kapitalismus beweisen. Das gilt auch für Dich, Allmächtiger! Beweise Deine Existenz durch Deine Taten, sonst brauche ich nicht mehr an Dich zu glauben.

Janis Joplin, 1970. Text & Musik: Janis Joplin, Michael McClure, Bob Neuwirth (Columbia)

Es war ein kleines Lied, das Janis Joplin a cappella gesungen hat, aber mit großer, konsumkritischer Aussage, wenn der Materialismus der Konsumgesellschaft sogar die Religion pervertiert: eine lyrische Version von Herbert Marcuses eindimensionalen Menschen. Der Ausgangspunkt war ein Song des Beat-Poeten Michael McClure, dessen erster Vers lautete: »Come on, God, and buy me a Mercedes Benz.« Joplin war fasziniert von diesem Satz. Am 8. August 1970 traf sie sich mit dem Songwriter Bob Neuwirth in einer Bar in Port Chester im Bundesstaat New York, bevor sie dort ein Konzert gab. Sie sang McClures Vers und entwickelte einen Rhythmus dafür. Neuwirth ergänzte eigene Verse und so entwickelte sich der Song, den Neuwirth schließlich auf eine Papierserviette kritzelte. Janis trug den Song gleich bei ihrem Konzert vor, das sie im Capitol Theatre gab.

Ein paar Wochen später ergab es sich, dass sie der Songwriter Bobby Womack in seinem nagelneuen Mercedes 600 mitnahm. Janis, die selbst einen psychedelisch lackierten Porsche 356 fuhr, war begeistert. Womack berichtet, dass Janis Joplin während der Fahrt »Mercedes Benz« zu singen begann und sich selbst daran so begeisterte, dass sie darauf bestand, den Song aufzunehmen. Da sie ziemlich stark auf Droge war und sich ihre Band bereits aufgelöst hatte, begleitete Womack sie am anderen Tag, es war der 1. Oktober 1970, ins Studio und spielte die Gitarre. Der Track wurde in einem Take aufgenommen. Danach brachte Womack sie zurück in ihr Hotelzimmer. Dort nahm sie einen Telefonanruf entgegen und komplimentierte Womack anschließend heraus. Sie erwartete nämlich ihren Dealer. Womack umarmte sie zum Abschied.[165]

Drei Tage später war sie tot, an einer Überdosis gestorben. »Mercedes Benz«, das posthum auf dem Album »Pearl« erschien, war ihre letzte Aufnahme gewesen. Und wieder sollte der Kapitalismus das letzte Wort haben. Der Automobilhersteller, der in dem Song so sehr ironisiert worden war, hatte die Chuzpe, den Song immer wieder in Werbespots zu verwenden. Selbst das Konkurrenzunternehmen BMW ließ das Lied in einem Spot ertönen – allerdings um den Fahrer die Kassette, von der der Song abgespielt worden war, aus dem Fenster werfen zu lassen, als der Vers »Meine Freunde fahren alle Porsche« zu hören war.

Es gab auch eine persönliche Verbindung zwischen den Theoretikern der Kritischen Theorie und der Rockmusik. Herbert Marcuses Stiefsohn Osha Thomas Neumann, der leibliche Sohn seines Freundes Franz Neumann, der sich als Analytiker des Nationalsozialismus einen Namen gemacht hatte, gehörte zu einer anarchistischen Gruppe namens *Up Against The Wall Motherfucker*, die unter anderem eine Besetzung der New Yorker Columbia-Universität, die Verwüstung eines Kaufhauses und einen Sturm auf das Pentagon organisierte.[166] Und diese Gruppe publizierte ein Pamphlet eines ihrer Mitglieder in einer Untergrundzeitung, das Jefferson Airplane vertonten.

165 Bobby Womack (mit Robert Ashton): Midnight Mover: Autobiography. London: John Blake Publishing 2006.

166 Osha Neumann: Up Against the Wall Motherf**ker: A Memoir of the 60s, with Notes for the Next Time. New York etc.: Seven Stories Press 2008.

We Can Be Together	**Wir können zusammen sein**
... We are all outlaws in the eyes of America In order to survive we steal cheat lie forge fuck hide and deal We are obscene lawless hideous dangerous dirty violent and young ...	... Wir sind alle Gesetzlose in den Augen Amerikas. Um zu überleben, stehlen, betrügen, lügen, fälschen, ficken, verstecken, dealen wir. Wir sind obszön, gesetzlos, abscheulich, gefährlich, schmutzig, gewalttätig und jung ...
We can be together Come on all you people standing around Our life's too fine to let it die ...	Wir können zusammen sein. Kommt alle, die herumstehen. Unser Leben ist zu gut, um es sterben zu lassen ...
All your private property is Target for your enemy And your enemy is We	All euer Privateigentum ist Zielscheibe für euren Feind. Und euer Feind sind wir.
We are forces of chaos and anarchy Everything they say we are we are And we are very proud of ourselves ... Up against the wall motherfucker ...	Wir sind die Kräfte von Chaos und Anarchie. Alles, wofür sie uns halten, sind wir, sind wir. Und wir sind sehr stolz auf uns ... Auf, an die Wand, Scheißkerl ...

Jefferson Airplane, 1969. Text & Musik: Paul Kantner auf der Basis eines Pamphlets von John Sundstrom (RCA Victor)

Das zu einem flotten Rhythmus gespielte Lied ist ein unverblümter Aufruf, das gesellschaftliche, politische und wirtschaftliche System mit Gewalt zu bekämpfen und privates Eigentum zu zerstören. Zugleich wird politischer Widerstand mit freiem Sex und Drogen verbunden. Und es schrieb Fernsehgeschichte, weil am 19. August 1969, einen Tag nach Woodstock, in der Dick Cavett Show zum ersten Mal überhaupt das F-Wort ausgesprochen wurde, und das gleich ein Dutzend Mal. Der Song trug wesentlich dazu bei, dass »Up Against the Wall Motherfucker«, ein Spruch, mit dem Polizisten schwarze Verdächtige anzuschnauzen pflegten, zur Parole der gesellschaftskritischen Bewegung wurde, einschließlich der Black Panther und der Feministinnen, und auch von der Terroristin Patty Hearst bei einem Banküberfall ausgerufen wurde. Nach tosendem Beifall des jugendlichen Publikums riefen Jefferson Airplane dann noch mit ihrem Stück »Volunteers« zur Revolution auf. Kein Wunder, dass das FBI die Sängerin Grace Slick auf die Liste gefährlicher Personen setzte.

Während die Kritische Theorie die Perfektion, die unausweichliche Totalität des kapitalistischen Wirtschafts-, Unterdrückungs- und Verblendungssystems betont hatte, aus der es kein Entkommen gäbe, spürte in den 1960er Jahren zumindest eine politisch-kulturelle Avantgarde der Jugend, dass dieses System brüchig geworden war. Zu denjenigen, die gegen die Totalität rebellierten, gehörte Marianne Faithfull, die die Totalität der kapitalistischen Gesellschaft in einem Radiointerview analysierte:

»Die Leute in Whitehall [Sitz der britischen Regierung, V.E.] leben in der Vergangenheit. Sie reden über die Gesellschaft, aber wir sind die Gesellschaft, nicht sie. Spüren Sie, wie sie uns einkreisen? … Vermutlich machen sie mich auf andere Weise kaputt, aber bis dahin misch' ich sie auf. Ich würde mich freuen, wenn das Gebäude unserer Gesellschaft zusammenkracht. … Sie ist ja sowieso schon zusammengebrochen, wir sind in einer Tretmühle, die gar nicht existiert. Wir sind von ihrem Quatsch ganz geblendet, wir sehen Wände, die es gar nicht mehr gibt, völlig verrückt! Wir nehmen Befehle von einem Haufen toter Männer entgegen! Wahnsinn …«[167]

Die marxistische Soziologie hatte immerhin die Bezeichnung *Spätkapitalismus* verwendet, um anzudeuten, dass das System bereits kurz vor seinem Ende stehe. Für Marianne Faithfull war dieses System bereits zusammengebrochen. Der »Tretmühle«, also dem gesellschaftlichen und ökonomischen Zwang, sich der Logik der Erwerbsarbeit zu unterwerfen, hatte sich die kritische Avantgarde bereits entzogen. Ihre Elterngeneration hatte diesen Zwang noch selbst stabilisiert, indem sie durch die Gründung einer Familie (die es zu ernähren galt), Konsummaterialismus und die ewige Jagd nach Statussymbolen noch die Notwendigkeit verschärft hat, reibungslos als Rädchen der Produktionsmaschinerie zu funktionieren. Wenn man sich dem Massenkonsum verweigerte und mit alternativen Lebensformen experimentierte, kam man auch über die Runden, ohne in ein Normalarbeitsverhältnis einzutreten. Viele der Hippies und 68er haben das so praktiziert.

Die »Wände«, also die zahllosen gesellschaftlichen, politischen und ökonomischen Restriktionen, erschienen der rebellischen Jugend lediglich als Konstrukte, die nur solange wirksam waren, wie man an sie glaubte. Wenn man die Restriktionen einfach ignorierte, lösten sie sich in Luft auf. Und genau das machte die Jugend: Man missachtete gesellschaftliche Normen (Frisur! Kleidung! Sexualmoral!), verstieß gegen Gesetze (man konsumierte illegale Drogen und besetzte Universitätsgebäude), öffnete sämtliche Pforten der Wahrnehmung für Neues (man nahm halluzinogene Drogen, las gesellschaftskritische Analysen, suchte esoterische Offenbarungen, hörte die aufrührerischen Lieder von Bob Dylan, Joan Baez, den Rolling Stones und anderen), man schuf sich Freiräume (Sit-ins, Teach-ins, Love-ins …) und man äußerte politischen Protest, mitunter lautstark, wütend und aggressiv.

Die kritische Jugend nahm auch wahr, dass die konservativen Machteliten in Politik, Wirtschaft und Gesellschaft (»tote Männer«) noch mit aller Kraft die Illusion aufrechterhalten wollten, darunter auch mit repressiven Maßnahmen gegen die Jugend, die sich ihre Freiheiten nahm: Rockmusiker wurden eingesperrt, wenn sie mit geringsten Mengen an Drogen erwischt wurden, Demonstranten wurden niedergeknüppelt, und irgendwann gab es Tote, entweder ermordet von Fanatikern (wie Martin Luther King, Robert Kennedy, John F. Kennedy) oder von der Polizei (wie Benno Ohnesorg).

167 Marianne Faithfull im Interview mit der BBC, Frühjahr 1967. Transkription in: Faithfull, Faithfull, a. a. O., S. 114.

Das war die Situation der 1960er Jahre, als die Rockmusik entstand. Die Kultur der Arbeitsethik, des Konsummaterialismus, der Anpassung und Unterordnung war entstanden mit dem Aufkommen der Fabrikarbeit, wurde verstärkt in zwei Weltkriegen, und als es im Frieden darum ging, die Ärmel hochzukrempeln, um die Gesellschaft wiederaufzubauen, war die Arbeitsdisziplin erst recht gefragt. Wahrscheinlich war der Zweite Weltkrieg dafür verantwortlich, dass die Gesellschaft einen Modernisierungsstau erlebte. Denn die Wirtschaft hatte sich bereits verändert. Das Industriezeitalter neigte sich dem Ende zu, kaum dass es sich entwickelt hatte. Ein weiterer Soziologe, Daniel Bell, diagnostizierte die Ablösung der Industriegesellschaft durch die Dienstleistungsgesellschaft. Der tertiäre Sektor aus Büro-, Verwaltungs-, Dienstleistungstätigkeiten gewann nach Bells statistischen Analysen an Bedeutung und damit änderten sich auch die Arbeitsformen (hin zu Bürotätigkeiten) und die Sozialstrukturen (Aufkommen der Mittelschichten).[168]

Jahrzehnte später sollte der Soziologe Richard Florida von der »kreativen Klasse« sprechen, das heißt den hochqualifizierten, überwiegend akademisch ausgebildeten Arbeitnehmern, die keine repetitiven Routinetätigkeiten mehr ausüben, sondern kreativ tätig sind, also in Forschung und Entwicklung, in der Werbung und bei den Medien, in Rechtsanwaltskanzleien und Unternehmensberatungen, im Gesundheitswesen und im Bildungswesen. Diese Kreativen müssen nicht mehr funktionieren wie Zahnräder – sie müssen frei und individuell sein, um ihre Jobs zu erledigen – also das Gegenteil des Industriearbeiters.[169] Ulrich Beck war einer der ersten, der die Individualisierung der Menschen in der postindustriellen Gesellschaft beobachtete und zugleich die Pluralisierung der Lebensstile und sozialen Milieus.[170] Und es war die Rockmusik-Generation, also die in den 1940er und 50er Jahren Geborenen, die sich aus der »Tretmühle« der eindimensionalen Standardbiografie aus Schulzeit, Berufsausbildung, Erwerbstätigkeit, Familiengründung, Konsum, Betäubung, Ruhestand, Gebrechlichkeit und Tod auszuklinken begannen und neue »Bastelbiografien«, Lebensformen und Lebensstile entwickelten. [171]

Dieser Wandel von der Industriegesellschaft mit ihren standardisierten Verhaltensformen zu einer Dienstleistungsgesellschaft, bei der individuelle Freiheit eine Funktionsvoraussetzung darstellt, spielte sich im Wesentlichen in den 1960er Jahren ab. Eigentlich waren die Veränderungen schon in den 1920er Jahren aufgeblitzt, als die Frauen als Zeichen ihrer allmählichen Emanzipation Bubikopf trugen und Marlene Dietrich Hosenanzüge, und als die sexuell aufgeladene Musik der Afroamerikaner, zu der man anzüglich tanzte, weltweit Mode wurde. Aber der Zweite

168 Daniel Bell: The Coming of Post-Industrial Society (1973). Deutsch: Die nachindustrielle Gesellschaft (1975).

169 Richard Florida: The Rise of the Creative Class. And How It's Transforming Work, Leisure and Everyday Life (2002).

170 Ulrich Beck: Risikogesellschaft. Auf dem Weg in eine andere Moderne (1986).

171 Ulrich Beck, Elisabeth Beck-Gernsheim: Nicht Autonomie, sondern Bastelbiographie. Anmerkungen zur Individualisierungsdiskussion am Beispiel des Aufsatzes von Günter Burkart. In: Zeitschrift für Soziologie, Bd. 22, Nr. 3 (1993), S. 178–187.

Weltkrieg machte alle Veränderungen zunichte, und die Nachkriegszeit war eine Phase kultureller Restaurierung, in der die Menschen wieder in Verhaltensmuster zurückfielen, die vor dem Ersten Weltkrieg üblich waren.

Kultur und Gesellschaft ändern sich normalerweise evolutionär, in kleinen, einander entsprechenden Schritten. Aber manchmal ändert sich lange Zeit nichts, es entsteht ein Modernisierungsstau, und dann platzt der Knoten rasch und heftig, im Extremfall in Form einer Revolution. Und eine kleine Revolution war es, was 1968 stattfand – inklusive Straßenschlachten und Toten.

Die Kultur der Nachkriegszeit war extrem spießig, wie wir heute sagen würden, oder, mit anderen Worten, extrem restriktiv im Sinne der von Norbert Elias diagnostizierten Selbstzwänge. Die Ökonomie hatte sich schon geändert – kreative Jobs waren bereits entstanden. Es ist vielleicht kein Zufall, dass erstaunlich viele Pioniere der Rockmusik vor ihrer Musikerkarriere in Kunst, Werbung und Design beschäftigt waren oder ausgebildet wurden, anstatt mit Schraubenschlüsseln und Schmierfett in Berührung zu kommen. John Mayall, John Lennon, Keith Richards, Pete Townshend, Ian Anderson und Eric Clapton besuchten Kunsthochschulen, Jon Lord eine Schauspielschule, Mick Jagger die renommierte London School of Economics. Syd Barrett und David Jon Gilmour kamen zu Pink Floyd, nachdem sie sich an der Hochschule kennengelernt hatten, wo Barrett Kunst und Gilmour Sprachen studierte. David Bowie studierte Kunst und Design. Manfred Mann war Sohn einer Pianistin, erhielt als Kind Klavierunterricht und absolvierte ein Musikstudium. Die Liste ließe sich beliebig ergänzen: Die meisten englischen Rockmusiker hatten selbst einen akademischen Hintergrund – auch wenn sie nicht immer ihren Abschluss machten, weil sie schon früh von der Musik leben konnten. Oft kamen die Musiker aus Familien, die es in Sachen Disziplin nicht ganz so streng nahmen, die Raum ließen für Individualität und Kreativität. Wie beschrieb John Lennon seine familiäre Herkunft:

»Ein Teil von mir würde es mögen, von allen Facetten der Gesellschaft akzeptiert zu werden und nicht dieser großmäulige verrückte Poet und Musiker zu sein. Aber ich kann nicht sein, was ich nicht bin. … Ich war derjenige, über den die Eltern der anderen Jungs – einschließlich Paul [McCartneys] Vater – sagten, ›Halt dich von ihm fern‹ … Die Eltern erkannten instinktiv, dass ich ein Unruhestifter war, d.h. dass ich mich nicht anpassen und ihre Kinder beeinflussen würde, was ich auch tat. … Es gab fünf Frauen in meiner Familie. Fünf starke, intelligente, schöne Frauen, fünf Schwestern. Eine davon war meine Mutter. Sie konnte einfach ihr Leben nicht in Ordnung bringen. Sie war die jüngste und sie hatte einen Ehemann, der abhaute, um zur See zu fahren, und es war Krieg und sie wurde nicht mit mir fertig, und so landete ich bei ihrer älteren Schwester. Diese Frauen waren fantastisch … Und das war meine erste feministische Erziehung. … Ich infiltrierte die Geister der anderen Jungs. Ich konnte sagen: ›Eltern sind keine Götter, weil ich nicht mit meinen zusammenlebe, und darum weiß ich das.‹«[172]

Rückblickend stellten die Jahre um 1968 eine Phase dar, in der der gesellschaftliche Wandel einen Sprung machte, so als ob sich ein lange aufgestauter Druck endlich Bahn brechen würde. Es war ein Teil der Jugend, der gegen die alte Ordnung rebellierte und den gesellschaftlichen Wandel einleitete, kulturell wie politisch. Die Rockmusik lieferte mehr als nur den Soundtrack zur 68er-Bewegung, sie übersetzte auch die gesellschaftskritischen und visionären soziologischen Analysen in eine Sprache, die die Jugend sofort verstand, die sie mitunter tröstete, die sie vor allem aber aufrüttelte und antrieb. Es gab Meilensteine der Rockmusik, aber auch viele einzelne Songs, die die Entwicklung vorantrieben.

172 John Lennon. In: David Sheff: Interview with John Lennon and Yoko Ono. Playboy, Januar 1981. https://www.namedat.com/1980-playboy-interview-with-john-lennon-and-yoko-ono/, zugegriffen am 20.2.2021.

4. Milestones

4.1. Like a Rolling Stone

Eines muss man Robert Allen Zimmerman lassen: Er hat schon immer den richtigen Riecher gehabt. Es fing damit an, dass er in dem Rock and Roll, den er an der Highschool in einem Kaff in Minnesota spielte, keine Zukunft mehr sah, obwohl ihm einst Buddy Holly, der drei Tage vor seinem Tod im nahe gelegenen Duluth auftrat, ins Auge geblickt hatte und dem siebzehnjährigen Schüler dabei – offenbar – »etwas« von ihm mitgegeben hatte.[173] Ein Riecher für die Konstruktion von Legenden gehörte offenbar auch dazu, denn fast hört es sich so an, als hätte Buddy Holly seinen Flugzeugabsturz vorausgeahnt und dem jungen Fan im Publikum sein musikalisches Talent auf dem Wege einer parapsychologischen Transmission vererbt.

Zunächst einmal erkannte Zimmerman, dass ihm Rock and Roll nicht genug war: »Der Rock and Roll reichte mir nicht mehr ... Da gab es großartige Schlagworte und treibende, pulsierende Rhythmen ... aber die Lieder waren nicht ernsthaft oder spiegelten das Leben nicht in einer realistischen Weise wider. Ich wusste, dass ich mit Folkmusik ernsthafter würde. Die Lieder enthalten mehr Verzweiflung, mehr Traurigkeit, mehr Triumph, mehr Glauben an das Übernatürliche, viel tiefer gehende Gefühle.«[174]

Robert Zimmerman war klar, dass man mit diesem Namen kein Rockstar werden würde. Er lieh sich deshalb den Namen des walisischen Lyrikers Dylan Thomas, der für seine enigmatischen Gedichte bekannt war. Wenn man einen Song aus unzusammenhängenden Sprachfetzen, der selbst bei großzügigster Auslegung der Metaphorik überhaupt keinen Sinn ergibt, als *dylanesk* bezeichnet, bezieht sich das genauso gut auf Dylan Thomas' Gedichte wie auf manche von Bob Dylans Lieder. Betrachten wir einmal die erste Strophe aus »Fern Hill«, einem der bekanntesten Gedichte von Dylan Thomas:

173 Bob Dylan's Nobel Lecture. Svenska Akademien, Stockholm 2017.

174 Bob Dylan, Text im Liner zur CD-Box »Biograph« (1985).

Fern Hill

Now as I was young and easy under the apple boughs
About the lilting house and happy as the grass was green,
The night above the dingle starry,
Time let me hail and climb
Golden in the heydays of his eyes
And honoured among wagons I was prince of the apple towns
And once below a time I lordly had the trees and leaves
Trail with daisies and barley
Down the rivers of the windfall light. ...

Farnhügel

Jetzt, als ich unter den Apfelzweigen jung und unbeschwert war
über das trällernde Haus und glücklich, wie grün das Gras war.
Die Nacht über dem Tal voller Sterne,
Ließ Zeit mich jubeln und klettern,
Golden in der Blütezeit seiner Augen,
Und geehrt zwischen den Wagen war ich Prinz der Apfelstädte.
Und einmal unter einem Zeitalter ließ ich herrschaftlich die Bäume und Blätter
Mit Gänseblümchen und Gerste
Die Flüsse des Fallobstlichts hinunterziehen. ...

Dylan Thomas, 1945

Da haben wir eine Reihe poetischer Elemente, von denen wohl niemand so intensiv Gebrauch gemacht hat wie Dylan Thomas – und später Bob Dylan:

- Die Sprache ist generell blumig und überbordend, mit reichlicher Verwendung von Adjektiven und Adverbien.
- Es gibt Sätze und Wendungen, die grammatikalisch falsch oder zumindest unvollständig sind, so dass sich keine logische Verknüpfung der Wörter ergibt.
- Es werden Wörter zusammengestellt, die aus unterschiedlichen Zusammenhängen stammen, nicht zusammenpassen und eigentlich keinen Sinn ergeben.
- Es wird Widersprüchliches beschrieben.
- Es werden Ereignisse beschrieben, die jeglicher Realität und Logik widersprechen.

So ein Gedicht lässt sich nicht Vers für Vers interpretieren, sondern es soll eine bestimmte Stimmung erzeugen (die glückliche Jugend des Protagonisten in einer ländlichen Umgebung). Zweitens sollen Schreiber und Leser einfach Spaß an originellen und surrealen Formulierungen haben – so wie auch Kinder Spaß an Unlogischem haben können (Lewis Carroll hat das kultiviert). Und drittens fließen ganz persönliche Wahrnehmungen und Erfahrungen des Autors in die Poesie ein und schlagen sich in Worten oder Formulierungen nieder, die der unbefangene Leser einfach nicht nachvollziehen kann. Es sind schlicht Insiderwitze. Der Londoner Literaturwissenschaftler Graham Fawcett konnte mit einigen Formulierungen von »Fern Hill« überhaupt nichts anfangen, bis er einmal in das walisische Heimatdorf von Dylan Thomas reiste und die Apfelbäume dort mit eigenen Augen sah. Erst dann kam das Verständnis für die Stimmung, die Thomas mit diesem Gedicht ausdrücken wollte.[175]

Viele Bob-Dylan-Songs verwenden poetische Elemente, die sich der Barde von seinem walisischen Namensgeber (aber auch von den französischen Dichtern Arthur Rimbaud und Paul Verlaine) abgeschaut hat, beispielsweise das rätselhafte »Mighty Quinn« oder »Mr. Tambourine Man«, bei dem nichts klar ist, außer dass der Text zu halluzinatorischen Drogenerlebnissen passt. Wenn es Kunstwerke gibt, die, wie Susan Sontag schreibt, nicht interpretierbar sind, weil sie nichts als subjektiver Ausdruck des Künstlers sind,[176] dann trifft das für die Gedichte von Dylan Thomas und die Lieder Bob Dylans zu.

Über den Künstlernamen hat sich übrigens John Lennon ziemlich mokiert, der in seinem Song »God« den Vers »I don't believe in Zimmerman« singt. Rockmusiker sollten so ehrlich sein, unter ihrem echten Namen aufzutreten.[177] Dylan erklärte später dazu: »Manche Leute werden mit den falschen Namen, den falschen Eltern geboren. … Du nennst dich, wie du dich nennen willst. Es ist ein freies Land.«[178] Falsche Eltern – Bob Dylan hat aus seiner Verachtung für seine kleingeistigen und spießbürgerlichen Eltern, die in einer Kleinstadt ein bescheidenes Geschäft betrieben, nie einen Hehl gemacht – und ein falscher Name, der auf jüdische Vorfahren verweist, die aus Russland und Litauen eingewandert waren. Die Namensänderung als Akt der Distanzierung von der Kultur der Elterngeneration.

Wiederum bewies der Folksänger einen guten Riecher, als er im Jahr 1960 nach New York ging, wo sich die intellektuelle, politische, literarische und kulturelle Avantgarde versammelte und wo Dylan die Chance hatte, sein unmittelbares Vorbild, den mittlerweile schwer kranken Woody Guthrie (»This Land Is Your Land«), in der Klinik zu besuchen. Als Support und bei eigenen Auftritten in kleinen Clubs sammelte Dylan erste Meriten, vor allem sammelte er aber, bei endlosen Diskussionen in New Yorker Cafés und Bars, Material. Allerdings wäre die Karriere beinahe zu Ende gewesen, weil sein erstes, 1962 aufgenommenes Album »Bob Dylan« floppte. Kein Wunder, es enthielt überwiegend längst bekannte Blues- und Folkklassiker (wie »House of the Rising Sun«), die andere Musiker besser vorzutragen wussten. In Produzentenkreisen nannte man den jungen Sänger sogar *Hammond's Folly*, also ›Hammonds Eselei‹, nach dem Talentscout John Hammond, der ihm den Plattenvertrag verschafft hatte. Es war nur der Fürsprache eines Musikerkollegen zu verdanken, dass Bob Dylan eine zweite Chance bekam, und dieser Kollege hieß Johnny Cash.

Und als Dylan im Mai 1963 sein zweites Album herausbrachte, hatte er wieder einmal das richtige Näschen. Zwischenzeitlich hatte er in London Stimmungen

---

175 Graham Fawcett: Reading Dylan Thomas. Poetry School, https://poetryschool.com/new-courses/reading-dylan-thomas/, zugegriffen am 20.2.2021.

176 Sontag, Against Interpretation, a. a. O.

177 John Lennon. Interview in: Jann S. Wenner: John Lennon. Rolling Stone vom 21.1.1971.

178 Bob Dylan. Interview in: Ed Bradley: Bob Dylan Gives Rare Interview. CNN 60 Minutes vom 5.12.2004.

und weiteres Material gesammelt, und er war in einem Fernsehspiel der BBC aufgetreten, wo er ein neues Stück vorgetragen hatte, das »Blowin' in the Wind« hieß. Und mit diesem (bereits am 9. Juli 1962 eingespielten) Stück sollte das Album beginnen, das den programmatischen Titel »The Freewheelin' Bob Dylan« trug – Dylan wollte sich, wie viele aus seiner Generation, nicht mehr bändigen lassen.

Blowin' in the Wind

How many roads must a man walk down
Before you call him a man?
How many seas must a white dove sail
Before she sleeps in the sand?
Yes, 'n' how many times must the cannon balls fly
Before they're forever banned?
The answer, my friend, is blowin' in the wind ...

Yes, 'n' how many years can a mountain exist
Before it's washed to the sea?
Yes, 'n' how many years can some people exist
Before they're allowed to be free?
Yes, 'n' how many times can a man turn his head
And pretend that he just doesn't see? ...

Yes, 'n' how many times must a man look up
Before he can see the sky?
Yes, 'n' how many ears must one man have
Before he can hear people cry?
Yes, 'n' how many deaths will it take till he knows
That too many people have died? ...

Die Antwort verweht im Wind

Wie viele Straßen muss ein Mann erst gehen,
Bevor du sagst, er ist ein Mann?
Über wie viele Meere muss eine weiße Taube fliegen,
Bevor sie im Sand schläft?
Ja, und wie viele Male müssen Kanonenkugeln fliegen,
Bevor sie für immer geächtet sind?
Die Antwort, mein Freund, verweht im Wind ...

Ja, und wie viele Jahre kann ein Berg bestehen,
Bevor er ins Meer gespült ist?
Ja, und wie viele Jahre können Menschen leben,
Bevor sie frei sein dürfen?
Ja, und wie viele Male kann ein Mann seinen Kopf abwenden
Und behaupten, er sähe einfach nichts? ...

Ja, und wie viele Male muss ein Mann aufschauen,
Bevor er den Himmel sehen kann?
Ja, und wie viele Ohren muss ein Mann haben,
Bevor er die Menschen weinen hört?
Ja, und wie viele Tote wird es geben, bis er merkt,
Dass zu viele Menschen gestorben sind? ...

Bob Dylan, 1962. Text & Musik: Bob Dylan (Columbia)

»Blowin' in the Wind« wurde unglaublich populär. Wann immer sich Jugendliche in den 1960er und auch noch in den 1970er Jahren am Strand oder am Lagerfeuer oder sonstwo versammelten und die Stimmung melancholisch wurde, ob einer eine Gitarre dabeihatte oder nicht, es wurde »Blowin' in the Wind« gesungen. Seinen Hymnencharakter bekam das Lied gerade deshalb, weil es in jeder Hinsicht so einfach war – lyrisch wie melodisch – so dass man es sich leicht merken und leicht singen konnte. Und weil es den Gefühlen der Jugend einen poetischen und musikalischen Ausdruck gab. Die Jugend fragte sich damals wirklich, was denn mit den Erwachsenen los war. Es gab Kriege in der Welt, es gab das nukleare Wettrüsten zwischen den Supermächten, es gab Unterdrückung von Minderheiten im eigenen Land, und die eigenen Mitmenschen wirkten wie die drei japanischen Affen Mizaru, Kikazaru, Iwazaru, die nichts sehen, nichts hören und nichts sagen wollen. Und die Jugend war ungeduldig, wollte nicht länger warten, bis ein Berg erodiert war.

Und dieser geniale Refrain (für die deutsche Fassung von Marlene Dietrich nicht ganz korrekt, aber lyrisch schön mit »Die Antwort weiß ganz allein der Wind« übersetzt)? Der geht zurück auf eine Passage in Woody Guthries Autobiografie, wo dieser seine politische Sensibilität mit Zeitungen vergleicht, die der Wind in den Straßen von New York City einfach fortweht.[179] Dylan selbst hat die Metapher mit folgenden Worten erläutert: »Es gibt nicht viel, das ich über dieses Lied sagen kann, außer dass die Antwort vom Wind verweht wird. Sie findet sich in keinem Buch oder Film oder Fernsehsendung oder Diskussionsgruppe. Mann, … sie wird vom Wind verweht. Viele dieser hippen Leute wissen ganz genau, was die Lösung ist, aber ich glaube ihnen nicht. Ich sage immer noch, dass der Wind sie mitgenommen hat, genauso wie ein rastloses Stück Papier, das irgendwann herunterkommen wird … Das Problem ist, dass niemand die Antwort aufhebt, wenn sie herunterfällt, so dass sie nicht allzu viele Leute erkennen und lernen … und dann fliegt sie fort. Ich sage immer noch, dass einige der größten Verbrecher diejenigen sind, die ihre Köpfe abwenden, wenn sie Unrecht sehen und wissen, dass es Unrecht ist. Ich bin gerade einmal 21 Jahre alt und ich weiß, dass es zu viele gibt … Ihr Leute über 21, ihr seid älter und klüger.«[180]

Die Melodie für »Blowin' in the Wind« hatte Dylan dem Sklavenlied »No More Auction Block« entnommen, das Alan Lomax zufolge von Afroamerikanern in Kanada gesungen wurde, nachdem die Briten die Sklaverei im Jahr 1833 abgeschafft hatten. Für die Textstruktur hatte sich Dylan von der Rhetorik der Bibel inspirieren lassen, wo Jesus Hesekiel 12,2 zitiert: »Wer Ohren hat, der höre!« (Matthäus 13,43).[181]

Dylans Lied über die Menschen, die wegschauen, gab der Kritischen Theorie einen lyrischen Ausdruck. In ihrer 1947 erschienenen »Dialektik der Aufklärung« hatten Max Horkheimer und Theodor W. Adorno einen »Verblendungszusammenhang« in der spätkapitalistischen Gesellschaft konstatiert, der zur »Herrschaftsstabilisierung« dient.[182] Die Waren der Kulturindustrie wie die Blätter der Regenbogenpresse, Groschenhefte, Kinofilme (später auch Fernsehsendungen) oder auch die Liebesschnulzen der Popmusik sollten die Bürger ruhigstellen und von den

179 Woodie Guthrie: Bound for Glory. New York: Dutton 1946, S. 295. Zitiert nach: Wayne Hampton: Guerrilla Minstrels: John Lennon, Joe Hill, Woody Guthrie, Bob Dylan. Knoxville: University of Tennessee Press 1986, S. 160.

180 Bob Dylan. Zitiert nach: Michael Gray: The Bob Dylan Encyclopedia. New York, London: Continuum 2006, S. 64 (m.w.N.).

181 Gray, a. a. O., S. 64.

182 Max Horkheimer und Theodor W. Adorno: Dialektik der Aufklärung (1947).

Gräueltaten ablenken, indem sie den Arbeitnehmern und Konsumenten vorspiegeln, oberflächliches »Glück« zu erleben:

»Die Ermahnung zur happiness, in der der wissenschaftlich lebemännische Sanatoriumsdirektor mit den nervösen Propagandachefs der Vergnügungsindustrie übereinstimmt, trägt die Züge des wütenden Vaters, der die Kinder anbrüllt, weil sie nicht jubelnd die Treppe hinunterstürzen, wenn er mißlaunisch aus dem Geschäft nach Hause kommt. Es gehört zum Mechanismus der Herrschaft, die Erkenntnis des Leidens, das sie produziert, zu verbieten, und ein gerader Weg führt vom Evangelium der Lebensfreude zur Errichtung von Menschenschlachthäusern so weit hinten in Polen, dass jeder der eigenen Volksgenossen sich einreden kann, er höre die Schmerzensschreie nicht mehr.«[183]

Adorno erhebt eine doppelte Anklage: Erstens gegen das Augenverschließen – insbesondere auch gegenüber dem Vernichtungslager in Ausschwitz. Und zweitens wirft er den Menschen – nicht nur den Machthabern – vor, dass das Streben nach Lebensfreude sogar dafür verantwortlich ist, dass Gräueltaten begangen werden, weil es ein integraler Bestandteil eines kapitalistischen Systems ist, das unschuldigen Menschen im Profit- und Machtinteresse Unrecht antut. Im Jahr 1951 (und auch noch im Jahr 1963) bestand die Standardentschuldigung der Bundesbürger für die Untaten des Nazi-Regimes darin zu sagen, »man habe ja nichts gewusst« von den Konzentrationslagern und der industriellen Vernichtung von Juden, Sinti, Roma, Menschen mit Behinderung, Kommunisten, Aufrechten und anderen und man habe ja seine eigenen Hände nicht mit Blut und Unrecht besudelt, weil es ja »andere« gewesen seien, die die Gräueltaten verübt hätten. Man musste den Eindruck gewinnen, als ob im Jahr 1933 plötzlich Aliens vom Mars in braunen Uniformen gekommen und am 8. Mai 1945 allesamt wieder zurückgeflogen wären. Die US-Amerikaner hatten kein Ausschwitz, aber sie hatten die Unterdrückung der Afroamerikaner, sie hatten die Vertreibung und Vernichtung der Ersteinwohner, sie hatten McCarthy und den Koreakrieg und seit 1954 hatten sie auch Napalmbomben in Vietnam.

Die Wirkung von »Blowin' in the Wind« war nicht zu überschätzen. Auf den ersten Blick war es ein Antikriegslied, und das Antikriegsthema ist stark. Es ist aber auch ein Befreiungslied, das alle, die mehr Freiheit wollten, auf sich beziehen konnten. Es ist ein Lied über jede Form von Repression, die Menschen zum Weinen bringt. Es ist ein Lied über das scheinheilige – Dylan sagt sogar: verbrecherische – Establishment, das die Augen vor dem Unrecht verschließt. Und es war ein Lied für die Jugend, die alles anders machen wollte. Und das alles poetisch, einfach und prägnant. »Masters of War« war weitaus analytischer, aber, weil direkter, weniger poetisch.

183 Theodor W. Adorno: Minima Moralia. Reflexionen aus dem beschädigten Leben (1951). Aphorismus Nr. 38.

Masters of War

Come, you masters of war
You that build the big guns
You that build the death planes
You that build all the bombs
You that hide behind walls
You that hide behind desks
I just want you to know
I can see through your masks

You that never done nothin'
But build to destroy
You play with my world
Like it's your little toy
You put a gun in my hand
And you hide from my eyes
And you turn and run farther
When the fast bullets fly

Like Judas of old
You lie and deceive
A world war can be won
You want me to believe
But I see through your eyes
And I see through your brain ...

You fasten all the triggers
For the others to fire
Then you sit back and watch
While the death count gets higher
You hide in your mansion
While the young peoples' blood
Flows out of their bodies
And is buried in the mud

You've thrown the worst fear
That can ever be hurled
Fear to bring children
Into the world
For threatenin' my baby
Unborn and unnamed
You ain't worth the blood
That runs in your veins

How much do I know
To talk out of turn?
You might say that I'm young
You might say I'm unlearned
But there's one thing I know
Though I'm younger than you
That even Jesus would never
Forgive what you do

Herren des Kriegs

Kommt, ihr Herren des Kriegs,
Ihr, die ihr die großen Gewehre baut,
Ihr, die ihr die todbringenden Flugzeuge baut,
Ihr, die ihr all die Bomben baut,
Ihr, die ihr euch hinter Mauern versteckt,
Ihr, die ihr euch hinter Schreibtischen
versteckt,
Ich möchte nur, dass ihr wisst:
Ich kann durch eure Masken schauen.

Ihr, die ihr niemals etwas Anderes getan
habt,
Als zu bauen, um zu zerstören,
Ihr spielt mit meiner Welt,
Als wäre sie euer kleines Spielzeug.
Ihr legt mir eine Waffe in meine Hand,
Und ihr versteckt euch vor meinen Augen,
Und ihr dreht euch um und rennt weit weg,
Wenn die schnellen Kugeln fliegen.

Wie Judas in alten Zeiten
Lügt und betrügt ihr.
Ein Weltkrieg kann gewonnen werden,
Wollt ihr mich glauben machen,
Aber ich schaue durch eure Augen
Und ich schaue durch euer Gehirn ...

Ihr spannt all die Abzüge,
Damit die anderen sie abfeuern,
Dann lehnt ihr euch zurück und schaut zu,
Während die Zahl der Todesopfer steigt.
Ihr versteckt euch in euren Villen,
Während das Blut junger Menschen
Aus ihren Körpern fließt
Und vom Schlamm begraben wird.

Ihr habt die schlimmste Angst verbreitet,
Die jemals gestreut werden kann:
Die Angst, Kinder
Auf die Welt zu bringen.
Dafür, dass ihr mein Baby bedroht,
Ungeboren und namenlos,
Seid ihr das Blut nicht wert,
Das durch eure Adern fließt.

Was weiß ich denn schon,
Dass ich ungefragt rede?
Ihr könntet sagen, ich sei jung.
Ihr könntet sagen, ich sei unwissend,
Aber es gibt eine Sache, die ich weiß,
Obwohl ich jünger bin als ihr:
Nämlich, dass selbst Jesus niemals
Das vergeben wird, was ihr tut.

Let me ask you one question
Is your money that good?
Will it buy you forgiveness?
Do you think that it could?
I think you will find
When your death takes its toll
All the money you made
Will never buy back your soul

And I hope that you die
And your death will come soon
I'll follow your casket
On a pale afternoon
I'll watch while you're lowered
Down to your deathbed
And I'll stand over your grave
'Til I'm sure that you're dead

Lasst mich euch eine Frage stellen:
Ist euer Geld so gut?
Könnt ihr euch damit Vergebung erkaufen?
Glaubt ihr, dass es das könnte?
Ich glaube, ihr werdet feststellen,
Wenn euer Tod seinen Tribut fordert,
Dass all das Geld, das ihr gescheffelt habt,
Euch niemals eure Seele zurückkaufen kann.

Und ich hoffe, dass ihr sterbt
Und euer Tod bald kommen wird.
Ich werde eurem Sarg folgen
An einem trüben Nachmittag,
Und ich werde zusehen, wie ihr hinabgesenkt werdet,
Hinunter in euer Totenbett,
Und ich werde über eurem Grab stehen
Bis ich sicher bin, dass ihr tot seid.

Bob Dylan, 1963. Text & Musik: Bob Dylan (Columbia)

Das ist wohl eines der bittersten Protestlieder, das je gesungen worden ist. Die Waffenindustrie wird für die Kriege verantwortlich gemacht – ein beliebtes Motiv der 1960er Jahre, das Imperialismuskritik mit Kapitalismuskritik verbindet. Dass es einen »militärisch-industriellen Komplex« gebe, der sein Interesse an der Führung von Kriegen erfolgreich durchzusetzen versteht, geht auf einen Aufsatz aus dem Jahr 1947 in der politikwissenschaftlichen Zeitschrift »Foreign Affairs« zurück.[184] Aber als selbst der scheidende US-Präsident Dwight D. Eisenhower am 17. Januar 1961 davor warnte, dass der »militärisch-industrielle Komplex« aus Militärführern, Rüstungsunternehmen, Politikern und strategischen Instituten das politische System zu kapern versteht, wurde allgemein bekannt, wie real diese kriegstreiberische Allianz war.

Wie bei »Blowin' in the Wind« verschließen die Waffenproduzenten die Augen vor dem Grauen, das ihre Erzeugnisse verursachen. Der Generationenkonflikt wird direkt angesprochen: Die kritische Jugend will sich nicht länger als naiv abstempeln lassen, sondern sie beansprucht eine moralische Überlegenheit gegenüber der Generation ihrer Eltern und Großeltern, deren Scheinheiligkeit angeprangert wird. Die religiösen Themen werden in diesem Song explizit und instrumentalisiert: Die Schuld, die die Waffenhersteller auf sich laden, ist so groß, dass Jesus, der jedem vergibt, hier eine Ausnahme machen wird. Die Waffenhersteller werden das schlimmste aller Schicksale zu erwarten haben, nämlich, dass ihre Seelen in Ewigkeit verworfen sein werden. Und der Sänger kann es gar nicht abwarten, bis

184 Winfield W. Riefler: Our Economic Contribution to Victory. Turning Points of the War. In: Foreign Affairs, Oktober 1947.

jene Seelen dem Teufel anheimfallen. Er wünscht sich den schnellen Tod der Verantwortlichen und entwirft ein makabres Bild, wie er sich am Grab vergewissert, dass sie nicht mehr wiederkehren. Es ist kein direkter Mordaufruf, den Dylan hier äußert, aber es ist eine durchaus gängige Todesfantasie jener Zeit, die zur Aggressivität der Jugend beigetragen hat, die sich wenige Jahre später in den Studentenunruhen Bahn brechen sollte.

Das alles ließe sich noch als Ausdruck der ungestümen Wut eines »zornigen jungen Mannes« interpretieren, wenn das Lied nicht noch ein weiteres Motiv enthalten sollte: die Angst vor einer Zukunft, die so schrecklich ist, dass man keine Kinder in diese Welt setzen will. Und das ist die entsetzlichste Folge der Kriegspolitik. Tatsächlich war die Fertilitätsrate in den USA bereits seit 1960 gesunken (in Deutschland seit 1964). Der dramatische Absturz der Geburtenziffer ist oft als *Pillenknick* bezeichnet worden, was aber nicht mit dem zeitlichen Ablauf korrespondiert. In Deutschland sind Ovulationshemmer erst ab Ende 1970 in nennenswertem Umfang verordnet worden, nachdem sich die Geburtenziffer bereits halbiert hatte, in den USA einige Jahre früher, aber ebenfalls erst deutlich nach dem Rückgang der Fertilität. Die Pille kann also nicht für den Geburtenrückgang verantwortlich gewesen sein, es waren eher die Lebensstile der rebellierenden Jugend.

Sie wollten nicht mehr das bürgerliche Lebensmodell, nach Ableistung des Wehrdiensts zu heiraten, sofort Kinder in die Welt zu setzen und in einem Vorstadthäuschen ein gemütliches Pflanzenleben (wie es Friedrich Engels formuliert hatte)[185] zu führen (auch wenn das Paul McCartney später seltsamerweise mit »Ob-La-Di, Ob-La-Da« irgendwie mit der Rockmusik versöhnen und verherrlichen wollte). Die rebellierende Jugend wollte sich emanzipieren von bürgerlichen Lebensformen, vor allem der Ehe, sie wollte ihre Jugend und ihre Freiheit genießen, sie wollte studieren. Dass man es nicht verantworten wollte, Kinder in diese schlechte Welt zu setzen, war ein zusätzlicher, politischer Aspekt, der dazu passte.

So einfach »Blowin' in the Wind« daherkam, so komplex war »A Hard Rain's a-Gonna Fall«, das die zwei Seiten Bob Dylans in genialer Weise miteinander kombinierte: die explizit gesellschaftskritische und die lyrische Seite mit ihren Metaphern und Allegorien.

---

185 Friedrich Engels: Zur Lage der arbeitenden Klasse in England. Einleitung.

A Hard Rain's a-Gonna Fall

Oh, where have you been, my blue-eyed son?
Oh, where have you been, my darling young one?
I've stumbled on the side of twelve misty mountains
I've walked and I've crawled on six crooked highways
I've stepped in the middle of seven sad forests
I've been out in front of a dozen dead oceans
I've been ten thousand miles in the mouth of a graveyard
And it's a hard, ... hard rain's a-gonna fall

Oh, what did you see, my blue-eyed son? ...
I saw a newborn baby with wild wolves all around it
I saw a highway of diamonds with nobody on it
I saw a black branch with blood that kept drippin'
I saw a room full of men with their hammers a-bleedin'
I saw a white ladder all covered with water
I saw ten thousand talkers whose tongues were all broken
I saw guns and sharp swords in the hands of young children ...

And what did you hear, my blue-eyed son? ...
I heard the sound of a thunder, it roared out a warnin'
Heard the roar of a wave that could drown the whole world
Heard one person starve, I heard many people laughin'
Heard the song of a poet who died in the gutter
Heard the sound of a clown who cried in the alley ...

Es wird ein harter Regen fallen

Wo bist du gewesen, mein blauäugiger Sohn?
Wo bist du gewesen, mein geliebter Junge?
Ich bin an den Hängen von zwölf nebeligen Bergen gestolpert,
Ich bin über sechs krumme Landstraßen gelaufen und gekrochen,
Ich habe die Mitte von sieben traurigen Wäldern betreten,
Ich war an den Küsten eines Dutzends toter Ozeane
Ich war zehntausend Meilen tief im Schlund eines Friedhofs,
Und es wird ein harter ... harter Regen fallen.

Was hast du gesehen, mein blauäugiger Sohn? ...
Ich sah ein Neugeborenes umringt von wilden Wölfen,
Ich sah eine Straße aus Diamanten, die menschenleer war,
Ich sah einen schwarzen Ast, von dem das Blut tropfte,
Ich sah einen Raum voller Männer mit blutenden Hämmern,
Ich sah eine weiße Leiter, ganz mit Wasser bedeckt,
Ich sah zehntausend Sprecher mit gebrochenen Zungen,
Ich sah Gewehre und scharfe Schwerter in den Händen kleiner Kinder ...

Und was hast du gehört, mein blauäugiger Sohn? ...
Ich hörte das Grollen des Donners, er röhrte eine Warnung,
Hörte das Tosen einer Welle, die die ganze Welt ertränken könnte,
Hörte eine Person hungern, ich hörte viele lachen,
Hörte das Lied eines Dichters, der in der Gosse starb,
Hörte einen Clown, der in der Gasse weinte ...

Oh, who did you meet, my blue-eyed son? ...
I met a young child beside a dead pony
I met a white man who walked a black dog
I met a young woman whose body was burning
I met a young girl, she gave me a rainbow
I met one man who was wounded in love
I met another man who was wounded with hatred ...

Wen hast du getroffen, mein blauäugiger Sohn? ...
Ich traf ein kleines Kind neben einem toten Pony,
Ich traf einen weißen Mann, der mit einem schwarzen Hund spazieren ging,
Ich traf eine junge Frau, deren Körper brannte,
Ich traf ein junges Mädchen, sie gab mir einen Regenbogen,
Ich traf einen Mann, der von Liebe verwundet war,
Ich traf einen anderen Mann, der von Hass verwundet war ...

Oh, what'll you do now, my blue-eyed son? ...
I'm a-goin' back out 'fore the rain starts a-fallin'
I'll walk to the depths of the deepest black forest
Where the people are many and their hands are all empty
Where the pellets of poison are flooding their waters
Where the home in the valley meets the damp dirty prison
Where the executioner's face is always well-hidden
Where hunger is ugly, where souls are forgotten
Where black is the color, where none is the number
And I'll tell it and think it and speak it and breathe it
And reflect it from the mountain so all souls can see it
Then I'll stand on the ocean until I start sinkin'
But I'll know my song well before I start singin' ...

Was willst du jetzt tun, mein blauäugiger Sohn? ...
Ich gehe wieder nach draußen, bevor der Regen zu fallen beginnt,
Ich gehe in die Tiefen des tiefsten schwarzen Walds,
Wo es viele Menschen mit leeren Händen gibt,
Wo die Giftkugeln die Gewässer fluten,
Wo das Haus im Tal das feuchte, dreckige Gefängnis trifft,
Wo das Gesicht des Scharfrichters stets gut verborgen ist,
Wo der Hunger hässlich ist, wo die Seelen vergessen sind,
Wo Schwarz die Farbe ist, wo niemand etwas gilt,
Und ich berichte davon und denke es durch und spreche es aus und atme es aus,
Und spiegele es von dem Berg, so dass es alle Seelen sehen können,
Dann stehe ich auf dem Ozean, bis ich zu sinken beginne,
Aber ich kenne mein Lied gut, bevor ich zu singen beginne ...

Bob Dylan, 1963. Text & Musik: Bob Dylan (Columbia

»A Hard Rain's a-Gonna Fall« war der Inbegriff der apokalyptischen Stimmung, die sich in den 1960er Jahren in der Jugend breitmachte. So poetisch die Form des Liedes und die durchaus klassischen Allegorien und Metaphern (magische Zahlen, düsterer Wald, Straße aus Diamanten etc.) waren, so eindeutig war die gesellschaftskritische Botschaft. Das Lied handelte von Armut, Hunger, Elend, Not, Krieg und Sterben einerseits, von Hass, Lügen, Waffen, Kindersoldaten, Hinrichtungen, Gefängnissen andererseits. Es handelt insbesondere von misshandelten Kindern, aber auch – wie schon in anderen Liedern angesprochen – vom Biedermann, der seinen Hund ausführt und nichts wahrnimmt. Es handelt vom Dichter, der in der Gosse sterben muss, vom traurigen Clown und von den Verheißungen, an denen niemand teilhat (die diamantene Straße, die niemand betritt). Und zwischendurch ein Fünkchen Hoffnung (die junge Frau, die den Regenbogen bringt).

Und am Ende kommt das Programm des Bob Dylan, der Protestsänger überhaupt, der Gesellschaftskritiker, der Bürgerrechtler, der gesamten 68er-Bewegung, wunderbar poetisch formuliert: Vom Elend der Welt berichten, es durchdenken, es aussprechen, es atmen, es allen mitteilen, es singen, auch wenn man dabei seinen eigenen Untergang riskiert. Weil die Kubakrise gerade im Gang war, hat man den Titel und Refrain als Metapher für nuklearen Niederschlag interpretiert. Dylan aber hat klargestellt, dass er das nicht gemeint hatte: »Was passieren wird, ist, dass es irgendeine Art von Explosion geben wird, der harte Regen, der herunterkommen wird. Die letzte Strophe, wo ich sage ›wo die Giftkugeln die Gewässer fluten‹, meint, dass den Leuten durch ihre Radios und ihre Zeitungen all die Lügen erzählt werden. Du musst nur eine Minute nachdenken. Sie wollen den Leuten ihre Gehirne nehmen. Was vielleicht schon geschehen ist. Ich hasse den Gedanken, dass es schon geschehen ist. All die Lügen betrachte ich als Gift.«[186] In »A Hard Rain's a-Gonna Fall« zeigt sich Dylans Gabe, das Politische mit dem Poetischen zu verknüpfen, in größter Meisterschaft.

Nach den politischen Liedern scheint »Don't Think Twice, It's All Right«, ebenfalls eines der bekanntesten Dylan-Stücke, recht privat daherzukommen. Es geht um eine Beziehungskiste, wie man im Jargon der 68er zu sagen pflegte, genauer gesagt, um den Sänger, der gerade Schluss macht. Aber auch dieser Song hat es in sich.

Don't Think Twice, It's All Right

... You're the reason I'm trav'lin' on ...
I'm on the dark side of the road
But I wish there was somethin' you would do or say
To try and make me change my mind and stay ...

I'm a-thinkin' and a-wond'rin' walkin' way down the road
I once loved a woman, a child I am told
I give her my heart but she wanted my soul
But don't think twice, it's all right

Denk nicht noch einmal darüber nach, es ist in Ordnung

... Du bist der Grund, warum ich weiterreise ...
Ich bin auf der dunklen Seite der Straße,
Aber ich wünschte, es gäbe etwas, was du tun oder sagen könntest,
um zu versuchen, mich umzustimmen und zum Bleiben zu bewegen ...

Ich denke und grüble, während ich die Straße entlanggehe.
Ich liebte einst eine Frau und ein Kind, erzählt man mir.
Ich gab ihr mein Herz, aber sie wollte meine Seele.
Denk nicht noch einmal darüber nach, es ist in Ordnung.

186 Bob Dylan im Interview von Studs Terkel, WFMT (Chicago) im Mai 1963. In: Jonathan Cott (Hg.): Bob Dylan: The Essential Interviews. New York etc.: Simon & Schuster 2017, S. 8.

So long honey babe
Where I'm bound, I can't tell
Goodbye is too good a word, babe
So I just say fare thee well
I ain't sayin' you treated me unkind
You could have done better but I don't mind
You just kinda wasted my precious time ...

Tschüss, Schätzchen.
Ich weiß nicht, wohin ich gehe.
Auf Wiedersehen ist ein zu gutes Wort, Schätzchen.
So sage ich nur, mach's gut.
Ich sage nicht, dass du mich unfreundlich behandelt hast.
Du hättest es besser machen können, aber es stört mich nicht.
Du hast nur irgendwie meine kostbare Zeit vergeudet ...

Bob Dylan, 1963. Text & Musik: Bob Dylan (Columbia)

Ein Lied über eine Trennung, das war im Jahr 1963 schon ungewöhnlich genug. Die Kulturindustrie überschwemmte doch die Gesellschaft mit Liebesschnulzen, denn die Hoffnung auf Liebe vermochte die Menschen doch genauso von den realen Verhältnissen und der Kritik daran abzulenken wie die Hoffnung auf ein paradiesisches Jenseits. Und dann kommt dieser Bob Dylan und macht den Traum kaputt! Es ist noch nicht einmal eine tragische Liebe, die durch ein schicksalhaftes Ereignis endet, sondern eine wohlüberlegte Trennung, die so emotionslos ist, dass sie keiner Unfreundlichkeit bedarf. Und die Trennung ist auch der Abschied von einer bürgerlichen Existenz, die kurz angedeutet wird: eine Frau, ein Kind – ein Baum, ein Haus gehören auch noch dazu, das kann man sich denken.

Was ist der Grund für die Trennung? Sein Herz hatte er ihr gegeben, aber das war ihr nicht genug, sie wollte auch seine Seele, also seine gesamte Persönlichkeit, sein Innerstes. Seine Seele, sein Selbst, will er aber nicht hergeben, er will, und jetzt kommt ein deutscher Ausdruck, der in den 1960er Jahren (und auch danach) Konjunktur erlebte, sich selbst verwirklichen. Und die Partnerschaft hindert ihn an der Selbstverwirklichung. Und jetzt haben wir einen weiteren Grund für den Rückgang der Geburtenziffer: Die nachrückende Generation wollte nicht mehr den bürgerlichen »Bund fürs Leben«, sondern Teilzeitpartnerschaften, allenfalls das, was Soziologen später als »serielle Monogamie« oder »Lebensabschnittspartnerschaft« bezeichnen sollten,[187] aber vielfach noch nicht einmal das, sondern »Polyamorie«, vulgo: »freie Liebe«.[188]

Dylan arbeitet in dem Song aber nicht soziologisch, sondern poetisch. Im Vordergrund steht eine typisch amerikanische Metapher (die in vielen Blues-, Folk- und Rocksongs vorkommt): die (Land-) Straße. Der Sänger will jegliche Bindungen aufgeben und geht deshalb seinen Weg, ohne zu wissen, wohin ihn dieser Weg führen

187 Ulrich Beck, Elisabeth Beck-Gernsheim: Das ganz normale Chaos der Liebe. Frankfurt a. M.: Suhrkamp 1990.

188 Deborah M. Anapol: Polyamory: The New Love without Limits. San Rafael: IntiNet Resource Center 1992.

wird. Kein geplantes, bürgerliches Leben mehr, sondern eine offene, spontane Suche. Und er geht auf der »dunklen Seite« der Straße, also als unkonventioneller Rebell, der sich den bürgerlichen Normen entzieht – ein Motiv, das sich bei Dylan noch mehrfach finden wird, ebenso bei vielen anderen Rockbands. Ein kleines bisschen Trennungsschmerz ist dabei – eigentlich hätte er die Partnerschaft doch gern aufrechterhalten, aber er kann nicht spezifizieren, wie und womit. So ist der Abschied endgültig und ohne Bitterkeit. Der härteste Vorwurf an die Ex: Sie hat ihm wertvolle Lebenszeit gestohlen – auch das ist ein Motiv, das bei Dylan immer wieder vorkommt und die Ungeduld seiner Generation bezeugt. »Don't Think Twice, It's All Right« – ein Lied über den Abschied von der bürgerlichen Existenz und die Suche nach Selbstverwirklichung und flexiblen Lebensformen jenseits von Ehe und Familie.

Müsste man ein einziges Lied auswählen, dass das gesamte Programm der Jugendrevolte der 1960er Jahre abdeckt, dann wäre es zweifelsohne »The Times They Are a-Changin'«. Dylan wollte mit voller Absicht ein Lied schreiben, das zur Hymne der gesamten Bewegung werden sollte: »Das war ein Lied mit einer ganz bestimmten Intention. Es war natürlich von den irischen und schottischen Balladen ›Come All Ye Bold Highway Men‹, ›Come All Ye Tender Hearted Maidens‹ beeinflusst. Ich wollte ein großes Lied schreiben, mit kurzen präzisen Versen, die in einer hypnotischen Art aufeinander aufbauten. Die Bürgerrechts- und die Folkmusik-Bewegung rückten damals zusammen und verbündeten sich.«[189]

The Times They Are a-Changin'	**Die Zeiten ändern sich**
Come gather 'round people Wherever you roam And admit that the waters Around you have grown And accept it that soon You'll be drenched to the bone. If your time to you Is worth savin' Then you better start swimmin' Or you'll sink like a stone For the times they are a-changin'.	Kommt, versammelt euch, Leute, Wo immer ihr euch herumtreibt, Und gebt zu, dass das Wasser Um euch herum gestiegen ist, Und akzeptiert, dass ihr bald Bis auf die Knochen durchnässt seid. Wenn euch eure Zeit Noch etwas wert ist, Dann beginnt besser zu schwimmen Oder ihr sinkt wie ein Stein, Denn die Zeiten ändern sich.
Come writers and critics Who prophesize with your pen And keep your eyes wide The chance won't come again And don't speak too soon For the wheel's still in spin And there's no tellin' who That it's namin'. For the loser now Will be later to win For the times they are a-changin'.	Kommt, Schreiber und Kritiker, Die mit der Feder prophezeien, Und haltet eure Augen weit offen. Die Gelegenheit wird nicht wiederkommen. Und sprecht nicht zu früh, Denn das Rad dreht sich noch. Und es gibt keinen, der sagen könnte, Wie das Ganze genannt werden wird. Denn der Verlierer von heute Wird später gewinnen, Denn die Zeiten ändern sich.

189 Bob Dylan, Text im Liner zur CD-Box »Biograph« (1985).

Come senators, congressmen
Please heed the call
Don't stand in the doorway
Don't block up the hall
For he that gets hurt
Will be he who has stalled
There's a battle outside
And it is ragin'.
It'll soon shake your windows
And rattle your walls
For the times they are a-changin'

Kommt, Senatoren, Abgeordnete,
Bitte, hört auf den Ruf,
Steht nicht im Weg,
Blockiert nicht den Saal.
Denn der, der verwundet werden wird,
Wird der sein, der stehengeblieben ist.
Draußen findet eine Schlacht statt
Und sie tobt.
Sie wird bald eure Fenster erschüttern
Und eure Wände zum Beben bringen,
Denn die Zeiten ändern sich.

Come mothers and fathers
Throughout the land
And don't criticize
What you can't understand
Your sons and your daughters
Are beyond your command
Your old road is
Rapidly agin'.
Please get out of the new one
If you can't lend your hand
For the times they are a-changin'...

Kommt, Mütter und Väter,
Im ganzen Land.
Kritisiert nicht,
Was ihr nicht verstehen könnt.
Eure Söhne und Töchter
Gehorchen euch nicht mehr.
Euer alter Weg
Altert rasch.
Bitte blockiert nicht den neuen,
Wenn ihr nicht mitmachen könnt.
Denn die Zeiten ändern sich.

The line it is drawn
The curse it is cast
The slow one now
Will later be fast
As the present now
Will later be past
The order is
Rapidly fadin'.
And the first one now
Will later be last
For the times they are a-changin'.

Die Trennlinie ist gezogen.
Der Fluch ist gesprochen.
Der, der jetzt langsam ist,
Wird später schnell sein,
So wie die Gegenwart
Bald die Vergangenheit sein wird.
Die Ordnung löst sich
Rasch auf.
Und der erste von heute
Wird bald der letzte sein.
Denn die Zeiten ändern sich.

Bob Dylan, 1963. Text & Musik: Bob Dylan (Columbia)

Es ist ein Lied über den gesellschaftlichen Wandel, der den Bibelspruch »die Ersten werden die Letzten sein und die Letzten werden die Ersten sein« (Markus 10,31) auf die Protestbewegung anwendet: Die alte Ordnung schwindet, und zwar rasend schnell. Seht zu, dass ihr dabei seid, sonst werdet ihr untergehen! Und wieder erfolgt die Drohung mit gewaltigen, biblisch-apokalyptischen Worten: Es wird eine Schlacht geschlagen, die alles zum Beben bringt, und es ist ein Fluch über euch gekommen. Es ist ein Lied über den Wandel, über eine soziale Revolution und über den Konflikt zwischen der Jugend und der Elterngeneration. Das Establishment – Eltern, Politiker, Intellektuelle, überhaupt alle – muss einsehen, dass sich die Zeiten ändern, und mitmachen; ansonsten werden sie überrollt werden. Und wenn ihr euch schon nicht entschließen könnt mitzumachen, dann steht wenigstens nicht im Weg.

Dylans Meisterstück sollte allerdings noch kommen – und das gar nicht einmal mit einem »großen«, gesamtgesellschaftlichen Thema, sondern mit einem weiteren Anti-Liebeslied, das eine verwöhnte Tochter aus den höheren Gesellschaftsschichten anklagt, die abgestürzt ist. In »Like a Rolling Stone« mischt sich ein Schuss Gesellschaftskritik mit der fundamentalen Sehnsucht einer ganzen Generation nach Freiheit.

Like a Rolling Stone	Wie eine Herumtreiberin
Once upon a time you dressed so fine Threw the bums a dime in your prime, didn't you? People call say 'beware doll, you're bound to fall' You thought they were all kidding you You used to laugh about Everybody that was hanging out Now you don't talk so loud Now you don't seem so proud About having to be scrounging your next meal	Es war einmal, da warst du so elegant gekleidet, Hast in deiner großen Zeit den Bettlern ein Zehncentstück hingeworfen, war es nicht so? Die Leute sagten: »Vorsicht, Puppe, du wirst abstürzen!« Du dachtest, dass sie dich nur veräppeln. Du pflegtest über jeden zu lachen, der abhing. Nun bist du nicht mehr so vorlaut. Nun scheinst du nicht mehr zu stolz zu sein, Dir dein nächstes Essen zusammenschnorren zu müssen.
How does it feel, how does it feel? To be without a home Like a complete unknown, like a rolling stone	Wie fühlt sich das an, wie fühlt sich das an? Kein Zuhause zu haben Wie eine vollkommen Unbekannte, eine Herumtreiberin?
Ah, you've gone to the finest schools, alright Miss Lonely But you know you only used to get juiced in it Nobody's ever taught you how to live out on the street And now you're gonna have to get used to it You say you never compromise With the mystery tramp, but now you realize He's not selling any alibis As you stare into the vacuum of his eyes And say do you want to make a deal? ...	Du bist auf die besten Schulen gegangen, alles klar, Fräulein Einsam, Aber du weißt, du hast da nur Party gemacht. Niemand hat dir jemals beigebracht, wie man draußen auf der Straße lebt, Und jetzt wirst du dich daran gewöhnen müssen. Du sagst, du würdest dich nie Mit diesem mysteriösen Herumtreiber einlassen, aber jetzt wird dir klar, Er macht dir gar nichts vor, Wenn du in die Leere seiner Augen starrst Und ihn fragst: »Willst du einen Handel machen?« ...

Ah, you never turned around to see the frowns
On the jugglers and the clowns when they all did tricks for you
You never understood that it ain't no good
You shouldn't let other people get your kicks for you
You used to ride on a chrome horse with your diplomat
Who carried on his shoulder a Siamese cat
Ain't it hard when you discovered that
He really wasn't where it's at
After he took from you everything he could steal …

Du hast dich nie umgedreht, um das Stirnrunzeln
Der Jongleure und Clowns zu bemerken, wenn sie dir ihre Tricks vorführten.
Du hast nie verstanden, dass es nicht in Ordnung ist,
Du solltest nicht andere Leute für dich Fußtritte einstecken lassen.
Du pflegtest auf deiner chromglänzenden Maschine mit deinem Diplomaten zu reiten,
Der auf seiner Schulter eine Siamkatze herumtrug.
War es nicht hart, als du entdecktest,
Dass er nicht wirklich dort war, wo es abgeht,
Nachdem er dir alles genommen hatte, was er stehlen konnte? …

Ah, princess on a steeple and all the pretty people
They're all drinking, thinking that they've got it made
Exchanging all precious gifts
But you better take your diamond ring, you better pawn it babe
You used to be so amused
At Napoleon in rags and the language that he used
Go to him he calls you, you can't refuse
When you ain't got nothing, you got nothing to lose
You're invisible now, you've got no secrets to conceal …

Ah, Prinzessin auf der Erbse und all die schönen Leute,
Die alle trinken und denken, dass sie es geschafft haben,
Die alle kostbare Geschenke austauschen.
Aber du solltest besser deinen Diamantring nehmen und ihn verpfänden, Schätzchen.
Du pflegtest immer so amüsiert zu sein
Über den Napoleon in Lumpen und die Sprache, die er gebrauchte.
Geh zu ihm, er ruft dich, du kannst dich nicht weigern.
Wenn du nichts mehr hast, hast du auch nichts zu verlieren.
Du bist jetzt unsichtbar, du hast keine Geheimnisse mehr, die du verbergen müsstest …

Bob Dylan, 1965. Text & Musik: Bob Dylan (Columbia)

Ist da Schadenfreude drin? Das Lied klingt schon hämisch, ohne Mitleid, ohne konstruktive Hilfe. Es ist eine Kritik am arroganten Verhalten der Oberschicht. Die Tochter aus reichem Hause war verwöhnt, hat auf der Uni Party gemacht und sich dann von einem nichtsnutzigen Blender ausnehmen lassen wie eine Weihnachtsgans. Erstens: selbst schuld. Und zweitens: Gewöhn' dich mal daran, dass du jetzt von ganz oben nach ganz unten gekommen bist. Na, wie fühlt sich das an? Wir kennen das Gefühl durchaus und wir wissen auch, wie es ist, arm zu sein und sich durchschlagen zu müssen. Du, Schätzchen, musst das erst noch lernen. Viel Spaß dabei!

Die Jongleure, Clowns und Bettler sind die Dylanschen Stellvertreter von Künstlern, Dichtern und Intellektuellen, die finanziell nicht erfolgreich sind, die unkonventionell leben, die von der Oberschicht verachtet werden, die aber kreativ sind

und auf deren Hilfe die gefallene Bürgerstochter am Ende angewiesen ist. Es ist viel gerätselt worden, von welcher konkreten Person das Lied handeln könnte. Es war eine Muse Andy Warhols (mit dem Dylan eine gegenseitige Abneigung verband) dabei, dazu die üblichen verdächtigen Frauen der Rockmusikszene. Nichts davon hat sich belegen lassen, deshalb sollte man das Lied nehmen, wie es ist: ein Song, der sich über die verwöhnten Töchter reicher Väter mokiert, der dabei aber auch, wie Thomas Mann am Ende der »Buddenbrooks«, eine positive Perspektive bietet: Denn wenn du nichts mehr zu verlieren hast, bist du endlich frei. Und das ist der Schlüsselvers des gesamten Songs.
Wie schrieb der Herausgeber des »Rolling Stone«: »Alles ist weggenommen worden. Du bist für dich allein, du bist jetzt frei ... Du bist so hilflos und du hast *nichts mehr übrig*. Und du bist unsichtbar – du hast keine Geheimnisse – das ist so befreiend. Du hast nichts mehr zu befürchten.«[190] Kris Kristofferson sollte in »Me and Bobby McGee« Dylans Gedanken nahezu wortgleich wiedergeben. Wenn man nur den Refrain nimmt, enthält er eine Botschaft, die das Freiheitsgefühl der rebellischen Jugend perfekt ausdrückte: Man wollte ja dem Elternhaus entfliehen, ohne gleich in das Gehäuse einer neuen bürgerlichen Existenz zu geraten, man wollte unabhängig sein, man wollte in Bewegung bleiben, eben ein rollender Stein sein, der, wie es in dem Sprichwort heißt, kein Moos ansetzt. Und wie sich das anfühlt? Super! Das, was die junge Frau verloren hat, ist doch ohnehin nichts als der Ballast der bürgerlichen Gesellschaft: sozialer Status, Geld, Luxus, eine gute Partie, ein Ivy-League-Diplom ... Der Absturz aus dem Bürgertum war der Eintritt in eine neue Welt der Freiheit, die Welt der Künstler, der Intellektuellen, der Rockmusiker.

Und diese Bedeutungsebene begründete den Erfolg des Songs. Die 172 Experten, die im Jahr 2010 die Jury des »Rolling Stone«-Magazins bildeten, wählten »Like a Rolling Stone« auf den ersten Platz der 500 besten Lieder aller Zeiten – und diese Wahl ist nie ernsthaft infrage gestellt worden. Als Paul McCartney 1965 den Song zum ersten Mal hörte, wusste er, dass in der Rockmusik mehr möglich war und dass auch die Beatles weitergehen konnten als bisher. Frank Zappa wollte gar mit der Musik aufhören, weil er dachte, die Welt bräuchte jetzt nichts anderes mehr.[191] Der fünfzehnjährige Bruce Springsteen hörte das Lied zum ersten Mal, als er mit seiner Mutter im Auto saß und kommentierte das Erlebnis mit folgenden Worten:

»So, wie Elvis deinen Körper befreite, befreite Dylan den Geist und zeigte uns, dass die Musik, weil sie von Natur aus physisch war, nicht anti-intellektuell sein musste. Er hatte die Vision und das Talent, einen Popsong so groß zu machen, dass er die ganze Welt umfasste. Er erfand eine neue Art, wie ein Popsänger klingen

---

190 Jann Wenner.Zitiert nach Mark Polizotti: Highway 61 Revisited. New York, London: Continuum 2010, S. 35.

191 Paul McCartney und Frank Zappa. Zitiert in: Clinton Heylin: Bob Dylan: Behind the Shades Revisited. New York: HarperCollins 2003, S. 205.

konnte, durchbrach die Grenzen dessen, was eine Aufnahme erreichen konnte, und er änderte das Gesicht des Rock and Roll für alle Zeiten.«[192]

Was war das Neuartige an »Like a Rolling Stone«? Es war die Kombination aus elektrischer Gitarre, Orgel und Mundharmonika (mit der Bob Dylan endgültig von der Folkmusik zur Rockmusik gekommen war) sowie aus einem Gesang, der zugleich zynisch, ein wenig arrogant und von einer nie gekannten Intensität der direkten Ansprache war (»How does it feel?«). Und es war ein Song, der im Jahr 1965 mit einer Länge von 6:13 Minuten auch die technischen und ökonomischen Konventionen des Musikbusiness sprengte, weil Dylan darauf bestand, dass der Song – auch wenn er im Radio gespielt wurde – nicht gekürzt werden dürfte. »Kein anderer Popsong hat die ökonomischen Gesetze und künstlerischen Konventionen seiner Zeit derart nachhaltig erschüttert und verändert, und das für alle Zeit«, schrieb der »Rolling Stone« rückblickend im Jahr 2004.[193] Und Richard Austin vom Auktionshaus Sotheby's, das das Manuskript des Songs im Jahr 2014 für zwei Millionen Dollar versteigerte, stellte fest: »Vor dem Erscheinen von ›Like a Rolling Stone‹ waren die Hitparaden voll von kurzen und süßlichen Liebesliedern, von denen viele drei Minuten oder weniger dauerten. Indem er mit sechseinhalb Minuten dunkler, grübelnder Poesie die Konvention brach, schrieb Dylan die Regeln für Popmusik um.«[194]

Neben seinen explizit politischen Liedern schrieb Dylan auch Songs über Beziehungen, wobei man den Eindruck hat, dass er immer dann zur Hochform auflief, wenn es ums Schlussmachen (wie in »It's All Over Now, Baby Blue« oder »Just Like a Woman«) oder um eine Verflossene ging (wie in »Girl from the North Country«, Dylans Adaption der mindestens seit 1670 dokumentierten Ballade »Scarborough Fair«), was auch viel über den Zeitgeist sagt, der von festen Lebenspartnerschaften Abstand nahm.

Und dann schrieb Bob Dylan auch noch Lieder im enigmatischen Stil seines Namenspatrons Dylan Thomas. Da war zum Beispiel dieser Song »Mighty Quinn«, den Dylan zunächst gar nicht selbst veröffentlicht, sondern nur auf den »Basement Tapes« aufgenommen hatte. Aber der Pianist Manfred Mann erkannte das Potential der Komposition und machte eine Coverversion daraus, die gleich ein Mega-Erfolg wurde.

Das Lied spielt in einem der Coffee-Shops in Greenwich Village, in denen Dylan und andere Musiker für ein Trinkgeld spielten. Allerdings hatten ihre Fans, darunter viele Studierende kein Geld – wohl aber Quinn, der in Princeton studierte, aus einer wohlhabenden Familie stammte und halb jüdisch und halb Eskimo war (daher »Quinn the Eskimo« – das Wort *Eskimo*, das ›Schneeschuhbinder‹ bedeutet, wurde

192 Bruce Springsteen: Induction Speech for Bob Dylan. Rock 'n' Roll Hall of Fame 1988. https://www.rockhall.com/inductees/bob-dylan, zugegriffen am 20.2.2021.

193 Rolling Stone vom 9.12.2004.

194 Richard Austin. Interview in den BBC News vom 1.5.2014: Bob Dylan Like a Rolling Stone Lyrics to Go on Sale.

von den Betroffenen aus Alaska im Unterschied zu den grönländischen Inuit nicht als stigmatisierend empfunden). Quinn spendierte gern Lokalrunden, so dass Dylan weiterspielen konnte. Es war tatsächlich so: Wenn Quinn, der Eskimo, kam, freuten sich alle, die Wohnungslosen (»die Tauben«) kamen von der Straße herein, weil sie von Quinn ein Getränk schnorren konnten, und am Ende dösten alle weg, weil sie Cannabis oder LSD genommen hatten (wenn es der jungen Frau nicht gut geht, kann der Sänger ihr einen Dealer empfehlen). Es dauerte fünfzig Jahre, bis endlich ans Licht kam, wer dieser mysteriöse Quinn gewesen ist. Ein Freund Quinns hat die Geschichte auf einer Website gepostet, die Interpretationen von Dylan-Songs sammelt.[195] Mit dieser realen Geschichte als Hintergrund können wir die übrigen Verse interpretieren, die von der Dekadenz der spätkapitalistischen Gesellschaft handeln, vom Unwillen der jungen Generation, sich in dieses Getriebe zu begeben, und der Sehnsucht nach einer Flucht aus dieser Welt, und werde sie durch Drogen bewirkt.

Quinn the Eskimo (The Mighty Quinn)	**Quinn, der Eskimo (Der mächtige Quinn)**
Ev'rybody's building the big ships and the boats Some are building monuments Others jotting down notes Ev'rybody's in despair Ev'ry girl and boy	Jeder baut große Schiffe und Boote. Einige bauen Denkmäler, andere kritzeln Noten / Notizen. Jeder ist verzweifelt, jedes Mädchen, jeder Junge,

Um die (von Dylan immer wieder beschworene) Sintflut, die die spätbürgerliche Gesellschaft überschwemmen wird, zu überleben, baut man Schiffe, das heißt, man versucht, eine systemimmanente kapitalistische Antwort zu finden. Bei einigen ist die Selbstüberschätzung so groß, dass sie sich Denkmäler errichten. Dazwischen auch ein Poet, damit meint sich Bob Dylan offensichtlich selbst. Aber die Jugend verzweifelt …

But when Quinn the Eskimo gets here Ev'rybody's gonna jump for joy Come all without, come all within You'll not see nothing like the mighty Quinn	Aber wenn Quinn, der Eskimo, kommt, fängt jeder vor Freude zu hüpfen an. Kommt alle von draußen, kommt alle von drinnen, so etwas wie den mächtigen Quinn werdet ihr sonst nirgendwo sehen.

… bis Quinn erscheint, der das Geld hat, alle glücklich zu machen. Strömt herbei, auch von draußen, um einen Drink zu schnorren!

195 CAB (anonym): Kommentar vom 26.1.2015 zu: Tony Attwood: Quinn the Eskimo: Bob Dylan Having a Laugh and 3 Reinterpretations Taking Us Elsewhere. Untold Dylan vom 22.3.2013, https://bob-dylan.org.uk/archives/192, zugegriffen am 1.7.2020.

I like to do just like the rest, I like my sugar sweet But guarding fumes and making haste It ain't my cup of meat	Ich mache es gern so wie die anderen, ich mag meinen Zucker süß. Aber mich abzuhetzen, ist nicht mein Ding.

Der Sänger hat eigentlich keine anderen Bedürfnisse als seine Mitmenschen, aber er hat keine Lust mehr, sich für seine Karriere abzustrampeln. »Guarding fumes« ist eine Anspielung auf den Dylan-Song »Stuck Inside of Mobile with the Memphis Blues Again« und bedeutet wörtlich ›die Abgase der Ölraffinerien von Mobile hüten‹, also einen entfremdeten, umweltschädigenden Job in der Maschinerie der kapitalistischen Produktion auszuüben. »Cup of meat« ist eine witzige Variante von »cup of tea«.

Ev'rybody's 'neath the trees Feeding pigeons on a limb But when Quinn the Eskimo gets here All the pigeons gonna run to him ...	Jeder unter den Bäumen füttert Tauben auf einem Zweig, Aber wenn Quinn, der Eskimo, kommt, laufen alle Tauben zu ihm hin ...

Eine Reverenz an die Wohnungslosen und die Gammler, die von der Szene unterstützt werden und natürlich auch von Quinn einen Drink spendiert bekommen ...

A cat's meow and a cow's moo, I can recite 'em all Just tell me where it hurts yuh, honey And I'll tell you who to call	Das Miauen einer Katze und das Muhen einer Kuh, ich kann sie alle wiedergeben, sag mir einfach, wo es dich schmerzt, Süße, und ich sage dir, an wen du dich wenden musst.

Es wird viel Unsinn verbreitet. Aber der Sänger weiß, wer wirklich die Lösung hat. Wer genau das sein kann, bleibt der Fantasie der Zuhörer überlassen: Ein Therapeut? Ein politischer Aktivist? Ein Gesellschaftstheoretiker? Ein Poet? Ein spiritueller Führer? Ein Drogendealer?

Nobody can get no sleep There's someone on ev'ryone's toes But when Quinn the Eskimo gets here Ev'rybody's gonna wanna doze ...	Keiner bekommt Schlaf, immer steht einer auf den Zehen eines anderen, aber wenn Quinn, der Eskimo, kommt, will jeder eindösen ...

Hektik und Konkurrenzkampf im Kapitalismus rauben den Menschen die Ruhe und den Schlaf. Und am Ende die Perspektive, Dylans Interpretation der in der Unabhängigkeitserklärung deklarierten Freiheit, sein Glück zu finden: das Recht, Ruhe zu finden, sich von der Gesellschaft zu entkoppeln, zu träumen – ob mithilfe von Quinns Alkohol und anderen Drogen oder wie auch immer.

Manfred Mann, 1968; Bob Dylan, 1970. Text & Musik: Bob Dylan (Fontana; Columbia)

Das Lied ist ein Stimmungsbild der intellektuellen Szene von Manhattan, poetisch verpackte Gesellschaftskritik und Ausdruck der utopischen Sehnsucht der Hippies nach einem entspannten Leben jenseits von Egoismus, Prahlerei, Machtstreben, Gier, Stress, Entfremdung. Wie bei vielen anderen Dylan-Stücken wurde das musikalische Potential, das »Mighty Quinn« bot, erst durch ein Cover so richtig offenbar. Manfred Mann's Earth Band war die erste Band, die das Lied überhaupt herausbrachte (Dylan selbst wartete mit der Veröffentlichung seines Originals drei Jahre), und landete damit vor allem aufgrund des zum Mitsingen einladenden Refrains »Come on without – come on within« einen Nummer-eins-Hit im Vereinigten Königreich. Im Laufe der Jahre, als Manfred Mann mit seiner Earth Band immer rockiger wurde, wurde die Coverversion dann bei Live-Auftritten noch mit einem harten Gitarrenriff, Keyboard-Intro, Gitarren- und Keyboardsoli ergänzt, bis sie schließlich auf eine Länge von elf Minuten ausgedehnt wurde. Überhaupt sollten viele Dylan-Songs hauptsächlich durch Coverversionen bekannt werden.

So gibt es diesen Song, der mit hart geschlagenen Akkorden auf der akustischen Gitarre beginnt, die jeweils mit einem kehligen Ton vom Vibraslap geschlossen werden. Es sind nur zwei Akkorde, und es ist klar, die Akkorde werden keine Melodie tragen, sondern definieren den Rhythmus, wie eine Percussion. Dann legt sich eine elektrische Gitarre darüber und spielt die Melodie. Der Gesang setzt ein, diese coolste Stimme, die je in der Rockmusik zu hören war, die irgendwie immer etwas arrogant-gelangweilt klingt. Und sie singt diesen rätselhaften Text, der keine Story erzählt, sondern nur aus Fetzen von Andeutungen besteht.

Da spricht ein Schalk zu einem Dieb, beides Außenseiter der Gesellschaft, die auch schon einmal die Regeln verletzen. Ist der Schalk Dylan, der Dieb Allen Ginsberg? Ginsberg hatte »Howl and Other Poems« veröffentlicht, und am Ende des Songs taucht das Wort *howl* auf – als das Fauchen einer Wildkatze. Wie auch immer, wohl fühlen sich die Figuren nicht: Sie suchen nach einem Ausweg (aus den Zwängen der kapitalistischen Gesellschaft?), es gibt zu viel Verwirrung (konkurrierende Gesellschaftstheorien und -modelle?), sie können keinen Frieden finden. Der Kapitalismus macht die Erzeugnisse des Poeten zur Ware, ohne deren wahren Wert zu erkennen. Hören wir da nicht Adorno, Horkheimer, Marcuse?

Und während diese Verse gesungen werden, krachen die akustischen Akkorde wie Donnerhall, jault die E-Gitarre immer wieder auf. Die Musik verstärkt die düstere Stimmung, die der Text erzeugt. Und dann kommt wieder ein Solo der E-Gitarre. Nicht superschnell, um irgendeine Virtuosität unter Beweis stellen zu müssen, sondern mit Gefühl getimt.

Kein Grund sich aufzuregen, beschwichtigt der Dieb. Es gibt hier viele von uns, und wir wissen, dass das Leben nur ein Witz ist. Und wir beiden haben schon vieles durchgemacht, und das jetzt wird nicht unser Schicksal besiegeln. Lass uns keinen Unsinn mehr reden, aber hey, es wird Zeit! Ganz klar, Schalk und Dieb gehören der intellektuellen Avantgarde an, die ihre Kämpfe bereits ausgefochten hat, aber es gibt immer mehr Menschen, die die bürgerliche Gesellschaft mit ihren Zwängen,

Regeln und Traditionen nicht mehr ernstnehmen. Und jetzt wird es Zeit, etwas zu unternehmen: das Lied als Vorbote der 68er-Rebellion.[196]

Das eigentliche Gitarrensolo setzt ein – eines der kreativsten, das je in der Rockmusik gespielt wurde. Langgezogene, geisterhafte Töne erklingen, die zwischen den Stereokanälen hin und her oszillieren. Und dann kommt noch der Wah-Wah dazu, und auch die Wah-Wah-Töne pendeln zwischen linkem und rechtem Kanal hin und her und erschweren die Orientierung. So verwirrend die Zeiten, so verwirrend die Musik.

Dann geht der Gesang weiter, aber nur Fragmente einer Szene, die im biblischen Buch Jesaia, Kapitel 21,6 ff. beschrieben wird: Ein Wächter sieht von seinem Wachturm, wie sich Reiter nähern, die den Untergang Babylons mit seinen Götzenbildern verkünden werden. Der Turm ermöglichte es den Wächtern in biblischer Zeit, Ereignisse im Voraus zu erkennen und entsprechende Maßnahmen zu veranlassen. Die Fürsten beobachten, was sich nähert, alle anderen laufen planlos herum. Und jetzt wird die Stimmung richtig bedrohlich. Draußen, in der kalten Weite, lässt eine Wildkatze ihr Fauchen vernehmen. Zwei Reiter nähern sich, und der Wind beginnt zu heulen. Was soll jetzt noch kommen? – Eine Parabel für das Ende der kapitalistischen Gesellschaft. In jedem Fall wird es bedrohlich – ein typisches Gefühl der Jahre 1967/68.

Und wieder setzt die E-Gitarre ein und lässt ihr Klagen vernehmen, darunter, deutlich hörbar, die perkussiv geschlagenen Akkorde der akustischen Gitarre. Dazwischen ruft der Sänger, leiser werdend und fast verzweifelt, immer wieder »All Along the Watchtower«. Wem jetzt nicht endgültig Schauer über den Rücken fahren, muss eine Seele aus Stein haben. Eine derart perfekte Kombination aus Text und Musik hat es nur selten gegeben.

All Along the Watchtower

»There must be some kind of way out of here,«
Said the joker to the thief
»There's too much confusion
I can't get no relief.
Businessmen, they drink my wine
Plowmen dig my earth
None of them along the line
Know what any of it is worth.«

»No reason to get excited,«
The thief, he kindly spoke.
»There are many here among us
Who feel that life is but a joke.
But you and I, we've been through that
And this is not our fate
So let us not talk falsely now
The hour's getting late.«

Entlang des Wachturms

»Es muss hier irgendeinen Ausweg geben,«
Sagte der Schalk zum Dieb,
»Es gibt zu viel Verwirrung,
Ich kann keine Erleichterung finden.
Geschäftsleute trinken meinen Wein,
Bauern pflügen meine Erde.
Keiner von ihnen
Kennt den Wert von irgendetwas davon.«

»Kein Grund sich aufzuregen,«
Sagte der Dieb sanft,
»Hier sind viele unter uns,
Die ahnen, dass das Leben nichts als ein Witz ist.
Aber du und ich, wir haben das schon durchgemacht,
Und das ist nicht unser Schicksal.
Also lass uns jetzt nicht mehr verlogen reden,
Es wird langsam spät.«

196 Ebd.

All along the watchtower	Entlang des Wachturms
Princes kept the view	Hatten die Fürsten alles im Blick,
While all the women came and went	Während all die Frauen kamen und gingen
Barefoot servants too	Ebenso barfüßige Diener.
Outside in the cold distance	Draußen in kalter Ferne
A wild cat did growl	Fauchte eine Wildkatze.
Two riders were approaching	Zwei Reiter näherten sich
And the wind began to howl ...	Und der Wind begann zu heulen ...

Bob Dylan, 1967; Jimi Hendrix, 1968. Text & Musik: Bob Dylan (Columbia)

Jimi Hendrix nahm sich volle sieben Monate, in denen er immer wieder an seiner Coverversion dieses Bob-Dylan-Songs feilte, bis er genau den Sound hatte, den er sich vorgestellt hatte.[197] Dabei war schon der erste Tag in den Londoner Olympic-Studios am 21. Januar 1968 sehr produktiv gewesen. Dave Mason (von Traffic) hatte die akustische Gitarre übernommen, Brian Jones das Vibraslap, die Congas wurden von dem Taxifahrer gespielt, der Hendrix morgens um vier ins Studio gefahren hatte. Aber die erste Londoner Abmischung stellte Hendrix nicht zufrieden. In New York verbrachte er Monate damit, immer neue Soli als *Overdubs* einzuspielen und ältere Parts zu löschen. »Ich glaube, ich höre es ein wenig anders«, pflegte er während des mühseligen Prozesses zu sagen.

Als er mit dem Ergebnis endlich zufrieden war, erschien der Song einerseits auf der LP »Electric Ladyland«, andererseits als Single, und zwar als erste Stereo-Single im Vereinigten Königreich überhaupt – was vielleicht auch das (aus heutiger Sicht vielleicht etwas übertriebene) Changieren des Hauptsolos zwischen den Kanälen erklärt. Bob Dylan gebührt der Verdienst, den enigmatischen Text geschrieben zu haben. Musikalisch ist seine Originalversion, die 1967 auf der LP »John Wesley Harding« erschien, geradezu belanglos. Und was sagte der Komponist zum Hendrix-Cover?

»Es überwältigte mich, wirklich. Er hatte solch ein Talent, er konnte in einem Song Dinge finden und sie mit großer Energie entwickeln. Er fand Dinge, die andere Menschen niemals entdeckt hätten. Er verbesserte den Song wahrscheinlich durch die Pausen, die er machte. Ich habe dann eigentlich seine Version des Songs übernommen, bis zum heutigen Tag.«[198] Übrigens hat Dylan hier treffend analysiert, was ein gutes Cover ausmacht: Nämlich in einem Song musikalische Potentiale aufzuspüren und diese auszuarbeiten. Und Jimi Hendrix, der überhaupt keinen Grund hatte, seine eigenen Kompositionen zu verstecken, war ein Meister dieser Disziplin. War das Hendrix-Cover noch zu übertreffen? – Vielleicht, als 23 Musiker

---

197 Das Making-of von »All Along the Watchtower« hat der Londoner Toningenieur Eddy Kramer ausführlich beschrieben. John McDermott und Edward E. Kramer: Hendrix: Setting the Record Straight. New York: Grand Central Publishing 1992.

198 Bob Dylan im Interview mit John Dolen: A Midnight Chat with Bob Dylan. Sun Sentinel vom 29.9.1995.

und Bands aus aller Welt, darunter mit John Densmore (The Doors), Warren Haynes (The Allman Brothers) und The Neville Brothers einige Urgesteine des Rock, den Song im Rahmen des gemeinnützigen »Playing for Change«-Projekts aufnahmen – wobei sie freilich der stilistischen Vorgabe von Jimi Hendrix ebenso folgten wie Bob Dylans Text.

Wenn wir uns Susan Sontags ästhetischer Theorie anschließen, dann sollten wir Dylans Lieder eigentlich gar nicht interpretieren. Lyrik, so heißt es, zeichnet sich gegenüber der Epik dadurch aus, dass der Dichter mit sich selbst spricht und sich nicht unbedingt einem Leser verständlich machen will. Wenn es in der gesamten Rockmusik irgendeinen Song gegeben hat, der in diesem Sinne lyrisch war, dann handelte es sich um »Mr. Tambourine Man«, mit dem sich Bob Dylan von Beschränkungen seiner lyrischen Kreativität befreien wollte.[199] Wenn wir allerdings die soziologische Frage nach den gesellschaftlichen Wirkungen stellen, die die Songs auf die Menschen ausgeübt haben, die sie damals hörten, dann müssen wir uns schon mit den Stimmungen, Gefühlen und Bedeutungsinhalten befassen, die die Fans in die Stücke hineingelegt haben; denn immerhin war der »Tambourine Man« eines der beliebtesten und erfolgreichsten Stücke, das der Rockpoet jemals produziert hat.

Mr. Tambourine Man	**Herr Tambourinmann**
Hey! Mr. Tambourine Man, play a song for me I'm not sleepy and there is no place I'm going to ... In the jingle jangle morning I'll come followin' you	Hey, Herr Tambourinmann, spielen Sie mir ein Lied. Ich bin nicht schläfrig und es gibt keinen Ort, wo ich hingehen könnte ... Am klingenden Morgen folge ich Ihnen.

Nach Dylans eigener Aussage hatte ihn der Gitarrist Bruce Langhorne inspiriert, der einmal bei einer Studiosession ein wagenradgroßes Tambourin in die Hand genommen hatte.[200] Dylan hatte das Langhorne nie erzählt, wohl aber dem Musikerkollegen Richard Farina, denn der stellte Langhorne im Jahr 1965 auf dem Newport Folk Festival als den »Tambourinkönig« vor.[201] Doch Langhorne, der Bob Dylan so gut kannte wie kaum ein anderer, hielt das eher für einen Strick, den ihm Dylan reichte, um sich damit aufzuhängen.[202] Es ist jedoch vor allem eine Anspielung auf den Bibelvers 1. Samuel 10,5: »... wenn du in die Stadt kommst, wird dir eine Schar Propheten begegnen, die von der Höhe herabkommen, und vor ihnen her Psalter und Tambourine und Flöten und Harfen, und sie werden weissagen.«

---

199 Louis A. Renza: Dylan's Autobiography of a Vocation: A Reading of the Lyrics 1965–1967. New York etc.: Bloomsbury 2017, S. 27ff.

200 Ebd.

201 Richie Unterberger: The Evolution of 'Mr. Tambourine Man'. In: Sean Egan (Hg.): The Mammoth Book of Bob Dylan. DuBois: Mammoth 2011.

202 Bruce Langhorne im Interview mit Richie Unterberger. http://www.richieunterberger.com/langhorne2.html, zugegriffen am 1.7.2020.

Though I know that evening's empire has returned into sand
Vanished from my hand
Left me blindly here to stand but still not sleeping
My weariness amazes me, I'm branded on my feet
I have no one to meet
And the ancient empty street's too dead for dreaming ...

Obwohl ich weiß, dass das Abendreich zu Sand verfallen ist,
Aus meiner Hand verschwunden ist,
Mich blind zurückgelassen hat, so dass ich hier stehe, aber immer noch nicht schlafe.
Meine Müdigkeit erstaunt mich, ich bin an meinen Füßen gebrandmarkt.
Ich habe niemanden, den ich treffen könnte,
Und die alte, leere Straße ist zu tot, um zu träumen ...

Allegorien auf den Verfall der Gesellschaft, die die Menschen in Erschöpfung und Einsamkeit treibt, aber keine Visionen mehr bietet.

Take me on a trip upon your magic swirlin' ship

Nehmen Sie mich mit auf eine Reise auf Ihrem magischen, wirbelnden Schiff.

Wurde im Allgemeinen als Anspielung auf einen LSD-Trip aufgefasst. Aber Dylan hatte den Song geschrieben, lange bevor er zum ersten Mal LSD genommen hatte: »Drogen spielen in dem Lied keine Rolle. Drogen waren für mich nie eine große Sache. Ich konnte sie nehmen oder es lassen, war niemals abhängig.«[203] Es geht einfach auf eine Traumreise.

My senses have been stripped,
my hands can't feel to grip
My toes too numb to step
Wait only for my boot heels to be wanderin'
I'm ready to go anywhere, I'm ready for to fade
Into my own parade,
cast your dancing spell my way
I promise to go under it ...

Ich bin meiner Sinne beraubt,
Meine Hände haben kein Gefühl, um zu greifen,
Meine Zehen sind zu taub, um zu laufen.
Warte nur noch darauf, dass meine Stiefelabsätze zu wandern beginnen.
Ich bin bereit, überallhin zu gehen,
Bin bereit, in meiner eigenen Parade zu verschwinden,
Breiten Sie den Zauber Ihres Tanzes über mich,
Ich verspreche, mich dem hinzugeben ...

Allegorien auf das entfremdete Individuum, das sich nach einer Perspektive sehnt.

203 Bob Dylan, Text im Liner zur CD-Box »Biograph« (1985).

Though you might hear laughin', spinnin', swingin' madly across the sun
It's not aimed at anyone, it's just escapin' on the run
And but for the sky there are no fences facin'
And if you hear vague traces of skippin' reels of rhyme
To your tambourine in time, it's just a ragged clown behind
I wouldn't pay it any mind
It's just a shadow you're seein' that he's chasing …

Obwohl Sie vielleicht hören, dass es quer über die Sonne verrückt lacht, wirbelt, schwingt,
zielt es nicht auf jemanden, es entflieht einfach im Laufen.
Und am Himmel, da hat man keine Zäune vor sich.
Und wenn Sie undeutliche Spuren hüpfender Reimspulen hören,
Im Takt mit Ihrem Tambourin, ist es einfach ein zerlumpter Clown hinter Ihnen.
Ich würde ihm keine Bedeutung beimessen.
Es ist einfach ein Schatten, den Sie ihn jagen sehen …

Der Musiker, der gar nicht ernst genommen werden will, nimmt sich die Freiheit, kreative, verrückte und mitunter sinnfreie Verse zu dichten, ohne auf irgendwelche Zwänge Rücksicht zu nehmen. Aber das Tambourin als Instrument der Weissagung wird erwähnt und der zerlumpte Clown als Metapher für die Dichter und Intellektuellen, die die Weissagung vornehmen sollen.

Then take me disappearin' through the smoke rings of my mind

Dann lassen Sie mich durch die Rauchringe meines Bewusstseins verschwinden

Wurde ebenfalls oftmals als Anspielung auf psychoaktive Substanzen, die man raucht, verstanden. Ist aber wohl nur eine wunderbar poetische Metapher dafür, seine bisherige Identität hinter sich lassen zu können.

Down the foggy ruins of time, far past the frozen leaves
The haunted, frightened trees, out to the windy beach
Far from the twisted reach of crazy sorrow

Hinunter in die nebligen Ruinen der Zeit, weit hinter den gefrorenen Blättern
die verhexten, verängstigten Bäume, nach draußen zum windigen Strand.
Weit außer der verkrümmten Reichweite verrückter Sorge.

Allegorien auf eine düstere, sorgenvolle Welt, die man hinter sich lässt …

Yes, to dance beneath the diamond sky with one hand waving free
Silhouetted by the sea, circled by the circus sands
With all memory and fate driven deep beneath the waves
Let me forget about today until tomorrow …

Ja, um unter dem diamantenen Himmel zu tanzen, mit einer frei winkenden Hand.
Im Hintergrund das Meer, umzirkelt von Zirkussand.
Mit aller Erinnerung und Schicksal tief unter die Wellen gezogen.
Lassen Sie mich bis morgen das Heute vergessen …

… um in eine utopische Fantasiewelt einzutauchen – zumindest für diese Nacht, bevor der Traum vorbei ist und die Härte der gesellschaftlichen Existenz wieder zuschlägt.

Bob Dylan, 1964. Text & Musik: Bob Dylan (Columbia)

Es ist ein weiteres Lied über eine repressive Gesellschaft, aus der man ausbrechen will, und sei es nur für eine Nacht, um von einer besseren Welt zu träumen. Und wer ist dieser prophetische Mann mit dem Tambourin, der die Visionen hat? Es ist niemand anders als Bob Dylan selbst. Und wenn wir das, ohne dem Literaturnobelpreisträger auf die Füße treten zu wollen, verallgemeinern: Es ist die Rockmusik, die den gesellschaftlichen Wandel vorantreibt.

Dylans Stil, Texte mit überbordenden Adjektiven und fantasievollen, geradezu surrealen sprachlichen Wendungen zu schreiben, die die Zuhörer in fantastische Traumwelten entführten, die sich der kalten Logik und Effizienz der kapitalistischen Gesellschaft entzogen, wurde ikonisch und bald als *dylanesk* bezeichnet. Und wer war anfälliger, sich im Dylanesken zu versuchen, als John Lennon, der ja auch so gern intellektuell-literarisch-enigmatisch-rebellisch-subversiv sein wollte? – Und so schrieb er einen bewusst dylanesken Song. Die Beatles hatten ja bereits reichlich Erfahrung mit Songs, die harmlos daherkamen, aber subversive Subtexte hatten, die von der Elterngeneration nicht verstanden wurden, und die entweder Drogenkonsum (wie »Strawberry Fields« oder »Lucy in the Sky with Diamonds«) oder den Verlust der Jungfräulichkeit (»All You Need is Love«) verherrlichten.

So dylanesk, wie es nur gehen kann, ist Lennons »I Am the Walrus«, das nur so von Rätseln wimmelt. Auf einem Cornflake sitzen? Gelbe Vanillesauce, die aus dem Auge eines toten Hundes tropft? Eine Griespuddingsardine, die den Eiffelturm hinaufklettert? – Herrlich verrückte Sprachbilder, eingebunden in einen der rockigsten Songs, den die Beatles geschrieben haben. Aber auch der größte Unsinn hat seine Geschichte. Und dann doch wieder einen Sinn. Aber in einem ganz anderen Sinne.

Pete Shotton war Lennons engster Jugendfreund und spielte mit ihm bei den Quarrymen (bis John auf Petes Schädel ein Waschbrett zertrümmerte). Gleichwohl blieb er John verbunden. In seinem Buch »The Beatles, Lennon And Me« schreibt er über die Entstehungsgeschichte von »I Am the Walrus«:[204]

»Eines Nachmittags, als wir wahllos Stichproben aus dem täglichen Fanpostsack griffen, hatte John zu unserem beiderseitigen Amüsement das Glück, den Brief eines Schülers von Quarry Bank (der Schule, die John und Pete besucht hatten und nach der sie The Quarrymen benannt hatten) herauszugreifen. Nach den üblichen Huldigungen offenbarte der Junge, dass sein Literaturdozent Beatleslieder im Unterricht spielte, und, nachdem die Jungen ihre Versuche, die Texte zu analysie-

204 Pete Shotton/Nicholas Schaffner: The Beatles, Lennon and Me. New York: Stein & Day 1984, S. 271.

ren, abgeliefert hatten, seine eigene Interpretation zum Besten gab, was die Beatles wirklich gemeint hatten. (Das war natürlich die gleiche Bildungseinrichtung, deren Direktor einst die Aussichten des jungen Lennon mit den Worten ›Der Junge wird scheitern‹ zusammengefasst hatte.)

John und ich grölten vor Lachen über die Absurdität des Ganzen. ›Pete‹, sagte er, ›wie ging noch einmal das Lied über das ›Auge des toten Hunds‹, das wir immer gesungen haben, als wir zu Quarry Bank gingen?‹ Ich dachte einen Moment nach und dann war alles wieder da:

Dead Dog's Eye

Yellow matter custard, green slop pie,
All mixed together with a dead dog's eye,
Slap it on a butty, ten foot thick,
Then wash it all down with a cup of cold
sick.

Das Auge des toten Hunds

Gelbe Vanillesaucenmasse, grüner
Schlabberkuchen,
alles zusammengerührt mit dem Auge eines
toten Hunds,
klatsch' es auf eine Schnitte, zehn Fuß dick,
und dann spül' es runter mit einer Tasse
kalter Kotze.

Schülerlied an der Quarry Bank High School, Liverpool, um 1950

›Das ist es!‹, rief John, ›fantastisch!‹ Er nahm einen Stift und kritzelte: ›Yellow matter custard dripping from a dead dog's eye …‹. So entstand ›I Am the Walrus‹ (Das Walross selbst materialisierte sich später, indem es beinahe wörtlich aus einer Seite von Lewis Carrolls ›Through the Looking Glass‹ heraustrat). Inspiriert durch das Bild jenes Literaturlehrers auf Quarry Bank, der über den Symbolismus von Lennon-McCartney dozierte, entwarf John die aberwitzigsten Bilder, die ihm in den Sinn kamen. Er dachte an ›Semolina‹ (einen faden Grießpudding, den wir als Kinder essen mussten) und ›Pilchard‹ (eine Sardine, die wir oft an unsere Katzen verfütterten). ›Grießpuddingsardine, die den Eiffelturm hinaufklettert …‹ begann John zu singen, und schrieb es mit beträchtlichem Genuss nieder.

Er drehte sich grinsend zu mir: ›Lass die Ficker DAS mal herausfinden, Pete.‹«

Shottons Bericht ist nicht nur ein Glücksfall für die Literaturwissenschaft, weil er dokumentiert, wie Lyrik mit der vollen Absicht verfasst wurde, akademische Interpretationen zu erschweren, sondern auch, weil seitdem Benotungen von Gedichtinterpretationen im Schulunterricht verboten werden müssten.

»Yellow matter custard …« war also nichts als eine kathartische Ekeligkeit, mit der vorpubertäre Kinder ihre Ekelgefühle verarbeiten, sich stark fühlen und – wie es die Comicfigur Calvin so gern tut – ihre soziale Umwelt schockieren! Die surreale Sardine hatte noch einen anderen Subtext. *Pilchard* klingt wie *Pilcher*, und es war ein Sergeant Pilcher, der Lennon einmal wegen Drogenbesitzes verhaftet hatte. Das »Walrus« – also einfach nur eine Ansammlung von Kindereien, Insiderjokes und Unsinn, um Literaturlehrer zu verwirren?

Das gilt sicherlich für einzelne Wendungen, die an Absurdität nicht zu überbieten sind. Aber um komplett blödsinnig zu sein, ist der Song zu lang und zu sorgfältig durchkomponiert. Der Text ist nicht komplett unlogisch – eigentlich passt sogar alles zusammen. Einige Verse, die in dem Lied vorkommen, haben nachweisbar eine Bedeutung, weil sie John Lennon aus bestimmten Kontexten übernommen hat. Und ein Lyriker kann gar nicht anders, als dann doch irgendetwas zum Ausdruck zu bringen, ob es ihm bewusst ist oder nicht. Das gilt auch für die ersten beiden Verse, die John Lennon auf LSD geschrieben hat.[205] Und damit löst er beim Zuhörer wiederum Gedankenketten und Interpretationen aus, die, ganz im Sinne von Susan Sontag, den stimulierenden, irritierenden, provozierenden Charakter von Kunst ausmachen. Das war John Lennon natürlich bewusst, als er zum »Walross« sagte, die Verse »bedeuten, was immer sie für dich bedeuten sollen«.

I Am the Walrus	**Ich bin das Walross**
I am he as you are he as you are me and we are all together See how they run like pigs from a gun, see how they fly I'm crying	Ich bin er, wie du er bist, wie du ich bist und wir alle miteinander sind. Schau, wie sie laufen wie Schweine vor einer Flinte, schau wie sie fliegen. Ich weine.
Sitting on a cornflake, waiting for the van to come Corporation t-shirt, stupid bloody Tuesday Man, you been a naughty boy, you let your face grow long	Ich sitze auf einem Cornflake, warte auf den Lieferwagen. Firmen-T-Shirt, dummer verdammter Dienstag, Mann, du warst ein böser Junge, du hast dir angewöhnt, ein langes Gesicht zu machen.
I am the eggman, they are the eggmen I am the walrus ...	Ich bin der Eiermann, sie sind die Eiermänner, ich bin das Walross, ...
Mister city policeman sitting pretty little policemen in a row See how they fly like Lucy in the Sky, see how they run I'm crying, I'm crying ... Yellow matter custard, dripping from a dead dog's eye	Herr Stadtpolizist, da sitzen hübsche kleine Polizisten in einer Reihe. Schau, wie sie fliegen wie Lucy am Himmel, schau wie sie rennen. Ich weine, ich weine ... Gelbe Vanillesaucenmasse tropft aus dem Auge eines toten Hundes.
Crabalogger fishwife, pornographic priestess Boy, you been a naughty girl you let your knickers down ...	Baumfällmaschinen-Fischfrau, pornografische Priesterin, Junge, du warst ein schlimmes Mädchen, du hast deinen Schlüpfer fallen lassen ...
Sitting in an English garden waiting for the sun If the sun don't come, you get a tan from standing in the English rain ...	Ich sitze in einem englischen Garten und warte auf die Sonne, wenn die Sonne nicht kommt, wirst du braun, wenn du im englischen Regen stehst ...

205 Interview mit John Lennon. Playboy, Januar 1981.

Expert texpert choking smokers don't you think the joker laughs at you? ... See how they smile like pigs in a sty, see how they snide	Fachmann Haarspalter erstickende Raucher, glaubt ihr nicht, der Narr lacht euch aus? ... Schau wie sie grinsen wie Schweine im Stall, schau wie sie lästern.
I'm crying Semolina pilchard, climbing up the Eiffel Tower Element'ry penguin singing Hare Krishna Man, you should have seen them kicking Edgar Allan Poe ...	Ich weine. Grießbreisardine klettert den Eiffelturm hinauf. Unterentwickelter Pinguin singt Hare Krishna, Mann, du hättest sehen sollen, wie sie auf Edgar Allen Poe eingeschlagen haben ...

The Beatles, 1967, Text & Musik: John Lennon, Paul McCartney (Parlophone)

Paul McCartney zeigte sich zum Beispiel davon überzeugt, dass der mehrfach wiederholte und intensiv gesungene Vers »I'm crying« Johns Trauer über den Tod des Beatles-Managers Brian Epstein ausdrückt, der zehn Tage vor der Aufnahme des Songs gestorben war.[206]

Das Walross ist eine Figur aus dem Gedicht »The Walrus and The Carpenter« von Lewis Carroll. Carroll hat das von Absurditäten strotzende Gedicht für Kinder geschrieben, die ja bekanntlich ihren Spaß an Unlogischem haben. Das Walross ist in diesem Gedicht ein fieser Charakter, der eine große Schar von Austern mit falschen Versprechungen aus dem Meer herauslockt, um sie dann zu verspeisen. Dass das Walross den verlogenen, ausbeuterischen, unersättlichen Kapitalisten symbolisiert, war Lennon nach eigenem Bekunden allerdings gar nicht bewusst, als er die Figur in seinen Song übernahm (und mit der er sich im Film »Magical Mystery Tour« auch selbst identifizierte) – er sagte später: »Ich habe den falschen Typen genommen.« Aber wenn er gesungen hätte »I am the carpenter ...« wäre es anders geworden.[207]

Wer ist nun der »eggman«, der fast noch prominenter in dem Song ist als das Walross? Paul McCartney gibt wieder Auskunft: Eric Burdon liebte es, beim Sex rohe Eier auf nackten Frauenkörpern zu zerklatschen. Einmal war John Lennon dabei, wie Burdon zwei Frauen mit Eiern einschleimte, nachdem er sich mit Amylnitrit high gemacht hatte. John soll ihn dabei angefeuert haben, indem er rief: »Los, Eggman, hau rein, Alter! Besorg's ihnen! Das kommt gut, ehrlich!«[208]

Damit haben wir ein zentrales Motiv des Songs: Da wird der pure Hedonismus gefeiert, das gierige Walross, das Sexmonster, das auf glibberige Praktiken steht. Und in beiden Fällen ist das Ausbeuterische dabei. Ist das kritisch oder selbstkritisch? – Irgendwie nicht, und irgendwie offenbart es auch eine gewisse Verlogenheit

206 Miles, Many Years, a. a. O., S. 429.

207 Interview mit John Lennon. Playboy, Januar 1981.

208 Miles, Many Years, a. a. O., S. 429.

der antikapitalistischen Rebellen. Dass das Walross den Kapitalismus symbolisiert, mag Lennon entgangen sein, aber dass es gierig die Austern frisst, die es vorher belogen hat, muss ihm sympathisch gewesen sein. Ebenso wie der Sexprotz Burdon, für den die Frauen nur Objekte sind, die er erniedrigenden Praktiken unterzieht. Die Frau, die sich den Schlüpfer auszieht, fehlt folgerichtig auch nicht im Lied.

Ansonsten macht sich das Lied über Autoritäten (Polizisten) lustig, über Angestellte, die T-Shirts mit Firmennamen tragen müssen, über Fachidioten und überhaupt über bürgerliche Menschen, die häufiger mit Schweinen verglichen werden (ähnlich, wie es George Orwell in »Farm der Tiere« getan hat). In einem Interview mit dem Playboy hat John Lennon noch hervorgehoben, dass der Song auch eine Abrechnung mit dem Hare-Krishna-Kult der Blumenkinder sein sollte:

»Ein Teil davon war, Hare Krishna niederzumachen. All diese Leute fuhren auf Hare Krishna ab, insbesondere Allen Ginsberg. Der Bezug zu ›Element'ry penguin‹ verweist auf die unterentwickelte, naive Attitüde, Hare Krishna zu singen oder all seinen Glauben auf ein Idol zu projizieren. Ich schrieb damals undurchsichtig, à la Dylan.«[209] Ganz so undurchsichtig war es dann doch bei beiden nicht.

Dass es die enigmatischen, poetischen Lieder wie »All Along the Watchtower«, »Mighty Quinn« oder »Mr. Tambourine Man« waren, die Bob Dylans erfolgreichste Kompositionen werden sollten, zeigt, dass die Schwerpunkte der Rebellion der 1960er Jahre nicht primär auf einer politischen Revolution lagen (am Ende wurden Reformen erreicht), auch nicht auf einer von den (Neo-)Marxisten geforderten ökonomischen Umgestaltung (es kam ein bisschen mehr Mitbestimmung und Sozialpolitik dabei heraus), sondern in erster Linie auf einer kulturellen und ästhetischen Revolution: Man wollte die restriktiven Verhaltensnormen einer verkrusteten bürgerlichen Gesellschaft abschütteln, nicht unbedingt die kapitalistische Ökonomie, aber deren Effizienzerwartungen, Eindimensionalität und Entfremdung, und man forderte die Freiheit zur Selbstentfaltung der Persönlichkeit. Und Bob Dylans Songs enthielten nicht nur Visionen eines Lebens, das diese Freiheit bot, sondern waren zugleich Beweise dafür, welche ästhetische Qualität dabei herauskommt, wenn man sich diese Freiheiten nimmt.

209 Interview mit John Lennon. Playboy, Januar 1981.

4.2. Sergeant Pepper's Lonely Hearts Club Band

Rockmusik ist Livemusik. Direkt von der Bühne kommen die Rhythmen am besten herüber. Udo Lindenberg hat es 1994 in »Honky Tonky Show« am eindrucksvollsten formuliert: »Wo die Lautsprecher stehn, sind die Mädchen, weil da die heiße Luft vibriert ... sie sind fasziniert, fast hypnotisiert. Im Saal ist es heiß wie in 'ner Sauna und es sind auch wieder so 'n paar ganz scharfe Frau'n da ...« Es sind nicht nur die Töne, es ist die gesamte Atmosphäre einer Live-Performance, die das Rockmusikerlebnis ausmacht. Es sind die Vibrationen, die man im ganzen Körper fühlt, die schrillen, schrägen Laute, die wir lieben, auch mal eine falsche Note, eine Rückkopplung, ein Lacher, ein verpasster Einsatz. Einige der erfolgreichsten Livealben der Rockgeschichte, darunter Deep Purples »Made in Japan«, waren voller solcher Fehler. Hinzu kommen die Persönlichkeiten der Musiker, die zum Publikum herüberkommen, spontane Improvisationen, ausgedehnte Soli, Ansagen, Interaktionen mit dem Publikum, Jams mit Gastmusikern und natürlich das Erlebnis, mit Tausenden anderen dicht an dicht zu stehen und zu rocken.

Rockmusik ist Livemusik, und Studioaufnahmen sind nur kümmerlicher Ersatz. Dachten wir. Bis 1966. In dem Jahr brachte nämlich Brian Wilson mit seinen Beach Boys eines der ersten Konzeptalben der Rockmusik heraus. Auf »Pet Sounds« sind Klangeffekte zu hören, die nur im Studio erzeugt werden können: Da hört man Fahrradklingeln, fahrende Züge, Coladosen und bellende Hunde, Waldhörner, Streicher, Akkordeons sowie eine Fülle höchst exotischer Instrumente, alles mit Hall und Overdubbing zu Walls of Sound, Klangwänden, zusammengemischt. Wilsons Anspruch war nicht weniger, als »das großartigste Rockalbum, das jemals produziert wurde«, herauszubringen.[210]

Das forderte die Beatles heraus. Die Fab Four hatten ohnehin entschieden, dass sie inzwischen genug Geld verdient hatten, um sich nicht mehr mit dem anstrengenden Geschäft der Live-Tourneen abplagen zu müssen. Und ihre letzte Tour war richtig mies gelaufen. Erstens hatte ihnen Brian Epstein viel zu viele Termine mit viel zu langen Flugstrecken in den Kalender gepresst. Zweitens drohte man ihnen mit dem Tod, wenn sie in Tokio auftreten würden – konservativ-religiöse Gruppen wollten verhindern, dass die geheiligte Nippon Budokan Arena entweiht wird. Es endete damit, dass 35.000 Polizisten eingesetzt wurden und die Beatles in gepanzerten Fahrzeugen zu ihren Auftritten gebracht wurden. Auf den Philippinen wurden sie angegriffen, weil sie der Ehefrau des Diktators, Imelda Marcos (die später für ihre Schuhsammlung berühmt wurde), ihre Aufwartung verweigerten. In den USA hatte Lennons schnoddrige Bemerkung, die Beatles seien populärer als Jesus, den Bible Belt gegen sie aufgebracht. Trotz einer Entschuldigung blieben Ticketverkäufe und Stimmung hinter den Erwartungen zurück.

---

210 Brian Wilson. Zitiert in: Charles L. Granata: Wouldn't It Be Nice: Brian Wilson and the Making of the Beach Boys' Pet Sounds. Chicago: Chicago Review Press 2017, S. 48.

John Lennon sagte, dass man auch vier Wachsfiguren auf die Bühne stellen könnte, um die Massen zufriedenzustellen. Mit Musik hätten Beatleskonzerte nichts mehr zu tun. Es seien »nur verdammte Stammesriten«.[211] George Harrison teilte Epstein mit, dass er die Band verlassen würde, und konnte lediglich überredet werden, dabei zu bleiben, indem man ihm versprach, dass sie nie wieder auf Tour gehen würden.[212] Also machten sie erst einmal drei Monate Pause und konzentrierten sich auf ein Studioalbum, das alle bisher bekannten Grenzen sprengen sollte. Und dann hatte Paul McCartney eine verrückte Idee: Die Beatles sollten nicht als Beatles firmieren, sondern als die von einem pensionierten Unteroffizier geleitete Kapelle der einsamen Herzen, was ihnen die Möglichkeit geben sollte, sich alle möglichen musikalischen Freiheiten zu nehmen.

Das Tonstudio ist für eine normale Rockband, die üblicherweise live auftritt, ein besonderes Ereignis. Jeden Studiotag muss man einzeln bezahlen, und deshalb müssen oft zwei Studiotage reichen, um eine ganze LP einzuspielen. Für »Sergeant Pepper« mieteten die Beatles die Abbey-Road-Studios an 129 Aufnahmetagen. 25.000 Pfund Produktionskosten (heute etwa 541.000 Euro) waren für damalige Verhältnisse extrem hoch, hiervon musste unter anderem der Einsatz von vierzig Orchestermusikern und einer Bläsersektion finanziert werden.

»Sergeant Pepper« war 1967 das ungewöhnlichste Album – wohl aller Musikrichtungen –, das je aufgenommen worden war. Alles war anders.[213] Das begann damit, dass die Band von vornherein sagte, dass sie nie wieder live vor Publikum spielen wollte. Für das Album bedeutete das, dass es erstmals nicht mehr wichtig war, Studiomusik zu produzieren, die auf der Bühne reproduzierbar war. Man konnte bedenkenlos große Orchester, elektronisch erzeugte Klangeffekte und Mellotrone einsetzen. Im Gegenteil, die Vorgabe der Band lautete: »Lasst uns Klänge herstellen, die noch niemand gehört hat!«

Die zweite Besonderheit war die Freiheit der Produktionsbedingungen. Es gab (nahezu) keine Obergrenze des Budgets und keinen Termindruck. Wenn es jemandem einfiel, dass ein vierzigköpfiges Orchester passen würde, hat man eben ein vierzigköpfiges Orchester geholt. »Wir konnten tun und lassen, was wir wollten, so lange, bis alle glücklich waren«, erinnerte sich der Toningenieur Richard Lush. Das bedeutete nicht Schlendrian. Die Studiosessions dauerten täglich zwölf Stunden, von sieben Uhr morgens bis sieben Uhr abends.

Ein dritter Aspekt war die »Ungeduld« von John Lennon, der sich als ungewöhnlichster Sänger der Rockgeschichte entpuppte. Normalerweise wollen Sänger im-

211 John Lennon. In: The Beatles Anthology. San Francisco: Chronicle Books 2000, S. 229.

212 Ian MacDonald: Revolution in the Head: The Beatles' Records and the Sixties (3. Auflage). Chicago: Chicago Review Press 2005, S. 213.

213 Die folgende Darstellung stützt sich auf Interviews mit dem leitenden Toningenieur Richard Lush und mit dem Assistenten des Toningenieurs Geoff Emerick in der Fernsehsendung »It Was 50 Years Ago Today … Looking Back on Half a Century of Sgt Pepper's Lonely Hearts Club Band« von ABC News Australia 7:30 am 25.5.2017. http://www.abc.net.au/news/2017-05-25/the-beatles-landmark-sergeant-peppers-album-turns-50/8542540, zugegriffen am 1.7.2020.

mer gleich klingen, nämlich möglichst authentisch. John konfrontierte die Tontechniker mit dem extravaganten Wunsch, jeden Tag anders klingen zu wollen. Und das ist das, was heute jeder hören kann.

Viertens begannen die Beatles, mit dem Aufnahmegerät zu spielen. Insbesondere Lennon liebte das *flanging*. Unter dem »Flanschen« verstand er, dass bei Mehrfachaufnahmen (Overdubbing) die Bandgeschwindigkeit geringfügig manipuliert wurde, um den Klang zu verändern. »O, kannst du es flanschen, Richard, kannst du es noch mehr flanschen?«, hörte man John Lennon immer wieder ins Studio rufen. Der Sound musste manipuliert werden, durfte nicht »normal« klingen: »Normal ist auf einer Beatles-Platte nicht erlaubt.«[214] Bei »Lucy in the Sky with Diamonds« allein nahm das Manipulieren der Tonbandgeräte rund sechs Stunden in Anspruch.

Fünftens wurden alle möglichen Techniken angewandt, um neuartige Sounds zu kreieren – am intensivsten bei »Lovely Rita«. Geoff Emerick überklebte den Aufnahmekopf und verlieh so dem Klavier einen Honky-Tonk-Sound. Und was sich beinahe anhört wie ein Kazoo, war in Wirklichkeit ein Kamm, der in Toilettenpapier gewickelt war.

Sechstens zeichnete sich »Sergeant Pepper« durch den extensiven Einsatz von Instrumenten aus der klassischen Musik aus, für die sich insbesondere der Produzent George Martin begeistern konnte. Man hört Bläsersätze, eine Harfe oder auch ein ganzes Sinfonieorchester.

Eine weitere Besonderheit war, dass der Leadgitarrist, der normalerweise die führende Figur einer Rockband ist, gerade einmal »toleriert« wurde, wie es Richard Lush ausdrückte. George Harrison hatte sich im Hintergrund zu halten und wurde damit abgefunden, dass man es ihm erlaubte, einen eigenen Song auf dem Album unterzubringen (»Within You Without You«). Die Sitar, die er auf diesem Stück spielte, wurde klanglich übrigens auch kräftig manipuliert. Was die anderen Beatles davon hielten, wurde schon daran deutlich, dass sich keiner der drei blicken ließ, während Harrison das Stück mit seinen indischen Freunden aufnahm.

Damit kommen wir auch zur achten Besonderheit: Klassische Musik, fernöstliche Musik und Rockmusik gingen zum ersten Mal eine echte Verbindung ein – was dann später von zahlreichen anderen Bands nachgemacht wurde (z. B. Brian Jones bei den Stones, Led Zeppelin mit »Kashmir«).

Soweit das Musikalische – nun zum Zeitgeist. »Es war der Beginn der Hippie-Ära und überall in Amerika herrschte eine flirrende Hippie-Atmosphäre«, umriss Paul McCartney das gesellschaftliche Umfeld, in dem das Album entstand.[215] Lange Haare, schrilles Outfit – das war bereits etabliert, vielleicht nicht bei den Schülern und Lehrlingen, aber bei den Hippies und Rockmusikern. Inzwischen warf selbst der brave McCartney LSD-Trips ein. Als George Martin eine Fernsehsendung über »Sgt. Pepper« machte, fragte er McCartney, was beim Album ausschlaggebend gewesen wäre, und McCartney antwortete: »Mit einem Wort, George,

214 Lush, ebd.

215 Paul McCartney in: The Beatles Anthology, a. a. O., S. 241.

Drogen. Pot.« George Martin konnte das nicht glauben: »Nein, nein. Ihr wart doch nicht die ganze Zeit drauf.« Und McCartney antwortete: »Doch, waren wir. Sgt. Pepper war ein Drogenalbum.«[216] Das Album sollte die ungeheure Entspannung zum Ausdruck bringen, die der Konsum von unglaublichen Mengen von Cannabis und LSD (wenn nicht stärkerem Zeug) bewirkte. So findet sich das doppeldeutige Wort *high* gleich in mehreren Songs, wie ein Leitmotiv. Aber es gibt auch schwermütigere Themen. Gehen wir die Lieder durch.

Der erste und titelgebende Song »Sgt. Pepper's Lonely Hearts Club Band« war nichts als ein großartiger Witz. Vor einer akustischen Kulisse aus künstlichem Applaus war eine bläserdominierte Militärkapelle zu hören – unvermeidlich hatte man das Bild eines schmalzigen, übergewichtigen Bandleaders vor Augen, der mit seiner Altherrenmusik ältlichen Damen zum Tanzen aufspielte –, die mit elektrisch verzerrten Gitarrenklängen verrockt wurde. Dazu ein marktschreierischer Text, der einen stimmungsvollen Abend und den nächsten Song ankündigte. Die Beatles hatten ihre Schattenband.

In »With a Little Help from My Friends« machten sich die Beatles wieder über ihren Drummer Ringo Starr lustig, den sie für intellektuell limitiert hielten. Am Ende von »Sgt. Pepper« kündigt Paul McCartney einen fiktionalen Sänger an, der sich als Ringo Starr entpuppt, der einen Text herunterleiert, den McCartney eigens für dessen beschränkten Stimmumfang verfasst hatte. Ursprünglich hatte Paul geschrieben: »Was würdest du tun, wenn ich falsch singen würde?/Würdest du aufstehen und mich mit Tomaten bewerfen?« Allerdings hatte Ringo, der oft Probleme hatte, den richtigen Ton zu treffen, ernsthafte Sorgen, diese Verse könnten sich eines Tages bewahrheiten, so dass McCartney sie abmilderte. Aber es bleibt dabei, dass sich die gesamte erste Strophe über einen mäßig begabten Musiker lustig macht, der der Unterstützung durch seine Bandkollegen bedarf.

Bei der Aufnahme in der Nacht zum 30. März 1967, gegen sechs Uhr morgens, bewahrheitete sich die erste Strophe: Ringo schaffte es nicht, die letzte hohe Note zu treffen. John und Paul dirigierten ihn, bis es nach fünfzehn Versuchen endlich klappte, wie sich Richard Lush erinnert. Abgesehen von dem Insiderwitz ist der Song natürlich, wie viele andere Beatles-Stücke auch, ein trojanisches Pferd. Verse wie »Glaubst du an Liebe auf den ersten Blick?/Ja, ich bin sicher, dass es ständig passiert« kommen derart naiv daher, dass man den Song schon unter Kitsch verbuchen könnte, an dem sich die Elterngeneration erbauen konnte. Aber der Schmalz ist das Gewand, das über einer Bombe ausgebreitet wurde: »I get high with a little help from my friends.« – »Ich werde *high* mit der Hilfe meiner Freunde«. Sicher, das Wort *high* war nie eindeutig, aber es war im Sommer des Jahres 1967 zweideutig genug, um von den jugendlichen Hörern eindeutig verstanden zu werden. Damit war der gesamte Song eine Aufforderung, einen Joint zu teilen. Und wenn *das* keine moralische Botschaft war …

216 Paul McCartney und George Martin. Zitiert nach: Elvis Costello: 100 Greatest Beatles Songs. Rolling Stone vom 19.9.2011.

»Lucy in the Sky with Diamonds« ist der Inbegriff eines halluzinatorischen, psychedelischen Songs, sowohl musikalisch wie textlich, gleich ob die Initialen L-S-D Absicht waren oder nicht. Der Text wurde zwar inspiriert von Lewis Carrolls Roman »Through the Looking-Glass« aus dem Jahr 1871, den Lennon sehr mochte, aber für die Hippies war die Botschaft eindeutig: »Lucy in the Sky with Diamonds« war *der* Drogensong überhaupt, egal welche Beschwichtigungsformeln Lennon und McCartney äußerten. Wir werden ihn an entsprechender Stelle ausführlich behandeln.

»Getting Better« ist eine bitterböse Satire auf das repressive Schulsystem und die Entwicklung des Spießbürgers. Auch dazu mehr an anderer Stelle. »Fixing a Hole« ist ein introvertiertes Lied, das von trivialen Reparaturarbeiten im Haus handelt, die aber Paul McCartney dazu bringen, sich nach Ruhe zu sehnen und nach einem Zuhause, in dem er kontemplativ seinen Träumen und Gedanken nachgehen kann – ein Sehnen, das sich auch in anderen Songs von McCartney findet und das auch ein Stück Zeitgeist der Jugend reflektiert: die Suche nach Sinn in einer vom Materialismus geprägten Welt. Und dann stehen diese Fans vor der Tür, die ihn nur stören. Als »einfältig« bezeichnet er seine Fans, die ihn längst nerven – obwohl er von nichts anderem als ihrem Geld lebt.

»She's Leaving Home« ist ein trauriges Lied, und eines, auf dem kein einziges Bandmitglied ein Instrument spielt, sondern ein Streichorchester und eine Harfenistin zu hören sind. Paul McCartney wurde durch einen Zeitungsartikel zu dem Song inspiriert. Der Hauptfigur des Liedes, Melanie Coe, wurde erst Jahre später bewusst, dass der Song von ihr handelte, nachdem ihre Mutter ein Fernsehinterview gesehen hatte, in dem McCartney die Geschichte von dem Zeitungsartikel erzählte.

She's Leaving Home

Wednesday morning at five o'clock as the day begins
Silently closing her bedroom door
Leaving the note that she hoped would say more
She goes downstairs to the kitchen clutching her handkerchief
Quietly turning the backdoor key
Stepping outside she is free

She (We gave her most of our lives)
Is leaving (Sacrificed most of our lives)
Home (We gave her everything money could buy)
She's leaving home after living alone
For so many years (Bye bye)

Sie verlässt ihr Zuhause

Am Mittwochmorgen um fünf, als der Tag anbricht,
Schließt sie leise die Tür ihres Zimmers,
Hinterlässt eine Notiz, dass sie hofft, mehr sagen zu können.
Sie geht hinab in die Küche und umklammert ihr Taschentuch,
Dreht leise den Schlüssel der Hintertür,
Tritt nach draußen, sie ist frei.

Sie (wir schenkten ihr den größten Teil unserer Leben)
Verlässt (opferten den größten Teil unserer Leben)
Ihr Zuhause (wir gaben ihr alles, was man mit Geld kaufen kann),
Sie verlässt ihr Zuhause, nachdem sie für so viele Jahre allein war (Tschüss).

Father snores as his wife gets into her dressing gown Picks up the letter that's lying there Standing alone at the top of the stairs She breaks down and cries to her husband »Daddy our baby's gone Why would she treat us so thoughtlessly? How could she do this to me?«	Vater schnarcht, als seine Frau den Morgenmantel anzieht, Sie nimmt den Brief auf, der da liegt, Steht allein an der Treppe, Bricht zusammen und schluchzt ihren Mann an: »Papa, unser Baby ist weg. Warum behandelt sie uns so rücksichtslos? Wie konnte sie mir das antun?«
She (We never thought of ourselves) Is leaving (Never a thought for ourselves) Home (We struggled hard all our lives to get by) …	Sie (wir dachten niemals an uns selbst) Verlässt (dachten niemals an uns selbst) Ihr Zuhause (wir strampelten uns unser Leben lang ab, um zurechtzukommen) …
Friday morning at nine o'clock she is far away Waiting to keep the appointment she made Meeting a man from the motor trade	Am Freitagmorgen um neun ist sie weit weg, Wartet auf den Termin, den sie gemacht hat, um einen Mann aus dem Autohandel zu treffen.
She (What did we do that was wrong) Is having (We didn't know it was wrong) Fun (Fun is the one thing that money can't buy) Something inside that was always denied For so many years (Bye bye) …	Sie (was haben wir falsch gemacht?) Hat (wir wussten nicht, was falsch war) Spaß (Spaß ist das Einzige, was man nicht mit Geld kaufen kann) Etwas im Innern, das stets verweigert wurde, so viele Jahre lang (Tschüss) …

The Beatles, 1967. Text & Musik: John Lennon, Paul McCartney (Parlophone)

Das ist ein Lied über den Generationenkonflikt und das mangelnde Verständnis der Eltern für ihre Kinder. Die Tochter rebelliert nicht, sie haut nur ab – was viel härter, viel endgültiger ist. Es werden nur zwei Dinge über ihr Leben bei ihren Eltern ausgesagt: Erstens war sie einsam. Sie fühlte sich nicht verstanden von ihren Eltern, die zwar da waren, zu denen sie aber keinen kommunikativen und keinen emotionalen Kontakt hatte. Zweitens: Ihre innersten Wünsche wurden unterdrückt. Was sie wirklich brauchte, bekam sie von ihren Eltern nicht. Vielleicht war es einfach nur Spaß, wie es die letzte Strophe auszudrücken scheint, wahrscheinlich aber mehr.

Die Jugend in den 1960ern war auf der Suche nach Erklärungen: Warum gab es so viel Unrecht in der Welt? Sie war auf der Suche nach Sinn: Konsum kann doch nicht alles sein? Sie war auf der Suche nach einer besseren Welt: ohne Unterdrückung, ohne Ausgrenzung, ohne Ausbeutung, ohne Umweltverschmutzung, ohne Geldgier. Und natürlich waren die Teenager auf der Suche nach Liebe. Auf all diese Fragen hatten die Eltern keine Antworten, all diese Bedürfnisse konnten sie nicht befriedigen – sie hatten noch nicht einmal eine Antenne für die Dinge, die ihre Kinder bewegten. Das Selbstverständnis der Eltern bestand, wie es Erich Fromm und Herbert Marcuse analysiert hatten, darin, hart zu sein, autoritär, den Kindern den Ernst des Lebens in der kapitalistischen Gesellschaft zu vermitteln, aber natürlich auch darin, im materiellen Sinne funktionsfähig zu sein, also genug Geld zu verdienen, um die Familie ordentlich zu finanzieren.

Und die Eltern der Ausreißerin? – Sie glaubten, alles richtig gemacht zu haben. Die Beatles singen die üblichen Floskeln, die die Jugendlichen millionenmal zu hören bekamen. Man hat doch alles für seine Kinder getan, man hat sich abgestrampelt, den Kindern alles gekauft, was sie brauchten etc. Wie undankbar kann man nur sein, uns so etwas anzutun! Das Lied handelt vom Konsummaterialismus der Elterngeneration in den 1950er und 1960er Jahren, der aber die »wahren« (Marcuse), emotionalen und geistigen Bedürfnisse der Heranwachsenden überlagert hat. Die Theorie der »wahren« und »falschen« Bedürfnisse in lyrischer Form.

»Being for the Benefit of Mr. Kite!« ist ein Lied, zu dem John Lennon durch ein Zirkusplakat aus dem Jahr 1843 inspiriert wurde. Es passte zu Sgt. Peppers Zirkusband. Und George Harrison sorgte für die psychedelische Klangkomponente.

»Within You Without You« ist das Stück, das Lennon und McCartney George Harrison zugestanden hatten. Harrison hatte Sitarunterricht bei Ravi Shankar genommen und versuchte mit dem Stück, klassische und indische Musik sowie Rockmusik zu verknüpfen. Neben Harrisons Sitar sind verschiedene indische Instrumente zu hören, die von indischen Freunden gespielt werden, außerdem acht Geiger und drei Cellisten vom London Symphony Orchestra. Was die Inder nicht wussten, war, dass die Toningenieure dann noch allerlei elektronische Manipulationen am Song vornahmen. Für Richard Lush war es schon ein Experiment, zum allerersten Mal östliche und westliche Musik in dieser Form zu vermischen.

Within You Without You

We were talking, about the space between us all
And the people, who hide themselves behind a wall of illusion
Never glimpse the truth, then it's far too late when they pass away

We were talking, about the love we all could share
When we find it, to try our best to hold it there, with our love
With our love we could save the world, if they only knew

Try to realize it's all within yourself, no-one else can make you change
And to see you're really only very small
And life flows on within you and without you

In dir ohne dich

Wir redeten, über den Abstand zwischen uns allen.
Und die Menschen, die sich hinter einer Wand von Illusion verstecken,
erkennen nie die Wahrheit, dann ist es viel zu spät, wenn sie sterben.

Wir redeten, über die Liebe, die wir alle teilen könnten.
Wenn wir sie finden, sollten wir unser Bestes tun, sie zu halten, mit unserer Liebe.
Mit unserer Liebe könnten wir die Welt retten, wenn sie das nur wüsste.

Versuche zu begreifen, dass das alles in dir selbst ist, niemand anders kann dich ändern,
Und du solltest sehen, dass du in Wirklichkeit nur sehr klein bist,
und das Leben geht weiter in dir und ohne dich.

We were talking, about the love that's gone so cold And the people who gain the world and lose their soul They don't know, they can't see, are you one of them?	Wir redeten, über die Liebe, die so kalt geworden ist, und die Menschen, die die Welt bekommen und ihre Seele verlieren. Sie wissen nichts, sie können nichts sehen, bist du einer von ihnen?
When you've seen beyond yourself Then you may find peace of mind is waiting there And the time will come when you see we're all one	Wenn du mehr als dich selbst gesehen hast, dann findest du vielleicht, dass der Seelenfrieden auf dich wartet. Und die Zeit wird kommen, dass du siehst, dass wir alle eins sind ...

The Beatles, 1967. Text & Musik: George Harrison (Parlophone)

Das Lied ist musikalischer Ausdruck des Hippie-Zeitgeists. Es steckt Gesellschaftskritik drin, Kritik an den Menschen, die kein Bewusstsein für das Unrecht entwickeln, sondern sich nur allzu gerne »hinter einer Mauer aus Illusionen verschanzen«, die von den Gesellschaftskritikern der marxistischen Schule und der Kritischen Theorie als »Ideologie« oder »Verblendungszusammenhang« bezeichnet worden sind. Insbesondere Max Horkheimer und Theodor W. Adorno sahen die Massenprodukte der Kulturindustrie als Instrumente des Massenbetrugs, um den Menschen ihre Fantasie, ihre Kreativität, ihre Kritikfähigkeit und ihr Potential zur Sublimierung ihrer Libido zu nehmen und sie stattdessen zu Arbeitnehmern und passiven Konsumenten vorgefertigter Kulturprodukte mit dem Charakter von Handelswaren zu machen, um sie abzulenken, ruhigzustellen und dadurch Herrschaft zu stabilisieren.[217] Harrison beklagt sich darüber, dass die »eindimensionalen«, wie Marcuse es nannte, Menschen nur Rädchen im Getriebe sind, nicht über den Sinn des Lebens nachdenken, zueinander auf Distanz gehen, die Welt bekommen, aber ihre Seele verlieren.

Im Unterschied zu den zeitgenössischen Protestsängern sucht Harrison die Lösung aber nicht in politischem Aktivismus, sondern in der meditativen Introspektion, aus der die Liebe zu den Mitmenschen erwächst, die allein ausreicht, um die Welt zu retten. Da hört man auch den Maharishi sprechen. Damit ist es ein typisches Hippie-Lied: »Make love, not war«. Wenn wir uns nur alle liebhaben, wird es schon werden. Den politischen Aktivisten (und vermutlich auch John Lennon) war das nicht nur zu brav, es war sogar naiv und in seiner Wirkung reaktionär, weil Meditation Rückzug aus der Sphäre des Politischen ins Private bedeutete. Mit Drogen vollgepumpte, dauergrinsende Hippies, die in Landkommunen Händchen halten und herumrammeln, waren aus der Sicht analytischer Intellektueller nicht besser als die bürgerlichen Mittelschichten, die sich für ihr neues Auto abrackern und abends mit geistlosen Fernsehsendungen betäuben. Viel später, im Jahr 2003, sollte sich T.C. Boyle mit seinem Roman »Drop City«, der von einer Hippie-Kommune

217 Horkheimer/Adorno, Dialektik, a. a. O.

handelt, die von Kalifornien nach Alaska übersiedelt, über die Naivität der dauermeditierenden Acid Heads gehörig lustig machen.

Das eigentlich Revolutionäre an dem Song war nicht sein Text, es war die Musik. Man muss sich vor Augen halten, dass Indien bis zum Jahr 1950 eine britische Kolonie gewesen war. Die Kolonialherren fühlten sich den Indern in allen Belangen überlegen, auch in kultureller Hinsicht. Zwar konnte die klassische indische Musik auf eine mindestens 3000-jährige Tradition zurückblicken, aber als die Briten kamen, installierten sie stattdessen die europäische Kultur in den indischen Städten. In Bombay (heute Mumbai) wurden eine Bibliothek in Form eines griechischen Tempels und das Prince of Wales Museum of Western India errichtet. Mit der Unabhängigkeit konnten die Inder jedoch wieder ihre eigenen kulturellen und insbesondere musikalischen Traditionen pflegen. 1956 begann der Musiker und Komponist Ravi Shankar, die klassische indische Musik auf Konzertreisen durch Europa und Amerika bekanntzumachen, wobei auch die Unterstützung des Stargeigers Yehudi Menuhin hilfreich war. Dass der Westen begann, die exotische indische Musik zu hören, stellte schon eine Anerkennung dar, aber George Harrison ging noch einen Schritt weiter: Er übernahm Elemente der indischen Musik, um sie mit innovativer westlicher Rockmusik zu verbinden.

Das hatte Harrison bereits 1965 auf »Norwegian Wood« gemacht, dem 1966 Brian Jones mit »Paint It Black« folgte, aber der Durchbruch kam mit dem elaborierten »Within You Without You«. Brian Jones spielte danach mit den Rolling Stones weitere Sitarstücke ein, und blitzschnell waren die indischen Klänge in der Rockmusik verbreitet. Scott McKenzie, John Fred and His Playboy Band, Elvis Presley, Donovan, The Kinks, The Mamas and Papas, Eric Burdon & The Animals, The Moody Blues, Jethro Tull und viele andere ließen die Sitar oder die Tambura erklingen. Damit wurden die Machtverhältnisse zwischen Kolonialherren und Beherrschten symbolisch umgekehrt. Insofern war das fünf Minuten lange Stück auch ein Beitrag zur Emanzipation eines Landes, das (aus der ethnozentrischen Sicht der »Ersten Welt«) der sogenannten »Dritten Welt« zugerechnet wurde.

»When I'm Sixty Four« war ein Stück, das McCartney schon in den Fünzigern, mit fünfzehn oder sechzehn Jahren, geschrieben hatte. Die Beatles hatten es seinerzeit öfter im Liverpooler Cavern Club gespielt. Musikalisch gehörte es zum Vaudevillestil und passte insofern ebenfalls zur imaginären Kapelle des Sergeant Pepper.

When I'm Sixty Four	**Wenn ich vierundsechzig bin**
When I get older losing my hair Many years from now Will you still be sending me a valentine Birthday greetings, bottle of wine? If I'd been out till quarter to three Would you lock the door? Will you still need me, will you still feed me When I'm sixty four?	Wenn ich älter werde und mein Haar verliere in ferner Zukunft, wirst du mir immer noch eine Valentinskarte und eine Flasche Wein schicken? Wenn ich bis Viertel vor drei unterwegs bin, würdest du die Tür abschließen? Wirst du mich noch brauchen, würdest du noch für mich kochen, wenn ich vierundsechzig bin?

You'll be older too
And if you say the word
I could stay with you

I could be handy, mending a fuse
When your lights have gone
You can knit a sweater by the fireside
Sunday mornings go for a ride
Doing the garden, digging the weeds
Who could ask for more? ...

Every summer we can rent a cottage in the Isle of Wight
If it's not too dear
We shall scrimp and save
Grandchildren on your knee ...

Send me a postcard, drop me a line
Stating point of view
Indicate precisely what you mean to say
Yours sincerely, wasting away
Give me your answer, fill in a form
Mine forevermore ...

Du wirst ebenfalls älter sein,
und wenn du es sagst,
könnte ich bei dir bleiben.

Ich könnte dir zur Hand gehen, eine Sicherung ersetzen,
wenn deine Lichter ausgegangen sind.
Du könntest am Kamin einen Pullover stricken,
Sonntagmorgens einen Ausflug machen,
im Garten arbeiten, Unkraut jäten.
Wer könnte um mehr bitten? ...

Jeden Sommer können wir ein Häuschen auf der Insel Wight mieten,
wenn es nicht zu teuer ist.
Wir können knausern und sparen,
Enkelkinder auf den Knien ...

Schicke mir eine Postkarte, schreibe mir eine Zeile,
mach deinen Standpunkt klar,
sag präzise, was du meinst,
Viele Grüße, dahinsiechend.
Antworte mir, fülle ein Formular aus,
für immer mein ...

The Beatles, 1967. Text & Musik: John Lennon, Paul McCartney (Parlophone)

Mit seiner fröhlichen Melodie und dem witzigen Text, der immer ironischer wird, bis er in den letzten beiden Strophen Kapriolen schlägt, könnte es sich bei dem Lied um eine besondere Form der Liebeserklärung eines jungen Manns handeln, der seiner Braut ewige Liebe bis ins Alter hinein schwört. Udo Lindenberg ist mit seiner deutschen Version (»und du backst den Haschischkuchen«) auch darauf hereingefallen. Der Produzent George Martin, der bei der Aufnahme zugegegen war, hat jedoch eine ganz andere Interpretation: »Wenn man die Verse genau anschaut, wird man schnell erkennen, dass sie bei allem Witz sagen: ›Ist das Altwerden nicht grauenvoll?‹ Banalität, Langeweile, Nichtigkeit, Armut, Routine.« Das Liedchen war nichts anderes als »Pauls persönliche Vorstellung von der Hölle«.[218]

Insofern passt es zum Generationenkonflikt, der ein Generalthema von »Sgt. Pepper« bildet. »Trau keinem über 30« lautete damals ein Kampfspruch der Studentenbewegung, der Bob Dylans Überzeugung zum Ausdruck brachte, dass die ältere Generation komplett verloren sei. Und was McCartney beschreibt, ist nicht – wie später bei Lindenberg – die Vision alternder Hippies, die mit 64 noch illegale Drogen konsumieren, sondern es ist genau dieselbe spießbürgerliche Existenz, die

218 George Martin: Summer of Love: The Making of Sgt. Pepper. London: Macmillan 1994, S. 36.

man von der Eltern- und Großelterngeneration kannte. »When I'm Sixty Four« war eine Horrorvision: »Wir werden einmal genauso wie die, gegen die wir uns auflehnen!« Allerdings hatte das Lied auch einen anderen, Beatles-typischen Effekt: Die ältere Generation fand es ausgesprochen *nice*, dass die langhaarigen jungen Männer ihre eigene Vorstellung vom Älterwerden zu teilen schienen. Das Image der Beatles als brave Jungs (im Gegensatz zu den schrecklichen Rolling Stones) wurde durch den Song weiter gefestigt. Und der Verdacht, dass das eine oder andere Lied der Beatles den Drogenkonsum verherrlichte, rückte in weite Ferne.

»Lovely Rita« ist eine weitere nicht ganz ernstgemeinte Nummer – was kann ein Song über die Liebe zu einer Politesse, bei der das Rendezvous durch die Anwesenheit zweier Schwestern verdorben wird, schon anders sein? Aber musikalisch zogen die Beatles und ihre Toningenieure hier alle Register, um ungewöhnliche Klänge zu erzeugen – Klebeband auf dem Aufnahmekopf, das Blasen durch einen mit Toilettenpapier umwickelten Kamm, Nutzung einer Echokammer etc. Pink Floyd übernahmen einige der Effekte mit ihrem Stück »Pow R. Toc H.« auf ihrem Debütalbum »The Piper at the Gates of Dawn« (1967).

»Good Morning Good Morning« hatte wahrscheinlich nur die Rolle eines Füllers, der ein Jingle aus einem Werbespot für Cornflakes aufgriff und die Frustrationen der täglichen Haushaltsroutine beklagte. Aber selbst dieser kleine Song hatte eine Reihe von Toneffekten, eines von McCartneys besten Gitarrensoli, einen richtig guten Ringo Starr am Schlagzeug, mehrere Taktwechsel und am Ende eine Folge von Tierlauten, die nach Lennons ausdrücklicher Anweisung nach der körperlichen Stärke der Tiere angeordnet waren (Vogel, Katze, Hund, Pferd, Tiger, Elefant) und dann im Stereoeffekt von rechts nach links liefen.

»Sgt. Pepper's Lonely Hearts Club (Reprise)« sollte das Album eigentlich abbinden, indem gutgelaunte Beatles (nach der Aufnahme dieses Stücks hatten sie endlich frei) sich noch einmal anständig beim Publikum bedanken, aber es gab dann doch noch eine Reihe von Gründen, einen anderen Song an das Ende der LP zu setzen – unter anderem die Sache mit der Schlussrille.

»A Day in the Life« ist eines der komplexesten Stücke, die die Beatles je gemacht haben, und gilt vielen Musikkritikern zugleich als ihr bestes überhaupt.[219] Schauen wir erst einmal auf den Text.

A Day in the Life

[John Lennon]
I read the news today, oh boy
About a lucky man who made the grade
And though the news was rather sad
Well, I just had to laugh
I saw the photograph

Ein Tag im Leben

[John Lennon]
Ich las heute in der Zeitung, Junge,
Über einen glücklichen Mann, der es geschafft hat.
Und obwohl die Nachricht ziemlich traurig war,
Na ja, ich musste einfach lachen.
Ich sah das Foto.

---

219 Elvis Costello: 100 Greatest Beatles Songs. Rolling Stone vom 19.9.2011.

He blew his mind out in a car;
He didn't notice that the lights had changed
A crowd of people stood and stared
They'd seen his face before
Nobody was really sure if he was from the House of Lords

Er knipste seinen Geist aus in einem Auto.
Er hatte übersehen, dass die Ampel umsprang.
Eine Menge Leute standen und gafften.
Sie hatten sein Gesicht zuvor gesehen.
Niemand war sich wirklich sicher, ob er dem Oberhaus angehörte.

I saw a film today, oh boy;
The English army had just won the war
A crowd of people turned away
But I just had to look
Having read the book
I'd love to turn you on

Ich sah heute einen Film, Junge.
Die englische Armee hatte gerade den Krieg gewonnen.
Eine Menge Leute wandten sich ab.
Aber ich musste ihn einfach sehen,
Hatte das Buch gelesen.
Ich würde es lieben, dich high zu machen.

[Paul McCartney]
Woke up, fell out of bed
Dragged a comb across my head
Found my way downstairs and drank a cup
And looking up, I noticed I was late

[Paul McCartney]
Wachte auf, fiel aus dem Bett,
Zog einen Kamm über meinen Kopf,
Fand den Weg nach unten und trank eine Tasse,
Und sah auf und bemerkte, dass ich spät dran war.

Found my coat and grabbed my hat
Made the bus in seconds flat
Found my way upstairs and had a smoke
And somebody spoke and I went into a dream

Fand meinen Mantel und griff meinen Hut,
Erwischte den Bus genau zur Sekunde.
Fand meinen Weg nach oben und rauchte etwas,
Und jemand sprach und ich verfiel in einen Traum.

[John Lennon]
Ah I read the news today, oh boy
Four thousand holes in Blackburn, Lancashire
And though the holes were rather small
They had to count them all
Now they know how many holes it takes to fill the Albert Hall …

[John Lennon]
Ich las heute in der Zeitung, Junge.
4.000 Schlaglöcher in Blackburn, Lancashire.
Und obwohl die Löcher ziemlich klein waren,
Mussten sie sie alle zählen.
Jetzt wissen sie, wie viele Löcher man braucht, um die Albert Hall zu füllen …

The Beatles, 1967. Text & Musik: John Lennon, Paul McCartney (Parlophone)

Auf den ersten Blick scheint nichts in dem Song zusammenzupassen. In der ersten Strophe singt Lennon über einen jungen Aristokraten (Tara Browne, den 21-jährigen Guinness-Erben), der sich zu Tode gefahren hat, und muss darüber lachen. In der zweiten Strophe geht es um den Zweiten Weltkrieg. Dann singt Paul McCartney vom Frühstück, von der morgendlichen Hektik, um den (Schul-) Bus zu erwischen, und von entspanntem Paffen und Träumen am Abend. Den Abschluss bildet eine bizarre Strophe über die Schlaglöcher in einer Kleinstadt.

Und dann noch die Musik! Lennon singt mit höchster, geradezu geisterhafter Stimme. Sein klagendes »Oh, boy« jagt einem kalte Schauer über den Rücken. Man hört Sinfoniker etwas spielen, was George Martin als »orchestralen Orgasmus«

bezeichnet hat. Lennon und McCartney dirigierten das Orchester, das von den tiefsten zu den höchsten Tönen zu spielen hatte, die auf dem jeweiligen Instrument möglich waren. Das Klangerlebnis ist aber weniger orgiastisch als dissonant, atonal, verstörend, düster, geradezu erschreckend. Zwischendurch rappelt ein Wecker. Man hört Menschen etwas rufen. Am Ende ertönt ein ungeheurer Klavierakkord, der 53 Sekunden lang in der Luft hängt. Wenn die Platte abgelaufen ist und der Tonabnehmer eine Endlosschleife in der letzten Rille dreht, ist zu hören, wie eine unverständliche, geheimnisvolle Botschaft gebrabbelt wird.

Musikalisch wie inhaltlich ist der Song mit dem trivialen Titel ein Lied über nichts weniger als den Zerfall der Welt. Lennon singt von Tod, von Krieg, von Verfall (auch wenn es nur Schlaglöcher sind), untermalt von düsteren Klängen. Und wie reagiert McCartney darauf? Er raucht (Cannabis) und flüchtet sich in eine Traumwelt. Und beide sind sich einig: Nur auf Drogen lässt sich diese untergehende Welt noch ertragen. Die Leichtigkeit des Hippielebens, die sich noch durch andere Stücke des Albums gezogen hatte, ist endgültig fort. Die Welt ist verdammt.

Die Produktion des Songs war einerseits extrem aufwendig, andererseits ein Fest. Volle fünf Studiotage brauchte die Band, um ihn fertigzustellen. Die Schwierigkeit bestand darin, zwei Stücke, die von unterschiedlichen Komponisten stammten, zusammenzubringen. Lennon hatte am Ende eine Lücke von 24 Takten gelassen, bevor McCartneys Part einsetzte. Diese Lücke sollte durch das Orchester gefüllt werden. Eigentlich wollten die Beatles ein Orchester mit neunzig Musikern. Weil das selbst für sie nicht bezahlbar schien, rettete Ringo Starr die Situation, indem er sagte, dann begnügen wir uns eben mit 45 Musikern und nehmen alles doppelt auf (als die Sinfoniker hinterher den Trick begriffen, bekamen sie dann doch noch die doppelte Gage).

Am Ende waren es vierzig Musiker, die am 10. Februar 1967 in ihren üblichen schwarzen Anzügen aufliefen. McCartney gab ihnen Pappnasen, Papierhüte und Gorillatatzen, mit denen sie sich verkleiden sollten. Das Studio hing voller Ballons, und illustre Gäste wie Mick Jagger, Keith Richards, Brian Jones, Marianne Faithfull, Patty Boyd und Donovan waren dabei. Lennon und McCartney sagten den Sinfonikern, sie sollten auf ihren Instrumenten vom tiefsten E bis zum höchsten E aufsteigen. Es wurde ein Wecker gestellt, um das Ende der Aufnahme anzuzeigen und, wie es hieß, Ringo Starr für seinen Einsatz zu wecken. Am Ende ließ man das Rappeln des Weckers einfach auf dem Masterband, zumal es auch gut zu McCartneys Textpassage über das Aufstehen passte. Man hört auch noch den Roadie Mal Evans, wie er die 24 Takte zählt.

Das apokalyptische Ende des Songs kam zustande, indem Richard Lush jedes Klavier, das er im Gebäude finden konnte, in das Studio schaffen ließ. Jeder, der halbwegs Klavier spielen konnte (es handelte sich um Lennon, McCartney, Starr, Martin und Evans), musste gleichzeitig einen E-Dur-Akkord anschlagen, und 53 Sekunden ausklingen lassen. Um auch noch das letzte Nachklingen einzufangen, drehte der Toningenieur Geoff Emerick die Regler so hoch, dass man Starrs Schuh quietschen hört. Danach wurde noch ein hochfrequenter Pfeifton eingemischt, damit, wie Lennon es sich wünschte, »auch Hunde etwas zu hören haben«. Das Rätsel um das Gemurmel in der Endlosschleife, das zu den abstrusesten Verschwörungstheorien Anlass gegeben hatte, wurde 1997 von Paul McCartney aufgelöst. Es ist der Text: »It really couldn't be any other« (»Es könnte wirklich kein anderer sein.«)

Es war insbesondere »A Day in the Life«, das dem »Sgt. Pepper«-Album den Ruf verliehen hat, die Rockmusik revolutioniert zu haben. Ron Richard, der Produzent der Hollies, und David Crosby von The Byrds, die an den Aufnahmesessions teilnahmen, waren derart beeindruckt, dass es ihnen minutenlang die Sprache verschlug und sie sogar ihren Job aufgeben wollten. Aber es war nicht nur die Musik, die innovativ war, auch der Text ging über alles hinaus, was man zuvor in der populären Musik gehört hatte. Dieses Mal erkannte die BBC, worum es ging, und setzte das Lied auf den Index, wegen seiner Aufforderung zum Drogenkonsum.

»Sgt. Pepper« war kein explizit politisches Album. Aber es steckte voller Generationenkonflikt, Gesellschaftskritik, apokalyptischer Gesellschaftsdiagnose und Sehnsüchten einer Jugend, die nicht mehr angepasst sein wollte. Und es revolutionierte den Prozess der Produktion von Popmusik auf eine Weise, die den Musikern ganz neue Freiheiten und Spielraum bot. Was man vorher bei den Proben gemacht hatte – das Zusammenfügen der Beiträge verschiedener Musiker, das Ergänzen und Bearbeiten der Kompositionen, der Feinschliff, das Arrangieren, die innovativen Klangmanipulationen – hatten die Beatles in das Studio verlagert, wo sich ihnen ganz andere personelle und technische Möglichkeiten boten.

Der erste Kollege, der den Beatles dafür seinen Dank erwies, war Jimi Hendrix, der die innovativen Aufnahmetechniken später für sein Meisterwerk »Electric Ladyland« nutzen sollte. Aber zunächst landete Hendrix einen Coup, als er am 4. Juni 1967, ganze drei Tage nach dem Erscheinen von »Sgt. Pepper«, sein Konzert im Londoner Saville Theatre mit einem Cover von »Sgt. Pepper's Lonely Hearts Club Band« eröffnete – in seiner eigenen Bearbeitung, mit einem gewohnt virtuosen Solo und in Gegenwart von Paul McCartney und George Harrison, die im Publikum waren. McCartney erinnert sich:

»Das muss einer seiner ersten Gigs in London gewesen sein. Jimi war ein liebenswerter Kerl, ein wirklich netter Typ. Ich erinnere mich noch an sein erstes Konzert im Saville. Das war am 4. Juni 1967, einem Sonntagabend. … Die Vorhänge gingen auf, und Jimi kam raus auf die Bühne und spielte ›Sgt. Pepper‹! Und dabei war das Album erst seit Donnerstag auf dem Markt. Ein schöneres Kompliment hätte er uns gar nicht machen können! … Das ist eine der größten Ehren, die mir in meiner Karriere zuteil geworden sind.«[220]

---

220 Paul McCartney. In: Miles, Many Years, a. a. O., S. 414f.

4.3. Beggars Banquet

Er ist tadellos gekleidet, kultiviert, gebildet, hat Geschmack und gute Manieren. Aber er kann seltsame Dinge tun: Er kann Todesfälle voraussehen, er kann Geld regnen lassen, er kann Menschen mit einem Augenzwinkern von Moskau nach Jalta versetzen oder auch ganz verschwinden lassen. Er kann die gesamte Sowjetunion in Aufruhr versetzen und in sich zusammenstürzen lassen. Er kann die Seelen der Gestorbenen ins Schattenreich führen, er kann aber auch Gnade walten lassen. Ja, und er hatte sogar die Größe, den reumütigen Pontius Pilatus nach fast 2.000 Jahren wieder zu Jesus zu führen.

Die Rede ist natürlich vom Leibhaftigen selbst. Woher wissen wir, dass er so kultiviert ist? – Wir wissen es von Michail Bulgakow, der uns dieses Porträt des Antichristen zwischen 1928 und 1940 aufgeschrieben hat. Der Roman heißt »Der Meister und Margarita« und ist eine gleichermaßen fantasievolle, surreale und aberwitzige wie intelligente und gebildete Satire auf die Bürokratie, die Willkürherrschaft, die Misswirtschaft und den Atheismus der ehemaligen Sowjetunion. Mick Jagger war das Buch von seiner Lebensgefährtin Marianne Faithfull empfohlen worden, und er zeigte sich gleich fasziniert von Bulgakows Luzifer-Interpretation.

Es war Juni 1968, und die Welt war in Aufruhr. In Vietnam tobte der Krieg mit voller Macht, von beiden Seiten angefacht, und erreichte mit dem Massaker von My Lai einen traurigen Tiefpunkt. In den USA wurden bei gewaltsamer Auflösung von Demonstrationen Bürgerrechtler getötet. In Frankfurt zündete die Baader-Meinhof-Bande einen Sprengsatz. Martin Luther King wurde erschossen. In Paris demonstrierten über eine Million Menschen, darunter viele Studierende. Und die Stones hatten gerade eine Reise nach Brasilien hinter sich, wo ihnen Ablehnung und Hass entgegengeschlagen war; woran sie selbst nicht ganz unschuldig gewesen waren, waren doch die Drogeneskapaden einiger Bandmitglieder außer Kontrolle geraten. Da lag es schon mal nahe, an den Teufel zu denken.

Anfang Juni 1968 versammelte sich die Band in den Londoner Olympic Studios, um die LP »Beggars Banquet« aufzunehmen. Doch Brian Jones, einst der musikalische Kopf der Band, war kaum noch in der Lage, etwas Konstruktives beizutragen.[221] Exzessiver Drogenmissbrauch, dadurch verursachte Stimmungsschwankungen und körperliche Beschwerden sowie Justizprobleme verhinderten, dass er irgendetwas Produktives zustande brachte. Er erschien, wenn überhaupt, nur sehr unregelmäßig zu den Proben. Und wenn er einmal da war, schalteten die anderen seinen Verstärker aus, Keith Richards nahm nahezu alle Gitarrenparts allein auf. Jones war kaum noch fähig, Musik zu machen. Selbst wenn er nur eine Mundharmonika spielen wollte, begann sein Mund zu bluten. Percussions und das Mellotron beherrschte er noch einigermaßen.

---

221 So der Produzent Jimmy Miller. Zitiert in: Anthony DeCurtis: The Rolling Stones. Beggars Banquet. Rolling Stone vom 17.6.1997.

Auch sonst ging es im Studio recht lebhaft zu. Der französische Regisseur Jean-Luc Godard war mit seiner Crew und Entourage dabei, um aus der Produktion des Songs »Sympathy for the Devil« einen Dokumentarfilm zu machen, den er noch mit politischen Botschaften anreichern sollte. Ansonsten trug der Film dazu bei, romantische Illusionen über die Komposition von Rockmusik zu zerstören: Da waren keine Genies am Werk, sondern chaotische Typen, die hart und alles andere als effizient daran arbeiteten, aus Bruchstücken von Riffs, Bridges, Rhythmen und Textpassagen brauchbare Musikstücke zu basteln. Die Rolling Stones waren dafür berüchtigt, dass sie über die technischen Fertigkeiten einer Schülerband verfügten, aber eine unschlagbare Magie entwickeln konnten, wenn die »Glimmer Twins« zusammen im Studio waren und der Funke plötzlich übersprang. Auch Anita Pallenberg und Marianne Faithfull hingen im Studio herum, was immerhin dazu führen sollte, dass »Sympathy« den »huu-huu«-Chor bekam.

So chaotisch die Produktion auch war, so brillant war das Ergebnis. »Beggars Banquet« ist eines der wichtigsten Alben der Rockmusik überhaupt geworden. Das ergab sich schon aus dem Aufnahmedatum im Schlüsseljahr der Protestbewegung 1968, und dann noch zur Jahresmitte. Dadurch ist es auch zu einem der politischsten Alben der Rockmusik geworden und dies interessanterweise mit sehr differenzierten, philosophisch-reflektierten politischen Aussagen typisch europäischer Prägung (während in den USA das Thema der Minderheitenrechte und des Anti-Vietnam-Protests alles andere übertönte). Und es enthält einige der sexuell explizitesten Songs dieser rebellischen Zeit, die geeignet waren, die schlimmsten Ängste der Elterngeneration noch zu übertreffen.

Musikalisch war das Album ebenfalls ungewöhnlich für seine Zeit und nahm in gewisser Weise stilistische Innovationen vorweg, die erst viele Jahre später Breitenwirkung entfachen sollten. 1968 ging die Rockmusik aus der Beatmusik hervor, Riffs und Rhythmen wurden härter, Soli ausgefeilter. Cream waren auf dem Höhepunkt, aus der braven Skiffleband The Yardbirds entwickelte sich Led Zeppelin, Jimi Hendrix verbrannte seine Gitarren auf der Bühne, und mit dem Album »Shades of Deep Purple« bekam das Publikum zum ersten Mal einen Sound zu hören, für den sich bald der Begriff *Hardrock* etablierte. Und dann machten die Stones, die mit »Satisfaction« selbst Rockgeschichte geschrieben hatten, einen ganz anderen Sound. Statt Hardrock sind auf »Beggars Banquet« ganz viele akustische Gitarren zu hören, hämmernde Klaviere, Mellotrone und eine ganze Menge anderer ungewöhnlicher Instrumente. Die E-Gitarren-Soli verlieren ihre lautstarke Sonderstellung in der Mitte der Songs und fügen sich mit zurückhaltender Lautstärke in die Klangteppiche ein.

In gewisser Hinsicht haben die Rolling Stones einen Sound vorweggenommen, der viele Jahre später als *unplugged* in die Rockgeschichte eingehen sollte. Kurz darauf sollte John Mayall mit seinem großartigen Album »The Turning Point«, das ohne Schlagzeug und verzerrte Leadgitarre auskam, in eine ähnliche Richtung gehen. Keith Richards hatte eine Technik entwickelt, die er später als *weaving* (›weben‹) bezeichnen sollte. Keine einzelne Gitarre (und erst recht kein anderes Instrument) sollte dominieren, die einzelnen Instrumente sollten sich zu einem Klangteppich

»verweben« – und zwar nicht zu einer gewaltigen Wall of Sound, sondern zu einem eher zarten musikalischen Gewebe. Was Richards später zusammen mit Ron Wood zur Perfektion brachte, machte er auf »Beggars Banquet« per Overdubbing allein: Über die durchaus hart und laut angeschlagenen Akkorde der akustischen Gitarre, die oft eine perkussive Funktion übernimmt (ähnlich wie bei Hendrix' Cover von »All Along the Watchtower«), legen sich endlose Läufe einer zurückhaltend leisen E-Gitarre, ebenso wie hämmernde Klavierlinien, die von Nicky Hopkins gespielt wurden.

Und noch etwas: Als Beat- und Rockmusik immer schneller, immer ekstatischer wurden, legten die Stones eine LP vor, die fast ausschließlich langsame oder Midtempo-Stücke enthielt. Langsam hieß aber auf »Beggars Banquet« nicht langweilig, die Stones zeigten, dass diese Nummern auch kraftvoll, rhythmisch und sexy sein konnten. Ein Journalist schrieb einmal, dass die Stones mit dem Blues angefangen und sich dann von ihm entfernt hätten, aber mit »Beggars Banquet« wieder zum Blues zurückgekehrt wären. Aber die Stones spielten den Blues auf »Beggars Banquet« nicht schematisch-traditionell, sie transformierten ihn in innovativer Weise in einen neuen Sound.

Das erste Stück auf der LP ist gleich ein hervorragendes Beispiel für den musikalischen Stil des ganzen Albums, aber auch für die politische Reflektion der turbulenten Zeit von 1968. Dabei war die Produktion von »Sympathy for the Devil« eine mühsame Geschichte. Was Mick Jagger ins Studio brachte, war ein einfacher Folksong im Stil von Bob Dylan. Um es zu einer Rocknummer zu machen, brauchte man einen Rhythmus. Im Studio wurden zwei Nächte lang sechs verschiedene Rhythmen ausprobiert, bis sich die Band für eine tanzbare Bongo-Samba entschied. Nach Jaggers Auffassung wies die Samba eine »primitive« afro-südamerikanische Unterströmung auf, die den Rhythmus für Weiße ein wenig unheimlich machte. Marianne Faithfull sagte dazu, dass der Samba-Rhythmus auch eine kleine Rache dafür sein sollte, weil die Stones im brasilianischen Salvador da Bahia wegen ihrer langen Haare, ihres Drogenkonsums und ihrer Exzentrik nicht sehr freundlich aufgenommen worden waren.[222] Der Song beginnt ganz leise mit den Sambatrommeln. Und Mick Jagger singt den Part von Luzifer mit einer Stimme, die sanft und kultiviert beginnt, dann aber Vers für Vers an Aggressivität gewinnt.

Sympathy for the Devil

Please allow me to introduce myself
I'm a man of wealth and taste
I've been around for long, long years
Stole many a man's soul and faith

Sympathie für den Teufel

Bitte erlauben Sie mir, mich vorzustellen,
ich bin ein Mann von Reichtum und
Geschmack.
Ich bin schon seit vielen, vielen Jahren hier,
habe vieler Männer Seele und Glauben
gestohlen.

222 Faithfull, Faithfull, a. a. O., S. 166.

Offensichtlich ein wohlhabender und kultivierter und ziemlich alter Herr, der da singt, aber was müssen wir da hören: Er hat den Menschen die Seele und den Glauben genommen?

And I was 'round when Jesus Christ Had his moment of doubt and pain Made damn sure that Pilate Washed his hands and sealed his fate	Und ich war dabei, als Jesus Christus seinen Moment des Zweifels und Schmerzes hatte. Sorgte dafür, dass Pilatus seine Hände wusch und sein Schicksal besiegelte.

Jetzt wird deutlich, um wen es sich wirklich handelt: den Teufel persönlich. Übrigens keine 68er-Religionskritik, sondern ein uraltes Motiv des Katholizismus, das auch den anglikanischen Engländern durch John Miltons »Verlorenes Paradies« nur zu gut vertraut war.

Pleased to meet you Hope you guess my name But what's puzzling you Is the nature of my game	Erfreut, Ihnen zu begegnen, Hoffe, Sie erraten meinen Namen. Aber was Sie verwirrt, ist die Natur meines Spiels.

Im Refrain zeigt sich der Leibhaftige wieder kultiviert und höflich – zumindest, wenn man ihm mit Respekt begegnet. Die Andeutung einer Drohung ist unverkennbar. Aber verstehen können wir sein Spiel nicht – und damit auch nicht die Welt an sich.

I stuck around Saint Petersburg When I saw it was a time for a change Killed the Tsar and his ministers Anastasia screamed in vain I rode a tank Held a general's rank When the blitzkrieg raged And the bodies stank	Ich trieb mich um Sankt Petersburg herum, als ich sah, dass es Zeit war für eine Veränderung. Tötete den Zaren und seine Minister, Anastasia schrie vergeblich. Ich fuhr einen Panzer, hatte den Rang eines Generals, Als der Blitzkrieg tobte und die Leichen stanken.

Jetzt wird es ernst, Jaggers Stimme gewinnt an Schärfe und die Bilder werden drastisch. Das Böse herrscht bei den Kommunisten ebenso wie bei den Nazis, unter einfachen Soldaten wie unter Generälen. Nicht gerade das, was die Linken Mitte 1968 hören wollten.

I watched with glee While your kings and queens Fought for ten decades For the gods they made I shouted out, »Who killed the Kennedys?« When after all It was you and me	Ich sah mit Freude zu, wie unsere Könige und Königinnen zehn Jahrzehnte lang für die Götter kämpften, die sie selber erfunden hatten. Ich rief aus: »Wer tötete die Kennedys?«, als am Ende du es warst und ich.

Feuerbachs Religionskritik in einem Vers. Und die Schlüsselzeile des gesamten Songs: Das Böse steckt im Menschen selbst, es muss nicht erst von Satan in die Welt gebracht werden.

And I laid traps for troubadours Who get killed before they reached Bombay	Und stellte Fallen für Troubadore, die getötet wurden, bevor sie Bombay erreichten.

Waren nicht die Beatles gerade erst im Februar zum Guru nach Indien gepilgert (zusammen mit Donovan, Mike Love von den Beach Boys und anderen)? Auch die singenden Hippies und Maharishi-Jünger werden dem Teufel nicht entkommen.

Just as every cop is a criminal And all the sinners saints As heads is tails Just call me Lucifer	Genau wie jeder Polizist ein Verbrecher ist und all die Sünder Heilige sind, so wie der Kopf der Schwanz ist, nennen Sie mich einfach Luzifer.

Es ist an dieser Stelle die logische Konsequenz der Allgegenwart des Bösen im Menschen: Dass in jedem Polizisten auch ein Verbrecher steckt. Aber das wollte das Establishment gar nicht hören, gerade nicht in einer Zeit, als Polizisten demonstrierende Studenten niederknüppelten und mitunter erschossen. Und das Böse im scheinbar Guten hat Tradition: War nicht Luzifer, der ›Träger des Lichts‹, selbst einst ein Engel?

Cause I'm in need of some restraint So if you meet me Have some courtesy Have some sympathy, and some taste Use all your well-learned politesse Or I'll lay your soul to waste	Weil ich etwas Entspannung brauche, befleißigen Sie sich deshalb, falls Sie mir begegnen, einer gewissen Rücksicht, einer gewissen Sympathie und etwas Geschmacks. Wenden Sie all ihre anerzogene Höflichkeit an oder ich werde Ihre Seele verwüsten.

Und wenn der Teufel Sympathie und Höflichkeit einfordert, dann fühlt man sich an die Diktatoren erinnert, die die Untaten begangen haben, die in dem Song angeklagt werden. Die Welt mag nach dem Ende des Zweiten Weltkriegs ein bisschen friedlicher geworden sein, aber das Böse lauert immer noch in uns.

The Rolling Stones, 1968. Text & Musik: Mick Jagger, Keith Richards (Decca)

Mitten im Sommer 1968, als Religionskritik und Atheismus um sich griffen, war ein Lied, das Sympathie für den Teufel forderte, ein gefundenes Fressen für Satanisten. Es spricht viel dafür, dass dieser Song sogar Auslöser für die Verwendung von okkulten Symbolen innerhalb der Heavy-Metal-Bewegung gewesen war. Dabei hatten die Stones mit Satanismus wirklich überhaupt nichts am Hut. Das Motiv des Teufels entstammt der traditionellen Religiosität, und so will es das Lied verstanden wissen. Das Innovative an dem Lied ist nicht das Teufelsmotiv und auch nicht die Darstellung des Teufels als intelligente, distinguierte Kreatur (die stammt von Bulgakow), sondern die Verbindung höchst aktueller politischer Ereignisse (wie die Ermordung Robert F. Kennedys während der Aufnahme des Songs, die sich in einer geistesgegenwärtigen Anpassung des Texts an die Pluralform niederschlug) mit der zeitlosen philosophischen Erkenntnis des Bösen in der Natur des Menschen (Hatten wir das nicht schon in dem Worksong »Long John«?).

Mit einem Fluch ist der Song natürlich auch nicht verbunden. Verschwörungstheoretiker haben propagiert, dass Meredith Hunter in Altamont ermordet wurde, als die Stones »Sympathy for the Devil« gespielt hatten. Aber die Satanisten haben Pech gehabt: Das Unglückslied war »Under My Thumb«. Gleichwohl haben die Stones »Sympathy« die nächsten sieben Jahre lang nicht mehr live gespielt. Für Marianne Faithfull, die ganz nah dran war, war Lucifer eine höchst politische Figur. Mit ihr hat Mick Jagger die Aggression verarbeitet, die sich in Europa im Zuge der Protestbewegung und der staatlichen Polizeigewalt seit 1967 aufgebaut hatte: »Von nun an saugte Mick diese unberechenbare Energie auf, kanalisierte sie und formte daraus etwas Neues. Er brachte die negativen Kräfte unter Kontrolle und gab ihnen eine Gestalt. Aus den destruktiven Impulsen schuf er all diese unglaublichen Figuren der späten Sechziger: den Midnight Rambler, Lucifer, Jumpin' Jack. Sie erhoben sich aus den bösartigen und chaotischen Kräften, aus der zügellosen Masse. Aus dem finsteren, gewalttätigen Gruppenbewußtsein der Menge – Chaos, Gott, Pan.«[223] Was Faithfull hier beschreibt, nennt man *Sublimierung*. Der Teufel, dem man mit Sympathie begegnen sollte, war die sublimierteste dieser Figuren, die aus der aggressiven Energie der Protestbewegung erwuchsen. Aber all diese Figuren waren Ausdruck der philosophisch begründeten Doppelnatur des Menschen als Wesen, das Böses wie Gutes in sich vereint.

Das nächste Stück auf der LP, »No Expectations«, ist ein abgrundtief trauriges Stück, das an die Tradition des Blues anknüpft, und von einem jungen Mann erzählt, dessen Leben ruiniert ist, seit ihn seine Liebste mit ihrem Herzen aus Dia-

223 Ebd., S. 153f.

mant verstoßen hat. Musikgeschichtlich ist es interessant, weil es der letzte Song war, an dem Brian Jones mitwirken konnte. Er spielt die Slide-Gitarre, die der Musik das Klagende gibt, das so gut zu dem Text passt.

So traurig »No Expectations« ist, so witzig ist »Dear Doctor«. Der Song kommt als flottes Countrystück daher und erzählt die wunderbar naive Geschichte eines jungen Manns, der sich (u.a. mit reichlich Whiskey) auf die Trauung mit einer »krummbeinigen Sau« vorbereitet. Die Rettung kommt aber in Form eines Zettels, den er in der Tasche des Hochzeitsanzugs findet: Die Braut ist soeben mit seinem Cousin Lou durchgebrannt. Lustig ist nicht nur der Gesang, der an einen Säuferchor erinnert, sondern auch die surreale Metapher des verletzten Herzens, das der Doktor herausoperieren und in ein Laborglas geben soll. Und am Ende, als die Erleichterung über die geplatzte Hochzeit da ist, darf er es wieder einpflanzen und der Puls ist wieder unter Kontrolle.

Mit »Parachute Woman« wird es sexy: Der harte Rhythmus der akustischen Gitarre lässt keinen Zweifel, welche Bewegung hier gemeint ist. Der Text auch nicht: »Fallschirmspringerin, lande auf mir heute Nacht!« Und: »Komm zu mir für einen Ritt!« – Der letzte Vers ist einer der explizitesten, der je gesungen wurde: »Meinen starken Schwanz juckt es / einen soliden Rhythmus hinzulegen«. Ein Macho-Stück durch und durch. So explizit waren Rocksongs bis dahin nicht gewesen.

Musikalisch und textlich könnte der Kontrast zum nächsten Stück nicht größer sein: »Jig-Saw Puzzle« ist wieder ein Beispiel für den zarten Klangteppich. Die Musik ist melancholisch, mit einem wimmernden Mellotron (gespielt von Brian Jones), einer klagenden Slide-Gitarre (Keith Richards) und zarten Klavierlinien (Nicky Hopkins). Manche Kritiker haben eingewandt, dass die Musik über volle sechs Minuten monoton bleibt, aber das macht gerade den Charme des Songs aus, der eine moderne Endzeitvision bei Langeweile und britischem Dauerregen beschreibt.

Jig-Saw Puzzle	**Puzzlespiel**
There's a tramp sittin' on my doorstep Tryin' to waste his time With his methylated sandwich He's a walking clothesline	Da sitzt ein Stadtstreicher auf meiner Türschwelle, versucht, seine Zeit zu verschwenden. Mit seinem vergällten Sandwich ist er eine wandelnde Wäscheleine.
And here comes the bishop's daughter On the other side She looks a trifle jealous She's been an outcast all her life	Und hier kommt die Bischofstochter auf der anderen Seite. Sie wirkt ein wenig neidisch, sie ist ihr Leben lang eine Ausgestoßene gewesen.

Soziale Verhältnisse werden in skandalöser Weise auf den Kopf gestellt, wenn die Tochter des Bischofs auf den Bettler neidisch ist, denn ausgerechnet ihre strenge Moral hat sie zu einer Ausgestoßenen gemacht.

Me, I'm waiting so patiently
Lying on the floor
I'm just trying to do my jig-saw puzzle
Before it rains anymore

Ich warte so geduldig,
auf dem Boden liegend.
Ich versuche, mein Puzzlespiel zu legen,
bevor es noch länger regnet.

Der Regen als Allegorie für trübe Zeiten. Der Sänger wartet darauf, dass sich die Puzzleteile zusammenfügen und in der Gesellschaft etwas passiert.

Oh the gangster looks so fright'ning
With his Luger in his hand
When he gets home to his children
He's a family man
But when it comes to the nitty-gritty
He can shove in his knife
Yes he really looks quite religious
He's been an outlaw all his life

Der Verbrecher wirkt so furchterregend
mit seiner Knarre in der Hand.
Wenn er nach Hause zu seinen Kindern kommt,
ist er ein Familienvater.
Aber wenn es zur Sache geht,
kann er mit seinem Messer zustechen.
Ja, er wirkt wirklich ganz religiös,
Er war sein ganzes Leben lang ein Gesetzloser.

Das Motiv aus »Sympathy«, dass alle Sünder Heilige sind, wird wiederaufgenommen. Skandalös! Noch skandalöser ist, dass auch das Umgekehrte gilt: Alle braven Bürger sind auch verbrecherisch.

Oh the singer, he looks angry
At being thrown to the lions
And the bass player, he looks nervous
About the girls outside
And the drummer, he's so shattered
Trying to keep up time
And the guitar players look damaged
They've been outcasts all their lives ...

Der Sänger, er wirkt wütend,
weil er den Löwen zum Fraß vorgeworfen wird.
Und der Bassist sieht nervös aus
wegen der Mädchen da draußen.
Und der Schlagzeuger, er ist so zerstört,
versucht den Takt zu halten.
Und die Gitarristen wirken kaputt,
sie waren ihr Leben lang Ausgestoßene ...

Die Stones singen über sich selbst. Mick Jagger ist sauer, weil er stets im Rampenlicht von Presse und Justiz steht (er hatte gerade mit Müh und Not und einer Nacht im Gefängnis den Drogenskandal von Redlands überstanden). Über den Bassisten Bill Wyman macht er sich lustig, weil dieser nicht von den Groupies lassen kann (Wyman war dafür berüchtigt). Der Schlagzeuger Charlie Watts ist ziemlich daneben und bemüht sich (wie so oft im Studio), den Takt zu halten. Die Gitarristen Jones und Richards sind »kaputt«, was angesichts ihres Drogenkonsums kaum verwundern dürfte. Die Musiker sind ebenso wie der Bettler, der Verbrecher und die Bischofstochter Ausgestoßene, die sich nicht den bürgerlichen Konventionen unterwerfen.

Oh, there's twenty-thousand grandmas
Wave their hankies in the air
All burning up their pensions
And shouting, »It's not fair!«
There's a regiment of soldiers
Standing looking on
And the queen is bravely shouting,
»What the hell is going on?«
With a blood-curdling »tally-ho«
She charged into the ranks
And blessed all those grandmas who
With their dying breaths screamed,
»Thanks!«

Hier sind zwanzigtausend Großmütter
und wedeln mit ihren Taschentüchern.
Sie verbrennen ihre Renten
und rufen »es ist nicht gerecht!«
Da ist ein Regiment von Soldaten,
stehen dabei und sehen zu,
und die Königin ruft mutig:
»Was zum Teufel geht hier vor?«
Mit einem markerschütternden »Halali«
stürmte sie in die Reihen
und segnete all jene Großmütter, die
mit letztem Atem kreischten: »Danke!«

In der letzten Strophe kulminieren die Ereignisse, wenn in surreal-apokalyptischen Bildern die bürgerliche Ordnung zerbröselt. Die Renten, Inbegriff der sozialen Sicherung in der bürgerlichen Gesellschaft, werden verbrannt. Soldaten stehen bereit, die Revolte zu bekämpfen, aber die Queen persönlich schlägt sich auf die Seite der Rebellen. Nicht junge Männer führen die Revolution an, sondern brave Großmütterchen mit Spitzentaschentüchern.

Me, I'm just waiting so patiently
With my woman on the floor
We're just trying to do this jig-saw puzzle
Before it rains anymore

Ich warte so geduldig
mit meiner Frau auf dem Boden.
Wir versuchen, dieses Puzzlespiel zu lösen,
bevor es noch länger regnet.

Und der Sänger? Macht er mit bei der Revolution? – Nein, er zieht sich ins Private zurück: Er liegt weiter auf dem Teppich, jetzt aber beim Geschlechtsakt. Und versucht, ein Rätsel zu lösen, während es draußen regnet. Ist es das Rätsel der Gesellschaft, der Politik, des Lebens überhaupt?

The Rolling Stones, 1968. Text & Musik: Mick Jagger, Keith Richards (Decca)

Manche Kritiker haben die enigmatisch-surrealen Elemente des Songs zum Anlass genommen, Mick Jagger den Versuch zu unterstellen, auch mal einen dylanesken Song zu schreiben. Ganz so blumig-metaphorisch wie bei Dylan ist es dann doch nicht geworden, es sind durchaus klare Botschaften: Das politisch-philosophische Motiv von der Zwiespältigkeit der menschlichen Natur, das bereits Leitmotiv von »Sympathy« gewesen war, kommt hier noch einmal, und vielleicht noch schockierender, weil nun mit den gesellschaftlichen Außenseitern sympathisiert wird. Besonders an Dylan erinnert vielleicht die surreale Szene der letzten Strophe. Aber auch dieses Bild ist politisch: Für Jagger sind es nicht die linken Studenten, die die bürgerliche Gesellschaft zu Fall bringen, sondern die revoltierenden Omis mit ihren Taschentüchern, während er selber, der politisierte junge Mann, gelangweilt

Sex macht und über die menschliche Existenz grübelt. Lächerlicher kann man die Studentenbewegung kaum machen.

Diese Aussage wird im darauffolgenden Stück noch zugespitzt, auch wenn es zunächst textlich und musikalisch ganz anders daherkommt: »Street Fighting Man« ist das einzige schnelle Stück auf der LP, und der schnelle, aggressive Rhythmus (wieder von einer akustischen Gitarre gespielt) passt zu den Eingangsversen, die auf die Märsche der Studierenden im Sommer 1968 Bezug nehmen. Dabei gibt es gleich im ersten Vers mit »marching, charging feet« einen wunderbaren Binnenreim.

Street Fighting Man	**Straßenkämpfer**
Everywhere I hear the sound of marching, charging feet, boy 'Cause summer's here and the time is right for fighting in the street, boy	Überall höre ich das Geräusch von marschierenden, angreifenden Füßen, Junge, Weil der Sommer da ist und die Zeit richtig ist, um auf der Straße zu kämpfen, Junge.
Well what can a poor boy do Except to sing for a rock 'n' roll band 'Cause in sleepy London town There's just no place for a street fighting man, no	Aber was kann ein armer Junge tun, außer in einer Rock-and-Roll-Band zu singen, weil es im schläfrigen London einfach keinen Platz für einen Straßenkämpfer gibt, nein.
Hey! Think the time is right for a palace revolution 'Cause where I live the game to play is compromise solution …	Hey! Die Zeit ist reif für eine Palastrevolution, weil dort, wo ich lebe, das Spiel Kompromissfindung heißt …
Hey! Said my name is called disturbance I'll shout and scream, I'll kill the king, I'll rail at all his servants …	Hey, habe ich gesagt, dass mein Name Aufruhr ist? Ich werde schreien und kreischen, den König töten, seine Bediensteten anbrüllen …

The Rolling Stones, 1968. Text & Musik: Mick Jagger, Keith Richards (Decca)

Hört sich alles recht aufrührerisch an. In der dritten Strophe will der Sänger gar den König umbringen – dadurch wird die ganze Straßenkämpferei komplett unrealistisch, denn es gibt ja gar keinen König – und die Queen, die Jagger, wie wir in »Jig-Saw Puzzle« gehört haben, eigentlich mag, wird von der Revolution verschont. Das mit dem Straßenkampf ist ohnehin nicht ernst gemeint. Denn der Refrain stellt dreimal klar, dass sich der Musiker nicht imstande fühlt, selbst daran teilzunehmen.

Der Refrain ist ein cleverer Schachzug. Wie schon bei »Jig-saw Puzzle« wird Mick Jagger hier persönlich und singt nicht etwa als irgendein fiktiver Protagonist. Und seine persönliche Botschaft lautet: »Ich mache beim Straßenkampf nicht mit.« Allerdings werden die Entschuldigungen gleich mitgeliefert: Er sei ja nur ein einfacher Junge, und in dem (im Vergleich zu Paris und Berlin) »schläfrigen« Kaff London gebe es halt keinen Platz für Revoluzzer. Der Song wird dadurch doppeldeutig: Juristisch konnte man den Stones keinen Aufruf zur Gewalt anflicken, und Jagger konnte seitdem alle Vorwürfe, er sei ja nur ein Salonlinker (und dazu noch Steuerflüchtiger), kontern, indem er auf den Song verwies. Er habe ja schon im Sommer 1968 zum Ausdruck gebracht, dass er bei den Revoluzzern nicht mitmacht. Andererseits konnten sich die Jugendlichen des Jahres 1968 mit dem gut tanzbaren Song anturnen und wenigstens für drei Minuten so tun, als würden sie bei einer Demo mitmachen. Ein typischer eindeutig zweideutiger Rocksong: Man konnte ihn so interpretieren, wie man wollte. Missverständnisse erwünscht.

»Prodigal Son« könnte ein weiterer Füller sein, weist aber einen erstaunlich langen, sorgfältig geschriebenen Text auf, der die biblische Geschichte vom verlorenen Sohn erzählt (Lk 15,11–32). Der letzte Satz des Vaters, nachdem der Sohn zu ihm zurückgekehrt ist, lautet: »Das ist die Art für uns zurechtzukommen.« Damit ist der Song ein Versöhnungsangebot an die Elterngeneration oder, mehr noch, ein Vorschlag, die rebellische Jugend wieder anzunehmen. Es ist schon erstaunlich, dass sich in dieser Zeit des Aufbegehrens die Rolling Stones, die sich selbst als Oberrebellen verstanden, entschieden, einen Song über die biblische Geschichte des verlorenen Sohns aufzunehmen. Es zeigt, wie viele andere Stücke auf »Beggars Banquet«, ein überraschendes Maß an Selbstreflexion, Selbstkritik und Größe, spiegelt aber auch die Sehnsucht der Jugend nach Toleranz wider.

Die Versöhnungsgeste war an dieser Stelle auch bitter nötig, denn der »Stray Cat Blues«, der danach kommt, zelebriert die schlimmsten Albträume der Eltern minderjähriger Töchter. Wieder ist es ein Song mit einem, von Bass und Schlagzeug getragenem, sexy Rhythmus und einem Klangteppich aus hart geschlagener akustischer Gitarre, E-Gitarre, Klavier, Congas und Mellotron. Und er beginnt gleich schon mit Stöhnen und dem lasziven Lachen des erfolgreichen Womanizers.

Stray Cat Blues	**Der Blues von der streunenden Katze**
I hear the click-clack of your feet on the stairs I know you're no scare-eyed honey. There'll be a feast if you just come upstairs But it's no hanging matter It's no capital crime	Ich höre das Klick-Klack deiner Füße auf der Treppe. Ich weiß, dass du kein verängstigtes Häschen bist. Es wird ein Fest geben, wenn du einfach hochkommst. Dafür wirst du nicht gehängt, es ist kein Kapitalverbrechen.
I can see that you're fifteen years old No I don't want your I. D. You look so rest-less and you're so far from home But it's no hanging matter ... Oh yeah, you're a strange stray cat Oh yeah, don'tcha scratch like that ...	Ich kann sehen, dass du fünfzehn bist. Nein, ich will nicht deinen Ausweis sehen. Du wirkst so rastlos und so weit von zuhause weg. Dafür wirst du nicht gehängt ... O ja, du bist eine seltsame streunende Katze. O ja, kratze doch nicht so ...

Bet your mama don't know you scream like that I bet your mother don't know you can spit like that	Wette, deine Mama weiß nicht, wie du kreischen kannst. Ich wette, deine Mama weiß nicht, wie du spucken kannst.
You look so weird and you're so far from home But you don't really miss your mother Don't look so scared I'm no mad-brained bear But it's no hanging matter …	Du wirkst so sonderbar und so weit weg von zuhause. Aber du vermisst deine Mutter nicht wirklich. Schau nicht so ängstlich, ich bin kein tollwütiger Bär. Dafür wirst du nicht gehängt …
I bet your mama don't know that you scratch like that I bet she don't know you can bite like that.	Ich wette, deine Mama weiß nicht, wie du kratzen kannst. Ich wette, sie weiß nicht, wie du beißen kannst.
You say you got a friend, that she's wilder than you Why don't you bring her upstairs? If she's so wild then she can join in too It's no hanging matter … I bet you mama don't know you can bite like that I'll bet she never saw you scratch my back	Du sagt, dass du eine Freundin hast, dass sie wilder ist als du. Warum bringst du sie nicht hoch? Wenn sie so wild ist, kann sie mitmachen. Dafür wirst du nicht gehängt … Ich wette, deine Mama weiß nicht, wie du beißen kannst. Ich wette, sie sah niemals, wie du meinen Rücken zerkratzt hast.

The Rolling Stones, 1968. Text & Musik: Mick Jagger, Keith Richards (Decca)

Jagger spielt hier den Pädophilen, denn sein Opfer ist ein fünfzehnjähriges Mädchen. Wie bei Van Morrisons »Gloria« beginnt die Story mit dem Mädchen, das die Treppe hochläuft, um sich in die Höhle des Verführers zu begeben. Und was dann kommt, ist eine weitere äußerst explizite Darstellung von wildem Sex. Der Verführer will dann noch einen Dreier mit der Freundin. Und als ob das alles noch nicht reichen würde, macht sich Mick Jagger über die Ängste der Mutter lustig. Moralische Bedenken wischt der Verführer beiseite.

»Factory Girl« ist ein kleiner Song über eine junge Frau aus dem Arbeitermilieu.

Factory Girl	**Fabrikmädchen**
Waiting for a girl who's got curlers in her hair Waiting for a girl she has no money anywhere We get buses everywhere Waiting for a factory girl	Ich warte auf ein Mädchen mit Lockenwicklern in ihrem Haar. Warte auf ein Mädchen, sie hat nirgendwo Geld. Wir fahren überallhin mit dem Bus. Warte auf ein Fabrikmädchen.

Waiting for a girl and her knees are much too fat Waiting for a girl who wears scarves instead of hats Her zipper's broken down the back ...	Warte auf ein Mädchen, ihre Knie sind viel zu fett. Warte auf ein Mädchen, das keine Hüte, sondern Kopftücher trägt. Ihr Reißverschluss ist am Rücken kaputtgegangen ...
Waiting for a girl and she gets me into fights Waiting for a girl, we get drunk on Friday night She's a sight for sore eyes ...	Warte auf ein Mädchen, dass immer mit mir Streit anfängt. Warte auf ein Mädchen, wir besaufen uns am Freitagabend. Sie sieht super aus ...
Waiting for a factory girl Waiting for a girl and she's got stains all down her dress Waiting for a girl and my feet are getting wet She ain't come out yet ...	Warte auf ein Fabrikmädchen. Warte auf ein Mädchen mit Flecken auf ihrem ganzen Kleid. Warte auf ein Mädchen und ich bekomme nasse Füße. Sie ist bis jetzt noch nicht herausgekommen ...

The Rolling Stones, 1968. Text & Musik: Mick Jagger, Keith Richards (Decca)

Da ist nichts Romantisches an dem Date mit der jungen Frau aus dem Arbeitermilieu. Lockenwickler, schmutzige und kaputte Kleidung, dicke Knie, Streitsucht – das alles ist auch eine Form von Entfremdung. Und dann das Arbeiterleben: Man streitet sich, weil man den Druck aus der Fabrik irgendwo ablassen muss, und besäuft sich am Wochenende. Der Song endet so trübselig, wie die Arbeiterexistenz geschildert wird.

Das Proletariat wird hier nicht glorifiziert (wie es manche 68er-Linke taten), sondern mit brutalem Realismus als entfremdetes Produkt der Fabrikarbeit gezeichnet. *Entfremdung* war ein Begriff der idealistischen Philosophie (insbesondere Hegels), den Karl Marx aufgenommen hatte.[224] Während der Handwerker noch in der Lage ist, seine Persönlichkeit in seinem Produkt zu *entäußern*, also in das Produkt einzubringen, weil er den gesamten Produktionsprozess unter Kontrolle hat, führt die hierarchisch organisierte gesellschaftliche Teilung der Arbeit dazu, dass Menschen zu Lohnabhängigen werden, von der Klasse der Kapitalisten ausgebeutet werden und in ihrer freien Entwicklung eingeschränkt werden. Der kapitalistisch organisierte Produktionsprozess tritt den Lohnabhängigen als eine fremde Macht gegenüber. Die Arbeitsteilung bewirkt, dass die Arbeiter den Bezug zu den Produkten verlieren, so dass diese zu Waren werden. Weil der Arbeiter seinen Arbeitsprozess nicht mehr selbst gestalten kann, weil er gezwungen ist, repetitive Teilarbeit der immer gleichen, monotonen Verrichtungen vorzunehmen, verkümmern seine

224 Karl Marx: Ökonomisch-philosophische Manuskripte aus dem Jahre 1844 (1844), ders.: Die deutsche Ideologie (1845), ders.: Thesen über Feuerbach (1845).

Talente, seine Kreativität und seine Persönlichkeit. Die Entfremdung vom Arbeitsprozess führt zur Entfremdung vom Leben überhaupt. Die Freizeit wird auf die funktional notwendige Reproduktion der Arbeitskraft reduziert. Und genau diese Entfremdung verkörpert sich in der Fabrikarbeiterin, die sich nicht pflegt, die ihren Frust abreagiert, indem sie sich dauernd mit ihrem Kerl streitet, und die sich am Wochenende mit Alkohol betäubt.

Ein vollkommen anderes intellektuelles und musikalisches Niveau erreicht der letzte Song auf dem Album, »Salt of the Earth«. Der Titel spielt auf Matthäus 5,13 an, wo es heißt: »Ihr seid das Salz der Erde; wenn aber das Salz kraftlos geworden ist, womit soll es gesalzen werden? Es taugt zu nichts mehr, als hinausgeworfen und von den Menschen zertreten zu werden.« Salz war ein Symbol für die Beständigkeit des Guten, konnte aber auch verunreinigt werden. *Salz der Erde* ist also seit alters her eine Metapher für die guten und nützlichen Menschen und hat sich auch im englischen Sprachraum in dieser Bedeutung erhalten. Keith Richards hat (ebenso wie Paul McCartney) den Ausdruck *salt of the earth* gern verwendet, um das familiäre Milieu der »kleinen«, aber anständigen, ehrbaren und arbeitsamen Leute zu charakterisieren.

Dieses Motiv griff der 1954 veröffentlichte Film »Salt of the Earth« auf, der aus einem Bergarbeiterstreik gegen die Empire Zinc Company in Grant County, New Mexico, im Jahr 1951 ein heroisches Drama machte, in dem sich die Arbeiterschaft letztlich gegen die Drangsalierung einer hispanischen Bergarbeiterfrau durchsetzte. Und um die Arbeiterschaft geht es auch in dem gleichnamigen Rolling-Stones-Song. Interessant ist, dass Keith Richards mit seiner rauen, brüchigen Stimme die erste Strophe singt (übrigens das erste Mal, dass er überhaupt auf einer Aufnahme singt), was dem Lied zusätzliche Authentizität verschafft, bevor in der zweiten Strophe die vertraute Stimme Mick Jaggers einsetzt.

Salt of the Earth	**Salz der Erde**
Let's drink to the hard working people Let's drink to the lowly of birth Raise your glass to the good and the evil Let's drink to the salt of the earth	Lass uns auf die hart arbeitenden Menschen trinken. Lass uns auf die von niederer Abstammung trinken. Erhebe dein Glas auf die Guten und die Bösen. Lass uns auf das Salz der Erde trinken.
Say a prayer for the common foot soldier Spare a thought for his back breaking work Say a prayer for his wife and his children Who burn the fires and who still till the earth	Bete für den einfachen Fußsoldaten, widme seiner rückgratbrechenden Arbeit einen Gedanken. Bete für seine Frau und seine Kinder, die das Feuer hegen und die immer noch das Land bestellen.

Schlage dich auf die Seite der kleinen Leute! – Ein klassisches revolutionäres Motiv. Aber es taucht auch wieder das philosophische Leitmotiv des gesamten Albums auf: Der Mensch ist gut und böse zugleich. Die Berücksichtigung der Schicksale der Angehörigen stellte auch ein zentrales Thema des gleichnamigen Films dar, die erst gegen den Widerstand der männlichen Gewerkschafter, die nur ihre eigene Situation im Blick hatten, erkämpft werden musste. Jagger schließt aber auch den einfachen Soldaten ein, der gegen seinen Willen zum Kriegsdienst eingezogen wurde, und nimmt damit das Motiv der Press Gang auf, die Gegenstand zahlreicher britischer Folksongs war. Press Gangs waren Militärkommandos, die durch die Städte und Dörfer zogen und willkürlich und gewaltsam Männer einzogen, um sie für den Kriegsdienst einzusetzen, besonders in der Marine. Im Jahr 1968, als der Antimilitarismus en vogue war, war dies ein Akt der Differenzierung, nämlich den einfachen Soldaten von der Verantwortung zu entlasten und ihn selbst als Opfer des Systems erscheinen zu lassen.

And when I search a faceless crowd A swirling mass of gray and black and white They don't look real to me In fact, they look so strange	Und wenn ich auf eine gesichtslose Menge schaue, eine wirbelnde Masse von Grau und Schwarz und Weiß, sehen sie für mich nicht wirklich aus, tatsächlich sehen sie so fremd aus.

Der distanzierte Blick des Intellektuellen aus der Mittelschicht auf die eigentliche Zielgruppe der Studentenrevolte, das Proletariat, und zugleich auch eine weitere poetische Umsetzung der Entfremdungstheorie von Karl Marx. Der Kapitalismus deformiert die menschliche Persönlichkeit und diese deformierten Menschen erscheinen als graue, fremde Masse.

Raise your glass to the hard working people Let's drink to the uncounted heads Let's think of the wavering millions Who need leading but get gamblers instead.	Erhebe dein Glas auf die hart arbeitenden Menschen. Lass uns auf die ungezählten Köpfe trinken. Lass uns an die Millionen von unsicheren Menschen denken, die Führung brauchen, aber stattdessen Spieler bekommen.
Spare a thought for the stay-at-home voter Empty eyes gaze at strange beauty shows And a parade of the gray suited grafters A choice of cancer or polio	Widme dem Nichtwähler einen Gedanken, leere Augen starren auf seltsame Beauty Shows und eine Parade von Schiebern in grauen Anzügen, eine Wahl zwischen Pest und Cholera.

Demokratie hilft nicht. Die Menschen betäuben sich vor dem Fernseher (wie es Herbert Marcuse in seinem »Eindimensionalen Menschen« analysiert hatte) und gehen nicht zur Wahl. Warum sollten sie auch? – Sie haben nur die Wahl zwischen Pest und Cholera. Politiker erscheinen als Schieber in grauen Anzügen. Michael Ende wird einige Jahre später in seinem Jugendbuch »Momo« das Motiv der Grauen

Herren, der Manager im Businessanzug, die den Menschen die Zeit stehlen, literarisch umsetzen. Graue Anzüge werden zum Symbol für Macht, Unterdrückung und Manipulation. Auch deshalb rebellieren die 68er gegen die Kleiderordnung.

Let's drink to the hard working people Let's think of the lowly of birth Spare a thought for the rag taggy people Let's drink to the salt of the earth ... Let's drink to the two thousand million Let's think of the humble of birth	Lass uns auf die hart arbeitenden Menschen trinken. Lass uns an die von niedriger Geburt denken. Widme den Menschen in Lumpen einen Gedanken. Lass uns auf das Salz der Erde trinken ... Lass uns auf die zweitausend Millionen trinken. Lass uns an die von geringer Geburt denken.

Zum Ende hin entwickelt sich der Song zu einem Gospel. Das Klavier wird immer hämmernder, der Watts Street Gospel Choir aus Los Angeles unterstützt den Gesang, der zu einer Hymne auf die kleinen Leute wird – so entfremdet sie auch sein mögen.

The Rolling Stones, 1968. Text & Musik: Mick Jagger, Keith Richards (Decca)

Seltsamerweise haben die Stones den Song lange Zeit nicht live gespielt. Das änderte sich, als sie am 19.12.1989 in Atlantic City Axl Rose und Izzy Stradlin auf die Bühne holten, um gemeinsam zu jammen. Guns N' Roses durften sich für die gemeinsame Performance ein Stones-Stück aussuchen, und zur Überraschung der Band wählten sie »Salt of the Earth«. Keith Richards und Mick Jagger hatten die Nummer schon so lange nicht mehr gespielt, dass sie sich kaum mehr an den Text erinnern konnten. Auf späteren Touren nahmen sie den Song dann wieder häufiger in ihre Setlist auf – warum auch nicht? Das Lied hat diesen eingängigen, gospelartigen Rhythmus, und der Text ist politisch und gleichzeitig differenziert. Unterdrückende und zugleich manipulative politische und gesellschaftliche Verhältnisse wurden angeprangert, zugleich stellt er aber auch in all seiner Distanz der Intellektuellen zur wirklichen Arbeiterklasse und zum politischen Kampf ein zeitgeschichtliches Dokument für die Ambivalenz der 68er-Generation dar.

»Factory Girl« und »Salt of the Earth« gemeinsam ist die Distanz der gesellschaftskritischen Intellektuellen zu den Deformationen im Lebensstil der Arbeiterklasse, die Erscheinungsformen von Entfremdung sind. »Salt of the Earth« geht aber weit darüber hinaus: Die Betäubung der Massen durch Konsum und Medien wird genauso thematisiert wie eine Scheindemokratie, bei der die Wählerinnen und Wähler keine wirkliche Alternative haben. Der Tenor des Songs ist analytisch, zynisch, distanziert, auch wenn er mit einer Hymne auf das Proletariat endet. Ein Aufruf zu sozialer Revolution sieht anders aus – aber davon hatten sich die Stones ja bereits mit »Street Fighting Men« distanziert.

»Salt of the Earth« ist eine weitere poetisch-musikalische Umsetzung der Kritischen Theorie. Das gesamte Album ist eine Abrechnung mit der bürgerlichen Gesellschaft, ihren Lebensformen, ihrer Politik, ihrer Ökonomie. Aber wie die Theoretiker der Frankfurter Schule (dem Feingeist Adorno war die Studentenbewegung zuwider) meiden die Musiker den Schulterschluss mit den Massen, biedern sich nicht an, sondern bleiben auf Distanz. Sie tun, was junge intellektuelle Musiker tun können: Sie spielen Rockmusik und singen dazu kritische und freche Texte, die eine gewaltige stilistische Vielfalt aufweisen. Es finden sich Zoten, komödiantische Trinklieder, Nachdenkliches, Trauriges, explizit politische Songs, aber auch philosophische, apokalyptische Lieder von hoher symbolischer und intellektueller Tiefe. Das Album ist auch in dieser Hinsicht ein Abbild seiner Zeit.

Wie hat man das im Jahr 1968 aufgenommen? »Gewalt«, schrieb der Musikkritiker Jon Landau im »Rolling Stone«-Magazin, »Die Rolling Stones sind Gewalt. Ihre Musik durchdringt die rohen Nervenenden ihrer Hörer und findet ihren Weg zu dem Groove, der ›Frustrationsabbau‹ genannt wird. Ihre Gewalt ist immer ein Ersatz für die heftigere Gewalt gewesen, zu der ihr Publikum so offensichtlich fähig ist.«[225]

Wenn es auf »Beggars Banquet« ein Stück gibt, das bis in die »rohen Nervenenden« vordringt, dann ist das »Street Fighting Man«. Wenn die Musik als Ventil wirkte, um aufgestaute Aggressionen herauszulassen, verkehrt sich die Aussage, dass die Stones »Gewalt« waren, geradezu in ihr Gegenteil. Aber es war damals ungeheuerlich genug, dass Rocksongs überhaupt Gewalt adressierten: Die Gewalt des Krieges in »Sympathy«, die Gewalt von Kriminellen in »Jigsaw«, die Gewalt von Demonstrationen in »Street Fighting Man«: »Auf Beggars Banquet bemühen sich die Stones, Gewalt expliziter als jemals zuvor anzusprechen und indem sie das tun, sind sie gezwungen, politisch zu werden. Das Ergebnis ist die anspruchsvollste und aussagekräftigste Stellungnahme, die wir hinsichtlich der beiden Themen – Gewalt und Politik – erwarten können ...«[226]

Allerdings sieht der Kritiker die Musiker in einer Situation »schizoider Ambivalenz«, denn sie seien »zu zynisch«, um sich persönlich an den Protesten zu beteiligen. Aber das brauchen sie als Musiker auch nicht: »Sie machen eindeutig klar, dass sie von der gegenwärtigen Gesellschaft angewidert sind. Aber es ist nicht ihre Aufgabe, den Leuten zu sagen, was sie tun sollen. Stattdessen nutzen sie ihre musikalischen Fähigkeiten, um, einem Seismograf gleich, die Intensität der Gefühle, der Gewalt, die jetzt so verbreitet ist, aufzuzeichnen. Von Anfang an waren sie selbst Repräsentanten emotionaler Gewalt, und man kann sich kaum eine andere Band vorstellen, die besser in der Lage wäre, die Gefühle des Unbehagens, die wir alle in diesen gewalttätigsten aller Zeiten teilen, zum Ausdruck zu bringen. Wo immer sie

225 Jon Landau: Beggar's Banquet. Rolling Stone vom 6.12.1968.

226 Ebd.

sich selbst anheizen, schreiben sie Lieder von der Revolution, weil sie den Gefühlen, die sie verursachen, einen kraftvollen Ausdruck geben.«[227]

Und was sagte der Texter selbst zu dem Vorwurf, das Album sei subversiv? »Natürlich ist es subversiv! Es ist dumm zu denken, dass man mit einer Platte eine Revolution anstoßen kann.« Und Jagger fügte hinzu: »Ich wünschte, man könnte es.«[228]

227 Ebd.

228 Mick Jagger. In: Mark Paytress: The Rolling Stones: Off the Record. London: Omnibus Press 2003, S. 153.

4.4. Hair

In den 60er Jahren war der Haarschnitt *das* Symbol für die Angepasstheit an die bürgerlichen Konventionen – oder für die Rebellion dagegen. In den 60er Jahren hatte ein Junge einen Fassonschnitt mit ausrasiertem Nacken und scharf gezogenem, stets gekämmtem Scheitel zu tragen. Nicht zufällig hatte bereits Hitler sein Haar so frisiert. Der Haarschnitt signalisierte Männlichkeit und Gepflegtheit – wer das Haar nicht adrett geschnitten hatte, so wurde vermutet, wusch sich auch nicht und züchtete wahrscheinlich auch Ungeziefer auf der Kopfhaut. Die weibliche Haarmode war noch komplizierter. Damen trugen langes Haar niemals offen, sondern zu einem komplizierten Dutt aufgetürmt. Üblicher war aber mittellanges Haar, das mittels Dauerwelle zu künstlichen Locken onduliert war.

Die Lockenwickler wurden zum Symbol der Frauenrolle in der bürgerlichen Gesellschaft der Sechziger. Einerseits waren sie zur modernen Variante des Korsetts geworden (Hüfthalter gab es allerdings immer noch), die Frauen halfen, die ihnen zugedachte Rolle auszufüllen: schön zu sein. Andererseits waren sie Symbol für die Unechtheit der kapitalistischen Ästhetik. Die Konsumwelt war letztlich nur Fassade, Schein, hinter der sich die Hässlichkeit eines repressiven Kapitalismus verbarg. Und nichts symbolisierte Hässlichkeit mehr als eine Frau mit Lockenwicklern. Mit Lockenwicklern gesehen zu werden, war eine Horrorvorstellung für die Damenwelt der Sechziger; und wer sich mit Lockenwicklern in die Öffentlichkeit traute, galt als Proletin. Kein Wunder, dass die Emanzipation von der Haarmode zum Akt der Rebellion gegen die Normen der bürgerlichen Gesellschaft überhaupt wurde. Die Rock-and-Roller hatten mit ihrer Schmalzlocke, die eigentlich nur eine Übertreibung des Scheitels war, begonnen, und damit bereits den Unwillen des braven Bürgertums auf sich gezogen.

Aber es sollten die Beatmusiker sein, die den Fassonzwang endgültig überwanden. Ausgerechnet die Beatles führten den »Pilzkopf« ein (eng. *moptop*, ›Wischmopp‹). Der eigentliche Erfinder war der Fotograf Jürgen Vollmer, der im Oktober 1961 in einem Pariser Hotelzimmer John Lennon und Paul McCartney, die damals in die französische Metropole getrampt waren, den Pilzkopf geschnitten hatte.

Vollmer hatte die Frisur bereits 1955 entwickelt, eher aus einem Zufall heraus. Sein Schlüsselerlebnis hatte er nach einer Schwimmstunde in der Schule. Anstatt die nassen Haare zum Scheitel zu kämmen, ließ er sie einfach auf die Stirn fallen und trocknen. Seine Mitschüler fanden das ziemlich lächerlich, und dann kam noch der Lehrer ins Spiel, der ihm wegen »dieser unfassbaren« Frisur eine Standpauke hielt und damit genau das Gegenteil erreichte: »Ich war immer ein Rebell«, bekannte Vollmer einmal, und der neue Haarschnitt war seine private »Revolution« – eine Befreiung von den spießigen Normen der 1950er Jahre.[229]

229 Jürgen Vollmer nach: Christoph Gunkel: Erfinder des Pilzkopfs. Beatles mit Jürgen-Haarschnitt. Der Spiegel Nr. 21/2010.

Ganz allein war Vollmer mit seiner Haartracht allerdings nicht. In den 50er Jahren war es unter den jungen Anhängern der Existenzialisten Albert Camus und Jean-Paul Sartre bereits Mode, auf den strengen Scheitel zu verzichten. Die Existenzialisten hörten Jazz und trugen lässige Rollkragenpullover (statt der üblichen Hemden mit Krawatten), schwarzen Cord (statt feinen Wollgewebes) und ließen die Haare verwuschelt in die Stirn fallen. Mit Klaus Voormann (später bei Manfred Mann, der Plastic Ono Band, Carly Simon u.a.) und Astrid Kirchherr, die beide wie Vollmer an der Hamburger Kunstschule studierten, besuchte Vollmer im Herbst 1960 einen Auftritt der damals noch kaum bekannten Beatles im Kaiserkeller. Unter den Rock-and-Rollern, die das Publikum dominierten, stachen die Existenzialisten mit ihren Pilzkopffrisuren optisch heraus, und die Beatles, die noch Schmalzlocken trugen, fanden Gefallen an den exotischen Frisuren. Bald trugen alle britischen Beat-Bands die Pilzköpfe, die dann aber doch nur einen Zwischenschritt auf dem Weg zur Liberalisierung der (männlichen) Haarpracht darstellten.

Die Feminisierung der männlichen Frisur war abgeschlossen, als die Männer ihre Haare ganz lang wachsen und einfach zum Mittelscheitel fallen ließen. Oder, noch schlimmer, die langen Haare kraus und weit abstehend im Afro-Look trugen, wie ihn Jimi Hendrix populär gemacht hatte. Für den »Hair«-Texter Gerome Rado war langes Haar »ein Maßstab für Bewusstseinserweiterung. Je länger das Haar wurde, desto offener war der Geist. Langes Haar schockierte, und es war ein revolutionärer Akt, das Haar lang wachsen zu lassen. Es war wie eine Art Banner, das man da auf dem Kopf trug.«[230]

Die Südstaaten-Rocker Lynyrd Skynyrd wählten ihren Bandnamen nach ihrem ehemaligen High-School-Sportlehrer Leonard Skinner, der lange Haare so heftig bekämpfte, dass der Gitarrist Gary Rossington die Schule entnervt verließ, weil er ständig Schwierigkeiten deswegen bekam. 1978, als die Band seiner einstigen Schüler längst zu Weltruhm gekommen war, erinnerte sich Skinner: »Ich war ein Sportlehrer an der High School und Ronnie Van Zant und die anderen in der Band waren meine Schüler. Damals hatten wir eine Kleiderordnung. Der Dresscode beinhaltete, dass Koteletten nicht unter die Ohren reichen durften, dass das Haar nicht auf den Kragen fallen durfte, dass Gürtel getragen werden mussten, dass Hemden in die Hose gesteckt werden mussten und dass jederzeit Socken zu tragen waren. Es gehörte zu meinen Pflichten, darauf zu achten, dass diese Regeln eingehalten wurden, und offensichtlich waren ein paar Leute, die ich zum Schulleiter geschickt habe, Mitglieder dieser Band.«[231]

Da sie trotz Verbot nicht auf ihre langen Haare verzichten wollten, setzten die Bandmitglieder ordentlich Vaseline ein. Sämtliche Lehrer fielen auf diesen Trick herein, mit Ausnahme Skinners. Gary Rossington: »Alle Lehrer dachten, wir hätten kurzes Haar, aber in der Turnhalle musstest du unter die Dusche – es war Pflicht.

---

230 Frank Rizzo: Hair: Reviving the Revolution. The Hartford Courant vom 31.8.2008.

231 Leonard Skinner. Zitiert nach der Website von Judy Van Zant Jenness: Lynerd Skynerd, History Lessons. http://www.lynyrdskynyrdhistory.com/less2.html, zugegriffen am 1.7.2020.

Leonard Skinner ging durch die Duschen und wenn er mitbekam, dass dein Haar die Ohren berührte, schmiss er dich raus oder schickte dich zum Schulleiter. Nachdem er das zwanzig oder dreißig Mal mit mir gemacht hatte und mich für zwei Wochen der Schule verwiesen hatte, habe ich einfach mit der Schule aufgehört. Er warf mich raus und ich sagte: ›Fick mich, ich bin weg!‹«[232]

Die weibliche Variante der Freiheit der Frisur war der Verzicht auf Lockenwickler und kompliziertes Frisieren überhaupt. Die Stilikonen der Sechziger, wie die Sängerin und Mick-Jagger-Freundin Marianne Faithfull, die Sängerin und Bob-Dylan-Gefährtin Joan Baez oder die Sängerinnen Janis Joplin, Melanie und Cher, trugen ihre Haare lang mit Mittelscheitel, die einen blond, die anderen brünett oder schwarz. Die Haare avancierten schließlich zum Titel und Thema des mit Abstand erfolgreichsten Musicals über die Hippie-Bewegung: »Hair: The American Tribal Love-Rock Musical«.

Die Jugendrevolte der 1960er Jahre hatte eine Menge ernsthafter Themen. Es ging um die Kritik am Konsumterror und am Kapitalismus überhaupt. Man wollte Befreiung von den gesellschaftlichen Zwängen der Nachkriegsspießergesellschaft. Man wollte die Unterdrückung von Minderheiten beenden. Man wollte sein Leben selbst gestalten, man wollte freie Liebe. Man wollte Toleranz für verschiedene sexuelle Orientierungen. Man wollte die Emanzipation der Frau. Man wollte eine gesunde Umwelt. Man wollte eine spirituelle Orientierung jenseits der christlichen Kirchen, die Teil des Establishments waren. Man wollte Bildung. Man wollte Drogen konsumieren dürfen. Man wollte die freie Entfaltung der Persönlichkeit. In den USA standen die Unterdrückung der Afroamerikaner und der amerikanischen Ersteinwohner sowie des Vietnamkriegs im Mittelpunkt. Man wollte *Love and Peace.* Viele Protestsongs und auch eine Reihe von Rockstücken adressierten mindestens eines dieser Themen. »My Generation« von The Who war der schrille Protestschrei der Jugend gegen die Spießigkeit der Alten. »Satisfaction« von den Stones oder »Mercedes Benz« von Janis Joplin richteten sich gegen den Konsumterror. »Universal Soldier« von Buffy Sainte-Marie und »Blowin' in the Wind« von Bob Dylan waren Anti-Kriegslieder. Zahlreiche Rocksongs widmeten sich der Liberalisierung des Drogenkonsums. Aber es gab nur ein einziges musikalisches Werk, das wirklich alle Aspekte der Revolte auf einmal ansprach.

Wer sich historische Fotos von akkurat gescheitelten Fassonschnitten und ausrasierten Nacken der Männer aus den Jahren um 1960 ansieht, vermag zu ermessen, wie wichtig lange Haare damals als sichtbares Symbol der Rebellion gegen die Gesellschaft waren. Und entsprechend waren die Reaktionen der Elterngeneration: Langhaarig wurde gleichgesetzt mit ungewaschen, unordentlich, verkommen. Man vermutete Dreck und Läuse in den langen Haaren der Männer (seltsamerweise niemals in den Frauenhaaren, die schon immer lang gewesen waren).

Und so schrieben sich zwei Hippies, James Rado und Gerome Ragni, zwischen 1964 und 1967 ihren Frust von der Seele. Und weil sie keine Musiker waren,

232 Gary Rossington, zitiert nach ebd.

sondern (ziemlich erfolglose) Theaterschauspieler, schrieben sie kein Album, sondern das Libretto für ein Musical, das sie von einem Auftragskomponisten vertonen ließen.[233] »Hair« bezeichneten sie im Untertitel als »The American Tribal Love-Rock Musical«, darin enthalten sind das Thema Liebe (schließlich waren sie Hippies), die rebellische Rockmusik (die letztlich gar nicht so rockig werden sollte wie ursprünglich geplant) und das Wort *tribal*, nicht nur eine Hommage an die Ersteinwohner, sondern auch als Ausdruck einer kruden sozialistischen Sehnsucht nach selbstbestimmter, hierarchiefreier, stammesförmiger sozialer Organisation, was in Deutschland unter dem Stichwort *Kommune* ausprobiert wurde. War bei Marx und Engels nicht die »Urhorde« der Frühmenschen eine Frühform des Kommunismus gewesen, bevor Arbeitsteilung, Ungleichheit und Ausbeutung zur Entfremdung des Menschen von seinen Lebensgrundlagen und seinen Mitmenschen geführt hatte?[234] Und tatsächlich steht eine Art Kommune im Mittelpunkt der Handlung des Hippie-Musicals. »Hair« verarbeitet autobiografische Elemente, wenn der Protagonist, der den Namen »Claude Hooper Bukowski« trägt (offensichtlich eine Hommage an den psychedelisch-pornografischen Kultautor Charles Bukowski), der Einberufung zum Wehrdienst in Vietnam entgehen will und dabei in den Konflikt mit den Autoritäten und den eigenen Eltern gerät.

Neben dem Antikriegsthema verarbeitet das Musical die gesamte Palette der Hippie- und Jugendrevolte: Liberalisierung von Sex und Drogen, Rassengleichheit, den Kampf gegen die Umweltverschmutzung, die Rehabilitierung der amerikanischen Ersteinwohner, Pazifismus, die Suche nach Sinn und natürlich die Freiheit, die Haare lang und lässig tragen zu dürfen. Der Protagonist Claude Bukowski ist Anführer einer Gruppe Hippies, die sich *tribe* (›Stamm‹) nennt, und die typischen Elemente der seinerzeit so beliebten Kommune aufweist (einschließlich freier Liebe). Die zweite Hauptfigur ist Berger, ein Typ, der weniger intellektuell ist und auch kein Anführertyp, sondern der Prototyp des freakigen, verrückten, zugedröhnten und sexbessenen Hedonisten, der gegen die Ordnung rebelliert, um seine Triebe ungehemmt ausleben zu können. Das Musical beginnt mit einer astrologischen Hymne an das dämmernde Zeitalter des Wassermanns (»Aquarius«), von dem man erwartet, dass es Frieden und Liebe bringt.

233 James Rado: Hairstory. The Story Behind The Story. 14.2.2009. http://hairthemusical.com/history.html, zugegriffen am 1.7.2020.

234 Friedrich Engels: Der Ursprung der Familie, des Privateigenthums und des Staats (1884).

Aquarius	**Wassermann**
When the moon is in the Seventh House And Jupiter aligns with Mars Then peace will guide the planets And love will steer the stars This is the dawning of the age of Aquarius ...	Wenn der Mond im siebten Haus steht und Jupiter in Konjunktion mit Mars, dann wird Frieden die Planeten führen und Liebe die Sterne lenken. Das ist die Dämmerung des Zeitalters des Wassermanns ...
Harmony and understanding Sympathy and trust abounding No more falsehoods or derisions Golden living dreams of visions Mystic crystal revelation And the mind's true liberation ...	Harmonie und Verständnis, Sympathie und Vertrauen im Überfluss. Keine Falschheiten oder Verhöhnungen mehr. Goldene lebende Träume von Visionen. Mystisch-kristalline Offenbarung. Und die wahre Befreiung des Bewusstseins ...

Hair, 1968. Text: Gerome Ragni und James Rado, Musik: Galt MacDermot (RCA)

Die Suche nach Sinn und Spiritualität taucht immer wieder in dem Musical auf, zum Beispiel gleich am Beginn mit einem hymnischen, gospelartigen Chorgesang an das »mystisch-kristalline« Zeitalter des Wassermanns. Die christliche Botschaft war durch konservative, autoritäre Pfarrer korrumpiert, also suchte man nach Alternativen – und fand sie ausgerechnet im naiven Aberglauben an die Astrologie. Die moderne, bis heute anhaltende Esoterikbewegung war nichts anderes als eine Wiedererweckung antiken Aberglaubens durch die Hippies, die sich nach Frieden, Liebe und Visionen sehnten – und dieses Bedürfnis offensichtlich auf keine andere Art stillen konnten.

Auch das Lied »Donna«, in dem Berger seine Sehnsüchte beschreibt, enthält eine Heilsvorstellung, die ein Konglomerat aus hinduistischer Erleuchtung, Wiedergeburt, Drogenkonsum und Sex mit einer sechzehnjährigen Jungfrau beinhaltet.

Donna

... There was a sixteen year old virgin ...
Looking for my Donna

I just got back from looking for Donna
San Francisco
Psychedelic urchin ...

Have you seen
My sixteen year old tattooed woman?
Heard a story
She got busted for her beauty

I've been to India and saw the yogi light
In South America the Indian smoke glows bright
I'm reincarnated and so are we all
And in this lifetime we'll rise
Before we fall ...

Looking for my Donna
And I'm going to show her
Life on earth can be sweet
Gonna lay my mutated head at her feet
And I'm gonna love her make love to her
Till the sky turns brown
I'm evolving, I'm evolving
Through the drugs
That you put down ...

Donna

... Da war eine sechzehnjährige Jungfrau ...
Ich suche meine Donna.

Ich komme gerade zurück von meiner Suche
nach Donna, San Francisco,
psychedelische Straßengöre ...

Habt ihr meine
sechszehnjährige, tätowierte Frau gesehen?
Hörte die Geschichte,
dass sie wegen ihrer Schönheit
festgenommen wurde.

Ich war in Indien und sah das Licht des Yogi.
In Südamerika glüht der Rauch der Indios hell.
Ich bin wiedergeboren, so wie wir alle.
Und in diesem Leben werden wir aufsteigen,
bevor wir fallen ...

Ich suche meine Donna,
und ich werde ihr zeigen,
dass das Leben auf der Erde süß sein kann.
Ich werde ihr meinen Mutantenkopf zu Füßen legen
und ich werde sie lieben, mit ihr Liebe machen,
bis der Himmel braun wird.
Ich entwickele mich, ich entwickele mich
durch die Drogen,
die dich herunterziehen ...

Hair, 1968. Text: Gerome Ragni und James Rado, Musik: Galt MacDermot (RCA)

Die minderjährige Jungfrau ist ein bloßes Sexualobjekt für den Hippie – der Song offenbart, dass es mit der Hierarchiefreiheit in der Kommune nicht weit her ist. Die Anführer nehmen für sich in Anspruch, die Entjungferungen vorzunehmen, nicht anders als das Pharaos, Könige, Hohepriester und Casanova getan hatten. Die anderen Männer haben sich dann mit den Abgelegten zu begnügen. Auch die Hippie-Anführer pflegten die Attitüde der Macht – gegenüber Frauen, gegenüber Minderjährigen, gegenüber den Mitläufern und Betatieren in ihrer Kommune. Neben der Pädophilie nehmen die Drogen eine prominente Rolle in dem Song ein, deretwegen man auch lange Reisen in exotische Länder unternimmt, wo es ein reichliches Drogenangebot gibt. Und man hat natürlich auch den Yogi aufgesucht – Esoterik war halt »in«.

Hatten sich Bob Dylan und die Beatles noch mit Anspielungen auf illegale Drogen begnügt, besteht das Lied »Hashish« aus nichts anderem als einer Auflistung von nicht weniger als 25 überwiegend illegalen Drogen (immerhin sind auch

Schuhwichse und Hustensaft dabei). Ähnlich strukturiert ist »Sodomy«, das Sexpraktiken beim Namen nennt, die den Eltern die Schamesröte ins Gesicht treiben, und zur »heiligen Orgie« auffordert. Wie schon bei »Donna« angedeutet, liebten die Hippies auch die »Päderastie«, die in »Sodomy« ausdrücklich genannt wird – ohne Verständnis dafür, dass die Elterngeneration den Sex mit Kindern ablehnte. Sexuelle Selbstbestimmung meinte bei den Hippies, dass sich die Männer nehmen durften, was sie wollten, gern auch minderjährige Jungfrauen, gern auch kleine Kinder. War den Hippie-Männern bewusst, wie wenig sie sich darin von ihren Urgroßvätern unterschieden?

Wenig später sollte sich auch John Mayall mit seinem Lied »Saw Mill Gulch Road« dafür rühmen, als 36-Jähriger eine Vierzehnjährige verführt zu haben, die er halt beglückt hätte, weil sie so »einsam« gewesen sei. Danach hat er sie natürlich sitzen lassen – auf der Suche nach dem nächsten *fast food*. Mick Jagger singt im »Stray Cat Blues« von wildem Sex mit einer Fünfzehnjährigen. Led Zeppelin besingen in »Sick Again« ein maximal fünfzehnjähriges Groupie. Und die Supergroup Blind Faith zeigte 1969 auf ihrem Cover die nackten Brüste einer Elfjährigen (!) in Großaufnahme. Die vierzehnjährige Schwester, die der Fotograf Bob Seidemann in der U-Bahn aufgegabelt hatte, war ihm bereits zu weit entwickelt.[235] Angeblich sollte das Mädchen die »Unschuld« symbolisieren – allerdings mit grellrot geschminkten und lasziv geöffneten Lippen. Zum Machogehabe der Rockgeneration gehörte auch die Pädophilie, deren Legalisierung damals von nicht wenigen Politikern gefordert wurde.

Daniel Cohn-Bendit, einer der einflussreichsten Wortführer der 1968er-Bewegung, hat 1975 in seinem autobiografischen Buch »Le grand bazar« sexuellen Missbrauch von zwei- bis fünfjährigen Kindern beschrieben, und 1982 in einer französischen Talkshow noch einmal wiederholt, dass ihn fünfjährige Mädchen erotisch faszinierten. Wörtlich sagte er: »Die Sexualität eines Kindes ist etwas Fantastisches.«[236] Die 68er-Bewegung hatte auch in die Partei Die Grünen hineingewirkt, wo unter anderem eine Bundesarbeitsgemeinschaft Schwule, Päderasten und Transsexuelle die Legalisierung von Päderastie forderte. Von 1980 bis 1993 war Straffreiheit für Päderastie ein offizieller Bestandteil des Bundesprogramms der Grünen. Eine ähnliche Forderung erhoben 1980 die Jungdemokraten, die damalige Jugendorganisation der FDP, nach einem Auftritt der Deutschen Studien- und Arbeitsgemeinschaft Pädophilie (DSAP).[237] Kein Zweifel, mancher Hippie-Mann verstand unter sexueller Befreiung, dass er sich die Freiheit nehmen konnte, Kinder zu missbrauchen. Dass das Musical »Hair« Pädophilie gleich mehrfach thematisiert

---

235 The Young Girl Featured on the »Blind Faith« Album Cover. Feelnumb vom 17.7.2011. http://www.feelnumb.com/2011/07/17/the-young-girl-featured-on-the-blind-faith-album-cover/, zugegriffen am 1.7.2020.

236 Zusammenfassend: Christian Müller: Cohn-Bendit und Kindesmissbrauch. Der Tabubrecher. TAZ vom 19.4.2013.

237 Franz Walter und Stephan Klecha: Distanzierungstango in der Pädofrage. FAZ vom 11.8.2013.

und auch andere Rocksongs vom Sex mit Minderjährigen handeln, zeigt, dass es sich dabei keineswegs um eine Ausnahme handelte.

Das Lied »Colored Spade« will eigentlich die Diskriminierung von Afroamerikanern anklagen. Wenn sich der Sänger zum Schluss aber selbst als »Präsident der Vereinigten Staaten der Liebe« preist, erweist der Song der Gleichberechtigung einen Bärendienst, wird dadurch doch wieder das Vorurteil vom »schwarzen Sexmonster« bedient. Ein intelligenteres Lied über die Rassentrennung ist »Black Boys/White Boys«, wo weiße Sängerinnen über die Vorteile dunkelhäutiger Jungs und ihre afroamerikanischen Kolleginnen über die Vorzüge weißer Boys singen und am Ende »Mischtechnik« feiern.

Black Boys

Black boys are delicious
Chocolate flavored love
Licorice lips like candy
Keep my cocoa handy

I have such a sweet tooth
When it comes to love

Once I tried a diet of quiet, rest, no sweets
But I went nearly crazy and I went clearly crazy
Because I really craved for chocolate flavored treats

Black boys are nutritious
Black boys fill me up
Black boys are so damn yummy
They satisfy my tummy …

Black boys – white boys …
Mixed media!

Schwarze Jungs

Schwarze Jungs sind köstlich
Liebe mit Schokoladenaroma
Lakritzlippen wie Süßigkeiten
Halte meinen Kakao bereit

Ich liebe das Süße
Wenn es um Liebe geht

Ich habe mal eine Diät versucht, blieb leise, ruhte mich aus, nichts Süßes
Aber ich wurde beinahe verrückt und ich wurde ganz verrückt
Weil ich nach Leckereien mit Schokoaroma gierte

Schwarze Jungs sind nahrhaft
Schwarze Jungs füllen mich
Schwarze Jungs sind so verdammt lecker
Sie befriedigen mein Bäuchlein

Schwarze Jungs – weiße Jungs
Mischtechnik!

Hair, 1968. Text: Gerome Ragni und James Rado, Musik: Galt MacDermot (RCA)

Die Nahrungsmittelmetaphorik erinnert an die sexuellen Anspielungen in den Bluessongs der 1920er und 1930er Jahre. Nahrungsmittel sind so verdammt eindeutig zweideutig! Wenn die weißen Jungs im Komplementärsong als »juicy« (›saftig‹) beschrieben werden, so ist das genauso wörtlich zu nehmen wie der Vers, dass die Jungs das Bäuchlein füllen und befriedigen – oraler und vaginaler Sex, kaum kaschiert. Für die Eltern muss dieser Song entsetzlich gewesen sein. Zum einen werden ihre Töchter als Nymphomaninnen dargestellt, die jegliche Keuschheit verloren haben und Sexpraktiken lieben, die der Elterngeneration, wo der Akt lediglich der Fortpflanzung zu dienen hatte, höchst versaut vorkamen. Aber noch schlimmer war das, was im Amerikanischen *intermarriage* heißt. Der Lackmustest für Rassismus heißt: »Wie würden Sie reagieren, wenn Ihre Tochter einen Schwarzen heiraten würde?« – In den USA der 1960er Jahre war dies selbst im liberalen Bürgertum, das die Demokratische Partei wählte und die »New York Times« las, undenkbar. Man stelle sich vor: Das eigene, blonde Töchterchen mit seinem zartrosa Teint wird von einem Afroamerikaner geschwängert und man muss farbige Enkelkinder knuddeln! In dieser Atmosphäre war das fröhlich-zotig vorgetragene »Black Boys« schon verdammt schockierend, in den USA viel mehr als in Europa, wo man keine dunkelhäutigen Sklaven hatte.

Im Song »Ain't Got No« bejammern die Hippies den Mangel an Dingen, die man gerne hätte, vor allem an Gras und Acid. Sie haben auch kein Messer, können den Spießern also nicht die Kehle aufschlitzen, und auch keine Pistolen, sondern lediglich Bananen. Und Claude hat auch keinen Einberufungsbefehl – den hat er nämlich verbrannt. Zwischendurch feiert sich der eitle Anführer des Hippie-Stamms selbst, nämlich als Genie, das von Gott geliebt wird (»Manchester England«). Da er dennoch nicht zufrieden ist, sucht er Antworten bei dem Guru der Drogen- und Hippie-Bewegung Timothy Leary.

Manchester England

Manchester England England
Across the Atlantic Sea
And I'm a genius genius
I believe in God
And I believe that God
Believes in Claude
That's me that's me …

Now that I've dropped out:
Why is life dreary dreary?
Answer my weary query
Timothy Leary dearie …

Manchester England

Manchester England England
auf der anderen Seite des Atlantik
Und ich bin ein Genie, ein Genie
Ich glaube an Gott
Und ich glaube, dass Gott
An Claude glaubt
Das bin ich, bin ich …

Jetzt, wo ich ausgestiegen bin:
Warum ist das Leben trostlos, trostlos?
Antworte auf meine müde Frage,
Timothy Leary, mein Lieber …

Hair, 1968. Text: Gerome Ragni und James Rado, Musik: Galt MacDermot (RCA)

»Manchester England« gehört zu den Schlüsselsongs des Musicals (und wird am Ende auch noch einmal wiederholt) und ist auch ein Zugang zum Selbstverständnis der Führungspersönlichkeiten der Hippie- und Jugendbewegung und zu einem kaum mehr zu überbietenden Narzissmus. Viermal nennt der Sänger seinen eigenen Namen, davon zweimal mit allen Vornamen und Nachnamen. Das Wort *ich* kommt fast in jedem Vers vor, und selbstverständlich meint das selbsternannte »Genie«, von Gott auserwählt zu sein. Damit zeigt Claude Hooper Bukowski deutliche Anzeichen einer narzisstischen Persönlichkeitsstörung (sein Mangel an Empathie ist Thema eines späteren Songs, »Easy to Be Hard«).

Im nächsten Lied (»Air«) warnt eine Sängerin mit Gasmaske vor Luftverschmutzung, bevor am Ende des Songs alle husten. Damit hat das Musical auch ein zentrales Thema der aufkeimenden Umweltbewegung aufgenommen. Anschließend hat die gesamte Gruppe Spaß daran, die Initialen LBJ (für Präsident Lyndon B. Johnson), FBI, CIA und LSD miteinander zu kombinieren (»Initials«). Mit »Don't Put It Down« macht man sich über patriotischen Fahnenkult lustig. Dann kommt es zur Konfrontation mit den Eltern, die Claude für einen arbeitslosen Nichtsnutz halten, dem sie kein Geld mehr zukommen lassen wollen und von dem sie hoffen, dass die Armee einen Mann aus ihm machen wird. Claudes Antwort »I Got Life« setzt die Lebenskraft der Hippies dagegen.

I Got Life	**Ich habe mein Leben**
I got life, mother I got laughs, sister I got freedom, brother	Ich habe mein Leben, Mutter, Ich habe meine Lacher, Schwester, Ich habe meine Freiheit, Bruder.
I got crazy ways, daughter I got headaches and toothaches And bad times too like you	Ich habe meine Verrücktheiten, Tochter, Ich habe meine Kopfschmerzen und Zahnschmerzen und meine Zeiten, in denen es mir nicht gut geht, genau wie du.
I got my hair I got my head I got my brains I got my ears I got my eyes I got my nose I got my mouth I got my teeth	Ich habe meine Haare Ich habe meinen Kopf Ich habe mein Hirn Ich habe meine Ohren Ich habe meine Augen Ich habe meine Nase Ich habe meinen Mund Ich habe meine Zähne
I got my tongue I got my chin I got my neck I got my tits I got my heart I got my soul I got my back I got my ass ... Got my blood ... Well, I got my teeth ...	Ich habe meine Zunge Ich habe mein Kinn Ich habe meinen Hals Ich habe meine Titten Ich habe mein Herz Ich habe meine Seele Ich habe meinen Rücken Ich habe meinen Arsch ... Ich habe mein Blut ... Ja, ich habe meine Zähne ...
I got my guts I got my muscles I got life ...	Ich habe meinen Mut Ich habe meine Muskeln Ich habe mein Leben ...

Hair, 1968. Text: Gerome Ragni und James Rado, Musik: Galt MacDermot (RCA)

Aus der Liste der Körperteile ragen Elemente heraus: die Haare (die den Hippies so wichtig sind), das Hirn (das für das eigenständige Denken zuständig ist), das Blut (das Vitalität symbolisiert, aber auch beim Kriegseinsatz vergossen wird), auch die Zähne (mit denen man zubeißen kann), den explizit genannten Mut und die Muskeln – eine Drohung, dass man es mit dem Protest gegen die Gesellschaft ziemlich ernst meint und eine Vorwegnahme der gewalttätigen Studentenproteste des Jahres 1968.

In »Goin' Down« beschreibt Berger, wie er – zusammen mit Luzifer – von der Highschool geflogen ist. Den Höhepunkt des Musicals bildet der Titelsong »Hair«, womit Claude und Berger ihre langen Haare feiern. Wenn sie ihr Haar als »Heim für Flöhe« bezeichnen, spielen sie mit den Vorurteilen des Bürgertums gegenüber den Langhaarigen.

Hair	**Haare**
She asks me why, why I'm just a hairy guy. I'm hairy noon and nighty night night, my hair is a fright. I'm hairy high and low, but don't ask me why, cause I don't know ...	Sie fragt mich warum, warum ich einfach ein haariger Kerl bin. Ich bin haarig zu Mittag und zur Nacht, mein Haar ist ein Schrecken. Ich bin haarig, wenn es mir gut geht und wenn es mir schlecht geht, aber frage mich nicht warum, weil ich es nicht weiß ...
Give me a head with hair, long beautiful hair. Shining, gleaming, streaming, flaxen, waxen. Give me down to there hair, shoulder length or longer hair Here baby, there, momma, ev'rywhere, daddy, daddy. Hair, hair ... Flow it, show it, long as I can grow it, my hair.	Gib mir einen Kopf mit Haaren, langen, schönen Haaren. Schimmernd, glänzend, fließend, flächsern, wächsern. Gib mir Haare bis nach unten hin, schulterlang oder länger. Hier, Schätzchen, da, Mama, überall, Papa. Haare, Haare ... sie fließen, ich zeige sie, so lang wie sie wachsen, meine Haare.
I'd let it fly in the breeze and get caught in the trees, give a home to the fleas in my hair. A home for the fleas, a hive for the buzzin' bees, A nest for birds, there ain't no words for the beauty, the splendor, the wonder of my: Hair, hair, hair ...	Ich lass die Haare im Wind flattern und verfange mich in den Bäumen, ich gebe den Flöhen ein Zuhause in meinem Haar. Ein Heim für die Flöhe, ein Korb für die summenden Bienen, ein Nest für Vögel, es gibt keine Worte für die Schönheit, die Pracht, das Wunder meiner: Haare, Haare, Haare ...
I want it long, straight, curly, fuzzy, snaggy, shaggy, ratty, matty, oily, greasy, fleecy, shining, streaming, gleaming, flaxen, waxen, knotted, polka dotted, twisted, beaded, braided, powdered, flowered and confettied, bangled, tangled, spangled and spaghettied.	Ich möchte sie lang, glatt, lockig, flauschig, knarzig, struppig, rattig, matt, ölig, fettig, wollig, glänzend, fließend, schimmernd, flächsern, wächsern, verknotet, zum Dutt gebunden, gewunden, mit Perlen, geflochten, gepudert, mit Blumen und Konfetti, bereift, verknäult, geschmückt, spaghettiartig.
Oh say, can you see my eyes? If you can, then my hair's too short.	Sag, kannst du meine Augen sehen? Wenn ja, dann ist mein Haar zu kurz.

Hair, hair ...
Long as God can grow it, my hair

They'll be ga-ga at the go-go when they see me in my toga ... made of blond, brilliantined, biblical hair.
My hair like Jesus wore it, Halleluja I adore it, Halleluja, Mary loved her son, why don't my mother love me? ...

Haar, Haar ...
Lang wie Gott es wachsen lassen kann, mein Haar.

Sie werden gaga und hip sein, wenn sie mich in meiner Toga sehen, ... die aus blondem, pomadisiertem, biblischem Haar gemacht ist.
Mein Haar, wie Jesus es getragen hat, Hallelujah, ich bete es an.
Hallelujah, Maria liebte ihren Sohn, warum liebt meine Mutter mich nicht? ...

Hair, 1968. Text: Gerome Ragni und James Rado, Musik: Galt MacDermot (RCA)

Der Song ist eine Hymne an die langen Haare, die mit einem Feuerwerk an Adjektiven, Reimen und Alliterationen gefeiert werden. Aber am Ende kommt doch noch Verbitterung auf: Warum lieben uns unsere Mütter nicht mehr, nur weil wir lange Haare haben? Und wenn es ernst wird, so wie hier, scheint der christliche Gott dann doch noch gebraucht zu werden, und sei es, weil der Gottessohn auf Gemälden seit dem vierten Jahrhundert üblicherweise mit langen Haaren dargestellt wird.

Etwas später kommt ein erstaunlicher Song, der demonstriert, dass auch innerhalb des Hippie-Stamms keine heile Welt herrscht. In »Easy to Be Hard« klagt eine junge Frau die (männlichen) Anführer der Kommune (hier Berger) an, zwar öffentlich soziale Ungerechtigkeit anzuprangern und sich um das Schicksal Fremder zu kümmern, selbst aber aus selbstsüchtigem Stolz und Geltungssucht gegenüber der »verdammten Gruppe« gefühlskalt, hart, grausam und herzlos zu sein – ein typisches Merkmal empathieunfähiger, narzisstisch gestörter Persönlichkeiten.

Easy to Be Hard

How can people be so heartless?
How can people be so cruel?
Easy to be hard, easy to be cold

How can people have no feelings?
How can they ignore their friends?
Easy to be proud, easy to say no

Es ist leicht, hart zu sein

Wie können Menschen nur so herzlos sein?
Wie können Menschen so grausam sein?
Es ist leicht, hart zu sein, leicht, kalt zu sein.

Wie kommt es, dass Menschen keine Gefühle haben?
Wie können sie ihre Freunde ignorieren?
Es ist leicht, stolz zu sein, leicht, nein zu sagen.

And especially people who care about strangers Who care about evil and social injustice Do you only care about the bleeding crowd? How about a needing friend? I need a friend	Insbesondere die Leute, die sich um Fremde kümmern, die sich um Böses und soziale Ungerechtigkeit kümmern, sorgt ihr euch nur um euren verdammten Beifall? Was ist damit, einen Freund zu brauchen? Ich brauche einen Freund.
How can people be so heartless? You know I'm hung up on you Easy to give in, easy to help out …	Wie können Menschen so herzlos sein? Du weißt, dass ich dich liebe. Es ist leicht, mitzumachen, leicht, mitzuhelfen …

Hair, 1968. Text: Gerome Ragni und James Rado, Musik: Galt MacDermot (RCA)

»Easy to Be Hard« ist eine Rhythm-and-Blues-Nummer, mit kraftvoller, klagender und anklagender Stimme gesungen. Und brutal analytisch. Ihr Thema ist der Widerspruch zwischen sozialistischer Rhetorik und dem Narzissmus der Führungspersönlichkeiten der Hippie-Bewegung. Die Selbstverliebtheit der Narzissten ist für ihren Geltungsdrang verantwortlich, das Bedürfnis, ständig im Rampenlicht zu stehen und bewundert zu werden. Um dieses Bedürfnis erfüllen zu können, beuten Narzissten ihre Mitmenschen aus. Dabei hilft ihnen die Rangdynamik in sozialen Gruppen.[238] Alphatiere brauchen Betatiere, die ihnen assistieren und dafür Privilegien erhalten, Gammatiere, also Mitläufer und Claqueure, die sie versorgen, ihnen applaudieren, sie mit Ressourcen beliefern. Und oft genug waren es die Frauen, denen, nicht anders als bei der verhassten Elterngeneration, die Versorgungspflichten zugewiesen wurden. Und sie brauchen auch Omegas, also nörgelnde Außenseiter, die sie unter dem Beifall der Menge demütigen können.

Zum Narzissmus gehört auch der Mangel an Empathie, der in dem Song beklagt wird. Narzissten sehen nur ihr eigenes Bedürfnis, bewundert zu werden; für die Gefühle ihrer Mitmenschen haben sie keine Antenne. Und, schlimmer noch, Narzissten haben keine Moral. Für die Gurus der Hippie-Bewegung war das Eintreten für soziale Gerechtigkeit lediglich funktional, um sich dadurch in Szene setzen zu können. Wer abstrakte Reden über soziale Gerechtigkeit schwingt, wem selbst aber das Wohlergehen seiner engsten Mitmenschen gleichgültig ist, kann sich ebenso zum Wortführer eines beliebigen anderen Themas machen, sofern es ihm die Führungsposition verschafft, nach der der Narzisst süchtig ist. Bei »Hair« gibt es gleich zwei solcher Narzissten, Claude und Berger, die miteinander auskommen, weil sie so unterschiedliche Rollen spielen – Intellektueller versus Freak –, dass sie nicht in direkte Konkurrenz geraten, sondern komplementär wirken und dadurch ein besonders effektives Führungsduo bilden.

238 R[aoul] Schindler: Grundprinzipien der Psychodynamik in der Gruppe. Psyche – Zeitschrift für Psychoanalyse, Bd. 11 (1957), S. 308-314.

Wer die 68er erlebt hat, wird sich lebhaft an solche Führungspersönlichkeiten der Studentenbewegung erinnern. Fritz Teufel und Rainer Langhans waren so ein Kommunardenduo, Rudi Dutschke spielte den oberintellektuellen Anführer. Aber letztlich gab es in jedem linken Zirkel, in jeder SDS-Gruppe solche Anführertypen, die narzisstische Züge trugen. In den linken Zirkeln der Studentenbewegung haben sie die Mechanismen der Macht erlernt, die sie nicht anders anwandten als die Politiker, Manager oder Behördenvertreter des Establishments.

Der Soziologe Norbert Elias hatte den Mechanismus der Macht am Beispiel des Sonnenkönigs Ludwig XIV. analysiert.[239] Ausgangspunkt ist, wie auch schon Julius Caesar erkannt hatte, das Prinzip *divide et impera*, das heißt, man sorgt dafür, dass die Höflinge in einer Figuration gegenseitiger Konkurrenz um die Gunst des Königs bleiben. Der König hält diese Konkurrenzfiguration in einer stabilen Balance, indem er nach Bedarf Gunst erweist und Gunst entzieht. Um die Gunst des Königs zu erlangen, sind ihm die Höflinge zu Diensten, und mit der Vergabe seiner Gunst belohnt er sie und motiviert alle anderen, sich gleichfalls einzuschleimen. Droht einer der Höflinge zu stark zu werden, eventuell stark genug, um das Herrschaftsmonopol des Königs selbst angreifen zu können, entzieht man ihm die Gunst, man bestraft ihn und gegebenenfalls demütigt man ihn – natürlich zum Ergötzen der konkurrierenden Höflinge, die sich nur allzu gern an der Schlachtung des ehemaligen Konkurrenten beteiligen. Durch dieses Spiel gelingt es dem Herrscher, sich die Loyalität seiner Untertanen zu sichern und etwaige Konkurrenten kleinzuhalten oder gar als Omega-Tiere auszugrenzen. Ein Mangel an Empathie hilft dem Herrscher, die seelischen Grausamkeiten zu begehen, die seine Gegenspieler vernichten und bei seinen Anhängern die nötige Angst erzeugen, durch ständige Loyalitätsbeweise zu vermeiden, selbst in Ungnade zu fallen.

Der »Königsmechanismus«, den Elias bei Ludwig XIV. untersucht hat, funktioniert auch in kleinen Gruppen. Vereinsvorsitzende, Trainer in Tennisclubs, Gurus in Esoterikzirkeln oder Leiter politischer Gruppen sichern sich mit der selektiven Vergabe von Gunst ihre Anhängerschaft. Das war bei den 68ern nicht anders. Und nirgendwo wurde es besser auf den Punkt gebracht als in dem Musical »Hair« – mit dem selbstentlarvenden »Manchester England« ebenso wie durch das klagende Opfer in »Easy to Be Hard«.

»Frank Mills« ist eine weitere Variante der weiblichen Kritik an den 68er-Machos. Frank Mills ist kein Guru, sondern ein Rocker, der George Harrison ähnelt. Er trägt (natürlich) lange Haare und eine Lederjacke mit Aufnähern, die einem bizarren Trio aus seiner Mutter, der Jungfrau Maria und den Hells Angels gewidmet sind. Gesungen wird das Lied von einer naiven Studentin, die ihre Tage damit verbringt, mit ihrer Freundin Angela im Park vor dem Uni-Gebäude herumzuhängen. In den Rocker ist sie hoffnungslos verliebt, er hingegen betrachtete sie lediglich als One-Night-Stand. Und am Ende fragt man sich wieder: Ist es gewollte oder unfreiwillige

239 Elias, Zivilisation, a. a. O.

Komik, wenn die Frau ihr Liebeslied damit beschließt, auf die Rückgabe der zwei Dollar zu verzichten, die sie dem Schnorrer geliehen hat?

In der reflexiven Phase des Musicals wird auch die Sinnfrage gestellt. »Where Do I Go« ist vielleicht der poetische Höhepunkt der Aufführung. Auch hier klagt ein Sänger, aber nicht über die Schlechtigkeit seiner eigenen Anführer, sondern über das spirituelle Vakuum, das die Kritik an den Kirchen hinterlassen hat. Der Song stellt die klassischen philosophischen Sinnfragen. Warum lebt man? Warum stirbt man? Und vor allem, wohin die Reise des Lebens gehen soll.

Where Do I Go?	**Wohin gehe ich?**
Where do I go? Follow the river Where do I go? Follow the gulls Where is the something? Where is the someone That tells me why I live and die?	Wohin gehe ich? Folge dem Fluss. Wohin gehe ich? Folge den Möwen. Wo ist das Etwas? Wo ist der Jemand, der mir sagt, warum ich lebe und sterbe?
Where do I go? Follow the children Where do I go? Follow their smiles Is there an answer in their sweet faces That tells me why I live and die?	Wohin gehe ich? Folge den Kindern. Wohin gehe ich? Folge ihrem Lächeln. Liegt eine Antwort in ihren süßen Gesichtern, die mir sagt, warum ich lebe und sterbe?
Follow the wind song, follow the thunder Follow the neon in young lovers' eyes Down to the gutter, up to the glitter Into the city where the truth lies	Folge dem Lied des Windes, folge dem Donner, folge dem Blitzen in den Augen junger Verliebter, runter in die Gosse, hoch zum Glitzer in die Stadt, wo die Wahrheit ist.
Where do I go? Follow my heartbeat Where do I go? Follow my hand Where do they lead me? And will I ever discover why I live and die? ...	Wohin gehe ich? Folge meinem Herzschlag. Wohin gehe ich? Folge meiner Hand. Wohin führen sie mich? Und will ich jemals herausfinden, warum ich lebe und sterbe? ...
Tell my why, tell me where? ...	Sag mir warum, sag mir wohin? ...

Hair, 1968. Text: Gerome Ragni und James Rado, Musik: Galt MacDermot (RCA)

Die Frage nach dem Sinn des Lebens hat sich wohl jeder Mensch schon einmal gestellt. Für einen gläubigen Anhänger einer Religion ist sie beantwortet, ebenso wie die Frage, was nach dem Leben kommen wird. Aber für viele Menschen in Westeuropa und Amerika war der (christliche) Glaube schematisch geworden, Konsum und Karriere hatten die Sinnfrage verdrängt. So haben es die jungen Leute in den 1960ern zumindest bei ihrer Elterngeneration wahrgenommen. Was ist schon der Sinn des Lebens? – Geld verdienen, im Beruf aufsteigen, alle paar Jahre ein größeres Auto kaufen, einen besseren Fernseher, vielleicht irgendwann ein Häuschen, die Nachbarn beeindrucken, den Schwager übertrumpfen, durch gebräunte Haut beweisen, dass man sich die Pauschalreise in den Süden leisten kann. Das kam den jungen Leuten hohl vor. Konsum und Karriere waren bei ihren Eltern auch Mechanismen, um die traumatischen Erfahrungen des Zweiten Weltkriegs zu verdrängen, gleich auf welcher Seite des Atlantiks und in welcher Rolle man den Krieg erlebt hat. Man stürzte sich in den Konsum, um der Hoffnung auf eine bessere Welt Ausdruck zu verleihen.

Wem die zehn Gebote mit dem Rohrstock eingetrichtert worden waren, der fand die Suche nach dem Sinn des Lebens nicht durch den Glauben erfüllt. Deshalb fühlten sich die Hippies von Aberglauben, Esoterik und fernöstlichen Religionen magisch angezogen. Die Beatles waren zum Guru nach Indien gepilgert, und allerorten wurde das Hare-Krishna-Mantra gesungen, um die Erlösung zu erreichen. Oder man verdrängte die Sinnfrage, indem man sich zwar nicht mit Konsum und Karriere betäubte, wohl aber mit Cannabis und LSD.

Auf die so verzweifelt vorgetragene Frage »Where Do I Go?« gibt die Gruppe eine Antwort: »Glasperlen, Blumen, Freiheit, Glück«. Man ist sich nicht ganz sicher, ob es sich (wieder einmal) um unfreiwillige Komik handelt oder ob die Autoren damit zeigen wollten, dass die Hippie-Ideologie genauso hohl und leer war wie der Konsumwahn der kapitalistischen Gesellschaft. An dieser Stelle ziehen sich die Schauspieler übrigens nackt aus, was im prüden Amerika große Aufregung erzeugt hatte, vielleicht aber auch ein voyeuristisches Vergnügen bei den Eltern der Hippies, die durchaus gern in die Broadway-Vorstellung gingen, um sich einmal anzuschauen, wie es in der Welt der Hippies zuging. Das Ausziehen war übrigens sehr beliebt. Auch in den deutschen Schauspielhäusern standen auf einmal Nackte auf der Bühne – ein durchaus billiger Effekt progressiver Regisseure, um ihr bürgerliches Publikum zu schockieren. Mitten auf der Bühne geht Claude auf einen LSD-Trip: »Walking in Space«. Körper und Seele gehen in den Orbit und er sieht Gott ins Gesicht. So ganz können sich die Hippies doch nicht vom christlichen Glauben lösen. Der Verstand ist klar wie frische Luft, aber die Farben verschmelzen. Im Trip findet er Frieden und Schönheit, totale Selbsterkenntnis und gesteigerte Wahrnehmung: »Meine Augen sind weit offen.«

Walking in Space	**Ich spaziere durch das All**
Doors are locked ... Blinds pulled Lights low ... Flames high ...	Türen sind verschlossen ... Rolläden zugezogen Lichter abgedunkelt ... Flammen schlagen hoch ...
My body is walking in space ...	Mein Körper spaziert durch das All ...
Red, black ... yellow, crimson ... white, white ...	Rot, schwarz ... gelb, purpur ...weiß, weiß ...
Oh, my God your skin is soft I love your face How dare they try to end this beauty? ...	O, mein Gott, deine Haut ist so sanft Ich liebe dein Gesicht Wie können sie es wagen zu versuchen, diese Schönheit zu beenden?

To keep us under foot They bury us in soot Pretending it's a chore To ship us off to war	Um uns zu knechten Begraben sie uns unter Ruß Geben vor, es sei eine Pflicht Uns in den Krieg zu schicken
In this dive we rediscover sensation ...	Bei diesem Tauchgang entdecken wir wieder Wahrnehmung ...
Walking in space We find the purpose of peace The beauty of life You can no longer hide	Wenn wir im All spazieren Finden wir den Zweck des Friedens Die Schönheit des Lebens Die du nicht länger verstecken kannst
Our eyes are open Wide, wide, wide	Unsere Augen sind offen Weit, weit, weit

Hair, 1968. Text: Gerome Ragni und James Rado, Musik: Galt MacDermot (RCA)

Und dann wollen sie ihn in die Armee einziehen und ihm diese heile Welt der Drogentrips nehmen ... Im Trip hat Claude allerlei Visionen. US-amerikanische Präsidenten, Generäle und Prominente tauchen auf und werden schließlich von afrikanischen Voodoo-Zauberern getötet – bis auf Abraham Lincoln, denn der sagt: »Ich bin einer von Euch.« In dem Lied »Abie Baby« danken die schwarzen Hippies Lincoln für die Befreiung der Sklaven. Lincoln, der von einer afroamerikanischen Sängerin gespielt wird, wiederholt seine berühmte Rede von der Gleichheit aller Menschen, die er in Gettysburg gehalten hat. Die Kommune singt ihm ein Geburtstagsständchen, dann wird er von seinem Attentäter erschossen. Im Sterben sagt die Sängerin, die ihn spielt: »Scheiße, ich sterbe für keinen weißen Mann.«

Auf der Bühne tauchen allerlei Gruppen auf – Mönche, Nonnen, Chinesen, Indianer, Soldaten –, die sich gegenseitig abschlachten. Die Hässlichkeit des Krieges wird besungen, in Anlehnung an das Gedicht »Wichita Vortex Sutra« von Allen Ginsberg, in dem »Three-five-zero-zero«, also 3500, für die Zahl der monatlich getöteten Vietcong steht. Die Sequenz endet mit einer bitter-ironischen Zitation aus einem Monolog von Shakespeares Hamlet »What a piece of work is man«, das den Menschen als edle Krone der Schöpfung feiert. Es wird »Hare Krishna« gesungen, und es gibt ein kitschiges Lied über den Sternenhimmel.

Am Ende kriegen sie Claude, der in Uniform und mit kurz geschorenen Haaren erscheint, doch noch. In einem geheimen Labor hat man versucht, sie zu verändern, aber sie marschieren ungebrochen durch die Kälte des Winters, die klassische Allegorie auf das Zeitenende. Das Musical endet mit dem hymnischen »Let the Sunshine In«, in dem eine »sterbende Nation« angeprangert wird, in der alte Lügen neu erzählt werden. Aber das Leben, das dich umgibt, bietet Hoffnung – lasst einfach den Sonnenschein herein! Und der ferne Osten lockt (mit einer Sitar). Mit seiner exotischen Spiritualität ist er die Alternative zum rationalistischen, dem Untergang geweihten Westen.

Let the Sunshine In	**Lasst den Sonnenschein herein**
We starve-look at one another short of breath Walking proudly in our winter coats Wearing smells from laboratories	Mit hungrigem Blick sehen wir uns gegenseitig an, außer Atem Gehen wir stolz in unseren Winterjacken Tragen Gerüche aus Laboratorien
Facing a dying nation of moving paper fantasy Listening for the new told lies With supreme visions of lonely tunes	Konfrontiert mit einer sterbenden Nation eines kitschigen Romans Den neu erzählten Lügen zuhörend Mit überlegenen Visionen einsamer Melodien
Singing our space songs on a spider web sitar life is around you and in you Answer from Timothy Leary deary	Wir singen die Lieder des Universums auf einer Sitar aus Spinnennetz Leben ist um dich herum und in dir drin Antwort vom lieben Timothy Leary
Let the sunshine in ...	Lass den Sonnenschein herein ...

Hair, 1968. Text: Gerome Ragni und James Rado, Musik: Galt MacDermot (RCA)

Im Gegensatz zu seiner Grundaussage wurde das Musical mit durchaus industriellen Methoden produziert. Für die Musik wurde der Auftragskomponist und Grammy-Preisträger Galt MacDermot beauftragt, dessen persönlicher Lebensstil eher dem der verhassten Elterngeneration als dem der Hippies entsprach: »Ich hatte kurzes Haar, eine Ehefrau und, zu dieser Zeit, vier Kinder, und ich lebte auf Staten Island.«[240] MacDermot hatte noch nicht einmal von Hippies gehört, bevor er Rado und Ragni traf. Entsprechend arbeiteten sie unabhängig voneinander. Rado und Ragni gaben MacDermot die Texte und er komponierte die Musik dazu. Man kommunizierte per Post.

Ein Profi wie er war, ließ sich MacDermot für die hymnischen Chorgesänge von der Musik der Bantu inspirieren, die er (schon für eine frühere Produktion) an der Universität Kapstadt studiert hatte. Um ausreichende musikalische Variation zu erzeugen, verarbeitete er zusätzlich Rockabilly (»Don't Put It Down«), Folkrock (»Frank Mills«, »What a Piece of Work Is Man«), Rhythm and Blues (»Easy to Be Hard«), Protest-Rock (»Ain't Got No«, »The Flesh Failures«), Acid Rock (»Walking in Space«), Gospel (»Aquarius«) und Mainstream-Pop (»Good Morning Starshine«).[241] Allerdings bleibt die Musik im konventionellen Rahmen eingängiger Musical-Melodien. Das Orchester bleibt im Graben, und für die Rockmusik typische Elemente wie instrumentale Soli, die doch so gut zu manchen Szenen gepasst hätten, hatte MacDermot nicht vorgesehen, ebenso wenig wie rockige Gitarrenriffs. Stattdessen wird viel mit Big-Band-typischen Bläsersätzen gearbeitet. Obgleich die

240 Zitiert nach Kate Taylor: The Beat Goes On. In: The New York Sun vom 14.9.2007.

241 Scott Miller: Rebels with Applause: Broadway's Groundbreaking Musicals. Portsmouth: Heinemann 2001, S. 44.

sechziger Jahre hunderte guter Rockbands und Rockmusikkomponisten hervorgebracht hatten, die eine authentische Musik zum ersten Rockmusical hätten beisteuern können, hatte man einen Broadway-Auftragskomponisten engagiert, der entsprechend konventionell gearbeitet hatte.

Man hört sogar Calypso-Klänge – also die Urlaubsmusik aus der Karibik, die in den 1950er Jahren bei den bürgerlichen Amerikanern so beliebt war. »Good Morning Starshine« hätte auch von Doris Day gesungen werden können – sowohl vom süßlichen Text als auch von der trällernden Popmelodie her, einschließlich eines Männerchors mit Falsettstimmen im Barbershop-Stil, der Vogelstimmen nachmachen will (»sawa-siwi-sawa / nubi-abba-nabba / lilli-lolo«). Und sogar Marschmusik ist hören – ausgerechnet beim Schlüsselstück »Hair«. Wie sagte einer der beteiligten Musiker treffend: »Musikalisch ist es nicht furchtbar gut, und es ist nicht furchtbar schlecht. Es ist einfach furchtbar konventionell.«[242] John Lennon soll es »dumpf« (»dull«) genannt haben.[243]

Gerade die glattgebügelte Musik sorgte dafür, dass das Musical durchaus von dem bürgerlichen Elternpublikum besucht wurde, das ja die einzige Zielgruppe war, die sich ein Ticket für den Broadway leisten konnte. Akustisch wurden sie nicht überfordert, und die Farbenpracht der Kostüme und die Frisuren sorgte für eine gewisse Exotik, die man ja aus Ethno-Shows kannte. Naja, die Texte waren mitunter *shocking*, aber ein bisschen Grusel trägt bekanntlich zum Unterhaltungsfaktor bei. Und das bürgerliche Publikum hat auch nicht längst alles verstanden, insbesondere wenn es um Drogen ging (vor denen die Eltern damals einen ungeheuren Horror hatten). Das Musical »Hair« demonstrierte, dass das System den Protest der Jugend durchaus zu domestizieren wusste – und paradoxerweise nicht mit Repression, sondern mit Inkorporation in den Fundus gesellschaftlich akzeptierter und kommerzialisierter Kulturproduktion. Adorno lässt grüßen.

242 Gene Lees: Hair in Europe. In: High Fidelity, July 1969. http://www.intrafi.com/hair/holding/articles/HairArticles/HighFidelity7-69.html, zugegriffen am 1.7.2020.

243 Ebd.

4.5. Woodstock

»Don't take brown acid!« (Fito de la Parra, Canned Heat) [244]

Wenn die Ära der Rockmusik einen Höhepunkt hatte, dann war es das Wochenende vom 15. bis zum 18. August 1969. Woodstock war Sex and Drugs and Rock 'n' Roll, aber auch Protest, Chaos und Kapitalismus. Woodstock war die Mutter aller Festivals. Zwar war es bei Weitem nicht das größte aller Konzerte. Den Rekord halten – wer auch sonst? – die Rolling Stones, die am 18. Februar 2006 vor 1,5 Millionen Zuschauern am Strand der Copacabana spielten. Nach Woodstock kamen nach den meisten Schätzungen gerade einmal 400.000 Menschen – was damals allerdings eine ungeheure Menschenmenge war, der Organisation und Veranstaltungstechnik bei Weitem nicht gewachsen waren. Es waren »nur« 400.000 Menschen, aber wie sagte Fred Weintraub, der damalige Vize-Präsident von Warner Bros., einmal: »Wen auch immer du aus dieser Generation fragst, sie alle sagen, dass sie da waren.«[245] Der Grund dafür war ein Film, der das Festival dokumentierte, und der den vielen Millionen, die ihn gesehen hatten, das Gefühl gab, dabei gewesen zu sein.

Aber beginnen wir von vorn. Woodstock ist ein Kaff 160 Kilometer nördlich von New York City, das 1969 weniger als 6.000 Seelen zählte. Das 1787 gegründete Städtchen hatte sich jedoch seit dem Ende des 19. Jahrhunderts zu einer Künstlerkolonie entwickelt, die zunächst Maler, dann auch Musiker aller Stilrichtungen anlockte. Komponisten wie John Cage, Henry Cowell, Robert Starrer oder Peter Schickele veranstalteten hier sogar Uraufführungen ihrer Werke. Im Sommer fanden hier die Maverick-Festivals statt, »bei denen sich Hunderte von Freigeistern in den Wäldern für Musik, Kunst, Theater und Sauforgien einfanden«.[246] Das war der richtige Ort für Bob Dylan, um sich 1966 nach seinem Motorradunfall zurückzuziehen. Janis Joplin, Jimi Hendrix, Blood Sweat & Tears und The Band folgten. Zwischen 1967 und 1970 traten bei den Woodstock Sound-Outs Folk- und Rockmusiker wie Richie Havens, Paul Butterfield, Dave Van Ronk oder Van Morrison auf.

Und jetzt kam der Kapitalismus ins Spiel. In Woodstock wohnte auch der 24-jährige Michael Lang, der zusammen mit dem zwei Jahre älteren Artie Kornfeld in New York als Musikproduzent tätig war. Zusammen wollten sie in Woodstock ein Tonstudio eröffnen. Sie versprachen sich ein gutes Geschäft davon, den zahlreichen Musikern, die regelmäßig nach Woodstock kamen, vor Ort Infrastruktur bereitzustellen. Um für die Studioeröffnung die Werbetrommel zu rühren, sollte in Wood-

244 Fito de la Parras dominierende Erinnerung zum fünfzigjährigen Jubiläum des Festivals am 6.10.2019 bei einem Konzert in Bonn.

245 Fred Weintraub (mit David Fields): Bruce Lee, Woodstock and Me. Los Angeles: Brooktree Canyon Press 2011, Kap. 2.

246 Peter Applebome: 50 Miles and 40 Years From Yasgur's Farm, Woodstock Tries to Move On. New York Times vom 12.8.2009.

stock ein Konzert veranstaltet zu werden.[247] Soweit die Idee. Was Lang und Kornfeld fehlte, war Geld. Das hatten aber Joel Rosenman und John P. Roberts, die sich im »Wall Street Journal« als »junge Männer mit unbegrenztem Kapital« angepriesen hatten. Das Quartett traf sich zum ersten Mal am 6. Februar 1969, also gerade einmal sechs Monate vor dem Festival.

Die Venture-Capital-Spezialisten Roberts und Rosenman waren nicht besonders an der Finanzierung eines Tonstudios interessiert. Stattdessen schlugen sie Lang und Kornfeld vor, das Promotionkonzert auf ein zweitägiges Musik- und Kunstfestival auszudehnen, das genügend Gewinn abwerfen sollte, um Lang und Kornfeld dann die Finanzierung des Aufnahmestudios zu ermöglichen. Man kalkulierte mit Kosten in Höhe von 250.000 US-Dollar (heute etwa 1,7 Millionen Dollar), und bei 100.000 Besuchern an beiden Tagen und einem durchschnittlichen Ticketpreis von fünf Dollar mit einen Überschuss von 250.000 bis 300.000 Dollar, was einer Rendite von mindestens hundert Prozent auf das investierte Kapital entsprochen hätte. Weil das noch nicht reichte, verlängerte man das Festival auf drei Tage und kalkulierte fortan mit 200.000 Besuchern. Als Termin wurde der 15. bis 17. August 1969 anberaumt. Ein paar Tage später gründeten die vier die Firma Woodstock Ventures Inc., an der alle Partner zu gleichen Teilen beteiligt waren. Man heuerte tüchtige PR-Profis an, die dafür sorgten, dass das Festival in jedem Radiosender, in großen und kleinen Zeitungen in den ganzen USA und darüber hinaus auch in Kanada und Europa beworben wurde – was letztlich den unerwarteten Besucheransturm auslösen sollte.

Und dann begann die Pannenserie. Nach dem Vorbild der Woodstock Sound-Outs sollte das Festival zunächst auf einer Farm in Saugerties, etwa fünfzehn Kilometer östlich von Woodstock, stattfinden. Die Bewohner des Städtchens opponierten allerdings gegen den zu erwartenden Hippie-Ansturm, so dass den Veranstaltern die Erlaubnis verweigert wurde. Ein alternativer Veranstaltungsort wurde am 2. Juli 1969 durch eine Bürgerinitiative blockiert. Erst am 15. Juli, also einen Monat vor dem angesetzten Termin, gelang es, den Milchbauern Max Yasgur dafür zu gewinnen, seine achtzig Kilometer von Woodstock entfernte Farm im Dorf White Lake bei Bethel zur Verfügung zu stellen. Zur Schlüsselfigur bei der Organisation des Veranstaltungsorts wurde der Maler Elliot Teichberg, der sich als Präsident der Handelskammer selbst eine Lizenz zur Ausrichtung musikalischer Veranstaltungen ausstellte.[248]

Die Reaktionen in der 2.500 Bewohner zählenden Gemeinde waren gemischt. Yasgur erhielt 50.000 Dollar Miete für seine Felder und eine Kaution von 75.000 Dollar für etwaige Schäden (von denen er allein 35.000 als Schadensersatz an seine Nachbarn zahlen musste). Die lokalen Gastronomen hofften auf gigantische

---

247 Die folgende Darstellung stützt sich auf den ausgezeichneten Artikel in der deutschsprachigen Wikipedia: Woodstock-Festival, https://de.wikipedia.org/wiki/Woodstock-Festival, zugegriffen am 1.7.2020.

248 Elliot Tiber [Teichberg], Tom Monte: Taking Woodstock: A True Story of a Riot, a Concert, and a Life. Garden City Park: Square One 2007.

Umsätze. 800 Bürger unterschrieben jedoch eine Petition gegen das Festival – was vier Wochen vor dem geplanten Start den letzten Sargnagel für die Veranstaltung bedeutet hätte. Einige Schecks, die Joel Rosenman verteilte, sorgten jedoch für eine Beruhigung der Gemüter.

Jetzt verblieben den Veranstaltern nur noch drei Wochen, um das Festival zu organisieren. Dazu gehörte der Bau von neuen Straßen, Stromleitungen, Brunnen, Telefon- und Wasserleitungen sowie der Festivalbühne mit Licht- und Lautsprechertürmen. Ein Verkehrs- und Sicherheitskonzept musste erarbeitet werden. Die Verträge mit den Musikern mussten auf den neuen Veranstaltungsort umgeschrieben werden, was mitunter mit finanziellen Nachforderungen verbunden war. Den Ticketbesitzern, die ihre Karten bereits im Vorverkauf erworben hatten, musste der neue Veranstaltungsort mitgeteilt werden. Ebenso musste die Werbung auf die neue Adresse umgestellt werden – wobei man den Festivalnamen der Einfachheit halber beibehielt. Dabei war der Vorverkauf überraschend gut gelaufen. Das Drei-Tage-Ticket kostete beachtliche achtzehn Dollar (heute circa 125 Dollar), dennoch konnten im Vorverkauf 186.000 Tickets abgesetzt werden. Vor Ort erworbene Tickets sollten 24 Dollar kosten.

Was passiert, wenn man auf Kuhwiesen 160 Kilometer von New York City entfernt ein dreitägiges Rockfestival veranstaltet? – Richtig, die Hippies machten einen Zelturlaub daraus. Die ersten Festivalbesucher erschienen bereits zwei Wochen vor Beginn auf dem Gelände und ließen sich häuslich nieder. Zwei Tage vor dem Start kampierten bereits 100.000 Menschen neben der wichtigsten Zufahrtsstraße und sorgten für chaotische Verkehrsverhältnisse. Der Staat New York hatte beschlossen, die Nationalgarde zu entsenden, um das Festival aufzulösen und die Besucher nach Hause zu schicken. Einer der Organisatoren, John Morris, verbrachte den Freitagvormittag damit, den Stab des Gouverneurs davon abzuhalten, den Beschluss auszuführen, um einen Massenaufstand zu vermeiden.[249]

Zu diesem Zeitpunkt gab es noch keine Kassenhäuschen, keine Zäune und keine Zugangskontrollen. Und es strömten immer mehr Menschen nach White Lake. Bald waren alle fünf Zufahrtsstraßen dicht; 1,5 Millionen Menschen, die noch zum Festival kommen wollten, mussten zurückgeschickt werden. Sofern überhaupt Umzäunungen aufgestellt waren, wurden diese niedergetrampelt. Die Kassenhäuschen blieben auf ihren Lastwagen. Am Samstagmorgen verkündete schließlich der Ansager unter tosendem Beifall: »Von jetzt an ist das Konzert kostenlos!« Der Veranstalter Michael Lang verriet im Jahr 2010 in einem Interview, wie es zur Entscheidung kam, das Festival zur Gratisveranstaltung zu machen: »Es war keine Entscheidung. Wir haben die Fakten anerkannt. Es heißt immer, wir hätten die Tore zum Festivalgelände geöffnet. Aber da waren keine Tore. Am Freitagmorgen saßen 150.000 Leute auf dem Gelände, die Tickethäuschen waren noch gar nicht aufgestellt.«[250]

249 John Morris: Koordination, Moderator, Auswahl der Bands. In: Landy, Woodstock, a. a. O., S. 147.

250 Michael Lang. Interview in: Nikolaus Piper: »Woodstock hat mir eine Million Schulden eingebrockt«. Süddeutsche Zeitung vom 10. Dezember 2010.

Das zog weitere Komplikationen nach sich. Bands wie Grateful Dead und The Who befürchteten, ihre Gagen nicht zu erhalten, so dass der örtliche Bankdirektor aus dem Wochenende geholt werden musste, um mit dem Hubschrauber beglaubigte Barschecks heranzuschaffen.

Das Verkehrschaos musste bewältigt werden. Da die Straßen blockiert waren, kamen auch die Bands nicht mehr durch. Iron Butterfly und Joni Mitchell verpassten das Festival, weil der Transport nicht funktionierte. Als Alvin Lee während des Konzerts von Ten Years After den Knaller »I'm Going Home« ansagte, fügte er leise hinzu: »... by helicopter«. Obwohl die Bands schließlich eingeflogen wurden, wurden Verspätungen zu Normalität. Das begann bereits mit der allerersten Nummer. Der erste Festivaltag sollte ganz im Zeichen der Folkmusik stehen. Doch die Band Sweetwater, die als Opener vorgesehen war, traf nicht rechtzeitig ein. Richie Havens nutzte die Chance. Als er mit seinem begrenzten Repertoire am Ende war, improvisierte er eine Version des Spirituals »Sometimes I Feel Like a Motherless Child«, dem er den ständig wiederholten Ruf »Freedom!« hinzufügte, was dem Festival gleich zu Beginn ein passendes politisches Motto verpasste.

Erst nachdem Havens gespielt hatte, hielt der Yoga-Guru Swami Satchidananda die Eröffnungsrede – auch er war nicht rechtzeitig eingetroffen. Mittlerweile waren auch Sweetwater per Hubschrauber eingeflogen worden. Sie hatten die Besucherzahl in Woodstock vollständig unterschätzt und spielten ein miserables Set, weil ihre Instrumente zwar schon von Beginn an auf der Bühne waren, aber nie ein Soundcheck stattgefunden hatte. Dann fing es auch noch an zu regnen.

Das Programm des ersten Tages:[251]

Freitag, 15. August 1969

Band / Künstler	Auftrittszeit	Gage	Gage (heute)
Richie Havens	17:07–18:00 Uhr	6.000 US-$	39.000 US-$
Swami Satchidananda	18:10–18:20 Uhr	-	-
Sweetwater	18:30–19:10 Uhr	1.250 US-$	8.000 US-$
Bert Sommer	19:20–20:15 Uhr	7.500 US-$	48.000 US-$
Tim Hardin	21:20–21:45 Uhr	2.000 US-$	13.000 US-$
Ravi Shankar	22:00–22:35 Uhr	4.500 US-$	29.000 US-$
Melanie	22:50–23:20 Uhr	750 US-$	5.000 US-$
Arlo Guthrie	23:55–00:30 Uhr	5.000 US-$	32.000 US-$
Joan Baez	00:55–02:00 Uhr	10.000 US-$	65.000 US-$

251 Wikipedia, Woodstock-Festival, a. a. O., eigene Bearbeitung.

Eine Reihe von Folkmusikern trat auf, wobei dem einen oder anderen schon einmal die Stimme brach, weil sie zu dem Zeitpunkt schon heftig auf Droge waren. Der indische Sitarspieler Ravi Shankar, der in Woodstock sein letztes Festivalkonzert überhaupt gab, weil ihn der Drogenkonsum und der Indien-Hype der Hippies nervte (die gern auch schon einmal Kamasutra-Sex-Partys mit Haschisch veranstalteten), musste seinen Auftritt witterungsbedingt gegen 22:30 Uhr abbrechen.

The Incredible String Band, die nach ihm vorgesehen war, weigerte sich, im Regen zu spielen, so dass ihr Auftritt auf den nächsten Tag verschoben wurde. Stattdessen trat die 22-jährige Folksängerin Melanie Safka auf, vom Lampenfieber gepeinigt, weil sie ihre berühmten Musikerkollegen zwar aus den Medien kannte, aber noch nie persönlich kennengelernt hatte. Das Erlebnis muss ernüchternd gewesen sein, berichtete sie doch später, dass sie den Eindruck hatte, die Einzige gewesen zu sein, die nicht unter Drogeneinfluss stand. Während Melanie ihre langsamen Lieder vortrug, schwenkte das Publikum Kerzen im Takt der Musik. Melanie hat das eindrucksvolle Erlebnis später zu dem Lied »Lay Down (Candles in the Rain)« verarbeitet, das im folgenden Jahr auf Platz vier der US-amerikanischen Charts kommen sollte. Ein schwer unter Drogeneinfluss stehender Arlo Guthrie spielte ein paar Bob-Dylan-Cover sowie seinen Song »Coming into Los Angeles«, brabbelte unverständliches Zeug und machte Festivalgeschichte mit seinem dahingelallten Satz »The New York State Thruway is closed, man.« (›Die Autobahn durch den Staat New York ist dicht, Mann.‹).

Es war schon fast ein Uhr morgens, als endlich der Headliner Joan Baez auftrat. Die im sechsten Monat schwangere Sängerin nutzte die Gelegenheit, um dem Publikum von ihrem Ehemann David Harris zu erzählen, der wegen Verweigerung der Wehrpflicht zu fünfzehn Monaten Haft verurteilt worden war. Richtig politisch wurde Baez mit ihrer Version des Lieds über den 1915 zu Unrecht zum Tode verurteilten und erschossenen Arbeiterführer und Liedermacher Joe Hill, dessen Geist über jeder Gewerkschaftsaktion schwebe.

Joe Hill

I dreamed I saw Joe Hill last night,
alive as you and me.
Says I »But Joe, you're ten years dead«
»I never died« said he.

»The Copper Bosses killed you Joe,
they shot you Joe« says I.
»Takes more than guns to kill a man«
Says Joe »I didn't die«

And standing there as big as life
and smiling with his eyes.
Says Joe »What they can never kill
went on to organize«.

From San Diego up to Maine,
in every mine and mill,
where working-men defend their rights,
it's there you find Joe Hill! ...

Joe Hill

Letzte Nacht träumte ich, Joe Hill gesehen
zu haben,
lebend wir du und ich.
Ich sagte: »Joe, du bist seit 10 Jahren tot!«
»Ich starb niemals«, sagte er.

»Die Kupfer-Bosse töteten dich,
sie erschossen dich, Joe!«, sagte ich.
»Es braucht mehr als Knarren, um einen
Mann zu töten!«,
sagte Joe, »Ich starb nicht.«

Und da stand er nun, so groß wie zu seinen
Lebzeiten,
Und lachte mit seinen Augen.
Joe sagte, »Was sie nicht töten können,
fuhr fort, zu mobilisieren.«

Von San Diego bis hoch nach Maine,
in jedem Bergwerk und jeder Fabrik,
wo Arbeiter ihre Rechte verteidigen,
dort wirst du Joe Hill finden! ...

Arbeiterlied, 1925 / 1936. Text: Alfred Hayes, Musik: Earl Robinson (Smithsonian Folkways Recordings)

Einen der politisch einflussreichsten Songs des Festivals trug Joan Baez jedoch im Duett mit dem kalifornischen Antikriegsaktivisten Jeffrey Shurtleff vor. Es war ein Cover des Songs »Drug Store Truck Drivin' Man«, mit dem sich The Byrds über den Radiomoderator Ralph Emery aus Nashville lustig gemacht hatten, der ihnen in seiner Sendung einen frostigen Empfang bereitet hatte. Countrymusik war weiß und konservativ. Ihre prototypischen Hörer waren rotgesichtige, stiernackige Cowboys und Lastwagenfahrer mit kurz geschorenen Haaren – also das genaue Gegenteil der langhaarigen, Marihuana rauchenden und liberalen Rockmusikfans. Und dennoch übte die Countrymusik eine merkwürdige Faszination auf Rockmusiker aus. Creedence Clearwater Revival war eine ausgesprochene Country-Rock-Band, die Südstaaten-Band Lynyrd Skynyrd spielten immer wieder Country, die Politaktivistin Joan Baez trug gern Countrysongs vor und auch The Byrds konnten der Versuchung nicht widerstehen, Countrysounds aufzunehmen. Gram Parsons, Mitkomponist von »Drug Store Truck Drivin' Man«, brachte seinen Kumpel Keith Richards, mit dem ihn lange Jahre Heroinexzesse und gemeinsame Entzugsversuche verbanden, zum Country. Aber bei vielen Rockmusikern war die Countryfaszination doch so eine Art Hassliebe – und kein Song bringt das härter zum Ausdruck als »Drug Store Truck Drivin' Man«, mit dem ein führender Countrymoderator zum üblen Rassisten erklärt wird. Das wäre im Sommer 1969 schon politisch genug gewesen. Aber Baez und Shurtleff setzten noch eins drauf, als sie in Woodstock das – textlich leicht veränderte – Lied damit ankündigten, dass es dem erzkonservativen Gouverneur von Kalifornien, dem späteren US-Präsidenten Ronald Reagan, gewidmet sei.

Drug Store Truck Drivin' Man	**Er fährt einen Angeber-Pick-up**
He's a drug store truck drivin' man He's the head of the Ku Klux Klan When summer comes rollin' around We'll be lucky to get out of town	Er fährt einen Angeber-Pick-up Er ist der Kopf des Ku-Klux-Klans Wenn der Sommer kommt Sind wir glücklich, wenn wir aus der Stadt herauskommen
He's been like a father to me He's like the only DJ you can hear after three And I'm an all night singer in a country band And if he don't like me he don't understand	Er war wie ein Vater zu mir Er ist der einzige Radiomoderator, den du nach drei hören kannst Und ich singe die ganze Nacht in einer Countryband Und wenn er mich nicht mag, versteht er mich nicht
He's got him a house on the hill And he can play country records till you've had your fill And he's a law man's friend he's an all night DJ Sure don't think much like the records he plays	Er hat sich ein Haus mit Ausblick zugelegt Und er kann Countryplatten bis zum Erbrechen auflegen Und er hat einen Gesetzeshüter als Freund, er ist ein Nachtmoderator Denkt sicherlich nicht viel nach, wie die Platten, die er auflegt
He don't like resistance I know And he said it last night on a big TV show He's got him a medal that he won in the war Weighs 500 pounds and it sleeps by the door	Er mag keinen Widerspruch, das weiß ich, Und er sagte es gestern Abend in einer großen Fernsehsendung Er hat im Krieg einen Orden erhalten Der wiegt 500 Pfund und er schläft an der Tür

The Byrds, 1968; Joan Baez mit Jeffrey Shurtleff, 1969. Text: Roger McGuinn (mit Änderungen durch Joan Baez, Jeffrey Shurtleff), Musik: Gram Parsons (Cotillion / Atlantic)

Damit wurde der republikanische Gouverneur, der mit harter Hand gegen Studentendemonstrationen an kalifornischen Universitäten vorgegangen war (aber als Gouverneur auch ein für damalige Verhältnisse sehr liberales Abtreibungsgesetz unterzeichnet hatte), mit dem Ku-Klux-Klan assoziiert! – Dass viele liberale Amerikaner entsetzt waren, als Reagan 1981 zum Präsidenten der USA gewählt wurde, ist wohl auch auf diesen Woodstock-Song zurückzuführen, mit dem der kalifornische Gouverneur weit über seinen Heimatstaat hinaus bekannt und berüchtigt wurde.

Baez sang noch, wie bei ihren Konzerten üblich, a cappella zusammen mit dem Publikum einige Gospels. Wie immer schloss sie mit »We Shall Overcome«. Diese

Gospelhymne war im Jahr 1901 von dem afroamerikanischen Methodistenpfarrer Charles Albert Tindley in Philadelphia komponiert worden. *Gospel* bedeutet ›Evangelium‹, und Gospelsongs waren gesungene Gebete. »We Shall Overcome« war eine Vertonung des Galaterbriefs 6,9, der da lautet: »Lasst uns aber Gutes tun und nicht müde werden; denn wenn die Zeit gekommen ist, werden wir die Ernte einbringen, falls wir nicht ermatten.« Tindley verkürzte diesen Vers auf die Formel »Ye shall overcome if ye faint not« und wandte die optimistische Botschaft auf die Situation der Afroamerikaner an, denen das Lied Hoffnung machen sollte, dass sich ihre Lebensverhältnisse, die auch 36 Jahre nach der offiziellen Abschaffung der Sklaverei selbst in den Südstaaten noch erbärmlich waren, eines Tages bessern würden. In der ursprünglichen Bedeutung sind es Sünde und Versuchung, die einmal überwunden werden. Aber das spirituelle Lied wurde schon sehr früh politisch gedeutet: Es sollen auch die gesellschaftlichen Verhältnisse verändert werden. Schon im Jahr 1908, schrieb das »United Mine Workers Journal«, haben schwarze wie weiße Gewerkschafter ihre Streikversammlungen mit einem Gebet begonnen, nach dem sie das gute alte Lied »We Will Overcome« gesungen haben. Über die Zeit verschmolz der Text mit der langsam gesungenen Melodie des traditionellen Spirituals »I'll Be All Right«, das ebenfalls den Vers »I'll overcome« enthält. Und es entwickelte sich zur Hymne der Afroamerikaner, die sich nach Befreiung sehnten.

Und dann kamen die Weißen ins Spiel. Zilphia Horton leitete eine Schule, die Gewerkschaftsführer musikalisch ausbildete. Von Horton lernte Pete Seeger das Lied, der es 1947 publizierte, um es anschließend immer wieder vorzutragen. An der Musikschule wurde dann auch »I will« zu »We shall«. Für rhythmische Varianten sorgten neben Seeger der kalifornische Folksänger Frank Hamilton sowie Hortons Nachfolger Guy Carawan, der das Lied 1960 mit einem Workshop an der Highlander Folk School unter den politischen Aktivisten verbreitete. Im selben Jahr ließen sich Horton, Carawan, Hamilton und Seeger, wenn auch nicht als Komponisten (die sie ganz gewiss nicht waren), so doch als Bearbeiter des Liedes, urheberrechtlich eintragen. Die vielen Millionen Dollar, die das Lied in den nächsten Jahren einspielen sollte, flossen zwar an eine gemeinnützige Stiftung der Musikschule, die es zur Finanzierung diverser Projekte verwendete, allerdings gilt die Copyright-Anmeldung heute als ein weiteres Beispiel dafür, wie sich weiße Musiker – selbst wenn sie, wie in diesem Fall, wohlmeinend waren – sich des musikalischen Erbes der Afroamerikaner bemächtigten und es zu Geld machten.

Als Martin Luther King 1955 in Montgomery, Alabama organisierte, dass Afroamerikaner in den öffentlichen Bussen ihre Sitze nicht mehr für Weiße aufgeben mussten, wurde das Lied noch von Schwarzen gesungen, die sich einem feindlichen Mob von Weißen gegenübersahen. Dadurch wurde es in den Staaten bekannt. Doch dann verband sich »We Shall Overcome« schnell mit den Namen von Seeger, Baez und anderen weißen Folkmusikern, die es als politische Hymne bei Demonstrationen, Konzerten und Festivals – wie zum Beispiel in Woodstock – sangen. Beliebt war das Lied, weil es extrem einfach zu singen war, und weil es möglich war, beliebige Textzeilen hinzuzufügen – sie mussten sich nicht einmal reimen.

We Shall Overcome

Oh, deep in my heart I do believe: We shall overcome some day.

We'll walk hand in hand ...
We are not alone ...
We shall live in peace ...
We shall all be free ...
Black and white together now ...

Wir werden überwinden

Tief in meinem Herzen glaube ich: Wir werden eines Tages überwinden.

Wir gehen Hand in Hand ...
Wir sind nicht allein ...
Wir werden in Frieden leben ...
Wir werden alle frei sein ...
Schwarz und Weiß zusammen jetzt ...

Gospel, Gewerkschaftslied, Protestlied, Anfang bis Mitte des 20. Jahrhunderts / Joan Baez in Woodstock 1969. Text & Musik: Verschmelzung verschiedener Quellen (Cotillion / Atlantic)

Den Erfolg von »We Shall Overcome« erklärte Pete Seeger einmal so: »Ich sang es vor der jungen Gemeinde der Lutheranerkirche in Sundance, Idaho, aber es waren auch einige ältere Leute da, die mich wegen meiner linken Politik skeptisch beäugten. Sie fragten mich, wen genau ich denn da beseitigen wollte? Und ich sagte: ›In Selma, Alabama, haben sie wahrscheinlich an Polizeichef Pritchett gedacht, den sie aus dem Amt jagen wollten. Und ich bin mir sicher, Dr. King denkt an die systematische Rassentrennung im ganzen Land, nicht nur im Süden. Für mich bedeutet es die ganze Welt. Wir müssen davon abkommen, unsere Probleme durch das Töten anderer Menschen lösen zu wollen, wir müssen herausfinden, wie wir gemeinsam daran arbeiten können, diese Welt zu vereinen.«[252]

Damit hatte die Bedeutung von *overcome* sich seit dem Galaterbrief gehörig gewandelt. Stand es im Paulusbrief und bei Tindley noch dafür, sich durchzuringen, Gutes zu tun und die eigenen Schwächen zu überwinden, so wurde es in den 1960ern zum aggressiven Aufruf, das gesellschaftliche System und seine Repräsentanten zu überwinden. Und immer häufiger sollte »overcome« zum Aufruf werden, die Herrschenden zu überwinden, um selbst die Macht zu übernehmen. Und ein bisschen davon schwang auch mit, als Joan Baez ihren Auftritt in Woodstock mit der Hymne schloss.

Nachdem »We Shall Overcome« verklungen war, setzte ein Gewitter ein, in dessen Verlauf über 120 Millimeter Niederschlag fielen. Woodstock verwandelte sich endgültig in eine Schlammwüste. Aber das Publikum war ausreichend mit Drogen abgefüllt, um es gelassen zu nehmen. Es improvisierte einen Regengesang, und man suhlte sich im Matsch. Was wäre Woodstock ohne den Regen gewesen? Mit Sicherheit deutlich langweiliger.

252 Pete Seeger. In: Josh Jones: Pete Seeger Tells the Story Behind »We Shall Overcome«. Website Open Culture vom 28.1.2014. www.openculture.com/2014/01/pete-seeger-tells-the-story-behind-we-shall-overcome.html, zugegriffen am 1.7.2020.

Das Programm des zweiten Tages:[253]

Samstag, 16. August 1969

Band / Künstler	Auftrittszeit	Gage	Gage (heute)
Quill	12:15–12:45 Uhr	375 US-$	2.000 US-$
Country Joe McDonald	13:00–13:30 Uhr	2.500 US-$	16.000 US-$
Santana	14:00–14:45 Uhr	2.500 US-$	15.000 US-$
John Sebastian	15:30–15:55 Uhr	1.000 US-$	6.000 US-$
Keef Hartley Band	16:45–17:30 Uhr	500 US-$	3.000 US-$
The Incredible String Band	18:00–18:30 Uhr	2.250 US-$	15.000 US-$
Canned Heat	19:30–20:30 Uhr	6.500 US-$	42.000 US-$
Mountain	21:00–22:00 Uhr	2.000 US-$	13.000 US-$
Grateful Dead	22:30–00:05 Uhr	2.250 US-$	15.000 US-$
Creedence Clearwater Revival	00:30–01:20 Uhr	10.000 US-$	65.000 US-$
Janis Joplin & The Kozmic Blues Band	02:00–03:00 Uhr	7.500 US-$	48.000 US-$
Sly & the Family Stone	03:30–04:20 Uhr	7.000 US-$	45.000 US-$
The Who	05:00–06:05 Uhr	11.200 US-$	72.000 US-$
Jefferson Airplane	08:00–09:40 Uhr	7.500 US-$	48.000 US-$

Der zweite Tag stellte den Übergang von Folk- zur Rockmusik dar und war vom Zwang zur Improvisation geprägt. Country Joe McDonald sollte eigentlich erst einen Tag später mit seiner Band Fish auftreten. Aber um eine Umbaupause zu überbrücken, wurde er zu einem Gig überredet. Nicht einmal eine Gitarre hatte er dabei, man hängte ihm einfach eine akustische Yamaha FG 150 um, die im Backstagebereich herumgelegen hatte. Während der ersten vier Lieder hörte ihm die Menge kaum zu. Darauf reagierte er mit der wohl cleversten Stimmprobe der Rockgeschichte.

Dazu rief er dem Publikum zu: »Gimme an F« (›gebt mir ein F‹), woraufhin sämtliche Unterhaltungen verstummten und die Menge ihm ein lautes F entgegenschrie. Dann rief er »Gimme a U – gimme a C – gimme a K«, und fragte dann mehrfach: »What's that spell?« Was heute wie die Albernheit eines Pubertierenden klingt, war damals richtig provokant, denn die Verwendung des F-Worts in der

253 Wikipedia, Woodstock-Festival, a. a. O., eigene Bearbeitung.

Öffentlichkeit wurde noch strafrechtlich verfolgt. Der Fuck-Cheer erzielte jedenfalls das gewünschte Ergebnis, denn mit seinem vietnamkriegskritischen »I-Feel-Like-I'm-Fixin'-to-Die-Rag« war ihm die Aufmerksamkeit sicher. Obwohl der Song kein Hit war, war er doch in der Anti-Vietnam-Szene ziemlich bekannt, so dass eine große Anzahl von Leuten mitsang, die den Text genau kannten. Ganz außer Atem feuerte Country Joe McDonald in der Mitte des Songs die Menge noch zusätzlich an:

»Hört zu, Leute, ich weiß nicht, wie ihr glauben könnt, dass wir jemals den Krieg beenden, wenn ihr nicht besser singt; es sind ungefähr 300.000 von euch Fickern da draußen, ich will, dass ihr anfangt zu singen, los!« Die Menge quittierte die Beschimpfungen mit Beifall. Es gab in Woodstock zahlreiche Songs gegen den Vietnamkrieg, aber der »I-Feel-Like-I'm-Fixin'-to-Die-Rag« wurde ikonisch.

I-Feel-Like-I'm-Fixin'-to-Die-Rag	**Ich-glaube-ich-hab-Lust-zu-sterben-Rag**
Come on, all of you big strong men Uncle Sam needs your help again He's got himself in a terrible jam Way down yonder in Viet Nam …	Kommt schon, all ihr großen, starken Männer, Onkel Sam braucht mal wieder eure Hilfe. Er hat sich in einen schrecklichen Schlamassel gebracht, weit unten in Vietnam …

Nach dem Koreakrieg meinten US-amerikanische Außenpolitiker mal wieder, ein internationales Problem durch Waffengewalt lösen zu können. Und das sollte wieder einmal schief gehen.

Put down your books and pick up a gun	Legt eure Bücher zur Seite und nehmt ein Gewehr in die Hand.

Der Militärdienst ist wichtiger als Bildung.

We're gonna have a whole lotta fun And it's one, two, three, what are we fighting for Don't ask me I don't give a damn, next stop is Viet Nam And it's five, six, seven, open up the pearly gates Ain't no time to wonder why, whoopee we're all gonna die	Wir werden einen Riesenspaß haben. Und es geht: Eins, zwei, drei, wofür kämpfen wir? Frag' mich nicht, ist mir scheißegal, der nächste Halt ist Vietnam. Und es geht: Fünf, sechs, sieben, öffne schon mal das Himmelstor! Keine Zeit, sich Fragen zu stellen, juhuu, wir werden alle sterben!

GI-typischer Galgenhumor im Angesicht des Todes.

Come on, wall street don't be slow
Why man this war is a go-go
There's plenty good money to be made by
Supplying the army with the tools of its trade

Auf geht's, Wall Street, zögere nicht,
dieser Krieg ist ein heißer Fonds.
Da gibt's eine gute Menge Geld zu verdienen,
indem man der Army Waffen und Ausrüstung verkauft.

Der militärisch-industrielle Komplex macht sein Geld mit dem Krieg.

Let's hope and pray that if they drop the bomb
They drop it on the Viet Cong

Lasst uns hoffen und beten, dass, wenn sie die Bombe werfen,
sie sie auf den Vietcong werfen.

Man tötet des Öfteren aus Versehen die eigenen Leute.

Come on, generals, let's move fast
Your big chance has come at last
Now you can go out and get those reds
Cos the only good commie is the one that's dead and
You know that peace can only be won when we've
Blown 'em all to kingdom come

Kommt schon, Generäle, geht schnell voran,
endlich ist eure große Chance gekommen.
Jetzt könnt ihr euch diese Roten packen!
Weil der einzige gute Kommunist der tote Kommunist ist, und
der Friede kann nur erreicht werden,
wenn wir sie alle ins Jenseits gebombt haben.

Der Krieg bietet Chancen auf Auszeichnungen und Beförderungen für die stramm antikommunistischen Generäle, die glauben, die Welt von den verhassten Kommunisten befreien zu können. Mit der Bezeichnung Rote (für Kommunisten) wird eine Parallele zu den Ausrottungskriegen gegen die amerikanischen Ersteinwohner gezogen.

Come on, mothers throughout the land
Pack your boys off to Viet Nam
Come on, fathers don't hesitate
Send your sons off before it's too late
And you can be the first ones on your block
To have your boy come home in a box

Kommt schon, Mütter im ganzen Land,
schickt eure Jungs nach Vietnam.
Auf geht's, Väter, zögert nicht,
Schickt eure Söhne hin, bevor es zu spät ist.
Ihr könnt die Ersten in eurem Viertel sein,
die ihren Sohn in einer Kiste nach Hause kriegen.

Den spießbürgerlichen Müttern und Vätern ist die Anerkennung der Nachbarschaft derart wichtig, dass sie dafür sogar ihre Kinder in den Tod schicken. Kein Wunder, denn sie hatten ja nie Verständnis für ihre Kinder.

Country Joe McDonald, 1965. Text & Musik: Country Joe McDonald (Cotillion / Atlantic)

Das Leitmotiv des Songs ist der Aufbruch in den Krieg, symbolisiert durch das »come on« zu Beginn jeder Strophe und das »Eins, zwei, drei« der Marschierschritte. Dazu passt die Musik im Zweivierteltakt, die sich »einfach gehalten [zeigt], sorglos und fröhlich [wirkt] und zum Mitsingen ein[lädt]«.[254] Der Refrain strotzt vor GI-typischem Galgenhumor, mit dem sich die Soldaten in der Hölle von Vietnam bei Laune hielten. Das Songlexikon schreibt dazu: »GI-Humor, wie dieser, so McDonald, sei die einzige Möglichkeit für die im System von Zwangseinziehung gefangenen und dem Befehl fremder Interessen unterstehenden Soldaten, um die Schrecken des Krieges zu bewältigen. McDonald, der selbst beim Militär war, solidarisiert sich in seinem Stück mit dem einfachen Soldaten, den er nicht als Täter, sondern vielmehr als Opfer der Machthabenden stilisiert. Unterstrichen wird dieser Standpunkt durch das Bühnenoutfit McDonalds – einer hippieesk abgewandelten Militäruniform, die so zum Symbol der Solidarität mit den kämpfenden Soldaten funktionalisiert wird.«[255] Olivgrüne Army-Jacken, Parkas und andere Armeekleidung, gern kombiniert mit Jeans, wurde so zur Mode der Nonkonformisten, die während der 60er und 70er Jahre noch provokant war, bis sie schließlich in den 80ern als Camouflage-Look in die Mainstream-Mode integriert und kommerzialisiert wurde.

Der Band von Carlos Santana, die gerade erst ihr Debutalbum aufgenommen, aber noch nicht veröffentlicht hatte, gelang mit Woodstock der Durchbruch. Dabei hatten sie es gar nicht leicht, denn das Publikum hatte unmittelbar vor ihrem Auftritt im Chor »No rain! No rain!« gesungen und dabei rhythmisch auf diverse Objekte geklopft. Der erst zwanzigjährige Drummer Michael Shrieve nahm den Rhythmus geschickt auf und leitete damit zum Song »Soul Sacrifice« über, in dem Santana mit singenden Gitarrensoli brillierte.

Dem Folksänger John Sebastian ging es ähnlich wie Country Joe McDonald. Er war als Zuschauer gekommen, aber von einem Mitarbeiter der Veranstalter im Publikum entdeckt und spontan angeheuert worden, um eine Pause zu überbrücken. Sebastian trug ein wildes Batikhemd und stand nach eigener Aussage derart unter Drogeneinfluss, dass er nicht in der Lage war, die Aufforderung abzulehnen. Als er, nur mit einer akustischen Gitarre ausgestattet, die Bühne betrat, bat er das Publikum: »Gebt den Menschen neben euch ein bisschen Liebe und nehmt auf dem Rückweg etwas Müll mit.« Nach dem Jazzrock der Keef Hartley Band und einem enttäuschenden Auftritt von The Incredible String Band, die ja am Vortag, wo sie besser aufgehoben gewesen wäre, wegen Regens nicht spielen wollte, kam mit der Bluesrock-Band Canned Heat der Headliner des Tages.

Dabei waren die Bedingungen denkbar schlecht. Erst zwei Tage zuvor hatte ein heftiger Streit zwischen dem Bassisten Larry »The Mole« Taylor und dem Gitar-

254 Sarah Thanner: I-Feel-Like-I'm-Fixin'-To-Die-Rag/Fish Cheer (Country Joe McDonald). In: Songlexikon. Encyclopedia of Songs. Hg. von Michael Fischer, Fernand Hörner und Christofer Jost, http://www.songlexikon.de/songs/fishcheer, zugegriffen am 1.7.2020.

255 Ebd.

risten Henry »The Sunflower« Vestine auf der Bühne des Fillmore West dazu geführt, dass Vestine wutentbrannt die Band verlassen hatte. Glücklicherweise gelang es kurzfristig, den talentierten Gitarristen Harvey Mandel zu engagieren, allerdings blieb keine Zeit mehr für eine Probe. Prompt weigerte sich der Schlagzeuger Adolfo »Fito« de la Parra, auf dem Festival aufzutreten, um der Band eine Blamage zu ersparen. Er kündigte an, die Band zu verlassen, und schloss sich auf seinem Hotelzimmer ein. Allerdings verschaffte sich der Manager Skip Taylor mithilfe eines Generalschlüssels Zugang zu seinem Zimmer und beförderte ihn zusammen mit dem Rest der Band in den Helikopter nach Bethel. Glücklicherweise war der LKW mit dem Equipment nach dreizehn Stunden chaotischer Fahrt (normalerweise maximal drei Stunden) gerade rechtzeitig eingetroffen, so dass die Band zum Sonnenuntergang bereit zum Auftritt war – abgesehen davon, dass sie noch nie mit ihrem neuen Gitarristen geprobt hatte. Aber wie heißt es doch unter Rockmusikern? – »Wer probt, kann nichts.« Und Harvey Mandel war ein Könner. Canned Heat schaffte es nicht nur, sich eine Blamage zu ersparen (was anderen Musikern nicht gelingen sollte), sie wurden sogar zum Publikumsliebling. Der Höhepunkt ihres Auftritts war »Going Up the Country«, das auf dem »Bull Doze Blues« von Henry Thomas aus dem Jahr 1928 basierte, aber zur Hymne der Hippies wurde.

Going Up the Country

I'm going up the country, babe, don't you wanna go? ...
I'm going to some place where I've never been before

I'm going, I'm going where the water tastes like wine ...
We can jump in the water, stay drunk all the time

I'm gonna leave this city, got to get away ...
All this fussing and fighting, man, you know I sure can't stay

Now baby, pack your leaving trunk, you know we've got to leave today
Just exactly where we're going I cannot say, but
We might even leave the USA
'Cause there's a brand new game that I don't want to play ...

Fahr aufs Land

Ich fahr aufs Land, Kleines, willst du mit mir gehen? ...
Ich gehe zu einem Ort, wo ich niemals zuvor gewesen bin.

Ich gehe, ich gehe dahin, wo das Wasser wie Wein schmeckt ...
Wir können in das Wasser springen und die ganze Zeit betrunken sein.

Ich verlasse diese Stadt, muss abhauen ...
All dieser Krampf und Kampf, Mann, du weißt, ich kann auf keinen Fall mehr bleiben.

Jetzt, Kleines, pack deinen Reisekoffer, du weißt, wir müssen heute abreisen.
Wohin wir genau gehen, kann ich nicht sagen, aber vielleicht verlassen wir sogar die USA.
Weil es dort ein nagelneues Spiel gibt, das ich nicht spielen will ...

Canned Heat, 1968. Text: Alan Wilson. Musik: Henry Thomas (Cotillion/Atlantic)

Das mit der Falsettstimme von Alan Wilson gesungene Lied wurde zu einem der Signature-Songs des Woodstock-Festivals, sprang in der folgenden Woche an die Spitze der US-Charts und wurde zum erfolgreichsten Stück von Canned Heat. An der musikalischen Qualität konnte es kaum liegen, aber der Text ließ es zur Hymne der Landhippies werden. In den 60ern hatte die Kapitalismus- und Zivilisationskritik dazu geführt, dass sich eine Gegenbewegung zur urbanen Konsumkultur entwickelt hatte, die viele Hippies reizvoll fanden. Die Rückbesinnung auf das naturnahe Landleben vermischte sich mit dem Wunsch, nach dem Vorbild der Hobos den spießigen Elternhäusern und der bürgerlichen Kultur den Rücken zu kehren, ein altes amerikanisches Motiv, das ein ganzes Genre von Roadsongs hervorgebracht hat, darunter auch Canned Heats »On the Road Again« und Kris Kristoffersons »Me and Bobby McGee«.

Es war der Traum der Hippies, einfach mit Eltern, Familie, Schule, Ausbildung, Berufswelt und bürgerlicher Existenz zu brechen, sich ein Bündel und die Gitarre auf den Rücken zu schnüren und sich mit dem »Daumen im Wind« (so ein Titel von Udo Lindenberg aus 1972) an den Straßenrand zu stellen. Wohin die Reise geht, ist sekundär, Hauptsache raus aus der Stadt mit ihrem Stress und ihrem Business- und Karrierespiel, das man nicht mitspielen will. Vielleicht sogar ganz heraus aus den USA. Vielleicht nach Südamerika? Oder gar nach Indien? Egal, Hauptsache aufs Land. Das Wasser wird schon zu Wein werden. Und menschliche Gesellschaft? – Als Paar ist man sich genug.

Der Erfolg des Songs symbolisiert die Sehnsucht der 68er-Generation nach dem Landleben. In der Folgezeit sollten sich tatsächlich zahlreiche Kommunen entwickeln, die alte Bauernhäuser übernahmen, um einen alternativen Lebensstil im Einklang mit der Natur zu praktizieren – darunter auch die deutsche Band Ton Steine Scherben. Das ging zwar nicht immer gut, sollte aber zu einem Pfeiler der Ökologiebewegung werden, die sich als sehr langlebig erweisen sollte, aber ihren Ursprung in der Rockmusikära der 60er Jahre hatte und in Rocksongs wie »Going Up the Country« ihren musikalischen Ausdruck fand.

Nach dem Auftritt von Canned Heat war die Luft ein wenig raus. Grateful Dead, die eigentlich als sichere Bank gegolten hatten, hatten mit dem Wetter und mannigfaltigen technischen Problemen zu kämpfen. Weil die Monitore nicht richtig funktionierten, musste die Band ihre Performance unterbrechen. Einige Bandmitglieder bekamen wegen des Regens auch Stromschläge von ihren elektrischen Instrumenten. Creedence Clearwater Revival erging es nicht besser. Auch sie kämpften mit der Bühnentechnik, und damit, dass der größte Teil des Publikums bereits eingeschlafen war. Und auch Janis Joplin, die wegen der langen Wartezeit übermäßig alkoholisiert war, traf der Fluch der schlechten Stimmung. Alle drei Headliner fanden ihre Auftritte zu schlecht, als dass sie sie im Film oder auf dem Soundtrackalbum veröffentlichen wollten.

Ganz anders dagegen der Auftritt von Sly & the Family Stone. Obwohl es regnete und weit nach Mitternacht war, riss die Soulband ihr Publikum mit. Vor allem mit dem Song »I Want to Take You Higher«, bei dem Sly Stone intensiv mit dem Publikum interagierte, ging die Menge mit – was vielleicht auch an der soultypischen

Sexualität des Textes und der Mehrdeutigkeit des Wörtchens »higher« lag. Es war schon fünf Uhr morgens, als endlich The Who auftraten. Deren Manager weigerte sich zuerst, die Band ohne Vorkasse auf die Bühne zu schicken, aber als der Veranstalter Michael Lang drohte, die Weigerung über die Verstärkeranlage durchzusagen (was den britischen Musikern sicherlich nicht gut bekommen wäre), lenkte er ein. The Who spielten Stücke aus ihrer Rockoper »Tommy«, und insbesondere die melancholische Schlussnummer »See Me, Feel Me, Touch Me« kam in den frühen Morgenstunden sehr gut an. Weniger gut zur Stimmung, aber zum Image der Band passten dagegen einige Gewalttätigkeiten, die sich Pete Townshend leistete. Er trat einem Kameramann in den Hintern und schlug dem bekannten linksradikalen Politaktivisten Abbie Hoffman mit der Gitarre auf den Kopf, als dieser eine Durchsage zur Gefangennahme von John Sinclair am Mikrofon machen wollte. Typisch für The Who war schließlich das rituelle Zertrümmern der Instrumente am Ende des Konzerts.

Den Letzten beißen die Hunde. Bedingt durch die vielen Regenpausen und technischen Pannen begannen Jefferson Airplane, als die Sonne bereits aufgegangen war. Die Sängerin Grace Slick kündigte an, dass die Band nach den »heavy groups« ein wenig »morning maniac music« spielen würde, also Frühaufstehermusik. Herzzerreißend ist anzusehen, wie Grace Slick aufgrund der hundsmiserablen Bühnentechnik während der Performance von »White Rabbit« ständig mit ihrem Ohrhörer kämpft.

Das Programm des dritten Tages:[256]

Sonntag, 17. August 1969

Band / Künstler	Auftrittszeit	Gage	Gage (heute)
Joe Cocker and The Grease Band	14:00–15:25 Uhr	1.375 US-$	9.000 US-$
Country Joe and the Fish	18:30–20:00 Uhr	2.500 US-$	16.000 US-$
Ten Years After	20:15–21:15 Uhr	3.250 US-$	21.000 US-$
The Band	22:00–22:50 Uhr	7.500 US-$	48.000 US-$
Johnny Winter	00:00–01:05 Uhr	3.750 US-$	24.000 US-$
Blood, Sweat & Tears	01:30–02:30 Uhr	15.000 US-$	97.000 US-$
Crosby, Stills, Nash & Young	03:00–04:00 Uhr	5.000 US-$	32.000 US-$
Paul Butterfield Blues Band	06:00–06:45 Uhr	7.500 US-$	48.000 US-$
Sha Na Na	07:30–08:00 Uhr	700 US-$	5.000 US-$
Jimi Hendrix + Gypsy Sun & Rainbows	09:00–11:10 Uhr	18.000 US-$	116.000 US-$

256 Wikipedia, Woodstock-Festival, a. a. O., eigene Bearbeitung.

Der sintflutartige Regen prägte auch noch am Sonntag das Festival. Zwar hatte der Tag gut begonnen, als Joe Cocker seine bluesige Version des Beatles-Songs »With a Little Help From My Friends« röhrte und während des Gitarrensolos die Luftgitarre erfand, danach gab es jedoch erst einmal eine dreistündige Regenpause. Im Anschluss hielt der Farmer Max Yasgur eine kurze, aber ergreifende Ansprache. Einen musikalischen Höhepunkt setzten Ten Years After mit ihrem neunzigminütigen Auftritt. Zwar musste die Band gleich ihren ersten Song, die Rock-and-Roll-Nummer »Good Morning Little School Girl«, unterbrechen, weil die Luftfeuchtigkeit die Gitarren verstimmt hatte, aber danach spielten sie Bluesrock vom Feinsten. Insbesondere die Zugabe »I'm Going Home« zeichnete sich dadurch aus, dass Alvin Lee ein fast zehn Minuten langes Solo in wahnsinnigem Tempo spielte. Lee hatte sich bereits im Vorfeld ziemlich entspannt gegeben. Als ihn die Techniker warnten, dass er sich infolge des Regens einen Stromschlag zuziehen könnte, antwortete er lediglich: »Und wenn schon. Wenn ich in Woodstock durch einen Stromschlag umkomme, werden wir eine Menge Platten verkaufen.«

Die Countryrock-Band The Band hatte weniger mit dem Regen und der Technik zu kämpfen als mit dem Lampenfieber. Die Musiker waren es nicht gewohnt, vor derartigen Menschenmengen aufzutreten. Aus dieser Erfahrung machten sie später den Song »Stage Fright« (›Lampenfieber‹). Die Auftritte von Blood, Sweat & Tears sowie von Johnny Winter blieben vor allem im Gedächtnis, weil sich in beiden Fällen die Manager mit der Filmcrew zerstritten hatten. Crosby, Stills and Nash folgten, wobei auch das neue Bandmitglied Neil Young auf die Bühne kam, danach die Butterfield Blues Band und die noch kaum bekannte Formation Sha Na Na.

Das absolute Highlight des Festivals (dem auch die mit Abstand höchste Gage zuteilwurde), hatte mit dem traurigen Umstand zu kämpfen, dass es bereits Montagmorgen 9:00 Uhr war und überhaupt nur noch 35.000 Zuschauer anwesend waren. Aber der Auftritt von Jimi Hendrix wurde dennoch zu einem Höhepunkt nicht nur des Woodstock-Festivals, sondern der Rockgeschichte überhaupt, weil er mit seiner Interpretation der US-amerikanischen Nationalhymne »Star-Spangled Banner« musikalische Virtuosität und Innovation mit einer politischen Aussage zu verbinden wusste. Hendrix ließ die Hymne nicht nur zu einem Gekreische explodieren, sondern entlockte seiner Gitarre nie zuvor gehörte Geräusche von Düsenflugzeugen, Hubschraubern, Raketen, explodierenden Granaten und anderen Schrecken des Vietnamkriegs.

Musikalisch, politisch und sozial schrieb Woodstock Geschichte, nicht nur trotz, sondern sogar wegen des widrigen Wetters, der Schwächen der Organisation, die dem Besucherandrang nicht gewachsen war, und der ständigen technischen Pannen. Ganze 600 Toilettenkabinen für 400.000 Menschen sorgten rasch für katastrophale hygienische Zustände. Aber irgendwie funktionierte auch die Selbstregulierung, stellten die Festivalbesucher sogar selbst Schilder auf, um die Trinkwasserversorgung vor wildem Urinieren zu schützen. Mit der Verpflegung, der Sicherheit und der allgemeinen Betreuung der Besucher wurde die Hog-Farm-Kommune beauftragt, deren Mitglieder zwar selbst ständig unter Drogen standen, es aber mithilfe der Farmerfamilie Yasgur und der Behörden irgendwie hinbekamen, die Menschenmassen zu versorgen. Eine Gruppe von New Yorker Maoisten, die sich *Tom Newman and the Crazies* nannte, wollte die Essensstände abfackeln, wurden dann aber nach einer Ansage von der Bühne von 35.000 Festivalbesuchern abgefangen.[257]

Fünfzig Ärzte, die erst nachträglich eingeflogen worden waren und die teilweise ohne Bezahlung arbeiteten, kümmerten sich um Schnittverletzungen, die sich die Teilnehmer durch zerbrochene Flaschen zugezogen hatten, Sonnenbrände, Hitzschläge, aber auch um die Folgen von Drogenmissbrauch, der durch den freien Verkauf und Konsum von Mescalin und LSD gefördert wurde (Mescalin und LSD kosteten vier Dollar je Dosis, so viel wie zwanzig Brotlaibe; es gab allerdings auch billigeres Zeug aus Strychnin und Rattengift). Insgesamt wurden 5.162 medizinische Behandlungen durchgeführt, davon 797 wegen Drogenmissbrauchs. Um die Verhältnisse klarzumachen: Während der drei Tage mussten 1,3 Prozent der 400.000 Festivalbesucher behandelt werden, und die Behandlungsquote wegen Drogenmissbrauchs lag bei 0,2 Prozent. Dabei waren Drogen ein definierendes Element des Festivals gewesen. Typisch ist der folgende Bericht einer Besucherin:

»Drogen waren Teil unserer Lebenskultur. Es gab zahlreiche Songs darüber. Grateful Dead gaben ihr ›High on Cocaine‹ zum Besten und Jefferson Airplane ihr bewegendes ›White Rabbit‹. Wir hörten Jimi Hendrix mit ›Purple Haze‹ über das Leben auf LSD singen, ›'Scuse me while I kiss the sky‹. Ja, wir haben Drogen genommen. Manche nahmen sie, um Party zu machen, andere, um der Realität zu entkommen. Einige von uns suchten nach einer tieferen Wahrheit, Drogen sollten uns von dem befreien, was unsere Eltern und die Gesellschaft aus uns gemacht hatten. Wir erwarteten nicht weniger, als unser wahres Ich zu finden – etwas, das uns keine Religion der Welt geben konnte. Aber wir mussten sehr schnell herausfinden, dass das nicht umsonst zu haben war, und viele verloren unter Drogenkonsum ihren Verstand oder bezahlten dafür mit dem Leben.«[258]

Es gab drei Todesfälle zu beklagen: Zwei Drogentote, und ein Besucher wurde, in seinem Schlafsack liegend, von einem Traktor überfahren. Die medizinische Abteilung vermeldete darüber hinaus einen Luftröhrenschnitt, vier Fehlgeburten und zwei gesunde Babys. Und ausgerechnet die verhasste US-Army, die von der Bühne so sehr geschmäht worden war, musste einspringen und verhindern, dass Woodstock als Katastrophe endete. Das alles trug dazu bei, dass Woodstock zur Legende wurde. Noch wichtiger waren jedoch: das Album mit dem Soundtrack der wichtigsten Stücke und die gut drei Stunden lange Filmdokumentation.

Fred Weintraub war gerade einmal zwei Wochen bei Warner Brothers, als ihn die Festivalveranstalter voller Verzweiflung fragten, ob die berühmte Filmfirma nicht die Aufnahmen übernehmen könne. Ihnen war längst das Geld ausgegangen, 500.000 Dollar für eine Filmcrew ließen sich beim besten Willen nicht auftreiben. Weintraub fiel es gar nicht leicht, seinen zögerlichen Vorstand zu überreden, das

257 John Morris: Koordination, Moderator, Auswahl der Bands.. In: Landy, Woodstock, a. a. O., S. 147.

258 Dodies Giebas: Festivalbesucherin. In: Landy, Woodstock, a. a. O., S. 188.

erforderliche Budget freizugeben. Bei der Vorstandssitzung am Samstagmorgen, als die Nachrichten vom blanken Chaos in Woodstock eintrafen, war Fred Weintraub, wie er selbst später schrieb, »der Idiot des Tages«. 48 Stunden später war er ein größerer Held als Neil Armstrong. Denn der war ja nur über den Mond gelaufen. Weintraub hatte jedoch Warner Bros. gerettet.[259]

Die Produktionskosten des Films hatten gerade einmal 600.000 Dollar betragen. Allein im ersten Jahr spielte er fünfzig Millionen ein, insgesamt bis heute rund 200 Millionen. Er erhielt einen Oscar und zwei weitere Nominierungen und wurde bei den Filmfestspielen von Cannes gezeigt. Und er sorgte dafür, dass Woodstock nicht auch noch in einem finanziellen Desaster endete. Denn aus dem geplanten Überschuss wurde nichts, weil die kurzfristige Verlagerung des Veranstaltungsorts sehr kostspielig war, die Ticketkontrolle nicht funktionierte und die Veranstalter auch noch die Kosten für die Versorgung der Besucher übernehmen mussten. Die Künstlergagen machten am Ende nur 5,5 Prozent der Gesamtkosten aus. Die Bilanz sah folgendermaßen aus:[260]

Ausgabeposition	**Kosten**	**Kosten (heute)**
Produktionskosten (inkl. Löhne für 1000 Arbeiter)	$ 800.000	$ 5.543.000
unvorhergesehene Ausgaben für Hubschrauber, medizinische Versorgung und Verpflegung der Zuschauer	$ 600.000	$ 3.972.143
umzugsbedingte Kosten von Wallkill nach Bethel	$ 500.000	$ 3.310.119
Ton und Bühnenbeleuchtung	$ 200.000	$ 1.324.048
Werbung	$ 200.000	$ 1.324.048
Künstlergagen	$ 155.000	$ 1.026.137
Haftpflichtversicherung	$ 65.000	$ 430.316
Pacht für das Festivalgelände	$ 50.000	$ 331.012
Schadensersatz an die Nachbarn	$ 35.000	$ 231.708
25 % Rückerstattung für Inhaber nicht genutzter Eintrittskarten	$ 25.000	$ 165.506
Telefonleitungen für das Gelände in Wallkill	$ 18.000	$ 119.164
Telefonleitungen für das Gelände in Bethel	$ 18.000	$ 119.164

259 Weintraub, Bruce Lee, a. a. O., Kap. 2.

260 Quelle: Wikipedia, Woodstock-Festival, a. a. O., eigene Ergänzungen, eigene Berechnungen.

Chartergebühr einer Boeing 727 für die Anreise der Hippie-Kommune Hog Farm	$ 16.000	$ 105.924
Abschlagszahlungen an die radikale Linke um Abbie Hoffman	$ 10.000	$ 66.202
Weitere Pachtzahlungen	$ 5.000	$ 33.101
Administrative Kosten	$ 100.000	$ 662.024
Summe	$ 2.797.000	$ 18.516.808

Bei rund 1,8 Millionen Dollar Einnahmen aus dem Kartenvorverkauf schlossen die Veranstalter mit einem Fehlbetrag von 1,03 Millionen Dollar ab. Warner Bros. kannte die missliche Situation der Woodstock Ventures Inc. und kaufte ihnen neunzig Prozent der Filmrechte für eine Million Dollar ab. Damit schlossen die Veranstalter zunächst plus/minus null ab. Da Film und Soundtrack bis heute Einnahmen produzieren, entwickelte sich Woodstock dennoch für die Veranstalter zu einem guten Geschäft – auch wenn Warner Bros. den Löwenanteil des Gewinns einstrich.[261]

Wenn wir Woodstock als »Mutter aller Festivals« bezeichnet haben, so handelt es sich dabei nicht um eine Übertreibung. Tatsächlich ist immer wieder versucht worden, den Geist von Woodstock erneut heraufzubeschwören. Die Rolling Stones versuchten noch im gleichen Jahr, am 6. Dezember 1969, an der Rennstrecke von Altamont eine Art Westküsten-Woodstock zu veranstalten, das aber wirklich als Desaster endete, weil die als Ordner engagierten Hells Angels direkt vor der Bühne einen Afroamerikaner ermordeten. Deutsche »Woodstocks« sollten auf Fehmarn und in Burglengenfeld veranstaltet werden, aber mit vergleichsweise kümmerlicher Publikumsbeteiligung. Immerhin zog das bis 2016 regelmäßig in Polen veranstaltete »Haltestelle Woodstock« bis zu 750.000 Besucher an.

Aber letztlich blieb Woodstock einmalig. Für einige Kommentatoren bildete es den Höhepunkt und zugleich den Endpunkt der Hippie-Bewegung.[262] Musikalisch gab es eine erstaunliche Fülle an Innovationen – Cocker, Santana und Hendrix brachten wirklich Neues, und andere (wie Sly & the Family Stone oder Ten Years After) legten überraschend gute Performances hin. Die Dichte der politischen Ansagen seitens der Musiker, der Redner und aus dem Publikum war und sollte einmalig bleiben. Und natürlich bleiben der »Rain Chant«, das Wälzen im Schlamm, das Nacktbaden im See und die Bilder der in indianische Decken eingehüllten Verliebten im kollektiven Gedächtnis. Die drei Tage im August waren noch weitgehend von *Love and Peace* geprägt, aber in Altamont endete der kurze Traum davon, dass die menschliche Gemeinschaft in friedlicher Harmonie zusammenleben könnte,

261 Michael Lang, Interview, a. a. O.

262 Christian Schachinger: Die letzte Schlammpackung gegen die böse Welt. Der Standard vom 13. August 2009.

solange man sich Blumen ins Haar steckte, Rockmusik hörte und genügend Drogen nahm. Auch weil Woodstock unwiederholbar war, wurde es zur Legende.

Eine Legende, an der allerdings längst nicht alle mitwirkten, die dazu eingeladen waren. Bob Dylan, der ja selbst bei Woodstock wohnte, hatte keine Lust auf das Event gehabt. The Doors, Led Zeppelin, The Byrds, Free, The Moody Blues, Joni Mitchell, Mind Garage und Spirit unterschätzten das Festival beziehungsweise nahmen andere Engagements wahr, die sie als wichtiger einschätzten. Frank Zappa hatte keine Lust auf »einen Haufen Schlamm« und Ian Anderson von Jethro Tull kein Interesse an Hippies, Nacktheit, Besäufnissen und Drogenkonsum (wobei beide mit ihren Einschätzungen nicht falschgelegen hatten). Die bereits gebuchte Jeff Beck Group meinte, sich kurz vorher auflösen zu müssen; die ebenfalls unter Vertrag stehende Chicago Transit Authority wurde herausgedrängt, damit Santana platziert werden konnte; und Procol Harum wollten sich erholen. Iron Butterfly hingen auf dem LaGuardia Airport fest und zogen aus einem Telegramm, das ihnen die Veranstalter geschickt hatten, die falschen Schlüsse. Wie sagte der Kalif Alī ibn Abī Tālib im siebten Jahrhundert nach Christus? – »Es gibt drei Dinge, die man nicht zurückholen kann: den von der Sehne geschnellten Pfeil, das in Hast gesprochene Wort und die verpasste Gelegenheit.«

5. The Times They Are a-Changin'

5.1. The Laws Must Change

Der Mann war nur ein Komiker, ein Comedian, wie es im Englischen heißt und wie wir heute auf Neudeutsch sagen. Und der US-Amerikaner war so gefährlich, dass er während seines kurzen Lebens sechsmal verhaftet wurde, dass er vom Vereinigten Königreich als unerwünschte Person keine Einreiseerlaubnis erhielt, dass er zahlreiche amerikanische Städte nicht betreten durfte und dass er vom Fernsehen boykottiert wurde, obwohl er bei seinen Auftritten extrem erfolgreich war.

Was hatte der 1925 geborene Lenny Bruce angestellt? Erstens hatte der Nachwuchskomiker, der für eine Gage von zwölf Dollar und einen Teller Spaghetti in New York flache Witze gerissen hatte, eine Stripperin kennengelernt, die er sofort heiratete. Sie zogen nach Los Angeles, wo sie gemeinsam auftraten, sie als Stripteasetänzerin, er als Ansager. Und der Ansager begann, von Auftritt zu Auftritt mehr und mehr eigenes Material einzubringen, das beim Publikum gut ankam. Sein Biograf sollte später über diese Zeit sagen, dass seine Auftritte in einem Stripclub, der niedersten aller Niederungen in der Gesellschaft, ihn von sämtlichen gesellschaftlichen Konventionen und Beschränkungen befreiten, die bislang für seine Mittelmäßigkeit verantwortlich gewesen waren.[263] So spielte er bei seinen Shows einen »Bruder Mathias«, nachdem er, als Wäschereiarbeiter verkleidet, mehrere Priestergewänder gestohlen hatte. Er wurde allerdings nicht wegen Diebstahls verhaftet, sondern wegen Verunglimpfung der Kirche.

Sein zweites Problem bestand darin, dass er im prüden Amerika der 1960er Jahre schon einmal recht schlüpfrige Scherze machte. Die Verwendung des Wortes *cocksucker* beim Jazz-Workshop in San Francisco brachte ihm im Jahr 1961 die zweite Verhaftung wegen Obszönität ein. Er kam noch einmal in die Arrestzelle, weil er das jiddische Wort *schmuck* (für ›Schwanz‹) verwendete. Sein drittes Problem war, dass er zu den Unangepassten gehörte, die mit Drogen experimentierten, was zu zwei weiteren Festnahmen führte. Richtig heftig wurde es, als man ihn 1964 nach einem Auftritt wegen verschiedener obszöner Äußerungen zu einem Zuchthausaufenthalt verurteilte, obwohl er prominente Unterstützung erhielt, unter anderem von Bob Dylan, den Schriftstellern Norman Mailer und James Baldwin, Woody Allen, dem bekannten Soziologen Herbert Gans und – in dem Fall wohl eher kontraproduktiv – dem Lyriker, Linken, Homosexuellen und Drogenpropheten Allen Ginsberg.

Trotz Fernsehverbots machte sich Lenny Bruce einen Namen, indem er auf der Bühne Satiren über Jazz, Moralphilosophie, Politik, Patriotismus, Religion, Gesetze,

263 Albert H. Goldman: Ladies and Gentlemen: Lenny Bruce!! New York: Random House 1971, S. 133.

Rassismus, den Ku-Klux-Klan, Abtreibung, Drogen und das Judentum vortrug, die von Frank Zappa und Phil Spector auf Tonträgern verbreitet wurden. Vor allem aber trat Bruce für Freiheit, insbesondere für Meinungs- und Redefreiheit ein. Lenny Bruce, der 1966 an einer Überdosis Morphium zugrunde ging, wurde zu einer der führenden Identifikationsfiguren der rebellischen Jugend der 1960er Jahre. Im Jahr 2004 wurde er auf einer Liste der hundert besten Comedians aller Zeiten auf Rang drei platziert, direkt vor Woody Allen. Auch in der Rockmusik kam er mehrfach zu Ehren, so in dem Song »Father Bruce« von Great Society (mit einem Text von Grace Slick), mit einem Foto in der obersten Reihe auf dem Cover des »Sgt. Pepper«-Albums, in dem Song »Eulogy to Lenny Bruce« von Nico, in dem Genesis-Stück »Broadway Melody of 1974« oder in dem Lied »Lenny Bruce« von Bob Dylan. Mehrere Filme wurden über ihn gedreht, unter anderem »Lenny« mit Dustin Hoffman als Darsteller des Comedians (was Hoffman eine Oscar-Nominierung einbrachte).

Lenny Bruce kam so oft mit dem Gesetz in Konflikt, weil er politisch frech war, weil er offen seine Meinung sagte, weil er über Sex sprach und weil er Drogen nahm. Mit einem Wort, er machte genau das, was die rebellische Jugend der 1960er Jahre auch machte – nur dass er es auf der Bühne tat, vor Publikum, unter das sich schon einmal Undercoveragenten des FBI mischten. Wenn Lenny Bruce mit dem Gesetz in Konflikt kam, lag das also nicht an Lenny Bruce, sondern an den restriktiven Gesetzen, die geändert werden mussten. Was waren das für Gesetze? Das waren Gesetze, die sexuelle Freizügigkeit unter Strafe stellten, die Drogen verboten, die die Meinungsfreiheit einschränkten, die Farbige diskriminierten, die Frauen benachteiligten, die die Freiheit unter 21-Jähriger beschränkten. Diese Gesetze mussten geändert werden. Der Meinung war John Mayall, der 1969 sein wegweisendes Album »The Turning Point« (das den Unplugged-Stil vorwegnahm) mit dem Blues »The Laws Must Change« eröffnete, der, wie es im Notenblatt heißt, nicht bluestypisch-langsam, sondern mit einem Bright Beat gespielt wurde.

The Laws Must Change	**Die Gesetze müssen sich ändern**
The time must surely come For the laws to fit the times ... But while the law is standing You gotta open up your minds	Die Zeit wird sicher kommen, in der sich die Gesetze an die Zeiten anpassen ... Aber während das Gesetz so ist, wie es ist, müssen eure Gedanken offen werden.
It seems to be the fashion To say you're right and they are wrong ... But you gotta see both sides You'll find yourself in jail 'fore long	Es scheint Mode zu sein, zu sagen, ihr habt recht, und sie liegen falsch ... Du musst jedoch beide Seiten sehen, oder du findest dich bald im Knast.
You're screamin' at policemen But they're only doin' a gig ... Gotta try and take the time To figure out how the issue got that big	Du schreist Polizisten an, aber sie tun nur ihren Job ... Versuche es und nimm dir die Zeit herauszufinden, warum die Sache so groß wurde.

Lenny Bruce was trying to tell you
Many things before he died ...
Don't throw rocks at policemen
But get the knots of law untied

Lenny Bruce versuchte, euch viele Dinge zu sagen,
bevor er starb ...
Werft keine Steine auf Polizisten,
sondern löst die Knoten der Gesetze.

Every time you're holdin'
You are guilty of a crime ...
The laws must change one day
But it's goin' to take some time

Jedes Mal, wenn du mit Drogen handelst,
bist du eines Verbrechens schuldig ...
Die Gesetze müssen sich eines Tages ändern,
aber es wird eine ganze Zeit dauern.

John Mayall, 1969. Text & Musik: John Mayall (Polydor)

Tenor und Text des Liedes sind durchaus differenziert. Zwar fordert Mayall eine Änderung der Gesetze, insbesondere eine Legalisierung der Drogen und des Drogenhandels, mahnt aber an mehreren Stellen zur Mäßigung. Demonstranten sollen nicht gegen Polizisten kämpfen, sondern gegen den Gesetzgeber. Sie sollen sich Zeit nehmen, um nachzudenken, sie sollen beide Seiten sehen, nicht darauf bestehen, dass ihre eigene Meinung die richtige sei, und sie sollen Geduld haben: Die Gesetze werden sich schon ändern, aber die Mühlen der Gesetzgebung mahlen langsam. Der Aufruf zum gewaltlosen Protest beruft sich auf Lenny Bruce. Das war 1969 eine durchaus moderate Position, die musikalisch brillant vorgetragen wurde – mit einem (auch ohne Schlagzeug) rhythmischen Mid Tempo Blues, dessen Solo aus einem Duett von Mundharmonika und Querflöte bestand, bevor zum Schluss noch ein Saxofonsolo kam.

Im Frühjahr des Jahres 1968 kochte der Topf über. Die US-amerikanischen Militäroperationen in Vietnam hatten seit dem Jahr 1961 sukzessive zugenommen. Als der Vietcong und die nordvietnamesische Volksarmee am 30. Januar 1968 mit 80.000 Kämpfern die sogenannte Tet-Offensive starteten, schlugen die amerikanischen Truppen mit Macht zurück, was zu mindestens 50.000 getöteten Soldaten auf Seiten Nordvietnams führte. Die intensive Medienberichterstattung über die Kriegsgräuel in Vietnam heizte die Proteste gegen den Krieg an, insbesondere an den US-amerikanischen Universitäten, zunehmend aber auch in Europa. Am 17. März 1968 marschierten mehrere Tausend Demonstranten zur US-amerikanischen Botschaft am Londoner Grosvenor Square, wo sie sich eine gewalttätige Straßenschlacht mit der Polizei lieferten, deren Bilder um die Welt gingen.

John Lennon nahm diese Bilder wahr, als er in Indien saß, um bei dem Guru Maharishi Mahesh Yogi sein Seelenheil zu finden. Er verarbeitete die Proteste in dem Song »Revolution«, der im Mai/Juni 1968 als erstes Stück des »Weißen Albums« aufgenommen wurde. Das Lied beginnt – eher untypisch für die Beatles – mit einem harten Hardrockriff, geht dann aber in einen eher bluesigen Mid-Tempo-Shuffle über, der immer wieder von schrillen Gitarrentönen zerrissen wird.

Revolution

You say you want a revolution
Well, you know
We all want to change the world
You tell me that it's evolution ...

But when you talk about destruction
Don't you know that you can count me out – in?

Don't you know it's gonna be alright? ...

You say you got a real solution ...
We'd all love to see the plan
You ask me for a contribution ...
We're all doing what we can

But if you want money for people with minds that hate
All I can tell you is brother you have to wait ...

You say you'll change the constitution ...
We all want to change your head
You tell me it's the institution ...
You'd better free your mind instead

But if you go carrying pictures of Chairman Mao
You ain't going to make it with anyone anyhow ...

Revolution

Du sagst, du willst eine Revolution
Gut, du weißt
Wir alle wollen die Welt verändern
Du erzählst mir, es ist eine Entwicklung ...

Aber wenn du über Zerstörung redest
Weißt du nicht, dass du mich streichen – auf mich zählen kannst? [der Widerspruch ist im Original]

Weißt du nicht, dass alles gut wird? ...

Du sagst, du hast eine echte Lösung ...
Wir alle würden gerne deinen Plan sehen
Du bittest mich um einen Beitrag ...
Wir alle tun, was wir können

Aber wenn du Geld willst für Menschen mit Hass in ihren Köpfen
Dann ist alles, was ich dir sagen kann, Bruder, du musst warten ...

Du sagst, du willst die Verfassung ändern ...
Wir alle wollen deinen Kopf verändern
Du sagst mir, es liegt an den Institutionen ...
Du solltest stattdessen besser deinen Geist befreien

Aber wenn du mit Bildern des Vorsitzenden Mao herumläufst
Wirst du mit niemandem nichts hinkriegen ...

The Beatles, 1968. Text & Musik: John Lennon, Paul McCartney (Apple)

Obwohl John Lennon als radikaler Pazifist gegen den Vietnamkrieg war und sich später auch gesellschaftskritisch engagieren sollte, wendet sich der Song ganz eindeutig gegen die 68er-Bewegung, die nicht nur gegen den Vietnamkrieg opponierte, sondern auch gegen den Kapitalismus, gegen das politische und gesellschaftliche Establishment, und von der nicht wenige mit dem Kommunismus flirteten. Die rote »Mao-Bibel« – »Sprüche des Vorsitzenden der Kommunistischen Partei Chinas Mao Zedong« – wurde damals massenhaft an den Büchertischen vor den Uni-Mensen verkauft.

Lennon geht mit den Linken ziemlich hart ins Gericht. Der Song wendet sich nicht nur gegen gewalttätige Proteste und Hass, sondern bezweifelt auch, dass die Protestierenden ein Konzept haben. Er hält sie für geistig beschränkt und engstirnig. Lennon kommt sogar wie ein gütiger Onkel daher, der ein gewisses Verständnis für die rebellische Jugend zeigt: »Wollen wir nicht alle die Welt besser machen?« Und dann das ständig wiederholte »Weißt du nicht, dass alles gut wird?«! Das ging zurück auf Lennons transzendentale Meditation bei dem indischen Guru, die in ihm die Überzeugung wachsen ließ, dass sich schon irgendeine göttliche Instanz unabhängig von politischen Prozessen um das Wohlergehen der Menschheit kümmern würde.

Damit lag Lennon durchaus auf einer Linie mit Mick Jagger, der sich mit »Street Fighting Man« auch von gewalttätigen Protesten distanziert hatte, wenn auch subtiler. Ob John Mayall, John Lennon oder Mick Jagger: Die Rockmusik forderte zwar dazu auf, die Gesellschaft und die Gesetze zu verändern, aber ausgerechnet die musikalisch härteren Songs riefen auch zu Mäßigung und Geduld beim Vorgehen auf, anstatt die aufgeheizte Stimmung der Jahre 1968/69 noch weiter zu befeuern.

5.2. I Hope I Die Before I Get Old

»Ich hoffe, ich werde sterben, bevor ich alt werde« – diese Worte sollten ikonisch werden für das Lebensgefühl der Jugend in den 1960ern. Sie drücken zwei Dinge aus: die Verachtung gegenüber der Generation der Eltern, wenn man lieber sterben möchte als wie sie zu werden. Aber auch den Pessimismus, die Verzweiflung, die Hoffnungslosigkeit der Jugend in den »goldenen Sechzigern«, der Zeit des Wirtschaftswunders, des Konsums, des Fortschritts. Gesungen, nein geschrien, wurden dieser Worte von der wohl rebellischsten aller rebellischen Rockbands: The Who. Der Song »My Generation« (bei dessen Live-Performance die Band in der Regel ihre Instrumente und die gesamte Bühne in ein Schlachtfeld zu verwandeln pflegte) wurde zum Protestschrei einer ganzen Generation.

My Generation

People try to put us d-down
(Talkin' 'bout my generation)
Just because we get around ...
Things they do look awful c-c-cold ...
I hope I die before I get old ...

This is my generation, baby

Why don't you all f-fade away ...
Don't try to dig what we all s-s-say ...
I'm not trying to cause a big s-s-sensation ...
I'm just talkin' 'bout my g-g-generation ...

Meine Generation

Leute versuchen, uns klein zu machen
(ich rede von unserer Generation)
Nur weil es uns gibt ...
Was sie tun, wirkt schrecklich kalt ...
Ich hoffe, ich sterbe, bevor ich alt werde ...

Das ist meine Generation, Schätzchen.

Warum verschwindet ihr nicht einfach ...
Versucht nicht zu interpretieren, was wir alle sagen ...
Ich will keine große Sensation auslösen ...
Ich spreche einfach nur über meine Generation ...

The Who, 1965.Text & Musik: Pete Townshend (Brunswick)

Der Text, der sich durch viele Wiederholungen auszeichnet, ist einfach und eindeutig: Er handelt vom Generationenkonflikt. Die Jugend fühlt sich von der etablierten Generation unterdrückt und unverstanden. Aber die Jugend kuscht nicht mehr, sie will anders sein und anders bleiben. Diese Botschaft wird zu einem harten, hämmernden Beat herausgeschrien und -gestammelt und hat damit einen neuen, rauen Sound begründet, obwohl die musikalischen Wurzeln ganz traditionell im Blues lagen. Die unmittelbare Inspiration für »My Generation« war der »Young Man Blues« aus dem Jahr 1957 von Mose Allison, der auch das Thema für den Liedtext vorgab. Die musikalische Form von »My Generation« folgt der uralten Call-and-Response-Form. Das Stottern, mit dem Roger Daltrey singt, mag von John Lee Hookers »Stuttering Blues« angeregt sein, passte aber auch zu einem Mod auf Speed und zur verzweifelten Aggression einer Generation, die sich nicht verstanden fühlte. The Who waren, wie die Small Faces, eine ausgesprochene Mod-Band. *Mod* kam von *Modernists*, einer intellektuellen, rebellischen Subkultur, die sich schon in den 50er Jahren entwickelt hatte. Die Mod-Kultur kam, wie später auch die Studentenbewegung, nicht aus der Arbeiterklasse. Sie wurzelte in der Szene der Londoner Kunststudenten und Beatniks, die Modern Jazz hörten, Sartre lasen und in den Cafés, die im Gegensatz zu den Pubs bis in die frühen Morgenstunden geöffnet hatten, über Existenzialismus philosophierten.

Den Rockern, die schwere Motorräder fuhren, Lederjacken trugen und sich als harte Machos gebärdeten, galten die Mods, die sich für Kunst interessierten, modisch kleideten und Vespas fuhren, als feminin und weichlich. Zehn Jahre später, im Jahr 1973, sollten The Who mit »Quadrophenia« ein Konzeptalbum herausbringen, das sich mit den ewigen, teils auch gewalttätigen Konflikten zwischen Rockern und Mods beschäftigte. Obwohl noch einige andere Rocksongs von Rockern handeln, zum Beispiel »Too Old to Rock 'n' Roll: Too Young to Die!« von Jethro Tull oder »Cowboy Rocker« von Udo Lindenberg, sollten sich die Rocker zu einer zahlenmäßig kleinen Subkultur entwickeln, die um Motorradgangs kreiste und wenig kulturelle Kreativität entwickelte. Die Mods erwiesen sich dagegen als die Keimzelle, aus der die Rockgeneration erwuchs, die in jeder Hinsicht extrem kreativ war: Sie prägte den neuen Modestil mit Batik, Buntheit und Blumen (»Swinging London«), die neue Haarmode für Männer (Pilzköpfe), die Rockmusik, das psychedelische Design, das Interesse an Esoterik und natürlich auch die Politisierung, die 1968 ihren Höhepunkt erreichen sollte.

»My Generation« war die aggressive Art, mit dem Generationenkonflikt umzugehen. Man kann sie auch als »männlich« bezeichnen. Es gab auch eine traurige Art. Sie kam von einer Sängerin, die damit erfolgreicher wurde als die Beatles mit ihrem »All You Need Is Love«. Im Vereinigten Königreich kam das Lied auf Anhieb auf Platz eins der Charts, wo es drei Wochen lang verweilte. In den USA sprang die Single ebenfalls sofort an die Spitze. Welcher Song war so gut, dass er die Platte der Fab Four vom ersten Rang zu verdrängen wusste? Bei dem Lied, das »All You Need Is Love« nicht nur ausstach, sondern im Sommer 1967 ganze vier Wochen an der Spitze der US-Billboard Charts blieb, handelte es sich um den unwahrscheinlichsten Kandidaten, den man sich denken konnte.

Erstens war das Lied absolut minimalistisch. Es war extrem einfach – es bestand nur aus ein paar gesungenen Strophen. Es gab noch nicht einmal einen Refrain. Musikalisch bestand es aus einer Gesangsstimme und einer gezupften akustischen Gitarre, die extrem sparsam von einem Cello begleitet wurde. Sonst nichts, keine Rhythmus-Gruppe, kein Background-Chor, kein Solo. Mehr wollte der A&R-Manager von Capitol Records, Kelly Gordon, dem Song auch nicht spendieren, denn, so sagte er, es würde ihn ohnehin kein Schwein hören. Vierzig Minuten Studiozeit mussten ausreichen, um das Lied aufzunehmen. Zweitens handelte es sich bei dem Super-Hit, der sich allein in der ersten Woche 750.000 Mal verkaufen und am Ende des Jahres drei Grammys holen sollte, auch nur um eine B-Seite (der dazugehörigen A-Seite sollte weit weniger Erfolg beschieden sein). Drittens wurde das

Lied dem Genre Country Music zugeordnet (obwohl es weniger mit Country zu tun hat als ein typischer Bob-Dylan-Song). Das wäre an sich nicht nachteilig gewesen, hätte es sich nicht um eine Frau gehandelt, die sich erdreistete, in den 1960er Jahren einen Countrysong zu schreiben, zu singen und sich selbst auf der Gitarre zu begleiten – damals eine Ungeheuerlichkeit in der Szene der Truck Driver und Erdnuss-Farmer!

Widrigkeiten über Widrigkeiten. Und eine starke Konkurrenz. Da musste dieses simple Lied doch schon etwas ganz Besonderes haben, um entgegen aller Einschätzungen nicht nur zum Hit des Jahres, sondern bei der amerikanischen Jugend auch zum Gesprächsstoff Nummer eins zu werden – wichtiger noch als die zeitgleiche Ausweitung des Vietnamkriegs durch Präsident Lyndon B. Johnson, den Black-Power-Aufruf zur Gewalt oder den Tod des Beatles-Managers Brian Epstein. Was war das für ein Song? – Es war eine einfache Ballade, vorgetragen mit leiser, heiserer Stimme, die das ganze Lied hindurch bewusst monoton, fast gleichgültig blieb, jede Intensität und Höhe, ja auch Timbre und Emotionalität vermied – an sich ein Garant zum Scheitern (bis Tanita Tikaram diesen Stil später wieder aufgreifen sollte). Es war eine echte Ballade, die eine Geschichte erzählte – und die hatte es in sich. Der Song hieß »Ode to Billie Joe« und wurde geschrieben und gesungen von einer damals 22-jährigen Studentin am Musikkonservatorium der University of California in Los Angeles, die sich »Bobby Gentry« nannte (ihr wirklicher Name war Roberta Lee Streeter) und aus Chickasaw County, Mississippi, stammte.

Ode to Billie Joe

It was the third of June, another sleepy, dusty Delta day.
I was out choppin' cotton and my brother was balin' hay
And at dinner time we stopped and we walked back to the house to eat
And mama hollered at the back door »y'all remember to wipe your feet«
And then she said she got some news this mornin' from Choctaw Ridge
Today Billie Joe MacAllister jumped off the Tallahatchie Bridge

Ode an Billie Joe

Es war am dritten Juni, mal wieder so ein schläfriger, staubiger Tag im Delta.
Ich war draußen, habe Baumwolle geschnitten, und mein Bruder hatte Heu gemacht.
Als es Zeit fürs Abendessen war, gingen wir zurück zum Haus zum Essen.
Und Mama brüllte an der Hintertür: »Werdet ihr euch wohl die Füße abputzen?«
Und dann sagte sie, sie hatte heute Morgen Neuigkeiten vom Choctaw-Kamm gehört:
Billie Joe MacAllister ist heute von der Brücke über den Tallahatchie gesprungen.

Die übliche Tagesroutine einer bäuerlichen Familie im Delta. Die Mutter sorgt sich über schmutzige Schuhe. Und erwähnt beiläufig den Selbstmord eines Jungen aus dem Nachbardorf.

Papa said to mama as he passed around the blackeyed peas
»Well, Billie Joe never had a lick of sense, pass the biscuits, please«
»There's five more acres in the lower forty I've got to plow«
Mama said it was shame about Billie Joe, anyhow
Seems like nothin' ever comes to no good up on Choctaw Ridge
And now Billie Joe MacAllister jumped off the Tallahatchie Bridge

Papa sagte zu Mama, als er die Augenbohnen weiterreichte:
»Na gut, Billie Joe hatte nie einen Funken Verstand, gibt's du mir bitte die Brötchen?
Da sind noch fünf Hektar in den unteren Feldern, die ich pflügen muss.«
Mama sagte, dass es aber doch Schade sei um Billie Joe
und dass nichts Gutes vom Choctaw-Kamm zu kommen scheint,
und nun ist Billie Joe MacAllister von der Brücke über den Tallahatchie gesprungen.

In aller Seelenruhe wird gegessen. Warum soll man sich über einen Selbstmord aufregen? Der war doch nie ganz bei Sinnen und im Nachbardorf sind ohnehin alle irre.

And brother said he recollected when he and Tom and Billie Joe
Put a frog down my back at the Carroll County picture show
And wasn't I talkin' to him after church last Sunday night?
»I'll have another piece of apple pie, you know it just don't seem right«
»I saw him at the sawmill yesterday on Choctaw Ridge«
»And now you tell me Billie Joe's jumped off the Tallahatchie Bridge«

Mein Bruder sagte, er erinnerte sich, wie er und Tom und Billie Joe
einmal im Kino von Carroll County einen Frosch auf meinen Rücken gesetzt hatten,
und hatte ich nicht am letzten Sonntagabend nach der Kirche mit ihm gesprochen?
»Ich hätte gern noch ein Stück Apfelkuchen, du weisst, es ist nicht in Ordnung.
Ich habe ihn noch gestern an der Sägemühle auf dem Choctaw-Kamm gesehen,
und jetzt erzählst du mir, dass Billie Joe von der Brücke über den Tallahatchie gesprungen ist.«

Wir konnten doch nichts ahnen von dem Selbstmord! Aber jetzt essen wir erst einmal den Apfelkuchen.

Mama said to me »Child, what's happened to your appetite?«
»I've been cookin' all morning and you haven't touched a single bite«
»That nice young preacher, Brother Taylor, dropped by today«
»Said he'd be pleased to have dinner on Sunday, oh, by the way«
»He said he saw a girl that looked a lot like you up on Choctaw Ridge«
»And she and Billie Joe was throwing somethin' off the Tallahatchie Bridge«

Mama sagte zu mir: »Kind, was ist mit deinem Appetit?
Ich habe den ganzen Morgen lang gekocht und du hast nicht einen einzigen Bissen angerührt?
Dieser nette junge Priester, Bruder Taylor, ist heute vorbeigekommen.
Er sagte, er würde sich freuen, wenn wir ihn am Sonntag zum Abendessen einladen würden, ach, übrigens,
er sagte, er sah ein Mädchen, das dir ziemlich ähnlich sah, auf dem Choctaw-Kamm,
und sie und Billie Joe warfen etwas von der Brücke über den Tallahatchie.«

Am Ende dieser Strophe lernen wir, dass der Selbstmörder der Freund des lyrischen Ichs war und dass die beiden mit irgendetwas Schluss gemacht hatten, bevor er sich in den Fluss gestürzt hat. Aber die Mutter ist nicht in der Lage, zwei und zwei zusammenzuzählen und ist noch beleidigt, weil es dem unter Schock stehenden Mädchen den Appetit verschlagen hat. Und der Pfarrer, der sich in der Gemeinde durchfuttert, hat auch nichts verstanden.

A year has come 'n' gone since we heard the news 'bout Billie Joe
Brother married Becky Thompson, they bought a store in Tupelo
There was a virus going 'round, papa caught it and he died last Spring
And now mama doesn't seem to wanna do much of anything
And me, I spend a lot of time pickin' flowers up on Choctaw Ridge
And drop them into the muddy water off the Tallahatchie Bridge

Ein Jahr ist vergangen, seit wir die Neuigkeiten über Billie Joe gehört haben.
Mein Bruder heiratete Becky Thompson, sie kauften einen Laden in Tupelo.
Ein Virus ging herum, Papa kriegte ihn und starb im Frühjahr.
Und Mama scheint jetzt gar nichts mehr tun zu wollen.
Und ich, ich verbringe viel Zeit damit, Blumen oben auf dem Choctaw-Kamm zu pflücken
und sie von der Brücke über den Tallahatchie in die schlammigen Fluten zu werfen.

Das Leben ist weitergegangen, es wird geheiratet und gestorben. Aber das Mädchen arbeitet nach einem Jahr noch immer an ihrer Trauer.

Bobby Gentry, 1967. Text & Musik: Bobby Gentry (Capitol)

Der Tallahatchie ist ein träger, schlammiger Nebenfluss des Mississippi, der sich durch ebenes Farmland windet. In der Nähe des Weilers Money hatte es eine hölzerne Brücke gegeben, die in dem Lied besungen wird. Aus dem Jahr 1967 gibt es ein Foto, das Bobby Gentry auf dieser Brücke zeigt, die 1972 zusammenstürzte, nachdem sie von Vandalen in Flammen gesetzt worden war. Wenn man die heisere Stimme von Bobby Gentry mit ihrem warmen Südstaaten-Akzent hört, die monotone Stimmlage, das einfache Gitarrenspiel vernimmt, und vor allem, wenn man dem Text lauscht, fühlt man sich sogleich in die Südstaaten versetzt. Da leben Menschen, die sind einfach gestrickt, wortkarg und gottesfürchtig. Sie sind aber auch in der kleinen Welt, in der sie leben, gefangen, sie sind provinziell, konservativ und voller Vorurteile. Und sie haben, wie Bobby Gentry selbst einmal sagte, eine »unbewusste Grausamkeit«.

Und da wird das Lied zu einer Horrorstory. Die Gothic Novel bildete in der angelsächsischen Welt eine Literaturgattung, die zahlreiche Schauergeschichten hervorbringen sollte, darunter Mary Shelleys »Frankenstein«, Bram Stokers »Dracula«, Matthew Gregory Lewis' »Mönch« oder Edgar Allan Poes Kurzgeschichten. Im Mittelpunkt dieser Geschichten steht häufig eine junge Frau, die von bösen Mächten bedroht wird, diesen aber hilflos ausgesetzt ist, weil ihre soziale Umwelt kein Verständnis für ihre Nöte aufbringt.

Und so ist es mit der »Ode an Billie Joe«. Der Selbstmord eines Jungen aus dem Nachbardorf, mit dem die eigenen Kinder aufgewachsen waren, verdirbt einem nicht den Appetit, man fragt noch nicht einmal nach den Gründen. So richtig grausam ist die Familie allerdings gegenüber der eigenen Tochter, der sie nicht die geringste Empathie entgegenbringt. Die wenigsten der jungen Menschen, die im Sommer 1967 dieses Lied gehört hatten, stammten aus kleinen Dörfern in den Südstaaten. Aber die fehlende Empathie der Eltern für ihre Sorgen und Nöte, das war den meisten Angehörigen dieser Generation sehr wohl vertraut. Es war auch das Thema von »She's Leaving Home« der Beatles gewesen. Tiefe Traurigkeit gab es viel unter den jungen Menschen, auch Selbstmorde. Und was sagte die Generation der Eltern, Lehrer, Amtspersonen und Politiker zu solchen Tragödien? »Der junge Mann war anscheinend nie bei Sinnen gewesen.« Abgehakt, erledigt, weiterarbeiten, weiterkonsumieren.

Das Lied, das im schlichten Gewand eines Countrysongs daherkam, aber eigentlich das genaue Gegenteil, nämlich ein Anti-Countrysong war, wurde auch deshalb so populär, weil es das Lebensgefühl einer Generation traf, die sich unverstanden fühlte. Die lyrische Struktur passte so perfekt zu diesem Lebensgefühl wie der musikalische Minimalismus, der eigentlich nur das Zufallsprodukt der grandiosen Fehleinschätzung des Musikmanagers war. Das Lied hat zwar keinen Refrain, aber jede Strophe endet mit dem Kehrreim »Choctaw Ridge – Tallahatchie Bridge«, der in tiefen Tönen gesungen wird und Düsteres anklingen lässt. Die monotone Singstimme spiegelt die emotionale Grausamkeit der Südstaatenfamilie wider. Die vereinzelten, schrillen Cello-Töne unterstreichen die Schauerlichkeit dieser unbegreiflichen Geschichte.

Was die Hörer im Sommer 1967 – und, wie viele Blogeinträge zeigen, sogar bis heute noch – besonders bewegte, war die Frage, was es denn war, das die beiden in den Fluss geworfen hatten, und das offenbar den Selbstmord des Billie Joe MacAllister ausgelöst hatte? Bobby Gentry hatte seinerzeit viele Zuschriften von Fans erhalten, die darüber spekulierten, was es wohl gewesen war: Blumen, ein Verlobungsring, eine Puppe, ein Stofftier, vielleicht sogar ein unehelich geborenes Baby. Die Komponistin hat es uns nie verraten, weil sie sagte, dass es nicht wichtig sei für die Aussage des Songs, der ja von der Grausamkeit der Gedankenlosigkeit handelt.

Der Song führte sogar dazu, dass Herman Raucher einen Roman über das Thema schrieb, der 1976, immerhin neun Jahre nach der Veröffentlichung des Songs, noch unter dem Titel »Ode to Billy Joe« verfilmt wurde. Im Film tötet sich Billie Joe nach einem homosexuellen Abenteuer, und was sie von der Brücke warfen, war eine Puppe, die Billie Joes unschuldige Kindheit verkörpert hatte. Aber das ist eine freie literarische Adaption, die Bobby Gentry selbst ganz gewiss nicht im Sinn hatte. Genauso wenig wie eine Parodie, die kein geringerer als Bob Dylan schrieb. Ursprünglich »Answer to ›Ode‹« genannt, erschien der Song unter dem Titel »Clothes Line Saga« auf dem »Basement-Tapes«-Album. Dylan imitiert hier den lakonischen Ton von Bobby Gentry und die Mischung aus der trivialen Alltäglichkeit des Wäscheaufhängens mit dem bemerkenswerten Ereignis, dass der Vizepräsident (Hubert

Humphrey) am Morgen den Verstand verloren hatte – so wie sich Billie Joe von der Brücke stürzte.

»Die Legende von der Wäscheleine« beschreibt den trivialen Alltag einer Familie, in der nicht viel geredet wird, die aber mit sich zufrieden ist. Mit Akribie besingt Dylan den Prozess des Wäscheaufhängens. Dann sagte ein Nachbar, er habe in den Nachrichten gehört, dass der Vizepräsident verrückt geworden sei. »Hm, das ist ja schlimm« und »Na ja, wir können nichts daran ändern« sind die einzigen Kommentare zu dem außerordentlichen Ereignis, und: »Es ist einfach etwas, das wir vergessen müssen.« Dann widmen sie sich wieder der Wäsche und der Sohn dokumentiert mit dem Satz »ich tue immer, was mir gesagt wird«, wie brav und gehorsam er ist.

Hubert Humphrey war eine durchaus geeignete Zielscheibe des Spotts. Als Vizepräsident stand er im Schatten des Präsidenten Lyndon B. Johnson, der nach der Ermordung von John F. Kennedy die Präsidentschaft übernommen hatte und den Vietnamkrieg verschärfte, was Humphrey mittrug. Etwas tragisch war, dass Humphreys Engagement für die Bürgerrechte von Johnson beendet wurde, der ihn als Vorsitzenden des dafür zuständigen Ausschusses ablösen ließ. In Deutschland wurde Humphrey durch das »Pudding-Attentat« bekannt: Die Kommune I, eine Keimzelle der 68er-Bewegung, zu der auch Rainer Langhans und Fritz Teufel gehörten, hatte im April 1967 geplant, den Vizepräsidenten während eines Staatsbesuchs mit Tüten, die mit Pudding und Farbstoff gefüllt waren, zu bewerfen. Die Aktion scheiterte allerdings daran, dass die Pläne aufflogen und die Kommunarden festgenommen wurden. Humphrey meinte jedoch, die Spaßvögel als »Attentäter« stilisieren zu müssen.

Humphrey war gar nicht verrückt geworden. Er sollte später sogar (erfolglos) gegen Richard Nixon kandidieren. Aber wenn es so gewesen wäre, hätte es sich um ein Ereignis von höchster politischer Tragweite gehandelt, das jedoch die Familie, um die es im Lied geht, so sehr berührt, als wäre in der Nachbarschaft eine Kanne Milch umgefallen. Hatten in der »Ode to Billie Joe« die Menschen kein Verständnis für den Selbstmord eines jungen Manns und die emotionalen Folgen für dessen Freundin, so beschreibt die »Clothes Line Saga« das politische Desinteresse, das in weiten Teilen der Bevölkerung herrschte, in Verbindung mit untertänigem Gehorsam in einer autoritären, hierarchischen Gesellschaft.

Und dann war da noch der »Summer of Love«. Sein Brennpunkt war das Monterey International Pop Music Festival vom 16. bis zum 18. Juni 1967, wo neben dem Altmeister Otis Redding die Heimbands Jefferson Airplane, Grateful Dead, The Mamas and the Papas, Janis Joplin mit Big Brother and the Holding Company auftraten, außerdem der indische Musiker Ravi Shankar, die britischen Bands Eric Burdon & The Animals und The Who, die wieder einmal alles kurz und klein schlugen. Alles wurde noch getoppt von einem der ersten internationalen Auftritte von Jimi Hendrix, der seine Gitarre anzündete.

Einer der Organisatoren war John Phillips von The Mamas and the Papas, der einen Song schrieb, um für das Festival Werbung zu machen. Für das Lied spielte er selbst die Gitarre und produzierte es auch, engagierte aber als Sänger einen alten Kumpel aus Kindertagen, der sich inzwischen Scott McKenzie nannte. Aufgrund der warmen Stimme McKenzies in Verbindung mit der leichten, eingängigen Melodie und der instrumentalen Umsetzung mit akustischer Gitarre, die mit Glockenspiel, Sitarklängen und sanften E-Gitarren-Licks angereichert wurde, erreichte »San Francisco (Be Sure to Wear Flowers in Your Hair)« sofort die Spitze der Charts in mehreren europäischen Ländern (allein in Deutschland sechs Wochen lang) und kam in den US-Charts immerhin auf Platz vier.

San Francisco (Be Sure to Wear Flowers in Your Hair)	**San Francisco (Sieh zu, dass du Blumen in deinem Haar trägst)**
If you're going to San Francisco Be sure to wear some flowers in your hair If you're going to San Francisco You're gonna meet some gentle people there	Wenn du nach San Francisco kommst, sieh zu, dass du Blumen in deinem Haar trägst. Wenn du nach San Francisco kommst, wirst du dort einigen sanften Menschen begegnen.
For those who come to San Francisco Summertime will be a love-in there In the streets of San Francisco Gentle people with flowers in their hair	Für die, die nach San Francisco kommen, wird der Sommer ein Love-in werden. In den Straßen von San Francisco, sanfte Menschen mit Blumen im Haar.
All across the nation Such a strange vibration People in motion There's a whole generation With a new explanation ...	Durch die gesamte Nation, so eine merkwürdige Schwingung, Menschen in Bewegung. Es gibt eine neue Generation mit einer neuen Erklärung ...

Scott McKenzie, 1967. Text & Musik: John Edmund Andrew Phillips (Ode, Columbia)

»San Francisco (Be Sure to Wear Flowers in Your Hair)« wurde zur Hymne der Hippies. Die Hippies waren aktiv und formten eine soziale Bewegung, sie wollten anders sein als die Generation ihrer Eltern, sie hatten andere Visionen für die Welt und sie erschütterten auch die etablierte Gesellschaft, aber sie waren nicht aggressiv (wie die Studentenbewegung), sondern sanft und liebevoll. Und sie sollten nach San Francisco (bzw. Monterey) kommen, um dort Love-ins zu veranstalten. Was war ein Love-in? Das Urban Dictionary liefert unter anderem folgende Definition: »Wenn einige Menschen zu einer Liebesveranstaltung zusammenkommen, um sich zu zeigen, dass sie sich gegenseitig lieben, in dem sie sich umarmen, gegenseitig küssen etc., und das kann zu Sex führen. Drogenekstase etc. kann dabei nützlich sein.«[264] Als noch passender haben die User aber folgende Definition bewertet: »Eine Zusammenkunft einer kleinen Gruppe von Menschen mit einem gemeinsamen

264 Urban Dictionary: Love-in. https://www.urbandictionary.com/define.php?term=love-in, zugegriffen am 1.7.2020.

Bedürfnis nach einer Veranstaltung der Selbstverherrlichung, in der alle Mitglieder sich gegenseitig und/oder die Gruppe rühmen.«[265]

21 Jahre später thematisieren Rockmusiker den Generationenkonflikt mit ganz anderen Tönen. Das Unverständnis zwischen Vater und Sohn ist auch im Jahr 1988 noch da, der Generationenkonflikt erscheint sogar als eine anthropologische Konstante – aber die junge Generation ist sich inzwischen bewusst geworden, dass die Alten nicht immer falsch lagen und dass der Streit zwischen den Generationen zu nichts führt.

The Living Years	**Zu Lebzeiten**
Every generation blames the one before And all of their frustrations come beating on your door I know that I'm a prisoner to all my father held so dear I know that I'm a hostage to all his hopes and fears I just wish I could've told him in the living years	Jede Generation hadert mit der vorherigen, und die lädt ihre Frustrationen vor deiner Tür ab. Ich weiß, dass ich ein Gefangener all dessen bin, was meinem Vater wichtig war. Ich weiß, dass ich eine Geisel all seiner Hoffnungen und Ängste bin. Ich wünsche nur, ich hätte es vermocht, ihm das noch zu Lebzeiten zu sagen.
Oh, crumpled bits of paper filled with imperfect thoughts Stilted conversations I'm afraid that's all we've got	Zerknüllte Papierfetzen mit unvollendeten Gedanken, steife Unterhaltungen – ich fürchte, das ist alles, was es zwischen uns gab.
You say you just don't see it he says it's perfect sense You just can't get agreement in this present tense We all talk a different language, talking in defense	»Du willst es nur nicht einsehen«, sagte er, »es ist alles ganz klar.« Du kannst aber von mir kein Einverständnis erhalten. In dieser Gegenwartsform sprechen wir alle verschiedene Sprachen, und wir sprechen, um uns zu verteidigen.
Say it loud, say it clear You can listen as well as you hear It's too late when we die To admit we don't see eye to eye	Sag es laut und deutlich. Du kannst es hören und genauso gut zuhören: Wenn wir sterben, ist es ist zu spät zuzugeben, dass wir uns nicht in die Augen schauen können.

265 Ebd.

So we open up a quarrel between the
present and the past
We only sacrifice the future it's the
bitterness that lasts
So don't yield to the fortunes you sometimes
see as fate
It may have a new perspective on a different
day
And if you don't give up and don't give in, you
may just be okay ...

Also fangen wir einen Streit an
zwischen Gegenwart und Vergangenheit,
und opfern nur die Zukunft; es ist die
Bitterkeit, die bleibt.
Füge dich nicht den Glücksfällen, die du
manchmal als Schicksal siehst,
morgen mag die Sache ganz anders
aussehen.
Und wenn du nicht aufgibst und nicht
nachgibst,
dann mag es für dich ganz in Ordnung sein ...

I wasn't there that morning when my father
passed away
I didn't get to tell him all the things I had to
say
I think I caught his spirit later that same
year
I'm sure I heard his echo in my baby's
newborn tears
I just wish I could have told him in the living
years ...

Ich war nicht da an dem Morgen, als mein
Vater starb.
Ich konnte ihm nicht mehr all die Dinge
sagen, die ich sagen musste.
Ich glaube, ich habe seinen Geist später in
dem Jahr mitbekommen.
Ich bin sicher, ich hörte sein Echo in den
Tränen meines Neugeborenen.
Ich wünsche nur, ich hätte es vermocht, ihm
das noch zu Lebzeiten zu sagen.
Ach, könnte ich es ihm nur selbst sagen ...

Mike & The Mechanics, 1988. Text & Musik: Mike Rutherford und B. A. Robertson (Atlantic)

Der Song »The Living Years« wurde – gerade aufgrund seines Texts – zum größten Erfolg von Mike & the Mechanics. In den USA erreichte er Platz eins der Charts, im Vereinigten Königreich Platz vier. Dazu kamen vier Grammy-Nominierungen, und von der British Academy of Songwriters, Composers and Authors erhielt das Lied den Preis als Bester musikalischer und lyrischer Song des Jahres. Es schien also einen Nerv getroffen zu haben. Der von B. A. Robertson geschriebene Text war tatsächlich autobiografisch, denn Robertsons Vater war gestorben, kurz bevor der schottische Komponist selber Vater wurde. Und das Neugeborene machte ihm schlagartig klar, dass er in ein paar Jahren die Rolle des sturen Alten zugeschrieben bekommen würde. So schrieb er ein Lied darüber, dass aus dem Konflikt zwischen den Generationen auch die Versöhnung der Generationen erwachsen könne, garniert mit einigen philosophischen Gedanken darüber, wie man sich sein Glück im Leben selbst schmieden könne.

Pubertät und Spätpubertät sind normale Erscheinungen im Jugendalter und bei Heranwachsenden. Das eigene Ich muss sich bilden, indem die bisherigen Vorbilder und Bezugspersonen – namentlich die Eltern – angegriffen werden. Diese Angriffe mussten bei der 68er-Generation besonders heftig ausfallen, nicht nur weil deren Elterngeneration kriegsbedingt besonders konservativ und spießig war, sondern auch weil dieser Konservatismus stark mit der Modernisierung von Technologie und Wirtschaft kontrastierte. Und bei wem fiel dieser Generationenkonflikt schärfer aus als bei den Rockmusikern?

Rockmusiker waren besonders exaltiert (nur die Exaltiertesten schafften es auf die Bühnen, und warst du erst auf der Bühne, musstest du noch exaltierter werden) und ihre langen Haare, ihre abgedrehten Klamotten, ihr Sexleben, ihr Drogenkonsum, ihre Rebellion waren auch noch öffentlich. Über die diversen Eskapaden berichteten die Zeitungen und für manchen Vater eines Rockmusikers musste es demütigend gewesen sein, von Nachbarn, Kollegen, Verwandten darauf angesprochen zu werden, wie sehr man dabei versagt hatte, seinen Filius *auf Spur zu bringen*, wie es damals hieß. Denn sein Kind auf Spur zu bringen, war damals die heiligste Pflicht der Eltern, insbesondere des Vaters. *Auf Spur bringen* hieß: Die Schule unfallfrei überstehen, nach der Pubertät zur Vernunft kommen, eine Berufsausbildung absolvieren, eine ordentliche Anstellung finden, heiraten, Kinder aufziehen, einen gepflegten Haushalt führen, Konsumgüter und das eine oder andere Prestigesymbol (Schrankwand, Auto) erwerben, und vor allem: nicht auffallen, sondern seine Funktion als Rädchen im Getriebe des Kapitalismus reibungslos erfüllen.

Die gesellschaftlichen Erwartungen an die Vaterrolle erklären auch die große Aggressivität der Elterngeneration gegenüber der rebellischen Jugend: Lange Haare (und andere Zeichen von Aufsässigkeit) wurden nicht nur als (letztlich verzeihliche) Geschmacksverirrung empfunden, sondern als (bedeutend schlimmere) Attacke auf die öffentliche Ordnung und – am allerschlimmsten – als persönlicher Angriff auf den Vater, der durch die öffentliche Sichtbarkeit der Frisur als Versager gebrandmarkt wurde, dem es nicht gelungen war, seinen Sohn auf Spur zu bringen.

Einer, der nicht spurte, war der dreizehnjährige Keith, der zwar brav im Schulchor sang, dann aber die Klasse wiederholen musste. »Das war ein Tritt in die Magengrube, hart und direkt. In dem Augenblick, als das passierte, wurden wir Terroristen. Ich war so wütend, ich hatte ein brennendes Verlangen nach Rache. Ich hatte dadurch Grund genug, dieses Land und alles, wofür es stand, zu zerstören. Ich verbrachte die nächsten drei Jahre damit zu versuchen, sie aufzumischen. Wenn du einen Rebellen erzeugen willst, ist das der Weg, wie es geht. Keine Haarschnitte mehr. Zwei Paar Hosen, die engsitzenden unter den Flanellhosen, die in der Minute, in der ich das Tor durchquerte, herunterrutschten. Alles, um sie zu ärgern. Es half mir nicht; es brachte mir eine Menge böser Blicke meines Dads ein, aber selbst das hielt mich nicht auf. Ich wollte meinen Dad wirklich nicht enttäuschen, aber … Tut mir leid, Dad.«[266]

Als Teenager bricht Keith mit seinem Vater, der ihn, den Schulversager, nicht körperlich züchtigt, sondern viel schlimmer, moralisch verurteilt. Als symbolischen Akt der Distanzierung von seinem Vater verkürzt Keith seinen Nachnamen sogar zwischenzeitlich von *Richards* zu *Richard.* Zwanzig Jahre lang sprechen sie nicht mehr miteinander, auch weil es Keith peinlich ist, seinen Vater zu demütigen, indem dieser immer wieder Zeitungsüberschriften wie »Richards wieder festgenommen« lesen musste. Das unausweichliche Versöhnungstreffen beginnt denkbar ungelenk: »›Hallo, Sohn.‹ ›Dad.‹ Das bricht das Eis, sag ich dir.« Aber dann findet der Vater

266 Richards, Life, a. a. O., S. 53.

doch noch das richtige Wort und den richtigen Ton, ohne sich zu verleugnen: »Du warst schon ein kleiner Scheißkerl, nicht wahr?« Nun können die beiden wie erwachsene Männer reden, und plötzlich bemerkt Keith, dass er einen neuen Freund hat, mit dem er abhängt. Er zeigt ihm, der außer England nie mehr als die Normandie gesehen hatte, die Welt.[267] Als Bert Richards gestorben war, erwies ihm sein Sohn die letzte Ehre, und zwar auf seine besondere Weise. Bei dem Versuch, die Asche seines Vaters auf dem Wurzelwerk einer englischen Eiche zu verteilen, die er extra zu diesem Zweck gepflanzt hatte, nahm er etwas vom feinen Aschenebel, der aus der Urne kam, auf seinen Finger und schnupfte es (ob mit oder ohne Kokain, ist nicht bekannt): »Asche zu Asche, Vater zu Sohn.«[268]

Keith Richards war einer, der den Generationenkonflikt mit seinem eigenen Vater besonders heftig erlebt hatte, der aber Gelegenheit gefunden hatte, sich noch zu Lebzeiten wieder zu versöhnen (Hatten die Stones nicht bereits 1968 einen Song über den »verlorenen Sohn« herausgebracht?). »The Living Years« traf den Nerv der gereiften 68er, von denen nicht alle verpasst hatten, die strukturelle Zwangsläufigkeit des Generationenkonflikts (»jede Generation hadert mit der vorherigen«) von der persönlichen Beziehung zu den eigenen Eltern zu abstrahieren. Um damit letztlich auch einen Weg zu finden, selbst in Würde zu altern und der nachfolgenden Generation gegenüber die ewigen Fehler der Älteren nicht zu wiederholen. Einiges spricht dafür, dass es vielen 68ern und Post-68ern tatsächlich gelungen ist, nicht so zu werden wie ihre Eltern, so dass wir heute tatsächlich mit einigem Recht zu sagen vermögen, dass das Verständnis zwischen den Generationen historisch noch nie so gut war wie heute. Das zeigt sich mitunter ganz konkret, wenn es vorkommt, dass nicht nur zwei, sondern sogar drei Generationen einer Familie die Konzerte noch lebender Rockmusikveteranen besuchen. Dass Rockmusik einmal derart versöhnend wirken kann, hätte sich in den 1960er Jahren wohl wirklich niemand vorgestellt.

267 Ebd., S. 437.

268 Ebd., S. 546.

5.3. We Don't Need No Education

Totalität ist ein zentraler Begriff der Kritischen Theorie. *Totalität* in diesem Sinne bedeutet, dass in der kapitalistischen Gesellschaft sämtliche Strukturelemente miteinander zusammenhängen und zusammenwirken. Alles, wirklich alles: die Wirtschaft, die Politik, die Justiz, die Medien, die Bildungsreinrichtungen, die Kulturindustrie, die Freizeit, ja selbst die Intimsphäre des privaten Sexuallebens sind der kapitalistischen Waren- und Verwertungslogik unterworfen und dienen dazu, das Ausbeutungssystem und seine Herrschaftsstruktur zu stabilisieren. Aus der Sicht der Jugendlichen stellte sich Totalität als eine einheitliche Phalanx von Autoritäten und Institutionen dar, die sich stets untereinander einig waren und gegen die es kein Ankommen gab. Von den eigenen Eltern, von Nachbarn, von Lehrern, von Polizisten – egal, mit wem man zu tun hatte – von allen Angehörigen des Establishments wurde man drangsaliert und zur Anpassung gezwungen. Wer anders war oder gar widerständig, wurde gebrochen wie ein Wildpferd, das gezähmt werden musste.

Wenn es irgendwo die Erfahrung von Totalität gab, dann in der Schule. Für die Kinder war die Schule, wie es der Soziologe Erving Goffman ausdrückte,[269] eine totalitäre Institution, die unausweichlich war. Es gab die Schulpflicht, man musste dorthin. Die Schule war ein Zwangssystem, dem man ausgeliefert war. Das schrille Schellen der Klingel rief zum Unterricht. Lehrer waren bis in die 1970er Jahre hinein autoritär, und damals musste jeder Schüler, jede Schülerin auch einige Exemplare erleben, die eine sadistische Lust dabei empfanden, unschuldige Kinder zu quälen.

Sanktionsmittel gab es damals reichlich. Es fing an bei den Noten, in die selbstverständlich nicht nur die objektiven Leistungen einflossen, sondern auch der »Nasenfaktor« und das Sozialverhalten der Schüler. Zwei Fünfen reichten aus, um sitzen zu bleiben. Dann dauerte die Schulzeit noch länger. Direkte Maßregelungen waren Strafestehen, Strafarbeiten, das Fegen des Pausenhofs, Nachsitzen oder Arrest. Unangenehm waren auch die Kopfnoten im Zeugnis für das Betragen, Eintragungen ins Klassenbuch, die »blauen Briefe« (die in blauen Umschlägen verpackten Schreiben an die Eltern), schriftliche Tadel oder gar der Verweis von der Schule, denn von den Eltern war damals keine Unterstützung zu erwarten. Das moderne Phänomen der Helikopter-Eltern, die um ihre Kinder kreisen, beschränkte sich in den 1960er und 70er Jahren allenfalls auf die Honoratioren der Stadt, deren Söhne und Töchter natürlich sakrosankt waren. Die anderen waren den Züchtigungsmaßnahmen der Lehrerschaft wehrlos ausgesetzt. Wer zuhause erzählte, er habe von seinem Lehrer, obgleich unschuldig, eine Ohrfeige erhalten, bekam von den Eltern in der Regel auch noch eine verpasst, versehen mit der Bemerkung »du wirst es wohl

---

269 Erving Goffman: Asylums. Essays on the Social Situation of Mental Patients and other Inmates. Garden City: Anchor 1961. Deutsch: Asyle. Über die soziale Situation psychiatrischer Patienten und anderer Insassen. Frankfurt am Main: Suhrkamp 1973.

verdient haben«. Die Prügelstrafe war in Westdeutschland noch bis in die 1970er Jahre verbreitet.

Im April 1965 protokollierte der Bayerische Landtagsdienst: »Der SPD-Abgeordnete Horst Haase berichtete in der Fragestunde des Landtags über den Fall eines Volksschullehrers, der im letzten Jahr 28 Buben und Mädchen, vor allem wegen schlechter schulischer Leistungen, durch Stockhiebe auf das Gesäß und Schläge mit der Hand auf den Kopf und ins Gesicht gezüchtigt habe, wobei ein Bub Nasenbluten bekam und ein anderer den Arzt aufsuchen mußte.«[270] Es gab die Stockhiebe noch nicht einmal wegen unangemessenen Betragens, sondern einfach nur, weil der Lehrer den Unterrichtsstoff nicht gut genug erklären konnte, so dass ihn alle verstanden!

Es war kein Einzelfall, über den der Landtagsabgeordnete berichtete. Nach einer Untersuchung des Psychologen Heinz-Rolf Lückert aus dem Jahr 1964 wurden 80 Prozent aller Schüler in den bayerischen Volksschul-Oberklassen der Prügelstrafe unterzogen.[271] »Wir schlagen unsere Kinder dumm«, warnte der Wissenschaftler. Der pädagogische Effekt war äußerst zweifelhaft. Der Münchner Kinderarzt Biermann ergänzte: »Durch die Prügel wird das Kind entweder widerspenstig und böse, oder aber sein Trotz wird gebrochen und es wird ein brav angepasstes Kind voller Ängste.«[272] Das passte zu den Erziehungsidealen der 1950er und 1960er Jahre: Pünktlichkeit, Strebsamkeit, Mithilfe, Anstand, Sauberkeit, Ehrlichkeit, Gehorsam und Christlichkeit.[273]

Während die DDR die körperliche Züchtigung in Schulen bereits 1949 abgeschafft hatte, erließen die westlichen Bundesländer erst nach und nach in den 1970er Jahren Verbote der Prügelstrafe. Auch die Rechtsprechung ging bis in die 1970er hinein davon aus, dass Lehrern ein »gewohnheitsrechtliches Züchtigungsrecht« zustehe.[274] Noch schmerzhafter als Schläge mit dem Rohrstock oder dem Lineal waren aber die psychologischen Züchtigungen, derer sich die Lehrer gerne befleißigten: die Beleidigungen, die Demütigungen, das Bloßstellen und das Lächerlichmachen. Englische und amerikanische Schulen waren nicht besser als deutsche. Englische Schulen waren für ihre körperlichen und seelischen Grausamkeiten berüchtigt. Vor allem die englischen Internate und die in Amerika für »schwererziehbare« Kinder so beliebten »Military Schools« waren totalitäre Institutionen, die sie rund um die Uhr in ihrer Kontrolle behielten und keinerlei persönliche Freiräume ermöglichten. Widerstände und Protest erhoben sich in den Schulen nicht, denn Schülerinnen und Schüler waren dafür zu jung, zu schwach und dem System

270 Kilian Gassner: Bayern ohne Watschn. Die Prügelstrafe wird zum zweitenmal abgeschafft. Die Zeit vom 10.7.1970.

271 Rückblickend: Heinz-Rolf Lückert u.a.: Wie straft man heute ein Kind? Tübingen: Katzmann 1972.

272 Gassner, Bayern, a. a. O.

273 Jutta Ecarius: Familienerziehung im historischen Wandel. Eine qualitative Studie über Erziehung und Erziehungsfragen von drei Generationen. Opladen: Leske + Budrich 2002, S. 117.

274 Volker Krey, Robert Esser: Deutsches Strafrecht. Allgemeiner Teil. 6. Aufl. Stuttgart: Kohlhammer 2016, RdNr. 685.

zu sehr ausgesetzt. Die Rebellion erfolgte erst durch die Studierenden. Aber die Rockmusik nahm sich des Themas Schule an. Im ironisch betitelten »Getting Better« setzten sich die Beatles nicht nur mit der Schule auseinander, sondern auch mit ihren Folgewirkungen auf das spätere Leben.

Getting Better	**Es wird besser**
I used to get mad at my school (No I can't complain) The teachers who taught me weren't cool (No I can't complain) You're holding me down, turning me round Filling me up with your rules (Foolish rules)	Ich pflegte wütend auf meine Schule zu werden (nein, ich kann mich nicht beklagen) Die Lehrer, die mich unterrichteten, waren nicht cool (nein, ich kann mich nicht beklagen) Ihr unterdrückt mich, ihr dreht mich um Füllt mich ab mit euren Regeln (dumme Regeln)
I've got to admit it's getting better ... A little better all the time (It can't get no worse) ...	Ich muss zugegeben, es wird besser ... Immer ein bisschen besser (es kann nicht schlechter werden) ...
Me used to be angry young man Me hiding me head in the sand You gave me the word, I finally heard I'm doing the best that I can ...	Ich war ein zorniger junger Mann Ich steckte meinen Kopf in den Sand Du gabst mir das Wort, ich habe es schließlich gehört Ich tu das Beste, was ich kann ...
I used to be cruel to my woman I beat her and kept her apart from the things that she loved Man I was mean but I'm changing my scene And I'm doing the best that I can	Ich war grausam zu meiner Frau Ich schlug sie und hielt die Dinge, die sie liebte, von ihr fern Mann, war ich gemein, aber ich ändere mich Und ich tu das Beste, das ich kann
I admit it's getting better ... ... It can't get no worse ...	Ich muss zugegeben, es wird besser ... ... es kann nicht schlechter werden ...

The Beatles, 1967. Text & Musik: John Lennon, Paul McCartney (Parlophone)

Der Song ist voll bitterer Ironie. Die Schule hat den Sänger kaputt gemacht, unterdrückt, verbogen. Die Lehrer waren uncool und man steckte in einem Gehäuse voller sinnloser Regeln. Aber aus der Sicht des späteren Erwachsenen waren das keine Gründe, sich zu beklagen. So dachte man damals. Der zornige junge Mann wurde durch den Eintritt in die Ehe scheinbar gebändigt (sprich: bürgerlich), nur um dann seine Frau zu prügeln und zu peinigen. Aber das war damals wohl nicht ungewöhnlich. John Lennon, der die dritte Strophe geschrieben hatte, gab später einmal zu, selbst ein prügelnder Ehemann gewesen zu sein, weil er sich damals noch nicht anders auszudrücken wusste.[275] Aber als gestandener Mann wurde man dann ruhiger und abgeklärter. Der unendlich oft wiederholte Refrain »es wird besser« symbolisiert nichts anderes als die typische Entwicklung des bürgerlichen Mannes von der Kindheit über die rebellische Jugend bis ins reife Mannesalter. Nur eine feine ironische Spitze konnten sich die Beatles nicht verkneifen: Es konnte ja nicht schlimmer werden. Trotz seiner leichten musikalischen Form ist es ein bitterböser Song über die spießbürgerliche Existenz, die in der Schulzeit ihren Anfang nimmt.

Zu einer regelrechten Hymne der rebellischen Jugend wurde »School's Out« von Alice Cooper. Die Band hatte nach einem Song gesucht, der ihr Markenzeichen werden konnte – so wie »Satisfaction« für die Stones oder »My Generation« für The Who. Vincent Furnier (der später den Bandnamen Alice Cooper zu seinem persönlichen Künstlernamen machte) sagte, dass er sich gefragt hatte, was die größten drei Minuten seines Lebens waren. Und er gab sich selbst die Antwort: »Das gibt es zweimal im Jahr. Einmal ist es zu Weihnachten, wenn du dich gerade daranmachst, die Geschenke zu öffnen. Da ist der Gierfaktor. Der andere sind die letzten drei Minuten des letzten Schultags, wenn du dasitzt und es ist wie das langsame Abbrennen einer Zündschnur. Ich sagte, wenn wir diese drei Minuten in einem Lied einfangen können, dann wird es groß einschlagen.«[276] Gesagt, geschrieben. Der Gitarrist Glen Buxton steuerte das markante Riff bei. Ein Kinderliedchen »No more pencils ...« wurde als Intermezzo eingefügt. Der Produzent Bob Ezrin kam auf die Idee, einen Kinderchor mitsingen zu lassen. Das Schlagzeug trommelt zum Refrain einen Angriffswirbel. Und am Ende schrillt die Klingel.

School's Out	**Die Schule ist aus**
Well, we got no choice All the girls and boys Makin' all that noise 'Cause they found new toys	Gut, wir haben keine Wahl Alle die Mädchen und Jungen Machen all den Lärm Weil sie neue Spielzeuge gefunden haben
Well, we can't salute ya Can't find a flag If that don't suit ya That's a drag	Gut, wir können Ihnen nicht salutieren Können keine Fahne finden Wenn Ihnen das nicht passt Ist das ein Langweiler
School's out for the summer School's out forever School's been blown to pieces	Die Schule ist aus für den Sommer Die Schule ist aus für immer Die Schule ist in Stücke geflogen
No more pencils No more books No more teacher's dirty looks	Keine Stifte mehr Keine Bücher mehr Keine dreckigen Blicke der Lehrer mehr

275 John Lennon, Interview 1981, a. a. O.

276 Alice Cooper. Zitiert in: Jim Irvin, Colin McLear: The Mojo Collection. The Ultimate Music Companion. Erw. Aufl. Edinburgh: Canongate 2007, S. 284.

Well, we got no class And we got no principles / principals We ain't got no innocence / intelligence We can't even think of a word that rhymes	Gut, wir haben keinen Unterricht mehr Und wir haben keine Grundsätze / Aufsichtspersonen mehr Wir haben keine Unschuld / Intelligenz mehr Wir können noch nicht einmal mehr an ein Wort denken, das sich reimt
Out for summer Out till fall We might not come Back at all School's out forever ... School's out completely	Aus für den Sommer Aus bis zum Herbst Vielleicht kommen wir überhaupt nicht mehr Die Schule ist aus für immer ... Die Schule ist endgültig aus

Alice Cooper, 1972. Text & Musik: Vincent Damon Furnier (»Alice Cooper«), Glen Buxton, Michael Bruce, Dennis Dunaway, Neal Smith (Warner)

Das Lied brachte nicht nur den Durchbruch für Alice Cooper, weil es im Vereinigten Königreich drei Wochen an der Spitze der Charts stand und es sich in Deutschland 28 Wochen lang in den Charts halten konnte, sondern wurde in der Tat zu einer Hymne der Jugend, die auf jeder Abifeier bis zum Exzess gegrölt wurde. Der Text, der live auch schon einmal in verschiedenen Varianten gesungen wurde, war für damalige Verhältnisse ziemlich frech. Nicht nur, dass es die Verhältnisse auf den Kopf stellte: Nicht mehr die Schüler waren *dirty*, sondern die Lehrer. Es rief zur Rebellion auf: Vielleicht kommen wir überhaupt nicht mehr. Es wird sogar angedeutet, die Schule in die Luft zu sprengen – hatte nicht Keith Richards gesagt, die Schule habe ihn zum »Terroristen« gemacht? Kein Wunder, dass in den USA einige Radiosender das Lied boykottierten und sich Lehrer, Eltern, Schulleiter, die richtigerweise einen Angriff auf das System witterten, ereiferten.

Vielleicht war das rebellische Potential des Songs auch deshalb so glaubhaft, weil echte Kinder darin mitsangen. Kinderchöre und Rockmusik hatten bis dahin ganz und gar nicht zusammengepasst. Kinderchöre waren der Inbegriff der Spießigkeit und der Frömmelei, denn es waren hauptsächlich Kirchen- und Weihnachtslieder, die von ihnen gesungen wurden. Die Rockmusiker wollten sich bewusst von ihrer Kinder- und Jugendzeit emanzipieren (weshalb sie es bisweilen mit ihrem Machogehabe übertrieben). Der Produzent Bob Ezrin brachte eine echte Innovation in die Rockmusik, als er einen Kinderchor auf »School's Out« mitsingen ließ. Aber die hohen Kinderstimmen sangen hier kein frommes Glaubenslied, sondern »We might not come back at all«, was das ganze Lied noch gefährlicher machte.

Bob Ezrin nahm einige inhaltliche und musikalische Motive von »School's Out« mit zu Pink Floyd, für die er 1979 »Another Brick in the Wall« produzierte. »The Wall« ist eine autobiografische Rockoper aus der Feder des Bassisten Roger Waters, die narrative Elemente mit Musik und Filmsequenzen verknüpft. Thematisch kreist die Erzählung um ein vaterloses Kind, um alltäglichen Faschismus im Nachkriegsengland, um ein unmenschliches Schulsystem, Pubertät und Jugendrevolte. Über das Thema »Schule« geht das multimediale Werk weit hinaus – es wird zur Musterbiografie der Rockgeneration. Der Protagonist Lancaster Pink, ein Junge, dessen Vater im Zweiten Weltkrieg gestorben ist, schützt sich vor der Last des Lebens, indem er eine Mauer um seine Gedanken baut, die sowohl das Gute als auch das Schlechte von ihm fernhält. Alles, was ihn gefährdet, wird zu einem weiteren Ziegelstein in dieser Mauer.

Nach dem Song »The Thin Ice«, in dem Pink vom Tod seines Vaters erfährt, erzählt das dreiteilige Stück »Another Brick in the Wall« vom weiteren Fortgang. Im ersten Teil erlebt der Fünfjährige die Trauer der Mutter vor dem Kriegerdenkmal, während er selbst noch mit einem Flugzeug spielt – eines von der Art, in dem sein Vater sein Leben ließ. Auf einem Spielplatz erfährt Pink die Einsamkeit des vaterlosen Kindes. Während andere mit ihren Eltern spielen, bittet er verzweifelt um deren Hand. Was hat der Vater seinem Sohn hinterlassen? Einen »Schnappschuss im Familienalbum«, der nichts anderes war »als ein Stein in der Mauer«, mit der sich der Junge vor einer feindlichen Welt schützt.

Im zweiten Teil geht es um die Schule. Er beginnt damit, dass Pink eine Patrone auf einem Bahngleis von einem Zug überrollen und zur Explosion bringen lässt. Der Zug ist ein Viehtransporter, aber in den Luken sieht man Kindergesichter – wie bei den Viehtransportern, die zu den Konzentrationslagern fuhren. Die Gesichter der Kinder und auch von Pink verwandeln sich in mumienähnliche Masken. Man sieht eine Gestalt mit Doktorhut und Rohrstock, die Befehle brüllt. Es geht in die Schule. Die nächste Szene zeigt die ältlichen, konservativ gekleideten Lehrerinnen und Lehrer, die sich aus dem Lehrerzimmer in ihre Klassenräume begeben, mit einer Haltung, die an Soldaten erinnert, die in den Krieg ziehen. In den Klassenzimmern sind sie die unumschränkten Herrscher. Zuhause am Esstisch wird der so strenge Lehrer jedoch von seiner Frau drangsaliert und flüchtet sich in sadistisch-pädophile Fantasien, wie er den Kindern die Hintern versohlt. Der Gesang setzt ein, als im Film Kolonnen von Schülerinnen und Schülern in ihren grauen Uniformen zu sehen sind. Willenlos marschieren sie in eine Fabrik, deren Maschinerie sie mit gesichtslosen Masken an Schülerpulte setzt. Auf Fließbändern werden sie in die Klassenräume transportiert, überwacht von einem brüllenden Lehrer mit dem Habitus eines KZ-Aufsehers.

Im Klassenzimmer findet der Lehrer bei Pink ein Notizbuch mit selbst geschriebenen Gedichten, worauf er ihn vor der Klasse lächerlich macht und schlägt. Die nächste Szene zeigt, wie die Schülerinnen und Schüler schlafwandlerisch auf einem Gang durch die Fabrik geschleust werden und in einen Trichter fallen, aus dessen unterem Auslass Hackfleisch quillt. Das Gitarrensolo setzt ein, und man sieht, wie die Kinder sich ihre Masken abreißen, die Pulte umstürzen, die Mauern und Fenster einschlagen und die Schule in Flammen aufgehen lassen. Auf einem großen Scheiterhaufen landen nicht nur die Schulbücher, sondern am Ende auch die Lehrer. Der Text, der dazu gesungen wird, ist kurz, aber intensiv.

Another Brick in the Wall, Part 2	**Ein weiterer Stein in der Mauer, Teil 2**
We don't need no education We don't need no thought control No dark sarcasm in the classroom Teacher leave them kids alone ... All in all it's just another brick in the wall ...	Wir brauchen keine Erziehung Wir brauchen keine Gedankenkontrolle Keinen üblen Sarkasmus im Klassenzimmer Lehrer, lassen Sie die Kinder in Ruhe ... Alles in allem ist es nichts als noch ein Stein in der Mauer ...

Pink Floyd, 1979. Text & Musik: Roger Waters (Harvest/Columbia)

Wir finden hier die Motive von »School's Out« wieder: Aus dem »schmutzigen Blick« des Lehrers ist der »üble Sarkasmus« geworden. So wie die Kinder bei Alice Cooper nach den Ferien nicht mehr zum Unterricht kommen wollen, brauchen sie bei Pink Floyd die Schule nicht mehr. Bei Alice Cooper sollte die Schule in die Luft gesprengt werden, im Pink-Floyd-Film wird sie in Stücke zerlegt und geht anschließend spektakulär in Flammen auf.

Auch wenn Text und Musik von Roger Waters stammen, ist die endgültige musikalische Form des Stücks im Wesentlichen von Produzent Bob Ezrin geprägt worden, auch gegen den anfänglichen Widerstand von Rogers. Ezrin brachte die Band dazu, dem Song einen Disco-Beat zu unterlegen, der perfekt mit den Filmsequenzen der willenlos durch die KZ-Fabrik marschierenden Schüler harmonierte.

Zweitens war es seine Idee, eine Single daraus zu machen. »Mann, das ist ein Hit!«, soll er gerufen haben, »aber es geht nur eine Minute und zwanzig. Wir brauchen zwei Strophen und zwei Refrains.«[277] »Wir machen keine Singles, fick dich«, soll die Band geantwortet haben. Als die Musiker das Studio verlassen hatten, duplizierte Ezrin die einzige Strophe, die Waters geschrieben hatte, fügte ein Schlagzeug-Fill ein und kam auf die Idee, das Gleiche zu machen, was er schon bei Alice Coopers »School's Out« getan hatte, einen Kinderchor zu ergänzen, denn so Ezrin: »Es geht ja am Ende um Kinder.« Als er wieder in Amerika war, schickte er seinen Toningenieur los, um eine Schule in der Nähe des Studios ausfindig zu machen. Dieser gab dem Musiklehrer der Islington Green School tausend Pfund, und die Kinder sangen – im Cockney-Akzent, wie es sich Ezrin gewünscht hatte.

Ezrin fügte den Chor zu den Bändern und spielte Rogers das Ergebnis vor: »Ich rief Rogers in den Raum. Als die Kinder in der zweiten Strophe kamen, entspannte sich sein Gesicht völlig und ich wusste, dass er begriff, dass es eine bedeutende Aufnahme werden würde.« Der Produzent sollte Recht behalten. In fast allen Ländern sprang die Single-Auskopplung auf Platz eins der Charts. In Deutschland, Frankreich, Italien und Spanien gab es die Goldene Schallplatte, im Vereinigten Königreich und den USA zusätzlich noch Platin. Am Ende sollten auch noch die Kinder

277 Bob Ezrin: Interview. In: Sylvie Simmons: »Good Bye Blue Sky«, Pink Floyd: 30th Anniversary, The Wall Revisited. Guitar World, Bd. 30, Nr. 10 (Oktober 2009), S. 79f.

profitieren. Zwar hatte die Schule ein Pauschalhonorar von tausend Pfund erhalten (damals eine erkleckliche Summe für eine kurze Gesangsaufnahme), aber als 1996 das britische Urheberrecht geändert wurde, erhielten die Kinder das Anrecht auf Tantiemen aus Radiosendungen. Mit Hilfe von Internetrecherchen gelang es tatsächlich, einige der Chormitglieder ausfindig zu machen und ihnen die Honorare auszuzahlen – allerdings erst 25 Jahre nach der Aufnahme der Platte.

Der dritte Teil von »Another Brick in the Wall« zeigt Pink als pubertierenden Jugendlichen, der seine ersten Erfahrungen mit der Liebe macht, der von Drogen gezeichnet als Rockstar vor dem Traualtar steht und eine trostlose Ehe führt, in der ihn seine Frau betrügt. Vor allem aber zeigen die Filmsequenzen Szenen von Straßenkämpfen rebellierender Jugendlicher, die ihre Wut rauslassen, indem sie Autos in Brand setzen und Polizisten angreifen, die sie mit Tränengas beschießen. Die Quellen dieser Wut werden immer wieder eingeblendet: Der traumatische Kriegstod des Vaters, die Erfahrung der Einsamkeit eines vaterlosen Kindes und die autoritäre Züchtigung durch den sadistischen Lehrer. Am Ende ist die Mauer unüberwindbar geworden.

Another Brick in the Wall, Part 3

I don't need no arms around me
And I dont need no drugs to calm me.
I have seen the writing on the wall.
Don't think I need anything at all.
All in all it was all just bricks in the wall.
All in all you were all just bricks in the wall.

Ein weiterer Stein in der Mauer, Teil 3

Ich brauche keine Waffen um mich herum
Und ich brauche keine Drogen, um mich zu beruhigen
Ich habe das Menetekel auf der Wand gesehen
Ich glaube nicht, dass ich irgendetwas brauche
Alles in allem waren es nichts als Steine in der Mauer
Alles in allem wart ihr einfach nur Steine in der Mauer

Pink Floyd, 1979. Text & Musik: Roger Waters (Harvest / Columbia)

Damit ist der gesamte Song nicht nur eine rebellische Kritik an der Schule, sondern eine biografische Auseinandersetzung mit dem Heranwachsen in der Nachkriegsgesellschaft, die in eine fatalistische Resignation mündet, aber auch Gewaltfantasien enthält.

Man glaubt es kaum, aber nur ein Jahr nach der Veröffentlichung von »Another Brick in the Wall« nahm die deutsche Punkrock-Band Extrabreit das Thema der in Flammen stehenden Schule auf, aber mit vollkommen anderem Akzent. Die KZ-ähnlichen Schulszenen, die Roger Waters biografisch verarbeitet hatte, spielten in den 1960er Jahren. Die britischen Schüler waren in graubraune Uniformen aus grobem Stoff gekleidet und mussten den Sadismus ihrer Lehrkräfte wehrlos ertragen. Die Vision der brennenden Schule war nichts als ein Tagtraum. Die Hagener

Punkrock-Formation, die auch auf der Neuen Deutschen Welle ritt, zeichnete ein völlig anderes Bild der Schülerschaft im Jahr 1980: Die kleinen Mädchen sind punkig bunt geschminkt, hören New-Wave-Musik aus tragbaren Geräten und saufen Schnaps. Und die Schule, die stecken sie willkürlich an – aber weniger aus politisch motivierter Rebellion, sondern eher aus Jux: Die Post-68er genießen die Freiheit, die ihre Vorgängergeneration für sie erkämpfen musste. Immerhin erlebte auch »Hurra, hurra, die Schule brennt« einen Radioboykott – wegen Aufrufs zur Brandstiftung.[278]

Hurra, hurra, die Schule brennt

Die kleinen Mädchen aus der Vorstadt
tragen heute Nasenringe aus Phosphor.
Die Lippen sind blau, die Haare grün,
Streichholzetiketten am Ohr.
Aus den Jackentaschen
ragen braune Flaschen,
so sieht man sie durch die Straßen zieh'n,
überall wo sie vorübergeh'n,
hängt in der Luft ein Hauch von Benzin.

Das ist neu, das ist neu,
Hurra, hurra, die Schule brennt.

Die kleinen Mädchen aus der Vorstadt
schlagen alle Feuermelder ein.
Die Sirenen heulen,
alle Glocken läuten,
die Kinder fangen an zu schrein ...
Es brennt so gut,
bald sieht man nur noch Glut,
wo eben noch die Schule war ...

Die kleinen Mädchen aus der Vorstadt
tragen heute Nasenringe aus Phosphor,
Radios mit Batteriebetrieb
und New-Wave-Musik am Ohr.
Sie stehen zusammen
dicht bei den Flammen,
bis die Sonne untergeht ...

Und sie singen:
Das ist geil, das ist geil,
Hurra, hurra, die Schule brennt.

Extrabreit, 1980. Text & Musik: Kai Havaii (Kai Schlasse), Käptn Horn (Gerd Sperling) (Reflektor)

278 Roland Seim, Josef Spiegel: Nur für Erwachsene – Rock- und Popmusik. Zensiert, diskutiert, unterschlagen. Münster: Telos 2004.

Es war nur ein harmloses Liedchen, das eher den Charakter eines Jokes denn eines Aufrufs zur Rebellion hatte. Aber genau das zeigte, dass die repressive Gesellschaft endgültig überwunden war.

5.4. Working Class Hero

Wäre Karl Marx hundert Jahre später geboren worden, hätte er die Popmusik als Ideologiephänomen analysiert. Ähnlich wie die Religion als »Opium des Volkes« sollte auch die Musik die Arbeiterklasse von den ökonomischen Zuständen ihrer Ausbeutung und ihrer Verelendung ablenken. Die Religion verspräche den Arbeitern das Paradies, in das sie nach Beendigung ihrer menschlichen Existenz eintreten würden und das sie für die Mühsal des irdischen Lebens entschädigen sollte. Die Popmusik wäre aus marxistischer Sicht ein weiteres Barbiturat, das die Lohnabhängigen ruhigstelle, indem sie deren Bewusstsein von den Arbeitsbedingungen auf Herz und Schmerz lenke: Liebeslieder als Ablenkung von den Mühen der Arbeit und zugleich als erotische Stimulanz, um die Reproduktion der Arbeiterschaft sicherzustellen. Die Funktion der Ideologie, zu der auch die Popmusik zu zählen wäre, hatte Karl Marx in seinem Basis-Überbau-Modell identifiziert, das er mit folgenden Worten formuliert hat:

»Die Gesamtheit dieser Produktionsverhältnisse bildet die ökonomische Struktur der Gesellschaft, die reale Basis, worauf sich ein juristischer und politischer Überbau erhebt und welcher bestimmte gesellschaftliche Bewußtseinsformen entsprechen. Die Produktionsweise des materiellen Lebens bedingt den sozialen, politischen und geistigen Lebensprozeß überhaupt. Es ist nicht das Bewußtsein der Menschen, das ihr Sein, sondern umgekehrt ihr gesellschaftliches Sein, das ihr Bewußtsein bestimmt.«[279]

Zum ideologischen Überbau der kapitalistischen Wirtschaftsordnung rechnet Marx die gesamte Welt der Ideen, das heißt die Weltanschauungen, die Politik, das Recht, die Religion, die Kunst, die Literatur, die Inhalte der Massenmedien und selbstverständlich auch die Musik. Die gesellschaftliche Funktion des ideologischen Überbaus besteht im Wesentlichen darin, die kapitalistischen Produktionsverhältnisse zu rechtfertigen und die Arbeiterklasse abzulenken und ruhigzustellen, damit sie nicht anfängt, über die Gründe ihrer Ausbeutung nachzudenken und revolutionäre Ideen zu entwickeln. Der Arbeiter muss funktionieren. Er muss täglich Spitzenleistungen erbringen, um nicht nur seinen Lohn, sondern auch noch einen Mehrwert für seinen Arbeitgeber zu erwirtschaften.

Wenn er nach einem langen Arbeitstag nach Hause kommt, soll er die wenige Freizeit zur Reproduktion der Arbeitskraft nutzen, damit er am anderen Morgen wieder fit für die nächste Schicht ist. Sex gehört dazu, damit sich die Arbeiterklasse fortpflanzt. Ansonsten soll die Familie dafür sorgen, dass der Arbeiter ernährt wird und sich von der Arbeit erholen kann. Popmusik hilft den Arbeitern bei der Reproduktion der Arbeitskraft. Musik hilft dabei, Sehnsüchte nach einem besseren Leben zu stillen, sich zu betäuben und auch auf der Tanzfläche mal ein Ventil zu öffnen, um Frust und aufgestaute Aggressionen abzulassen, die sich in der Arbeitswelt auf-

279 Karl Marx: Zur Kritik der Politischen Ökonomie.

gebaut haben. Genauso hatten es Chuck Berry und Don McLean für die Rock-and-Roll-Ära formuliert: Vielleicht macht die Musik die Menschen für eine kurze Zeit glücklich. Dass Popmusik fast ausschließlich die Liebe feiert, ist kein Zufall. Denn so, wie die Religion Sehnsüchte durch paradiesische Heilsversprechen stillt, gaukelt die Popmusik den Arbeitern vor, ihr Glück in der Liebe finden zu können – anstatt in der revolutionären Befreiung vom Joch der Lohnarbeit.

Lieder von der Liebe als Ablenkung. Lieder von der Arbeit, den Arbeitsbedingungen und der Härte des proletarischen Lebens waren dagegen tabu – hätten sie doch möglicherweise zum Nachdenken und zur Bildung eines kritischen Bewusstseins beitragen können. Eine Ausnahme von der ideologischen Funktion der Musik bildete schon immer die Bluesmusik der Afroamerikaner. Während Gospels und Spirituals mit ihren Hoffnungs- und Heilsbotschaften voll auf der Linie der marxistischen Ideologiekritik lagen, besangen die Bluessongs Mühsal und Elend des irdischen Lebens – unerfüllte Liebe, Stress in der Partnerschaft, notorischer Geldmangel, Existenzängste und natürlich auch die Härte der Arbeit. Aber Blues war auch eine Art Selbsttherapie, die dazu diente, sich in sein elendes Schicksal zu fügen.

Die Popmusik der Weißen war dagegen von Liebesliedern dominiert, deren Texte an Seichtigkeit nicht zu überbieten waren. »Sugar, sugar / honey, honey / you are my candy girl« der amerikanischen Band The Archies war nicht weniger dümmlich als »Ich bin verliebt in die Liebe« des Schnulzensängers Chris Roberts, der eigentlich Christian Klusáček hieß. Die junge Rockmusik stellte anfangs keine Ausnahme dar. Wie hießen die ersten Songs, die die Beatles selbst komponierten? »Love Me Do«, »P.S. I Love You«, »Please Please Me«, »From Me to You«, »She Loves You«. Auch bei den Liverpoolern drehte sich anfangs alles um Herz und Schmerz.

Aber dann, im Sommer 1964, schlugen die Beatles erstmals einen anderen Ton an. Nachdem die Band einen ganzen Tag und eine halbe Nacht lang im Studio gearbeitet hatte, ließ Ringo Starr einen seiner häufigen Versprecher los: »It's been a hard day …«, und fügte hinzu, als er sah, dass es dunkel war: »… night!« John Lennon griff den Versprecher auf und komponierte in einer Nacht daraus den Song »A Hard Day's Night«. Reflexhaft hatte Lennon ein weiteres Liebeslied geschrieben. Das Thema, das Ringo Starrs Versprecher vorgab, lieferte aber als Hintergrund das Milieu der Arbeiterklasse: »Ich habe geschuftet wie ein Hund«. Dass ein Liebeslied harte Arbeit überhaupt erwähnte, war im Jahr 1964 außerhalb der afroamerikanischen Bluesmusik vollkommen neu.

A Hard Day's Night	**Die Nacht nach einem harten Tag**
It's been a hard day's night, and I've been working like a dog It's been a hard day's night, I should be sleeping like a log But when I get home to you I find the things that you do Will make me feel alright	Es war die Nacht nach einem harten Tag, und ich habe geschuftet wie ein Hund Es war die Nacht nach einem harten Tag, und ich sollte schlafen wie ein Stein Aber wenn ich zu dir nach Hause komme, finde ich die Dinge, die du machst Und sie werden dafür sorgen, dass ich mich wohlfühle
You know I work all day to get you money to buy you things And it's worth it just to hear you say you're going to give me everything So why on earth should I moan, cos when I get you alone You know I feel OK	Du weißt, dass ich den ganzen Tag arbeite, um dir Geld zu verschaffen, mit dem du dir Sachen kaufen kannst Aber es ist es wert, allein um zu hören, wie du sagst, dass du mir alles geben wirst Also, warum auf Erden, sollte ich stöhnen, denn, wenn ich dich allein habe Weißt du, dass ich mich in Ordnung fühle
When I'm home everything seems to be right When I'm home feeling you holding me tight, tight, yeah ...	Wenn ich zuhause bin, scheint alles richtig zu sein Wenn ich zuhause bin und fühle, dass du dich fest an mich drückst, fest, ja

The Beatles, 1964. Text & Musik: John Lennon, Paul McCartney (Parlophone)

Ansonsten lässt das Lied allerdings noch nicht einmal einen Ansatz von Sozialkritik verspüren (dafür sollte John Lennon noch einige Jahre brauchen), sondern scheint, im Gegenteil, die Marx'sche Analyse in jedem Detail zu bestätigen:

1. Die traditionellen Geschlechtsrollen: Der Mann arbeitet, während die Frau zuhause bleibt, um ihn nach Feierabend zu verwöhnen. Die Frau wird wie eine Prostituierte vom Verdienst des Manns bezahlt.
2. Die Reproduktionsfunktion der Familie: Auf der Arbeit ist es hart, aber zuhause kann sich der Arbeiter erholen.
3. Der Konsumfetischismus: Der Mann arbeitet, damit er das Geld verdient, das seine Frau ausgeben kann, um sich irgendwelchen Tand zu kaufen.
4. Die Ruhigstellung: Der Sex, den sich der Mann von seiner Frau erkauft, lässt ihn die harte Arbeit ertragen.

Mit einem Wort: Die von den Beatles besungene Arbeiterfamilie funktioniert in allen Belangen – Produktion von Mehrwert durch Lohnarbeit, Reproduktion der Arbeitskraft, sexuelle Fortpflanzung, Kauf von Konsumgütern, Ruhigstellung – als perfektes Rädchen im großen Getriebe der kapitalistischen Maschinerie. Auch weil der Song als fetzige Rock-and-Roll-Nummer gespielt wurde und sogar ein Gitarrensolo beinhaltete (das mit halber Geschwindigkeit aufgenommen worden war, um den Gitarristen nicht zu überfordern), erreichte er die Spitze der Charts, erhielt einen Grammy, wurde zum Titellied der gleichnamigen LP und sogar zum Titel des Films über die Beatles.

Sechs Jahre später ist John Lennon politisch geworden. Mit »Working Class Hero« kritisiert er genau das, was er mit »A Hard Day's Night« noch gerechtfertigt hatte.

Working Class Hero

As soon as you're born they make you feel small
By giving you no time instead of it all
'Til the pain is so big you feel nothing at all
A working class hero is something to be ...

They hurt you at home and they hit you at school
They hate you if you're clever and they despise a fool
'Til you're so fucking crazy you can't follow their rules ...

When they've tortured and scared you for twenty odd years
Then they expect you to pick a career
When you can't really function you're so full of fear ...

Keep you doped with religion and sex and TV
And you think you're so clever and classless and free
But you're still fucking peasants as far as I can see ...

There's room at the top they are telling you still
But first you must learn how to smile as you kill
If you want to be like the folks on the hill ...

Held der Arbeiterklasse

Sobald du geboren bist, machen sie dich klein,
indem sie dir keine Zeit schenken anstatt allem,
bis der Schmerz so groß ist, dass du überhaupt nichts mehr fühlst.
Es ist schon etwas, ein Held der Arbeiterklasse zu sein ...

Sie verletzen dich zuhause und sie schlagen dich in der Schule.
Sie hassen dich, wenn du klug bist, und sie verachten einen Dummkopf,
bis du so verdammt verrückt bist, dass du ihre Regeln nicht befolgen kannst ...

Wenn sie dich zwanzig Jahre lang gequält und eingeschüchtert haben,
dann erwarten sie, dass du Karriere machst.
Wenn du nicht mehr wirklich funktionierst und voller Angst bist ...

Sie betäuben dich mit Religion und Sex und Fernsehen,
und du denkst, du bist so klug und klassenlos und frei,
aber ihr seid immer noch verdammte Bauern, so weit, wie ich es sehen kann ...

Sie erzählen dir immer noch, dass es Platz an der Spitze gibt,
aber erst musst du lernen zu lächeln, wenn du tötest,
wenn du so werden willst wie die Kerle ganz oben ...

John Lennon, 1970. Text & Musik: John Lennon (Apple)

Der Schlüsselvers lautet »sie betäuben dich mit Religion und Sex und Fernsehen« – das ist Marx'sche Ideologiekritik reinsten Wassers. Zusätzlich werden die Lohnabhängigen mit der Aussicht auf sozialen Aufstieg korrumpiert. Karl Marx kannte im Wesentlichen zwei Klassen – das Proletariat und die Bourgeoisie – und er prognostizierte, dass es zwischen diesen Klassen zum Klassenkampf kommen würde. Nach Lennons Interpretation hat das Kapital diese Konfrontation vermeiden können, indem es eine Mittelschicht mit Aufstiegsmöglichkeiten eingeführt hat. Persönlichkeiten werden in jungen Jahren gebrochen, bis sie in die Rebellion oder im Extremfall in die Kriminalität abdriften. Oder man endet als betäubter Spießer in der Mittelschicht. Oder verliert seinen moralischen Kompass und macht Karriere als brutaler Manager in den Eliten der Gesellschaft, der lächelt, wenn er tötet. Nichts davon ist gut – und zum Helden der Arbeiterklasse ernannt zu werden, ist bittere Ironie.

Während die jungen Beatles noch eifrig Liebeslieder schrieben, waren die Rolling Stones schon in ihrer frühen Phase gesellschaftskritisch, ohne politisch platt zu werden. Zwar komponierten auch die Stones anfangs Songs, die von Liebe handelten – häufig allerdings von enttäuschter Liebe. »Little By Little«, »As Tears Go By«, »Tell Me«, »Good Times, Bad Times«, »Empty Heart«, »Off the Hook«, »Congratulations«, »The Last Time«, »Heart of Stone«, »Paint It, Black« sind alles Lieder über die gescheiterte Liebe. »What a Shame« ist ein trauriger Blues über die Probleme und Ängste von Teenagern, der mit dem Vers endet, dass man eines Tages aufwacht und sich selbst tot vorfindet. Und bei »Grown Up Wrong« geht die Zeit der Jugend ebenfalls gehörig schief.

1965 brachten die Stones mit »Satisfaction« einen ausgesprochen konsum- und ideologiekritischen – und zugleich noch sexuell frechen – Song heraus, der sich liest wie eine lyrische Interpretation der Ideologiekritik des Neomarxisten Herbert Marcuse. Mit »Have You Seen Your Mother, Baby, Standing in the Shadow?« veröffentlichten sie im Sommer 1966 einen Up-Tempo-Rocksong mit düsterem Titel und düsterem Text, der Raum für persönliche Interpretationen ließ. Unmissverständlich war, dass es in dem Song um Menschen geht, die im Schatten stehen, um »Habenichtse« und auch um die Perspektive, »in den Abgrund des Niedergangs« zu geraten. Das zwar zweifellos kein Beitrag zum ideologischen Bemühen, die Arbeiterschaft durch das Vorgaukeln einer heilen Welt ruhigzustellen.

Richtig brutal ist der Song »Back Street Girl« der Stones. Er ist aus der Perspektive eines verheirateten Manns aus der Oberschicht geschrieben, der eine Affäre mit einer Frau aus der Unterschicht pflegt. Die sozialen Unterschiede werden deutlich: Sie ist ordinär, vulgär und hat keine Manieren. Er macht ihr klar, dass er es mit ihr treibt, dass er ihr dafür Gefälligkeiten erweist (Geschenke? Geld?), dass sie sich aber ansonsten bitte aus seinem Leben herauszuhalten habe. Keine Anrufe, keine Besuche, schon gar nicht bei seiner Ehefrau vorstellig werden! Sie hat sich mit ihrer Rolle abzufinden. Die Backstreets waren in London die Hintergassen, über die das Dienstpersonal und die Lieferanten Zugang zu den herrschaftlichen Häusern hatten. »Back Street Girl« spielt auf die alte Sitte an, dass sich die Herren gern die Dienstmädchen zu ihrem Vergnügen nahmen, die sich davon aber ja keine »My Fair Lady«-Story erwarten durften.

Back Street Girl	**Hinterhofmädchen**
I don't want you to be high I don't want you to be down Don't want to tell you no lie Just want you to be around Please come right up to my ears You will be able to hear what I say Don't want you out in my world Just you be my backstreet girl	Ich will nicht, dass du exaltiert bist Ich will nicht, dass du niedergeschlagen bist Ich will dich nicht belügen Ich will dich nur um mich haben Bitte komm ganz nah an meine Ohren Du wirst hören können, was ich sage Will dich nicht hier in meiner Welt haben Sei einfach nur mein Hinterhofmädchen
Please don't be part of my life Please keep yourself to yourself Please don't you bother my wife That way you won't get no help Don't try to ride on my horse You're rather common and coarse anyway ...	Bitte sei kein Teil meines Lebens Bitte bleib bei dir selber Bitte belästige nicht meine Frau Das würde dir nicht helfen Bitte versuche nicht, mein Pferd zu reiten Du bist sowieso ziemlich ordinär und vulgär ...
Please don't you call me at home Please don't come knocking at night Please never ring on the phone Your manners are never quite right Please take the favours I grant Curtsy and look nonchalant, just for me ...	Bitte ruf mich nicht zuhause an Bitte klopfe nicht nachts an meiner Tür Bitte benutze nie das Telefon Deine Manieren sind nie ganz richtig Bitte nimm die Gefälligkeiten, die ich dir gewähre Mach einen Knicks und schau nonchalant aus, nur für mich ...

The Rolling Stones, 1967. Text & Musik: Mick Jagger, Keith Richards (Decca)

»Back Street Girl« könnte man in erster Linie als Kritik an den Männern aus der Oberschicht interpretieren. Aber in dem reichen Herrn steckt wohl auch ein kleines Stück von Mick Jagger. Der Lehrersohn wahrte selbst immer Distanz zur Arbeiterschicht, und für seinen hemmungslosen sexuellen Appetit war er allgemein bekannt. Am deutlichsten wurde diese Distanz in den Stücken »Factory Girl« und »Salt of the Earth« auf dem Album »Beggars Banquet«. Das wirkliche Proletariat war den Rockmusikern fremd. Damit waren sie durchaus repräsentativ für die rebellische Bewegung der 1960er Jahre.

Wofür kämpfte die 68er-Generation? Für soziale Gerechtigkeit, für Freiheit, für Gleichberechtigung, für Toleranz, für Frieden, für Gewaltlosigkeit. Der Kontrast zu den Werten der konservativen Elterngeneration war scharf genug. Aber noch viel größer war der Abstand zwischen den liberalen Werten der 68er und dem Habitus der realen Arbeiterklasse. Das hat der französische Soziologe Didier Eribon nicht anhand von Interviews oder anderen Methoden der empirischen Sozialforschung analysiert, sondern aufgrund eigener – bitterer – Erfahrung.[280] Eribon wurde 1953 in eine Arbeiterfamilie hineingeboren, die in Reims lebte, also auch noch in der

280 Didier Eribon: Rückkehr nach Reims. Frankfurt a. M.: Suhrkamp 2016.

Provinz (wie es die Pariser abfällig nennen). Trotz seiner Intelligenz und des Einflusses eines Mitschülers, der ihn für Literatur zu begeistern verstand, erschwerte ihm das Milieu, aus dem er stammte, bereits die Gymnasiallaufbahn. Um eine akademische Laufbahn zu beginnen, die ihn schließlich an die Pariser Sorbonne führen sollte, musste der Homosexuelle, der von seinem Vater verachtet wurde, mit der Familie brechen. Um in der Pariser Intellektuellenszene akzeptiert zu werden, musste er »kulturelles Kapital« (Bourdieu) aufbauen, zu dem Interesse und Sachverstand für Kunst und Kultur gehörte. Zu seiner »nahezu vollständigen Umerziehung« gehörte, dass er »das Sprechen von Grund auf neu lernen« musste, um sich den dialektfreien, grammatikalisch korrekten, kultivierten und gebildeten Jargon des akademischen Milieus anzueignen, aber auch, dass er die Rolling Stones, Bob Dylan, Donovan und Joan Baez hörte.[281]

»Welches Unglück, in dieses Milieu hineingeboren zu sein«, verfluchte der junge Intellektuelle seine soziale Herkunft,[282] die er später mit soziologischen Kategorien analysierte. Die Arbeitersiedlungen des sozialen Wohnungsbaus, in denen er aufwuchs, bezeichnete er als »pathogenes Milieu, in dem soziale Pathologien nicht auf sich warten ließen«, darunter auch (Jugend-) Kriminalität.[283] Die knochenharte Arbeit in den Fabriken führte zu physischen und psychischen Deformationen. Die Angehörigen der Bourgeoisie – wie Fabrikdirektoren und ihre Familien – behandelten die Arbeiter wie Dreck. Umgekehrt fügte sich die Arbeiterklasse fatalistisch in eine als dichotom empfundene Gesellschaftsordnung, trotz gelegentlichen gewerkschaftlichen Aufmuckens. Es gab »die da oben« und »uns da unten« und man hatte keinerlei Antrieb, sich um einen sozialen Aufstieg zu bemühen. Die Schule wurde als Zeitverschwendung angesehen, die man so rasch wie möglich hinter sich brachte. Zaghafte Versuche, sich beruflich weiterzubilden (beispielsweise von Eribons Mutter, sich zur Sekretärin zu qualifizieren), scheiterten an den Belastungen des Alltags. Die Vererbung niedriger Bildungsabschlüsse innerhalb der Arbeiterschicht war auch Folge einer »Selbstexklusion und Selbsteliminierung«. Mangelnde Bildungsmotivation der Arbeiter errichtete »gläserne Wände« zwischen den sozialen Welten der Arbeiterklasse und des Bürgertums.[284]

Die Männer kompensierten ihren niedrigen Status in der Beschäftigungs- und Sozialhierarchie mit umso heftigerem Macho-Gehabe, das mit Fremdgehen, Einschüchterung, Unterdrückung, Demütigung, Ausbeutung und physischer Gewalt gegenüber ihren Frauen einherging. Häusliche Gewalt gab es beiderseits, wenn es auch der Ehefrau einmal gelang, ihrem Mann mit einem Küchenutensil zwei Rippen zu brechen. Zur Ausbeutung der Frau gehörte auch, dass diese häufig doppelt und dreifach belastet war, mit Haushaltsführung, Kindererziehung und einem Job, der nötig war, weil das Einkommen des Manns nicht ausreichte. Die Berufstätig-

281 Ebd., S. 98, 100.

282 Ebd., S. 65.

283 Ebd., S. 35.

284 Ebd., S. 44.

keit war aber keine Basis für eine Emanzipation, sondern führte zu einer weiteren physischen und mentalen Schwächung der Frau.

Im Ergebnis waren Ehen alles andere als stabil. Patchworkfamilien hat es Eribons Beobachtungen zufolge bereits seit langer Zeit im Arbeitermilieu gegeben. Während das konservative Bürgertum dem Idealbild von Ehe und Familie huldigte, waren Partnerschafts- und Familienverhältnisse in der Arbeiterklasse »von Komplexität und Diversität geprägt«: Es gab unverheiratet zusammenlebende Paare, »Beikinder« aus früheren Beziehungen, Halbgeschwister und Verheiratete, die längst mit anderen Lebensgefährten zusammenlebten.[285] Paradoxerweise gingen aber gerade solche »wilden« Familiensituationen mit »einem eher rigiden Moralismus« einher (der sich u.a. in harter Intoleranz gegenüber Homosexualität äußerte), der aus »übertriebenem Anpassungsdrang an das Legitime und ›Normale‹« resultierte.[286] Und es war ja gerade dieser rigide Moralismus – verbunden mit Heuchelei und Scheinheiligkeit, weil man selbst gegen diese Moralvorstellungen verstieß – der die 68er-Generation gegen die Gesellschaft rebellieren ließ. Herbert Marcuses Analysen zum »eindimensionalen Menschen« wurden auch durch das Verhalten von Eribons eigener Familie bestätigt, die das Wirtschaftswunder dazu nutzten, durch den Kauf von Konsumgütern »der tristen Realität des Alltags« zu entkommen und wenigstens ein bisschen am Lebensstandard der Mittelschichten zu partizipieren.[287]

Der junge, intellektuelle Arbeitersohn reagierte auf die sozialen Verhältnisse, indem er die Ansichten von Marx und Trotzki annahm, allerdings um eine theoretische Arbeiterklasse zu glorifizieren, während er sich vom realen Arbeitermilieu distanzierte: »Die Arbeiterklasse hingegen, von der ich tatsächlich umgeben war und die meinen Horizont begrenzte, verabscheute ich.«[288] Das verwunderte nicht, erlebte er doch tagtäglich in seiner Familie ein politisches Programm, das es den Arbeitern möglich machte, in den Wahlkabinen nahtlos von der Kommunistischen Partei zum rechtsextremen Front National zu wechseln: Alltagsrassismus, Abschiebung von Einwanderern, nationales Vorrecht auf Arbeitsplätze, Verschärfung des Strafrechts, Ausweitung der Todesstrafe, Verkürzung der Mindestschulzeit.[289] Den Rassismus seiner eigenen Mutter führte Eribon auf das Bemühen zurück, die eigene soziale Unterlegenheit zu bewältigen: »Vielleicht erfuhr sie in der Abwertung der anderen eine Aufwertung ihres Selbstbilds, vielleicht sah sie darin einen Weg, die eigene Existenz zu verteidigen.«[290]

War den rebellierenden 68ern schon das konservative Bürgertum zu illiberal, so waren ihnen die Werte, politischen Einstellungen und Verhaltensformen der Arbeiterklasse vollends zuwider. Die Distanz – um nicht zu sagen: Verachtung –, die in

285 Ebd., S. 62f.

286 Ebd., S. 64.

287 Ebd., S. 79.

288 Ebd., S. 81.

289 Ebd., S. 133.

290 Ebd., S. 139.

Mick Jaggers Songs über die Arbeiterklasse zum Ausdruck kommt, war nicht ironisch, sondern ernst gemeint.

Entgegen einem gern gehegten Vorurteil entstammten die meisten Rockmusiker, auch wenn sie antibürgerlich auftraten und politisch Partei für die sozial Schwachen nahmen, nicht wirklich der Arbeiterschicht, sondern eher der sozialen Mittelschicht, wenn nicht sogar der Oberschicht. Marianne Faithfull bringt die soziale Basis der Dekadenz des »Swinging London« zur Mitte der 1960er Jahre auf den Punkt: »Wir waren jung, reich und schön.«[291] Das hatte auch Gründe: Musikalisches Verständnis gehört nach dem französischen Soziologen Pierre Bourdieu zum »kulturellen Kapital«, das Eltern aus den oberen sozialen Schichten an ihre Kinder weitergeben, indem sie sie schon in jungen Jahren an die klassische Musik heranführen – zum Beispiel in Konzerte und Opernaufführungen für Kinder –, indem sie ihnen Musikunterricht zuteilwerden lassen, indem sie ein Klavier oder andere Musikinstrumente in ihrem Hausrat haben. Das kulturelle Kapital gehört zu den Elementen, welche die »feinen Unterschiede« ausmachen, jene Details in den Verhaltensformen, an denen die Angehörigen der oberen sozialen Schichten gesellschaftlich Gleichgestellte erkennen.[292] Von den englischen Pionieren der Rockmusik war fast keiner Kind eines *factory girls* und eines *blue collar workers*. Fast alle entstammten kleinbürgerlichen, manchmal auch großbürgerlichen Verhältnissen oder zumindest dem »Arbeiteradel«. Und fast alle Eltern waren kultur- und musikaffin.

Eine der wichtigsten Figuren für die Entwicklung der Rockmusik, Alexis Korner, Sohn eines österreichischen Offiziers, genoss bereits als Fünfjähriger Klavierunterricht. John Mayall, ein weiterer früher Promoter der ersten Rockbands, war Sohn eines Jazzmusikers, der ihn an Gitarre, Banjo und Ukulele heranführte. John Lennon bekam von seiner Mutter das Banjospiel beigebracht. Die McCartneys hatten ein Klavier im Haus, der Vater spielte Trompete und Klavier in einer Jazzband. Mick Jagger kam aus einer Lehrerdynastie. Der Vater von Pete Townshend spielte Altsaxofon in einem Militärorchester, seine Mutter sang in einer Band. Ian Andersons Vater spielte in einer Big Band. Im Hause der Davies-Brüder, die The Kinks gründeten, spielte die ganze Familie gemeinschaftlich Musik, die Eltern auf dem Klavier. Wir könnten die Liste beliebig fortführen.

Selbst Keith Richards, den manche Fans gern als authentisches Arbeiterkind sehen möchten, kam nicht wirklich aus der Arbeiterklasse. Seine Großmutter Eliza war immerhin, wenn auch für die Labour-Party, Bürgermeisterin gewesen, und seine andere Großmutter Emma war eine ausgezeichnete Pianistin, die ihren Mann begleitete, wenn dieser die Violine strich, konnte Französisch parlieren und war überhaupt »ladylike« (wie Richards in seiner Autobiografie anmerkt). Großvater

291 Faithfull, Faithfull, a. a. O., S. 71f.

292 Pierre Bourdieu: Die feinen Unterschiede. Kritik der gesellschaftlichen Urteilskraft. Frankfurt a. M.: Suhrkamp 1982.

Gus, der dem kleinen Keith das Gitarrenspiel beibrachte, war Profimusiker und Bandleader.[293]

Der Sprung aus dem Arbeitermilieu in die Rockmusikszene sollte erst später dem Heavy Metal gelingen – einer Weiterentwicklung der Rockmusik, die auch stolz auf ihre proletarische Herkunft war. Led Zeppelin als einer der wichtigsten Vorläufer hatte noch bürgerliche Wurzeln. Jimmy Page war Sohn eines Personalmanagers, Robert Plants Vater war Wasserbau-Ingenieur. Bei Deep Purple, *der* Hardrock-Band überhaupt, die dem Heavy Metal den Weg ebnete, war der bildungsbürgerliche Hintergrund noch ausgeprägter. Ritchie Blackmore erhielt mit elf Jahren auf Betreiben seines Vaters Unterricht in klassischer Gitarre, sein Bandkollege Jon Lord, dessen Vater Saxofonist war, lernte bereits mit fünf Jahren klassisches Klavier. Die harten Riffs erwuchsen aus reichlich sozialem und kulturellem Kapital.

Erst Black Sabbath war anders und vielleicht die erste »echte« Heavy-Metal-Band, weil ihre Musiker wirklich der Arbeiterklasse entstammten. Tony Iommi arbeitete in einem Stahlwerk, wo er als Siebzehnjähriger bei einem Unfall seine Fingerkuppen einbüßte, als er ein Stahlblech schnitt. Ozzy Osbourne jobbte unter anderem auf dem Bau, als Werkzeugmacher, bei einem Automobilzulieferer und im Schlachthof, bevor er sich als Einbrecher versuchte. Auch die Musiker von Judas Priest entstammten dem Arbeitermilieu, so K. K. Downing und Ian Hill. Rob Halford betrieb ein Pornokino – auch nicht gerade eine gutbürgerliche Existenz. Ihr Albumtitel »British Steel« war bewusst doppeldeutig – einerseits sollte er die stählerne Härte der Musik benennen, andererseits war es aber auch der Name des riesigen Stahlkonzerns, der harte Arbeit bot.

Bei den US-amerikanischen Rockmusikern liest es sich teilweise ähnlich wie bei ihren britischen Kollegen. Bob Dylan war der Sohn eines Kaufmanns und hatte selbst ein Studium an der University of Minnesota begonnen. Der Vater von Joan Baez war Physikprofessor am renommierten MIT, und die musikalische Karriere seiner Tochter startete auch genau dort, bei einer Universitätsveranstaltung. Jim Morrisons Vater war Admiral, und der Sohn studierte an der University of California in Los Angeles. Frank Zappas Vater war Chemieprofessor. Jefferson Airplane setzte sich aus lauter Studierenden zusammen. Die Sängerin Grace Slick war Tochter eines sehr wohlhabenden Bankers, der sie am New Yorker Finch College, einer der teuersten Mädchenuniversitäten überhaupt, studieren ließ. Billy Gibbons von ZZ Top, die ein Image als Machos in Muscle-Cars pflegten, war Sohn eines Konzertpianisten und Dirigenten. Mike Love von den Beach Boys kam aus einer kunstverständigen Industriellenfamilie. Roger McGuinn von The Byrds war der Sohn von Schriftstellern, der eine Lateinschule besuchte. Jerry Garcia von Grateful Dead war Sohn von Musikern, der nach dem Komponisten Jerome Kern benannt war und als Kind Klavierunterricht erhielt. Auch dies sind nur wenige Beispiele, die sich ergänzen ließen.

293 Richards, Life, a. a. O., S. 41ff.

Die Rockmusiker kamen aus den sozialen Mittel- und Oberschichten, während es Blues und Rock and Roll in den USA noch Musikern aus einfachsten sozialen Verhältnissen ermöglicht hatten, Blitzkarrieren zu machen. Während es die oft aus ärmlichsten Verhältnissen stammenden Bluesmusiker dabei nicht leicht hatten, von den Chess-Brüdern ihren ersten Cadillac zu bekommen, wurde der ungelernte Fabrikarbeiter Elvis Presley sehr schnell zum Megastar. Auch Jimi Hendrix entstammte einem Armutsmilieu, was durch seine funktionsgestörte Familie noch verschärft wurde.

Was für die meisten Rockmusiker galt, traf im Übrigen auch für die Politaktivisten der 68er-Zeit zu: »Die 68er waren … eine Bewegung der bürgerlichen Antibürgerlichkeit. Zwar war ihre Antibürgerlichkeit, zum Teil aggressiv zur Schau getragen, unverkennbar. Aber es war zugleich auch eine von Akteuren des bürgerlichen Milieus getragene Bewegung, sei es aus klein- oder aus gutbürgerlichen Haushalten. Diese sozialstrukturelle Verankerung äußerte sich auch habituell, auch der Habitus dieser Bewegung war in seiner Antibürgerlichkeit durch und durch bürgerlich geprägt.«[294]

Wie kam die bürgerlich-antibürgerliche Rockmusik in der Arbeiterklasse an? Im Rahmen eines Projekts der Georgetown University, das sich mit der Kultur der Arbeiterklasse befasst, reflektierte eine Wissenschaftlerin ihren eigenen biografischen Hintergrund als Londoner Arbeitermädchen, das begeisterter Fan von David Bowie war.[295] Zum Ersten war es für die Fans frustrierend, wenn sie sich die Platten, die Kleidung, die Konzertkarten, die Souvenirs und die Haarschnitte nicht leisten konnten, die nötig gewesen wären, um ihrem Star zu folgen. Zum Zweiten fühlte sich die junge Arbeiterin angezogen von der Musik David Bowies, die sie aber nicht verstehen konnte, weil ihr das kulturelle Kapital fehlte, um die Anspielungen aus der Welt der Kunst und Kultur zu entziffern. Zum Dritten erweckte die Bohème, für die Bowie stand, den Wunsch, selbst einmal Kunst zu studieren – was freilich vollkommen außerhalb der Reichweite einer Berufsschülerin war, die für die Ausübung manueller Arbeiten ausgebildet wurde.

Rockmusik war, bevor Heavy Metal und Punk die Bühne betraten, keine Arbeitermusik. Sie war in den 60er Jahren Mittelschichts-, Studierenden-, Intellektuellen- und Bohèmemusik. Die Proletarisierung der Rockmusik setzte erst in den 1970er Jahren ein – nicht nur mit den genannten Spielarten Punk und Metal, sondern auch im Mainstream der Rockmusik. Und seien wir ehrlich: In den 60er Jahren hörten

294 Stephan Lessenich: Angehaltene Zeit. 1968, 2018 und der Realismus des Utopischen. In: Schader Stiftung (Hg.): Mehr … wagen. '68, '18 und die politisierte Gesellschaft. Darmstadt: Schader-Stiftung 2018, S. 22–27, hier: S. 24.

295 Sarah Attfield: David Bowie: Creating a Middle-Class Dream for a Working-Class Fan. Working-Class Perspectives, Commentary on Working-Class Culture, Education, and Politics. Kalmanovitz Initiative for Labor and the Working Poor at Georgetown University. Eintrag vom 3.8.2015, https://workingclassstudies.wordpress.com/2015/08/03/david-bowie-creating-a-middle-class-dream-for-a-working-class-fan/, zugegriffen am 1.7.2020.

Arbeiter, die Mühe hatten, langhaarige, drogenkonsumierende und studierende Nichtsnutze zu akzeptieren, überwiegend nicht Rockmusik, sondern Schlager.

Ein Rockmusiker, der als ein echtes Arbeiterkind aufgewachsen war, war dagegen Bruce Frederick Joseph Springsteen, der aber erst im Jahr 1975, nach langem Anlauf, seinen Durchbruch erzielen konnte. Springsteen stammte aus New Jersey, der schmuddeligen Industriestadt gegenüber dem glitzernden Manhattan. Springsteens Vater jobbte mal hier, mal da, beispielsweise als Busfahrer, war aber die meiste Zeit arbeitslos. Die Mutter, mit neapolitanischen Wurzeln, war als Rechtsanwaltsgehilfin die Hauptverdienerin. Aufgewachsen ist die Familie in Freehold, einem elenden Industriekaff, dem sein berühmtester Sohn mit »My Hometown« ein nicht unbedingt erwünschtes musikalisches Denkmal setzte.

My Hometown

I was eight years old and running with a dime in my hand
Into the bus stop to pick up a paper for my old man
I'd sit on his lap in that big old Buick and steer as we drove through town
He'd tousle my hair and say son take a good look around this is your hometown ...

In '65 tension was running high at my high school
There was a lot of fights between the black and white
There was nothing you could do
Two cars at a light on a Saturday night in the back seat there was a gun
Words were passed in a shotgun blast
Troubled times had come to my hometown ...

Now Main Street's whitewashed windows and vacant stores
Seems like there ain't nobody wants to come down here no more
They're closing down the textile mill across the railroad tracks
Foreman says these jobs are going boys and they ain't coming back to your hometown ...

Meine Heimatstadt

Ich war acht Jahre alt und lief mit einem Groschen in der Hand
zur Bushaltestelle, um eine Zeitung für meinen alten Herrn zu besorgen.
Wenn wir durch die Stadt fuhren, saß ich auf seinem Schoß in jenem großen alten Buick und lenkte
und er wuschelte mir durchs Haar und sagte, Sohn, sieh dich gut um, das ist deine Heimatstadt ...

'65 kam es zu heftigen Spannungen an meiner Schule.
Es gab eine Menge Prügeleien zwischen Schwarz und Weiß.
Es gab nichts, was du tun konntest.
Zwei Autos an einer Ampel an einem Samstagabend, auf dem Rücksitz lag eine Knarre.
Worte wurden gewechselt im Kugelhagel.
Schwere Zeiten sind in meine Heimatstadt gekommen ...

Heute sind an der Hauptstraße die Fenster blind und die Läden stehen leer.
Scheint, als ob keiner mehr hierherkommen will.
Sie schließen die Textilfabrik hinter der Bahnlinie.
Der Vorarbeiter sagt, Jungs, diese Jobs sind weg und sie kommen nicht wieder in eure Heimatstadt.

Last night me and Kate we laid in bed talking about getting out Packing up our bags maybe heading south I'm thirty-five we got a boy of our own now	Gestern Nacht lag ich mit Kate im Bett und wir sprachen darüber abzuhauen, unsere Sachen zu packen und vielleicht nach Süden zu fahren. Ich bin jetzt fünfunddreißig und wir haben nun einen Jungen.
Last night I sat him up behind the wheel and said son take a good look around This is your hometown	Gestern Abend setzte ich ihn hinter das Steuer und sagte, Sohn, sieh dich gut um, das ist deine Heimatstadt.

Bruce Springsteen, 1985, Text & Musik: Bruce Springsteen (Columbia)

Die Themen des Lebens in einer kleinen Industriestadt erscheinen hier. Ein irgendwie spießiges, aber geregeltes, vielleicht zu geregeltes Leben, als es hier noch Industrie gab. Dann zunehmende Spannungen zwischen Schwarz und Weiß, Gewalt auf den Straßen, die Schließung der Fabriken, Niedergang, leerstehende Ladenlokale, Abwanderung der Bevölkerung, Perspektivlosigkeit für die, die aus Trägheit bleiben. Die nächste Generation erwartet das gleiche Schicksal. Ein sich wiederholender Zirkel. Die Heimatstadt ist ein Gefängnis, zumindest wenn man im Arbeitermilieu lebt.

Springsteen hat viele Lieder über das Arbeitermilieu geschrieben, und aus vielen waren Düsternis und Depression zu hören. Wie hieß es in seinem Hit »Human Touch«? – »Es gibt keine Gnade auf den Straßen dieser Stadt/Es gibt kein Brot, das vom Himmel fällt/ … in einer Welt ohne Mitleid …«. Aber das Eindringlichste von allem war wohl das Lied »Factory«, das das Arbeiterleben ganz direkt beschrieb.

Factory	**Fabrik**
Early in the morning factory whistle blows Man rises from bed and puts on his clothes Man takes his lunch, walks out in the morning light It's ... just the working life	Frühmorgens heult die Fabriksirene. Ein Mann steht auf und zieht sich an. Ein Mann nimmt Stullen, geht im Morgenlicht nach draußen. Es ist ... einfach nur das Arbeitsleben.
Through the mansions of fear, through the mansions of pain I see my daddy walking through them factory gates in the rain Factory takes his hearing, factory gives him life ...	Durch die Häuser der Angst, durch die Häuser des Schmerzes sehe ich meinen Papa gehen, durch die Fabriktore im Regen. Fabrik nimmt sein Gehör, Fabrik gibt ihm Leben ...
End of the day, factory whistle cries Men walk through these gates with death in their eyes And you just better believe, boy, somebody's gonna get hurt tonight ... Cause it's ... just the working life	Ende des Tages, Fabriksirene schrillt. Männer gehen durch diese Tore, mit dem Tod in ihren Augen. Und glaub mir, Junge, einer wird heute Abend verletzt werden ... weil es ... einfach nur das Arbeitsleben ist.

Bruce Springsteen, 1978. Text & Musik: Bruce Springsteen (Columbia)

Das Lied beschreibt nicht nur die öde Routine des ewigen Schuftens, sondern explizit auch die Gefahren der Fabrikarbeit: Berufskrankheiten wie Hörverlust sind dabei noch nicht das Schlimmste, selbst tödliche Arbeitsunfälle sind an der Tagesordnung. Aber dem Tod muss der Arbeiter ins Auge blicken, denn die Arbeit gibt ihm sein Leben.

Der Working Class Rock – Rockmusik über die Arbeiterklasse – kam erst relativ spät, auch weil es Zeit brauchte, bis Arbeiterkinder es sich leisten konnten, Musikverständnis zu entwickeln und sich Instrumente zu kaufen. Ganz früh dabei waren dagegen die Protestsänger und -sängerinnen der 1960er Jahre. Mit »Maggie's Farm« brachte auch Bob Dylan schon im Jahr 1965 so etwas wie ein Arbeiterlied. Der Song erreichte übrigens eine zweifelhafte Berühmtheit, weil Dylan, der auf dem Newport Folk Festival erstmals eine elektrische Gitarre in die Hand genommen hatte, insbesondere für diesen schnell gespielten und rockigen Blues von traditionellen Folkfans ausgebuht wurde, die in der Stromgitarre ein Sakrileg sahen.

Maggie's Farm

I ain't gonna work on Maggie's farm no more ...
Well, I wake in the morning
Fold my hands and pray for rain
I got a head full of ideas
That are drivin' me insane
It's a shame the way she makes me scrub the floor ...

No, I ain't gonna work for Maggie's brother no more
Well, he hands you a nickel
He hands you a dime
He asks you with a grin
If you're havin' a good time
Then he fines you every time you slam the door ...

I ain't gonna work for Maggie's pa no more ...
Well, he puts his cigar
Out in your face just for kicks
His bedroom window
It is made out of bricks
The National Guard stands around his door ...

I ain't gonna work for Maggie's ma no more ...
Well, she talks to all the servants
About man and God and law
Everybody says
She's the brains behind Pa
She's sixty eight, but she says she's fifty four

I ain't gonna work for Maggie's ma no more ...
Well, I try my best
To be just like I am
But everybody wants you
To be just like them
They sing while you slave and I just get bored ...

Maggies Farm

Ich werde nicht mehr für Maggies Farm arbeiten ...
Ich wache morgens auf
falte meine Hände und bete um Regen.
Ich habe einen Kopf voller Ideen,
sie treiben mich in den Wahnsinn.
Es ist eine Schande, wie sie mich den Boden schrubben lässt ...

Nein, ich arbeite nicht mehr für Maggies Bruder.
Er gibt dir einen Pfennig.
Er gibt die einen Groschen.
Er fragt dich mit einem Grinsen,
Ob du Spaß hast.
Dann brummt er dir, jedes Mal, wenn dir die Tür zuknallt, eine Strafe auf ...

Ich arbeite nicht mehr für Maggies Vater ...
Er drückt seine Zigarre
in deinem Gesicht aus, aus lauter Lust.
Sein Schlafzimmerfenster
ist aus Ziegeln.
Die Nationalgarde steht an seiner Tür ...

Ich arbeite nicht mehr für Maggies Mutter ...
Sie spricht zu allen Bediensteten
über den Menschen und Gott und das Gesetz.
Jeder sagt,
sie ist das Gehirn hinter Vater.
Sie ist sechsundachtzig, aber sie sagt, sie sei vierundfünfzig.

Ich arbeite nicht mehr auf Maggies Farm ...
Ich versuche mein Bestes zu geben,
um nur so zu sein, wie ich bin.
Aber jeder will,
dass du genauso wie sie bist.
Sie singen, während du schuftest, und es langweilt mich jetzt einfach ...

Bob Dylan, 1965. Text & Musik: Bob Dylan (Columbia)

Wenn der Song das Ausbuhen nicht für die E-Gitarre verdient hat, dann aber gewiss für den Text. Abgesehen davon, dass er mit seiner Kinderliedstruktur (Maggie, Bruder, Vater, Mutter, die ganze Bande) unter den lyrischen Möglichkeiten seines Komponisten blieb, verkehrte er sich durch seine hemmungslosen Übertreibungen in sein lächerliches Gegenteil. Ein Boss, der seinem Angestellten im 20. Jahrhundert die Zigarre im Gesicht ausdrückt? Subtil ist anders. Und realistisch auch. Springsteen hat gezeigt, wie man das wirkliche Elend der Fabrikarbeit in poetische Worte fassen kann. Dylans Song merkt man an jedem Vers an, dass der Kaufmannssohn Robert Allen Zimmerman in seinem Leben noch keine echte Fabrik von innen gesehen hatte. Wenn Dylan singt »Ich habe einen Kopf voller Ideen, sie treiben mich in den Wahnsinn«, dann sind das nicht die Nöte des Proletariers, sondern des immer noch pubertierenden Intellektuellen. Und jeder Arbeiter muss es als Schlag ins Gesicht empfinden, wenn Dylan am Schluss singt, dass ihn, den Intellektuellen, das Los der Arbeiterklasse »einfach langweilt«.

Bob Dylan war nicht der einzige Protestsänger, dessen Versuche, sich bei der Arbeiterklasse anzubiedern, scheiterten. Wenn die Professorentochter Joan Baez, die auf jeden Protestzug aufsprang (Bürgerrechte, Anti-Vietnam, Anti-Wehrdienst, Abschaffung der Todesstrafe, Iran, LGBT, Anti-Irak-Krieg, Umweltschutz, Occupy Wall Street, Tree-Sit-In, Arbeiterbewegung ...), das Gewerkschaftslied »Joe Hill« mit hohem Sopran und viel Vibrato in der Stimme vortrug, klang das anders als aus der rauen Kehle eines empörten Arbeiterführers. Kein Wunder, dass die 68er-Protestbewegung bei der wirklichen Arbeiterklasse nie ankommen konnte.

Im gleichen Jahr, als Bob Dylan »Maggie's Farm« mit der E-Gitarre begleitete, nahm das Folk-Rock-Duo Simon and Garfunkel »Richard Cory« auf. Richard Cory war eine Figur aus einem gleichnamigen Gedicht, das der amerikanische Poet Edwin Arlington Robinson im Jahr 1897 geschrieben hatte, als die Wirtschaft der USA immer noch unter den Nachwirkungen der Börsenpanik des Jahres 1893 litt. Das Gedicht beschreibt einen angesehenen, schwerreichen Geschäftsmann, der aufgrund seiner tadellosen Manieren, aber auch aufgrund seiner Menschlichkeit und seines angenehmen Wesens große Bewunderung auf sich zieht. Die einfachen Menschen, die unter der Wirtschaftskrise litten und mit ihrer Arbeit nicht genug verdienten, um sich Fleisch leisten zu können, wollten sein wie er. Aber ihr großes Vorbild jagt sich trotz allem in einer ruhigen Sommernacht eine Kugel in den Kopf. Simon and Garfunkel griffen das Motiv auf, das sie musikalisch mit einem Bluesrock unterlegten, verliehen ihm aber deutlich mehr politische Schärfe.

Richard Cory

They say that Richard Cory
Owns one-half of this here town
With political connections
To spread his wealth around
Born into society, a bankers only child
He had everything a man could want
Power, grace and style

But, I work in his factory
And I curse the life I'm livin'
And I curse my poverty
And I wish that I could be ... Richard Cory

Paper's print his pictures
Almost everywhere he go
Richard Cory at the opera
Richard Cory at the show
And the rumours of his a-parties
And orgies on his yacht
Heart and soul he must be happy
With everything that he has got ...

He freely gave to charity
And had that common touch
They were grateful for his patronage
And thanked him very much
So my mind was filled with wonder
When the evenin' headlines read
That »Richard Cory went home last night
And put a bullet through his head«

But I, I, I, work in his factory
And I, I don't dig the life I'm livin'
And I don't dig my poverty
And I wish that I could be ... Richard Cory ...

Richard Cory

Man sagt, dass Richard Cory
die halbe Stadt gehört.
Mit politischen Verbindungen,
um seinen Reichtum breit zu streuen.
In die Gesellschaft reingeboren, das einzige
Kind eines Bankiers,
hatte er alles, was ein Mann wünschen
konnte:
Macht, Güte und Stil.

Aber ich arbeite in seiner Fabrik
und ich verfluche das Leben, das ich führe,
und ich verfluche meine Armut,
und ich wünsche, dass ich wäre wie Richard
Cory.

Die Zeitung druckt sein Bild
fast überall, wohin er geht:
Richard Cory in der Oper,
Richard Cory in der Show.
Und was man so von seinen Partys hört
und von den Orgien auf seiner Yacht:
Herz und Seele, er muss glücklich sein
mit allem, was er hat ...

Er spendete großzügig für wohltätigte
Zwecke
und konnte gut mit den einfachen Leuten
umgehen.
Sie waren dankbar für seine Fürsorge
und dankten ihm sehr.
So wunderte ich mich sehr,
als die Schlagzeilen am Abend lauteten,
dass »Richard Cory letzte Nacht nach Hause
ging
und sich eine Kugel durch den Kopf schoss«.

Ich, aber ich, ich arbeite in seiner Fabrik
und ich kapiere nicht, warum ich lebe, wie
ich lebe,
und ich kapiere nicht, warum ich arm bin,
und ich wünschte, ich könnte sein wie ...
Richard Cory ...

Simon and Garfunkel, 1965. Text & Musik: Paul Simon (Columbia)

Sie erzählen den Song aus der Perspektive eines Arbeiters, der in Corys eigener Fabrik schuftet, so dass die Armut des Arbeiters und der Reichtum Corys in eine unmittelbare Beziehung gesetzt werden, die Ausbeutung heißt. Gegenüber dem Gedicht, das einen Philanthropen beschreibt, ist Paul Simons Richard Cory deutlich zwiespältiger. Seine Verdienste werden relativiert. Er ist bereits in eine reiche Familie hineingeboren worden und dann noch als einziger Erbe. Seinen wirtschaftlichen Erfolg verdankt er auch seinen Verbindungen zu Politikern, die er dank seines Vermögens zu schmieren versteht. Er ist ein Mann der Gesellschaft, aber die Orgien auf seiner Yacht haben etwas Zwielichtiges. Dass er ganz uneigennützig für wohltätige Zwecke spendet, nimmt man ihm auch nicht ab.

Der Arbeiter entwickelt jedoch keine reformerischen oder gar revolutionären Gedanken, das System der Ausbeutung abzuschaffen oder zumindest so umzugestalten, dass die Arbeiter mehr bekommen, sondern er ist einfach neidisch. Er möchte an Corys Platz – mit der logischen Konsequenz, dass er dann der Kapitalist sein wird, der seine ehemaligen Kollegen ausbeutet. Wie pervers der Neid ist, zeigt sich im letzten Refrain: Der Tycoon schießt sich eine Kugel durch den Kopf – wir wissen nicht, warum, aber wir können Spekulationen anstellen. Sind plötzlich seine Aktien an der Börse abgestürzt? Steht er vor der Insolvenz? Droht ihm eine Verhaftung wegen Wirtschaftskriminalität? Ist ihm seine Frau weggelaufen? Der Arbeiter weiß es auch nicht, aber sein Neid macht ihn so blind, dass er immer noch an Corys Stelle stehen möchte. Hauptsache reich sein, auch wenn der Reichtum in den Selbstmord führt.

Mit »Richard Cory« lagen Simon and Garfunkel deutlich näher an der Denkwelt der Arbeiter als Bob Dylan oder Joan Baez, die sich intellektuelle Illusionen über die politische Mobilisierbarkeit der Arbeiterklasse machten. Aber machten Simon and Garfunkel die Arbeiter, denen sie plumpen Sozialneid unterstellten, nicht verächtlich? Sicherlich, aber Herbert Marcuse hatte mit seinem »Eindimensionalen Menschen« ja eine Erklärung dafür geliefert: Durch den Konsumfetischismus würden die Persönlichkeiten der arbeitenden Bevölkerung derart deformiert, dass sie ihre wahren Bedürfnisse nicht mehr erkennen, blind für die Ausbeutungsmechanismen sind und nichts anderes anstreben, als ihren eigenen Konsum egoistisch zu maximieren.

Die Rockmusik war ein Produkt der »bürgerlichen Antibürgerlichkeit«. Auch wenn zahlreiche Rockmusiker die kapitalistische Ausbeutung anprangerten und sich die Marx'sche Theorie der Betäubung der Arbeiterklasse durch Konsum und Massenmedien, die von Herbert Marcuse weiterentwickelt wurde, zu eigen machten, blieb das Verhältnis der überwiegend in bürgerlich-akademischen Milieus beheimateten Rockmusiker zur Arbeiterklasse ambivalent. Dass die Anbiederung einiger Protestsänger und -sängerinnen bei der Arbeiterklasse scheiterte, bestätigt nur das Bild, dass die überwiegende Mehrzahl der Rockmusiker mit der entfremdeten Arbeiterschicht fremdelte. Erst in den 1970er Jahren kam es zu (partiellen) Proletarisierungen der Rockmusik.

5.5. In the Ghetto

Elvis Presley war enorm wichtig für die Entwicklung der Rockmusik. Seine Art, sich auf der Bühne zu bewegen und zu singen, war Mitte der 50er Jahre für einen weißen Musiker revolutionär. Dass ein Weißer die Art, wie Schwarze sangen und tanzten, kopierte, war im damaligen Klima der Rassentrennung ungeheuerlich und machte den Sänger zu einem Pionier der Gleichberechtigung. Nach einem Auftritt in der Kleinstadt La Crosse, Wisconsin, erhielt der FBI-Chef J. Edgar Hoover einen Brandbrief, der Presley als eine »echte Gefahr für die Sicherheit der Vereinigten Staaten« bezeichnete, weil seine Bewegungen sexuelle Lüste von Teenagern erregen könnten. Es gebe klare Anzeichen für den Schaden, den Presley anrichten könne: Zwei Schülerinnen hätten nach dem Konzert, als tausend Teenager versucht hatten, Presleys Garderobe zu stürmen, sein Autogramm auf dem Bauch und auf der Hüfte gehabt.[296] Kontroversen zog auch der Film »Jailhouse Rock« (mit dem gleichnamigen Song) auf sich, in dem ein Strafgefangener (von Elvis gespielt) der Held war – noch ein Verstoß gegen die bürgerliche Ordnung.

In seinen späteren Jahren, als er aufgedunsen von jahrelangem Medikamentenmissbrauch im weißen Glitzeranzug in Las Vegas auf der Bühne stand, symbolisierte er dann eher die Degeneration des kommerzialisierten Rock and Roll. Aber 1969, als Presley sein Comeback startete, nahm er ein politisches Lied auf, das ein großer Erfolg werden sollte: »In The Ghetto«. Mit *Getto* – ohne *h*! – (›gießen‹) wurde ursprünglich eine Insel in Venedig bezeichnet, auf der eine Gießerei stand. Als diese Insel zur Wohnstätte der Juden wurde, sprachen die überwiegend deutsch- beziehungsweise jiddischsprachigen Bewohner den Namen der Insel mit einem g-Laut aus, so dass irgendwann die Venezianer durch das Einschieben eines *h* nach dem *G* die Schreibweise an die üblich gewordene (eigentlich falsche) Aussprache anpassten. Das Wort *Ghetto* wurde zur internationalen Bezeichnung für die jüdischen Wohnviertel, die in verschiedenen Städten eingerichtet wurden, die meist eingefriedet und bewacht wurden und die häufig Zwangsquartiere darstellten (z. B. Warschauer Ghetto). Das Wort *Ghetto* entwickelte sich, insbesondere auch in den USA, zu einem allgemeinen Begriff einer scharfen sozialräumlichen Segregation (wie der stadtsoziologische Fachbegriff heißt) einer beliebigen Bevölkerungsgruppe, die negative Bedeutungskonnotationen enthält, weil das Wort *Ghetto* auch für (erzwungene) Ausgrenzung, Stigmatisierung, Diskriminierung, problematische Lebensverhältnisse und Chancenlosigkeit steht. Als *Ghettos* bezeichnet man auch die segregierten Wohngebiete der Armen, der Farbigen und verschiedener Immigrantengruppen.[297]

---

296 Thomas Fensch: The FBI Files on Elvis Presley. Quezon City: New Century Books 2001, S. 14ff.

297 David Ward: The Ethnic Ghetto in the United States: Past and Present. Transactions of the Institute of British Geographers. Neue Serie, Bd. 7 (1982), Nr. 3, S. 257–275.

Eine der ersten stadtsoziologischen Beschreibungen sozialräumlicher Segregation findet sich in der Analyse der Industriestadt Manchester von Friedrich Engels aus dem Jahr 1845. Darin wird ein Muster von Ringen und Sektoren beschrieben, wonach sich die verschiedenen sozialen Schichten über das Stadtgebiet verteilen. Das Proletariat muss mit den dichtbebauten und immissionsbehafteten innenstadtnahen Altbauquartieren sowie den von Industrieabgasen belasteten Sektoren Vorlieb nehmen.[298] Die Stadtsoziologen der Chicagoer Schule haben Anfang des 20. Jahrhunderts ebenfalls ring- und sektorenförmige Segregationsmuster für US-amerikanische Städte ausgemacht.[299]

Die sozial schwachen und ausgegrenzten Bevölkerungsgruppen segregierten sich vom Beginn der Industrialisierung bis in die 1970er Jahre hinein vor allem in der sogenannten »Übergangszone«, das heißt den stark mit Gewerbe durchsetzten Altbaugebieten, die unmittelbar an die City angrenzten, und als potentielle Cityerweiterungs- und Spekulationsgebiete Desinvestition und Verfall preisgegeben waren. In diesen Gebieten konzentrierten sich auch Prostitution und Kriminalität. Es entwickelten sich Parallelgesellschaften, deren Bewohner sich durch Slang, Habitus und Verhaltensformen, darunter auch einen hohen Hang zur Gewaltbereitschaft, von der Mehrheitsgesellschaft unterschieden.[300]

Kinder, die in ein solches Ghetto hineingeboren wurden, wuchsen in Streetgangs auf, wo sie Gewalt als Mittel der sozialen Anerkennung und Durchsetzung kennenlernten. Sie gingen in Schulen, die ihnen aufgrund der Konzentration von Kindern aus bildungsfernen Schichten weder Motivation noch Qualifikation für einen sozialen Aufstieg zu vermitteln vermochten. Sie hatten keine Perspektive auf einen qualifizierten Arbeitsplatz, sondern lernten vielfach, dass Mafiabanden, Kriminalität und Drogenhandel im Ghetto die einzigen realistischen Chancen boten, so etwas wie Karriere zu machen. Das war eine soziologische Diagnose und Lebenserfahrung in US-amerikanischen Städten – was nicht heißt, dass nicht auch europäische Städte sozialräumliche Segregationen aufwiesen und ihre eigenen Ghettos hatten (die zumeist allerdings nicht ganz so großflächige Dimensionen aufwiesen). Und zu dieser Diagnose gab es dann auch ein Lied.

298 Friedrich Engels: Die Lage der arbeitenden Klasse in England (1845).

299 Ernest W. Burgess: The Growth of the City: An Introduction to a Research Project Park. In: Robert E. Park, Ernest W. Burgess, Roderick D. McKenzie: The City. Chicago: University of Chicago Press. S. 47–62; Homer Hoyt: The Structure and Growth of Residential Areas in American Cities. Washington DC: Federal Housing Administration 1939.

300 Harvey Warren Zorbaugh: The Gold Coast and the Slum: A Sociological Study of Chicago's Near North Side. Chicago: University of Chicago Press 1929. William Foote Whyte: Street Corner Society. The Social Structure of an Italian Slum., Chicago: The University of Chicago Press 1943. Herbert J. Gans: Urban Villagers: Group and Class in the Life of Italian-Americans. New York: Free Press 1962.

In the Ghetto

As the snow flies
On a cold and gray Chicago mornin'
A poor little baby child is born
In the ghetto

And his mama cries
'Cause if there's one thing that she don't need
It's another hungry mouth to feed
In the ghetto

People, don't you understand
The child needs a helping hand
Or he'll grow to be an angry young man some day
Take a look at you and me,
Are we too blind to see?
Do we simply turn our heads and look the other way?

Well, the world turns
And a hungry little boy with a runny nose
Plays in the street as the cold wind blows
In the ghetto

And his hunger burns
So he starts to roam the streets at night
And he learns how to steal, and he learns how to fight
In the ghetto

Then one night in desperation
The young man breaks away
He buys a gun,
Steals a car,
Tries to run,
But he don't get far
And his mama cries

As a crowd gathers 'round an angry young man
Face down on the street with a gun in his hand
In the ghetto

Im Ghetto

Während der Schnee treibt
An einem kalten und grauen Morgen in Chicago
Wird ein armes kleines Baby geboren
Im Ghetto.

Und seine Mama weint,
Weil da ein weiteres Ding ist, was sie nicht braucht.
Es ist ein weiterer hungriger Mund, den sie zu füttern hat,
Im Ghetto.

Leute, versteht ihr nicht?
Das Kind braucht eine helfende Hand
Oder es wird eines Tages zu einem zornigen jungen Mann heranwachsen.
Schau mich und dich an,
Sind wir zu blind, um es zu sehen?
Drehen wir uns einfach weg und schauen in die andere Richtung?

Gut, die Welt dreht sich
Und ein hungriger kleiner Junge mit triefender Nase
Spielt in der Stadt, während der Wind kalt weht
Im Ghetto.

Und sein Hunger brennt.
So beginnt er, nachts die Straßen unsicher zu machen,
Und er lernt zu stehlen und er lernt zu kämpfen
Im Ghetto.

Dann, eines nachts in Verzweiflung
Dreht der junge Mann durch.
Er kauft eine Knarre,
Stiehlt ein Auto,
Versucht zu fliehen,
Aber er kommt nicht weit,
Und seine Mama weint,

Während eine Menschenmenge sich um einen zornigen jungen Mann schart,
Der mit dem Gesicht nach unten und einer Knarre in der Hand auf der Straße liegt
Im Ghetto.

And as her young man dies, On a cold and gray Chicago mornin', Another little baby child is born In the ghetto	Und als ihr junger Mann stirbt An einem kalten und grauen Morgen in Chicago, wird ein anderes kleines Baby geboren Im Ghetto,
And his mama cries	Und seine Mama weint.

Elvis Presley, 1969. Text & Musik: Mac Davis (RCA Victor)

Der ursprüngliche Titel des Songs, den der Countrysänger Mac Davis für Presley geschrieben hatte, lautete »The Vicious Circle« – »Der Teufelskreis«. Tatsächlich beschreibt das Lied einen Kreislauf, musikalisch wie inhaltlich. Der musikalische Kreis besteht einerseits aus dem wiederkehrenden Vers »in the ghetto« am Ende jeder Strophe, der dann noch ein Echo durch den Chor findet, andererseits aus »and his mama cries« am Anfang und am Ende des Liedes. Inhaltlich beschreibt das Lied den schicksalhaften Teufelskreis, in dem das Ghetto seine Bewohner hält, wenn ein vaterloses Baby in eine Welt ohne Chancen geboren wird, als zorniger junger Mann im Kugelhagel ums Leben kommt und seinen soeben geborenen Sohn das gleiche Schicksal erwartet. Es ist einerseits eine poetische Verarbeitung einer sozialkritischen Analyse, andererseits enthält das Lied aber auch einen direkten Appell an die Hörer, die Dynamik von Armut und Gewalt zu verstehen und helfend einzugreifen. Das Kind einer überforderten alleinerziehenden Mutter braucht eine helfende Hand, damit es im Ghetto nicht zwangsläufig auf die schiefe Bahn gerät.

Presleys Stimme entfaltet zu dem Text eine geniale Wirkung. Einerseits ist sie voller Einfühlungsvermögen und Wärme für die überforderte Mutter und den zornigen jungen Mann. Allein durch das Timbre werden die Menschen entschuldigt, wird ihr Versagen auf die Umstände zurückgeführt, unter denen sie leben mussten. Der Komponist Mac Davis war selbst in einem Ghetto in Lubbock, Texas aufgewachsen. Und dort gab es für den zornigen jungen Mann, den er in dem Lied porträtiert, ein reales Vorbild.

Ghettos oder, in etwas neutralerer Sprache »sozialräumliche Segregationen«, waren ein typisches Phänomen der amerikanischen Städte, wobei der Black Belt auf der Südseite von Chicago zweifellos einen besonders schlechten Ruf genoss und auch in zahlreichen anderen Liedern thematisiert wurde, beispielsweise in »Bad, Bad Leroy Brown« von Jim Croce, worin es heißt: »der Süden von Chicago/ist der mieseste Teil der Stadt«.

So war denn auch in Chicago an der dortigen Universität die moderne Stadtforschung entstanden, die nicht nur Modelle entwickelte, wie Städte sich in Ringe und Sektoren aufspalteten, die sich nach Einkommen, ethnischer Zugehörigkeit und Hautfarbe ihrer Bewohner differenzierten, sondern die auch ihren Fokus auf die besonders problematischen Gebiete richtete, die Slums, Ghettos und Red-Light-Districts. Segregationen entstehen hauptsächlich durch Diskriminierung an den Wohnungsmärkten. Sozial ausgegrenzten Bevölkerungsgruppen stehen nur bestimmte Quartiere offen, in denen sie eine Wohnung finden können. So entwickeln sich dort nicht nur besonders viele soziale Probleme, sondern auch Milieus der Hoffnungslosigkeit und der Kriminalität, die den ansonsten chancenlosen Jugendlichen als einzige Möglichkeit erscheint, so etwas wie Erfolg im Leben zu haben.

Alleinerziehende Mütter waren in den USA besonders überfordert, ihren Kindern einen guten Start ins Leben zu ermöglichen. Kriminologen führen sogar den Rückgang der Kriminalitätsraten in den USA ab Beginn der 1990er Jahre auf die Legalisierung der Abtreibung im Jahr 1973 zurück, also exakt achtzehn Jahre zuvor, wodurch die Zahl der vaterlosen Kinder dramatisch zurückging.[301] Helfende Hände, also die frühe Förderung von Kindern aus benachteiligten sozialen Verhältnissen, haben ebenfalls ihre heilsame Wirkung entfaltet. Ob Presleys Lied von 1969 dazu beigetragen hat?

Nahezu zeitgleich nahm sich auch Joan Baez des Themas an, auf ihrem Album »One Day at a Time« – das im Übrigen auch das in Woodstock gesungene Arbeiterlied »Joe Hill« enthielt.

Ghetto	**Ghetto**
If you ever lived in a ghetto And maybe at the close of your day On your front porch you hear the sound of a jukebox From the neighborhood cafe	Wenn du jemals in einem Ghetto gelebt hast, Vielleicht am Ende deiner Tage, Hörst du auf deiner Veranda die Klänge einer Musikbox Aus dem Café nebenan.
Well in the noon you may hear the neighbors fussing When a kid breaks a window pane In the night, in the night you may be wakened By the outbound train	Am Mittag hörst du vielleicht das Theater, das die Nachbarn machen, Wenn ein Kind die Fensterscheibe zerbrochen hat. In der Nacht wirst du vielleicht geweckt Von dem Zug, der aus der Stadt fährt.
Well the rich folks they own the big city And they down us who living the way we do But when you're born a child of a poor man You know the ghetto is the only place for you	Den Reichen gehört die große Stadt Und sie erniedrigen uns wegen der Art, wie wir leben. Aber wenn du als Kind eines Armen geboren wirst, Weißt du, dass das Ghetto der einzige Ort für dich ist.
Well if there's such a thing as revolution And there will be if we rise to the call When we build ... the new Jerusalem There won't be no more ghetto, ghetto at all ...	Wenn es etwas gibt wie Revolution, Und es gibt sie, wenn wir dem Ruf folgen, Wenn wir das himmlische Jerusalem erbauen, Dann wird es kein Ghetto mehr geben, überhaupt nicht mehr.

Joan Baez, 1970. Text & Musik: Homer Banks, Bonnie Bramlett, Bettye Crutcher (Vanguard)

301 John J. Donohue III, Steven D. Levitt: The Impact of Legalized Abortion on Crime. Quarterly Journal of Economics, 2001, Bd. 116, Nr. 2, S. 379–420.

Der Milieubeschreibung von Baez fehlt es sowohl an der analytischen Tiefe, die der Presley-Song aufwies, als auch an der Schärfe in der Problemschilderung, wenn anscheinend diverse Lärmbelästigungen das Hauptproblem darstellen. Das Lied ergeht sich auch in simplem Klassenkampf: Die »Reichen« sind eben für das Elend verantwortlich. Aber der Vers »sie erniedrigen uns wegen der Art, wie wir leben« stellt eine lyrische Formulierung der Analysen des Soziologen Norbert Elias dar. Er hatte festgestellt, dass sich die oberen sozialen Schichten nach unten abgrenzen, indem sie auf den geringeren Grad der Verhaltensregulierung (»die feinen Unterschiede«, wie es Pierre Bourdieu im Anschluss an Elias formulierte) herabsehen oder, um es anders auszudrücken, auf den höheren Grad von Affekthaftigkeit und Triebhaftigkeit. Die Lösung, die der Song anbietet, ist dann auch wieder Baez-typisch: die Revolution, die das »himmlische Jerusalem« errichtet. Erstaunlich, dass eine linke, marxistisch inspirierte Gesellschaftskritik exakt die gleichen eschatologischen Heilsvorstellungen aufgreift wie die von ihnen so sehr verachteten Religiösen.

Armutsquartiere gab es nicht nur in nordamerikanischen Städten. »The Days of Pearly Spencer« des nordirischen Liedermachers David McWilliams beschreibt ein doppeltes Elend: das Elend eines heruntergekommenen Viertels in der nordirischen Kleinstadt Ballymena und das Elend eines wohnungslosen Mannes, der sein Leben durch billigen Alkohol ruiniert hat. Das Adjektiv *pearly* bezeichnet eigentlich Perlenglanz und spielt wohl auf den hellen Teint an, den der Penner als junger Mann hatte, bevor er abgestürzt ist.

The Days of Pearly Spencer	**Das Leben von Pearly Spencer**
A tenement, a dirty street Walked and worn by shoeless feet Inside it's long and so complete Watched by shivering sun Old eyes in a small child's face Watching as the shadows race Through walls and cracks and leave no trace And daylight's brightness shuns	Eine Mietskaserne, eine dreckige Straße, Ausgetreten von bloßen Füßen. Sie ist langgezogen und so abgeschottet. Unter den Augen einer zitternden Sonne Beobachten alte Augen im Gesicht eines Kleinkinds, wie die Schatten rasen Durch Mauern und Risse und keine Spur hinterlassen Und die Helligkeit des Tageslichts scheuen.
The days of Pearly Spencer The race is almost run	Das Leben von Pearly Spencer, Das Rennen ist beinahe gelaufen.
Nose pressed hard on frosted glass Gazing as the swollen mass On concrete fields where grows no grass Stumbles blindly on Iron trees smother the air But withering they stand and stare Through eyes that neither know nor care Where the grass is gone ...	Die Nase fest gepresst an Milchglas Starrt, wie die geschwollene Masse Auf Betonfeldern, wo kein Gras wächst, blind vorwärts stolpert. Eisenbäume ersticken die Luft, Verdorrend stehen sie und starren Durch Augen, die weder wissen noch sich scheren, Wo das Gras verschwunden ist ...

Pearly where's your milk white skin? What that stubble on your chin? Buried in the rotgut gin You played and lost not won You played a house that can't be beat Now look your head's bowed in defeat You walked too far along the street Where only rats can run ...	Pearly, was ist aus deinem hellen Teint geworden? Was sind das für Stoppeln auf deinem Kinn? Du bist begraben in schwarzgebranntem Gin. Du hast gespielt und verloren, nicht gewonnen. Du hast ein unschlagbares Blatt gehabt. Jetzt, schau, wie dein Kopf in der Niederlage herunterhängt. Du bist die Straße zu weit gegangen, Wo nur noch Ratten laufen können ...

David McWilliams, 1967. Text & Musik: David McWilliams (Major Minor)

Der sehr poetische Text beschreibt die düstere Atmosphäre eines verarmten Stadtteils, in dem die barfüßigen Kinder frühzeitig altern. Die gealterten Kinderaugen sehen einen heruntergekommenen Pearly Spencer, der wohl, wie sein Spitzname andeutet, einst ein fescher junger Mann gewesen war, der es aber verpasst hat, sich eine bürgerliche Existenz aufzubauen und stattdessen dem Suff verfiel.

Der musikalische Rahmen besteht aus dem, was man als *Barock-Rock* bezeichnet. Mike Leander, der schon »She's Leaving Home« von den Beatles und Marianne Faithfulls »As Tears Go By« arrangiert hatte, ließ ein Streichorchester zu dem traurigen Gesang spielen, während ein Schlagzeug klarmacht, dass es sich um einen Rocksong handelt. Den dramatischen Refrain hat McWilliams in einer Telefonzelle in der Nähe des Aufnahmestudios gesungen, um ihn wie ein Megafon klingen zu lassen, das ein Ansager auf der Rennbahn benutzt. Damit kontrastiert die lakonische Härte des Refrains, der den baldigen Tod des Pearly Spencer ankündigt, mit der poetischen Ästhetik des Gesangs, der sich überreichlich an Metaphern, Allegorien und Symboliken bedient, aber letztlich auch ein vernichtendes Urteil über den Protagonisten fällt, der seine Chance nicht genutzt hat – auch eine Allegorie der vielen Rockmusiker, die ebenfalls mit guten Karten in ihre Spiele gestartet, aber dann dem Alkohol oder Drogen verfallen waren.

Die meisten Bluesmusiker kamen selbst aus bitterster Armut, bevor einigen wenigen der Durchbruch gelang und ihnen Chess Records einen Cadillac spendierte. Elvis Presley war Sohn eines Lastwagenfahrers und hatte selbst als ungelernter Arbeiter angefangen, bevor er mit Musik seinen Lebensunterhalt bestreiten konnte. Diese authentischen Lebenserfahrungen übertrugen sich in die Rockmusik, die nicht mehr die Arbeiterklasse mit Heile-Welt-Schnulzen betäuben, sondern den Finger in die Wunden der sozialen Pathologien legen wollte. Und dann begann auf einmal die hoch kommerzialisierte Popmusik, die Erfolgsrezepte der Rockmusik zu kopieren. Warum sollte nicht auch ein Popsong vom Leben im Ghetto handeln? Gesagt, getan. Im Jahr 1977 erschien unter dem Bandnamen Boney M. ein Discosong, der von einer Verbrecherin aus St. Paul handelte: Ma Baker. Schauen wir uns den Text an.

Ma Baker

Freeze! I'm Ma Baker – put your hands in the air, gimme all your money

This is the story of Ma Baker, the meanest cat
from ol' Chicago town

She was the meanest cat
In old Chicago town ...
She really mowed them down
She had no heart at all ...

She was the meanest cat
Oh she was really tough
She left her husband flat
He wasn't tough enough
She took her boys along
'cos they were mean and strong

Ma Baker – she taught her four sons
Ma Baker – to handle their guns
Ma Baker – she never could cry
Ma Baker – but she knew how to die

They left a trail of crime
Across the U.S.A.
And when one boy was killed
She really made them pay
She had no heart at all

She met a man she liked
she thought she'd stay with him
one day he formed with them
they did away with him
she didn't care at all ...

Here is a special bulletin.
Ma Baker is the FBI's most wanted woman.
Her photo is hanging on every post office wall.
If you have any information about this woman,
please contact the nearest police station.

Don't anybody move! The money or your lives!

Mutter Baker

Keine Bewegung: Ich bin Ma Baker, hände hoch, gibt mir dein Geld!

Dies ist die Geschichte von Ma Baker, der
übelsten Type aus dem guten alten Chicago.

Sie war die übelste Type
Im guten alten Chicago ...
Sie mähte sie nieder.
Sie hatte überhaupt kein Herz ...

Sie war die übelste Type.
Ja, sie war wirklich hart.
Sie legte ihren Mann um.
Er war nicht hart genug.
Sie nahm ihre Jungs mit,
Weil sie gemein und stark waren.

Ma Baker – sie lehrte ihre vier Söhne,
Ma Baker – mit ihren Knarren umzugehen,
Ma Baker – sie konnte niemals weinen,
Ma Baker – aber sie wusste, wie man stirbt.

Sie hinterließen eine Spur des Verbrechens
Quer durch die USA.
Und wenn ein Junge umgebracht wurde,
Ließ sie sie dafür bezahlen.
Sie hatte überhaupt kein Herz.

Sie traf einen Mann, den sie mochte.
Sie dachte, sie bleibt bei ihm.
Eines Tages schloss er sich ihnen an.
Sie machten kurzen Prozess mit ihm.
Es war ihr ganz egal ...

Dies ist ein spezieller Fahndungsaufruf.
Ma Baker ist die meistgesuchte Frau des FBI. Ihr Foto hängt in jedem Postamt.
Wenn Sie Informationen über diese Frau haben,
Wenden Sie sich an die nächstgelegene Polizeiwache.

Keiner bewegt sich! Geld oder Leben!

One day they robbed a bank it was their last foray the cops appeared too soon they couldn't get away and all the loot they had it made them mighty mad and so they shot it out Ma Baker and her sons they didn't want to hang they died with blazing guns and so the story ends of one who left no friends ...	Eines Tages raubten sie eine Bank aus. Es war ihr letztes Ding. Die Bullen kamen zu früh. Sie konnten nicht mehr abhauen. Die ganze Beute, die sie hatten, Machte sie ganz schön rasend, Und so ließen sie die Knarren entscheiden. Ma Baker und ihre Söhne Wollten nicht hängen. Sie starben mit feuernden Knarren, Und so endet die Geschichte Von einer, die keine Freunde hinterließ ...

Boney M., 1977. Musik: tunesisches Volkslied sowie für diese Version Frank Farian, George Reyam, Fred Jay, Text: Frank Farian, George Reyam, Fred Jay (Hansa)

Der Text wirkt auf den ersten Blick durchaus komplex. Es gibt gesprochene Passagen, die unterschiedlichen Figuren zugeordnet werden (Ma Baker, Erzähler, Polizeisprecher), es gibt fünf unterschiedliche Strophen und einen vierversigen Refrain. Das sieht für einen Popsong erst einmal nicht schlecht aus. Aber wovon handelt das Lied, das einen fröhlich-tanzbaren Disco-Rhythmus aufweist? Von einer Schwerverbrecherin, die skrupellos mordet. Da wird nichts glorifiziert, auch nichts durch soziale Umstände erklärt. Knochenhart heißt es, die Kriminelle habe kein Herz und keine Freunde. Was soll so ein Song, mag man sich fragen. Einige Rocksongs, insbesondere Elvis Presleys »In the Ghetto«, beklagen die sozialen Milieus, die dazu führen, dass junge Leute, die am falschen Ort geboren werden, auf die schiefe Bahn geraten. Und sie klagen die sozialen Verhältnisse an, die dafür ursächlich sind. Aber »Ma Baker«? Ein harter, ja geradezu brutaler Text ohne jeglichen analytischen Gehalt.

Die Suche nach einer Antwort fällt leichter, wenn wir uns vergegenwärtigen, dass praktisch alles an dem Song *Fake* ist, wenn wir einmal dieses moderne Wort benutzen wollen. Das fängt mit dem Titel an. Die Kriminelle, von der der Text handelt, wurde *Ma Barker* genannt, woraus man aber *Ma Baker* machte, weil das beim Singen besser klang und das englische Wort *baker* in den 70er Jahren dem deutschsprachigen Publikum, auf das die Produktion primär abzielte, vertrauter war.

Kate (Ma) Barker hatte es wirklich gegeben. Sie war 1873 geboren worden und wurde am 16. Januar 1935 von FBI-Beamten erschossen, als sie sich mit einem ihrer Söhne in einem Ferienhaus in Florida aufhielt. Tatsächlich gehörten ihre Söhne der Barker-Karpis-Gang an, die zwischen 1931 und 1935 vor allem in St. Paul Raubüberfälle, Entführungen und Morde beging. Allerdings gibt es keinerlei Beweise dafür, dass die Mutter jemals an einer Straftat beteiligt war. Zwar mietete die alte Dame (mitunter unter falschem Namen) Wohnungen an, besorgte den Haushalt und bot der Bande auch eine gewisse Deckung. Der Boss der Bande war jedoch Alvin Karpis, der über Ma Barker sagte, dass sie nur ein altmodisches, einfach gestricktes, hinterwäldlerisches und abergläubisches Hausmütterchen gewesen war, das nicht in der Lage gewesen sei, ein Frühstück zu planen, geschweige denn ein Verbrechen. Sie sei selbst keine Kriminelle gewesen und schon gar nicht die Anführerin einer Bande. Ihre einzige Funktion sei es gewesen, ihre Söhne auf deren Reisen zu begleiten. Was hätte unschuldiger gewirkt?[302]

Der erste Fake war also, dass Ma Baker in Wirklichkeit Ma Barker hieß. Der zweite Fake, dass sie selbst keine Kriminelle war, sondern dass ihre Söhne die Verbrecher waren. Der dritte Fake ist das Musikvideo, das eine laszive Afroamerikanerin zeigt, die eher wie eine Prostituierte wirkt als wie ein übergewichtiges 62-jähriges Hausmütterchen. Der vierte Fake ist die Band. Eigentlich war Boney M. keine Band, sondern bestand nur aus Frank Farian (ebenfalls eine Art Fake, der Mann hieß nämlich Franz Reuther). Der deutsche Schlagersänger hatte im Dezember 1974 einen englischsprachigen Popsong produziert, den er im Wechsel von Brummbass und Fistelstimme eingesungen hatte, beides im Studio manipuliert, so dass es wie ein Bariton mit Chorbegleitung klang. Unter seinem eigenen Namen konnte er die Platte natürlich nicht veröffentlichen, also erfand er den Kunstnamen Boney M., der vorspiegelte, dass eine Band die Platte aufgenommen hatte.[303]

Für Plattencover und »Live«-Auftritte brauchte Farian Schauspieler/innen, die in rascher Folge wechselten, weil sie ohnehin keine musikalische Rolle übernahmen – die Auftritte liefen stets im Full-Playback. Ein Auftritt mit »Ma Baker« (z. B. beim Sopot International Song Festival 1979) sah dann so aus: Ein karibischer Tänzer hampelte mit silberglänzender, extrem ausgestellter Reiterhose und nacktem, großzügig behaartem Oberkörper über die Bühne, während er vor einem Mikrofon Lippenbewegungen zu Frank Farians Bassgesang machte und sechs Schauspielerinnen in fantasievollen Kostümen so taten, als würden sie den Chorgesang übernehmen. Dazu hämmerte jemand sinnfrei auf einem Synthesizer herum, ein anderer hielt eine Gitarre, die akustisch gar nicht zu vernehmen war.

Als Frank Farian eine zweite Fake-Band namens Milli Vanilli gründete, die 1990 den Grammy für die besten Newcomer erhielt, und herauskam, dass die angeblichen Musiker gar nicht selbst gesungen hatten, wurde der begehrte Musikpreis wieder zurückgezogen.[304] Außerdem sah sich Farians Plattenfirma allein in den USA mit mindestens 27 Gerichtsverfahren wegen Verstößen gegen Verbraucherschutzgesetze konfrontiert und musste den Käufern von Medien und Konzertkarten eine Rückerstattung zahlen. Die Band, die es gar nicht gab, war noch nicht der letzte Fake. Die Melodie von »Ma Baker« hatte Farians Assistent Hans-Jörg Mayer dem bekannten tunesischen Volkslied »Sidi Mansour« entnommen, das er während einer Urlaubsreise gehört hatte, und zu einer Disco-Nummer verarbeitete.[305] Damit sind

302 Paul Maccabee: John Dillinger Slept Here. A Crooks' Tour of Crime and Corruption in St. Paul, 1920–1936. St. Paul: Minnesota Historical Society 1995, S. 102ff.

303 Frank Farian: Interview mit Alex Gernandt. Der Spiegel vom 18.7.2016.

304 Chuck Philipps: Milli Vanilli's Grammy Rescinded by Academy. Los Angeles Times vom 20. November 1990.

305 Ernst Hofacker: Boney M.: Woher stammen die Sonnenschein-Hits ursprünglich? https://www.70s-disco.de/boney-m-woher-stammen-die-sonnenschein-hits-ursprunglich/, zugegriffen am 1.7.2020.

wir bei Fake Nummer sechs gelandet, der Komposition. Der siebte Fake bestand darin, gutaussehende karibische Tänzerinnen mit fröhlichen Gesichtern zu einem flotten Disco-Rhythmus Lippenbewegungen nachzuahmen, die zu einem extrem blutrünstigen Text gehörten.

Eine Geschichte von Mord, Blut, Gewalt, Gier, Gnaden- und Herzlosigkeit zu einer fröhlichen, tanzbaren Disco-Nummer? Als trauriger, anklagender Blues hätte der Text von »Ma Baker« möglicherweise noch funktioniert. Aber als fröhliches Disco-Liedchen gibt es nur eine Erklärung: Farian und sein Team wollten einfach mal austesten, wie weit sie mit ihrer Strategie, ihr Publikum für dumm zu verkaufen, kommen würden. Und sie kamen verdammt weit.

Übrigens wurde »Ma Baker« im Jahr 2017 noch einmal im Rahmen des Frank-Farian-Musicals »Daddy Cool« gespielt. Die Besucherkritiken waren einhellig: »bestenfalls drittklassig«, »eine absolute Katastrophe«, »Blamage«, »mit Abstand das schlechteste Musical, was ich gesehen habe«, »grottenschlecht«, »künstlerische Scheiße«, »wie eine improvisierte Studentenaufführung«, »noch nicht mal Schulaufführungsniveau«, »die größte Abzocke und Frechheit an Darbietung, die ich je gesehen habe«, »der reinste Horror«, »amateurhaft«, »aufgrund der vielen falschen Töne den Tränen nahe«, »stümperhaft ist noch geschmeichelt«, »der größte Müll« und so weiter.[306] Nach vierzig Jahren scheint sich das Publikum doch noch weiterentwickelt zu haben.

Übrigens haben sich seit den 1970er Jahren die Muster der sozialräumlichen Segregation verändert, teilweise sogar geradezu umgekehrt. Das hatte auch mit der Rockmusik zu tun. Dass die Wohlhabenden an den Stadtrand zogen, um dort in adretten Einfamilienhäusern mit großen Gärten zu leben, war darauf zurückzuführen, dass man in Familien lebte, deren Kinder Spiel- und Bewegungsflächen benötigten. Als die 68er- und Post-68er-Generation neue Lebensformen entwickelte, die vielfach von Kinderlosigkeit oder zumindest einer langen kinderlosen Adoleszenzphase bestimmt waren, erlebten urbane Wohnstandorte eine Renaissance. Viele Angehörige dieser Generation hatten als Studierende in günstigen Wohnungen in innenstadtnahen Altbauquartieren wohnen müssen, aber die zentrale Lage, die Nähe zu den Kneipenvierteln und auch den Charme eines multikulturellen Ambientes zu schätzen gelernt, so dass sie, nachdem sie ihre Hochschulabschlüsse erworben hatten und gutes Geld verdienten, in den ehemaligen Armutsvierteln blieben, freilich nicht ohne von den Vermietern Modernisierungen zu erwarten. Das Resultat war eine städtebauliche Aufwertung, die mit Veränderungen der Sozialstruktur in diesen Quartieren einherging: An die Stelle der Alten, Arbeiter und Migranten, die jetzt in die unbeliebten Großsiedlungen abgedrängt wurden, rückten einkommensstarke Akademiker, die berühmten DINKs (double income no kids), auch TWICs genannt (two incomes, two cats), YUPPIEs (young urban professionals) oder neuerdings die Hipster.

306 Website Musical1: Daddy Cool. Besucherkritiken. https://www.musical1.de/musical/daddy-cool/, zugegriffen am 1.7.2020.

Der Prozess der Aufwertung innerstädtischer Altbauquartiere war zum ersten Mal im Jahr 1964 beobachtet worden, wo Angehörige des Landadels im Londoner Arbeiterstadtteil Islington Altbauten aufkauften. Weil Landadel im Englischen *Gentry* heißt, bezeichnete die Stadtsoziologin Ruth Glass diesen Prozess als *Gentrification*,[307] auf Deutsch wohl am besten ›Nobilisierung‹. Weil *Gentrification* (vor allem in den USA) häufig durch Verdrängung der Ärmeren durch Reichere erfolgt, wird der Prozess vielfach kritisch gesehen.[308] Der gesellschaftliche Umbruch der 1960er Jahre hat Lebensformen, Lebensstile und Sozialstrukturen grundlegend verändert. Die Rockmusik-Generation stellte ein neuartiges soziales Milieu dar, das die traditionellen sozialen Schichten ablöste.[309] Die veränderte soziale Zusammensetzung der Gesellschaft schlug sich in geänderten Stadtstrukturen nieder: Die ehemaligen innerstädtischen Ghettos mutierten zu hippen Szene-Vierteln, mit schicken, stuckverzierten Altbauwohnungen, lebhafter Kneipen- und Restaurantszene, avantgardistischen Kulturangeboten, Künstlerateliers und Galerien, Modeboutiquen, veganen Lebensmittelläden, Öko-Bäckereien und Grow Shops, die allerlei Cannabisprodukte anbieten, so dass der eine oder andere Joint nicht weiter auffällt.

Die Ghettos sind durch die Nobilisierung innerstädtischer Altbauquartiere jedoch nicht verschwunden, sondern haben sich verlagert. Die modernen Ghettos befinden sich heute insbesondere in den europäischen Städten meist in den Hochhaussiedlungen der 1960er und 1970er Jahre, die sich zu sozialen Brennpunkten entwickelt haben. Die Pariser Banlieues weisen ähnliche Ausgrenzungsstrukturen auf wie die South Side von Chicago.[310]

307 Ruth Glass: London: Aspects of Change. London: MacGibbon & Kee 1964.

308 Peter Marcuse: Gentrification, Abandonment, and Displacement. Connections, Causes, and Policy Responses in New York City. Urban Law Journal, Bd. 28 (2005), Nr. 1, S. 195–240. Lance Freeman: Displacement or Succession? Residential Mobility in Gentrifying Neighborhoods. Urban Affairs Review, Bd. 40 (2005), Nr. 4, S. 4/, zugegriffen63–491. Noah Quastel: Political Ecologies of Gentrification. Urban Geography, Bd. 30 (2009), Nr. 7, S. 694–725.

309 Stefan Hradil: Sozialstrukturanalyse in einer fortgeschrittenen Gesellschaft. Von Klassen und Schichten zu Lagen und Milieus. Opladen: Leske + Budrich 1987.

310 Loïc Wacquant: Urban Outcasts. A Comparative Sociology of Advanced Marginality. Cambridge: Polity Press 2008.

5.6. Jailhouse Rock

Für einen braven Bürger gehört es zu den schlimmsten Albträumen, im Gefängnis zu landen. Im Zuchthaus zu sitzen, bedeutet den Verlust der bürgerlichen Ehre. Der Knast ist grauenhaft: eine winzige, karge Zelle mit einer Edelstahlschüssel, in der man sein Geschäft verrichtet. Gitterstäbe allerorten. Rundgang im Gefängnishof. Wärter. Miserables Essen. Und erst die Mitinsassen! Was hat man nicht alles gehört von dem, was sich in Männergefängnissen in den Gemeinschaftsduschen abspielt. Für das Bürgertum ist das Gefängnis ein Tabu. Und schon gar kein Thema für so etwas Fröhliches wie Musik, die von der Liebe zu handeln hat. Das galt bis zum Aufkommen der Rockmusik.

Die Rockmusiker waren Rebellen. Und Rebellen haben es an sich, dass sie Regeln missachten, Grenzen überschreiten und in Konflikt mit den Ordnungsmächten geraten – und zwar aus verschiedensten Gründen. Rockmusiker machten politische Songs, die strafrechtlich relevant wurden, wenn sie etwa zur Verunglimpfung nationaler oder rechtlicher Symbole führten oder zum Begehen von Straftaten aufriefen. Sie weigerten sich, zum Militärdienst zu gehen. Sie waren aufmüpfig, trugen lange Haare, missachteten Kleidervorschriften, verursachten Ruhestörungen und Menschenaufläufe, provozierten die Zerlegung von Konzerthallen, ruinierten in besoffenem Zustand Hotelzimmer, äußerten Widerstand gegen die Staatsgewalt und begingen vor allem immer wieder Drogendelikte.

Verhaftungen von Rockmusikern gab es häufig. Sie gingen meist jedoch glimpflich aus, mit einer Feststellung der Identität auf der Wache, vielleicht auch mal mit einer Übernachtung in der Arrestzelle. Dass Rockmusiker regelrecht ins Gefängnis gesteckt wurden, kam erstaunlich selten vor, teils aufgrund ihrer Popularität, teils, weil sie es waren, die die Gesellschaft zu einer Liberalisierung der Regeln zwangen. Dennoch waren sich die meisten Rockmusiker bewusst, dass sie oft mit einem Bein im Knast standen. Jenen, die schon drinsaßen, gleich aus welchen Gründen, gehörte ihre Sympathie. Natürlich machte das Flirten mit dem Tabubruch die Rockmusik bei der rebellischen Jugend verführerisch.

Die alten Bluesmusiker hatten häufiger hinter Gittern gesessen, auch weil die weiße Justiz schnell dabei war, Schwarze zu inhaftieren. Bukka White hatte seinen Aufenthalt im Zuchthaus musikalisch zum »Parchman Farm Blues« verarbeitet, der immer wieder gecovert wurde. Tina Turners autobiografisches Lied »Nutbush City Limits« erwähnt den Knast dieser elenden Kleinstadt, in dem man bereits landen konnte, wenn man sich sonntags einen Whiskey genehmigte. Ein Gefängnisaufenthalt stand in der Rockmusik dafür, dass man anders war, dass man vom Establishment ausgegrenzt wurde, dass man die spießbürgerlichen Regeln nicht befolgte, dass man hip war.

Es war kein geringerer als der »King«, der den Knast ganz anders thematisierte, und zwar gleich mit einem abendfüllenden Film. »Jailhouse Rock« handelt von einem Bauarbeiter, gespielt von Elvis Presley, der sich in einer Kneipe von einem streitsüchtigen Betrunkenen provozieren lässt, um dessen Frau vor Misshandlung zu schützen. Er schlägt ihn einmal zu oft und wird wegen Totschlags zu zwei Jahren Zuchthaus verurteilt. Ein Zellengenosse bringt ihm das Gitarrespielen bei, und der Häftling beginnt, im Knast zu singen. Nach Beendigung der Haftstrafe versucht sich der Sänger an einer musikalischen Karriere. Sie wird von vielen Rückschlägen begleitet, auf die er immer wieder mit Gewaltausbrüchen reagiert, bevor er schließlich zum Star wird, wozu auch eine fetzige Rock-and-Roll- und Tanznummer beiträgt, eben der »Jailhouse Rock«.

Faszinierend ist, dass der Protagonist des Films zwischen moralisch gut, aber juristisch strafbar, und moralisch verwerflich, aber legal hin- und herpendelt.[311] Obwohl der Film ein Kassenerfolg war, wurde er von der zeitgenössischen Kritik zerrissen. Es war nicht nur skandalös, dass die Sprache unflätig war, dass sich Presley mit der weiblichen Hauptdarstellerin im Bett zeigte und dass ein Krimineller zum Helden wurde. Am schlimmsten war die Vorstellung, dass es sich bei den von der Jugend umjubelten Stars tatsächlich um Arbeiter mit Hang zur Gewalttätigkeit handeln könnte. Schließlich war Elvis Presley selbst nichts anderes als ein ungelernter Hilfsarbeiter, bevor er seine ersten Platten aufnahm. »Geldgier, Gefühllosigkeit und dumme Triebhaftigkeit obsiegen. Ein perfektes Wunschbild verkommener Jugend, vom Besuch wird abgeraten«, schrieb die Katholische Filmkommission über den Streifen.[312]

Jailhouse Rock	**Zuchthausrock**
The warden threw a party in the county jail The prison band was there and they began to wail The band was jumpin' and the joint began to swing You should've heard those knocked out jailbirds sing	Der Wärter schmiss eine Party im Kreisgefängnis. Die Zuchthausband war da und begann zu rocken. Die Band sprang los und der Laden begann zu swingen. Du hättest die durchgeknallten Knackis singen hören sollen.
Let's rock, everybody, let's rock Everybody in the whole cell block Was dancin' to the jailhouse rock	Lasst uns rocken, alle, lasst uns rocken. Jeder in dem ganzen Zellenblock tanzte zum Zuchthausrock.
Spider Murphy played the tenor saxophone Little Joe was blowin' on the slide trombone The drummer boy from Illinois went crash, boom, bang The whole rhythm section was the Purple Gang	Murphy, die Spinne, spielte das Tenorsaxofon, der kleine John blies die Posaune. Der junge Schlagzeuger aus Illinois machte Krach, Bumm, Bäng, die ganze Rhythmusgruppe war die Purpurbande.

311 David E. James: Rock'n'Film. Cinema's Dance With Popular Music. New York: Oxford University Press 2016.

312 Katholische Filmkommission für Deutschland: 6000 Filme. Kritische Notizen aus den Kinojahren 1945 bis 1958. Handbuch V der katholischen Filmkritik. 3. Auflage, Düsseldorf: Haus Altenberg, 1963, S. 355.

Number forty-seven said to number three you're the cutest jailbird I ever did see I sure would be delighted with your company come on and do the jailhouse rock with me ...	Nummer Siebenvierzig sagte zu Nummer Drei: Du bist der süßeste Knacki, den ich je gesehen habe. Ich würde mich freuen, wenn du mich begleiten würdest. Komm schon und tanz den Zuchthausrock mit mir ...
Sad Sack was a sittin' on a block of stone Way over in the corner weepin' all alone The warden said, »Hey, buddy, don't you be no square If you can't find a partner use a wooden chair« ...	Der traurige Sack blieb auf einem Steinblock sitzen, ganz hinten in der Ecke, und weinte allein. Der Wärter sagte: »Hey, Kumpel, sei nicht so steif. Wenn du keinen Partner findest, tanz mit einem hölzernen Stuhl.« ...
Shifty Henry said to Bugs, »For heaven's sake No one's lookin', now's our chance to make a break« Bugsy turned to shifty and he said, »Nix nix I wanna stick around a while and get my kicks« ...	Der gerissene Henry sagte zur Zecke: »Um Gottes Willen, keiner schaut hin, jetzt kommt unsere Chance auszubrechen.« Die Zecke drehte sich zum Gerissenen und sagte: »Nix, nix, Ich will noch eine Weile hierbleiben und den Spaß genießen.« ...

Elvis Presley, 1957. Text & Musik: Jerry Leiber und Mike Stoller (RCA Victor)

Einige der Figuren, die in dem Lied benannt wurden, waren wirklichen Personen nachempfunden. Die Purple Gang war eine berüchtigte Gangsterbande aus Detroit, die in den 1920er Jahren mehrere Massaker mit Maschinengewehren angerichtet hatte, und George »Bugs« Moran war in Chicago der Gegenspieler des berüchtigten Mafiabosses Al Capone. Shifty Henry war kein Krimineller, sondern ein bekannter Bluesmusiker aus Los Angeles und damit fast genauso schlimm. Als *sad sack* bezeichnete man im Zweiten Weltkrieg Versager. Der Name Spider Murphy war entweder ein interner Komponistenwitz oder frei erfunden. Jedenfalls sollte sich die bayerische Mundartkapelle Spider Murphy Gang nach ihm benennen und natürlich auch ein Cover des »Zuchthaus Rock« einspielen: »Jeder Bazi im ganzen Block is narrisch auf´n Zuchthaus Rock!«

Der ganze Song »Jailhouse Rock« wirkt wie eine lustige Karikatur des Gefängnislebens, bei der man unwillkürlich an die Panzerknacker aus Walt Disneys Donald-Duck-Comics denkt – einschließlich der Nummern, die die Gefangenen tragen, wenn sie nicht mit ihren klangvollen Spitznamen angesprochen werden. Aus den Nummern entwickelt sich ein weiterer Joke, nämlich der Witz über das beliebte Vorurteil, dass Knastbrüder ihre sexuellen Bedürfnisse mangels Alternative homoerotisch befriedigen. Im Film machen dazu zwei Insassen eindeutige Mienen und Bewegungen. Die Filmcrew war selbst überrascht, dass die Szene die Zensur passierte. Vom Totschläger über die Zuchthausband zum Rockstar – das war 1957 ein

Tabubruch. Kriminelle wirkten auf einmal sympathisch, wurden kreativ und erfolgreich. Die cineastische Vision eines Konzerts im Knast sollte Wirklichkeit werden.

Aber es bedurfte schon eines gestandenen Mannes, um vor den Häftlingen zu singen. Am besten eines Mannes, der selbst kein Kind von Traurigkeit war. Die Rockmusiker waren in den 1960er Jahren dazu schlichtweg zu jung. Aber es gab einen sehr erfolgreichen Countrymusiker, der nicht nur über einen ehrfurchtgebietenden Bariton verfügte, sondern der mit Stücken wie »Ring of Fire« und »Walk the Line« gezeigt hatte, dass er durchaus auch die Gratwanderung zwischen Worksongs, Blues, Country und Rock zu beherrschen wusste. Und der selbst schon gesessen hatte – wenn auch nur kurz, dafür aber mehrmals.

Johnny Cash hatte sich in den 1960er Jahren das Image eines Outlaws zugelegt. Zu häufig hatte er sich hemmungslos betrunken, zu oft hatte er so viele Drogen eingeworfen, dass er unzurechnungsfähig war (wobei er einmal einen Waldbrand auslöste, der über 200 Hektar Naturschutzgebiet vernichtete). Nicht weniger als siebenmal landete er für jeweils eine Nacht im Knast, meist wegen eines minderen Vergehens. Als die Polizei nach einem Konzert in El Paso in seinem Gitarrenkoffer 688 Dexedrine-Kapseln (ein Amphetamin) und 475 Equanil-Tabletten (ein Beruhigungsmittel) fand, wurde er tatsächlich zu einer Haftstrafe verurteilt, die aber zur Bewährung ausgesetzt wurde, weil es sich bei den Tabletten nicht um illegale Drogen, sondern lediglich um rezeptpflichtige Medikamente handelte. Als er 1965 für eine Nacht eingesperrt wurde, weil er um zwei Uhr morgens in einem privaten Vorgarten Blumen gepflückt hatte, machte er den Song »Starkville City Jail« daraus.

Mit dem Thema Gefängnis hatte sich Cash seit Beginn seiner Karriere beschäftigt. Während er 1953 bei der US Army in Landsberg am Lech diente (Standort einer berühmten Strafanstalt) ließ er sich von dem Film »Inside the Walls of Folsom Prison« aus dem Jahr 1951 dazu inspirieren, den »Folsom Prison Blues« zu schreiben, der 1955 auf seiner ersten LP erschien. Cash kombinierte dafür zwei Traditionen der amerikanischen Volksmusik: den *train song*, in dem es um die Eisenbahn ging, und den *prison song*, der vom Gefängnisleben handelte.

Folsom Prison Blues

I hear the train a comin'
It's rollin' 'round the bend,
And I ain't seen the sunshine
Since, I don't know when
I'm stuck in Folsom Prison

And time keeps draggin' on
But that train keeps a-rollin'
On down to San Antone

Folsomgefängnis-Blues

Ich höre den Zug kommen,
er rattert um die Kurve.
Und ich kann den Sonnenschein nicht sehen,
seit ich, ich weiß nicht mehr wann,
im Gefängnis von Folsom sitze.

Und die Zeit schreitet voran,
aber jener Zug fährt und fährt
immer weiter nach San Antone.

When I was just a baby My Mama told me, »Son Always be a good boy Don't ever play with guns« But I shot a man in Reno Just to watch him die When I hear that whistle blowin' I hang my head and cry	Als ich gerade ein Baby war, sagte mir Mama: »Sohn, sei immer ein braver Junge und spiel niemals mit Knarren.« Aber ich erschoss einen Mann in Reno nur, um ihn sterben zu sehen. Wenn ich den Zug pfeifen höre, lasse ich meinen Kopf hängen und weine.
I bet there's rich folks eatin' In a fancy dining car They're probably drinkin' coffee And smokin' big cigars But I know I had it comin' I know I can't be free But those people keep a-movin' And that's what tortures me Well, if they freed me from this prison	Ich wette, da sitzen reiche Leute beim Essen in einem schnieken Speisewagen. Sie trinken wohl Kaffee und rauchen dicke Zigarren. Aber ich weiß, ich habe es verbockt, ich weiß, dass ich nicht frei sein kann. Aber diese Leute reisen weiter und das ist es, was mich quält. Gut, wenn sie mich aus diesem Knast befreien würden.
If that railroad train was mine I bet I'd move out over a little Farther down the line Far from Folsom Prison That's where I want to stay And I'd let that lonesome whistle Blow my blues away	Wenn dieser Zug mir gehören wurde, wette ich, dass ich mich ein bisschen herausbewegen würde über die Grenze hinweg weit weg vom Gefängnis von Folsom. Das ist dort, wo ich bleiben möchte, und ich ließ die einsame Pfeife meine Traurigkeit fortblasen.

Johnny Cash, 1953/55. Text & Musik: Johnny Cash (und Gordon Jenkins) (Sun)

Weite Teile der Melodie hatte Cash ebenso wie etliche Verse aus dem »Crescent City Blues« des Komponisten, Arrangeurs und Produzenten Gordon Jenkins übernommen, wofür er nach einem Plagiatsprozess eine erhebliche Summe zahlen musste. Es sind die ewigen Themen des Blues, die der Song verarbeitet: den aus einfachen Verhältnissen stammenden Jungen, der auf die schiefe Bahn gerät und der sein Leben verpfuscht hat, der lebenslänglich neidisch auf die besser Geborenen blickt, sich nach Freiheit sehnt und nach einer friedlichen Existenz, die er hätte haben können, wenn er sich nicht hätte gehen lassen. Das kalifornische Staatsgefängnis in Folsom ließ Johnny Cash nicht mehr los. Es ist das zweitälteste Staatsgefängnis in Kalifornien. Sein älterer Bruder heißt San Quentin und ist das einzige in Kalifornien, in dem Todesstrafen vollstreckt werden. Dorthin musste Johnny Cash. Am Neujahrstag des Jahres 1958 spielte er mit seiner Band sein erstes Konzert für Strafgefangene. Unter den Häftlingen befand sich der neunzehnjährige Merle Haggard, der wegen wiederholter Delikte zu fünfzehn Jahren Haft in San Quentin verurteilt worden war. Über den Auftritt von Johnny Cash sagte er:

»Er hatte die richtige Einstellung. Er kaute Kaugummi, wirkte arrogant und zeigte den Wächtern den Stinkefinger – er tat alles, was die Häftlinge wollten. Er war ein Rabenvater aus dem Süden, der hier war, weil er uns liebte. Als er wieder ging, war jeder zum Johnny-Cash-Fan geworden.«[313] Haggard wurde nicht nur Fan. Der Auftritt begeisterte ihn so sehr, dass er selbst lernte, Musik zu machen, nach zwei Jahren wegen guter Führung begnadigt wurde und eine erfolgreiche Karriere als Countrymusiker machte.

1966 trat Cash auch in Folsom auf. 1968 ein zweites Mal, daraus ging das Live-Album »At Folsom Prison« hervor. Cash sagte dazu, es sei das begeistertste Publikum gewesen, vor dem er jemals gespielt hatte. Am 4. Februar 1969 spielte Cash noch einmal in San Quentin. Das Konzert ist durch den Filmmitschnitt genauso bekannt geworden wie durch das Live-Album »At San Quentin«, das sich zu einem Megaseller entwickelte. Die Filmaufnahmen zeigen, dass Cash, der zwischen seinen Songs viel redete, wieder den richtigen Ton traf. Als er in »Starkville City Jail« davon sang, wie er sang- und klanglos in die Zelle gesteckt wurde und wie er wieder und wieder sinnlos gegen Wände und Türen trat, merkte jeder Insasse, dass der Mann die gleichen Erfahrungen gemacht hatte wie sie selbst. Der »Folsom Prison Blues« mit seinen Freiheitssehnsüchten bildete den melancholischen Abschluss. Aber den Höhepunkt des Auftritts stellte das Lied dar, das Johnny Cash eigens für die Insassen von San Quentin geschrieben hatte.

San Quentin

San Quentin you've been living hell to me
You've galled at me since 1963
I've seen them come and go and I've seen them die
And long ago I stopped asking why

San Quentin I hate every inch of you
You've cut me and you've scarred me through and through
And I'll walk out a wiser, weaker man
Mr. Congressman, why can't you understand?

San Quentin

San Quentin, du warst die Hölle auf Erden für mich.
Du ekelst mich an seit 1963.
Ich habe sie kommen und gehen sehen, und ich habe sie sterben sehen.
Und schon vor langem habe ich aufgehört zu fragen, warum.

San Quentin, ich hasse jeden Zentimeter von dir.
Du hast mir Wunden und Narben zugefügt, durch und durch.
Und ich werde hier herausgehen als ein weiserer, schwächerer Mann.
Herr Kongressabgeordneter, warum können Sie das nicht verstehen?

---

313 1958 Inmate Merle Haggard Hears Johnny Cash Play San Quentin State Prison. Bowie News Online vom 1.1.2018. http://bowienewsonline.com/2018/01/1958-inmate-merle-haggard-hears-johnny-cash-play-san-quentin-state-prison/

San Quentin what good do you think you do? Do you think I'll be different when you're through? You bend my heart and mind and you warp my soul Your stone walls turn my blood a little cold	San Quentin, was glaubst du, ist das Gute, das du tust? Glaubst du, ich hätte mich geändert, wenn ich wieder raus bin? Du verbiegst mein Herz und meinen Geist, und du verdrehst meine Seele. Deine steinernen Mauern lassen mein Blut ein wenig kälter werden.
San Quentin may you rot and burn in hell May your walls fall and may I live to tell May all the world forget you ever stood And the whole world will regret you did no good …	San Quentin, du sollst in der Hölle verrotten und schmoren. Deine Mauern sollen einstürzen, und ich soll leben, um davon zu künden. Die ganze Welt soll vergessen, dass es dich je gab. Und die ganze Welt wird bedauern, dass du zu nichts getaugt hast …

Johnny Cash, 1969. Text & Musik: Johnny Cash (Columbia)

»San Quentin« war wohl der massivste Angriff auf die bürgerlichen Werte, den die Rockmusik je hervorgebracht hat – weitaus schlimmer als alles, was Bob Dylan oder Barry McGuire je gesungen hatten. Denn die Protestsänger hatten gegen bestimmte Politiken angesungen, aber es gehört nun einmal zum politischen Geschäft, abweichende Meinungen zu haben. Hier jedoch ging es um die Grundfesten der amerikanischen Mittelschicht, die sich nichts sehnlicher wünschte, als in ihren Vorstadtsiedlungen friedlich und sicher zu leben. Johnny Cash äußerte Sympathie für Strafgefangene. Er bezweifelte den Sinn des Justizsystems. Er wollte die Gefängnisse abreißen. Revolutionäre wollten die Gesellschaft umgestalten, die Reichen enteignen und die Mächtigen hängen. Aber selbst Revolutionäre hatten keine Sympathie mit einfachen Kriminellen – mit Dieben, Räubern, Betrügern, Mördern, Vergewaltigern. Und jetzt kommt ausgerechnet ein Countrysänger und stellt das alles infrage. Was soll denn die Alternative sein? Die Kriminellen frei herumlaufen zu lassen? Genau das legt der Song nahe. Und der frenetische Beifall, den er im Zuchthaus erzeugte, bestätigte die bürgerlichen Ängste. Die Rolling Stones sangen auf »Beggars Banquet« abstrakt-philosophisch davon, dass in jedem Menschen Gut und Böse stecken und dass deshalb Gangster gute Familienväter sein können und umgekehrt. Aber Johnny Cash singt vor Mördern, dass er den Strafvollzug abschaffen will.

Johnny Cash hatte zwar ein paar Nächte in der Arrestzelle verbracht, aber das war eher zur Ausnüchterung als zur Bestrafung. Ernster waren die Gefängnisstrafen, die Keith Richards und Mick Jagger aufgebrummt worden waren. Im Jahr 1967 nahm die große Mehrheit der britischen Rockmusiker Drogen zu sich – Amphetamine und Barbiturate zum An- und Abturnen, Cannabis und LSD für psychedelische Ausflüge, Opiate bis hin zu Kokain für eine nachhaltigere Weltflucht. The Moody Blues veranstalteten LSD-Partys (die sie aus San Francisco kannten),

Pete Townshend von The Who war regelmäßig dabei, ebenso wie Ginger Baker von Cream. Auch die Beatles waren keine Kinder von Traurigkeit; sie waren sogar die Band, die wohl die meisten drogenverherrlichenden Songs schrieb. Aber die Justiz suchte sich natürlich die bösesten aller bösen Jungs aus: The Rolling Stones.

Anfang 1967 veröffentlichte das englische Boulevardblatt »News of the World« eine dreiteilige Serie mit Artikeln über Popstars und Drogen mit dem Untertitel »Fakten, die Sie schockieren werden«. Der erste Teil hatte den schottischen Barden Donovan aufs Korn genommen, der bald darauf Besuch von der Polizei bekam. Der zweite Teil, veröffentlicht am 5. Februar 1967, hatte die Rolling Stones im Visier. Ein Reporter berichtete, wie er in einem Londoner Club gehört hatte, dass Mick Jagger seine Kumpanen zum Haschischrauchen in seine Wohnung eingeladen hatte. Der Reporter hatte zwar Mick Jagger mit Brian Jones verwechselt (was Jagger zu einer Unterlassungsklage gegen »News of the World« veranlasste), aber die Polizei fühlte sich verpflichtet zu handeln.

Am 12. Februar veranstaltete sie eine Razzia bei einer Party, die Keith Richards in seinem Landhaus gegeben hatte. Die Polizei stellte Beweisstücke sicher und nahm die Personalien auf. Daraufhin flogen Jagger, Richards und Jones zusammen mit Jaggers Freundin Marianne Faithfull und Jones' Partnerin Anita Pallenberg nach Marokko, wo sie ausgiebig dem Sex und den Drogen huldigten (außerdem flog Pallenberg danach nicht mit Jones, sondern mit Richards heim). Danach gingen die Stones auf eine Tournee ins Ausland und, kaum zurück, wurden Jagger und Richards zum Verhör vorgeladen, während Jones' Haus von der Polizei durchsucht wurde. Am 29. Juni 1967 wurden beide vor Gericht schuldig gesprochen. Jagger wurde zu einer Gefängnisstrafe von drei Monaten verurteilt, weil bei ihm vier (!) Amphetamintabletten gefunden worden waren, die er vollkommen legal in Italien in einer Apotheke erworben hatte. Richards bekam ein ganzes Jahr Haft aufgebrummt, weil er seinen Gästen erlaubt hatte, auf seinem Anwesen Cannabis zu rauchen. Beide wurden sofort nach dem Urteilsspruch hinter Gitter gesteckt, allerdings einen Tag später gegen Kaution auf freien Fuß gesetzt.

Und dann kam Unterstützung von unerwarteter Seite. Der Herausgeber der »Times«, die in konservativen Kreisen allerhöchste Wertschätzung genoss, William Rees-Mogg, veröffentlichte am 1. Juli 1967 ein Editorial, das als Überschrift den berühmten Spruch von Schriftsteller Alexander Pope »Who breaks a butterfly upon a wheel?« trug. Es ging also um die Frage nach der Verhältnismäßigkeit von Schuld und Strafe – denn wer spannt schon einen Schmetterling auf ein Rad, um ihm die Knochen zu brechen? Rees-Mogg konzentrierte sich auf Mick Jagger und relativierte dessen Drogenvergehen, indem er darauf hinwies, dass es sich bei Amphetamin um eine sehr schwache Droge handelt, die er zudem in Italien legal erworben hatte und die in der geringen Menge von vier Tabletten auch keine Überdosierung ermöglichte. Er schloss mit der Formulierung:

»Wenn wir einen beliebigen Fall zu einem Symbol für den Konflikt zwischen den soliden traditionellen Werten Britanniens und dem neuen Hedonismus machen, dann müssen wir sicher sein, dass die soliden traditionellen Werte jene von Toleranz und Gleichheit einschließen. Es sollte zur besonderen Qualität der britischen Justiz gehören sicherzustellen, dass Mr. Jagger exakt genauso behandelt wird wie jeder andere, nicht besser und nicht schlechter. In diesem Fall bleibt jedoch der Zweifel, dass Mr. Jagger eine strengere Strafe erhalten hatte als man sie für einen vollkommen unbekannten jungen Mann für angemessen halten würde.«[314]

Rees-Mogg sah den Generationenkonflikt und verurteilte auch den Lebensstil der jungen Generation, den er als hedonistisch bezeichnete. Das kam mit einer Verurteilung gleich, denn mit dem Wort *Hedonismus* verband man verantwortungslose, unproduktive (vulgo: faule) Menschen, die nur ihren Spaß haben wollten und auf Kosten ihrer Eltern oder der Allgemeinheit lebten. Als konservativer Oxford-Absolvent, der im Krieg als Unteroffizier gedient und danach für die Konservative Partei kandidiert hatte, legte Rees-Mogg großen Wert auf Disziplin und Leistung. The Rolling Stones waren ihm bestimmt und in jeglicher Hinsicht höchst unsympathisch. Aber Rees-Mogg war ein prominentes Beispiel dafür, dass der Bazillus, den die rebellische Jugend und den die Rockmusiker in die Gesellschaft eingeführt hatten, erste Wirkung zeigte. Er begann nämlich, das konservative Wertesystem zu reflektieren und er erkannte, dass die Wertschätzung von Disziplin und Leistung nicht dazu führen dürfe, die Werte von Toleranz, Gleichheit, Gerechtigkeit und Verhältnismäßigkeit zu verschütten. Das war zuvor oft genug geschehen, im Kleinen wie im Großen, das heißt im alltäglichen Leben in Familie, Schule und Beruf ebenso wie im gesamtgesellschaftlichen Umgang mit Minderheiten. Ein Lerneffekt hatte eingesetzt, selbst bei den intellektuellen Führungspersönlichkeiten der Konservativen. Und es war ein Journalist, der den Richtern, die sich von der veröffentlichten Meinung zum Bruch des rechtsstaatlichen Grundsatzes der Verhältnismäßigkeit hatten hinreißen lassen, die Leviten las.

Die Stones reagierten musikalisch. Der Rockpoet Allen Ginsberg war gerade in London, um eine Demonstration für die Legalisierung von Cannabis im Hyde Park zu organisieren. Im Haus von Paul McCartney traf er Mick Jagger, der Ginsberg einlud, am Abend zusammen mit McCartney und Lennon ein Stück einzuspielen, das den (wenngleich kurzen) Gefängnisaufenthalt behandeln sollte. »We Love You« begann mit dem Geräusch einer schließenden Gefängnistür. Dann wiederholt ein Chor, in dem die Stimmen der Beatles-Musiker deutlich zu erkennen sind, die Liebesformel mehrfach, um die Solidarität mit den inhaftierten Kollegen deutlich werden zu lassen. Brian Jones spielt dazu auf dem Mellotron surreale Töne. Der Text gibt sich aufsässig: »uns schert es nicht, wenn ihr uns jagt und einsperrt« sowie »ihr werdet uns niemals gewinnen, eure Uniformen werden uns niemals passen«. Das begleitende Musikvideo spielte, mit Mick Jagger und Marianne Faithfull in den Hauptrollen, den Prozess gegen den homosexuellen Schriftsteller Oscar Wilde nach. Rees-Moggs Artikel hatte die Justiz offenbar beeindruckt. Ein Berufungsgericht hob am 31. Juli 1967 die Strafen gegen Jagger und Richards auf, die danach munter fortfuhren, illegale Drogen zu konsumieren.

---

314 William Rees-Mogg: Who Breaks a Butterfly Upon a Wheel? The Times vom 1.7.1967.

5.7. Money

Der Song beginnt mit den Geräuschen einer mechanischen Registrierkasse: Betrag eintippen, Bon drucken, Schublade öffnen, Klingeln, Münzen einfüllen, Schublade schließen. Es wird heute viel Geld kassiert. Die Kasse öffnet und schließt sich mehrfach hintereinander. Die Geräusche werden zu einem Rhythmus, in den der Bass einstimmt, nach und nach gefolgt von den anderen Instrumenten, bis die Gesangsstimme einfällt. »Money …« – eine selten gelungene Synthese von Geräuschen, Musik und Text. »Money« – das Wort ist Hookline und Refrain in einem. Es ist ein Lied über Geld, das Pink Floyd 1972 aufgenommen haben. Ist es ironisch? Ist es kritisch? Oder ist es gar eine Huldigung? Es ist von allem ein bisschen.

Money	**Geld**
Money, get away Get a good job with more pay and you're okay	Geld, hau ab! Finde einen guten Job mit höherem Gehalt und es geht dir gut.
Money, it's a gas Grab that cash with both hands and make a stash New car, caviar, four star daydream Think I'll buy me a football team	Geld, das ist super. Grabsche die Kohle mit beiden Händen und verstecke einen Schatz. Neues Auto, Kaviar, Vier-Sterne-Tagtraum. Ich denke, ich kaufe mir eine Fußballmannschaft.
Money, get back I'm all right Jack keep your hands off of my stack Money, it's a hit Don't give me that do goody good bullshit I'm in the high-fidelity first class traveling set And I think I need a Lear jet	Geld, komm zurück. Mir geht's gut, Freundchen, lass deine Pfoten von meinem Schatz. Geld, das ist Spitze. Gib mir nicht diese Süßigkeitenscheiße, ich will die Hifi-Erste-Klasse-Reiseausrüstung und ich glaube, ich brauche einen Lear-Jet.
Money, it's a crime Share it fairly but don't take a slice of my pie Money, so they say Is the root of all evil today But if you ask for payrise it's no surprise That they're giving none away …	Geld, es ist ein Verbrechen. Verteile es gerecht, aber nimm bloß nicht ein Stück von meinem Kuchen. Geld, so sagt man, ist heutzutage die Wurzel allen Übels. Aber wenn du um eine Gehaltserhöhung bittest, ist es kein Wunder, dass sie dir nichts geben …

Pink Floyd, 1973. Text & Musik: Roger Waters (Harvest)

Der Song beginnt, ganz proletarisch mit einem Arbeitnehmer, der eine Gehaltserhöhung will. Aber schon setzt die Gier ein: Geld scheffeln und horten. Was macht man mit dem Geld? Man kauft sich Luxus. Ich kaufe mir eine Fußballmannschaft – damals in den USA schon Normalität, in England seinerzeit noch als Unsportlichkeit betrachtet – das war ironisch-kritisch. Oder doch nicht? Erste-Klasse-Reiseausrüstung, Privatjet – das gehörte durchaus zum Lebensstil von Rockmusikern. Und dann wird es offen kritisch: Geld ist ein Verbrechen und die Wurzel allen Übels – ein Vers aus der Bibel (1. Timotheus 6,10: »Denn Geldgier ist eine Wurzel alles Übels; danach hat einige gelüstet und sie sind vom Glauben abgeirrt und machen sich selbst viel Schmerzen«). Aber in einem Vers auch linke Scheinheiligkeit: Natürlich wollen wir Verteilungsgerechtigkeit – aber nur, solange sie nicht zu meinen eigenen Lasten geht. Der Song endet wieder mit dem Motiv des Arbeitnehmers, dem die ersehnte Gehaltserhöhung natürlich verweigert wird. Denn welcher Arbeitgeber hat schon etwas zu verschenken?

Auf das Publikum wirkt das Stück kapitalismuskritisch, zumal das dazugehörige Video Bilder aus der Finanz- und Luxuswelt mit Armutsbildern kontrastiert. Brände und Explosionen spielten auf gewalttätige Demonstrationen und Revolutionen an. Ironischerweise hat es den Musikern eine ganze Menge von dem verteufelten Geld eingebracht, denn das Album hat sich 34 Millionen Mal verkauft. Wenn es kapitalismuskritisch ist, ist es auch selbstkritisch. »Geld interessierte mich enorm«, sagte Roger Waters zwanzig Jahre, nachdem er das Lied in seinem Gartenhäuschen komponiert hatte. »Ich erinnere mich, wie ich dachte, ›Gut, das ist so und ich habe mich zu entscheiden, ob ich wirklich ein Sozialist bin oder nicht‹. Für mich ist der Wohlfahrtsstaat nach wie vor von großer Bedeutung, aber ich wurde ein Kapitalist. Du musst es akzeptieren. Ich erinnere mich, wie ich wie verrückt nach einem Bentley gierte. Der einzige Weg, so etwas zu bekommen, war durch Rock oder durch Fußballtoto. Ich wollte diese materiellen Dinge wirklich sehr.«[315]

Wie die meisten seiner Kolleginnen und Kollegen, die Rockmusik machten, fiel auch Roger Waters der Warenästhetik zum Opfer. Der Philosoph Wolfgang Fritz Haug hatte in seiner 1971 erschienenen »Kritik der Warenästhetik« an die Marx'sche Unterscheidung von Gebrauchswert und Tauschwert angeknüpft und analysiert, wie der Kapitalismus im Interesse der Profitmaximierung die Konsumenten dazu verleitet, Waren zu kaufen, die sie eigentlich gar nicht brauchen. Markenimage, Design, Verpackung, Werbung und Verkaufstechniken erzeugen eine »ästhetische Abstraktion der Ware«, die sich vom Gebrauchswert des Produkts löst. Der Kapitalismus produziert damit eine »Scheinwelt«, in der Waren scheinbare Qualitäten zugesprochen werden, die scheinbar Scheinbedürfnisse befriedigen, beispielsweise durch die »Sexualisierung der Waren«.[316] Die Luxusgegenstände, die der Sänger von »Money« haben will, braucht er nicht wirklich, ebenso wie Roger Waters, John

315 Interview mit Roger Waters. In: Matthew Gwyther: The Dark Side of Success. Observer Magazine vom 7.3.1993, S. 34.

316 Wolfgang Fritz Haug: Kritik der Warenästhetik. Frankfurt am Main: Suhrkamp 1971.

Lennon, Keith Richards oder Janis Joplin, um nur einige zu nennen, keine Bentleys, Rolls-Royces oder Porsches brauchten – egal ob eine psychedelische Bemalung ihnen den großbürgerlichen Habitus nehmen sollte oder nicht. Viele Rocksongs, von »Satisfaction« über »Mercedes Benz« bis zu »Money«, kritisierten das Entfremdete und Sinnentleerte des Konsumfetischismus, aber persönlich vermochten sich die Musiker, wenn sie durch hohe Tantiemenzahlungen erst einmal Blut geleckt hatten, nicht von der Sucht nach sinnlosem Luxus und großbürgerlichen Statussymbolen zu befreien. Der Kapitalismus behielt die Oberhand.

Musikalisch ist »Money« übrigens in vielerlei Hinsicht interessant. Es beginnt mit einem unüblichen Siebenachteltakt, um dann für das Gitarrensolo in den einfachen Vierverteltakt zu wechseln. Der – so Dave Gilmour – »bedauernswerte« Saxofonist Dick Parry musste sein Solo dagegen im Siebenvierteltakt spielen. Erfinderisch mussten Band und Produzent Alan Parsons auch dabei sein, die Schleife mit den Registrierkassengeräuschen zu produzieren. Mit Tonbandschleifen hatten zwar schon die Beatles gearbeitet, aber niemals in diesem Umfang. In den Zeiten, als es noch keine digitalen Aufnahmegeräte gab, war Basteln angesagt. Die Kassengeräusche wurden mit Hilfe zerreißenden Papiers und mit Geldmünzen, die in eine Küchenmaschine geworfen wurden, erzeugt. Den rhythmischen Effekt erzielte die Band, indem sie mit Rasierklinge und Klebstoff ein sechs Meter langes Tonband schnitt, das im Studio um Mikrofonständer gespannt wurde, um das Tonbandgerät zu füttern, das die Endlosschleife das ganze Stück hindurch abspielte.[317]

Am Ende des Songs hört man noch einige Leute sprechen, die rechtfertigen, warum sie gegenüber jemandem gewalttätig geworden waren. Roger Waters hatte wahllos Leute, die in den Abbey Road Studios herumhingen, gefragt, »Wann hast du das letzte Mal Gewalt ausgeübt? Und warst du im Recht?« und aus den Antworten eine Collage zusammengeschnitten. Paul and Linda McCartneys Antworten wurden nicht verwendet, weil sie nicht aggressiv genug waren, dafür war der Wings-Gitarrist Henry McCullough dabei. Die Aussagen passen zur Deformation der Menschen im Kapitalismus. Geld verdirbt den Charakter.

317 Songfacts: Money. http://www.songfacts.com/detail.php?id=1689, zugegriffen am 1.7.2020.

5.8. God Is a Concept

Beichtunterricht im Jahr 1966 in einer deutschen Kirchengemeinde. Der Pfarrer hat einen Rohrstock, den er regelmäßig einsetzt. Warum habe ich dich am letzten Sonntag nicht im Gottesdienst gesehen? Du kannst das dritte Gebot nicht fließend aufsagen? Schon setzt es etwas. Die Knirpse müssen die zehn Gebote in einer Kinderversion auswendig lernen. Das sechste Gebot für Kinder ist das der Schamhaftigkeit. Es geht um die verbotenen Stellen des Körpers. Du darfst sie nicht zeigen, nicht anfassen, nicht darüber reden. Sonst begehst du eine schwere Sünde und musst im Fegefeuer dafür schmoren. Von dem Tag an, an dem im Beichtunterricht das sechste Gebot gelehrt wurde, ließen sich die Kinder nicht mehr von ihren Müttern baden und schlossen sich im Bad ein. Im Beichtunterricht haben die zölibatären Priester ihre sexuellen Verklemmungen an die Kinder weitergegeben. Religion war Repression.

Wer damals etwas älter war, kritisierte die Kirche auch politisch – ihre Rolle bei der Machtergreifung Hitlers, die Unterstützung lateinamerikanischer Diktaturen, die Mitverantwortung an der Bevölkerungsexplosion, weil sie Verhütungsmittel verurteilte. Die anglikanische Kirche auf den Inseln, die puritanischen Baptisten, Methodisten und sonstigen protestantischen Kirchen jenseits des Atlantiks waren nicht besser. Die Kirchen galten in den Augen der rebellischen Jugend als Teil des Establishments und hatten den christlichen Glauben korrumpiert. Karl Marx hatte die Religion ohnehin nur als ein Element des ideologischen Überbaus angesehen, deren Jenseitserwartung die Proletarier ruhigstellt und sie Elend und Ausbeutung klaglos ertragen lässt. Wie hatte Karl Marx geschrieben?

»Der Mensch macht die Religion, die Religion macht nicht den Menschen. Und zwar ist die Religion das Selbstbewußtsein und das Selbstgefühl des Menschen, der sich selbst entweder noch nicht erworben oder schon wieder verloren hat. Aber der Mensch, das ist kein abstraktes, außer der Welt hockendes Wesen. Der Mensch, das ist die Welt des Menschen, Staat, Sozietät. Dieser Staat, diese Sozietät produzieren die Religion, ein verkehrtes Weltbewußtsein, weil sie eine verkehrte Welt sind. Die Religion ist die allgemeine Theorie dieser Welt, ihr enzyklopädisches Kompendium, ihre Logik in populärer Form, ihr spiritualistischer Point-d'honneur, ihr Enthusiasmus, ihre moralische Sanktion, ihre feierliche Ergänzung, ihr allgemeiner Trost- und Rechtfertigungsgrund. Sie ist die phantastische Verwirklichung des menschlichen Wesens, weil das menschliche Wesen keine wahre Wirklichkeit besitzt. Der Kampf gegen die Religion ist also mittelbar der Kampf gegen jene Welt, deren geistiges Aroma die Religion ist.

Das religiöse Elend ist in einem der Ausdruck des wirklichen Elendes und in einem die Protestation gegen das wirkliche Elend. Die Religion ist der Seufzer der bedrängten Kreatur, das Gemüt einer herzlosen Welt, wie sie der Geist geistloser Zustände ist. Sie ist das Opium des Volkes.

Die Aufhebung der Religion als des illusorischen Glücks des Volkes ist die Forderung seines wirklichen Glücks. Die Forderung, die Illusionen über seinen Zustand aufzugeben, ist die Forderung, einen Zustand aufzugeben, der der Illusionen bedarf. Die Kritik der Religion ist also im Keim die Kritik des Jammertales, dessen Heiligenschein die Religion ist.«[318]

So wundert es nicht, dass viele Rockmusiker dem christlichen Glauben kritisch gegenüberstanden. Einer der heftigsten Religionskritiker war John Lennon, zu dessen Vision einer besseren Welt in »Imagine« auch gehörte, dass es kein Leben nach dem Tode (»Stell dir vor, es gibt keinen Himmel …, keine Hölle unter uns.«) »und auch keine Religion« gibt.

Paul McCartney hatte für die Beatles den Song »Rocky Raccoon« geschrieben, der eine Western-Story parodiert, deren Held nach einem Schusswechsel tödlich verletzt wird, aber im Sterben durch die auf seinem Saloonzimmer ausliegende Bibel des Gideonbunds Hoffnung auf Auferstehung erhält. Als John Lennon nach der Autorenschaft des Songs gefragt wurde, die wie immer mit »Lennon/McCartney« angegeben war, antwortete er: »Konnten Sie es nicht erraten? Hätte ich mir die Mühe mit der Gideon-Bibel und all dem Zeug gemacht?«[319] Am direktesten hatte sich Lennon bereits 1966 in einem Interview geäußert: »Das Christentum wird abtreten. Es wird verschwinden und in sich zusammenfallen. Ich muss darüber nicht diskutieren. Ich habe recht, und es wird sich zeigen, dass ich recht habe. Wir sind inzwischen populärer als Jesus. Ich weiß nicht, wer als erster abtreten wird – Rock'n'Roll oder das Christentum. Jesus war in Ordnung, aber seine Jünger waren fett und gewöhnlich. Was sie verfälscht haben, hat es für mich zerstört.«[320] Musikalisch distanzierte sich Lennon am deutlichsten mit dem Song »God« gegen jede Art von Religion und Pseudo-Religion:

318 Karl Marx: Zur Kritik der Hegelschen Rechtsphilosophie (1843). Einleitung.

319 John Lennon. Interview in: David Sheff: All We Are Saying. New York: St Martin's Griffin 2000, S. 189.

320 John Lennon im Interview mit Maureen Cleave, London Evening Standard vom 4.3.1966.

God	Gott
God is a concept By which we measure our pain ...	Gott ist ein Konzept Durch das wir unseren Schmerz messen ...
I don't believe in magic I don't believe in I-Ching I don't believe in Bible I don't believe in Tarot I don't believe in Hitler I don't believe in Jesus I don't believe in Kennedy I don't believe in Buddha I don't believe in Mantra I don't believe in Gita I don't believe in Yoga I don't believe in Kings I don't believe in Elvis I don't believe in Zimmerman I don't believe in Beatles	Ich glaube nicht an Magie Ich glaube nicht an I-Ching Ich glaube nicht an die Bibel Ich glaube nicht an Tarot Ich glaube nicht an Hitler Ich glaube nicht an Jesus Ich glaube nicht an Kennedy Ich glaube nicht an Buddha Ich glaube nicht an das Mantra Ich glaube nicht an die Gita Ich glaube nicht an Yoga Ich glaube nicht an Könige Ich glaube nicht an Elvis Ich glaube nicht an Zimmerman Ich glaube nicht an die Beatles
I just believe in me Yoko and me And that's reality	Ich glaube nur an mich Yoko und mich Und das ist Realität
The dream is over ... Yesterday, I was the dreamweaver But now I'm reborn I was the walrus	Der Traum ist aus ... Gestern war ich der Traumweber Aber jetzt bin ich wiedergeboren Ich war das Walross
But now I'm John And so dear friends You'll just have to carry on The dream is over	Aber jetzt bin ich John Und so liebe Freunde Ihr müsst nur weitermachen Der Traum ist aus

John Lennon, 1970. Text & Musik: John Lennon (Apple)

In den einleitenden Versen vertritt John Lennon die auf Ludwig Feuerbach (eigentlich schon auf Xenophanes von Kolophon) zurückgehende (und von Karl Marx übernommene) These, dass sich der Mensch Gott nach seinem Bilde schuf, um das Elend der Welt besser ertragen zu können. Der Song ist eine Abrechnung mit jeder Art von Religion, von Idolen und Starkult. Mit dem Song erklärt er auch seinen spirituellen Flirt mit der indischen Esoterik für beendet. Selbst Elvis und Bob Dylan (mit seinem Geburtsnamen Zimmerman benannt) werden nicht geschont. Die Beatles sind für ihn auch erledigt. Der spirituelle Traum ist aus, das Universum kreist nur noch um das eigene Ich. Immerhin gibt es noch eine witzige Anspielung auf »I Am the Walrus«, aber der Song nimmt bereits den Übergang vom solidarischen, altruistischen Geist der 1960er zum egoistischen Opportunismus der individualisierten Gesellschaft, die darauf folgte, vorweg. Lennons Religionskritik hat ihm, insbesondere in den USA, wo die Evangelikalen stark sind, viel Ärger eingebracht, ebenso vom Vatikan. Am Ende war es ein Reborn Christ, der Evangelikale David Chapman, der ihn am 8. Dezember 1980 in New York erschoss, weil er Lennons Blasphemie nicht ertragen konnte.

Die Enttäuschung über die Kollaboration der Kirchen mit dem bürgerlichen Establishment war so groß, dass die Rockgeneration nach spirituellen Alternativen suchte. Es war insbesondere Lennons Kollege George Harrison, der die indische Esoterik populär machte, nachdem er bei Ravi Shankar das Sitarspielen erlernt und Gefallen an der fernöstlichen Kultur gefunden hatte. So machte Harrison in den Musikerkreisen kräftig Werbung für Maharishi Mahesh Yogi, einen Guru, der alte Yoga-Techniken unter dem Signum *Transzendentale Meditation* äußerst gewinnbringend zu vermarkten wusste.[321]

Die Beatles hatten als besonders umworbene Ehrengäste einen ersten Vortrag des Maharishi Mahesh am 24. August 1967 in London besucht und waren anschließend auf dessen Suite im Londoner Hilton-Hotel empfangen worden. Zwei Tage später fanden sich die Beatles mit 300 anderen, darunter auch Mick Jagger und Marianne Faithfull, in einem Trainingszentrum des Gurus in Wales, wo ihnen ihre Mantras mitgeteilt wurden. Für den Maharishi brachte der Besuch der Musiker nicht nur eine extreme Medienaufmerksamkeit, sondern auch den beachtlichen Wochenverdienst jedes Bandmitglieds als Teilnahmegebühr. Im Frühjahr 1968 flogen die Beatles dann zusammen mit einer beträchtlichen Entourage und weiteren Musikern, Schauspielern, Filmemachern und Society-Ladies, darunter Donovan, Mike Love (von den Beach Boys) und Mia Farrow samt Geschwistern, in den Ashram, um ihr Seelenheil zu finden.

Während sich George Harrison ziemlich erleuchtet fand, blieb John Lennon zwar freundlich, aber skeptisch. Gleich bei der ersten Sitzung tätschelte Lennon dem Maharishi mit den Worten »Das ist ein braver kleiner Guru« den Kopf, was allgemeines Gelächter auslöste. In den folgenden Tagen zeichnete sich Lennon ohnehin dadurch aus, dass er sich über diejenigen Teilnehmer lustig machte, die »Gott schneller erreichen wollten als die anderen«, indem sie aus dem Meditieren gar nicht mehr herauskamen. Ein Opfer seines Spotts war Mia Farrows Schwester Prudence (der Paul McCartney den Song »Dear Prudence« schrieb), ein anderes George Harrison, dem er prophezeite, auf einem fliegenden Teppich zu reisen, wenn er vierzig würde. Ansonsten tauschten die Musiker untereinander Spieltechniken aus, entwickelten gemeinsame Projekte und komponierten eine Menge Songs. Lennon bereitete die Trennung von seiner Frau Cynthia vor und freute sich über die Briefe seiner neuen Liebe Yoko Ono.

---

321 Die folgenden Abschnitte fassen Informationen aus zahlreichen Quellen zusammen, darunter: Mia Farrow: What Falls Away. New York: Doubleday 1997. Craig Cross: The Beatles: Day-by-Day, Song-by-Song, Record-by-Record. Universe 2004. Bob Spitz: The Beatles: The Biography. Little, Brown and Company 2005. David Jones: Lennon was right. The Giggling Guru was a shameless old fraud. Daily Mail vom 6.2.2008. John Alexis Mardas: Statement from February 2010, Athen. Gary Tillery: The Cynical Idealist: A Spiritual Biography of John Lennon. Wheaton: Quest Books 2010; Howard Sounes: Fab: An Intimate Life of Paul McCartney. Boston: Da Capo Press 2010.

Nach ein paar Wochen setzte schließlich der Lagerkoller ein. Als der Maharishi forderte, dass 25 Prozent der Erlöse des nächsten Beatles-Albums auf sein Schweizer Bankkonto überwiesen werden sollten, hatte Lennon seine Sinne beisammen: »Nur über meine Leiche.« Außerdem neigte der Maharishi dazu, junge hübsche Frauen – darunter Mia Farrow – zu begrabschen (was seine Fans als Zeichen der spirituellen Wertschätzung zu entschuldigen versuchten), so dass ihn Lennon schließlich als »geilen Schürzenjäger« beschimpfte.

Die Beatles packten ihre Sachen und organisierten Taxis, die sie zum Flughafen bringen sollten. Die Verabschiedung vom Maharishi muss recht lebhaft gewesen sein. Als der Guru fragte, warum sie ihn verlassen wollten, sagte Lennon: »Wenn du so verfickt kosmisch bist, wirst du wissen, warum«. Und als Lennon ihn mit seinen Vorwürfen konfrontierte, entschuldigte sich der Maharishi, dass er ja schließlich auch nur ein Mensch sei. Immerhin beherrschte der Guru die Geisterwelt gut genug, um Lennons Taxi mit einem wirksamen Fluch zu belegen: Der Wagen bekam einen platten Reifen, und als der Fahrer auf der Suche nach einem Ersatzrad stundenlang verschwunden war, musste der Musiker nach Delhi trampen, um den nächsten Flug nach London zu ergattern.

Während John Lennon erst einmal genug von fernöstlicher Esoterik hatte und sich lieber wieder den guten alten bewusstseinserweiternden Drogen zuwandte, blieb Harrison vom Maharishi begeistert. Auch der brave Paul McCartney hat sein Mantra nie vergessen. Mike Love ließ sich sogar zum Dozenten für Transzendentale Meditation schulen und nahm den Maharishi auf eine Tournee mit den Beach Boys mit, was aber nach wenigen Vorstellungen platzte. Immerhin überzeugte er die Band, auf dem Album »Friends« ein paar Stücke über Transzendentale Meditation aufzunehmen. Ein weiteres musikalisches Erbe des Ashram-Trips war der Beatles-Song »Sexy Sadie«, den Lennon ursprünglich »Maharishi« betitelt hatte, dann aber aus Furcht vor strafrechtlicher Verfolgung umbenannte. Ersetzt man »Sexy Sadie« einfach durch »Maharishi«, erschließt sich der Sinn des Lieds.

Sexy Sadie

Sexy Sadie, what have you done?
You made a fool of everyone ...
Sexy Sadie, you broke the rules
You laid it down for all to see ...

One sunny day the world was waiting for a lover
She came along to turn on everyone
Sexy Sadie, the greatest of them all

Sexy Sadie, how did you know
The world was waiting just for you ...

Sexy Sadie, you'll get yours yet
However big you think you are ...

Sexy Sadie

Sexy Sadie, was hast du getan?
Du hast aus jedem einen Trottel gemacht ...
Sexy Sadie, du hast die Regeln gebrochen.
Du hast es allen glasklar dargelegt ...

Eines sonnigen Tages wartete die Welt auf eine Geliebte.
Sie kam daher, um alle anzumachen.
Sexy Sadie, die größte von ihnen allen.

Sexy Sadie, wie konntest du's nur wissen?
Die Welt hat nur auf dich gewartet ...

Sexy Sadie, auch du kommst noch dran,
So mächtig groß du dir auch vorkommst ...

We gave her everything we owned just to sit at her table
Just a smile would lighten everything
Sexy Sadie, she's the latest and the greatest of them all

She made a fool of everyone, Sexy Sadie
However big you think you are

Wir gaben ihr alles, was wir hatten, nur um an ihrem Tisch zu sitzen.
Nur ein Lächeln war genug, um alles leichter zu machen.
Sexy Sadie, sie ist die neuste und größte von ihnen allen.

Sie machte alle zu Narren, Sexy Sadie.
So mächtig groß du dir auch vorkommst.

The Beatles, 1968. Text & Musik: John Lennon, Paul McCartney (Apple)

Der Maharishi schimpfte noch zwanzig Jahre später über die Beatles, konnte sich aber eines Vermögens von rund einer Milliarde Euro erfreuen, das wohl ohne die Publicity, die ihm die Musiker eingebracht hatten, in dieser Größenordnung nicht zustande gekommen wäre.

In seinem Fahrwasser schwammen auch noch andere Haie. Da gab es seinen indischen Kollegen Chandra Mohan Jain, der sich im Laufe seines Lebens verschiedene Namen wie Bhagwan, Shree Rajneesh oder Osho zulegte, um als Sektenguru wohlhabende junge Frauen aus dem Westen anzulocken, die es ihm ermöglichten, sich einen eindrucksvollen Fuhrpark von Luxuslimousinen anzuschaffen. 1981 musste er ganz profan vor der Steuerfahndung aus dem indischen Poona in die USA flüchten, die er aber 1985 schon wieder verließ, um einer zehnjährigen Gefängnisstrafe zu entgehen. Seine Mitarbeiter hatten 750 Einwohner einer benachbarten Stadt vergiftet, um zu testen, ob sie damit Wahlergebnisse zu ihren Gunsten beeinflussen konnten. Über die Naivität seiner Anhänger hat sich Udo Lindenberg gehörig lustig gemacht:

Heyooh Guru

Er hat uns klargemacht
hell ist der Tag und dunkel die Nacht
wir sind die Jünger – wir sind die Kunden
er hat das Rührei des Kolumbus erfunden
wir waren ja so blind – jetzt können wir sehen
wir können übers Wasser gehen, Heyooh

Hey – reich mir den Weihrauchtopf
räucher' mir mein Herzchen rein, und erleuchte mir den Dröhnekopf
zu allen Fragen, die uns bedrängen
der Meister lässt uns niemals hängen
zu allen Fragen dieser Zeit
hat er den genitalen Spruch bereit
Hare Hare – Rama Rama
und der Guru ist kein Armer ...

Er braucht öfter mal was Neu's
einen bonbonrosa-schraubgehubten-Amphibien-Rolls-Royce
durch die Wüste zieht der Treck
der Guru fliegt schon mal vorweg
und er erscheint in weißen Wolken

Udo Lindenberg, 1983. Text & Musik: Udo Lindenberg (Polydor)

So schlicht die Botschaften waren, so begeistert zeigten sich die gutgläubigen Anhänger. Und so asketisch die Jünger leben sollten, so sehr liebte der Guru den Luxus, den er mit dem Geld erwarb, das er ihnen aus den Taschen zog. 250.000 Anhänger, die allein dem Bhagwan gefolgt sind, zeigten das Potential des spirituellen Vakuums, das die Religionskritik der 60er Jahre erzeugt hatte. Die Rockstars zeigten ihren Fans, wo sie ihre spirituellen Bedürfnisse befriedigen konnten. Tina Turner wandte sich dem Buddhismus zu. Die Popsängerin Madonna Ciccone suchte ihr Heil in einer Trivialisierung der jüdischen Kabbala-Mystik. Pete Townshend, das Gehirn von The Who, wurde 1968 ein Jünger des indischen Sektenführers Meher Baba, der sich als Avatar, als Verkörperung Gottes in menschlicher Form, ausgab. Townshend widmete Baba die Rockoper »Tommy« und ließ sich für die Songs »Baba O'Riley«, »Happy Birthday«, »I Am«, »Who Came First« und »With Love« von Baba inspirieren. Melanie Safka sang »Meher Baba lebt wieder« in ihrem Song »Lay Down (Candles in the Rain)« und Bobby McFerrin gewann 1988 einen Grammy mit der Vertonung des Baba-Spruchs »Don't Worry, Be Happy«. McFerrin ist viel für seine Naivität kritisiert worden, denn er singt allen Ernstes, dass man ihn einfach anrufen solle, wenn man Mietschulden hat und die Zwangsräumung droht, und dass er den Anrufer dann wieder »glücklich mache«. Damit ist das Lied ein schönes Beispiel dafür, wie der esoterische Wunsch nach Weltverbesserung zu einer Abkehr von gesellschaftspolitischer Veränderung führte. Das klang schon beim Musical »Hair« an, das im Wassermann-Zeitalter eine naive Hippie-Vision von Love and Peace auch ohne politische Anstrengung versprach.

Zwar war der Okkultismus schon im 19. Jahrhundert verbreitet, als in Salons spiritistische Séancen veranstaltet wurden, aber so richtig popularisiert wurde die Vision eines New Age tatsächlich durch das enorm massenwirksame Musical. Interessanterweise tritt die astrologische Konstellation, die das Zeitalter des Wassermanns auslösen sollte, in jedem Jahr mehrfach ein, so dass bereits die erwähnte Planetenkonstellation Unsinn ist. Überhaupt gibt es in Astrologenkreisen wenig Übereinstimmung über den Beginn des Zeitalters des Wassermanns – es wurden schon die Jahre 1413, 1844, 1890 und 3573 dafür genannt. Gemeinsam ist den New-Age-Anhängern die Auffassung, dass die Kinder der 1960er Jahre eine

»aquarianische Verschwörung« bilden sollen, um überkommene Strukturen von Familie, Kirche und Arbeitswelt durch eine holistische Spiritualität zu überwinden.[322]

Was »Hair« im Jahr 1967 angestoßen hat, kann heute auf jeder Esoterik-Messe besichtigt werden: ein bunter Strauß verschiedenartigster Heilsversprechen durch Astrologie, Meditation, Pendel, Tarot-Karten, Sandbilder, Amulette, Körperbewegungen, bei Vollmond geerntete Blüten und anderes, was das »metaphysische Bedürfnis« des Menschen (Schopenhauer) jenseits der Kirchen, die sich damals mit dem bürgerlichen Establishment verbündet hatten, zu befriedigen verspricht. Esoterik bedeutet, dass man Religion ersetzt durch den Glauben an eine göttliche Macht, die das Universum ganzheitlich beherrscht.

Andere haben auf die Religionskritik reagiert, indem sie das Gegenteil verherrlichten. Der Boden für den Satanismus war fruchtbar, als Mick Jagger 1968 »Sympathy for the Devil« sang und von den Satanisten gründlich missverstanden wurde. Der Teufelsglaube ist ein uraltes Element der christlichen Religion, um den Gegenspieler Gottes zu charakterisieren, der die Versuchung und das Böse in die Welt bringt. Jaggers Teufel ist ein konventioneller Teufel, der Menschen mordet, Kriege anzettelt und Seelen verdirbt. Der Vers »es waren du und ich« verrät, dass das allgemein Böse im Menschen gemeint ist. Für den gläubigen Christen Alice Cooper, der selbst den Teufel spielte, stand der Teufel für das Böse, das aber zum Ende seiner Show stets vom Guten überwunden wurde – eine klassische christliche Botschaft im Gewand harter Rockmusik.

Egal wie es gemeint war, es war eine Satanismuswelle losgetreten. Einer der prominentesten Satanisten unter den Rockmusikern war Jimmy Page, der von schwarzer Magie und dem Okkultisten Aleister Crowley so fasziniert war, dass er an allen möglichen Stellen satanistische Symbole – wie die biblische 666 – anbrachte. Page kaufte sogar das Boleskine House, in dem Aleister Crowley zwischen 1899 und 1913 gelebt hatte, um es für schwarze Magie zu nutzen. In Pages eigenen Worten: »Ich lebte es. Das ist alles. Es war mein Leben – diese Vermischung von Magie und Musik.« Und er ergänzte, »dass die vier musikalischen Elemente von Led Zeppelin durch ein fünftes bereichert wurden, die Magie selbst. Das ist der alchemistische Prozess.«[323]

Satanistische Symbole im Überfluss benutzten dann Black Sabbath und die Bands, die sich dem Heavy Metal und seinen Abkömmlingen (wie Doom Metal, True Metal, Black Metal, Death Metal etc.) zurechneten. Die Masse der Musiker wie auch der Fans betrachtete die schwarze Symbolik als Spiel – als eine Mischung aus dem kathartisch-Gruseligen des Horror-Genres und aus der Nutzung von Schockelementen, um Eltern und Bürgertum durch verbotene Symbole, Tattoos, Piercings, schwarzes Leder, Nieten und Stacheln zu provozieren.

---

322 Marilyn Ferguson: The Aquarian Conspiracy: Personal and Social Transformation in the 1980's. New York: Tarcher 1980.

323 Interview mit Jimmy Page in Guitar World, Januar 2008.

Black Sabbath klingt nach einer satanistischen Verhöhnung des jüdisch-christlichen Feiertags (im Englischen und Amerikanischen wurde der Sonntag traditionell als *sabbath* bezeichnet). Aber in den Songs der Band finden sich sehr differenzierte Aussagen. »Heaven and Hell«, der Titelsong des gleichnamigen Albums, ist ein Lied über die zwiespältige Natur des Menschen, der Gut und Böse in sich trägt, über die Widersprüchlichkeit der Welt, über die Achterbahnfahrt des Lebens, über die Manipulation der Menschen durch die politisch Mächtigen und damit über den ewigen Kampf zwischen Himmel und Hölle beziehungsweise zwischen Gott und dem Teufel, der im Lied als ausgesprochen negative Figur erscheint (»Der Teufel ist niemals ein Schöpfer«), die für all das Böse in der Welt verantwortlich ist. Das entspricht, »schwarzer Sonntag« hin oder her, der traditionellen christlichen Botschaft.

Heaven and Hell

Sing me a song, you're a singer
Do me a wrong, you're a bringer of evil
The devil is never a maker ...
So it's on and on and on, it's heaven and hell ...

The lover of life's not a sinner
The ending is just a beginner
The closer you get to the meaning
The sooner you'll know that you're dreaming ...

Well if it seems to be real, it's illusion
For every moment of truth, there's confusion in life
Love can be seen as the answer, but nobody bleeds for the dancer ...

They say that life's a carousel
Spinning fast, you've got to ride it well
The world is full of kings and queens
Who blind your eyes and steal your dreams
It's heaven and hell, oh well

And they'll tell you black is really white
The moon is just the sun at night ...
Fool, fool ...

Himmel und Hölle

Sing mir ein Lied, du bist ein Sänger
Füg mir Unrecht zu, du bist ein Überbringer des Bösen
Der Teufel ist niemals ein Schöpfer ...
So geht es weiter und weiter, es ist Himmel und Hölle ...

Wer das Leben liebt, ist kein Sünder
Das Ende ist gerade mal der Anfang
Je näher du daran bist, den Sinn zu erkennen
Umso schneller wirst du merken, dass du träumst ...

Wenn es wirklich erscheint, ist es Illusion
Für jeden Moment der Wahrheit gibt es Verwirrung im Leben
Du kannst Liebe als Antwort sehen, aber keiner gibt sein Blut für den Tänzer her ...

Man sagt, das Leben sei ein Karrussell
Es dreht sich schnell, du must es gut fahren können
Die Welt ist voller Könige und Königinnen
Die dich blenden und deine Träume stehlen
Es ist Himmel und Hölle, o ja

Und sie sagen dir, dass Schwarz in Wirklichkeit Weiß ist
Dass der Mond nur die Sonne bei Nacht ist ...
Dummkopf, Dummkopf ...

Black Sabbath, 1979. Text & Musik: Ronnie James Dio, Tony Iommi, Geezer Butler, Bill Ward (Vertigo)

Einen explizit philosophischen Rocksong über die Frage, ob es einen Gott gibt, machten Black Sabbath im Jahr 2012, als sie sich mit der berühmten Aussage von

Friedrich Nietzsche auseinandersetzten: »Gott ist tot! Gott bleibt tot! Und wir haben ihn getötet!«[324] Der Song fragt danach, ob Nietzsche recht hat.

God Is Dead?

Lost in the darkness
I fade from the light
Faith of my father, my brother, my Maker and Savior
Help me make it through the night
Blood on my conscious
And murder in mind
Out of the gloom I rise up from my tomb into impending doom
Now my body is my shrine ...

The voices echo in my head
Is God alive or is God dead?
Is God dead?

Rivers of evil
Run through dying land
Swimming in sorrow, they kill, steal, and borrow, there is no tomorrow
For the sinners will be damned
Ashes to ashes
You cannot exhume a soul
Who do you trust when corruption and lust, creed of all the unjust,
Leave you empty and unwhole?
When will this nightmare be over? Tell me!
When can I empty my head?
Will someone tell me the answer?
Is God really dead? ...

To safeguard my philosophy
Until my dying breath
I transfer from reality
Into a mental death
I empathize with enemies
Until the timing's right
With God and Satan at my side
From darkness will come light
I watch the rain
As it turns red
Give me more wine
I don't need bread
These riddles that live in my head
I don't believe that God is dead
God is dead

Gott ist tot?

Verloren in der Dunkelheit
Ich verblasse aus dem Licht
Glaube meines Vaters, meines Bruders, meines Schöpfers und Erlösers
Hilf mir, durch die Nacht zu kommen
Blut auf mein Bewusstsein
Und Mord in den Gedanken
Aus der Düsternis erhebe ich mich aus meinem Grab in mein dräuendes Schicksal
Jetzt ist mein Körper mein Schrein ...

Die Stimmen hallen in meinem Kopf
Lebt Gott oder ist Gott tot?
Ist Gott tot?

Flüsse des Bösen
Fließen durch sterbendes Land
Sie schwimmen in Trauer, sie töten, stehlen und borgen
Es gibt kein Morgen
Denn die Sünder sind verdammt
Asche zu Asche
Du kannst eine Seele nicht exhumieren
Wem traust du, wenn Korruption und Lust,
Bekenntnis zu all der Ungerechtigkeit,
dich leer und unvollständig lassen?
Wann wird dieser Albtraum vorbei sein? Sag's mir!
Wann kann ich meinen Kopf leeren?
Wird mir jemand die Antwort geben?
Ist Gott wirklich tot? ...

Um meine Philosophie zu schützen
Bis zu meinem letzten Atemzug
Schreite ich von der Wirklichkeit
In einen geistigen Tod
Ich habe Mitgefühl mit Feinden
Bis der richtige Zeitpunkt kommt
Mit Gott und Satan an meiner Seite
Wird aus der Dunkelheit Licht kommen
Ich sehe, wie sich der Regen rot färbt
Gib mir mehr Wein
Ich brauche kein Brot
Diese Rätsel in meinem Kopf
Ich glaube nicht, dass Gott tot ist
Gott ist tot

324 Friedrich Nietzsche: Die fröhliche Wissenschaft. Aphorismus 125 »Der tolle Mensch«, 1882/1887.

Nowhere to run
Nowhere to hide
Wondering if we will meet again
On the other side
Do you believe a word
What the good book said?
Or is it just a holy fairytale
And God is dead?
God is dead, God is dead ...
Right!

But still the voices in my head
Are telling me that God is dead
The blood pours down
The rain turns red
I don't believe that God is dead
God is dead, God is dead ...

Nirgendwo kann ich hinrennen
Nirgendwo kann ich mich verstecken
Ich frage mich, ob wir uns wiedersehen
Im Jenseits
Glaubst du ein Wort
Von dem, was das gute Buch sagte?
Oder ist es nur ein heiliges Märchen?
Und ist Gott tot?
Gott ist tot, Gott ist tot ...
Richtig!

Aber immer noch sagen mir die Stimmen in meinem Kopf
Dass Gott tot ist
Das Blut strömt herab
Der Regen färbt sich rot
Ich glaube nicht, dass Gott tot ist
Gott ist tot, Gott ist tot ...

Black Sabbath, 2012/13. Text & Musik: Geezer Butler, Tony Iommi, Ozzy Osbourne (Republic)

Es ist ein Lied über einen Christen, der an seinem Glauben zweifelt. Die Anspielungen auf das Christentum sind eindeutig, auf die Bibel, auf Jesus, den Erlöser, auf die unsterbliche Seele und auch auf den Widerstreit zwischen Gott und Satan. Wie schon bei »Heaven and Hell« sieht sich der Mensch in einer turbulenten Welt, die von Unrecht geprägt ist. Und in dieser Welt voller Unheil und Widersprüche sucht der Sänger die Hilfe Gottes. Man (Nietzsche) hat ihm erzählt, dass Gott tot sei, aber er will es nicht glauben. Ein durch und durch christlicher Song – und das von einer Band, die sich mit Satans- und Horrorsymbolen schmückt.

Aber es gab auch einige, die eine Religion daraus machten. Charles Manson war ein Liedermacher, der zwischenzeitlich in einer Kooperationsbeziehung zu Dennis Wilson von den Beach Boys stand. Manson war ein notorischer Krimineller, der nicht wählerisch bei der Art seiner Straftaten war: Diebstahl, Raub, schwere Körperverletzung, Mord. In den Gefängnissen, in denen er bereits mit 32 Jahren die Hälfte seines Lebens wegen diverser Delikte verbracht hatte, entwickelte er eine krude Religion, die Elemente des Satanismus und der Scientology-Sekte mit christlicher Symbolik vermischte, und gründete eine Sekte, die Manson-Familie. Manson sah eine geheime Botschaft in dem Beatles-Song »Helter Skelter« und fühlte sich berufen, die Menschheit auszulöschen. Er wurde wegen siebenfachen Mordes verurteilt, insbesondere an der hochschwangeren Schauspielerin Sharon Tate, sowie wegen Anstiftung zum Mord.

Wie antworteten die Kirchen auf die Religionskritik der Rock-Ära? Indem sie deren (vermeintliche) Erfolgsrezepte imitierten, vor allem die evangelischen Kirchen, die ja immer schnell dabei sind, dem Zeitgeist zu folgen. Erstens wurde die Sprache anglisiert. Die Rockmusik wurde in englischer Sprache gesungen, also hieß die Formel: englisch = jugendlich = cool. Aus den Jugendtreffen wurden *Meetings*, aus Bibelkreisen *Workshops*. Zweitens wurden die deutschsprachigen Kirchenlieder von anno Tobak durch englischsprachige Songs ersetzt, die Beat und Rhythmus hatten. Dazu boten sich zunächst die amerikanischen Spirituals an, die rasch in das Repertoire deutscher Jugendgottesdienste übernommen wurden.

Drittens kam die christliche Antwort auf »Hair« mit dem Musical »Jesus Christ Superstar«, dessen Soundtrack bereits 1970 als Konzeptalbum erschien, mit Deep-Purple-Sänger Ian Gillan als Jesus. Geschrieben wurde das Musical von dem damals noch kaum bekannten Komponistenduo Andrew Lloyd Webber (Musik) und Tim Rice (Text). Mit »Joseph and the Amazing Technicolor Dreamcoat« hatten sie schon zuvor einen biblischen Stoff mit Rock-and-Roll-Musik kombiniert. Natürlich war es eine Broadway-Produktion mit kommerziellen Interessen, was aber ihren Erfolg garantierte. Nach weniger als zwei Jahren hatte es am Broadway 711 Aufführungen gegeben. Der gleichnamige Film, der 1973 erschien, landete immerhin auf Platz acht in der Liste der erfolgreichsten Filme des Jahres in den USA.

Viertens gab es die Massenevangelisationen. Das »Maschinengewehr Gottes«, der amerikanische Baptistenprediger Billie Graham, trat 1970 in der Dortmunder Westfalenhalle auf und ließ seine aggressive Predigt live in zahlreiche weitere Großstädte übertragen, wobei er alle Register der Demagogie und Massenpsychologie zog, um sein Publikum in Ekstase zu versetzen. Das Musikprogramm zur Veranstaltung wurde vom Verlag Jugend für Christus in Deutschland auf Schallplatte gepresst. Billie Graham war nur einer von zahlreichen amerikanischen Fernsehpredigern, die, nicht anders als Maharishi und Bhagwan, sehr erfolgreich darin waren, ihren Anhängern das Geld aus den Taschen zu ziehen und lukrative Wirtschaftsimperien aufzubauen. Ausgerechnet die Band, die sich nach dem ersten Buch Mose benannt hatte, brachte mit ihrem Musikvideo »Jesus He Knows Me« eine köstliche Persiflage auf die Fernsehevangelisten. Phil Collins parodiert mit Perücke den Teleprediger Ernest Angley:

Jesus He Knows Me

Do you see the face on the TV screen
Coming at you every sunday?
See the face on the billboard?
That man is me

On the cover of the magazine
There's no question why I'm smiling
You buy a piece of paradise,
You buy a piece of me
I'll get you everything you wanted
I'll get you everything you need
Don't need to believe in hereafter,
just believe in me

Jesus, er kennt mich

Siehst du das Gesicht auf dem
Fernsehschirm,
Das dich jeden Sonntag aufsucht?
Siehst du das Gesicht auf dem Werbeplakat?
Dieser Mann bin ich.

Auf der Titelseite der Illustrierten,
Keine Frage, warum ich da grinse.
Du kaufst ein Stück vom Paradies.
Du kaufst ein Stück von mir.
Ich verschaff' dir alles, was du wolltest.
Ich verschaff' dir alles, was du brauchst.
Es ist nicht nötig, an ein Leben nach dem
Tod zu glauben,
Glaube einfach an mich.

'Cos Jesus He knows me
And He knows I'm right
I've been talking to Jesus
All my life ...
And He's been telling me
Everything is alright

I believe in family
With my ever loving wife beside me
But she don't know about my girlfriend
Or the man I met last night

Do you believe in God?
'Cos that's what I'm selling
And if you wanna go to heaven,
I'll see you right
You won't even have to leave your house
Or get out of your chair
You don't even have to touch that dial
Cos I'm everywhere ...

Won't find me practising what I'm preaching
Won't find me making no sacrifice
But I can get you a pocketful of miracles
If you promise to be good, try to be nice
God will take good care of you
Just do as I say, don't do as I do

I'm counting my blessings,
I've found true happiness,
'cos I'm getting richer,
day by day

You can find me in the phone book,
just call my toll free number
You can do it anyway you want,
just do it right away
There'll be no doubt in your mind
You'll believe everything I'm saying
If wanna get closer to Him
Get on your knees and start paying ...

Denn Jesus, der kennt mich,
Und er weiß, dass ich recht habe.
Ich habe mit Jesus gesprochen
mein ganzes Leben lang ...
Und er hat mir gesagt,
Dass alles in Ordnung ist.

Ich glaube an die Familie
mit meiner stets mich liebenden Frau an meiner Seite.
Aber sie weiß nichts von meiner Freundin
Oder dem Mann, mit dem ich mich letzte Nacht getroffen habe.

Glaubst du an Gott?
Denn das ist es, was ich verkaufe.
Und wenn du in den Himmel kommen willst,
Bekomme ich das hin.
Du musst dafür nicht mal aus dem Haus gehen
Oder aus deinem Sessel aufstehen.
Du musst noch nicht mal diese Telefonnummer wählen,
Denn ich bin überall ...

Du wirst nicht finden, dass ich tu, was ich predige.
Du wirst nicht finden, dass ich ein Opfer bringe.
Aber ich kann dir einen Sack voller Wunder bieten,
Wenn du versprichst, gut zu sein, und versuchst, nett zu sein.
Gott wird sich gut um dich kümmern.
Mach einfach, was ich dir sage, und nicht, das, was ich mache.

Ich bin dankbar für das, was ich habe.
Ich habe das wahre Glück gefunden.
Denn ich werde immer reicher,
Tag für Tag.

Du findest mich im Telefonbuch.
Ruf' einfach die kostenfreie Nummer an.
Mach es, wie du willst.
Nur mach es sofort!
Da bleibt kein Platz für Zweifel in dir.
Du wirst alles glauben, was ich sage.
Wenn du Ihm näherkommen willst,
Geh auf die Knie und fang an zu zahlen ...

Genesis, 1991. Text & Musik: Tony Banks, Phil Collins, Mike Rutherford (Atlantic / Virgin)

Der Song prangert die Scheinheiligkeit, Verlogenheit und Geldgier an, die so typisch für die Fernsehprediger ist, die das spirituelle Bedürfnis ihrer Anhänger gnadenlos ausbeuten. Am übelsten stößt den Musikern auf, dass diese Evangelisten ein konservatives Familienbild und Homophobie predigen, während sie selbst ihre Frauen betrügen und ihren bisexuellen Neigungen nachgehen. Hatte nicht Jesus von Nazareth die Scheinheiligkeit der Pharisäer angegriffen? Wenn es übrigens irgendeines Beweises für eine narzisstische Persönlichkeitsstörung bedurft hätte, dann bestand er darin, dass sich der parodierte Angley durch das Video sogar noch geschmeichelt fühlte.[325]

Die fünfte Reaktion der Kirchen auf die Religionskritik und Säkularisierung bestand in der Entwicklung moderner religiöser Lieder im Gewand von Pop- und Rockmusik unter Bezeichnungen wie *Sacropop*, *Gospelrock*, *Populäre christliche Musik* oder *Contemporary Christian Music (CCM)*.[326] Das konnte sogar politisch werden, wie das »Andere Osterlied« zeigt, das bis 2010 auch bei Kirchentagen gesungen wurde, und das wie eine direkte Antwort auf die marxistische Religionskritik wirkt. Denn es fordert die Christen auf, sich schon auf Erden gegen Unterdrückung zu wehren und sich nicht mit der Aussicht auf Gerechtigkeit im Jenseits zufrieden zu geben.

Anderes Osterlied

Das könnte den Herren der Welt ja so passen,
wenn erst nach dem Tode Gerechtigkeit käme,
erst dann die Herrschaft der Herren,
erst dann die Knechtschaft der Knechte
vergessen wäre für immer …

Das könnte den Herren der Welt ja so passen,
wenn hier auf der Erde stets alles so bliebe,
wenn hier die Herrschaft der Herren,
wenn hier die Knechtschaft der Knechte
so weiterginge wie immer …

Doch ist der Befreier vom Tod auferstanden,
ist schon auferstanden und ruft uns jetzt alle
zur Auferstehung auf Erden,
zum Aufstand gegen die Herren,
die mit dem Tod uns regieren …

Peter Janssens, 1970. Text: Kurt Marti, Musik: Peter Janssens (Peter Janssens Musik Verlag)

325 Nach Aussage von Phil Collins in der BBC-Sendung »Room 101«. https://www.youtube.com/watch?v=7JHhXgqfKL0, zugegriffen am 1.7.2020.

326 Peter Bubmann: Das »Neue Geistliche Lied« als Ausdrucksmedium religiöser Milieus. Zeithistorische Forschungen/Studies. In: Contemporary History, Bd. 7 (2010), Nr. 3, S. 460–468.

Lehnten christliche Führer anfangs die Rockmusik strikt ab, hat sich das Blatt seit den 1990er Jahren gewendet. Beleg dafür ist die amerikanische Buchreihe »The Gospel According to … [the Beatles, Bob Dylan, Bruce Springsteen, U2]«, die weitgehend von Theologieprofessoren verfasst wurde, um zu zeigen, dass hinter den rauen Schalen der Rockmusiker auch weiche, christliche Kerne steckten.

Wenn es jemals so etwas wie eine christliche Rockband gegeben hat, die »echte«, musikalisch »harte« Rockmusik machte, dann war es Whitesnake. Whitesnake war vom Sänger David Coverdale gegründet worden, nachdem sich Deep Purple aufgelöst hatten. Die Band, die neben Coverdale mit Jon Lord und Ian Paice zeitweise drei Ex-Deep-Purple-Musiker umfasste, spielte einen authentischen Hardrock-Sound. Die amerikanische Zensur des Covers ihres Albums »Lovehunter«, das eine nackte Frau zeigte, die auf einer riesigen Schlange ritt, kam einer Adelung gleich. Ihr größter Hit, das kraftvolle »Here I Go Again«, ist eine Ballade über den einsamen Hobo, den heimatlosen Vagabunden, der durch den Glauben die Kraft erhält, seinen schwierigen Weg fortzusetzen, nachdem der Versuch einer Beziehung gescheitert ist (gemeint ist Coverdales Ehe mit seiner ersten Frau Julia).

Here I Go Again	**Hier gehe ich wieder**
I don't know where I'm going, but I sure know where I've been Hanging on the promises in the songs of yesterday And I've made up my mind I ain't wasting no more time Here I go again, here I go again	Ich weiß nicht, wohin ich gehe, aber ich bin sicher, wo ich gewesen bin Ich klammere mich an die Versprechen aus den Liedern von gestern Und ich habe mich entschieden Ich vergeude keine Zeit mehr Hier gehe ich wieder, hier gehe ich wieder
Though I keep searching for an answer I never seem to find what I'm looking for Oh Lord, I pray you give me strength to carry on 'Cause I know what it means To walk along the lonely street of dreams	Obwohl ich weiter nach einer Antwort suche Scheine ich nie das zu finden, was ich suche Oh Herr, ich bete, dass du mir die Kraft gibst weiterzumachen Weil ich weiß, was es bedeutet Die einsame Straße der Träume entlang zu gehen
Here I go again on my own Going down the only road I've ever known Like a drifter, I was born to walk alone And I've made up my mind I ain't wasting no more time	Und hier gehe ich wieder für mich allein Gehe die einzige Straße, die ich je gekannt habe Wie ein Vagabund wurde ich geboren, um allein zu gehen Aber ich habe mich entschieden Ich vergeude keine Zeit mehr
I'm just another heart in need of rescue Waiting on love's sweet charity And I'm gonna hold on for the rest of my days 'Cause I know what it means …	Ich bin nur ein weiteres Herz, das Rettung braucht Ich warte auf die süße Wohltat der Liebe Und ich werde für den Rest meiner Tage weitermachen Weil ich weiß, was es bedeutet

Whitesnake, 1987. Text & Musik: David Coverdale, Bernie Marsden (Geffen)

Noch deutlicher wird die klassische christliche Botschaft in »Saints An' Sinners«, das der gesamten LP den Titel verlieh: Wir sind Sünder, die der Versuchung nicht widerstehen können, und sollten uns auf das Jüngste Gericht vorbereiten.

Saints An' Sinners	**Heilige und Sünder**
Get ready for Judgement day An' the final curtain call, Don't lie when you testify 'Cos the Good Lord know you're all Saints an' sinners, priests an' thieves ...	Bereite dich auf den Tag des Jüngsten Gerichts vor Wenn der letzte Vorhang fällt Lüge nicht, wenn du Zeugnis ablegst Weil der gute Herr weiß, dass ihr alle Heilige und Sünder, Priester und Diebe seid ...
When Moses stood on the Red Sea shore Laying the Law on the line, He said don't come knocking On the Pearly Gates If all you did was have a real good time ...	Als Moses am Ufer des Roten Meeres stand Und das Gesetz verkündete Er sagte, klopfe nicht An die Himmelspforte Wenn du nichts als eine schöne Zeit gehabt hast ...
For what we are about to receive May the Lord make us truly thankful ...	Für das, was wir bekommen werden Möge der Herr uns wahrhaft dankbar machen ...
I stand guilty of a thousand crimes, An' I suffer temptation still, Show me a man who won't give it to his woman ... An' I'll show you somebody who will ...	Ich bin an Tausend Verbrechen schuldig Und ich leide immer noch unter der Versuchung Zeig mir einen Mann, der das nicht seiner Frau erlaubt ... Und ich zeige dir einen, der es tut ...

Whitesnake, 1987. Text & Musik: David Coverdale, Bernie Marsden, Micky Moody, Neil Murray, Jon Lord, Ian Paice (Geffen)

Eines der intelligentesten und lyrischsten Lieder über Jesus Christus stammt von Leonard Cohen. Dabei ist es gar kein religiöses Lied, sondern eine Ballade über eine platonische Liebesbeziehung. »Suzanne« handelt von der Tänzerin Suzanne Verdal, die Mitte der sechziger Jahre mit einem Freund Cohens, dem Bildhauer Armand Vaillancourt, liiert war. In der Jazz- und, Beatnik- und Kunstszene war die freigeistige Tänzerin eine gesellschaftliche Größe, die den Status einer Muse mehrerer Künstler genoss.

Cohen besuchte Suzanne Verdal im Sommer 1965 in ihrer Loftwohnung am Ufer des Sankt-Lorenz-Stroms.[327] Sie tranken bei Kerzenlicht Tee, der mit Orangenschale

327 Interview mit Leonard Cohen im BBC Radio 1, ausgestrahlt am 8.7.1994. Transkript von Andrew Normen. http://arquivo.pt/wayback/20090707111733/http://www.webheights.net/speakingcohen/bbctrans.htm, zugegriffen am 1.7.2020.

und Gewürzen aromatisiert war. Sie gingen durch die Altstadt von Montreal am Flussufer spazieren, um zur Kapelle der Seeleute zu gelangen, die der Heiligen Maria gewidmet war und auf Französisch Notre-Dame-de-Bon-Secours, auf Englisch schlicht Sailor's Chapel hieß. Cohen war fasziniert davon, wie die Jungfrau Maria den Seeleuten ihre Arme entgegenstreckte, um sie vor den Gefahren der Seefahrt zu schützen. Dabei unterhielten sie sich über Gott und die Welt.

Verdal sprach später davon, dass es sich schon um eine Art Liebesbeziehung gehandelt habe, die aber rein platonisch und auf einer spirituellen Ebene angesiedelt war.[328] Cohen, der sie sogar Suzanne Vaillancourt nannte, gab viele Jahre später zu, dass er wohl auch sexuellen Appetit auf die Montrealer Schönheit hatte, dass er aber die Beziehung respektierte, zumal er Armand als seinen Freund betrachtete: »Und die Boote zogen vorbei, und ich berührte ihren perfekten Körper mit meinem Geist, weil es keine andere Möglichkeit gab.«[329] Das Lied schildert die Beziehung präzise bis in alle Details (sogar die im Lied genannte Teesorte war authentisch) und zeugt davon, dass Cohen von seiner Gesprächspartnerin auch spirituell angeregt wurde.

Suzanne

Suzanne takes you down to her place near the river
You can hear the boats go by, you can spend the night forever
And you know that she's half-crazy but that's why you want to be there
And she feeds you tea and oranges that come all the way from China
And just when you mean to tell her that you have no love to give her
Then he gets you on her wavelength
And she lets the river answer that you've always been her lover
And you want to travel with her, and you want to travel blind
And you know that she will trust you
For you've touched her perfect body with your mind

Suzanne

Suzanne nimmt dich mit in ihre Wohnung am Fluss.
Du kannst die Boote vorbeifahren hören,
du kannst ewig die Nacht verbringen.
Und du weißt, dass sie halb verrückt ist,
aber deshalb willst dort sein.
Und sie gibt dir Tee und Orangen, die den ganzen Weg von China gekommen sind.
Und gerade, wenn du ihr sagen willst, dass du ihr keine Liebe geben kannst,
Dann bringt er dich auf ihre Wellenlänge,
Und sie lässt den Fluss antworten, dass du immer ihr Liebhaber gewesen bist.
Und du willst mit ihr reisen, und du willst blind reisen,
Und du weißt, dass sie dir vertrauen wird,
Denn du hast ihren perfekten Körper mit deinem Geist berührt.

Er ist total scharf auf sie, aber sie lässt ihn nicht an sich ran. Also begnügt er sich mit einer platonischen Liebe, die poetisch verklausuliert wird. Und er lässt sich von ihr inspirieren, und zwar religiös.

---

328 Interview mit Suzanne Verdal in: Sylvie Simmons: I'm Your Man: The Life of Leonard Cohen. New York: HarperCollins, 2012, S. 126.

329 Interview mit Leonard Cohen im BBC Radio 1, ausgestrahlt am 8.7.1994. Transkript von Andrew Normen.

And Jesus was a sailor when he walked upon the water	Und Jesus war ein Seemann, als er übers Wasser ging.
And he spent a long time watching from his lonely wooden tower	Und er verbrachte viel Zeit auf seinem einsamen hölzernen Turm.
And when he knew for certain only drowning men could see him	Und als er sich sicher war, dass nur Ertrinkende ihn sehen konnten,
He said all men will be sailors then until the sea shall free them	Sagte er, dass alle Menschen Seeleute werden, bis das Meer sie befreit.
But he himself was broken, long before the sky would open	Aber er selbst war gebrochen, lange bevor der Himmel sich öffnen würde.
Forsaken, almost human, he sank beneath your wisdom like a stone	Verlassen, beinahe menschlich, sank er unter deine Weisheit wie ein Stein.

Eine poetische Umschreibung für die im Neuen Testament beschriebene Situation, dass Jesus vom Establishment bekämpft wurde, aber seine Anhänger unter den Verzweifelten, den sozial verachteten Zöllnern, Huren und Aussätzigen fand. Fühlten sich die Intellektuellen Mitte der 1960er Jahre nicht selbst von der Gesellschaft verachtet, ausgegrenzt und gestrandet? Cohen nimmt hier eine Aktualisierung der biblischen Geschichte vor, die auf die Rockmusiker und ihre Zuhörerschaft gemünzt ist. Der Missionsauftrag bleibt innerhalb der maritimen Metapher, wenn alle Männer Seeleute werden sollen, und die See, also der Glaube, sie letztlich befreien wird – die Hoffnung auf Befreiung, die sich auch in Bob Dylans »I Shall Be Released« ausdrückt. Cohen deutet mit knappen, poetischen Worten auch die Zweifel und die Leiden Christi an, dessen Opfer sich der rationalen Überheblichkeit der Intellektuellen (»Weisheit«) entzieht. Damit hat Cohen auch noch den intellektuellen Atheisten, die in den 60er Jahren Auftrieb erlebten, einen Seitenhieb verpasst.

And you want to travel with him, and you want to travel blind	Und du willst mit ihm reisen, und du willst blind reisen,
And you think you maybe you'll trust him	Und du denkst, dass du ihm vielleicht vertraust,
For he's touched your perfect body with her mind	Denn er hat deinen perfekten Körper mit ihrem Geist berührt.

Der Sänger möchte mit Jesus durch das Leben gehen, sich ihm anvertrauen, wenngleich noch eine Spur des Zweifels bleibt: »vielleicht«. Aber immerhin macht er Jesus für die Zuneigung verantwortlich, die Suzanne für Leonard empfindet.

Now, Suzanne takes your hand and she leads you to the river	Suzanne nimmt jetzt deine Hand und sie führt dich zum Fluss.
She's wearing rags and feathers from Salvation Army counters	Sie trägt Lumpen und Federn von der Heilsarmee,
And the sun pours down like honey on our Lady of the Harbor	Und die Sonne fließt wie Honig auf unsere Liebe Frau des Hafens,
And she shows you where to look among the garbage and the flowers	Und sie zeigt dir, wo du zwischen dem Unrat und den Blumen suchen musst.
There are heroes in the seaweed, there are children in the morning	Da gibt es Helden im Seegras, da gibt es Kinder am Morgen.
They are leaning out for love and they will lean that way forever	Sie sehnen sich nach Liebe und sie werden sich für immer sehnen,
While Suzanne holds her mirror	Während Suzanne ihren Spiegel hält.

Die dritte Strophe wird gesellschaftskritisch. Auf ihrer gemeinsamen Erkundung der Welt öffnet die halbverrückte Beatnik-Frau, die in einem pittoresken Hippie-Outfit durch die Stadt läuft, ihm die Augen für das Elend und die Armut, aber auch für die versteckten Schönheiten, die Helden des Alltags und die kommende Generation. Die Strophe schließt mit dem Gedanken an die, die sich vergeblich nach Liebe sehnen, während sich die schöne Suzanne, die sich vor Verehrern kaum retten kann, wie einst Narziss im Spiegel betrachtet.

And you want to travel with her, and you want to travel blind	Und du willst mit ihr reisen, und du willst blind reisen,
And you know that you can trust her	Und du weißt, dass du ihr vertrauen kannst,
For she's touched your perfect body with her mind	Denn sie hat deinen perfekten Körper mit ihrem Geist berührt.

Der Abschlussrefrain schließt den Kreis der geistigen Berührungen. Jesus wird von den Gestrandeten erkannt, und die geistige Wellenlänge, die Antenne für die Gestrandeten der Gesellschaft, teilen auch Suzanne und Leonard. Eine intellektuelle Liebesbeziehung ist die Parallele zur Liebe Gottes, die den Menschen zuteilwird.

Leonard Cohen, 1969/70. Text & Musik: Leonard Cohen (Columbia)

Es musste wohl ein jüdischer Rockpoet sein, der – unbeeinflusst von einer christlichen Erziehung – den ursprünglichen, sozialkritischen Jesus entdeckte, offenbar auch für sich persönlich, was den Philosophen Jason Holt dazu veranlasste, Leonard Cohen als »Juden, der aber Christ zu sein scheint«, und als »jüdisch-christlich« zu bezeichnen.[330] Damit reiht sich Cohen in eine literarische Tradition jüdischer Poeten ein, die Jesus als Anwalt der Unterdrückten dargestellt hatten, der selber

330 Jason Holt: The Pop Star-Poet Paradox. In: ders. (Hg.): Leonard Cohen and Philosophy. Chicago: Open Court 2014 (eBook).

gegen Autoritäten rebellierte, so wie es Heinrich Heine in »Deutschland. Ein Wintermärchen« in sarkastischer Weise getan hatte: »Geldwechsler, Bankiers, hast du sogar/Mit der Peitsche gejagt aus dem Tempel –/Unglücklicher Schwärmer, jetzt hängst du am Kreuz/Als warnendes Exempel!« »Suzanne« wurde wohl auch deshalb zu einem der erfolgreichsten Songs von Cohen, weil er als praktizierender Jude die Distanz zum konservativen und evangelikalen Christentum teilte, die viele Angehörige der Rockmusik-Generation von den Kirchen entfremdet hatte. Ihnen ermöglichte der Song, den authentischen Jesus wiederzuentdecken.

Die Schwierigkeiten, zum Glauben zu finden und ein rechtes Leben zu führen, stehen im Mittelpunkt des Lieds »Hallelujah«, das Cohen 1983 aufnahm und das sich zu einer viel gecoverten Hymne entwickeln sollte. Cohen selbst hat das Lied mit mehreren Textvarianten geschrieben und gesungen. Der folgende Text kombiniert einige dieser Strophen.

Hallelujah

Now, I've heard there was a secret chord
That David played, and it pleased the Lord ...
The baffled king composing Hallelujah ...

Hallelujah

Ich habe jetzt gehört, dass es einen
geheimen Akkord gab
Den David spielte, und er gefiel dem Herrn ...
Der verblüffte König komponiert Hallelujah ...

Zunächst eine Hommage an die Musik, der ein göttlicher Charakter zugewiesen wird. Der Sänger lässt David übrigens die Harmonien seines eigenen Lieds spielen.

Your faith was strong but you needed proof
You saw her bathing on the roof
Her beauty and the moonlight overthrew
ya ...

Dein Glaube war stark, aber du brauchtest
eine Probe.
Du sahst sie auf dem Dach baden.
Ihre Schönheit und der Mondschein
überwältigten dich ...

Diese Strophe spielt auf alttestamentliche Geschichten an (u.a. die Vergewaltigung Batsebas durch David), die menschliche Schwächen darstellen.

Well, maybe there's a God above
As for me all I've ever learned from love
Is how to shoot somebody who outdrew you
But it's not a crime that you're hear tonight
It's not some pilgrim who claims to have
seen the light
No, it's a cold and it's a very broken
Hallelujah ...

Vielleicht gibt es dort oben einen Gott.
Alles, was ich jemals von der Liebe gelernt
habe,
Ist, wie man jemanden erschießt, der seine
Waffe schneller gezogen hat.
Aber es ist kein Verbrechen, das du heute
abend hörst.
Es ist nicht irgendein Pilger, der behauptet,
er habe das Licht gesehen.
Nein, es ist ein kaltes und gebrochenes
Hallelujah ...

Der Agnostiker schließt nicht aus, dass er doch noch zum Glauben finden kann. Aber die Gesellschaft hat ihn aggressiv und rücksichtslos gegenüber seinen Konkurrenten gemacht. Er wird kein Glaubensfanatiker, und sein Glaube ist distanziert und voller Zweifel.

You say I took the name in vain
I don't even know the name
But if I did, well really, what's it to you?
There's a blaze of light in every word
It doesn't matter which you heard
The holy or the broken Hallelujah …

Du sagst, ich nahm den Namen vergebens an.
Ich weiß den Namen nicht einmal.
Aber wenn ich es wirklich tat, was bedeutet es dir?
In jedem Wort ist ein Lichtblitz,
Es spielt keine Rolle, welches du hörtest,
Das heilige oder das gebrochene Hallelujah …

Die Strophe beschreibt die schwierige Suche nach spiritueller Weisheit und plädiert für Offenheit und Toleranz in Glaubensfragen. Jedes Wort, d. h. jede Weltanschauung, ist gleichberechtigt, und selbst der Zweifel (das »gebrochene« Hallelujah) wird akzeptiert.

I did my best, it wasn't much
I couldn't feel, so I tried to touch
I've told the truth, I didn't come to fool you
And even though it all went wrong
I'll stand before the Lord of Song
With nothing on my tongue but Hallelujah …

Ich tat mein Bestes, es war nicht viel.
Ich konnte nicht fühlen, so versuchte ich zu berühren.
Ich habe die Wahrheit gesagt, ich wollte dich nicht täuschen.
Und obwohl alles falsch lief,
Werde ich vor dem Herrn des Liedes stehen
Mit nichts auf meiner Zunge als Hallelujah …

Der Sänger hat (wie König David) seine Schwächen nicht überwinden können. Sein Leben ist nicht so verlaufen, wie er es erhofft hatte. Aber er hat sich zumindest bemüht und war stets aufrichtig, und deshalb darf er auf Erlösung hoffen – durch die Kraft, die ihm die Musik spendet, die noch einmal als Geschenk Gottes bekräftigt wird.

Leonard Cohen, 1983. Text & Musik: Leonard Cohen (Columbia)

Für die kanadische Sängerin k. d. lang erwies sich Leonard Cohen mit diesem Lied als »ein Übersetzer zwischen den Göttern und den Menschen«,[331] wobei sie den Plural mit Bedacht wählte, plädiert Cohen doch immer wieder für multireligiöse

331 k. d. lang. In: David Friend: k.d. lang 'Nervous' Singing Hallelujah for Leonard Cohen. The Hamilton Spectator vom 14.11.2016. https://www.thespec.com/entertainment/2016/11/14/k-d-lang-nervous-singing-hallelujah-for-leonard-cohen.html, zugegriffen am 20.2.2021.

Toleranz. Cohens »gebrochenes« Hallelujah traf die Stimmungslage der von den Kirchen enttäuschten Rockmusik-Generation in jedem Fall besser als die von Erweckungserlebnissen inspirierte christliche Rockmusik.

Eine religiöse Botschaft kann man auch aus Paul McCartneys »Let It Be« herauslesen, das bei allen Problemen dieser Welt empfiehlt, diese mit Gelassenheit hinzunehmen: »Worte der Weisheit: Lass' es sein«. Der (katholisch getaufte) Komponist bezeichnete sich selbst zwar nicht als besonders religiös und sagte, dass sich »Mother Mary« tatsächlich auf seine Mutter bezieht, die auf den Namen der Heiligen Maria getauft war und ihm im Traum erschienen war. Er war aber »stolz« darauf, dass »die Leute mit diesem Song ihren Glauben festigen«.[332] Obwohl ihn die religiöse Interpretation nicht störte, wollte McCartney die Love-and-Peace-Botschaften der Beatles-Songs nicht explizit christlich verstanden haben, sondern eher in einer pantheistischen Weise.[333]

Damit wird die Rockmusik zur Religion. Die Musik selbst bietet transzendentale Erlebnisse, unabhängig vom Text.[334] »Auf der Bühne zu stehen«, schrieb Jimi Hendrix, »das ist meine Religion. Meine Musik ist elektrische Kirchenmusik. Wenn du mit ›Kirche‹ ›Religion‹ meinst, bin ich elektrische Religion.«[335] Dass das über Drogentrips hinausgeht, hat Paul Williams, der Gründer des »Crawdaddy«-Magazins, anhand zweier Songs der Doors demonstriert: »Es ist großartig, ›The End‹ zu hören, wenn du high bist, aber ›Soul Kitchen‹ macht dich high, was offensichtlich viel grundlegender und viel bedeutender ist … [Das Lied] ist ein Katalysator mit dem Potential, Wahrheit zu erzeugen.«[336] Das Potential, Wahrheit zu erzeugen, ist das nicht die Funktion von Religion? »Soul Kitchen« spielt mit der Doppeldeutigkeit des Begriffs. Einerseits ist ein wirkliches Restaurant gemeint, das *Soul Food*, also einfache Hausmannskost servierte (Olivia's am Venice Beach in Los Angeles), andererseits sehnt sich der Sänger auch danach, dass seine Seele erwärmt wird. Der mehrfach wiederholte Schlüsselvers des Songs lautet: »Learn to forget« – ›Lerne zu vergessen‹. Vergiss, was gewesen ist, hör auf zu denken, zu hören, zu sehen, zu fühlen.[337] Trete in einen Zustand ein, der dem Nirvana gleicht. Ähnlich schrieb Benjamin DeMott, Professor für Englische Literatur: »Rock kann eine quasi-religiöse Kraft besitzen. Er führt mich hinter mein eigenes Ich, über meine Eigenständigkeit und Individualität hinaus in eine Welt dauerhafter, blendender Gleichheit – und er

332 Paul McCartney. In: Miles, Many Years, a. a. O., S. 670f.

333 Ebd.

334 Jonathan D. Cohen: Rock as Religion. Intermountain West Journal of Religious Studies, Bd. 7 (2016), Nr. 1, S. 45–86.

335 Jimi Hendrix: The Jimi Hendrix Experience. Programmheft für die Konzerte am 18. und 24. Februar 1969 in der Royal Albert Hall.

336 Paul Williams: Rock is Rock. A Discussion of a Doors Song. In: Crawdaddy! The Magazine of Rock, Bd. 1, Nr. 9 (Mai 1967), S. 45.

337 Greil Marcus: The Doors. A Lifetime Listening to Five Mean Years. New York: PublicAffairs 2013, S. 81.

wirft mich für einen Moment aus meinem Verstand.«[338] Musik kann in mehrfacher Hinsicht zu einem spirituellen Erlebnis werden:

- Musik, insbesondere Rockmusik, kann – auch ohne Drogen – in Trance versetzen, in einen hypnotischen Zustand, in dem man sich eins mit dem Kosmos fühlt, also ein pantheistisches, quasireligiöses Erlebnis hat.
- Das gemeinsame Hören von Rockmusik, das gemeinsame Tanzen schafft ein Erlebnis zwischenmenschlicher Verbindung. Man fühlt sich, selbst wenn man allein zu einem Konzert geht, in der tanzenden Menge einer Gemeinschaft zugehörig, ähnlich wie dies bei Religionsgemeinschaften und Gottesdiensten der Fall ist.
- Rockmusik schafft Symbole und Rituale. Es gibt Fans, die einem bestimmten Gitarrenmodell die gleichen Wunderkräfte zuschreiben wie andere einem Heiligenbild. Die riesige Summen bezahlen, um bei einer Versteigerung die abgelegte Gitarre ihres Idols zu ergattern.
- Manche Fans bringen ihren Stars eine quasireligiöse Verehrung entgegen, indem sie sie regelrecht vergöttern. Wenn Fans nicht wahrhaben wollen, dass Elvis Presley gestorben ist, dann machen sie ihn damit zu einem übermenschlichen Wesen. Manche Fans vergöttern ihren Star so sehr, dass sie alle potentiellen Konkurrenten herabwürdigen.
- Auch wenn Stars nicht vergöttert werden, so gelten sie für viele Fans zumindest als moralische Autoritäten, Propheten gleich. Menschliche Schwächen? Doch nicht mein Idol!
- Viele Rocksongs verkünden Heilserwartungen.
- Die Soziologie von Fangemeinden weist strukturelle Ähnlichkeiten auf mit Religionsgemeinschaften, insbesondere mit Sekten.[339]

1964 schrieb die »Saturday Evening Post« über einen Auftritt der Beatles: »Es ist, als ob [die Band] eine neue Religion gegründet hätte … Krüppel warfen ihre Krücken beiseite, Kranke drängten zu den Autos, als ob sie eine Berührung mit einem der Jungs heilen würde.«[340] Das Graffito »Clapton is God« wurde in London an die Wand der U-Bahn-Station Islington gesprüht, als der Musiker gerade 21 Jahre alt war. Von Berührungen durch Elvis Presley, David Bowie, Marc Bolan oder Bon Jovi versprachen sich die jeweiligen Fans ebenfalls heilende Wirkungen.[341] Mit diesen Funktionen sind zentrale Merkmale erfüllt, wie sie der Soziologie Emile Durkheim

338 Benjamin DeMott: Rock As Salvation. New York Times Magazine vom 25.8.1968, S. 46.

339 Dies ist beispielsweise nachgewiesen worden für Anhänger von Elvis Presley, Grateful Dead und Led Zeppelin. Siehe Jonathan D. Cohen: Rock as Religion. Intermountain West Journal of Religious Studies Bd. 7 (2016), Nr. 1, S. 45–86, hier S. 58ff.

340 Alfred G. Aronowitz: The Return of The Beatles. Saturday Evening Post, Bd. 237, Nr. 28 (1964), S. 28.

341 Roy Shuker: Understanding Popular Music. London, New York: Routledge 1994.

den Religionen zuschrieb. Aber lassen wir die Wissenschaftler und die Kritiker schweigen. Hören wir lieber der größten Autorität der Rockmusik zu, die je gelebt hat:

»Ich finde Religiosität und Philosophie in der Musik. Ich finde sie nirgendwo sonst. Lieder wie ›Let Me Rest on a Peaceful Mountain‹ oder ›I Saw the Light‹ – das ist meine Religion. Ich folge nicht Rabbis, Predigern, Evangelisten, niemandem von denen. Ich habe mehr von den Liedern gelernt als ich jemals von dieser Art von Glaubensgemeinschaften gelernt habe. Die Lieder sind mein Lexikon. Ich glaube an die Lieder.«[342] Immerhin hatte Bob Dylan nach seiner Konvertierung zum Christentum zwischen 1979 und 1981 mit »Slow Train Coming«, »Saved« und »Shot of Love« drei ausgesprochen religiöse Alben produziert.

Am Ende sollten wir aber nicht vergessen, dass es einen Gott gibt, der mächtiger ist als alle anderen. Dem auch Bob Dylan und John Lennon gehuldigt haben. Und der heißt *Mammon.* Womit Karl Marx dann doch wieder irgendwie recht gehabt hätte.

342 Bob Dylan. Interview in: Dylan Revisited, Newsweek vom 5.10.1997.

5.9. On the Road

Die Hippies wollten von zuhause weg. Sie wollten Freiheit, ein Land, in dem sie ihre Vision einer besseren Welt verwirklichen konnten. Wollten die Freiheit des Lebens auf der Landstraße. Es war auch eine Reminiszenz an den alten amerikanischen Traum der Pioniere, die nach Westen zogen, um ihre Vergangenheit hinter sich zu lassen. Hinzu kam die Romantik der Tramps, die die bürgerliche Gesellschaft bewusst verlassen hatten, um sich als Landstreicher durchs Leben zu schlagen. Das nach ihnen benannte Fahren per Anhalter, das Trampen, wurde dann auch in Europa zum Inbegriff der Freiheit und des Reisens jenseits aller Konventionen. Aber es war eine Illusion, der Welt zu entfliehen, indem man eine bessere suchte – und oft genug auch einfach vor sich selber floh. Die Romantik des Trampens, aber auch seine Traurigkeit wurde niemals so eindringlich besungen wie in Kris Kristoffersons Lied »Me and Bobby McGee«, das vor allem in der Version seiner Ex-Freundin Janis Joplin Berühmtheit erlangte.

Me and Bobby McGee

Busted flat in Baton Rouge, headin' for the trains,
Feelin' nearly faded as my jeans.
Bobby thumbed a diesel down just before it rained,
Took us all the way to New Orleans.

Took my harpoon out of my dirty red bandana
And was blowin' sad while Bobby sang the blues,
With them windshield wipers slappin' time and
Bobby clappin' hands we finally sang up every song that driver knew.

Freedom's just another word for nothin' left to lose,
And nothin' ain't worth nothin' but it's free,
Feelin' good was easy, Lord, when Bobby sang the blues,
And buddy, that was good enough for me,
Good enough for me and my Bobby McGee.

Ich und Bobby McGee

Abgebrannt in Baton Rouge ging ich zu den Zügen,
fühlte mich fast so ausgeblichen wie meine Jeans.
Bobby hielt mit ihrem Daumen einen Laster an, gerade, bevor es anfing zu regnen,
brachte uns den ganzen Weg bis nach New Orleans.

Zog meine Mundharmonika aus meinem schmutzigen roten Halstuch,
und spielte traurig, während Bobby den Blues sang.
Mit dem Takt der Scheibenwischer und Bobbys Händeklatschen sangen wir am Ende jeden Song, den der Fahrer kannte.

Freiheit ist nur ein anderes Wort dafür, dass man nichts mehr zu verlieren hat,
und nichts ist irgendetwas wert, aber es ist umsonst.
Sich gut zu fühlen war leicht, Gott, wenn Bobby den Blues sang,
und, Kumpel, das war gut genug für mich, gut genug für mich und meine Bobby McGee.

From the coalmines of Kentucky to the California sun,
Bobby shared the secrets of my soul,
Standin' right beside me through everythin' I done,
And every night she kept me from the cold.

Von den Kohlenzechen in Kentucky bis in die Sonne Kaliforniens
teilte Bobby die Geheimnisse meiner Seele,
stand zu mir, was ich auch tat,
und jede Nacht schützte sie mich vor der Kälte.

Then somewhere near Salinas, Lord, I let her slip away,
She was lookin' for the home I hope she'll find,
Well I'd trade all my tomorrows for a single yesterday,
Holdin' Bobby's body close to mine.

Dann irgendwo in der Nähe von Salinas, Gott, ließ ich sie entschlüpfen;
sie suchte nach einem Zuhause, und ich hoffe, dass sie es gefunden hat.
Ja, ich würde meine ganze Zukunft gegen ein einziges Gestern tauschen,
nur um Bobbys Körper nochmal an mich schmiegen zu können.

Freedom's just another word for nothin' left to lose,
And nothin' left was all she left to me,
Feelin' good was easy, Lord, when Bobby sang the blues,
And buddy, that was good enough for me.
Good enough for me and Bobby McGee.

Freiheit ist nur ein anderes Wort dafür, dass man nichts mehr zu verlieren hat,
und nichts war alles, was sie mir ließ,
sich gut zu fühlen war leicht, Gott, wenn wenn Bobby den Blues sang.
Und, Kumpel, das war gut genug für mich, gut genug für mich und meine Bobby McGee.

Roger Miller, 1969; Janis Joplin, 1971. Text & Musik: Kris Kristofferson, Fred Foster (Smash)

Nein, auf Dauer verschafft das ewige Umherziehen keine Befriedigung. Irgendwann ist Ebbe im Portemonnaie, man ist ausgelaugt, man hat den Blues. Die Frau, in der Liebesbeziehung eindeutig die Stärkere, hat am Ende genug vom Trampen und steigt aus, um doch noch eine bürgerliche Existenz zu gründen. Dem ewigen Tramp bleibt eine philosophische Einsicht für seine ganze Generation: »Freiheit ist nur ein anderes Wort dafür, dass man nichts mehr zu verlieren hat.« So ähnlich hat das auch schon in »Like a Rolling Stone« geklungen, aber dort war der Verlust der bürgerlichen Ressourcen das Sprungbrett in die Freiheit, und hier ist die Freiheit nur ein beschönigendes Wort für die Armseligkeit der eigenen Existenz.

Bevor es die Hippie-Bewegung gab, hieß auf der Straße zu sein, ausgestoßen zu sein, weil man seine Familie oder seine Liebste verloren oder etwas verbrochen hat oder wegen beidem. Das war ein beliebtes Thema der Bluesmusiker, und so nahm Tommy Johnson, ein Musiker aus dem Mississippi-Delta 1928 seinen traurigen »Big Road Blues« auf. Er handelte von einem Jungen, der allein auf sich gestellt dazu verurteilt war, auf der Straße umherzuziehen. Der Blues wanderte vom Delta nach Chicago. Dort ergänzte Floyd Jones den Text im Jahr 1953 zu einem Song, den er »On the Road Again« nannte. 1967 griff die Psychedelic-Bluesrock-Band Canned Heat das Motiv auf und nahm abermalige Ergänzungen vor. Mit einem monotonen Gitarren-Boogie unterlegt, wurde der Song zu einem großen Hit.

On the Road Again

Well, I'm so tired of crying
But I'm out on the road again
I ain't got no woman
Just to call my special friend

You know the first time I traveled
Out in the rain and snow
I didn't have no faro
Not even no place to go

And my dear mother left me
When I was quite young
She said »Lord, have mercy
On my wicked son.«

Take a hint from me, mama
Please don't you cry no more
'Cause it's soon one morning
Down the road I'm going

But I ain't going down
That long old lonesome road
All by myself
I can't carry you, baby
Gonna carry somebody else

Wieder auf der Straße

Ach, ich bin so müde vom Weinen,
aber ich bin wieder auf der Straße.
Ich habe keine Frau abgekriegt,
noch nicht einmal, um sie als guten Freund zu haben.

Du weißt, als ich das erste Mal draußen im Regen und Schnee gereist bin,
hatte ich kein Mädchen
und noch nicht einmal einen Ort, wo ich hingehen konnte.

Und meine liebe Mutter verließ mich,
als ich ziemlich jung war.
Sie sagte: »Herr, hab' Gnade
mit meinem verkommenen Sohn.«

Nimm einen Rat von mir, Mama,
bitte weine nicht mehr,
denn es ist schon bald eines Morgens,
dass ich die Straße entlanggehe.

Aber ich gehe diese alte einsame Straße
nicht allein entlang,
ich kann dich nicht tragen, Liebste,
ich werde jemand anderes tragen.

Canned Heat, 1967. Text & Musik: Floyd Jones, Alan Wilson (Liberty)

Die typische Geschichte der alten Bluesleute handelte von einem jungen Mann, der von seiner Mutter verstoßen wurde, keine Partnerin finden konnte, kein Heim mehr hatte und verdammt war fortzuziehen. Das ganze Elend hatte einen Grund: Irgendetwas hat der Junge angestellt. Er entlastet seine Mutter, indem er abhaut. Und dann ist wohl doch noch eine junge Frau hinter ihm her, aber auch sie muss er zurücklassen, denn da kommt der bluestypische Humor ins Spiel: Er hat jemand anderes. Canned Heat machten mit dem Stück, das sie in Woodstock mit ausgedehnten Gitarren- und Harmonikasoli auf beinahe elf Minuten Länge brachten, den auf John Lee Hookers »Boogie Chillen« zurückgehenden Gitarren-Boogie mit der Akkordfolge E/G/A wieder populär.

Eine andere Variante des Lebens auf der Straße verkörperte die Kultur der Biker, die sich in den 1960ern als eine weitere Spielart der antibürgerlichen Revolte entwickelte. Biker liebten es, mit ihren aufgemotzten, sich über alle Verkehrsregeln und Lärmschutzrichtlinien hinwegsetzenden Harleys durch biedere Kleinstädte zu brausen und dort das brave Bürgertum zu erschrecken. Dazu gehörte auch ein martialisches Äußeres mit langen Haaren, wilden Bärten, Tattoos, Piercings, Ketten und Kutten. Und natürlich Rockmusik. Den passenden Sound zur Bikerkultur lieferte die kanadische Hardrock-Band Steppenwolf mit »Born to Be Wild«.

Born to Be Wild	**Geboren, um wild zu sein**
Get your motor runnin' Head out on the highway Looking for adventure In whatever comes our way	Bringe deinen Motor zum Laufen. Fahr auf die Landstraße auf der Suche nach Abenteuern, was auch immer unseren Weg kreuzt.
Yeah, darlin' Gonna make it happen Take the world in a love embrace Fire all of your guns at once And explode into space	Ja, Liebste, wir werden es wahrmachen. Nimm die Welt in eine liebevolle Umarmung. Schieße all deine Waffen auf einmal ab und explodiere ins All.
I like smoke and lightnin' Heavy metal thunder Racing with the wind And the feeling that I'm under	Ich mag Rauch und Blitze, schweren metallischen Donner, Rasen mit dem Wind, und das Gefühl, das ich dabei habe.
Like a true nature's child We were born Born to be wild We can climb so high I never wanna die ...	Wie ein echtes Naturkind sind wir geboren, geboren, um wild zu sein. Wir können so hoch klettern. Ich möchte niemals sterben ...

Steppenwolf, 1967. Text & Musik: Mars Bonfire (Dunhill / RCA)

Mit seinem stakkatoartigen Rhythmus, der so gut zu den schweren Maschinen passte, aber auch mit seinen wortgewaltigen Versen (»explode into space«), lieferte Steppenwolf »eine röhrende Hymne eines Riff-Rocks mit Turbolader«.[343] Musikhistorisch bemerkenswert ist, dass mit dem Vers »heavy metal thunder« zum ersten Mal das Adjektiv *metal* benutzt wird, um einen Sound zu bezeichnen (auch wenn es keine Musik war, sondern Motorengeräusch). Nicht nur deshalb wird »Born to Be Wild« als ein Vorläufer der Heavy-Metal-Musik angesehen, die aus dem Hardrock hervorgegangen ist. Kein Wunder, dass der Biker-Film »Easy Rider« ein Jahr später den Song in seinen Soundtrack aufnahm, obwohl der Hauptdarsteller Peter Fonda zunächst die soften Countryrocker Crosby, Stills and Nash favorisiert hatte. Wenn heute gealterte Manager mit schweren Maschinen lautstark durch Dörfer donnern, dann ist das eine Reminiszenz an die alten Zeiten, in denen man noch wild und rebellisch sein durfte.

343 Hal Horowitz: Born to Be Wild. Song Review. AllMusic. http://www.allmusic.com/song/born-to-be-wild-mt0002632723, zugegriffen am 1.7.2020.

5.10. Whole Lotta Love

Mindestens 98 Prozent aller Schlager sind Liebesschnulzen, mindestens 98 Prozent aller Rocksongs sind es nicht. Zwar kommt das Wort *love* ziemlich häufig in Rocksongs vor, aber damit ist selten die romantische Liebe gemeint, sondern zumeist knallharter Sex, der Gefühle nicht benötigt. Rockmusik ist Sexmusik – das sagt schon das Wort *rock*, das den Geschlechtsakt beschreibt. *Rock* und *roll* – diese Worte haben schon die Bluesmusiker gern benutzt. Die Kopulation war eines der beliebtesten Motive der Bluesmusik, die seit 1920 auf Schallplatten verewigt worden ist. Aber ein Lied ist ja ein Stück Poesie, und Poesie zeichnet sich dadurch aus, dass man gewisse Dinge nicht direkt sagt, sondern durch Metaphern ausdrückt. Wie sagt ein Sexprotz, dass er ein Sexprotz ist, auf eine nettere Weise? – Zum Beispiel, indem er sich mit einem Tier vergleicht. Die vor Testosteron strotzenden Bluesmusiker entwickelten eine kreative Fantasie, um allerlei Tiermetaphern für ihre Potenz zu finden:[344]

- Bulle (»I've been a mighty good bull cow«),
- Hengst (»I'm going to find a rider«),
- Wolf (»When you hear this wolf howling, howling at every woman I see«),
- Hahn (»I am the little red rooster/ … Keep everything in the farm yard upset in every way«),
- Hund (»I'll be your little dog till your big dog comes/And when the big dog gets here, don't tell him what the puppy done«),
- »Bienenkönig« (»I am a king bee«),
- Hummel (»Oh, sting me bumble bee, until I get enough«),
- Alligator (»You low-down alligator/just watch me/sooner or later/gonna catch you with your breeches down«),
- Klapperschlange (»rattlesnakin' daddy who wants to rattle all the time«),
- Wilder Eber (»Mama, can't you hear this tush hog rootin' on your back door«),
- Murmeltier (»I'm a rootin' ground hog, babe, and I root everywhere I go«),
- Wels (»Well I wish, I was a catfish/ … I have all you pretty women fishin' after me«).

Das Bild des Alligators stammte übrigens von einer Blues-Lady (Ma Rainey), denn die Frauen, die den Blues gesungen haben (und in den 1920er Jahren sogar auf den frühen Schallplatten dominierten), waren nicht besser als die Kerle. Neben Tieren wurden auch der Bootskapitän, der Chauffeur, der Automechaniker, der Metzger (!) und – jetzt wird es ganz bildlich – der Ölbohrer als Metaphern für Testosteronprotze verwendet.

344 Oliver, Blues Fell …, a. a. O., Kapitel 4.

Beispiele für sexuelle Anzüglichkeiten in Bluesstücken, die von Ladies gesungen wurden

Memphis Minnie: Bumble Bee Blues
Bumble bee, bumble bee, please come back to me
He got the best old stinger any bumble bee that I ever seen
Oh, sting me bumble bee, until I get enough

Hummelblues
Hummel, Hummel, bitte komm zurück zu mir.
Er hat den besten alten Stachel aller Hummeln, die ich je gesehen habe.
O, stich mich, Hummel, bis ich genug habe.

Bernice Edwards: Butcher Shop Blues
He cuts my steak in the night-time
He grinds my sausage in the day
and the machine he uses
will really take your breath away

Fleischereiblues
Er schneidet mein Steak in der Nacht,
er wolft meine Wurst am Tag,
und die Maschine, die er benutzt,
wird dir wirklich den Atem verschlagen.

Lizzie Miles: My Man of War
All night long he's drilling me
He's my man of war
His bayonet makes me cry for aid
Oh, he handles his hand grenades

Mein Soldat
Die ganze Nacht lang bohrt er mich,
er ist mein Soldat,
sein Bajonett lässt mich nach Hilfe schreien.
O, er kann mit seinen Handgranaten umgehen.

Ethel Waters und Victoria Spivey: My Handy Man
I wish that you could see the way
He handles my front yard!
My ice don't get a chance to melt away,
He sees that I get that old fresh piece every day;
Lord, that man sure is such a handy man!

Mein praktischer Mann
Ich wünschte, du könntest sehen,
wie er meinen Vorgarten bearbeitet!
Mein Eis hat keine Chance zu schmelzen.
Er sieht zu, dass ich das alte frische Stück jeden Tag bekomme,
Gott, er ist ein so praktischer Mann!

Ada Brown: Crazy 'Bout My Lollipop
I had something sweet last night
made me feel so good last night
crazy 'bout my lollipop
sweetest in that candy shop

Verrückt nach meinem Dauerlutscher
Ich hatte etwas Süßes letzte Nacht,
sorgte dafür, dass ich mich so gut fühlte letzte Nacht,
verrückt nach meinem Dauerlutscher,
der süßeste in jenem Süßigkeitenladen.

Clara Smith: Whip It to a Jelly
I wear my skirts up to my knees;
An' whip that jelly with who I please

Schlag es zu Gelee
Ich trage meine Röcke kurz bis zu den Knien
und schlage den Gelee, mit wem es mir gefällt.

»Whip It to a Jelly« ist nicht nur ein Beispiel für einen sexuell anzüglichen Blues, sondern auch für ein emanzipatorisches Lied. Die Röcke wurden damals lang getragen, aber die Sängerin nimmt sich die Freiheit, ihre Beine zu zeigen. Und die Männer zu nehmen, die sie will. Sie ist eine Frau, die sich die Freiheit nimmt, Kerle als Lustobjekte zu nutzen.

Irgendwann fielen dann auch noch die letzten Hemmungen. Lucille Bogan nahm am 5. März 1935 unter dem Pseudonym Bessie Jackson in New York einen Song auf, der, wie Bill Wyman schreibt, Janis Joplin wie einen Engel erscheinen lässt.[345] Die Aufnahme ist ein Beispiel für Songs, die damals zu später Stunde in den Nachtclubs gesungen wurden. Warum dieses Lied aufgenommen wurde, ist unklar. War es ein Joke der Toningenieure? Oder sollte die Aufnahme unter der Ladentheke als Party-Gag gehandelt werden? Als es gar zu schlimm wird, kann sich die Sängerin ein Lachen nicht verkneifen und ruft laut hörbar »Oh, Scheiße«, als sie sich einen Text singen hört, den sie offenbar erst während der Aufnahme zum ersten Mal liest. Aufgrund seiner soziologischen und musikhistorischen Bedeutung wollen wir das ganz und gar nicht jugendfreie Lied hier zumindest auszugsweise abdrucken:

Shave'em Dry

I got nipples on my titties, big as the end of my thumb
I got somethin' between my legs'll make a dead man come
Oh daddy, baby won't you shave 'em dry?
Now, draw it out!

Want you to grind me baby, grind me until I cry
Say I fucked all night, and all the night before baby
And I feel just like I wanna fuck some more ...

Now if fuckin' was the thing, that would take me to heaven
I'd be fuckin' in the studio, till the clock strike eleven ...

I would fuck you baby, honey I'd make you cry
Now your nuts hang down like a damn bell sapper
And your dick stands up like a steeple
Your goddam ass-hole stands open like a church door [laughs]
And the crabs walks in like people

Rubbel sie trocken

Ich habe Nippel auf meinen Titten, groß wie das Ende meines Daumens.
Ich habe etwas zwischen meinen Beinen, das einen toten Mann zum Kommen bringt.
O, Daddy, Kleiner, willst du sie nicht trocken rubbeln?
Zieh ihn jetzt heraus!

Willst du mich bohnern, Kleiner, bohner mich, bis ich schreie.
Ich fickte die ganze Nacht, und auch die Nacht davor, Kleiner.
Und ich fühle, als ob ich noch mehr ficken wollte ...

Wenn Ficken das Ding ist, das mich in den Himmel bringt,
dann werde ich im Studio ficken, bis die Uhr elf schlägt ...

Ich würde dich ficken, Kleiner, Süßer, ich bring dich zum Kreischen.
Jetzt hängen deine Nüsse herunter wie ein verdammter Fußsoldat
und dein Schwanz steht wie ein Kirchturm.
Dein verdammtes Arschloch steht offen wie eine Kirchentür [lacht]
Und die Filzläuse laufen hinein wie Menschen.

345 Wyman, Blues, a. a. O., S. 90.

Ow, shit! [laughs] ...
A big sow gets fat from eatin' corn
And a pig gets fat from suckin'
Reason you see this whore, fat like I am
Great God, I got fat from fuckin' ...

O, Scheiße! [lacht und jauchzt] ...
Eine große Sau wird fett vom Fressen
Und ein Schwein wird fett vom Saugen
Logisch, dass du diese Nutte siehst, fett wie ich bin
Großer Gott, ich bin fett vom Ficken ...

Bessie Jackson (Lucille Bogan), 1935. Text & Musik: Lucille Bogan (?)

Zu Recht waren die wilden Zwanziger berüchtigt für ihre Exzesse, die in Amerika anhielten, bis die USA in den Zweiten Weltkrieg eintraten. Die Welt der Afroamerikaner war, wie die Textbeispiele zeigen (»Shave'em Dry« war wohl das extremste Lied, war aber bei Weitem kein Einzelfall), noch ein bisschen freier und wilder. Diese sexuelle Freiheit war auch eine Freiheit der Frau. In den Liedern der Blues-Ladies erscheinen auch sie als die sexuell Aktiven, die sich die Männer nehmen, wie sie wollen. Ebenso wie sie sich über gesellschaftliche Konventionen hinwegsetzen und die Röcke kürzer tragen. Überhaupt ließen sich die Blues-Ladies nicht die Butter vom Brot nehmen. 1928 nahm Ma Rainey einen ganz eindeutig lesbischen Blues auf. »Prove It on Me Blues« beginnt wie ein klassisches Lied über Liebeskummer, verkündet aber schon im vierten Vers ein ganz selbstverständliches Outing, das in der zweiten Strophe noch selbstbewusster wird: Die ganze Welt soll es wissen. Homosexualität wird laut herausgesungen, und das im Jahr 1928.

Prove It on Me Blues

Went out last night, had a great big fight
Everything seemed to go on wrong
I looked up, to my surprise
The gal I was with was gone.

Where she went, I don't know
I mean to follow everywhere she goes;
Folks say I'm crooked. I didn't know where she took it
I want the whole world to know.

They say I do it, ain't nobody caught me
Sure got to prove it on me;
Went out last night with a crowd of my friends,
They must've been women, 'cause I don't like no men ...

Beweis-es-mir-Blues

Gingen gestern Abend aus, hatten einen großen Streit,
alles schien schiefzugehen,
ich sah auf, und ich war überrascht,
das Mädchen, mit dem ich zusammen war, war weg.

Wohin sie ging, weiß ich nicht.
Ich will ihr überallhin folgen, wo immer sie hingeht.
Die Leute sagen, ich sei schräg. Ich weiß nicht, wo sie es herhatte.
Ich möchte, dass es die ganze Welt weiß.

Sie sagen, ich tue es, und niemand kriegt mich.
Beweis es mir einfach.
Ging gestern Abend aus mit einer Gruppe meiner Freundinnen,
es müssen Frauen sein, weil ich keine Männer mag ...

Ma Rainey, 1928.

Ma Rainey war zwar mit einem Mann verheiratet, war aber 1925 schon einmal verhaftet worden, weil sie in ihrem Haus an einer Orgie mit ihren Chorsängerinnen teilgenommen hatte. Bessie Smith, eine ebenfalls als bisexuell bekannte Bluessängerin, soll sie von der Polizeiwache abgeholt haben. Und Lucille Bogan, die zwar als Prostituierte tätig gewesen war, soll es am Ende auch lieber mit Frauen als mit Männern getrieben haben. Wie Ma Raineys Orgie ausgesehen haben könnte, kann man der Schilderung der Entertainerin Mabel Hampton entnehmen, die bei der afroamerikanischen Kunstpatronin A'Leilia Walker zu einer Party eingeladen war: »Etwa vierzehn oder fünfzehn Männer und Frauen … niemand von ihnen trug irgendwelche Kleider, lümmelten sich auf übergroßen Kissen. Sanfte Musik füllte den Raum, weiches Licht erleuchtete den Fußboden, und die Männer und Frauen lagen einander in den Armen. Als sie genauer hinsah, bemerkte Hampton etwas noch Seltsameres: Die Männer lagen auf anderen Männern, und Frauen lagen auf anderen Frauen.«[346]

Nicht alle Bluessängerinnen trauten sich, sich offen zu ihrer Homosexualität zu bekennen. Aber die Musik eröffnete ihnen Chancen für Zweideutigkeiten. Wenn Alberta Hunter am Ende eines Lieds sang »Wenn du mich nicht willst, sag es mir ins Gesicht, denn fünf oder sechs Frauen sehnen sich danach, deine Stelle einzunehmen« und jemand danach fragte, was das zu bedeuten habe, konnte sie sich auf die Verse irgendeines alten Bluesliedes berufen, von dem niemand etwas gehört hatte.

Die 1920er und 1930er Jahre nahmen die Liberalisierung der Sexualität und auch der Frauenrolle vorweg, die erst in den 1960er Jahren wieder zum Thema von Rockmusik, Studentenbewegung und Kritischer Theorie werden sollte. In der Zwischenzeit hatten der Zweite Weltkrieg und die Nachkriegszeit für einen gesellschaftlichen Rollback gesorgt, der die Errungenschaften der 1920er und 1930er Jahre für drei Jahrzehnte zunichtemachte. Ein Rocksong wie »Let's Spend the Night Together«, der 1967 einen Riesenskandal auslöste, klingt harmlos im Vergleich zur Sexsymbolik der alten Bluessongs.

»Let's Spend the Night Together« erreichte immerhin Platz drei der britischen Charts, wurde aber in den USA von den meisten Radiosendern boykottiert. Ed Sullivan wollte den Stones verbieten, den Song in seiner beliebten Fernsehshow zu spielen. »Entweder verschwindet der Song oder du verschwindest«, hatte Sullivan persönlich zu Mick Jagger gesagt.[347] Ein Kompromiss bestand darin, dass die Stones die anzüglichen Worte »lass uns die Nacht zusammen verbringen« durch das harmlose »lass uns etwas Zeit zusammen verbringen« ersetzten. Mick Jagger und Bill Wyman rollten aber vielsagend mit den Augen, während sie die Passage vor den Kameras sangen. Als die Stones nach dem Auftritt wieder auf die Bühne kamen, hatten sie Nazi-Uniformen an, was zum endgültigen Rauswurf und einem zukünftigen Auftrittsverbot führte (das aber nur bis 1969 anhielt).

---

346 James F. Wilson: Bulldaggers, Pansies and Chocolate Babies. Ann Arbor: University of Michigan Press 2010, S. 13.

347 Christopher Sandford: Mick Jagger: Primitive Cool. London: Gollancz 1993, S.97.

Der Soziologe Norbert Elias hatte anhand historischer Untersuchungen analysiert, wie die Europäer im Laufe eines tausendjährigen »Prozesses der Zivilisation« ihre Affekte und ihre Triebe – darunter auch ihren Sexualtrieb – zunehmend regulierten. Diese Trieb- und Affektkontrolle erfolgte in mehreren Stufen. In wenig entwickelten, archaischen Gesellschaften werden die Triebe noch weitgehend unkontrolliert ausgelebt (die Hippies sollten später daraus ihre Sympathie für das Stammesleben der amerikanischen Ersteinwohner ableiten). Dann kommt eine Phase, wo Fremdzwänge, beispielsweise Kleidervorschriften bis hin zur Verschleierung und auch drakonische Strafen, die Kontrolle der Triebe, darunter auch der Sexualität, erzwingen. In der nächsten Phase können die Fremdzwänge allmählich gelockert werden, weil sie durch viel effektiver wirkende Selbstzwänge ersetzt werden: das Gewissen, die Ehre, die Schamhaftigkeit, die gute Kinderstube, gutes Benehmen, was sich gehört. Irgendwann funktioniert diese freiwillige, seit der frühen Kindheit in Fleisch und Blut übergegangene Selbstregulierung so gut, dass gesellschaftliche Normen ganz aufgegeben werden können. Die Gesellschaft tritt in die Phase der Informalisierung ein.[348]

In Bezug auf die Sexualität kann man diese Phasen wie folgt beschreiben: In archaischen Gesellschaften herrscht sexuelle Promiskuität, die sich bis hinein ins Mittelalter erhalten hat, wo beispielsweise in den sehr beliebten Badehäusern freizügige Sitten herrschten. Die Memoiren des Giacomo Casanova zeugen davon, dass die außereheliche Sexualität bis weit in das 18. Jahrhundert hinein gesellschaftlich vollkommen akzeptiert war. Ehemänner hatten überhaupt keine Probleme damit, dass ihre Frauen in aller Öffentlichkeit fremdgingen. Dann wurde das Sexualverhalten zunehmenden Fremdzwängen unterworfen, die im 19. Jahrhundert, wo in Deutschland die Biedermeier-Zeit, in England die Ära von Queen Victoria herrschte, ihren Höhepunkt erreichten. Strenge Kleidungsvorschriften sorgten dafür, dass primäre und sekundäre Geschlechtsmerkmale verhüllt wurden. Selbst um im Meer zu baden, wurden spezielle Strandwagen bis in die Fluten gefahren. Strenge Moralvorstellungen verboten jetzt Sex vor der Ehe, die von Jungfrauen eingegangen werden sollte, und außerhalb der Ehe. Diese Sexualmoral galt freilich nur für das weibliche Geschlecht. Die Männer konnten sich weiter an Prostituierten schadlos halten, oder viel bequemer und billiger an ihren Dienstmädchen – so wie es auch Karl Marx an seiner Magd Helena Demuth getan hat, die auch von ihm schwanger wurde (das Kind wurde, wie damals üblich, in eine Pflegefamilie gegeben).

Selbstzwänge wurden wirksam in Form von Schamhaftigkeit und Keuschheit (ein mittlerweile halbvergessenes Wort) der Mädchen. Zahlreiche Blueslieder, insbesondere aber Rocksongs aus den 1960ern, handeln von dieser Keuschheit und den Versuchen der Rocksänger, die Mädchen trotz der Warnungen ihrer Eltern dazu zu überreden, ihre Jungfräulichkeit preiszugeben. Led Zeppelins »Whole Lotta Love« hat nichts mit Liebe zu tun, sondern, wie es darin heißt, mit allen Zentimetern, die tief in die Frau hineingestoßen werden. Und am Ende auch noch durch

---

348 Eichener/Baumgart, Elias, a. a. O., S. 97–101.

den Hintereingang. Das war fast so explizit wie die alten Bluessongs. Das Riff passte auch zu der Bewegung, um die es hier ging. Übrigens nicht mehr *rocking* und *rolling*, sondern nur noch *rocking*: hart und schnell.

Whole Lotta Love	**Eine ganze Menge Liebe**
You need coolin', baby, I'm not foolin', I'm gonna send you back to schoolin', Way down inside honey, you need it, I'm gonna give you my love.	Du brauchst Abkühlung, Baby, ich mache keine Scherze. Ich schicke dich noch einmal zurück zum Lernen. Tief in dir, Schätzchen, brauchst du es, ich werde dir meine Liebe geben.
Wanna whole lotta love	Ich will eine ganze Menge Liebe.
You've been learnin', baby, I been learnin', All them good times, baby, baby, I've been yearnin', Way, way down inside honey, you need it, I'm gonna give you my love	Du hast gelernt, Baby, ich habe gelernt. All die guten Zeiten, Baby, Baby, war ich voller Verlangen. Ganz, ganz tief in dir, Schätzchen, brauchst du es, ich werde dir meine Liebe geben.
You've been coolin', baby, I've been droolin', All the good times I've been misusin', Way, way down inside, I'm gonna give you my love, I'm gonna give you every inch of my love, Way down inside ... woman ... You need ... love	Du hast dich abgekühlt, Baby, ich habe gesabbert. All die guten Zeiten, die ich nicht genutzt habe. Ganz, ganz tief in dir, Schätzchen, werde ich dir meine Liebe geben. Ich werde dir jeden Zentimeter meiner Liebe geben. Ganz tief in dir ... Frau ... brauchst du ... Liebe.
Shake for me, girl. I wanna be your backdoor man Keep it coolin', baby.	Schwing deine Hüften für mich, Baby. Ich will der Mann sein, der durch deine Hintertür kommt. Bleib daran, dich abzukühlen, Baby.

Led Zeppelin, 1969. Text & Musik: John Bonham, John Paul Jones, Jimmy Page, Robert Plant, Willie Dixon (Atlantic)

Wenn sich überhaupt eine Rockband schnulzenanfällig zeigte, dann vielleicht die Band der idealen Schwiegersöhne, die mit »Michelle« ein veritables Liebeslied geschrieben hatte. Aber die Beatles verstanden es auch, ihre subversiven Botschaften hinter gefälligen Melodien und scheinbar harmlosen Texten so zu verstecken, dass die Elterngeneration sie nicht entdeckte. Das gilt auch für einen ihrer *Signature Songs*, in dem es nur dem Titel nach um Liebe geht.

All You Need Is Love

Love, love, love.

There's nothing you can do that can't be done
Nothing you can sing that can't be sung
Nothing you can say but you can learn how to play the game
It's easy
There's nothing you can make that can't be made
No one you can save that can't be saved
Nothing you can do but you can learn how to be you in time
It's easy

All you need is love

There's nothing you can know that isn't known
Nothing you can see that isn't shown
There's nowhere you can be that isn't where you're meant to be.

Alles was du brauchst, ist Liebe

Liebe, Liebe, Liebe!

Es gibt nichts, was tu tun kannst, das nicht getan werden kann.
Nichts, was du singen kannst, das nicht gesungen werden kann.
Nichts, das du sagen kannst,
aber du kannst lernen, wie man das Spiel spielt.
Es ist leicht.
Es gibt Nichts, was du machen kannst, das nicht gemacht werden kann.
Es gibt keinen, den du retten kannst, der nicht gerettet werden kann.
Nichts, was du tun kannst, aber du kannst rechtzeitig lernen, wie du selber sein kannst.
Es ist leicht.

Alles was du brauchst, ist Liebe.

Es gibt nichts, was du wissen kannst, das noch nicht bekannt ist.
Nichts, was du sehen kannst, das nicht gezeigt wird.
Es gibt keinen Ort, an dem du sein kannst, wo du nicht hingehörst.

The Beatles, 1967. Text & Musik: John Lennon, Paul McCartney (Parlophone)

Die Parallelen zu »Whole Lotta Love« sind augenfällig, wenngleich der Song sexuell nicht explizit wird. Aber was sonst soll denn gemeint sein, wenn es heißt: »Es gibt nichts, was du tun kannst, das nicht getan werden kann«? Das heißt nichts anderes, als dass es keinen Grund gibt, die Jungfräulichkeit zu bewahren. Weiterhin spielt der Text auf die gern aus Prüderie und Scham unterlassene sexuelle Aufklärung an, die man aber nachholen und »das Spiel« erlernen kann. Ein anderer Vers verweist auf Nacktheit, die damals ziemlich tabu war (auch die Eltern machten es in der Regel bei ausgeschaltetem Licht). Mit einem Wort: »All You Need Is Love« ist eine Aufforderung zur sexuellen Reifung – natürlich an die Mädchen gerichtet. Die gewinnt man bekanntlich mit dem Wort *Liebe* leichter als mit *Sex*.

Überhaupt ist es ein gängiges Motiv in Rocksongs, Frauen oder gar minderjährige Mädchen dazu zu bringen, sich flachlegen zu lassen. Einer dieser Macho-Songs ist »Foxy Lady« von Jimi Hendrix, zu deutsch ›geile Dame‹. »Ich will dich mit nach Hause nehmen«, heißt es darin. Mit den Worten »ich werde dir nichts Böses tun« sollen die von den Eltern eingepflanzten Ängste genommen werden, um gleich danach die wahre Intention zu offenbaren: »Du musst ganz die Meine werden.«

Die Frau als Sexobjekt – kein Wunder, waren es die Rockmusiker doch gewohnt, sich der Groupies zu bedienen, an deren Namen sie sich am anderen Morgen nicht mehr zu erinnern wussten. Ob Sandy, Mandy oder Marianne – die Person war unwichtig. Um bei Jimi Hendrix zu bleiben: In »Red House« ist es ihm egal, ob sein Baby ihn nicht mehr liebt. Hauptsache, ihre Schwester tut es.

Um den Bruch mit bürgerlichen Tabus vollkommen zu machen, spielten Bands Songs mit sexuellen Geräuschen. Ray Charles hatte mit »What'd I Say« damit begonnen. Im Januar 1969 veröffentlichte die Progressive-Rock-Band Man auf ihrem Album »Revelation« das Stück »Erotica«, auf dem über vier Minuten lang das immer ekstatischer werdende Stöhnen einer Frau mit instrumentaler Musikbegleitung zu vernehmen ist. Das führte dazu, dass die Platte von den britischen Radiosendern boykottiert wurde. Weitaus bekannter wurde jedoch das einige Monate später veröffentlichte »Je t'aime … moi non plus«, auf dem Serge Gainsbourg zusammen mit Jane Birkin zu sanften Hammondklängen stöhnt und auch eindeutige Textbotschaften äußert. Kurz nachdem sie die Platte aufgenommen hatten, spielte sie Gainsbourg zum ersten Mal in der Öffentlichkeit in einem Pariser Restaurant. Jane Birkin sagte: »Als es begann, war das Einzige, was man hören konnte, wie die Messer und Gabeln auf die Tische gelegt wurden. ›Ich glaube, wir haben einen Hit‹, sagte er.«[349]

Die Klammerblues-taugliche Platte musste man natürlich haben. Auf der französischen Plattenhülle war zu lesen: »Abgabe an Personen unter 21 Jahren verboten.« Kann man Jugendliche noch direkter auffordern, sich das Ding zu besorgen? Radiosender boykottierten das Stück auch. Der Vertriebsleiter der italienischen Plattenfirma wurde von der katholischen Kirche exkommuniziert. Ein Plattenboss wurde auf Betreiben des Papstes sogar kurzzeitig festgenommen. Die britische Plattenfirma Fontana stoppte den Verkauf (der dann vom Label Major Minor fortgesetzt wurde). Und genau deshalb musste sich ein rebellischer Jugendlicher die Scheibe besorgen. Die Folge des bürgerlichen Widerstands war, dass »Je t'aime« im Vereinigten Königreich, in Frankreich, der Schweiz und Österreich Platz eins der Charts erreichte, in Deutschland immerhin Rang drei und selbst in den prüden USA noch Rang 58. Vier Millionen Mal wurde die Platte verkauft. Serge Gainsbourg nannte den Papst »unseren großartigsten PR-Mann«.[350]

Aber dann gab es doch noch einen Rocksong, der alles hat, was zu einem Liebeslied gehört. Einschließlich Liebesgeflüster, einer süßlichen Melodie, weichen akustischen Gitarrenakkorden, Piano und einem Geigensolo.

---

349 Jane Birkin.Interview in: The Telegraph vom 13.10.2009.

350 Ebd.

Angie

Angie, Angie, when will those clouds all disappear?
Angie, Angie, where will it lead us from here?
With no loving in our souls
And no money in our coats
You can't say we're satisfied
But, Angie, Angie, you can't say we never tried

Angie, you're beautiful, yeah
But ain't it time we said goodbye?

Angie, I still love you
Remember all those nights we cried?
All the dreams we held so close
Seemed to all go up in smoke
Let me whisper in your ear
Angie, Angie, where will it lead us from here?
Oh, Angie, don't you weep
All your kisses still taste sweet
I hate that sadness in your eyes

But, Angie, I still love you, baby
Everywhere I look, I see your eyes
There ain't a woman that comes close to you
Come on, baby, dry your eyes
Ain't it good to be alive?
Angie, Angie, they can't say we never tried

Angie

Angie, Angie, wann werden all diese Wolken sich endlich verziehen?
Angie, Angie, wo wird uns das alles noch hinführen?
Ohne Liebe in unseren Seelen, ohne Geld in unseren Mänteln.
Du kannst nicht gerade sagen, dass wir befriedigt sind.
Aber Angie, du kannst nicht sagen, wir hätten es niemals versucht.

Angie, du bist schön,
aber ist es nicht langsam Zeit, Abschied zu nehmen?

Angie, ich liebe dich immer noch,
kannst du dich noch an all die Nächte erinnern, in denen wir geweint haben.
Alle Träume, an die wir uns so fest geklammert hatten, schienen sich in Luft aufgelöst zu haben.
Lass mich dir ins Ohr flüstern:
Angie, Angie, wo wird uns das alles noch hinführen?
Oh Angie, weine nicht,
deine Küsse schmecken noch immer süß.
Ich hasse diese Traurigkeit in deinen Augen.

Aber, Angie, ich liebe dich immer noch.
Überall wo ich hinschaue, sehe ich deine Augen.
Es gibt keine Frau, die an dich herankommt.
Komm schon, Baby, trockne deine Augen,
ist es nicht einfach schön, am Leben zu sein.
Angie, Angie, keiner kann sagen, wir hätten es niemals versucht.

The Rolling Stones, 1973. Text & Musik: Mick Jagger, Keith Richards (Rolling Stones Records)

Und dann der Text! Nein, natürlich keine Schnulze, sondern ein wunderbarer poetischer Text und keine naive Huldigung der Liebe, sondern ein Text voller Traurigkeit und Widersprüchlichkeit, dabei auch voller poetischer Eleganz. Es ist ein Lied über eine Liebe, die zu Ende gehen muss und doch nicht zu Ende gehen kann und will. Es ist eines der großartigsten Liebeslieder aller Musikrichtungen überhaupt. Aber es gehört zur Rockmusik, ist von einer Rockband geschrieben und gespielt worden. Und in der Rockmusik ist nicht alles, wie es scheint. Es ist viel darüber spekuliert worden, wer diese Angie wirklich war.

Es gibt tatsächlich eine Angie, die es wissen muss. Sie sagt, dass der Song ihren Namen trägt. Dass er aber nicht über sie ist. Sondern über ihren Mann. Es gibt starke Anzeichen dafür, dass Mick Jagger und David Bowie eine homoerotische Beziehung hatten. Die Zeiten waren damals exzessiv polyamourös. Eheliche Treue galt als spießig und längst überwunden. Jeder kopulierte mit jedem, auch zu dritt, zu viert, zu fünft. Rockmusiker schliefen mit den Partnerinnen ihrer besten Freunde und umgekehrt. Und jeder wusste es. Vom Dreier zum homoerotischen Erlebnis ist es nur ein kleiner Schritt. Marianne Faithfull berichtet, wie Mick Jagger einmal eine Prostituierte zu einem Dreier einlud. Das Ganze endete damit, dass sich die Frauen miteinander beschäftigten. Warum nicht auch die Männer?

Christopher Andersen, Mick Jaggers Biograf, schreibt, dass sich Jagger und Bowie im Laufe des Jahres 1973 in der Öffentlichkeit wie ein Liebespaar zeigten. Sie besuchten sich nach Konzerten gegenseitig in ihren Garderoben, machten sich Geschenke, gingen zusammen aus (jeweils ohne Frauen), gingen zu zweit in Diskotheken. Und hatten nichts dagegen, als sie ein vorwitziger Fotograf miteinander schmusend auf einem Sofa ablichtete.[351] Das ereignete sich alles in dem Jahr, als »Angie« eingespielt wurde. Auf einmal wird der Text verständlich: Warum muss sich ein Paar trennen, obwohl sich beide noch immer lieben, obwohl beide alles versucht haben? Warum hängen dunkle Wolken über dem Paar? Klar, es handelte sich um die Liebesbeziehung zwischen zwei anderweitig verheirateten Männern. Ein Vers erscheint nun eindeutig: »Es gibt keine Frau, die an dich herankommt.« Das ist nicht im Geringsten gelogen. Jagger singt nicht, »es gibt keine *andere* Frau« – er singt, »es gibt keine *Frau*«.

Die Ironie des Ganzen ist, dass der Song ausgerechnet nach der gehörnten Angela Bowie benannt wurde, die selbst aber keineswegs ein Kind von Traurigkeit und ebenfalls bisexuell war. Angie Bowie erzählte stets freimütig und wiederholt, was sie eines Morgens im Oktober 1973, kurz nach der Veröffentlichung des Songs »Angie« erlebt hat:

»Ich war gerade aus New York zurück nach London geflogen. Ich betrat das Haus und ging in die Küche und Daniella sagte mir, ›Ich glaube, Mick und David schlafen oben‹. Ich sagte, ›Oh, okay‹ und ging und öffnete die Schlafzimmertür und da waren sie tatsächlich, schlafend in unserem Bett. Ich fragte sie, ob sie Kaffee wollten und sie sagten ja. Das war alles. … Als ich in jenes Zimmer ging und Mick und David zusammen vorfand, war ich mir absolut sicher, dass sie gevögelt hatten. Es war so offensichtlich … «[352]

Angie Bowie berichtet auch von einem Dreier zwischen David Bowie, Mick Jagger und Bette Midler im New Yorker Plaza Hotel.[353] Die sexuelle Beziehung zwischen David Bowie und Mick Jagger sei nach Christopher Andersens Darstellung auch von der Backgroundsängerin Ava Cherry bestätigt worden, die eine Zeit

---

351 Christopher Andersen: Mick. The Wild Life and Mad Genius of Jagger. New York: Gallery Books 2012, S. 166.

352 Angela Bowie (mit Patrick Carr): Backstage Passes. Life on the Wild Side with David Bowie. Neuausgabe, New York: Cooper Square 2000, S. 240f.

353 Ebd., S. 262.

lang bei den Bowies wohnte. »Obwohl ich mit ihnen viele Male im Bett war, endete es immer damit, dass ich einfach nur zusah, wie sie Sex hatten«, habe sie einer Freundin gesagt.[354] Ava Cherry hat das später revidiert und behauptet: »Falls er [David Bowie] mit Mick geschlafen hat, dann war es vollkommen geheim und ich sah es niemals.«[355] Wie man das auch interpretieren will – ein klares Dementi klingt anders.

Bebe Buell, die zusammen mit Steven Tyler von Aerosmith die Schauspielerin Liv Tyler zur Tochter hat, soll nach Andersens Darstellung ebenfalls von Dreiern mit beiden Männern berichtet haben. Und nicht nur das. »Immer wieder erhielt ich ziemlich seltsame Telefonanrufe von Mick und David um drei Uhr morgens«, habe das ehemalige Playmate erzählt. »Sie luden mich ein, ihr Bett mit vier umwerfenden Schwarzen Frauen zu teilen.«[356] Oder, habe sie ergänzt, »mit vier umwerfenden Schwarzen Männern«. Auch Buell hat Andersens Darstellung bestritten, mit folgendem Dementi: »Wen interessiert es, was die beiden in ihrer Freizeit taten?«[357]

Hat Christopher Andersen alles erfunden, inklusive ausführlicher wörtlicher Interviews mit zwei Groupies? Oder waren diese unter Druck gesetzt worden, ihre Äußerungen zurückzuziehen? Wer die Dementis genau liest, findet Raum für Interpretationen. Andersen führt weitere Zeitzeugen an, die aussagten, es sei damals allgemein bekannt gewesen, dass Mick und David ein Liebespaar waren und daraus kein Geheimnis machten.[358] Für Angie Bowie war es jedenfalls klar, dass »Angie« vom Ende der Liebesbeziehung zwischen Mick Jagger und Davie Bowie handelte.[359] »Angie« ist ein sehr spezielles Liebeslied – auch wenn den meisten Pärchen, die dazu Klammerblues getanzt haben, dies nicht bewusst gewesen sein dürfte.

Speziell ist auch das Liebeslied, das The Kinks einer gewissen »Lola« widmeten. Es geht in dem Song um einen jungen Mann, der gerade erst sein Elternhaus verlassen und noch nie ein Mädchen geküsst hatte. Der Text verwendet verschiedene sprachliche Wendungen, die jeweils in Variationen auftauchen. Der Junge sagt dreimal von sich »I am not the world's most …«, um zu betonen, dass er weder besonders kräftig, noch besonders leidenschaftlich, noch besonders maskulin ist. Dazu passt sein jämmerlicher Fluchtversuch.

Dieser schüchterne, ungeküsste und unerfahrene Mann erlebt sein erstes sexuelles Abenteuer, das in einem Club im guten alten Londoner Kneipenviertel Soho beginnt. Es ist zugleich das Zentrum der Lesben- und Schwulenszene, was, dem Protagonisten wohl nicht bekannt war. Als zweites wiederkehrendes Motiv erscheint

---

354 Andersen, Mick, a. a. O., S. 167f.

355 Ava Cherry. Interview in: Jake Malooley: David Bowie's ex-girlfriend discusses their love affair, interracial dating, Mick Jagger, and the infamous Labyrinth bulge. Chicago Reader vom 13.1.2016.

356 Andersen, Mick, a. a. O., S. 168f.

357 Bebe Buell. Zitiert nach: Bebe Buell Dispels Rumors of Mick Jagger-David Bowie Affair. Rolling Stone vom 11.7.2012.

358 Andersen, Mick, a. a. O., S. 168.

359 Angela Bowie in Los Angeles Times vom 4.5.1990.

im Songtext die Feststellung, dass Dinge nicht so sind, wie sie scheinen. Der Sekt schmeckte nicht nach Sekt, sondern nach Cherry-Cola, das Kerzenlicht war elektrisch und Lola bewegte sich wie eine Frau, sprach aber wie ein Mann.

Lola

I met her in a club down in old Soho
Where you drink champagne and it tastes just like cherry cola
She walked up to me and she asked me to dance
I asked her her name and in a dark brown voice she said Lola

Well I'm not the world's most physical guy
But when she squeezed me tight she nearly broke my spine, oh my Lola
Well I'm not dumb but I can't understand
Why she walked like a woman and talked like a man ...

Well we drank champagne and danced all night
Under electric candlelight
She picked me up and sat me on her knee
And said »dear boy won't you come home with me?«

Well I'm not the world's most passionate guy
But when I looked in her eyes well I almost fell for my Lola ...

I pushed her away
I walked to the door
I fell to the floor
I got down on my knees
Then I looked at her and she at me

Well that's the way that I want it to stay
And I always want it to be that way for my Lola ...

Girls will be boys and boys will be girls
It's a mixed up muddled up shook up world except for Lola ...

Lola

Ich traf sie in einem Club im guten alten Soho,
wo du Sekt trinkst und er schmeckt nach Cherry-Cola.
Sie kam auf mich zu und forderte mich zum Tanzen auf.
Ich fragte nach ihrem Namen, und mit tiefer dunkler Stimme sagte sie »Lola«.

Ich bin ja nun nicht der kräftigste Typ, und als sie mich fest an sich drückte, hätte sie mir fast das Kreuz gebrochen, oh, meine Lola.
Ich bin ja nicht blöd, aber ich kapiere es trotzdem nicht,
weshalb sie sich wie eine Frau bewegte, aber wie ein Mann sprach ...

Wir tranken Sekt und tanzten die ganze Nacht unter elektrischem Kerzenlicht.
Sie packte mich, setzte mich auf ihren Schoss und sagte:
»Süßer Junge, willst du nicht mit zu mir gehen?«

Ich bin ja nun nicht der leidenschaftlichste Typ, aber als ich ihr in die Augen schaute, hätte ich mich fast verknallt in meine Lola ...

Ich stieß sie weg,
ging Richtung Tür,
schlug der Länge nach hin,
landete auf meinen Knien
und dann schauten wir uns an.

Ja, ich hätte es am liebsten gehabt, wenn es dabei geblieben wäre.
Und ich wünsche mir seitdem, dass es auch meiner Lola so am liebsten gewesen wäre ...

Mädels werden zu Jungs, und Jungs werden zu Mädels.
Es ist eine durchgequirlte, durcheinandergewirbelte, durchgeschüttelte Welt, außer für Lola ...

Well I left home just a week before And I'd never ever kissed a woman before But Lola smiled and took me by the hand And said »Dear boy, I'm gonna make you a man«	Ich war gerade mal vor einer Woche von zuhause ausgezogen und ich hatte noch nie zuvor eine Frau geküsst. Aber Lola lächelte und nahm mich an die Hand und sagte: »Süßer Junge, jetzt mach´ ich dich zum Mann.«
Well I'm not the world's most masculine man But I know what I am and I'm glad I'm a man And so is Lola ...	Ich bin ja alles andere als der männlichste Mann, aber ich weiß, was ich bin, und ich bin froh, dass ich ein Mann bin wie Lola ...

The Kinks, 1970. Text & Musik: Ray Davies (Pye / Reprise)

Er erlebt sein erstes sexuelles Abenteuer – im Englischen spricht man auch beim Mann von Entjungferung – mit einem schwulen Transvestiten, was aber keineswegs dazu führt, dass er auf den Geschmack kommt. Im Gegenteil, das Erlebnis ist ihm hochnotpeinlich, hat ihm aber bestätigt, dass er hetero ist. Aber auch, dass die Welt am Ende der sechziger Jahre ziemlich kompliziert geworden ist: »Es ist eine durchgequirlte, durcheinandergewirbelte, durchgeschüttelte Welt«. Die mehrfach redundante Verwendung von Synonymen für ein Durcheinanderwirbeln ist auch eine soziologische Diagnose für das, was in den wenigen Jahren um 1968 herum in der Gesellschaft passiert ist.

Das Musikalische korrespondiert in genialer Weise mit dem Text. Verschiedene Musikkritiker haben nicht nur das großartige Riff hervorgehoben, das Ray Davies auf einer 1938er Dobro-Resonatorgitarre spielt, sondern auch den »knackigen, muskulären Sound, der so abgestimmt ist, dass er in der Mitte zwischen akustischem Folk und Hardrock liegt«.[360] Obwohl der Text keinen Refrain aufweist, gibt es refrainartige Passagen, in denen aus der angehobenen Stimmlage der Sänger die schiere Verzweiflung klingt.

Die Gesellschaft reagierte erstaunlich gelassen auf diesen Song, der immerhin einen homosexuellen Akt mit einem offensichtlich Minderjährigen und Vergewaltigungssequenzen besang. Vermutlich, weil er nicht explizit wurde und nicht alle verstanden, was der feinsinnig-intelligente Text wirklich ausdrückte. Immerhin in Australien wurde der Song von Radiosendern boykottiert, und in England blendeten einige Stationen den Schluss aus, bevor auch dem Dümmsten klar wurde, welches Geschlecht Lola in Wirklichkeit aufwies. Trotz allem: Die Single kam im Vereinigten Königreich auf Platz zwei der Charts, in den USA auf Platz neun, in Irland, Belgien, Niederlande, Südafrika und Neuseeland auf Platz eins, in Deutschland auf

360 Stephen Thomas Erlewine: Lola Versus Powerman and the Moneygoround, Part One. AllMusic Review. https://www.allmusic.com/album/lola-versus-the-powerman-and-the-moneygoround-part-one-bonus-tracks-mw0000652651, zugegriffen am 1.7.2020.

Platz zwei und selbst in Australien trotz des Boykotts auf Platz sechs. Dieser Erfolg verschaffte The Kinks einen neuen, lukrativen Plattenvertrag, den sie dringend benötigten. Frechheit siegt eben doch.

Zu einem zeit- und kulturgeschichtlichen Dokument wurde der Song auch deshalb, weil er, zwar nicht Wort für Wort, aber im Kern auf einer wahren Begebenheit beruht. Tatsächlich trieben sich The Kinks häufiger in Londoner Trans-Bars herum, wo sie natürlich auch die Szene anlockten. Irgendwann wurde Ray Davies tatsächlich von einem Transvestiten zum Tanzen aufgefordert. Er schickte ihn wohl an Robert Wace, den Manager von The Kinks, was dazu führte, dass beide tatsächlich in einem Taxi verschwanden. Sekt, der nach Cola schmeckte, hatte Davies auch gekostet: »Ich hatte einen kalifornischen Champagner, der schmeckte irgendwie nach Los-Angeles-Puff-Touristenfalle.«[361]

Dann gab es noch diesen Song, den Ed Cobb (von The Four Preps) 1964 für die Sängerin Gloria Jones geschrieben hatte, die später in »Hair« auftreten sollte. Der Song floppte, aber Gloria Jones ging eine Liaison mit Marc Bolan (T. Rex) ein, der das Lied 1976 noch einmal mit ihr als Sängerin produzierte. Es floppte erneut. Aber inzwischen hatte sich in den nordenglischen Clubs eine Musikszene entwickelt. In dieser auch *Northern Soul* genannten Szene liebte man Up-tempo-Stücke im Motown-Stil, so dass der Song am Leben blieb. Ein Duo zweier ziemlich schräger Typen entschloss sich, eine eigene Version im damals gerade erfundenen Synthpop-Stil zu produzieren.

Synthpop war die Weiterentwicklung des Progressive Rock, für dessen Entwicklung »Sergeant Pepper« so wichtig gewesen war, der dann aber zunehmend die klanglichen Möglichkeiten ausreizte, die der Synthesizer bot. Bands wie Jethro Tull, Pink Floyd, Yes, Nice, Emerson, Lake and Palmer trieben den Synthesizer-Sound voran, bis vor allem Krautrock-Bands wie Kraftwerk den Synthesizer zum dominierenden Instrument machten. Sie entlockten ihm nie zuvor gehörte Klänge, die die Grenzen dessen antasteten, was Rockmusik und Musik überhaupt darstellte. Synthpop war dann die Fusion von vollelektronischen Synthesizer- und Drumcomputer-Klängen mit Disco-Beats.

Jenes Duo, das aus zwei Kunststudenten der Universität Leeds bestand, dem Sänger Marc Almond und dem Keyboarder David Ball, nannte sich Soft Cell. Es kreierte den einfachsten denkbaren Rhythmus, indem sie zweimal auf eine Synthesizertaste drückten, die einen Ton erzeugte, der wie der Warnton einer Maschine klang (in einer späteren Version nahm man tatsächlich den Ton eines Herzmonitors). Und dann der Text! Ja, es ging um Liebe, aber um eine befleckte, verdorbene, unanständige Liebe.

361 Ray Davies, zitiert nach Jeff Giles: 45 Years Ago: Ray Davies Flies Across the Atlantic – Twice! – to Re-Record Two Words in 'Lola'. Ultimate Classic Rock vom 3.6.2015. https://ultimateclassicrock.com/kinks-lola-lyric-changes/, zugegriffen am 20.2.2021.

Tainted Love

Sometimes I feel I've got to
Run away, I've got to
Get away from the pain you drive into the heart of me

The love we share
Seems to go nowhere
And I've lost my light
For I toss and turn, I can't sleep at night

Once I ran to you (I ran)
Now I'll run from you
This tainted love you've given
I give you all a boy could give you
Take my tears, and that's not nearly all ...

Now I know I've got to
Run away, I've got to
Get away, you don't really want any more from me
To make things right
You need someone to hold you tight
And you think love is to pray
But I'm sorry, I don't pray that way ...

Don't touch me, please
I cannot stand the way you tease
I love you though you hurt me so
Now I'm gonna pack my things and go ...

Touch me, baby, tainted love ...

Unanständige Liebe

Manchmal
denke ich, ich muss weglaufen.
Ich muss weglaufen
vor dem Schmerz, den du in mein Herz treibst.

Die Liebe, die wir teilen,
scheint zu nichts zu führen.
Und ich habe mein Licht verloren.
Denn ich wälze mich hin und her, kann nachts nicht schlafen.

Einst bin ich dir begegnet.
Jetzt laufe ich vor dir weg.
Diese unanständige Liebe, die du gegeben hast.
Ich gebe dir alles, was dir ein Junge geben kann.
Nimm meine Tränen, und das ist noch nicht alles ...

Jetzt weiß ich, ich muss
weglaufen, ich muss
fortkommen, du willst nicht wirklich mehr etwas von mir.
Um es richtig zu machen,
brauchst du jemanden, der dich fest umarmt.
Und du glaubst, Liebe heißt zu beten,
aber es tut mir leid, ich bete nicht auf diese Art ...

Berühre mich nicht, bitte.
Ich kann es nicht ertragen, wie du mit mir spielst.
Ich liebe dich, aber du tust mir so weh.
Jetzt packe ich meine Sachen und hau ab ...

Berühre mich, Schätzchen, unanständige Liebe ...

Gloria Jones, 1964 / 1976; Soft Cell, 1981. Text & Musik: Edward C. Cobb (Champion; Some Bizarre)

Bei Gloria Jones klang das alles noch halbwegs seriös. Da ist ein Paar, das irgendwie verliebt ist, aber auch nicht ganz zusammenpasst. Obwohl er sie noch liebt, nimmt er Reißaus, weil sie von ihm zu viel verlangt. Aber gesungen von einem extrem flamboyanten homoerotischen Sänger und veröffentlicht auf einer LP mit dem Titel »Non-Stop Erotic Cabaret« (garniert mit einem skandalösen Video) erhielt der Vers »diese unanständige Liebe, die du gegeben hast« einen ganz anderen Klang. Der Vers »ich gebe dir alles, was dir ein Junge geben kann« blieb aus der Sicht des männlichen Sängers zutreffend, richtete sich aber auf eine Person gleichen Geschlechts.

Jeder verstand sofort, worum es ging. Der »New Musical Express« schrieb, »Soft Cells Sex-Strategie sollte etwas anbieten, das scharf ist, grob und sogar ein bisschen wunderbar«.[362] Im amerikanischen »Rolling Stone« wurde Soft Cell bezeichnet als »ein feinsinniges Duo aus Synthesizer und Sänger, dessen beliebtestes Thema sexuelle Perversion war und das mit ›Tainted Love‹ einen riesigen Hit auf den Plattentellern der Clubs hatte, der zum Radio übersprang und in der Geschichte der Billboard-Charts von allen Singles am längsten, 43 Wochen lang, dort blieb«.[363] Marc Almond, der sich einmal in die Church of Satan einführen ließ, wurde am Ende noch zum Offizier des Order of the British Empire (OBE) ernannt. An der Leeds Beckett University, die er einst besucht hatte, wurde eine Plakette mit folgenden Worten angebracht: »Als er mit ›Tainted Love‹ die Spitze der Charts stürmte, wurde Almond mit seinem androgynen Auftritt bei ›Top Of The Pops‹ sofort eine Ikone, die die Ästhetik der Neuen Romantik mit ihrem Überschreiten der Geschlechtergrenzen [genderbending] widerspiegelte.« Die Farben des Regenbogens schmücken den Rahmen der Plakette.

Irgendwie lief bei den Liebesliedern, die Rockbands gelegentlich herausbrachten, immer etwas anders als man es von Schlagerschnulzen gewohnt war. Fleetwood Macs mit einem süßlichen Chor hinterlegtes »You Make Loving Fun« hatte die Sängerin und Keyboarderin Christine McVie über ihre Affäre mit dem Beleuchter Curry Grant geschrieben. Um eine Szene zu vermeiden, erzählte sie ihrem Ehemann John McVie, der zu dem Song den Bass spielte, es sei ein Lied über ihren Hund.[364]

Liebeslieder dürfen gern auch musikalisch ein bisschen rockiger sein – so wie Eric Claptons »Layla«, das mit einem der schönsten Riffs der Rockmusik aufwartet. Der Name »Layla« spielt auf die persische Liebesgeschichte über »Madschnūn Lailā« (der von Laila Besessene) aus dem siebten Jahrhundert an. Darin leidet der Hirte Qais an seiner unglücklichen Liebe zu Laila, die von ihren Eltern mit einem anderen verheiratet wird. Eric Clapton sah darin eine Parallele zu seiner – damals noch – unerwiderten Liebe zur Ehefrau seines besten Freundes George Harrison, Patty Boyd.[365] Schon wieder eine unglückliche Liebe. Aber was soll schon unter Rockmusikern aus der Liebe werden? Pattie Boyd und George Harrison kannten sich kaum, als ihr Zahnarzt ihnen heimlich LSD in den Kaffee gemischt hatte. Als sie verheiratet waren, pflegte George sie regelmäßig zu betrügen, bevor er vollständig von Alkohol und Kokain zerfressen wurde. Nach der Scheidung erhörte

362 Gavin Martin: Review: Soft Cell – Non-Stop Erotic Cabaret. New Musical Express vom 28.11.1981.

363 Parke Puterbaugh: Anglomania: The Second British Invasion. America surrenders to the Brits — but who really wins? Rolling Stone vom 10.11.1983.

364 Leah Furman: Rumours Exposed. The Unauthorized Biography of Fleetwood Mac. Kensington: Citadel 2003, S. 105f., 133f. Sowie Ken Caillat, Steve Stiefel: Making Rumours. The Inside Story of the Classic Fleetwood Mac Album. Hoboken: John Wiley & Sons 2012, S. 101ff.

365 Eric Clapton: Mein Leben. 2. Aufl. Köln: Kiepenheuer & Witsch 2007, S. 132.

sie schließlich Eric Clapton, den sie 1979 heiratete, um ein exaktes Déjà-vu zu erleben – mit Affären, Heroin und Alkohol.

Die Rock-and-Roll-seligen Zeiten, als romantische Liebeslieder von den Härten des Lebens ablenken sollten, waren mit der Rockmusik vorbei. Bob Dylans Liebeslieder handelten von Trennungen (»It's All Over Now, Baby Blue«, »Just Like a Woman« etc.). Ende der 1960er Jahre wurden die Liebesverhältnisse komplizierter, auch weil die Frauen selbstbewusster und stärker wurden. Denn die Zeiten, als eine junge Frau kämpfen musste, um einen Mann zu finden, der sie heiratete und für den Rest ihres Lebens versorgte, waren vorbei. Der viel gehörte Spruch »Eine Frau ohne Mann ist wie ein Fisch ohne Fahrrad« brachte zum Ausdruck, dass emanzipierte Frauen über andere Optionen verfügten und sich ihrerseits das Recht nahmen, Männer als Sexobjekte zu benutzen und, wenn es ihnen gefiel, nach vollbrachten Diensten wieder fallen zu lassen. Die Rockmusik brachte das neue Verhältnis zwischen den Geschlechtern zum Ausdruck, so zum Beispiel »Fox on the Run« von Manfred Mann aus dem Jahr 1968.

Fox on the Run

She walked through the corn leading down to the river
Her hair shone like gold in the hot morning sun
She took all the love that a poor boy could give her
And left me to die like the fox on the run ...

Everybody knows the reason for the fall
When woman tempted man down in paradise's hall
This woman tempted me all right, then took me for a ride
But like the lonely fox I need a place to hide
Like the fox on the run ...

Come take a glass of wine and fortify your soul
We'll talk about the world and friends we used to know
I'll illustrate, a girl put me on the floor.
The game is nearly up, the hounds are at my door
Like the fox on the run ...

Fuchs auf der Flucht

Sie ging durch das Kornfeld, das sich zum Flussufer erstreckte,
ihr Haar glänzte wie Gold in der heißen Morgensonne.
Sie nahm die ganze Liebe, die ihr ein armer Junge geben konnte.
Und ließ mich sterben wie einen Fuchs auf der Flucht ...

Jeder kennt den Grund für den Sündenfall,
als die Frau den Mann im Paradies verführte.
Diese Frau verführte mich nach allen Regeln der Kunst und nahm mich dann auf einen Ritt.
Aber wie der einsame Fuchs brauche ich ein Versteck.
Wie der Fuchs auf der Flucht ...

Komm, trink ein Glas Wein und stärke deine Seele.
Wir sprechen über die Welt und Freunde, die wir kannten.
Ich erkläre dir, wie ein Mädchen mich zu Boden brachte.
Das Spiel ist fast vorbei, die Hunde sind vor meiner Tür.
Wie der Fuchs auf der Flucht ...

Manfred Mann, 1968. Text & Musik: Tony Hazzard (Fontana)

Das Lied handelt von einem Mann, der von einer Frau für deren eigene sexuelle Befriedigung benutzt und dann fallen gelassen wurde. »Took me for a ride« war im Jahr 1968 eindeutig zweideutig. Umgekehrte Rollen: Starke Frau – schwacher Mann. Das war noch ziemlich neu im Jahr 1968. Die Frauen emanzipierten sich und die Männer mutierten zu emotional abhängigen, sensiblen Softies.

Gibt es nicht auch ein richtiges Liebeslied in der Rockmusik, in dem ein Mann seiner Traumfrau seine Liebe erklärt? Ja, das gibt es. Aber es ist natürlich auch richtig rockig. Eine echte Rocklady ist kein Mäuschen. Eine echte Rocklady ist stark, selbstbewusst und sexy. Sie trägt schwarze Spitze auf schweißnasser Haut. Und sie hat die Männer im Griff. Sie ist Gift. Er sieht zwar die Gefahr, kann aber nicht von ihr lassen, die Ketten nicht sprengen.

Poison	**Gift**
You're a cruel device Your blood, like ice, one look, could kill My pain, your thrill	Du bist ein grausames Gerät. Dein Blut wie Eis, ein Blick kann töten; mein Schmerz, dein Kick.
I wanna love you But I better not touch I wanna hold you But my senses tell me to stop I wanna kiss you But I want it too much I wanna taste you But your lips are venomous Poison	Ich will dich lieben, aber ich fasse dich besser nicht an. Ich will dich umarmen, aber meine Sinne befehlen mir aufzuhören. Ich will dich küssen, aber ich will es zu sehr. Ich will dich schmecken, doch deine Lippen sind tödliches Gift.
You're poison Running through my veins ... I don't wanna break these chains	Du bist Gift, das durch meine Adern fließt ... Ich will diese Ketten nicht sprengen.
Your mouth so hot Your web I'm caught Your skin so wet Black lace on sweat	Dein Mund so heiß. Dein Netz, in dem ich gefangen bin. Deine Haut so feucht, schwarze Spitze auf Schweiß.
I hear you calling And it's needles and pins I wanna hurt you Just to hear you screaming my name Don't wanna touch you But you're under my skin I wanna kiss you But your lips are venomous Poison	Ich höre dich rufen und es prickelt. Ich will dir wehtun, nur um dich meinen Namen schreien zu hören. Ich will dich nicht anfassen, aber du bist unter meiner Haut. Ich will dich küssen, doch deine Lippen sind tödliches Gift.
Poison Runnin' deep inside my veins Burnin' deep inside my brain ... I don't wanna break these chains	Gift fließt tief in meinen Adern, brennt tief in meinem Hirn ... Ich will diese Ketten nicht sprengen.

Alice Cooper, 1989. Text & Musik: Alice Cooper, Desmond Child, John McCurry (Epic)

Das schönste Liebeslied der Rockmusik ist ein echter Rocksong. Er ist sexy, handelt von einer starken Frau, beinhaltet SM, Bonding und Todesfantasien und er wird gesungen von einem Sänger, der nach eigenem Bekunden seine Frau, mit der er über dreißig Jahre lang verheiratet ist, nicht ein einziges Mal betrogen hat. Seine Gespielin, die er auf der Bühne zu verführen pflegt, wird von seiner eigenen Tochter gespielt – die ihn dafür anschließend umbringt. Aber es dauerte bis 1989, bis die Rockmusik so weit war.

5.11. The House of the Rising Sun

Gäbe es eine Hitliste der Gitarrenlieder, die am häufigsten am Lagerfeuer gesungen wurden, hätte »The House of the Rising Sun« mindestens in den sechziger und siebziger Jahren zusammen mit »Blowin' in the Wind« durchweg an der Spitze gestanden. Für die Popularität des zuerst genannten Songs spricht, dass es in der Geschichte der Rockmusik wohl kaum ein anderes Stück gibt, dass bis heute derart häufig gecovert wurde. Es ist zugleich eines der ältesten Stücke der Rockmusik. Die bekannteste Version ist 1964 von der britischen Band The Animals um Eric Burdon herausgebracht worden; allerdings gab es zu dem Zeitpunkt bereits rund ein Dutzend früherer Schallplattenaufnahmen des Lieds.

Die Melodie ist im Kern ein Blues, wenngleich nicht ganz dem starren Schema folgend. Sie ist melancholisch, klagend, schmerzvoll – und wunderschön. Sie passt zum Weltschmerz der Generation, die sich unverstanden fühlte, und sie passt zur Stimmung, wenn das Lagerfeuer knistert, die Saiten klingen und alle sich in den Armen liegen, um ihr Schicksal gemeinsam zu besingen. Zum Weltschmerz der unverstandenen Generation passt auch der Text. Die Version von The Animals beschreibt einen jungen Mann, den ein düsteres Schicksal erwartet. Die Story ist geheimnisvoll genug, um Raum für Interpretationen zu gewähren. Viel Sehnsucht schwingt mit. Allein die Stadt New Orleans, in der die Geschichte spielt, war ein Sinnbild des antibürgerlichen Lebens, stand für das Sündige, die Lebensfreude, die Musik. Die meisten der jungen Menschen, die Söhne und Töchter von Studienräten, Buchhaltern oder Verwaltungsinspektoren waren, hätten sich nach der Exotik einer antibürgerlichen Existenz gesehnt, und sei es als Sohn oder Tochter eines ewig betrunkenen Spielers.

Dann die geheimnisvolle Anspielung: Sag meinen Geschwistern, dass sie nicht das tun sollen, was ich getan habe! Hatten die Jugendlichen in den Sechzigern nicht alle etwas Verbotenes getan? Hatten nicht alle die Regeln der bürgerlichen Gesellschaft gebrochen – hatten Dope geraucht und sich mit Leuten herumgetrieben, vor denen man gewarnt worden war, waren getrampt und mal eine Nacht von zuhause weggeblieben? Aber man spürte auch die Härte der bürgerlichen Gesellschaft, die solche Ausbruchsversuche gnadenlos bestrafte. So hat die repressive Gesellschaft auch das eigene Leben ruiniert, einen in Ketten gelegt und in ein Korsett gezwängt, das sich wie das Haus der aufgehenden Sonne den Anschein des Fröhlichen gab. War nicht der ideologische Verblendungsapparat der kapitalistischen Gesellschaft so ein »House of the Rising Sun«, das den Menschen die aufgehende Sonne vorspielte, sie aber in Wirklichkeit an ihre unterdrückte Existenz fesselte? Die stählerne Kette mit der Kugel, wie sie im Lied vorkommt, war der Griff, mit dem das totalitäre gesellschaftliche System die Menschen fesselte. Es sind gerade die Andeutungen, das Geheimnisvolle, das »The House of the Rising Sun« so populär machte. Bis heute rätselt die Welt, was es mit dem Haus der aufgehenden Sonne auf sich hatte.

Der Text, den Eric Burdon singt, legt vielleicht nahe, dass es sich um ein Gefängnis in New Orleans handelte. Hat der Sänger ein Verbrechen begangen? Hat man ihn auf der Flucht erwischt und steht er nun auf dem Bahnsteig, um nach New Orleans gebracht zu werden, wo er in Ketten gelegt wird? Das ist eine Interpretation, die durchaus plausibel erscheint. Allerdings haben The Animals das Lied adaptiert und dabei den Text, der ihnen vorgelegen hatte, verändert. Erstens sind die ältesten Versionen, die von dem Lied bekannt sind, nicht aus der Perspektive eines Mannes, sondern einer Frau geschrieben. Dass Eric Burdon das ändern musste, lag auf der Hand. Zweitens musste der Text im Jahr 1964 noch von etwaigen Anzüglichkeiten gereinigt werden, um auch im Radio gespielt werden zu können.

Die älteren Texte, die von Frauen gesungen wurden, legten eher nahe, dass es sich beim »House of the Rising Sun« um ein Bordell handelte, das das Leben junger Frauen ruiniert hatte – eine Story, die im Jahr 1964 kein britischer Radiosender ausgestrahlt hätte. Damit sind wir bei der Geschichte des Songs. The Animals hatten das Lied am 18. Mai 1964 in den Londoner Kingsway Recording Studios aufgenommen. Weil sie den Song bereits häufig live gespielt hatten, benötigten sie nur einen Take für die Aufnahme und konnten das Studio bereits nach einer halben Stunde wieder verlassen. Sie mussten weniger als vier Pfund Studiogebühren dafür zahlen, also in heutigen Verhältnissen weniger als 250 Euro. Im Juni 1964 kam die Single heraus, die sowohl in den USA als auch in Großbritannien an die Spitze der Charts drängte und mit einer goldenen Schallplatte ausgezeichnet wurde.

The Animals hatten den Song in ihr Repertoire aufgenommen, um sich mit einem ruhigeren Folk-Blues von dem Rock-and-Roller Chuck Berry abzusetzen, mit dem sie gemeinsam auf Tournee waren. »The House of the Rising Sun« hatten sie von Bob Dylan übernommen, der das Lied am 20. November 1961 aufgenommen und am 9. März 1962 mit seinem wenig erfolgreichen Album »Bob Dylan« auf den Markt gebracht hatte. Dylan hatte es wiederum von Dave Van Ronk, auf dessen Konzerten das Stück den Höhepunkt bildete. Van Ronk berichtete, dass er »House of the Rising Sun« in den 50er Jahren von der texanischen Sängerin und Musikwissenschaftlerin Hally Wood gelernt hatte. Sie hatte das Material wiederum von dem Musikforscher Alan Lomax, der am 15. September 1937 in der Ortschaft Middlesboro (Kentucky) den »Risin' Sun Blues« aufgenommen hatte, den die 16-jährige Georgia Turner sang. Turner gab an, dass bereits ihre Großeltern das Lied gesungen hatten. Die Ursprünge des Lieds, das in den 1930er und 40er Jahren von zahlreichen Musikern gespielt wurde (u. a. von dem Bluesmusiker Leadbelly), reichen damit zurück bis ins 19. Jahrhundert.[366]

Das bestätigt die Aussage von Clarence Ashley, der zusammen mit Gwen Foster die älteste bekannte Tonaufnahme des »Rising Sun Blues« (am 6. September 1933 für das Vocalion-Label) eingespielt hatte. Ashley sagte, er habe das Lied von seinem Großvater Enoch Ashley gelernt, der in den Appalachen lebte. Aber die Geschichte mag noch sehr viel älter sein. Der Organist von The Animals, Alan Price, wies darauf hin, dass die Melodie große Ähnlichkeit mit der altenglischen Folkballade

366 Vgl. auch BBC: h2g2 [The Hitchhiker's Guide to the Galaxy]: House of the Rising Sun – the History and the Song. http://www.bbc.co.uk/dna/h2g2/A12460772, zugegriffen am 1.7.2020.

»Matthy Groves« aufweist, die bereits im Jahr 1613 erwähnt worden war. Es kann gut sein, dass die Melodie von englischen Siedlern nach Nordamerika gebracht wurde.

Bei »Matthy Groves« ging es um Ehebruch.[367] Ansonsten hat der Text nichts mit »The House of the Rising Sun« zu tun. Auch wenn Siedler die Melodie von England in die Appalachen gebracht haben – wo der englische Folksong eine bemerkenswerte Verbindung mit dem Blues einging –, muss der Text in den USA entstanden sein. Das Haus der aufgehenden Sonne muss in New Orleans gestanden haben. Sehen wir uns die Textversion an, die Georgia Turner im Jahr 1937 gesungen hatte:

The House of the Rising Sun	**Das Haus der aufgehenden Sonne**
There is a house in New Orleans they call the Rising Sun. It's been the ruin of many a poor girl and me, O God, for one.	Es gibt ein Haus in New Orleans, das man »Die Aufgehende Sonne« nennt. Es ist das Verderben vieler armer Mädchen, und ich, o Gott, bin eines von ihnen.
If I had listened what Mama said, I'd be at home today. Being so young and foolish, poor boy, let a rambler lead me astray.	Hätte ich gehört, was Mama sagte, wäre ich heute zuhause. Aber ich war jung und dumm, armer Junge, und ein Rumtreiber führte mich auf Abwege.
Go tell my baby sister never do like I have done To shun that house in New Orleans they call the Rising Sun.	Geh und erzähle meiner kleinen Schwester, dass sie niemals tun soll, was ich getan habe und das Haus in New Orleans, das man »Die Aufgehende Sonne« nennt, meiden soll.
My mother she's a tailor, she sewed these new blue jeans. My sweetheart, he's a drunkard, Lord, Lord, drinks down in New Orleans.	Meine Mutter ist eine Schneiderin, sie nähte diese neuen Bluejeans, Mein Liebling ist ein Säufer, lieber Gott, er trinkt in New Orleans.
The only thing a drunkard needs is a suitcase and a trunk. The only time he's satisfied is when he's on a drunk.	Das Einzige, was ein Säufer braucht, ist ein Koffer und eine Reisetasche. Der einzige Moment, in dem er zufrieden ist, ist, wenn er betrunken ist.
Fills his glasses to the brim, passes them around. Only pleasure he gets out of life is hoboin' from town to town.	Er füllt seine Gläser bis zum Rand und reicht sie weiter. Das einzige Vergnügen, das er in seinem Leben hat, ist, wenn er von Stadt zu Stadt zieht.
One foot is on the platform and the other one on the train. I'm going back to New Orleans to wear that ball and chain.	Ein Fuß ist auf dem Bahnsteig und der andere im Zug. Ich gehe zurück nach New Orleans, um diese Ketten zu tragen.

367 A Traditional Music Library, English Folk Songs from the Southern Appalachians, Little Musgrave and Lady Barnard. http://www.traditionalmusic.co.uk/english-folk-songs/southern-appalachians%20-%200186.htm, zugegriffen am 1.7.2020.

Going back to New Orleans, my race is almost run. Going back to spend the rest of my days beneath that Rising Sun	Ich gehe zurück nach New Orleans, mein Rennen ist beinahe gelaufen. Gehe zurück, um den Rest meiner Tage unter jener »Aufgehenden Sonne« zu verbringen.

Georgia Turner, 1937. Text & Musik: Alan Lomax. Georgia Turner und Bert Martin zugeschrieben, wahrscheinlich aber viel älter

Zwei Themen tauchen in dem Lied auf, die sich in den verschiedenen Textvarianten immer wieder finden: Erstens das Verlassen des Elternhauses und das Herumziehen. Hier ist es die junge Frau, die mit dem Trinker und Spieler fortzieht, der von Ort zu Ort trampt. Zweitens die Rückkehr in das Haus der aufgehenden Sonne, das aber das Leben der jungen Frau endgültig ruiniert.

Was war dieses Haus? Dafür, dass es sich um einen Euphemismus für ein Zuchthaus handelte, spricht nichts. Es gibt keine Belege dafür, dass es in New Orleans überhaupt ein größeres Gefängnis gegeben hatte, geschweige denn mit diesem Namen. Das berüchtigte Staatsgefängnis von Mississippi hieß, wie bereits erwähnt, *Parchman Farm* und lag 300 Meilen weit entfernt von New Orleans. Aber es gab mindestens zwei andere Häuser, die tatsächlich diesen Namen trugen. Im Vieux Carrée, unter der Adresse 826–830 St. Louis Street, hatte es ein (heute nicht mehr existierendes) Haus gegeben, das zwischen 1862 und 1874 von einer Marianne LeSoleil Levant als Bordell geführt worden war. [368] Da *le soleil levant* auf English *rising sun* heißt, war dieses Freudenhaus als *House of the Rising Sun* bekannt.

Vielleicht hatte sich Marianne den ungewöhnlichen Namen LeSoleil Levant selbst gegeben, um an eine ältere Tradition anzuknüpfen. Denn aus dem Jahr 1821 ist verbürgt, dass es das Rising Sun Hotel in der Conti Street Nr. 535–537, ebenfalls im Vieux Carrée, gegeben hatte, das aber ein Jahr später abbrannte. Das Rising Sun Hotel warb in der »Louisiana Gazette« mit einer Anzeige, dass die neuen Eigentümer eine über zwanzigjährige Tradition mit »bester Unterhaltung für Gentlemen« fortsetzen würden. Als man 2005 archäologische Ausgrabungen auf dem Grundstück durchführte, fand man tatsächlich Spuren, die in eindrucksvoller Weise darauf hindeuteten, dass es sich bei dem Rising Sun Hotel um ein Bordell gehandelt hatte, darunter riesige Mengen an Schnapsflaschen und mindestens sieben Rougetöpfchen. Das war Beweis genug, denn Rouge wurde damals fast ausschließlich von Prostituierten benutzt.[369] Bluejeans hatte es damals noch nicht gegeben – diese Textzeile muss später eingefügt worden sein. Aber dass so manches »bedauernswerte Mädchen«, das von einem Streuner auf die schiefe Bahn geführt worden war, am

368 BBC: h2g2 [The Hitchhiker's Guide to the Galaxy]: House of the Rising Sun – the History and the Song. http://www.bbc.co.uk/dna/h2g2/A12460772, zugegriffen am 1.7.2020.

369 Angelika Franz: Freudenfest im Sonnenhaus. Die Zeit vom 2.6.2005.

Ende im Rising Sun Hotel oder bei Madame LeSoleil Levant gelandet war, um dort den Rest seiner Tage als Prostituierte zu verbringen, klingt wahrscheinlich genug.

Es war ein altes Lied, das das Schicksal junger Frauen beklagte, die von nichtsnutzigen Männern auf die schiefe Bahn gebracht wurden und die ein grausames Schicksal als Prostituierte erwartete. Man kann Eric Burdon keinen Vorwurf machen, dass er, im Anschluss an Bob Dylan und andere, das fantastische lyrische und musikalische Material aufgriff und mit einer männlichen Version, der freilich der Sinn abhandengekommen war, einen Riesenerfolg einfuhr. Aber es gehört auch zur historischen Wahrheit, dass die männlich dominierte Rockmusik feministische Themen, die in der afroamerikanischen Bluesmusik noch vorhanden waren, wieder verdeckte.

Melodie und Text blieben faszinierend genug, um den Song bis heute immer wieder neu einzuspielen. Eine jazzige (!) Version von Dolly Parton, in deren Video auch eine traurig blickende Prostituierte vorkommt, stellt auch gleich in der ersten Strophe klar, worum es sich beim »House of the Rising Sun« in Wirklichkeit handelte:

House of the Rising Sun	**Das Haus der aufgehenden Sonne**
There is a house down in New Orleans Down in the Vieux Carré A house they call the rising sun Where love and money are made …	Es gibt ein Haus in New Orleans, unten, im Vieux Carré Ein Haus, das man »Aufgehende Sonne« nennt, wo Liebe und Geld gemacht werden …

Dolly Parton, 1981. Text & Musik: teils unbekannt, teils Dolly Parton (RCA)

Kurz vor Schluss kommt noch einmal die Moral von der Geschicht:

House of the Rising Sun	**Das Haus der aufgehenden Sonne**
… So mothers you go telling all your daughters Not to do what I've done To live a life of sin, shame and strife In the house of the rising sun …	… Also Mütter, sagt euren Töchtern, dass sie nicht tun sollen, was ich getan habe Ein Leben in Sünde, in Scham und in Streit zu leben im Haus der »Aufgehenden Sonne« …

Dolly Parton, 1981. Text & Musik: teils unbekannt, teils Dolly Parton (RCA)

Aber es dauerte bis 1981, bis man in der Popmusik offen über ein Bordell singen konnte. Auch das war ein Ergebnis der Liberalisierung der Sexualität, an der die Rockmusik ihren Anteil hatte.

5.12. Eve of Destruction

Eigentlich war der Zweite Weltkrieg, der 65 Millionen Tote gefordert hatte, die größte Katastrophe des 20. Jahrhunderts. Beendet wurde dieser Krieg faktisch am 6. August 1945, als die erste Atombombe über der japanischen Stadt Hiroshima explodierte. Damit war die Büchse der Pandora geöffnet, und die Menschheit verfügte erstmals über Waffen, die geeignet waren, den ganzen Planeten zu vernichten. Und das war erst der Anfang. Elf Jahre später wurden erste Tests mit einer Wasserstoffbombe durchgeführt. Die russische H-Bombe, die am 31.10.1961 gezündet worden war, war 4.000-mal so stark wie die Bombe von Hiroshima.

Es sah nicht danach aus, dass die Arsenale der Wasserstoffbomben in Langstreckenbombern, auf Interkontinentalraketen und in nicht-ortbaren Atom-U-Booten lediglich dazu dienen sollten, ein Gleichgewicht des Schreckens zu bewahren. In China spielten die Kommunisten unter Mao Zedong verrückt. Während der Kuba-Krise im Oktober 1962 stand die Welt, als es bereits zu mehreren militärischen Konfrontationen gekommen war, am Rande des Nuklearkriegs, der den Planeten unbewohnbar gemacht hätte. Es war der Besonnenheit russischer wie amerikanischer Kommandanten zu verdanken, dass es nicht zur finalen Eskalation gekommen war, letztlich auch dem Einlenken des US-amerikanischen Präsidenten John F. Kennedy, der amerikanische Atomraketen aus der Türkei abziehen ließ, so dass auch die Sowjetunion die achtzig Atomsprengköpfe, die sie bereits auf Kuba stationiert hatte, zurückholte.

Mit China als weiterer Atommacht wuchs die Angst weiter. Es war insbesondere die Jugend, die Angst vor dem Atomkrieg und der Verstrahlung der Erde hatte. Das war ein weiterer Anlass für den Konflikt zwischen den Generationen. Die Älteren hatten nämlich überhaupt keine Probleme mit den Atombomben. Nachdem die ersten Atomtests noch auf einsamen Atollen im Pazifik erfolgt waren, ließen die USA zwischen 1951 und 1992 insgesamt 928 Atombomben allein in der Wüste von Nevada explodieren. Manchmal war der Feuerschein der Atompilze noch in San Francisco zu sehen. Besonders geheim waren diese Atomtests nicht. Im Gegenteil, die US-Regierung beschäftigte nicht weniger als 250 Kameraleute, Regisseure und Produktionstechniker, um Filmaufnahmen von den Atompilzen zu machen.

Im gerade einmal hundert Kilometer entfernten Las Vegas wurden die Zeitpunkte der Explosionen in den Veranstaltungskalender aufgenommen. Wenn es wieder einmal so weit war, versammelten sich Massen von Touristen auf Dachterrassen, in Penthouses und insbesondere im Sky Room, dem Nachtclub in der obersten Etage des Hotels Desert Inn, um die Detonationen zu beobachten. Radioaktive Strahlung? Krebsrisiko? Galt damals als vernachlässigbar. Man feierte die Technologie der Massenvernichtung.

Las Vegas nannte sich *Atomic City, USA*. Es gab »Atom-Cocktails«, »Atom-Frisuren« und »nukleare Partys«. Und abends trat »Amerikas einziger atomgetriebener Sänger« auf. Sein wirklicher Name war Elvis Presley. Seinen Höhepunkt erreichte der Atom-Hype im Jahr 1957, als ein örtlicher Fotograf ein Foto von einer blondgelockten jungen Frau im Bikini veröffentlichte, mit endlos langen Beinen, ausgebreiteten Armen, lachendem Mund, fröhlichen roten Lippen und einem Atompilz aus Watte vor der Brust. Das war Miss Atomic Bomb, ein Showgirl aus Las Vegas. Mit anderen Worten: Die Atombombe war 1957 ein riesiger Spaß.

Parallel zur Kriegsverherrlichung entwickelte sich aber auch die Gegenwelt der Friedensbewegung. Bereits 1955, als die Narben des Zweiten Weltkriegs und des gerade erst beendeten Koreakriegs noch sichtbar waren und als der Kalte Krieg in vollem Gange war, hatte der Protestsänger Pete Seeger das wohl eindrücklichste aller Antikriegslieder geschrieben: »Where Have All the Flowers Gone« – kongenial für Marlene Dietrich ins Deutsche übersetzt vom Schriftsteller und Theatermann Max Colpet.

Where Have All the Flowers Gone	**Sag mir, wo die Blumen sind**
Where have all the flowers gone? Long time passing Where have all the flowers gone? Long time ago Where have all the flowers gone? Girls have picked them every one When will they ever learn? ...	Sag mir, wo die Blumen sind, wo sind sie geblieben? Sag mir, wo die Blumen sind, was ist geschehen? Sag mir, wo die Blumen sind, Mädchen pflückten sie geschwind Wann wird man je verstehen? ...
Where have all the young girls gone? ... Taken husbands every one ...	Sag mir, wo die Mädchen sind? ... Männer nahmen sie geschwind ...
Where have all the young men gone? ... Gone for soldiers every one ...	Sag mir, wo die Männer sind? ... Zogen fort, der Krieg beginnt ...
Where have all the soldiers gone? ... They've gone to graveyards every one ...	Sag, wo die Soldaten sind? ... Über Gräber weht der Wind ...
Where have all the graveyards gone? ... Gone to flowers every one ...	Sag mir, wo die Gräber sind? ... Blumen wehen im Sommerwind ...
Where have all the flowers gone? ...	Sag mir, wo die Blumen sind? ...

Pete Seeger, 1955. Text & Musik: Pete Seeger (deutsch: Max Colpet) (Columbia)

Die Idee für die zirkuläre Struktur des Lieds, die den Krieg als ewiges Schicksal der Menschheit erscheinen lässt, fand Seeger übrigens in einem ukrainischen Volkslied, dessen Verse er in einem Roman gelesen hatte. Seine Faszination zog das Lied genauso aus der einfachen musikalischen Form, die es klampfenabendtauglich machte, wie aus der unendlichen Traurigkeit, die der poetische Text in seiner deutschen Fassung fast noch eindrücklicher überträgt als das englische Original. Der Komponist selbst sagte dazu, dass die deutsche Fassung sogar besser klänge als sein Original. Er begann dann bei Live-Konzerten gern den Song mit dem Vers »Sag mir, wo die Blumen sind«, auch als Reverenz an Marlene Dietrich, die als

Truppenbetreuerin gegen die Nazis gekämpft hatte, sich dann aber zur Pazifistin entwickelte.

Der aktivste Schüler Pete Seegers war Bob Dylan, der 1962/63 gleich mehrere Antikriegslieder schrieb, von denen »Blowin' in the Wind« (das seine Verwandtschaft zu »Where Have All the Flowers Gone« nicht zu leugnen vermag) das bekannteste wurde. Musikhistorisch fast noch interessanter ist aber sein Song »John Brown«, dessen Wurzeln im amerikanischen Sezessionskrieg liegen. Einen John Brown hatte es wirklich gegeben. Geboren im Jahr 1800, trat der (eher erfolglose) Geschäftsmann ab 1834 vehement und zunehmend militanter gegen die Sklaverei ein. Ab 1856 organisierte Brown mit einer bewaffneten Truppe Schießereien, Entführungen und Morde, die sich gegen die Sklavenhalter richteten. Seine bekannteste Aktion fand am 16. Oktober 1859 statt, als er ein Waffenarsenal des US-Heeres überfiel, um mit den erbeuteten Waffen einen Aufstand der Sklaven zu entfachen. Dummerweise schloss sich ihnen aber nicht ein einziger Sklave an. Stattdessen nahm Robert E. Lee John Brown gefangen, der am 2. Dezember 1859 gehängt wurde. Als der Sezessionskrieg ausbrach, bei dem es – zumindest vordergründig – um die Frage der Sklavenhaltung ging, avancierte der Terrorist (als den man ihn heute bezeichnen würde) zum Helden der Nordstaaten. Das 12. Regiment sang ihm ein Lied, das die einfache strukturelle Form des Gospels mit Marschmusik verband.

John Brown

John Brown's body lies a-mouldering in the grave ...
But his soul goes marching on.
Glory, glory, hallelujah ...

He's gone to be a soldier in the Army of the Lord ...
John Brown died that the slaves might be free ...
The stars above in Heaven now are looking kindly down ...

John Brown

John Browns Leiche verrottet in ihrem Grab ...
Aber seine Seele marschiert voran.
Ehre, Ehre, Halleluja ...

Er ist gestorben, um ein Soldat in der Armee des Herrn zu sein ...
John Brown starb, damit die Sklaven frei sein können ...
Die Sterne oben im Himmel schauen jetzt freundlich herab ...

Marsch, 1856/61. Text: volkstümlich, Musik: William Steffe

Das Lied wurde zu einem der ersten Märsche der Nordstaatenarmee. 1967 brachte die deutsche Beatband The Lords den Song unter dem Titel »John Brown's Body« auf den deutschsprachigen Musikmarkt, wo die Scheibe immerhin Rang elf der Hitparade erreichte. Dazu trug sicherlich ein fröhlicher Beat bei. Immerhin konnten sie sich darauf berufen, dass auch Pete Seeger »John Brown« aufgenommen hatte. Wie dieser blutrünstige, gewaltverherrlichende Marsch mit »Where Have All the Flowers Gone« zusammenpasste, lässt sich wohl nur dadurch erklären, dass mancher Protestler Terror und Gewalt als legitime Mittel der politischen

Auseinandersetzung akzeptierte, solange sie dazu dienten, die »richtigen«, sprich: politisch korrekten, Ziele (hier: Abschaffung der Sklaverei) zu verfolgen.

Die Rockmusik schuf ein ganz anderes Lied über den Sezessionskrieg – komponiert ausgerechnet von einem Kanadier, Robbie Robertson –, allerdings mit Unterstützung seines Schlagzeugers Levon Helm, der aus Arkansas stammte. »The Night They Drove Old Dixie Down« besingt die finale Niederlage der Südstaatenarmee in der Schlacht um Richmond aus der Perspektive eines einfachen Manns, der nicht zufällig den Namen Kains trägt, der seinen Bruder ermordet hat – so wie der Sezessionskrieg ein Krieg zwischen Brüdern war. Der Vorname Vergil ist der des römischen Dichters, der Dante Alighieri durch die Hölle geführt hat. Beide Namen sind voller Symbolgehalt, sonst hätte das Lied wohl nicht so prominent mit der Nennung des Namens eines einfachen Menschen begonnen, der nur ein unbedeutendes Rädchen im Lauf der Geschichte war.

The Night They Drove Old Dixie Down	**Die Nacht, als sie den Süden fertiggemacht haben**
Virgil Caine is the name And I served on the Danville train 'Till Stoneman's cavalry came And tore up the tracks again In the winter of '65 We were hungry, just barely alive By May 10th, Richmond had fell It's a time I remember, oh so well	Virgil Caine ist mein Name Und ich diente auf der Danville-Bahn Bis Stonemans Kavallerie kam Und die Gleise wieder rausgerissen hat. Im Winter '65 Hungerten wir, waren gerade noch am Leben Am 10. Mai, Richmond war gefallen. An die Zeit erinnere ich mich noch zu gut.
The night they drove old Dixie down When all the bells were ringing ... And all the people were singing ...	Die Nacht, als sie den Süden fertiggemacht haben Als all die Glocken läuteten ... Und all die Menschen sangen ...
Back with my wife in Tennessee When one day she called to me Said »Virgil, quick, come and see, There goes Robert E. Lee!« Now, I don't mind chopping wood And I don't care if my money's no good You take what you need And you leave the rest But they should never Have taken the very best ...	Ich war zurück bei meiner Frau in Tennessee, Als sie mich eines Tages zu sich rief Sagte: »Virgil, komm schnell und schau! Da geht Robert E. Lee!« Nun, es macht mir nichts aus, Holz zu hacken Und es ist mir egal, wenn mein Geld nichts wert ist. Du nimmst, was du brauchst Und lässt den Rest liegen. Aber sie sollten niemals Wirklich das Beste genommen haben ...

Like my father before me I will work the land And like my brother above me Who took a rebel stand He was just 18, proud and brave But a Yankee laid him in his grave And I swear by the mud below my feet You can't raise a Caine back up When he's in defeat	So wie mein Vater vor mir, Bestelle ich das Land Und wie mein Bruder über mir, Der als Rebell gekämpft hat. Er war erst 18, stolz und tapfer, Doch ein Yankee brachte ihn ins Grab. Ich schwöre beim Schlamm unter meinen Füßen: Du kannst einen Caine / Kain nicht wieder auferstehen lassen, Wenn er besiegt ist.

The Band, 1969. Text & Musik: Robbie Robertson (Capitol)

Das Lied beschreibt das typische Denken eines einfachen Manns aus den Südstaaten, der in den Sezessionskrieg hineingezogen wird und das Elend der Nachkriegszeit erlebt, aber sich mit seinem Schicksal abfindet. Dann meint seine Frau, den berühmten Südstaaten-General Robert E. Lee in Tennessee zu sehen. Lee war aber nie in Tennessee; allerdings gab es nach Kriegsende jede Menge von Phantomsichtungen von Robert E. Lee, die sich mit der Hoffnung verbanden, er würde wieder eine Armee zusammenstellen und doch noch den Sieg erringen. Der Südstaaten-General war durchaus umstritten, denn er persönlich lehnte die Sklaverei ab. Aber er war ein brillanter Armeeführer. Darauf könnten auch die Verse anspielen, dass »du nimmst, was du brauchst« (nämlich Robert E. Lees militärische Fähigkeiten), aber den Rest liegen lässt (nämlich seine durchaus liberalen politischen Ansichten). Nun folgt der Schlüsselvers des Lieds, den Levon Helm während des Live-Konzerts »The Last Waltz« mit dramatischer Stimme singt: Sie sollten niemals das Beste genommen haben. Die Südstaaten haben die falsche Alternative gewählt, als sie die Union verlassen wollten.

Am Ende beklagt der Protagonist den Tod seines Bruders, an dessen Grab er im Schlamm steht. Er singt den doppeldeutigen Satz mit dem Wortspiel um Caine, der sowohl einen Familiennamen darstellt und auf den biblischen Kain verweist. *Raising Cain*, wörtlich ›Kain wiederauferstehen lassen‹, ist im Amerikanischen ein Ausdruck, der bedeutet, richtig Ärger machen zu wollen. Robertson hatte gehört, dass die Südstaatler immer noch davon träumten, dass der Süden eines Tages wiederauferstehen würde.[370] Aber so wie man weder den toten Soldaten Caine noch den biblischen Kain wieder zum Leben erwecken kann, wird auch ein unabhängiger Süden nicht wiederauferstehen. Das Lied hat damit eine doppelte pazifistische Botschaft: Erstens hatten sich die Südstaatler damals für das Falsche entschieden,

370 Robbie Robertson in verschiedenen Interviews, dokumentiert auf der Website »The Band/The Night They Drove Old Dixie Down (revisited)« von Peter Viney. http://theband.hiof.no/articles/dixie_viney.html#footnotes, zugegriffen am 1.7.2020.

als sie den Sezessionskrieg angefangen hatten, und zweitens können sie es sich abschminken, es noch einmal zu versuchen.

»Gehen wir von dem explosiven politischen Klima in der Vietnam-Zeit aus«, schreibt Jason Ankeny, »dann reizt es einen, das Lied als eine Reaktion auf gegenwärtige Ereignisse zu lesen, aber es scheint zuallererst eine Charakterstudie eines der vielen Soldaten zu sein, die ihr Leben riskierten, indem sie für das kämpften, an das sie glaubten, egal wie richtig oder wie falsch es war, und der verheerenden Nachwirkungen solcher Konflikte, gleich welche Seite gewinnt.«[371] Kein aggressives Antikriegslied, sondern ein sanftes, tieftrauriges Lied, das sich gegen alle Kriege richtet und deren Verwundungen und Narben bloßlegt. Joan Baez hat ihr Cover dieses Songs (das zur erfolgreichsten Single ihrer Karriere werden sollte) übrigens nach Gehör gesungen und sich dabei etliche Male verhört, so dass ihr Text mitunter sinnentstellend ausfiel. So machte sie aus »Robert E. Lee« »the Robert E. Lee«, also aus dem General, der ursprünglich gemeint war,[372] ein Dampfschiff, das seinen Namen trug. Bei späteren Live-Auftritten korrigierte sie es.

Bob Dylan schrieb seine eigene Version von »John Brown«. John Brown ist ein Allerweltsname, aber die Anspielung auf den Nordstaatenmarsch war sicherlich nicht zufällig.

John Brown

John Brown went off to war to fight on a foreign shore.
His mama sure was proud of him!
He stood straight and tall in his uniform and all.
His mama's face broke out all in a grin.

»Oh son, you look so fine, I'm glad you're a son of mine,
You make me proud to know you hold a gun.
Do what the captain says, lots of medals you will get,
And we'll put them on the wall when you come home.«

…

John Brown

John Brown zog aus, um in einem fremden Land im Krieg zu kämpfen.
Klar, dass seine Mama stolz auf ihn war!
Er stand aufrecht und groß in seiner Uniform und allem.
Seine Mama grinste breit über das ganze Gesicht.

»O Sohn, du siehst so gut aus, ich bin so froh, dass du mein Sohn bist,
es macht mich stolz zu wissen, dass du eine Waffe trägst.
Tu, was der Hauptmann sagt, viele Orden wirst du erhalten,
und wir hängen sie an die Wand, wenn du nach Hause kommst.«

371 Jason Ankeny: Song Review. The Band: The Night They Drove Old Dixie Down. Allmusic. https://www.allmusic.com/song/the-night-they-drove-old-dixie-down-mt0033326679, zugegriffen am 1.7.2020.

372 Levon Helm (mit Stephen Davies): This Wheel's on Fire: Levon Helm and the Story of The Band. New York: William Morrow & Company 1993, S. 188.

As that old train pulled out, John's ma began to shout,
Tellin' ev'ryone in the neighborhood:
»That's my son that's about to go, he's a soldier now, you know.«
She made well sure her neighbors understood.

She got a letter once in a while and her face broke into a smile
As she showed them to the people from next door.
And she bragged about her son with his uniform and gun,
And these things you called a good old-fashioned war ...

Then the letters ceased to come ... for about ten months or more.
Then a letter finally came saying, »Go down and meet the train.
Your son's a-coming home from the war.«
She smiled and went right down, she looked everywhere around
But she could not see her soldier son in sight.

But as all the people passed, she saw her son at last,
When she did she could hardly believe her eyes.
Oh his face was all shot up and his hand was all blown off
And he wore a metal brace around his waist.
He whispered kind of slow, in a voice she did not know,
While she couldn't even recognize his face ...

»Oh tell me, my darling son, pray tell me what they done.
How is it you come to be this way?«
He tried his best to talk but his mouth could hardly move
And the mother had to turn her face away.

»Don't you remember, Ma, when I went off to war
You thought it was the best thing I could do?
I was on the battleground, you were home ... acting proud.
You wasn't there standing in my shoes.«

Als der alte Zug anfuhr, begann Johns Mama zu rufen,
jeder im Viertel sollte es hören:
»Das ist mein Sohn, der loszieht, ihr wisst, dass er jetzt Soldat ist.«
Sie sorgte dafür, dass ihre Nachbarn das verstanden.

Hin und wieder erhielt sie einen Brief und sie lächelte über das ganze Gesicht,
wenn sie ihn ihren Nachbarn zeigte.
Und sie prahlte mit ihrem Sohn in seiner Uniform und mit seiner Waffe,
und das nannte man einen guten, altmodischen Krieg ...

Dann hörten die Briefe auf zu kommen ... für etwa zehn Monate oder länger.
Dann kam endlich ein Brief, der sagte:
»Gehen Sie zum Bahnhof,
Ihr Sohn kehrt aus dem Krieg nach Hause zurück.«

Aber als die Leute gegangen waren, sah sie endlich ihren Sohn
Und traute ihren Augen nicht.
Sein Gesicht war zerschossen und die Hand abgerissen
Und er trug eine Metallschiene um seine Taille.
Er flüsterte stockend, in einer Stimme, die ihr unbekannt war,
Während sie noch nicht einmal sein Gesicht erkennen konnte ...

»Sag mir, lieber Sohn, sag mir, was sie getan haben?
Was ist mir dir geschehen?«
Er mühte sich zu sprechen, aber sein Mund bewegte sich kaum
Und die Mutter musste ihr Gesicht abwenden.

»Erinnerst du Dich, Mama, als ich in den Krieg zog;
Du dachtest, es sei das Beste, was ich tun konnte?
Ich war auf dem Schlachtfeld, du warst zuhause ... und hast geprahlt.
Du warst nicht da, wo ich war.«

»Oh, and I thought when I was there, God, what am I doing here? I'm a-tryin' to kill somebody or die tryin'. But the thing that scared me most was when my enemy came close And I saw that his face looked just like mine.« ...	»Und als ich da war, dachte ich, Gott, was mache ich hier? Ich versuche, jemanden zu töten, oder sterbe dabei. Aber was mich am meisten erschreckt hat, war, als mein Feind nahe kam Und ich sah, dass sein Gesicht wie meins aussah.« ...
»And I couldn't help but think, through the thunder rolling and stink, That I was just a puppet in a play. And through the roar and smoke, this string is finally broke, And a cannon ball blew my eyes away.«	»Und ich konnte nur noch daran denken, in all dem Donner und Gestank, Dass ich nur eine Marionette in einem Spiel war. Und durch das Getöse und den Rauch riss diese Schnur am Ende Und eine Kanonenkugel pustete meine Augen weg.«
As he turned away to walk, his Ma was still in shock At seein' the metal brace that helped him stand. But as he turned to go, he called his mother close And he dropped his medals down into her hand.	Als er sich abwandte, stand seine Mama immer noch unter Schock, Als sie die Metallschiene sah, die ihm beim Stehen half. Als er dabei war zu gehen, zog er seine Mutter zu sich heran Und ließ seine Orden in ihre Hand fallen.

Bob Dylan, 1962. Text & Musik: Bob Dylan (Columbia)

Das Lied beschreibt sehr anschaulich und sehr drastisch die Grausamkeit der Verwundungen und die Erkenntnis des Soldaten, als Marionette der Politik andere junge Männer, die wie er selbst sind, töten zu müssen. Aber das wirklich Entsetzliche ist, dass die Mütter derart stolz darauf sind, dass ihre Söhne in den Tod ziehen, nur damit man damit vor den Nachbarn prahlen kann. Dass der Sohn in Vietnam Kriegsgräuel erlebte, vielleicht sogar beging, verletzt oder gar getötet werden konnte, kam ihr nicht in den Sinn. Es war ja so ein altmodischer, nicht-nuklearer Krieg, den die US Army selbstverständlich ohne eigene Verluste gewinnen würde.

Der Song war nicht gerade ein poetisches Meisterwerk und kam auch nicht gerade subtil daher (was wahrscheinlich dafür verantwortlich war, dass Dylan ihn gar nicht pressen ließ, sondern nur gelegentlich live vortrug). Aber der Ton war gesetzt, um den Krieg nicht länger patriotisch-positiv zu sehen. Dylan sollte nicht der einzige Protestsänger bleiben. Um ein Antikriegslied zu singen, dass nicht weinerlich-sentimental daherkam, sondern politisch-analytisch, bedurfte es einer Sängerin. Die Kanadierin Buffy Sainte-Marie schrieb Anfang der 1960er Jahre einen Song, der durch ein Cover des schottischen Barden Donovan zusätzliche Verbreitung erfuhr: »Universal Soldier«.

Universal Soldier

He's five feet two and he's six feet four
He fights with missiles and with spears
He's all of 31 and he's only 17
He's been a soldier for a thousand years

He's a Catholic, a Hindu, an atheist, a Jain,
a Buddhist and a Baptist and a Jew
and he knows he shouldn't kill
and he knows he always will
kill you for me my friend and me for you

And he's fighting for Canada,
he's fighting for France,
he's fighting for the USA,
and he's fighting for the Russians
and he's fighting for Japan,
and he thinks we'll put an end to war this
way

And he's fighting for Democracy
and fighting for the Reds
He says it's for the peace of all
He's the one who must decide
who's to live and who's to die
and he never sees the writing on the walls

But without him how would Hitler have
condemned him at Dachau
Without him Caesar would have stood alone
He's the one who gives his body
as a weapon to a war
and without him all this killing can't go on

He's the universal soldier and he
really is to blame
His orders come from far away no more
They come from him, and you, and me
and brothers can't you see
this is not the way we put an end to war.

Der ewige Soldat

Er ist 1,57 und er ist 1,93
Er kämpft mit Raketen und mit Speeren
Er ist schon 31 und er ist gerade 17
Er ist Soldat seit tausend Jahren

Er ist ein Katholik, ein Hindu, ein Atheist, ein
Jain, ein Buddhist und ein Baptist und ein
Jude
Und er weiß, er sollte nicht töten
Und er weiß, er wird es immer tun
Töte für mich, mein Freund, und mich für dich

Und er kämpft für Kanada
Und er kämpft für Frankreich
Und er kämpft für die USA,
und er kämpft für die Russen
und er kämpft für Japan
und er denkt, wir werden so den Krieg
beenden

Und er kämpft für die Demokratie
Und er kämpft für die Roten
Er sagt, es ist für den Frieden aller
Er ist der, der entscheiden muss,
wer leben und wer sterben soll
und er sieht niemals das Menetekel an der
Wand

Aber wie hätte ihn Hitler ohne ihn in Dachau
verdammt
Ohne ihn wäre Caesar allein gewesen
Er ist derjenige, der seinen Körper
Dem Krieg als Waffe zur Verfügung stellt
Und ohne ihn kann das Töten nicht
weitergehen

Er ist der ewige Soldat und er ist wirklich zu
verurteilen
Seine Befehle kommen nicht mehr aus
weiter Ferne
Sie kommen von ihm, und dir und mir
Und, Brüder, könnt ihr nicht erkennen,
dass man so den Krieg nicht beendet.

Buffy Sainte-Marie, 1964. Text & Musik: Buffy Sainte-Marie (Vanguard)

Bemerkenswert ist zunächst die politische und ideologische Neutralität dieses Antikriegslieds. Alle Nationen werden beschuldigt, als Erstes nennt die Kanadierin ihr – vergleichsweise friedliches – Heimatland. Alle Religionen bekommen ihr Fett weg – einschließlich der angeblich so pazifistischen indischen Religionen. Die

Demokratien schneiden bei der Kriegstreiberei genauso schlecht ab wie die kommunistischen Systeme und der Faschismus. Der Krieg wird als ewiges Phänomen begriffen.

So neutral der Song daherkommt, so sehr ist er jedoch als Breitseite gegen die USA aufgefasst worden. Denn die Kernaussage des Liedes besteht darin, dass man durch militärische Aktionen nicht Frieden schaffen kann, wie es die amerikanischen Regierungen immer behauptet haben. Es gibt keinen gerechten Krieg. Es gibt keine friedensstiftenden militärischen Missionen. Die Seitenhiebe auf die Baptisten sind natürlich auf die evangelikalen Christen gemünzt, die sich auf Jesus berufen, aber gerne Gewalt anwenden, um Gegner und Andersdenkende mundtot zu machen. Die Überlegenheit der Demokratie wird schließlich auch noch infrage gestellt, wenn auch in ihrem Namen Blut vergossen wird.

Dann gab es diese hoch innovative Progressive-Rock-Band Emerson, Lake and Palmer, die gern noch den plötzlich verstorbenen Jimi Hendrix bei sich gehabt hätte. So musste Greg Lake Bass und Gitarre im Overdub-Verfahren spielen. Dieser Greg Lake hatte mit zwölf Jahren von seiner Mutter eine Gitarre geschenkt bekommen und als Erstes die Akkorde D, G, a-Moll und e-Moll gelernt. Aus diesen Akkorden bastelte der Zwölfjährige (!) eine Melodie, die auf der akustischen Gitarre beinahe mittelalterlich klang und die dann auch einen Text erhielt, der zugleich historisch, modern und zeitlos war. Er besang das ewige Thema des reichen, umschwärmten Mannes, der sein Glück genießen könnte, aber im Krieg Ruhm und Ehre sucht, bis es auf dem Schlachtfeld auch ihn erwischt.

Lucky Man

He had white horses
And ladies by the score
All dressed in satin
And waiting by the door

Ooh, what a lucky man he was

White lace and feathers
They made up his bed
A gold covered mattress
On which he was laid

He went to fight wars
For his country and his king
Of his honor and his glory
The people would sing

A bullet had found him
His blood ran as he cried
No money could save him
So he laid down and he died

Der glückliche Mann

Er hatte weiße Pferde
Und Damen ohne Ende
Ganz in Satin gekleidet
die an der Tür auf ihn warteten

O, was war er für ein glücklicher Mann!

Weiße Spitze und Federn
Sie machten sein Bett
Eine goldbedeckte Matratze
Auf die er gebettet wurde

Er ging los, um in Kriegen zu kämpfen
Für sein Land und seinen König
Von seiner Ehre und seinem Ruhm
Sollte das Volk singen

Eine Kugel hat ihn gefunden
Sein Blut floss, als er weinte
Kein Geld konnte ihn retten
So fiel er nieder und starb

Emerson, Lake and Palmer, 1970. Text & Musik: Greg Lake (Cotillion)

Keith Emerson steuerte auf seinem Moog-Synthesizer ein geisterhaftes Solo bei, das perfekt zum traurigen Text passte. Der Keyboarder war mit seinem Solo nicht glücklich gewesen, hatte er doch im Studio einfach auf den Tasten improvisiert und musste dann entsetzt feststellen, dass die Aufnahmen in die endgültige Version des Songs eingespielt worden waren. Es ging so weit, dass er sogar die Fachzeitschrift »Keyboard Magazine« um eine Transkription der Noten bitten musste, die er selbst gar nicht aufgezeichnet und sofort wieder vergessen hatte – was bei dem Fachmagazin nicht wenig Erstaunen auslöste.[373] Emersons unfreiwilliges Solo brachte den Durchbruch für den Moog-Synthesizer in der Rockmusik. »Keith Emerson's wildes, jaulendes Moog-Solo auf dem Emerson, Lake and Palmer-Hit ›Lucky Man‹ demonstrierte den entzückten Keyboardern überall, dass es ihnen endlich möglich war, Verstärker demolierende Leadgitarristen von der Bühne zu fegen, wenn sie es wollten.«[374]

Die ersten Antikriegslieder fielen ins Genre der Folkmusik. Aber verdiente die Gefahr eines Atomkriegs nicht auch das härtere Kaliber der Rockmusik? Mitte 1964 verfasste der Sänger und Songwriter P. F. Sloan mit »Eve of Destruction« ein Antikriegslied, dessen Text, dessen Aussage und dessen Beat härter waren, als es die Folksänger und -sängerinnen vortragen konnten. Er bot den Song The Byrds an, die gern dylaneske Stücke spielten. Die lehnten ihn aber ab, so dass ihn The Turtles aufnahmen. Jan and Dean und The Grass Roots spielten den Song nahezu zeitgleich, aber die erfolgreichste Version brachte ein anderer heraus, nämlich Barry McGuire.

Wie so oft spielte der Zufall eine Rolle.[375] Barry McGuire war gerade aus dem italienischen San Remo zurückgekehrt und hing ohne Job in Hollywood herum, als er von dem Produzenten Lou Adler angesprochen wurde, der ein Aufnahmestudio für genau drei Stunden angemietet hatte. Den größten Teil der Session verbrachten die Musiker damit, zwei Songs aufzunehmen, denen sie einen dritten hinzufügen wollten. Sie stellten aber fest, dass das geplante dritte Stück dem ersten sehr ähnlich war, also musste etwas anderes her. McGuire zog einen zerknitterten Zettel mit dem handgeschriebenen Text von »Eve of Destruction« aus der Hosentasche, versuchte ihn einigermaßen zu glätten, befestigte ihn am Notenständer und erklärte den Musikern, die noch nichts von dem Song gehört hatten, die vier Akkorde.

Die Uhr lief unerbittlich, sie hatten Zeit für genau einen Take. Adler drückte den Aufnahmeknopf und sie legten los. McGuire kannte den Text noch nicht auswendig und musste ihn vom Blatt ablesen. Das führte dazu, dass er insbesondere die

373 Keith Emerson im Interview mit Dave Kerzner am 15.10.2011. https://www.youtube.com/watch?v=SM6b7-f2ue0, zugegriffen am 1.7.2020.

374 Kurt Loder: Moog Documentary Clearly a Labor of Love. MTV-Website vom 23.9.2004, https://web.archive.org/web/20090619080614/http://www.mtv.com/movies/news/articles/1491321/20040923/story.jhtml, zugegriffen am 1.7.2020.

375 Die folgende Geschichte wurde von Barry McGuire in einem Blogbeitrag erzählt. www.barrymcguire.com vom 10. Oktober 2005, archiviert auf http://www.xanga.com/barrymcguire/364332725/item.html, zugegriffen am 19.6.2018.

Latinismen *coagulatin', contemplatin', regulation, legislation, integration* überdeutlich, fast wie ein Vorleser, sang und auf den für Rocksänger üblichen schlampigen Drawl verzichtete. Außerdem beging er einige Fehler, traf im letzten Refrain den hohen Ton nicht und leitete den Vers »I can't twist the truth« mit einem unartikulierten Grummellaut ein, der daraus resultierte, dass er Mühe hatte, den Text auf dem zerknitterten Papierfetzen zu entziffern. Egal, man würde den Gesangspart in der nächsten Woche noch einmal aufnehmen, bis er poliert war. An diesem Donnerstagnachmittag ging das nicht mehr, denn die nächste Band stand schon vor der Tür, um ihre gebuchte Session zu spielen.

Am Freitag schaute der Fotograf Ernie Farrell im Büro von Lou Adler vorbei und nahm, wie es seine Gewohnheit war, einige der Bandkopien mit, die dort herumlagen. Direkt danach fuhr er zu einer Teenager-Geburtstagsparty, um dort Fotos zu machen. Als ihm die Blitzlichtbirnen ausgingen (ja, so etwas gab es damals noch), lief er zurück zu seinem Auto, um Nachschub zu holen. Dort sah er die Bänder liegen und dachte: »Warum soll ich sie den Kindern nicht vorspielen?« Gesagt, getan. Das Geburtstagskind hörte sich »Eve of Destruction« drei-, viermal an und rannte dann zu ihrem Vater: »Dad, Dad, hör dir das einmal an!« Der Vater des Mädchens war aber zufällig Programmdirektor bei dem wichtigsten Rocksender in Los Angeles. Er sagte dem Fotografen, er solle zusehen, dass der Produzent das Band bis Montagmorgen gemastert, gepresst und in den Sender geliefert hat.

Adler konnte, wie üblich, McGuire nicht ausfindig machen, also verbrachte er das Wochenende damit, einige Backgroundsänger anzuheuern, den Song abzumischen, zu mastern, auf Platte zu pressen und ins Radiostudio zu bringen. Am kommenden Montag schaffte es Adler dann doch noch, McGuire ans Telefon zu kriegen. »Barry, stell das Radio auf KFWB!« Barry stellte den Rocksender ein und da hörte er sich »Eve of Destruction« singen, immer noch mit dem Grummellaut. Der Programmdirektor hatte das Stück zum »Lied der Woche« ernannt. Später sagten die Leute zu McGuire: »Wow, du hörst dich richtig zornig und frustriert in diesem Lied an.« Und er antwortete: »Ja, ich war es auch, denn ich konnte den Text auf diesem dämlichen Stück Knitterpapier nicht lesen.«

Eve of Destruction	**Am Vorabend der Vernichtung**
The eastern world it is explodin' violence flarin', bullets loadin'	Der Osten explodiert Gewalt flammt auf, Geschosse werden geladen

Der Kalte Krieg wird heiß, insbesondere in Vietnam, wo er bereits tobt.

You're old enough to kill but not for votin'	Du bist alt genug, um zu töten, aber nicht um zu wählen

Was für eine Heuchelei, unter 21-Jährige für zu unreif zu halten, um ihnen das Wahlrecht zuzubilligen, aber 18-Jährige nach Vietnam zu schicken!

You don't believe in war, what's that gun you're totin'?	Du glaubst nicht an den Krieg, aber wofür ist die Waffe, die du trägst?

Die Scheinheiligkeit der Politik der Abschreckung.

And even the Jordan river has bodies floatin'	Und selbst im Jordan treiben schon Leichen

Selbst im Land der Bibel herrscht Krieg zwischen Israel und seinen arabischen Nachbarstaaten. Aber auch die im Heiligen Land entstandene christliche Religion verhindert keine Kriege.

But you tell me over and over and over again my friend Ah, you don't believe we're on the eve of destruction? Don't you understand, what I'm trying to say? Can't you feel the fears that I'm feeling today? If the button is pushed, there's no running away There'll be no one to save with the world in a grave Take a look around you, boy, it's bound to scare you, boy ...	Aber du sagst mir immer und immer und immer wieder, mein Freund, Ah, du glaubst nicht, dass wir am Vorabend der Vernichtung stehen? Verstehst du nicht, was ich zu sagen versuche? Kannst du nicht die Ängste fühlen, die ich heute verspüre? Wenn der Knopf gedrückt ist, gibt es kein Entkommen Es wird keiner mehr da sein, den man retten kann, wenn die Welt im Grab liegt Sieh dich um, Junge, es muss dich doch erschrecken, Junge ...

Der Dritte Weltkrieg steht vor der Tür. Und der wird nuklear sein und mit der Vernichtung des ganzen Planeten enden.

Yeah, my blood's so mad, feels like coagulatin' I'm sittin' here just contemplatin' I can't twist the truth, it knows no regulation Handful of Senators don't pass legislation And marches alone can't bring integration When human respect is disintegratin' This whole crazy world is just too frustratin' ...	Ja, mein Blut kocht so sehr, es fühlt sich an, als ob es gerinnt Ich sitze hier und mache mir nur meine Gedanken Ich kann die Wahrheit nicht verdrehen, sie ist unzensiert Eine Handvoll Senatoren verabschiedet keine Gesetze Und Demonstrationen allein bringen die Menschen nicht mehr zusammen Wenn menschlicher Respekt verschwindet dann ist diese ganze verrückte Welt einfach zu frustrierend ...

Im Senat gibt es zu wenige, die gegen den Krieg stimmen würden, und die Friedensdemonstrationen bewirken nichts, denn die Werte der Menschlichkeit schwinden.

Think of all the hate there is in Red China	Denk an den ganzen Hass in Rotchina

Die Hauptgefahr geht nicht mehr von Russland aus, sondern von China.

Then take a look around to Selma, Alabama	Dann schau dich um nach Selma, Alabama

Eine Anspielung auf die Diskriminierung der Afroamerikaner, die ihren Höhepunkt in Selma, Alabama erreichte, wo die Weigerung von Rosa Parks, einem Weißen ihren Platz im Bus zu räumen, zum Ausgangspunkt der von Martin Luther King angeführten Bürgerrechtsbewegung wurde.

Ah, you may leave here for four days in space	Du könntest hier weg, für vier Tage ins Weltall
But when you return it's the same old place	Aber wenn du zurückkommst, ist es derselbe alte Ort

Man schafft es, Menschen mit der Gemini 4 für vier Tage in den Weltraum zu schicken; aber man schafft es nicht, auf der Erde Frieden herzustellen.

The poundin' of the drums, the pride and disgrace	Das Schlagen der Trommeln, der Stolz und die Schande

Eine Anspielung auf den Trauermarsch nach der Ermordung von John F. Kennedy.

You can bury your dead but don't leave a trace	Du kannst deine Toten begraben, aber hinterlass keine Spuren

Die gefallenen Soldaten werden mit allen militärischen Ehren bestattet, aber der Krieg wird nicht infrage gestellt.

Hate your next door neighbor but don't forget to say grace …	Hasse deinen Nachbarn, aber vergiss nicht das Tischgebet zu sprechen …

Die Scheinheiligkeit der frömmelnden christlichen Mittelschicht, deren Hass unchristlich ist.

Barry McGuire, 1965. Text & Musik: P.F. Sloan (Dunhill/RCA)

Durch den Beat und den – aus Zufall – roh gebliebenen Gesang wurde »Eve of Destruction« zu einer echten Rocknummer, die auch musikalisch dem Text gerecht wurde. Hier geht es um nichts weniger als um das Ende der Welt. Für politische Spitzfindigkeiten lässt P.F. Sloans Text keinen Raum. Er atmet die pure Verzweiflung einer Generation, die nicht nur in sinnlose Kriege in Südostasien geschickt wird, sondern die auch die Angst vor dem Atomkrieg satthat. Abermals ist es dem Sänger egal, ob es die chinesischen Kommunisten oder die eigenen Volksvertreter sind, die verrückt spielen. Es sind natürlich die Widersprüche in den USA, die in dem Lied angeprangert werden. Sloan hatte den Song mit neunzehn Jahren geschrieben und er brachte einiges von dem unter, was er und seine Generation unerträglich fand. Er schrieb den Song als ein Gebet, das Gott um Antworten bittet.[376]

Dass nicht nur die Atombombe Sprengkraft besaß, sondern auch dieser Song, war der Plattenfirma klar. Obwohl der Radiosender aus L. A. »Eve of Destruction« zum Hit der Woche gemacht hatte, erschien das Lied lediglich als B-Seite – in der Hoffnung, dadurch der Zensur der einflussreichen Radiosender zu entkommen. Aber irgendein DJ im Mittleren Westen vertauschte dann doch einmal beide Seiten und »Eve of Destruction« wurde zum Nummer-eins-Hit. Weil sie den Zeitgeist der frustrierten Jugend traf, verkaufte sich die Platte auf Anhieb sechs Millionen Mal, obwohl sie dann doch von einigen Sendern boykottiert wurde.

Der Sänger Barry McGuire erhielt Hassbriefe im Stil von: »Geh zurück (!) nach Russland, du Kommunistenfreund.« Der Song sei eine Unterstützung des Gegners im Vietnamkrieg, sagten konservative Politiker. Die Mainstream-Medien schrieben, der Song stehe für alles, was mit der Jugendkultur falsch war. Über McGuire legte das FBI sicherheitshalber eine Akte an. Der Komponist Sloan wurde von allen nationalen Fernsehsendern geächtet. Nach einem Jahr war er, ebenso wie McGuire, ganz raus aus dem Musikgeschäft. Die Komposition eines 19-Jährigen hatte die ganze USA in Aufruhr versetzt.

Eine adäquatere Reaktion kam von den Rock-and-Rollern John Medora und David White (Komponisten von »At the Hop«) sowie Ray Gilmore, die eine Parodie auf »Eve of Destruction« schrieben, die sie folgerichtig mit »The Dawn of Correction« betitelten.

376 P. F. Sloan: In His Own Words. The Stories Behind the Songs. 19.2.1999. http://www2.gol.com/users/davidr/sloan/aboutsongs.html, zugegriffen am 1.7.2020.

The Dawn of Correction

The western world has a common dedication
To keep free people from Red domination
And maybe you can't vote, boy, but man your battle stations
Or there'll be no need for votin' in future generations
So over and over again, you keep sayin' it's the end
But I say you're wrong, we're just on the dawn of correction

There are buttons to push in two mighty nations
But who's crazy enough to risk annihilation?
The buttons are there to ensure negotiation
So don't be afraid, boy, it's our only salvation ...

You tell me that marches won't bring integration
But look what it's done for the voter registration
Be thankful our country allows demonstrations
Instead of condemnin', make some recommendations
I don't understand the cause of your aggravation
You mean to tell me, boy, it's not a better situation? ...

You missed all the good in your evaluation
What about the things that deserve commendation?
Where there once was no cure, there's vaccination
Where there once was a desert, there's vegetation
Self-government's replacing colonization
What about the Peace Corp. organization?
Don't forget the work of the United Nations ...

Die Morgendämmerung der Verbesserung

Die westliche Welt setzt sich gemeinsam ein,
freie Menschen vor der roten Herrschaft zu bewahren,
und vielleicht kannst du nicht wählen, Junge, aber deine Kampfstationen besetzen,
oder zukünftige Generationen werden keinen Bedarf mehr haben, wählen zu gehen.
Immer und immer wieder sagst du, das ist das Ende,
aber ich sage, du hast unrecht, wir sehen die Morgendämmerung der Verbesserung.

Es gibt Knöpfe, die zwei mächtige Nationen drücken können,
aber wer ist so verrückt, die Auslöschung zu riskieren?
Die Knöpfe sind da, um Verhandlungen zu erzwingen,
also hab' keine Angst, Junge, es ist unsere einzige Rettung ...

Du sagst mir, dass Demonstrationen keine Integration bringen,
Aber schau, was dafür getan wird, dass sich Wähler registrieren.
Sei dankbar, dass unser Land Demonstrationen erlaubt.
Anstatt zu verurteilen, mache lieber ein paar Vorschläge.
Ich verstehe nicht, warum du verärgert bist.
Willst du mir erzählen, Junge, dass es nicht eine bessere Situation ist? ...

Du hast bei deiner Bewertung all das Positive ausgelassen,
was ist mit den Dingen, die Anerkennung verdienen?
Wo es früher keine Heilung gab, gibt es heute Impfungen.
Wo früher Wüste war, gibt es heute Vegetation.
Unabhängigkeit ersetzt den Kolonialismus.
Was ist mit den Friedenscorps?
Vergiss nicht die Arbeit der Vereinten Nationen ...

The Spokesmen, 1965. Text & Musik: John Medora, David White, Ray Gilmore (Decca)

Die Parodie beginnt zwar mit dumpfem Antikommunismus, übernimmt dann aber die wohlbekannte Argumentationsweise eines gutmütigen Onkels oder verständnisvollen Lehrers, der den rebellischen jungen Burschen belehrt, die Dinge doch etwas differenzierter zu sehen. Sloan beziehungsweise McGuire sollten nicht nur das Negative beklagen, sondern auch den bereits erreichten Fortschritten und Errungenschaften Anerkennung zollen. Sie sollten die Intelligenz aufbringen, die Logik der Politik der gegenseitigen Abschreckung zu begreifen. Die Argumente mögen rational richtig gewesen sein – zeigten jedoch wenig Empathie für die Ängste und Aggressionen der jungen Generation, die sich nur kurze Zeit später in den Krawallen von 1968 entladen sollten. Was sagte Sloan zu dem Thema?

»Ich erinnere mich, dass die Bürgerrechtsbewegung 1965 begonnen hatte, Vietnam im Hintergrund lauerte und der Kalte Krieg sich so drastisch verschärft hatte, dass wir just heute herausfinden, wie nah die Welt an den Rand eines Atomkriegs gekommen war. Das lag in der Luft, Angst und Scheinheiligkeit ... das Undenkbare könnte geschehen. Eine vollständige Auslöschung allen Lebens auf der Erde. Wirklich? ›Gut, sieht so aus, als ob sie es dieses Mal wirklich getan haben, Martha! Wir pflanzen diesen Frühling besser keine Begonien mit all diesem atomaren Niederschlag und allem! Oh, George, sei nicht so pessimistisch! In hundert Jahren oder so wird der nukleare Winter vorbei sein und wir können unseren Mais wieder anbauen!‹«[377] Die Angst vor dem Atomkrieg überschattete alles, auch die Logik der Politik der gegenseitigen Abschreckung.

Sloans Reaktion auf »The Dawn of Correction« war zunächst positiv, denn er dachte, dadurch würde ein Dialog zustande kommen. Traurig machte ihn jedoch, dass er hinter der Parodie lediglich das Interesse einer Plattenfirma erkannte, schnelles Geld zu machen. Und er beklagte die Parodie als »Schwenke-die-Fahne-und-wie-kannst-du-es-wagen-etwas-Negatives-über-mein-Land-das-auch-deins-ist«-Bullshit.[378] Immerhin hatte die Parodie auch einen unbeabsichtigten positiven Effekt für die rebellische Jugend: Viele Radiosender waren fair genug, beide Songs hintereinander zu spielen – was sich auch als kluge Strategie erwies, den Boykott von »Eve of Destruction« zu vermeiden.

Letztlich dürfte die Reaktion des Establishments beweisen, dass P. F. Sloan und Barry McGuire (und nicht Bob Dylan) wohl die Ehre zugekommen sein dürfte, den aufrührerischsten Protestsong der 60er Jahre herausgebracht zu haben – Sloan durch seine deutlichen Worte und McGuire durch seine wut- und frustgeladene Stimme. McGuire wunderte sich, dass das Lied als Protestsong bezeichnet wurde. Für ihn war es »nichts als ein gesellschaftlicher Spiegel, der die Scheinheiligkeit des gegenwärtigen Zeitalters, die politische Scheinheiligkeit, die industrielle Scheinheiligkeit, die geistliche Scheinheiligkeit der Welt zurückspiegelte. Der Song bietet keine Antworten, sondern stellt nur die Fragen, und hoffentlich wird der Zuhörer

---

377 Ebd.

378 Ebd.

aufwachen und um sich blicken.«[379] Und er fügte hinzu: »Kein fröhlicher Song, aber manchmal fühle ich mich wie ein Passagier auf der Titanic, der die Gänge entlang rennt und ruft ›Das Schiff sinkt‹, aber jeder ist so sehr damit beschäftigt, seine Geschäfte zu machen, Geld zu scheffeln und seinen sinnlichen Fantasien hinterherzujagen, dass sie sich einfach nicht dafür interessieren. Die wenigen, die versuchen, das Richtige zu tun, wissen einfach nicht, was das Richtige ist, das zu tun ist.«[380]

Die Angst vor dem Atomkrieg was so real, weil es ja schon zwei nukleare Explosionen gegeben hatte. Die am 6. August 1945 auf Hiroshima abgeworfene Atombombe hatte 70.000 Menschen sofort getötet und Tausende weitere durch die Folgen radioaktiver Strahlung in den darauffolgenden Tagen, Wochen, Monaten und Jahren. Zu den erschreckendsten Bildern von Hiroshima gehörten die Schatten, die Menschen auf Wänden oder dem Asphalt hinterließen, die durch den Atomblitz einfach eingeäschert wurden und verschwanden. Diese Bilder nahm die britische Band Wishful Thinking 1969 zum Anlass, den Rocksong »Hiroshima« einzuspielen.

Hiroshima	**Hiroshima**
There's a shadow of a man at Hiroshima, where he passed the moon, in a wonderland at Hiroshima, 'neath the August moon	Da ist der Schatten eines Mannes in Hiroshima, wo er vom Mondschein gestreift wurde in einem Wunderland in Hiroshima unter dem Augustmond
and the world remembers his face, remembers the place was here	und die Welt erinnert sich an sein Gesicht, erinnert sich daran, dass es sich hier ereignete
Fly the metal bird to Hiroshima and away your load, speak the magic word to Hiroshima, let the sky explode	Flieg den Metallvogel nach Hiroshima und wirf deine Ladung ab, sage Hiroshima das magische Wort, lass den Himmel explodieren
and the world remembers his name, remembers the flame was Hiroshima …	und die Welt erinnert sich an seinen Namen, erinnert sich daran, dass die Flamme Hiroshima war …

Wishful Thinking, 1969. Text & Musik: Dave Morgan (Global / Atlantic)

Der tieftraurige Text hat eine hohe poetische Kraft, die eine geniale musikalische Entsprechung fand. Während die Verse, die die grausigen Folgen der Explosion beschreiben, zu leisen und langsamen Tonfolgen gesungen werden, wird die Explosion durch ein schnelles, extrem kraftvolles E-Gitarrensolo im Dialog mit der Orgel

379 Barry McGuire, a. a. O.

380 Ebd.

angedeutet, bevor der Song wieder melancholisch wird. Seltsamerweise floppte die Platte, vielleicht aufgrund der mangelnden Bekanntheit der Band, vielleicht auch weil die musikalische Struktur und Instrumentierung für das Jahr 1969 zu modern war. Neun Jahre später erwachte der Song wieder zum Leben, als er für 44 Wochen in der deutschen Hitparade war und bis auf Platz acht kletterte. 1982 brachte die DDR-Rockband Puhdys eine deutschsprachige Coverversion heraus, 1990 sang Sandra den Song zu Disco-Beats noch einmal auf Englisch und kam damit sogar bis auf Platz vier in den deutschen Charts.

Der Bluesrocker Gary Moore verarbeitete noch 1983 die Angst vor einem atomaren Angriff musikalisch – im harten Gewand einer Hardrock-Nummer. Der Text beschreibt ohne großen lyrischen Aufwand das Szenario eines Atomkriegs. Seine Eindringlichkeit erhält dieses Antikriegslied durch den hochdramatischen musikalischen Rahmen: die Nachahmung von Flugzeuggeräuschen, ein Schrei, ultraharte E-Gitarrenakkorde, hämmerndes Schlagzeug, angsterfüllte Gesangsstimme, immer wieder mit Schreien vermischt, ein ausgedehntes Gitarrensolo, das einschlagende Raketen, Sirenen, Explosionen und Schmerzensschreie simuliert.

Aber bleiben wir noch in den 1960er Jahren. Anfang 1969 verspürte auch Mick Jagger viele negative Energien. Die Euphorie der friedlichen Hippie-Bewegung war vorbei, ebenso die Hoffnungen der Studenten, mit ihren Protesten etwas bewirken zu können. Der Krieg in Vietnam tobte heftiger denn je. Keith Richards komponierte die, nach eigener Aussage, beste Melodie seines Lebens, keine harten Rockriffs, sondern ein eher melancholisches Stück. Und so spielten die Rolling Stones ihre ureigenste Version eines Antikriegslieds ein: »Gimmie Shelter« (später »Gimme Shelter« geschrieben).

Gimmie Shelter

Yeah, a storm is threatenin'
My very life, today
And if I don't get some shelter
Lord, I'm gonna fade away

War, children, yeah
It's just a shot away, it's just a shot away ...

Yeah, now the fire is sweepin'
Our very streets today
Looks like a burning puppet
Mad bull lost his way

And war, children, it's just a shot away ...
Rape, murder
It's just a shot away, it's just a shot away ...

Nimm mich in Schutz

Ja, ein Sturm bedroht
Mein bloßes Leben, heute
Und wenn ich keinen Schutz bekomme,
Gott, dann werde ich dahinschwinden

Krieg, Kinder,
ist gerade einen Schuss entfernt, einen Schuss entfernt ...

Ja, das Feuer fegt jetzt
Durch unsere eigenen Straßen, heute
Sieht aus wie eine brennende Puppe
Ein wildgewordener Stier hat sich verirrt

Und Krieg, Kinder, ist nur einen Schuss entfernt ...
Vergewaltigung, Mord
Ist nur einen Schuss entfernt ...

Yeah, storm is threatenin' My very life today Gimmie, gimmie shelter Lord, I'm gonna fade away …	Ja, ein Sturm bedroht Mein bloßes Leben, heute Nimm mich, nimm mich in Schutz, Gott, ich werde dahinschwinden …
I tell you love, sister It's just a kiss away, it's just a kiss away … Gimmie shelter …	Ich sag dir, Liebe, Schwester Ist nur einen Kuss entfernt, nur einen Kuss entfernt … Nimm mich in Schutz …

The Rolling Stones, 1969. Text & Musik: Mick Jagger und Keith Richards (Decca)

Der über viereinhalb Minuten lange Song hat nicht viel Text, erzeugt aber durch die häufigen Wiederholungen der Schlüsselverse eine extrem düstere, geradezu hypnotische Stimmung. Seine Eindringlichkeit gewinnt der Song insbesondere dadurch, dass die Gastsängerin Merry Clayton die Wörter »rape, murder« mit derartiger Intensität singt, dass ihre Stimme überschnappt, was Mick Jagger, auf der Aufnahme deutlich hörbar, mit einem Ruf der Bewunderung kommentiert. Aber nach allem Schrecken endet das Lied doch hoffnungsvoll.

Jagger sagte zu dem Lied: »Ja, es ist eine sehr raue, sehr gewalttätige Ära. Der Vietnamkrieg. Gewalt auf den Bildschirmen, Plündern und Brandschatzen. Vietnam war kein Krieg, wie wir ihn im herkömmlichen Sinn kannten. Die Sache mit Vietnam war, dass es nicht wie der Zweite Weltkrieg war, es war nicht wie Korea und es war nicht wie der Golfkrieg. Es war ein wirklich scheußlicher Krieg, die Leute widerte er an. Menschen waren dagegen, und Menschen wollten ihn nicht kämpfen … Das ist eine Art Weltuntergangslied, wirklich. Es ist die Apokalypse; das ganze Album ist so.«[381]

Unter dem Einfluss von Yoko Ono hatte schließlich auch John Lennon eine linke Ader entdeckt. Während ihrer Flitterwochen zelebrierten sie in Zimmer 1742 des Queen Elizabeth Hotels in Montreal ein sogenanntes Bed-in.[382] Studenten hatten bereits Sit-ins und Teach-ins als Protestformen erprobt – Lennon und Ono nutzten für die Verbreitung politischer Botschaften ihr Bett. Als ihn ein Journalist ansprach, was er mit dem Bed-in erreichen wolle, antwortete Lennon spontan: »Just to give peace a chance.« – »Einfach, um dem Frieden eine Chance zu geben.« Diesen Spruch wiederholte er in den kommenden Tagen mehrfach. Am 1. Juni 1969 war er dann so weit, einen einfachen Song daraus zu machen, der mit vier Mikrofonen im Hotelzimmer aufgenommen wurde. Dabei waren der Musiker Tom Smothers sowie eine Reihe von Ikonen der Protestbewegung, von denen die meisten in dem Song erwähnt werden.

381 Mick Jagger. Interview in: Rolling Stone vom 14.12.1995.

382 In Anlehnung an Michael Sontheimer: John Lennon und Yoko Ono »Give Peace a Chance« – eine Bettgeschichte. Der Spiegel vom 31.5.2019.

Give Peace a Chance

One-two, one-two-three-four!

Ev'rybody's talking 'bout
Bagism, Shagism, Dragism, Madism, Ragism, Tagism
This-ism, that-ism, is-m, is-m, is-m

All we are saying is give peace a chance ...

Hit it
C'mon, ev'rybody's talking about
Ministers, sinisters, banisters and canisters
Bishops and Fishops and Rabbis
and Popeyes and bye-bye, bye-byes ...

Let me tell you now
Ev'rybody's talking 'bout
Revolutions, evolutions, masturbations, flagellations, regulations, integrations
Meditations, United Nations, congratulations ...

Ev'rybody's talking 'bout
John and Yoko, Timmy Leary, Rosemary, Tommy Smothers, Bobby Dylan, Tommy Cooper
Derek Taylor, Norman Mailer, Alan Ginsberg, Hare Krishna, Hare, Hare Krishna

All we are saying is give peace a chance ...

Gebt dem Frieden eine Chance

Eins, zwei, eins-zwei-drei-vier!

Alle reden über
Bagismus, Schagismus, Dragismus, Madismus, Ragismus, Tagismus
Dieser –ismus, jener –ismus, ismus, ismus ...

Alles, was wir sagen ist: Gebt dem Frieden eine Chance ...

Nennt es beim Namen:
Alle reden über
Minister, Finsterlinge, Bann-ister und Kann-ister
Bischöfe und Fischöfe und Rabbis und Popeyes
Und Bye-Byes ...

Lasst mich euch sagen:
Jeder redet über
Revolutionen, Evolutionen, Masturbationen, Flagellationen, Regulationen, Integrationen,
Meditationen, Vereinte Nationen, Gratulationen ...

Jeder redet über
John und Yoko, Timmy Leary, Rosemary, Tommy Smothers, Bobby Dylan, Tommy Cooper, Derek Taylor, Norman Mailer, Alan Ginsberg, Hare Krishna, Hare, Hare Krishna

Alles, was wir sagen ist: Gebt dem Frieden eine Chance ...

Plastic Ono Band, 1969. Text & Musik: John Lennon (Apple)

Der Song besteht eigentlich nur aus einem einzigen Vers, der wie das indische »Hare Krishna« wiederholt wird. Dazwischen macht Lennon Ideologien verächtlich, indem er sinnfreie Ismen erfindet, witzelt mit ebenso sinnlosen Wortspielen und naheliegenden Reimen über politische und religiöse Führer. Er macht sich über politische Ziele und Strategien wie Revolutionen, Integrationen oder auch, weil es sich für einen Reim anbietet, die Vereinten Nationen lustig und reiht schließlich auch noch sich selbst und seine Freunde aus der Hippie- und Protestbewegung in die Albernheiten ein, bevor er mit »Hare Krishna« abschließt.

In seiner Skurrilität erinnert das Lied an »I Am a Walrus«, entfaltet aber gerade durch seine Einfachheit eine hypnotische Kraft, so dass es zur Hymne der amerikanischen Friedensbewegung wurde. Am 15. November 1969, am Tag der großen

Demonstration gegen den Vietnamkrieg, wurde der Vers unter der Führung von Pete Seeger von einer halben Million Demonstranten über zehn Minuten lang in Washington, D.C. intoniert, wobei Seeger immer wieder »Hörst du, Nixon?«, »Hörst du, Agnew?« (gemünzt auf den damaligen Vizepräsidenten) und »Hörst du, Pentagon?« dazwischenrief. Kritische Rockmusik und politischer Protest bildeten an diesem Tag eine Einheit.

5.13. Behind the Iron Curtain

Der sogenannte Kalte Krieg dauerte von 1945 bis 1989, hatte aber seit Willy Brandts Entspannungspolitik an Schärfe verloren. Gegen Hitler waren die USA und die Sowjetunion noch Waffenbrüder, aber schon am 19. Oktober 1945 warnte der stets hellsichtige George Orwell (»Farm der Tiere«, »1984«) in seinem Essay »You and the Atomic Bomb« vor einer Konfrontation der Supermächte und einem drohenden Atomkrieg. Kurz darauf, am 10. März 1946, schrieb Orwell in einem Zeitungsartikel, dass die Sowjetunion bereits einen Kalten Krieg begonnen habe.[383] Eigentlich hatte schon Lenins Oktoberrevolution im Jahr 1917 den globalen Konflikt zwischen den Systemen Kommunismus und Kapitalismus ausgelöst. Doch er wurde durch den gemeinsamen Kampf gegen Nazi-Deutschland vorübergehend überdeckt. Beide Weltmächte, die USA wie die UdSSR, waren imperialistisch (obwohl das die Kommunisten leugneten), weil sie bestrebt waren, zunächst ihre Nachbarländer, dann schließlich Länder auf der ganzen Welt unter ihren militärischen, ökonomischen und ideologischen Einfluss zu bringen (im Kommunismus hieß das *Internationale*). Der Kalte Krieg, der immer wieder heiß zu werden drohte (Berlin-Blockade, Kuba-Krise), wurde auf verschiedensten Schlachtfeldern ausgetragen, beim Wettrüsten, der Bündnispolitik, dem ideologischen Wettbewerb, dem wirtschaftlichen Wettbewerb, dem Sport, der Raumfahrt sowie in Stellvertreterkriegen an verschiedenen Schauplätzen.

Deutschland hatte seinen kleinen Kalten Krieg zwischen der BRD und der DDR, der vor allem ideologisch ausgetragen wurde. In den 1960er Jahren erreichte die Konfrontation der Systeme ihren Höhepunkt und wirkte bis in das alltägliche Leben hinein. »Geh doch in die DDR!« lautete der Standardspruch der westdeutschen Elterngeneration, wenn die Jugend es wagte, an irgendeinem gesellschaftlichen Zustand auch nur die leiseste Kritik zu üben. Dabei strebte nur ein winziger Teil der 68er-Generation ein politisches System marxistisch-leninistischer Couleur an. Der größte Teil der kritischen Jugend verabscheute den Autoritarismus, der in der UdSSR und ihren Vasallenstaaten herrschte, am extremsten wohl in der DDR, wo Leninismus und Preußentum eine menschenverachtende Allianz eingingen.

Für die Linke war das eine durchaus schwierige Situation. Einerseits war man antikapitalistisch und wollte das System überwinden. Andererseits konnte man auch den sogenannten realen Sozialismus nicht gutheißen, sondern musste eine Vision des humanen Sozialismus entwickeln (den freilich bereits Karl Marx als »naiv« abgekanzelt hatte). Die ideologische Diskussion wurde bald nach 1968 aufgegeben. Jürgen Habermas, der als einziger prominenter Kopf der Frankfurter Schule verblieben war, entfernte sich von der antikapitalistischen Theorie, indem er seine eher humanistische Theorie des kommunikativen Handelns entwickelte.

---

383 George Orwell: You and the Atomic Bomb. The Tribune vom 19.10.1945.

Die Rockmusik hatte es leichter. Rocksongs mussten keine diffizilen Argumentationen führen, sie konnten es sich leisten, spielerisch mit dem Systemkonflikt umzugehen. Ausgerechnet einer der rockigsten Songs, den die Beatles je eingespielt hatten, nahm den Ost-West-Konflikt einfach augenzwinkernd auf die Schippe. »Back in the U.S.S.R.« entstand zur heißen Phase im Februar 1968, als die Beatles ihren ziemlich missglückten Kurs in Transzendentaler Meditation bei Maharishi Mahesh Yogi besuchten. Unter der Reisegruppe befand sich auch Mike Love von den Beach Boys, die gern Songs von Chuck Berry gecovert (bzw. plagiiert) hatten. Love erzählte Paul McCartney, dass Chuck Berry 1959 den Song »Back in the U.S.A.« eingespielt hatte, nachdem er von einer Reise nach Australien zurückgekehrt war. McCartney entschied sich daraufhin, eine Parodie darauf zu schreiben, die stattdessen »Back in the U.S.S.R.« heißen sollte.

Da die Beatles nach ihrer Rückkehr aus Indien, als sie den Song für das Weiße Album im Studio aufnehmen wollten, bereits ziemlich zerstritten waren, gab es ein ziemliches Durcheinander mit den Overdubs, bei denen sich die Musiker mit verschiedenen Instrumenten gegenseitig abwechselten. Immerhin wurde das charakteristische Flugzeuggeräusch hinzugemischt, und die elektronische Verdopplung von Paul McCartneys Singstimme sollte eine Reverenz an die Beach Boys bilden. Der Musikwissenschaftler Peter Wicke hat die Form des Songs, die er detailreich analysiert, als »lärmende Ausgelassenheit« charakterisiert,[384] die mit dem parodistischen Text korrespondiert.

Back in the U.S.S.R.	**Zurück in der UdSSR**
Flew in from Miami Beach B.O.A.C. Didn't get to bed last night On the way the paper bag was on my knee Man, I had a dreadful flight	Flog herein aus Miami Beach mit BOAC Kam letzte Nacht nicht ins Bett Unterwegs lag eine Kotztüte auf meinen Knien Mann, hatte ich einen fürchterlichen Flug
I'm back in the U.S.S.R. You don't know how lucky you are, boy ...	Ich bin zurück in der UdSSR Du ahnst nicht, wie gut du's hast, Junge ...
Been away so long, I hardly knew the place Gee, it's good to be back home Leave it till tomorrow to unpack my case Honey, disconnect the phone	War so lange weg, erkenne die Gegend kaum wieder, Mein Gott, es ist schön, zuhause zu sein. Meinen Koffer pack ich erst morgen aus, Liebling, zieh den Telefonstecker raus.
... Back in the U.S. ... Back in the U.S.S.R.	... Zurück in den USA ... Zurück in der UdSSR

384 Peter Wicke: Back in the U.S.S.R. (The Beatles). In: Michael Fischer, Fernand Hörner, Christofer Jost (Hg.): Songlexikon. Encyclopedia of Songs. http://www.songlexikon.de/songs/backintheussr, zugegriffen am 1.7.2020.

Well, the Ukraine girls really knock me out They leave the West behind And Moscow girls make me sing and shout That Georgia's always on My, my ... my mind	Nun, die Mädchen aus der Ukraine hauen mich wirklich um Den Westen hängen sie ab Und Moskauer Mädchen lassen mich singen und schreien Und Georgien wird immer in meinem, meinem, meinem Kopf sein ...
Oh, show me 'round your snow-peaked mountains way down south Take me to your daddy's farm Let me hear your balalaikas ringing out Come and keep your comrade warm ...	Zeige mir eure schneebedeckten Berge Weit unten im Süden Bring mich zu der Farm deines Vaters Lasst mich eure Balalaikas klingen hören Komm und halt deine Genossin warm ...

The Beatles, 1968. Text & Musik: John Lennon, Paul McCartney (Apple)

Den meisten Hörern des Jahres 1968 dürften die zahlreichen Anspielungen auf Chuck Berrys Song entgangen sein, was aber den Wert des Stücks nicht schmälert. Denn es wird klar, dass USA und U.S.S.R. hier als austauschbar erscheinen, vor allem in der Passage »Back in the U.S., back in the U.S., back in the U.S.S.R.«. »Georgia on My Mind«, die offizielle Hymne des US-Bundesstaats Georgia, wird auf das kommunistische Georgien übertragen. Ansonsten wird die Fröhlichkeit, die gemeinhin den USA zugeschrieben wird, auf Russland projiziert: die heißen Girls (»besser als im Westen«), die Balalaika-Klänge, die Berge, die Heimat. Das darf man getrost als Ironie interpretieren.

Die politisierten Deutschen waren damals derart humorfrei, dass sie den Witz nicht verstanden. Sowohl die Linke als auch die antikommunistische Rechte »sahen in dem Text eine Sympathieerklärung der Beatles an Moskau«, die »von der Linken gefeiert, von der Rechten lautstark verurteilt« wurde. Die Einzigen, die den Song genau verstanden hatten, saßen in Moskau. Für die kommunistische Führung galt der Song »offiziell als Ausdruck einer kulturellen Invasion durch den ›aggressiven amerikanischen Imperialismus‹«. Dementsprechend reagierte der kritische Untergrund, wo illegale Kassettenmitschnitte zirkulierten.[385]

Die politischen Kader der kommunistischen Länder fühlten sich durch die Rockmusik nicht weniger provoziert als die konservativen Eliten des Westens, vielleicht sogar noch mehr, weil die SED-Bonzen selbst einen ausgesprochen spießbürgerlichen Lebensstil pflegten, der ihnen Musik und Habitus der Rockmusik verleidete. Dass sich die westliche Rockmusik gegen Kapitalismus, Massenkonsum und Aufrüstung richtete und die politischen und wirtschaftlichen Systeme des Westens infrage stellte, machten sich die Kommunisten nicht zunutze. Im Gegenteil, sie fühlten sich durch die unbekümmerte Frechheit der Rockmusik, die sich gegen Autoritäten jeder Art richtete, angegriffen. In der kulturellen Rebellion der

385 Ebd.

Jugend sahen die kommunistischen Machthaber »westlich gesteuerte Versuche, ihre Machtstrukturen zu unterlaufen. Verfolgung, Kriminalisierung und Verbot waren die vorherrschenden Reaktionen. Jede neue kulturelle Welle, die aus dem Westen in die DDR schwappte, wurde politisiert. Ihre Verbreitung konnte die SED-Führung jedoch auf Dauer nicht verhindern.«[386]

Die Leipziger »Beat-Demo« im Jahr 1965 wurde als Angriff auf den Sozialismus interpretiert, ebenso »wie viele weitere ›negative Vorkommnisse‹ im Zusammenhang mit Rockmusik, von der Staatssicherheit auf Tausenden von Seiten übereifrig notiert«.[387] Noch 1975 brandmarkte das Ministerium für Staatssicherheit der DDR das Bekenntnis jugendlicher Beatmusik-Fans »als Ausdruck einer gewissen Oppositionshaltung und gestörter Beziehungen zur sozialistischen Gesellschaft überhaupt«.[388]

Die Rockmusik beteiligte sich umgekehrt nicht an der antikommunistischen Propaganda (die »Rock Against Communism«-Konzerte, die später in England aufkommen sollten, wurden von Neonazi-Bands getragen). Die Rockmusik war eine Kunstform, und Kunst heißt, die Ausdrucksmittel des jeweiligen Genres so einzusetzen, dass etwaige Botschaften sublimiert oder chiffriert werden. Das machten die Beatles beispielsweise mit den Mitteln der Parodie und Ironie.

Das Kunststück, einen kritischen Song über den Ostblock zu produzieren, der ohne ein einziges Wort auskam, brachte die Sängerin Nico im Jahr 1985 fertig, als sie mehrere Live-Konzerte in Warschau, Budapest, Prag und Rotterdam gab, aus denen ein Live-Album hervorging, das sinnigerweise »Behind the Iron Curtain« hieß. »All Saints Night From A Polish Motorway« ist eine über neun Minuten lange Improvisation, die von einer melodiefreien, monotonen Musikuntermalung getragen wird, die gleichzeitig etwas Treibendes wie auch etwas Verstörendes aufweist. Man stellt sich den Tourbus vor, wie er in der Dunkelheit über eine polnische Schnellstraße rast. Es ist stockfinster, die Nacht vor Allerheiligen, die im Englischen *Halloween* (von *All Hallows' Eve*) heißt und die den Geistern gehören soll. Geisterhaft sind auch die Geräusche, die Nico zur Musik von sich gibt: düstere Laute, Stöhnen, am Ende ein markerschütternder Schrei – eine Allegorie für das Leben im Ostblock.

David Bowie kannte den Eisernen Vorhang nicht nur aus der Theorie. 1976 war der Brite nach Berlin gezogen, wo er zunächst bei Edgar Froese von Tangerine Dream unterkam, um einen kalten Entzug von harten Drogen zu machen. Dann bezog Bowie eine Altbauwohnung in der Hauptstraße 155 in Berlin-Schöneberg, wo auch Iggy Pop eine Nachbarwohnung nahm. Seine Platten nahm Bowie in den Hansa-Studios auf, die sich in unmittelbarer Nähe der Berliner Mauer befanden.

---

386 Bernd Lindner: Rock & Revolte: Ein Rhythmus verändert die Welt. In: Stiftung Haus der Geschichte der Bundesrepublik Deutschland, Bundeszentrale für politische Bildung (Hg.): Rock! Jugend und Musik in Deutschland. Begleitbuch zur Ausstellung. Berlin: Ch. Links 2005, S. 12–23, hier: S. 14.

387 Ebd., S. 22.

388 Ebd., S. 22f.

Gelegentlich winkten die schwerbewaffneten Grenzsoldaten sogar ins Studio. Ausgerechnet an diesem Ort, einem der unwirtlichsten Plätze der Erde, pflegte sich ein Liebespaar zu treffen. Bowie beschrieb die Szenerie mit folgenden Worten:

»Da ist eine Mauer neben dem Studio. Sie ist ungefähr zwanzig bis dreißig Meter entfernt, der Regieraum schaut direkt drauf. Ein Turm thront auf der Mauer, in dem die Wachposten sitzen. Jeden Mittag trafen sich ein Junge und ein Mädchen darunter. Sie hatten eine Affäre. Ich dachte: Von all den Orten, an denen man sich in Berlin treffen kann, warum sucht man sich da ausgerechnet eine Bank unter einem Wachturm an der Mauer aus?«[389]

Um wen es sich bei dem Liebespaar handelte, wird wohl nie geklärt werden. Bowies Produzent Tony Visconti behauptete, er sei die Inspiration gewesen, als er die Sängerin Antonia Maaß umarmte, die damals mit ihrer Jazzrock-Band Messengers im Hansa-Studio aufnahm. Bowie bestätigte das, während Maaß behauptete, die Affäre mit Visconti habe erst später begonnen. Irgendein Paar hatte Bowie jedenfalls gesehen, und die Szene hatte ihn an das Gemälde »Liebespaar zwischen Gartenmauern« von Otto Mueller erinnert, das ein küssendes Liebespaar vor einer mannshohen Mauer zeigt. Bowie war inspiriert, ein Lied darüber zu schreiben. Antonia Maaß sang dazu übrigens im Chor und übersetzte den Text ins Deutsche.

389 Zitiert nach: Tobias Rüther: Das Lied vom Ende und sein Anfang. In: Frankfurter Allgemeine Sonntagszeitung, 16. November 2008.

Heroes

I, I will be king
And you, you will be queen
Though nothing will drive them away
We can beat them, just for one day
We can be Heroes, just for one day

And you, you can be mean
And I, I'll drink all the time
'Cause we're lovers, and that is a fact
Yes we're lovers, and that is that

Though nothing, will keep us together
We could steal time,
just for one day
We can be Heroes, for ever and ever
What d'you say?

I, I wish you could swim
Like the dolphins, like dolphins can swim
Though nothing,
nothing will keep us together
We can beat them, for ever and ever
Oh we can be Heroes, just for one day

I, I will be king
And you, you will be queen
Though nothing will drive them away …

I, I can remember
Standing, by the wall
And the guns shot above our heads
And we kissed,
as though nothing could fall
And the shame was on the other side
Oh we can beat them, for ever and ever …

We're nothing, and nothing will help us
Maybe we're lying,
then you better not stay
But we could be safer,
just for one day …

Helden (deutsche Fassung)

Du
Könntest du schwimmen
Wie Delphine
Delphine es tun
Niemand gibt uns eine Chance
Doch können wir siegen
Für immer und immer
Und wir sind dann Helden
Für einen Tag

Ich, ich bin dann König
Und du
Du Königin
Obwohl sie
Unschlagbar scheinen
Werden wir Helden
Für einen Tag
Wir sind dann wir
An diesem Tag

Ich, ich glaub' das zu träumen
Die Mauer
Im Rücken war kalt
Schüsse reißen die Luft
Doch wir küssen
Als ob nichts geschieht
Und die Scham fiel auf ihre Seite
Oh, wir können sie schlagen
Für alle Zeiten
Dann sind wir Helden
Nur diesen Tag …

David Bowie, 1977. Text & Musik: David Bowie, Brian Eno (deutsche Fassung von Antonia Maaß) (RCA)

Aus der Szenerie eines küssenden Liebespaares im Schatten eines Wachturms macht Bowie einen ganz großen Song. Die deutsche Fassung ist sprachlich noch stärker als das englische Original. »Schüsse reißen die Luft« – das klingt, als hätte der Brite es selbst übersetzt. Aber das ist lyrische Kreativität. Ebenso wie: »Und die Scham fiel auf ihre Seite.« Die ultimative Demütigung der Grenzsoldaten mit ihrem Schießbefehl. Das Küssen wird zum Symbol für den passiven Widerstand gegen das unmenschliche DDR-Regime und die fürchterliche Mauer. »Wir können sie schlagen«, sie, die »unschlagbar erschienen«, mit simpler Liebe. Und dann sind die Liebenden Helden, wenngleich nur für einen Tag. Das Lied atmete Hoffnung in hoffnungslosen Zeiten, ähnlich wie Wolf Biermanns »Ermutigung« (»Du, laß dich nicht verhärten in dieser harten Zeit«).

Seine große Stunde sollte noch kommen. Am 6. Juni 1987 steht David Bowie anlässlich der 750-Jahrfeier der Stadt auf der Bühne, die vor dem Reichstag, sehr nahe an der Mauer, aufgebaut ist. Bowie singt, inklusive Zugaben, 26 Stücke, Nummer sechzehn ist »Heroes«. Zuvor hat er auf Deutsch eine Botschaft verlesen: »Wir schicken unsere besten Wünsche an all unsere Freunde, die auf der anderen Seite der Mauer sind.« Einige der Lautsprecher sind nach Osten gerichtet, wo sich vor der Mauer mehrere Tausend, überwiegend junge, Leute drängeln. Bowies Lied »Heroes« ist ihr Lied. Gleichzeitig wird das Konzert von Radiosendern ausgestrahlt, die auch in der DDR empfangen werden können.

Am Abend kommt es auf dem Schiffbauerdamm zu ersten Zusammenstößen von rebellierenden Jugendlichen mit der Volkspolizei. Am nächsten Abend versammeln sich die Menschen erneut und skandieren »Weg mit der Mauer!« Die DDR reagiert wie üblich. Die Stasi greift sich einige Jugendliche heraus, die Volkspolizei treibt die Menge mit Schlagstöcken auseinander. In ihrem Bericht schreibt die Stasi: »158 Personen zugeführt. Überwiegend sind es Jungerwachsene der Jahrgänge 1964 bis 1969. 25 junge Mädchen wurden zugeführt. Sie traten zum Teil mit aggressivem Gebaren auf. ... Die versammelten Jugendlichen waren überwiegend mit einem dekadenten Äußeren.« Und: »Auf Handlungen der Volkspolizei wurde lautstark mit Pfiffen und Sprechchören (u.a. erstmals ›Mauer weg‹) reagiert.«[390] Der Rocksong hatte eine Rebellion ausgelöst, die sich in den kommenden Monaten verstärken sollte.

Zwei Jahre später war die Mauer wirklich weg. Hatte das Lied dazu beigetragen? Das Auswärtige Amt schrieb jedenfalls zu Bowies Tod am 11.1.2016 die folgenden Worte: »Auf Wiedersehen, David Bowie. Sie befinden sich nun unter Helden. Wir danken Ihnen dafür, dass Sie geholfen haben, die Mauer niederzureißen.«[391] Kann man mehr von einem Rocksong erwarten?

Abermals war es ein Song, der in Deutschland komponiert worden war. Aber die Idee war in Moskau entstanden. Die Mauer stand noch, aber in der Sowjetunion war die Perestroika, die demokratische Umgestaltung, bereits seit einiger Zeit im Gange. Am 13. August 1989 spielte die Hannoveraner Rockband Scorpions vor 300.000 Fans im Moskauer Lenin-Stadion, was Klaus Meine nachhaltig beeindruckte: »Die Idee dazu ist mir in der UdSSR gekommen, als ich in einer Sommernacht im Gorki-Park saß und auf die Moskwa geblickt habe. Das Lied

390 Zitiert nach Rüther, ebd.

391 Twitter-Meldung von GermanForeignOffice, 11.1.2016, 02:41.

ist meine persönliche Aufarbeitung dessen, was in den letzten Jahren in der Welt passiert ist.«[392] Das Lied war »Wind of Change«, das sich zur Hymne der Wende entwickeln sollte.

Wind of Change	**Wind des Wandels**
I follow the Moskva And down to Gorky Park Listening to the wind of change	Ich folge der Moskva Und weiter zum Gorki-Park Dem Wind des Wandels lauschend
An August summer night Soldiers passing by Listening to the wind of change	Eine Sommernacht im August Soldaten marschieren vorbei Dem Wind des Wandels lauschend
The world is closing in And did you ever think That we could be so close, like brothers	Die Welt wird kleiner Und hättest du je gedacht Dass wir uns so nahe sein könnten, wie Brüder?
The future's in the air I can feel it everywhere Blowing with the wind of change	Die Zukunft liegt in der Luft Ich kann sie fühlen, überall Sie weht mit dem Wind des Wandels
Take me to the magic of the moment On a glory night Where the children of tomorrow dream away In the wind of change	Bring mich zu der Magie des Augenblicks In einer glorreichen Nacht Wo die Kinder von Morgen vor sich hinträumen Im Wind des Wandels
Walking down the street And distant memories Are buried in the past forever …	Laufe die Straße hinunter Und ferne Erinnerungen Sind für immer in der Vergangenheit begraben …
Take me to the magic of the moment On a glory night Where the children of tomorrow share their dreams With you and me …	Bring mich zu der Magie des Augenblicks In einer glorreichen Nacht Wo die Kinder von Morgen ihre Träume teilen Mit dir und mir …
The wind of change blows straight Into the face of time Like a storm wind that will ring The freedom bell for peace of mind Let your balalaika sing What my guitar wants to say …	Der Wind des Wandels bläst geradewegs Ins Gesicht der Zeit Wie ein Sturm, der Die Freiheitsglocke für den Frieden der Gedanken läuten wird Lass deine Balalaika singen Was meine Gitarre sagen will …

Scorpions, 1989. Text & Musik: Klaus Meine (Mercury)

392 Klaus Meine: Friede, Freude, Hasch und Perestroika. Rocks – Das Magazin für Classic Rock, Nr. 1/2014, S. 88.

Die poetischen, so hoffnungsvollen Worte wurden unterlegt von einer pathetischen Melodie. So entwickelte sich der Song weltweit zu einer Hymne der Hoffnung auf den demokratischen Wandel. Das Lied wurde in Russland gehört und in Osteuropa, in Korea, in China und in vielen anderen Ländern. Von der Single sind fünfzehn Millionen Kopien verkauft worden, was einen Rekord für eine deutsche Produktion darstellt. Bis 2020 ist allein das offizielle Musikvideo zu »Wind of Change« fast 800 Millionen Mal angeklickt worden – das ist mehr, als beispielsweise Michael Jacksons »Thriller« erzielte. Der Song erreichte in elf Ländern Platz eins der Charts. Im Vereinigten Königreich kam er auf Platz zwei, in den USA auf Platz vier, beides erstaunliche Platzierungen für einen Song, der von Nichtmuttersprachlern auf Englisch gesungen wurde. Im Jahr 1991 war »Wind of Change« das weltweit meistgespielte Lied im Radio. Die vielleicht größte Anerkennung kam vom Begründer der Perestroika persönlich: Michail Gorbatschow, damals noch Staats- und Parteichef der Sowjetunion, lud die Scorpions zu einem Besuch am 14. Dezember 1991 in den Kreml ein, weil ihm der Song so gut gefiel.

5.14. The World's in a Tangle

Im Jahr 1966 war es unmöglich, sich im Ruhrgebiet einen Sonnenbrand zu holen, obwohl der Sommer ungewöhnlich sonnig war. Der Grund dafür war die permanente Konzentration von Feinstaub in der Luft. Die Menschen lachten laut auf, als Bundeskanzler Willy Brandt nach seinem Regierungsantritt im Jahr 1969 forderte, der Himmel über der Ruhr müsse wieder blau werden. Die Wäsche, die man zum Trocknen aufhängte, war nach wenigen Stunden mit Rußpartikeln übersät, ebenso wie die Fensterbänke jeden Morgen wieder rußig waren, auch wenn man sie täglich reinigte. Schornsteine spien völlig ungefiltert Ruß und Feinstaub, Schwefeldioxid und Stickoxide aus. Autos spuckten giftiges Blei in die Luft, mit dem das Benzin angereichert war. Extrem krebserregende Asbestfasern wurden praktisch überall verbaut – in Isolierungen, Fassadenplatten, Bodenplatten, Rohren, Klebern. Viele Bäche, Flüsse und Seen waren biologisch tot und hatten den Charakter von Kloaken, nicht nur die Emscher. Die Umweltverschmutzung hatte in der Zeit des Wirtschaftswunders in den 1960er Jahren katastrophale Ausmaße erreicht.

Das wurde der Generation Rockmusik bewusst. In der Umweltzerstörung trafen die Krankheiten der Industriegesellschaft zusammen: Die Gier des Kapitalismus, die im Interesse maximaler Renditen skrupellos die Umwelt zerstörte, und der Egoismus der Elterngeneration, die bedenkenlos bereit war, die Zukunft des Planeten und der nachfolgenden Generationen zu zerstören, um ihre Konsumbedürfnisse zu stillen. Dagegen musste die Jugend revoltieren. Die Rockmusik leistete ihren Beitrag. Das Musical »Hair« enthielt bereits ein Lied, das die Luftverschmutzung thematisierte (»Air«). Die Bluesrock-Band Canned Heat brachte 1970 einen Song heraus, den sie als *environmental boogie* bezeichneten, also als ›Umweltboogie‹.

So Sad (The World's in a Tangle)	**So traurig (Die Welt ist in einem Durcheinander)**
This old world's in a tangle Dark clouds most everywhere ... Gotta free this air, but no one seems to care	Die gute alte Welt ist in einem Durcheinander Dunkle Wolken fast überall ... Ich will diese Luft befreien, aber keiner schert sich darum
Gonna tell all you people The battle has just begun ... Some black day we might not see the sun ...	Ich werde euch allen sagen, Der Kampf hat gerade erst begonnen ... Eines schwarzen Tages werden wir die Sonne nicht mehr sehen ...
People deep in and a-hiding You know that they're afraid to see ... They got blinded on, can't see you or me	Die Menschen sind tief drin und verstecken sich Du weißt, dass sie Angst vor der Wahrheit haben ... Sie sind blind geworden, können weder dich noch mich sehen
You listen to me old folk This old world gotta change ... If the bombs start a-falling There'll be no more home on the range	Hör mir zu, alter Junge, Die gute alte Welt verändert sich ... Wenn die Bomben zu fallen beginnen Wird auf diesem Planeten niemand mehr wohnen können
So sad, it's bad	So traurig, so schlecht
We gotta take some consideration And shake things up a bit ... Some say no, but still we must insist	Wir werden mehr Rücksicht nehmen Und die Dinge ein wenig aufrütteln ... Manche sagen »nein«, aber wir müssen uns durchsetzen
Too much smoke Too much gas Too little green And it's going back Help us out or we'll shake you, yes yes yes ...	Zu viel Rauch Zu viel Gas Zu wenig Grün Und es geht abwärts Hilf uns oder wir schütteln dich durch, jawohl ...

Canned Heat, 1970. Text & Musik: Bob Hite, Alan Wilson, Harvey Mandel, Larry Taylor, Adolfo de la Parra (Liberty)

Der Song greift auf lyrische Weise verschiedene Probleme der Umweltverschmutzung auf (bis hin zum Atomkrieg), beschwört die Zerstörung des Planeten herauf, fordert zum Handeln auf, beklagt aber die Menschen, die vor der Realität der Umweltzerstörung ihre Augen verschließen. Der Zeitgeist jener Epoche!

Kurz zuvor hatten bereits Jefferson Airplane einen Umweltsong herausgebracht – und was für einen!

Eskimo Blue Day

Snow cuts loose from the frozen
Until it joins with the African sea
In moving it changes its cold and its name
The reason I come and go is the same
Animal game for me
You call it rain
But the human name
Doesn't mean shit to a tree

If you don't mind heat in your river and
Fork tongue talking from me
Swim like an eel fantastic snake
Take my love when it's free
Electric feel with me
You call it loud
But the human crowd
Doesn't mean shit to a tree

... Fire eating people
Rising toys of the sun
Energy dies without body warm
Icicles ruin your gun

Water my roots the natural thing
Natural spring to the sea
Sulfur springs make my body float
Like a ship made of logs from a tree
Redwoods talk to me
Say it plainly
The human name
Doesn't mean shit to a tree

Snow called water going violent
Dam the end of the stream
Too much cold in one place breaks
That's why you might know what I mean
Consider how small you are
Compared to your scream
The human dream
Doesn't mean shit to a tree

Eskimoblauer Tag

Schnee löst sich aus dem Eis
bis er sich mit dem afrikanischen Meer
vermählt
Während er treibt, wechselt er seine Kälte
und seinen Namen
Der Grund, weshalb ich komme und gehe, ist
der Gleiche
Jagdwild ist es für mich
Du nennst es Regen
Aber der menschliche Name
hat keine Bedeutung für einen Baum

Wenn dir Hitze in deinem Fluss nichts
ausmacht und
eine gespaltene Zunge aus mir spricht
dann schwimm wie ein Aal, eine fantastische
Schlange,
nimm meine Liebe, wenn sie nichts kostet,
fühl dich mit mir elektrisch
Du schreist es laut heraus,
aber die Menschheit hat keine Bedeutung
für einen Baum

... Feuer frisst Menschen
Anschwellende Spielzeuge der Sonne
Energie stirbt ohne Körperwärme
Eiszapfen ruinieren deine Waffe

Wasser, meine Wurzeln der Natur
Natürliche Quelle fließt ins Meer
Schwefelquellen lassen meinen Körper
treiben
wie ein Schiff aus Baumstämmen
Mammutbäume sprechen zu mir
Sagen es unverblümt
der menschliche Name
hat keine Bedeutung für einen Baum

Schnee, der Wasser genannt wird, wird
gewalttätig
Staue das Ende des Stroms mit einem
Damm
Zu viel Kälte an einem Ort bricht
Deshalb ahnst du vielleicht, was ich meine
Bedenke, wie klein du bist
im Vergleich zu deinem Schrei
Der menschliche Traum
hat keine Bedeutung für einen Baum

Jefferson Airplane, 1969. Text & Musik: Paul Kantner, Grace Slick (RCA Victor)

In »Eskimo Blue Day« ist keine Spur mehr von der aggressiven Protestkultur des Jahres '68 zu spüren, stattdessen ist es – von der megacoolen, hypnotischen Stimme Grace Slicks vorgetragen – eine poetische, melancholische, endzeitliche Vision des ökologischen Untergangs. Der Song ist eine geradezu dylaneske Collage von ökologischen Katastrophen, poetischen Metaphern und einer philosophischen Abrechnung mit dem menschlichen Größenwahn, der für die Natur nichts bedeutet.

Mit den Abrüstungsbemühungen von USA und UdSSR sowie der deutsch-deutschen Entspannungspolitik wurde die Weltuntergangsvision des Kalten Kriegs in den 1970er Jahren durch die Angst vor der ökologischen Zerstörung des Planeten abgelöst. Während sich die Rockmusik über Glamrock immer mehr in Richtung Popmusik und Mainstream bewegte und dabei an politischer Kritik verlor, übernahmen der immer härter werdende Hardrock sowie seine Weiterentwicklung Heavy Metal die Zuständigkeit für die musikalische Verarbeitung von sozialen Pathologien, Ängsten und Weltuntergangsvisionen. Dazu gehörte auch die Umweltzerstörung.

1976 nahmen Aerosmith das wohl härteste Stück ihrer Bandgeschichte auf (viele sagen, ihr bestes überhaupt), das sich mit der unverantwortlichen Bebauung im kalifornischen Erdbebengebiet befasste: »Nobody's Fault«. So hart wie die Gitarrenriffs, so drastisch ist der Text. Ab jetzt wird draufgehauen und klargemacht, wohin euch eurer Wegschauen führt: »Ohne Sinn und Verstand, jeder hat Schuld«, heißt es in dem Lied, und: »Der Mensch hat es gewusst und jetzt hat er es vermasselt.« Denn: »Jetzt kommt nur noch die Hölle.« Die Angst vor der Apokalypse war in den 1970er Jahren noch nicht vorbei. »Nobody's Fault« begründete ein ganzes Genre von Heavy-Metal-Songs über die Zerstörung des Planeten, beispielsweise »Revelation (Mother Earth)« von Ozzy Osbourne, »Countdown to Extinction« von Megadeth oder »Blackened« von Metallica.

5.15. Demolition Man

Es waren bedrohliche Zeiten. Der Kalte Krieg war in vollem Gang, die Gefahr eines Atomkriegs lag über den Menschen wie eine bleierne Wolke. Der heiße Krieg tobte in Vietnam. In Amerika gab es Rassenunruhen mit gewalttätigen Zusammenstößen. Die Studenten lieferten sich mit der Polizei Straßenschlachten. Studentenführer wurden verletzt, gar getötet. Politiker, namentlich liberale Politiker wie die Kennedy-Brüder wurden erschossen. Der große Hoffnungsträger Martin Luther King wurde ermordet. Ein schlechter Mond ging auf.

Bad Moon Rising

I see the bad moon rising
I see trouble on the way
I see earthquakes and lightnin'
I see bad times today

Don't go around tonight
Well, it's bound to take your life
There's a bad moon on the rise

I hear hurricanes blowing
I know the end is coming soon
I fear rivers overflowing
I hear the voice of raze and ruin …

Hope you got your things together
Hope you are quite prepared to die
Looks like we're in for nasty weather
One eye is taken for an eye …

Ein Unheil naht

Ein Unheil naht.
Ich sehe den Ärger kommen.
Ich sehe Erdbeben und Blitze.
Ich sehe heute schlechte Zeiten

Gehe heute Nacht nicht raus.
Es wird dich dein Leben kosten.
Ein Unheil naht.

Ich höre Hurrikans tosen.
Ich weiß, das Ende ist nah.
Ich fürchte, dass Flüsse über ihre Ufer treten.
Ich höre die Stimme von Verwüstung und Zerstörung …

Hoffe, du kriegst deine Dinge geregelt.
Hoffe, du bist auf deinen Tod vorbereitet.
Sieht aus, als seien wir in schlechtem Wetter.
Es geht jetzt Auge um Auge …

Creedence Clearwater Revival, 1969. Text & Musik: John Fogerty (Fantasy)

Zu dem Song wurde John Fogerty durch den Film »The Devil and Daniel Webster« angeregt, wo jemand ein Geschäft mit dem Teufel macht, der einen Hurrikan schickt, um die Landschaft zu verwüsten. Aber der Song handelt nicht von dem Pakt mit dem Teufel: »Er handelt von der Apokalypse, die über uns hereinbricht. Der Widerspruch fiel mir erst auf, als die Band den Song probte. Es ist ein Song über Hurrikans und Stürme und rasende Zerstörung und all dem, aber die Melodie klingt fröhlich, richtig? Es hat mich damals nicht gestört.«[393] Der Jugend war

393 John Fogerty. Zitiert in: Michael Goldberg: John Fogerty Looks Back on the Glory Days of Creedence Clearwater Revival. Rolling Stone vom 4.2.1993.

bewusst: Die Welt wird untergehen – zumindest die Welt, wie sie bisher bestand. Damit sollte sie auch ein bisschen recht haben – zumindest was die gesellschaftliche Welt betraf.

Der Text von »Bad Moon Rising« war apokalyptisch, aber die musikalische Form war fröhlich, tanzbar und recht anspruchslos. Kurze Zeit später kamen Deep Purple ganz anders daher. »Child in Time« sprengte – allein durch seine Länge – alle bisher bekannten Grenzen der Populärmusik, verfügte über ein eindrucksvolles Orgelriff (über das noch zu sprechen sein wird) und eine komplexe musikalische Struktur mit Tempi-Wechseln, atemberaubend schnellen Soli und einer langen Passage ekstatischen Schreiens. Diese musikalische Struktur passte zu Titel und Text.

Child in Time

Sweet child in time, you'll see the line
The line that's drawn between the good and the bad

See the blind man, shooting at the world
Bullets flying, taking toll
If you've been bad, Oh Lord, I bet you have
And you've not been hit by flying lead
You'd better close your eyes, and bow your head
And wait for the ricochet

Kind im Strom der Zeit

Süßes Kind im Strom der Zeit, du siehst die Linie,
die Linie, die zwischen dem Guten und dem Bösen gezogen ist.

Sieh den blinden Mann, der auf die Welt schießt.
Kugeln fliegen, nehmen ihren Blutzoll,
wenn du böse warst, o Herr, ich wette, du warst es.
Und wenn du nicht von fliegendem Blei getroffen wurdest,
dann schließt du besser deine Augen und duckst deinen Kopf
und wartest auf den Querschläger.

Deep Purple, 1970. Text & Musik: Ritchie Blackmore, Roger Glover, Ian Gillan, Jon Lord, Ian Paice (Musik eigentlich auch komponiert von: Vince Wallace und David LaFlamme) (Harvest)

So beeindruckend das Lied musikalisch ist, so faszinierend ist der Text. Bei »Smoke on the Water« hatte man Deep Purple noch vorgeworfen, eine an sich recht dramatische Geschichte – abgesehen von dem genialen Refrain »smoke on the water, fire in the sky« – trivialisiert zu haben, indem sie ihre kleinen Terminprobleme zur schlimmsten Folge einer Brandkatastrophe erklärt hatten. Aber »Child in Time« ist Poesie vom Feinsten – sprachlich ausgefeilt, ein bisschen enigmatisch, am Ende mit einer zynischen Pointe. Das Thema war, wie die Band selbst sagte, der Kalte Krieg, der schon einmal heiß werden konnte wie in Vietnam. Der einzelne Mensch, ob Soldat oder Zivilist, ist nichts als ein Kind, das im Strom der Geschichte zum Spielball der Mächte wird. Es geht um den ewigen Konflikt zwischen Gut und Böse, die nur eine feine Linie trennt, die irgendwer gezogen hat: wir, die Guten, die Anderen, die Bösen.

Der Schütze, der die tödlichen Projektile auf die Welt feuert, ist blind, weiß offenbar nicht, Gut und Böse zu unterscheiden, Schuldige und Unschuldige voneinander zu trennen. Er schießt einfach. Erinnerungen an »Universal Soldier« werden wach. Letztlich sind wir alle böse und deshalb verdammt, auch Opfer der Kriege zu werden, an denen wir eine Mitschuld tragen. Egal wie wir dem Krieg entfliehen wollen, am Ende wird uns doch eine verirrte Kugel treffen. Das Kind, das im Strom der Zeit schwimmt (als Chiffre für die heranwachsende Generation), beginnt zu schreien – herzzerreißend. Kein einfacher Anti-Vietnam-Song, wo die moralisch Überlegenen, die guten Pazifisten die bösen Politiker und Generäle anklagen, sondern ein Lied, das in seiner Kürze außerordentlich tiefgründig und philosophisch ist. Und abgrundtief pessimistisch, dem Zeitgeist entsprechend. Der Sänger Ian Gillan zeigte sich überrascht von der Wirkung seiner poetischen Interpretation des Kalten Kriegs: »Es zu singen war und ist für mich bis heute nicht greifbar. Das Timing und die Betonung des Textes können ein Albtraum sein, wenn ich nicht in der richtigen Stimmung bin. Es hat mich schockiert, als ich Jahre später, als ich 1992 in der früheren UdSSR auf Tour war, erfuhr, dass ein Song, der ohne erzählerischen Gehalt geschrieben worden war, von Widerstandsgruppen im Untergrund in einigen osteuropäischen Ländern als Hymne übernommen wurde. Es ist für einen Sänger und Songwriter beängstigend, wie viel Einfluss man manchmal hat, ohne es zu wissen.«[394]

Auch der private Alltag war von Aggression geprägt. Lange Haare und unkonventionelles Outfit waren Grund genug für ständige Anfeindungen. Das Sexleben wurde als unmoralisch abqualifiziert. Die Musik war zu schrill und zu laut. Immer wieder gab es Ärger mit Drogen. Besonders heftig attackiert wurden die Musiker, die einer Band angehörten, die das Image der »schlimmen« Rockstars verkörperte wie keine andere: The Rolling Stones. Eine Razzia und eine begleitende Pressekampagne kulminierten in der Verhaftung von Mick Jagger und Keith Richards am 12. Februar 1967 sowie ihrer Verurteilung zu beträchtlichen Haftstrafen (die dann aber wieder aufgehoben wurden). Damit nicht genug: Am 10. Mai 1967 und noch einmal am 21. Mai 1968 wurde Brian Jones wegen Marihuana-Besitzes verhaftet, am 24. Mai 1968 traf es Mick Jagger und Marianne Faithfull gemeinsam.

Der Konflikt mit den Gesetzen endete keineswegs mit den 1960er Jahren. Am 16. Februar 1972 wurde Shirley Watts, die Ehefrau des Stones-Drummers, am Flughafen von Nizza festgenommen, weil sie Zollbeamte beleidigt und geschlagen hatte. Am 18. Juli 1972 landeten Mick Jagger und Keith Richards erneut in einer Zelle, weil sie in Boston eine Auseinandersetzung mit einem lästigen Fotografen hatten. Am 26. Juni 1973 wurde die Londoner Wohnung von Keith Richards durchsucht. Es wurden beeindruckende Mengen diverser Drogen gefunden, daneben auch ein geladener Revolver mit 110 Schuss Munition. Am 5. Juli 1975 wurde der Wagen von Ron Wood und Keith Richards in einem Kaff in Arkansas gefilzt, aber nur zwei

394 Interview mit Ian Gillan.In: Jürgen Roth und Michael Sailer: Deep Purple, die Geschichte einer Band. Innsbruck: Hannibal 2005, S. 195.

Gramm Kokain gefunden, die einem Mitfahrer gehörten. Dafür wurde Richards wegen eines Jagdmessers belangt, das als verbotene Waffe betrachtet wurde. Am 27. Februar 1977 fand die kanadische Polizei beträchtliche Mengen von Heroin im Hotelzimmer von Keith Richards, was zu einer mehrjährigen Haftstrafe hätte führen können, hätte sich Richards nicht einem Entzug unterzogen und wäre ihm nicht eine blinde junge Frau zur Seite gesprungen, die dem Richter erzählte, er habe sie zum Konzert begleitet, um ihr die Gefahren des Trampens zu ersparen.[395]

Mick Jagger verarbeitete seine Ängste und Aggressionen mehrfach zu Songs über verrückte, gar gefährliche Gestalten.[396] Die Rockmusiker waren Außenseiter der Gesellschaft – warum sollte man nicht Außenseiter besingen? Die Single »Jumpin' Jack Flash« – eines der erfolgreichsten Stücke der Stones überhaupt – kam ironischerweise am gleichen Tag heraus, als er zusammen mit Marianne Faithfull festgenommen wurde.

Jumpin' Jack Flash

I was born in a cross-fire hurricane
And I howled at the morning driving rain
But it's all right now, in fact, it's a gas
But it's all right. I'm Jumpin' Jack Flash
It's a gas, gas, gas

I was raised by a toothless, bearded hag,
I was schooled with a strap right across my back
But it's all right ...

I was drowned, I was washed up and left for dead
I fell down to my feet and I saw they bled ...
I frowned at the crumbs of a crust of bread ...
I was crowned with a spike right through my head
But it's all right ...

Blitz-Hampelmann

Ich wurde geboren in einem Bombenhagel.
Und ich heulte den prasselnden Morgenregen an.
Aber es ist alles in Ordnung. Ich bin der Blitz-Hampelmann. Es ist ein Spaß, Spaß, Spaß.

Ich wurde aufgezogen von einer zahnlosen, bärtigen Hexe.
Ich ging zur Schule mit einem Band über meinem Rücken.

Ich wurde ertränkt, wieder hochgespült und für tot erklärt.
Ich fiel auf meine Füße und sah, dass sie bluteten.
Ich runzelte die Stirn über die Krümel einer Brotkruste.
Ich wurde gekrönt mit einem Nagel, der mitten durch meinen Kopf ging.
Aber es ist alles in Ordnung ...

The Rolling Stones, 1968. Text & Musik: Mick Jagger, Keith Richards (Bill Wyman?) (Decca)

395 Richards, Life, a. a. O., S. 414.

396 Faithfull, Faithfull, a. a. O., S. 153f.

Der Text ist keineswegs sinnfrei oder dylanesk, er steckt nur voller Metaphern. Der Hampelmann ist an sich bereits eine uralte Metapher für einen Menschen, der albern ist, dem es an Selbstkontrolle mangelt (soziologisch betrachtet: niedriges Niveau von Trieb- und Affektkontrolle), der aber auch von fremden Mächten manipuliert wird. Die Stones nehmen die Metapher auf – bleiben mit einigen Versen innerhalb ihrer Logik – übertragen sie aber auch auf sich und ihre Generation. Das beginnt bereits mit dem Eingangsvers, der von Keith Richards stammt – 1943 geboren, als der Bombenkrieg tobte, mit Flakfeuer und Sirenen. Natürlich hatten die Briten unter dem ewigen Regen zu leiden – man könnte meinen, eine Trivialität, aber damit schafft die erste Strophe Anknüpfungspunkte. Einerseits an die Normalität des englischen Regens (der Regen muss schlimm gewesen sein, denn das Motiv findet sich in vielen Songs der Stones wie auch der Beatles), andererseits das Exzeptionelle, Dramatische der im Krieg Geborenen.

Der Rest des Songs betont das Außergewöhnliche – den Status des Hampelmanns als gesellschaftlicher Außenseiter. Aber es ist kein normaler Hampelmann, sondern er hat den »flash« – die Energie. Man wollte ihn fertigmachen, aber er kam wieder auf die Beine, um weiter den Hampelmann zu spielen und seinen Spaß zu haben. Er bekam sogar einen Nagel in den Kopf – wie die Dornenkrone von Jesus Christus, der Vergleich wird nahegelegt – aber, und das »but« am Anfang des Refrains wird jetzt zentral, er macht weiter wie bisher und hat gewaltigen Spaß dabei. Mick Jagger interpretierte den Song mit folgenden Worten: »Es geht darum, harte Zeiten durchzustehen und zu überwinden. Es ist nur eine Metapher, um aus all den ätzenden Sachen herauszukommen.«[397] Das war typisch britisches Understatement. Für die Jugendlichen war der energiegeladene Hampelmann, der sich nicht unterkriegen ließ, eine Identifikationsfigur. Entsprechend frech und albern wollten sie sich kleiden und benehmen. »Jumpin' Jack Flash« ist das Stück, das die Stones am häufigsten live spielten.[398] Unmittelbar nach seinem Erscheinen wurde der Song Nummer-eins-Hit im Vereinigten Königreich, in Deutschland, den Niederlanden, Neuseeland und in den USA-Cashbox-Singles-Charts. Dafür verantwortlich war auch die fetzige musikalische Umsetzung, die einmal beschrieben wurde als »übernatürlicher Deltablues nach Art des Swinging London«.[399]

Die Beatles hatten zuvor bereits eine andere Variante des Außenseiters besungen: den Narren auf dem Hügel.

---

397 Mick Jagger. In: Jann S. Wenner: Jagger Remembers. Rolling Stone vom 14.12.1995.

398 Setlist.fm, The Rolling Stones, Tour Statistics. https://www.setlist.fm/stats/the-rolling-stones-bd6ad22.html, zugegriffen am 1.7.2020.

399 Rolling Stone vom 9.12.2004.

Fool on the Hill	**Der Narr auf dem Hügel**
Day after day, alone on a hill The man with the foolish grin is keeping perfectly still Nobody wants to know him They can see that he's just a fool	Tag für Tag, allein auf einem Hügel, Sitzt der Mann mit dem närrischen Grinsen, vollkommen still. Niemand will ihn kennenlernen. Man sieht, dass er einfach ein Narr ist.
And he never gives an answer But the fool on the hill Sees the sun going down And the eyes in his head See the world spinning round	Aber er antwortet nie. Aber der Narr auf dem Hügel Sieht, wie die Sonne untergeht, Und die Augen in seinem Kopf Sehen, wie die Welt sich dreht.
Well on the way, head in a cloud The man of a thousand voices is talking perfectly loud But nobody ever hears him They can see that he's just a fool ...	Mit seinem Kopf in einer Wolke Spricht der Mann mit dem närrischen Grinsen, vollkommen laut. Aber niemand will ihn hören. Man sieht, dass er einfach ein Narr ist ...

The Beatles, 1967. Text & Musik: John Lennon, Paul McCartney (Parlophone)

Den Song hat Paul McCartney allein geschrieben. »›Fool on the Hill‹ war mein Lied und ich glaube, ich habe über jemanden wie Maharishi geschrieben. Seine Gegner nannten ihn einen Narren. Wegen seines Gebrabbels wurde er nicht allzu ernst genommen ... Ich saß am Klavier im Haus meines Vaters in Liverpool und schlug einen D6-Akkord an und dann wurde daraus ›Fool on the Hill.‹«[400] Vom Yogi Maharishi distanzierte sich McCartney später, aber das Lied drückt die Sehnsucht einer Generation nach Menschen aus, die anders waren – in diesem Fall philosophisch, außerhalb der Gesellschaft stehend, vielleicht ein bisschen naiv, in jedem Fall verrückt. Ob den jugendlichen Zuhörern die Sache mit dem Yogi bewusst war, war nicht wichtig. Viele dürften sich selbst als den grinsenden Narren gesehen haben, der auf dem Hügel ein Cannabispfeifchen rauchte, die Welt erklärte und surrealistische Gedichte las.

»Jumpin' Jack Flash« war für Jagger erst der Anfang der Erfindung abgedrehter Gestalten. 1969 schrieben Jagger und Richards zusammen in einem Café in dem hübschen Hafenstädtchen Positano »Midnight Rambler«, einen Song über einen Serienmörder und Vergewaltiger, der von Albert DeSalvo, dem »Würger von Boston«, inspiriert worden war. Es sagt viel über den Zeitgeist des Jahres 1969 aus, wenn sich ein Lied der populären Musik nicht mit Liebe, Herz und Schmerz befasste, sondern mit einem Serienmörder. Der Mörder stand für die Bösartigkeit der Menschen überhaupt, die ihre Morde heimtückisch begehen. Passte das nicht zu manchem Politiker, der einen Krieg führte, ohne sich dabei die Hände schmutzig

400 Paul McCartney. Zitiert nach: Miles, Many Years, a. a. O., S. 365f.

zu machen? Aber selbst der mitternächtliche Herumtreiber wies noch Elemente auf, mit denen man sich identifizieren konnte, denn er überfiel vorzugsweise die Villen der Reichen, um ihnen die Frauen und Töchter wegzuschnappen. Das machte auch so mancher Rockstar – freilich ohne die Sache mit dem Aufschlitzen der Kehle.

Der Mörder war in der Rockmusik der 1960er Jahre eine Metapher. Er stand für die Bedrohlichkeit der Zeit, für die Schlechtigkeit der Menschen und namentlich für die Selbstsucht, die Ungerechtigkeit, die Grausamkeit, die Gier und die Brutalität der Menschen, die damals politische und ökonomische Macht ausübten. Dass profane Mörder die Menschen bedrohten, war ein Symbol für die Bedrohung, die von den Eliten ausging. Wenn es sich um Serienmörder handelte, die unschuldige Menschen abschlachteten, war das ein Bild dafür, wie die Welt zugrunde ging. Dieser Subtext blieb bei »Midnight Rambler« implizit, wurde aber bei »Riders on the Storm« offensichtlich, weil hier gleich mehrere Themen, die die Jugend beschäftigten, miteinander verknüpft wurden: der Serienmörder, der unschuldige Familien abschlachtet; die Suche nach Sinn in einer Welt, in die man geworfen wurde und die einem ganz und gar nicht gefällt; sowie die Liebe zu einer jungen Frau, die niemals enden wird.

Riders on the Storm	**Reiter im Sturm**
Riders on the storm ... Into this house we're born Into this world we're thrown Like a dog without a bone An actor out on loan Riders on the storm	Reiter im Sturm ... In dieses Haus sind wir geboren worden, In diese Welt sind wir geworfen, Wie ein Hund ohne einen Knochen, Ein Schauspieler auf Gastspieltournee, Reiter im Sturm.
There's a killer on the road His brain is squirmin' like a toad Take a long holiday Let your children play If you give this man a ride Sweet family will die Killer on the road, yeah	Da ist ein Mörder unterwegs. Sein Hirn windet sich wie eine Kröte. Nimm dir ausgiebig frei, Lass deine Kinder spielen. Wenn du diesen Mann mitfahren lässt, Wird eine nette Familie sterben. Mörder unterwegs.
Girl, you gotta love your man ... Take him by the hand Make him understand The world on you depends Our life will never end Gotta love your man ...	Mädchen, liebe deinen Mann ... Nimm ihn an die Hand. Lass ihn verstehen, Dass die Welt von dir abhängt. Unser Leben wird niemals enden. Liebe deinen Mann ...

The Doors, 1971. Text & Musik: John Densmore, Robby Krieger, Ray Manzarek, Jim Morrison (Elektra)

Wie kamen diese unterschiedlichen Motive in ein Lied? Ray Manzarek zufolge, als Robby Krieger den Johnny-Cash-Song »(Ghost) Riders in the Sky« spielte, der von einem einsamen Reiter, stürmischem Wetter und dräuendem Unheil handelt.[401] Jim Morrison machte aus ihm einen Mörder, der als Tramper unterwegs ist und diejenigen ermordet, die ihn mitnehmen. Manzarek fügte zur Country-Melodie etwas Jazz hinzu, um sie dramatischer zu machen, und emulierte à la Chopin die Regentropfen. Ein einsamer Reiter, ein Mörder, Regen und Donner, aber Morrison, so Manzarek weiter, »konnte es nicht dabei belassen. Der Song war dafür zu gehaltvoll, zu schön. Es war fast so, als hätte er eine Vorahnung, und bestimmt wusste er bereits, als er diesen Text sang, dass er nach Paris gehen würde ... Er sagte es niemandem, bevor wir dieses Lied machten ... Er besang seine Liebe zu Pam und versuchte, in seinem Bewusstsein und auf diesem Planeten, jenen Mörder von der Straße wegzuwischen. So singt er ›Mädchen, du musst deinen Mann lieben, nimm ihn an die Hand, lass es ihn verstehen, die Welt hängt an dir, unser Leben wird niemals enden‹. Was ist das für ein großartiger Vers! Ich meine, ist das nicht die endgültige Liebe?«[402] Die unsterbliche Liebe, die Suche nach Sinn und ein Serienmörder – alles in einem geisterhaft klingenden Blues, so etwas konnte nur das Zeitalter der Rockmusik hervorbringen.

Die Figur des Bürgerschrecks, der sich nicht um Konventionen und Gesetze schert, die öffentliche Sicherheit und Ordnung erschüttert und überall Chaos anrichtet, hatte Tradition in der Rockmusik. Auf die Spitze getrieben wurde die Figur 1981 von Sting, der das Stück »Demolition Man« zunächst für Grace Jones schrieb, um es anschließend noch einmal mit The Police zu veröffentlichen. Kurz darauf brachte Manfred Mann's Earth Band eine rockigere Version heraus, die den Song erst richtig bekannt machte.

401 Ray Manzarek, Interview im Film »Doors – Mr. Mojo Risin': The Story of L. A. Woman«, 2012.

402 Ebd.

Demolition Man	**Der Mann mit der Abrissbirne**
Tied to the tracks and the train's just coming Strapped to the wing with the engine running You say that this wasn't in your plan And don't mess around with the demolition man	An die Schienen gefesselt und der Zug naht heran. An die Tragfläche gebunden und das Triebwerk läuft. Du sagst, das gehörte nicht zu deinem Plan, Und leg dich nicht mit dem Mann mit der Abrissbirne an!
Tied to a chair and the bomb is ticking This situation was not of your picking …	An einen Stuhl gefesselt und die Bombe tickt. Du hast diese Situation nicht gewählt …
I'm a walking nightmare, an arsenal of doom I kill conversation as I walk into the room I'm a three line whip I'm the sort of thing they ban I'm a walking disaster I'm a demolition man	Ich bin ein wandelnder Albtraum, eine Kammer des Schreckens. Ich lasse Unterhaltungen ersterben, wenn ich den Raum betrete. Ich bin ein dreifach strenger Fraktionsvorsitzender. Ich bin von der Art, die sie verbieten. Ich bin eine wandelnde Katastrophe. Ich bin der Mann mit der Abrissbirne.
You come to me like a moth to the flame It's love you need but I don't play that game 'Cause you could be my greatest fan But I'm nobody's friend …	Du kommst zu mir wie die Motte zum Licht. Es ist Liebe, was du brauchst, aber ich spiele nicht dieses Spiel. Denn du könntest mein größter Fan sein. Aber ich habe niemanden als Freund …

Grace Jones, 1981; Police, 1981; Manfred Mann's Earth Band, 1982. Text & Musik: Sting (Island)

»Demolition Man« ist die Fantasie eines Rockers, der einfach nur zerstörerisch agiert und keinen Wert auf soziale Anerkennung, Liebe oder Freundschaft legt. Mit »Demolition Man« hatte die Jugend ihre Visionen verloren, sie war voller destruktiver Wut. In den 1970er Jahren hatte sich die Welt verändert. Die 68er hatten ihren Marsch durch die Institutionen angetreten und ihren Geist in die Gesellschaft eingebracht. Zahlreiche Gesetze, die für Repression, Diskriminierung und Intoleranz standen, waren aufgehoben oder reformiert. Auch das gesellschaftliche Leben hatte sich liberalisiert. Dafür hatte sich ein anderes Problem entwickelt: die Arbeitslosigkeit. Beklagten die Rocksongs der 1960er Jahre noch die Konsum- und Überflussgesellschaft, rückte jetzt die Arbeitslosigkeit in den Vordergrund. In Deutschland stieg die Arbeitslosenquote nach zwei Jahrzehnten Vollbeschäftigung erstmals im Jahr 1973 auf signifikante Werte, im Vereinigten Königreich vor allem in der zweiten Hälfte der 70er Jahre. Die Rockmusik reagierte. »Breaking the Law« ist ein fetziger Titel, mit dem die Heavy-Metal-Band Judas Priest im Jahr 1980, als die britische Premierministerin Margaret Thatcher mit einer restriktiven Wirtschafts- und Sozialpolitik die Arbeitslosigkeit weiter anheizte, eine destruktive Reaktion auf den Verlust des Arbeitsplatzes empfahl.

Breaking the Law	**Ich breche das Gesetz**
There I was completely wasted, out of work and down All inside it's so frustrating as I drift from town to town Feel as though nobody cares if I live or die So I might as well begin to put some action in my life	Da war ich komplett ausgebrannt, ohne Arbeit und am Boden zerstört. Alles in mir ist gefrustet, während ich von Stadt zu Stadt ziehe. Es kommt mir vor, als ob es niemanden kümmert, ob ich lebe oder sterbe. Also kann ich genauso beginnen, etwas Energie in mein Leben zu bringen.
Breaking the law ...	Ich breche das Gesetz ...
So much for the golden future I can't even start I've had every promise broken, there's anger in my heart You don't know what it's like, you don't have a clue If you did you'd find yourselves doing the same thing too ...	So viel für die goldene Zukunft, mit der ich nicht einmal beginnen kann. Jedes Versprechen ist gebrochen worden, ich koche vor Wut. Du weißt nicht, wie sich das anfühlt, du hast keinen Schimmer. Wenn doch, würdest du das Gleiche tun ...

Judas Priest, 1980. Text & Musik: Rob Halford, K. K. Downing, Glenn Tipton (Columbia)

John Mayall wollte 1969 noch die Gesetze ändern. Bei Judas Priest will der Arbeitslose, der für sich keine Zukunftsperspektive mehr sieht, seine Aggression nur noch herauslassen, um Gesetze zu brechen. Welche, sagt der Song nicht explizit, aber es liegt nahe, dass der Sänger seinen Frust durch Gewalt abreagiert – gegen materielle Dinge, vielleicht auch gegen Menschen.

War das damals die typische Reaktion auf Arbeitslosigkeit? Eher nicht. Die sozialpsychologische Forschung hatte seinerzeit vielmehr aufgezeigt, dass die Reaktion auf Arbeitslosigkeit vier Phasen durchläuft. Erst kommt der Schock über den Jobverlust, dann eine Phase der Euphorie, in der man sich fleißig bewirbt und hoffnungsvoll ist, bald eine neue Stelle zu finden. Gelingt dies nicht, beginnen die Menschen zu resignieren und enden schließlich im Zustand des Fatalismus, in dem sie ihre nunmehr dauerhaft gewordene Arbeitslosigkeit als unabänderliches Schicksal hinnehmen und nur noch träge vor sich hinvegetieren.[403] Das Fernsehprogramm mit seinen Trash- und Reality-Shows am Vormittag hat sich auf diese Zielgruppe eingestellt, um ihr zu zeigen, dass es Menschen gibt, die noch tiefer gesunken sind. Fatalismus ist schlimm genug, aber die noch schlimmere Formel »Arbeitslosigkeit führt in die Kriminalität«, die der Judas-Priest-Song nahelegt,

403 Ali Wacker (Hg.): Vom Schock zum Fatalismus? Soziale und psychische Auswirkungen der Arbeitslosigkeit. Frankfurt am Main: Campus 1978.

hat sich nun wirklich nicht bewahrheitet. Doch der Stimmungswandel seit den 1960er Jahren war unübersehbar. Die Rockmusik, die rebellisch, aber auch extrem kreativ gewesen war, weil sie neue Lebensstile und Gesellschaftsformen (*Love, Peace and Happiness*) forderte und ausprobierte, war einer destruktiven Stimmung gewichen.

5.16. The End

»Wenn die Pforten der Wahrnehmung gereinigt würden, erschiene alles dem Menschen so, wie es ist: unendlich. Denn der Mensch hat sich selbst eingeschlossen, bis er alle Dinge durch die engen Schlitze seiner Höhle sieht.[404] ... Im Universum gibt es Dinge, die bekannt sind, und Dinge, die unbekannt sind, und dazwischen sind die Pforten.«[405]

Dieses Gleichnis des Dichters und Mystikers William Blake, dessen Einfluss auf Literatur (u.a. Aldous Huxley, George Orwell, Allen Ginsberg) und Musik des Rockzeitalters (The Doors, Patti Smith, Joan Baez, Emerson, Lake and Palmer, Tangerine Dream, Bruce Dickinson u. v. m.) nicht überschätzt werden kann, symbolisiert die Enge der Wahrnehmung, des Denkens und des Fühlens. Durch Erziehung, Bevormundung, Ignoranz, Konservatismus, Denkverbote leben die Menschen in einem Gehäuse von Vorurteilen und Tabus, die dazu führen, dass ihnen große Teile der Welt entgehen. Eine Folge der geistigen Enge ist auch die Xenophobie, die Angst vor dem Fremden, das man nicht kennt und vor dem man sich allein deshalb fürchtet, weil es unbekannt ist. Und das man bekämpft, weil man es fürchtet. Was William Blake schon Ende des 18. Jahrhunderts kritisierte, sollte Mitte des 20. Jahrhunderts seinen Höhepunkt erreichen: Ignoranz, Konservatismus, Spießertum, Autoritarismus, Fremdenfeindlichkeit mit der grausamen Spielart des Antisemitismus, Rassismus, Nationalismus, Chauvinismus.

Der englisch-amerikanische Schriftsteller Aldous Huxley (»Brave New World«) griff William Blakes Metapher mit seinem 1954 erschienenen Buch »The Doors of Perception« auf, das von seinem Experiment mit Mescalin berichtet. Unter Aufsicht eines einschlägig erfahrenen Psychiaters und seiner Ehefrau nahm Huxley 0,4 Gramm reines Mescalin. Unter dem Einfluss der Droge inspizierte er Kunstbücher, hörte klassische Musik und nahm schließlich die Blumen in seinem Garten viel intensiver wahr. Der philosophisch und religionswissenschaftlich außerordentlich gebildete Huxley erfuhr durch sein Drogenexperiment (das er freilich nicht wiederholte) eine Intensivierung der Wahrnehmung, ein gefühltes, nicht nur rational analysiertes Weltverständnis (eine ordinäre Blumenvase wurde zum »Wunder, Augenblick für Augenblick, der nackten Existenz«), erlebte aber auch Ängste vor simplen Gegenständen und fühlte sich dem Rand des Wahnsinns (Schizophrenie) nahe. Nach Beendigung seines psychedelischen Ausflugs entdeckte er Ähnlichkeiten seiner Drogenerfahrung mit Schilderungen aus der spirituellen Literatur. Sie führten ihn zu der Annahme, dass die Öffnung der Pforten der Wahrnehmung nicht nur auf chemischem, sondern auch auf spirituellem Wege zu erreichen ist.

Jim Morrison hatte sowohl Huxley als auch Blake gelesen und war mit dem Begriff »Doors of Perception« wohlvertraut, so dass er seine Band nach Blakes Gleichnis

404 William Blake: The Marriage of Heaven and Hell (1793).

405 William Blake: Songs of Innocence and of Experience (1794).

The Doors nannte. Es ging auch ihm darum, die Menschen mit Hilfe von Poesie und Musik aus dem Gehäuse ihrer Tabus und Vorurteile zu befreien. Das ganze musikalische Vermächtnis der Doors lässt sich so interpretieren; aber die philosophisch reinste Inkarnation der »Pforten der Wahrnehmung« erfolgte in dem Lied »The End«, das in mehrfacher Hinsicht zu den innovativsten Rocksongs zählt, die je geschrieben wurden.

Das Drei-Minuten-Schema der Popsongs war bereits durch »What'd I Say« und »Like a Rolling Stone« gesprengt worden. Aber 11 Minuten und 41 Sekunden ist auch für einen Rocksong eine verdammt lange Dauer – und das im Jahr 1966, als der Bombast-Rock mit seinen komplizierten Arrangements und Klangeffekten noch gar nicht erfunden war! Musikalisch ist das Stück eher simpel, ohne spektakuläre Soli, sogar eher monoton, also geeignet zum Chill-out am Ende eines Konzerts oder um es zu hören, wenn die Party schon weit fortgeschritten ist, mit zugedröhntem Kopf. Über die fast zwölf Minuten trägt nicht die Musik, sondern der Text. In diesem liegen der Weltschmerz, die Wut und auch die Lust einer ganzen Generation.

The End	**Das Ende**
This is the end Beautiful friend … My only friend, the end	Das ist das Ende, schöne Freundin … Meine einzige Freundin, das Ende.
Of our elaborate plans, the end Of everything that stands, the end No safety or surprise, the end I'll never look into your eyes again	Von unseren hochfliegenden Plänen, das Ende. Von allem, das noch hält, das Ende. Keine Sicherheit oder Überraschung, das Ende. Ich werde nie wieder in deine Augen schauen.
Can you picture what will be? So limitless and free Desperately in need of some stranger's hand In a desperate land	Kannst du dir vorstellen, was sein wird? So grenzenlos und frei! Brauche verzweifelt irgendeiner Fremden Hand In einem verzweifelten Land.
Lost in a roman, wilderness of pain And all the children are insane … Waiting for the summer rain …	Verloren in einem Roman, Wildnis aus Schmerz, Und all die Kinder sind verrückt … Warten auf den Sommerregen …

There's danger on the edge of town
Ride the King's Highway, baby
Weird scenes inside the gold mine
Ride the highway West, baby
Ride the snake, ride the snake
To the lake, the ancient lake, baby
The snake, he's long, 7 miles
Ride the snake; he's old and his skin is cold
The west is the best ...
Get here and we'll do the rest
The blue bus is calling us ...
Driver, where you taking us?

Da ist Gefahr am Stadtrand.
Fahre die Straße des Königs, Schätzchen,
Seltsame Szenen in der Goldmine.
Fahre die Straße nach Westen, Schätzchen,
Reite die Schlange, reite die Schlange,
Zum See, dem uralten See, Schätzchen.
Die Schlange, sie ist lang, sieben Meilen.
Reite die Schlange, sie ist alt und ihre Haut
ist kalt.
Der Westen ist am besten ...
Komm hier hin und wir erholen uns.
Der blaue Bus ruft nach uns ...
Fahrer, wohin fahren Sie uns?

The killer awoke before dawn, he put his
boots on
He took a face from the ancient gallery
And he walked on down the hall
He went into the room where his sister lived,
and then he paid a visit to his brother and
then he walked on down the hall
And he came to a door and he looked inside
»Father?« »Yes son« »I want to kill you«
»Mother? I want to ...«

Der Mörder wachte vor dem Morgengrauen
auf, zog seine Stiefel an.
Er nahm ein Gesicht aus der alten Galerie
Und er ging durch den Korridor.
Er ging in das Zimmer, wo seine Schwester
wohnte,
und dann besuchte er seinen Bruder und
dann ging er weiter durch den Korridor.
Und er kam zu einer Tür und sah hinein.
»Vater?« »Ja, Sohn« »Ich möchte dich
töten«
»Mutter? Ich möchte dich ...«

Come on baby, take a chance with us
And meet me at the back of the blue bus
Of the blue bus, on the blue bus, on the blue
bus
Come on yeah
Fuck, fuck, fuck, fuck, fuck
Come on baby, fuck me baby yeah ...

Komm schon, Schätzchen, gib uns eine
Chance.
Und triff mich am Ende des blauen Busses
des blauen Busses, im blauen Bus, im blauen
Bus.
Komm schon, ja,
Fick, fick, fick, fick, fick,
Komm, Schätzchen, fick mich, Schätzchen ...

Alright
Fuck, fuck
Kill, kill, kill, kill

Alles klar.
Fick, fick.
Töte, töte, töte, töte.

It hurts to set you free
But you'll never follow me
The end of laughter and soft lies
The end of nights we tried to die
This is the end.

Es schmerzt, dich loszulassen.
Aber du wirst mir niemals folgen.
Das Ende von Lachen und sanften Lügen.
Das Ende von Nächten, in denen wir
versuchten zu sterben.
Das ist das Ende.

The Doors, 1967. Text: Jim Morrison, Musik: Ray Manzarek, Robby Krieger, John Densmore
(Elektra)

Das Lied beginnt (und endet) als poetische Verarbeitung einer erloschenen Liebe. Als Jim Morrison das Lied zu schreiben begann, dachte er tatsächlich nur an das Ende seiner langjährigen Beziehung zu seiner ersten Freundin Mary Werbelow. Aber dann, während die Doors den Song immer öfter live spielten, improvisierte Morrison während des langen, musikalisch monotonen Mittelteils mehr und mehr, so dass sich immer mehr Bedeutungsebenen über das Lied legten.

Die ersten beiden und die letzte Strophe handeln vom Abschied von der Freundin. Die Strophen an sich gehören zum Besten, was die Rockmusik je hervorgebracht hat. Ohne Bitterkeit nimmt Morrison Abschied, aber dennoch voller Schmerz und Angst vor der Welt, die auf ihn wartet.

Es schließt sich eine zweite Bedeutungsebene an: »So grenzenlos und frei« – das ist eine direkte Referenz an die Dinge, die nach William Blake »unendlich« werden, wenn man die Pforten seiner Wahrnehmung reinigt.

Aber, und hier kommt bereits eine dritte Ebene ins Spiel, »Grenzenlosigkeit und Freiheit« bringen keineswegs Glückseligkeit. Im Gegenteil, die Reinigung der Pforten der Wahrnehmung öffnet die Augen für die Korruption in der Gesellschaft. Morrison sieht sich in einem »verzweifelten Land«, in dem er eine Gefährtin braucht, um zu überleben – auch eine Chiffre für die Verlorenheit einer ganzen Generation auf der Suche nach Orientierung und Sinn in einer entfremdeten Gesellschaft.

Das geht nahtlos über in die vierte Ebene: All die Kinder werden verrückt – damit meint er sich selbst und seine Generation, die gegen die alte Ordnung rebellierenden und nach neuem Sinn suchenden Hippies.

Dieses Motiv leitet über in eine fünfte Ebene: die Geschichte des Ödipus. Morrison hatte als Student in einer Aufführung des Stücks »König Ödipus« mitgewirkt, so war ihm das Thema mehr als vertraut. Die 60er Jahre waren aber auch eine Zeit, in der man gern die Freud'sche Psychoanalyse wieder ausgrub, die sich so wunderbar eignete, um spießbürgerliche Verklemmungen und autoritäre Zwänge zu analysieren und die libidinöse Befreiung für sich zu reklamieren. Jim Morrison interpretierte den Ödipus-Konflikt noch weitergehender als Sigmund Freud, wie John Densmore berichtet:

»Während der Aufnahmesitzung kamen wir an einen Punkt, wo Jim tränenüberströmt durch das Studio rief: ›Versteht mich irgendeiner?‹ Ich sagte, ja, ich verstehe dich, und genau da gerieten wir in eine lange Diskussion, in der Jim wieder und wieder sagte ›töte den Vater, fick die Mutter‹. Er brach es schließlich herunter: Töte alle Dinge in dir, die dir eingebläut worden sind und die nicht von dir selbst kommen. Was fremde Konzepte sind, die nicht deine eigenen sind, die müssen sterben. ›Fick die Mutter‹ ist sehr grundlegend. Es bedeutet, gehe zurück zum Kern der Dinge, was Wirklichkeit ist. Das bedeutet, ›fick die Mutter‹ ist ganz grundlegend Mutter, Geburt. Wirklich, du kannst es fühlen. Es ist Natur, es kann dich nicht belügen. Was Jim also am Ende des Ödipus-Teils sagt, ist im Kern das Gleiche, was der Klassiker sagt: Töte die fremden Konzepte, gewinne die Wirklichkeit zurück. Es ist das Ende fremder und der Beginn persönlicher Konzepte.«[406]

Die Geschichte von Ödipus bereitet also der Enge der Wahrnehmung als Folge der unterdrückten Kindheit ein Ende. Das Motiv des Vatermords drückt die Wut der rebellischen Generation aus, das Motiv, die Mutter zu schänden, die sexuelle Lust wie auch die Rebellion gegen alle gesellschaftlichen Konventionen und die Sehnsucht nach einer Befreiung der eigenen Persönlichkeit von allen Zwängen.

Damit kommen wir zur sechsten Ebene, dem Traum von Freiheit. Ganz klassisch amerikanisch sucht man die Freiheit im Westen, indem man die Route 66 nach Kalifornien fährt. Schon hat er eine neue Gefährtin gefunden. Sie soll die Schlange reiten, das uralte Sinnbild der sündigen Gefahr.

Die siebte Ebene betrifft die sexuelle Ektase, gemischt mit blanker Wut. »Fuck, fuck, fuck« – diese Worte werden zu einem Rhythmusinstrument. 1966 war das F-Wort noch ein unerhörter Skandal. Dann wird »fuck, fuck, fuck« zu »kill, kill, kill«. Lust und Wut, diese beiden Gefühle gingen in den 1960ern eine explosive Symbiose ein, die einen maximalen antibürgerlichen Schockeffekt auslösten.

Besonders vieldeutig ist das Motiv des blauen Busses, das ziemlich prominent kurz vor dem Ende auftaucht. Ist es ein Codewort für das Opioid Oxycontin, das auch als Ersatz für Heroin gebraucht wurde? Oder meinte Morrison die blau lackierten Busse, die für die Verkehrsbetriebe der Stadt Santa Monica zum Strandort Venice fahren, wo er lebte? Oder endet die ganze Hippie-Existenz in dem blauen Bus, der den Wehrpflichtigen zu dem Flugzeug bringt, das ihn nach Vietnam fliegen wird, wo ihn ebenfalls das Ende erwartet?

Schließlich gibt es noch eine neunte, suizidale Ebene, die zum Grundton des Liedes passt, das trotz seiner ekstatischen Phase eigentlich tieftraurig ist. Schon am Anfang scheint sie durch, am Schluss singt Morrison von »Nächten, in denen wir versuchten zu sterben«. Dann kommt das Ende von vielem. Und das Ende ist so vieldeutig wie das gesamte Lied.

Wollte Morrison das alles ausdrücken, als er den Song schrieb? – »Jedes Mal, wenn ich das Lied höre, bedeutet es etwas anderes für mich«, sagte er über seinen Song, so als ob es das Werk eines Fremden wäre, das er interpretiert. »Es begann als ein einfaches Abschiedslied ... Wahrscheinlich nur für ein Mädchen, aber ich sehe, dass es auch ein Abschied von einer Art Kindheit war. Ich weiß es wirklich nicht. Ich denke, es ist hinreichend komplex und in seiner Bildsprache universell, so dass es beinahe alles sein kann, was du es sein lassen willst.«[407]

---

406 John Densmore: Riders on the Storm. My Life with Jim Morrison and the Doors. New York: Random House 2009, S. 88.

407 Jim Morrison. Interview in: Jerry Hopkins, Jann Wenner, Joe Levy (Hg.): The Rolling Stone Interviews. New York: Back Bay Books 2007, S. 496.

An diese Sätze sollten alle Deutschlehrer denken, wenn sie wieder einmal unschuldige Kinder zwingen wollen, Erzeugnisse der Poesie zu interpretieren. »Was wollte der Autor uns damit sagen?« ist eine unzulässige Frage, denn der Autor wusste es selbst nicht. Als Jim Morrison den Text schrieb, hatte er keinen Plan nach dem Motto: »Ich will neun Aussagen in einen lyrischen Text verpacken; welche Formulierungen wähle ich jetzt dafür, die hinreichend ästhetisch und enigmatisch sind, um es als Kunst erscheinen und ganze Schülergenerationen darüber rätseln zu lassen, was es wohl bedeuten mag?« – Wie die meisten Künstler ließ sich Morrison von seinen Stimmungen und Gefühlen leiten, so dass Worte aus ihm heraussprudelten, deren Bedeutung ihm selbst erst nach und nach klar wurde, als er sich sein eigenes Lied wiederholt anhörte. Die Aussage, dass du in ein hinreichend komplexes Kunstwerk hineininterpretieren kannst, was du willst, was du gerade selbst fühlst, gehört zu den großen Weisheiten der Poesie. Der deutsche Lyriker Hans Magnus Enzensberger hat die Illusion des Deutschunterrichts, Gedichte interpretieren zu können und Schüler dazu zwingen zu müssen, mit beißendem Spott angegriffen.[408]

Was für ein Gedicht gilt, trifft auch auf ein Bild zu, wie der Maler Gerhard Richter erklärte, der sich über den Unsinn der stereotypen Frage »Was haben Sie sich dabei gedacht?« ereiferte: »Man kann sich nichts dabei denken, denn Malen ist ja eine andere Form des Denkens.«[409] Einen Rocksong zu schreiben, ist, um einen berühmten Aufsatz von Heinrich von Kleist[410] zu variieren, auch eine Form »der allmählichen Verfertigung der Gedanken«, die häufig erfolgt, ohne vorher einen Plan zu haben. »The End« eignete sich jedenfalls herrlich, um über die Schlechtigkeit der Welt und die Sinnlosigkeit der eigenen Existenz zu sinnieren und eine Wildnis von Weltschmerz zu genießen. Was konnte nicht alles zu Ende gehen? Eine Liebe. Die Kindheit. Eine Party. Ein Konzert. Die bürgerliche Gesellschaft. Der Kapitalismus. Die Welt. Das Ich. Das Leben. »The End« war in Musik und Worte geronnenes Lebensgefühl einer ganzen Generation.

---

408 Hans Magnus Enzensberger: Bescheidener Vorschlag zum Schutze der Jugend vor den Erzeugnissen der Poesie. In: Ders.: Mittelmaß und Wahn. Frankfurt am Main: Suhrkamp 1991, S. 23–41.

409 Gerhard Richter. Interview in dem Film von Viktoria Flemming: Gerhard Richter: Meine Bilder sind klüger als ich. Köln 1993.

410 Heinrich von Kleist: Über die allmähliche Verfertigung der Gedanken beim Reden (um 1805/6).

5.17. Don’t Be Late

Die erfolgreichste Rockband aller Zeiten, The Rolling Stones, die wichtigste Zeitschrift der Rockmusik, der »Rolling Stone«, der »Vater des Chicago Blues«, Muddy Waters, und natürlich die rockigste, spacigste und virtuoseste Interpretation der Bluesmusik, die jemals gespielt wurde, haben alle einen Vorgänger, der sich das niemals hätte träumen lassen. Über den Musiker, der einen derartig weitreichenden Einfluss entfaltete, wissen wir fast nichts. Wir wissen nicht, wann und wo er geboren wurde, wann und wo er starb. Ein einziges Foto ist uns von Robert Petway erhalten, das ihn im Jahr 1941 zeigt, und sechzehn Lieder, die er 1941 und 1942 bei Bluebird Records in Chicago aufnahm.

Petway war einer der vielen afroamerikanischen Bluesgitarristen, die aus dem Mississippi-Delta kamen, sich ein paar Dollar verdienten, wenn sie auf Festen, in Kneipen und Gasthäusern spielten, und schließlich nach Chicago gingen, um dort Platten aufzunehmen und eine Musikerkarriere anzustreben, die aber nur wenigen gelang. So nahm Petway seine sechzehn Songs auf, um danach wieder in der Versenkung zu verschwinden. Niemand konnte sagen, was aus ihm geworden ist. Aber ein Song sollte sich als extrem einflussreich erweisen – den hatte er schon von einem früheren Blues adaptiert, dem »Kansas City Blues, Part 3« von Jim Jackson aus dem Jahr 1928. Petways »Catfish Blues« ist ein typischer Delta Blues, recht flott und mit hämmernden Akkorden gespielt. In der zweiten Strophe heißt es:

Catfish Blues

Well, if I were a catfish, mama
I says, swimmin' deep down in the blue sea
Have these girls now, sweet mama
Settin' out, settin' out hooks for po' me …

Welsblues

Wäre ich ein Wels, Mama,
und würde tief unten im blauen Meer schwimmen,
dann hätte ich jetzt diese Mädchen, liebe Mama,
die ihre Haken nach mir auswerfen würden …

Robert Petway, 1941. Text: Robert Petway (Jim Jackson) (Bluebird)

Der Wels, den die Amerikaner *catfish* nennen, weil seine Barteln an die Barthaare von Katzen erinnern, ist der typische Fisch der Südstaaten. In jedem Tümpel, jedem Fluss kann man ihn fangen. Mit Maismehl paniert und gebraten ist er das billigste Gericht auf den Speisekarten der Soul-Food-Restaurants. Bluessänger verglichen sich gern mit Tieren, um ihre sexuelle Potenz zum Ausdruck zu bringen – warum also nicht mit einem Wels, der groß und kräftig werden kann und mit seinem großen Maul und seinen Barteln auch etwas Maskulines hat? Robert Petways Verse über den den potenten Wels hat auch Muddy Waters nahezu wörtlich in seinen Song »Rollin’ Stone« übernommen, dessen Titel so ikonisch für die Rockmusik werden sollte.

Auch Jimi Hendrix spielte Robert Petways »Catfish Blues« – aber auf seine Art, auf fast zehn Minuten ausgedehnt, mit einem langen Schlagzeugsolo von Mitch Mitchell und mit extensivem Wah-Wah-Einsatz an der elektrischen Gitarre. Aus Petways hämmernden Akkorden wurden Töne, die an Froschgequake erinnerten. Daraus konnte man mehr machen. Am 16. Oktober 1968 hatte Hendrix, wie er es gern unternahm, im New Yorker Club The Scene mit dem Organisten Steve Winwood von Traffic, dem Bassisten Jack Casady von Jefferson Airplane, dem Jazzgitarristen Larry Coryell und seinem Experience-Schlagzeuger Mitch Mitchell gejammt, um die Kollegen anschließend in das nahegelegene Record-Plant-Studio mitzunehmen und mit ihnen gemeinsam ein neues Stück aufzunehmen. Coryell verabschiedete sich, und so fing Hendrix an, mit den übrigen Kollegen einen Blues zu spielen.

Genauer gesagt, war es nicht nur ein Blues, sondern die Musiker spielten sich fünfzehn Minuten lang durch die gesamte Bluesgeschichte, angefangen beim Delta Blues im Stil des »Catfish Blues« über den elektrifizierten Chicago Blues à la Muddy Waters und John Lee Hooker bis hin zu kosmischen Improvisationen im Stil des Jazzsaxofonisten John Coltrane. Jimi Hendrix sang dazu einen Text, der Topoi aus dem klassischen Blues (Sex! Sex! Sex!) mit psychedelischen Elementen, Science-Fiction (Jimi liebte Science-Fiction!) und Motiven aus dem Voodoo-Zauber verknüpfte.

Voodoo Chile

Well, I'm a voodoo chile ...
Well, the night I was born
Lord I swear the moon turned a fire red ...
Well my poor mother cried out »lord, the gypsy was right!«
And I seen her, fell down right dead (Have mercy)

Well, mountain lions found me there waitin'
And set me on a eagles back ...
He took me past to the outskirts of infinity,
And when he brought me back,
He gave me a Venus witch's ring ...
And he said »Fly on, fly on«
Because I'm a voodoo chile, yeah, voodoo chile ...

Voodookind

Ich bin ein Voodookind ...
In der Nacht, in der ich geboren wurde,
Herr, ich schwöre es, wurde der Mond feuerrot ...
Meine arme Mutter schrie auf: »Herr, die Zigeunerin hatte Recht!«
Und ich sah, sie fiel tot um (Gnade sei mit ihr).

Pumas fanden mich, wie ich dort wartete,
und setzten mich auf den Rücken eines Adlers.
Er brachte mich hinter die Außenbezirke der Unendlichkeit.
Und als er mich zurückbrachte,
gab er mir den Hexenring der Venus
und er sagte »flieg, flieg«,
weil ich ein Voodookind bin ...

Well, I make love to you, And lord knows you'll feel no pain ... 'Cause I'm a million miles away And at the same time I'm right here in your picture frame ... 'Cause I'm a voodoo chile ...	Ich habe Sex mit dir, Und der Herr weiß, dass du keinen Schmerz fühlst, Weil ich eine Million Meilen weit weg bin Und zugleich hier in deinem Bilderrahmen bin ... weil ich ein Voodookind bin ...
Well my arrows are made of desire From far away as Jupiter's sulphur mines (Way down by the Methane Sea, yeah) I have a humming bird and it hums so loud, You think you were losing your mind, hmmm ...	Meine Pfeile sind aus Begehren gemacht, Von so weit weg wie Jupiters Schwefelminen ... (weit unter dem Methanmeer). Ich habe einen Kolibri und der summt so laut, du denkst, du verlierst den Verstand ...
Well I float in liquid gardens And Arizona new red sand ... Well, I taste the honey from a flower named Blue, Way down in California And the in New York drowns as we hold hands 'Cause I'm a voodoo chile ...	Ich treibe in flüssigen Gärten Und Arizonas neuem roten Sand ... Ich koste den Honig von einer Blume namens Blau, Tief unten in Kalifornien Und die in New York ertrinkt, während wir Händchen halten, weil ich ein Voodookind bin ...

Jimi Hendrix, 16. Oktober 1968. Text & Musik: Jimi Hendrix (Reprise)

Wenn es ein Leitmotiv von »Voodoo Chile« gibt, dann ist es die Flucht in Übernatürliche, in andere Welten. Das Unnormale, das Verrückte, das Magische hatte es schon in Muddy Waters' Trilogie »Hoochie Coochie Man« (eine Komposition von Wille Dixon), »Mannish Boy« und »Rollin' Stone« gegeben. Traditioneller Aberglauben (Voodoo, die Weissagung der Zigeunerin) wird durch die Vermischung mit Fantasyelementen (wie sie in »Der Herr der Ringe« vorkommen, etwa der Ritt auf dem Adler) und Science-Fiction modernisiert. Insgesamt ist »Voodoo Child« ein wilder Ritt durch fremde Welten.

So kreativ der Song lyrisch und musikalisch war, so unpraktisch war das Session-Format, das in die LP »Electric Ladyland« aufgenommen wurde, jedoch im Hinblick auf Single-Auskopplungen und Live-Auftritte. Professionell wie Hendrix war, kehrte er gleich am nächsten Tag mit seiner Band The Jimi Hendrix Experience ins Studio zurück (»Slight Return«), um eine komprimierte Fassung einzuspielen, die sich die Chronologie der Bluesmusik sparte. Der Text kam ebenfalls ganz anders daher, nahm aber das Motiv eines kosmischen Liebhabers auf. Eher zufällig kam es, dass der Titel der komprimierten Version die ordentliche Schreibweise von *child* erhielt, denn Hendrix' Handschriften waren nicht konsistent.

Voodoo Child (Slight Return)

Well, I stand up next to a mountain
And I chop it down with the edge of my hand ...
Well I pick up all pieces and make an island
Might even raise a little sand
Cause I'm a Voodoo Child ...

I want to say one more last thing
I didn't mean to take up all your sweet time
I'll give it right back to ya one of this days ...
If I don't meet you no more in this world then
I'll meet ya on the next one
And don't be late ...
Cause I'm a Voodoo Child Voodoo Child ...
I don't take no for an answer ...

Voodookind (kurze Rückkehr)

Ich stehe neben einem Berg
Und zerhacke ihn mit meiner Handkante ...
Ich nehme all die Stücke und mache eine Insel,
sammle vielleicht sogar ein wenig Sand,
weil ich ein Voodookind bin ...

Ich möchte eine letzte Sache sagen.
Ich will nicht deine ganze schöne Zeit in Anpruch nehmen.
Ich werde sie dir eines Tages zurückgeben.
Wenn ich dich nicht mehr in dieser Welt treffe,
Dann treffe ich dich in der nächsten.
Und verspäte dich nicht ...
Weil ich ein Voodookind bin ...
Ich akzeptiere nein nicht als Antwort ...

Jimi Hendrix, 17. Oktober 1968. Text & Musik: Jimi Hendrix (Reprise)

Weil Hendrix hier zu Beginn, in der Mitte und am Ende das an Froschgequake erinnernde Wah-Wah-Riff (das auf Petway zurückgeht) voll entfaltet und mit extensiven Improvisationen weiterentwickelt, deren sphärische Klänge perfekt zum Thema des Textes passen, sind die Gesangsparts vergleichsweise kurz, obwohl das gesamte Stück 5:12 Minuten lang dauert. In »Slight Return« wird das Motiv des Voodoo-Priesters nur angedeutet, das aber mit Macht: Das mit magischen Fähigkeiten ausgestattete Kind (das die junge Generation symbolisiert) schafft es, den Berg (als Metapher für die bürgerliche Gesellschaft) zu zerstören, um eine Insel (also eine neue Gesellschaft) daraus zu erschaffen – der Traum der 68er. Nach dem langen Gitarrensolo folgt der Hauptteil. Der Schlüsselvers verkündet, dass sein Baby ihn nicht mehr in dieser Welt antreffen wird, sondern in der nächsten. Eindrücklich beschwört er sie, fast warnend, ihm zu folgen. Und: »Sei nicht zu spät!« Ein »Nein« wird nicht akzeptiert.

Als Single sollte »Voodoo Child (Slight Return)« Hendrix' einzige Platte werden, die im Vereinigten Königreich an die Spitze der Charts kam – allerdings auch mit »Hey Joe« und »All Along the Watchtower« auf der B-Seite, was die Scheibe wohl zur eindrucksvollsten Single der gesamten Rockgeschichte machte. Als die Single am 23.10.1970 herauskam, war Hendrix schon tot. So tief »Voodoo Child« in der Tradition des Blues wurzelte, so kreativ setzte Jimi Hendrix seine eigene musikalische Fantasie und Virtuosität, aber auch die Mittel der elektronischen Verzerrung ein, um der Musik eine psychedelische Aura zu verleihen, die so perfekt mit der lyrischen Anderswelt harmoniert, die sein Gesang schafft. Joe Satriani, einer der größten Gitarristen aller Zeiten, fand dazu folgende Worte: »Es ist schlicht das großartigste Stück einer elektrischen Gitarre, das jemals aufgenommen wurde. Das ganze Lied kann tatsächlich als Heiliger Gral von Gitarrenausdruck und –technik betrachtet werden. Es ist ein Leuchtfeuer der Menschheit.«[411]

Warum investierte der wohl kreativste Gitarrist der Rockgeschichte so viel Energie in das Stück? Für ein Lied, in dem es darum geht, diese Welt zu verlassen und in eine andere, offensichtlich bessere Welt zu wechseln. Auch das entsprach dem Lebensgefühl der Jugend, die von der Welt, in der sie im Jahr 1968 lebte, so abgrundtief enttäuscht war, dass sie von allem fasziniert war, was eine bessere Welt versprach. Ob es politische Utopien waren, Bewusstseinserweiterung durch Drogen, Betäubung durch Alkohol, Weltflucht durch fernöstliche Meditation oder esoterische Spiritualität oder eben, wie in »Voodoo Child«, der Übertritt in eine Anderswelt.

Die *Anderswelt* (eng. *otherworld*, lat. *orbis alius*) ist ein tief in keltischen und germanischen Mythologien verwurzeltes Konzept einer Parallelwelt, die von Göttern, Fabelwesen, Zauberinnen, Magiern, Schurken und Helden bevölkert wird und in der die Regeln und Gesetze unserer Welt nicht gelten. In der angelsächsischen Kultur erscheint die Anderswelt insbesondere in Sagen (König Artus, Morgan le Fay, Merlin …), in der Fantasy-Literatur (»Der Herr der Ringe« u.a.), in der Science-Fiction und eben auch in der Rockmusik, wo sie die Träume von einer alternativen Welt befeuert, die nicht verdinglicht, nicht entfremdet, nicht totalitär ist, sondern Freiheit, Kreativität und Selbstverwirklichung ermöglicht.

Auf welche Weise die Auserwählte des Voodookindes in die »nächste Welt« wechseln soll, lässt Hendrix offen. Aber die jungen Leute konnten damals sehr wohl die Aufforderung hineininterpretieren, sich aus einer Situation der äußersten Verzweiflung und Hoffnungslosigkeit durch das letzte Mittel der Selbsttötung zu befreien. Das Thema war sowohl in der Literatur – Hermann Hesse haben wir bereits erwähnt – als auch in der Rockmusik durch die »Ode to Billie Joe« und einige Songs, insbesondere der Doors, präsent. Man musste sich nicht wie Billie Joe MacAllister von einer Brücke stürzen. Manchen reichte es, den Tod infolge exzessiven Drogenkonsums in Kauf zu nehmen. Brian Jones, Janis Joplin, Jimi Hendrix und Jim Morrison sollten so zugrunde gehen, verblüffenderweise alle mit 27 Jahren, übrigens im gleichen Alter wie Robert Johnson vor ihnen und Kurt Cobain, Amy Winehouse und andere nach ihnen.

411 Joe Satriani. Zitiert in: Jimi Hendrix's 11 greatest tracks. Musicradar vom 18.9.2012. https://www.musicradar.com/news/guitars/jimi-hendrixs-11-greatest-tracks-178350, zugegriffen am 1.7.2020.

6. Krautrock

6.1. Lass dich nicht verhärten in dieser harten Zeit

Die deutsche Sprache war in den 1960er Jahren out, cool war Englisch. Das hatte eine ganze Reihe von Gründen. Nach der nationalsozialistischen Abschottung von der Welt gab man sich jetzt weltläufig, wenn man Englisch sprach oder zumindest einzelne englische Wörter in seinen Wortschatz aufnahm. Die Nazis hatten Deutschland, deutsche Symbole (wie die Flagge, die Nationalhymne etc.) und auch die deutsche Sprache gründlich ruiniert. Das Englische stand für das Internationale, Kosmopolitische, Moderne, Fortschrittliche, Erfolgreiche. Hinzu kam, dass es für viele der Jugendaktivitäten der 1960er Jahre keine deutschen Wörter gab, oder zumindest keine geeigneten. Eine *Gesellschaft* gab das Bürgertum, die Jugend schmiss eine *Party*. Das Wort *Geschlechtsverkehr* war etwas für Ärzte und Gerichtsakten, die Jugendlichen hatten *Sex*. *Beat* hörte sich viel cooler an als *Zählzeit*, und man sagte *Hit*, weil die – sehr wörtliche – deutsche Übersetzung *Schlager* dann doch für eine andere Musikrichtung reserviert schien. Kurzum, das Englische war cool, das Deutsche war spießig. Wer sich progressiv gab, benutzte Anglizismen – auch dann, wenn es geeignete deutsche Wörter gab. Englischsprachige Folk- und Rocksongs ersetzten das durch die Nationalsozialisten kontaminierte Volkslied, und bald begann auf deutschen Geburtstagen das 1893 von den US-amerikanischen Schwestern Mildred J. Hill und Patty Smith Hill komponierte »Happy Birthday to You« zu erschallen, obwohl mit »Zum Geburtstag viel Glück« eine hervorragende Übersetzung zur Verfügung stand.

Natürlich war die Rockmusikwelle auch in den deutschsprachigen Raum geschwappt, junge Leute in Berlin, Hamburg, Wien und Zürich besorgten sich Gitarren und gründeten Rockbands. Die allermeisten dieser deutschen, österreichischen und schweizerischen Rockbands sangen allerdings auf Englisch. Das hatte mehrere Gründe. Zum einen begannen die Bands damit, englische Songs zu covern. Und damit war das Englische gesetzt. Zweitens träumten Tausende junge Musiker von einer internationalen Karriere, und dafür, meinten sie, müsse man auch selbstkomponierte Stücke auf Englisch singen. Drittens galt das Deutsche als uncool. Dennoch hatte die deutschsprachige Rockmusik, wie die englische, einen Zweig, bei dem es mehr auf die Texte ankam als auf die Musik, die sich deshalb im Hintergrund hielt. Was im Britischen und Amerikanischen die Folkmusik war, das waren im deutschen Sprachraum die Liedermacher und das »politische Lied«.

Die Wurzeln des politischen Liedes lagen im Kabarett, wo auch gerne mal gesellschaftskritische und politische Texte gereimt und – musikalisch anspruchslos – zu bekannten Melodien gesungen wurden. Aus dieser Tradition stammte auch der in Wien geborene Georg Kreisler, der bitterböse gesellschaftskritische Satiren verfasste, die er häufig im Schafspelz heiterer Melodien vortrug. Sein »Taubenvergiften im Park« von 1962 beispielsweise ist eine rabenschwarze Parodie auf Frühlingsliebeslieder im schunkelfähigen Walzertakt:

Taubenvergiften im Park

Ja, der Frühling, der Frühling, der Frühling ist hier
Gehn wir Tauben vergiften im Park!
Kann's geben im Leben ein größres Plaisir
Als das Taubenvergiften im Park?
Der Hansl geht gern mit der Mali
Denn die Mali, die zahlt's Zyankali
Die Herzen sind schwach und die Liebe ist stark
Beim Taubenvergiften im Park ...

Georg Kreisler 1962. Text & Musik: Georg Kreisler (Electrola)

Wenn er nicht die Brüche in der heilen Welt der Spießbürger herausarbeitete, sang der bekennende Anarchist auch explizit gesellschaftskritische Lieder. Mit seinem Lied »Der Ausländer« nahm er bereits im Jahr 1963 die insbesondere in der Schweiz aufkeimende Fremdenfeindlichkeit aufs Korn, der die frisch angeworbenen Gastarbeiter ausgesetzt waren. Das Lied entlarvt die Struktur des Vorurteils, denn der scheinbar so bedrohliche Ausländer entpuppt sich als ein Bewohner der Nachbarstadt, der nur zum Einkaufen gekommen war. Mit der Zeit wurde Kreisler, obgleich stets mit breitem Grinsen am Klavier sitzend, immer aggressiver. 1975 verleiht er mit »Der Staatsbeamte« seiner anarchistischen Wut, die sich gegen Politiker aller Couleur wie auch gegen Gewerkschafter richtet, drastisch Ausdruck:

Der Staatsbeamte

Doch es gibt ja nicht nur Ärsche hier im Ministerium
Auch in Betrieben und Gewerkschaften steh'n hunderte herum!
Ich hielt mich an Politiker, warum weiß jedes Kind –
Weil die auf jeden Fall die größten Arschlöcher sind! ...

Georg Kreisler 1975. Text & Musik: Georg Kreisler (Preiser)

Auf dem gleichen Album verknüpft sein »Kapitalistenlied« unternehmerische Tätigkeit mit Gewalt und ruft zu revolutionärer Gegengewalt auf – ein klassisches anarchistisches Motiv. Während Kreisler in Wien das politische Lied aus den Traditionen von Kabarett, Satire und Parodie entwickelte, schlug in Deutschland die Ironie der Geschichte zu. Seit 1922 besaß der extrem konservative und antidemokratische Jugendbund »Nerother Wandervogel – Deutscher Ritterbund« die Burgruine Waldeck im Hunsrück, wo gewandert und gesungen wurde. 1934 übertrug der Jugendbund die Burgruine der »Arbeitsgemeinschaft Burg Waldeck«, um sie vor dem Zugriff der Nationalsozialisten zu retten.

Innerhalb der neu gegründeten Arbeitsgemeinschaft hatte sich Anfang der 1960er Jahre ein »Studentischer Arbeitskreis« formiert, der nicht unbeeinflusst vom gesellschaftskritisch-rebellischen Zeitgeist der aufkeimenden Studentenbewegung blieb. In diesem Arbeitskreis entstand der basisdemokratische Gedanke, auf der Burgruine ein »Bauhaus der Folklore« einzurichten, um ein Pendant zur politisierten US-amerikanischen Folkmusik zu entwickeln. Zur Umsetzung der Idee veranstalteten sie im Mai 1964 auf Burg Waldeck ein einwöchiges Festival, das noch mit dem braven Titel »Chanson Folklore International – Junge Europäer singen« versehen wurde. Das Ziel des Festivals umschrieb einer der Initiatoren, der Kunstpädagoge Diethart Kerbs, mit ausdrücklicher Reverenz an die amerikanischen Protestsänger: »Wir fanden, dass eine bestimmte Art von Musik, für die wir eine ganz besondere Vorliebe haben, in Deutschland längst noch nicht genug beachtet und gepflegt wird. Wir meinen das Chanson, das Lied, den Bänkel-Song, die unverkitschte Volksmusik. Wir haben uns gefragt, warum wir in unseren Breiten keinen Georges Brassens oder Yves Montand, keinen Pete Seeger und keine Joan Baez haben. Wir möchten gerne herausfinden, welche Möglichkeiten das Chanson bei uns hat oder haben könnte.«[412]

Auf dem Programm standen internationale Folklore, die Rehabilitierung jiddischer Lieder, französische Chansons, amerikanische Folksongs, Protestlieder gegen die Atombombe und satirische Lieder. Durch die Rundfunkübertragungen des Festivals, das gerade einmal 400 Besucher angezogen hatte, wurden insbesondere drei Namen bekannt, die die Liedermacherszene prägen sollten: Franz Josef Degenhardt, der hier seinen ersten öffentlichen Auftritt überhaupt hatte, Reinhard Mey und Dieter Süverkrüp. In den Folgejahren kamen weitere Liedermacher hinzu wie Schobert und Black (1965) und Hannes Wader (1966), deren Karrieren ebenfalls auf Burg Waldeck begannen. Als die Besucher des 1966er Festivals mit den Worten »Liebe Gammler, liebe Nihilisten, liebe Atheisten« begrüßt wurden, war es mit dem Konservatismus des Wandervogels längst vorbei, und 1967 drückte auch der veränderte Titel des Festivals »Das engagierte Lied« das politische Programm der Liedermacherbewegung aus.

Franz Josef Degenhardt war ein linker Anwalt (der später Mitglieder der Baader-Meinhof-Terrorgruppe verteidigen sollte), der begann, seine kritischen Texte musikalisch zu untermalen, um mehr Gehör zu finden. Typisch für Degenhardt war, dass er Gesellschaftskritik und politische Aussagen gern mit Milieustudien verknüpfte, die er, wie in seinen komplementären Liedern »Deutscher Sonntag« und »Spiel nicht mit den Schmuddelkindern«, geradezu ins Surrealistische übersteigerte.

---

412 Diethart Kerbs: Eröffnungsrede zum »Chanson Folklore International – Junge Europäer singen 1964«. In: Hotte Schneider: Vierzig Jahre Waldeck-Festivals. Nichts war mehr so wie vorher. Folker 2/2004.

Deutscher Sonntag

Sonntags in der kleinen Stadt ...
Das ganze Sonntagseinerlei!

Da treten sie zum Kirchgang an
Familienleittiere voran –
Hütchen, Schühchen, Täschchen passend
Ihre Männer unterfassend ...
Die sie heimlich heimwärts zieh'n
Dass sie nicht in Kneipen flieh'n!

...Die ganze Stadt kriegt Appetit –
Das ist dann genau die Zeit
Da frier' ich vor Gemütlichkeit!

Da hockt die ganze Stadt und mampft
Dass Bratenschweiß aus Fenstern dampft!
Durch die fette Stille dringen
Gaumenschnalzen, Schüsselklingen
Messer, die auf Knochen stoßen
Und das Blubbern dicker Soßen –
Hat nicht irgendwas geschrien?
Jetzt nicht aus dem Fenster seh'n
Wo auf Hausvorgärtenmauern
Ausgefranste Krähen lauern –
Was nur da geschrien hat?
Ich werd' so entsetzlich satt!

Wenn Zigarrenwolken schweben
Aufgeblähte Nüstern beben
Aus Musiktruh'n Donauwellen
Plätschern, über Mägen quellen
Dann hat die Luft sich angestaut –
Die ganze Stadt hockt und verdaut! ...
Oder ob mit Mal die Stadt
Ihr Bäuerchen gelassen hat?
Die Luft riecht süß und säuerlich –
Ich glaube, ich erbreche mich! ...

Dann geht's zu den Schlachtfeldstätten
Um im Geiste mitzutreten
Mitzuschießen, mitzustechen –
Sich für wochentags zu rächen
Um im Chor Worte zu röhren
Die beim Gottesdienst nur stören
Schinkenspeckgesichter lachen
Treuherzig, weil Knochen krachen
Werden. Ich verstopf' die Ohren
Meiner Kinder! Traumverloren
Hocken auf den Stadtparkbänken
Greise, die an Sedan denken!

Und dann die Spaziergangstunde
Durch die Stadt, zweimal die Runde –
Hüte ziehen, spärlich nicken –
Wenn ein Chef kommt, tiefer bücken!
Achtung, dass die Sahneballen
Dann nicht in den Rinnstein rollen!
Kinder baumeln, ziehen Hände –
Man hat ihnen bunte, fremde
Fliegen-Beine ausgefetzt -
Sorgsam an den Hals gesetzt
Dass sie die Kinder beißen soll'n
Wenn sie zum Bahndamm fliehen woll'n!

Wenn zur Ruh' die Glocken läuten
Kneipen nur ihr Licht vergeuden
Dann wird's in Couchecken beschaulich!
Das ist dann die Zeit, da trau ich
Mich hinaus, um nachzusehen
Ob die Sterne richtig stehen –
Abendstille überall! Bloß
Manchmal Lachen wie ein Windstoß
Über ein Mattscheibenspäßchen –
Jeder schlürft noch rasch ein Gläschen
Und stöhnt über seinen Bauch –
Und unsern kranken Nachbarn auch! ...

Spiel nicht mit den Schmuddelkindern

Spiel nicht mit den Schmuddelkindern,
sing nicht ihre Lieder.
Geh doch in die Oberstadt,
machs wie deine Brüder!

So sprach die Mutter, sprach der Vater, lehrte der Pastor.
Er schlich aber immer wieder durch das Gartentor
und in die Kaninchenställe, wo sie Sechsundsechzig spielten
um Tabak und Rattenfelle –
Mädchen unter Röcke schielten –
wo auf alten Bretterkisten
Katzen in der Sonne dösten –
wo man, wenn der Regen rauschte,
Engelbert, dem Blöden, lauschte,
der auf einen Haarkamm biss,
Rattenfängerlieder blies.

Abends am Familientisch, nach dem Gebet zum Mahl,
hieß es dann: Du riechst schon wieder nach Kaninchenstall ...

Sie trieben ihn in eine Schule in der Oberstadt,
kämmten ihm die Haare und die krause Sprache glatt.
Lernte Rumpf und Wörter beugen.
Und statt Rattenfängerweisen
musste er das Largo geigen
und vor dürren Tantengreisen
unter roten Rattenwimpern
parcours Kinderszenen klimpern –
und, verklemmt in Viererreihen,
Knochen morsch und morscher schreien –
zwischen Fahnen aufgestellt
brüllen, dass man Freundschaft hält.

Schlich er manchmal abends zum Kaninchenstall davon,
hockten da die Schmuddelkinder, sangen voller Hohn:
Spiel nicht mit den Schmuddelkindern ...

Aus Rache ist er reich geworden. In der Oberstadt
hat er sich ein Haus gebaut. Nahm jeden Tag ein Bad.
Roch, wie bessre Leuten riechen.
Lachte fett, wenn alle Ratten
ängstlich in die Gullys wichen,
weil sie ihn gerochen hatten.
Und Kaninchenställe riss er
ab. An ihre Stelle ließ er
Gärten für die Kinder bauen.
Liebte hochgestellte Frauen,
schnelle Wagen und Musik, blond und laut und honigdick.
Kam sein Sohn, der Nägelbeißer, abends spät zum Mahl,
roch er an ihm, schlug ihn, schrie: Stinkst nach Kaninchenstall ...

Und eines Tages hat er eine Kurve glatt verfehlt.
Man hat ihn aus einem Ei von Schrott herausgepellt.
Als er später durch die Straßen
hinkte, sah man ihn an Tagen
auf 'nem Haarkamm Lieder blasen,
Rattenfell am Kragen tragen.
Hinkte hüpfend hinter Kindern,
wollte sie am Schulgang hindern
und schlich um Kaninchenställe.

Eines Tags in aller Helle
hat er dann ein Kind betört
und in einen Stall gezerrt.
Seine Leiche fand man, die im Rattenteich rumschwamm.
Drumherum die Schmuddelkinder bliesen auf dem Kamm:
Spiel nicht mit den Schmuddelkindern ...

Franz Josef Degenhardt, 1965. Text & Musik: Franz Josef Degenhardt (Polydor)

»Deutscher Sonntag« karikiert die heile Welt der Spießer. Die Fresswelle hat das Nachkriegsdeutschland erreicht, der Konsumrausch und das Fernsehen. Der Kapitalismus regiert, und der Militarismus ist noch wach. Ist das alles noch allenfalls satirisch überzeichnet, driftet die Spaziergangsszene ins Surreale ab. Da inspiriert die Fliege, die zum Sonntagsstaat der Jungen gehört, den Sänger zu brutalen Assoziationen, und das brave Kleidungsstück mutiert zu einem Monster, das die Kinder beißen soll, falls es ihnen einfällt, zum Bahndamm zu entfleuchen, also dahin, wo die Wohngebiete der Arbeiter beginnen. Und das ist die Brücke zu den »Schmuddelkindern«, Degenhardts wohl bekanntestem Lied.

Die »Schmuddelkinder« sind komplex. Es beginnt mit der Erscheinung sozialräumlicher Segregation. Das Armutsmilieu fasziniert aber eines der Oberschichtskinder, denn die Arbeiterkinder schaffen sich ihre eigene Romantik durch die Freiheit, die sie genießen, weil sie nicht an bürgerliche Konventionen gebunden sind und nichts zu verlieren haben (in »Like a Rolling Stone« und »Me and Bobby McGhee« klang das ähnlich). Das bereits von Heinrich Heine und Gerhard Hauptmann als Metapher für die Arbeiterklasse benutzte Rattenmotiv spielt eine zentrale Rolle. Aber das Bürgertum scheint zu siegen. Der Sohn wird aus dem Proletariermilieu entfernt und einer bürgerlichen Erziehung unterworfen. Er überkompensiert und wird zum Inbegriff des dekadenten Kapitalisten schlechthin, saniert die Arbeiterquartiere und wird zum Immobilienentwickler, der die Abenteuerspielplätze der Hinterhöfe durch seelenlose Kinderspielplätze ersetzt. Bis ihn ein Autounfall – als logische Konsequenz seines Lebensstils – aus der bürgerlichen Bahn wirft und er wieder ins Milieu der Ratten absinkt. Moralisch vollends ruiniert und den Normen keines Milieus mehr zugehörig, vergeht er sich an einem Kind und wird von der Selbstjustiz der Proletarier gerichtet. Eine bittere Parabel doppelter Entfremdung in der kapitalistischen Gesellschaft, die keine Hoffnungsperspektive bietet.

Ulrich Roski, ein Klassenkamerad Reinhard Meys, gilt dagegen als Erfinder des »Höheren Blödsinns«, das heißt von Liedern, die sich mit Wortwitz und Ironie über die Tücken des Alltags lustig machten. Sie inspirierten das Duo Schobert und Black (bürgerlich: Wolfgang Schulz und Lothar Lechleiter), die neben sinnfreien Blödeleien aber auch politische Lieder sangen, die insbesondere die bundesdeutsche Furcht vor dem Kommunismus gern ironisierten. Wie zum Beispiel in »Bundesbürgers Abendgebet«, wo man nicht weiß, was schlimmer ist, der chinesische Parteiführer Mao Zedong oder billige Margarine, die man glaubt, durch das Wirtschaftswunder hinter sich gelassen zu haben.

Bundesbürgers Abendgebet

Herr, ich bin stolz, dass ich DIR diene –
Ich danke DIR für's Abendbrot!
Verschon mein Haus vor Margarine
Und mach den bösen Mao tot!

Bewahr die Brüder in der Zone
Vor allzugroßem Ungemach –
Ich danke DIR, Herr, dass ich nicht wohne
In Dresden oder Eisenach!

Lass uns die Freiheit, die wir meinen
Verteidigen gen Gelb und Rot –
Nimm meinen Ausschlag von den Beinen
Und mach den bösen Mao tot!

Gib auch am fernen Suezbecken
Den Frieden – für die Industrie!
Und segne uns're Bundesrecken
Und ihre Ostlandhysterie!

Lass Fidel Castro kränker werden –
Schick China eine Hungersnot!
Wir kämpfen für DEIN Reich auf Erden
Das komme – mach den Mao tot! ...

Schobert und Black, 1972. Text & Musik: Wolfgang Schulz und Lothar Lechleiter (Telefunken)

Black nutzte seinen ostpreußischen Dialekt, um mit »Versöhnung never« zu einer flotten Bluesmelodie die Polenfeindlichkeit lächerlich zu machen. Auf der live eingespielten LP »lebend« erläutern die Musiker, wodurch sich ein »ostpreußischer Blues« auszeichnete: »In jedem guten amerikanischen Blues ist der Vorsänger übrigens verpflichtet, fünfmal wenigstens das Wort ›yeah, man‹ auszurufen, um beim Publikum das richtige Bluesgefühl in den Griff zu kriegen. Das gibt es natürlich auch im ostpreußischen Blues, nur heißt hier überraschenderweise der Ausruf nicht ›yeah, man‹, sondern ›Mannchen, Mannchen‹.«

Versöhnung never

Kuck ich in de tiefsten Tiefen
Meijner Kinderzeit hinab
Stejcht mit Vater und mit Mutterchen
Auch ein Hund aus seinem Jrab

Dieser lebte einst in Beuthen
Unter lauter deutschen Leuten
Und er biss recht unverhohlen
Wenn er biss, dann nur de Polen
Denn er war ein Schäferhund
Der nur deutsch, nur deutsch empfund!

Ach er sprang oft wie ein Blitz
Durch das deutsche Kattowitz
Auch in Breslau sah man ihn
Wachsam durch die Strassen zieh'n
Und alle Deitschen freijten sich
Wenn durch Leobschitz er schlich

Mannchen, Mannchen, Mannchen!

Eines Tages haben Polen
Ihm dem Stammbaum wechjestohlen
Da der Stammbaum nich mehr da
Starb der Hund an Prostata
Und nun jeh'n auf lauten Sohlen
Ieber sein Jrab frech de Polen

Kuck ich in de tiefsten Tiefen
Meijner Kinderzeit hinab
Steht ewig zwischen mir und Polen
Dieses deijtsche Hundejrab!

Schobert und Black, 1972. Text & Musik: Wolfgang Schulz und Lothar Lechleiter (Telefunken)

Hannes Wader war unter allen Liedermachern der musikalisch Begabteste, der beste Gitarrist, derjenige, der über die beste Mischung aus literarischer Fantasie, Gesellschaftskritik, Humor und Poesie verfügte, und der Sänger mit der besten Stimme. Musikalisch waren seine Lieder am nächsten an der Folkmusik und im Fingerpicking den besten amerikanischen Songs ebenbürtig. An Dylan erinnerte er nicht nur musikalisch, sondern auch durch die poetischen Texte, die häufig von Außenseitern der Gesellschaft handelten, die sich in zweifelhaften Milieus herumtrieben und dabei oft genug zugrunde gingen.

Sein Lied »Charley« handelt von einem arroganten Machotypen, der aber von seinen Altersgenossen bewundert wird, weil er die Gleise bürgerlicher Konventionen verlässt und die Sehnsucht der Jugend nach einem Leben *on the road* bedient. Als er aber bürgerlich wird und zu einem »sauberen, sanften und satten« Karl mutiert, trifft ihn die volle Verachtung des Sängers: »Einer, der, obwohl er wollte, nie wie du gewesen ist/soll nicht sagen dürfen, dass du so wie er geworden bist.« Ganz klar, Hannes Wader ruft die Jugend dazu auf, ewige Rebellen zu bleiben.

Er griff Themen der Hippie-Bewegung auf, so mit »Heute hier, morgen dort«, das das Vagabundieren verklärt, den alten amerikanischen Traum des Umherziehens, ohne für irgendetwas Verantwortung übernehmen zu müssen. Den »Cocaine Blues« von Reverend Gary Davis hat er ins Deutsche übertragen – eine humorvolle Persiflage auf die Folgen des Drogenkonsums (»Mein Sohn ist zwölf und ewig angetörnt/Ich verbiet' es ihm, damit er endlich laufen lernt«) und gleichzeitig seine Verherrlichung (»Oh, Mama, Mama, Mama, komm mach mir 'nen Schuss/Mit Morphium und Heroin/Opium und Drosamin/Oder gib mir Lysergsäurediäthylamid/Mescalin und Nepalshit ...«). Zugleich ließen seine Texte keine Zweifel an einer antibürgerlichen und antikapitalistischen Gesinnung. Sein politischstes Lied war vielleicht die »Arschkriecherballade«, die seinen typischen Stil aus Fantasie, Derbheit und politischem Engagement zum Ausdruck brachte.

Arschkriecherballade

An einem trüben Tag, als er gerade vierzehn war –
Eben wuchs auf seiner Brust das erste blasse Haar –
Spielte er für sich im Wald, da rief sein Vater ihn herein
Brachte ihn zu seiner Mutter, ließ ihn dann mit ihr allein
Den Kopf mit Waldgeschichten vollgestopft bis an den Rand
Drei Federn noch im Schopf, Pfeil und Bogen in der Hand
Stand er da ganz nackt und seine knochige Gestalt
War von Kopf bis Fuß mit bunten Kriegszeichen bemalt

Der Junge ist die Verkörperung des urkommunistischen Traums von einem unentfremdeten Naturkind, das noch nicht durch die urbane, kapitalistische Gesellschaft deformiert wurde.

Seine Mutter strich um ihn herum und deutete dann
Mit dem Blick auf seinen rot-weiß-grün gestreiften Pillermann
Sagte: »Ach, mein Junge, wenn du schon so gerne malst und schmierst
Sorge ich dafür, dass du was Künstlerisches wirst!«
Kurze Zeit darauf fand sich ein Warenhaus bereit
Ihn als Schildermaler einzustellen, mit 'ner Probezeit

Aber der Versuch der Mutter, ein Minimum an Empathie für ihren Sohn aufzubringen, scheitert kläglich. Und schon gerät er in die Mühle der kapitalistischen Arbeitswelt.

Er bestaunte, dass ihm tagelang der Mund weit offenstand
In dem großen Hause all' die neuen Dinge, die er fand!
Schöne Menschen gab es dort, mit Gesichtern, glatt und weich
Und er schaute in den Spiegel, lief schnell weg und fragte gleich
Einen unrasierten alten Mann mit eckigem Gesicht:
»Warum sind wir beide denn so hässlich und die Andern nicht?«
»Wenn's dein Wunsch ist«, sprach der Mann, »so wie die Anderen zu sein
Halte dich an deinen Chef – kriech ihm einfach hinten rein!
Das übst du fleißig, bis sich dein Profil schön sanft und glatt
An der Darmwand deines Vorgesetzten abgeschliffen hat!«

Unangepasste werden von der Gesellschaft ausgestoßen. Um gesellschaftlich akzeptiert zu werden, muss man sich in die Hierarchien des Arbeitslebens einfügen.

Und schon wandte sich der Junge an den sauberen Verein
Mit dem heißen Wunsch, bald auch so'n schöner Arschkriecher zu sein!
Doch da zeigten sich die Menschen sehr verwundert und empört –
Taten so, als hätten sie dieses Wort noch nie gehört!

Die soziale Realität wird verschleiert. Marx nannte das »Ideologie«.

Sie packten ihn am Arm, führten ihn in einen Raum
Da hing ein hoher Vorgesetzter, höher als ein Baum
Von der Zimmerdecke, festgeschnallt auf einem Stützkorsett
Dessen nackter Hintern pendelte schön glänzend, bleich und fett
Wie ein praller Gasballon, nur zigtausendmal so schwer
Als die Tür aufging, kaum wahrnehmbar, im Luftzug hin und her!
Der Junge spürte, als das dicke Ding da vor ihm schwang
Eine sanfte Hand im Nacken, die ihn in die Knie zwang!

Und da fand er sie, die Öffnung, ganz tief unten, gar nicht groß
Und er jauchzte laut vor Freude und sofort ließ man ihn los
Er atmete tief ein, bohrte dann mit aller Macht
Seinen dürren Knabenkörper in den engen, dunklen Schacht!
Doch im nächsten Augenblick ein heißer Druck, ein Donnerschlag
Und als er drauf halb betäubt in einer Ecke lag
Einen Mann vor Schmerz laut brüllen hörte, war ihm endlich klar
Dass er als Afterkriecher völlig ungeeignet war!
Er befühlte sein Gesicht, es war noch alles wie vorher
Nur mit der scharfen Krümmung seiner Nase hatte er
Dem Vorgesetzten nicht allein den Schließmuskel geritzt
Sondern ihm auch noch der Länge nach den Mastdarm aufgeschlitzt.

Wader übersteigert die Metapher des »Afterkriechens« ins Drastisch-Groteske.

Voller Angst sah er jetzt, wie die schönen Menschen um ihn her
Hässlich wurden und ihn schlugen, und schon spürte er nichts mehr!

Die Maske der Konformisten fällt, wenn sie über den Abweichler herfallen.

Als er dann erwachte sah er jenen alten Mann
Mit dem eckigen Gesicht – er kroch hin und schrie ihn an:
»Ich hab' die Menschen jetzt, wie sie wirklich sind, geseh'n
Und ich krieche auch nie wieder, davon wird man gar nicht schön!
Ich will wissen, alter Mann, was ist mit den Leuten los –
Wenn sie schon nicht hübscher werden, warum kriechen sie denn bloß?«
»Schwer zu sagen«, sprach der Mann, »manch einer kriecht ja auch nicht gern
Und er meint, er muss es tun, um die Familie zu ernähr'n
Dem Andern macht es Spaß, er schafft sich Frau und Kinder an
Als Vorwand, nur damit er besser arschkriechen kann!«

Der Verlust an Selbstachtung, der mit der Eingliederung in Hierarchien einhergeht, hängt unmittelbar mit der bürgerlichen Existenz zusammen.

Hannes Wader, 1971. Text & Musik: Hannes Wader (Philips)

Die Sprache war so drastisch wie die Bilder, die dieses Lied zeichnete, und brachte einen regelrechten Ekel zum Ausdruck, den Wader vor Leuten empfand, die einer geregelten Arbeit nachgingen und sich in Hierarchien einfügen mussten. Wer als Schüler oder Student keinen Bock hatte, jemals in einem Unternehmen oder in der öffentlichen Verwaltung zu schuften und Weisungen Folge leisten zu müssen, fand in diesem Lied seine Bestätigung. Wie verachtenswert eine bürgerliche Existenz war!

Noch aberwitziger war Waders langer Talking Blues »Der Tankerkönig« aus dem Jahr 1972, der von einem durchgeknallten Terroristen handelt, der den Tankerkönig Rudi umbringt (eine offensichtliche Anspielung auf den Reeder Rudolf-August Oetker). Der Protagonist denkt über das Leben nach, da wird ihm »speiübel«. Er geht in ein Kaufhaus, wo er sieht, wie der Verkäufer versucht, Kinder beim Klauen zu erwischen. Der Protagonist schießt mit einer Waffe auf den Verkäufer, verteilt das Spielzeug an die Kinder und wirft am Ende den Geschäftsführer in die Müllverbrennung (die Anarcho-Gruppe Up Against the Wall Motherfucker, der Jefferson Airplane das Lied »We Can Be Together« widmete, hatte tatsächlich eine ähnliche, allerdings unblutige Aktion im New Yorker Kaufhaus Macy's unternommen). Der frischgebackene Terrorist besorgt sich eine Maschinenpistole, überfällt, stets mit einem witzigen Spruch auf den Lippen, Banken und versteckt sich für ein paar Monate im Wald, wo er ein gemütliches Hippie-Leben mit Joints und Rockmusik führt, bis er dem Tankerkönig und seiner dekadenten Gattin (»Ari Onassis hat uns eingeladen zur Safari«) begegnet, den der Schwerbewaffnete auf skurrile Weise ums Leben bringt. Dazu gehört auch, dass er ihn zwingt, einen riesengroßen Joint zu rauchen (die Jefferson Airplane-Sängerin Grace Slick hatte einmal geplant, dem US-Präsidenten Richard Nixon LSD in die Kaffeetasse zu streuen, wurde aber vom FBI daran gehindert). Der durchgeknallte Terrorist, der inzwischen mindestens zwei Morde auf dem Gewissen hat, kapert eine spiritistische Sitzung, um mit dem Geist des Revolutionsführers Ché Guevara Kontakt aufzunehmen, der ihn allerdings als Verrückten abkanzelt, der noch nie etwas »von organisiertem Klassenkampf gehört hätte«. Eine weitere skurrile Szene mit einem kopulierenden Pärchen führt am Ende die Polizei auf seine Spur.

Der Protagonist leidet offensichtlich unter einer schweren dissozialen Persönlichkeitsstörung und bekommt dementsprechend auch von seinem politischen Vorbild Ché Guevara die Leviten gelesen. Aber sein Publikum hatte Hannes Wader mit dem abstrusen Song dennoch faszinieren können. Irgendwie verkörperte der kaputte Held auch die unerfüllbare Sehnsucht einer ganzen Generation, aus der Gesellschaft auszusteigen, alle Normen zu brechen, etwas ganz Verrücktes zu tun und danach in Ruhe (und aller finanziellen Sorgen ledig) seine Joints zu rauchen. Und der Song spielte auch mit der Faszination eines Teils dieser Generation für den Terrorismus einer Baader-Meinhof-Gruppe, die, wie Waders Protagonist, aus blankem Hass auf das kapitalistische System heraus Banken ausraubte, Warenhäuser sprengte und wahllos vorgebliche Repräsentanten des Kapitalismus ermordete.

Die Parallelen des Lieds »Der Tankerkönig« zum realen Terrorismus der Roten Armee Fraktion sind offensichtlich: Der Terrorismus begann am 2. April 1968 mit Brandstiftungen in zwei Kaufhäusern, es folgten 1970/71 sechs Banküberfälle. Und dann, nach Erscheinen des Lieds, entführten und ermordeten die Terroristen scheinbar wahllos Führungspersönlichkeiten aus der Wirtschaft: 1977 den Vorstandssprecher der Dresdner Bank Jürgen Ponto sowie den Präsidenten der Arbeitgeberverbände Hanns Martin Schleyer, 1986 den Forschungsleiter bei der Siemens AG Karl Heinz Beckurts, 1989 den Vorstandssprecher der Deutschen Bank Alfred Herrhausen sowie 1991 den Präsidenten der Treuhandanstalt Detlev Karsten Rohwedder. Weitere Ziele waren hohe Beamte aus Bundesregierung, Justiz und Militär. Fast schien es, als habe das Lied die Blaupause für den realen Terrorismus geliefert.

Tatsächlich diente Waders Hamburger Wohnung zwischenzeitlich als Waffenlager der Baader-Meinhof-Bande.[413] Unter einem Decknamen hatte Gudrun Ensslin die Wohnung, in der auch Holger Meins und Andreas Baader verkehrten, von Wader gemietet. Für den Sänger, der angab, sich für die Identität seiner Untermieterinnen, die ihn in Kneipen anquatschten, nicht zu interessieren (»bei mir findet jeder Unterkunft«), ging die Sache trotz vorübergehender Verhaftung glimpflich aus, da man ihm keine wissentliche Konspiration nachweisen konnte. Ob das traumatische Erlebnis von Verhaftung und Verhören einen Knacks bei ihm hinterlassen hat, wissen wir nicht. Jedenfalls vergeudete Hannes Wader sein Talent, als er sich als Haus- und Hofsänger der Deutschen Kommunistischen Partei (DKP) anheuern ließ, deren Mitglied er 1977 wurde. Die DKP strebte einen Kommunismus nach dem Vorbild der Sowjetunion beziehungsweise der DDR an, was dem eher anarchistischen Naturell Waders eigentlich vollkommen fernlag. Politisch war die Partei bedeutungslos.

413 Fahndung: Zehn Pfund Pulver. Der Spiegel vom 1.11.1971.

Aber die DKP schwamm mit ihren Jugend- und Studentenorganisationen Sozialistische Deutsche Arbeiterjugend (SDAJ) und Marxistischer Studentenbund (MSB) Spartakus in Geld, das reichlich aus der DDR floss, um das politische System der Bundesrepublik auf diesem Wege zu unterminieren. Und die DKP und ihre Satelliten veranstalteten regelmäßig Musikfestivals, auf denen ebenso regelmäßig Hannes Wader auftrat, der zu diesem Zweck extra eine LP eingespielt hatte, auf der er die »Internationale« und einige mediokre Lieder aus der Revolution von 1848 sang (»Freifrau von Droste-Vischering/Vi-Va-Vischering/zum heil'gen Rock nach Trier ging/Tri-Tra-Trier ging ...«). Das war nicht nur nicht besonders kreativ, zahlreiche seiner freischwebend linken Fans schickten dem Sänger, der jetzt als »Kommunistenschwein« verunglimpft wurde, auch seine Platten zurück – meistens nicht in einem Stück.[414]

Als der Geldstrom nach Michail Gorbatschows Perestroika und dem Zusammenbruch der DDR versiegte, trat Wader konsequenterweise wieder aus der DKP aus, im Jahr 1991. 2013 erhielt er den Echo für sein Lebenswerk. Die Laudatio sprach sein alter Freund Reinhard Mey, der ihm auch in schweren Zeiten stets die Stange gehalten hatte. Der Berliner Reinhard Mey war so etwas wie der Mentor der Liedermacherszene. Er war mit dem jungen Wader gemeinsam aufgetreten, und seine »Trilogie auf Frau Pohl« gibt seiner Freundschaft zu Wader und Schobert einen humorvollen Ausdruck. Mey war ein Sprachartist, der unglaubliche Wörterkaskaden singen konnte, die in gedruckter Form nahezu unlesbar erschienen. Als politischer Sänger wurde er allerdings weniger wahrgenommen, weil die meisten seiner Lieder eher etwas Verträumtes hatten (»Ich wollte wie Orpheus singen«, »Über den Wolken«). Vielleicht waren, weil er den Schafspelz trug und auch ein bürgerliches Publikum erreichte, seine antikapitalistischen Lieder besonders wirkungsvoll.

Sein »Abscheuliches Lied für abscheuliche Leute« versah er wohl mit diesem Titel, weil er davon ausging, dass nicht alle Menschen Ironie verstehen. Es hört sich an wie eine deutsche Version der Kritik am Militärisch-Industriellen Komplex. Seinen sarkastischen Aberwitz zieht es daraus, dass Kinder mit Militärspielzeug dazu erzogen werden, sich an Krieg und Töten zu gewöhnen. Der Kapitalismus zieht seinen Gewinn daraus, heizt die Grausamkeit noch an und beruhigt die Öffentlichkeit mit Almosen.

414 Ein Interview mit Hannes Wader. Universal Music Group, 1.9.2011. https://www.universal-music.de/hannes-wader/news/ein-interview-mit-hannes-wader-206857, zugegriffen am 1.7.2020.

Abscheuliches Lied für abscheuliche Leute

Im Warenhaus, im dritten Stock,
Steh'n Dracula und Frankenstein,
Laden zu Kauf und Nervenschock,
Zur Spielwarenausstellung ein.
Dort steht alles aufgereiht,
Was ein Kinderherz erfreut:
Nagelbrett und Daumenschrauben
Lehr'n das Kind ans Christkind glauben.
Folterwerkzeug, Messer sind
Lohn nur für ein braves Kind!

Seht! Am Tischleindeckdich dort
Verkauft ein ausgedienter Legionär, –
Zeigt Vater-Mutter-Kindermord
Mit Katapult und Schießgewehr;
Starkstromtod, Elektrofalle
Aus dem Baukasten für alle.
Schreibt, wollt ihr noch mehr davon,
Der Warenhausdirektion, –
Eierchen mit Napalmgas
Legt euch dann der Osterhas'!

Alle Vöglein sind schon da:
Supersabre und Starfighter,
Mig, Mirage, juchheirassa,
Zeigt stolz der Abteilungsleiter:
Kleine Bomben und Granaten
Wirft er auf die Zinnsoldaten
Raus: Aladins Wunderlampe!
Rein: Raketenabschussrampe!
Panzerfaust und Zimmerflak
Trägt der Nikolaus in seinem Sack!
Im Warenhaus im dritten Stock
Roll'n D-Mark, Dollar, Franc im Überfluß.
Endlich kommt die Bilanz heraus:
Vom Reingewinn der Überschuß
Fließt, wie der Präsident beteuert,
Laut Aktiengesetz unversteuert,
Dem Bau von Knastanstalten zu.
Der Rest fließt für die Seelenruh',
Daß jeder sich vor Rührung scheu,
Als Spende an das Rote Kreuz!

Im Warenhaus fiel drauf ein Schuß;
Da ward unschuldig Blut vergossen,
Da ward, laut Aufsichtsratbeschluß,
Der Weihnachtsmann erschossen.

Reinhard Mey, 1967. Text & Musik: Reinhard Mey (Intercord)

Reinhard Mey wahrte aber auch Distanz zur linken Szene, wenn diese im Dogmatismus erstarrte. »Bevor ich mit den Wölfen heule« ist eine Absage an Vereinnahmung, dogmatisches, undifferenziertes Denken, einfache politische Formeln und Parolen und feiert dagegen den Individualismus. Erinnerungen an »Revolution« von den Beatles drängen sich auf.

Bevor ich mit den Wölfen heule

Bevor ich mit den Wölfen heule
Werd' ich lieber harzig, warzig grau
Verwandele ich mich in eine Eule
Oder vielleicht in eine graue Sau
Ich laufe nicht mit dem Rudel
Ich schwimme nicht mit im Strudel
Ich hab' noch nie auf Befehl gebellt
Ich lasse mich nicht verhunzen
Ich will nach Belieben grunzen
Im Alleingang, wie es mir gefällt
Ich will in keinem Haufen raufen
Lass' mich mit keinem Verein ein

Rechnet nicht mit mir beim Fahnenschwenken
Ganz gleich, welcher Farbe sie auch sei'n
Ich bin noch imstand', allein zu denken
Und verkneif' mir das Parolenschrei'n
Und mir fehlt, um öde Phrasen
Abgedroschen, aufgeblasen
Nachzubeten jede Spur von Lust
Und es passt, was ich mir denke
Auch wenn ich mich sehr beschränke
Nicht auf einen Knopf an meiner Brust …

Bevor ich trommle und im Marschtakt singe
Und blökend mit den Schafen mitmarschier'
Gescheh'n noch viele ungescheh'ne Dinge
Wenn ich mir je gefall' als Herdentier
Und so nehm' ich zur Devise
Keine andere als diese:
Wo schon zwei sind, kann kein Dritter sein!
Ich sing' weiter ad libitum
Ich marschier' verkehrt herum
Und ich lieb' dich weiterhin allein …

Erinnert euch daran, sie waren zwölfe
Den dreizehnten, den haben sie eiskalt
Verraten und verhökert an die Wölfe
Man merke: Im Verein wird keiner alt!
Worum es geht, ist mir schnuppe
Mehr als zwei sind eine Gruppe
Jeder Dritte hat ein andres Ziel
Der nagelt mit Engelsmiene
Beiden ein Ei auf die Schiene
Nein, bei drei'n ist schon einer zuviel ...

Reinhard Mey, 1972. Text & Musik: Reinhard Mey (Intercord)

Überhaupt keine Freunde in der linken und in der feministischen Szene hat sich Mey mit »Annabelle« gemacht, einem Lied, das die geistige Haltung der linken Intellektuellen im Allgemeinen und der Feministinnen im Besonderen karikiert.

Annabelle

Annabelle, ach Annabelle,
Du bist so herrlich intellektuell,
Du bist so wunderbar negativ,
Und so erfrischend destruktiv.
Annabelle, ach Annabelle,
Du bist so herrlich unkonventionell,
Ich bitte dich, komm sei so gut,
Mach' meine heile Welt kaputt!

Früher war ich ahnungslos wie ein Huhn,
Doch sie erweitert mein Bewußtsein nun,
Und diese Bewußtseinserweiterung
Ist für mich die schönste Erheiterung.
Seit ich auf ihrem Bettvorleger schlief,
Da bin ich ungeheuer progressiv,
Ich übe den Fortschritt und das nicht faul:
Nehme zwei Schritt auf einmal und fall' aufs Maul.

Früher hab' ich oft ein eigenes Auto benutzt,
Hab' mir zweimal täglich die Zähne geputzt,
Hatte zwei bis drei Hosen und ein paar Mark in bar,
Ich erröte, wenn ich denk' was für ein Spießer ich war.
Seit ich Annabelle hab', sind die Schuhe unbesohlt,
Meine Kleidung hab' ich nicht mehr von der Reinigung geholt,
Und seit jenem Tag gehör' ich nicht mehr zur Norm:
Denn ich trage jetzt die Nonkonformisten-Uniform.

Früher, als ich noch ein Spießer war,
Ging ich gern ins Kino, in Konzerte sogar.
Doch mit diesem passiv-kulinarischen Genuß
Machte Annabelle kurzentschlossen Schluß.
Wenn wir heut' ausgehn', dann geschieht das allein,
Um gesellschaftspolitisch auf dem Laufenden zu sein.
Heut' bitt' ich, Annabelle, erhör' mein Fleh'n,
Laß uns zu einem Diskussionsabend geh'n!

Früher hab' ich manchen Tag und manche Nacht
Auf dem Fußballplatz und in der Kneipe zugebracht,
Mit Freunden geplaudert, meine Zeit verdöst,
Doch dann hat Annabelle mich von dem Übel erlöst.
Heut' sitz' ich vor ihr und hör' mit offenem Mund,
Wenn sie für mich doziert, Theorien aufstellt und
Ich wünsche, diese Stunden würden nie vergehen,
Ich könnt' ihr tagelang zuhör'n, ohne ein Wort zu verstehen.

Früher dachte ich korruptes Spießerschwein,
Wer was schaffen will, muss fröhlich sein.
Doch jetzt weiß ich, im Gegenteil,
Im Pessimismus liegt das Heil!
Früher hab' ich nämlich gerne mal gelacht,
Doch auch hier hat sie mich weitergebracht.
Heut' weiß ich, die Lacherei war reaktionär,
Infolgedessen denk' ich nach und schreit' ernst einher.

Annabelle, ach Annabelle,
Du bist so herrlich intellektuell,
Zerstör' mir meine rosa Brille
Und meine Gartenzwergidylle!
Annabelle, ach Annabelle,
Du bist so herrlich unkonventionell,
Ich bitte dich, komm sei so gut,
Mach' meine heile Welt kaputt!

Früher saß ich gerne tagelang
Vorm Fernsehapparat und aß und trank
Und war ein zufriedener Konsument,
Doch im höchsten Grade dekadent.
Dann hat Annabelle mich vor nicht langer Zeit
Vom Konsumterror befreit.
Nur noch geist'ge Werte sind's, die ich begehr',
Und von nun an bleibt der Kühlschrank leer!

Früher war ich, wie das alles zeigt,
Einem billigen Vergnügen niemals abgeneigt.
Doch ab heute wird nicht mehr genossen,
Dafür diskutier'n wir beide unverdrossen.
Wenn ich zu Ihren Füßen lieg',
Dann üb' ich an mir Selbstkritik,
Und zum Zeichen ihrer Sympathie
Nennt sie mich »süßen Auswuchs kranker Bourgeoisie«.

Annabelle, ach Annabelle,
Du bist so herrlich unkonventionell,
Du bist so herrlich emanzipiert
Und hast mich wie ein Meerschweinchen dressiert.

Annabelle, ach Annabelle,
Du bist so herrlich intellektuell,
Und zum Zeichen deiner Emanzipation
Beginnt bei dir der Bartwuchs schon.

Reinhard Mey, 1972. Text & Musik: Reinhard Mey (Intercord)

Die linke Musikkritik reagierte wutschnaubend. »Kritischer Geist für Anfänger« wurde ihm unterstellt, gar »bösartiger Konservatismus«. Als »Heino für die dritten Programme« oder als »Heintje für geistig Höhergestellte« machte man sich über ihn lustig. Vor allem der linke Liedermacher-Papst Thomas Rothschild erwies sich als vollkommen humorlos, als Mey sich über die eigene Szene lustig machte: »Mit dieser Karikatur einer linken Studentin … entpuppte sich Reinhard Mey endgültig als einer, der seinen kleinbürgerlichen Zuhörern, die sich ihre heile Welt nicht rauben lassen wollen, nach dem Mund singt. … Was offenbar sogar Moderatoren für Humor halten, ist bösartige Lächerlichmachung einer Minderheit. Von der Annabelle, die nie lacht, zum Russen mit dem Messer zwischen den Zähnen ist es nur ein Schritt. Mey betreibt mit Annabelle Hexenjagd in Chanson-Form.« [415] Deutlicher hätte man kaum bestätigen können, dass Meys Kritik an der Humorlosigkeit der Linken nicht ganz unberechtigt war.

Die »lupenreinen« Linken Hannes Wader und Konstantin Wecker hatten dagegen keine Berührungsängste. Sie standen mehrmals zusammen mit Reinhard Mey auf der Bühne, unter anderem am 15. Februar 2003 in Berlin zur Abschlussveranstaltung der Demonstration gegen den Irakkrieg, der mit über 500.000 Teilnehmern größten Friedensdemonstration in der Geschichte der Bundesrepublik. Wenn es jemals einen Zweifel gab, auf welcher Seite Reinhard Mey, der übrigens niemals eine Werbe- oder Sponsoringvertrag akzeptiert hatte, sein Leben lang gestanden hatte, dann war er damit zerstreut. Übrigens schrieb Mey seiner Annabelle nach 26 Jahren eine Art selbstironische Entschuldigung, natürlich gleichermaßen humoristisch. In »Der Biker« prallt der Sänger mit einem Motorrad zusammen, und der Biker, der sich um den Verletzten kümmert, entpuppt sich als Bikerin, genauer: als seine alte Freundin Annabelle. Mey hat die Größe, sich in aller Form zu entschuldigen, auch dafür, Beifall von der falschen Seite erhalten zu haben. Und dann kommt das Interessanteste an dem gesamten Lied: Er, der vielen früher nicht links genug erschien, will im Alter nicht wie die, die den Marsch durch die Institutionen

415 Thomas Rothschild: Liedermacher. 23 Porträts. Frankfurt/Main: Fischer 1980. Zitiert nach: https://de.wikipedia.org/wiki/Mein_achtel_Lorbeerblatt, zugegriffen am 1.7.2020.

absolviert hatten, »milder« werden, sondern im Gegenteil »wilder«. Damit erweist sich seine humorvolle und mitunter selbstironische Kapitalismuskritik als stabiler als so mancher linke Opportunismus aus der 68er-Zeit.

Liedermacher gab es nicht nur im Westen, sondern auch in der DDR. Wolf Biermann war in einer Hamburger Kommunistenfamilie aufgewachsen, leistete als Vierzehnjähriger bei einer Reise nach Ost-Berlin das Gelöbnis der Treue zur DDR und siedelte mit sechzehn Jahren in die DDR um, wo er mit dem Theater begann und Bekanntschaft mit dem Brecht-Komponisten Hanns Eisler machte, der ihn auch stilistisch prägen sollte. Sein erstes Auftrittsverbot erhielt er 1963 wegen eines Theaterstücks, das sich mit dem Bau der Mauer befasste. 1965 trat er in Westdeutschland im Programm des Kabarettisten Wolfgang Neuss auf und veröffentlichte in der BRD den Lyrikband »Die Drahtharfe«, was ihm ein endgültiges Auftrittsverbot und den ewigen Zorn der SED-Führung einbrachte, die die Stasi mit der »Zersetzung seiner Person« beauftragte. 1968 brachte Biermann in Westdeutschland seine ersten Lieder heraus, er hatte sie in seiner Berliner Wohnung mit geschmuggeltem West-Equipment aufgenommen, nachdem ihm in der DDR der Zugang zu einem Tonstudio verwehrt worden war.

In Westdeutschland eckte der Dissident aber gleichermaßen an, als er 1969 den ihm verliehenen Fontane-Preis postwendend an die Außerparlamentarische Opposition (APO) und den APO-Anwalt Horst Mahler weiterleitete, der sich kurz darauf an der Gründung der terroristischen Roten Armee Fraktion beteiligen sollte. 1976 wurde Wolf Biermann während einer Konzertreise durch Westdeutschland aus der DDR ausgebürgert. In seinen Liedern kritisierte der linke Liedermacher den Osten wie den Westen. Er trat ein für individuelle Freiheit, für Gerechtigkeit, für das Recht, stets seine Meinung sagen zu dürfen, und er kämpfte gegen Spießertum, Autorität und Doppelmoral. Eines seiner einflussreichsten Lieder war »Ermutigung«, gemeint als »ein Stück Seelenbrot« insbesondere für die Insassen von DDR-Gefängnissen.

Ermutigung

Du, laß dich nicht verhärten
In dieser harten Zeit
Die all zu hart sind, brechen
Die all zu spitz sind, stechen
Und brechen ab sogleich

Du, laß dich nicht verbittern
In dieser bittren Zeit
Die Herrschenden erzittern –
sitzt du erst hinter Gittern –
Doch nicht vor deinem Leid

Du, laß dich nicht erschrecken
In dieser Schreckenszeit
Das wolln sie doch bezwecken
Daß wir die Waffen strecken
Schon vor dem großen Streit

Du, laß dich nicht verbrauchen
Gebrauche deine Zeit
Du kannst nicht untertauchen
Du brauchst uns, und wir brauchen
Grad deine Heiterkeit

Wir wolln es nicht verschweigen
In dieser Schweigezeit
Das Grün bricht aus den Zweigen
Wir wolln das allen zeigen
Dann wissen sie Bescheid.

Wolf Biermann, 1968. Text & Musik: Wolf Biermann (Wagenbach / CBS)

Der erste Vers »laß dich nicht verhärten« richtete sich auch dagegen, auf (strukturelle) Gewalt mit Gegengewalt zu antworten. Das Lied fährt fort, dass Mut, Heiterkeit und Hoffnung mehr zum gesellschaftlichen Wandel beitragen können als Aggression. Biermann trug das Lied noch einmal im Jahr 2014 vor dem Deutschen Bundestag vor, wo er es sich nicht nehmen ließ, als »Drachentöter« gegen die Linkspartei zu polemisieren, die er als Nachfolgepartei der verhassten SED als »Drachenbrut« stigmatisierte. In der oppositionellen Szene der DDR hatte sich »Ermutigung« zu einer Art heimlicher Hymne entwickelt, genauso wie sein Vers »alles geht sein' sozialistischen Gang« zu einem geflügelten Wort der gelernten DDR-Bürger wurde. Das Lied handelt vom Klinikangestellten Paul Kunkel, der die Ausreise in die BRD beantragt.

Legende vom sozialistischen Gang

Die Bürger mit »Antrag« – ach, viele mal zehn
Tausend! – wolln alle nach Westen gehn.
Sie wollen vom glücklichsten Land der Welt
Nach dorthin, wo die Krise bellt
– Hier nimmt die Gerechtigkeit anderen Lauf:
Mit Staub von dreißig Jahren drauf
Pauls dünne Kaderakte im Schrank
– und alles geht sein' sozialistischen Gang

Die Kaderleiterin schreckensbleich
Der Klinikdirektor ruft mal gleich
Im MfS an. Dann MfGe
Und beide geben ihm ihr Okay
Wo leben wir denn! Das hat keinen Zweck:
Der Mensch muß raus! So was muß weg!
Der BGLer kommt grade rein
Unterschreibt den fristlosen Kündigungsschein
Aus seiner Mördergrube macht
Er hier beim Chef kein Herz. Er lacht
Und stöhnt: Wer hätte das gedacht
Daß Kunkel gemeinsame Sache macht
Mit den Faschisten in Bonn! Mit Strauß!
Genosse Direktor, der Mensch muß mal raus!
Wir sind hier im Krankenhaus doch nicht krank! –
das geht jetzt sein' sozialistischen Gang

Der BGLer trommelt dann
Mal kurz die BGL zusamm':
Kollegen, klar, Ihr alle wißt
Daß K. ein Fall geworden ist
Für unsre Organe. Ihr wißt auch, warum:
Mit fünfzig Jahren so frech! So dumm!
Nach drüben will er! Zum Klassenfeind!
Klar, daß ihm keiner 'ne Träne nachweint
Wir werden auch nicht, uns selbst zum Hohn
Den Mann hier halten mit gutem Lohn
Ich war schon eben zum Chef hoch und
Hab unterschrieben. Der Kündigungsgrund:
Herr Kunkel ist nicht mehr tragbar hier
In unserer Klinik. Ich meine: wir.
Wir haben die Macht hier, Gott sei dank –
geht alles sein' sozialistischen Gang! …

Wer nicht knallhart mit Kunkel bricht
Wird spüren, wer in unserm Staat
Die Macht hat! – Und da trat
Jene berühmte Stille ein
In der die Leut nach innen schreien …

In der Gewerkschaft geht es rund
Sie reden sich die Zungen wund:
Kollegen! Kunkel, das ist klar
Daß der ein Feind ist. Ist und war!
Er will aus dem Staat, der gedeiht
(und wie du keinen bess'ren findst!)
Der sich dem Wohl des Volkes weiht
Nach drüben will er! Wo sie grinst
Die Krise! Wer nach drüben will
Nachdem er dreißig Jahre still
Genossen hat mit uns das Glück
Und will nun in den Sumpf zurück ...
Nun stimmt schon zu – und macht halblang –
dann geht das sein' sozialistischen Gang

Lenin lehrt zum Glück:
Zwei Schritte vor – vier Schritte zurück
Wenn es nicht möglich ist, den K.
Zu feuern, bleibt am Ende ja
Die Ausweisung nach Westen. So
Zum guten End' sind alle froh
Und sind ihn los, diesen Gestank
– und alles geht sein' sozialistischen Gang ...

Wolf Biermann 1976. Text & Musik: Wolf Biermann (CBS)

Das Lied atmet mit seinen Abkürzungen – *BGL* stand für ›Betriebsgewerkschaftsleitung‹, *MfS* für das ›Ministerium für Staatssicherheit‹ – den öden, bürokratischen Geist der Apparatschiks, der zugleich menschenverachtend ist. Das Lied beschreibt zugleich detailliert, wie in der DDR über Menschenschicksale entschieden wurde. Der in Bürokratie und Hierarchie erstarrte Sozialismus entlarvt sich selbst.

Mit der Linken ist Biermann aber auch nicht unkritisch umgegangen. Sein »Lied vom roten Stein der Weisen« analysiert erbarmungslos die Schwäche der Linken, deren ärgster Gegner nicht die Rechte ist, sondern andere Linke, die aber eine andere Version der revolutionären Wahrheit verkünden. Die Gruppen einte zwar das *K* im Namen (für ›kommunistisch‹), aber ansonsten waren sich Marxisten-Leninisten, Trotzkisten, Maoisten, Anarchisten, undogmatische Linke, und was sonst noch so das Gesetz vom tendenziellen Fall der Profitrate zu interpretieren versuchte, spinnefeind.

Das Lied vom roten Stein der Weisen

Den roten Stein der Weisen, gib zu,
Den gibt es nicht, Genosse auch du ...
Du hast ihn nicht gefunden.

Wir ham, wie blödes Federvieh,
Mit rotem Kamm und Kikeriki
Zur Gaudi für die Bourgeoisie
uns oft genug zerschunden.

Der Kampf ist hart und unser Feind
ist schlau und hat sich längst vereint.
Ist schlauer als wir und hat sich vereint
Und will uns einzeln schlagen.

Genossen, fragt nicht penetrant
Wie in dem Märchen, hirnverbrannt,
Wer ist der Linkste im ganzen Land,
Das kann kein Spiegel sagen.

Wolf Biermann, 1976. Text & Musik: Wolf Biermann (CBS)

Und mit dieser Selbstkritik der linken Bewegung war Wolf Biermann, wenngleich stilistisch ganz anders, dann doch wieder ganz nah am Nestbeschmutzer Reinhard Mey, der eigentlich ja auf derselben Seite stand wie Annabelle, es dann aber doch hielt wie Groucho Marx, der gesagt hatte, er würde lieber einen Freund verlieren als eine Pointe verpassen.

6.2. Macht kaputt, was euch kaputt macht

Es sollte das deutsche Woodstock werden.[416] Und große Namen hatte das »Festival der Liebe« (das sinnigerweise von der Pornohändlerin Beate Uhse gesponsert wurde) durchaus zu bieten: Jimi Hendrix war dabei (übrigens sollte es sein letzter Auftritt überhaupt werden), auch Ginger Baker's Air Force, Canned Heat, The Faces, Sly & the Family Stone. Doch stand die Ostseeinsel Fehmarn, die als deutsches Woodstock herhalten sollte, im September 1970 unter keinem guten Stern. Jimi lieferte zwar eine gute Performance ab, aber es war kalt, regnerisch und windig. Und der Veranstalter war mit der Organisation heillos überfordert. Das alles war zwar in Woodstock genauso gewesen, aber irgendwie hatte die Chemie in Woodstock eine einzigartige Reaktion ausgelöst, die sich nicht an anderen Orten so einfach replizieren ließ (wie auch die Rolling Stones in Altamont erfahren mussten).

Die Stimmung im weit angereisten Publikum war so mies wie das Wetter. Und als es die Münchner Gruppe Embryo am 6. September 1970 mit ihren auf fernostindischen Instrumenten gespielten meditativen Klängen langweilte, kam Unruhe auf: Die im Programm angekündigte Gruppe Taste solle gar nicht mehr auftreten! Der Veranstalter sei pleite und habe sich mit den Eintrittsgeldern aus dem Staub gemacht! Die Musiker könnten ihre Gage in den Wind schreiben! Und dann trat eine Berliner Formation auf die Bühne, die keiner kannte. Kein Wunder, denn sie hatte sich gerade erst gegründet und war noch nie zuvor irgendwo aufgetreten. Und ihr Frontmann nahm die Stimmung im Publikum auf: »Hauen wir die Veranstalter ungespitzt in den Boden!«, röhrte er mit rotziger Stimme, die sein Markenzeichen werden sollte, ins Mikrofon. Die durchnässte und frustrierte Menge von rund 50.000 Menschen grölte.

Und dann spielte die Band – mit rauem Sound, denn die Tontechniker waren bereits über alle Berge – die drei Songs, die sie im Repertoire hatte. Und weil sie die Lieder in deutscher Sprache spielte, verstanden sie die Leute im Publikum. Das letzte Lied hieß »Macht kaputt was euch kaputt macht«, und das Publikum nahm sie beim Wort. Wenige Minuten später stand das Festivalgelände in Flammen. Einige Wochen später erhielt der ältere Bruder des damals noch minderjährigen Frontmanns einen Brief der Hamburger Staatsanwaltschaft wegen Brandstiftung und Aufrufs zu Gewalt. Das Verfahren verlief zwar im Sande – aber die junge deutsche Rockband hatte einen Start nach Maß erwischt!

Es war kein Zufall, dass die Rockband mit den harten Riffs und den frechen Texten aus Berlin kam. Berlin war in den 1960er und 70er Jahren ein Sammelbecken für linke und langhaarige Jugendliche aus der gesamten Bundesrepublik,

---

416 Die folgende Schilderung stützt sich, wie das gesamte Kapitel überhaupt, auf das Buch von Kai Sichtermann, Jens Johler und Christian Stahl: Keine Macht für Niemand. Die Geschichte der Ton Steine Scherben. Erweiterte Neuausgabe, Berlin: Schwarzkopf & Schwarzkopf 2008. Sowie auf den einen oder anderen Bericht von Kai Sichtermann im persönlichen Gespräch im Umfeld des Scherben-Konzerts in der Kulturbrauerei Eickel.

waren die Berliner doch von der Wehrpflicht ausgenommen. Und Wehrpflicht hätte bedeutet, dass ihnen als Erstes die Haare abgeschnitten worden wären. So waren auch drei Brüder aus einer Hochhaussiedlung im hessischen Nieder-Roden namens Peter, Gert und Ralph Möbius, ihr Nachbar Ralph Peter Steitz und der Kieler Kai Sichtermann nach Berlin gekommen. Weil Steitz im französischen Grenoble geboren war, nannte er sich Lanrue, und Ralph Möbius sollte später den Künstlernamen Rio Reiser annehmen. Aber zunächst fanden sich die Langhaarigen in einer alternativ-politischen Theatertruppe zusammen, die sich Hoffmanns Comic Theater nannte. Weil Rio und Lanrue, wie wir sie jetzt schon nennen wollen, schon in Nieder-Roden eine Band hatten, verknüpften sie das Theater mit Musik.

Im Herbst 1969 führte das Comic Theater ein Stück auf, das »Rita & Paul« hieß. Es war eine »Romeo und Julia«-Version, mit einem Arbeitersohn und einer Fabrikantentochter im Mittelpunkt. Nach jeder Szene wurde ein Musikstück gespielt. In einer Szene schmiss der frustrierte Paul seinen Fernseher zu Boden, nachdem er darin einen erzkonservativen Kommentator der Springer-Presse zu sehen bekommen hatte. Das Lied, das darauf folgte, trug den Titel »Macht kaputt, was euch kaputt macht«. Der »eindimensionale Mensch« (Marcuse) wurde zum gewaltsamen Widerstand gegen das Verblendungssystem aufgefordert.

Macht kaputt, was euch kaputt macht

Radios laufen, Platten laufen,
Filme laufen, TVs laufen,
Reisen kaufen, Autos kaufen,
Häuser kaufen, Möbel kaufen.
Wofür?
Macht kaputt, was euch kaputt macht! ...
Bomber fliegen, Panzer rollen,
Polizisten schlagen, Soldaten fallen,
Die Chefs schützen, die Aktien schützen,
Das Recht schützen, den Staat schützen.
Vor uns!
Macht kaputt, was euch kaputt macht!

Ton Steine Scherben, 1970. Text: Norbert Krause, Musik: Rio Reiser (David Volksmund Produktion)
Inspiriert von Bob Dylans »Subterranean Homesick Blues«: »bombs are falling, tanks are rolling, soldiers dying, men are crying ...«

Das Lied fordert zunächst nur auf, Konsumgüter zu zerstören, wie den Fernseher, der manipulative Botschaften in das Wohnzimmer brachte. Aber das Lied verweist auch auf die Polizei und die Bundeswehr, also die Institutionen, die das Gewaltmonopol des Staats sichern, und enthält den unmissverständlichen Aufruf zur Gewalt gegen die Staatsorgane. »Macht kaputt, was euch kaputt macht« war eine musikalische Rechtfertigung, Gewalt gegen den Staat und überhaupt gegen das (kapitalistische) »System« auszuüben. Ulrike Meinhof machte den Titel des Lieds im Gründungsmanifest der Roten Armee Fraktion zum Programm des Terrors: »Die Parole der Anarchisten ›Macht kaputt, was Euch kaputt macht‹ zielt auf die direkte Mobilisierung der Basis, der Jugendlichen in Gefängnissen und Heimen, in Schulen und in der Ausbildung, richtet sich an die, denen es am dreckigsten geht, zielt auf spontanes Verständnis, ist die Aufforderung zum direkten Widerstand. … Die Parole geht von der Einsicht aus, daß es im Kapitalismus nichts, aber auch nichts gibt, das einen bedrückt, quält, hindert, belastet, was seinen Ursprung nicht in den kapitalistischen Produktionsverhältnissen hätte, daß jeder Unterdrücker, in welcher Gestalt auch immer er auftritt, ein Vertreter des Klasseninteresses des Kapitals ist, das heißt: Klassenfeind.«[417]

Wissenschaftlich geadelt wurde die Legitimierung von terroristischer Gewalt ausgerechnet durch den Friedensforscher Johan Galtung, der 1969 den Begriff der »strukturellen Gewalt« geprägt hatte.[418] Karl Marx hatte bereits gesagt, dass Gewalt in den gesellschaftlichen Verhältnissen (namentlich der Ausbeutung der Arbeiterschaft durch das Kapital) begründet ist und sämtliche politischen, juristischen und sozialen Verhältnisse durchdringt. Gewalt erscheint damit nicht länger als eine Handlung, die von einem Akteur ausgeübt wird, sondern als ein Strukturmerkmal gesellschaftlicher Systeme. Galtung wollte jegliche faktische Beschränkung der Selbstverwirklichung als Gewalt verstehen: »Strukturelle Gewalt ist die vermeidbare Beeinträchtigung grundlegender menschlicher Bedürfnisse oder, allgemeiner ausgedrückt, des Lebens, die den realen Grad der Bedürfnisbefriedigung unter das herabsetzt, was potentiell möglich ist.«[419] Die Parallele zu Adornos Widerspruch zwischen dem »Möglichen und dem Wirklichen« ist offensichtlich. Ein derartig weiter Gewaltbegriff ermöglichte es jedoch den Terroristen, physische Gewalt simpel als Gegengewalt gegen das »System« zu rechtfertigen. Denn werden nicht schon Bedürfnisse beeinträchtigt, wenn man gezwungen wird, die Schule zu besuchen und sich seinen Lebensunterhalt zu verdienen, oder wenn man weniger Geld zur Verfügung hat als andere?

Jürgen Habermas sollte später ins gleiche Horn blasen. Da die Einwirkungen des »Systems« auf die »Lebenswelt«, die die Handlungszusammenhänge sozial integrierter Gruppen in ihrer Struktur verändern, verdeckt bleiben, handelt es sich um »Täuschung« und »falsches Bewusstsein«, woraus »strukturelle Gewalt« entsteht,

---

417 Rote Armee Fraktion: Das Konzept Stadtguerilla. Flugschrift von 1971. In: Ausgewählte Dokumente der Zeitgeschichte: Bundesrepublik Deutschland (BRD) – Rote Armee Fraktion (RAF). Köln: GNN 1987, S. 5–13.

418 Johan Galtung: Violence, Peace, and Peace Research. Journal of Peace Research, Bd. 6, Nr. 3 (1969), S. 167–191.

419 Johan Galtung: Strukturelle Gewalt. Beiträge zur Friedens- und Konfliktforschung. Reinbek: Rowohlt 1975, S. 12.

die über eine systematische Einschränkung von Kommunikation ausgeübt wird.[420] Wenn auch Habermas davon ausgeht, dass das System »strukturelle Gewalt« auf die Lebenswelt ausübt, liefert er damit – ob er will oder nicht – dem Terrorismus eine argumentative Rechtfertigung. Denn wenn das System strukturelle Gewalt ausübt, dann wäre ja die Ausübung von Gegengewalt in Form von Terroranschlägen legitim. Dass diese Argumentationsfigur nicht weit hergeholt ist, zeigt das Buch des britischen Philosophen Ted Honderich, das den palästinensischen Terrorismus unter Hinweis auf die vom Staat Israel ausgeübte »strukturelle Gewalt« moralisch rechtfertigt: »Ich für meinen Teil habe keinen ernsthaften Zweifel, … dass die Palästinenser mit ihrem Terrorismus gegen die Israelis ein moralisches Recht ausgeübt haben.«[421] Denn: »Unsere Definition des Terrorismus behält sich die Möglichkeit vor, dass so mancher Terrorismus als eine Reaktion auf das, was andere strukturelle Gewalt nennen, gerechtfertigt werden könnte.«[422] Übrigens hatte sich Habermas höchstpersönlich für die Veröffentlichung von Honderichs Buch im Suhrkamp-Verlag eingesetzt.[423] Ein Rocksong wurde zur Parole des Terrorismus, und prominente Soziologien lieferten argumentative Schützenhilfe.

Einige Monate später beschlossen die vier Musiker aus der Theatertruppe – Rio Reiser als Sänger und Gitarrist, Lanrue an der Leadgitarre, Kai Sichtermann am Bass und der Berliner Schlagzeuger Wolfgang Seidel – eine Band zu gründen. Den Song »Macht kaputt, was euch kaputt macht« hatten sie ja schon, und auch Material für die B-Seite einer Single. Fehlte nur noch ein Bandname. Von vierzig Vorschlägen überlebte schließlich eine Idee von Rio Reiser selbst: VEB Ton Steine Scherben. Das klang gewerkschaftlich, fast wie Industriegewerkschaft Bau-Steine-Erden, und auch sozialistisch. Es enthielt, wie sich Kai Sichtermann erinnert,[424] »einen geheimen Gruß« an die Band, die ihr Vorbild war, nämlich die Rolling Stones, die Musik für Proletarier und nicht, wie die Beatles, für Oberschüler machte. Außerdem war eine Anspielung auf die Roten Steine darin, ein proletarisches Lehrlingstheater, das aus Hoffmanns Comic Theater hervorgegangen war.

Und der Bandname enthielt einen Aufruf: »Wir machen Musik – Töne –, und die Töne führen dazu, dass Leute Steine in die Hand nehmen und sie gegen den Feind schleudern, gegen die Bullen, gegen die Banken, gegen das Kapital.«[425] Da kam der Aufruf zur Gewalt auch noch in den Bandnamen. Und dann war es noch gut für einen Witz. Wenn Rio Reiser später gefragt wurde, wie sie zu dem Bandnamen

---

420 Jürgen Habermas: Theorie des kommunikativen Handelns. 2 Bde. Frankfurt/Main: Suhrkamp 1995, Bd. 2, S. 278.

421 Ted Honderich: Nach dem Terror. Ein Traktat. Frankfurt am Main: Suhrkamp 2003, S. 236.

422 Ebd., S. 160.

423 AG Friedensforschung an der Uni Kassel: Norman Paech antwortet Micha Brumlik in der Affäre um das Buch von Ted Honderich »Nach dem Terror«. Website der Uni Kassel vom 13.2.2005. https://web.archive.org/web/20050213073538/http://www.uni-kassel.de/fb5/frieden/themen/Rassismus/honderich.html, zugegriffen am 1.7.2020.

424 Sichtermann et. al., Keine Macht, a. a. O., S. 14.

425 Ebd.

gekommen seien, pflegte er zu antworten: »Was fand Heinrich Schliemann, als er Troja ausgrub?« Das Kürzel *VEB* (für ›volkseigener Betrieb‹) wurde dann doch noch aufgegeben, weil es zu sehr nach Bürokratie und dem »grauen, freudlosen Sozialismus« der DDR klang, und so wurden Ton Steine Scherben geboren.

Die Musiker hatten ihre kärgliche Berliner Existenz damit bestritten, Raubdrucke sozialistischer Bücher zu produzieren und an den Büchertischen der Universitätsmensen zu verkaufen. Und so erging es auch der ersten Single. Weil sie nicht damit rechneten, dass reguläre Plattenläden eine Single mit dem Titel »Macht kaputt, was euch kaputt macht« in ihr Sortiment nehmen würden, verhökerten sie die ersten 3.000 Exemplare ihrer Platte auf den Wühltischen vor den Mensen und in linken Buchhandlungen, die es damals massenweise gab.

Und ihren denkwürdigen ersten Live-Auftritt erhielten sie aufgrund einer Ironie des kapitalistischen Systems: Um für das »Festival der Liebe« eine Steuerbegünstigung als Kulturveranstaltung zu erwirken, hatte der Veranstalter eigentlich die Theatertruppe Rote Steine engagiert, was die Scherben zu ihrem ersten Auftritt nutzten, der, wie bereits geschildert, damit endete, dass die Bühne in Flammen stand. Und zwar wortwörtlich. Und nicht nur eine Gitarre (wie bei Hendrix in Monterey). Ihre Gage in Höhe von 500 Mark (damals eine Menge Geld) erhielten sie dann, wie nicht anders zu erwarten, in Form eines ungedeckten Schecks.

Ton Steine Scherben waren nicht die erste Band, die auf die Idee gekommen war, Rockmusik mit politischen deutschen Texten zu machen. Am 20. Januar 1966 hatten Kölner Studenten das Politkabarett Floh de Cologne gegründet, das Rockmusik, agitatorische Texte, Dias, Filme und eine Bühnenshow zu »Agitations-Revuen« verknüpfte. In Karlsruhe war 1967 die Formation Checkpoint Charlie angetreten, um mit Rockmusik und deutschen Texten gegen »Spießer, kalte Krieger, verkalkte Offiziere, ganz bestimmte Politiker und Schreibtischtäter mit Unterleibern von Käthe-Kruse-Puppen« anzutreten, indem sie an Unis, in Jugendzentren und auf den Straßen provokante Auftritte aufzogen.

Ähnlich wie bei den Scherben hatte auch der Texter und Frontmann von Checkpoint Charlie, Uwe von Trotha, eine Affinität zu Literatur, Lyrik und Theater. Bei einer Aufführung des Stücks »Publikumsbeschimpfung« von Peter Handke war er dadurch aufgefallen, dass er zusammen mit dem Bassisten Harald Linder, den er bei dieser Gelegenheit erst kennenlernte, aus dem Publikum zurückschimpfte, was damals in deutschen Stadttheatern ein noch ungehörigeres Benehmen war, als es der (übrigens ebenfalls langhaarige) österreichische Dichter mit seinem skandalösen Theaterstück an den Tag gelegt hatte.[426]

Deshalb hat die Band ihre Musik auch gleich mit provokanten Performance-Elementen angereichert. Beispielsweise hat Checkpoint Charlie das gern von Joan Baez gesungene Arbeiterlied »Joe Hill« gecovert, aber aus »I dreamed I saw Joe Hill last night« den Vers »Ich träumte, ich fickte Kiesinger letzte Nacht« gemacht, um sich über

426 Felix Mescoli: Checkpoint Charlie. Ox Fanzine, Ausgabe 109 (August/September 2013). http://www.ox-fanzine.de/web/itv/4680/interviews.212.html, zugegriffen am 1.7.2020.

den biederen Bundeskanzler mit Nazi-Vergangenheit der verhassten Großen Koalition lustig zu machen. Dazu hatten sie noch eine schwarz-rot-goldene Kloschüssel auf die Bühne gestellt und, wie Harald Linder erzählt, »sofort war Action!«.[427] Später hat die Band auch schon mal die Bühnendekoration mit einem Pappschwein ausgestattet, das den Namen »Franz-Josef« trug, allerdings nur solange, bis sie vom Kemptener Amtsgericht verurteilt wurde, wegen Verunglimpfung staatlicher Symbole und Beleidigung des Bayerischen Staatsoberhaupts die damals erhebliche Summe von 15.000 DM an den CSU-Politiker Franz-Josef Strauß zu zahlen.[428]

Später werden alle drei Bands, Floh de Cologne, Checkpoint Charlie und der Scherben-Vorläufer Hoffmanns Comic Theater behaupten, die erste Rockoper(ette) der Welt geschrieben zu haben. Wer auch immer damit Recht hatte: Gemeinsam war ihnen, dass alle drei floppten. Die deutschen Politrock-Bands hatten aber noch mehr gemeinsam: Das Interesse an der politischen Agitation auf der Basis einer verschwurbelten Marxismus-Leninismus-Maoismus-Ideologie ließ das Lyrische in den Hintergrund treten. So wurden bei den Konzerten zwischen den Liedern immer wieder auch komplizierte, fremdwörtergespickte Texte verlesen. Das Ziel, dem Publikum die Polit-Propaganda einzuhämmern, ließ auch die Musik hämmernd werden. Und die unbändige Wut (die einige aus der linken Szene schließlich zum Mittel der terroristischen Gewalt greifen lassen sollte) ließ sie die Botschaften herausschreien, die Gitarrenriffs immer härter und aggressiver werden.

Damit gehörten auch die deutschen Politrock-Bands zu den Wegbereitern der ab Mitte der 1970er Jahre aufkommenden Punkmusik. Proto-Punk mit aggressiven, herausgeschrienen Texten, hämmernden Rhythmen und bewusst einfach gehaltener Musik hatte es auch in England schon in Form von »My Generation« von The Who oder »You Really Got Me« von The Kinks sowie in den USA durch die »Literaturnobelpreisträgerin des Punk« Patti Smith und einige andere gegeben. Aber auch der Krautrock reihte sich in den Proto-Punk ein: Mit Musik, die eigentlich jeder spielen konnte, weil sie keine besondere Instrumentenbeherrschung voraussetzte (Checkpoint Charlie brauchten einmal im Studio des Saarländischen Rundfunks zum Entsetzen der Tontechniker volle drei Stunden, um einen Take von 25 Sekunden Länge aufzunehmen), mit geschreiförmigem Gesang, der weder Stimme noch Musikalität voraussetzte, und mit ganz viel Wut im Bauch.

Im Vergleich zum Punk waren Ton Steine Scherben fast noch konventionell, weil sie noch Wert auf anspruchsvolle, teilweise lyrische Texte legten, neben ihren Agitprop-Songs auch Liebeslieder spielten und ihre Instrumentenbeherrschung durch Soli zeigten. Und sie waren gegenüber dem destruktiveren Punk politischer, analytischer und revolutionärer. Die Scherben waren das musikalische Abbild der linken Szene Anfang der 1970er Jahre. Am 24.12.1970 veröffentlichten sie in einer Berliner Untergrundzeitung ihr musikalisch-politisches Credo unter dem Titel »Musik ist eine Waffe!«

---

427 Ebd.

428 Ebd.

»Musik kann zur gemeinsamen Waffe werden, wenn du auf der Seite der Leute stehst, für die du Musik machst! … Wir wollen die Feinde des Volkes nennen. ›Macht kaputt, was euch kaputt macht – zerstört das System, das euch zerstört!‹ Unsere Musik soll ein Gefühl der Stärke vermitteln. Unser Publikum sind Leute unserer Generation: Lehrlinge, Rocker, Jungarbeiter, ›Kriminelle‹, Leute in und aus Heimen. … Ein Lied hat Schlagkraft, wenn es viele Leute singen können. Unsere Lieder sind einfach, damit viele sie mitsingen können. Wir brauchen keine Ästhetik; unsere Ästhetik ist die politische Effektivität. Unser Publikum ist der Maßstab und nicht irgendwelche ausgeflippten Dichter. … Wir unterstützen jede Aktion, die dem Klassenkampf dient. Egal, von welcher Gruppe sie geplant ist.«[429]

Die Selbstverpflichtung »Wir unterstützen jede Aktion …« war wohl der größte Fehler, den die Band machen konnte. Denn fortan konnte sie sich vor Anfragen für Agitations- und Solidaritätskonzerte nicht mehr retten. Und dafür Gagen zu nehmen, von denen Musiker leben und Instrumente kaufen konnten, hätte ja bedeutet, selbst zu Kapitalistenschweinen zu werden. So begnügte man sich mit spärlichen »Solidaritätsbeiträgen« statt auskömmlicher Eintrittspreise – eine Selbstausbeutung, die alle Bandmitglieder schließlich in den finanziellen Ruin treiben sollte. Kai Sichtermann beklagte sich – selbst 35 Jahre später noch – bitter, wie schlecht die linke Szene die Scherben behandelt hatte:

»Aber egal, die Scherben würden dabei sein, wenn zur Besetzung des Hauses aufgerufen wurde, und sie würden natürlich umsonst spielen, für ein Vergelt's Gott oder Vergelt's Mao. Die Unkosten würden sie erstattet bekommen, mehr nicht. Dafür würden sie mit ihren alten Autos anreisen, unterwegs eine Panne haben und dann in irgendwelchen Wohngemeinschaften auf alten Matratzen und in schmuddeliger Bettwäsche ihr Lager beziehen, sie würden weder Bräute noch Lover mitnehmen können, nichts zu essen kriegen, billigen Lambrusco trinken und sich das Politgeschwätz ihrer Gastgeber anhören. Wenn sie in ihrem vorgedruckten Rundschreiben an die Veranstalter darum bäten, daß man ihnen beim Tragen und Aufbauen ihrer Anlage hilft, würden sie als größenwahnsinnige Stars beschimpft werden, denen der Erfolg zu Kopf gestiegen sei. Daß man durch das Tragen der schweren Boxen und Verstärker tiefe Einschnitte in die Finger bekam, mit denen man anschließend kaum noch Gitarre spielen konnte, interessierte niemanden. Und daß, nachdem man sich in einem Konzert verausgabt hatte, nicht mehr politisch diskutieren wollte, interessierte auch nicht. Kein Mensch machte sich Gedanken darüber, daß die Scherben nicht bloß eine Polit-Rock-Band waren, die einen Agitationsauftrag zu erfüllen hatte, sondern eine Künstlertruppe aus Individualisten, die alle ihre eigenen Wünsche, Sehnsüchte, Nöte und Hoffnungen hatten. Die Scherben hatten zur Stelle zu sein, wann immer es brannte – und sie hatten keinen Dank zu erwarten.

---

429 Selbstdarstellung von Ton Steine Scherben. In: Agit 883 v. 24.12.1970. Zitiert nach Sichtermann et al., a. a. O., S. 53f.

Sie waren die freiwillige Feuerwehr im linken Veranstaltungsbetrieb. Und zu allem Überfluß gab es Leute, die ihnen vorwarfen, sie seien Verräter.«[430]

Die Szene beschwerte sich über den schlechten Sound der Scherben, aber hätten sie sich eine neue Anlage gekauft, hätten sie als bourgeoise Kapitalistenschweine gegolten. Sie lösten das Dilemma, indem sie sich eine neue Soundanlage nach Hamburg schicken ließen, dann erst einmal in Westdeutschland auf Tournee gingen und nach Berlin mit einer abgenutzten Anlage zurückkehrten, der man nicht mehr ansah, dass sie neu war. Aber zunächst machte man Klassenkampf. Die Scherben hausten standesgemäß in einer Kreuzberger Kommune, der auch die Ehefrau des späteren Bundesinnenministers Otto Schily angehörte, die dort allerdings nicht mit ihrem Ehemann, sondern mit einem linken Agitator nächtigte. Man beteiligte sich an der Organisation von Fabrik- und Hausbesetzungen und schrieb Songs darüber. Und ständig gab es Scherereien mit der Polizei, mal wegen Drogenschmuggels, mal wegen Anstiftung zur Gewalt, mal wegen abgefahrener Reifen der Tourneefahrzeuge.

Ein Stück Fernsehgeschichte schrieben die Scherben auch. Am 3. Dezember 1971 sendete der Westdeutsche Rundfunk unter dem Titel »Ende offen …« eine Art Live-Talkshow zum Thema »Pop und Co – Die andere Musik zwischen Protest und Markt«, zu der die Scherben ihren Manager Nikel Pallat entsandten. Dieser legte sich mit Rolf-Ulrich Kaiser an, der sich als Gründer des Plattenlabels Ohr sehr verdient um den Krautrock gemacht hatte und unter anderem Floh de Cologne produzierte. Dabei gab Nikel erstens ein schönes Beispiel für den linken Politsprech dieser Tage zum Besten: »Ja, ich meine, ganz konkret jetzt, ist die Situation echt objektiv so, und das kann man an Fakten nachmessen.«

Hauptsächlich beschuldigte er aber Kaiser, ein Büttel einer »Kapitalistensau«, eines »Musikdiebs höchsten Ranges« und eines »Pop-Gangsters« zu sein. Nachdem es einen verbalen Schlagabtausch über »evolutionäre« und »revolutionäre« Wege der Systemveränderung gab, redete sich Nikel in Rage: »Das Fernsehen macht hier so eine scheiß-liberale Sendung. Wir haben die Möglichkeit, sozialistisch zu quatschen; einige können sogar evolutionär reden, einige dürfen revolutionär reden, ja, und was passiert objektiv? An der Unterdrückung ändert sich gar nichts. Das Fernsehen ist ein Unterdrückungsinstrument in dieser Massengesellschaft. Deswegen ist es ganz klar: Wenn überhaupt noch etwas passieren soll hier, muss man sich gegen den Unterdrücker stellen. … Und deshalb mach ich jetzt mal diesen Tisch hier kaputt …«

An dieser Stelle zückte Nikel ein Beil, das er unter seinem Sakko verborgen hatte (das anarchistische Happening war von den Scherben gemeinschaftlich geplant gewesen), und hieb mehrfach auf den Tisch ein, während die anderen Talkshowteilnehmer die Flucht ergriffen. Nachdem er sein Mütchen gekühlt (und am Tisch nur bescheidenen Schaden angerichtet) hatte, steckte er sich noch die Mikrofone in die Tasche, weil er, wie er sagte, sie für die Jugendstrafanstalten benötigte. Dann

430 Sichtermann et al., a. a. O., S. 148f.

erschien auf dem Fernsehbildschirm das Logo der Sendung, versehen mit den Worten »Ende der Sendung«. Heute noch findet man den Clip auf Youtube unter Titeln wie »Charmante TV-Momente der 70er Jahre« oder »Die größten TV-Ausraster aller Zeiten«.

Abgesehen von solchen Momenten des Triumphs war aber nicht alles eitel Sonnenschein bei den Linken. Die Szene war selbst in Berlin nicht besonders groß, jeder kannte jeden. So waren die Scherben auch verdammt nah an denjenigen, die in den Terrorismus abdrifteten und sich der Roten Armee Fraktion oder der Bewegung 2. Juni anschlossen. Auch wenn sich insbesondere Rio Reiser von der Gewalt gegen Menschen distanzierte, gab es dennoch genügend Kontakte. Terroristinnen und Terroristen gingen in der Scherben-Wohnung am Tempelhofer Feld ein und aus. Und bei den Konzerten gab es auch Aufrufe, seine Personalausweise zu »verlieren«, damit man die Untergrundkämpfer mit falschen Papieren versorgen konnte.[431]

Die Bewegung 2. Juni hatte sich 1972 formiert, um an die Erschießung des Studenten Benno Ohnesorg am 2. Juni 1967 zu erinnern. Zu ihren Aktionen gehörten Bombenanschläge, Banküberfälle, Entführungen und Morde. Ihr Logo, das eine Faust mit einer Kalaschnikow zeigte, ließ keinen Zweifel an Zielen und Mitteln. Der militanten Formation gehörte auch Anne Reiche an, mit der Rio Reiser gut befreundet war.

Keine Macht für Niemand

Reißen wir die Mauern ein, die uns trennen.
Kommt zusammen, Leute. Lernt euch kennen.
Du bist nicht besser als der neben dir.
Keiner hat das Recht, Menschen zu regier'n.

Im Süden, im Osten, im Norden, im Westen,
es sind überall die dieselben, die uns erpressen.
In jeder Stadt und in jedem Land
heißt die Parole von unserem Kampf:
Keine Macht für Niemand!

Komm rüber Bruder, reih dich ein,
komm rüber Schwester, du bist nicht allein.
Komm rüber Mutter, wir sind auf deiner Seite,
komm rüber Alter, wir woll'n das Gleiche.

In Augsburg, in München, Frankfurt, Saarbrücken,
es sind überall dieselben, die uns unterdrücken.
In jeder Stadt und in jedem Land,
mach 'ne Faust aus deiner Hand.
Keine Macht für Niemand!

Ton Steine Scherben, 1972. Text: Rio Reiser, Musik: R. P. S. Lanrue (David Volksmund Produktion)

431 Ebd., S. 106.

»Keine Macht für Niemand« war eine Auftragsarbeit für die Terroristin Anne Reiche (Umherschweifende Haschrebellen, BLUES, Bewegung 2. Juni). Von der höchsten Kommandoebene der RAF wurde das Lied aber als »politischer Blödsinn und für den anti-imperialistischen Kampf unbrauchbar« abgelehnt. Der Titel des durch und durch anarchistischen Lieds, das sich gegen jede Form von Herrschaft richtete, aber auch zur Gewalt aufrief, stammte übrigens aus der Hamburger Anarcho-Zeitung »Germania«.[432]

Wie knapp die Band an terroristischer Gewalt vorbeischrammte, zeigt eine Anekdote, die Kai Sichtermann erzählt. Eines Nachts, als Anne Reiche bereits steckbrieflich gesucht wurde, saßen Rio Reiser und Lanrue vollkommen bekifft in Annes Auto, die durch ihren halsbrecherischen Fahrstil die Aufmerksamkeit eines Streifenwagens auf sich zog. Als die Fahrerin ihren Führerschein zeigen sollte, entschuldigte sie sich damit, dass sie das Papier bei einem Besuch bei ihrer Mutter in Esslingen vergessen habe. Nun hätte der Polizist eigentlich auf seine Fahndungsliste schauen müssen. Alle im Auto hielten den Atem an. Würde Anne Reiche sich festnehmen lassen? Würde sie fliehen? Oder würde sie schießen? »Alles schien möglich«, schreibt Kai Sichtermann und berichtet weiter: »›Junge Frau‹, sagte der Beamte schließlich, ›ich glaube, Sie müssen sich mal dringend ausschlafen. Am besten parken Sie hier irgendwo und nehmen sich ein Taxi bis nach Hause.‹ Rio und Lanrue versprachen fast gleichzeitig, persönlich darauf aufzupassen.«[433] Musikgeschichte ist auch Zeitgeschichte.

Zur Zeitgeschichte gehörte aber auch, dass sich die Linke gegenseitig zerfleischte, was der linke Liedermacher Wolf Biermann mit seinem »Lied vom roten Stein der Weisen« bitterlich beklagen sollte. Einer war linker als der andere, und jeder wollte den anderen belehren. Selbst aufrührerische Songs wie »Keine Macht für Niemand« und der »Rauch-Haus-Song« wurden in der Szene zensiert. Die Scherben wurden für Teach-ins requiriert, aber was sie sagen und singen durften, wurde ihnen vorgegeben.[434] Rock and Roll zu spielen, zu tanzen und Spaß zu haben, war ebenfalls verboten – welch bourgeoise Dekadenz![435] Und immer wieder gab es oberlehrerhafte Maßregelungen und Disziplinierungsversuche – und das in der Anarchistenszene! Reinhard Mey hatte mit seiner »Annabelle« wohl doch nicht ganz falsch gelegen.

Hinzu kam die heile Welt des Lebens in einer Kommune. Dafür prägten die Scherben ein Wort: Psycho. »Psycho, das waren die Launen von Rio, die stundenlangen Diskussionen am Küchentisch, sich türmendes dreckiges Geschirr, lärmende Trebekinder, Eifersüchte und Fickkisten, fehlende Privatsphäre und permanente Geldnot.«[436] Zum »Psycho« nicht unerheblich beigetragen hat wohl der immer heftigere

432 Ebd., S. 112f.

433 Ebd., S. 124.

434 Ebd., S. 112f.

435 Ebd., S. 128.

436 Ebd., S. 141.

Alkoholkonsum der Scherben-Familie. Man hatte zwar kaum etwas zu Essen – und ging mit speziell angefertigten Mänteln, die sehr viele Taschen aufwiesen, zum Klauen in die Läden – aber an billigem Whisky durfte es nicht fehlen. Es zeigte sich wieder einmal das von vielen anderen Rockmusikern bekannte Phänomen, dass nicht die (ebenfalls reichlich konsumierten) illegalen Drogen das Hauptproblem darstellten, sondern König Alkohol – an dem der »König von Deutschland« letztlich zugrunde gehen sollte. Und wenn die Scherben dann mal auf der Bühne standen, wurden sie durch permanentes Skandieren von »Hoch – die – internationale – Solidarität!«, endloses Verlesen politischer Texte oder auch schon mal durch Tamponsalven, die von militanten Lesben auf sie geworfen wurden, unterbrochen.

Irgendwann war es dann so weit: Die Scherben hatten keinen Bock mehr auf die Repressalien, die aus ihrer eigenen links-anarchistischen Szene kamen. Es war wohl auch eine Flucht vor den immer massiver werdenden Vereinnahmungsversuchen durch die Baader-Meinhof-Gruppe. Am 1. Juni 1975, noch vor ihrem fünfjährigen Bandjubiläum, packten die Scherben ihre Sachen und zogen auf einen Bauernhof in Fresenhagen, einem Kaff kurz vor der dänischen Grenze, um dort mit sechzehn Leuten ihren Traum von einem kommunistischen Landleben zu verwirklichen.

Wie zu erwarten war, platzte auch diese Illusion unter dem Druck der Realität. Das Land zu bestellen, war schwerer als gedacht; die Tiere verhielten sich nicht wie gewünscht; die Bauern freuten sich nicht zu sehr über die Ratschläge der langhaarigen Stadtbewohner, zum ökologischen Landbau überzugehen, wie es sich diese erhofft hatten; das Geld war notorisch knapp, und der Wäscheberg wurde immer größer. Als Erstes schmiss Rio Reiser die fünf Trebekinder raus, die das Landleben langweilte und die wenig Lust verspürten, sich an den Gemeinschaftsaufgaben zu beteiligen, insbesondere dem Wäschewaschen. Dann schuf sich der Bassist Kai Sichtermann mit seiner Freundin bei seiner in der Nähe wohnenden Mutter ein Stückchen nicht mehr ganz so antibürgerlichen Privatlebens. Der eine oder andere Beau, der sich, anstatt den Stall zu reparieren, weiter in Satinklamotten zeigte, wurde hinausgeekelt.

Und dann platzte eine kommunistische Illusion nach der anderen: Die praktischen Tätigkeiten wurden irgendwann nicht mehr nach dem Grundsatz der Gleichheit verteilt. Hierarchische Strukturen schlichen sich ein und verfestigten sich. Statt freier Liebe griff die Eifersucht um sich. Und das Streben nach Privatbesitz verbreitete sich unaufhaltsam. Der Chefideologe der Scherben, ein Typ namens Jörg Schlotterer, zog ernüchtert Bilanz: »So sahen wir uns alsbald verstrickt in jene Lebensform, die wir hatten verlassen oder gar aufheben wollen.«[437] Das Experiment mit Namen *Kommunismus* war gescheitert, und zwar ganz ohne äußere Einflüsse, an sich selbst.

---

437 Ebd., S. 196.

Als Band wiederholten die Scherben in Fresenhagen die Fehler, die sie schon in Berlin begangen hatten. Die SPD wollte sie 1976 für eine Wahlkampftournee verpflichten und bot ihnen dafür eine Gage von 60.000 Mark an, die erst einmal die allergrößte finanzielle Not der Band, der genau 93 Pfennige pro Tag zur Verfügung standen, um eine Person zu ernähren, gelindert hätte. Aber man fürchtete den Aufschrei der linken Szene, wenn man mit den »Revisionisten« paktierte. So fand man einen Kompromiss: Rio und Lanrue komponierten für die Tour insgesamt sieben Songs (und erhielten dafür ein Honorar von 10.000 Mark), die aber während des Wahlkampfs von einer Band namens Captain Hammer gespielt wurden, die sich aus lauter Ex-Scherben zusammensetzte.

Doch derartig feinsinnige Unterscheidungen entgingen der Linken. Ein Szeneblatt beschimpfte Rio Reiser und die Scherben aufs Heftigste, weil diese »fettbäuchige SPD-Macker« unterstützten, die »die Genossen von uns in Gefängnissen krepieren lassen«[438] – gemeint waren die inhaftierten Terroristen. Die Band wurde in das Tommy-Weisbecker-Haus (ein ehemals besetztes Haus, das nach einem erschossenen Terroristen benannt war) zitiert und dort quasi vor ein Tribunal gestellt. Rio Reiser sollte später zynisch sagen, bei dem Stress, den sie bekommen hatten, hätten sie auch die 60.000 Mark mitnehmen können.[439]

Überhaupt erwies sich die Flucht nach Fresenhagen als wenig effektiv. Bei einem Konzert in Hamburg wurden die Scherben von einer militanten Frauengruppe angegriffen, die den Chor der Band, der sich aus drei Frauen zusammensetze, als Gogo-Girls beschimpfte. Bizarr wurde es, als sie Rio Reiser vorwarfen, »sexistisch mit dem Arsch zu wackeln«, worauf dieser von der Bühne schrie: »Ich bin schwul! Ich bin schwul!« Gleich beim nächsten Gig wurden sie wegen der »Degradierung von drei Chor-Frauen zu reinen Sex-Objekten« mit roten Tampons beworfen. Ob das Rot von Farbe oder Blut stammte, wollte, so schreibt Kai Sichtermann, niemand aus der Gruppe wirklich wissen.[440]

Von Fresenhagen aus machte die Band noch ein paar Platten, die weniger politisch, dafür poetischer und musikalisch experimenteller wurden. Sie unternahm auch noch ein paar Tourneen, die sie allerdings endgültig ins finanzielle Desaster stürzen sollten, weil die »Solidaritätsbeiträge«, die sie für den Eintritt nahmen, nicht ausreichten, um ihre Kosten zu decken. Den endgültigen Todesstoß versetzte den Scherben – so lautete zumindest die Darstellung Rio Reisers – ausgerechnet die Grünen-Politikerin Claudia Roth. Roth war in Fresenhagen eingezogen und hatte das Management der Band übernommen. Sie wollte die Band, die bereits eine Wahlkampftournee für die Grünen absolviert hatte, zu einer »Agit-Rock-Truppe der GRÜNEN Partei« machen. »Claudia war richtungsbestimmend geworden«, sagte Rio Reiser, »und ich wurde mir immer sicherer, dass ich nicht in diese

---

438 Berliner undogmatische Gruppen: Die gemeinsame Sache der Ton Steine Scherben & SPD. BUG-Info Nr. 121 vom 6.9.1976. Zitiert nach: Sichtermann et al., a. a. O., S. 216.

439 Sichtermann et al., a. a. O., S. 218.

440 Ebd., S. 223f.

Richtung gehen wollte. Die Richtung, in die sie dann ja auch gegangen ist, waren die GRÜNEN. Ich war nicht der Einzige, der das nicht wollte. Da waren auch noch Lanrue, Funky und Dirk Schlömer.«[441]

Ende Mai 1985 – an den genauen Tag will sich keiner mehr erinnern – begossen Ton Steine Scherben ihre Auflösung mit drei Flaschen Sekt. In Berlin. Die Linke hatte damit den finalen Akt ihrer Selbstzerstörung abgeschlossen. Jetzt kann man sagen: Es war doch nur eine Rockband. Aber eine Rockband – insbesondere eine erfolgreiche und bekannte Rockband – hätte ein Schlüsselfaktor für die linke Bewegung darstellen können. Die Linke hat immer darunter gelitten, dass sie ihre eigentliche Zielgruppe – das Proletariat – nicht erreichen konnte. Echte Arbeiter waren in der linken Szene rar. Und die wenigen Alibi-Proletarier, die man vorzeigen konnte, hatten nichts zu melden, waren sie doch den aus bildungsbürgerlichen Familien stammenden Studenten intellektuell und rhetorisch hoffnungslos unterlegen.

Karl Marx hatte seine revolutionäre Theorie bereits gegen das Problem immunisiert, dass die Arbeiterschaft einfach kein revolutionäres Klassenbewusstsein entwickeln wollte. Denn der gesamte Bereich der Ideologie – der Politik, des Rechts, der Religion, der Kunst, der Literatur – sei nichts als ein Reflex der ökonomischen Basis und diene dazu, die Produktionsverhältnisse und damit die ökonomische Ausbeutung zu verschleiern und zu rechtfertigen: »Die herrschenden Ideen einer Zeit waren stets nur die Ideen der herrschenden Klasse.«[442] Herbert Marcuse hat diese Theorie auf die 1960er Jahre übertragen: Massenmedien und Konsumwahn würden die Menschen »eindimensional« machen, »falsche Bedürfnisse« erzeugen und die Bildung kritischen Bewusstseins verhindern.[443]

Wenn diese Analyse richtig gewesen wäre, dann hätte eine Rockband mit fetziger Musik und kritischen Texten die Menschen viel besser erreichen können als linke Manifeste, die berühmten »blauen Bände« (Marx-Engels-Werke aus dem Dietz-Verlag in der DDR) und fremdwörtergespickter Intellektuellensprech auf den Teach-ins, in denen die Szene unter sich blieb. Aber ausgerechnet die mit Abstand erfolgreichste linke Band, die Scherben, wurde von der Linken kleingehalten, finanziell ausgetrocknet, beschimpft, attackiert und über Jahre zermürbt. Auch das war eine Art von politischem Selbstmord der 68er-Bewegung.

Andere suchten den Weg der Gewalt und endeten mit echtem Selbstmord. Und wieder andere traten den Marsch durch die Institutionen an und machten Karrieren als Oberstudienräte, Minister, Oberstaatsanwälte oder Konzernmanager. Heute trifft man sie, wenn Kai und Funky von den Scherben Revival-Konzerte geben, auf denen sie die alten Lieder spielen. Rio Reiser sollte in Fresenhagen bleiben und Erfolg mit einer Solokarriere haben, bei der ihm ironischerweise ein alter Scherben-Song aus dem Jahr 1975 half, den die Scherben allerdings seinerzeit nur selten

441 Ebd., S. 387.

442 Karl Marx, Friedrich Engels: Manifest der Kommunistischen Partei (1848).

443 Herbert Marcuse, One-dimensional, a. a. O.

gespielt hatten, weil er der linken Szene nicht links genug war: »König von Deutschland«. 1996 starb er mit 46 Jahren an den Folgen jahrelangen Alkoholmissbrauchs.

Und wieder war es der Kapitalismus, der zuletzt lachte, nämlich als ausgerechnet Media Markt den Anarcho-Song »König von Deutschland« für eine ziemlich unästhetische Werbekampagne missbrauchte. Rio Reiser hatte sich zu Lebzeiten letztlich doch noch an Sony Music verkauft, und Sony hatte dem Konzern das Nutzungsrecht übertragen, ohne dass sich die Erben dagegen wehren konnten. Das Einzige, was Rios Bruder blieb, war die bitter-zynische Bemerkung, dass die Spots als eine letzte kostenlose Werbung für Ton Steine Scherben wirkten.

König von Deutschland

Jede Nacht um halb eins, wenn das Fernsehen rauscht
Leg ich mich auf's Bett, und mal mir aus
Wie es wäre, wenn ich nicht der wäre, der ich bin
Sondern Kanzler, Kaiser, König oder Königin
Ich denk mir, was der Kohl da kann, das kann ich auch
Ich würd Vivaldi hör'n tagein tagaus
Ich käm viel rum, würd nach USA reisen
Ronny [den US-Präsidenten Ronald Reagan] mal wie Waldi in die Waden beißen

Das alles und noch viel mehr
Würd ich machen
Wenn ich König von Deutschland wär

Ich würd die Krone täglich wechseln, würde zweimal baden
Würd die Lottozahlen eine Woche vorher sagen
Bei der Bundeswehr gäb es nur noch Hitparaden
Ich würd jeden Tag im Jahr Geburtstag haben
Im Fernsehen gäb es nur noch ein Programm:
Robert Lembke, vierundzwanzig Stunden lang
Ich hätte zweihundert Schlösser, wäre nie mehr Pleite
Ich wär Rio der Erste, Sissi die Zweite

Die Socken und die Autos dürften nicht mehr stinken
Ich würd jeden Morgen erstmal ein Glas Champus trinken
Ich wär chicker als der Schmidt und dicker als der Strauß
Und meine Platten kämen ganz groß raus
Reinhard Mey wäre des Königs Barde
Paola und Kurt Felix [aus der Schweiz stammende Moderatoren der TV-Show »Verstehen Sie Spaß?«] wären Schweizer Garde
Vorher würd ich gerne wissen, ob sie Spaß verstehen
Sie müßten achtundvierzig Stunden ihre Show ansehen

Rio Reiser, 1986. Text & Musik: Rio Reiser (1975 / 1986) (CBS)
Die benannten Personen der Zeitgeschichte wurden, je nach Aktualität, immer wieder ausgetauscht.

Die letzte posthume Demütigung kam dann im Jahr 2011, als die Erben den Hof in Fresenhagen verkaufen mussten und die dort bestatteten Gebeine von Rio auf den Alten St.-Matthäus-Kirchhof in Berlin-Schöneberg umbetten ließen. Immerhin liegt er da jetzt zusammen mit den Gebrüdern Grimm und einem Mahnmal für die Widerstandskämpfer des Attentates vom 20. Juli 1944. Beides hätte ihm vermutlich gefallen.

6.3. Hartgeld

Ende der 1960er Jahre wurde von deutschen Bands nicht mehr nur US-amerikanischer oder britischer Beat »kopiert«, sondern ein eigener Stil kreiert, geprägt durch lange Improvisationen, einen schweren Sound, experimentelle Klänge und über allem der Geist eines neuen Lebensgefühls. Die Essener Songtage 1968 gelten als Debüt einer eigenständigen deutschen Rockmusik. Erste westdeutsche Vertreter waren die Englisch singenden Amon Düül (später waren einzelne Musiker aus dieser Formation als Münchener Freiheit kommerziell erfolgreich), Ash Ra Tempel, Guru Guru, Can, Organisation (später Kraftwerk), Embryo, Tangerine Dream, Percewood's Onagram, auf ostdeutscher Seite Reinhard Lakomy, Puhdys, Panta Rhei (später Karat), Petra Zieger, Klaus Renft Combo und andere. Hinzu kamen Ihre Kinder aus Nürnberg, die erstmals deutsche Texte zu Rockmusik intonierten und somit als die ersten *Deutschrocker* im eigentlichen Sinn auftauchten, sowie Murphy aus Hannover in diesem Genre, die später als Combo Colossale zu Zeiten der Neuen Deutschen Welle von sich reden machten.

Während die neuen Töne im Inland nur bei Kritikern und wenigen Avantgardisten Anklang fanden, erwarben sich Tangerine Dream, Klaus Schulze, Wallenstein sowie Agitation Free in Frankreich und Italien Starstatus. Andere wie Amon Düül, Epitaph oder Can wurden nach England zu Tourneen eingeladen. Kraftwerk waren die ersten Deutschen mit einem Top-Ten-Album in den USA. Die Kommerzialisierung des Deutschrock begann mit Udo Lindenberg und Wallensteins Titel »Charline«, der als erster deutscher Rocksong in der »Tagesschau« vorgestellt wurde. Deutschrock hatte Mitte der 1970er den Underground verlassen und das kommerzielle Level erklommen; die Majorlabels investierten in die deutsche Rockmusik. Der Übergang zwischen Deutsch- und Krautrock wurde zusehends fließender. Bands wie Novalis und Karat bedienten gewissermaßen beide Genres. Es gab Berührungspunkte mit Progressive Rock, Hardrock, Jazzrock und Folk. Ein Marius Müller-Westernhagen suchte dagegen ähnlich wie Udo Lindenberg den Übergang deutschsprachiger Rockmusik zum Pop. Eine weitere Besonderheit stellte die Gruppe Ougenweide dar, die zum ersten Mal deutschsprachige Rockmusik mit mittelalterlich-folkloristischen Elementen verband (Mittelalter-Rock).

1962 spielte ein sechzehnjähriger Kellnerlehrling in der Düsseldorfer Altstadt Schlagzeug. In den Folgejahren erarbeitete er sich teils in Rockbands, überwiegend jedoch in Jazzbands einen Namen (darunter mit Genrestars wie Peter Herbolzheimer, Knut Kiesewetter und Klaus Doldinger). Sein erstes eigenes Album, auf dem er noch Englisch sang, floppte. Aber der Schlagzeuger, der sich zum Sänger und Bandleader gemausert hatte, verzagte nicht und produzierte eine zweite LP, die den Titel »Daumen im Wind« trug und im Wesentlichen langsame, melancholische Songs enthielt, die sich unter anderem mit einer alkoholabhängigen jungen Frau und der Schreckensvision künstlicher Menschen beschäftigten. Immerhin war eine veritable Rocknummer dabei, die den merkwürdigen Titel »Good Life City (deutsch gesungen)« trug. Auch von dieser Platte wurden nur 7.000 Stück verkauft, aber eine Single-Auskopplung, die die Schönheit Norddeutschlands besang, wurde bei den norddeutschen Radiosendern zum Hit. Und »Hoch im Norden« enthielt einen Vers, der gleich zum Markenzeichen von Udo Lindenberg werden sollte: »Keine Panik auf der Titanic!«

Die zweite LP war dann der Durchbruch. »Alles klar auf der Andrea Doria« ergänzte die melancholischen Lieder mit rockigen Nummern, darunter dem Titelsong, der von einer flotten Dixieland-Ragtime-Rock-Fusion getragen wurde. Rocktypisch waren auch die Milieuschilderungen: das lasziv tanzende Groupie, die Stripteasetänzerin, der Sexprotz, der Kneipenpianist, die kaputten Typen. Und Udo Lindenberg hatte endgültig die lässigen Sprüche gefunden, mit denen er den selbst herbeigeführten Untergang der bürgerlichen Strukturen kommentierte.

Alles klar auf der Andrea Doria

Bei Onkel Pö spielt 'ne Rentnerband
seit zwanzig Jahren Dixieland;
'n Groupie hab'n die auch
die heisst Rosa oder so
und die tanzt auf'm Tisch
wie'n Go-Go-Go-Girl.

Und dann Paula aus St. Pauli
die sich immer auszieht
und Lola hat Geburtstag
und man trinkt darauf
dass sie wirklich mal so alt wird
wie sie jetzt schon aussieht.

Und überhaupt ist heute alles klar auf der Andrea Doria.

Gottfried heisst der Knabe da hinten am Klavier
und für jede Nummer Ragtime kriegt er 'n Korn und 'n Bier.
Ein Typ in der Nische schockiert seine Braut
und Bernie Flottmann denkt
er wär 'n Astronaut.
Jetzt kommt noch einer 'rüber aus der Dröhndiskothek
und ich glaub' dass unser Dampfer bald untergeht ...

Es kommt mal wieder gar nicht darauf an
und Leda träumt von einem Pelikan.
Und überhaupt ist alles längst zu spät
und der Nervenarzt weiß auch nicht mehr, wie's weitergeht ...

Udo Lindenberg, 1974. Text & Musik: Udo Lindenberg (Telefunken)

Mit »Boogie-Woogie-Mädchen« gab es noch ein fetziges Rock-and-Roll-Stück, das ebenfalls zum Markenzeichen werden sollte, bezeichnete Lindenberg hierin doch seine Band als »Panikorchester«. Und dem deutschsprachigen Publikum wurde endgültig klargemacht, was Rockmusik ist: nämlich Sexmusik. Was die Stones mit ihrem »Stray Cat Blues« auf Englisch gesungen hatten, wurde jetzt in allgemeinverständlichem Deutsch gesungen. Eltern wussten jetzt, was ihre Töchter trieben, wenn sie zu Rockkonzerten gingen. Und es war noch ein Seitenhieb auf die dabei, die irgendwann bürgerlich werden und »nicht mehr zu den Bands hingeh'n«.

Boogie-Woogie-Mädchen

Als wir das letzte Mal mit unserer Band hier waren
standst du da unten im Saal
und ich sang gerade unseren Hammer-Hit
zum 150. Mal
der Trommler hinter mir rockte los wie 'n Verrückter
und der Typ da am Bass wie ein vom Jenseits Geschickter
das Panik-Orchester haute mich um
und dann auch noch du
du flipptest da rum

Boogie-Woogie-Mädchen
rote Haare im Scheinwerferlicht
und ganz nass im Gesicht
Boogie-Woogie-Mädchen
die Jeans saßen knapp, und dann hoben wir ab

In der Pause kamst du hinter die Bühne
und dann hast du zu mir gesagt:
Ich fühl' mich so gut
ihr habt mich so hochgebracht
Mädchen, die Welt, in der du sonst so lebst
war plötzlich nicht mehr da
an dem Abend warst du mehr so 'n New Yorker
Andy-Warhol-Superstar

Und heute sind wir wieder hier
und ich hab' dich noch gar nicht gesehen
ich hoffe, du gehörst jetzt nicht schon zu den Leuten
die nicht mehr zu den Bands hingeh'n ...
und da bist du ja wieder, da flippst du rum

Udo Lindenberg, 1973. Text & Musik: Udo Lindenberg (Telefunken)

Boogie-Woogie-Mädchen war nicht Lindenbergs einzige Huldigung an die Groupies. »Honky Tonky Show« beschwört ebenfalls alle Ängste der Elterngeneration vor Rockbands – und offenbar zu Recht, denn Lindenberg wusste, wovon er sang.

Honky Tonky Show

Wenn die Mütter morgens in der Zeitung lesen
dass wir kommen, kriegen die 'n Schock
und sie sagen: »O Tochter, geh' da bloß nicht hin
die spielen doch diesen wilden, animalischen Rock
Die Musik, die die machen, ist chaotisch
nachher findest du das auch noch erotisch
Bitte, geh' da nicht hin, tu mir das nicht an
es gibt doch heute Abend auch
'n schönes Fernsehprogramm«

Honky-Tonky-Show
und abends läuft die Honky-Tonky-Show
Die Mutter guckt alleine Krimi oder Quiz
und die Tochter ist da, wo die Action ist
Honky-Tonky-Show
und abends läuft die Honky-Tonky-Show

Wo die Lautsprecher steh'n, sind die Mädchen
weil da die heiße Luft vibriert
und das finden sie so
oh, oh, oooh
sie sind fasziniert, fast hypnotisiert
Im Saal ist es heiß wie in 'ner Sauna
und es sind auch wieder
so 'n paar ganz scharfe Frau'n da
die sammeln Autogramme, aber ganz speziell
die schreiben wir mit 'm Lippenstift auf die nackte Haut
nachts um drei im Hotel ...

Seit sieben Wochen rollt unsere Show
so 'ne Tournee macht einen reichlich k. o.
Der Banddoktor sagt: »Das ist ja Marathonlauf.«
und er macht seinen Koffer auf
und er gibt uns die Sachen, die uns kräftig machen
Denn unsere Show will jeder seh'n
und deshalb muss sie weitergeh'n ...

Udo Lindenberg, 1974. Text & Musik: Udo Lindenberg (Telefunken)

Die »Honky Tonky Show« brachte die deutsche Version von Sex, Drugs (geliefert vom Banddoktor) und Rock and Roll. Udo Lindenberg hat sich mit »Andrea Doria« nicht nur einen Namen als Rockmusiker mit deutschen Texten gemacht, sondern auch seine Bühnenpersönlichkeit entwickelt: schnoddrige Sprüche, schlampige Aussprache (kannten die Englischsprachigen von Keith Richards), lässige Körperhaltung, nachlässige Kleidung und Frisur (mitunter bis zur Vokuhila), unendliche Coolness, ostentativ zur Schau gestellter Suff. Lindenberg über seinen Tanzstil: »Und dann vorne als Sänger, nur in Reizwäsche ... ich wusste ja auch nicht, wie das mit dem Tanzen geht, hatte reichlich Lampenfieber ... fünfzehn Doppelkörner ... und dann versucht, nicht umzufliegen, und mich auszubalancieren, und daraus ist dann dieser Paniktanz entstanden.«

Den Höhepunkt von Lindenbergs Karriere als Rockmusiker bildete das Album »Ball Pompös« aus dem Jahr 1974, das gleich mit etlichen Rocknummern, immer neuen schrägen Charakteren (Johnny Controlletti, Gerhard Gösebrecht, Karl Brutal, Lady Nett) und nach wie vor markigen Sprüchen (»keine Panik auf der Titanic«, »alles klar auf der Andrea Doria«, »noch 'ne Ladung, aber avanti, avanti«, »nach Las Vegas, die Sonne putzen«) aufwartete, die es bis ins Alltagsdeutsch schafften. Breit und rocktypisch war die Themenvielfalt: die Faszination der Outlaws (»Johnny Controlletti«), Groupies (»Honky Tonky Show«), Science-Fiction (»Gerhard Gösebrecht«), Drogen (»Riskante Spiele«), Rockerbanden (»Cowboy Rocker)«. Darüber hinaus schaffte es Lindenberg auch noch, den Nostalgietrend zu bedienen, der gerade en vogue war. Nach dem frühen »Alkoholmädchen« nahm auch Lindenberg das rocktypische Problem des Drogen- und Alkoholmissbrauchs auf (was ihn allerdings nicht vor dem gleichen Schicksal bewahren sollte). Und wie Hannes Waders »Cocaine« war sein Anti-Drogen-Song »Riskante Spiele« mit seiner langen Liste von Drogen durchaus zweideutig – manche Jugendlichen sahen darin auch eine Art Menüliste. Und dass sich am Ende der Alkohol als schlimmste Droge erweist, war eine Art Vorahnung, nicht nur für Lindenberg selbst, sondern für viele seiner Musikerkollegen.

Riskante Spiele

Er war fünfzehn Jahre alt und er sagt zu seiner Mutter:
»Ej, gib mir mal 'n Glas Wasser
ich muss mal eben 'ne Tablette einnehmen«
Die alte Dame meinte: »Sehr vernünftig,
du denkst an Deine Gesundheit, mein Sohn«
Und dann nahm er sich 'ne AM1
und später noch 'ne Speedogon
Uh, das knallte rein, das törnte sehr gut an
das zog ihm runter bis in die Socken
Und dann sagt er: »Olga, alles easy
jetzt geh' ich einen rocken«

In der Schule, im Chemiesaal
mixte er sein Teufelszeug
Riskante Spiele, die er spielte
Er schnüffelte Juhu und Klebolin, bis er schielte
Später rauchte er dann Haschisch
nahm Mescalin und LSD
und dann fiel er schließlich mit seiner Nase
auch noch voll in den Schnee

Lass die harten Drogen sein!
Trink Dir doch mal lieber einen!
Jetzt griff er zur Fuselpulle
er war interessiert, wie Alkohol funktioniert
Nun stand er jeden Abend an der Theke
und trank mit Vergnügen viele Flaschen aus
Doch eines Abends nach dem zwanzigsten Bier
da sah er seine erste weiße Maus
Uh, das darf nicht sein, nein, nein, nein
Er macht die Augen zu und hält sich am Tresen fest
doch da merkt er: Zu spät
Er steht mit den Beinen schon
mittendrin im Mäusenest

Udo Lindenberg, 1974. Text: Udo Lindenberg, Musik: Udo Lindenberg, Karl Allaut (Telefunken)

Mit dem kommerziellen Erfolg schien die Kreativität zu leiden. Lindenberg begann, sich selbst zu imitieren (»Votan Wahnwitz« statt »Rudi Ratlos«, »Alles im Lot auf dem Riverboat« statt »Alles klar auf der Andrea Doria«) und entfernte sich wieder von der Rockmusik, um sich in Richtung Pop zu bewegen. Aber die Ära des ehrlichen Rock (den er selbst mit »Gerhard Gösebrecht« noch kurz zuvor beschworen hatte) neigte sich ohnehin dem Ende zu. Dafür hat sich Lindenberg das Wort *Panik* unter der Registernummer 302012012256 als Wortmarke beim Deutschen Patent- und Markenamt eingetragen lassen, und zwar für die Produktkategorien:

Geräte zur Aufzeichnung, Übertragung und Wiedergabe von Ton und Bild; Magnetaufzeichnungsträger, Schallplatten; CDs, DVDs und andere Aufzeichnungsträger für Ton und/oder Bild, Edelmetalle und deren Legierungen sowie daraus hergestellte oder damit plattierte Waren, soweit nicht in anderen Klassen enthalten; Juwelierwaren, Schmuckwaren, Edelsteine; Uhren und Zeitmessinstrumente; Schlüsselanhänger, Druckereierzeugnisse; Buchbinderartikel; Fotografien; Schreibwaren; Kalender; Poster; Aufkleber, Leder und Lederimitationen sowie Waren daraus, soweit nicht in anderen Klassen enthalten; Reise- und Handkoffer; Reisetaschen; Schultaschen; Sporttaschen; Einkaufstaschen; Rucksäcke; Regenschirme und Sonnenschirme, Geräte und Behälter für Haushalt und Küche; Glaswaren, Porzellan und Steingut, soweit nicht in anderen Klassen enthalten, Bekleidungsstücke, Schuhwaren, Kopfbedeckungen, Unterhaltung; Musikdarbietungen; Musikproduktion; Organisation und Veranstaltung von Konzerten; Durchführung von Live-Veranstaltungen.

Und wieder einmal grüßte das Kapital.

Ende der 70er Jahre entwickelte sich aus der britischen Punk- und New-Wave-Musik die Neue Deutsche Welle, vertreten durch Bands und Sänger beziehungsweise Sängerinnen wie Extrabreit, Ideal, Fehlfarben, Nena, Trio oder Falco. Die Neue Deutsche Welle war definitiv weder spießig noch bürgerlich noch angepasst noch deutschtümelnd. Ihre frechen Texte schlugen endgültig die Bresche für deutschsprachige Musiker mit rebellischem Charakter, zu denen unter anderem Die Ärzte, Die Toten Hosen und Herbert Grönemeyer zählten. Höchst originell war die Kölner Gruppe BAP, die ab 1976 kölschen Mundart-Rock machte. 1981 verbuchte sie mit »Wo mer endlich Sommer hann«, einer Coverversion von Eddie Cochrans »Summertime Blues«, einen großen Erfolg und landete ihren eigenen, absolut einzigartigen All-Time-Hit »Verdamp lang her«, der mit seinen Tempiwechseln auch musikalisch anspruchsvoll ist.

Herbert Grönemeyer, der ab 1979 mit wenig erfolgreichen Alben ganz langsam startete, um dann erst 1984 mit »4630 Bochum« abzuheben, war schon anlässlich seines Debütalbums »Grönemeyer« als »Kreuzung zwischen Liedermacher, Politbarde und Rocksänger« bezeichnet worden, allerdings zunächst noch als »mißglückte«.[444] Auch wenn man die Mehrzahl seiner Lieder eher in die Rubrik *Deutschsprachiger Chanson* einordnen möchte, bricht das Rockige immer wieder bei ihm durch. Seine harten Riffs machen »Unter Tage« zu einem der rockigsten Lieder, die jemals auf Deutsch gesungen worden sind. Auch »Hartgeld« ist ein reinrassiger Rocksong mit einem antikapitalistischen Text, der den Sieg des Kapitalismus nach dem Zusammenbruch der DDR thematisiert. Die Abneigung gegen den Dresscode der Geschäftsleute kommt gleich im ersten Vers zum Ausdruck, ebenso die Verurteilung marktwirtschaftlicher Praktiken als unmoralisch. Der Soziologe Steffen Mau sollte noch fast dreißig Jahre danach die Übernahme der ostdeutschen Wirtschaft durch westdeutsche Unternehmen mit ähnlichen Worten kritisieren.[445]

444 Christian Graf, Burghard Rausch: Rockmusiklexikon. Europa/Bd. 1. Frankfurt am Main: Fischer 1996, S. 574.

445 Mau, Lütten Klein, a. a. O.

Hartgeld

Sie schlürfen beschlipst, bekoffert, beanzugt
Mit lässiger Hysterie zum Abflug,
In viel zu großen Schuh'n,
Markiert mit dem wachen Blick geradeaus,
Sprungbereit für den nächsten Ausverkauf –
Joviale Figur'n ...

Mechaniker der Macht,
Zeit zum Schmieren,
Alles ist käuflich ...
Haben immer den richtigen Schein dabei.

Nichts zählt mehr als Hartgeld!
Was kostet der Rest der Welt?
Es lebe die schnelle Mark! ...
Der Osten ist ausgezählt.
Kapital in voller Fahrt! ...

Zeit ist Geld,
Das Ziel verfehlt.
Jetzt keine Moral!
Für die Schöne Neue Welt trainiert,
Kapituliert vorm Kapital.
Bloß kein Sentiment! ...

Nichts geht mehr als
Hartgeld!
Nichts mehr, was es noch hält,
Grenzen werden überrannt ...
Was kostet die Welt?
Alles im höchsten Gang!

Herbert Grönemeyer, 1990. Text & Musik: Herbert Grönemeyer (Electrola)

Grönemeyers insgesamt wohl rockigstes Album war »4630 Bochum«. Das (in der Rockmusik immer wieder aufgegriffene) Thema Alkoholismus, das Udo Lindenberg eher noch mit langsamen, melancholischen Tönen verarbeitet hatte, wird bei Grönemeyer herausgeschrien, aggressiv und geradezu anklagend, dabei aber auch in lyrisch-originelle Sprachbilder (»Nerven massiert«, »Dressing für deinen Kopfsalat«) gefasst.

Alkohol

Wir haben wieder die Nacht zum Tag gemacht.
Ich nehm mein Frühstück abends um acht.
Gedanken fließen zäh wie Kaugummi.
Mein Kopf ist schwer wie Blei.
Mir zittern die Knie.

Gelallte Schwüre in rotblauem Licht,
Vierzigprozentiges Gleichgewicht,
Graue Zellen in weicher Explosion,
Sonnenaufgangs- und -untergangsvision.

Was ist los? Was ist passiert?
Ich hab' bloß meine Nerven massiert.

Alkohol ist dein Sanitäter in der Not,
Alkohol ist dein Fallschirm und dein Rettungsboot,
Alkohol ist das Drahtseil, auf dem du stehst ...

Die Nobelszene träumt vom Kokain,
Und auf dem Schulklo riecht's nach Gras.
Der Apotheker nimmt Valium und Speed,
Und wenn es dunkel wird, greifen sie zum Glas ...

Alkohol ist das Schiff, mit dem du untergehst ...
Alkohol ist das Dressing für deinen Kopfsalat, Alkohol, Alkohol.

Herbert Grönemeyer, 1984. Text & Musik: Herbert Grönemeyer (EMI)

Grönemeyer hat auch eine ganz eigene Antwort auf die feministische Herausforderung gefunden. Mit »Männer« nimmt er die feministische Kritik am Machogehabe zwar auf, wirbt aber auch für Sympathie mit der Rolle, die man Männern aufzwingt, öffnet die männliche Deckung, zeigt die schwachen Seiten auf und stellt die Männer auch als Opfer ansozialisierter Geschlechterrollen dar. Radikalfeministischen Visionen einer männerlosen Welt (wie beispielsweise in der Fernsehdokumentation »Welt ohne Männer« durchgespielt) erteilt der Song eine Absage. Wahrscheinlich hat Grönemeyers äußerst populäres Lied mehr für die Reflektion der Männerrolle in der Gesellschaft bewirkt als alle Gender-Mainstreaming-Programme zusammen.

Männer

Männer nehmen in den Arm,
Männer geben Geborgenheit.
Männer weinen heimlich,
Männer brauchen viel Zärtlichkeit und
Männer sind so verletzlich.
Männer sind auf dieser Welt einfach unersetzlich.

Männer kaufen Frauen,
Männer stehen ständig unter Strom.
Männer baggern wie blöde,
Männer lügen am Telefon.
Männer sind allzeit bereit.
Männer bestechen durch ihr Geld und ihre Lässigkeit.

Männer haben's schwer, nehmen's leicht,
Außen hart und innen ganz weich,
Werden als Kind schon auf Mann geeicht.
Wann ist der Mann ein Mann? ...

Männer haben Muskeln,
Männer sind furchtbar stark.
Männer können alles,
Männer kriegen 'nen Herzinfarkt und
Männer sind einsame Streiter,
Müssen durch jede Wand, müssen immer weiter ...

Männer führen Kriege,
Männer sind schon als Baby blau,
Männer rauchen Pfeife,
Männer sind furchtbar schlau,
Männer bauen Raketen,
Männer machen alles ganz ... genau ...

Männer kriegen keine Kinder,
Männer kriegen dünnes Haar.
Männer sind auch Menschen,
Männer sind etwas sonderbar und
Männer sind so verletzlich,
Männer sind auf dieser Welt einfach unersetzlich ...

Herbert Grönemeyer, 1984. Text & Musik: Herbert Grönemeyer (EMI)

Und noch ein Rocksong sei erwähnt, der es zum Hymnenstatus brachte: »Bochum«. Grönemeyers Versuch, den »Pulsschlag aus Stahl«, das nächtliche Wummern des Bochumer Hammerwerks, musikalisch nachzuahmen, hat der Rockmusik eines ihrer eindrucksvollsten Riffs verschafft.

Ein atmosphärisch eindringliches, sensibles und, wenn überhaupt, allenfalls ganz leicht agitatorisches Klassenkampflied hat der deutsche Rockmusiker Klaus Lage mit seiner Band im Jahr 1984 herausgebracht. Es nennt sich nach dem beliebten Brettspiel (mit einer kleinen, urheberrechtsbedingten Schreibvariation)

»Monopoli«. Im Spiel geht es darum, möglichst viele Immobilien zu erwerben – am besten auf der teuren Schlossallee – und Monopole zu errichten, die es einem ermöglichen, Geld abzuschöpfen. Das Lied von Klaus Lage ist vor dem Hintergrund der anhaltenden Wirtschaftskrise geschrieben worden, die viele etablierte Unternehmen dazu gezwungen hatte, Arbeitsplätze abzubauen. Für die Arbeiter, die langjährig in Großkonzernen tätig waren, und die es gewohnt waren, von der Lehre bis zur Rente bei ihrem Arbeitgeber zu bleiben, war das eine vollkommen neue – und sehr bittere – Erfahrung. Der Song handelt offensichtlich von einem Großbetrieb der chemischen Industrie – angesichts der regionalen Herkunft des Co-Texters Diether Dehm liegt es nahe, dass das Lied auf die BASF gemünzt ist.

Monopoli

Ja, Vater, du bist noch vom ganz alten Schlag,
seit vierzig Jahren pünktlich – jeden Tag.
Du warst nie krank und bist noch drauf stolz.
Na und, was soll's?

Wann hast du jemals richtig Urlaub gemacht?
Dein ganzes Leben für'n Betrieb mitgedacht.
Deinen Job macht jetzt ein Stück Silikon.
Wen juckt das schon? …

Monopoli, Monopoli,
wir sind nur die Randfiguren
in einem schlechten Spiel.
Monopoli, Monopoli,
und die Herrn der Schlossallee
verlangen viel zu viel.

Mama hebt Kaffeegläser auf für'n Gelée.
Du bist schon ewig in der IG Chemie,
doch darauf warst du echt nicht gefasst –
so kalt geschasst.

Du warst als Kind für mich der stärkste Mann,
einer, der irgendwie alles lösen kann.
Doch das hier ist keine Modelleisenbahn.
Was fängst du an? …

So viel hast du schon versäumt,
so viel hast du schon geträumt.
Zeit ist jetzt reichlich da,
mach dir 'n paar Wünsche wahr.

Mensch Mann, pack doch nicht ein,
denn du bist nicht ganz allein.
Auch wenn's dir dreckig geht,
es ist noch nicht zu spät.

Klaus Lage Band, 1984. Text & Musik: Klaus Lage, Diether Dehm und Wolf Maahn (Musikant)

Das Lied beginnt mit einer typisch deutschen Tugend: der Arbeitsdisziplin. Der Soziologe Max Weber hatte in seiner Studie »Die protestantische Ethik und der Geist des Kapitalismus« die protestantische Ethik, nämlich – im Gegensatz zum »katholischen Schlendrian« – fleißig zu arbeiten und bescheiden zu leben, als spirituelle Voraussetzung für die Entstehung des Kapitalismus analysiert. Die protestantische Ethik veranlasste Unternehmer, ihren Reichtum nicht für persönlichen Luxus zu verprassen, sondern zu sparen, so dass Kapital für Investitionstätigkeit gebildet werden konnte. Die Arbeiter wurden dazu motiviert, fleißig, diszipliniert und verantwortungsbewusst für eine hohe Arbeitsproduktivität zu sorgen. Des Sängers Vater war ein Musterbeispiel für den Arbeiter »vom alten Schlag«, der dieser traditionellen Arbeitsethik folgte, was aber letztlich nicht honoriert wurde. Das für den »rheinischen« (d. h. in Deutschland, Frankreich, Niederlanden beheimateten) Kapitalismus so typische wechselseitige Loyalitätsversprechen zwischen Arbeitnehmern und Arbeitgebern wurde mit dem Übergang zum Turbokapitalismus von der Arbeitgeberseite einseitig gekündigt. Alles in allem ein intelligentes und sensibles Arbeiterlied, dessen Text auch von Klaus Lages Gitarristen Diether Dehm geprägt worden ist. Diether Dehm war allerdings eine schillernde Figur.

Dehm war an der Komposition von über 600 Liedern beteiligt, neben vielen Songs für Klaus Lage (wie den Hit »1000 und 1 Nacht«) schrieb er auch für Joe Cocker, Christopher Cross und Stomp. Er textete für so bürgerliche Showmaster wie Hans-Joachim Kulenkampff, Thomas Gottschalk und Günther Jauch. Und als die DDR noch existierte, arbeitete er bereits als Manager der Eiskunstläuferin Katarina Witt.[446] Unter dem Namen *Lerryn* trat er als linker Politliedermacher auf. Der Unternehmer, der unter anderem Beteiligungen am Frankfurter Radiosender FFH besaß, war jahrelanges Vorstandsmitglied und sogar Bundesvorsitzender der Arbeitsgemeinschaft der Selbstständigen und Unternehmer in der SPD und zugleich glühender Verfechter der Stamokap-Theorie.

Trotzdem hatte er sich in der linken Szene nicht beliebt gemacht, als er versucht hatte, einen Aufruf zur Solidarität mit Hausbesetzern zu verhindern.[447] Später wurde bekannt, dass Dehm von 1971 bis 1977 als »Informeller Mitarbeiter« unter den Tarnnamen »IM Dieter« und »IM Willy« für das Ministerium für Staatssicherheit der DDR spioniert hatte. Den Stasiakten zufolge hatte er in dieser Zeit verwertbare Informationen über die SPD und die Jungsozialisten (von deren Honoraren er einen Teil seines Lebensunterhalts bestritt) und über Spitzenfunktionäre der Partei (wie den Bundesfinanzminister Hans Matthöfer), aber auch über linke politische Gruppierungen und die Universität Frankfurt, über das Bundesministerium für

446 Vgl., auch zum Folgenden: Jürgen P. Lang: Biographisches Porträt: Diether Dehm. In: Jahrbuch Extremismus & Demokratie 26 (2014), S. 188–204.

447 Stefan Laurin: Wie Diether Dehm »Lerryn, das Arschloch« wurde. Ruhrbarone.de vom 4.4.2018. https://www.ruhrbarone.de/wie-diether-dehm-lerryn-das-arschloch-wurde/153406, zugegriffen am 1.7.2020.

Forschung und Technologie, die Internationale Gesellschaft für Menschenrechte, über westdeutsche Künstlermilieus und weitere Themen geliefert.[448]

Nach einem Parteiordnungsverfahren wechselte Dehm von der SPD in die SED-Nachfolgepartei PDS, wo er es rasch bis zum stellvertretenden Bundesvorsitzenden brachte. Dort, wie auch in der Partei Die Linke, in die sich die PDS verwandelt hatte, fiel er einerseits durch dogmatische linksradikale Positionen auf, andererseits agierte er als Vorsitzender des Offenen Wirtschaftsverbands für Unternehmen und Selbstständige und der Bundesarbeitsgemeinschaft Linker Unternehmerinnen und Unternehmer gegen unternehmerfeindliche Programmatik innerhalb der Linken. Überhaupt blieb Dehm der alten Devise der Linken treu, dass die größten Feinde der Linken andere Linke sind, wenn er »konvertierte Ex-Leninisten«, das heißt Mitglieder des Reformflügels innerhalb der Linken, der Bildung »mafios-konspirativer Strukturen« bezichtigte.[449]

Diether Dehm ist das lebende Beispiel dafür, dass sich linksextremistische Positionen auch noch ein halbes Jahrhundert nach 1968 halten konnten. Und auch dafür, dass sie nie die Herzen der Arbeiterklasse erobern konnten: »Denn der langjährige Bundestagsabgeordnete der Partei Die Linke ist das gammelfleischgewordene Beispiel für fast alles, was linke Protestbewegungen in den vergangenen vier Jahrzehnten unattraktiv, unappetitlich und unangenehm machen konnte«, schreibt nicht die »Bild-Zeitung«, sondern die links-alternative »taz«.[450] Die linksliberale Presse hat noch weitere Charakterisierungen der Persönlichkeit Dehms veröffentlicht, die wir hier nicht zitieren wollen, weil sie an die Grenze des Tatbestands der Beleidigung gehen. Was bleibt, ist, dass die Rockmusik auch ungeheuer Widersprüchliches hervorgebracht hat: Nämlich den Musiker, der links singt und rechts verdient – und das nicht nur in seiner Eigenschaft als Künstler, sondern auch als Unternehmer. Aber das bezeichnet ein im marxistischen Denken Geschulter eben als Dialektik.

---

448 Vgl. Lang, a. a. O., S. 189f.

449 Diether Dehm: Anti-Antikapitalisten – alles Linke? Ein Vortrag vor niedersächsischen solid-Mitgliedern. Juni 2011, S. 8.

450 Philip Meinhold: Rote Socke mit Schuss. TAZ vom 16.7.2014.

7. America the Beautiful

7.1. Born in the U.S.A.

Am 11. Juni 1954 brachen die Sozialpsychologen Muzafer Sherif und Carolyn Wood Sherif mit 22 zwölfjährigen Jungen zu einer Ferienfreizeit in einem Naturpark namens *Robbers Cave* in Oklahoma auf.[451] Die Forscher teilten die Jungen willkürlich in zwei Gruppen, die hinsichtlich ihrer Zusammensetzung gleich waren. Nach wenigen Tagen hatten sich beide Gruppen zusammengefunden. Die eine Gruppe gab sich den Namen *Rattlers* (›Klapperschlangen‹), die andere nannte sich *Eagles* (›Adler‹). Beide Gruppen entwickelten zunehmend das Bedürfnis, sich in Wettkämpfen mit der anderen Gruppe zu messen. Die Wettbewerbe steigerten einerseits den Zusammenhalt der beiden Gruppen und forcierten andererseits die Ablehnung der anderen Gruppe. Beide Gruppen markierten ihr Territorium mit einer Flagge und verboten den jeweils anderen das Betreten. Bald weigerten sich die Jungen, mit Mitgliedern der anderen Gruppe zusammen zu essen. Sie begannen, sich nicht nur gegenseitig zu beschimpfen, sondern auch die andere Gruppe zu überfallen und deren Trophäen zu stehlen.

Die willkürliche Einteilung von Menschen in zwei Gruppen führte dazu, dass jede Gruppe ihre eigene Identität und innere Kohäsion aus der Abgrenzung zu einer anderen, als feindlich angesehen Gruppe heraus entwickelte. Was für Kindergruppen gilt, trifft auch für Erwachsene zu. Seit Jahrtausenden schließen sich Menschen zu Nationen zusammen, die ihren Zusammenhalt dadurch sichern, dass sie sich für besser halten als andere Nationen (insbesondere als die direkten Nachbarn) und ihre eigene Identität feiern, indem sie nationalistischen Symbolen huldigen.

In Europa erreichte der Nationalismus seinen Höhepunkt, als Adolf Hitler die Deutschen zum »Herrenvolk« ernannte, das die Weltherrschaft ausüben solle, weswegen er die Wehrmacht fast ganz Europa angreifen ließ. Nach 65 Millionen Todesopfern, die der Zweite Weltkrieg hinterlassen hatte (der ebenfalls aus nationalistischen Motiven angefangene Erste Weltkrieg hatte bereits siebzehn Millionen Tote gekostet), geriet der Nationalismus in Europa etwas aus der Mode. Am 16. März 1946 forderte der spätere deutsche Bundeskanzler Konrad Adenauer die Überwindung der Nationalstaaten zugunsten der »Vereinigten Staaten von Europa« (eine Formulierung, die bereits George Washington gebraucht hatte), was auch der damalige britische Premierminister Winston Churchill einige Monate später aufgriff.

451 M. Sherif, O. J. Harvey, B. J. White, W. R. Hood, C. W. Sherif: Intergroup conflict and cooperation: The Robbers Cave experiment (Vol. 10). Norman: University Book Exchange 1961.

Das Zusammenwachsen der Länder Europas zur Europäischen Union sollte dann auch die längste Periode des Friedens auf dem Kontinent seit der Pax Romana bewirken.

Während speziell in Deutschland die Nationalflagge seltener gehisst und die Nationalhymne seltener gesungen wurden (hauptsächlich zu internationalen Sportbegegnungen), fühlten sich die USA als Siegermacht, die binnen weniger Jahrzehnte zwei Weltkriege siegreich beendet hatte. Dementsprechend entwickelte sich ein Nationalstolz, der sich in der überschwänglichen Verwendung patriotischer Symbole zeigt. Wer den Boden der USA betritt, wird allgegenwärtig US-amerikanische Fahnen und Wappen, die Nationalfarben Rot-Blau-Weiß, Heldendenkmäler und patriotische Lieder wahrnehmen.

Lieder sind besonders emotionalisierend und transportieren zugleich mehr Inhalt als eine Flagge oder ein Wappen. Seit 1931 ist »The Star-Spangled Banner« die Nationalhymne der Vereinigten Staaten von Amerika. Komponiert wurde die Hymne im Britisch-Amerikanischen Krieg, als das Sternenbanner immer noch über Fort McHenry bei Baltimore wehte, nachdem britische Kriegsschiffe die Festung in der Nacht zum 3. September 1814 unter heftigen Beschuss genommen hatten. Der Text feiert das Flattern der standhaften Fahne, die zugleich als Symbol für die Freiheit und den Mut der amerikanischen Bürger herhält. Die Melodie ist prosaischeren Ursprungs: Sie stammt aus dem englischen Trinklied »To Anacreon in Heaven« – was in einem Land, das die Prohibition immer noch nicht vollständig überwunden hat, schon eine höhere Ironie darstellt.

The Star-Spangled Banner

O! say can you see ...
What so proudly we hailed? ...
Whose broad stripes and bright stars
through the perilous fight ...
O'er the ramparts we watched,
were so gallantly streaming?
And the rockets' red glare,
the bombs bursting in air,
Gave proof through the night
that our flag was still there;
O! say does that star-spangled
banner yet wave,
O'er the land of the free
and the home of the brave? ...

Das Sternenbanner

Oh, sag, kannst du sehen,
was wir so stolz gehisst hatten? ...
Dessen breite Streifen und strahlende Sterne
durch den gefahrvollen Kampf ...
über den Wällen wir sahen,
das wehte so furchtlos?
Und der rote Schein der Raketen,
die Bomben, die in der Luft explodierten,
gaben die Nacht hindurch Zeugnis,
dass unsere Fahne immer noch da war;
Oh, sag, weht das Sternenbanner
immer noch
über dem Land der Freien
und der Heimat der Mutigen? ...

O! thus be it ever,
when freemen shall stand
Between their loved home
and the war's desolation.
Blest with vict'ry and peace,
may the Heav'n rescued land
Praise the Power that hath made
and preserved us a nation!
Then conquer we must,
when our cause it is just,
And this be our motto:
»In God is our trust«
And the star-spangled banner
in triumph shall wave
O'er the land of the free
and the home of the brave!

Oh, so soll es ewig sein,
wenn freie Männer
zwischen ihrer geliebten Heimat
und der Verwüstung des Kriegs stehen
sollen.
Gesegnet mit Sieg und Frieden
soll das vom Himmel gerettete Land
die Kraft preisen, die uns
zu einer Nation gemacht und sie erhalten
hat!
Denn wir müssen kämpfen,
wenn unsere Sache gerecht ist,
und dies sei unser Motto:
»Auf Gott vertrauen wir«,
und das Sternenbanner soll
im Triumph
über dem Land der Freien
und der Heimat der Tapferen wehen!

1814. Text: Francis Scott Key, Musik: John Stafford Smith

Das Lied verherrlicht die Freiheit, die man sich erkämpfen musste, und damit auch die Tapferkeit der Kämpfer. Es erinnert an die militärischen Wurzeln der USA und ruft dazu auf, immer wieder zu den Waffen zu greifen, falls es nötig erscheint. In den 1960er Jahren, als die USA in Vietnam keinen »gerechten« Krieg führten, kam die Hymne der Jugend vor wie ein Sinnbild des Militarismus.

Zwar ist »The Star-Spangled Banner« die offizielle Hymne, aber vielen Amerikanern ist sie noch nicht patriotisch genug, weil sie zwar ein historisches Ereignis beschreibt, aber das Land selbst nicht gebührend feiert. Deshalb gibt es noch (mindestens) drei weitere inoffizielle Hymnen, die mit gleicher Inbrunst gesungen werden. Eine davon ist »America the Beautiful« – das Werk einer kirchlich engagierten Englisch-Professorin –, das die Schönheit der Landschaft, die majestätischen Städte, die freiheitliche Verfassung und den siegreichen Kampf für die Unabhängigkeit feiert.

America the Beautiful

O beautiful for spacious skies ...
Above the fruited plain!
America! America!
God shed His grace on thee
And crown thy good with brotherhood
From sea to shining sea!

O beautiful for pilgrim feet,
Whose stern, impassioned stress
A thoroughfare for freedom beat
Across the wilderness! ...
God mend thine every flaw,
Confirm thy soul in self-control,
Thy liberty in law!

O beautiful for heroes proved
In liberating strife ...
who more than self their country loved ...

O beautiful for patriot dream
That sees beyond the years
Thine alabaster cities gleam
Undimmed by human tears! ...

Amerika, die Schöne

Oh Schöne, wegen deiner weiten Himmel ...
über der fruchttragenden Ebene!
Amerika! Amerika!
Gott gewähre dir seine Gnade
und kröne dein Wohl mit Bruderschaft
vom Meer zum schimmernden Meer!

Oh Schöne für die Füße der Pilger,
deren strenge, leidenschaftliche Anstrengung
eine Schneise für Freiheit
durch die Wildnis schlägt! ...
Gott heile jede deiner Schwächen,
kräftige deine Seele in Selbstkontrolle,
deine Freiheit im Rechtsstaat!

Oh Schöne für Helden, die sich
im Freiheitskampf bewährten
und mehr als sich selbst ihr Land liebten ...

Oh Schöne für patriotische Träume,
die über die Jahre hinfort
Deine Alabasterstädte funkeln sehen,
unverdunkelt durch menschliche Tränen! ...

1895 / 1910. Text: Katharine Lee Bates, Musik: Samuel A. Ward

Für den Superbowl des Jahres 2013 hat Coca-Cola einen Werbespot produziert, in dem die einzelnen Verse des Liedes von Angehörigen verschiedener ethnischer Minderheiten in Sprachen ihrer Herkunftsländer gesungen werden, was heftige Kritik aus konservativen Kreisen hervorrief, die meinten, dass das Lied nur auf Englisch gesungen werden dürfte. Aber Coca-Cola blieb nicht nur standhaft, sondern wiederholte den Spot sogar beim Superbowl 2014, den Olympischen Winterspielen von 2014, der Olympiade von 2016 und an verschiedenen Nationalfeiertagen.

Wem »America the Beautiful« dann doch zu kitschig-naiv ist, kann zu dem gesungenen Gebet »God Bless America« greifen. Geschrieben wurde es von Irving Berlin, einem jüdischen Einwanderer, der im Alter von fünf Jahren in die USA gekommen war. Die erste Version von »God Bless America« verfasste er, als er als Soldat im Ersten Weltkrieg diente. Eine zweite Fassung folgte 1938, als Hitler die Macht übernommen hatte und die Welt mit einem neuen Krieg bedrohte. Berlin verstand die Hymne als »Friedenslied«, das seinen Patriotismus aus der Demokratie ableitete, während in Europa Kriege tobten.

God Bless America

While the storm clouds gather far across
the sea,
Let us swear allegiance to a land that's free.
Let us all be grateful for a land so fair,
As we raise our voices in a solemn prayer:

God bless America, land that I love,
Stand beside her and guide her
Through the night with a light from above …
My home sweet home.

Gott segne Amerika

Während sich die Sturmwolken weit weg
jenseits der See zusammenballen,
lasst uns den Treueschwur ableisten an ein
Land, das frei ist.
Lasst uns dankbar sein für ein Land, das so
gerecht ist,
während wir unsere Stimmen zu einem
feierlichen Gebet erheben:

Gott segne Amerika, das Land, das ich liebe,
stehe ihm zur Seite und geleite es
durch die Nacht mit einem Licht von oben …
Meine Heimat, süße Heimat.

Irving Berlin, 1918 / 1938. Text & Musik: Irving Berlin

Das Lied wurde zwar schnell populär, erfuhr aber auch Kritik aus ultrarechten Kreisen wie dem Ku-Klux-Klan. Sie stießen sich daran, dass es von einem jüdischen Einwanderer komponiert war. Umso häufiger wurde es auf Veranstaltungen von Gewerkschaften und der Bürgerrechtsbewegung gesungen, bis es schließlich auch von den patriotischen Konservativen vereinnahmt wurde.

Zu einer Art Ersatzhymne wurde auch »This Land Is Your Land« des Folksängers Woody Guthrie. Wie im Folk üblich, wurde dieses Lied in wechselnden Textvarianten vorgetragen.

This Land Is Your Land

This land is your land, this land is my land
From California to the New York Island
From the Redwood Forest to the Gulf Stream
waters
This land was made for you and me …

I roamed and I rambled …
While all around me a voice was sounding …
There was a big high wall there that tried to
stop me;
Sign was painted, it said private property;
But on the back side it didn't say nothing …
Nobody living can ever stop me,
As I go walking that freedom highway;
Nobody living can ever make me turn back …

Dieses Land ist dein Land

Dieses Land ist dein Land, dieses Land ist
mein Land.
Von Kalifornien bis New York Island.
Vom Redwood Forest bis zum Golfstrom.
Dieses Land wurde für dich und mich
gemacht.

Ich erkundete und wanderte …
Während um mich herum eine Stimme
ertönte,
Da war eine große hohe Mauer, die versuchte,
mich aufzuhalten.
Ein gemaltes Schild sagte:
»Privatgrundstück«.
Aber auf der Rückseite sagte es nichts. …
Kein Lebender kann mich jemals aufhalten,
Während ich auf der Straße der Freiheit
laufe.
Kein Lebender kann mich zur Umkehr
bewegen …

In the squares of the city, in the shadow of a steeple;
By the relief office, I'd seen my people.
As they stood there hungry, I stood there asking,
Is this land made for you and me? ...

Auf den Plätzen der Stadt, im Schatten eines Kirchturms,
Auf dem Sozialamt habe ich mein Volk gesehen,
als sie da hungrig standen, und ich war da und fragte:
Ist dieses Land für dich und mich gemacht? ...

Woody Guthrie, 1940ff. Text & Musik: Woody Guthrie (Folkways)

Das Lied, das mit seiner Verklärung der Landschaften ganz konventionell beginnt, enthält in seiner Originalversion[452] gleich mehrere trojanische Pferde. Da wird die Freiheit durch Schilder beschränkt, die das Betreten von Privateigentum verbieten, aber der freiheitsliebende Sänger nimmt sich das Recht, es einfach nicht zu beachten. Am Ende zeigen die USA in den Städten ein anderes Gesicht, nämlich das Gesicht der Armut. Es wird festgestellt, dass der so schön formulierte demokratische Anspruch nicht erfüllt wird. Allerdings werden die politischen Strophen gern weggelassen, wenn man das Lied mit der flotten Melodie zu patriotischen Anlässen singt, so dass sie inzwischen beinahe in Vergessenheit geraten sind. In seiner »gereinigten« Version wird auch »This Land Is Your Land« als Ersatzhymne gesungen.

Bei allem Kitsch und allem Patriotismus stehen die nationalen Symbole der USA aber auch für die Revolution, die Demokratie, die Freiheit und die Gerechtigkeit – hohe Werte, die allerdings in den 1960er Jahren hohl klangen, als die Probleme hinter der glänzenden Fassade von fruchtbaren Landschaften und majestätischen Bergen, von Freiheit und Mut immer deutlicher sichtbar wurden. Es entstanden die ersten Musikstücke, die den Finger in die Wunden legten und (die Vereinigten Staaten von) Amerika immer kritischer sahen. Eines der frühesten USA-kritischen Lieder entstammt dem Musical »West Side Story«, das im Milieu puerto-ricanischer Einwanderer spielt. In »America« preisen die Mädchen das Land, in das sie eingewandert sind, während die Jungen Armut, Segregation, Kriminalität und Diskriminierung von Einwanderern kritisieren.

452 Abgedruckt in: Elizabeth Partridge: This Land Was Made for You and Me: The Life & Songs of Woody Guthrie. New York: Viking 2002, S. 85.

America	**Amerika**
Girls: Puerto Rico, my heart's devotion Let it slip back in the ocean ... Always the population growing And the money owing ... I like the isle of Manhattan ...	Mädchen: Puerto Rico, wo mein Herz hängt Lasst es zurück in den Ozean gleiten ... Immer wächst die Bevölkerung Und das Geld, das man schuldet ... Ich mag die Insel Manhattan ...
I like to be in America OK by me in America Everything free in America Boys: For a small fee in America	Ich mag es, in Amerika zu sein Es ist für mich in Ordnung in Amerika Alles ist frei in Amerika Jungen: Für eine kleine Gebühr in Amerika
G: Buying on credit is so nice B: One look at us and they charge twice G: I have a new washing machine B: What will you have though to keep clean?	M: Auf Kredit zu kaufen, ist so nett J: Man sieht uns und sie verlangen doppelt M: Ich habe eine neue Waschmaschine J: Was hast du überhaupt, um es sauber zu halten?
G: Skyscrapers bloom in America G: Cadillacs zoom in America G: Industrial boom in America B: Twelve in a room in America	M: Wolkenkratzer blühen in Amerika M: Cadillacs sausen durch Amerika M: Industrielles Wachstum in Amerika J: Zwölf in einem Zimmer in Amerika
G: Lots of new housing with more space B: Lots of doors slamming in our face G: I'll get a terraced apartment B: Better get rid of your accent	M: Viele neue Wohnungen mit mehr Platz J: Viele Türen, die dir vor der Nase zugeknallt werden M: Ich bekomme eine Etagenwohnung J: Werde lieber deinen Akzent los
G: Life can be bright in America B: If you can fight in America G: Life is all right in America B: If you're all white in America	M: Das Leben kann glänzend sein in Amerika J: Wenn du kämpfen kannst in Amerika M: Das Leben ist in Ordnung in Amerika J: Wenn du ganz weiß bist in Amerika
G: Here you are free and you have pride B: Long as you stay on your own side G: Free to be anything you choose B: Free to wait tables and shine shoes	M: Hier bist du frei und du bist stolz J: Solange du da bleibst, wo du hingehörst M: Frei, alles zu werden, was du willst J: Frei zu kellnern und Schuhe zu putzen
B: Everywhere grime in America B: Organized crime in America B: Terrible time in America G: You forget I'm in America	J: Überall Dreck in Amerika J: Organisiertes Verbrechen in Amerika J: Schreckliche Zeit in Amerika M: Du vergisst, ich bin in Amerika
B: I think I go back to San Juan G: I know a boat you can get on B: Everyone there will give big cheer G: Everyone there will have moved here	J: Ich glaube, ich gehe zurück nach San Juan M: Ich kenne ein Schiff, da kannst du drauf J: Jeder dort wird laut jubeln M: Jeder dort wird hierhin gezogen sein

Aus dem Musical »West Side Story«, Filmversion, 1961. Text: Stephen Sondheim, Musik: Leonard Bernstein (Columbia)

Dann nahm sich die Rockmusik den »American Dream« vor. So beispielsweise Joni Mitchell 1972 mit ihrem Song »Banquet«, der unter anderem auch von Manfred Mann's Earth Band in einer rockigeren Version eingespielt wurde und dessen bittere Metaphorik die Achillesferse einer allzu freien Marktwirtschaft, die soziale Ungleichheit, thematisiert und noch Seitenhiebe auf die Umweltzerstörung verteilt. Das mit hoher Stimme gesungene Lied kommt eher lyrisch-sarkastisch daher als aggressiv-politisch.

Banquet

Come to the dinner gong
The table is laden high
Fat bellies and hungry little ones
Tuck your napkins in
And take your share
Some get the gravy
And some get the gristle
Some get the marrow bone
And some get nothing
Though there's plenty to spare ...

Bankett

Folge dem Dinner-Gong.
Der Tisch ist voll beladen.
Fette Bäuche und kleine hungrige.
Steckt euch die Servietten an
und greift euch euren Teil.
Einige bekommen die Sauce,
und einige kriegen den Knorpel.
Einige bekommen den Markknochen,
und einige erhalten gar nichts,
obwohl reichlich vorhanden ist ...

Nicht absolute, sondern relative Deprivation ist die Folge der sozialen Ungleichheit.

Some turn to Jesus
And some turn to heroin
Some turn to rambling round
Looking for a clean sky
And a drinking stream
Some watch the paint peel off
Some watch their kids grow up
Some watch their stocks and bonds
Waiting for that big deal American Dream

Einige wenden sich Jesus zu,
und einige dem Heroin.
Einige beginnen herumzuziehen
und nach einem sauberen Himmel zu suchen
und nach einem Strom mit trinkbarem
Wasser.
Einige sehen zu, wie die Farbe abblättert,
einige, wie ihre Kinder aufwachsen.
Einige beobachten ihre Aktien und Anleihen,
warten auf die große Sache des
Amerikanischen Traums.

Die US-Gesellschaft driftet auseinander – in Evangelikale, Junkies, Umweltschützer, Gesellschaftskritiker, Familienmenschen und geldgierige Investoren.

I took my dream down by the sea
Yankee yachts and lobster pots and sunshine
And logs and sails
And Shell Oil pails
Dogs and tugs and summertime
Back in the banquet line
Angry young people crying

Ich nahm meine Träume nach unten ans
Meer;
Yachten der Yankees und Hummergerichte
und Sonne
und Baumstämme und Segel,
und Shell-Öl-Fässer,
Hunde und Schlepper und Sommerzeit.
Zurück in der Schlange am Büffet;
zornige junge Menschen, die weinen.

Die sommerliche Luxusidylle wird durch die Umweltverschmutzung getrübt. Die Jugend rebelliert und verzweifelt.

Who let the greedy in	Wer ließ die Gierigen herein,
And who left the needy out	und wer ließ die Bedürftigen draußen?
Who made this salty soup	Wer kochte diese salzige Suppe?
Tell him we're very hungry now	Sag ihm, dass wir jetzt sehr hungrig sind
For a sweeter fare ...	auf eine süßere Speise ...

Es wird Zeit, die Verhältnisse anzuprangern und Veränderungen zu fordern.

Joni Mitchell, 1972. Text & Musik: Joni Mitchell (Asylum)

Der *American Dream* ist der Gründungsmythos der USA. Schon im Jahr 1774 schrieb der Gouverneur von Virginia, Lord Dunmore, nach England, dass die Amerikaner davon träumen, das Paradies im Westen zu finden. Aus dem Pioniergeist entwickelten sich Demokratie, Selbstbestimmung, Freiheit, Bürgerrechte, Gleichheit, Aufstiegschancen und Unternehmergeist als zentrale Elemente des amerikanischen Traums, dessen Kernaussage 1931 von James Truslow Adams in seinem Buch »The Epic of America« (›Amerikanisches Epos‹) mit folgenden Worten formuliert wurde: »Aber da gab es auch den amerikanischen Traum, jenen Traum von einem Land, in dem das Leben für jedermann besser und reicher und erfüllter sein sollte, mit Chancen für alle entsprechend ihren Fähigkeiten oder Leistungen. ... Es ist nicht allein ein Traum von Automobilen und hohen Löhnen, sondern ein Traum von einer sozialen Ordnung, in der jeder Mann und jede Frau in der Lage sein soll, den höchsten Status zu erreichen, zu dem sie befähigt sind, und von anderen dafür anerkannt werden, was sie sind, unabhängig von den zufälligen Umständen wie Geburt oder Stand.«[453]

Der Traum war zutiefst amerikanisch, weil er sich direkt gegen Europa richtete, wo die Chancen zum individuellen sozialen Aufstieg begrenzt waren. Die Legende *Vom Tellerwäscher zum Millionär* wurde insbesondere von den Einwanderern aus Deutschland kultiviert, unter denen es tatsächlich vielen gelang, diese unwahrscheinliche Karriere zu machen. Der amerikanische Traum war so fest in den Ideen von Demokratie, Bürgerrechten und Gleichheit verwurzelt, dass er sogar von Martin Luther King Jr. für den afroamerikanischen Bevölkerungsteil explizit eingefordert wurde.

Aber was war aus dem amerikanischen Traum geworden? – Während seine Grundlagen – Freiheit, Gleichheit, Demokratie – durch faktische Ungleichheit, soziale Vererbung, Ausgrenzung und Diskriminierung ausgehöhlt wurden, wurde der amerikanische Traum zu einer heuchlerischen Phrase zur Verteidigung neu

453 James Truslow Adams: The Epic of America. New York: Little Brown and Company 1931, S. 214f.

erworbener Privilegien von Status, Macht und Geld. Damit wurde er zur Zielscheibe von Rockmusikern, beispielsweise von Crosby, Stills, Nash & Young, die ein ganzes Album »American Dream« nannten. Den Titelsong mit dem Schlüsselvers »Wie konnte etwas so Gutes so schlecht ausgehen, so rasch?« widmeten sie einem scheinheiligen, zu Geld gekommenen Fernsehstar, der über eine Sexaffäre stolpert. Damit meinte Neil Young den Fernsehevangelisten Jimmy Swaggart, der einen Kollegen wegen sexueller Affären aus dem Amt drängte, selbst aber mehrfach mit Prostituierten erwischt wurde.

Wenn es einen Musiker gab, der den Geist und den Rock der 1960er Jahre am Leben gehalten, wenn nicht sogar wiederbelebt hat, dann war es Bruce Springsteen. Springsteen kam aus dem Arbeitermilieu von New Jersey, der hässlichen Industriestadt auf der anderen Seite des Hudson River. Er sang über die miserable Existenz der Arbeiterklasse. Sein rockigster, bekanntester, erfolgreichster und am meisten missverstandener Song war ebenfalls eine bitter-ironische Abrechnung mit seinem Heimatland.

Born in the U.S.A.	**Geboren in den USA**
Born down in a dead man's town The first kick I took was when I hit the ground You end up like a dog that's been beat too much Till you spend half your life just covering up Born in the U.S.A. ...	Geboren in einem toten Kaff. Den ersten Tritt bekam ich, als ich geboren wurde. Du endest wie ein Hund, der zu viel geschlagen wurde, bis du die Hälfte deines Lebens damit verbringst, dich nur zu verstecken. Geboren in den USA ...

Die Perspektivlosigkeit von Menschen, die im industriellen Ghetto aufwachsen. Ihnen bleibt der amerikanische Traum verschlossen.

Got in a little hometown jam So they put a rifle in my hand Sent me off to a foreign land To go and kill the yellow man ...	Bin in eine kleine Schlägerei in meinem Heimatort geraten, also drückten sie mir ein Gewehr in die Hand, schickten mich in ein fremdes Land, um den gelben Mann zu töten ...

Die Heranwachsenden endeten als Kanonenfutter in Vietnam, wenn sie mit der Wahl zwischen Knast oder Armee konfrontiert wurden.

Come back home to the refinery Hiring man says »Son if it was up to me ...« Went down to see my V. A. man He said »Son, don't you understand?«	Kam nach Hause in die Raffinerie. Der Personaler sagte: »Sohn, wenn es nach mir ginge ...« Ging zum Veteranenbetreuer, er sagte: »Sohn, kapierst du gar nichts?«

Die heimgekehrten Veteranen haben keine Aussicht auf einen Arbeitsplatz …

I had a brother at Khe Sanh fighting off the Viet Cong They're still there, he's all gone He had a woman he loved in Saigon I got a picture of him in her arms now	Ich hatte einen Bruder in Khe Sanh, der gegen den Vietcong kämpfte. Sie sind immer noch da, er ist von uns gegangen. Er hatte eine Frau, die er liebte, in Saigon. Ich habe ein Foto von ihm in ihren Armen.

… wenn sie überhaupt heimkommen. Der Krieg endete im Desaster.

Down in the shadow of the penitentiary Out by the gas fires of the refinery I'm ten years burning down the road Nowhere to run ain't got nowhere to go … I'm a cool rocking Daddy in the U.S.A … No, no, no	Im Schatten des Zuchthauses, draußen bei den Gasfackeln der Raffinerie. Seit zehn Jahren hänge ich auf der Straße herum. Habe nichts, wohin ich fliehen, wohin ich gehen könnte. … Ich bin einer cooler, rockender Opa in den USA … Nein, nein, nein

Der Kriegsveteran, der sich für sein grandioses Heimatland so heldenhaft aufgeopfert hat, endet nach seiner Heimkehr als Clochard auf der Straße in einem Leben, von dem er nichts mehr erwarten kann. Aber noch einmal als cooler Rock-and-Roll-Opa Furore machen? Ist auch nur eine Illusion. Das ist das Schicksal, das einen erwartet, wenn man in den USA am falschen Ort geboren ist.

Bruce Springsteen, 1981/1982. Text & Musik: Bruce Springsteen (Columbia)

Dann passierte etwas Seltsames. George Will, ein höchst angesehener, sehr einflussreicher konservativer politischer Journalist landete irgendwie über alte College-Kontakte auf einem Springsteen-Konzert, das ihm eine vollkommen neue Welt eröffnete (mit Marihuana-Dunst und allem anderen), die aber auch seine Bewunderung hervorrief, weil Springsteen an einem Tag eine Million Alben und 202.000 Tickets für Live-Konzerte verkaufen konnte. Und da hörte er, wie Springsteen über das Arbeitermilieu sang und wie das Publikum darauf reagierte. »Er singt über Autos und Mädchen«, sagte ein weiblicher Fan. Das imponierte dem konservativen Journalisten. Sind Autos und Mädchen nicht amerikanische Werte? Dann hörte Will Springsteen »Born in the U.S.A.« singen. Und Will schrieb darüber: »Ich habe keine Ahnung von Springsteens politischer Haltung, falls er überhaupt eine hat, aber in seinen Konzerten werden Flaggen geschwenkt, während er Lieder über harte Zeiten singt. Er ist kein Jammerlappen, und die Rezitation geschlossener Fabriken und anderer Probleme scheint immer interpunktiert zu werden durch ein großartiges, jubelndes Bekenntnis: ›Geboren in den USA!‹«[454]

Der Konservative pries die Arbeitsethik von Springsteen und seinen Bandmitgliedern: »Springsteens Tour ist harte, ehrliche Arbeit und Beweis für die erstaunliche Vitalität von Amerikas Regionen und Generationen. Sie erzeugen unverwechselbare Stimmlagen, die andere Regionen und Generationen erfassen. Es gibt immer noch nichts anderes, dass so ist, wie in den USA geboren zu sein.«[455] Ein Artikel in der »Washington Post« hat genug Einfluss. Aber Will verfügte auch über engste Kontakte in das Wahlkampfteam von Ronald Reagan, dem späteren Präsidenten der USA, und empfahl Bruce Springsteen (der von Ronald Reagan gar nichts hielt). Der Kandidat sagte am 19. September 1984 bei einer Wahlkampfrede in Hammonton, New Jersey, tatsächlich: »Amerikas Zukunft liegt in tausend Träumen in unseren Herzen, sie liegt in der hoffnungsvollen Botschaft der Lieder, die so viele junge Amerikaner bewundern: von New Jerseys Kind Bruce Springsteen. Dabei zu helfen, dass diese Träume Wirklichkeit werden, ist, worum es in meinem Job geht.«[456] Ein größeres Missverständnis hätte es nicht geben können! Offensichtlich haben die konservativen Wahlkämpfer nur den rockigen Refrain gehört und ihnen waren sowohl die Ironie wie auch die bitteren Verse über die Ungerechtigkeit des amerikanischen Systems entgangen. Einen solchen Missbrauch ihrer Lieder haben Rockmusiker wie Neil Young, Queen und die Rolling Stones einem späteren Nachfolger Reagans übrigens ausdrücklich verboten: Donald Trump.

Auch Alice Cooper hat seinem Heimatland eine Hymne geschrieben. »Lost in America« ist musikalisch so einfach, wie es lyrisch simpel daherkommt. Aber gerade die scheinbare Naivität des Textes, der die Perspektive und die Sprache eines Jungen aus der Unterschicht schildert, macht die gesellschaftskritische Botschaft des Songs so bösartig.

Lost in America	**Verloren in Amerika**
I can't get a girl 'Cause I ain't got a car I can't get a car 'Cause I ain't got a job I can't get a job 'Cause I ain't got a car So I'm looking for a girl with a job and a car	Ich kann kein Mädchen bekommen, weil ich kein Auto habe. Ich kann kein Auto bekommen, weil ich keinen Job habe. Ich kann keinen Job bekommen, weil ich kein Auto habe. Also suche ich nach einem Mädchen mit einem Job und einem Auto.
Don't you know where you are Lost in America	Weißt du nicht, wo du bist? Verloren in Amerika.

454 George F. Will: Bruce Springsteen's U.S.A. Washington Post vom 13.9.1984.

455 Ebd.

456 Ronald Reagan in seiner Wahlkampfrede am 19. September 1984 in Hammonton, New Jersey.

I got a mom but I ain't got a dad My dad's got a wife but she ain't my mom Mom's looking for a man to be my dad But I want my mom and dad to be my real mom and dad Is that so bad ...	Ich habe eine Mama, aber keinen Papa. Mein Papa hat eine Frau, aber die ist nicht meine Mama. Mama sucht nach einem Mann, der mein Papa sein soll. Aber ich möchte, dass meine Mama und mein Papa meine wirkliche Mama und mein wirklicher Papa sind. Ist das so schlimm? ...
Well, I'm tryin' to play this guitar Well, I'm learning »Stairway to Heaven« 'Cause Heaven's where you are	Gut, ich versuche, diese Gitarre zu spielen. Gut, ich lerne »Stairway to Heaven«, weil der Himmel das ist, wo du bist.
I can't go to school 'Cause I ain't got a gun I ain't got a gun 'Cause I ain't got a job I ain't got a job 'Cause I can't go to school So I'm looking for a girl with a gun and a job ...	Ich kann nicht zur Schule gehen, weil ich keine Knarre habe. Ich habe keine Knarre, weil ich keinen Job habe. Ich habe keinen Job, weil ich nicht zur Schule gehen kann. Also suche ich nach einem Mädchen mit einer Knarre und einem Job ...

Alice Cooper, 1994. Text & Musik: Alice Cooper, Dan Wexler, Bud Saylor (Epic)

Auf den ersten Blick scheinen die Themen bekannt: die Abwärtsspirale der Armut und ein zerrüttetes Elternhaus. Ein Funken Hoffnung glimmt in der Rockmusik – aber es bleibt bei einem gescheiterten Versuch, mit dem Led-Zeppelin-Hit »Stairway to Heaven« der Erlösung näher zu kommen. Dann kommt die bittere Pointe des Songs: Natürlich liegt die Lösung in der Bildung. Aber zur Schule kann der Junge nicht gehen, weil er die Ghetto-Schule nicht überlebt, wenn er keine Waffe bei sich hat. Bitterer geht es nicht. Anders als andere Musiker beließ es Cooper nicht beim Kritisieren. Aus den Einnahmen, die er mit seiner Musik erzielte, finanzierte er die Solid Rock Foundation, eine gemeinnützige, christlich orientierte Stiftung, die gestrandeten Jugendlichen eine Perspektive bietet.

David Bowie hatte zusammen mit Pat Metheny im Jahr 1984 mit »This Is Not America« die Musik zu dem Film »The Falcon and The Snowman« (»Der Falke und der Schneemann«) geschrieben, der den »Werteverlust und Probleme der Lebenslüge« sowie die »politische Desillusionierung einer Nation« unter dem konservativen Präsidenten Ronald Reagan thematisierte.[457] Das Lied enthält keine Story, sondern besticht durch eine Aneinanderreihung von Allegorien für Niedergang und Verfall. Dabei hätte der amerikanische Traum großartige Realität werden können, aber so dräuen blutrote Wolken am Horizont, die eine düstere Zukunft

457 Lexikon des internationalen Films: Der Falke und der Schneemann. Bd. 2, D–F, Reinbek: Rowohlt 1990, S. 950.

verheißen. Das Musikvideo beginnt mit fröhlichen Bildern aus den 50er und 60er Jahren mit Messdienern und Cheerleadern, am Ende sieht man überwiegend Morde, Bombenabwürfe, Drogenmissbrauch und Ronald Reagan.

2001 wurde der Text um ein Vielfaches erweitert, als Bowie den vertrauten Refrain übernahm und Puff Daddy (P. Diddy), Mark Curry, Kain, Loon und Black Rob dazu rappten. Der Song erhielt den Titel »American Dream«. Das Lied handelt von den Jungs im Ghetto, die keine Perspektive haben und Woody Guthries »This Land Is Your Land« voller Bitterkeit zitieren: »Mein Land ist das deine, wo es keine Freiheit gibt, nur Elend.« Sie finden die Lösung in Gewalt: »Warum kann ich mir nicht mit einer Knarre Luft machen und frei werden?« Der amerikanische Traum und der Kapitalismus haben die Ghetto-Kids zu Monstern gemacht, die sich nehmen, was ihnen zusteht. Das machen sie, indem sie mit Drogen dealen. Sie kennen keine Regeln und keine Moral: »Wer hat gesagt, dass sich Verbrechen nicht auszahlt?«

Aber dann kommt eine verquere Logik, mit der man sich selbst entlarvt: Erst ist man das Produkt des kapitalistischen Systems. Dann entscheidet man sich bewusst für die kriminelle Karriere. Aber wenn man erwischt wird, ist man das unschuldige Opfer einer rassistischen Justiz, die Racial Profiling anwendet. Der durch eine brutale Tötung eines Afroamerikaners ausgelöste Vorwurf an die Polizei rassistisch zu sein, hat im Frühsommer 2020 zu einer breiten Demonstrationswelle geführt, die auch das Racial Profiling anprangerte. Der Song »American Dream« zeigt, dass das Problem schon lange bekannt war.

David Bowie, der als junger Engländer noch von den USA fasziniert gewesen war, entwickelte eine zunehmende Distanz zu dem Land. In seinem Song »I'm Afraid of Americans«, in dem die Schlüsselverse wie hypnotisch wiederholt werden, äußert er sogar die Angst vor einer kulturellen Überfremdung der Welt durch die USA: »[Der Song] ist nicht wirklich bösartig gegenüber den Amerikanern, wie sagen wir ›Born in the U.S.A.‹. Er ist nur sardonisch. Ich bin durch Java gereist, als dort der erste McDonald's aufgemacht wurde. Es war wie heilige Scheiße. Die Invasion durch eine homogenisierte Kultur ist so deprimierend, die Errichtung einer weiteren Disney World in, sagen wir Umbrien in Italien, noch schlimmer. Sie erstickt die einheimische Kultur und verengt den Ausdruck des Lebens.«[458]

Seinen Beitrag zum American Dream hat auch Frank Zappa geleistet. »Bobby Brown« ist ein gutaussehender Typ aus reichem Hause, der auf eine Eliteschule geht, später einmal viel Geld verdienen wird, auf den die Cheerleader fliegen – kurzum, er ist die Personifizierung des amerikanischen Traums. Aber er lässt die Mädels auch seine Referate schreiben. Hinterher vergewaltigt er sie mal eben, wenn er Lust dazu hat. Der Rest des Songs besteht aus drastischen Aufzählungen sexueller Praktiken, die 1978 jeder bürgerlichen Mutter und jedem braven Vater die

458 Pressemitteilung von David Bowie. Zitiert nach: Josh Jones: David Bowie's First American Fan Letter and His Evolving Views of the U.S. (1967–1997). Open Culture vom 20.12.2012, http://www.openculture.com/2012/12/david_bowies_first_american_fan_letter_and_his_evolving_views_of_the_us_1967-1997.html, zugegriffen am 1.7.2020.

Schamröte ins Gesicht getrieben hätten – einschließlich der versauten Slang-Wörter, die schon den Songtitel eindeutig zweideutig machen. Aber die Zweideutigkeit des Titels hatte Hintersinn: *going down* heißt im Slang ›(Muschi) lecken‹ und im normalen Sprachgebrauch ›ganz tief hinabsinken‹, was ebenso gut zum Niveauverlust des »sexuell Behinderten« passt.

Bobby Brown (Goes Down)

Hey there, people, I'm Bobby Brown
They say I'm the cutest boy in town
My car is fast, my teeth shiny
I tell all the girls they can kiss my heinie
Here I am at a famous school
I'm dressin' sharp and I'm actin' cool
I got a cheerleader here wants to help with my paper
I'll let her do all the work 'n' maybe later I'll rape her

Oh God I am the American dream
I do not think I'm too extreme
An' I'm a handsome sonofabitch
I'm gonna get a good job 'n' be real rich ...

Women's Liberation
Came creepin' all across the nation
I tell you people, I was not ready
When I fucked this dyke by the name of Freddie
She made a little speech then,
Aw, she tried to make me say when
She had my balls in a vice, but she left my dick
I guess it's still hooked on, but now it shoots too quick

Oh God I am the American dream,
But now I smell like Vaseline
An' I'm a miserable sonofabitch
Am I a boy or a lady ... I don't know which ...

Bobby Brown (leckt Muschi / sinkt ganz tief)

He Leute, ich bin Bobby Brown
Sie sagen, ich sei der süßeste Junge in der Stadt
Mein Auto ist schnell und meine Zähne strahlend weiß
Ich erzähle allen Mädchen, sie können meinen Po küssen
Ich bin hier auf einer Eliteschule
Ich kleide mich chic und benehme mich cool
Ich hab' hier eine Cheerleaderin, die mir mit dem Referat helfen möchte
Ich lass' sie die ganze Arbeit machen, und danach vergewaltige ich sie vielleicht noch

Oh Gott, ich bin der amerikanische Traum
Ich glaube nicht, dass ich zu extrem bin
Und ich bin ein gutaussehender Hurensohn.
Ich werde einen guten Job bekommen und richtig reich werden ...

Die Frauenbewegung
Hat sich im ganzen Land breitgemacht
Ich sage euch, Leute, darauf war ich nicht vorbereitet,
Als ich diese Lesbe namens Freddie fickte
Sie hielt mir einen kleinen Vortrag,
Ah, und wollte, dass ich sage, wenn ich komme
Sie hatte meine Eier in der Mangel, aber meinen Schwanz ließ sie
Ich glaube, er ist immer noch steif, aber jetzt spritzt er zu schnell ab

Oh Gott, ich bin der amerikanische Traum,
Aber nun rieche ich nach Vaseline
Und ich bin ein erbärmlicher Hurensohn
Bin ich ein Männlein oder ein Weiblein ... ich weiß es nicht ...

So I went out 'n' bought me a leisure suit I jingle my change, but I'm still kinda cute Got a job doin' radio promo An' none of the jocks can even tell I'm a homo Eventually me 'n' a friend Sorta drifted along into S&M I can take about an hour on the tower of power 'Long as I gets a little golden shower	Also ging ich los und kaufte ich mir einen Jogginganzug Ich trage keine Unterhose und lass meine Eier tanzen, aber ich bin immer noch irgendwie süß Hab einen Job, mache jetzt Werbung im Radio Und keiner der Radiomoderatoren merkt, dass ich ein Homo bin Schließlich bin ich mit einem Freund Irgendwie zu Sado-Maso gekommen Ich kann circa eine Stunde auf dem Dildostuhl sitzen Solange ich ein bisschen Natursekt bekomme
Oh God I am the American Dream With a spindle up my butt till it makes me scream An' I'll do anything to get a head	Oh Gott, ich bin der amerikanische Traum Mit einem Dildo in meinem Arsch, bis ich schreie Und ich tue alles, um einen geblasen zu bekommen
I lay awake nights saying »Thank you Fred« Oh God, Oh God, I'm so fantastic! Thanks to Freddie, I'm a sexual spastic And my name is Bobby Brown Watch me now, I'm going down ...	Ich liege nachts wach und sage »danke Fred« Oh Gott, oh Gott, ich bin so fantastisch Dank Freddie bin ich ein sexueller Spastiker Und ich heiße Bobby Brown Schau mal, ich lecke jetzt Muschi (sinke ganz tief) ...
I knew you'd be surprised ...	Ich wusste doch, dass du erstaunt sein würdest ...

Frank Zappa, 1978. Text & Musik: Frank Zappa (CBS)

Ist die Eingangsszene der Vergewaltigung einer Cheerleaderin unrealistisch? Im Sommer 2018 nominierte der US-amerikanische Präsident Donald Trump den Richter Brett Michael Kavanaugh als seinen Kandidaten für den Obersten Gerichtshof der USA. Kavanaugh verkörperte den amerikanischen Traum in ähnlicher Weise wie der (fiktive) Bobby Brown. Kavanaugh kam aus reichem Elternhaus, das über enge Kontakte in höchste (konservative) politische Kreise verfügte, besuchte eine Eliteschule und studierte dann an der Ivy-League-Universität Yale. Während der Senat die Bestätigung Kavanaughs als Obersten Richter verhandelte, erhob eine Psychologieprofessorin den Vorwurf, der damals siebzehnjährige Kavanaugh habe sie im Sommer 1982 als Fünfzehnjährige in betrunkenem Zustand während einer Party massiv sexuell bedrängt und zu vergewaltigen versucht. Kurz darauf behauptete eine zweite Frau, sie sei auf einer »Gang Rape Party« in Anwesenheit Kavanaughs von einer Gruppe vergewaltigt worden. Eine dritte Frau erinnerte sich, wie sich Kavanaugh im akademischen Jahr 1983/84 nach einer Party vor ihr entblößt und ihr seinen Penis in das Gesicht gedrückt hatte.

Auch wenn eine – sehr hastig und oberflächlich durchgeführte – Untersuchung des FBI keine weiteren Zeugen ausmachen konnte, um die Aussagen der drei Frauen zu überprüfen, hielten einige der damaligen Mitstudierenden die Vorwürfe für realistisch. Sexuelle Nötigungen, Vergewaltigungen und »Gang Rape Parties« waren damals unter den Söhnen reicher Eltern offenbar üblich. Über tausend Absolventinnen der Schule versicherten schriftlich, dass der Vorwurf des Vergewaltigungsversuchs »mit den Geschichten, die wir gehört und erlebt haben, übereinstimmte«.[459] Der investigative Schriftsteller Tom Wolfe berichtete in seinem Roman »I Am Charlotte Simmons« sehr plastisch von den sexuellen Ausschweifungen an amerikanischen Eliteuniversitäten, die er selbst beobachtet hatte.

Zappa zögert nicht, den Allerweltsnamen »Bobby Brown« zu verwenden, um eine ganze soziale Klasse anzuprangern: die bigotten, scheinheiligen, machtbewussten, konservativen Reichen, für die der amerikanische Traum nichts anderes bedeutet, als über Geld, politischen Einfluss, persönliche Macht und befreundete Spitzenanwälte zu verfügen, um die eigenen sexuellen Perversionen hemmungslos auszuleben, ohne Rücksicht auf die misshandelten Frauen und Mädchen. Moral ist in dieser Klasse Doppelmoral, und Gerechtigkeit ist Selbstgerechtigkeit. Wenn eines der Opfer Anzeige erstattet, ja und? Dann streitet man es einfach ab und nimmt sich einen guten Anwalt (alter Freund der Familie), der einen aus der Sache herausholt und dem Opfer noch einen Prozess wegen falscher Beschuldigung anhängt. Im Zweifel wird das Opfer bereits durch die anfallenden Anwaltskosten ruiniert. Das hat auch bei Brett Kavanaugh im Jahr 2018 noch funktioniert. Aber sein Chef hatte es ihm ja vorgemacht. Donald Trump rühmte sich seiner zahlreichen außerehelichen Affären und hinterließ auf einer Tonaufnahme den Ausspruch, er könne seine Berühmtheit nutzen, um Frauen »an die Muschi zu fassen« und »alles« mit ihnen zu machen. Es war keine Überraschung, dass der Song »Bobby Brown« von den US-amerikanischen Radiosendern boykottiert wurde. In den europäischen Charts erreichte das Lied dagegen Top-Platzierungen, in Deutschland Platz vier.

Inzwischen weiß die ganze Welt, wie schön Amerika in Wirklichkeit ist. Dazu hat auch die Rockmusik beigetragen, deren kritische Songs weitaus bekannter sind als die patriotischen Hymnen.

459 The Latest: Ford's Fellow Alumnae Sign Letter Supporting Her. Washington Post vom 20.9.2018.

7.2. In the Army Now

Status Quo waren eine britische Band, die durch fetzigen, unkomplizierten Rock and Roll populär wurde. Ihr rockiges Cover von John Fogertys »Rockin' All over the World« wurde zu so etwas wie einer Rock-and-Roll-Hymne und festigte den Ruf von Status Quo als Band, die am laufenden Band tanzbare Party-Hits produzierte. Aber die Feten-Band konnte auch anders. Das südafrikanisch-niederländische Produzentenduo Bolland & Bolland (das unter anderem für Falco »Rock Me Amadeus« schrieb) hatte 1981 einen antimilitaristischen Song geschrieben und auch unter eigenem Namen veröffentlicht, der aber nur in Finnland, Norwegen und Schweden größere Beachtung fand. Zum Nummer-eins-Hit in mehreren europäischen Ländern wurde »In the Army Now« vier Jahre später in der Version von Status Quo. Egal wo Komponisten und Band herkamen: Der Song behandelte den Militarismus in den USA unmissverständlich.

In the Army Now	**Du bist jetzt in der Armee**
A vacation in a foreign land, Uncle Sam does the best he can You're in the army now ...	Ein Urlaub im Ausland, Vater Staat tut das Beste, was er kann Du bist jetzt in der Armee ...
Now you remember what the draft man said, nothing to do all day but stay in bed ...	Jetzt fällt dir wieder ein, was der Anwerbeoffizier gesagt hat Den ganzen Tag nichts anderes zu tun, als im Bett zu liegen ...
You'll be the hero of the neighbourhood, nobody knows that you've left for good ...	Du wirst der Held des Viertels sein Keiner ahnt, dass du nicht wiederkommen wirst ...
Smiling faces as you wait to land, but once you get there no-one gives a damn ...	Lächelnde Gesichter, während du auf die Landung wartest Aber wenn du erst einmal da bist, schert sich keiner mehr um dich ...
Hand grenades flying over your head Missiles flying over your head, if you want to survive get out of bed ...	Handgranaten fliegen über deinen Kopf hinweg Raketen fliegen über deinen Kopf hinweg Wenn du überleben willst, dann raus aus dem Bett ...
Shots ring out in the dead of night, the sergeant calls 'Stand up and fight!' ...	Schüsse peitschen durch die dunkle Nacht Der Unteroffizier schreit: »Steh auf und kämpf!« ...

You've got your orders better shoot on sight, your finger's on the trigger but it don't seem right ...	Du hast deine Befehle, schieß besser auf Sicht, Du hast den Finger am Abzug, aber es erscheint nicht richtig ...
Night is falling and you just can't see, is this illusion or reality? ...	Die Nacht bricht an und du kannst einfach nichts sehen, ist das nur Einbildung oder Wirklichkeit? ...

Bolland & Bolland, 1982; Status Quo, 1986. Text & Musik: Rob Bolland, Ferdi Bolland (Lark / Ultraphone; Vertigo)

Antimilitaristische Lieder gab es seit den 1960er Jahren reichlich. Ihre Motive wurden hier wieder aufgenommen: die falschen Versprechungen der Anwerbeoffiziere, der Stolz der Eltern und die Anerkennung der Nachbarschaft. »In the Army Now« entfaltet aber eine besonders eindringliche Wirkung durch das Zusammenspiel von Musik, Gesangsstimme und Text. Die Stimme erzeugt zusammen mit dem monotonen Takt und den insgesamt 26 (!) Wiederholungen des Verses »You're in the army now« die Stimmung eines hoffnungslosen jungen Soldaten, der erkennt, dass die Versprechungen des Anwerbeoffiziers ebenso hohl waren wie der Applaus der Nachbarschaft, als der Schrecken des Kriegs nur allzu real über ihn kommt. Ein genialer Einfall der Band war, jemanden, der wie ein echter Spieß klingt, »Steh auf und kämpf!« schreien zu lassen. Intelligent ist schließlich die letzte Strophe, die mit der Doppeldeutigkeit von »you just can't see« spielt: Man sieht in der dunklen Nacht tatsächlich nichts (was bereits schrecklich genug ist), aber man erkennt auch nicht mehr, ob das Grauen des Militäreinsatzes Illusion oder Realität ist.

Vom Zeitgeist her hätte das Lied noch in die 60er Jahre gepasst, als der Vietnamkrieg tobte. Aber Anfang der 80er Jahre entwickelte sich in Westeuropa eine neue Friedensbewegung, die zu zahlreichen großen Friedensdemonstrationen führte. Selbst Schlagerkönig Ralph Siegel gewann 1982 mit dem Lied »Ein bisschen Frieden«, das er von Schlagersternchen Nicole [Hohloch] singen ließ, den Eurovision Song Contest. Ein Jahr später landete die Hagener Sängerin Nena [Gabriele Susanne Kerner] mit dem naiv-antimilitaristischen Popsong »99 Luftballons« einen weltweiten Hit, der in seiner englischen Fassung sogar in den USA auf Platz zwei der Charts landete. Status Quo hatten also den richtigen Riecher für den neuen antimilitaristischen Zeitgeist, als sie 1986 ihr Cover von »In the Army Now« herausbrachten.

Vierzehn Jahre später veröffentlichten Status Quo eine neue Version von »In the Army Now«. Inzwischen hatte sich die Welt verändert. 1995 hatte das Massaker von Srebrenica klargemacht, dass sich die Blauhelm-Missionen der Vereinten Nationen mitschuldig machten, wenn sie tatenlos zusahen, wie sich unter ihren Augen schwerste Kriegsverbrechen, Massenvergewaltigungen und Völkermorde ereigneten. Aus zahlreichen westeuropäischen Ländern und auch aus Deutschland wurden Soldaten zu Friedensmissionen der Vereinten Nationen entsandt, die auch Kampfeinsätze erforderten. Status Quo veränderten ihren Text. Aus militärkritischen werden militärfreundliche Passagen, wie die folgende Gegenüberstellung zeigt:

In the Army Now	**Du bist jetzt in der Armee**
1986 You'll be the hero of the neighbourhood, nobody knows that you've left for good	**1986** Du wirst der Held des Viertels sein Keiner ahnt, dass du nicht wiederkommen wirst
2010 you'll be the hero of the neighbourhood counting the days 'till back for good	**2010** Du wirst der Held der Nachbarschaft sein, zählst die Tage, bis du wieder zurück bist
1986 Smiling faces as you wait to land, but once you get there no-one gives a damn	**1986** Lächelnde Gesichter, während du auf die Landung wartest Aber wenn du erst einmal da bist, schert sich keiner mehr um dich
2010 smiling faces as you wait to land side by side every woman and man	**2010** Lächelnde Gesichter, während du auf die Landung wartest Seite an Seite, jede Frau und jeder Mann
1986 your finger's on the trigger but it don't seem right	**1986** Du hast den Finger am Abzug, aber es erscheint nicht richtig
2010 your finger's on the trigger now it's time to fight	**2010** Du hast den Finger am Abzug, und es ist Zeit zu kämpfen

Status Quo, 2010. Text & Musik: Rob Bolland, Ferdi Bolland / Status Quo (Lark / Ultraphone; Ear)

Die Rockmusik ist dem Zeitgeist gefolgt – auch wenn er konservativer wurde. Möglicherweise auch simpler Alterskonservatismus, vor dem offenbar auch Rockmusiker nicht gefeit sind.

7.3. Indian Reservation

In den 1960er Jahren rebellierte die Jugend gegen Autorität und Unterdrückung. Sie fühlte sich unterdrückt, weil die ältere Generation ihren Lebensstil nicht akzeptieren wollte, und sie solidarisierte sich mit Minderheiten, die aus der Gesellschaft ausgegrenzt wurden. Diese Minderheiten sollten nicht länger zur Anpassung an den gesellschaftlichen Mainstream gedrängt werden, sollten ihre spezifische Identität pflegen und erhalten. Das war die Wurzel der »Identity Politics«, wie es in den USA hieß, und des *Multikulturalismus*, wie es in Deutschland genannt wurde.[460]

Die Gruppe, der die WASPs – die White Anglo-Saxon Protestants – am übelsten mitgespielt hatten, waren in Nordamerika zweifellos die amerikanischen Ersteinwohner. In den 1960er Jahren sagte man noch ganz unbefangen *Indianer* beziehungsweise *Indians*, so wie einst Kolumbus die amerikanischen Ureinwohner getauft hatte, da er glaubte, auf dem indischen Subkontinent gelandet zu sein. Später kam die Bezeichnung *American Indian* auf, um Verwechslungen mit den echten Indern (im Englischen auch *indians*) zu vermeiden, noch später *Native Americans* oder *First Nations*. Es finden sich auch die Wörter *indigenous* und *aboriginal*. Der politisch korrekte deutsche Begriff lautet *amerikanische Ersteinwohner*, was allerdings schlecht als Adjektiv funktioniert.

Und wie nennen sich die Betroffenen selber? Schaut man sich 139 Organisationen der Betroffenen an, so werden die Selbstbezeichnungen *Indian* und *American Indian* immer noch am häufigsten verwendet.[461] Eine Vereinigung der Betroffenen – die North American Indian (!) Women's Association – lehnt die Bezeichnung *Native American* ab, weil sich diese auf jeden und jede beziehen kann, der oder die in Amerika geboren worden ist, und empfiehlt stattdessen, die Bezeichnung *American Indians* zu benutzen,[462] so dass der Sprachgebrauch in den Songs aus den 1960er Jahren auch heute noch, zumindest im Englischen, akzeptabel erscheint. Wie immer bleiben wir bei unseren Übersetzungen möglichst eng am Original.

Die amerikanischen Ersteinwohner waren ursprünglich aus Asien eingewandert, als die Landbrücke zwischen Sibirien und Alaska noch existierte, und hatten sich dann von Norden her über beide amerikanische Kontinente ausgebreitet. In Nordamerika lebten um 1600, als die ersten Siedler aus Europa kamen, Hunderte von Stämmen, die unterschiedliche Namen trugen, unterschiedliche Sprachen hatten und sich auch von der Lebensweise her unterschieden, je nachdem ob sie an der Küste, in Waldgebieten, in der Prärie oder in Wüsten lebten. Im Südwesten der

460 Francis Fukuyama: Identity. Contemporary Identity Politics and the Struggle for Recognition. London: Profile 2018.

461 Eigene Auswertung der Auflistung »WWW Virtual Library – American Indians. Index of Native American Organizations on the Internet«. http://www.hanksville.org/NAresources/indices/NAorg.html, zugegriffen am 11.5.2020.

462 Museum of the Cherokee Indian. FAQs. http://www.cherokeemuseum.org/learn/faq, zugegriffen am 1.7.2020.

USA, namentlich in den Gebieten, die heute zu den Bundesstaaten New Mexico und Arizona gehören, waren einige Stämme sesshaft geworden, hatten Dörfer aus Lehmziegelhäusern errichtet und betrieben mit Hilfe künstlicher Bewässerung Ackerbau.

Die ersten Europäer, die den Pueblo-Indianern begegneten, waren die Spanier. Sie hatten von »sieben goldenen Städten« gehört, die sie in ihrer Gier erobern und plündern wollten, um die Altäre ihrer heimischen Kathedralen damit zu vergolden. Dummerweise handelte es sich dabei um ein Missverständnis; wahrscheinlich waren mit den »goldenen Städten« simple Lehmziegeldörfer gemeint, die in der Abendsonne golden schimmerten. Doch selbst eine vage Aussicht auf Gold genügte, um den gesamten Südwesten der USA – von Texas bis Kalifornien – zu unterwerfen. Mit den Konquistadoren kamen die Missionare, die ihre heilige Pflicht darin sahen, die »Wilden« zum einzig wahren Glauben zu bekehren. Perlschnurartig wurden deshalb in New Mexico, Texas, Arizona und Kalifornien entlang der Handelsstraßen Missionen errichtet, das heißt Kirchen, die zumeist in oder in unmittelbarer Nähe der einheimischen Siedlungen gebaut wurden. Die Ersteinwohner nahmen den Glauben an Jesus Christus nicht unwillig an, weil die christliche Jenseits- und Seelenvorstellung durchaus mit dem schamanistischen Glauben harmonierte, so dass sie beides zu einem bis heute fortlebenden Synkretismus verknüpften, der mitunter originelle Züge annimmt, wenn etwa Medizinmänner bis heute zum heiligsten Fest der Christen, dem Osterfest, in den Höfen der Missionskirchen traditionelle Geisterbeschwörungstänze aufführen und dazu stampfende Trommeln schlagen.

Zur Missionierung gehörte auch, dass die Ersteinwohner selber zum Bau und zur Ausstattung der Kirchen und ihrer Nebengebäude eingesetzt wurden. Auch wenn die Eroberer unmissverständlich zeigten, wer die Bosse waren und Aufstände mit höchster Brutalität niederschlugen, hatte die Missionierung zumindest den Effekt, dass die Ersteinwohner eine christliche Schulbildung erhielten, in Kunst und Handwerk eingeführt wurden und somit in die europäische Zivilisation eingebunden wurden. Die Spanier hatten auch wenig Scheu, einheimische Frauen zu ehelichen. Jahrhundertealte Pueblos wie Taos oder Acoma in New Mexico blieben so bis in die Gegenwart erhalten. Die traditionelle Kultur wurde gepflegt und sogar weiterentwickelt. Anfang des 20. Jahrhunderts entdeckte der Archäologe Edgar Lee Hewett neolithische Töpferwaren von hoher künstlerischer Qualität, und es gelang ihm, die zeitgenössischen Pueblos (namentlich Frauen) dafür zu begeistern, die antiken Techniken wiederzubeleben. Daraus ging eine indianische Kunst hervor, die heute in den Galerien von Santa Fe und New York Preise von Tausenden von Dollars für einzelne Objekte erzielt.

Auch wenn die Spanier zahlreiche Grausamkeiten begangen hatten, haben sie die Ersteinwohner insgesamt gesehen doch weitaus besser behandelt, als es die Engländer taten, die einige Jahre später an der Ostküste Kolonien errichteten. Dabei hatte alles recht harmonisch angefangen. Im Jahr 1524 hatte bereits der italienische Seefahrer Giovanni da Verrazano die Nordostküste erkundet. Danach kamen regelmäßig europäische Kabeljaufischer, bevor die Mayflower am 11. November

1620 mit 102 Siedlern an Bord in einer geschützten Bucht hinter dem Cape Cod vor Anker ging, um die Neue Welt zu besiedeln.

Wie lebten die Europäer damals? Europa war ein kleinteiliges Mosaik von kleineren und größeren Fürstentümern und Königreichen, die teils gegeneinander Krieg führten, teils miteinander verbündet waren und häufig die Bündnisse brachen und neue eingingen, um sich einen strategischen Vorteil zu sichern. Wie lebten damals die nordamerikanischen Ersteinwohner? Nordamerika war ein kleinteiliges Mosaik von kleineren und größeren Stämmen, die teils gegeneinander Krieg führten, teils miteinander verbündet waren und häufig die Bündnisse brachen und neue eingingen, um sich einen strategischen Vorteil zu sichern. So verschieden war das damals nicht in Europa und in Amerika, aber es war ganz anders als wir heute, nach der Erfahrung zweier Weltkriege mit Massenvernichtungswaffen, über Kriege denken.

In der Nähe der Stelle, an der die Mayflower anlandete, gab es das Volk der Pokanoket, dem der ehrgeizige Sachem (Stammesführer) Massasoit vorstand. Leider waren die Pokanoket gerade von dem militärisch überlegenen Stamm der Narragansett unterworfen worden, aber Massasoit schmiedete ein Bündnis mit dem Stamm der Massachusett, die ebenfalls mit den Narragansett verfeindet waren. Die Pokanoket hatten, als die Mayflower kam, bereits Erfahrung mit den Europäern, mit denen sie Handel trieben. Die Einheimischen hatten lebhaftes Interesse an den exotischen Lebensmitteln, die die Europäer mitbrachten, und die Europäer begannen, den Tabak zu lieben, den die Einheimischen rauchten.[463]

Zwischendurch massakrierten die Einheimischen ein paar Europäer oder brannten deren Lager nieder, so wie auch die Europäer die Einheimischen gelegentlich töteten oder entführten, um sie in Europa zur Schau zu stellen. Das gehörte damals auf beiden Seiten zu den durchaus üblichen Umgangsformen. Als die Kolonisten der Mayflower an Land gingen, fanden sie eine frisch verlassene einheimische Siedlung, die sie als Erstes plünderten. Die Einheimischen revanchierten sich kurz darauf, indem sie die Siedler mit einem Hagel von Pfeilen überzogen, worauf diese das Feuer mit Musketen eröffneten. Der Strand, wo das geschah, heißt heute noch *First Encounter Beach* – ›Strand der ersten Begegnung‹.[464]

Dann mussten sich die Siedler durch ihren ersten, harten Winter in der Neuen Welt schlagen. Eines Tages, als der Frühling heranbrach, am 16. März 1621, kam ein Ersteinwohner in die Siedlung spaziert. Er sprach leidlich Englisch, das er von den Fischern gelernt hatte. Er verlangte nach Bier (das er auch bekam) und wurde im Übrigen mit Keksen, Butter, Pudding und gebratener Ente bewirtet. Es handelte sich um den Botschafter des Häuptlings Massasoit, der mit seinem Besuch diplomatische Beziehungen aufbaute, die nach Regeln abliefen, die beiden Seiten geläufig waren. Ein paar Tage später kam Massasoit mit einer Delegation und Pelzen und Heringen für die Europäer, die ihrerseits Messer, Kupferketten, Kekse und den bei

463 Die Darstellung, auch im Folgenden, stützt sich auf das historische Standardwerk von Nathaniel Philbrick: Mayflower. München: Blessing 2006, insbesondere S. 64ff.

464 Ebd., S. 87ff.

den Einheimischen sehr beliebten Alkohol gaben. Dann kam es zu einer offiziellen Zeremonie mit gegenseitigen Handküssen, grünem Teppich, Trommelwirbel und einem gemeinsam getrunkenen Schnaps. Sie endete damit, dass ein förmlicher Vertrag zwischen den englischen Siedlern, die im Namen des englischen Königs Jakob handelten, und den Pokanoket geschlossen wurde, der friedliche Beziehungen untereinander und gegenseitige Unterstützung im Falle eines Angriffs durch Dritte beinhaltete.[465]

Das war ein förmlicher Friedensvertrag und zugleich ein Militärbündnis, von dem in erster Linie Massasoit profitierte, der jetzt auf die Siedler mit ihren Feuerwaffen als Waffenpartner in der Auseinandersetzung mit den Narragansett zählen konnte. Als die Engländer ihrerseits dem Indianerdorf einen Besuch abstatteten, entwickelte sich daraus ein großes Fest mit gemeinsamen Speisen, Übergabe von Geschenken, Singen, Tanzen, Glücksspielen, gegenseitiger Unterweisung in den jeweiligen Waffen und Wettschießen. In einem zeitgenössischen Bericht bezeichnet ein Engländer einen weiteren Häuptling der »Indianer«, dem er begegnet war, als »sehr sympathisch, höflich und gut trainiert«, während Massasoit sogar die Würde eines Königs zugestanden wurde (was bedeutete, dass er auf Augenhöhe mit dem englischen König stand).[466]

Von Rassismus findet sich in den historischen Dokumenten keine Spur. Im Gegenteil, der Historiker Philbrick schreibt: »… in diesen ersten Jahren, als der wechselseitige Kampf ums Überleben alle anderen Sorgen in den Hintergrund drängte, hatten die beiden Völker mehr miteinander gemeinsam, als heute allgemein anerkannt wird. Für die Pilgerväter, von denen einige in einem Wigwam geschlafen und allesamt beim ersten Erntedankfest mit den Indianern getrunken und gegessen hatten, waren die Ureinwohner nicht ein verabscheuungswürdiger Haufen Barbaren … Sie waren menschliche Wesen, ganz wie sie: ›sehr vertrauenswürdig, schnell von Begriff, scharfsinnig, gerecht‹, urteilte Edward Winslow«, einer der führenden Männer der Pioniere.[467]

Auch der puritanische Missionar John Eliot betrachtete die »Indianer« nicht als Wilde, sondern als »Kinder Gottes«, also als Gottes Ebenbilder. In seinen Berichten, die er nach England schickte, charakterisierte er einzelne Ureinwohner mit Worten wie »sehr fähig«, »ein gemäßigter, nüchterner, frommer Mann«, »ein alter standfester und vertrauenswürdiger Freund der Engländer, der sein Land liebt« und der (als Häuptling) »mehr geliebt als gefürchtet wird«, »er war ein angesehener Mann, anerkannt von allen Engländern, den viele kannten: Er hatte einen schnellen Verstand, ein vernünftiges Urteil und einen freundlichen Umgangston«, »er ist ein vielversprechender junger Mann mit einem geraden und aufrechten Herzen und gutem Urteilsvermögen … er ist lernbegierig und fleißig und unter den Engländern sehr angesehen«, »dessen würdevolle, vertrauensvolle und diskrete Gesprächsführung

465 Ebd., S. 120.

466 Ebd., S. 134.

467 Ebd., S. 142f.

ihm wirklichen Respekt der Engländer verschafft hat« und so weiter.[468] Kurz, er spricht von einzelnen »Indianern« genau wie er von respektierten Engländern sprechen würde, und er betont immer wieder, dass die Siedler diesen Ersteinwohnern auch großen Respekt zollten und sie anerkannten wie ihresgleichen. Von Rassismus kaum eine Spur.

Der erwähnte Edward Winslow war sich nicht zu schade, einmal das Leben des Häuptlings Massasoit zu retten, indem er ihm eigenhändig den vereiterten Mund ausschabte, was jener ihm sein Leben lang nicht vergaß. Auch das Thema Land war ursprünglich kein Streitpunkt. 1621 hatten die Pokanoket den Siedlern das erste Stück Land geschenkt. Spätestens ab 1632 sind Kaufverträge über einheimisches Land dokumentiert. So wurde das Land, das später zur Gemeinde Rehoboth werden sollte, für 0,17 Kubikmeter Perlen und einen Mantel verkauft. 1650 wurde ein Stück Land für Kleidungsstücke, Baumwolle und Werkzeuge veräußert, 1652 abermals ein Gelände für Schuhe, Stoffe, Werkzeuge und Haushaltswaren. Beide Seiten hatten bei diesen Deals jeweils das Gefühl, ein gutes Geschäft gemacht zu haben, weil die europäischen Waren für die Ersteinwohner einen hohen Wert aufwiesen.[469] Der Häuptling Massasoit schickte seine Söhne in die christliche Schule, die die Pilger eröffneten, und im Jahr 1660, als Massasoit bereits gestorben war, beantragte dessen Sohn und Nachfolger Wamsutta, ihm den englischen Namen Alexander von Pokanoket und seinem Bruder den Namen Philip zu verleihen.[470]

Die Niederländer, die etwas weiter südlich den Handelsposten Niew Amsterdam, das spätere New York, gründeten, waren beeindruckt von der physischen und mentalen Gesundheit der Einheimischen, die sie auf der Insel Mannahatta antrafen. Da seien »wenige oder keine, die schielen, blind sind, verkrüppelt, lahm, bucklig oder hinkend«, sondern alle seien »wohlgekleidet, stark und gesund vom Körper, gut ernährt, ohne Makel«, schrieb ein Nicholaes van Wassenaer, »es gibt unter ihnen keine Einfältigen, Irren oder Verrückten wie unter uns«, ergänzte Jasper Danckaerts, und Charles Lodwick war voller Bewunderung, dass einige hundert Jahre alt wurden.[471]

Wie die ersten Engländer schlossen auch die Niederländer förmliche Verträge über den Ankauf von Land mit den örtlichen Ersteinwohnern. Als Kaufpreise akzeptierten die Einheimischen Dinge wie Kleidung, Tuch, landwirtschaftliche Geräte, Haushaltsgeräte, Schmuck, vor allem aber Steinbohrer. Die Bohrer waren für die Einheimischen von unschätzbarem Wert, erlaubten sie ihnen doch, die Muschelketten, die weithin die Währung bildeten, in weitaus größeren Mengen herzustellen

468 John Eliot: A Brief Narrative of the Progress of the Gospel amongst the Indians in New England, in the Year 1670, given in by the Reverend Mr. John Eliot, Minister of the Gospel there, in a Letter by him directed to the Right Worshipfull the Commissioners under his Majesties Great-Seal for Propagation of the Gospel amongst the poor blind Natives in those United Colonies. London: John Allen 1671.

469 Philbrick, Mayflower, a. a. O., S. 196.

470 Ebd., S. 224.

471 Edwin G. Burrows, Mike Wallace: Gotham. A History of New York City to 1898. Oxford et al.: Oxford University Press 2000, S. 11.

als zuvor.[472] Die Waren, die für die Südspitze von Mannahatta eingetauscht wurden, hatten im Jahr 1626 einen Wert von sechzig Gulden, was damals einem Fünftel eines Jahreseinkommens eines Landarbeiters entsprach. Somit hatten beide Seiten das Gefühl, ein gutes Geschäft gemacht zu haben.

Es gab also ökonomisch sinnvolle Geschäfte, Militärbündnisse im gegenseitigen Interesse, diplomatische Beziehungen, gegenseitig respektierte Verträge, einen kulturellen Austausch, persönliche Anerkennung und sogar wirkliche Freundschaften. Wie kam es dazu, dass dieses so positive Verhältnis zwischen Siedlern und Ersteinwohnern umschlug? Dankbarkeit hat bekanntlich eine kurze Halbwertszeit. Ohne die Unterstützung der Pokanoket hätten die Pilger nicht das erste Jahr überlebt. Aber als auf beiden Seiten die zweite Generation in die verantwortlichen Positionen kam, geriet die einstige Freundschaft der zwischenzeitlich verstorbenen Väter in Vergessenheit. Eine unglückliche Rolle spielte insbesondere Massasoits jüngerer Sohn Philip, der früh in die Rolle des Stammesführers kam. Philip brachte sein eigenes Volk gegen sich auf, weil er aus Geldgier immer mehr Land verkaufte und es zu zunehmenden Spannungen zwischen Siedlern und Ersteinwohnern kam. Philip verhielt sich taktisch äußerst ungeschickt, weil er gegenüber seinen eigenen Leuten als großmäuliger Interessenvertreter auftrat, aber in den Verhandlungen mit den Siedlern den Duckmäuser gab. Irgendwann war es so weit, dass Philip, um seinen Sturz als Häuptling zu vermeiden, nicht anders konnte, als einen Aufstand zu beginnen, der als *König Philips Krieg* in die Geschichte eingehen sollte.[473]

Die Aufständischen vermochten zwar, den Siedlern hohe Schäden zuzufügen, konnten aber letztlich den überlegenen britischen Waffen nichts entgegensetzen. Nach vierzehn Monaten und Tausenden von Toten auf beiden Seiten gelang es den Siedlern schließlich, nach hohen eigenen Verlusten Philip zu besiegen und den Krieg zu beenden. Mindestens tausend Ersteinwohner wurden versklavt und in die Karibik verkauft. Seit diesem Krieg waren die Beziehungen zwischen den Siedlern und den Ersteinwohnern, die so positiv begonnen hatten, unwiderruflich vergiftet.

Nachdem König Philips Krieg beendet war, ergab sich eine fatale Eigendynamik. Erstens hatten die Kolonisten jetzt kein verbündetes Indianervolk mehr, das als Puffer und Vermittler zwischen den expandierenden Siedlern und den Ersteinwohnern hätte fungieren können. Konflikte zwischen den nach Westen wandernden Siedlern, die Land beanspruchten, und den Ersteinwohnern, die es gegen die vordringenden Siedler verteidigten, waren unausweichlich. Zweitens war die Chance auf eine kulturelle Integration verpasst worden. Die Siedler hatten von den Ersteinwohnern Lebens- und Ernährungsgewohnheiten übernommen – die indianischen Produkte Truthahn, Mais, Kürbis, Cranberry, Ahornsirup sollten zu Nationalspeisen der USA werden. Umgekehrt hatten die Ersteinwohner christliche Schulen besucht und englische Namen angenommen, aber dieser interkulturelle Austausch brach mit dem Krieg von 1675/76 jäh ab. Damit war auch die Lösung *Frieden*

472 Ebd., S. 22ff.

473 Philbrick, Mayflower, a. a. O., S. 249.

durch Integration vom Tisch. Drittens begann das verhängnisvolle Gruppendenken *wir vs. ihr*, das, wie seit den sozialpsychologischen Experimenten von Sherif bekannt ist, Konfrontationen und Konflikte begründet. Damit waren viertens faire vertragliche Lösungen über Landerwerb, mit denen es so hoffnungsvoll begonnen hatte, schwierig geworden. Fünftens führte Benjamin Church, der militärische Führer der Siedler, zwischen 1689 und 1704 fünf weitere Kriege, deren Fronten allerdings alles andere als klar waren, denn jetzt kämpften englische Siedler zusammen mit verbündeten Indianerstämmen gegen französische Siedler, die ihrerseits von einheimischen Stämmen unterstützt wurden.

In dem Territorium, das heute *New York City* heißt, lief es nicht besser. Die Landkäufe konnten das Entstehen von Konflikten zwischen Siedlern und Ersteinwohnern nicht verhindern. Vieh und Schweine der Siedler zerstörten Felder der Ersteinwohner und die Abholzung der Wälder vernichtete deren Lebensgrundlagen. Zum Eklat kam es, als der niederländische Kolonialdirektor von den Ersteinwohnern, die ihn nicht eingeladen hatten, in ihr Land zu kommen, die Zahlung einer Abgabe verlangte. Die Ersteinwohner setzten sich zur Wehr, und es kam zu Gewalttaten, bestialischen Folterungen auf beiden Seiten (wobei die historischen Quellen den Eindruck vermitteln, dass die Europäer stets noch grausamer waren) und zu förmlichen Kriegen, in denen die Ersteinwohner, die auch durch eingeschleppte Infektionskrankheiten geschwächt waren, früher oder später unterlagen. Auch am Hudson River war es letztlich ein inkompetenter Kolonialdirektor, der die Möglichkeit einer friedlichen Integration durch einen übertrieben harten Konfrontationskurs zunichtemachte.[474]

George Washington hatte die besten Absichten. Im Juni 1789 erklärte er, dass die Regierung der USA entschlossen sei, die Angelegenheiten der Indianer »ausschließlich nach den hehren Grundsätzen von Gerechtigkeit und Menschlichkeit« zu regeln. Gleich im Jahr darauf sollte der Vertrag von New York indianische Territorien vor dem Eindringen der Siedler schützen. Aber kurz darauf wurde dieser Vertrag von den Siedlern gebrochen, die weiter nach Westen vorrückten, ebenso wie rund hundert weitere Verträge, die mit den Ersteinwohnern abgeschlossen wurden.

Diese revanchierten sich teils mit guerillaartigen Angriffen auf die Siedler, teils mit regelrechten Kriegen, die nicht selten von den Ersteinwohnern gewonnen wurden. Die Kriege mit den Sioux zogen sich von 1854 bis 1890. Bemerkenswert war die Schlacht am Fluss Little Bighorn, bei der eine einheimische Streitmacht im Juni 1876 eine US-Armee unter General Custer besiegte. Umgekehrt nahm die US-Armee am 29. Dezember 1890 am Fluss Wounded Knee ein Massaker an Männern, Frauen und Kindern vor, das dadurch ausgelöst wurde, dass ein gehörloser Indianer sich weigerte, den Soldaten sein Gewehr, das er legal für teures Geld gekauft hatte, auszuliefern.

Letztlich funktionierte George Washingtons Politik *Land gegen Frieden* nicht, weil die Ansprüche auf indianische Territorien immer größer wurden. Die Reservate

474 Burrows, Wallace, Gotham, a. a. O., S. 37ff.

wurden immer kleiner, zumal die Siedler auch die einstmals riesigen Bisonherden abschossen, teilweise aus reiner Mordlust aus fahrenden Zügen heraus. Immer wieder mussten die Indianer Land abgegeben, um sich Nahrungsmittel oder wärmende Decken zu erbetteln. Hunger und Seuchen dezimierten die Bevölkerung. Das »Feuerwasser« trug massiv zur Vernichtung der traditionellen Kulturen bei. Die Kulturen der Jäger und Sammler brachen zusammen, ohne dass die Bewohner der Reservate Anteil an der US-amerikanischen Zivilisation erhielten.

Es gab keine funktionierenden Ökonomien in den Reservaten; die Arbeitslosigkeit war extrem. Um ihre Kinder nicht verhungern zu lassen, mussten viele Eltern ihre Kinder zur Adoption freigeben. Alkoholismus entwickelte sich zur Geißel der amerikanischen Ersteinwohner. Weder gerecht noch menschlich war auch die Zwangsumsiedlung der Cherokee, Muskogee (Creek), Seminole, Chickasaw, Choctaw und Ponca aus ihren angestammten Territorien im Südosten der USA über Tausende von Kilometern nach Westen, die zwischen 1830 und 1850 durchgeführt wurde. Während dieses *Trail of Tears* (›Marsch der Tränen‹) starb fast die Hälfte der Umgesiedelten, bevor sie überhaupt erst ihre neuen Reservate erreichte. Rund 46.000 Ersteinwohner wurden auf diese Weise vertrieben, um Platz für Siedler und Goldsucher zu machen.

Aber es ging auch anders. In Texas schloss der deutschstämmige Otfried Hans Freiherr von Meusebach am 9. Mai 1847 mit den Comanche und den Delaware einen Vertrag, der seit seiner Unterzeichnung nicht ein einziges Mal gebrochen wurde und dessen Abschluss bis heute jährlich mit einem großen interkulturellen Pow-Wow gefeiert wird. Eine Skulptur im Städtchen Fredericksburg stellt den Moment dar, als Meusebach mit dem Häuptling der Comanche, Santa Anna, die Urkundenrolle austauscht, nachdem sie zusammen die Friedenspfeife geraucht hatten. Einen ganz anderen Weg ging man in Alaska. Hier wurden die Ersteinwohner nicht in Reservate gedrängt, sondern es wurden dreizehn Genossenschaften gegründet, die die Gebietsansprüche der Einheimischen verwalten. Auf diese Weise werden die Ersteinwohner an den Erträgen der Bodenschätze beteiligt, insbesondere des in Alaska geförderten Erdöls. Hinsichtlich der sozialen Lage und der gesellschaftlichen Integration haben es die Ersteinwohner damit in diesem Bundesstaat am besten. Doch sind die wenigen positiven Beispiele Ausnahme geblieben. Einzelne Entschädigungen für Landnahmen wurden den Ersteinwohnern durch hart erkämpfte Gerichtsurteile erst ab den 1970er Jahren zugesprochen – auch als Folge der zunehmenden gesellschaftlichen und politischen Anerkennung des Unrechts, das man ihnen angetan hatte. Zur Bildung eines Bewusstseins für die Misshandlung der Native Americans trug auch die Rockmusik bei.

John D. Loudermilk war allerdings zu früh gekommen. Der in Nashville ansässige Komponist von Countrysongs hatte ein bitter-trauriges Lied über das Schicksal der Cherokee geschrieben, das der Countrysänger Martin Rainwater im Dezember 1959 eingespielt hatte: »The Pale Faced Indian«. Der Titel verwendete, wie es damals noch üblich war, ganz unbefangen den Begriff *Indianer*, die als »Rothäute« galten, die von den »Bleichgesichtern« aus ihren Territorien deportiert worden waren und denen die Kultur der WASPs aufgezwungen wurde, bis sie selbst »bleichgesichtig« wurden.

The Pale Faced Indian	**Der bleichgesichtige Indianer**
They took away the whole Cherokee nation And put us on this reservation	Sie nahmen uns die gesamte Nation der Cherokee und deportierten uns in dieses Reservat.
They took away our way of life Our tomahawk and huntin' knife And the old teepee we all loved so They're using now just for a show They put our papoose in a crib and took the buck skin from our rib And they took away our native tongue and taught their English to our young	Sie nahmen unsere Art zu leben, unseren Tomahawk und unser Jagdmesser. Und das alte Tipi, das wir so sehr geliebt haben, nutzen sie nun lediglich für eine Show. Sie legten unsere Babys in Krippen und zogen uns das Hirschleder von den Rippen. Und sie nahmen uns unsere Muttersprache und lehrten unseren Kindern Englisch.
Hiya, hiya, ho! Hiya hi, hiya ho! ...	Hiya ...
Altho' they changed our ways of old They'll never change our heart and soul And tho' I wear a white man's tie I'll be a red man till I die	Obwohl sie unsere traditionelle Lebensweise änderten, werden sie niemals unser Herz und unsere Seele ändern. Und obwohl ich die Krawatte eines weißen Mannes trage, werde ich eine Rothaut bleiben, bis ich sterbe.
All the beads we made by hand are nowadays made in Japan	All die Perlen, die wir von Hand machten, werden heute in Japan hergestellt.

Martin Rainwater, 1959. Text & Musik: John D. Loudermilk (MGM)

Musikalisch war der Song an die traditionellen Gesänge der Ersteinwohner angelehnt. Die ersten beiden Verse waren gesprochen, dann folgte ein einfacher Sprechgesang, der von dem stampfenden Rhythmus begleitet wurde, der für die indianischen Tänze typisch sind. Zwischendurch sorgt ein »Hiya, hiya, ho« für die Exotik, die man von einem indianischen Lied erwartet. Der Text war bitter. Einerseits wurde den Cherokee durch die Internierung in Reservaten ihre traditionelle Lebensweise genommen, andererseits aber auch das für den Tourismus Brauchbare kommerziell verwertet. Die endgültige Demütigung bestand aber darin, dass die indianischen Artefakte, die den Touristen verkauft werden, nur noch »made in Japan« sind.

Der Song floppte. Im Jahr 1960 war die Bevölkerung der USA (und der übrigen Welt) noch nicht reif, sich mit dem wirklichen Schicksal der Ersteinwohner zu befassen. Man glaubte, sie als blutrünstige, mitunter aber auch »edle Wilde« aus den idealisierenden Romanen von James Fenimore Cooper, aus den komplett erfundenen Winnetou-Geschichten von Karl May sowie aus den Westernfilmen zu kennen. Musikalisch war der Song einfach nicht schmissig genug, um mit dem Rock and

Roll zu konkurrieren, der damals in voller Blüte stand. Aber Loudermilk gab nicht auf. 1965 brachte er den Song unter verändertem Titel noch einmal heraus, mit einem geschärften, aggressiveren Text:

Lament of the Cherokee Reservation Indian	**Klagelied des Indianers im Cherokee-Reservat**
[Anfang wie »The Pale Faced Indian«] ... Cherokee people, Cherokee tribe So proud you lived, so proud you died	... Volk der Cherokee, Stamm der Cherokee! So stolz wie ihr gelebt habt, so stolz seid ihr gestorben!
They took the whole Indian Nation Put us on this reservation Big built houses by the score Won't need teepees anymore Although they've changed our ways of old They'll never change our hearts and souls And someday, when the world has learned Cherokee Indian will return	Sie nahmen die ganze indianische Nation, deportierten uns in dieses Reservat, Bauten massenweise große Häuser. Brauchen keine Tipis mehr. Obwohl sie unsere traditionelle Lebensweise änderten, werden sie niemals unser Herz und unsere Seele ändern. Und eines Tages, wenn die Welt davon weiß, werden die Cherokee-Indianer zurückkehren.

John D. Loudermilk, 1965. Text & Musik: John D. Loudermilk (RCA Victor)

Nachdem Protestsongs und Bob Dylan auf die Bühne getreten waren, traute sich auch Loudermilk, politischer zu werden. Der Stolz wird jetzt betont, auch noch im Untergang. Das Lied endet jetzt nicht mehr mit dem fatalistischen Eingeständnis, dass die Indianer japanische Produkte als ihr Kunsthandwerk verkaufen, sondern mit der Hoffnung, dass sich die Welt ändert und die traditionelle Kultur der ersten Amerikaner anerkennen wird.

Aber auch dieser Version sollte noch kein kommerzieller Erfolg beschieden sein. Der kam ironischerweise erst, als ausgerechnet ein Musiker aus dem fernen England namens Don Fardon den Song coverte. Das 1967 unter dem Titel »Indian Reservation (The Lament of the Cherokee Reservation Indian)« herausgebrachte Stück verkaufte sich weltweit über eine Million Mal, erreichte in den USA Platz zwanzig der Hitparade, im Vereinigten Königreich Platz drei und in Australien Platz vier. Sein musikalisches Erfolgsrezept bestand darin, den stampfenden Beat des traditionellen indianischen Gesangs in einen Rockrhythmus zu transferieren, den Text mit der entschlossenen Stimmfarbe eines stolzen Kriegers zu singen und den Schlüsselvers »So proud you lived, so proud you died« geradezu herauszuspucken. In England (und erst recht in Deutschland) konnte man Don Fardons Stimme glatt als »indianisch« durchgehen lassen, obwohl der Mann aus Coventry stammte. Aber das war noch nicht alles. Vier Jahre später brachten The Raiders eine nochmals flottere, glattere, poppigere Version. Das Ergebnis der musikalischen Maniküre: »Indian Reservation« landete in den USA auf Platz eins der Charts, erreichte

Platin und verkaufte sich weltweit sechs Millionen Mal. Die Karriere des Songs ist in mehrfacher Hinsicht aufschlussreich.

Erstens spiegelt sie die Entwicklung des politischen Zeitgeists wider. Das Schicksal der amerikanischen Ersteinwohner rückte erst ab Mitte der 1960er Jahre in den Fokus der rebellischen Jugendbewegung, wurde dann aber geradezu begeistert aufgenommen. Ausgerechnet im westfälischen Dortmund, das in jeder Hinsicht ziemlich weit weg vom Land der Apachen liegt, gründete sich 1979 eine Folk-Rock-Band, die sich nach dem berühmten Apache-Häuptling Cochise benannte und ihre Legitimation als musikalisches Sprachrohr der links-alternativen Bewegung tatsächlich aus dem Widerstandsgeist des Indianerhäuptlings abzuleiten versuchte. Zwischen 1967 und 1971 und auch noch danach war die Parteinahme für das Schicksal der ersten Amerikaner politisch angesagt. Man war froh, mit »Indian Reservation« über eine passende Hymne zu verfügen.

Die ökologisch-alternative Bewegung nahm die Sache der amerikanischen Ersteinwohner begeistert auf – hatten sie nicht so im Einklang mit der Natur gelebt, wie man es selbst gerne wollte? Anfang der 1980er Jahre verbreiteten sich in Deutschland massenweise Aufkleber mit der sogenannten »Weissagung der Cree«, eingerahmt von indianischen Motiven, die folgenden Wortlaut hatte: »Erst wenn der letzte Baum gerodet, der letzte Fluss vergiftet, der letzte Fisch gefangen ist, werdet Ihr merken, dass man Geld nicht essen kann.« Tatsächlich ist die »Weissagung der Cree« ein Fake. Von den Cree stammt der Spruch nicht. Zwar kursierte er spätestens seit dem Jahr 1972 in der Aktivistenszene, aber er findet sich erstmals in einem Bericht der Behörde für Fischerei und Jagd des Staates North Dakota aus dem Jahr 1894 mit folgenden Worten:

»Gegenwärtige Bedürfnisse und gegenwärtige Erträge waren das Gesetz des Handelns – was als eine veraltete Einschätzung erscheint, der wir in unserer inzwischen aufgeklärten Zeit noch nicht vollständig entwachsen sind. Denn selbst jetzt können noch einige wenige Männer gefunden werden, die gewillt scheinen, den letzten Baum, den letzten Fisch und den letzten Wildvogel und das letzte Wildtier zu vernichten und der Nachwelt nichts zu hinterlassen, falls dadurch etwas Geld gemacht werden kann.«[475]

Die berühmte »Weissagung der Cree« entpuppt sich also als die sprachlich vereinfachte und dramatisierte Formulierung eines Forstbeamten! Für den Fake mit der Cree-Weissagung ist wohl Greenpeace verantwortlich. Die Organisation schrieb den Spruch ab 1981 auf Banner und verwendete ihn in Werbeanzeigen. Warum nahm man die Cree? – Weil die besonders heftig gekämpft und gelitten hatten. Die Bezugnahme der Ökologiebewegung auf die amerikanischen Ersteinwohner fußte wohl auf der durch die Romane von James Fenimore Cooper geförderten Verklärung des »edlen Wilden«, der im Einklang mit der Natur lebt und der ebenso ein

---

475 Public Documents of the State of North Dakota: Fiscal Period Ending June 30, 1894: Volume 2. Public Document Number 18: Section: Biennial Report of the State Fish and Game Commissioner to the Governor of North Dakota from March 17, 1893 to December 1, 1894, Jamestown, S. 343.

Klischee ist wie das der »blutrünstigen Rothaut«, nur mit umgekehrten Vorzeichen, aber genauso falsch.

Auch standen die musikalische Entwicklung und der kommerzielle Erfolg von »Indian Reservation« in scharfem Kontrast zur Authentizität des Lieds. Der erste Sänger, der das Stück vortrug, Martin Rainwater, war selbst noch zu einem Viertel Cherokee und hatte versucht, die musikalische Tradition dieser Nation in den Song einzubringen – allerdings komplett erfolglos. Der Erfolg kam ausgerechnet dann, als die indianischen Wurzeln zunehmend von Rock- und Pop-Elementen überlagert wurden. Die Aussage des Texts, dass die indianische Kultur nur noch für touristische Folklore missbraucht wird, wurde damit auch durch die musikalische Entwicklung des Songs bestätigt. Das macht die Geschichte erst richtig bitter.

Aber es kommt noch bitterer. Denn auch der Text des Liedes ist weitgehend Fake. In den Tipis (Zelten), die sie laut Songtext angeblich so sehr liebten, haben die Cherokee niemals gelebt. Die Cherokee waren ein Stamm, der Wälder bewohnte. Sie lebten in Hütten, die sie aus einem Geflecht aus Zweigen bauten, die mit Lehm verschmiert und mit Pappelrinde abgedeckt wurden. Tipis, also Zelte aus Häuten, wurden von den Stämmen aus der Prärie verwendet, die das Stereotyp des Indianers prägten, aber nur eine Teilgruppe der nordamerikanischen Ersteinwohner darstellten.[476] Das Gleiche gilt für das Wort *papoose*, das für die in Tüchern getragenen Säuglinge steht. Auch dieses Wort wurde von den Cherokee nicht verwendet, im Gegenteil, es wird sogar als ausgesprochen diskriminierend empfunden. Der im Song gebrauchte Begriff *red man* war bereits rassistisch und beleidigend, als er Anfang des 19. Jahrhunderts im nordamerikanischen Sprachgebrauch auftauchte.

Der gute Loudermilk hatte also wenig Ahnung von den Lebensverhältnissen der Cherokee, denen er sogar beleidigende Stereotype andichtete, welche ihm lediglich aus Westernfilmen und ähnlich seriösen Quellen bekannt waren. Dafür machte er sich auch noch über die Cherokee lustig, beispielsweise indem er bei Fernsehauftritten haarsträubende (und vollkommen frei erfundene) Geschichten erzählte, wie er zur Komposition des Songs gekommen sei (in einer Version soll er von einem Cherokee-Häuptling aus einer Schneeverwehung gerettet worden sein, in einer anderen hieß es dagegen, er sei entführt und unter Folter gezwungen worden, das Lied zu schreiben).[477] »Indian Reservation« erscheint also im Nachhinein als ein Fall, in dem ein weißer Komponist Kasse machen wollte, indem er einen Song über eine Minderheit schrieb, der er gar nicht angehörte, und gängige Vorurteile sogar noch stabilisierte.

Den inhaltlich und musikalisch bedeutsamsten Beitrag der Rockmusik zum Schicksal der nordamerikanischen Ersteinwohner hat wohl Iron Maiden im Jahr

---

476 Museum of the Cherokee Indian, a. a. O.

477 John D. Loudermilk: The Story Behind »Indian Reservation« on the »Viva! NashVegas® Radio Show«. Youtube-Video von Viva NashVegas, einschließlich Kommentar von LakotaHouston. https://www.youtube.com/watch?v=LNeou8cx8_o, zugegriffen am 1.7.2020.

1982 mit »Run to the Hills« geliefert. Die Hardrock-Nummer aus der Feder des Bassisten Steve Harris gilt in Kritikerkreisen sogar als bestes Stück, das die Band überhaupt veröffentlicht hat. Sie erscheint auch prominent in Ranglisten der besten Hardrock- und Metalstücke.[478]

Run to the Hills	**Rennt zu den Hügeln**
White man came across the sea He brought us pain and misery He killed our tribes, he killed our creed He took our game for his own need	Weißer Mann kam über die See. Er brachte uns Schmerz und Not. Er tötete unsere Stämme, er nahm uns unseren Glauben. Er stahl unser Wild für seinen eigenen Bedarf.
We fought him hard we fought him well Out on the plains we gave him hell But many came too much for Cree Oh will we ever be set free?	Wir kämpften hart gegen ihn, wir kämpften gut. In der Prärie bereiteten wir ihm die Hölle. Aber viele kamen, zu viele für die Cree. Werden wir jemals freikommen?
Riding through dustclouds and barren wastes Galloping hard on the plains Chasing the redskins back to their holes Fighting them at their own game	Wir reiten durch Staubwolken und karge Heide, galoppieren scharf durch die Prärie, Treiben die Rothäute zurück in ihre Löcher, Bekämpfen sie in ihrem eigenen Spiel.
Murder for freedom a stab in the back Women and children, a coward's attack Run to the hills run for your lives ...	Morden für Freiheit, ein Stich in den Rücken. Frauen und Kinder, ein feiger Angriff. Rennt zu den Hügeln um euer Leben! ...
Soldier blue on the barren wastes Hunting and killing their game Raping the women and wasting the men The only good Indians are tame	Blauer Soldat in karger Heide. Wir jagen und töten ihr Wild. Vergewaltigen die Frauen und vernichten die Männer. Die einzigen guten Indianer sind zahm.
Selling them whisky and taking their gold Enslaving the young and destroying the old	Wir verkaufen ihnen Whisky und nehmen ihr Gold, versklaven die Jungen und machen die Alten kaputt ...

Iron Maiden, 1982. Text & Musik: Steve Harris (EMI)

Die ersten beiden Strophen sind aus Sicht des Cree-Stamms geschrieben, die restlichen aus der Perspektive der Soldaten. Das Lied nimmt nicht einseitig Partei; es

478 VH1's 100 Greatest Hard Rock Songs aus dem Jahr 2009. https://www.stereogum.com/43591/vh1s_100_greatest_hard_rock_songs/franchises/list/, zugegriffen am 1.7.2020.

sieht auch Schuld bei den Ersteinwohnern, die nicht zimperlich waren, aber letztlich der Übermacht zum Opfer fielen. Es ist halt typisch Iron Maiden, die Unzulänglichkeiten und Grausamkeiten der menschlichen Existenz zu schildern. Gleichwohl findet der Song bis heute die Sympathien zahlreicher Fans, die von indianischer Abstammung sind.

Das musikalische Kontrastprogramm zu Iron Maiden bildet Cher, die sich vom Rock in Richtung Pop entwickelte. Cherilyn Sarkisian hatte eine problematische Kindheit und fühlte sich mit ihrem bronzefarbenen Teint, den sie von ihrem armenischen Vater hatte, selbst wie ein *half-breed.* In einem Land, in dem bis heute *race* eine offizielle Kategorie ist, stellt *half-breed* eine der übelsten rassistischen Stigmatisierungen dar. 1973 thematisierte Cher mit ihrer Solo-Nummer »Half-Breed«, die es an die Spitze der Charts in den USA, Kanada, Neuseeland, Australien und Norwegen brachte, die sozialen Ausgrenzungen, die mit dieser Kategorisierung einhergingen.

Half-Breed	**Halbblut**
My father married a pure Cherokee My mother's people were ashamed of me The Indians said I was white by law The White Man always called me »Indian Squaw«	Mein Vater heiratete eine reine Cherokee. Das Volk meiner Mutter schämte sich für mich. Die Indianer sagten, ich wäre dem Gesetz nach weiß. Der weiße Mann nannte mich immer »Indianersquaw«.
Half-breed, that's all I ever heard Half-breed, how I learned to hate the word Half-breed, she's no good they warned Both sides were against me since the day I was born	Halbblut, das war es, was ich immer hörte. Halbblut, wie ich lernte, das Wort zu hassen. Halbblut, sie taugt nichts, warnten sie. Beide Seiten waren gegen mich seit dem Tag, an dem ich geboren wurde.
We never settled, went from town to town When you're not welcome you don't hang around The other children always laughed at me »Give her a feather, she's a Cherokee« ...	Wir haben niemals Wurzeln geschlagen, zogen von Ort zu Ort. Wenn du nicht willkommen bist, hängst du nicht herum. Die anderen Kinder lachten immer über mich. »Gib ihr eine Feder, sie ist eine Cherokee« ...
We weren't accepted and I felt ashamed Nineteen I left them, tell me who's to blame My life since then has been from man to man But I can't run away from what I am ...	Wir wurden nicht akzeptiert und ich schämte mich. Mit neunzehn verließ ich sie, sag mir, wessen Schuld das war. Seitdem war mein Leben, von Mann zu Mann zu hüpfen. Aber ich kann nicht vor dem davonlaufen, was ich bin ...

Cher, 1973. Text & Musik: Al Capps, Mary Dean (MCA)

Der flotte, eingängige Song, der vom rhythmisch ausgerufenen Refrain »Half-Breed« lebt, beschreibt das Leben zwischen den Kulturen und den instabilen Lebenswandel, zu dem man dadurch verdammt ist. Wenn es jemals ein Musikstück gegeben hat, das aufgrund seiner musikalischen Gefälligkeit das breite Publikum auf das Schicksal einer Minderheit aufmerksam machen konnte, dann war es der Nummer-eins-Hit »Half-Breed«. Das offizielle Video zum Song könnte es allerdings mit Leichtigkeit in die Liste der schlechtesten Musikvideos aller Zeiten schaffen. Durch die Verwendung klischeehafter Symbole (u.a. Federschmuck, Totempfahl, Pferd) werden dann doch wieder genau die Vorurteile bedient, die der Liedtext kritisiert. Und authentisch ist auch anders. Die Sängerin trägt nichts als eine Art Bikini mit »indianischen« Applikationen und sitzt während des gesamten Songs bewegungslos und sich sichtlich unwohl fühlend auf einem gelangweilten Ackergaul.

Nach dem desaströsen Cher-Video sollten wir jetzt eine Sängerin zu Wort kommen lassen, die wirklich zu hundert Prozent den ersten Nationen angehört. Buffy Sainte-Marie wurde im Piapot Plains Cree First Nation Reserve in der kanadischen Provinz Saskatchewan geboren, wuchs allerdings bei den Sainte-Maries in Massachusetts auf, die ihrerseits wiederum dem Stamm der Mi'kmaq angehörten. Die Folk- und Protestsängerin (»Universal Soldier«) schrieb im Lauf ihrer Karriere immer wieder Lieder über die amerikanischen Ersteinwohner, beispielsweise im Jahr 1964, als sie gerade einmal 23 Jahre alt war: »Now That the Buffalo's Gone«.

Now That the Buffalo's Gone	**Jetzt, wo der Büffel verschwunden ist**
Can you remember the times That you have held your head high And told all your friends of your Indian claim ... Oh it's written in books and in song That we've been mistreated and wronged ...	Kannst du dich an die Zeiten erinnern, als du deinen Kopf hoch erhoben hattest und all deinen Freunden von deinem indianischen Anspruch erzählt hast? ... Es steht in Büchern und Liedern, dass wir misshandelt und uns Unrecht angetan wurde ...
When a war between nations is lost The loser, we know, pays the cost But even when Germany fell to your hands ... You left them their pride and you left them their land	Wenn ein Krieg zwischen Völkern verloren wird, zahlt der Verlierer, wir wissen es, die Kosten. Aber selbst als Deutschland in eure Hände fiel ... ließet ihr ihnen ihren Stolz und ihr Land.
And what have you done to these ones? Has a change come about Uncle Sam? Or are you still taking our lands? A treaty forever George Washington signed ... And the treaty's being broken by Kinzua Dam And what will you do for these ones?	Und was habt ihr ihnen angetan? Hat Uncle Sam einen Sinneswandel erlebt? Oder nehmt ihr uns immer noch unser Land? Ein ewig geltender Vertrag, den George Washington unterzeichnet hat ... und der Vertrag wird gebrochen durch den Kinzua-Damm. Und was werdet ihr für sie tun?

Oh, it's all in the past you can say But it's still going on here today The government now want the Iroquois land That of the Senaca and the Cheyenne It's here and it's now you can help us dear man Now that the buffalo's gone.	Das ist alles Vergangenheit, könnt ihr sagen, aber es geht heute noch immer so weiter. Die Regierung will das Land der Irokesen, das der Senaca und der Cheyenne. Hier und jetzt kannst du uns helfen, lieber Mann, jetzt, wo der Büffel verschwunden ist.

Buffy Sainte-Marie, 1964, Text & Musik: Buffy Sainte-Marie (Vanguard)

Im Jahr 1964 war es die maximale Anschuldigung, wenn die Ersteinwohner beklagen, dass selbst das besiegte Nazi-Deutschland besser behandelt wurde! Der berühmte Vertrag, den George Washington unterzeichnet hat, ist sein Papier nicht wert, weil er immer wieder von der US-Regierung gebrochen wird, auch noch in der Gegenwart, beispielsweise durch den Bau des Kinzua-Staudamms im Jahr 1960, der den Seneca eine große Fläche vertraglich zugesicherten Ackerlands und über 600 Familien ihr Zuhause nahm. Der Song ruft zwar dazu auf, den indianischen Widerstand zu unterstützen, schließt aber resignierend mit der Aussage, dass auch das den systematisch ausgerotteten Büffel – als Symbol für die traditionelle Lebensweise – nicht wieder zurückbringen wird. Zeitgleich schrieb Buffy einen zweiten Song, der zwei Jahre später veröffentlicht wurde: »My Country 'Tis of Thy People You're Dying«.

My Country 'Tis of Thy People You're Dying	**Mein Land ist das deines Volkes, das du sterben lässt**
Now that your big eyes have finally opened … Now that you're wondering »how can it be real?« That the ones you've called colourful, noble and proud In your school propaganda They starve in their splendor? …	Jetzt, wo sich deine großen Augen endlich geöffnet haben, jetzt, wo du dich fragst: »Kann das wahr sein?« Dass die, die du bunt, edel und stolz genannt hast in deiner Schulpropaganda in ihrer Herrlichkeit verhungern? …
My country 'tis of thy people you're dying	Mein Land ist das deines Volkes, das du sterben lässt

Now ... You force us to send our toddlers away
To your schools where they're taught to despise their traditions
Forbid them their languages, then further say
That American history really began
When Columbus set sail out of Europe, then stress
That the nation of leeches that conquered this land
Are the biggest and bravest and boldest and best
And yet where in your history books is the tale
Of the genocide basic to this country's birth
Of the preachers who lied, how the Bill of Rights failed
How a nation of patriots returned to their earth? ...

Hear how the bargain was made for the West:
With her shivering children in zero degrees
Blankets for your land, so the treaties attest
Oh well, blankets for land is a bargain indeed
And the blankets were those Uncle Sam had collected
From smallpox-diseased dying soldiers that day
And the tribes were wiped out and the history books censored
A hundred years of your statesmen have felt it's better this way
And yet a few of the conquered have somehow survived
Their blood runs the redder though genes have paled
From the Grand Canyon's caverns to craven sad hills
The wounded, the losers, the robbed sing their tale
From Los Angeles County to upstate New York
The white nation fattens while others grow lean;
Oh the tricked and evicted they know what I mean ...

Jetzt ... zwingt ihr uns, unsere Kleinkinder wegzugeben
an eure Schulen, wo sie gelehrt werden, ihre Traditionen zu verachten.
Verbietet ihnen ihre Sprachen, dann sagt ihr noch, dass die amerikanische Geschichte erst begann, als Kolumbus aus Europa lossegelte, dann betont ihr,
dass das Volk von Blutegeln, die dieses Land eroberten,
die größten und tapfersten und mutigsten und besten sind.
Und wo steht bis jetzt in euren Geschichtsbüchern die Geschichte vom Völkermord, der grundlegend war für die Geburt dieses Lands von lügenden Predigern, wie die Erklärung der Menschenrechte scheiterte, wie eine Nation von Patrioten in ihr Land zurückkehrte? ...

Höre, wie der Westen zum Schnäppchen wurde:
Mit ihren zitternden Kindern bei Minusgraden, Decken für euer Land, so legten sie die Verträge fest. Gut, Decken für Land ist wirklich ein Schnäppchen, und die Decken waren die, die Uncle Sam eingesammelt hatte von Soldaten, die an jenem Tag an den Pocken starben, und die Stämme wurden ausgelöscht und die Geschichtsbücher zensiert.
Hundert Jahre lang haben eure Staatsmänner gedacht, es ist besser so,
und doch haben einige wenige der Eroberten irgendwie überlebt.
Ihr Blut fließt roter, obwohl die Gene blasser wurden.
Von den Schluchten des Grand Canyon zu den Hügeln der traurigen Feiglinge
singen die Verwundeten, die Verlierer, die Beraubten ihre Erzählung.
Von Los Angeles bis zum Staat New York
werden die Weißen fetter, während die anderen abmagern;
die Übertölpelten und Vertriebenen, sie wissen, was ich meine ...

The past it just crumbled, the future just threatens;
Our life blood shut up in your chemical tanks
And now here you come, bill of sale in your hands
And surprise in your eyes that we're lacking in thanks
For the blessings of civilization you've brought us
The lessons you've taught us, the ruin you've wrought us
Oh see what our trust in America's brought us ...

Now that the pride of the sires receives charity
Now that we're harmless and safe behind laws
Now that my life's to be known as your heritage
Now that even the graves have been robbed ...
Hands on our hearts we salute you your victory
Choke on your blue white and scarlet hypocrisy
Pitying the blindness that you've never seen
That the eagles of war whose wings lent you glory
They were never no more than carrion crows
Pushed the wrens from their nest, stole their eggs, changed their story;
The mockingbird sings it, it's all that he knows
»Ah what can I do?« say a powerless few
With a lump in your throat and a tear in your eye
Can't you see that their poverty's profiting you ...

Die Vergangenheit ist zerbröckelt, die Zukunft bedroht uns.
Unser Lebensblut in euren chemischen Tanks eingeschlossen.
Und nun kommt ihr, mit dem Kaufvertrag in den Händen
und Verwunderung in euren Augen, dass wir euch nicht danken
für die Segnungen der Zivilisation, die ihr uns gebracht habt,
für die Lektionen, die ihr uns erteilt habt, den Ruin, den ihr über uns gebracht habt.
Sieh, was euer Vertrauen in Amerika uns gebracht hat ...

Jetzt, wo die stolzen Häuptlinge Wohlfahrtsleistungen erhalten.
Jetzt, wo wir gewaltlos die Gesetze respektieren.
Jetzt, wo mein Leben als eure Tradition bekannt ist.
Jetzt, wo sogar die Gräber ausgeraubt wurden.
Hand aufs Herz, wir salutieren euch zu eurem Sieg,
kotzen auf eure blaue, weiße und scharlachrote Scheinheiligkeit,
bedauern die Blindheit, dass ihr niemals gesehen habt,
dass die Adler des Krieges, deren Schwingen euch Ruhm verliehen haben,
nicht mehr waren als Aaskrähen;
schubsten die Zaunkönige aus ihrem Nest, stahlen ihre Eier, änderten ihre Geschichte.
Die Spottdrossel singt es, es ist alles, was sie weiß.
»Was kann ich tun?«, sagen ein paar wenige Machtlose
mit einem Kloß im Hals und einer Träne im Auge.
Kannst du nicht sehen, dass du von ihrer Armut profitierst? ...

Buffy Sainte-Marie, 1964. Text & Musik: Buffy Sainte-Marie (Vanguard)

Das mit brechender Stimme gesungene Lied ist eine der bittersten Anklagen gegen die Unterdrückung der Ersteinwohner. Buffy Sainte-Marie spannt einen weiten Bogen: von der Landnahme im Westen, die ein »Schnäppchen« war, vom Völkermord, von der Missachtung der Menschenrechte, von den gebrochenen Verträgen bis hin zur Gegenwart der eingeborenen Bevölkerung, deren Kultur und deren

Würde genommen wird und die in bitterer Armut lebt. Kritisch werden aber auch die heutigen Versuche betrachtet, die Traditionen der Ersteinwohner in die amerikanische Geschichte einzufügen/einzuschreiben, bis hin zu den Grabschändungen durch archäologische Arbeiten. Wenn heute Konsumgüter wie Butter oder Zigaretten mit Abbildungen von Indianern geschmückt werden, stößt dies den Betroffenen bitter auf. Im Liner zum Album »Little Wheel Spin and Spin« aus dem Jahr 1966 schreibt die Sängerin über ihr Lied: »Mir geht es darum, dass das amerikanische Volk keine ausreichende Gelegenheit hatte, die wahre Geschichte der Indianer zu erfahren. Man kennt weder den Grad der Armut, dem die Indianer heute ausgesetzt sind, noch wie es dazu kam. Ich versuche die Seite der Geschichte zu erzählen, die in den Geschichtsbüchern weggelassen wird, die nur in den Dokumenten, den Archiven und im Gedächtnis der Indianer selber zu finden ist.«

Zu den schlimmsten Erinnerungen der Indianer gehört das Massaker in Wounded Knee am 29. Dezember 1890, bei dem die US-Armee aus nichtigem Anlass 300 wehrlose Ersteinwohner tötete. Das Massaker ist in der Rockmusik mehrfach verarbeitet worden. Die Rockband Redbone, die sich vollständig aus Nachfahren der amerikanischen Ersteinwohner zusammensetzte, landete mit »We Were All Wounded at Wounded Knee« einen großen Charterfolg in mehreren europäischen Ländern. Der Song war fünf Wochen lang auf Platz eins in der Hitparade der Niederlande und erreichte Platz 21 in Deutschland. In den USA kam er überhaupt nicht in die Charts, weil er wegen seiner Thematik von zahlreichen Radiosendern boykottiert wurde. Auch hier steht im Vordergrund, die wahre Geschichte der Grausamkeiten zu erzählen.

We Were All Wounded at Wounded Knee

We were all wounded at wounded knee
You and me ...
In the name of manifest destiny ...

They made us many promises
But always broke their word
They penned us in like Buffalo
Drove us like a heard
And finally on the reservation
We were going for our preservation
We were all wiped out by the seventh Calvary
You and me you and me ...

Now we make our promises
We won't break our word
We'll sing, sing, sing out our story
Till the truth is heard
There's a whole new generation
Which will dream of veneration
Who were not wiped out by the seventh Calvary
You and me you and me ...

Wir wurden alle in Wounded Knee verwundet

Wir wurden alle in Wounded Knee verwundet
Du und ich ...
Im Namen des offenbarten Schicksals ...

Sie nahmen uns viele Versprechen ab,
Aber brachen stets ihr Wort.
Sie kesselten uns wie Büffel ein,
Trieben uns wie eine Herde.
Und endlich in unserem Reservat
Kümmerten wir uns um unseren Erhalt.
Wir wurden alle von der siebten Kavallerie ausgelöscht, du und ich ...

Jetzt machen wir unsere Versprechen.
Wir werden unser Wort nicht brechen.
Wir werden unsere Geschichte singen,
bis die Wahrheit gehört ist.
Es gibt eine ganze neue Generation,
die vom Ruhm derer träumen wird,
die nicht von der siebten Kavallerie
ausgelöscht worden sind, du und ich ...

Redbone, 1973. Text & Musik: Pat Vegas, Sandy Baron (Epic)

Kurz zuvor hatte bereits Johnny Cash ein Lied über Wounded Knee veröffentlicht, das sehr detailliert die historischen Personen und Ereignisse beschreibt, aber die Grausamkeiten nicht verschweigt. Es fehlt auch nicht der Verweis auf den versehentlichen Schuss, der das Massaker ausgelöst hat.

Big Foot

But the land was already claimed by a people when the cowboy came and when the soldiers came.
The story of the American Indian is in a lot of ways a story of tragedy,
like that day at Wounded Knee, South Dakota.

Big Foot was an Indian chief
Of the ... Minneconjou Sioux
From South Dakota land.

Big Foot

Aber das Land wurde bereits von einem Volk beansprucht, als der Cowboy kam und als die Soldaten kamen.
Die Geschichte des Indianers ist in vielerlei Hinsicht eine Tragödie, wie damals in Wounded Knee, South Dakota.

Big Foot war ein Indianerhäuptling
Des Stamms ... der Minneconjou-Sioux
Aus dem Land von South Dakota.

Big Foot said to Custer,
»Stay away from Crazy Horse.«
But Custer crossed into Sioux land,
And he never came back across.

Big Foot sagte zu Custer:
»Halt dich fern von Crazy Horse.«
Aber Custer betrat das Land der Sioux
Und er kam nie wieder zurück.

Then Big Foot led his people
To a place called Wounded Knee,
And they found themselves surrounded
By the 7th Cavalry.

Dann führte Big Foot seine Leute
Zu einem Ort, der »Wounded Knee« genannt wurde.
Und sie fanden sich umzingelt
Von der siebten Kavallerie

Big chief Big Foot,
Rise up from your bed,
Minneconjou babies cry
For their mothers lying dead.

Großer Häuptling Big Foot,
erhebe dich aus deinem Bett!
Minneconjou-Babys weinen,
weil ihre Mütter tot am Boden liegen.

Big Foot was down with a fever
When he reached Wounded Knee;
And his people all were prisoners
Of the 7th Cavalry.

Big Foot war geschwächt vom Fieber
Als er in Wounded Knee ankam;
Und seine Leute waren Gefangene
Der siebten Kavallerie.

Two hundred women and children
And another hundred men
Raised up a white flag of peace,
But peace did not begin.

Zweihundert Frauen und Kinder
Und noch hundert Männer
Hissten eine weiße Fahne des Friedens,
Aber Frieden setzte nicht ein.

An accidental gunshot
And Big Foot was first to die;
And over the noise of the rifles
You could hear the babies cry.

Ein versehentlicher Schuss aus dem Gewehr
Und Big Foot war der Erste, der sterben musste;
Und über dem Lärm der Büchsen
Hörte man die Babys weinen.

Big chief Big Foot,
It's good that you can't see
Revenge is being wrought
By Custer's 7th Cavalry.

Großer Häuptling Big Foot,
Es ist gut, dass du es nicht sehen kannst,
Rache wird geübt
Durch Custers siebte Kavallerie.

Then smoke hung over the canyon
On that cold December day.
All was death and dying
Around where Big Foot lay.

Der Rauch hing über der Schlucht
An diesem kalten Dezembertag.
Überall war Tod und Sterben
Drumherum, wo Big Foot lag.

Farther on up the canyon
Some had tried to run and hide;
But death showed no favorites,
Women, men, and children died.

Tiefer in der Schlucht
Hatten einige versucht, zu fliehen und sich zu verstecken;
Aber der Tod bevorzugte niemanden,
Frauen, Männer und Kinder starben.

One side called it a »massacre«,
The other a »victory«,
But the white flag is still waving
Today at Wounded Knee ...

Die eine Seite nannte es »Massaker«,
die andere einen »Sieg«,
aber die weiße Fahne weht noch heute
in Wounded Knee ...

Johnny Cash, 1972. Text & Musik: John R. Cash (Columbia)

Das Lied des Country- und Westernsängers hat wohl auf die amerikanische Öffentlichkeit größeren Einfluss gehabt als alle Songs indianischer Musiker zusammen. Es erschien auf seinem Konzeptalbum »America – A 200-Year Salute in Story and Song«, eingereiht in patriotische Lieder und Ansprachen, darunter Geschichten der Cowboys und Pioniere, die Heldengeschichte von Alamo, Abraham Lincolns Rede in Gettysburg und Lieder des Nationalstolzes. Das Album erreichte Platz drei der Country- und Western-Charts, so dass ein großer Teil des weißen und eher konservativen Publikums mit der Erinnerung an das wohl unrühmlichste Kapitel der US-amerikanischen Geschichte konfrontiert wurde.

Im Jahr 1991 verarbeitete auch Buffy Sainte-Marie die Tragödie von Wounded Knee musikalisch in einem Song, dem sie den Titel des 1970 erschienenen Buchs von Dee Brown gab (das 2007 verfilmt worden ist): »Bury My Heart at Wounded Knee« (deutscher Buch- und Filmtitel: »Begrabt mein Herz an der Biegung des Flusses«). Der Song handelt gar nicht mehr von Wounded Knee, sondern stellt die aktuelle Situation der indianischen Bevölkerung dar, deren Reservate zunehmend verkleinert werden, weil es Geschäftsinteressen an Bodenschätzen, Energie und Wasserkraft gibt, die mit brutalen Methoden und kriminellen Machenschaften durchgesetzt werden. Die Sängerin scheut sich nicht, das FBI für die Ermordung von Aktivisten verantwortlich zu machen. 24 Jahre nach 1968 hat sich viel in der Gesellschaft getan, aber wenig hinsichtlich der Situation der Ersteinwohner.

Der wohl erfolgreichste Rockmusiker mit indianischer Abstammung war Robbie Robertson, langjähriger Mitstreiter von Bob Dylan und musikalischer Kopf von The Band. Dessen Mutter, eine Cayuga-Mohawk, war noch im Reservat aufgewachsen, wo auch ihr achtjähriger Sohn an die Musik herangeführt wurde. Aber es dauerte bis 1994, bis Robertson ein komplettes Album produzierte, das den Ersteinwohnern gewidmet war: »Music for the Native Americans«, ein Soundtrack zu einer Fernsehserie. Der Song »Ghost Dance« geht auf Wounded Knee ein, kündigt aber die Rückkehr des Büffels an und lebt von dem wiederholten, optimistischen Ausruf »Wir werden wieder leben«. Das vier Jahre später veröffentlichte Album »Contact from the Underworld of Redboy« (*Redboy* war der Name, mit dem der junge Robertson von seinen weißen Mitschülern gehänselt worden war) mischte Rock, indianische und elektronische Musik und zielte darauf ab, die kulturellen und musikalischen Traditionen seiner Vorfahren am Leben zu erhalten, ebenso wie sein 2015 erschienenes, auf eigenen Erfahrungen basierendes Kinderbuch »Hiawatha and the Peacemaker«. Solche Aktivitäten zeigen, wie viel erreicht worden ist, seit die Rockmusik das Unrecht, das den Ersteinwohnern angetan worden war, mit den ihr typischen musikalischen und verbalen Mitteln in die Welt hinausschrie.

7.4. Freedom

Es fing eigentlich alles ganz bescheiden an. Otis Redding hatte einen Song für Speedo Sims and The Singing Demons geschrieben, der von einem Mann handelt, der sich von seiner Ehefrau nicht richtig behandelt fühlt, obwohl er hart arbeitet, um die Familie zu ernähren. Das war durchaus persönlich, und geht auf Reddings Drummer zurück, dem der Sänger sein Leid geklagt hatte, dass er, wenn er nach einer anstrengenden Konzertreise nach Hause kam, dort nur Stress mit seiner Frau bekäme: »Worüber meckerst du? Du bist die ganze Zeit auf Tour. Alles, was du erwarten kannst, ist ein bisschen Respekt, wenn du nach Hause kommst.«[479] Da Speedo Sims keine zufriedenstellende Version des Songs hinbekommen hatte, nahm Redding die Platte dann selbst auf, im Sommer 1965. Sie erreichte Platz fünf der Black Singles Charts und Platz 35 der »weißen« Charts, das war schon etwas.

Aber das Potential war nicht ausgeschöpft, und 1965 kam der Song vielleicht noch einen Tick zu früh. Aretha Franklin hatte den Song öfter in ihren Konzerten gesungen, am 14. Februar 1967 war sie im Studio, um das Lied aufzunehmen. Sie veränderte das Arrangement erheblich – einschließlich eines Chors, der aus ihren Schwestern Erma und Carolyn bestand – und reicherte auch den Refrain an.

Respect	**Respekt**
What you want Baby, I got it What you need Do you know I got it?	Was du willst, Schätzchen, ich habe es. Was du brauchst, weißt du nicht, dass ich es habe?
All I'm askin' Is for a little respect when you get home ...	Alles, worum ich bitte, ist ein bisschen Respekt, wenn du nach Hause kommst ...
I ain't gonna do you wrong while you're gone. Ain't gonna do you wrong 'cause I don't wanna ...	Ich hintergehe dich nicht, wenn du fort bist. Ich hintergehe dich nicht, weil ich es nicht will ...
I'm about to give you all of my money And all I'm askin' in return, honey Is to give me my propers When you get home ...	Ich gebe dir all mein Geld, Und alles, worum ich als Gegenleistung bitte, Schatz, ist, mich gebührend zu behandeln, wenn du nach Hause kommst ...

479 Al Jackson. In: Johnny Black: Classic Tracks Back to Back: Singles and Albums. San Diego: Thunder Bay Press 2008, S. 71.

Ooh, your kisses Sweeter than honey And guess what? So is my money All I want you to do for me Is give it to me when you get home … Respect, just a little bit … When you get home, now (just a little bit)	Ooh, deine Küsse, Süßer als Honig, Und rate mal: So ist auch mein Geld. Alles, was du für mich tun sollst, ist, gib ihn mir, wenn du nach Hause kommst … Respekt, nur ein bisschen …
R-E-S-P-E-C-T Find out what it means to me … Take care of TCB	R-E-S-P-E-K-T Finde heraus, was es für mich bedeutet. Komm nach Haus und mach's mir.
A little respect (sock it to me …) … I get tired … Keep on tryin' … You're runnin' out of fools … And I ain't lyin' … When you come home … Or you might walk in (respect, just a little bit) And find out I'm gone …	Ein bisschen Respekt (gib ihn mir …) … Ich werde müde … Versuche es weiter … Dir gehen die Ausreden aus … Und ich lüge nicht … Wenn du nach Hause kommst … Oder du kommst herein (Respekt, nur ein bisschen) Und stellst fest, dass ich weg bin …

Otis Redding, 1965; Aretha Franklin, 1967. Text & Musik: Otis Redding (Volta; Atlantic)

In Franklins Interpretation erhielt der Song einen ganz anderen Charakter. Er wurde auch anders verstanden, nämlich mit Subtexten, die dem Zeitgeist entsprachen. 1967, als der Song herauskam, war die Liberalisierung der Gesellschaft in vollem Gange, einschließlich Frauenbewegung und Bürgerrechtsbewegung. Erstens wurde »Respect« zu einer Hymne der Frauenbewegung, weil Franklin jetzt (nachdem sie die weibliche gegen die männliche Rolle eingetauscht hatte) forderte, dass Männer ihre Frauen respektvoll behandeln, weil sie sich andernfalls aus dem Staub machen würden. Aretha beschämte die Männer, die vom Geld lebten, das die Frauen erwirtschafteten. Zweitens wurde »Respect« zu einer Metapher für die Bürgerrechtsbewegung, die forderte, dass den Afroamerikanern der gleiche Respekt entgegengebracht würde, wie es unter Weißen üblich war.

Im Sommer 1967, als die Platte herauskam, landete sie in den USA auf den Spitzenplätzen aller Charts und hatte auch in Europa Erfolg. In den USA war Aretha Franklins Version von »Respect« derart prägend, dass der Sommer von 1967 dort auch als »der Sommer von ›Retha, Rap, and Revolt‹« bezeichnet wurde.[480] *Respekt* wurde auch in Deutschland zu einer Schlüsselvokabel, die diskriminierte soziale Schichten einforderten, um menschenwürdig behandelt zu werden, insbesondere Jugendliche mit und ohne Migrationshintergrund, die in benachteiligten Wohn-

480 Suzanne Smith: Dancing in the Street: Motown and the Cultural Politics of Detroit. Cambridge: Harvard University Press 1999, S. 210.

quartieren aufwuchsen, keine ordentliche Schulbildung erlangen konnten, sich von Polizei und Behörden drangsaliert fühlten und schlechte Chancen auf dem Arbeitsmarkt hatten. Ein Songtitel als Schlüsselwort für das weltweite Aufbegehren gegen Stigmatisierung und Diskriminierung.

In den 1960er Jahren gab es Rassismus in Europa, es gab schlimmen Rassismus in den USA – aber der übelste Rassismus herrschte in Südafrika, wo die Rassentrennung den burischen Begriff *Apartheid* trug. Die afrikanischen Ureinwohner waren nicht nur praktisch rechtlos, sie wurden von den Kolonialherren auch in Slums eingesperrt, die man *Townships* nannte. In den USA hatte die Bürgerrechtsbewegung, die vom charismatischen Martin Luther King angeführt wurde, immerhin erreicht, dass staatliche und formelle Diskriminierungen nach und nach verboten wurden, 1957 mit dem Civil Rights Act, der das Wahlrecht garantierte, 1964 mit einem weiteren Civil Rights Act, der gleiche Beschäftigungschancen einräumte und Segregation in öffentlichen Einrichtungen abschaffte, 1965 mit dem Voting Rights Act, der auch indirekte Diskriminierungen bei Wahlen (durch Alphabetismustests) verbot, und 1968 mit dem Fair Housing Act, der eine Diskriminierung bei der Wohnungsvergabe untersagte.

Südafrika wollte dagegen von Bürgerrechten für Farbige nichts wissen. Im Gegenteil, bereits das öffentliche Eintreten für Bürgerrechte wurde gnadenlos verfolgt. Die Apartheid wurde erst 1994 abgeschafft, als Nelson Mandela Präsident wurde. Bis dahin äußerte sich die südafrikanische Bürgerrechtsbewegung auch musikalisch. Die größte internationale Beachtung fand eine Sängerin, die 1932 in der Prospect Township bei Johannesburg geboren wurde, unter dem Namen Zenzile Makeba Qgwashu Nguvama Yiketheli Nxgowa Bantana Balomzi Xa Ufun Ubajabulisa Ubaphekeli Mbiza Yotshwala Sithi Xa Saku Qgiba Ukutja Sithathe Izitsha Sizi Khabe Singama Lawu Singama Qgwashu Singama Nqamla Nqgithi – für amerikanische und europäische Ohren abgekürzt als Miriam Makeba.

Makeba begann, wie schon ihre Mutter, bei einer weißen Familie als Haushaltshilfe zu arbeiten, sang aber in verschiedenen Bands und nahm mit 21 Jahren ihre erste Platte auf. Allmählich wurde sie auch international bekannt und zunächst nach Venedig und dann in die USA eingeladen. Als ihr die südafrikanischen Behörden die Rückreise zur Beerdigung ihrer Mutter verweigerten, siedelte Makeba mit Hilfe von Harry Belafonte in die USA um, wo sie mit »Pata-Pata«, einem Lied, das einen populären Tanz aus den Townships beschreibt, den Durchbruch erzielte. Großen Erfolg hatte auch ihre Version von »Mbube«, auch »Wimoweh« oder »The Lion Sleeps Tonight« genannt, einer Komposition ihres Landsmanns Solomon Linda, dessen Urheberrechte allerdings von US-amerikanischen Musikproduzenten gestohlen wurden (wir werden darauf noch zurückkommen).

Miriam Makeba war es mit »Pata-Pata« nicht besser ergangen, auch sie erhielt dafür keinen Cent. Immerhin sang sie es 1962 zur Feier des 45. Geburtstags des US-Präsidenten John F. Kennedy, wo auch Marilyn Monroe mit ihrem gehauchten »Happy Birthday, Mr. President« klarmachte, dass ihre Beziehung zu John F. Kennedy besonderer Natur war. Nachdem Miriam Makeba 1963 vor der Vollversammlung der Vereinten Nationen den Boykott des südafrikanischen Apartheid-Regimes verlangt hatte, wurde ihr von der südafrikanischen Regierung die Staatsbürgerschaft aberkannt und ihre Schallplatten wurden in Südafrika verboten. Durch die Heirat eines amerikanischen Black-Panther-Aktivisten bekam sie dann auch noch Ärger mit dem FBI, so dass sie eine Odyssee durch die Welt antrat, was ihrer Karriere als Musikerin aber keinen Abbruch tat. 1990 kehrte sie auf Bitten Nelson Mandelas nach Südafrika zurück. Zu ihren politischsten Liedern zählt der »Soweto Blues«, den ihr Ex-Ehemann Hugh Masekela geschrieben hatte, nachdem 1976 ein Aufstand gegen den Zwang, in den Schulen künftig Afrikaans zu sprechen und die einheimischen Sprachen Xhosa, Sotho und Zulu zu verbieten, in der Township Soweto blutig niedergeschlagen worden war. Der Aufstand, der Hunderte Leben forderte, wurde aber heruntergespielt: »Nur eine kleine Gräueltat.« Wir verwenden den Text, den Miriam Makeba auf dem Graceland-Konzert mit Paul Simon sang, und übersetzen *Blues* mit der ursprünglichen Bedeutung ›Trauer‹.

Soweto Blues

The children got a letter from the master
It said: no more Xhosa, Sotho, no more Zulu.
Refusing to comply they sent an answer
That's when the policemen came to the rescue

Children were flying bullets dying
The mothers screaming and crying
The fathers were working in the cities
The evening news brought out all the publicity
Just a little atrocity
Deep in the city ...

Soweto blues ...

Benikuphi ma madoda
abantwana beshaywa
ngezimbokodo Mabedubula abantwana
Benikhupi na

There was a full moon on the golden city
Looking at the door was the man without pity
Accusing everyone of conspiracy
Tightening the curfew charging people with walking
Yes, the border is where he was awaiting
Waiting for the children, frightened and running
A handful got away but all the others
Hurried their jail without any publicity
Just a little atrocity ...

Trauer in Soweto

Die Kinder erhielten einen Brief vom Direktor.
Darin stand: kein Xhosa mehr, kein Sotho, kein Zulu.
Sie antworteten, dass sie dem nicht Folge leisten würden.
Das war, als die Polizisten zur Rettung kamen.

Kinder starben, Kugeln flogen,
Die Mütter schrieen und weinten,
Die Väter arbeiteten in den Städten.
Die Abendnachrichten brachten es an die Öffentlichkeit,
Nur eine kleine Gräueltat
Mitten in der Stadt ...

Trauer in Soweto ...

Wo waren die Männer,
Als die Kinder Steine warfen?
Wann wurden die Kinder erschossen?
Wo warst Du?

Es war Vollmond über der goldenen Stadt.
An der Tür stand der Mann ohne Mitleid,
Beschuldigte jeden der Verschwörung,
Verschärfte den Arrest, verurteilte Menschen, weil sie liefen.
Ja, die Grenzlinie war, wo er wartete.
Wartete auf die Kinder, verängstigt und rennend.
Eine Handvoll entkam, aber alle anderen
Landeten im Knast unter Ausschluss der Öffentlichkeit.
Nur eine kleine Gräueltat ...

... Soweto blues – abu yethu a mama
Soweto blues – they are killing all the children
Soweto blues – without any publicity
Soweto blues – oh, they are finishing the nation
Soweto blues – while calling it black on black
Soweto blues – but everybody knows they are behind it ...
Soweto blues – god, somebody, help!
Soweto blues – abu yethu a mama ...

... Trauer in Soweto – unsere Mutter
Trauer in Soweto – sie töten all die Kinder
Trauer in Soweto – unter Ausschluss der Öffentlichkeit
Trauer in Soweto – sie vernichten die Nation
Trauer in Soweto – sie sagen, Schwarze gegen Schwarze
Trauer in Soweto – aber jeder weiß, dass sie dahinterstecken ...
Trauer in Soweto – Gott, irgendjemand, hilf!
Trauer in Soweto – unsere Mutter ...

Miriam Makeba, 1977. Text & Musik: Hugh Masekela (Philips)

Makeba singt zunächst auf Englisch, der Chor auf Xhosa, der einheimischen Sprache, in die zum Schluss auch die Sängerin wechselt. Schroffe Bassriffs, Schlagzeugwirbel, schrille Gitarrentöne, Saxofonfanfaren und Trillerpfeifen sorgen für musikalische Dramatik in einem Stück, das Bluesformen mit traditionellen afrikanischen Klängen vermischt. Der »Soweto Blues« wurde zu einer Hymne der Anti-Apartheidsbewegung.

Dann kam noch ein Afroamerikaner, der dem Elend seiner Brüder und Schwestern in Südafrika nicht mehr tatenlos zusehen wollte. Luther Allison, ein Urgestein des Blues, schrie mit »Freedom« buchstäblich gegen die Apartheid an, prangerte aber zugleich an, dass auch in den USA die rassistische Diskriminierung noch längst nicht überwunden ist. Der Song handelte also mehr von den USA als von Südafrika.

Freedom

We talk about South Africa and we say it's a shame
Apartheid is wrong and we all share the blame
But people let me tell you, everywhere you go it's the same,
people are being mistreated, when will it change?

Let's talk about the future and learn from the past
We must love one another if this world is going to last
We fought for self-respect, we fought for equal rights
We've known a long, long time that discrimination ain't right

Freiheit

Wir sprechen über Südafrika und wir sagen, es ist eine Schande.
Apartheid ist falsch und wir alle teilen die Schuld.
Aber Leute, lasst euch sagen, überall ist es das Gleiche,
Menschen werden misshandelt, wann wird sich das ändern?

Lasst uns über die Zukunft reden und von der Vergangenheit lernen.
Wir müssen einander lieben, wenn diese Welt bestehen bleiben soll.
Wir kämpften für Selbstachtung, wir kämpften für Gleichberechtigung.
Wir wissen seit langer, langer Zeit, dass Diskriminierung nicht richtig ist.

Talking about freedom, freedom, freedom …

Wir sprechen über Freiheit, Freiheit …

A ghetto is no place for children to grow
But you can find a ghetto everywhere you go
I heard Dr. King say: »I have a dream«
All he wanted was to let the freedom ring
Why do we have to fight in wars to save our land?
If we get back alive, there's still no dignity
Do I have to die before I can be free?
I want freedom in my life, that's the way it's got to be …

Ein Ghetto ist kein Ort, wo Kinder aufwachsen sollten,
Aber du kannst überall Ghettos finden.
Ich hörte Dr. King sagen: »Ich habe einen Traum.«
Alles, was er wollte, war die Freiheit läuten zu lassen.
Warum müssen wir in Kriegen kämpfen, um unser Land zu retten?
Wenn wir lebend zurückkommen, ist es immer noch unwürdig.
Muss ich sterben, bevor ich frei sein kann?
Ich möchte Freiheit in meinem Leben, so soll es sein …

I'm tired of discrimination, this has to stop
We must learn to live together before the bombs drop
So if you love your children too this is what you should do
Teach them to love one another, live by the Golden Rule
Freedom of choice, freedom of speech, my freedom is up to you
We were promised this freedom, but we have a long way to go
The love of freedom, can't you tell, is the same for you and me
All I need is someone to help me ring the Freedom Bell

Ich habe Diskriminierung satt, das muss aufhören.
Wir müssen lernen zusammenzuleben, bevor die Bomben hochgehen.
Wenn auch du deine Kinder liebst, musst du es tun.
Lehre sie, einander zu lieben, lebe nach der Goldenen Regel.
Freiheit der Wahl, Freiheit der Rede, meine Freiheit hängt von dir ab.
Uns wurde die Freiheit versprochen, aber es liegt noch ein langer Weg vor uns.
Die Freiheitsliebe, das sage ich dir, ist die Gleiche bei dir und mir.
Alles, was ich brauche, ist jemand, der mir hilft, die Freiheitsglocke zu läuten.

Talking about freedom …
… For everybody, for anyone
Children, women …
Everybody should be free, just do it for yourself …

Wir sprechen über Freiheit …
… für jedermann
Kinder, Frauen …
Jedermann sollte frei sein, tu es einfach für dich selbst …

Luther Allison, 1987. Text & Musik: Brown, Allison, Carras, Rabaste (Entente)

Der Song ist musikalisch brillant aufgebaut. Er beginnt ganz leise mit exotischen Klängen eines afrikanischen Saiteninstruments, zu dem sich ein Orgelton gesellt. Dann folgen sanfte Gitarrenklänge, afrikanische Trommeln, in Live-Versionen noch unterlegt mit den geisterhaften Geräuschen der Savanne, bevor nach eineinhalb Minuten der Gesang einsetzt, der an die Rhetorik Martin Luther Kings erinnert, bevor der Refrain »Freedom« explodiert.

»Freedom« ist eine politische Rede in musikalischer Form. Sie folgt der Rhetorik der Rede »I Have a Dream« von Martin Luther King, die in dem Lied auch ausdrücklich angesprochen wird. Adressaten sind im Wesentlichen die Weißen, und zwar die weißen US-Amerikaner. Das Lied beginnt zwar mit der Kritik an der Apartheid in Südafrika, aber eigentlich nur, um eine gemeinsame Basis zu schaffen, denn im Jahr 1987 war Südafrika längst von der ganzen Welt politisch isoliert. Die zweite Strophe blickt zurück auf die (durchaus erfolgreiche) Bürgerrechtsbewegung in den USA, mit deren Ergebnissen sich später eigentlich die gesamte Nation identifizierte – also immer noch Konsens.

Doch dann kommt die dritte Strophe, die anklagt, was immer noch nicht erreicht wurde. Luther Allison geht es in dem Song um die Zukunft – und um die Kinder, die ja die Zukunft sind. Trotz aller Fortschritte bei den Bürgerrechten müssen immer noch Kinder in Ghettos aufwachsen; Martin Luther Kings Traum ist damit noch nicht wahr geworden. Dann folgt ein besonders trauriges Kapitel: Wo die US-Amerikaner doch so patriotisch sind, so gerne Kriege führen, das soldatische Heldentum feiern – wie gehen sie mit den afroamerikanischen Soldaten um? Sie werden gern in den Tod geschickt, um die heile Welt in den gepflegten Suburbs der Mittelschicht zu verteidigen. Aber wenn sie als Veteranen zurückkommen, traumatisiert, verwundet, behindert, sind sie wieder Schwarze, denen man eine würdevolle Behandlung verweigert. Geehrt werden sie erst, wenn sie im Sarg zurückkehren, aber dann nützt es nichts mehr. Allison will Freiheit im Leben, nicht im Jenseits.

Die vierte Strophe ist versöhnlich, enthält aber eine Warnung: Wenn die Diskriminierung nicht endgültig aus der Welt geschafft wird, wird es zu gewalttätigen Unruhen kommen. Also lernt, euch gegenseitig zu lieben. Jetzt zieht Luther Allison alle Register der amerikanischen politischen Rhetorik, indem er viele Aspekte anspricht, die in den USA hoch und heilig sind: die Liebe der eigenen Kinder, die Liebe überhaupt, die Goldene Regel (»Behandle andere so, wie du von ihnen behandelt werden willst« – in praktisch allen Religionen und von zahlreichen Philosophen formuliert), die Freiheitsrechte der Unabhängigkeitserklärung, die Freiheitsglocke in Philadelphia und – ganz am Ende – der schlichte Eigennutz: »Tu es einfach für dich selbst.« Welcher US-Amerikaner könnte solchen Argumenten widersprechen?

Afrikanische Sklaven wurden nicht nur nach Nordamerika verschleppt, sondern auch in die Karibik, wo ihre Nachfahren einen Großteil der Bevölkerung stellen. Die karibischen Inseln waren in den 1960er Jahren den weißen US-Amerikanern ungefähr das, was den Mitteleuropäern Mallorca, Ibiza, Fuerteventura und Gran Canaria waren: Urlaubsziele mit hellen Sandstränden, Sonne, billigen Cocktails und Partys. Die Musik, die das US-amerikanische Bürgertum mit dem Urlaub in der Karibik verband, war damals der Calypso – ein ursprünglich aus Westafrika stammender Rhythmus, der sich über Trinidad und Tobago in der gesamten Karibik verbreitete. Das Leben der Einheimischen interessierte die Urlauber wenig. Die einheimische Bevölkerung durfte, wie bereits deren Vorfahren, die weißen Gäste als Kellner, Zimmermädchen, Musiker oder Putzfrauen bedienen. Das Elend der Slumhütten wollte der typische Tourist nicht sehen.

Aber Elend kann auch Kreativität hervorbringen. Da gab es in Kingston in Jamaika drei Brüder, die chinesisch-jamaikanische Wurzeln hatten und eine Mischung aus Plattenladen, Eisdiele und Restaurant betrieben. Eines Nachts im Jahr

1961, als die Brüder ihren Laden gerade schließen wollten, drückte sich ein dreizehnjähriger Junge namens Jimmy Cliff durch die Tür und trällerte ein Lied, das er extra zu Ehren dieses Restaurants geschrieben hatte. Irgendwie gelang es ihm, den jüngsten der Brüder dazu zu bringen, ins Schallplattengeschäft einzusteigen und seinen Song zu pressen. So wurde Leslie Kong zum Paten der jamaikanischen Musik, denn Cliff führte ihm noch eine ganze Reihe weiterer junger Musiker zu, darunter bereits im Jahr 1962 einen gewissen Bob Marley.

Kong sollte der jamaikanischen Musik zum weltweiten Durchbruch verhelfen, als er 1968 eine Platte produzierte, die einen stark verlangsamten Beat aufwies, der so gut zum entspannten, marihuanavernebelten Lebensgefühl der Karibikinsel passte. Der von der Band The Maytals gespielte Song hieß (nach einem eigentlich bereits aus der Mode geratenem Tanzstil) »Do the Reggay« und begründete eine neue Musikrichtung, die bald unter der leicht veränderten Schreibweise *Reggae* einen weltweiten Siegeszug antrat. Dazu trug vor allem ein Song bei, den Leslie Kong zusammen mit dem Sänger Desmond Dekker geschrieben hatte, der den karibischen Rhythmus mit einem anklagenden sozialkritischen Text verband: »Israelites«.

Israelites	**Israeliten**
Get up in the morning, slaving for bread … So that every mouth can be fed Poor, poor me, Israelites …	Stehe morgens auf, schufte wie ein Sklave für Brot … damit jeder Mund gestopft werden kann, ich armer, armer Israelit …
My wife and my kids, they packed up and leave me …	Meine Frau und meine Kinder haben gepackt und mich verlassen …
They catch me in the farm You sound your alarm …	Sie erwischen mich auf dem Bauernhof, Ihr lasst eure Alarmsirene heulen …
Look me shirts them a-tear up, trousers are gone I don't want to end up like Bonnie and Clyde …	Sieh mich an, sie haben mein Hemd zerrissen, die Hosen weggenommen. Ich möchte nicht enden wie Bonnie und Clyde …
After a storm there must be a calm They catch me in the farm …	Nach einem Sturm muss es eine Ruhe geben. Sie erwischen mich auf dem Bauernhof …

Desmond Dekker & The Aces, 1968. Text & Musik: Desmond Dekker und Leslie Kong (Pyramid)

Das Lied beschreibt den täglichen Kampf ums Überleben. Der Sänger schuftet, um seine Familie zu ernähren, die ihn aber verlässt, weil er nicht genug nach Hause bringt. Beim Versuch, sich auf einem Bauernhof etwas zu essen zu ergaunern, wird er gefasst. Er hofft darauf, nicht wie das Gangsterpärchen Bonnie und Clyde im Kugelhagel zu enden – es muss doch eine Ruhe nach dem Sturm geben, aber schon erwischen sie ihn wieder bei einem neuen Mundraub. Im Refrain beklagt er sein Schicksal als gebeutelter Israelit. Obgleich Desmond Dekker kein Anhänger des

Rastafari-Glaubens war, griff er das bei den Jamaikanern verbreitete Motiv auf, das Schicksal der Sklaven in Amerika mit der Leidensgeschichte der Israeliten in der babylonischen Gefangenschaft zu vergleichen.

Das im ausgeprägten jamaikanischen Patois-Dialekt gesungene »Israelites« sollte zum ersten jamaikanischen Welthit werden. Der Song kam in Großbritannien, den Niederlanden, Deutschland, Südafrika, Kanada, Schweden und Jamaika an die Spitze der Charts und drang selbst in den USA, wo sozialkritische Töne das bislang heile Bild der Karibik stark irritierten, bis auf Platz neun der Charts vor. Paul McCartney erwies Desmond Dekker mit seinem Song »Ob-La-Di, Ob-La-Da« (dessen Protagonist nicht zufällig Desmond heißt) seine Reverenz.

Bob Marley, dem – man glaubt es kaum – zu Lebzeiten kein Nummer-eins-Hit gelang, hat nicht nur Liebeslieder gesungen. »No Woman, No Cry« (auf Deutsch: »Frau, weine nicht«) schrieb Marley zusammen mit seinem Freund »Tata« Vincent Ford, als sie in der Suppenküche im Kingstoner Stadtteil Trenchtown saßen und den lautstarken Streit eines Paars mithörten, der mit dem herzzerreißenden Weinen der Frau endete. Das Lied hat zwar eine tröstende, optimistische Botschaft an die Frau, kritisiert aber auch die Scheinheiligkeit mancher Helfer und falschen Freunde. Die Zukunft sei zwar großartig, aber deine Vergangenheit kannst du nicht vergessen. Immerhin reichten die Tantiemen des Songs aus, um die Finanzierung der Suppenküche sicherzustellen.

Bob Marleys bitterstes Lied verbindet das Schicksal der Afroamerikaner mit dem der amerikanischen Ersteinwohner. In den Indianerkriegen wurden Schwarze als Soldaten eingesetzt. Die Ersteinwohner nannten sie »Büffelsoldaten«, weil das krause Haar der Afroamerikaner sie an das Fell der Bisons erinnerte. Erst wurden Afrikaner aus ihrer Heimat in die Karibik verschleppt und dann wurden sie auch noch zu Soldaten gemacht, die gegen die Ersteinwohner zu kämpfen hatten. Unterdrückte gegen Unterdrückte, welch tragische Verkettung! So wie die Soldaten in den Indianerkriegen durch die Landschaft trotteten, so trotten sie heute durch San Juan (Puerto Rico) und Jamaika, immer noch abhängig von den USA und um das Überleben kämpfend.

Buffalo Soldier	Büffelsoldat
Buffalo Soldier, dreadlock Rasta There was a Buffalo Soldier In the heart of America Stolen from Africa, brought to America Fighting on arrival, fighting for survival	Büffelsoldat, Dreadlock-Rasta Da war ein Büffelsoldat Im Herzen von Amerika Geraubt aus Afrika, gebracht nach Amerika Kämpfte, als er ankam, kämpfte ums Überleben
I mean it, when I analyze these things To me, it makes a lot of sense How the dreadlock Rasta was the Buffalo Soldier ...	Ich meine es so, wenn ich die Sache analysiere Für mich ergibt es viel Sinn Dass der Dreadlock-Rasta der Büffelsoldat war ...
If you know your history Then you would know where you coming from Then you wouldn't have to ask me Who the heck do I think I am ...	Wenn du deine Geschichte kennst Dann weißt du, wo du herkommst Dann bräuchtest du mich nicht zu fragen Wer zum Teufel ich denke, dass ich bin ...
Said he was a Buffalo Soldier Win the war for America Buffalo Soldier, dreadlock Rasta Fighting on arrival, fighting for survival Driven from the mainland To the heart of the Caribbean ...	Sagte, er war ein Büffelsoldat Gewinn den Krieg für Amerika Büffelsoldat, Dreadlock-Rasta Kämpfte, als er ankam, kämpfte ums Überleben Vertrieben aus dem Heimatland In das Herz der Karibik ...
Troddin' through San Juan In the arms of America Troddin' through Jamaica, a Buffalo Soldier ...	Trotte durch San Juan In die Arme von Amerika Trotte durch Jamaika, ein Büffelsoldat ...

Bob Marley, 1978. Text & Musik: Bob Marley und King Sporty (Tuff Gong)

Irgendwie haben die White Anglo-Saxon Protestants alle unterdrückt, die anders waren. Analysiere die Geschichte dieser Unterdrückung und erkenne deine Herkunft! Mancher Rasta hat das so ernst genommen, dass er wieder zurück nach Afrika gewandert ist. Viele Reggae-Musiker (wie Desmond Dekker, Jimmy Cliff und zeitweise Bob Marley) zogen es dagegen vor, nach England umzusiedeln, wo ihnen das Musikbusiness professionellere Arbeitsbedingungen bot als im heimischen Jamaika, das aber auch toleranter war als die USA.

Die musikalischen Wurzeln der Rockmusik lagen in Afrika. Die klagende Musik der diskriminierten und unterdrückten Afroamerikaner, der Blues, prägte den Sound der Rockmusik stärker als alles andere. Schwarze Musik – Blues, Gospel, Rhythm and Blues, Rock and Roll, Soul, Funk, Reggae – beeinflusste die Entwicklung der Rockmusik maßgeblich. Die Emanzipationsbewegung der Afroamerikaner, die Bürgerrechtsbewegung, ließ die Protestsongs der Folkmusik populär werden. Dennoch handelte es sich beim politischen Protest der Rockmusik ganz überwiegend um die Forderungen von Kindern der angelsächsischen weißen Mittelschicht nach politischer und gesellschaftlicher Liberalisierung für die angelsächsische weiße Mittelschicht. Musik, die sich gegen rassistische Unterdrückung richtete, stammte meist aus den Randbereichen der Rockmusik, aus dem Soul, dem Blues, dem Reggae.

Der Tonfall änderte sich komplett in den 1980er Jahren, als »saccharinsüße« Popsongs die Harmonie von Schwarz und Weiß und die Solidarität mit Afrika beschworen, so »Ebony and Ivory« von Paul McCartney und Stevie Wonder (1982) oder »We Are the World« von Michael Jackson und Lionel Richie (1985). Die Aggressivität, die so typisch für die Ära der Rockmusik gewesen war, war aus den Texten genauso gewichen wie aus ihrer musikalischen Form. Damit war auch die Wirkung geschwunden. Wenn die Rockmusik etwas nicht erreicht hat, dann war das die Überwindung des Rassismus in den USA, der bis heute eine klaffende Wunde in der ältesten Demokratie der Welt darstellt.

8. Sex and Drugs and Rock and Roll

8.1. Groupies

Marianne Faithfull schreibt in ihrer Autobiografie, dass ihr Leben nach »der Mythologie des Pop« eine Wende nahm, als sie im März 1964 Mick Jagger kennenlernte: »Ich dagegen begann sofort, Drogen zu konsumieren und wie wild in der Gegend rumzuvögeln.«[481] Das liest sich, als ob das ein gehässiges Vorurteil gewesen sei, aber die nächsten 350 Seiten handeln von genau dem, was der Mythos beschrieb. Zu den Drogen kommen wir später. Das mit dem Sex traf in jedem Fall zu.

Männer wie Frauen machten es mit ihren Partnerinnen oder Partnern, mit den Partnerinnen und Partnern ihrer besten Freunde, zu dritt, Männer mit Männern, Frauen mit Frauen. Wer noch dem traditionellen Muster gefolgt war und früh geheiratet hatte, ignorierte die Ehe bald und benahm sich so, als wäre man gar nicht verheiratet. Man begann, unverheiratet miteinander zusammenzuleben, bald auch in komplexeren Wohngemeinschaften, bis schließlich die ersten Kommunen gegründet wurden – Wohngemeinschaften, die sich ganz bewusst dazu bekannten, neue Lebensformen auszuprobieren und freie Liebe zu praktizieren. Das alles spielte sich ab, lange bevor Ovulationshemmer (Antibabypille) verfügbar waren. Aufgrund mangelnder Sexualaufklärung (»Über so etwas spricht man nicht!«) wurde anfangs noch das eine oder andere Kind gezeugt, das man aber entweder irgendwo unterbrachte, um sein freies Leben zu führen, oder das irgendwie, ohne große Aufmerksamkeit zu beanspruchen, mitlief. Bezahlte Kindermädchen konnten sich die Rockstars ja problemlos leisten.

Das Ausleben der Sexualität korrespondierte mit dem generellen Streben nach Freiheit. In den bürgerlichen Schichten der Gesellschaft wurde Sexualität tabuisiert. Der Soziologie Norbert Elias hatte darauf hingewiesen, dass die Kontrolle des Sexualtriebs mit gesellschaftlichen Notwendigkeiten korrespondiert.[482] In agrarischen, dörflich strukturierten Gesellschaften war die patriarchalische Großfamilie die zentrale ökonomische Einheit. Die Heirat war ein Instrument der Überlebenspolitik der Sippe, die damit dafür sorgte, dass jedes Familienmitglied seine beziehungsweise ihre Rolle erfüllte. Arrangierte Ehen, häufig zwischen Cousins und Cousinen, sind deshalb typisch für Agrargesellschaften. Die Ehre der Familie ist das zentrale soziale Instrument, um die Befolgung von Normen und Anweisungen des Familienvorstands durchzusetzen. Deshalb zählt Jungfräulichkeit in archaischen

481 Faithfull, Faithfull, a. a. O., S. 28.

482 Elias, Zivilisation, a. a. O., Bd. I, Kap. 2, Nr. 9.

Gesellschaften so viel. Durchgesetzt wird die Sozialmoral durch Fremdzwänge, zum Teil von drakonischer Art – bis hin zu Ehrenmorden.[483]

In der adeligen und in der bürgerlichen Gesellschaft, die die Normen des Adels übernahm, um soziale Anerkennung zu erheischen, musste ebenfalls eine strikte Sexualmoral durchgesetzt werden. Heiratspolitik war ein zentrales Instrument für die Machtsicherung des Adels sowie für die Geschäftspolitik des Bürgertums. Durch die passende, ebenfalls arrangierte Verheiratung von Sohn und Tochter konnte man Unternehmen fusionieren. Allerdings wurde der Modus der Kontrolle des Sexualtriebs subtiler: Strafbewehrte Fremdzwänge wurden ersetzt durch Selbstzwänge, die jetzt *Moral*, *Gewissen* oder *Ehrbarkeit* hießen, aber noch weitaus wirksamer waren als die Fremdzwänge, die ihre Wirkung verloren, wenn Entdeckung und Strafe vermieden werden konnten.

Diese Selbstzwänge waren Anfang der 1960er Jahre extrem. Katholische Jungen und Mädchen lernten im Beichtunterricht eine Kinderfassung des sechsten Gebots. Es untersagte ihnen, ihre Geschlechtsteile zu zeigen (noch nicht einmal der eigenen Mutter!), zu berühren und darüber zu reden – ansonsten befleckte man seine Seele mit Sünde, so dass man dafür zumindest im Fegefeuer büßen müsse. Auf Achtjährige wirkte so etwas. Protestanten waren nicht unbedingt freier. In den USA ist es bis heute undenkbar, sich in einer Sauna unbekleidet zu zeigen. Beim Arztbesuch und bei Massagen werden Geschlechtsorgane verschämt abgedeckt. In den 1960er Jahren sah die Jugend keine gesellschaftliche Notwendigkeit mehr für Prüderie. Warum sollte man jungfräulich in die Ehe gehen? Warum sollte man überhaupt heiraten? Warum sollte man seine Sexualität nicht einfach ausleben? Selbst das Risiko, beim freien Sex Kinder in die Welt zu setzen, verlor seinen Schrecken.

Brian Jones hatte bereits mit siebzehn Jahren seine gleichaltrige Freundin geschwängert. Er wollte eine Abtreibung, sie gebar aber das Kind und gab es zur Adoption frei. Noch im gleichen Jahr zeugte er ein Kind mit einer verheirateten Frau, die es dann ohne sein Wissen in die Welt setzte und zusammen mit ihrem Ehemann aufzog. Als Neunzehnjähriger wurde er Vater eines dritten Kinds, das von seiner Freundin aufgezogen wurde, mit der er nur kurze Zeit zusammenlebte. Mit 21 Jahren zeugte er sein viertes Kind, das seine Mutter großzog, die später den Rocksänger Donovan heiratete. Mit 22 Jahren wurde Jones zum fünften Mal Vater. Dieses Mal wurde die Angelegenheit geregelt, indem der Manager der Rolling Stones mit der Mutter eine Abfindung über 700 Pfund aushandelte (was heute einem Wert von circa 17.000 Euro entspricht).[484]

Die 1960er Jahre waren das Jahrzehnt der sexuellen Befreiung und der Enttabuisierung. In der Sprache der Soziologie handelte es sich um eine Informalisierung, also um einen Abbau von Selbstzwängen, die gesellschaftlich nicht mehr notwendig

483 Necla Kelek: Die unheilige Familie. Wie die islamische Tradition Frauen und Kinder entrechtet. München: Droemer 2019.

484 Wyman, Story, a. a. O., S. 151.

waren.[485] Die Rockstars gingen dabei als medial bekannte Beispiele voran, aber das bürgerliche Milieu erkannte rasch die Attraktivität einer Lockerung der Sexualmoral. Der amerikanische Sexualwissenschaftler Alfred Kinsey hatte bereits 1948 eine Studie mit dem Titel »Sexual Behavior in the Human Male« (deutsch: »Das sexuelle Verhalten des Mannes«, 1955) vorgelegt, die einige Tabus brach (sie beschrieb z. B. bisexuelle Tendenzen als weitverbreitet), aber noch große Empörung auslöste. Ab 1968 brachte dann der deutsche Journalist Oswald Kolle eine Reihe von Aufklärungsfilmen heraus, die auch als Soft-Pornos gelten konnten und beim spießbürgerlich-biederen Publikum großen Anklang fanden. Nacktheit, die von den Hippies propagiert worden war, wurde auf einmal zeitungs-, fernseh- und bühnentauglich.

Begonnen hatte das wieder einmal mit den Rockmusikern. Die pflegten daheim durchaus wechselnde Beziehungen und waren dort sexuell hyperaktiv, aber so richtig rund ging es erst auf den Tourneen. Denn da hatte man seine Groupies. Wer war das berühmteste Groupie der Rockgeschichte? War es das rotgelockte Hippiemädchen mit den Blumenkränzen im Haar, das auf den Namen Pamela Des Barres hörte? War es Cynthia Plaster Caster, die, beginnend mit Jimi Hendrix, naturgetreue Modelle der Penisse von Rockstars anfertigte, natürlich nach eigener Anschauung und in voller Größe? War es eine der vielen Berühmtheiten aus Musik, Showgeschäft und Yellow Press, zu denen sich Mick Jagger stets hingezogen fühlte?

Nein, das berühmteste Groupie aller Zeiten war niemand anderes als Margaret Trudeau, die damals 28-jährige Ehefrau des amtierenden 15. kanadischen Ministerpräsidenten Pierre Trudeau und spätere Mutter des 23. Ministerpräsidenten Justin Trudeau. Die Rolling Stones waren im Februar und März 1977 für etliche Nächte im Harbour Castle Hotel von Toronto abgestiegen, um im El Mocambo Club zu spielen, weil sie für ihr Doppelalbum »Love You Live« auch eine Blues-Session in intimer Clubatmosphäre einspielen wollten. Später am Tag pflegte die Band immer Partys in ihrer Suite zu geben, und eines Abends tauchte auch die Frau des Ministerpräsidenten auf – ohne Begleitung ihres Mannes.

Die Party war damit allerdings ruiniert. Denn normalerweise wurden auf Stones-Partys reichlich Drogen konsumiert, da aber die Gattin des Ministerpräsidenten einen Polizisten als Personenschützer an ihrer Seite hatte, waren alle ziemlich unentspannt. Am nächsten Abend sollte sie es besser machen. Es war der 4. März 1977, ihr sechster Hochzeitstag mit Pierre Trudeau. In dieser Nacht wurde sie im Castle Harbour Hotel gesehen, auf dem Flur der Rolling Stones, bekleidet mit einem Bademantel. Die Boulevardpresse zählte eins und eins zusammen und machte eine große Geschichte daraus. Die einzige Frage, die unbeantwortet blieb, lautete: »Mit wem von den Stones?«

Die naheliegendste Antwort war – natürlich – Mick Jagger. Aber er war es nicht. Sollte es Bill Wyman gewesen sein, dessen Vorliebe für Groupies ja in einem Stones-Song (»Jigsaw Puzzle«) verewigt worden war? Nein, Keith Richards hat es uns verraten: Es war Ron Wood. Margaret Trudeau hatte sich sogar in das Zimmer

485 Eichener/Baumgart, Elias, a. a. O., S. 97–101.

direkt neben Ronnies eingebucht, allerdings ohne es wirklich zu benutzen. Ron Wood sollte später dazu sagen: »Wir haben in dieser kurzen Zeit etwas Besonderes geteilt.« Keith Richards wurde deutlicher: »Sie war ein Groupie. Das war alles, was sie war, schlicht und einfach. Daran ist nichts Schlechtes. Aber du solltest nicht die Frau eines Premierministers sein, wenn du ein Groupie sein willst.«[486]

Sie flog danach nach New York, um dem Pressewirbel, der in Kanada entflammte, zu entkommen. Aber dadurch wurde es noch schlimmer. Denn sie wurde auch in New York zusammen mit Ron Wood und Mick Jagger fotografiert. Und es war auch schlimm für Keith Richards, denn der war in Kanada mit Kokain und Heroin in den Taschen erwischt worden, und der Rummel um die Gattin des Ministerpräsidenten trug alles andere als dazu bei, die Sache womöglich unter den Teppich zu kehren. Margaret Trudeau war also ein Groupie. Groupies waren eine zwangsläufige Begleiterscheinung der Rockmusik. Rockmusik war Sexmusik. Und sie turnte an, insbesondere die jungen Frauen. Keith Richards hatte dafür eine soziologische Erklärung.

Es war nach einem der ersten Konzerte der Rolling Stones, in einer langweiligen Kleinstadt irgendwo in Nordengland. Richards war nach dem Konzert noch einmal auf die Bühne gegangen, um zu sehen, wie die ganze Unterwäsche und anderes, was auf die Bühne geworfen worden war, aufgeräumt wurde. Ein alter Hausmeister, ein proletarischer Typ, der die Dinge beim Namen nannte, sagte nur zu ihm: »Sehr gute Show. Nicht ein einziger trockener Sitz im Haus.«

»Es war, als ob jemand den Stecker gezogen hätte«, schreibt Richards. »Die Mädchen aus den 50er Jahren sind sehr etepetete erzogen worden. Und dann schien es irgendwo einen Moment zu geben, wo sie sich einfach entschlossen, sich gehen zu lassen. Die Gelegenheit, das zu tun, ergab sich. Und wer hätte sie daran gehindert? Die Lust lag in der Luft, obwohl sie nicht wussten, wie sie damit umgehen sollten. Aber plötzlich bist du derjenige, auf den sich das richtet. Es ist Ekstase. Wenn es einmal losgelassen wird, hat es eine unglaubliche Kraft. Deine Chancen standen nicht besser als in einem Fluss voller Piranhas. Sie waren darüber hinweg, was sie sein wollten. Sie haben sich vergessen. Diese Mädchen kamen aus sich heraus, blutend, mit zerrissenen Kleidern, vollgepissten Höschen. Und du hast das jede Nacht als selbstverständlich hingenommen. … Sechs Monate zuvor konnte ich niemanden flachlegen; ich musste dafür bezahlen. … Was war es, was sie wollten? Ruhm? Das Geld? Oder meinen sie es ernst?«[487] Der Musiker versteht selbst nicht, was ihn so anziehend macht. »Du endest nach der Show in einer Kneipe oder in der Hotelbar, und blitzschnell bist du mit einem sehr süßen Mädchen auf dem Zimmer, das zur Universität von Sheffield geht und Soziologie studiert und entscheidet, wirklich nett zu dir zu sein. ›Ich dachte, du wärst ein kluges Mädchen. Ich bin ein Gitarrist. Ich bin hier nur auf der Durchreise.‹ ›Yeah, aber ich mag dich.‹ Mögen ist manchmal besser als lieben.«[488]

---

486 Richards, Life, a. a. O., S. 393.

487 Ebd., S. 138f.

488 Ebd., S. 139.

Richards führt das Phänomen der Beatlemania und Stonesmania auch auf die Werbung zurück. Die Konsumindustrie hatte in den späten 50er Jahren die Teenager als Zielgruppe entdeckt – es war sogar die Werbeindustrie, die das Wort *Teenager* erfunden hatte. Teenagern konnte man Kosmetik verkaufen, Mode, spezielle Zeitschriften (in Deutschland vor allem »Bravo«) und natürlich Musik. Die Pubertierenden wurden umworben und dadurch auf einmal selbstbewusst. Dieses Selbstbewusstsein äußerte sich auch darin, dass sie ihrer sexuellen Energie plötzlich freien Lauf ließen. Und wer eignete sich besser als Lustobjekt als ein Musiker, der auf der Bühne seine Hüften schwang und überhaupt ein ganz verruchter Typ zu sein schien?

Die Musiker hatten keine Skrupel, die Groupies auszubeuten. Der sehr populär gewordene Song »Fox on the Run« von Sweet ächtet die Groupies. Der Name des Groupies interessiert die Musiker nicht. Dass der Lebensstil an der Schönheit der Groupies zehrt, kommentieren sie zynisch. Dass Groupies damit prahlen, wie viele Bands sie kennen, langweilt die Rockstars nur. Danach legen sie das Groupie ab und fordern es schlicht auf abzuhauen und sich nicht mehr blicken zu lassen. Das weitere Schicksal ist ihnen gleichgültig.

Fox on the Run

I don't wanna know your name
'Cause you don't look the same
The way you did before
Okay, you think you got a pretty face
But the rest of you is out of place

You looked all right before
You scream and everybody comes a-running
Take a run and hide yourself away ...
Foxy, fox on the run and hideaway

You talk about just every band
But the names you drop are secondhand
I've heard it all before ...

Fuchs auf der Flucht

Ich will nicht wissen, wie du heißt,
weil du nicht mehr so aussiehst
wie vorher.
Gut, du denkst, du hast ein hübsches
Gesicht,
Aber der Rest von dir ist daneben.

Vorher sahst du in Ordnung aus.
Du kreischst und jeder kommt angelaufen.
Hau ab und verstecke dich ...
Sexy, Fuchs auf der Flucht und im Versteck.

Du sprichst über fast jede Band.
Aber die Namen, die du fallen lässt, sind aus
zweiter Hand.
Ich habe das alles schon mal gehört ...

Sweet, 1974. Text & Musik: Brian Connolly, Steve Priest, Andy Scott, Mick Tucker (RCA Victor)

Manchmal taten die Groupies den Musikern sogar leid, vor allem wenn es sich um ganz junge Dinger handelte, die dann im Sumpf der Prostitution enden werden. Aber lassen konnten sie von ihnen nicht. Davon handelt »Sick Again«, einer der beliebtesten Songs von Led Zeppelin.

Sick Again	**Mir ist wieder schlecht**
From the window of a rented limousine, I caught your pretty blue eyes. One day soon you're gonna' reach sixteen, Painted lady in the city of lies.	Aus dem Fenster einer Mietlimousine Sah ich deine hübschen blauen Augen. Eines Tages wirst du sechzehn werden. Eine bemalte Dame in der Stadt der Lügen.
Ooh, do you, know my name? Do I, look the same? You know I'm the one you want, baby, I must be the one you need, yeah!	Kennst du meinen Namen? Sehe ich wirklich so aus? Du weißt, ich bin der, den du willst, Schätzchen, Ich muss der sein, den du brauchst.
Clutchin' pages from your teenage dream, In the lobby of the Hotel Paradise. Through the circus of the L. A. queens, How fast you learn the downhill slide.	Du knüllst Seiten deines Teenagertraums, In der Lobby des Hotels Paradies. Durch den Zirkus der Nutten von Los Angeles. Wie schnell lernst du, wie man abrutscht!
Oh, how you play the game. Still don't know your name …	Wie du das Spiel spielst! Kenn immer noch nicht deinen Namen …
Lips like cherries, and the brow of a queen, Come on, flash across your eyes. Said you dug me since you were thirteen, Then you giggle as you heave and sigh …	Lippen wie Kirschen, die Brauen einer Königin. Komm schon, lass deine Augen blitzen. Du sagtst, du bist hinter mir her, seit du dreizehn warst, Dann kicherst du, wenn du dich wälzt und stöhnst …
… Oh, get it, get it, come on now …	… mach es, mach es, komm jetzt …

Led Zeppelin, 1975. Text & Musik: Jimmy Page, Robert Plant (Swan Song Records)

Das Phänomen der Groupies war zwar in England besonders ausgeprägt, wo Beatles- und Stones-Konzerte in Massenhysterien ausarteten, bei denen das Geschrei der Mädchen häufig die Musik übertönte. Aber Groupies gab es natürlich auch in der amerikanischen Rockmusik. Die kalifornischen Groupies hatten sogar eine Art Mentor, das war Frank Zappa. Eines der kalifornischen Groupies hieß Sally Mann. Sie hatte ihre Groupie-Karriere mit sechzehn Jahren begonnen. Das Groupie-Leben hatte ihr Freiheit geboten, erklärte sie. Wie könne man mehr sinnliche Erfahrungen machen denn als Groupie? »Du hast Sex, rauchst Dope, ziehst dich abgefahren an, bist groovy, bist nur mit groovigen Leuten zusammen – alles auf einmal.«[489]

Sally Mann lebte sogar mit Jefferson Airplane in deren Haus in San Francisco zusammen, während sich ihre Mutter in einer schäbigen Mietwohnung um ihr Baby kümmerte. Alles in allem war das Groupie-Leben aber nicht immer glamourös. Sally durfte kochen, putzen, Telefongespräche annehmen und andere niedere

489 Sally Mann. Zitiert in: The Groupies and Other Girls. Rolling Stone vom 15.2.1969.

Tätigkeiten ausführen, deren einziger Lohn die Dankbarkeit von Jefferson Airplane war. Aber sie war mitten in der Szene, und das reichte ihr. Und natürlich die regelmäßigen Höhepunkte des Groupie-Lebens. Das waren die Telefonanrufe aus den Hotelzimmern an die Freundinnen: »Du glaubst nicht, wo ich jetzt gerade bin!«

Als Sally schließlich Spencer Dryden, den Drummer von Jefferson Airplane, heiratete, kam ihre Groupie-Existenz nicht unbedingt in ruhigere Bahnen. Im Gegenteil, sie geriet an Heroin und Alkohol. Bei einer Kontrolle im Jahr 1980 meinten ihr Vater und ein liebenswürdiger Richter, ein Aufenthalt in einer der »Gratissuiten des Staates« würde ihr guttun. Im Knast fing sie ein Hochschulstudium an, brauchte aber bis 1985, um mit Hilfe der Anonymen Alkoholiker clean und trocken zu werden. Dann heiratete sie erneut einen Musiker, studierte Jura und schloss mit *summa cum laude* ab. Um als Anwältin arbeiten zu dürfen, musste sie allerdings erst eine Begnadigung für ihre Drogenvergehen erwirken. Das gelang ihr schließlich mit Hilfe von Hunderten von Solidaritätsschreiben der Anonymen Alkoholiker und einer demokratischen Gouverneurin des Staates Texas, die selbst trockene Alkoholikerin war. 1996 wurde sie schließlich in die Anwaltskammer von Texas aufgenommen. Das alles schrieb sie dem Rolling-Stone-Fotografen Baron Wolman und grüßte artig mit: »GROUPIE-SCHMOOPIE!«[490]

Cynthia Albritton hatte im Kunststudium gelernt, Plastiken zu formen. Nachdem sie sich bei Jimi Hendrix als Groupie ausgelebt hatte, formte sie dessen Genital nach, natürlich so, wie sie es erlebt hatte. Zu diesem Zweck musste ein Abdruck des entsprechend vorbehandelten Teils erstellt werden, mit Alginat, wie man es vom Zahnarzt kennt. Und sie hatte den Ehrgeiz, eine möglichst große Kollektion von Plastiken zu erschaffen. Frank Zappa fand die Idee von Cynthia Plaster Caster, wie sie sich bald nannte (etwa ›plastische Modelliererin‹), gleichermaßen kreativ wie witzig und holte sie, wenn er sich der Prozedur selbst auch nie unterzog, von Chicago nach Los Angeles, wo es in der lebhaften Rockmusikszene keinen Mangel an Modellen gab. Zappa und Cynthia verfolgten sogar die Idee, einmal eine Ausstellung der Kunstwerke zu machen, was aber an der mangelnden Kooperation der derart abgebildeten Musiker scheiterte.

Das hinderte Cynthia aber nicht daran, eine gewisse Berühmtheit zu erlangen. Ein Dokumentarfilm wurde über sie gedreht, der natürlich »Plaster Caster« hieß. Sie tauchte auch auf in dem Film »My Penis and I« von Lawrence Barraclough, der selbst unter einem sehr kleinen Exemplar litt. Jim Croce widmete ihr den Song »Five Short Minutes« und Kiss »Plaster Caster«. Sie wird erwähnt im »Penis Song« von Momus und in »Nanny Nanny Boo Boo« von Le Tigre. 2010 bewarb sich die mittlerweile 63-Jährige um das Amt der Bürgermeisterin von Chicago, unterstützt von einer Partei, die sie selbst gegründet hatte: The Hard Party.[491] War das unrealistisch? Unterschätze nie das Können eines Groupies! Weißt du nicht, wie schwierig

---

490 Baron Wolman: Every Picture Tells A Story – The Rolling Stone Years. London: Omnibus Press 2010.

491 Alexia Elejalde-Ruiz: Cynthia Plaster Caster Runs for Chicago Mayor. Chicago Tribune vom 31.10.2010.

es ist, hinter die Bühne zu kommen? Und wenn es dir gelungen ist, Jimi Hendrix davon zu überzeugen, von sich selbst einen Alginatabdruck machen zu lassen, dann gibt es nichts, was du nicht kannst.

Pamela Ann Miller – später Pamela Des Barres – wurde über einen Schulfreund mit dessen Cousin bekanntgemacht, der als Captain Beefheart Musik machte. Beefheart reichte Pamela weiter an Charlie Watts und Bill Wyman, als die Stones in Los Angeles waren. Das adelte sie zum Edel-Groupie, fortan hing sie mit den Byrds und anderen kalifornischen Rockmusikern herum. Dabei ging sie noch zur High School. Dort wurde im Kunstunterricht eine Arbeit verlangt, die Struktur und Farbe visualisieren sollte. Sie malte ihr Bild so, wie sie sich Mick Jaggers Genitalien vorstellte, und bekam dafür eine Eins. Ein paar Jahre später sollte sie des Öfteren Gelegenheit erhalten, ihr Fantasiegemälde mit dem Original zu vergleichen. Zwischenzeitlich jobbte sie als Babysitterin bei Frank Zappa, der Spaß daran hatte, Pamela zusammen mit fünf anderen Groupies zu einer frühen Girl Group zusammenzustellen. Unter dem Namen GTOS hatten sie im Sommer 1969 sogar einen Auftritt mit den Mothers of Invention und Captain Beefheart, bevor sie sich wieder auflösten, weil eine der Frauen wegen Drogenbesitzes festgenommen worden war.

Des Barres Trophäenliste kann sich sehen lassen. Darunter waren die Musiker Mick Jagger, Jimmy Page, Keith Moon, Nick St. Nicholas, Noel Redding, Jim Morrison, Alice Cooper, Chris Hillman, Gram Parsons und Waylon Jennings sowie die Schauspieler Woody Allen, Don Johnson, Brandon De Wilde und Michael Richards. Ihre Spezialität war Oralsex, und es hieß, wie in dem James-Bond-Song von Carly Simon, »nobody did it better«.[492] Pamela Des Barres blieb noch lange unter Zappas Obhut, dessen Kinder sie jahrelang hütete, wirkte in ein paar Filmen mit, heiratete, schrieb drei Bücher über ihr Groupie-Leben und brachte ihre Modemarke »Groupie Couture« heraus. Im März 1989 gelang es ihr endlich, auch einmal nackt im »Playboy« zu erscheinen. Die Bildunterschrift lautete: »Als ich jünger war, wollte ich im Playboy sein, aber meine Brüste waren nicht groß genug. Jetzt habe ich die Titten einer Halbberühmtheit, also müssen sie nicht mehr ganz so groß sein.«

Die kalifornischen Groupies, so wie sie der Rolling-Stone-Fotograf Baron Wolman abgelichtet hatte,[493] waren bildschön, extravagant gekleidet und geschminkt, formten einen *subcultural chic*, definierten, was man unter *beautiful people* verstand. Robert Plant erinnerte sich mit Wehmut an die Groupies von 1968, wenn er über die jungen Frauen von 1975 klagt: »Sie haben nicht den Stil, den sie in den alten Zeiten hatten … damals ’68.«[494] Und er ergänzt: »Sag einfach, dass ich immer noch nach einem Engel mit einem gebrochenen Flügel suche. Heutzutage ist es nicht ganz einfach, sie zu finden. Besonders wenn du im Plaza Hotel untergebracht bist.«

Die englischen Groupies waren junge, unbeschwerte Frauen aus der Stadt und vom Land. In Amerika gab es noch eine andere Sorte. Als die Stones 1964/65 auf

492 Pamela Des Barres: I'm With the Band. Chicago: Chicago Review Press 2005.

493 The Groupies and Other Girls. Rolling Stone vom 15.2.1969.

494 Robert Plant im Interview: Cameron Crowe: Led Zeppelin ’75. Rolling Stone vom März 1975.

Tournee in den USA waren, traten sie zusammen mit schwarzen Musikern auf. Und was machte man nach der Show? (Städte wie Nashville waren damals nach 22 Uhr tot, zumindest in den Vierteln der Weißen.) In den Spelunken der schwarzen Bevölkerung ging die Post ab, und dorthin wurden die Stones von ihren afroamerikanischen Kollegen mitgenommen. Keith Richards beschreibt, was dann passierte:

»Rein ins Taxi, wir fahren über die Bahnlinie und es geht sofort los. Da gibt es Essen, jeder rockt und rollt, jeder hat seinen Spaß. Es war so ein Kontrast zur weißen Seite der Stadt, das werde ich nie vergessen. Du konntest dort mit jungen Mädchen abhängen, trinken, rauchen. Und Big Mamas, die uns aus irgendeinem Grund immer als dünne und zarte Menschen angesehen haben. Also haben sie begonnen, uns zu bemuttern, was mir durchaus recht war. In die Mitte zwischen zwei enorme Brüste geschoben. … ›Du willst einen runtergeholt haben, Junge?‹ ›Okay, alles, was du sagst, Mama.‹ Einfach frei und einfach. Du wachst auf in einem Haus voller schwarzer Leute, die so unglaublich freundlich zu dir sind, und du kannst es gar nicht glauben. Ich meine, Scheiße, ich wünschte, das würde zuhause passieren. Und das passierte in jeder Stadt. Du wachst auf, wo bin ich? Und da ist eine Big Mama, und du bist im Bett mit ihrer Tochter, aber du bekommst das Frühstück ans Bett gebracht.«[495]

Natürlich gibt es auch Rocksongs über Groupies. Und wer hätte darüber besser schreiben können als Mick Jagger? Offiziell hat der Song den merkwürdigen Titel »Star Star«, aber wer ihn gesungen hört, weiß, wie er wirklich heißen sollte.

---

495 Richards, Life, a. a. O., S. 161f.

Star Star [Starfucker]

Baby, baby, I've been so sad since you've been gone
Way back to New York City
Where you do belong

Honey, I missed your two tongue kisses
Legs wrapped around me tight
If I ever get back to Fun City, girl
I'm gonna make you scream all night

Honey, honey, call me on the telephone
I know you're movin' out to Hollywood
With your can of tasty foam
All those beat up friends of mine
Got to get you in their books
And lead guitars and movie stars
Get their toes beneath your hook
Yeah, you're a star fucker ...

Yeah, I heard about your Polaroid's
Now that's what I call obscene
Your tricks with fruit was kind a cute
I bet you keep your pussy clean ...

Yeah, Ali McGraw got mad with you
For givin' head to Steve McQueen
Yeah, you and me we made a pretty pair
Fallin' through the silver screen
Honey, I'm open to anythin'
I don't know where to draw the line
Yeah, I'm makin' bets that you gonna get
John Wayne before he dies ...

Star-Star [Starfickerin]

Schätzchen, ich bin so traurig, seit du weg bist,
Ganz zurück nach New York City,
Wo du hingehörst.

Süße, ich vermisse deine doppelzüngigen Küsse,
Beine, die mich eng umschlingen.
Wenn ich jemals zurück in die Spaßstadt komme, Mädchen,
Werde ich dich die ganze Nacht zum Kreischen bringen.

Süße, ruf mich an.
Ich weiß, dass du nach Hollywood ziehst
Mit deiner Dose schmackhaften Schaums.
All meine ausgelaugten Freunde
Wollen dich in ihre Listen eintragen.
Und Leadgitarren und Filmstars
Geraten an deinen Haken.
Ja, du bist eine Starfickerin ...

Ja, ich hörte von deinen Polaroidfotos,
Ja, das ist, was ich obszön nenne.
Deine Tricks mit Früchten waren irgendwie süß.
Ich wette, du hältst deine Muschi sauber ...

Ja, Ali McGraw hat wegen dir vor Wut gekocht,
Weil du Steve McQueen gelutscht hast.
Ja, du und ich, wir waren ein schönes Paar,
Das aus der Leinwand gefallen ist.
Süße, ich bin offen für alles.
Ich weiß nicht, wo ich die Grenze ziehen soll.
Ja, ich wette, dass du
John Wayne bekommst, bevor er stirbt ...

The Rolling Stones, 1972. Text & Musik: Mick Jagger, Keith Richards (Rolling Stones Records)

Die flotte Rock-and-Roll-Nummer war nicht nur das sexuell Explizitestе, was bis dahin öffentlich gesungen worden war (wer hätte das Tabu brechen sollen, wenn nicht die Stones?), sondern steckt auch voller Anspielungen auf Prominente. Das Groupie, um das es in dem Song geht, ist eindeutig identifizierbar. Es handelte sich um die Tochter des schwerreichen Richard L. Simon, der nicht nur den Buchverlag Simon & Schuster gegründet hatte, sondern auch über hervorragende Drähte in die Musikwelt (u.a. zu den Gershwins) verfügte. Klar, dass sich seine Töchter unter dem Namen The Simon Sisters als Sängerinnen bemühten.

Seine Tochter Carly, die dann auch eine Karriere als Solosängerin startete, betätigte sich als Groupie. Einige Monate, bevor »Star Star« aufgenommen wurde, hatte sie eine Affäre mit Mick Jagger (dessen Stimme in Carly Simons Lied »You're So Vain« deutlich im Hintergrundchor zu vernehmen ist) und außerdem mit (dem in »Star Star« erwähnten) Steve McQueen, worüber dessen (ebenfalls erwähnte) Braut Ali McGraw nicht gerade erfreut war, sowie einer Reihe anderer Musiker und Schauspieler. Sie muss wohl sexuell recht fantasievoll gewesen sein – Spiele mit Früchten werden im Song erwähnt, außerdem aromatisierte Scheidenspülungen, für die Mick Jagger nach dem Bekunden von Marianne Faithfull ja eine gewisse Vorliebe hatte, seit er sie bei Pamela Des Barres kennengelernt hatte.[496]

Warum Jagger so abfällig über das Groupie singt, erschließt sich nicht, denn offenbar – und das geht auch aus dem Song hervor – tat sie ja nichts anderes, als ihm ebenbürtig zu sein. Aber dass eine Frau sexuell genauso aktiv ist wie er selber, konnte ein Macho offenbar nicht akzeptieren. Der Lackmustest für Geschlechtergerechtigkeit besteht darin, ob man Männern und Frauen die gleiche sexuelle Freizügigkeit zugesteht. Der langjährige Autor des Rolling Stone-Magazins, Tom Wolfe, hat in seinem Roman »I Am Charlotte Simmons« noch im Jahr 2004 angeklagt, dass ein Mann nach einem One-Night-Stand als potenzstarker Macho bewundert wird, während die Frau, die vom selben Date kommt, als »Schlampe« verachtet wird.

Vielleicht wurmte Jagger auch, dass Carly Simon eine Affäre mit Warren Beatty hatte, dem sie das (ebenfalls nicht sehr freundliche) Lied »You're So Vain« gewidmet hatte, dessen Vers »you said that we made such a pretty pair« Jagger auch in »Star Star« zitiert. »You're So Vain« ist denn auch die Abrechnung mit der sexuellen Eitelkeit der Männer.

You're So Vain	**Du bist so eitel**
You walked into the party Like you were walking onto a yacht Your hat strategically dipped below one eye Your scarf it was apricot You had one eye in the mirror As you watched yourself gavotte And all the girls dreamed that they'd be your partner ...	Du kamst zur Party, als würdest du eine Yacht betreten, den Hut strategisch über ein Auge gezogen. Dein Schal war aprikosenfarben. Du warfst ein Auge auf den Spiegel, In dem du dich selber tänzeln sahst, Und all die Mädchen träumten, sie wären deine Partnerin ...
You're so vain You probably think this song is about you ...	Du bist so eitel. Du denkst wahrscheinlich, dieses Lied ist über dich ...

496 Faithfull, Faithfull, a. a. O., S. 229.

You had me several years ago When I was still quite naïve Well, you said that we made such a pretty pair And that you would never leave But you gave away the things you loved And one of them was me I had some dreams they were clouds in my coffee …	Du hattest mich vor einigen Jahren, Als ich noch ziemlich naiv war. Du sagtest, wir seien so ein schönes Paar Und dass du mich nie verlassen würdest. Aber du hast die Dinge, die du liebtest, weggeworfen. Eines davon war ich. Ich hatte Träume, die waren Schäume …
Well, I hear you went up to Saratoga And your horse naturally won Then you flew your Lear jet up to Nova Scotia To see the total eclipse of the sun Well, you're where you should be all the time And when you're not, you're with Some underworld spy or the wife of a close friend …	Ich hörte, du bist nach Saratoga gefahren, Und dein Pferd hat natürlich gesiegt. Dann bist du mit deinem Lear-Jet nach Nova Scotia geflogen, Um die totale Sonnenfinsternis zu sehen. Du warst, wo du immer sein solltest, Und wenn nicht, bist du bei Irgendeinem Spion aus der Unterwelt oder bei der Frau eines engen Freunds …

Carly Simon, 1972. Text & Musik: Carly Simon (Elektra)

Carly Simon gab zu, dass zumindest der zweite Vers Warren Beatty meint, dass sie aber gleich noch zwei weitere Männer in dem Lied verarbeitet hatte.[497] Bei den anderen Männern könnte es sich um Kris Kristofferson, Jack Nicholson, Cat Stevens, Nick Nolte, David Bowie, David Cassidy oder andere handeln, mit denen sie Affären hatte. Warren Beatty hatte sich jedenfalls wiedererkannt: »Lasst uns ehrlich sein. Das Lied war über mich.«[498] Groupies und Rockstars scheinen eine Menge Eigenschaften miteinander zu teilen. Sie bildeten gemeinsam die Speerspitze der sexuellen Befreiung – aber eine Befreiung der Frauen war das nur in Ausnahmefällen; häufig genug handelte es sich schlicht um sexuellen Missbrauch von Minderjährigen.

497 Carly Simon. Interview in: Kathy Ehrich Dowd: Carly Simon Says 'You're So Vain' Is About Warren Beatty – Well, Only the Second Verse: 'He Thinks the Whole Thing Is About Him!'. People vom 18.11.2015.

498 Warren Beatty. Zitiert nach: Jeannette Walls: Scoop: Fur Flies Between PETA, Karl Rove. MSNBC.COM Entertainment vom 2.4.2007.

8.2. The Greta Garbo Home for Wayward Boys and Girls

Im Juni 1968 brachte die englische Gruppe Manfred Mann, die zu der Zeit schon auf beiden Seiten des Atlantiks zu den großen Nummern der Musikszene zählte, einen Song heraus, der das Gewand eines unschuldigen Kinderliedchens trug. Es begann mit einem lieblichen Solo auf der Blockflöte und hieß »My Name is Jack«. Der Name *Jack* wird in dem 2:47 Minuten langen Lied dreizehn Mal gesungen.

Jack, die Verniedlichungsform von *John*, ist nicht nur einer der häufigsten Vornamen im englischen Sprachraum, sondern ein derartiger Allerweltsname, dass er als Substantiv wie als Verb in allen möglichen zusammengesetzten Begriffen gebraucht wird, zum Beispiel *Jack in the Box* (Springteufel), *jack o'lantern* (›Jack in der Laterne‹ – ausgeschnitzte Kürbisfratze), *lumberjack* (›Holzfäller‹), *jackknife* (›Klappmesser‹), *jackhammer* (›Presslufthammer‹), *applejack* (›Apfelschnaps‹), *Union Jack* (Flagge des Vereinigten Königreichs), *to hijack* (›entführen‹). Die deutsche Version von Jack, *Hans*, hat eine ähnliche Funktion: Hans im Glück, Hansdampf, Hänschen klein …

Hört man »My name is Jack« in dem Lied in Verbindung mit der Melodie und dem wiederholt gesungenen »We all love Jack«, hat man irgendeinen lustigen Kerl vor Augen, der in dem Haus, in dem er lebt, seine Späße treibt. Und lustig geht es in dem Heim zu. Jack hat viele Freunde, die er nie vergessen wird, wo immer er sich herumtreiben wird. »Wie nett – ein fröhliches Lied über ein Waisenhaus!«, haben sich die Eltern gedacht, wenn sie diesen Song aus dem Jugendzimmer hörten.

My Name Is Jack

My name is Jack and I live in the back of the Greta Garbo Home
With friends I will remember wherever I may roam
And my name is Jack, we live in the back
Of the Greta Garbo home for wayward boys and girls

We all love Jack, we live in the back
Of the Greta Garbo home for wayward boys and girls

There goes Fred with his hands on his head cause he thinks he's heard the bomb
And here comes Super Spade / Superman who really puts it on

There's lots of fun and I love to run up and down the stairs
I make as much noise as I want and no one ever cares …

Ich heiße Hans

Ich heiße Hans und ich wohne hinten im Greta-Garbo-Heim
mit Freunden, die ich nie vergessen werde,
egal, wohin es mich später mal verschlägt.
Und ich heiße Hans und ich wohne hinten drin im Greta-Garbo-Heim für missratene Jungs und Mädels.

Wir alle lieben Jack, wir wohnen hinten drin im Greta-Garbo-Heim für missratene Jungs und Mädels.

Da geht Fred und hält sich den Kopf,
weil er glaubt, er hätte die Bombe gehört.
Und hier kommt Super Spade / Supermann,
der zieht echt eine Show ab.

Hier gibt es viel Spaß und ich liebe es, die Treppen rauf und runter zu laufen.
Ich mache so viel Lärm, wie ich will, und niemand stört es …

There's Carl over there with his funny old hair and he's never sad at all And when I grow up I want to run as fast as my friend Paul	Da drüben ist Carl mit seinem drolligen Haar, und der ist überhaupt nie traurig. Wenn ich erwachsen bin, möchte ich mal so schnell rennen können wie mein Freund Paul.
There's the prettiest girl in the whole wide world and her name is Melody Mend And here comes ma with brother Tom who's probably my best friend Well, Tom is my best friend ...	Dort ist das hübscheste Mädchen der ganzen weiten Welt und die heißt Melody Mend. Und hier kommt meine Mama mit Bruder Tom, der ist wahrscheinlich mein bester Freund, Ja, Tom ist mein bester Freund ...

Manfred Mann, 1968. Text & Musik: John Simon (Fontana)

Aber in welchem Haus lebt dieser lustige Jack? Es heißt »Greta Garbo Home for Wayward Girls and Boys« – ein Heim für missratene Kinder, das nach einer Schauspielerin benannt ist, deren erster Satz, den sie jemals in einem (Ton-) Film gesprochen hatte, lautete: »Gib' mir einen Whiskey, Ginger Ale dazu, und zwar nicht zu knapp, Baby«, als sie eine alkoholkranke, aber immer noch betörende Prostituierte spielte.

Das lustige Haus hat es wirklich gegeben. Der Song stammte aus der Feder des amerikanischen Komponisten und Produzenten John Simon und war als Soundtrack für einen Film über die Hippiekultur im trendigen Haight-Ashbury-Viertel von San Francisco gedacht. In San Francisco gab es damals das Kirkland Hotel in einem viktorianischen Haus aus dem 19. Jahrhundert an der Ecke der Sutter Street und Laguna Street.[499] Ein paar Beatniks, die diese Ära wiederaufleben lassen wollten, kauften den alten Schuppen und eröffneten ihn im Jahr 1966 wieder. In die Lobby hängten sie ein Filmplakat, das Greta Garbo zeigte, woraus sich der Spitzname *Greta Garbo Home for Wayward Girls and Boys* ableitete. Die ersten Bewohner fanden im Keller eine Kiste mit alten, aber nie getragenen Knopfstiefeletten, und bald darauf liefen die Hippiemädchen in der ganzen Bay Area mit solchen Schuhen herum. So entstand damals Mode!

Das Kirkland Hotel wurde auch *speed palace* genannt, aber das war nicht ganz korrekt, denn es wurden dort unterschiedliche Drogen konsumiert, die fein säuberlich auf die Etagen aufgeteilt waren. Im ersten Obergeschoss lebten die Potheads, die Acidheads im zweiten, die Meth-Monster im fünften und die Heroinjunkies dazwischen. Die Nachbarn beschwerten sich bei der Polizei, dass vor dem Haus Drogen offen gehandelt wurden und dass sich die Bewohner vor allen Augen fixten. Sie mochten es auch nicht, dass regelmäßig (meist homosexuelle) Geschlechtsakte vor den Augen ihrer Kinder ausgeführt wurden.

499 Schilderungen ehemaliger Bewohner finden sich in folgendem Chat: Greta Garbo Home for Wayward Boys and Girls. Begonnen am 14.5.2005 auf The Hip Forums. https://www.hipforums.com/forum/threads/greta-garbo-home-for-wayward-boys-and-girls.86079/, zugegriffen am 1.7.2020.

Später versammelten sich ausgerissene Kinder in der Lobby, fünfzig bis sechzig an der Zahl. Zwei Polizisten liefen mit einem Schild herum, auf dem Fotos von vermissten Personen zu sehen waren, während die Hotelbewohner in direkter Gegenwart der Cops Weed rauchten. LSD war damals noch legal. Mancher Bewohner erinnerte sich ein halbes Jahrhundert später, welche Typen da so hausten: »PCP Capeman«, »Ziggy der Dealer«, »Serge der Junkie, der NIEMALS aus seinem Zimmer kam oder das Tageslicht gesehen hat« und natürlich Sebastian, der allen im Gedächtnis geblieben ist. Eine ehemalige Bewohnerin schreibt:

»Die erste Person, die ich traf, nachdem ich durch die große Lobby gekommen bin, war ein Typ namens Sebastian. Er fragte mich, ob ich mit auf sein Zimmer im Keller kommen wollte. Ich sagte natürlich ja und er fragte mich, ob ich etwas ausprobieren wollte. Eine Droge, die ›besser als Sex‹ war. Klar! Bis dahin hatte ich Haschisch geraucht, Pilze genommen, Mescalin, LSD, aber nichts, das viel stärker war. Ich war wie gebannt, als er seine Form herausholte, ein weißes Pulver in einem Löffel auflöste und in eine Pipette zog. Dann spritzte er es mir und es war tatsächlich besser als Sex! Methamphetaminhydrochlorid [Crystal Meth] – whew! Da ich bisher eine ziemlich entspannte Person gewesen war, wusste ich, dass das die Droge für mich war. In den nächsten sechs Monaten verließ ich kaum das ›Hotel‹, schlief nur in kurzen Nickerchen, aß kaum und holte mir meine Spritze von einem Bewohner oder einem anderen, im Austausch für Sex. Es war eine Win-win-Situation für alle – abgesehen von dem, was Meth meinem Körper antat.«[500]

Das war also das lustige Haus, in dem Jack wohnte! Der Song ist voller Namen und Anspielungen. Der »beste Freund« Tom, mit zweideutiger Betonung gesungen und dreimal wiederholt, ist – wie das Urban Dictionary weiß – eine Chiffre für einen »schönen Mann mit einem außerordentlich großen Penis und heldenhaften Hoden«. »Super Spade«, der auch in einer Soft-Porno-Szene des Films zu sehen ist, war ein Drogendealer mit Wohnsitz in der Ashbury Street 408 (ja, es gibt noch Leute, die sich daran erinnern!), der irgendwann umgebracht wurde. Das Verbrechen wurde niemals aufgeklärt. Die amerikanische Plattenfirma Mercury nahm daran Anstoß, und die Platte kam mit einer Woche Verspätung auf den Markt, weil erst eine neue Gesangsspur mit »Superman« statt »Super Spade« aufgenommen werden musste. In England wurde weiterhin die Platte mit dem ominösen »Super Spade« verkauft. Ein schönes Haus, in dem Jack lebte. Und keiner aus der Elterngeneration hatte auch nur die leiseste Ahnung, worum es in dem Lied wirklich ging, wenn es vom Plattenspieler im Kinderzimmer ertönte.

500 Ebd., Post von marlene_madcat vom 24.4.2016.

8.3. One Pill Makes You Larger …

White Rabbit	**Weißes Kaninchen**
One pill makes you larger And one pill makes you small And the ones that mother gives you Don't do anything at all. …	Eine Pille macht dich größer, Und eine Pille macht dich klein. Und die, die dir deine Mutter gibt, bewirken überhaupt nichts.
Go ask Alice, when she's ten feet tall And if you go chasing rabbits, and you know you're going to fall Tell 'em a hookah-smoking caterpillar has given you the call He called Alice, when she was just small	Geh, frag' Alice, wenn sie drei Meter groß ist, und wenn du Kaninchen jagen gehst und du weißt, dass du stürzen wirst, sag ihnen, dass eine Shisha rauchende Raupe dich aufgefordert hat. Sie hat Alice aufgefordert, als sie noch klein war.
When the men on the chessboard get up and tell you where to go And you've just had some kind of mushroom, and your mind is moving low Go ask Alice, I think she'll know	Wenn die Figuren auf dem Schachbrett aufstehen und dir sagen, wohin du gehen sollst, und wenn du eine bestimmte Sorte Pilz hattest und sich dein Bewusstsein langsam bewegt, frag' Alice, ich glaube, sie weiß es.
When logic and proportion have fallen sloppy dead And the White Knight is talking backwards And the Red Queen's off with her head Remember what the dormouse said: »Feed your head, feed your head!«	Wenn Logik und Proportion völlig ausgehebelt sind und der Weiße Springer rückwärts spricht und die Rote Königin ihren Kopf verloren hat, denk daran, was der Siebenschläfer sagte: »Füttere deinen Kopf, füttere deinen Kopf!«

Jefferson Airplane, 1967. Text & Musik: Grace Slick (RCA Victor)

Was eine supercoole Grace Slick hier zum Crescendo von Ravels »Boléro« singt, ist eine der ersten direkten Anspielungen auf Drogen (namentlich LSD und halluzinogene Pilze), die es geschafft hatten, die Zensur zu umgehen. Zahlreiche Rockbands hatten es bei Andeutungen und Codes belassen müssen. Was den Song zusätzlich skandalös machte: Er bediente sich der Motive der beliebten Kinderbücher »Alice's Adventures in Wonderland« und »Through The Looking-Glass« (beide von Lewis Carroll) und suggerierte, dass die hochgradig surrealen Geschichten Produkte des Drogenrauschs waren.

Die Szene aus Carrolls Buch, wo die Raupe Alice mitteilt, dass der Genuss eines Pilzes einen kleiner oder größer mache, wurde in der psychedelischen Subkultur, in der LSD und halluzinogene Pilze verbreitet waren, als Propagierung des Drogenkonsums gedeutet. Slick sagte noch über dreißig Jahre später, sie habe in populären Kinderbüchern Hinweise auf mindestens fünf Drogen gefunden (Psilocybin in den magischen Pilzen im Wunderland; Haschisch in der Wasserpfeife der Raupe; etwas, das Alice high macht, nachdem sie es gegessen hat; beim Wizard of Oz der Gang durch ein Mohnfeld, das eine Halluzination hervorruft; Peter Pan, der fliegen kann, wenn er mit einem Pulver bestäubt wird).[501] Auch John Lennon sollte in »I Am the Walrus« Motive aus Carrolls Büchern verwenden.[502] Ob das den Büchern gerecht wird, sei dahingestellt. Die »Acid Queen« hat jedenfalls mit ihrem Song der Jugend eine Rechtfertigung geliefert, Drogen auszuprobieren. Und warum hat sie selber LSD (und härtere Drogen) genommen? Weil sie es »interessant« fand und keinen Gedanken an die Gefahren verschwendete. Die Warnungen der Eltern waren auch nicht überzeugend, wenn diese mit einem Glas Whiskey in der Hand ausgesprochen wurden.

Drogen waren auf beiden Seiten des Atlantiks Symbole der Befreiung der Jugend von den Restriktionen einer autoritären Gesellschaft. Sie wurden aber auch (wie wir im Nachhinein wissen, fälschlich) als Instrumente angesehen, über eine erweiterte Wahrnehmung zu Visionen für eine bessere Gesellschaft zu gelangen. Marianne Faithfull hat dem Drogenkonsum im Jahr 1967 in einem Radiointerview mit der BBC – mit Anspielung auf William Blake und Aldous Huxley – eine Bedeutung gegeben, die weit über das hedonistische Element des Genusses verbotener Früchte hinausging:

»Drogen sind die Pforten der Wahrnehmung. … Man geht nirgendwo hin, man sieht nur einen Spalt. So wie ich jetzt Sie anschaue. Wenn es LSD nicht hätte geben sollen, wäre es nicht erfunden worden! Es ist so wichtig wie das Christentum. Wichtiger. Ich kenne viele Leute, die totale Langweiler waren, dann haben sie LSD genommen und sich geöffnet. Durch den Spalt sieht man, daß alles um einen herum, das man für real gehalten hat, falsch ist. Sie haben die Realität so lange verdreht, daß wir nicht mehr fähig sind, sie zu erkennen, wir sehen nur, was sie uns sehen lassen wollen.«[503]

Wenn es eine Droge gab, die für die Rockmusik stilbildend war, dann handelte es sich um LSD. Nach seiner bewusstseinsverändernden Wirkung wurde eine ganze Richtung der Rockmusik benannt: Psychedelic Rock – vertreten durch Bands wie The Charlatans, The Beatles, The Doors, Jefferson Airplane, Grateful Dead, Jimi Hendrix Experience, The Who, The Beach Boys, Pink Floyd, teilweise auch die Rolling Stones. Und die Farb- und Lichthalluzinationen prägten den Stil der 1960er Jahre, der unzählige Plattencover, Poster, Kleidungstücke und Dekorationsobjekte sowie manches Luxusauto eines Rockstars bestimmte.

Populär wurde das lange Zeit legale, als Medikament zugelassene LSD durch Timothy Leary, einen Psychologen, der seit 1961 an der Harvard-Universität wöchentliche LSD-Partys schmiss, die er als »Experimente« getarnt hatte, was seinen Rauswurf aus Harvard allerdings nicht verhindern konnte. Verschiedene Versuche,

501 Grace Slick am 22.10.1998 in der Fernsehsendung »Donnie & Marie«.

502 John Lennon im Interview, in: Sheff, Saying, a.a.O, S. 184.

503 Marianne Faithfull im Interview mit der BBC, Frühjahr 1967. Transkription in: Faithfull, Faithfull, a. a. O., S. 114.

dauerhighe Kommunen am Leben zu erhalten, scheiterten zwar an den zuständigen Behörden, am Geld und an den eigenen Illusionen, trugen aber, ebenso wie Learys narzisstischer Hang zur Selbstdarstellung, dazu bei, den LSD-Konsum populär zu machen. Schriftsteller wie Ken Kesey (mit seinen Merry Pranksters), Jack Kerouac oder Allen Ginsberg wirkten als weitere Multiplikatoren.

Learys Erfolg gründete sich auch auf seine Formel »Drop Out, Turn On, Tune In«, die die Prägnanz eines Werbeslogans aufwies. *Drop Out* (›steig aus‹) bedeutet: »Löse dich von dem äußeren sozialen Theater, das so dehydriert und falsch ist wie das Fernsehen.« *Turn On* (›schalte an‹) heißt: »Finde ein Sakrament [Learys Euphemismus für LSD], das dich zurück zu Gottes Tempel bringt, deinen eigenen Körper. Verlasse deinen Geist. Werde high.« Und *Tune In* (›stimme dich ein‹) definierte Leary wie folgt: »Werde wiedergeboren. Lass dich zurückfallen, um es zum Ausdruck zu bringen. Verhalte dich so, dass deine Vision widergespiegelt wird.«[504]

Eines von Learys Lieblingsworten war *game* (›Spiel‹), das er benutzte, um gesellschaftliche und wissenschaftliche Konventionen ins Lächerliche zu ziehen: Das »Wissenschafts-Spiel«, das »Karriere-Spiel«, das »Familien-Spiel«, das »Eifersuchts-Spiel«. Leary wandte sich mit Worten und mit Taten gegen Regeln und wollte mit seinen Kommunen, die mit ungehemmter, LSD-stimulierter Sexualität Paarbeziehungen und Familien auflösen sollten, eine Alternative zur bürgerlichen Gesellschaft schaffen (was ihm letztlich nicht gelang, weil er es nicht schaffte, Egoismus, Geltungsdrang und Eifersucht zu beseitigen). Weil es unter LSD-Einfluss möglich sein sollte, das »Licht« zu sehen und Gott zu begegnen (besungen im »Hair«-Song »Walking in Space«), gründete Leary auch seine eigene Religionsgemeinschaft, die League for Spiritual Discovery, die passenderweise mit *LSD* abgekürzt wurde, so dass die Bezeichnung *Drogenprophet* im wörtlichen Sinn passte. 1970 landete Leary zum ersten Mal wegen Drogenbesitzes im Gefängnis, konnte ausbrechen und nach Algerien und Afghanistan fliehen, wo er von den örtlichen Behörden an die USA ausgeliefert wurde, um erneut inhaftiert, aber schließlich 1976 begnadigt zu werden.

Letztlich erreichten seine Provokationen, die ihn in den Augen von US-Präsident Nixon zum »gefährlichsten Mann Amerikas« machten, dass LSD von der bürgerlichen Gesellschaft dämonisiert und schließlich 1971 verboten wurde. War der Rock die Musik der antibürgerlichen Gegenkultur, so war LSD ihre Chemikalie. Langfristig einflussreicher war aber die Musik. Heute haben 10 Prozent der erwachsenen US-Amerikaner mindestens einmal in ihrem Leben LSD konsumiert, aber nur 0,2 Prozent tun es gegenwärtig.[505]

Bob Dylan, der ebenfalls ein großer Drogenprophet war (ohne ihnen selber derart zu verfallen wie Faithfull), hat in »Rainy Day Women No. 12 & 35« aus dem Jahr

---

504 Timothy Leary: The Politics of Ecstasy. London: Granada Publishing 1970, S. 183.

505 National Survey on Drug Use and Health: Trends in Prevalence of Various Drugs for Ages 12 or Older, Ages 12 to 17, Ages 18 to 25, and Ages 26 or Older; 2018. National Institute of Drug Abuse vom 24.1.2020. https://www.drugabuse.gov/drug-topics/hallucinogens/hallucinogens-trends-statstics, zugegriffen am 11.9.2020.

1966 mit Mehrdeutigkeiten gespielt. Die Verse beginnen mit »They stone you ...« (»sie steinigen dich ...«), um dann zum Refrain »Everybody must get stoned« zu führen, der auch bedeutet, dass jeder high werden muss. Ein witziges Wortspiel: Die Jugend nimmt Drogen und wird zugleich von der Gesellschaft verurteilt. Dass mit »stoned« der Drogentrip gemeint ist, ergibt sich schon aus dem Titel des Songs. *Rainy Day Woman* war im Slang ein Wort für einen Joint. Natürlich hat Dylan bestritten, einen Drogensong geschrieben zu haben.[506] Wer's glaubt ...

Die zahlreichen Slangwörter für Drogen erleichterten es damals den Musikern, Drogensongs zu schreiben, die von der Elterngeneration und den Behörden nicht als solche erkannt wurden. Dadurch wurden Verbote und strafrechtliche Verfolgungen vermieden, während die Jugend wusste, was gemeint war. Meister der Zweideutigkeiten waren insbesondere die Beatles, die selber frühzeitig und reichlich zu Drogen griffen, ohne dadurch ihr Image als brave Beatband und attraktive Schwiegersöhne einzubüßen.

Strawberry Fields Forever

Let me take you down
'Cause I'm going to Strawberry Fields
Nothing is real
And nothing to get hung about
Strawberry Fields forever

Living is easy with eyes closed
Misunderstanding all you see
It's getting hard to be someone
But it all works out
It doesn't matter much to me ...

I mean it must be high or low
That is you can't, you know, tune in
But it's all right
That is, I think, it's not too bad ...

Für immer Strawberry Fields

Lass mich dich mitnehmen,
Wenn ich zu den Strawberry Fields gehe.
Nichts ist real,
Und da ist nichts, worüber man sich Sorgen machen müsste,
Für immer Strawberry Fields.

Das Leben ist leicht mit geschlossenen Augen.
Missverständnisse sind alles, was du siehst.
Es wird schwer, jemand zu sein.
Aber es wird alles gut.
Es bedeutet mir nicht viel ...

Ich sage, es muss high sein oder niedergeschlagen.
Dass heißt, du kannst nicht, wie du weißt, einsteigen,
Aber es ist in Ordnung.
Das ist, glaube ich, nicht zu schlecht ...

The Beatles, 1967. Text & Musik: John Lennon, Paul McCartney (Parlophone)

Gut, »Strawberry Fields« war auch der Name eines Kinderheims. Das war gut für die Behörden und die Journalisten der Mainstream-Presse. »Strawberry Fields« war aber auch der Name einer Marihuana-Sorte, und John Lennon hatte gerade LSD

506 Bob Dylan, Ansage während des Konzerts am 27.5.1966 in der Royal Albert Hall, London. Zitiert in: »Dylan View On The Big Boo«, Melody Maker vom 4.6.1966.

für sich entdeckt. Und was passt besser zu einem Drogentrip als der Abschied von der Realität? Dafür wirst du schon nicht aufgehängt. Die Kids des Jahres 1967 hatten jedenfalls genügend Ansätze, um darin einen Drogensong zu erkennen, zumal auch die musikalische Realisierung mit Mellotronklängen, Loops, Rückwärtsschleifen, Ausblenden bzw. Einblenden und anderen Manipulationen die Klangkulisse erzeugte, die später mit Verweis auf die korrespondierenden Drogen als *Psychedelischer Rock* bezeichnet wurde. Um aus dem spießigen Gehäuse der bürgerlichen Gesellschaft zu entkommen und das eigene Bewusstsein zu erweitern, meinte man, psychedelische Drogen nehmen zu müssen.

Es gab viele Rockbands, die den Drogenkonsum verherrlichten. Aber die Beatles schossen den Vogel definitiv ab. Der ultimative Drogensong aller Zeiten stammt von Paul McCartney: »Got to Get You into My Life« auf dem Album »Revolver« aus dem Jahr 1966. Und einmal mehr ahnte die Elterngeneration nicht das Geringste.

Got to Get You into My Life	**Ich kann nicht ohne dich leben**
I was alone I took a ride I didn't know what I would find there Another road where maybe I Could see another kind of mind there	Ich war allein, ging auf eine Reise. Ich wusste nicht, was ich dort finden würde. Eine andere Straße, wo ich vielleicht Eine andere Art von Bewusstsein finden würde.
Ooh, then I suddenly see you Ooh, did I tell you I need you Ev'ry single day of my life	Oh, dann sehe ich dich plötzlich. Oh, habe ich dir gesagt, dass ich dich brauche Jeden Tag meines Lebens.
You didn't run, you didn't lie You knew I wanted just to hold you And had you gone you knew in time We'd meet again for I had told you	Du bist nicht weggelaufen, die hast nicht gelogen. Du wusstest, dass ich dich einfach nur halten wollte. Und wenn du gegangen warst, wusstest du sofort, Wir würden uns wiedersehen, das hatte ich dir gesagt.
Ooh, you were meant to be near me Ooh, and I want you to hear me Say we'll be together ev'ry day	Oh, du solltest mir nahe sein. Oh, und ich möchte, dass du mich anhörst. Sag, wir werden jeden Tag zusammen sein.
What can I do, what can I be When I'm with you I wanna stay there If I am true I'll never leave And if I do I know the way there ...	Was kann ich tun, was kann ich sein, Wenn ich mit dir zusammen bin, möchte ich bleiben. Wenn ich ehrlich bin, werde ich dich niemals verlassen, Und wenn ich es doch tue, kenne ich den Weg ...
I've got to get you into my life ...	Ich habe dich in mein Leben bekommen ...

The Beatles, 1967. Text & Musik: John Lennon, Paul McCartney (Parlophone)

Der Song hat den Text eines Liebeslieds, und zwar eines besonders intensiven. Die Geliebte ist in des Sängers Leben getreten, der fortan keinen einzigen Tag mehr ohne sie leben kann. Lauter Liebesschwüre ewiger Treue. Das Lied ist tatsächlich eine Liebeserklärung, aber nicht an eine Frau, sondern an Marihuana. »›Got to Get You into My Life‹«, schrieb Paul McCartney später, »war ein Song, den ich schrieb, als ich zum ersten Mal mit Marihuana Bekanntschaft gemacht hatte … [Es] ist also wirklich ein Song darüber, er ist nicht über eine Person, er ist wirklich über Gras.«[507] Und: »Es ist also in der Tat eine Hymne auf Marihuana, so wie jemand anders eine Hymne auf Schokolade oder einen guten Claret schreiben würde.«[508] Die Eingeweihten konnten es freilich erkennen. »Was für ein nettes Liebeslied«, dachten die Mütter. »Ja, ich kann jetzt auch nicht mehr ohne Marihuana leben«, ihre Söhne und Töchter.

Dass der Drogenkonsum illegal und Anlass zu ständiger Verfolgung durch die Polizei war, machte ihn umso attraktiver. Die Rockgeneration rebellierte gegen die gesamte Gesellschaft, das herrschende Establishment und gegen sämtliche Regeln. Das Drogenverbot war eine dieser Regeln, und allein die Tatsache, dass der Drogenkonsum illegal war, machte ihn ebenso hip wie das Tragen langer Haare, das ebenfalls der Provokation des Bürgertums diente. Zusammen einen Joint zu rauchen oder LSD-Pillen einzuwerfen, wurde für die Rockgeneration so selbstverständlich wie die Tasse Kaffee für ihre Mütter, wenn diese zusammenkamen. Allerdings begannen sich die jungen Drogenkonsumenten in zwei Gruppen zu trennen: Da gab es diejenigen, die Drogen nahmen, weil es chic war, weil es einen Akt der Rebellion darstellte oder weil es einfach dazu gehörte. Und es gab diejenigen, die Drogen nahmen, weil sie sie brauchten. Letztere wurden abhängig und stürzten mehr oder weniger heftig ab.

Einer, der es brauchte, war Keith Richards. In seiner Autobiografie erzählt er, wie er 1965 zu den Drogen kam, mit 22 Jahren.[509] Die Stones waren auf ihrer ersten Tournee in den USA, und sie waren noch nicht so weit, dass sie sich zwischen ihren Auftritten in Luxushotels erholen konnten. Sie spielten vielmehr jeden Abend, oft sogar zwei Gigs am Tag. Und sie waren entsprechend erschöpft. Mit ihnen standen afroamerikanische Musiker auf dem Programm. Sie waren älter, in den Dreißigern, einige sogar in den Vierzigern. Und sie sahen immer gut aus, so Keith Richards, mit perfekt sitzenden Anzügen, gegelten Haaren, »fit and sweet«.

Eines Tages, als sich Richards wieder einmal völlig erschlagen fühlte, kurz vor dem Auftritt, sprach er einen der schwarzen Musiker an, einen Hornisten: »Wie schafft ihr es, jeden Tag so gut auszusehen?« Und der Hornist schlug sein Jackett zurück, griff in seine Westentasche und gab ihm eine Pille Amphetamin und einen

507 Paul McCartney. Zitiert in: Miles, Many Years, a. a. O., S. 229f.

508 Paul McCartney. Zitiert in: Elvis Costello: 100 Greatest Beatles Songs. Rolling Stone vom 10.4.2020, Nr. 50.

509 Richards, Life, a. a. O., S. 156f.

Joint, und sagte: »Du nimmst eine von diesen und du rauchst einen von denen.«[510] Illegale Drogen zu nehmen, angefangen mit Opium, gefolgt von Kokain (Heroin war nur für die ganz Kaputten), war in der afroamerikanischen Musikszene mindestens seit der Jahrhundertwende üblich gewesen, wie auch Eubie Blake bestätigte.[511] Richards war nicht der Einzige. Als John Lennon und Eric Clapton einmal zwischen ihren alten Idolen Chuck Berry und Little Richard auftreten sollten, waren beide so nervös, dass sie Unmengen Kokain zu sich nahmen. Lennon musste sich erbrechen und Clapton musste sich erst einmal hinlegen.[512]

»Aber halte es geheim!«, gab der Kollege Keith Richards noch auf den Weg. Und Richards fühlte sich, wie wohl die meisten, die damals an Drogen kamen, wie in einen Geheimbund aufgenommen. Dass die Drogen illegal waren, war für viele Jugendliche der Hauptgrund, sie zu nehmen. Wie die Kirschen in Nachbars Garten. Man nahm Drogen, um Regeln zu verletzen und das Bürgertum zu provozieren. Das Totenkopf-Zeichen, das auf den Kokainflaschen klebte, die man auf ärztliche Verordnung in der Apotheke kaufen konnte, sei »wunderschön zweideutig« gewesen.[513] Mit Totenköpfen spielten doch schon Kinder, die Piraten sein wollten, von Halloween und Horrorgrusel ganz zu schweigen.

Außerdem konnte man mit Drogen seinen eigenen Eltern den Spiegel vorhalten. Die bürgerlichen Erwachsenen nahmen damals ebenfalls jede Menge Drogen, allerdings in Form von Tabletten und auf ärztliche Verordnung. In der Nazizeit wurde zur Steigerung der Leistungsfähigkeit bei Kindererziehung und Hausarbeit die sogenannte »Hausfrauenschokolade« verteilt, die den unter dem Handelsnamen Pervitin bekannten Wirkstoff Methamphetamin enthielt, heute besser bekannt als Crystal Meth. Die deutsche Wehrmacht gab 35 Millionen Tabletten Pervitin zur Dämpfung des Angstgefühls, zur Steigerung der Leistungs- und Konzentrationsfähigkeit und des Selbstwertgefühls an ihre Soldaten aus. Die Erfolge der Wehrmacht in ihren »Blitzkriegen« gegen Polen und Frankreich werden heute wesentlich darauf zurückgeführt, dass die deutschen Soldaten ihr Schlafbedürfnis mit Hilfe von Pervitin unterdrücken und Tag und Nacht durchmarschieren und -kämpfen konnten. Die deutsche Bundeswehr und die Nationale Volksarmee der DDR verfügten bis in die 1970er Jahre hinein über Pervitin, um es bei Übungen und im Ernstfall einzusetzen. In den 1990er Jahren existierten bei der Bundeswehr noch mit Crystal Meth gefüllte Pralinen, wenngleich die Schokolade inzwischen einen weißlichen Belag von Kakaobutter aufwies. Die US-amerikanischen Soldaten erhielten Pervitin während des Vietnamkriegs. Adolf Hitler, Konrad Adenauer und John F. Kennedy nahmen Crystal Meth.

---

510 Ebd., S. 157.

511 Eubie Blake: Interview. In: Max Morath: The 93 Years of Eubie Blake. American Heritage, Bd. 27, Nr. 6 (Oktober 1976).

512 Clapton, Leben, a. a. O., S. 123.

513 Richards, Life, a. a. O., S. 258.

Hausfrauen nahmen gern das als Hypnotikum deklarierte Beruhigungsmittel Contergan, bis dessen keimschädigende Wirkung bekannt wurde. Danach sorgten erst Librium, ab 1963 Valium für Beruhigung – auch als Ausgleich für die aufputschende Wirkung von Ampethaminen, die weiterhin sehr beliebt waren. Die Gewohnheit, morgens Aufputschmittel und abends Beruhigungsmittel einzuwerfen, sorgte damals bei Millionen von Menschen, die man gemeinhin dem braven Bürgertum zurechnete, für regelrechte Drogenabhängigkeit. Die Stones haben ihren Müttern dazu ein Lied gewidmet.

Mother's Little Helper	**Mutters kleine Helfer**
What a drag it is getting old »Kids are different today« I hear ev'ry mother say	Was für eine Last ist es, alt zu werden. »Die Kinder sind heute anders«, Höre ich jede Mutter sagen.

Meine Güte, dieser Stress heutzutage! Und die Kinder, die sind heute Monster!

Mother needs something today to calm her down And though she's not really ill There's a little yellow pill She goes running for the shelter of a mother's little helper And it helps her on her way, gets her through her busy day	Mutter braucht heutzutage etwas, um sich zu beruhigen. Und obwohl sie nicht wirklich krank ist, Gibt es eine kleine gelbe Pille. Sie sucht Unterschlupf bei Mutters kleinem Helfer. Und sie hilft ihr, durch ihren stressigen Tag zu kommen.

Das Beruhigungsmittel Valium (Diazepam) wurde in Form kleiner gelber Pillen hergestellt.

»Things are different today« I hear ev'ry mother say Cooking fresh food for a husband's just a drag So she buys an instant cake and she burns her frozen steak And goes running for the shelter ...	»Die Dinge sind heute anders,« Höre ich jede Mutter sagen. Für den Mann frisch zu kochen, ist nur eine Last. Also kauft sie eine Backmischung und lässt ihr gefrorenes Steak anbrennen. Und sucht Unterschlupf ...

Es gibt Fertiggerichte, und doch ist das Kochen anstrengender geworden? Oder ist man nur empfindlicher?

»Doctor please, some more of these«	»Doktor, bitte, mehr davon!«

So spricht ein Junkie.

Outside the door, she took four more ...	Vor der Tür nimmt sie vier weitere ...

Die Dosierung sollte aus einer Viertel- bis einer halben Tablette zweimal täglich bestehen. Vier Tabletten auf einmal stellten auf jeden Fall Missbrauch dar.

»Men just aren't the same today« I hear ev'ry mother say They just don't appreciate that you get tired They're so hard to satisfy, You can tranquilize your mind So go running for the shelter ... And four help you through the night, help to minimize your plight ... »Life's just much too hard today« I hear ev'ry mother say	»Männer sind heute nicht mehr dieselben«, Höre ich jede Mutter sagen. Sie akzeptieren es nicht mehr, dass du müde wirst. Sie sind so schwer zufriedenzustellen, du kannst deinen Geist betäuben, also suche dir Unterschlupf ... Und vier helfen dir durch die Nacht, helfen, deine Misere zu erleichtern ... »Das Leben ist heutzutage viel zu hart,« Höre ich jede Mutter sagen.

Eigentlich hat man alles, was man sich gewünscht hat: Ehe, Familie, Wohlstand, die Segnungen der modernen Technik, Komfort – aber die Routine des modernen Lebens ist sinnentleert, und deshalb ist man unzufrieden und sucht nach Betäubungen.

The pursuit of happiness just seems a bore	Das Streben nach Glück ist nur noch langweilig.

Das »Streben nach Glück« – im deutschen Grundgesetz heißt es, das Recht auf freie Entfaltung der Persönlichkeit – ist ein Menschenrecht, das in der Unabhängigkeitserklärung der Vereinigten Staaten verankert wurde. Und dieses Grundrecht finden die Menschen einfach nur noch langweilig. Kann es eine größere Entfremdung geben?

And if you take more of those, you will get an overdose No more running for the shelter of a mother's little helper They just helped you on your way, through your busy dying day	Und wenn du von diesen eine mehr nimmst, bekommst du eine Überdosis. Du brauchst nicht mehr Unterschlupf bei Mutters kleinem Helfer zu suchen. Sie halfen dir gerade durch deinen stressigen Sterbetag.

Die Überdosis hat sie schon längst erreicht, und was dann kommt, ist der Drogentod.

The Rolling Stones, 1965. Text & Musik: Mick Jagger, Keith Richards (Decca)

Das seit 1963 verfügbare Beruhigungsmittel Diazepam führt zu Abhängigkeit sowie dramatischen Entzugserscheinungen und Nebenwirkungen wie Angstzuständen, Antriebsverlust, Wutanfällen, Halluzinationen, Gefühlskälte, Kritikschwäche und Psychosen. Kein Wunder, dass die Eltern sind, wie sie sind. Irgendein Unterschied zu einem Heroin-Junkie? Auch die Motive gleichen denen eines gestressten Musikers. Also, wenn die Elterngeneration Drogen verbietet, ist das doch scheinheilig, denn sie nehmen sie ja selber!

Und Keith Richards war gestresst. Er meinte, die Drogen zu brauchen, um den Stress des Musikerlebens auszuhalten. Er machte dann die übliche Junkie-Karriere: Erst Alkohol, dann Cannabis, dann Speed, dann LSD, dann Kokain und am Ende Heroin. Wie er das erste Mal Heroin genommen hat, weiß er noch nicht einmal mehr. Es war wohl, so vermutet er, mit Kokain gemischt, ein sogenannter *Speedball.* Dass es Heroin gewesen sein muss, fand man später heraus. »Das war sehr interessant, gestern Abend. Was war das? Oh.« Und Richards schreibt weiter: »Das ist, als ob es in dich kriecht. Weil du dich nicht daran erinnerst … Plötzlich ist es da.«[514]

Und immer, immer, immer ist die Illusion da, man könnte es kontrollieren. Richards meinte, man nimmt das Heroin einen Monat lang und hört dann auf. Und man hört auf und fühlt sich einen Tag lang, als ob man die Grippe hätte. Am nächsten Tag geht es einem wieder gut. Dann fängt man irgendwann wieder an und hört wieder auf und hat die Grippe für mehrere Tage. »Keine große Sache, wovon reden die eigentlich? Das soll *cold turkey* sein?« Und ohne es zu ahnen, ist man abhängig.[515]

Bald diktieren die Drogen seinen Tagesablauf. Er nimmt von allen etwas: Speed, um ihn aufzuputschen, Downer, um ihn wieder herunterzubringen, Kokain und Heroin, und dann geht er an die Arbeit. Keith Richards räumt aber auf mit dem Glauben, dass Drogen einen Musiker kreativer machen. »Ich dachte niemals, dass Drogen per se viel damit zu tun hatten, ob ich produktiv war oder nicht. … Ich hätte wahrscheinlich ›Gimme Shelter‹ geschrieben, gleich ob auf Droge oder nicht. … Das Leben als Junkie kann ich niemandem empfehlen.«[516]

Richards führte es auf seine robuste, von den sportlichen Eltern geerbte, Konstitution zurück, dass die Drogen ihn nicht völlig ruiniert haben. Sein Kumpel John Lennon hat das Zeug nicht so gut vertragen. John und Yoko kamen regelmäßig zu Besuch. Mit seiner »vielgepriesenen Angeberei«, machte John mit bei den Drogen. Es endete, so Keith, unweigerlich damit, dass John die Keramik umarmte. Yoko beschwerte sich regelmäßig bei Keith, er solle John nicht zum Drogenkonsum verführen. Und Keith antwortete: »Ich weiß, aber ich habe ihn nicht dazu gezwungen.«[517]

514 Ebd., S. 259.

515 Ebd.

516 Ebd., S. 260f.

517 Ebd., S. 261f.

Keith Richards meint bis heute, auch deshalb überlebt zu haben, weil er mit Kokain und Heroin kontrolliert umgegangen sei und nie die Dosis gesteigert habe.[518] Aber als die Stones als Steuerflüchtlinge an der Côte d'Azur an »Exile on Main Street« arbeiteten, hatte seine Drogenabhängigkeit bereits schwere Auswirkungen auf seine Arbeitsfähigkeit. Man sprach von *Keith Time*, weil sich der Zeitplan danach richtete, wann Keith aus seinem Rausch erwachte. Eine für achtzehn Uhr angesetzte Aufnahmesession begann in der Regel nicht vor ein Uhr morgens. Ende der 1970er Jahre war es so schlimm geworden, dass ihn niemand anderes aus seinem Drogenrausch wecken durfte als sein damals siebenjähriger Sohn Marlon.[519] Wenn man abhängig ist, übersteht man das nur lebend, wenn man sich von Zeit zu Zeit in eine Klinik begibt, um einen Entzug zu machen. Keith Richards beschreibt, wie ein Entzug abläuft:

»Der ganze Körper wendet sich irgendwie von innen nach außen und bekämpft sich drei Tage lang selber. Du weißt, dass es sich in drei Tagen abschwächt. Es werden die längsten drei Tage deines Lebens, und du fragst dich, warum du dir das antust, wenn du ein perfekt normales Leben als verdammt reicher Rockstar führen könntest. Und dann erbrichst du dich und gehst die Wände hoch. Warum tust du dir das an? Ich weiß es nicht, ich weiß es immer noch nicht. Deine Haut juckt, deine Gedärme drehen sich um, du kannst deine Glieder nicht davon abhalten, wild zu zucken und du erbrichst dich und hast gleichzeitig Durchfall. Und Scheiße kommt aus deiner Nase und deinen Augen. Wenn das zum ersten Mal passiert, sagt ein vernünftiger Mann ›Ich bin abhängig‹. Aber selbst das hält einen vernünftigen Mann nicht davon ab, zu dem Zeug zurückzukehren.«[520]

Wie das geht, beschreibt er auch: »Ach, nur einen, jetzt wo ich clean bin. Nur dieser verhängnisvolle eine, dieses Fest, ist der Mörder. Dazu kommt, dass du das Zeug los bist, aber alle deine Freunde sind Junkies. Wenn jemand einen Entzug macht, ist einer dem Zirkel entkommen. Und ob sie dich mögen oder lieben oder hassen oder nicht, das Erste, was sie tun wollen, ist dich wieder hineinzuziehen. ›Das ist richtig guter Stoff, hier.‹«[521]

Und wie kam Keith Richards endlich von den Drogen los? Ausgerechnet durch ein Gerichtsurteil, und zwar eines, das er selbst als »salomonisch« bezeichnet hat. Es war die Sache in Kanada, und Richards hatte doppelt Glück. Erstens hatte die Affäre von Margaret Trudeau, der Ehefrau des kanadischen Ministerpräsidenten, mit Ron Wood eine schnelle Verurteilung verhindert, weil man erst etwas Gras über die Angelegenheit wachsen lassen wollte. Zweitens hatte Richards' liebevolle Sorge um eine blinde Konzertbesucherin den Richter milde gestimmt. Jedenfalls wurde er nicht ins Gefängnis gesteckt, sondern zu einem Benefizkonzert sowie

518 Ebd., S. 316.

519 Ebd., S. 317.

520 Ebd., S. 323.

521 Ebd., S. 406f.

einer Therapie verdonnert, die auch streng überwacht wurde. So waren es die Kanadier, die den Musiker endlich von der Nadel losreißen konnten.[522]

Ein anderer Junkie war Eric Clapton. Wie üblich hatte es auch beim ihm mit leichteren Drogen angefangen, bis er beim Heroin landete. Und wie üblich, hatte er sich überschätzt: »Ich ging einfach davon aus, dass ich irgendwie immun gegen die Droge war und nicht abhängig werden würde. Aber Sucht ist keine Verhandlungssache, und sie schlich sich langsam ein wie ein Nebel. ... Die Droge übernahm heimtückisch die Herrschaft über mein Leben, ohne dass ich es richtig merkte. Ich dachte die ganze Zeit, ich wüsste, was ich tat, und war auch ganz bestimmt kein hilfloses Opfer.«[523] Im Gegensatz zu mancher Legende beeinträchtigte das Heroin auch die Qualität seiner Musik. Wenn er gestrecktes Zeug bekam, war er auf Cold Turkey und verpasste seine Proben. Sein Spiel verschlechterte sich, seine Konzerte wurden miserabel. Schließlich machte er in einer Klinik einen Entzug, der ihn zwar vom Heroin befreite, aber dazu führte, dass er ein Suchtmittel gegen ein anderes eintauschte.[524]

Clapton soff jetzt, täglich zwei Flaschen Schnaps oder mehr, und geriet in einen »postpsychedelischen Alkoholrausch«, der seiner Darstellung nach allerdings in den frühen 1970ern die gesamte Unterhaltungsindustrie zu erfassen schien.[525] Er verließ mitten im Konzert die Bühne, konnte keine Soli mehr spielen. Einmal spielte er ein gesamtes Konzert, weil er sich nicht mehr auf den Beinen halten konnte, im Liegen, neben einem auf den Boden gelegten Mikrofonständer. 1982 machte er einen Entzug, wurde aber wieder rückfällig. 1987 machte er eine zweite Therapie und entdeckte den Schlüssel, um vom Alkohol wegzukommen, im Gebet.[526] Aus dem Versteigerungserlös seiner Gitarren finanzierte er schließlich im Jahr 1994 die Crossroads-Klinik für Alkoholkranke auf Antigua, benannt nach dem Scheideweg, an dem Robert Johnson vom Teufel geholt worden war. Clapton war Johnsons Schicksal erspart geblieben, aber Heroin und Alkohol haben ihn siebzehn Jahre gekostet. Der wohl berühmteste Drogensong der Rockgeschichte war »Cocaine« von J. J. Cale. Erst durch die rockige Fassung von Eric Clapton wurde er richtig bekannt.

522 Ebd., S. 413f.

523 Clapton, Leben, a. a. O., S. 139f.

524 Ebd., S. 151.

525 Ebd., S. 164.

526 Ebd., S. 247, 253.

Cocaine	Kokain
If you want to hang out, you've gotta take her out, cocaine If you want to get down, get down on the ground, cocaine She don't lie, she don't lie, she don't lie, Cocaine	Wenn du abhängen willst, hol es heraus, Kokain Wenn du abfeiern willst, abfeiern bis zum Ende, Kokain (am. Engl.) Wenn du herunterkommen willst, bis du am Boden bist, Kokain (brit. Engl.) Es lügt nicht, Kokain
If you got that lose, you want to kick them blues, cocaine When your day is done, and you want to ride on cocaine ...	Wenn du auf der Verliererstraße bist, wenn du den Trübsinn vertreiben willst, Kokain Wenn du Feierabend hast und du einen drauf machen willst, Kokain ...
Don't forget this fact, you can't get it back, cocaine ...	Vergiss das nicht, du kriegst es nicht zurück, Kokain ...

J. J. Cale, 1974; Eric Clapton, 1975. Text & Musik: J. J. Cale (Shelter)

In erster Linie wurde der Song ein Hit, weil es ein genialer Bluesrock ist, mit einem ungemein kraftvollen Rhythmus, einem klaren Riff, einem coolen Gesang und einem tollen Gitarrensolo. Und er hat einen Titel und einen Text, der mit dem Feuer spielt, indem er eine verbotene Droge am Ende eines jeden Verses prominent erwähnt. Den Text konnte man doppelt deuten: Da sind genug Verse, die das Kokain als Entspannungsmittel und als Trost verherrlichen. Und da ist der zweite Vers, der absolut uneindeutig ist. Im amerikanischen Englisch (das J. J. Cale sprach) heißt *get down* ›feiern, Party machen‹, und das *on the ground* kann in dem Zusammenhang positiv gedeutet werden: ›feiern bis zum Ende‹. Im britischen Englisch (das Clapton sprach, der aber auch oft in den USA weilte) kann *get down* aber auch ›abstürzen‹ bedeuten, und *on the ground* ›bis du am Boden liegst‹. Das ist typisch für die Rockmusik: Gerade, wenn es um Drogen geht, ist sie bewusst zweideutig, so dass jeder das herauslesen kann, was er will. Das gilt auch für den letzten Vers »du kriegst es nicht zurück« – soll das heißen, du wirst den Stress und den Blues nicht zurückbekommen, wenn du erst einmal auf Kokain bist? Oder soll das heißen, du wirst nicht wieder ohne Kokain auskommen?

Die Ambiguität, die im Text liegt, lag auch in der Biografie von Eric Clapton. Als er »Cocaine« einspielte, hatte er Heroin aufgegeben und gegen Kokain und Alkohol eingetauscht und er meinte, beides kontrollieren zu können und nicht abhängig zu sein. Also konnte er quasi objektiv über die Vor- und Nachteile von Kokain singen (die Vorteile überwiegen in dem Lied, und zwar eindeutig). Später, als er den Entzug hinter sich hatte, hat er sich dazu verstiegen, »Cocaine« sogar als einen

»besonders cleveren Anti-Drogensong« zu verkaufen, aber das klang ein bisschen »revisionistisch«.[527]

Letztlich kommt es darauf an, wie diejenigen einen Song interpretieren, die ihn hören. Wer damals harte Drogen nahm, verstand das Lied als Bestätigung und Verherrlichung: »Es lügt nicht, das habe ich doch schon immer gesagt!« Wer kein Kokain nahm, erfreute sich einfach an der Frechheit eines Lieds, das mit rockigen Rhythmen etwas Verbotenes besang. Es war auch ein bisschen Nervenkitzel und Provokation dabei, wenn Eltern und andere Repräsentanten des Bürgertums den zigmal wiederholten Refrain »cocaine« zu hören bekamen. Wer dagegen Cannabis und anderes Zeug nahm und mit dem Gedanken spielte, auch einmal Koks auszuprobieren, fühlte sich sicherlich durch das Lied ermutigt, diesen Gedanken auch in die Tat umzusetzen: Es soll bei der Entspannung helfen, es soll gegen Trauer und Trübsinn wirken, es soll Energie verleihen, sagt doch auch dieser Song, oder? Der psychologische Mechanismus dahinter heißt *Selektive Wahrnehmung*: Man hört heraus, was man hören will.

Claptons Nachfolger bei John Mayalls Bluesbreakers, dem hochtalentierten Peter Green, sollte es nicht besser gehen. Seinen mentalen Absturz verursachte das als eher harmlos geltende LSD. Als Green mit Fleetwood Mac im März 1970 einige Konzerte in München spielte, wurde er von den schillernden Kommunarden Uschi Obermaier und Rainer Langhans in deren Landshuter Schloss eingeladen, wo er wohl etwas zu viel von der halluzinogenen Droge konsumierte. »Ich ging auf einen Trip und kam nie mehr zurück«, sagte er später dazu, dass ihn das LSD vollkommen aus der Bahn geworfen und in tiefe Depressionen gestürzt hatte, die seine musikalische Karriere beendeten. Ganz so harmlos schien LSD dann doch nicht zu sein, denn es löste auch bei zahlreichen anderen Rockmusikern schwerste psychische Störungen aus.[528]

Einen echten Anti-Drogensong hatte dagegen Mick Jagger geschrieben, als dieser von den ewigen Drogeneskapaden seines Bandkollegen Keith Richards und seines Produzenten Jimmy Miller genervt war. Das Lied bekam den vielsagenden Titel »You Can't Always Get What You Want« – »Du bekommst nicht immer, was du willst«, aber dann geht es weiter: »du bekommst, was du brauchst«, und das war nicht unbedingt freundlich gemeint.

---

527 Graeme Thomson: I Shot a Man in Reno: A History of Death by Murder, Suicide, Fire, Flood, Drugs, Disease, and General Misadventure, As Related in Popular Song. New York, London: Continuum 2008, S. 98f.

528 Julian Palacios: Syd Barrett & Pink Floyd: Dark Globe. London: Plexus 2015, Kap. 14.

You Can't Always Get What You Want	**Du kannst nicht immer bekommen, was du willst**
I saw her today at the reception A glass of wine in her hand I knew she would meet her connection At her feet was her footloose man	Ich sah sie heute beim Empfang, Ein Glas mit Wein in ihrer Hand. Ich wusste, dass sie ihren Dealer treffen würde. Zu ihren Füßen lag ihr aufgedrehter Mann.

Eine VIP-Veranstaltung der Londoner Szene, *beautiful people* überall – und eine gute Gelegenheit, den Dealer zu treffen (oder einen Arzt, der einem Drogen auf Rezept verschreibt). Ihr Mann benimmt sich wie ein Hampelmann.

No, you can't always get what you want ...	Nein, du kannst nicht immer bekommen, was du willst ...

Viel zu wollen, ist der Hedonismus, den der »Times«-Herausgeber Rees-Mogg der jungen Generation vorgeworfen hat. Aber der erste Flash lässt sich nicht wiederholen.

But if you try sometime	Aber wenn du es irgendwann versuchst,

…so oft man es auch versucht und je mehr man die Dosis steigert.

you find you get what you need	wirst du finden, dass du bekommst, was du brauchst

Fordere dein Schicksal nicht heraus!

We went down to the demonstration To get your fair share of abuse Singing, »We're gonna vent our frustration If we don't we're gonna blow a 50-amp fuse« ...	Wir gingen hinunter zur Demonstration, Um unseren gerechten Anteil an Misshandlung zu erhalten. Wir sangen »Wir machen unserem Frust Luft. Wenn nicht, dann jagen wir eine 50-Ampere-Sicherung in die Luft« ...

Es ist auch *très chic*, zur Demo zu gehen. »Ja, ich habe damals, 1968, auch Schläge abbekommen«, wird man noch jahrelang erzählen können. Und dann kann man seinen Frust auch noch mit Rockmusik ablassen.

I went down to the Chelsea drugstore To get your prescription filled I was standing in line with Mr. Jimmy And man, did he look pretty ill	Ich ging zur Apotheke von Chelsea, Um dein Rezept einzulösen. Ich stand in einer Schlange mit Mr. Jimmy, Und Mann, er sah ziemlich krank aus.

Wahrscheinlich für Amphetamine und Barbiturate. Und Jimmy Miller, der Produzent und Drogenbeschaffer der Rolling Stones ist auch schon da. Und Jimmy, der selbst an der Nadel hing, war bereits ziemlich kaputt.

We decided that we would have a soda My favourite flavour, cherry red	Wir beschlossen, dass wir eine Limo trinken würden, Mein bevorzugtes Aroma, rote Kirsche.

Kirschrot ist auch blutrot.

I sang my song to Mr. Jimmy	Ich sang mein Lied für Mr. Jimmy.

Er hat ihm wohl ins Gewissen geredet.

Yeah, and he said one word to me, and that was »Dead«	Und er sagte ein Wort zu mir und das war »tot«.

Einer der härtesten Verse der gesamten Rockmusik. Brian Jones war nämlich wirklich tot. Und andere, die exzessiv Drogen nahmen, würden auch sterben. Kein softes Anti-Drogen-Gedöns nach dem Motto »sie ziehen euch runter«, sondern glasklar: »tot«. Ein einziges Wort. Das ist große Lyrik. Und jetzt erschließt sich der ganze Sinn des Refrains: Was du am Ende bekommst, ist der Zinksarg. Und das ist nur der zweitgrausamste Vers des Songs.

I saw her today at the reception In her glass was a bleeding man She was practiced at the art of deception Well I could tell by her blood-stained hands ...	Ich sah sie heute beim Empfang. In ihrem Glas war ein blutender Mann. Sie war geübt in der Kunst der Vertuschung. Ich sah es an ihren blutverschmierten Händen ...

Ihren Mann hat sie bereits psychisch ruiniert. Süchtige, gleich ob nach Drogen oder Alkohol, richten erst die Menschen, die ihnen am nächsten stehen und der Sucht hilflos zusehen, zugrunde, und dann sich selbst.

The Rolling Stones, 1968. Text & Musik: Mick Jagger, Keith Richards (Decca)

Wer sagt, dass »You Can't Always Get What You Want« die Imitation des Beatles-Songs »Hey Jude« gewesen sei, hat nicht verstanden, worum es geht.[529] Die einzige Parallele ist, dass der Refrain am Ende minutenlang wiederholt wird. »Hey Jude« ist ein optimistisches Wir-haben-uns-alle-so-lieb-Stück, und »You Can't Always Get What You Want« hat wohl den härtesten Text, den die Rockmusik jemals hervorgebracht hat. Und die Härte rührt daher, dass das Lied eben kein politischer Protestsong ist, der dramatisiert, und auch kein Horrorstück, das schockieren will, sondern dass es eine simple Beschreibung der Realität ist, die nur ein klein wenig lyrisch bearbeitet wird.

Vor dem Hintergrund seiner Aussage ergibt die musikalische Form Sinn: Der Song beginnt langsam, um sich dann immer mehr zu steigern, in Instrumentierung, Tempo, Lautstärke. Das ist die zunehmende Dramatik einer Süchtigenkarriere, die sich in einen Dauerrausch hineinsteigert. Aber der eigentliche Schlüssel ist der London Bach Choir, der das Lied mit äußerst getragener Intonation einleitet, gefolgt von der akustischen Gitarre und dem klagenden Horn von Al Kooper. Dann wird der Song rockig, mit dem Stones-typischen Klangteppich aus akustischen und elektrischen Gitarren, Klavier und Orgel sowie einem gospelartigen Chor, der noch gut zu einem Rocksong passt. Aber dann, zum Schluss hin, hämmert das Piano, steigert sich die Orgel, das von Jimmy Miller (ja, *dem* Jimmy Miller!) gespielte Schlagzeug wird heftiger und der Chor wird lauter, singt nicht mehr Worte, sondern nur noch Töne … – der Chor, der zu Anfang geklungen hat wie ein Kirchenchor, mutiert zum Ende des Liedes zu einem Begräbnischor!

Durch die Fusion von Elementen der klassischen Musik (Chor zu Beginn, französisches Horn), der Folkmusik (akustische Gitarre ohne Schlagzeugbegleitung), der Rockmusik, der Gospelmusik (Chor in den mittleren Passagen) sowie der Kirchenmusik (Schlusschor) und durch seine Crescendo-Struktur gehört »You Can't Always Get What You Want« zu den musikalisch komplexesten Stücken der Rockmusik. Und diese anspruchsvolle Struktur ist dem Text ebenbürtig, der mit philosophischer Prägnanz die menschliche Schwäche der 68er-Generation durch schonungslosen Realismus bloßlegt, der aber lyrisch meisterhaft formuliert wird.

Nicht gerade subtil waren auch die drogenkritischen Radiospots, die die Do It Now Foundation Ende der 1960er Jahre in den USA ausstrahlen ließ, in denen die Musikerinnen und Musiker Grace Slick, Steven Stills, Eric Burdon, John Sebastian, Bob »The Bear« Hite, Roger McGuinn, John Mayall und Peter Tork Texte vorgelesen haben, deren Quintessenz »Speed kills!« lautete. Frank Zappa erwies sich als eifrigster Radiosprecher, indem er gleich sechs Fassungen des Werbespots einspielte. Zappa war dafür bekannt, dass er persönlich Alkohol und Drogen mied und dies auch von den Musikern seiner Bands erwartete. Der Gitarrist, Sänger und Komponist Lowell George soll aus den Mothers of Invention herausgeworfen

529 Sorry, John Lennon, da ist die Eitelkeit etwas mit dir durchgegangen. Vgl. Richie Unterberger: The Rolling Stones: You Can't Always Get What You Want. Song Review auf Allmusic, https://www.allmusic.com/song/you-cant-always-get-what-you-want-mt0007079691, zugegriffen am 1.7.2020.

worden sein, weil er Marihuana geraucht hatte. Und jetzt wird es Zeit, aus dem Nähkästchen zu plaudern.

Wir hatten Banned From Utopia für einen Auftritt in der Kulturbrauerei Eickel gebucht, also die Band aus ehemaligen Zappa-Musikern, die sich geschworen hatte, die Musik ihres Meisters am Leben zu halten. Als ich mit den Musikern plauderte, bestätigten sie, dass ihr verstorbener Chef ein striktes Alkohol- und Drogenverbot praktiziert hatte. Selbstverständlich sollte es auch für Banned From Utopia backstage und auf der Bühne weder Bier noch Wein geben!

Aber nach dem Konzert fanden wir dann doch einige Spritzen auf der Toilette der Musiker, obwohl der Catering-Rider keinen Fall von Diabetes erwähnt hatte. Und als wir nach dem Konzert in der Kneipe zusammensaßen, zeigten die Ex-Zappa-Musiker großes Interesse an europäischen Spirituosen, die sie nicht aus den USA kannten (falls es interessiert: Cognac mit Cointreau vermischt). Ausgerechnet der Chef der Band versackte bis sechs Uhr morgens bei einem örtlichen Saxofonisten und musste schwer angeschlagen in den Tourbus gehievt werden, ohne – zum Entsetzen seiner Kollegen, die sich voller Besorgnis nach seinem Verbleiben erkundigten – je sein Hotelbett gesehen zu haben. Am selben Abend stand eine weitere Performance an. Wie die lief, kann man sich denken. Rockmusiker und Drogen beziehungsweise Alkohol! Die Ausnahmen bestätigen die Regel.

Musiker mochten Drogen genommen haben, um Stress zu kompensieren. Die Fans nahmen Drogen, um hip zu sein. Die Szene der Musiker, Künstler, Intellektuellen und anderen Avantgardisten im London des Jahres 1964 bezeichnete Marianne Faithfull als »Kiffer-Hipster-Szene«.[530] Über Speed, Cannabis und LSD spricht sie so beiläufig wie über Batik-Shirts und Lederjacken. »Lockeres intellektuelles Geplauder, Drogen, hippe Aristokraten, müßige Kunstliebhaber, Laster vom Feinsten.«[531] Und: »Die Unterhaltung, die in der Courtfield Road geboten wurde, war überaus bodenständig: Joints drehen. Endlos Joints drehen. Es hatte immer noch den Reiz des Neuen, und wir rauchten, bis wir völlig hinüber waren. Faszinierend, wenn man achtzehn ist. Die Gedanken rankten sich so oft um sich selbst, daß man sie nicht mehr artikulieren konnte. Viel geredet wurde also nie. … Wir nahmen alle so viele Drogen – meist Haschisch und LSD –, daß wir auf der Hut sein mußten, worauf wir uns einließen, die Gefahr bestand, daß man vollkommen besessen davon wurde.«[532] Wohlgemerkt, sie schreibt über die angeblich »leichten Drogen«. Eines der ersten Drogenopfer war Brian Jones. Er war ohnehin psychisch labil, und LSD verstärkte bei ihm die Paranoia, weil er sich dann einbildete, dass sich die eigenen Küchengeräte gegen ihn verschworen hätten.[533]

Nach drei Jahren hatten sie das LSD satt. Was jetzt kam, waren Opiate: Opium, Morphium, Kokain, Heroin. »Wir lebten ein Leben vor tausend Jahren als Kurtisanen,

530 Faithfull, Faithfull, a. a. O., S. 61.

531 Ebd., S. 72.

532 Ebd., S. 79f.

533 Ebd., S. 81.

als Opiumesser am Hofe Kubilai Khans. Wir hatten die Milch des Paradieses getrunken, und diese Flüssigkeit hatte die Kraft zu verwandeln, und machte uns alle ganz porös. Es gab keine Grenzen, dort, wo Alph, der heilige Fluß, floß. Keine Geschlechter und weder Raum noch Zeit, wir funkelten und vibrierten einfach.«[534] Und dann: »Als ich Koks nahm, war mein einziger Gedanke, wo kriege ich mehr, wie kann ich mehr nehmen.«[535] Und dann kam Heroin: »Heroin war anders als alle Drogen, die ich je probiert hatte. Die hatte ich ja auf der Suche nach Gefühlen genommen, Heroin aber war das Ende aller Gefühle. An Heroin ist so verführerisch, daß überhaupt kein Schmerz existiert – weder physischer noch sonst welcher. Doch der Haken ist, daß es richtig toll nur beim erstenmal ist. Danach wird es nie wieder so, und folglich versucht man immer, dieses Gefühl wieder einzufangen – und schafft es nie.«[536]

Inzwischen sah Faithfull insbesondere an Anita Pallenberg, der Freundin von Keith Richards, was Drogen anrichteten. Als Pallenberg schwanger war und Blutungen hatte, worauf ihr der Arzt eine Morphinspritze verabreichte (»Wow! Du hast es geschafft, dir einen Schuß zu ergattern!«), schrieb Marianne Faithfull den Song »Sister Morphine« zu einer traurigen Melodie, die Mick Jagger schon vor einiger Zeit komponiert hatte.

Sister Morphine	**Schwester Morphium**
Here I lie in my hospital bed Tell me, Sister Morphine When are you coming round again? Oh, I don't think I can wait that long Oh, you see that I'm not that strong	Hier liege ich in meinem Krankenhausbett. Sag mir, Schwester Morphium, wann kommst du wieder bei mir vorbei? Ich glaube, ich kann nicht so lange warten, Du siehst, dass ich nicht so stark bin.
The scream of the ambulance Is sounding in my ears Tell me, Sister Morphine How long have I been lying here?	Das Kreischen des Rettungswagens Hallt in meinen Ohren. Sag mir, Schwester Morphium, Seit wann liege ich hier?
What am I doing in this place? Why does the doctor have no face? Oh, I can't crawl across the floor Can't you see, Sister Morphine I'm trying to score	Was mache ich hier? Warum hat der Doktor kein Gesicht? Ich kann über den Boden kriechen. Siehst du nicht, Schwester Morphium, Ich versuche, mir Stoff zu besorgen.
Well it just goes to show Things are not what they seem Please, Sister Morphine Turn my nightmares into dreams Oh, can't you see I'm fading fast? And that this shot will be my last	Es geht darum zu zeigen, Dass die Dinge nicht sind, wie sie scheinen. Bitte, Schwester Morphium, verwandle meine Albträume in Träume. Siehst du nicht, dass es schnell mit mir zu Ende geht? Und dass dieser Schuss mein letzter sein wird.

534 Ebd., S. 173f.

535 Ebd., S. 185.

536 Ebd., S. 193.

Sweet Cousin Cocaine Lay your cool cool hand on my head Come on, Sister Morphine You better make up my bed	Süße Cousine Kokain, Lege deine kühle Hand auf meine Stirn. Komm schon, Schwester Morphium, mache mein Bett.
'Cause you know and I know In the morning I'll be dead Yeah, and you can sit around, yeah And you can watch all the Clean white sheets stained red	Weil du weißt und ich weiß, dass ich am Morgen tot sein werde. Ja, und du kannst dabei sein, ja, Und zusehen, wie sich all die Sauberen weißen Laken rot verfärben.

Marianne Faithfull, 1968; The Rolling Stones, 1971. Text: Marianne Faithfull, Musik: Mick Jagger, Keith Richards (Decca; Rolling Stones Records)

Der Song nimmt Motive des Pallenberg-Dramas auf (insbesondere das Blut auf den Laken), ist aber letztlich ein reiner Anti-Drogen-Song, der die Verlockungen von »Schwester Morphium« und »Cousine Kokain« beschreibt, aber auch die finale Phase bis zum Drogentod darstellt. Dazu sind dramatische Gitarren- und Pianoriffs zu hören. Paradoxerweise warnte Faithfull mit diesem Lied zwar andere vor den Gefahren des Drogenmissbrauchs, zog aber für sich persönlich überhaupt keine Konsequenzen: »Diese mühelose Kreation bestärkte mich nicht darin, mehr Lieder zu schreiben, sondern mehr Drogen zu nehmen. Ich wurde ein Opfer meines eigenen Liedes.«[537] Binnen weniger Monate trat ein körperlicher und geistiger Verfall ein, der zum Ende der Beziehung mit Mick Jagger führte, zum Rauswurf aus dem Haus von Pamela Mayall, wo sie vorübergehend Unterkunft gefunden hatte, und in die erbarmungswürdige Existenz eines Straßenjunkies mündete, bis sie schließlich eine Therapie von den Drogen befreite.

Immer wieder der gleiche Zyklus: Erst der Reiz des Verbotenen, des Hippen, des Bewusstseinserweiternden; dann die Illusion, es kontrollieren zu können; dann die immer höheren Dosen; dann körperliche, psychische und musikalische Verfallserscheinungen; dann Entzugsversuche; dann Rückfälle; dann der Umstieg auf Alkohol; dann fortgesetzter Verfall; und am Ende, wenn es gut geht, eine cleane Existenz, und wenn es nicht gut geht, »ein Wort: tot«.

Der Songtitel »The House That Jack Built« ist ein musikalischer Wiedergänger. Das erste Lied über ein Haus des Menschen mit dem Allerweltsnamen Jack war ein uraltes britisches Kinderlied: Dann brachte Alan Price einen Top-10-Hit gleichen Titels über eine ziemlich verrückte und ziemlich antibürgerliche Familie heraus, bevor Aretha Franklin unter dem Titel eine Soul-Nummer aufnahm, die von einer Frau handelte, die ihren Mann verlassen hatte. Drei Filme tragen diesen Titel und ein Science-Fiction-Roman. Wenn dann noch Metallica von Jacks Haus singt, dann kann es nur ganz, ganz düster werden.

537 Ebd., S. 199.

The House That Jack Built

Open doors, so I walk inside
Close my eyes, find my place to hide
And I shake as I take it in
Let the show begin

Open my eyes, just to have them close again
Well on my way, but on my way to where I've been
It swallows me as it takes me in its fog
I twist away as I give this world a nod ...

Don't want control as it takes me down and down and down again
Is that the moon or just a light that lights this dead end street?
Is that you there or just another demon that I meet?

The higher you are, the farther you fall
The longer the walk, the farther you crawl
My body, my temple, this temple it tilts
Step into the house that Jack built ...

Open doors, as I walk inside
Swallow me so the pain subsides ...

Open my eyes, it swallows me
Is that you there? I twist away ...

Das Haus, das Hans gebaut hat

Offene Türen, also gehe ich hinein.
Schließe meine Augen, finde mein Versteck,
Und ich zittere, als ich es einnehme.
Lasst die Show beginnen.

Öffne meine Augen, nur um sie wieder zufallen zu lassen.
Gerade auf meinem Weg, aber auf dem Weg, wohin ich schon einmal war.
Es verschluckt mich und nimmt mich in seinen Nebel.
Ich drifte ab, während ich der Welt zunicke ...

Will keine Kontrolle, weil sie mich wieder runter und runter und runterzieht.
Ist das der Mond oder nur eine Lampe, die diese Sackgasse beleuchtet?
Bist du das oder ist das nur ein anderer Dämon, den ich treffe?

Je höher du bist, desto tiefer fällst du.
Ja länger du läufst, desto weiter kriechst du.
Mein Körper, mein Tempel, dieser Tempel kippt.
Betrete das Haus, das Jack gebaut hat ...

Offene Türen, also gehe ich hinein.
Verschlucke mich, so dass der Schmerz nachlässt ...

Öffne meine Augen, es verschluckt mich.
Bist du das da? Ich drifte ab ...

Metallica, 1996. Text & Musik: Lars Ulrich, Kirk Hammett, James Hetfield (Elektra / Vertigo)

Das ist ein Drogenlied. Für James Hetfield machen die Drogen erst high und lassen dich dann abstürzen. Der Song ist voller Metaphern für Sucht, Rausch, Absturz, Horrortrips und Entzugserscheinungen. Das Haus, das der brave Hans gebaut hat, ist die Drogensucht. Die Türen stehen weit offen und die Drogen starten ihre Show, sobald sie eingenommen sind. Aber sie ruinieren den Geist wie den jungen Körper. Mit Kontrolle will es der Sänger gar nicht erst versuchen, sie zieht ihn nur runter, weil sie ihm Entzugserscheinungen beschert und die Frustration, es ohnehin nicht zu schaffen. Kein schönes Haus, das der brave Hans gebaut hat.

Und wie blickte Grace Slick auf ihre Karriere von weichen über harte Drogen zum Alkohol zurück? – »Die meisten Dinge, die wir damals forderten, sind heute noch gültig. Fast alles, wohl mit Ausnahme von ›Lasst uns alle so viele Drogen nehmen, bis wir umfallen‹, weil wir umgefallen sind. Jugendlichen zu sagen, ›Drogen sind kein Spaß‹, ist eine Lüge, denn es ist ein Spaß. Es ist wie aus einem Flugzeug zu springen, ohne Fallschirm, ja, es macht Spaß, aber dabei verursachst du eine große Sauerei, wenn [du unten aufschlägst].«[538]

538 Grace Slick. Interview mit Graham Nasham 17.12.1989 in der Fernsehsendung »The Ring« des Arts & Entertainment cable network (A&E).

9. Rock and Roll Music

9.1. Nomen est omen

Wer »ernste« Musik macht, ist mit langweiligen Orchesternamen gestraft wie die Berliner Symphoniker oder die San Francisco Symphony. Rockbands haben viel klangvollere und fantasievollere Namen wie *Genesis*, *Led Zeppelin* oder *Procol Harum*. In diesen Bandnamen drückt sich auch ein Stück Demokratisierung aus. Tanzmusikkapellen nannten sich in den dreißiger, vierziger und fünfziger Jahren meist nach ihrem Bandleader. Da gab es beispielsweise das *Glenn Miller Orchestra* oder die *James Last Band*. Nicht selten glänzte der Frontmann (oder die Frontfrau) durch namentliche Nennung, während die Backing-Band mit irgendeinem lächerlichen Plural zusammengefasst wurde, beispielsweise bei *Bill Haley & The Comets*, *Buddy Holly and the Crickets* oder *Diana Ross and the Supremes*. Das zieht sich, zumindest bei Bluesmusikern, wo der Frontmann der unumstrittene Macho ist, bis in die Gegenwart (*Walter Trout and the Free Radicals*).

Seit Anfang der sechziger Jahre gaben sich die Rockbands kollektive Fantasiebezeichnungen, bei denen keine Einzelperson mehr hervorgehoben wurde. Das war schon ein Stück Demokratisierung, das so weit ging, dass es gelegentlich vorkam, dass die Band mit ihrem Namen weiter existierte, obwohl ihr Gründer herausgeworfen wurde (wie Brian Jones bei den Rolling Stones). Wie auch immer: Die Rockbands gaben sich kreative Namen. Manche benannten sich nach Insekten, andere nach Figuren aus Büchern oder Filmen, mindestens eine nach einem Kochrezept und ganz viele benutzten Slangausdrücke für Drogen (obwohl sie das alle heftig bestreiten). Gerne waren Bandnamen auch frech oder gar schockierend und symbolisierten somit auch den rebellischen Geist der Musiker. Hier eine Auswahl von Bandnamen und ihren Geschichten:[539]

539 Zusammenfassende Darstellungen bei: Dave Wilson: Rock Formations. Categorical Answers to How Band Names Were Formed. Tregaron 2004, und: Band Name Origins. http://www.digitaldreamdoor.com/pages/music0_name.html, zugegriffen am 1.7.2020.

10cc: Für die BBC-Chefs hatte Jonathan King angegeben, der Bandname sei ihm in einem Traum erschienen. Die Bandmitglieder haben aber bestätigt, dass mit den ›zehn Kubikzentimetern‹ in Wirklichkeit die durchschnittliche Spermamenge beim Orgasmus gemeint war.[540]

AC/DC: Bedeutet ›Wechselstrom/Gleichstrom‹. George Youngs Frau Sandra hatte die Abkürzung auf ihrer Nähmaschine gesehen. Angus und Malcolm Young gefiel die Idee, ihrer Band einen derart energetischen Namen zu geben.[541] Dass das Akronym in der Slangsprache auch für Bisexualität steht, war ihnen zunächst nicht bewusst (und hat in den frühen Bandjahren für manche Verwirrung gesorgt).

Aerosmith: Dieses Wort hatte Joey Kramer während seiner Schulzeit überall in seine Hefte geschrieben. Vielleicht war er vom Titel des Buchs »Arrowsmith« inspiriert, das Sinclair Lewis 1925 geschrieben hatte.

Alice Cooper: Man denkt bei diesem Namen an eine nette alte Dame, die aber ein schauriges Geheimnis hat – vielleicht so wie die Mutter aus dem Hitchcock-Film »Psycho«. Es war ursprünglich der Name der gesamten Band und wurde dann von Vincent Damon Furnier übernommen.

Amen Corner: In anglikanischen Kirchen die Ecke, in der ein kleiner Chor sitzt, der dem Pfarrer antwortet, indem er »Amen« singt.

Amon Düül: Nach dem ägyptischen Gott Amon und der mythologischen Figur Dyl, die übersteigert germanisiert worden ist.

The Animals: Nach einem Kumpel aus Eric Burdons Jugendgang, der *Animal Hogg* genannt wurde.

Bachman-Turner Overdrive: Nach den beiden führenden Bandmitgliedern Randy Bachman und Fred Turner. Der Overdrive ist der Schnellgang bei Lastwagen, und bei manchen Verstärkern der Kanal, der für die verzerrten Sounds verantwortlich ist. *Overdrive* kann man aber auch als Symbol für den Stilwechsel vom Country Rock zum Hardrock interpretieren.

The Band: Einfallsloser ging es wirklich nicht.

---

540 Lol Creme, Interview in: Iain Blair: The Weird and Wonderful World of Godley & Crème. PULSE! Fifth Anniversary Issue April 1988, S. 66–72.

541 Murray Engleheart, Arnaud Durieux: AC/DC: Maximum Rock 'n' Roll. München: Heyne 2007, S.58.

BAP: Wolfgang Niedeckens Spitzname war *Bapp* (weil er auf Kölsch »Bappa« statt »Papa« sagte). Weil das auf der Bassdrum nicht so gut aussah, strich man ein P.

Barclay James Harvest: Die britische Band wollte keinen kurzen Bandnamen wie *The Who* oder *The Kinks*, sondern nach amerikanischem Vorbild etwas Zusammengesetztes wie *Jefferson Airplane* oder *Buffalo Springfield*. Weil sie auf dem Land geprobt haben, war *Harvest* (›Ernte‹) gesetzt. Dann kamen noch zwei gängige britische Namen hinzu.

The Beach Boys: Wollten sich eigentlich *The Surfers* nennen, aber weil es eine Band dieses Namens bereits gab, schlug die Plattenfirma *The Beach Boys* als das Nächstliegende vor.

The Beatles: John Lennon bewunderte Buddy Holly, der seine Backing-Band nach Insekten (*crickets*) benannt hatte. Bei seinen ersten Bands folgte Lennon noch der Tradition, den Namen des Frontmanns mit Tierbezeichnungen zu kombinieren: *Johnny and the Moondogs* sowie *Long John and The Beetles*. Daraus wurden die *Silver Beatles* und schlussendlich *The Beatles*. Der Bandname ist eine offensichtliche Mischung aus *beetles* (›Käfern‹) und dem *(Mersey)beat*, der neuen rhythmusbetonten Musikrichtung, die sich entlang des Flusses Mersey bei Liverpool entwickelt hatte. Man kann aber auch John Lennon glauben, der gern erzählte, dass er als Kind die Vision einer brennenden Torte am Himmel hatte, die ihm sagte: »Ihr seid die Beatles mit einem ›a‹.«[542]

Big Brother & The Holding Company: *Big Brother* war die Propagandafigur des Staatsführers in George Orwells Roman »1984« und *The Holding Company* heißt so viel wie ›Dealergesellschaft‹.

Black Sabbath: Nach dem gleichnamigen italienischen Horrorfilm (mit Boris Karloff) aus dem Jahr 1963, in dem Erzählungen von Guy de Maupassant, Leo Tolstoi und Anton Tschechow verarbeitet wurden. Gegenüber dem Proberaum der Band war ein Kino, das das Filmplakat zu »Black Sabbath« zeigte, und die Musiker wunderten sich, warum die Leute so viel Geld ausgaben, um sich zu ängstigen. Also schrieben Geezer Butler und Ozzy Osbourne ein gleichnamiges Musikstück mit ausgeprägten Horrorelementen, die im Kontrast zur damaligen Love-Peace-Flower-Power der Hippiekultur standen. Eine neue Musikrichtung war geboren.

Blind Faith: Eric Clapton hatte ›blindes Vertrauen‹, dass die Supergroup, die die Nachfolge von Cream antrat, ein Erfolg werden würde.

542 John Lennon. In: Mersey Beat vom 6.7.1961, S. 2.

Blood, Sweat & Tears: Nach Winston Churchills aufrüttelnder Rede während des Zweiten Weltkriegs, als er sagte: »Ich kann nichts bieten außer Blut, Mühe, Tränen und Schweiß.«

Blue Öyster Cult: Eine Band, die sich nach einem Rezept benannt hat, das ihr Manager in einem Kochbuch gelesen hatte. Weil die Band vom Okkultismus fasziniert war, machten sie aus den braven blauen Austernpilzen einen Kult. Zugleich ist der Bandname ein Anagramm von *Cully's Stout Beer.*

Buffalo Springfield: Vor dem Haus, in dem Stephen Stills und Richie Furay wohnten, stand eine Dampfwalze der Buffalo-Springfield Roller Company.

The Byrds: Heißt eigentlich ›Vögel‹, meint aber ›Häschen‹. Können auch fliegen. Um Verwechslungen mit echten Vögeln zu vermeiden, wurde das *i* durch *y* ersetzt, mit dem die Band zugleich ihren Mentor Bob Dylan ehren wollte. Hatten die Beatles ja auch so ähnlich gemacht.

Can: Malcolm Mooney schlug den Namen vor, weil er in verschiedenen Sprachen eine positive Bedeutung hat, so im Englischen ›können‹ und im Türkischen ›Lebenskraft‹. Später kam die Erklärung hinzu, dass *CAN* ein Akronym für *Communism, Anarchism, Nihilism* sei.

Canned Heat: Nach dem 1928 veröffentlichten »Canned Heat Blues« von Tommy Johnson. Canned Heat (›Hitze in Dosen‹) ist Brennpaste, also gelierter und vergällter Spiritus, mit der man sich die Leber ruiniert, wenn man sie als Alkoholersatz einnimmt. Walter Trout (der auch mal bei Canned Heat mitspielte) hat das in seiner Jugend getrunken und wäre fast daran krepiert, wenn er nicht durch eine Lebertransplantation gerettet worden wäre.

Captain Beefheart: Eigentlich hörte Frank Zappas Jugendfreund auf den Namen Don Glen Van Vliet. Es gibt verschiedene Storys, wie *Captain Beefheart* daraus wurde. *Beef* kann ›Rind‹, ›Rindfleisch‹, ›Muskel‹ oder ›das Wesentliche‹ bedeuten. Einmal sagte Van Vliet, es ginge um »a beef in my heart against this society«, also um »einen Muskel in seinem Herzen gegen diese Gesellschaft«.[543] Glaubhafter ist aber die von Frank Zappa persönlich erzählte Geschichte, dass sich Van Vliets Onkel Alan gegenüber Dons Freundin Laurie Stone zu entblößen pflegte und, nachdem er bei offener Tür uriniert hatte, zu Laurie sagte: »Ah, was für ein Schöner! Er sieht aus wie ein großes, feines Rinderherz!«[544]

543 Captain Beefheart in der Show »Late Night with David Letterman« vom 11. November 1982.

544 Frank Zappa (mit Peter Occhiogrosso): The Real Frank Zappa Book. New York: Touchstone 1989, e-Book-Version, Kapitel 2.

Chicago: Eigentlich eine Band aus Los Angeles (!), die sich aber in Chicago gründete und zunächst *The Big Thing* nannte. Für ihr erstes Album nannten sie sich *Chicago Transit Authority*, bekamen dann aber Ärger mit den städtischen Verkehrsbetrieben und mussten den Bandnamen fortan auf *Chicago* verkürzen.

Colosseum: Der bombastische Name steht für eine kolossale Supergroup, die sich aus virtuosen Einzelkönnern zusammensetzt, die dennoch einen kompakten Sound generieren, der selbst das Kolosseum in Rom zum Rocken brächte.

Cream: Erste Sahne, die Crème de la Crème. Die drei Musiker betrachteten sich selbst als die Besten, denn im Englischen heißt es »the cream rises to the top« – ›die Sahne steigt nach oben‹.

Creedence Clearwater Revival: Nach einem Freund von John Fogerty (Credence Nuball), einem Werbespot für Bier (Clearwater) und nach der Wiedergeburt ihrer Vorläuferband, die zwischenzeitlich von der Plattenfirma *The Golliwogs* genannt worden war.

Deep Purple: Nach dem 1934 komponierten Song »When the Deep Purple Falls« des Jazzmusikers Peter DeRose, der das Lieblingslied von Ritchie Blackmores Großmutter war. Allerdings ist *Deep Purple* zugleich ein Synonym für LSD.

The Doors: Bandgründer Jim Morrison war von der Erweiterung seiner Wahrnehmung durch Mescalin-Konsum so beeindruckt, dass er den Namen dem Titel eines Aufsatzes von Aldous Huxley »The Doors of Perception« entlehnte, der wiederum William Blake zitierte.

Eagles: Nannten sich so ähnlich wie ihre großen Vorbilder, The Byrds.

Earth, Wind & Fire: Das Sternzeichen von Maurice White war Schütze. Das Sternbild, das mit dem Element Feuer verbunden ist, erscheint auf der Nordhalbkugel im Herbst, ist also mit Erde assoziiert, und auf der Südhalbkugel im Frühling, dessen Element die Luft ist. Deshalb: Erde, Wind und Feuer.

Ekseption: Auf der Suche nach einem Bandnamen blätterten die Niederländer in einem englischen Wörterbuch. *Exception*, also ›Ausnahme‹, schien auf das Konzept zu passen, klassische Musikstücke rockig zu spielen. Der holländische Touch kam durch das *k*.

Electric Light Orchestra: Ganz prosaisch. Ein *Light Orchestra* ist ein kleines klassisches Orchester, das im Gegensatz zu einem Sinfonieorchester nur aus wenigen Musikern besteht. Da es neben klassischen Instrumenten auch elektrische Rockmusikinstrumente verwendete, war es eben ein ›elektrisches kleines Orchester‹.

The Equals: Sie nannten sich ›Die Gleichen‹, weil sie die erste britische Band waren, die sich aus weißen und schwarzen Musikern zusammensetzte.

Extrabreit: Angeblich von einem dicken Filzstift übernommen. Entspricht aber auch dem Zustand nach dem Genuss von sehr viel Alkohol.

The Flower Pot Men: Nach einer britischen Zeichentrickserie für Kinder, in der die Hauptfiguren Bill und Ben aus Blumentöpfen bestanden. *Pot* ist zugleich ein Slangausdruck für Cannabis.

Flying Burrito Brothers: Burritos sind mexikanisches Fast Food, das in Südkalifornien so verbreitet ist wie in Berlin der Döner Kebap. ›Fliegend‹ nannten sich die Burrito-Brüder, weil sie soeben The Byrds verlassen hatten, um ihre eigene Country-Rock-Band zu gründen. Vielleicht spielten auch Drogen eine Rolle, die Gram Parsons zusammen mit seinem Kumpel Keith Richards so überreichlich konsumierte.

Frijid Pink: Leicht veränderte Schreibweise von *frigid pink* (›eisiges Rosa‹). Konsequenterweise hieß ihr zweites Album auch »Defrosted« (›Aufgetaut‹) und zeigte auf dem Cover die Band innerhalb eines riesenhaften Eiswürfels.

Full Tilt Boogie Band: Ursprünglich nach dem Nachnamen des Bandgründers John Till *Full Tillt Boogie Band* genannt, wurde das eine *l* gestrichen, als die Band zu Janis Joplins Backing-Band wurde. Tilt punktete bei Flipperautomaten, wenn diese gekippt wurden, um den Lauf der Kugel zu beeinflussen. Bei *Full Tilt* schaltete sich das Gerät ab.

Genesis: Jonathan King nannte die Band nach der biblischen Schöpfungsgeschichte. Er wollte damit signalisieren, dass sie am Anfang eines neuen Sounds und eines neuen Feelings stand.

Grateful Dead: Ein Motiv aus einem englischen Märchen, wo jemand die Schulden eines Verstorbenen begleicht, um ihm ein anständiges Begräbnis zu ermöglichen. Der dankbare Geist des Verstorbenen belohnt den Wohltäter dafür später auf wunderbare Weise.

Guns N' Roses: Der Name steht für die Fusion aus den *Hollywood Roses* um den Sänger Axl Rose und den *L.A. Guns* um den Gitarristen Tracii Gun, der ironischerweise bereits nach kürzester Zeit durch Slash ersetzt wurde, weil er bei den Proben unzuverlässig war. Axl Rose wurde als William Bruce Rose geboren, ließ aber die Vornamen ändern, um nichts mit seinem biologischen Vater gemein zu haben. *Axl* war der Name einer Band, in der er spielte. Irgendwie scheint es auch zu passen, dass *Axl Rose* ein Anagramm von *Oral Sex* ist.

The Hollies: Eine Hommage an Buddy Holly.

Humble Pie: *to eat humble pie* heißt so viel wie ›kleine Brötchen backen‹. Die Band wählte den bescheidenen Namen, um nicht als Supergroup bezeichnet zu werden.

Iggy and the Stooges: Ursprünglich hieß die Band *The Psychedelic Stooges*, also ein klassisches Understatement, sich als bloße Hilfskräfte auf LSD zu bezeichnen. Das wurde dann zu *The Stooges* abgekürzt. Bandgründer James Newell Osterberg erhielt zunächst den Spitznamen *Iggy* nach seiner früheren Band *Iguanas* (›Echsen‹) und später den zweiten Spitznamen *Pop* nach einem Typen in Chicago, dem er ähnelte. So entstand der Bühnenname *Iggy Pop*.

Iron Butterfly: Doug Ingle liebte die Verbindung von schwer und leicht im Namen *Iron Butterfly*, den er von einer anderen Band übernahm, die sich aufgelöst hatte.

Iron Maiden: Nach dem Film »The Man in the Iron Mask«, basierend auf dem Roman von Alexandre Dumas, der Steve Harris an das Folterinstrument *Iron Maiden* (Eiserne Jungfrau) erinnerte.

Jefferson Airplane: Bandmitglied Jorma Kaukonen erzählte einmal die reichlich unglaubwürdige Geschichte, er habe einen Freund gehabt, der die Angewohnheit hatte, anderen lustige Spitznamen zu geben. Kaukonen habe er *Blind Thomas Jefferson Airplane* genannt, wobei er die Namen des Bluesmusikers Blind Lemon Jefferson und des Verfassungsvaters Thomas Jefferson gemixt hatte. Woher *Airplane* kommt, lässt die Geschichte offen. Als die Band nach einem Namen gesucht hatte, habe Kaukonen gesagt: »Ihre wollt einen verrückten Namen für die Band? Ich habe einen verrückten Bandnamen für Euch.«[545] Tolle Geschichte. Ob sie wahr ist oder nicht: Das »Urban Dictionary« hält eine andere Bedeutung für *Jefferson Airplane* bereit: »Circa 1940er und '50er, Ausdruck für den Halter eines Joints, der aus einem Streichholzheftchen gebastelt wird.«[546] Passt irgendwie besser zu »White Rabbit«.

Jethro Tull: Ein reiner Zufall. Ian Anderson beschreibt ihn so: »Damals im Februar 1968 hatten wir verschiedene Namen, die üblicherweise jede Woche wechselten. Denn wir waren so schlecht, dass wir vortäuschen mussten, eine neue Band zu sein, damit wir in den Clubs, in denen wir hofften, Ruhm und Reichtum zu finden, ein zweites Mal gebucht wurden. Unser Agent, der Geschichte studiert hatte, kam mit dem Namen Jethro Tull (ein englischer Pionier der Landwirtschaft aus dem 18. Jahrhundert, der die Sähmaschine erfunden hatte).

545 http://www.jeffersonairplane.com/the-band/jorma-kaukonen/, zugegriffen am 1.7.2020.

546 http://www.urbandictionary.com/define.php?term=jefferson+airplane, zugegriffen am 1.7.2020.

Das war der Bandname während der Woche, in der der berühmte Londoner Marquee Club uns anbot, dort jeden Donnerstagabend zu spielen. Es blieb dabei. Ist es zu spät, das zu ändern? Ich glaube schon.«[547]

Judas Priest: Nach dem Bob-Dylan-Song »The Ballad of Frankie Lee and Judas Priest«, in der Judas Priest seinem Freund Frankie Lee eine tödliche Falle stellt. *Judas* war der Name des Verräters von Jesus, *Priest* bedeutet auch ›Priester‹.

King Crimson: Könige, während deren Herrschaft es viel Blutvergießen gab, wurden *crimson* (›blutrot‹) genannt. Als die Band gegründet wurde, tobte gerade der Krieg in Vietnam.

The Kinks: Von *kinky*, also ›schrullig‹ oder gar ›pervers‹. Außerdem eine Parodie auf *kings* – ›Könige‹.

Kraftwerk: Die Gründer der Band hatten schon immer ein Faible für Maschinen und Maschinerie. Und schließlich machen sie ja elektrische Musik.

Led Zeppelin: Keith Moon und John Entwistle sprachen die Vermutung aus, dass eine Band, wie sie sie formieren wollten, untergehen würde wie ein Bleiballon, ein *lead balloon*. Aus *lead* wurde *led*, damit Amerikaner es nicht falsch aussprechen würden, und aus *balloon* wurde *zeppelin*. Für Jimmy Page symbolisierte der Zeppelin außerdem die perfekte Kombination aus schwer und leicht, Entflammbarkeit und Anmut.

The Lovin' Spoonful: Aus John Hurt's »Coffee Blues«. Außerdem ein Slangausdruck für Sperma.

Lynyrd Skynyrd: Verballhornung im Südstaatenakzent des Namens Leonard Skinner. Skinner war an der Robert E. Lee High School Sportlehrer und pflegte die Gründungsmitglieder Gary Rossington und Bob Burns mehrfach zu bestrafen, weil sie mit ihren langen Haaren gegen die Schulordnung verstießen.

The Mamas and Papas: Der Name der Band, die so fröhlich im gemischten Chor »California Dreaming« gesungen hatte, klang so niedlich nach einer KiTa-Elterngruppe. Der wahre Ursprung des Bandnamens war alles andere als niedlich: Die weiblichen Mitglieder der Hells Angels wurden *Mamas* genannt.

Manfred Mann's Earth Band: Da Manfred Sepse Lubowitz kein Name für einen Rockmusiker war, sorgte die Plattenfirma für einen ordentlichen Künstlerna-

547 Ian Anderson auf der Jethro Tull Website. http://www.jethrotull.com/press/, zugegriffen am 25.3.2021.

men, mit dem der Pianist von 1964 bis 1971 seine ganze Band betitelte. 1971 hängte er auf Vorschlag seiner Musikerkollegen *Earth Band* an, um den Stilwechsel von einem soften Stil zu einem rockigeren und erdigeren Sound zu signalisieren.

Metallica: Bandgründer Lars Ulrich übernahm den Bandnamen von seinem Freund Ron Quintana, der nach einem Titel für eine Fanzeitschrift suchte. Quintana erwog unter anderem *MetalMania* und *Metallica* – den Ulrich dann für seine Band wählte.

The Moody Blues: Nannten sich ursprünglich *M&B 5*, weil sie in einer Birminghamer Brauerei auftreten wollten, die *Mitchell's Bottlery* hieß und die Buchstaben *MB* an der Fassade hatte. Da der Bandname nicht funktionierte, suchten sie nach einem anderen. Ein Bandmitglied liebte Duke Ellingtons »Mood Indigo«. Da Indigo ein Blauton ist, war der Weg zu *Moody Blues*, das immer noch zum *MB* der Brauerei passte, kurz.

The Mothers of Invention: Ursprünglich nur *Mothers* – eine höfliche Umschreibung für *Motherfuckers*. Der Plattenfirma war das immer noch zu direkt und verlangte eine Änderung des Bandnamens in etwas Unverfänglicheres.

Mötley Crüe: Ein Beobachter sagte, als er die Band sah: »what a motley looking crew« – ›was für ein bunter Haufen‹. Die Musiker nahmen die *motley crew* und fügten die der deutschen Sprache entlehnten Umlaute ein, weil sie zu der Zeit immer Löwenbräu tranken.

Motörhead: *Motorheads* sind Leute, die gern rasen. So wie Lemmy, der seinen letzten Song für die ehemalige Band Hawkwind so betitelte. Den Songtitel übertrug er dann auf seine neue Band, allerdings mit Umlaut (der im Englischen nicht anders ausgesprochen wird, aber irgendwie exotisch aussieht).

Mungo Jerry: Leicht fehlerhafte Schreibweise einer Figur aus T. S. Eliots Gedichtband »Old Possum's Book of Practical Cats«, das auch als Vorlage für Andrew Lloyd Webbers Musical »Cats« diente.

Nazareth: Nach dem Städtchen Nazareth, Pennsylvania, in dem der surreale, an einen Buñuel-Film erinnernde Song »The Weight« der Gruppe The Band spielt. Nazareth war einerseits ein typisches Kaff des Bible Belt, andererseits Sitz der Firma Martin Guitars.

Nice: Slangausdruck für Amphetamin.

Oblivion Express: Als Brian Auger 1970 eine Jazzrockband formte, wurde ihm gesagt, mit dieser Stilrichtung sei er dabei, sich auf schnellstem Wege in die Vergessenheit (engl. *oblivion*) zu begeben. Also nannte er seine Band den ›Schnellzug in die Vergessenheit‹.

Panikorchester: Udo Lindenbergs Lied »Hoch im Norden« auf seiner ersten LP enthielt den Vers: »Keine Panik auf der Titanic!« Das Wort *Panik* entwickelte der Sänger dann zu seinem Markenzeichen, das er in allen möglichen Variationen nutzte: *Panik-Tournee*, *Panik-Partei*, *Panik-Präsident*, *Panik-Party*, *Paniksöhne*, *Panikpreis*, *Panik City*, *Panik-Chor* und eben *Panikorchester*. Nur der Mafiaboss Johnny Controlletti war so schnodderig, die Band *Katastrophen-Orchester* zu nennen.

Pet Shop Boys: In gewissen Clubs gibt es die Darkrooms, wo man nicht sieht, mit wem man es tut. Eine Variante sind die Pet Shops, wo man nicht weiß, womit man es tut.

Pink Floyd: Nach den Vornamen der Bluesmusiker Pink Anderson und Floyd Council.

Procol Harum: Der Manager nannte die Band nach der Katze eines Freundes. *Procol Harum* sollte die lateinische Übersetzung von ›über diese Dinge hinaus‹« sein, was aber fehlerhaft ist. Die Katze wird es nicht gestört haben.

Queen: Wunderbarer Name für einen Bisexuellen.

Quicksilver Messenger Service: Die Bandmitglieder stellten fest, dass alle ihre Sternzeichen von dem Planeten Merkur regiert wurden. Das englische *mercury* bedeutet aber auch *quicksilver* (›Quecksilber‹). Der Gott Merkur ist der Bote (engl. *messenger*) der griechischen Götter, so dass sich die Band nach Merkurs Übermittlungsdienst nannte.

The Rolling Stones: Die frisch formierte Band führte gerade ein Ferngespräch mit einem Veranstalter, der ihnen ihren ersten Auftritt anbot, und überraschte sie mit der Frage: »Wie nennt ihr euch?« Der Gebührenzähler tickte für das teure Ferngespräch, und der Blick fiel auf die Platte »Muddy Waters Greatest Hits«, die gerade auf dem Boden lag. Das erste Stück auf dieser Platte hieß »Rollin' Stone«. Der Vers »I'm a rollin' stone« taucht auch in Muddy Waters' späterem Stück »Mannish Boy« wieder auf. Die Metapher *rolling stone* für einen ›Herumtreiber‹ (geografisch wie sexuell) geht wiederum auf das englische Sprichwort *a rolling stone gathers no moss* zurück.

Savage Garden: Die Schriftstellerin Anne Rice schrieb in ihrem Buch »The Vampire Lestat«, dass die Welt des Vampirs zugleich ein schöner und wilder Garten sei.

Scorpions: Nachdem Buddy Holly seine Band nach Grillen benannt hatte und sich die Beatles als Käfer bezeichneten, lag es nahe, auf weitere Krabbeltiere Bezug zu nehmen. Außerdem symbolisiert der Stachel des Skorpions die Plattenspielernadel und der Anfangsbuchstabe *S* spiegelt die ersten Buchstaben aus dem Nachnamen des Bandgründers Rudolf Schenker und seiner Geburtsstadt Schwetzingen wider.[548]

Searchers: Nach dem gleichnamigen Western von John Ford aus dem Jahr 1956.

Slade: Hießen zunächst *The 'N Betweens* und nannten sich dann *Ambrose Slade*, nach den Spitznamen, die ihre Sekretärin ihrer Handtasche (*Ambrose*) und ihren Schuhen (*Slade*) gegeben hatte, später dann verkürzt.

Sly & the Family Stone: Sly Stone wurde als Sylvester Stewart geboren, aber *Sly* genannt, seit ein Klassenkamerad in der Grundschule versehentlich *Slyvester* geschrieben hatte. Als der junge Sly als DJ arbeitete und eine Menge Platten von den Rolling Stones auflegte, änderte er auch noch seinen Nachnamen in *Stone*. Seine erste Band, bei der auch sein Bruder Freddie mitspielte, hieß *Sly & the Stoners*. Als dann auch noch die Schwester dazu kam, war es eine ganze Familie von *Stones*.

Small Faces: Nach dem Song von The Who »I'm the Face«. *Face* war bei den Mods der Ausdruck für einen modischen Typen. Warum *small*? Alle Bandmitglieder waren ziemlich kurz gewachsen.

Soft Machine: Nach dem Roman von William S. Burroughs, der von der Hippie-Generation, freier Liebe und Drogenkonsum berichtet.

Spandau Ballet: Gruselige Geschichte. Die Band änderte ihren Namen nach einem Ausflug nach Berlin, wo einer der Roadies Graffiti sah, die auf das Spandauer Gefängnis verwiesen. Jetzt malte man sich aus, dass dort viele Leute gehenkt worden waren, das heißt, am Galgen hingen, mit dem Kopf in der Schlinge und zappelten, also das ›Spandauer Ballett‹ aufführten.

Status Quo: Die Band hatte einen schwierigen Start. Ständig wechselte die Besetzung, ständig floppten ihre Stücke. Dementsprechend häufig wechselte sie ihren Namen: *The Scorpions*, *The Spectres*, *The Cadets*, *Traffic Jam* und endlich, zum Zustand, den man gerade hat: dem Status quo.

548 »Scorpions-Gitarrist Rudolf Schenker wird 70«. Göttinger Tageblatt vom 2.9.2018 mit Berufung auf Martin Popoff.

Steely Dan: In Burroughs Roman »Naked Lunch« der Name für einen stählernen Dildo.

Steppenwolf: Nach dem Roman von Hermann Hesse, der die Probleme eines Intellektuellen beschreibt, der als Außenseiter innerhalb der bürgerlichen Gesellschaft lebt.

Supertramp: Nach dem 1908 erschienen Buch »The Autobiography of a Supertramp«, in dem W. H. Davies sein Leben als Vagabund beschreibt.

Sweet: Zunächst *Sweetshop*, eine witzige Abwandlung von *Sweatshop*, einem Betrieb, in dem man Schwerstarbeit verrichten muss. Dann wegen einer anderen Band gleichen Namens abgekürzt.

Tangerine Dream: ›Mandarinentraum‹, nach dem Vers »with tangerine trees and marmalade skies« aus dem Lied »Lucy in the Sky with Diamonds« der Beatles.

Taste: Rory Gallagher wollte eine Band nach dem Vorbild von Cream formen, bis hin zu einem prägnanten, einsilbigen Bandnamen. Und was passt zu Sahne und zu erstklassiger Musik? Eben, ›Geschmack‹.

Ten Years After: Die Band wurde 1966 gegründet, also zehn Jahre, nachdem Elvis Presley, den Alvin Lee sehr verehrte, sein großes Jahr hatte.

Them: Nach dem Science-Fiction-Horrorfilm »Them!« (deutsch: »Formicula«), in dem Riesenameisen die Menschheit bedrohen.

Thin Lizzy: Nach *Tin Lizzie*, einem Robotermädchen aus der Comicserie »Beano«. Im irischen Dialekt wird *thin* wie *tin* ausgesprochen.

Ton Steine Scherben: Ursprünglich *VEB Ton Steine Scherben*, was irgendwie sozialistisch klang und an die Industriegewerkschaft Bau Steine Erden erinnerte. Außerdem ein Gruß an die Rolling Stones.

Toto: Der Name des Hundes aus »The Wizard of Oz« war nur als Provisorium gedacht, dann fiel der Band aber nichts Besseres mehr ein.[549] Aber *toto* steht auch im Lateinischen für *›allumfassend‹*, was gut zu einer Band passt, die so viele Musikrichtungen verbindet.

549 David Paich im Interview. Mary Campbell: Toto's Biggest Hit. Sarasota Herald-Tribune, 11.7.1982, eigene Übersetzung. Steve Lukather im Interview. http://hem.passagen.se/robertk/toto/history.htm, 3.6.2011.

Traffic: Als die vier Musiker, die eine neue Band formierten, an einer Straßenkreuzung warten mussten, schlug der Schlagzeuger Jim Capaldi vor, die Gruppe nach dem heftigen Verkehr zu benennen, der sie an der Überquerung hinderte.

Troggs: Nannten sich ursprünglich *Troglodytes*, nach einer Gruppe prähistorischer Höhlenmenschen. Weil das niemand aussprechen konnte, wurde *Troggs* daraus.

T. Rex: Ursprünglich *Tyrannosaurus Rex*, der größte Raubdinosaurier, der Marc Bolan mit seinem Faible für Mythologisches beeindruckte.

Uriah Heep: Charles Dickens war 1969 wegen seines hundersten Todestages sehr populär, und der Manager schlug vor, eine Figur aus Dickens' Roman »David Copperfield« zu verwenden.

Vanilla Fudge: Die Band hatte ursprünglich den langweiligen Namen *The Pigeons* und benannte sich nach einer Umbesetzung nach ihrem eigenen Hit »While the World was Eating Vanilla Fudge«.

Velvet Underground: Der Titel eines Sado-Maso-Buchs, das ein Bandmitglied zufällig auf einem New Yorker Bürgersteig gefunden hatte.

W.A.S.P.: Steht in diesem Fall nicht für *White Anglo-Saxon Protestant*, sondern für *We Are Sex Perverts*.

Whitesnake: Nach dem gleichnamigen Song von David Coverdale, der von einer Frau träumt, die sich wie eine Schlange um ihn windet.

The Who: Zunächst nannte sich die Band *Detour*, suchte dann aber nach etwas Prägnanterem. Der Bandname *The Who* verwirrte im Gespräch, erwies sich aber auf Plakaten als enorm einprägsam. Ein reiner Marketing-Gag.

Wings: Als Paul McCartneys Frau Linda am 13. September 1971 im Krankenhaus die zweite Tochter Stella gebar, traten lebensbedrohende Komplikationen ein. Während McCartney für das Leben seiner Frau und Tochter betete, erschien ihm das Bild von Engelsflügeln.[550]

X-Pensive Winos: ›Teure Weinsäufer‹, weil bei der ersten Probe im Studio zur Erfrischung der Musiker eine Flasche Chateau Lafite gereicht wurde.[551]

---

550 Mark Lewisohn: Wingspan. New York: Little, Brown and Company 2002.

551 Richards, Life, a. a. O., S. 473.

Yardbirds: Das Wort hat gleich mehrere informelle Bedeutungen, unter anderem meint es Strafgefangene (die im Gefängnishof herumlaufen) oder, im Süden der USA, ganz einfach Hühner. Die britische Band ließ sich wohl von Jack Kerouacs Roman »On the Road« inspirieren, wo von »rail yard hobos« gesprochen wird, also Tramps, die sich auf dem Bahngelände herumtreiben, um dort auf Züge zu springen. Der Band gefiel außerdem, dass *Yardbird* zugleich der Spitzname des Jazzsaxofonisten Charlie Parker war, den er wegen seiner Vorliebe für Hühnerfleisch erhalten hatte.[552]

Yes: Ein geniales Missverständnis. Als die soeben formierte Band einen Namen suchte, schlug Jon Anderson den Namen *Life* vor. Chris Squire sagte darauf: *World.* Peter Banks antwortete einfach »yes«, und das war dann der Name der Band.[553]

ZZ Top: Nicht wahr ist, dass die Band ihre Platten ganz hinten in den Kästen der Plattenläden sehen wollte. Vielmehr hatte Billy Gibbons in seiner Wohnung eine Reihe von Postern hängen, darunter je eines von Z. Z. Hill und B. B. King. Dadurch inspiriert, wollte Gibbons zunächst *ZZ King* als Bandnamen, was dann aber doch zu sehr nach dem Bluesgitarristen geklungen hätte. Da B. B. King *top* war, hieß die Band dann eben *ZZ Top*. Ihre Platten waren im Laden schnell zu finden, weil sie ganz hinten im Kasten lagen.

Der Satz gilt wirklich: Nomen est omen. Die Namen von Rockbands sind eine Menagerie des Witzigen, des Skurrilen, des Frechen, des Obszönen, des Schockierenden, des Psychedelischen, des Mystischen, des Literarischen, des Zufälligen, des Sinnlosen, des Anarchistischen. Und sind damit Symbol des antibürgerlichen Zeitgeists.

552 Jim McCarty (mit Dave Thompson): Nobody Told Me: My Life with the Yardbirds, Renaissance and Other Stories 2018. Morrisville: Lulu Press, S. 62.

553 Chris Welch: Close to the Edge – The Story of Yes. London: Omnibus Press 2008, S. 23.

9.2. What Have They Done to My Song?

Live vor Publikum zu spielen, ist zwar das Salz in der Suppe eines Musikers oder einer Musikerin. Der erste Plattenvertrag ist aber die Reifeprüfung. Zumindest wenn es sich um ein großes Label handelt und nicht nur um einen Kumpel, der in einer Garage ein Tonstudio betreibt. Ein Plattenvertrag bedeutet, dass die eigenen Songs im ganzen Land gehört werden, vielleicht sogar auf der ganzen Welt. Dass Radiosender sie spielen, dass man bekannt wird, dass man mehr und bessere Live-Engagements erhält und, nicht zuletzt, ist auch meist Geld damit verbunden. Für die Musikerinnen und Musiker ist die Plattenfirma die Hand, die einen füttert. In die man aber auch gern einmal beißt.

Musikmanager sind so ziemlich das Gegenteil von Musikern. Musiker sind kreativ, was damit einhergeht, dass sie häufig unorganisiert, chaotisch, undiszipliniert, unpünktlich, unzuverlässig, flippig, emotional, launisch, aufbrausend, ruhmsüchtig und empfindlich sind. Manchmal nehmen sie Drogen. Und kaum einer von ihnen kann mit Geld umgehen. Musikmanager müssen mit Geld umgehen können. Sie müssen Geld in die Produktion investieren, in die Pressung, in die Vermarktung, in Gagen und in einen ganzen Rattenschwanz von Nebenkosten, damit der Vertrieb genügend Geld einspielt, um die Kosten zu decken und einen Überschuss zu erzeugen. Plattenmanager sind rational handelnde Betriebswirte.

Das bedeutet, dass sie nicht die Musik verkaufen, die die Musiker selbst gut finden, sondern dass sie die Musik verkaufen, die das zahlungskräftige Publikum will. Das bedeutet, dass sie das, was die Musiker machen, auch verändern, um es dem vermuteten Geschmack des Massenpublikums anzupassen. Da wird eine allzu dünne Stimme mit elektronischem Hall verstärkt oder (heute mit Auto-Tune) künstlich auf die Töne gebracht, die sie treffen sollte. Da wird ein Chor hinzugefügt, da werden Geigen unterlegt, mitunter wird ein allzu anzüglicher Text entschärft. Da wird auf ein musikbox- und radiotaugliches Format gekürzt, da werden allzu anspruchsvolle Soli gestrichen. Da wird auch schon mal ein Bandmusiker durch einen Studiomusiker ersetzt, der die Anforderungen besser erfüllt. Das ist selbst schon Charlie Watts passiert, bei »You Can't Always Get What You Want«, wo der Produzent Jimmy Miller das Schlagzeug übernahm, weil Watts den Groove nicht hinbekam. Ganz zu schweigen von Slash, dessen Solo beim Guns N' Roses-Cover von »Sympathy for the Devil« durch das eines Drittmusikers ersetzt wurde, was dann die Trennung von Axl Rose einleitete. Es ist der Job des Produzenten, diese Anpassungen vorzunehmen – und er tut dies üblicherweise in Abstimmung mit der Plattenfirma, die sich mitunter auch direkt in die Produktion einmischt, um dafür zu sorgen, dass die Aufnahme auch ein kommerzieller Erfolg wird.

Aber damit nicht genug. Die Plattenfirma verändert auch die Persönlichkeit der Musiker selber. Der Pianist Ian Stewart wurde aus den Rolling Stones entfernt, weil er nicht das Aussehen hatte, das man von einem Rockstar erwartete. Die Plattenfirmen wollen verkäufliche Musikerpersönlichkeiten haben. Sie nehmen Einfluss auf Aussehen, Kleidung, Look, Frisur, Figur, Sprache, Mimik, Gestik, Tanzstil und anderes. Sie machen Vorgaben, was sie auf Pressekonferenzen sagen und was nicht. Sie sorgen dafür, dass die Medien Schlagzeilen produzieren und dass Gerüchte sich verbreiten, egal ob sie wahr sind oder nicht – Hauptsache, sie sind verkaufsfördernd. Ein Plattenvertrag ist immer ein faustischer Pakt: man verkauft auch einen Teil seiner Seele.

Der Grad, in dem sich Rockmusiker von ihren Plattenfirmen manipulieren lassen, variiert natürlich. Je selbstbewusster, je erfolgreicher, je unabhängiger ein Musiker oder eine Musikerin ist, desto freier kann er oder sie sich benehmen. Und manchmal haben sich diese Freiheiten als publikumswirksamer erwiesen, als es sich die oft überängstlichen Plattenmanager vorstellen konnten. Das galt dann rasch für die Rolling Stones, Frank Zappa, David Bowie oder Prince.

Melanie Safka hatte ihren ersten öffentlichen Auftritt im Alter von vier Jahren in einer Radiosendung, in der sie ein Lied im Stil des Kinderstars Shirley Temple sang. Mit neunzehn Jahren hatte sie als Schauspielstudentin ihren ersten Plattenvertrag mit Columbia Records für die USA, kurz danach einen zweiten mit Buddah Records für Europa, wo ihre ersten Platten gleich zu Erfolgen wurden. Mit 22 Jahren trat sie in Woodstock auf, nach ihrer eigenen Wahrnehmung als einzige Musikerin, die nicht unter Drogen stand. Mit gerade einmal 23 Jahren verfügte sie aber schon über genug Erfahrungen mit Plattenlabels, um einen Song zu schreiben, der wohl bis auf den heutigen Tag die heftigste Breitseite gegen die Musikindustrie überhaupt darstellt – gerade weil er so persönlich daherkommt.

What Have They Done to My Song, Ma	**Was haben sie aus meinem Lied gemacht, Mama?**
Look what they done to my song Ma ... Well it's the only thing That I could do half right And it's turning out all wrong Ma ...	Schau, was sie aus meinem Lied gemacht haben, Mama ... Ja, es ist das Einzige, Was ich halbwegs kann. Und es geht komplett schief, Mama ...
Look what they done to my brain Ma ... Well they picked it like a chicken bone And I think I'm half insane Ma ...	Schau, was sie mit meinem Hirn gemacht haben, Mama ... Ja, sie nahmen es wie einen Hühnerknochen. Und ich glaube, ich bin halb verrückt, Mama ...
Wish I could find a good book to live in ... Well if I could find a real good book I'd never have to come out and look at What they done to my song ...	Ich wünschte, ich könnte ein gutes Buch finden, um mich darin zu vergraben. Ja, wenn ich ein wirklich gutes Buch finden könnte, Müsste ich niemals mehr aus ihm hervorkommen und sehen, Was sie aus meinem Lied gemacht haben ...
But maybe it'll all be alright Ma Maybe it'll all be okay Well if the people are buying tears I'll be rich someday Ma ...	Vielleicht ist es ganz in Ordnung so, Mama. Vielleicht wird alles gut. Ja, wenn die Leute Tränen kaufen, Werde ich eines Tages reich sein, Mama ...

Ils ont change ma chanson, Ma ... Well they tied it up in a plastic bag And turned it upside down Ma ...	Sie haben mein Lied verändert, Mama ... Ja, sie haben es in einen Plastikbeutel gepackt Und auf den Kopf gestellt, Mama ...
C'est la seule chose que je peux faire Et ce n'est pas bon, Ma. Ils ont changé ma chanson ...	Es ist das Einzige, was ich halbwegs kann und es ist nicht gut, Mama; sie haben mein Lied verändert ...

Melanie, 1970. Text & Musik: Melanie Safka (Buddah)

Das Lied hat das Format eines Hilferufs an ihre Mutter, bei der die 22-Jährige auf Verständnis hoffen durfte, war diese doch selber Jazzsängerin. Der Song wird dadurch in besonderem Maße persönlich und authentisch. Was die Plattenleute ihrem Lied und ihrer Persönlichkeit angetan haben, brachte sie an den Rand des Wahnsinns. Songs zu schreiben sei das Einzige, was sie halbwegs beherrscht. Sie reagiert resigniert. Sie flüchtet sich nicht in Drogen (wie die meisten ihrer Kollegen), sondern in Bücher. Ein lyrisches Meisterstück ist die zynische Form, mit der sie ihren Schmerz zum Ausdruck bringt: »Wenn die Leute Tränen kaufen, werde ich eines Tages reich sein.« Die französischen Verse, die sie einstreut, sind eine Reverenz an Europa, wo Melanie große Erfolge feierte, und drücken vielleicht auch ein bisschen Sehnsucht nach dem Kontinent aus, wo das Business nicht ganz so brutal war wie in den USA.

Das Lied sprach so vielen Musikern aus dem Herzen, dass es oft gecovert wurde, unter anderem von Ray Charles, Daliah Lavi (in deutscher Sprache), Nina Simone, den New Seekers, Dalida und Billie Jo Spears. Noch im Jahr 2012 veröffentlichte Miley Cyrus eine Version, die sie 2015 im Duett mit der Komponistin vortrug. Das Lied ist aber auch ein Beispiel dafür, dass der Kapitalismus sogar aus der Kritik an sich selbst Geld zu machen versteht. Die Hotelkette Ramada Inn und der Haferflockenhersteller Oatmeal Crisp Cereal verunstalteten den Song für Werbespots als »Look what they've done to Ramada« und »Look what they've done to my oatmeal«. Oder war es für die Komponistin eine bittersüße Revanche, denn sie dürfte Tantiemen daraus bezogen haben? Melanie Safka sang nicht nur, sie handelte auch. Kurz nach der Veröffentlichung von »What Have They Done to My Song, Ma« gründete sie mit Peter Schekeryk ihr eigenes Label Neighborhood Records, unter dem sie unter anderem ihren weltweiten Nummer-eins-Hit »Brand New Key« herausbrachte.

Hatte Melanie ihre Kritik am Musikbusiness als traurige Anklage formuliert, so hatten die Rolling Stones bereits 1965 den Weg gewählt, sich über die Musikmanager nach Strich und Faden lustig zu machen.

The Under Assistant West Coast Promotion Man	**Der Hilfsassistent des Vertriebsmanns für die Westküste**
Well I'm waiting at the bus stop in downtown L. A. ... But I'd much rather be on a boardwalk on Broadway	Ja, ich warte an der Bushaltestelle im Zentrum von Los Angeles ... Aber ich wäre viel lieber auf dem Bürgersteig am Broadway.
Well I'm sitting here thinkin' just how sharp I am ... I'm an under assistant west coast promo man ...	Ja, ich sitze hier und denke, wie clever ich bin ... Ich bin ein Hilfsassistent des Vertriebsmanns für die Westküste ...
Well I promo groups when they come into town ... Well they laugh at my toupee, they're sure to put me down	Ja, ich promote Gruppen, wenn sie in die Stadt kommen ... Ja, sie lachen über bei Toupet, sie putzen mich immer runter.
Well I'm sitting here thinking just how sharp I am ... I'm a necessary talent behind every rock and roll band	Ja, ich sitze hier und denke, wie clever ich bin ... Ich bin der notwendige Experte hinter jeder Rock-and-Roll-Band.
Yeah, I'm sharp, I'm really, really sharp I sure do earn my pay, sitting on the beach every day (I had two flops, I break my ass every day) Yeah, I'm real real sharp, yes I am I got a Corvette and a seersucker suit, yes I have	Ja, ich bin clever, ich bin wirklich, wirklich clever, ich tue bestimmt was für mein Geld, ich sitze jeden Tag am Strand. (Ich hatte zwei Flops, ich reiße mir jeden Tag den Arsch auf.) Ja, ich bin wirklich, wirklich clever, ja, ich bin es. Ich habe eine Corvette und einen Seersucker-Anzug, ja habe ich.
Here comes the bus, uh oh I though I had a dime, where's my dime I know I have a dime somewhere I'm pretty sure (you won't believe how sharp I really am Don't laugh at me, I'm no phony ... no, no)	Da kommt der Bus, ich dachte, ich hätte einen Groschen, wo ist mein Groschen, ich weiß, dass ich irgendwo einen Groschen hatte, ich bin verdammt sicher. (Du glaubst gar nicht, wie clever ich wirklich bin. Lacht nicht über mich, ich bin kein Angeber ... nein, nein.)

The Rolling Stones, 1965. Text & Musik: Nanker Phelge (= Mick Jagger, Keith Richards, Brian Jones, Bill Wyman, Charlie Watts) (Decca)
Die Verse in () sind auf der US-Version zensiert worden, um einen Boykott durch Radiosender wegen unangemessener Sprache zu vermeiden.

Das ist schon ziemlich heftig, wie hier ein Typ mit Toupet und billigen Statussymbolen (Corvette, Seersucker-Anzug) bloßgestellt wird, der sich für cooler und wichtiger hält, als er ist, und der am Ende nicht einmal ein Zehn-Cent-Stück hat, um den Bus zu bezahlen. Zumal der Song als B-Seite des Mega-Hits »Satisfaction« Abermillionen von Fans bekannt geworden ist und ein musikalisch gefälliger, flotter

Blues ist. Noch schlimmer war, dass das Lied auf eine reale Person gemünzt war: George Sherlock von London Records, der amerikanischen Tochter von Decca, der die Band auf ihrer ersten Amerika-Tour begleitet hatte. Offensichtlich war der Typ nicht nur ziemlich von sich selbst überzeugt, sondern auch ziemlich nervig.

Aber der Song war nicht nur ein Witz. Für Richie Unterberger war »The Under Assistant West Coast Promotion Man« richtig innovativ.[554] Dass sich eine Rockband derartig sarkastisch über Autoritäten äußerte – und seien es auch nur relativ untergeordnete – war im Jahr 1965 ziemlich revolutionär und nicht nur für die Rockmusik wegweisend, die sich vom Musikbusiness und gesellschaftlichen Autoritäten generell emanzipierte, sondern für die Gesellschaft überhaupt. Die Methode war keine bierernste marxistisch inspirierte Kritik, sondern das Herausstellen der Lächerlichkeit der Autoritätsattitüde.

Versetzen wir uns zurück ins Jahr 1965. Auf der A-Seite findet sich mit »Satisfaction« eine Kritik an der Konsumgesellschaft. Die B-Seite zieht die lehrerhafte Attitüde des Plattenmanagers durch den Kakao – stellvertretend für Lehrer, Polizisten, Beamte und andere Autoritäten. Und nicht nur das: »Under Assistant« ist der Gehilfe des Gehilfen. Bekanntlich sind die unteren Ränge in der Führungshierarchie diejenigen, die sich am meisten mit den Insignien der Macht brüsten.

Die »gutgemeinte Spöttelei« hatte nicht verhindern können, dass die Rolling Stones – ebenso wie die Beatles – bei ihren ersten Plattenverträgen ziemlich übers Ohr gehauen wurden. Wie viele andere junge Musiker verstanden sie anfangs nicht, mit welchen Tricks und Vertragskonstruktionen das Musikgeschäft operierte. Und wie andere Musiker waren sie auf die Hilfe von Managern angewiesen. Im Fall der Stones waren das gleich zwei: Der flamboyante, erst 21-jährige Andrew Loog Oldham, der das Image der Stones als Böse-Buben-Band prägte, aber auch dafür sorgte, dass Jagger und Richards als Komponisten-Duo zusammenfanden (indem er sie so lange in ihrer Küche einsperrte, bis sie mit einem Song herauskamen – es handelte sich um »As Tears Go By«). Und Eric Easton, ein erfahrener Veteran des Musikgeschäfts. Den Machtkampf zwischen Easton und Oldham gewann der Jüngere, der Easton für ein paar Pannen verantwortlich zu machen wusste. Und Oldham brachte Allen Klein ins Spiel.

Klein war ein erfahrener New Yorker Musikmanager, der ein neues Geschäftsmodell entwickelt hatte. Anstatt Musiker einfach bei ihren Vertragsverhandlungen zu beraten, um für sie das maximale Einkommen herauszuholen, kaufte er ihnen die Rechte an ihren Stücken ab, um dann die Platten zu pressen und sie an die Plattenfirmen mit ihren Vertriebsapparaten weiter zu veräußern.[555] Klein gelang es tatsächlich, den Vertrag, den die Stones mit Decca hatten, im Jahr 1965 neu zu verhandeln, um die Einnahmen der Band zu verdoppeln, und ihnen ein Jahr später

554 Richie Unterberger: Review: The Rolling Stones. The Under Assistant West Coast Promotion Man. Website Allmusic. http://www.allmusic.com/song/the-under-assistant-west-coast-promotion-man-mt0010875932, zugegriffen am 1.7.2020.

555 Die folgende Darstellung stützt sich auf: Fred Goodman: Allen Klein: The Man Who Bailed Out the Beatles, Made the Stones, and Transformed Rock & Roll. Boston: Houghton Mifflin Harcourt 2015.

durch eine erneute Neuverhandlung eine Garantieeinnahme von 2,6 Millionen Dollar zu sichern – mehr als die Beatles bekamen. Zur steuerlichen Optimierung hatte Klein außerdem durchgesetzt, dass er Vorschüsse, die er von Decca erhielt, über lange Perioden (von bis zu zwanzig Jahren) an die Band weiterleitete – was die Band letztlich langfristig an ihn binden sollte.

Das hörte sich zunächst alles sehr gut für die Band an. Aber Mick Jagger, der an der London School of Economics studiert hatte und nach dem Erfolg von »Satisfaction« Brian Jones vom Spitzenplatz in der Bandhierarchie verdrängt hatte, wurde zunehmend misstrauisch gegenüber Klein, der schließlich auch noch Oldham herausgekauft hatte. Jagger heuerte den erfahrenen Investmentbanker Prinz Rupert Loewenstein als Berater an, der 1970 Klein ablöste. Loewenstein fand heraus, dass Klein den Stones eine Vorschusszahlung in Höhe von 1,25 Millionen Dollar vorenthalten hatte. Es kam zu einer Reihe von Rechtsstreitigkeiten zwischen den Stones und Klein, bei denen der Band immer wieder Zahlungen in Millionenhöhe zugesprochen wurde. Dennoch machte Klein ein Vermögen mit der Kreativität der Band, weil seine Firma ABKCO die Rechte an den Songs hielt. Und das war auch der Grund, warum die Stones Klein trotz aller juristischer Auseinandersetzungen nicht loswerden konnten: Als sie 2002 zu ihrem vierzigsten Geburtstag ihre Greatest-Hits-Doppel-CD »Forty Licks« herausbrachten, verhandelten sie mit Klein einen Zahlungsplan. Ein Jahr später fädelte Klein mit Steve Jobs einen Deal ein, um die Stones-Songs, deren Rechte bei ABKCO lagen, über iTunes zu verkaufen.

Allen Klein verstand es sein Leben lang, aus Plagiaten Kapital zu schlagen. 1997 erfuhr er, dass die Band The Verve mit ihrem Song »Bitter Sweet Symphony« den Stones-Song »The Last Time« plagiiert hatte, deren Rechte bei seiner Firma ABKCO lagen. Klein »überredete« (vermutlich mit Hilfe der Androhung einer Klage) The-Verve-Frontmann Richard Ashcroft dazu, ihm die gesamten Rechte an dem Song (einschließlich des von Ashcroft geschriebenen Textes) zum Spottpreis von tausend Dollar zu verkaufen. Als »Bitter Sweet Symphony« ein Hit wurde, kassierte Klein fett ab – weder Ashcroft noch die Stones sahen einen einzigen Cent. Ironischerweise war »The Last Time« selbst ein Plagiat des Songs »This May Be the Last Time« der Staple Singers. Die aber waren keine Kunden von Klein, sonst hätte der Kerl noch dreifach kassiert.[556] Bis heute müssen die Stones, wenn sie bei Konzerten ihre eigenen Kompositionen spielen, Lizenzgebühren an die Erben des 2009 verstorbenen Allen Klein zahlen.

Klein hatte bereits 1964 versucht, den Manager der Beatles Brian Epstein zu überzeugen, von EMI zu RCA zu wechseln, was Epstein aber ablehnte. Nachdem Epstein, der keine glückliche Hand mit den Verträgen der Beatles gehabt hatte, im August 1967 verstorben war, gründete die Band im Januar 1968 ihr eigenes Label Apple. Wegen mangelnder betriebswirtschaftlicher Professionalität erwies es sich jedoch als Verlustbringer, obwohl gleich die erste Beatles-Nummer auf Apple, »Hey Jude«, ein Verkaufsschlager gewesen war. Nachdem Lennon das Missmanagement

---

556 Andy Greene: Reconsidering Music-Business Boogeyman Allen Klein. Rolling Stone vom 26.6.2015.

bei Apple Records öffentlich beklagte hatte, sah Klein seine zweite Chance kommen. Sogleich spann er bei den Fab Four ein mieses Intrigenspiel.[557]

Klein traf sich am 26. Januar 1969 mit John Lennon, der Mick Jaggers Warnungen in den Wind geschlagen hatte und Klein als seinen persönlichen Finanzberater engagierte. Einen Tag später stellte Lennon Klein den anderen Beatles vor. Paul McCartney bevorzugte jedoch den Bruder und den Vater seiner Partnerin Linda, die Rechtsanwälte Lee und John Eastman. George Harrison und Ringo Starr dagegen schlugen sich auf die Seite von Lennon. Nach einigen bitteren Treffen mit den Eastmans fanden sie den Kompromiss, Klein als vorübergehenden Manager und die Eastmans als Anwälte einzustellen. Dem rücksichtslosen Finanzmanager gelang es allerdings, die Anwälte binnen weniger Wochen herauszudrängen und sich gegen den Widerstand McCartneys, der von seinen Bandkollegen überstimmt wurde, einen Dreijahresvertrag als Manager zu sichern.

Zuerst feuerte Klein das gesamte Management von Apple Records und ersetzte es durch seine eigenen Leute. Dann musste er Clive Epstein loswerden, den Bruder und Erben des verstorbenen Brian Epstein. Dieser hatte die Firma NEMS, die einen 25-prozentigen Anteil an den Einnahmen der Beatles erhielt, an den Finanzinvestor Triumph verkauft. Klein gelang es irgendwie, den Anteil auf fünf Prozent über jeweils vier Jahre hinweg zu reduzieren, ging aber mit stark angeschlagenem Image aus der Auseinandersetzung hervor, weil der Chef der Investmentfirma eine Untersuchung über Kleins Geschäftspraktiken veröffentlichen ließ, die kein gutes Licht auf den »härtesten Geschäftemacher im Pop-Dschungel«, wie die »Sunday Times« titelte, warf.

Brian Epstein hatte dafür gesorgt, dass die Rechte für die älteren Beatles-Songs an die Firma Northern Songs gegangen waren, die Dick James gehörte. Er hatte den Beatles im Gegenzug Fernsehauftritte verschafft, die ihre frühe Karriere beförderten. Als James den Angriff Kleins witterte, verkaufte er Northern Songs in Windeseile an ATV, eine Firma des Medienmoguls Lew Grade, ohne den Beatles die Chance zu geben, selber die Rechte an ihren eigenen Songs zurückzukaufen. Weil Lennon und McCartney wegen dieser Frage untereinander in Streit gerieten, scheiterte Kleins Versuch, Grade bei diesem Deal zu überbieten.

Im September 1969 weihte Lennon Klein in sein Vorhaben ein, die Beatles zu verlassen (also ein reichliches Jahr vor den anderen Bandmitgliedern). Obwohl die Band am 20. August 1969 zum letzten Mal gemeinsam im Tonstudio gewesen war, hatte sie noch eine Menge Material auf den Bändern, das Klein mit dem Album »Let It Be« sehr erfolgreich vermarktete, nachdem sich »Abbey Road« als Verkaufsschlager erwiesen hatte. McCartney, der sich bei allen Entscheidungen permanent in einer Eins-zu-drei-Minderheitssituation befand,[558] trieb schließlich

557 Die folgende Darstellung stützt sich auf die McCartney Times: Allen Klein. Website der Familie McCartney. http://mccartney.com/?page_id=4560, zugegriffen am 1.7.2020.

558 Dave Lifton: The Day the Beatles Hired Allen Klein as Their Manager. Website Ultimate Classic Rock vom 3.2.2016, http://ultimateclassicrock.com/beatles-hire-allen-klein-as-manager/?trackback=tsmclip, zugegriffen am 1.7.2020.

die Auflösung der Band voran. Die Chronologie der Ereignisse legt nahe, dass wohl Allen Klein und nicht Yoko Ono die Person war, die die Beatles auseinanderdividiert hatte. Mit Hilfe der Eastmans erwirkte McCartney ein Gerichtsurteil, das Allen Klein immerhin aus den Auseinandersetzungen um das Vermögen der Beatles als Band ausschloss.

Dafür engagierten John Lennon und George Harrison Klein als Manager für ihre Solokarrieren – um bald zu merken, welches Ei sie sich da ins Nest gelegt hatten. Als die Ex-Beatles seinen Dreijahresvertrag nicht verlängern wollten (wozu auch?), verklagte er sie und Apple Records, was ihm dann noch einmal fünf Millionen für zukünftige Tantiemen und nicht zurückgezahlte Darlehen einbrachte. Was Klein unter Loyalität verstand, zeigte er, als er aus der Plagiatsklage gegen George Harrisons Hit »My Sweet Lord« persönlichen Profit schlug – gegen die Interessen seines eigenen Klienten. Zum Glück gab es Gerichte, die darin eine schwere Verletzung der Treuepflicht sahen, so dass er Harrison eine Entschädigung zahlen musste.[559]

Es überraschte wohl niemanden, dass Allen Klein irgendwann dann doch noch im Gefängnis landete – allerdings nur für zwei Monate aufgrund eines minder schweren Falls von Steuerhinterziehung. Dafür machte ihn John Lennon unsterblich, indem er ihm mit seinem Song »Steel and Glas«, den er zischt wie eine Schlange, ein musikalisches Denkmal setzte.

Steel and Glass	**Stahl und Glas**
(This is a story about your friend and mine Who is it, who is it, who is it?)	(Dies ist eine Geschichte über deinen Freund und meinen. Wer ist es, wer ist es, wer ist es?)
There you stand with your L. A. tan And your New York walk and your New York talk You're mother left you when you were small But you're gonna wish you wasn't born at all	Da stehst du, mit deiner Bräune aus L. A. Und deinem New Yorker Gang und deinem New Yorker Geschwätz. Deine Mutter hat dich alleingelassen, als du klein warst, aber ich wollte, du wärest überhaupt nicht geboren worden.
Steel and glass ...	Stahl und Glass ...
Your phone don't ring no one answers your call How does it feel to be off the wall	Dein Telefon klingelt nicht und keiner meldet sich, wenn du anrufst. Wie fühlt es sich an, wenn man aus dem Geschäft ist?

559 Goodman, Klein, a. a. O., S. 238ff.

Well your mouthpiece squawks as he spreads your lies But you can't pull strings if your hands are tied Well your teeth are clean but your mind is capped You leave your smell like an alley cat ...	Dein Mikrofon quäkt, wenn es deine Lügen verbreitet. Aber du kannst keine Strippen mehr ziehen, weil dir die Hände gebunden sind. Gut, deine Zähne sind sauber, aber dein Verstand ist begrenzt. Du hinterlässt den Geruch eines streunenden Katers ...

John Lennon, 1974. Text & Musik: John Lennon

Lennon geht ziemlich bösartig mit seinem ehemaligen Manager ins Gericht und scheint sich zu freuen, ihn endlich losgeworden zu sein. Besser wäre es gewesen, er hätte gleich auf Mick Jaggers und Paul McCartneys Rat gehört.

Starship haben nach zwanzig Jahren Erfahrung in der Branche (bereits als Jefferson Airplane und Jefferson Starship) mit dem Song »We Built This City« eine gleichermaßen selbstbewusste wie nostalgische Version der Kritik an der Musikindustrie herausgebracht.

We Built This City	**Wir haben diese Stadt gebaut**
... We built this city on rock and roll ...	... Wir haben diese Stadt aus Rock and Roll gebaut ...
Say you don't know me or recognize my face Say you don't care who goes to that kind of place Knee deep in the hoopla, sinking in your fight Too many runaways eating up the night	Sag, dass du mich nicht kennst oder mein Gesicht nicht erkennst. Sag, es wäre dir egal, wer an Orte wie diesen hier geht. Stürz dich in den Trubel, geh mit fliegenden Fahnen unter. Es sind zu viele Ausreißer unterwegs, die sich die Nacht einverleiben wollen.
Marconi plays the mamba, listen to the radio Don't you remember? ...	Marconi spielt die Mamba, hör Radio. Erinnerst du dich nicht? ...
Someone's always playing corporation games Who cares, they're always changing corporation names We just want to dance here, someone stole the stage They call us irresponsible, write us off the page ...	Irgendwer spielt immer das Spiel der Unternehmen mit. Wen kümmert es, dass sich die Namen dieser Gesellschaften dauernd ändern? Wir wollen hier doch nur tanzen, aber man hat uns die Show gestohlen. Sie nennen uns verantwortungslos und streichen uns von ihrer Liste ...
It's just another Sunday In a tired old street Police have got the choke hold, oh Then we just lost the beat	Wieder so ein Sonntag In einer müden, alten Straße. Die Polizei hat uns im Würgegriff, dann waren wir aus dem Takt ...

Who counts the money underneath the bar? Who rides the wrecking ball into our guitars? Don't tell us you need us 'cause we're the ship of fools Looking for America, coming through your schools	Wer zählt unterm Strich das Geld zusammen? Wer geht mit einer Abrissbirne auf unsere Gitarren los? Sagt uns nicht, dass ihr uns braucht, denn wir sind das Narrenschiff, das auf der Suche nach Amerika durch eure Schulen fährt.
... Here's your favorite radio station, in your favorite radio city, the city by the bay, the city that rocks, the city that never sleeps ...	... Hier ist dein Lieblingsradiosender, in deiner Lieblingsradiostadt, der Stadt an der Bucht, der Stadt, die rockt, der Stadt, die niemals schläft ...

Starship, 1985. Text & Musik: Bernie Taupin, Martin Page, Dennis Lambert, Peter Wolf (RCA)

Es klingt ein bisschen so, als wäre die Band schon von ihrer Plattenfirma abgeschrieben worden, weil sie als unzuverlässig galt. Dabei spielt die Musikindustrie ihre eigenen kapitalistischen Spiele: Gesellschaften werden gegründet, aufgekauft, fusionieren, wechseln dabei ihre Namen – ohne dass die Musik davon etwas hat. Ist man erst einmal abgeschrieben, ist man ein Niemand. Die Plattenbosse tun so, als würden sie einen nicht mal mehr kennen. Dabei waren sie es, die Musiker, die die Kultur geschaffen haben. Die Stadt wird zum Symbol für die Gesellschaft überhaupt und für die Popkultur. Und es waren die Musiker, die diese Kultur geschaffen haben, und zwar mit ihrem Rock and Roll. Das Wort *rock* mit seiner romanischen und germanischen Wurzel wird hier doppeldeutig verwendet. Man hat die Stadt auf festem Fels gebaut und zugleich aus der Rock-and-Roll-Musik errichtet. Ziemlich selbstbewusst singt die Band, dass es die Rockmusiker waren, die die Kultur der Moderne geschaffen haben.

Und dabei hat ihnen das Radio geholfen, nicht die kommerzialisierte Plattenindustrie. Der Radiopionier und Physik-Nobelpreisträger Guglielmo Marconi wird im Refrain symbolisch gefeiert. Starship blicken zurück auf die goldenen Jahre des Radios und lieben immer noch die lokalen Radiosender, welche die Kultur einer Stadt definieren, sei es San Francisco (The City by the Bay), Cleveland (The City That Rocks – Heimat der Rock and Roll Hall of Fame) oder New York City (The City That Never Sleeps). Die Musiker reflektieren ihre Rolle selbstkritisch: Sie sind nicht nur die Hofnarren, sondern gleich ein ganzes Narrenschiff, das die Gesellschaft über die Jugend hinaus mitnimmt. Das Musikbusiness gefährdet die Kreativität der Musiker. Und wenn es die Musiker der Rockära fallen lässt, wird auch die Stadt, die aus dem Rock and Roll erbaut worden ist, darunter leiden: Viertel kommen herunter, Polizeigewalt macht sich breit, Verkehrsstaus auf der schönsten Brücke der Welt vernichten die Schönheit der Stadt ...

Der Text des Songs ist komplex, reflexiv, anspruchsvoll, stimulierend, die Musik gefällig, vielleicht ein bisschen zu poppig für die alten Jefferson-Airplane-Fans. Das Lied sprang an die Spitze der Charts in den USA, Kanada und Australien und kam in vielen europäischen Ländern, so auch in Deutschland, zumindest unter die Top Ten. Als Liebeserklärung an das Radio blieb der Song bis heute ein Favorit der Sender. 2014, also fast dreißig Jahre nach der Erstveröffentlichung, kam er in den britischen Charts noch einmal bis auf Platz 25.

Wenn es einen Musiker gab, der den Spieß umdrehte, dann war es David Bowie.[560] Aber auch er lernte das Geschäft auf die harte Tour. Bowies erster Vertrag mit seinem Manager Tony Defries war hundsmiserabel, weil er dem Musiker lediglich die Hälfte der Einnahmen zukommen ließ. 1975 trennten sich die beiden, und Bowie nahm die Geschäfte selbst in die Hand. Und wie! Dabei sollte Bowie von einem Kunstgriff profitieren, den noch Defries zum beiderseitigen Nutzen angewandt hatte. Mit der Plattenfirma RCA hatte Defries verhandelt, dass die Aufnahmerechte – von denen damals kaum jemand etwas wusste – bei Defries und Bowie verblieben. Allein diese Rechte für die frühen Aufnahmen sind nach Schätzungen des Billboard-Magazins heute weit über hundert Millionen Dollar wert. Als der Vertrag mit RCA 1983 auslief, schloss Bowie mit EMI einen neuen über 17,5 Millionen Dollar, danach eine Reihe kurzfristiger Verträge mit verschiedenen Labels, die miteinander konkurrierten. Jedes Mal behielt er sämtliche Rechte für sich.

Die Lizenzen für die alten RCA-Aufnahmen – von »Space Oddity« bis »Scary Monsters (And Super Creeps)« – verkaufte Bowie 1989 an das Label Rykodisc, das sich auf CD-Neuauflagen spezialisiert hatte. Clever wie er war, sorgte er auch noch dafür, dass sich die Neuauflagen gut verkauften, indem er die alten Songs in die Setlists seiner Live-Konzerte aufnahm. An EMI vergab er 1997 Songlizenzen für einen Vorschuss (!) von dreißig Millionen Dollar. Zugleich kaufte er Defries dessen Anteile an seinen Rechten ab, so dass Bowie jetzt die volle Kontrolle über alle Songs hatte, die er je in seinem Leben aufgenommen hatte. Und er wurde zum Finanzinvestor. Erwartete zukünftige Lizenzeinnahmen verbriefte er in Form von mit 7,9 Prozent verzinsten Wertpapieren im Umfang von 55 Millionen Dollar, die sämtlich von der Prudential Insurance Company of America erworben wurden. »Er verstand das Konzept im Bruchteil einer Sekunde«, sagte David Pullman, der Architekt des Deals, »er hatte keinerlei Sorge, dass es schiefgehen könnte.«

Der Bowie-Deal ist dann zum Vorbild für andere Musiker geworden, die ähnliche Geschäfte gemacht haben. Bowie hat dann auch noch sein eigenes Plattenlabel gegründet, das vier seiner Alben herausbrachte, und mehrere Internetunternehmen. Kurz vor seinem Tod zeigte er sich überzeugt, dass Musiker in Zukunft überhaupt nicht mehr auf Plattenfirmen angewiesen seien. Wie hat das Billboard-Magazin den Wert von Bowies Aufnahmen ermittelt? Im Jahr 2015 verkauften sich 152.000 Alben des Musikers, 476.000 Titel wurden heruntergeladen, 87.000 Stücke im Radio gespielt und 134 Millionen Mal wurden seine Songs gestreamt. Zusammen mit Filmtantiemen hat das zu Nettoeinnahmen von acht Millionen Dollar

560 Robert Levine und Ed Christman: David Bowie, Businessman: A Deep Dive into the Musician's Visionary Dealmaking. Billboard vom 15.1.2016.

geführt. Multipliziert man diesen Betrag mit zwölf, kommt man auf einen Wert von rund hundert Millionen Dollar. Sein zwei Tage vor seinem Tod erschienenes Album »Blackstar« ist in diese Wertermittlung noch gar nicht eingegangen – obwohl es tragischerweise sein erfolgreichstes Album überhaupt gewesen war. Aber das letzte Hemd hat bekanntlich keine Taschen.

9.3. Jesus Died for Somebody's Sins but Not Mine

Es gibt Kleinstadtbands, die auf Hochzeiten, Straßenfesten von Werbegemeinschaften, Halloween- und Silvesterpartys für Stimmung sorgen. In Ermangelung eigener musikalischer Kreativität spielen sie Potpourris tanzbarer All-Time-Hits der Rock- und Popmusik, die eine Band mit Schwerpunkt in den 1960er und 70er Jahren, die andere mit jüngeren Hits, die eine rockiger, die andere poppiger. Und immer ist das Bemühen dabei, dem Original so nahe wie möglich zu kommen – was schon manchmal zu merkwürdigen Performances führt, wenn ein männlicher Sänger versucht, eine weibliche Stimme zu simulieren. Für die Zwecke reicht es meist. Das Publikum will feiern, tanzen, Stimmung haben und Live-Musik ist immer noch etwas Besonderes. Und lieber eine Partyband, die wirklich gute Superhits aus der Rock- und Popgeschichte covert als eine zweitklassige Band, die mittelmäßige Eigenkompositionen vorträgt.

Aber natürlich covern auch die richtig guten Musiker. Dafür gibt es verschiedene Gründe: Manche sind halt gute Performer und auch exzellente Arrangeure, aber kompositorisch schwach (so haben übrigens die meisten Bands begonnen, indem sie fremdes Material gecovert haben und erst allmählich in die Aufgabe hineingewachsen sind, eigene Kompositionen zu entwickeln). Manchmal will man aber auch einer Kollegin oder einem Kollegen eine Reverenz erweisen, indem man dessen oder deren Song vorträgt. Und manchmal hat man den Song schon einmal auf einer Session zusammen gespielt und dann in die eigene Setlist aufgenommen. Zunehmend nehmen wir wahr, dass insbesondere Popmusiker, die ohnehin kaum selbst komponieren, bewährte Stücke aus der Rockgeschichte wieder aufgreifen, um noch einmal Kasse zu machen. Und manchmal nehmen richtig gute Musiker eine Komposition auf, in der sie schlummerndes Potential verspüren, dass sie mit einem eigenen radikalen Neuarrangement zum Leben erwecken wollen. Eine Coverversion ist eine Wundertüte. Was herauskommt, kann ein schlechter Abklatsch des Originals sein oder ein fast gleich klingendes Imitat. Das Cover kann das Original aber auch weit übertreffen. Beginnen wir mit den schlechteren Covers.

Anne Rice ist eine gute Horror-Schriftstellerin, und ihre Vampirgeschichte ist ein großer Erfolg geworden, so groß, dass ihr Roman »Interview mit einem Vampir« verfilmt wurde – mit einem Staraufgebot an Schauspielern, zu denen Brad Pitt, Tom Cruise, Christian Slater, Antonio Banderas und die elfjährige Kirsten Dunst gehörten. Der Regisseur Neil Jordan wollte gerne während des Abspanns »Sympathy for the Devil« bringen, bekam aber von den Rolling Stones nicht die Rechte dafür. Also ließ er eine Auftragsband ein Cover einspielen. Die Vorgabe war, dass das Cover, wie bei einer Partyband, möglichst nah am Original liegen sollte.

Weil man Geld hatte und eine gute Qualität wollte, betraute man Guns N' Roses mit dem Job. Und dieser Job war zugleich das Ende der Band. Es war im Herbst des Jahres 1994.[561] Die Guns N' Roses hatten gerade eine zweieinhalbjährige Tour durch die gesamte Welt mit 192 Auftritten hinter sich gebracht, die manche langjährige Beziehung zwischen den Musikern auf die Probe gestellt hatte. Die Band wollte nach der Tour ein neues Album einspielen und dafür hatte Axl Rose in einer einsamen Entscheidung beschlossen, den Rhythmusgitarristen Gilby Clarke zu feuern und ihn durch seinen alten Sandkastenfreund Paul Tobias zu ersetzen. Der Leadgitarrist Slash war von dem Wechsel alles andere als begeistert. Aber er war ein großer Fan des Buchs von Anne Rice. Doch dann kam es, wie es oft kommt, wenn man ein Buch liebt und dann sieht, was für ein Film daraus gemacht wurde: Obwohl Anne Rice höchstpersönlich am Drehbuch mitgeschrieben hatte, mochte Slash den Film nicht, den er in einer Vorversion zu sehen bekam. Für ihn kam es gar nicht infrage, für dieses Machwerk auch noch ein Rolling-Stones-Cover aufzunehmen.

»Ich hätte nicht enttäuschter, angepisster, frustrierter und verstörter sein können«, sagte der Leadgitarrist später dazu. »Das einzige Positive, das ich an dem Job sah, war, dass er schaffen würde, was wir in den letzten sieben Monaten nicht erreichen konnten: Er würde uns alle ins Studio bringen.«[562] Die Sessions entwickelten sich jedoch zum Albtraum. Axl Rose war nicht ein einziges Mal zum gleichen Zeitpunkt im Studio wie die Band. Der Chef ließ jedoch seinem Leadgitarristen durch Mittelsmänner beibringen, er solle sein Solo noch einmal neu aufnehmen, so dass es wie das Original von Keith Richards klänge. Dabei hatte Slash aus Respekt vor dem Solo seines Kollegen, das er bewunderte, absichtlich versucht, nicht ähnlich zu klingen. Dass er dann gezwungen wurde, ein möglichst ähnliches Cover zu spielen, verärgerte ihn erst recht.

Aber das war noch nicht alles. Als Slash dann irgendwann die endgültig abgemischte Version des Coversongs in die Hand bekam, musste er feststellen, dass Axl dafür gesorgt hatte, dass Paul Tobias identische Gitarrenläufe gespielt hatte, die über seine eigenen gelegt wurden. Das war dann der endgültige Sargnagel für die Band. Slashs Kommentar dazu: »Falls man sich jemals gefragt hat, wie es klingt, wenn eine Band auseinanderbricht, dann höre man sich das Guns-N'-Roses-Cover von ›Sympathy for the Devil‹ an.«[563] Für den »New Musical Express« war der Abgang von Slash, der durch den elenden Auftragsjob ausgelöst wurde, der Start, der Guns N' Roses in einen »langsamen, zwanzig Jahre dauernden Rutsch nach Shitsville« versetzte.[564] So hatte der Stones-Song, in dem Luzifer persönlich spricht, am Ende doch noch eine dämonische Wirkung.

---

561 Die folgende Darstellung stützt sich auf: Andy Greene: Flashback: Guns N' Roses Cover ‚Sympathy for the Devil'. Rolling Stone vom 16.8.2016.

562 Ebd.

563 Ebd.

564 Mark Beaumont: 20 Things You Didn't Know About 'Sympathy for the Devil'. New Musical Express Blog vom 26.11.2012. http://www.nme.com/blogs/nme-blogs/20-things-you-didnt-know-about-sympathy-for-the-devil-766764#DCmxfKj10aguW6Rq.99, zugegriffen am 1.7.2020.

Die Masse aller Coverversionen ist schlecht, und viele sind richtig schlecht. Aber es gibt auch Coverversionen, die das Original nicht nur übertreffen, sondern verborgene Qualitäten herauskitzeln, die es auf eine ganz neue Stufe heben. Manche dieser Coverversionen sind weitaus erfolgreicher geworden als die Originale. Tragischerweise werden manche Songs sogar mit den Interpreten verbunden, die sie so genial gecovert haben und nicht mehr mit den ursprünglichen Komponisten, die in Vergessenheit geraten sind. Aber ist das nicht auch ein gerechter Lohn für ein großartiges Arrangement? Dazu, dass ein Cover besser wird als das Original, kann auch beitragen, wenn eine ursprünglich männliche Gesangsstimme durch eine weibliche ersetzt wird – insbesondere dann, wenn die Frontfrau eine sexy Performance daraus macht.

So hatte die kalifornische Band Creedence Clearwater Revival, deren Chef John Fogerty einen Narren an den Südstaaten gefressen hatte, auf der Platte »Bayou Country«, die dem Sumpfland Louisianas gewidmet war, einen Song über eine Tellerwäscherin geschrieben. Diese hatte, nachdem sie in Memphis und New Orleans geschuftet hatte, einen guten Job auf einem Flussdampfer gefunden, der »Proud Mary« hieß. Das Stück war insbesondere in den USA ziemlich erfolgreich, denn es wies musikalische Raffinessen auf – ein Intro, das sich auf Beethovens Fünfte bezog – und ein Gitarrensolo. Im Text wurde eine Spannung zwischen den sozialkritisch-pessimistischen ersten Strophen und der romantischen Verklärung der Mississippi-Dampfschifffahrt am Schluss erzeugt.

Aber da steckte noch mehr Potential drin. »Proud Mary« kann man auch zweideutig interpretieren – und nicht nur als Name eines langweiligen Flussdampfers. Und »Proud Mary, keep on burning!« erst recht. Der Refrain »rollin', rollin' on a river« war nicht nur zweideutig (»rock me, daddy, with a steady roll«), sondern bot auch rhythmisches Potential. Und das alles holte ein zweitklassiger Musiker da raus, der allerdings eine erstklassige Sängerin hatte. Immer wenn Ike & Tina Turner den Song live performten, begannen die Musiker mit einem langsamen, spannungsgeladenen Rhythmus, zu dem Tina eine Ansage machte. »Wir beginnen nett, leicht … aber wir spielen nie etwas nett und leicht, und am Ende spielen wir es nett und rau …« Wenn sie das Wort *rough* ins Publikum hauchte, klang das wie ein laszives Versprechen.

Sie spielten das Lied langsam, sparsam instrumentiert, und erzeugten Spannung wie in einem Vorspiel – da muss doch noch etwas kommen? Aber der Text wurde zu Ende gesungen und schließlich sang der Chor den langen Ton, mit dem Kirchenlieder enden … sollte der Spaß wirklich schon vorbei sein? Natürlich nicht, denn jetzt explodierte der Song mit einer Fanfare des Bläsersatzes, und die Party begann – jetzt mit hohem Tempo, funkigem Rhythmus, wildem Tanzen und gospelartigem Gesang. Jetzt herrschte kein Zweifel mehr, was »Proud Mary, keep on burning!« und »rollin', rollin'« wirklich zu bedeuten hatten. Und das Original von CCR brauchte keiner mehr.

1963, im Alter von achtzehn Jahren, schrieb der nordirische Singer-Songwriter Van Morrison ein simples Lied, das nur aus drei Akkorden bestand. Der Text des Songs, den er im folgenden Jahr mit seiner Gruppe Them veröffentlichte, war eigentlich nicht besonders spannend: Ein Boy singt eine Hymne auf seine Freundin, die gegen Mitternacht zu ihm in die Wohnung kommt. Die Freundin heißt »Gloria« (das ist ursprünglich Lateinisch und bedeutet ›Ruhm‹), im Refrain wird ihr Name immer wieder buchstabiert »G – L – O – R – I – A«. Das machte das Lied populär, gerade auch bei Gitarrenschülern, und auf Partys. Der Text lud aber auch zum Fabulieren ein. Woher kam Gloria? Was hat sie vor Mitternacht gemacht? – Irgendwie beschrieb der Song nur eine kurze Szene aus einer nicht erzählten Geschichte, ähnlich wie das berühmte Bild »Nighthawks« von Edward Hopper. Und wer konnte besser Geschichten spinnen als die Rockpoetin Patti Smith? Patti Smith machte einen Talking Blues aus dem Rocksong, der sich musikalisch ganz langsam entwickelt und dann, wie Ravels Bolero, an Intensität gewinnt – und mindestens die gleiche Erotik versprüht. Ikonisch ist bereits der allererste Vers: »Jesus died for somebody's sins but not mine.« – »Jesus starb für die Sünden von irgendjemandem, aber nicht für meine.«

Lakonisch, ein bisschen fatalistisch singt Patti Smith, dass ihr die Sünden ganz allein gehören und dass sie keine Gnade Gottes erwarten kann. Das Intro geht zurück auf das häufig vorgetragene Gedicht »Oath« (»Eid«), mit dem sich die Poetin von ihrer Erziehung durch die Zeugen Jehovas befreite.[565] Schon das Gedicht begann mit diesem Vers. Irgendwann hieß es darin dann auch »Christus, ich sage dir Lebwohl, heute Abend feuere ich dich«. Zwischen 1970 und 1974 war das Gedicht ein Standard bei ihren Rezitationen. Und dann kam die Punkmusik. Die Punkmusik war eine simplizistische Antwort auf den Bombast-Rock mit seinen komplexen Arrangements, wie er von Emerson, Lake & Palmer oder Pink Floyd gespielt wurde. Irgendwie endete auch Patti Smith mit zwei anderen Musikern dabei, Musik zu spielen, ohne es wirklich zu können. Wenn man seine Instrumente nicht richtig beherrscht, dann kommt »Gloria« mit seinen drei Akkorden gerade recht. Und dann spielten die drei Möchtegernmusiker die drei Akkorde einfach durch, manchmal vierzig Minuten lang. Und Patti improvisierte dazu.

Irgendwann, als die drei wieder einmal im Proberaum waren, spielte Patti die Note E. Sie rezitierte »Oath«: »Jesus died for somebody's sins …« und es entwickelte sich ganz natürlich, dass die Band »Gloria« dazu schrammelte. Patti sang ihren eigenen Text, so dass es am Ende gar kein richtiges Cover mehr war, sondern mehr Text von Patti Smith aufwies als von Van Morrison. Und sie breitet ihre Abrechnung mit der Religion in dem Song aus. Dazu lässt sie die Geschichte früher beginnen. »Die Leute sagen ›nimm dich in acht!‹, aber ich schere mich nicht darum. Die Worte sind nur Regeln für mich.« Die Befreiung macht sie stolz, sie geht zu einer Party, auf der alles erlaubt ist. Aber trotzdem langweilt sie sich. Bis sie aus dem Fenster schaut und unten auf dem Parkplatz diese schöne junge Frau sieht. Sie bekommt dieses verrückte Gefühl, und dann nimmt sie sich die Frau. Und dann entwickelt sich die Story ganz, ganz langsam. Ganz langsam kommt die Frau die Treppe hoch. Und

565 Die folgende Darstellung stützt sich auf: Ray Padgett: Cover Me: The Stories behind the Greatest Cover Songs of All Time. New York: Sterling 2017.

sie sieht so gut aus und so schön. Und sie kommt. Und sie sieht so gut aus und so schön. In ihrem roten Kleid. Und sie kommt. Dass sie »kommt«, ist im Englischen so zweideutig wie im Deutschen. Und so geht es weiter, bis sie sie endlich hat. Und nachdem es geschehen ist, war sie so gut. Und sie fragt nach ihrem Namen: Gloria. G – L – O – R – I – A. Und der Rest des Songs feiert den Ruhm von Gloria. Und am Ende läuten die Kirchenglocken.

Patti Smith hat bestritten, dass es in ihrer Version des Songs um ein lesbisches Erlebnis geht. In einem Interview[566] sagte sie, dass sie hetero sei und von Joan Baez übernommen habe, dass eine Sängerin in einem Cover auch aus männlicher Sicht singen könne. Das wäre glaubhaft, wenn es ein echtes Cover von Van Morrisons »Gloria« wäre. Aber mehr als die Hälfte des Textes stammt von ihr, und was im Original stand, hat sie auch noch weitgehend verändert. Die Art, wie sie »I'm gonna make her mine« singt, nein, aus sich herausschreit, spricht eine andere Sprache. Van Morrisons »Gloria« war ein einfaches, harmloses Liedchen über einen Jungen, der seine Liebe gefunden hat. Patti Smiths »Gloria« ist ein rebellischer Punkrock mit einer antireligiösen, antibürgerlichen und einer Liebesbotschaft, die frau durchaus als lesbisch verstehen konnte – wie einst bei den frühen Blues-Ladies.

Die Beatles lebten vom Zusammenspiel von John Lennon und Paul McCartney. Die beiden Freunde, die sich später so bitter zerstreiten sollten, waren ein geniales Komponisten-Duo und sie sorgten dafür, dass die Beatles zu den wenigen Bands gehörten, die zwei Frontmänner hatten, denn beide waren hervorragende Sänger. Allerdings führte das dazu, dass der Leadgitarrist und erst recht der Schlagzeuger allzu sehr im Schatten der beiden Chefs standen. Aber John und Paul waren nett genug, um ihren beiden Kollegen auch mal etwas zu gönnen. Und so bemühten sie sich immer wieder, auf den Alben wenigstens ein Stück unterzubringen, das auch der stimmlich limitierte Ringo Starr singen konnte. Auf dem großartigen »Sgt.-Pepper«-Album war das »With a Little Help from My Friends«, ein flott gespielter Boogie, dessen Gesangspart im Wesentlichen aus fünf nebeneinanderliegenden Noten bestand. Paul McCartney sollte die Komposition, die eine Gemeinschaftsproduktion mit John Lennon war, als »kleine handwerkliche Arbeit« bezeichnen. Wie unernst den Beatles das ganze Stückchen war, zeigt sich an einigen Anekdoten, die überliefert worden sind: Als es noch keinen Text gab, wurde die Melodie »Bad Finger Boogie« genannt, weil John auf dem Klavier den Mittelfinger benutzen musste, da er sich den Zeigefinger verletzt hatte. Der erste Vers sollte sich ursprünglich über Ringo Starr lustig machen, der immer wieder Schwierigkeiten hatte, beim Singen den richtigen Ton zu treffen (was sich auch beim Aufnehmen des Songs bewahrheiten sollte).

»With a Little Help from My Friends« wäre wohl ein zweitrangiges Liedchen der Beatles geblieben, wenn nicht eines Tages der bis dahin nicht besonders erfolgreiche Sänger Joe Cocker zu Paul McCartney gekommen wäre und ihn gefragt hätte, was er davon hielte, wenn er daraus eine bluesige Version machen würde. McCartney

566 Patti Smith. Interview in: The Guardian vom 22.5.2005.

mochte den Kollegen, der wie er selber, aus Nordengland stammte, und so unternahm Cocker eines der radikalsten Neuarrangements in der Geschichte der Rockmusik. Der Song wurde sehr viel langsamer, erhielt einen bluesigen Sechsachteltakt, andere Akkorde und ein umfangreiches instrumentales Vorspiel mit einem eindringlichen Gitarrensolo von Jimmy Page. Und dazu ließ Cocker seine raue Stimme röhren.

Bereits die Single wurde ein Riesenerfolg, aber zur Ikone der Rockgeschichte wurde das Cover endgültig durch Cockers Performance auf dem Woodstock-Festival. Es war der 17. August 1969, der dritte und letzte Tag von Woodstock. Es war 14 Uhr. Endlich regnete es mal nicht. Da betrat der 24-jährige Brite, den in Amerika kaum jemand kannte, die Bühne und ließ seine unglaubliche Stimme erklingen. Er brachte Coversongs von Bob Dylan, Traffic und The Band. Die Stimme ließ das Publikum aufhorchen. Nach knapp einer Stunde war seine Zeit fast abgelaufen – er hatte noch Zeit für ein einziges Stück. Und natürlich brachte er seine Version von »With a Little Help from My Friends«. Er bewegte seinen massigen Körper, wie es seine Art war, wie ein Bär, spielte Luftgitarre und röhrte sich die Seele aus dem Leib. Danach war er auch in den USA bekannt. Und keiner wollte mehr den braven Boogie der Originalversion hören.

»With a Little Help from My Friends« war nicht der einzige Song, der mehr mit Joe Cocker identifiziert wurde als mit seinem ursprünglichen Interpreten – ganz zu schweigen von dem Komponisten. Es war ein Sonntagnachmittag im Jahr 1961, als der schwer drogenabhängige Jazzer Bobby Sharp unter Entzugserscheinungen litt.[567] Seine Eltern sahen in ihrer Harlemer Mietwohnung fern, und im Nebenzimmer schrieb Bobby Sharp einen Song über einen Mann, der sich von einer Frau lösen will. Am nächsten Tag verkaufte er die Rechte an dem Lied an seinen ehemaligen Kollegen Teddy Powell, der ihm dafür fünfzig Dollar gab, die Sharp sofort in Drogen umsetzte. Außerdem stimmte er zu, dass Powell als Co-Autor genannt wurde. Der Song habe ihm, so Sharp später, das Leben gerettet, denn ohne die frischen Drogen hätte er den Entzug nicht lebend überstanden.

Im gleichen Jahr landete Ray Charles mit »Unchain My Heart« einen Hit. Zwei Jahre später nahm Sharp von Powell eine Abfindung von tausend Dollar für seinen Anteil an den Tantiemen an, um später festzustellen, dass Powell das Geld aus dem Tantiemenanteil genommen hatte, der ihm schon längst gehörte, so dass Powell nach einem siebenjährigen Rechtsstreit weitere Zahlungen leisten musste. Inzwischen war Bobby Sharp aus dem Musikgeschäft ausgestiegen, war clean geworden und hatte sich vom Drogenabhängigen zum Drogenberater umgeschult. Und als das Copyright 1987 auslief, war er geistesgegenwärtig genug, es erneuern zu lassen. Denn kurz darauf sollte Joe Cocker sein Comeback mit einer Coverversion von »Unchain My Heart« starten. Powell, der auch noch Ansprüche auf einen Anteil an den Tantiemen hatte, rief Sharp an und erzählte ihm, dass ein »Joe Crocker« – er

567 Die folgende Darstellung stützt sich auf: Joel Selvin: Bobby Sharp's forsaken catalog of songs became 'Unchained' by twist of fate. San Francisco Chronicle vom 19.4.2004.

kannte den richtigen Namen des Musikers offenbar nicht – den Song neu eingespielt hätte. Cocker und Sharp begegneten sich übrigens einmal zufällig in einer Anwaltskanzlei – allerdings ohne einander zu erkennen. Cockers Version von »Unchain My Heart« erschien 1987 auf dem Album, das er nach dem Lied benannte. Die Singleauskopplung erreichte, als sie herauskam, Platz 46 in den britischen Charts, wurde aber fünf Jahre später, als Cockers Popularität gewachsen war, noch einmal veröffentlicht und kam im Vereinigten Königreich auf Platz 17, mit ähnlichem Erfolg in anderen europäischen Ländern. Bobby Sharp wird sich gefreut haben.

Das Covern ist die kollegiale Variante der Imitation, weil es dem Komponisten Tantiemen bringt. Die unfreundliche Variante ist das Plagiat.

9.4. Still Got the Nordrach

Kunst ist häufig weniger kreativ, als wir annehmen. Die meisten künstlerischen Werke sind keine Neuerfindungen, sondern Bearbeitungen früherer Werke. Picasso wurde berühmt, weil er die Formensprache, die er bei einem Besuch im ethnologischen Museum von Paris in der afrikanischen und ozeanischen Volkskunst gefunden hatte, auf Portraits anwendete. Goethe hat für sein größtes Werk, den Faust, eine jahrhundertealte Vorlage bearbeitet. Und die ungeheure Produktivität der klassischen Komponisten ist nur dadurch erklärbar, dass sie einen Großteil ihrer Themen der Volks- und Straßenmusik entnommen hatten. Manche Komponisten hatten regelrechte Studienreisen in ländliche Regionen entnommen, um dort traditionelle Tänze und Melodien zu finden, die sie dann durch ihre Kompositionstechniken veredelten.

Heute noch findet musikalischer Fortschritt vielfach statt, indem Coverversionen, wie wir das jetzt nennen, ältere Kompositionen neu interpretieren. Für den ursprünglichen Komponisten kann das mit Ehre und, wichtiger noch, mit Geld verbunden sein, insbesondere wenn die Coverversion kommerziell erfolgreicher ist als seine eigene Ursprungsfassung. Allerdings wird es gelegentlich bitter, wenn die Coverversion gecovert wird und der Ursprungskomponist in Vergessenheit gerät.

Zum Covern gehört aber, dass der Komponist benannt wird (der Ehre wegen) und dass er seinen Anteil an den Tantiemen erhält (des Geldes wegen). Macht man beides nicht, nennt man das *Plagiat.* Und plagiiert zu werden, ist doppelt bitter für den Geschädigten. Erstens der Gefühle wegen. Man stelle sich einen kleinen Musiker auf einer Karibikinsel vor, der einen Geistesblitz hatte und ein Stück komponiert hat, das nur seine Familienmitglieder und Freunde zu hören bekommen. Und dann hört er auf einmal sein Stück als Megahit eines Superstars im Radio – und kein Wort dabei über ihn, den Komponisten. Und auch keinen Cent für ihn. Der Superstar hatte wahrscheinlich ein paar Monate zuvor die Insel bereist, um sich Inspiration zu holen, das Lied gehört und dann im Studio aufgenommen.

Glücklicherweise kann man seine Ansprüche vor Gericht einklagen – vorausgesetzt, man hat genügend Geld und genügend Zeit, um das Risiko eines mehrjährigen Rechtsstreits einzugehen, der mit hohen Gerichtskosten verbunden ist. Verklagen muss man nämlich in der Regel eine Plattenfirma oder einen Musikverlag, das heißt ein Unternehmen, das die Nutzungsrechte gekauft hat.

Gerichte gehen bei Plagiatsverdachtsfällen ziemlich sorgfältig vor, um beiden Seiten gerecht zu werden. Es wird nicht nur überprüft, ob die Noten identisch sind, sondern es werden musikwissenschaftliche Gutachten eingeholt. Zur Feststellung des Schadenersatzes wird ermittelt, welcher Anteil des eingespielten Ergebnisses auf den Interpreten und welcher auf die Komposition zurückzuführen ist. Und die Komposition wird wiederum auf den Anteil des Ursprungskomponisten und den Anteil des Bearbeiters aufgeteilt. Entsprechend dieser Verhältnisse erhält dann der ursprüngliche Komponist einen Anteil am Einspielergebnis und muss fortan als Komponist genannt werden. Die Gerichte gehen sorgfältig vor, weil es um viel Geld geht. Natürlich ist die Versuchung groß, einem Superstar ein Plagiat zu Unrecht nachzuweisen. Wer den Rolling Stones ein Plagiat nachweist, braucht für den Rest des Lebens nicht mehr zu arbeiten. Nur ist das noch niemandem gelungen, obwohl es viele versucht haben. Zumindest ist es nicht bekannt geworden.

Surfin' USA

»Surfin' USA« ist eine flotte Rock-and-Roll-Nummer, die zu einem der Signature Songs der Beach Boys wurde. Das bereits 1963 veröffentlichte Lied erzielte mit Platz zwei in den amerikanischen Billboard-Charts einen großen kommerziellen Erfolg und begründete ein ganzes Genre, den nach ihm benannten Surf Rock. Der Song listete nicht weniger als sechzehn Surfspots auf, darunter die meisten aus Kalifornien, zwei auf Hawaii und einen aus Australien. Als Komponist wurde 1963 ausschließlich Brian Wilson genannt – obwohl jedes Kind erkennt, dass die Melodie identisch mit der von Chuck Berrys Rock-and-Roll-Hit »Sweet Little Sixteen« ist.

Es blieb nicht aus, dass sich Berrys Anwälte meldeten. Pikanterweise war der Beach-Boys-Song von Arc Music veröffentlicht worden, dem gleichen Verlag, der auch Chuck Berrys Lieder publizierte. Das stimmte wohl die Anwälte milde, die Wilson keine böse Absicht unterstellten, sondern von einem unbewussten Plagiat ausgingen.[568] Wilson beharrte aber zunächst auf seiner Meinung, einen völlig eigenständigen Song geschrieben zu haben. Das brachte Chuck Berry (zu Recht) auf die Palme, der Wilson des geistigen Diebstahls bezichtigte. Brian Wilsons Vater Murry, der sein Manager war, war die Angelegenheit offenbar so peinlich, dass er, ohne seinen Sohn darüber zu informieren, gleich das Urheberrecht für den gesamten Song, einschließlich des Textes, der ja wirklich von Brian stammte, an Chuck Berrys Verlag Arc Music übertrug. Brian Wilson gab sich zerknirscht und gab dann irgendwann auch zu, die Melodie übernommen zu haben:

»Ich ging mit einem Mädchen namens Judy Bowles und ihr Bruder Jimmy war ein Surfer. Er kannte alle Surfspots. Ich begann, die Melodie von ›Sweet Little Sixteen‹ zu summen und das begeisterte mich, und ich dachte mir: ›Gott! Was wäre, wenn ich einen Surftext zur Melodie von ›Sweet Little Sixteen‹ schreiben würde?‹ Das Konzept ging über ›Sie tun dies in dieser Stadt und sie tun jenes in jener Stadt‹. Also sagte ich zu Jimmy: ›Hey Jimmy, ich möchte einen Song schreiben, der all die Surfspots erwähnt‹. Und so gab er mir eine Liste. Und bei Gott, er vergaß nicht einen einzigen.«[569]

Erst drei Jahrzehnte später begann Brian Wilson, seine Vergangenheit juristisch aufzuarbeiten. Unter anderem führte er einen Gerichtsprozess, um seine Autorenschaft an dem Text von »Surfin' USA« wieder einzuklagen. Seitdem nennt Arc

568 Hier, wie auch im Folgenden, Wilsons eigene Darstellung. Brian Wilson: Wouldn't It Be Nice: My Own Story. New York: HarperCollins 1991.

569 Keith Badman: The Beach Boys: The Definitive Diary of America's Greatest Band on Stage and in the Studio. San Francisco: Backbeat Books 2004, S. 32.

Music die Komponisten »Brian Wilson/Chuck Berry« bei »Surfin' USA«. Damit schien also doch noch alles gut ausgegangen zu sein.

Wenn nicht Mike Love gewesen wäre, der Leadsänger der Beach Boys, Cousin von Brian Wilson und Neffe von Murry Wilson. Der fing nämlich irgendwann an zu behaupten, er habe an den Texten sämtlicher Songs der Beach Boys mitgeschrieben, insbesondere die sich reimenden Endungen beigesteuert, einschließlich dem von »Surfin' USA«, aber stets sei nur Brian Wilson als Komponist genannt worden.[570] 1993 verklagte Love seinen Cousin und erhielt tatsächlich die Co-Autorenschaft für die Texte von 35 Songs zugesprochen, einschließlich Tantiemen von zwei Millionen Dollar. »Surfin' USA« war nicht darunter. Der juristische Sieg war Love deshalb nicht genug, und im Jahr 2005 strengte er einen erneuten Plagiatsprozess gegen seinen Cousin an, der dieses Mal aber in allen Punkten abgeschmettert wurde, mit der Bemerkung des Richters, dass der Plagiatsvorwurf »an Schikane grenzen würde«. Irgendwann reicht es dann auch.

Chuck Berry, der sich oft darüber beklagte, um seine Tantiemen betrogen worden zu sein, schien allerdings selbst kein Unschuldsengel gewesen zu sein. In seiner Biografie schreibt Keith Richards, wie er Berrys langjährigen Pianisten Johnnie Johnson fragte, wie »Sweet Little Sixteen« und »Little Queenie« entstanden sind. Und Johnson habe geantwortet, »Chuck hatte den Text, und wir spielten eine Art Bluesformat und ich habe die Sequenz erstellt«. Richards habe geantwortet: »Johnny, das nennt man komponieren. Und du hättest mindestens fünfzig Prozent haben sollen. Ich meine, du hättest einen Deal machen und vierzig nehmen können, aber du hast die Songs zusammen mit ihm geschrieben.« Und Richards schreibt weiter, er habe sogar juristische Nachforschungen betrieben und herausgefunden, dass »alles, was Berry geschrieben« hat, in Es- oder in Cis-Dur gewesen sei, also in Klavier-Tonarten und nicht in Gitarren-Tonarten. Offensichtlich, so Richards, seien die Songs auf dem Klavier begonnen worden und Berry sei mit Barré-Griffen einfach Johnsons linker Hand gefolgt.[571] Harter Tobak – aber Keith Richards musste wohl einen Vatermord begehen, nachdem ihn sein großes Idol einmal so richtig heruntergeputzt hatte, weil Richards die Chuck-Berry-Stücke, die er ja nur nach Gehör nachgespielt hatte, etwas anders wiedergegeben hatte.[572] – Vielleicht sogar besser, wie Nils Lofgren von Springsteens E Street Band einmal schrieb.[573] Die Blicke, die Richards und Johnson während der Szene austauschen, sprechen für sich.

---

570 Auch zum Folgenden: Interview mit Mike Love. In: Erik Hedegaard: The Ballad of Mike Love. Rolling Stone vom 17.2.2016.

571 Richards, Life, a. a. O., S. 467f.

572 Zu sehen im Film: Chuck Berry: Hail! Hail! Rock 'N' Roll, Bonus Clip: Chuck & Keith Rehearse aus dem Jahr 1987.

573 Nils Lofgren: Keith Richards. In: 100 Greatest Guitarists. Rolling Stone vom 18.12.2015.

My Sweet Lord

George Harrison war zu beneiden. Er war Leadgitarrist der Fabulous Four – der erfolgreichsten Musikgruppe seiner Zeit. Konnte ein Gitarrist etwas Größeres erreichen?

George Harrison war nicht zu beneiden. Er war Leadgitarrist in einer Band und doch nicht ihr Frontmann. Im Gegenteil, der schüchterne Junge stand im Schatten seines Jugendfreundes Paul McCartney und des Bandgründers John Lennon. Lennon und McCartney waren begnadete Komponisten, die ihre Songs stets gemeinsam gegenzeichneten, egal ob Lennon, McCartney oder beide zusammen komponiert hatten. Sie waren beide hinreichend gute Gitarristen, um zur Not auch mal ein Stück allein, ohne die übrigen Bandmitglieder aufnehmen zu können. Und sie waren beide ausgezeichnete Sänger, die stets im Vordergrund standen. George Harrison hatte es nicht leicht, mit den beiden mitzuhalten. Hin und wieder schrieben sie für ihn ein Stück, dem er stimmlich gewachsen war, ebenso wie für Ringo Starr. Hin und wieder gelang es Harrison, eigene Kompositionen in das Beatles-Repertoire einzubringen, darunter immerhin einige richtig gute Stücke wie »Here Comes the Sun«, »Something« oder das grandiose »While My Guitar Gently Weeps«. Wobei letzteres Stück einen schalen Beigeschmack hinterließ, denn die beiden bittersüßen Gitarrensoli in der Mitte und am Ende des Songs, die dem Lied seinen Charakter geben, hat nicht George Harrison gespielt, wie viele zunächst annahmen, sondern dessen Kumpel Eric Clapton.[574]

Als die Beatles auseinanderbrachen, kam es, wie es kommen musste. Sowohl Lennon als auch McCartney starteten fulminante Solokarrieren mit zahlreichen erfolgreichen Neukompositionen. Wieder stand Harrison im Schatten. Er brauchte ebenfalls einen Hit. Und den bekam er – allerdings wieder mit Geschmäckle. George Harrisons »My Sweet Lord« traf den Geist der Zeit. Es war eine multireligiöse Hymne, die Jesus-People und Hare-Krishna-Anhänger zusammen singen konnten – eine musikalische Ikone der Hippie-Ära. In Großbritannien war die Single fünf Wochen auf Platz eins der Charts, in den USA vier Wochen lang. Dort wurde auch die Goldene Schallplatte für mehr als eine Million verkaufte Exemplare verliehen.

Doch leider war die Platte ein Plagiat des Songs »He's So Fine« der US-amerikanischen Girlgroup Chiffons und komponiert von Ronald Mack. Der Song war Nummer-eins-Hit in den USA und erreichte am 1. Juni 1963 immerhin Platz zwölf der britischen Charts. Harrison kannte den Song natürlich (nach eigener Aussage).[575] Die Entstehungsgeschichte war sogar noch etwas komplizierter. Alles geschah im Dezember 1969, als George Harrison zusammen mit dem Keyboarder Billy Preston in Kopenhagen zusammen mit der Gruppe Delaney and Bonnie and Friends auftrat. Harrison erzählte später vor Gericht, dass er sich dort aus einer

574 Mark Lewisohn: The Beatles Recording Sessions. New York: Harmony Books 1988, S. 154.

575 Quelle, auch der folgenden Passagen: Joseph C. Self: The »My Sweet Lord«/»He's So Fine« Plagiarism Suit. http://abbeyrd.best.vwh.net/mysweet.htm, 13.7.2011.

Pressekonferenz zurückgezogen hatte und mit einigen Gitarrenakkorden »improvisierte«, um passende Akkorde zu den Wörtern *Hallelujah* und *Hare Krishna* zu finden. Dann kamen weitere Bandmitglieder hinzu, und Text und Song wurden zusammen weiterentwickelt. Harrison feilte in der kommenden Woche weiter an dem Song. Nachdem sie nach London zurückgekehrt waren, nahm Billy Preston ein Studioalbum auf, das von Harrison überwacht wurde. Das unfertige »My Sweet Lord« wurde eingebracht und zu einer endgültigen Version ausgearbeitet.

Offensichtlich hatte der Song eine ganze Reihe von Geburtshelfern – neben der Ursprungsmelodie der Chiffons auf jeden Fall Billy Preston und wohl auch Delaney und Bonnie. Aber als Komponist von »My Sweet Lord« wurde ausschließlich George Harrison genannt und vom Beatles-Label Apple Records bei der US-amerikanischen Urheberrechtsbehörde angezeigt. Prestons Album wurde von Apple Records herausgebracht, aber nicht groß wahrgenommen, im Gegensatz zu der Aufnahme von George Harrison, die am 28. November 1970 veröffentlicht wurde und sofort zum internationalen Nummer-eins-Hit wurde.

Zwei Monate später reichte die Eigentümerin des Chiffons-Songs »He's So Fine«, das Plattenlabel Bright Tunes, Klage gegen die Firmen von George Harrison ein, die seine Tantiemen aus »My Sweet Lord« vereinnahmten. Harrison wies die Ansprüche zurück, und es entwickelte sich ein mehrjähriges Gerichtsverfahren, bei dem Harrison von dem langjährigen Beatles-Manager Allen Klein unterstützt wurde. Dieser heuerte verschiedene Gutachter und Verteidiger an, die Harrisons Position unterstützen sollten – letztendlich vergeblich. Wahrscheinlich dienten diese Verteidigungsgefechte wohl nur dazu, Zeit zu gewinnen für einen weitaus clevereren Schachzug, den der gewiefte Manager geplant hatte.

Harrison verhandelte mit Bright Tunes über eine gütliche Einigung. Harrisons bestes Angebot lautete schließlich, Bright Tunes eine Entschädigung in Höhe von 148.000 Dollar zu zahlen – ein Trinkgeld im Vergleich zu den Einnahmen, die »My Sweet Lord« einspielte. Die 148.000 Dollar machten gerade einmal 40 Prozent der Einnahmen für den Komponisten aus, die nur in den USA erzielt worden waren. Außerdem wollte Harrison für diese Summe auch das Urheberrecht erhalten. Bright Tunes lehnte ab und forderte stattdessen 75 Prozent der weltweiten Einnahmen und das Copyright für »My Sweet Lord«.

Weil keine Einigung erzielt werden konnte, eröffnete das Gericht das Plagiatsverfahren am 23. Februar 1976. Beide Seiten boten Musikwissenschaftler als Gutachter auf. Zunächst wurde »He's So Fine« analysiert. Das Gericht fand zwei melodische Themen in dem Song, die »Motif A« und »Motif B« genannt wurden. Motif A bestand aus vier Wiederholungen der Tonfolge G-E-D, Motif B aus G-A-C-A-C und bei dem zweiten Einsatz durch Einfügen einer Vorschlagsnote G-A-C-A-D-C, was nach Meinung aller beteiligten Experten ein sehr ungewöhnliches Muster in der Popmusik darstellte. Harrisons eigener Experte stimmte zu, dass die beiden Einzelmotive zwar musikalisches Gemeingut seien, dass aber die Kombination beider Motive in keinem anderen Musikstück zu finden sei.

Das Gericht kam zur Auffassung, dass »My Sweet Lord« im Wesentlichen das gleiche melodische Gerüst nutze wie »He's So Fine«. Der Richter sagte, es sei »vollkommen offensichtlich, dass die beiden Lieder praktisch identisch sind« – was aber auch jeder sofort hört. Harrison räumte ein, dass er den Song »He's So Fine« gekannt hatte und dass er wohl unbewusst die Melodien aus diesem Song verwandt hatte, als er »My Sweet Lord« komponierte. Mit dem Argument, man könne ihm nicht beweisen, dass er mit Absicht plagiiert habe, ging Harrison in die Berufung. Das Berufungsgericht wies das Argument zurück. Für das Urheberrecht sei es unerheblich, ob ein Plagiat bewusst oder unbewusst erfolgt sei. Wenn das Werk mit dem Ursprungswerk substanziell identisch ist, liegt die Schutzverletzung vor. Punkt.

Jetzt ging es darum, die finanziellen Ansprüche zu berechnen. Die Einnahmen aus den Verkäufen von »My Sweet Lord« betrugen 359.794 US-Dollar aus Radiosendungen, 260.103 US-Dollar aus Plattenverkäufen und weitere 67.675 US-Dollar aus Verkäufen von Notenblättern. Doch damit nicht genug. »My Sweet Lord« erschien nicht nur als Single, sondern auch auf dem Album »All Things Must Pass« zusammen mit 21 weiteren Songs, von denen die meisten, wie der Richter bemerkte, »kaum erinnerungswürdig« waren. Der Erfolg von »My Sweet Lord« förderte damit auch den Verkauf anderer Songs des Albums. Das Gericht analysierte, wie häufig welche Songs von dem Album im Radio gespielt wurden, und kam zum Ergebnis, dass, wann immer ein Song des Albums im Radio gespielt wurde, dieser Erfolg zu siebzig Prozent »My Sweet Lord« zuzurechnen war. Also flossen auch Tantiemen und Radiogebühren des Albums in die Entschädigungssumme ein, und zwar in Höhe von insgesamt 588.188 US-Dollar. Hinzu kamen zuzurechnende Einnahmen der B-Seite der Single und des Albums »The Best of George Harrison«. Dann ermittelte das Gericht noch die Einnahmen der Plattenfirma Apple Records, die »My Sweet Lord« zuzurechnen waren, und kam, nach Abzug der Produktionskosten, auf 1.077.958 US-Dollar. Alles in allem erzeugte die Komposition Einnahmen in Höhe von 2.133.316 US-Dollar. Allerdings war zu berücksichtigen, dass ein Viertel dieses Erfolgs auch auf Harrisons Namen und den neuen Text zurückzuführen waren. Damit blieb ein Entschädigungsanspruch in Höhe von 1.599.987 US-Dollar.

So weit, so gut. Doch wer profitierte nun von diesem Sümmchen? Jetzt kam wieder Allen Klein ins Spiel. Klein wusste von Anfang an, was »My Sweet Lord« wert war und hatte wohl sogleich geahnt, dass der Plagiatsprozess verloren gehen würde. Also hatte er heimlich, hinter dem Rücken Harrisons, das Label Bright Tunes gekauft. Es war also niemand anders als Harrisons eigener Manager, der von Harrisons Geld profitierte. Nur, dass Klein zu dem Zeitpunkt, als der Prozess zu Ende ging, nicht mehr Harrisons Manager war. Allen Klein hatte also ein doppeltes Spiel gespielt, und zwar zu Lasten von George Harrison. Bright Tunes hätte sich wohl auf einen Betrag in Höhe von einem Zehntel der endgültigen Entschädigungssumme eingelassen, aber der clevere Klein hatte dies verhindert, um für sich persönlich einen weitaus höheren Betrag zu Lasten seines eigenen Klienten herauszuschlagen. Das sahen allerdings die Gerichte als eine Verletzung der Treuepflicht gegenüber Harrison an und verurteilten Klein dazu, Harrison einen Betrag von 587.000 US-Dollar zurückzuzahlen.

Alles in allem war das Plagiat des alten Chiffons-Songs für George Harrison kein schlechtes Geschäft. Allein bis Prozessende hatte er mit dem Song immer noch

1.120.329 US-Dollar verdient – das Viertel, das ihm das Gericht als eigenen Erfolgsanteil zugesprochen hatte, plus der Ausgleichszahlung von Klein. Klein hat wahrscheinlich immer noch eine halbe Million von dem Deal gehabt, die ihm nach Abzug der Zahlung an Harrison und des Kaufpreises für Bright Tunes verblieben waren. Die Aktionäre von Bright Tunes haben von Klein mehr bekommen, als die Firma vor »My Sweet Lord« wert gewesen war, wenngleich nur einen Bruchteil von dem Betrag, den sie bekommen hätten, wenn sie nicht verkauft hätten. Kluge Richter haben dafür gesorgt, dass am Ende alle etwas davon hatten.

Mbube – Wimoweh – The Lion Sleeps Tonight

Es ist wohl eine der zauberhaftesten Melodien, die je komponiert worden sind, kombiniert mit einem rhythmischen Hintergrundgesang: Das Lied von dem Löwen, der in der isiZulu-Sprache »Mbube« heißt. Das Lied »Mbube« war bereits 1939 von dem südafrikanischen Musiker Solomon Linda veröffentlicht worden, aber das Geld mit dem über 160 Mal (!) gecoverten Song (u. a. von Pete Seeger, Tokens, Miriam Makeba, Jimmy Dorsey, Chris Barber, Manu Dibango, Walt Disneys Musical »Der König der Löwen«) machten andere.

Lindas Ursprungstext bestand nur aus wenigen Worten: »Mbube. Ha! Uyimbube«, was in der isiZulu-Sprache »Löwe. Ha! Du bist ein Löwe« heißt. Garniert wird der minimalistische Text mit allerlei Rufen und Schreien, denn die Idee zu dem Song war Linda gekommen, als er beim Hüten einer Rinderherde mit energischen Schreien einen Löwen verscheuchte.[576] Als er nach Johannesburg gezogen war, trat Linda mit seiner Gesangsgruppe Evening Birds auf, wo sie in Bars das einfache Lied a cappella vortrugen. Nachdem Linda von einem Talentsucher entdeckt worden war, kaufte ihm Gallo Records, das damals größte südafrikanische Plattenlabel, die Rechte für ganze 10 Shilling ab und brachte den Song als Platte heraus, die mit 100.000 verkauften Exemplaren in Südafrika ein großer Erfolg wurde.

Das Potential, das in der charakteristischen, in hohen Tönen gesungenen Melodie lag, verkannte jedoch die Plattenfirma Decca, der Gallo Records die internationale Vermarktung angeboten hatte – ein Fehler, durch den sich Decca Dutzende Millionen Dollar entgehen ließ. Vielleicht war ihnen der Song, der nur aus drei Akkorden, verschiedenen Rufen und praktisch nur einem Wort bestand, einfach zu schlicht gestrickt. Anders reagierte Pete Seeger, als ihm der Musikethnologe Alan Lomax die Schellackplatte zuspielte, die er bei Decca aus dem Mülleimer gekramt hatte. Seeger deutete auch eine politische Aussage hinein: Mit »Mbube« sei Shaka der Löwe, der Kriegskönig der Zulus gemeint, der sich den Armeen der europäischen Kolonialmächte entgegengestellt habe und der nicht tot sei, sondern nur schliefe und eines Tages aufwachen würde, um sein unterdrücktes Volk in die Freiheit zu

---

576 Rian Malan: In the Jungle. How American Music Legends Made Millions off the Work of a Zulu Tribesman Who Died a Pauper. Rolling Stone vom 14.5.2000.

führen (dabei hatte der Komponist lediglich einen Löwen verscheucht). Seeger brachte 1951 seine Version mit seiner Begleitgruppe The Weavers heraus, allerdings mit dem Text und Titel »Wimoweh«, der auf einen Hörfehler zurückging. Die Platte verkaufte sich eine Million Mal, und Seeger war so großzügig, dem Komponisten, der ja keine Rechte an seiner eigenen Komposition mehr besaß, einen Scheck über tausend Dollar zu schicken. Seeger ging davon aus, dass seine Plattenfirma auch die weiteren Tantiemen an Linda überweisen würde – was sie aber nicht tat und was Seeger auch nicht weiter überprüfte.

Der talentierte Solomon Linda brachte es zu einer großen Popularität in der schwarzen Community von Johannesburg, nicht jedoch zu Geld, weil sein Publikum so bettelarm war, dass es nicht in der Lage war, Musiker zu finanzieren. Als Linda 1962 starb, hinterließ er seinen Töchtern ein Vermögen von 25 US-Dollar, was dann auch noch für seine Beerdigung draufging, so dass diese in bitterster Armut lebten.

Der richtige Durchbruch des Songs kam allerdings erst kurz vor seinem Tod im Jahr 1961, als die Tokens ein paar nicht besonders kluge englische Verse ergänzten, darunter »The lion sleeps tonight« ›Der Löwe schläft heute Nacht‹, und die zauberhafte Melodie, die in »Mbube« nur ein Nebenthema gebildet hatte, zum Hauptmotiv des Songs machten. Weil sie meinten, damit trotz der Übernahme von Lindas Melodie eine neue Komposition geschaffen zu haben, nannten sich jetzt die Produzenten George David Weiss, Luigi Creatore und Hugo Peretti als Komponisten und kassierten fortan ungeheure Tantiemen für das Stück, das nicht nur die Tokens sechs Millionen Mal verkauften, sondern das zig Mal gecovert und schließlich von der Walt Disney Company in den Film »Der König der Löwen« aufgenommen wurde. Die Komposition, die Solomon Linda für 10 Shilling verkauft hatte, spielte wohl einen dreistelligen Millionenbetrag ein.

Erst der südafrikanische Journalist Rian Malan machte mit seinem Artikel im »Rolling Stone« vom Mai 2000 auf das schreiende Unrecht aufmerksam. Das lag darin, dass ein bettelarmer Südafrikaner eine zauberhafte Melodie komponiert hatte, aber US-amerikanische Popstars und Plattenfirmen einen Reibach damit machten.[577] Der Artikel brachte einen Urheberrechtsprozess in Gang, der von einem südafrikanischen Rechtsanwalt geführt wurde. Er entdeckte schließlich, dass das britische Reichsurheberrechtsgesetz von 1911 eine Rückgabe der Rechte 25 Jahre nach dem Tod des Autors auf dessen Erben ermöglichte, und das wäre 1987 gewesen. Die Klausel war in das Gesetz eingefügt worden, um die Erben des nach seinem Tode extrem erfolgreichen Autors Charles Dickens zu begünstigen.

Im September 2004 erkannte ein südafrikanisches Gericht den Anspruch von Lindas Töchtern an. Umgehend erklärte Pete Seegers Musikverlag Folkways Music, der zur Smithsonian Institution gehört, künftig alle Tantiemen den Erben Lindas

577 Ebd.

auszuzahlen.[578] Die wirklich fetten Brocken waren aber der Musikverlag Abilene Music, der die weitaus wertvolleren Rechte von »Wimoweh (The Lion Sleeps Tonight)« besaß, sowie die mächtige Walt Disney Company, die zunächst alle Forderungen ablehnte, dann aber bereits in einem Vorverfahren einem südafrikanischen Gericht unterlag. Es kam zu einem außergerichtlichen Vergleich, der vorsieht, dass »The Lion Sleeps Tonight« von »Mbube« abgeleitet ist, dass Solomon Linda als Mitkomponist von »The Lion Sleeps Tonight« anerkannt wird und dass seine Erben 25 Prozent der seit 1987 vereinnahmten und künftigen Tantiemen erhalten – was für die bettelarme Familie wohl zwanzig Millionen Dollar wert ist, aber für den Musikverlag nur ein blaues Auge bedeutet.[579]

Child in Time

Deep Purple ist eine stilbildende Band, die einige der großartigsten Stücke der Rockmusik eingespielt hat, darunter das berühmte Hardrock-Riff, das »Smoke on the Water« einleitet. Ihr kreativstes Stück, das der gesamten Musikrichtung neue Horizonte eröffnet hat, ist das zehn Minuten und achtzehn Sekunden lange, äußerst komplexe Stück »Child in Time« gewesen. Das Lied beginnt mit einem eindringlichen Intro, das auf der Orgel gespielt wird. Dann folgen drei Akkorde und ein zwei Minuten langes Solo. Ian Gillan singt poetische, aber düster-apokalyptische Verse und nutzt dabei den vollen Umfang seiner Stimme, vom Flüstern bis zum Schreien in höchsten Tönen. Der Gitarrist Ritchie Blackmore spielt ein langsames Solo, das sich zu einem rasenden Stakkato aufbaut und abrupt abbricht. Das Eingangsriff setzt wieder ein und das Lied beginnt ein zweites Mal.

So kunstfertig Soli und Gesang sind – das Rückgrat von »Child in Time« wird durch das Orgelriff gebildet. Und ausgerechnet dieses Riff, das dem Stück die Struktur gibt, war abgekupfert, und zwar von dem Instrumentalstück »Bombay Calling« der kalifornischen Band It's a Beautiful Day, die es 1969 aufgenommen hatte. Ian Gillan erzählt die Geschichte folgendermaßen:[580]

»Da sind die beiden Seiten des Liedes – die musikalische Seite und die lyrische Seite. Auf der musikalischen Seite gab es dieses Lied ›Bombay Calling‹ einer Band, die sich It's a Beautiful Day nennt. Es war frisch und originell, als es John eines Tages auf seinem Keyboard spielte. Es klang gut, und wir dachten, wir spielen ein bisschen damit herum, ändern es ein bisschen und machten etwas Neues, wenn wir es als eine Grundlage behalten. Aber zu diesem Zeitpunkt hatte ich noch nie ›Bombay Calling‹ gehört. Also schufen wir dieses Lied, in dem wir den Kalten Krieg zum Thema machten und schrieben die Verse ›Sweet child in time, you'll see the line‹.

578 Owen Dean: The Lion Song Factsheet. Website von Spoor & Fisher vom 1.3.2006. https://www.spoor.com/en/News/the-lion-song-fact-sheet/, zugegriffen am 1.7.2020.

579 Owen Dean: The Return of the Lion. WIPO Magazine, April 2006, S. 8–11.

580 Narendra Kusnur: Interview mit Ian Gillan in Mumbai, 3.5.2002. Mid-Day Newspaper, Bombay. http://deep-purple.net/Review-files/asia2002/mumbai-gillan-interview.htm, zugegriffen am 20.2.2021.

Das ist, wie die lyrische Seite hineinkam. Dann hatte Jon die Keyboardpartien fertig und Ritchie hatte die Gitarrenpartien fertig. Das Lied hat im Grunde den Zeitgeist widergespiegelt, und deshalb wurde es so populär.«

Obwohl David LaFlamme von It's a Beautiful Day einmal gedroht hatte, Deep Purple wegen des Plagiats zu verklagen, kam es zu einer gütlichen Einigung. It's a Beautiful Day begnügte sich mit dem kümmerlichen Ergebnis, im Gegenzug die Deep-Purple-Komposition »Wring That Neck« für sich zu vereinnahmen und daraus »Don and Dewey« zu machen, das nur einen Bruchteil des Erfolgs von »Child in Time« hatte. It's a Beautiful Day hatten gut daran getan, die Sache nicht hochzuspielen. Denn sie hatten das berühmte Riff geklaut, und zwar von dem Jazzmusiker Vince Wallace, der das Stück bereits 1962 aufgenommen und aufgrund eines indisch inspirierten Saxofon-Intros »Bombay Calling« getauft hatte.[581] Wallaces Stück thematisiert, wie sich das amerikanische Fernsehen in den 50er und 60er Jahren über Immigranten aus dem Mittleren Osten lustig gemacht hatte. Ein Zeuge berichtet, dass Vince Wallace ihm erzählt hatte, dass er den Song David LaFlamme 1966 in dessen Haus in San Francisco beigebracht hatte, als sie sich anlässlich der Electric Chamber Orchestra Tage getroffen hatten. Zunächst hatte LaFlamme in Live-Auftritten Vince Wallace als Komponisten genannt, weil er dachte, es wäre cool, die Nummer eines Jazzmusikers zu spielen. Nach einigen Jahren sollte David LaFlamme jeden Verweis auf Wallace unterlassen und das Lied mit Wallaces Titel sogar unter seinem eigenen Namen beim US Copyright Office registrieren lassen. Das Lied erschien auf dem ersten Album, das die Goldene Schallplatte erhielt. Wallace hat nie einen Cent für seine Komposition erhalten.[582] Es gibt einen handgeschriebenen Brief von Vince Wallace, in dem der Jazzmusiker seine Version darstellt:

»Wenn David sagt, dass er von etwas, das ich gespielt habe, inspiriert worden ist, dann ist das eine krasse Lüge. Ich habe ihm die Melodie beigebracht (oder Teile der Komposition, die er begreifen konnte). Außerdem stahl er den Titel ›Bombay Calling‹, den ich fünf Jahre bevor ›It's a Beautiful Day‹ herauskam, urheberrechtlich geschützt hatte. Die Platte erhielt Gold. Es ist ein klarer Fall von Plagiat und Urheberrechtsverletzung. Irgendjemand schuldet mir meinen Anteil an dem Geld.«[583]

Das berühmte Riff war also gleich ein Doppelplagiat, das dem ursprünglichen Komponisten, der es nie über regionale Bedeutung in der San Francisco Bay Area hinausbrachte, gar nichts einbrachte. Man muss Deep Purple zubilligen, dass sie zwar das Riff geklaut hatten, daraus aber etwas Großes und sehr Eigenes machten. Das gilt für die musikalische Kreativität mit Orgel- und Gitarrensoli, Tempiwechsel und den wahnsinnigen Gesangspart ebenso wie für den eindrücklichen Text. Ian

---

581 Zu hören bei http://www.youtube.com/watch?v=CzLS_TjmTqw, zugeggriffen am 20.2.2021. Hintergründe zur Geschichte des Songs, wie sie von Vince Wallace »Jeff in San Francisco« erzählt worden sind, sind gepostet auf http://forums.deeppurple.com/viewtopic.php?t=464&sid=3004ec841f31d2851ca068ecb702a8af, zugegriffen am 29.5.2011.

582 http://www.bluoz.com/iabd/vince.html, zugegriffen am 20.2.2021.

583 Handgeschriebener Brief von Vince Wallace. http://www.bluoz.com/iabd/vincenote.html, zugegriffen am 20.2.2021.

Gillan scheint die ganze Sache mit »Bombay Calling« ein wenig peinlich zu sein, weshalb er auch immer wieder den eigenen Beitrag der Band Deep Purple zu dem letztlich hochkomplexen Endprodukt betont. Das lebt auch von der poetischen Kraft des Textes, der durch Gillans ekstatischen Gesang erst richtig zur Entfaltung kommt: »Ich fing an zu singen: ›Sweet child in time.‹ Es war total spontan und hatte keine Geschichte wie Smoke. Durch den Song – und mit Hilfe meiner engen Hose – entdeckte ich ›meinen Schrei‹, und der Song wurde ganz groß.«[584]

Whole Lotta Love

Willie Dixon war wohl der beste Blueskomponist aller Zeiten, und es gab kaum eine Rockband, die nicht mindestens ein Dixon-Stück gecovert hätte. Mitunter bedienten sich britische Millionäre aber auch ganz ungeniert an den Kompositionen afroamerikanischer Musiker, ohne sie zu nennen. Sie meinten, die Komponisten seien bereits genug geehrt, wenn sie ihnen die »Reverenz« erwiesen, indem sie sie »zitierten«. Besonders gern machte das Robert Plant, der Sänger von Led Zeppelin, der ein großer Fan der Bluesmusik war. So auch bei dem erfolgreichsten Stück seiner Band. »Whole Lotta Love« beginnt mit Jimmy Pages Gitarrenriff – wohl einem der großartigsten Riffs der gesamten Rockmusik. Dann setzt Plants eindringlicher Gesang mit einem wunderbaren Dreifachreim ein: »Coolin'«, »foolin'«, »schoolin'«. Leider ist er nicht den Jungs von Led Zeppelin eingefallen, die nur die Reihenfolge verändert haben, sondern der Blueslegende Willie Dixon, der 1962 das Stück »You Need Love« für Muddy Waters komponiert hatte.

Whole Lotta Love (Led Zeppelin)

You need coolin', baby, I'm not foolin'
I'm gonna send ya back to schoolin'
Way down inside, a-honey, you need it
I'm gonna give you my love ...
Wanna whole lotta love ...

You've been yearnin'
And baby, I been burnin' ...

Led Zeppelin, 1969. Text & Musik (ursprüngliche Angabe): John Bonham, John Paul Jones, Jimmy Page, Robert Plant

You Need Love (Willie Dixon)

I ain't foolin', you need schoolin'
Baby, you know you need coolin'
Woman, way down inside
Woman you need love, you've got to have some love
Ooh, you gotta have some love

You've got yearnin'
and I got burnin' ...

Muddy Waters, 1962. Text & Musik: Willie Dixon

584 Interview mit Ian Gillan in: Jürgen Roth und Michael Sailer: Deep Purple, die Geschichte einer Band. Innsbruck: Hannibal 2005, S. 195.

Der großartige Text von »Whole Lotta Love« ist im Wesentlichen Willie Dixons »You Need Love«, nur einmal kurz geschüttelt und gerührt. Als Autor wurde zwar die gesamte Led-Zeppelin-Combo genannt, nicht jedoch der ursprüngliche Textverfasser. Die Sache ist aber noch pikanter. Es war nämlich das Plagiat eines Plagiats. Zum ersten Mal haben die Small Faces Dixons Text geklaut, nämlich 1966 mit ihrem Song »You Need Lovin'«, der auf ihrem Debütalbum erschien. Als Komponisten nannten die Small Faces lediglich Ronnie Lane and Steve Marriott und nicht Willie Dixon. Hört man die drei Songs von Muddy Waters, Small Faces und Led Zeppelin hintereinander, wird deutlich, dass sich hier ein Song organisch entwickelt hat, bei weitgehender Beibehaltung des Texts und schrittweiser Weiterentwicklung des Riffs, das graduell härter wurde. Robert Plants Gesang und Phrasierung folgen Steve Marriotts Vorbild unmittelbar.

Der ursprüngliche Komponist Willie Dixon hatte von beiden Plagiaten, so erfolgreich sie auch waren, zunächst gar nichts bemerkt. Und wenn, was hätte er tun können? 1969 war es nicht üblich, dass Musiker vor Gericht gingen, um ihre Ansprüche einzuklagen. Es wäre auch damals zweifelhaft gewesen, ob sie überhaupt in der Lage gewesen wären, die Prozesskosten vorzustrecken und sich gute Anwälte und Gutachter zu leisten. Und selbst dann wäre es fraglich gewesen, wie sich die Gerichte verhalten hätten.

Dixon wurde Weihnachten 1976 durch seine damals dreizehnjährige Tochter Shirley auf »Whole Lotta Love« aufmerksam.[585] Shirley hatte die Led-Zeppelin-Platte bei einer Freundin gehört, und es fiel ihr auf, wie ähnlich das Stück zu »You Need Love« war. Sie borgte sich die Platte, spielte sie ihrem Vater vor, und der erkannte sofort seine Komposition. Aber erst 1985 fühlte sich Dixon stark genug, vor Gericht zu ziehen und sein Urheberrecht einzuklagen.[586] Atlantic und Led Zeppelin waren klug genug, es nicht auf einen öffentlichen Prozess ankommen zu lassen. 1987 schlossen sie mit Dixon einen außergerichtlichen Vergleich, bei dem Dixon eine Million Dollar zugesprochen wurde.[587] Robert Plants Kommentar zu der Angelegenheit zeugt weniger von Zerknirschtheit als vielmehr von beleidigter Diva: »Pages Riff war Pages Riff. Es war da, bevor alles andere kam. Ich dachte einfach: Gut, was soll ich dazu singen? Das war's, ein Klau. Nun habe ich gern dafür gezahlt. Damals wurde viel darüber geredet, was zu tun sei. Es wurde entschieden, dass es so lange

585 Steve Hochman: Willie Dixon's Daughter Makes Sure Legacy Lives On: Pop music: She guides Blues Heaven Foundation, which helps artists recover their royalties and rights. Tuesday's benefit will be at B.B. King's Blues Club. Los Angeles Times vom 8.10.1994.

586 Michael Goldberg: Willie Dixon Sues Led Zeppelin over 'Whole Lotta Love'. Rolling Stone vom 14.3.1985.

587 Nach Darnell Martins Film »Cadillac Records« aus dem Jahr 2008.

her war und der Drogeneinfluss … Sie kriegen dich nur, wenn du Erfolg hast. Das ist das Spiel.«[588]

Willie Dixon verwendete das Geld nicht, um sich einen Cadillac zu kaufen. Er brachte es in die von ihm gegründete Stiftung Blues Heaven ein, deren Hauptzweck darin besteht, afroamerikanische Bluesmusiker bei der Geltendmachung ihrer Urheberrechte zu unterstützen. Außerdem kümmert sich Blues Heaven um die Bewahrung des historischen Erbes. Die Stiftung verwaltet eines der wichtigsten Baudenkmäler der Geschichte der Rockmusik: das Haus unter der Adresse 2120 South Michigan Avenue in Chicago, das der legendären Chess-Studios. Das verwaiste Haus hatte Dixons Frau Marie gekauft und dann der Stiftung übereignet. Vorsitzende der Blues Heaven Foundation ist, wie könnte es anders sein, Shirley Dixon, die mit Tantiemenabrechnungen zu tun hatte, seit sie acht war.

Die Rolling Stones gehören zu den größten Verehrern Willie Dixons und des historischen Chess-Gebäudes, in dem sie selber Plattenaufnahmen gemacht haben. Sie lassen der Blues Heaven Foundation zehn Prozent der Nettoeinnahmen ihres Albums »Blue & Lonesome« zukommen. Damit dürften die finanziellen Sorgen der gemeinnützigen Stiftung erledigt sein. Außerdem haben die Stones ein Doppelalbum mit 42 Bluesklassikern kuratiert, das den Titel »Confessin' the Blues« trägt.

Still Got the Blues

Gary Moore war ein brillanter Bluesgitarrist. Der Junge aus Nordirland wurde früh durch den großen Peter Green (John Mayalls Bluesbreakers, Fleetwood Mac) gefördert, der ihm irgendwann auch seine »Greeny« genannte 1959er Les Paul überließ, die aufgrund eines Produktionsfehlers einen ungewöhnlichen Klang aufweist, der auf etlichen Fleetwood-Mac-Stücken zu hören ist, darunter »Albatross«, und mit der Moore das Album »Blues for Greeny« aufnehmen sollte. Moores wichtigste musikalische Station war die Band Thin Lizzy, obwohl er auch mit Colosseum II und Greg Lake spielen sollte. Immer wieder bemühte sich Moore um eine Solokarriere. Auch wenn er soliden Bluesrock machte, rechnete niemand Gary Moore ernsthaft zur ersten Liga der Rockmusiker. Bei seinen Konzerten brillierte er zwar mit Gitarrensoli, aber nach eineinhalb Dutzend Stücken mit dem immer gleichen Bluesschema und einem Gitarrensolo in der Mitte vermisste man doch die Variation, die das Salz in der Suppe der Musik bildet. Das lag zum einen daran, dass er zu eitel war, um den Musikern seiner Backing-Band Freiraum zur Entfaltung zu geben. Zum anderen war Moore kein begnadeter Komponist. Er brauchte einen Hit. Und den bekam er. »Still Got the Blues« ist eine wunderschöne Bluesnummer, die nicht dem üblichen Bluesschema folgt, sondern eine sehr originelle Weiterentwicklung des Blues darstellt. Das prägende Element des Songs ist seine melancholische

588 Charles M. Young: Robert Plant's Manic Persona. Musician, Bd. 140 (1990), S. 47. Zitiert in: The Thieving Magpies. Led Zeppelin Official Forum. 13.2.2010. https://web.archive.org/web/20120325201914/http://forums.ledzeppelin.com/index.php?/topic/12956-the-thieving-magpies/, zugegriffen am 25.3.2021.

Gitarrenmelodie, die als Vor-, Zwischen- und Nachspiel verwendet wird und den Charakter eines Ohrwurms hat.

»Still Got the Blues« sollte die einzige Single von Gary Moore sein, die es je in die Billboard Hot 100 schaffte. Als romantische Bluesballade machte sie insbesondere Karriere auf zahlreichen Samplern, unter anderem »Kuschelrock 4« oder »Nighthawk«. Sampler stellen eine äußerst lukrative Weiterverwertung von Musikstücken (nach Single, Album und Best-of-Album) dar, weil die Produktionskosten gegen Null tendieren und hohe Einnahmen generiert werden, die sich nicht nur aus Verkäufen speisen, sondern auch aus Verwertungsgebühren. Denn Sampler werden häufig in öffentlichen Räumen gespielt. Insgesamt soll der Titel vierzehn Millionen Mal allein bis 2018 verkauft worden sein.[589]

Ausgerechnet der einzige große Erfolg, den Gary Moore jemals in seiner Solokarriere erreichen sollte, stellte sich jedoch als Plagiat heraus. Die einprägsame Gitarrenmelodie von »Still Got the Blues« hatte er abgekupfert von einer obskuren süddeutschen Band namens Jud's Gallery. Die Band um Jürgen »Judy« Winter hatte bereits 1974 ein zwölf Minuten langes Stück aufgenommen, das sich an Smetanas Komposition »Die Moldau« angelehnt und das Schwarzwälder Flüsschen Nordrach zum Thema genommen hatte. Zum Abschluss und Höhepunkt des Songs – wenn sich die Nordrach schließlich in den Rhein ergießt – kommt ein Gitarrensolo, das Gary Moore nahezu identisch – inklusive Sound, Tempo, Instrumentalgestus und Phrasierung – übernommen hat.[590] Dass Gary Moore Jürgen Winters Stück gehört hatte, ist nicht unplausibel. Immerhin hatte Gary Moore in den siebziger Jahren in Bonn gelebt, und es gibt Zeugen, die ihn sowohl bei Konzerten von Jud's Gallery als auch beim Hören des Stücks im Radio gesehen haben wollen.[591]

Jürgen Winter hat schließlich einen Rechtsstreit geführt, der bis zur Entscheidung fast zehn Jahre andauern sollte und in den er 70.000 Euro investieren musste, bis er für ihn ein gutes Ende nahm.[592] Mehrfach hatten Gerichte die – für jeden Laien einsichtige – frappierende Übereinstimmung von »Nordrach« und »Still Got the Blues« festgestellt. Aber Gary Moore und seine Plattenfirma hatten eingewandt, dass es sich bei der Melodie um nicht urheberrechtlich schützbares musikalisches

589 Gary Moores berühmtes Gitarrensolo ist ein Plagiat. Badische Zeitung vom 3.12.2008. http://www.badische-zeitung.de/offenburg/gary-moores-beruehmtes-gitarrensolo-ist-ein-plagiat--8699783.html, zugegriffen am 15.03.2021.

590 Gutachten zum Rechtsstreit Jürgen Winter gegen Virgin Schallplatten GmbH. https://web.archive.org/web/20030801195211/http://www.juds-gallery.com/Gutachten_Rauhe/body_gutachten_rauhe.html, zugegriffen am 20.2.2021. Für das Originalstück siehe https://www.youtube.com/watch?v=F8mOgcUar-8, zugegriffen am 20.2.2021.

591 Plagiatsprozess um Gary Moores »Still Got the Blues«. SWR 3. https://web.archive.org/web/20140917055552/http://www.swr3.de/musik/Plagiatsprozess-um-Gary-Moores-Still-Got-The-Blues/-/id=47316/did=343490/1dsp8dg/index.html, zugegriffen am 25.3.2021.

592 Gary Moores berühmtes Gitarrensolo ist ein Plagiat. Badische Zeitung vom 3.12.2008. http://www.badische-zeitung.de/offenburg/gary-moores-beruehmtes-gitarrensolo-ist-ein-plagiat--8699783.html, zugegriffen am 15.3.2021.

Gemeingut gehandelt hatte. Der Musiker wurde also gegen Plagiatsvorwürfe verteidigt, indem man ihm öffentlich seine Kreativität absprach! Tragische Situation für Gary Moore: Dass er abgekupfert hatte, stand vollkommen außer Zweifel, die Frage war nur, bei wem?

Die Meinung, dass es sich um musikalisches Gemeingut handele, wurde auch vertreten von dem Musikkritiker der Süddeutschen Zeitung, Max Fellmann. Der meinte, die Kadenz D-Moll / G-Dur / C-Dur / F-Dur / H vermindert / E-Dur / A-Moll finde sich »in allen möglichen Transpositionen und Variationen, quer durch die Musikgeschichte, in der Kirchenmusik, bei Bach, bei Schubert, im Jazz, in der jüngeren Popmusik«, beispielsweise in Lionel Richies Schmusehit »Hello« von 1984.[593] Das musikwissenschaftliche Gutachten, das sich mit diesem Argument auseinandersetzte, hatte er offenbar nicht zur Kenntnis genommen. Entscheidend für den Ausgang des Prozesses in letzter Instanz vor dem Münchner Landgericht war schließlich ein Gutachten des Musikwissenschaftlers Hermann Rauhe, Ehrenpräsident der Hochschule für Musik und Theater Hamburg und Vizepräsident der Brahmsgesellschaft. Es lohnt sich, aus dem Gutachten zum Rechtsstreit Jürgen Winter gegen Virgin Schallplatten GmbH[594] zu zitieren, um die Arbeitsweise bei Plagiatsprozessen zu veranschaulichen:

»Diese vier Takte werden in der Komposition ›Still got the Blues‹ und in der Komposition ›Nordrach‹ mehrmals wiederholt. Daraus geht hervor, dass es sich bei diesen Takten um den eigentlichen ›Ohrwurm‹ dieser Komposition handelt, d.h. das Element, das der Komposition Wiedererkennbarkeit und Popularität verleiht. … Es muss in diesem Zusammenhang darauf hingewiesen werden, dass die Wiedererkennbarkeit des Titels ›Still got the Blues‹ auf dem ›Ohrwurm‹-Charakter des instrumentalen Vor-, Zwischen- und Nachspiels beruht und nicht auf dem gesungenen Part. Dies ist insofern von großer Wichtigkeit, als es sich bei der Frage der Entlehnung nicht [um] ein Detail der Komposition handelt, sondern um das Element, das die Komposition populär gemacht hat. …

Wesentlich ist neben der charakteristischen Melodiestruktur und der Identität der Tonart (in beiden Fällen a-moll), die Frage der Identität von Sound, Tempo, Instrumentalgestus und Phrasierung. Diese musikalischen Parameter werden im Notenbild gar nicht wiedergegeben. … Das Melodiemodell selber weist eine Vielzahl von Parallelen zum Repertoire sentimentaler Liebeslieder auf. Dazu gehört vor allem der initiale Sextsprung (a1-f2), der hier in der Instrumentalversion gitarristisch mit den Durchgangstönen d2 und e2 ausgefüllt wird. Dieser Sextsprung bildet den Kern des Ohrwurmcharakters dieser Melodie und ist an für sich urheberrechtlich nicht als schutzfähig einzuschätzen, denn er ist in Volksliedern wie ›Es waren zwei Königskinder‹, ›In einem kühlen Grunde‹ oder dem klassischen Kunst-

593 Max Fellmann: Der Blues als Blaupause. Süddeutsche Zeitung vom 4.12.2008. http://www.sueddeutsche.de/kultur/rechtsstreit-um-evergreen-der-blues-als-blaupause-1.375095, 15.3.2021.

594 https://web.archive.org/web/20110602235752/http://www.juds-gallery.com/Gutachten_Rauhe/body_gutachten_rauhe.html, 25.3.2021.

lied ›Ich schnitt es gern in alle Rinden ein‹ (Schubert), ›Ich liebe Dich so wie du mich‹ (Beethoven) und Schlagern wie ›Ramona, zum Abschied reiche ich dir die Hand‹ oder ›Ich weiß, es wird einmal ein Wunder gescheh'n‹ universell verbreitet. … Vergleicht man jedoch unter diesen Kriterien die Melodiesequenz von Winter und Moore, dann hört man hier Identitäten. Diese Identitäten würden gerade auch der durchschnittliche Laienhörer hören und sie keinesfalls mit dem Schlager ›Ramona‹ verwechseln …«[595] Noch spannender ist das Protokoll der Befragung des Gutachters durch das Landgericht München laut Beschluss vom 16.1.2002:

»Frage A: Weist das Musikstück ›Nordrach‹, insbesondere die Schlusspassage, Merkmale, die als schöpferisch eigentümlich bezeichnet werden können, auf? Durch welche schöpferisch eigentümlichen Merkmale wird das Stück geprägt?

Antwort: Wie im vorigen Teil ausgeführt, handelt es sich bei der finalen Melodiesequenz der Komposition ›Nordrach‹ um eine Erfindung, die sich im Rahmen gängiger Vorlagen bewegt (besonders durch den charakteristischen Sextsprung), aber insbesondere durch seine instrumentalspezifische Ausformung als Gitarrenmelodie wird ein hoher Grad von einmaliger Individualität und Wiedererkennbarkeit erreicht. D.h. diese Melodie kann weder mit einer anderen gängigen Schlagermelodie verwechselt werden, noch ist sie einer eindeutig zu identifizierenden Vorlage abgeleitet.

Frage B: Inwieweit ist das Musikstück an zum Zeitpunkt der Komposition (1974) bekannte Melodien angelehnt …? Worin liegt im Vergleich zu etwaigen bekannten Melodien das Eigentliche des Stücks ›Nordrach‹, insbesondere der Schlusspassage?

Antwort: Die Eigentümlichkeit der melodischen Erfindung von ›Nordrach‹ besteht insbesondere in der Kombination von sequentieller Melodik, die in sentimentalen Schlagermelodien üblich sind, hier verknüpft mit dem Sound der Rockgitarre in der Tradition von großen Rocklegenden wie z.B. die genannten Künstler Clapton und Hendrix. …

Frage D: Inwieweit stimmen diese Merkmale mit den schöpferischen Eigentümlichkeiten des Stücks ›Nordrach‹ prägende Merkmale überein?

Antwort: In dem Stück ›Nordrach‹ ist das erwähnte Gitarrensolo Höhepunkt und Abschluss des Stückes. … Während bei ›Nordrach‹ das erreichte Ziel, nämlich der Übergang des Flusses in die Weite des Meeres programmatisch dargestellt wird, wird in ›Still got the Blues‹ das Gitarrensolo als Topik für Sehnsucht und unerfüllte Liebe in den Kontext einer Blues-Rockballade [gestellt]. In die Bluesstruktur wird hier das melodische Element einer gefühlsbetonten Schlagermelodie eingelegt.

Frage E: Kann aufgrund der festgestellten Übereinstimmung aus Sicht des Sachverständigen der Rückschluss gezogen werden, dass der Komponist des Musikstücks ›Still got the Blues‹ die ältere Melodie benutzt, das heißt gekannt und bewusst oder unbewusst bei seinem Schaffen darauf zurück gegriffen hat?

595 Hermann Rauhe: Wie erleben wir Musik? In: Streitobjekt Schallplatte: ein Kulturträger im Spiegel der Meinungen, 100 Jahre nach Erfindung der Phonographie: Vorträge des Bonner Musik- und Medienseminars der Deutschen Phono-Akademie am 25./26. April 1977, Wiesbaden: Breitkopf und Härtel 1978, S. 65.

Antwort: Die Wahrscheinlichkeit, dass ein so hoher Übereinstimmungsgrad zwischen zwei Melodien auf Zufall beruht, muss als sehr gering eingeschätzt werden, denn die Übereinstimmung bezieht sich nicht nur auf die Melodieführung, sondern auch auf die Tonart, auf den instrumentalen Habitus der Gitarre, Phrasierung, Tempo usw. Die Differenzen sind leicht erkennbar aus dem Vorgang einer nach dem Gehör nachgespielten Melodie. Diese Nachbildungsvarianten sind weltweit in der Geschichte der Popularmusik bekannt, da, wie oben geschildert, traditionell die Mehrzahl jugendlicher Musikgruppen eine große Übung darin hatte, bekannte Rockmusikkompositionen nach dem Gehör nachzuspielen (vergleiche die Coverversionen der Rolling Stones von Chuck-Berry- und Muddy-Waters-Titeln).

Frage F: Wenn E. bejaht wird, ist es nach Auffassung des Sachverständigen denkbar, dass die vorhandenen Übereinstimmungen zwischen den beiden Werken auf Zufall beruhen?

Antwort: Die zur Debatte stehende Melodie ist in sich so einfach gestrickt und folgt einem gängigen Muster, dass sie auch nach einmaligem Hören sofort im Gedächtnis gespeichert und insbesondere von einem Rockgitarristen sofort nachgespielt werden kann. Tonart und der geschickte Gebrauch von leeren Gitarrenseiten lässt eine solche Imitation für jeden Profi zum Kinderspiel werden. Dabei ist es gerade diese Simplizität und der hohe Wiedererkennungsgrad, der in Sekunden vom Kurzzeitgedächtnis gespeichert und durch die vielen Wiederholungen der gleichen Phrase nach einmaligem Durchhören gefestigt wird, der die Popularität der Melodie und ihren durchschlagenden Erfolg bei breiten Publikumsschichten ausmacht. Dabei war jedoch die Platzierung dieser Melodie in der außergewöhnlich langen Rockkomposition ›Nordrach‹ ungeeignet, zu einem kommerziellen Erfolg zu werden, denn erst die Kombination dieser ›Ohrwurm‹-Melodie mit einem Vokalteil konnte sich auf dem Markt durchsetzen.

Dabei bleibt aber die Frage der bewussten Entlehnung offen. Melodien, die auf einem einfachen Sequenzierungsmodell beruhen (vergleiche ›Strangers in the Night‹) verleiten zu der Annahme, dass jedermann sie erfinden könne. Dies ist aber meistens nicht der Fall. Auch in dem vorliegenden Fall ist davon auszugehen, dass es einen eindeutigen Urheber gibt, der im Kontext einer improvisatorischen Aktion spontan eine Melodiesequenz erfand. … Gary Moore mag diese Melodiesequenz als eine von Hunderten in seinem Unterbewusstsein gespeichert haben. Er hat sie dann in einem neuen Kontext wiederverwendet. Ob er sich dieser Entlehnung bewusst war, wird schwer zu beweisen sein. Dieser Vorgang ist für mündlich überlieferte Musik überhaupt nicht untypisch, da man in der Improvisation immer auf ein Repertoire von bestehenden Melodiemodellen zurückgreift, die im Gedächtnis gespeichert werden und spontan abrufbar sind.«

Der Originalkomponist Jürgen Winter und seine damaligen Bandkollegen haben von Gary Moores Plattenfirma Virgin eine Schadenersatzsumme erhalten, die der Öffentlichkeit nicht bekannt gegeben wurde. Wie Gary Moore über den Fall denkt, kann er nicht mehr sagen. Er ist am 6. Februar 2011 gestorben. Einige Lehren ließen sich aus dem Fall ziehen:

- Es gibt Ton- oder Akkordfolgen, die musikalisches Gemeingut sind, weil sie seit Jahrzehnten oder Jahrhunderten verwendet werden. Aber Musik besteht nicht nur aus Noten, sondern auch aus Phrasierungen (bei der Gitarre u. a. Bendings, Vibrati, Slides, Glissandi, Tremolo-Pickings, Hammerings, Pull-offs, Triller, Palm Mutes, Ghost Notes, Tappings, Unisono-Bendings, Harmonics, Verzerrungen), die eine schützenswerte kreative Leistung darstellen können.
- Es kann vorkommen, dass ein Musiker auf einem Konzert oder im Radio eine Melodie aufschnappt, sie sechzehn Jahre lang im Kopf behält und dann schließlich in einer eigenen Komposition verarbeitet, ohne den Originalkomponisten zu nennen. Der Originalkomponist muss nicht belegen, dass der Plagiator sein Werk gekannt hat. Für die Urheberrechtsverletzung reicht es, dass es eine Übereinstimmung gibt, egal wie sie zustande gekommen ist. Unwissenheit schützt nicht vor Strafe.
- Gary Moore wäre gut beraten gewesen, sich mit Jürgen Winter frühzeitig zu einigen. Wahrscheinlich hat er es als »Majestätsbeleidigung« empfunden, ausgerechnet von einer völlig unbekannten Krautrock-Band verklagt zu werden.[596] Ein übersteigertes Ego ist noch nie ein guter Berater gewesen.

Die Tantiemenzahlung an Jürgen Winter und Kollegen stürzte Gary Moore in derartige finanzielle Schwierigkeiten, dass er sogar die legendäre Les Paul »Greeny« verkaufen musste. Nachdem die Gitarre durch die Hände einiger Millionäre gegangen war, die sie lediglich als Dekorationsobjekt nutzten, gelang es im Jahr 2014 dem Metallica-Gitarristen Kirk Hammett, das Instrument für zwei Millionen Dollar zu erwerben und wieder auf die Bühnen der Rockmusik zu bringen. Damit hat ein Plagiat auf Umwegen doch noch zum Weiterleben der Rockmusik beigetragen.

Boogie Chillen

Im Tallahatchie County am Ufer des Mississippi gab es riesige Baumwollfelder, auf denen afroamerikanische Pflücker in schwüler Hitze die faserigen Früchte ernteten. Hier wurde wahrscheinlich im Jahr 1912, so ganz genau wissen wir es nicht, John Lee Hooker als jüngstes von elf Kindern geboren. Hooker sah nie eine Schule von innen und sollte sein Leben lang weder lesen noch schreiben lernen. Von seinem Stiefvater William Moore lernte er aber, die Bluesgitarre zu spielen, in der archaischen Form, die sich entlang des Mississippi aus den monotonen Worksongs und Fieldhollers, mit denen die Afroamerikaner ihre eintönige Arbeit begleiteten, entwickelt hatte. Mit vierzehn Jahren riss der kleine John von zuhause aus und begann, sich als Musiker durchs Leben zu schlagen. Er spielte zwischenzeitlich auf der Beale Street in Memphis und landete schließlich in der Autostadt Detroit, wo

596 Majestätsbeleidigung für Gary Moore. Zeit Online vom 9.12.2008. http://www.zeit.de/online/2008/50/gary-moore-volkmar-kramarz/seite-1, zugegriffen am 15.3.2021.

er als Hausmeister bei den Ford-Werken seinen Lebensunterhalt verdiente und abends in kleinen Clubs auftrat. Mit seiner elektrischen Gitarre war er in Detroit die Ausnahme, denn Detroit war ein Zentrum der Klaviermusik und des Boogie-Woogie, der von Pianisten gespielt wurde.

Am 3. September 1948 veranlasste ein gewisser Bernie Besman, dem eine Plattenfirma gehörte, dass Hooker in den United Sound Studios ein paar Bluessongs aufnahm.[597] Das letzte Lied der Aufnahmesession hatte Hooker »Boogie Chillen« genannt, in der nachlässigen Aussprache der Südstaatler für *children*. Es war ein Talking Blues, eine ungereimte Erzählung davon, wie er in Detroit angekommen war und wie er in Henry's Swing Club seinen Spaß mit den *boogie chillen*, den ›Boogie-Kindern‹, hatte und dann selbst den Boogie-Woogie in sich aufnahm. Zu dieser Erzählung spielte er auf seiner Gitarre allerdings keinen Boogie-Woogie, wie er auf dem Klavier gespielt wurde, sondern nichts als ein einfaches, endlos wiederholtes Riff, das er mit einem rhythmischen Fußstampfen begleitete. So hatten schon die Alten gespielt, wenn sie mit ihren Gitarren auf den hölzernen *front porches* im Mississippi-Delta saßen und dazu über die Härten des Lebens fabulierten. Doch wie bekommt man den Ton des Fußstampfens auf einer hölzernen Veranda auf eine Schallplatte?

Der Toningenieur ließ Hooker auf eine Transportpalette aufstampfen, unter die er ein Mikrofon platzierte. Weil der Ton noch nicht satt genug war, wurde er auf einen Lautsprecher geleitet, der in eine Toilettenschüssel (!) gelegt wurde, um eine primitive Echokammer zu erzeugen. Dieser Ton wurde wiederum mit einem Mikrofon aufgenommen und auf einen weiteren Lautsprecher vor Hookers Gitarre übertragen. Der Aufwand lohnte sich. Boogie Chillen wurde ein Nummer-eins-Hit und hielt sich achtzehn Wochen lang in den Charts. Allerdings setzte Bernard Besman durch, dass er als Co-Komponist genannt wurde und die alleinigen Rechte an dem Song erhielt. Das sollte noch Folgen haben.

Wie viele andere Musiker hatte der Analphabet Hooker seine Seele an eine Plattenfirma verkauft. Im Gegenzug erhielt er genügend Geld, um seinen elenden Job aufzugeben und als Profimusiker leben und weitere Songs schreiben zu können. Stampfende Rhythmen sollten das Markenzeichen von John Lee Hookers Musik bleiben, so beispielsweise bei seinen populären Songs »Boom Boom« und »Dimples«. Hooker spielte zusammen mit Van Morrison, Carlos Santana, Bonnie Raitt und performte 1989 »Boogie Chillen« zusammen mit den Rolling Stones und Eric Clapton. »Boogie Chillen« wurde in die Liste der »500 Songs, die Rock and Roll geformt haben« und in die Liste »Songs of the Century« aufgenommen, der Musiker selbst in die Rock and Roll Hall of Fame. Er erhielt den Grammy für sein Lebenswerk und einen Stern auf dem Hollywood Boulevard.

Paradoxerweise war »Boogie Chillen« überhaupt kein Boogie-Woogie, sondern ein Shuffle. Der Name »Boogie« im Titel kam lediglich vom Piano-Boogie in den

597 Die folgende Darstellung folgt: Charles Shaar Murray: Boogie Man: The Adventures of John Lee Hooker in the American Twentieth Century. New York City: Macmillan 2002, S. 121ff.

Detroiter Clubs, vom dem der Text erzählt. Gleichwohl prägte das Stück die Bezeichnung *Boogie* für eine monotone, repetitive Gitarre im bluestypischen Shuffle-Rhythmus. Hookers »Boogie Chillen« wurde quasi wiederentdeckt, als Canned Heat 1968 Hookers Riff, das aus einem einzigen Akkord bestand, für ihr Stück »On the Road Again« verwendeten, das den Höhepunkt ihres Auftritts in Woodstock bildete. Hooker selbst spielte 1970 »Boogie Chillen No. 2« zusammen mit Canned Heat auf dem Album »Hooker'n Heat«. Der Gitarren-Boogie wurde daraufhin zu einem musikalischen Standard, den zahlreiche Musiker aufgriffen. Norman Greenbaum verwendete ihn 1969 in seinem Nummer-eins-Hit »Spirit in the Sky«, so auch ZZ Top im Jahr 1973 mit ihrem Song »La Grange«, der ein Freudenhaus in dem gleichnamigen texanischen Kaff feiert.

ZZ Top waren sich natürlich bewusst, dass sie den Rhythmus von John Lee Hooker übernommen hatten. In »La Grange« zitierten sie auch das obszöne »how-how-how-how« aus Hookers »Boom Boom« (das auch auf »Boogie Chillen No. 2« vorkommt). »La Grange« wurde ZZ Tops Markenzeichen. Die Nummer verkaufte sich auf Vinyl, wurde häufig von Radiosendern und auf Tausenden von Konzerten gespielt. »La Grange« wurde in Filmen und Werbespots verwendet. Der »Rolling Stone« nahm es in seine Liste der »100 Greatest Guitar Songs of All Time« auf.

1991, achtzehn Jahre, nachdem »La Grange« veröffentlicht wurde, machte John Lee Hooker Bernie Besman, dessen Firma La Cienega Music Company seinerzeit die Rechte an »Boogie Chillen« erworben hatte, darauf aufmerksam, dass sich beide Songs sehr ähnlich waren.[598] La Cienega verklagte ZZ Top auf Urheberrechtsverletzung. Im Prozess, der bis zum Bundesgericht ging, stellte sich aber heraus, dass Besman es 1948 versäumt hatte, die Noten zeitnah beim Patentamt einzureichen, so dass der Song samt nachfolgender Varianten zum musikalischen Gemeingut geworden war. Die Klage wurde abgewiesen.[599] Bernie Besman hatte John Lee Hooker also doppelt reingelegt: Erst hatte er ihm das Nutzungsrecht abgeluchst und dann auch noch versäumt, das Urheberrecht eintragen zu lassen.

ZZ Top haben allerdings aus dem Verfahren gelernt. Die Band verklagte ihrerseits die Chrysler Corporation, weil sie eine Coverversion von »La Grange« in einem Werbevideo benutzt hatte. Die Autofirma brachte zu ihrer Verteidigung vor, dass das Gitarrenriff, das in dem Video verwendet wurde, nicht schutzfähig sei, weil es bereits in früheren Werken veröffentlicht worden sei, wie ein musikwissenschaftliches Gutachten belegte. Das Gericht erkannte an, dass das Riff von »La Grange« identisch mit dem Riff in »Spirit in the Sky« war, stellte aber fest, dass ein Musikstück mehr ist als ein Riff und verwies auf das Gitarrensolo und den Gesangstext. Außerdem sei ein Musikstück noch lange nicht einem anderen gleich, wenn die Noten übereinstimmten. Die Noten seien kein geeignetes Mittel, um den Klang

598 Siehe, auch zum Folgenden: Timothy English: Sounds Like Teen Spirit: Stolen Melodies, Ripped-Off Riffs, and the Secret History of Rock and Roll. Lincoln: iUniverse Star 2006, S. 52ff. Sowie: Ted Gioia, Delta Blues, a. a. O., S. 251ff.

599 La Cienega Music Co. v. ZZ Top 53 F.3d 950 (9th Cir. 1995).

eines Musikstücks zu erfassen, weil sie die Phrasierung nicht berücksichtigen. Als empirischen Beleg führte das Gericht an, dass keiner der Geschworenen die beiden Riffs verwechselte, obwohl sie nur sechs beziehungsweise acht Sekunden lang zu hören waren. Das Gericht stellte deshalb fest: »La Grange, einschließlich seines Gitarrenriffs, ist das Produkt von ZZ Top, die etwas mehr als eine bloß triviale Variation, etwas erkennbar Eigenes, zur allgemeinen Vorstellung eines Gitarrenriffs beigetragen haben«.[600] Ein amerikanischer Bundesrichter erwies sich damit als musikwissenschaftlich kompetenter als ein Musikwissenschaftler, der die Musikstücke auf Noten reduziert hatte.

Rechtsmethodisch war das Urteil interessant, aber aus der Sicht von John Lee Hooker eine bittere Ironie: Der Bluesmusiker, der sein Leben lang Analphabet geblieben war, hatte mit dem Guitar-Boogie einen vollkommen neuen Musikstil erfunden und musste erleben, dass weiße Musiker, die seine Komposition übernahmen, damit nicht nur Millionen verdienten, sondern auch noch Entschädigungen aus der Nutzung durch Dritte einklagten.

Aber hatte John Lee Hooker den Gitarren-Boogie überhaupt erfunden? Hooker hatte selbst eingeräumt, dass er den Shuffle-Rhythmus von seinem Stiefvater Will Moore gelernt hatte. Das muss in den frühen 1920er Jahren gewesen sein. Tatsächlich war der monotone, repetitive Shuffle damals im Mississippi-Gebiet weit verbreitet. Und »Boogie Chillen« war nichts anderes als ein endlos wiederholtes, von rhythmischem Fußstampfen begleitetes Gitarrenriff, das als Hintergrund für eine Erzählung in ungereimtem Sprechgesang diente – so wie es an den Ufern des Mississippi seit Jahrzenten von namenlosen Musikern tausendfach gespielt worden war. Letztlich muss man ZZ Top dann doch recht geben, dass der Gitarren-Boogie kulturelles Allgemeingut ist. Auch wenn sie davon profitierten, dass die Art, wie man eine Notenfolge vorträgt, dann doch wieder schutzfähig ist.

Fox on the Run

1968 hatte Manfred Mann mit dem Song »Fox on the Run«, der vom Liebeskummer eines jungen Mannes handelte, der sich von einer Frau sexuell ausgebeutet fühlt, einen Hit gelandet. Der Junge fühlte sich wie ein gejagter ›Fuchs auf der Flucht‹, der am Ende tot ist. Sechs Jahre später schrieb die Band Sweet einen ganz anderen Song über ein Groupie, den sie ebenfalls (jetzt mit durchgängig großen Anfangsbuchstaben) »Fox On The Run« nannte. Ihr Text verwendete das Wortspiel *fox – foxy*, denn *foxy* (wörtlich: ›fuchsig‹) bedeutet auch ›sexy‹. Außerdem soll das Groupie nach verrichtetem Dienst verschwinden wie ein fliehender Fuchs.

Der Komponist des Manfred-Mann-Songs, Tony Hazzard, empfand das als ein »Titelplagiat«. Er ereiferte sich über den Diebstahl des Songtitels: »Es gibt keinen Urheberschutz für Songtitel, aber manche Titel verwendest du einfach nicht. Stell dir vor, ich würde einen Song schreiben, der ›Imagine‹ oder ›Mr. Tambourine Man‹

600 ZZ Top v. Chrysler Corp. 54 F. Supp. 2d 983 (W.D. Wa. 1999).

heißen würde! ›Fox on the Run‹ ist ein derartig markanter Titel, dass ihn kein Komponist, der sein oder ihr Geld wert ist, anrühren würde. Sie kopierten sogar die ansteigenden Harmonien! Wie du dir vorstellen kannst, halte ich nicht viel davon.«[601] Aber juristisch hatte er keine Chance.

John Fogerty plagiiert John Fogerty

Komponisten verkaufen die Rechte an ihren Songs in der Regel an Plattenfirmen oder Musikverlage. Und die spielen dann, wie wir bereits gesehen haben, ihre Spiele, von denen die Komponisten dann häufig nichts mehr haben. Oder unter denen sie leiden.

John Fogerty brachte 1984 den Song »The Old Man Down the Road« auf einem Soloalbum heraus. Der sei aber bis auf einen neuen Text identisch mit dem Stück »Run Through the Jungle«, das 1970 von Creedence Clearwater Revival veröffentlicht worden war, behauptete Saul Zaentz, der Eigentümer von Fantasy Records, die die Rechte an den CCR-Songs hielt. Das Pikante daran: Der Komponist von »Run Through the Jungle« war niemand anders als John Fogerty. Fogerty habe also sich selbst plagiiert!

Dass ein Komponist, Schriftsteller, Maler oder Designer seine eigenen Kreationen in unterschiedlichen Werken mehrfach verwendet, ist das Normalste der Welt. Problematisch wird es, wenn man aber die Rechte für verschiedene Werke an unterschiedliche Verlage verkauft hat. Und Zaentz ging es um Geld. Aber nicht nur das. Irgendwann müssen sich Zaentz und Fogerty zerstritten haben. Auf dem Album »Centerfield«, das »The Old Man Down the Road« enthielt, gab es auch die Stücke »Mr. Greed« (›Herr Gier‹) und »Zanz Kant Danz«, was doch ziemlich nach »Zaentz« klingt, und in denen nahegelegt wird, dass es sich um einen Dieb, Räuber, Ehebrecher und Mörder handele. Zaentz kannte keinen Spaß und verklagte Fogerty auf 144 Millionen Dollar Schadenersatz wegen Verleumdung. Die Sache wurde außergerichtlich geregelt, aber Zaentz hatte nicht genug und reichte die Klage auf Urheberrechtsverletzung ein.[602]

Der Fall landete Ende 1988 vor dem Bundesgericht in San Francisco. Den Geschworenen erteilte Fogerty mit der Gitarre eine Lehrstunde in Kompositionskunde. Ja, die zwei Lieder mögen ähnlich geklungen haben, aber waren tatsächlich Variationen seines typischen Swamprock-Stils. Es könne vorkommen, dass unterschiedliche Stücke für ungeübte Ohren ähnlich klingen. Die Geschworenen sahen das ein und entschieden nach zweistündiger Diskussion, dass die beiden Lieder nicht »substanziell ähnlich« seien und damit keine Urheberrechtsverletzung begründeten.

---

601 Tony Hazzard. Songfacts-Interview mit Carl Wiser am 15.1.2016. https://www.songfacts.com/blog/interviews/tony-hazzard, zugegriffen am 1.7.2020.

602 Auch zum Folgenden: Ethan Trex: The Time John Fogerty Was Sued for Ripping Off John Fogerty. Mentalfloss vom 13.4.2011. http://mentalfloss.com/article/27501/time-john-fogerty-was-sued-ripping-john-fogerty, zugegriffen am 1.7.2020.

Aber erst nach dem Urteil begann es, richtig interessant zu werden. Fogerty hatte zwar den Copyright-Prozess gewonnen, blieb aber auf seinen Anwaltskosten in Höhe von 1,1 Millionen Dollar sitzen, weil der Gegenseite weder Arglist noch Schikane unterstellt werden konnte. Und wenn dies nicht der Fall ist, muss in den USA auch die siegreiche Partei ihre eigenen Anwaltskosten zahlen. Fogerty klagte auf Erstattung der Anwaltskosten und verlor vor dem Bundesgericht. Aber es wurde Revision beim Obersten Gerichtshof der USA zugelassen. Und der fällte ein bahnbrechendes Urteil. Der Supreme Court erkannte nämlich, dass das primäre Ziel des US-amerikanischen Urheberrechtsgesetzes darin bestand, die Schaffung origineller schriftstellerischer, künstlerischer und musikalischer Werke zum Nutzen der Allgemeinheit zu fördern. Um dies zu erreichen, muss sichergestellt sein, dass die kreative Arbeit der Kunstschaffenden angemessen honoriert wird. Und wenn um Urheberrechtsverletzungen prozessiert wird, ist zu berücksichtigen, dass mitunter große Plattenfirmen gegen mittellose Künstler antreten. Es ist also darauf zu achten, dass Chancengleichheit zwischen den Parteien besteht. Und deshalb habe die Gegenseite Fogerty die Anwaltskosten zu erstatten, auch ohne nachgewiesene Arglist.

Das Urteil war bahnbrechend für die typischen David-gegen-Goliath-Prozesse, bei denen Komponisten durch ihre Anwaltskosten ruiniert werden konnten, obgleich sie im Recht waren. Der vorsitzende Richter William H. Rehnquist outete sich in seiner Urteilsbegründung übrigens auch als Rockmusikfan, indem er schrieb, dass CCR »als eine der großartigsten amerikanischen Rock-and-Roll-Gruppen aller Zeiten« anerkannt sei.

Das größte Plagiat der Rockgeschichte (das keines war – oder doch?)

Das Salz in der Suppe eines Rocksongs ist sein Riff. Riffs kommen in allen Musikrichtungen vor. Eines der berühmtesten Riffs aller Zeiten und aller Musikrichtungen ist die Tonfolge, mit der Beethovens Fünfte Sinfonie beginnt: »bam-bam-bam-baaah, bam-bam-bam-baaah«. »So klopft das Schicksal an die Tür«, hat der Komponist dazu gesagt, und besser konnte man das Schicksalshafte musikalisch wohl nicht umsetzen. Wenn es in der Rockmusik zu dem Eingangsriff von Beethovens Fünfter ein Äquivalent gibt, dann ist das das Riff von Deep Purples »Smoke on the Water«. Und das ist kein Zufall. Ritchie Blackmore genoss eine solide klassische Ausbildung, bevor er wahnwitzig schnelle und komplizierte Jazzstücke gespielt hat. Und dann, so sagt er, hat er die »einfache«, aber rhythmisch eindrucksvolle Rockmusik entdeckt, verkörpert durch Bands wie The Kinks und The Who. Und dann, so erzählt Blackmore weiter, habe er, um in die Klangwelt der Rockmusik zu kommen, eine Anleihe bei Ludwig van Beethoven genommen, indem er das Eingangsriff der Fünften Sinfonie rückwärts gespielt und ein wenig ergänzt habe.

Über das Riff von »Smoke on the Water« sagte er 2007 wörtlich: »Es ist eine Interpretation einer Inversion, du drehst es um und spielst es rückwärts und vorwärts, es ist eigentlich Beethovens Fünfte. Deshalb schulde ich ihm eine Menge Geld.«[603]

Eines der berühmtesten Riffs der Rockmusik ist also ein Plagiat, und der Komponist gibt es auch noch zu! Die Ironie liegt nicht nur darin, dass man einem Komponisten, der seit fast 200 Jahren unter der Erde liegt, keine Tantiemen mehr überweist. Sie liegt auch darin, dass es natürlich kein wirkliches Plagiat ist, denn Blackmores eigene kreative Leistung bestand darin, Beethovens Idee so umzudrehen und so zu bearbeiten, dass er etwas ganz Eigenes geschaffen hat. Kein Gericht der Welt und kein musikwissenschaftliches Gutachten würden ihm diese kreative Leistung streitig machen. Und doch gibt Blackmore – mit einem Augenzwinkern – zu, dass er nichts anderes gemacht hat, als Beethovens Idee zu bearbeiten. Soweit Blackmores Geschichte zu dem Riff. Aber war es wirklich Blackmores Bearbeitung, die das genialste Riff der Rockmusik hervorgebracht hat?

1966 veröffentlichte die sehr populäre brasilianische Bossa-Nova-Sängerin Astrud Gilberto (»The Girl from Ipanema«) das Lied »Maria Quiet (Maria Moite)« aus der Feder von Carlos Lyra und Norman Gimbel. Arrangiert wurde Gilbertos Version des Stücks vom kanadischen Jazzpianisten Gil Evans. Und diese Bossa-Nova-Nummer beginnt nach etwa fünfzehn Sekunden mit einem Piano-Riff, das sich verdammt nach »Smoke on the Water« anhört (bzw. umgekehrt). »Auffallend ist jedenfalls, dass alle Töne des Smoke on the Water-Riffs sowohl melodisch wie rhythmisch bei Gil Evans exakt so vorhanden sind. Somit ist eine rein zufällige Ähnlichkeit wohl definitiv ausgeschlossen«, schreibt der Musikwissenschaftler Jochen Scheytt dazu.[604] Astrud Gilbertos Lieder sind damals sehr häufig im Radio gespielt worden, und es ist nicht unwahrscheinlich, dass Blackmore das Riff im Radio gehört hatte und dass es sich anschließend in seinem Kopf festgesetzt hatte, bis er es einige Jahre später selbst verwendete. Einen Plagiatsprozess hätten Deep Purple in jedem Fall krachend verloren. Da fragt man sich, warum es zu einem solchen Prozess nicht gekommen ist.

»Maria Moite« war ein Cover des gleichnamigen brasilianischen Songs, der 1964 auf dem Album »Pobre Menina Rica« von Carlos Lyra und Vinícius de Moraes erschienen war, die auch als Komponisten genannt wurden. Für die englische Fassung, die Astrud Gilberto vortrug, wurde Vinícius de Moraes als Texter gestrichen und durch den amerikanischen Texter Norman Gimbel (»The Girl from Ipanema«, »Killing Me Softly with His Song«) ersetzt. Der Arrangeur Gil Evans ließ sich nicht auf die Liste der Komponisten setzen. Er hatte sein Riff wohl als ein kleines, bluestypisches Lick verstanden, um das er nicht viel Aufhebens machen wollte. Da er es versäumt hatte, sich selbst auf die Liste der Komponisten zu setzen, konnte er

603 Ritchie Blackmore: Interview in der CNN-Sendung »Quest«, 2007. https://www.youtube.com/watch?v=YzJJgSls5-U, zugegriffen am 1.7.2020.

604 Jochen Scheytt: Popsongs und ihre Hintergründe. Deep Purple: Smoke on the Water. Website Jochen Scheytts Musikseiten. http://www.jochenscheytt.de/popsongs/smokeriff.html, zugegriffen am 1.7.2020.

auch kein Plagiat geltend machen. Carlos Lyra auch nicht, denn der hatte das Riff ja nicht komponiert. Das war schon tragisch.

Umso mehr, als Evans durchaus vorhatte, in der Rockmusik groß aufzutrumpfen. Mit niemand anderem als Jimi Hendrix hatte Evans vereinbart, ein gemeinsames Album aufzunehmen – wozu es aber wegen des Todes des Rockgitarristen nicht kommen sollte.[605] Immerhin brachte Gil Evans 1974 ein Album mit Hendrix-Covern heraus, das unter dem Titel »The Gil Evans Orchestra Plays the Music of Jimi Hendrix« erschien und Evans' Ruf als »grauhaarige Eminenz« der Jazz-Rock-Fusion begründete.[606] Kommerziell floppte das Album jedoch, und im Jahr 1979 musste Evans von Sozialhilfe leben, weil sich die Tantiemen aus seinen Kompositionen auf ganze 2.000 Dollar im Jahr beschränkten.[607] Hätte er sich 1966 mit seinem Riff auf die Liste der Komponisten gesetzt, wäre sein Leben wohl ganz anders verlaufen. Die Welt der Rockmusik ist voller Tragik, und am Ende machten Deep Purple wieder einmal keine gute Figur. Niemand hätte Deep Purple die Leistung streitig gemacht, mit »Smoke on the Water« (ebenso wie mit »Child in Time«) ein grandioses Stück Rockgeschichte geschrieben zu haben, aber welche Zacken hätten sie sich aus der Krone gebrochen, wenn sie Gil Evans mit auf die Liste der Komponisten gesetzt und ihm ein paar Prozent der Tantiemen gegönnt hätten?

Die Rockmusik war zwar mit einem explizit kapitalismuskritischen Programm gestartet, aber dann waren die Verlockungen großer Zahlen auf Kontoauszügen (denen irgendwann kein Gebrauchswert mehr gegenüberstand) groß genug, um allen Anstand fallen zu lassen, einschließlich der Fairness gegenüber den eigenen Musikerkollegen. Ist der Profit hoch genug, so schreibt Karl Marx, sei »das Kapital von Kopf bis Zeh, aus allen Poren, blut- und schmutztriefend«.[608] Und das Plagiat ist unter Künstlern eine der unanständigsten Formen der Gier.

---

605 Stephanie Stein Crease: Gil Evans: Out of the Cool – His Life and Music. Chicago: Chicago Review Press 2002, S. 289f.

606 Jack Chambers: Milestones 2. The Music and Times of Miles Davis since 1960. New York: Beech Tree Book/William Morrow 1985, S. 219.

607 Stein Crease, Gil Evans, a. a. O., S. 296.

608 Karl Marx: Das Kapital. Erster Band, 24, 6.

9.5. The Voice of Rock and Roll[609]

Der Einfluss der Rockmusik auf den gesellschaftlichen Umbruch lässt sich in der Regel nur schätzen, weil die Musik zwar Stimmungen beeinflusst hat, Stimmungen aber »weiche« Faktoren darstellen, deren Effekt sich nicht präzise messen lässt. Aber es gibt zumindest einen Bereich, wo sich ein klarer Kausalzusammenhang nachweisen lässt: Die Rockmusik hat eine Zeitschrift hervorgebracht, und diese Zeitschrift hat nicht nur den gesamten Journalismus revolutioniert, indem sie vollkommen neue Typen der gesellschaftspolitischen Berichterstattung erzeugt hat, sondern sie hat auch einige der einflussreichsten gesellschaftspolitischen Schriftsteller groß gemacht. Es war das Magazin der Rockmusik, das uns die tiefsten Einblicke in eine gesellschaftspolitische Szene gewährt hat und die auch niemand anders hätte liefern können. Hier kommt die Story.

Das FBI war 50.000 Hinweisen nachgegangen und hatte 30.000 Vernehmungen durchgeführt. 8.500 Agenten waren mit dem Fall beschäftigt gewesen. Und hatten nicht die geringste Spur finden können. Und dann, am 23. Oktober 1975, konnten sie alles lesen, was sie wissen wollten. Sie mussten nur zu einem Zeitungskiosk gehen und die aktuelle Ausgabe des »Rolling Stone«-Magazins erwerben.

Es ging um Patty Hearst, die Erbin des Zeitungsmagnaten William Randolph Hearst, der der Welt nicht nur ein riesiges, schlossartiges Anwesen auf halbem Weg zwischen Los Angeles und San Francisco hinterlassen hat, das heute von Touristen besichtigt werden kann, sondern dem der Regisseur Orson Welles mit seinem Film »Citizen Kane« auch ein eindrucksvolles cineastisches Denkmal widmete. Patty war William Randolphs Enkelin und Erbin eines Multimillionenvermögens. Am 4. Februar 1974 stürmten Stadtguerilleros ihr Apartment in Berkeley, feuerten aus einer Maschinenpistole, schlugen die Neunzehnjährige bewusstlos und entführten sie. 57 Tage lang wurde sie in einen Schrank eingesperrt, misshandelt und sexuell missbraucht. Mit der Entführung hatte die Symbionese Liberation Army (SLA), wie sich die linksradikale Gruppe nannte, die Freilassung von zwei inhaftierten Mitgliedern bezweckt, was aber verweigert wurde. Als die Terroristen einsahen, dass sie ihre Ziele nicht erreichen konnten, stellten sie Patty vor die Wahl: Entweder sie würde sich der Terrorgruppe anschließen oder sie würden sie töten. Patty entschloss sich für das Leben.

Am 15. April 1974 wurde Patty, die sich inzwischen Tania nannte, von einer Überwachungskamera gefilmt, wie sie sich an einem Banküberfall beteiligte. In den folgenden Wochen nahm die Millionenerbin, die von ihrem Vater im Gebrauch von Schusswaffen ausgebildet worden war, an Schießereien, Autodiebstählen, Entführungen

609 Soweit nicht anders angegeben, stützt sich das folgende Kapitel auf die Informationen in: Jodi Peckman, Joe Levy (Hg.): 50 Years of Rolling Stone. New York: Rolling Stone Publishing 2017, sowie auf die Website www.rollingstone.com.

und Bombenattentaten teil. Dann verschwand sie von der Bildfläche. Und das FBI suchte vergeblich nach ihr.

Wie konnte das Musikmagazin erfahren, wo sie sich versteckt hielt? Ein Magazin, das über gute Kontakte in die Rockmusikszene verfügt, hat auch Drähte in den politischen Untergrund. Jack Scott war ein Aktivist, der für die Rechte afroamerikanischer Athleten kämpfte. Er erzählte den Journalisten vom »Rolling Stone«, dass er Patty Hearst in seinem Auto nach Pennsylvania gefahren hatte, wo sie mit weiteren SLA-Mitgliedern Unterschlupf in einer abgelegenen Farm gefunden hatte. Mit akribischer Liebe zum Detail berichtet der »Rolling Stone«, wie es dort zuging. Weil die Terroristen befürchteten, Scott könne sie verraten, hielten sie ihn in dem Bauernhaus fest. Er musste in einem Bett zwischen Patty Hearst und der SLA-Aktivistin Emily Harris schlafen, neben einem Arsenal von Schusswaffen und Handgranaten am Kopfende des Bettes. Scott konnte nicht einschlafen. Ein lautes Geräusch schreckte alle auf. Patty, die diese Bewegung in der Dunkelheit oft geübt hatte, rollte sich reflexartig zur Seite, griff eine Waffe und flüsterte: »Es sind die Schweine …« Als sich alle Terroristen mit Waffen an den Eingangstüren des Hauses postiert hatten, kam allerdings die Aufklärung: Es war nur eine Katze gewesen.

Vier Monate lang hatte der »Rolling Stone« die Geschichte recherchiert und verifiziert, dass sich tatsächlich Patronenhülsen in dem Bauernhof fanden, die von den dort abgehaltenen Schießübungen zeugten. Der Artikel war noch nicht ganz fertig, als Patty Hearst am 18. September 1975 schließlich doch noch festgenommen wurde. Die Story war megaheiß, und in der Redaktion wurden Nachtschichten eingelegt, damit vier Wochen später die Inside Story über Patty Hearst erscheinen konnte und einen Monat später ihr zweiter Teil. Nicht die »New York Times«, die »Washington Post« oder das »Time Magazine« hatten aufgedeckt, wie die Millionenerbin vom Entführungsopfer zur Terroristin konvertierte, sondern ein kleines Rock-and-Roll-Blatt von der Westküste.

Die beiden Reporter, Howard Kohn und David Weir, wurden zu Fernsehshows eingeladen. Der Chefredakteur Paul Scanlon musste sich am Telefon den brüllenden Anwalt der Familie Hearst anhören, der den Abdruck verhindern wollte. Das FBI, das der Terroristin erfolglos auf der Spur gewesen war, war indigniert, war es mit seinen 8.500 Agenten doch von zwei Reportern ausmanövriert worden, die gerade einmal zwanzig Jahre alt waren. Es drohte ihnen, ihre Quellen offenzulegen oder sie einzusperren (sie wurden buchstäblich in letzter Minute durch einen richterlichen Beschluss davor bewahrt). Als Weir am zweiten Teil der Story arbeitete, wurde er von der SLA kontaktiert. Sie würden ein Paket mit Infomaterial in einer Telefonzelle unter einer Autobahnbrücke deponieren. »Ich dachte, wenn sie mich erschießen wollen, dann ist es dieser Ort«, erinnerte sich Weir, »es war einer der furchtbarsten Gänge meines Lebens, aber irgendwie ging ich da rein, kam wieder heraus, und wir hatten unser Material.«

Mit der Patty-Hearst-Inside-Story war das kleine Musikmagazin sozusagen erwachsen geworden. Das stand symbolisch für das Erwachsenwerden der Rockgeneration überhaupt. Mitte der 1970er Jahre war die Rockmusik keine Angelegenheit mehr, die spätpubertierende Jugendliche in einer subkulturellen Nische am Rande der Gesellschaft betrieben. Die Rockmusik und die Leute, die sie spielten und hörten, waren im Mainstream der Gesellschaft angekommen. Der etablierte Journalismus hatte es nur noch nicht bemerkt, und es bedurfte einer neuen Generation von Journalisten, die nicht nur über persönliche Kontakte in die Szene verfügten, sondern die der Szene angehörten, um die Subkultur der Rockmusik in die Gesellschaft zu integrieren.

Dabei war der Ursprung des Magazins typisch für die Generation. Jann S. Wenner hatte sich an der University of California in Berkeley mehr als politischer Aktivist und Autor der Studentenzeitung denn in den Seminarräumen betätigt, so dass er ohne Abschluss ausschied. Für kurze Zeit jobbte er als Redakteur beim alternativen Magazin »Sunday Ramparts«, bis dieses eingestellt wurde. Immerhin hatte ihm diese Position die Möglichkeit eröffnet, Artikel über Konzerte in der Rockszene San Franciscos zu schreiben und mit örtlichen Musikern wie Grateful Dead, Jefferson Airplane, Janis Joplin und Jim Morrison abzuhängen. Aber jetzt war der 21-Jährige arbeitslos. Es war Summer of Love in San Francisco, und die Stadt war voller Hippies und Rockmusik. Natürlich ging Jenner zum Festival nach Monterey, wo er The Who und Hendrix live erlebte.

Wenner hatte außerdem mit dem fünfzigjährigen Jazzkritiker des »San Francisco Chronicle«, Ralph Gleason, einen Mentor und Berater, mit dem er diskutierte, wie er sich wohl einen Lebensunterhalt verschaffen konnte. Gleason hatte gerade einen Artikel veröffentlicht, in dem er die Protestbewegung und die Kultur der Rockmusik-Generation philosophisch reflektierte. In Anlehnung an Bob Dylans Song hatte er ihn »Like a Rolling Stone« betitelt. Und es war Gleasons Vorschlag, eine Zeitschrift zu gründen, die über Rockmusik schreiben sollte. Wenner war begeistert. Und den Titel hatte er auch schon: »Rolling Stone« – gleichzeitig eine Reverenz an den Dylan-Song und eine »explizite Verbeugung« gegenüber den Rolling Stones, die Wenner ebenso wie die Beatles verehrte. Und Wenner wollte nicht nur über Musik schreiben – also nicht nur News und Rezensionen. Sein Anspruch war höher:

»Ich dachte, Rock & Roll brauchte eine Stimme – eine journalistische Stimme, eine kritische Stimme, die Stimme eines Insiders, eine missionarische Stimme – um darzustellen, wie ernsthaft und wie wichtig die Musik und die Musikkultur über ihren augenscheinlichen Unterhaltungswert hinaus geworden war ... Die Musik war der Kitt, der eine neue Generation zusammenhielt: Rock & Roll war der Telegraf der Szene, und die einzigen Orte, wo du ihn finden konntest, waren das Radio, der Plattenladen oder die Musikboxen. Es war mehr als großartige Musik, großartige Lieder und großartige Sängerinnen und Sänger; Rock & Roll war auch ein kultureller und politischer Aufbruch, Freiheit von der Unterdrückung von Drogen, Sexualität und Gesellschaft.«[610]

So hoch die Ansprüche waren, so bescheiden war der Start. Wenner, seine Freundin Jane Schindelheim und ihre Schwester konnten sich mietfrei Arbeitsplätze im Gebäude der Druckerei einrichten. Das Startkapital von 7.500 Dollar

610 Jann S. Wenner: Introduction. In: Peckman, Levy, 50 Years, a. a. O., S. 11f.

stellten Janes Eltern, Wenners Eltern, Gleason und ein Freund zur Verfügung. Die erste Ausgabe erschien in kostengünstigem Schwarz-Weiß und wurde an den Kiosken für 25 Cents verkauft. Sie enthielt unter anderem einen Fotobericht über Grateful Dead, einen Bericht über Jefferson Airplane, eine vergleichende Kritik von »Are You Experienced?« von Jimi Hendrix und »Fresh Cream« von Cream, ein Interview mit Donovan und einen Bericht über George Harrisons Besuch des Szeneviertels Haight-Ashbury in San Francisco. Als Cover wurde ein Portraitfoto von John Lennon gewählt, der als Soldat kostümiert war. Wenner schrieb seinen Lesern:

»Ihr wundert euch wahrscheinlich, was wir hier anstellen. Es ist schwer zu sagen: Eine Art von Zeitschrift und eine Art von Zeitung. … Im Rolling Stone geht es nicht nur um Musik, sondern auch um die Dinge und Einstellungen, die die Musik umfasst. Wir haben ziemlich hart daran gearbeitet, und wir hoffen, dass es euch gefällt. Es weitergehend zu beschreiben, würde schwierig werden, ohne nach Scheiße zu klingen, und Scheiße zu schreiben, ist wie Grünspan anzusetzen.«[611]

Wenner nutzte Gleasons Adressdatei, um möglichst vielen Musikern ein Exemplar der Erstausgabe zu schicken. Und das sollte sich auszahlen. Der erste Gratulant, der das neue Magazin begrüßte, war niemand anders als Charlie Watts. Die wichtigste Voraussetzung für den Erfolg eines Rockmusikmagazins, der Zugang zu den Musikern, war gewonnen. Der »Rolling Stone« veröffentlichte Interviews und Inside Stories mit Eric Clapton, Bob Dylan, Jimi Hendrix, Phil Spector, Tina Turner, Johnny Cash, Chuck Berry, Elvis Presley, John Lennon und Yoko Ono, also mit allem, was Rang und Namen hatte. Frank Zappa brachte die Ängste der Elterngeneration gegenüber dem Rock and Roll auf den Punkt: »Heute trauen sich die Eltern nicht mehr, dir zu sagen, wann du nach Hause kommen sollst. Sie fürchten, dass du nicht mehr zurückkommst. Du könntest LSD nehmen, du könntest dich einer Rock-&-Roll-Gruppe anschließen.«[612]

Einer der ersten großen Würfe war ein langes Interview, das Jann Wenner mit Pete Townshend geführt hatte.[613] Erstens erklärte der Gitarrist, wie The Who dazu gekommen waren, am Ende ihrer Konzerte ihre Instrumente und Verstärker zu zerschmettern. Natürlich durch Zufall. Bei einem Konzert in einem kleinen Club hatte Townshend versehentlich seine Gitarre an der niedrigen Decke des Lokals beschädigt. Er bekam einen Wutanfall, zerlegte die Reste seines Instruments dann komplett, nahm seine Ersatzgitarre und spielte weiter. Damit wäre die Geschichte erledigt gewesen, aber der Vorfall sprach sich herum. Und die Band wurde immer wieder darauf angesprochen. Und die Geschichte wurde immer größer. Und eines Tages kam ein Journalist vor einem Konzert zu Townshend und sagte: »Oh, wir haben gehört, dass ihr die Gruppe seid, die ihre Gitarren zerschmettert. Also, wir hoffen, dass ihr es heute Abend macht, denn wir sind von der Daily Mail. Und

611 Jann S. Wenner: Letter to the Readers. Rolling Stone vom 9.11.1967.

612 Frank Zappa im Rolling Stone vom 20.7.1968.

613 Pete Townshend im Interview, Rolling Stone vom 14.9.1968.

wenn ihr es macht, dann schafft ihr es wahrscheinlich auf die Titelseite.« Das wäre erst das zweite Mal gewesen nach dem unabsichtlichen Malheur mit der niedrigen Clubdecke. Townshend ging zu seinem Manager und fragte ihn: »Können wir es uns leisten, es ist für die Publicity?« Und Kit Lambert antwortete trocken: »Ja, wir können es uns leisten, wenn wir die Daily Mail kriegen.« Also zerstörte Townshend wieder seine Gitarre, und natürlich brachte die Daily Mail die Story nicht, aber Townshend behielt die Gewohnheit bei, von da an bei den Auftritten das Equipment zu zerschmettern.

Und dann nimmt das Interview eine erstaunliche Wende. Townshend erklärt, dass alles in Ordnung war, solange The Who Blues gespielt hatten. Doch dann waren seine Ansprüche gewachsen, er hatte Noten in seinem Kopf, war aber nicht in der Lage, die entsprechenden Töne aus seiner Gitarre hervorzubringen. Wegen seiner selbst erkannten Unfähigkeit, die Musik, die er spielen wollte, auch wirklich umzusetzen, hatte er angefangen, die spektakulären Showeinlagen zu bringen, für die The Who bekannt werden sollten. Ein rares Bekenntnis eines Musikers von erstaunlicher Offenheit:

»Ich kann immer noch nicht so spielen, wie ich spielen möchte. ... Ich konnte die Noten in meinem Kopf hören, aber ich konnte sie nicht aus der Gitarre herausbringen. ... Es hat mich unglaublich frustriert. Ich versuchte, das visuell zu machen, was ich als Musiker nicht spielen konnte. Ich gewöhnte mir an, unglaubliche visuelle Sachen zu machen. Anstatt einen Akkord tödlicher zu machen, sorgte ich dafür, dass er echt tödlich aussah, während er in Wirklichkeit normal angeschlagen wurde. Ich schwang meinen Arm hoch durch die Luft, so dass es echt tödlich aussah, auch wenn es sich nicht allzu tödlich anhörte. ...

Stattdessen sagte ich: ›Okay, du schaffst es nicht, es musikalisch zu tun, also musst du es visuell tun.‹ Es wurde ein gewaltiges visuelles Ding. Tatsächlich vergaß ich alles, was mit der Gitarre zu tun hatte, weil das Visuelle mehr mein Ding war als die eigentliche Gitarre. Ich sprang herum und die Gitarre wurde unwichtig. Ich haute auf sie drauf und ich ließ Rückkopplungen zu und kratzte sie und rieb sie gegen das Mikrofon, tat alles, auch Sachen, die gar nicht zu meinem Part gehörten. Es verdiente weder irgendwelche Anerkennung noch irgendwelchen Respekt. Ich gewöhnte mir an, am Ende des Auftritts auf sie draufzuhauen und sie gegen Wände zu schlagen und sie auf den Boden zu schmeißen. ... Wenn ich ein Solo spiele, ist es für mich ein Glücksspiel, weil ich nicht spielen kann, was ich spielen will. Das ist es: Ich kriege es nicht heraus, weil ich nicht übe.«[614]

Und dann passiert etwas Erstaunliches. Wenner fragt Townshend nach einer Idee für ein neues Album, und Townshend spricht von dem vagen Gedanken, mal eine Rockoper zu schreiben. Und während er spricht, kommen ihm die Ideen, und während des Interviews entwirft er die Geschichte von »Tommy«, die ihm vorher noch gar nicht so klar gewesen war. In 1.267 Worten – das sind gut zwei Druckseiten – kommen ihm, während er spricht, die Gedanken für das Konzept der Rockoper,

614 Ebd.

mit der The Who Musikgeschichte schreiben sollten. Ein Interview als Stimulus für einen Kreativprozess.

Der »Rolling Stone« wollte nicht nur über Musik und Musiker schreiben, sondern auch über die Kultur der Generation, die Rockmusik machte und Rockmusik hörte. Nichts machte das deutlicher als der Bericht über Woodstock. Auf das Titelblatt kam nicht ein Bühnenfoto, sondern das Foto eines nackten Mannes, der mit seinem Sohn im See badete – ein Bild, das den Happening-Charakter des Festivals symbolisieren sollte, den Charakter einer Jugendkultur, die Konventionen über Bord warf (hier: die Tabuisierung von Nacktheit), aber trotzdem friedlich und zivilisiert war.[615] So stand auch die Musik nicht im Vordergrund. Den meisten Auftritten wurde nicht mehr als ein Halbsatz gewidmet. Stattdessen sehr viel dem Leben auf dem Festivalgelände: den Verkehrsstaus, dem Drogenkonsum und natürlich dem Regen und dem Schlamm. Und hier produzierte der »Rolling Stone« einen epischen Satz: »Im Morgengrauen des Zeitalters des Wassermanns war jeder in derselben Pfütze.«

Jann Wenner hat den Musikstil, über den sein Magazin schreiben sollte, stets als »Rock & Roll« bezeichnet – in Wirklichkeit aber die deutlich vielfältigere und kreativere Rockmusik gemeint, die sich aus dem klassischen Rock and Roll – dem schnell gespielten Blues – entwickelt hatte. Das Pech des »Rolling Stone« war, dass die Rockmusik bereits genau dann ihren Höhepunkt erreicht hatte, als das Magazin aus der Taufe gehoben wurde, so dass es schon nach wenigen Jahren immer schwieriger wurde, über Innovatives in der Rockmusik zu berichten. Das Magazin reagierte darauf, indem es lange, detailreiche Reportagen über Themen veröffentlichte, die, wenn überhaupt, nur noch am Rande mit Musik zu tun hatten. Aber es waren Reportagen, die aus der Perspektive der Rockmusik-Generation geschrieben waren und die den gesellschaftlichen Wandel, der mit der Rockmusik einhergegangen war, aufzeichneten. Und es waren Reportagen, die einen vollkommen neuen, bis dahin nicht gekannten journalistischen Stil erschufen: den *New Journalism* und den *Gonzo Journalism*. Beginnen wir mit dem New Journalism und seinem Begründer.

Seine Überschriften waren so exzentrisch wie sein dandyhafter Stil: »The Kandy-Kolored Tangerine-Flake Streamline Baby« (deutsche Ausgabe: »Das bonbonfarbene tangerinrot-gespritzte Stromlinienbaby«) hieß ein 1965 erschienenes Buch, das 22 Artikel zusammenfasste, die sich unter anderem mit Autobastlern, DJs, Schauspielern, Mode, der New Yorker Kunstszene und dem jungen Musikproduzenten Phil Spector befassten. Oder: »The Electric Kool-Aid Acid Test« (wörtlich: ›Der elektrische Limonadenpulver-LSD-Test‹, deutsche Ausgabe: »Unter Strom. Die legendäre Reise von Ken Kesey und den Pranksters«).

Das 1968 veröffentlichte Buch über den schrägen Schriftsteller Kesey (»Einer flog über das Kuckucksnest«), der eine LSD-Kommune mit dem Namen Merry Pranksters gründete, die als Vorläufer der Hippies gelten konnte und aus denen auch die Band Grateful Dead hervorging, war ein Musterbeispiel für den New

615 Jan Hodenfield: Woodstock: 'It Was Like Balling for the First Time'. Rolling Stone vom 20.9.1969.

Journalism, den Tom Wolfe erfunden hat. Wenn ein klassischer Journalist über ein Milieu, sagen wir, die LSD-Szene, recherchierte, führte er Interviews und erfuhr daraus höchstens ein Viertel der Wahrheit. Tom Wolfe, der einen Doktorgrad in Yale erworben hatte, wurde dagegen Mitglied der Szene und nahm an deren Leben teil, so dass er selbst erfuhr, wie es in dem Milieu zuging. Tom Wolfe recherchierte extrem detailreich und akribisch, tauchte dabei auch manchmal undercover in das Milieu ein, über das er recherchierte. Später trieb er New Journalism noch weiter, indem er nicht wie ein Reporter über das, was er recherchiert hatte, berichtete, sondern fiktionale Akteure und Geschichten kreierte, die die Strukturen der Realität, die er recherchiert hatte, präzise abbildeten. Tom Wolfe schrieb dann keine Reportagen mehr, sondern Romane.

In der Journalistenszene war Wolfe schon ein Star, bevor es den »Rolling Stone« überhaupt gab. Er hatte für Top-Medien wie »Esquire«, »New York Herald Tribune«, das »New York Magazine« und die »Washington Post« geschrieben. Und weil er sich offenbar auch im Rockmusikmilieu gut auskannte, war Jann Wenner scharf darauf, ihn als Autor für den »Rolling Stone« zu gewinnen. Aber Wolfe ließ ihn erst einmal zappeln. Um die Machtverhältnisse zwischen Verleger und Autor zu klären, nannte Wolfe ihn in ihrer Korrespondenz respektlos Janner. Wolfes Arbeit für das Musikmagazin begann 1972 mit einer Artikelserie über Astronauten.

Der große Coup sollte jedoch erst kommen, nachdem der gebürtige New Yorker Wenner im Jahr 1977 mit der »Rolling Stone«-Redaktion von San Francisco in seine Heimatstadt umgesiedelt war, um jetzt im Zentrum des kulturellen Lebens zu sein. Wenner bat Wolfe, etwas über New York zu schreiben. Wolfe antwortete mit einem hundertseitigen (!) Exposé. Er wollte etwas über die höchsten und die niedrigsten sozialen Schichten verfassen, warnte aber Wenner, es würde nichts für Leute werden, die an Herzschwäche litten. Vier Jahre lang recherchierte und konzipierte Wolfe eine Geschichte über New York, die das Format eines Romans annehmen sollte. Und dann kam der gefürchtete *writer's block*, den jeder schriftstellerisch Tätige nur zur Genüge kennt. Volle acht Monate lang saß Wolfe jeden Tag vor seiner Schreibmaschine und brachte es nicht zuwege, den Anfang des Romans, den er schon im Kopf hatte, zu Papier zu bringen.

Aber Wolfe hatte auch eine Therapie gegen den *writer's block*. Sie hieß Torschlusspanik. Also vereinbarte Wolfe mit Jenner, um sich selbst unter Druck zu setzen, sein Buch über New York als Fortsetzungsroman zu veröffentlichen, mit jeweils einer Folge in einer Ausgabe. Als Honorar wurden 200.000 Dollar vereinbart. Aber ein kleines Sicherheitsnetz gönnte sich der Autor schon. Denn er schrieb schon einmal drei Folgen vorweg, bevor er die erste einreichte. Aber Jenner druckte am 24. Juli 1984 in der doppelt so dicken Sommerausgabe gleich alle drei Folgen ab, so dass das Sicherheitsnetz weg war und Wolfe jetzt im Zweiwochenrhythmus ein neues Kapitel fertigstellen musste.

Als der Fortsetzungsroman im August 1985 fertig war, überarbeitete Wolfe ihn noch einmal kräftig, um ihn 1987 als 690 Seiten starkes Buch herauszubringen, das unter dem Titel »The Bonfire of the Vanities« (deutsche Ausgabe: »Fegefeuer der Eitelkeiten«) wochenlang auf den Bestsellerlisten stand. 1990 kam es mit Tom

Hanks, Kim Cattrall, Melanie Griffith und Bruce Willis in den Hauptrollen sowie mit Kirsten Dunst in einer Nebenrolle in die Kinos. Der satirisch überzogene Film erntete aber weniger Lorbeeren als das Buch. Der Roman handelte von der Dekadenz eines Börsenhändlers, die auf die Armut eines Ghetto-Kids trifft. Dann kommen noch allerhand zwielichtige Charaktere darin vor: ein schmieriger Journalist, der die große Story machen will, ein Staatsanwalt, der seine Karriere vorantreiben will, ein radikaler Bürgerrechtler, der menschliche Existenzen im Namen des antirassistischen Kampfes ruiniert, ein Bürgermeister, der wiedergewählt werden will, und dann auch noch ein Pförtner, der sich dafür rächt, herablassend behandelt worden zu sein. Aus einem Unfall entwickelt sich ein verwickeltes Geflecht von Intrigen und Beschuldigungen. Einen sympathischen Charakter muss man in diesem Roman schon mit der Lupe suchen, stattdessen scheint es in New York nur so von Egomanen, Opportunisten und Heuchlern zu wimmeln, gleich ob männlich oder weiblich, schwarz oder weiß, Angehöriger der Ober-, Unter- oder Mittelschicht. Nur mit Musik hatte der Roman gar nichts zu tun. Warum auch? Zum Lebensgefühl der Rockmusik-Generation gehörte nun einmal auch eine gewisse antikapitalistische Attitüde; und so ein aalglatter, hyperarroganter Börsenguru in Maßanzügen taugte wunderbar als Feindbild für diejenigen, die lange Haare trugen, illegale Drogen konsumierten und harte Rhythmen hörten.

Hunter Stockton Thompson ging noch weiter als Tom Wolfe. Thompson war schon bekannt, bevor er für den »Rolling Stone« zu schreiben begann. Insbesondere durch sein 1966 erschienenes Buch »Hell's Angels: The Strange and Terrible Saga of the Outlaw Motorcycle Gangs«, das er verfasste, nachdem er fast zwei Jahre mit den Rockern zusammen verbracht hatte.

Dann, im Jahr 1970, sollte Thompson für ein kurzlebiges Magazin einen Artikel über die dekadente Atmosphäre des Pferderennens in Kentucky schreiben, aber er schaffte es nicht, seinen Artikel bis zum Redaktionsschluss fertigzustellen. Um wenigstens irgendetwas an die Redaktion schicken zu können, reichte er die unbearbeiteten Notizen aus seinem Tagebuch ein, worin er nicht nur über das Rennen geschrieben hatte, sondern auch über seine persönlichen Eskapaden. Sein Redakteur Bill Cardoso kommentierte das mit den Worten: »Ich weiß nicht, was zum Teufel du tust, aber du hast alles verändert. Es ist totales Gonzo.« – *Gonzo* bedeutet irgendetwas zwischen ›verrückt‹, ›exzentrisch‹ und ›anarchistisch‹. Der Begriff *Gonzojournalismus* war geboren und sollte zum Markenzeichen von Thompson und dem »Rolling Stone« werden. Zur Gonzo-Methode gehörte nicht nur, persönlich in das Themenfeld, über das man schreibt, einzutauchen und in Ich-Form und Tagebuchform darüber zu berichten, sondern auch als Akteur einzugreifen und sogar Aktionen zu provozieren.

Seine erste Geschichte für den »Rolling Stone« hatte er gar nicht für das Musikmagazin schreiben wollen. »Fear and Loathing in Las Vegas« war ursprünglich von »Sports Illustrated« als Fotostory über ein Motorradrennen in Las Vegas beauftragt worden. Aber Thompson machte etwas ganz anderes daraus, nämlich eine kritische Reflektion des American Dream aus der Sicht der Rockmusik-Generation. Als Erstes stellte er sich seinen Lesern als »Doktor des Journalismus« vor, obwohl er noch nicht einmal über einen High-School-Abschluss verfügte, weil er zum Zeitpunkt der Abiturprüfung im Gefängnis gesessen hatte. Dann schreibt er über die Fahrt nach Las Vegas:[616]

»Wir waren irgendwo in der Nähe von Barstow am Rand der Wüste, als die Drogen zu wirken begannen. Ich erinnere mich, wie ich so etwas sagte wie ›Ich fühle mich ein bisschen leicht im Kopf; vielleicht solltest du fahren …‹ Und plötzlich war ein grässlicher Lärm um uns und der Himmel war voll von etwas, das aussah wie riesige Fledermäuse, die flatterten und kreischten und auf das Auto herabstürzten, das mit 160 Stundenkilometern und offenem Verdeck nach Las Vegas unterwegs war. Und eine Stimme schrie: ›Heiliger Jesus! Was sind diese verdammten Tiere?‹

Dann war es wieder ruhig. Mein Rechtsanwalt hatte sein Hemd ausgezogen und goss sich gerade Bier über seine Brust, um den Bräunungsprozess zu beschleunigen. ›Was zum Teufel schreist du herum?‹, murmelte er, während er mit geschlossenen Augen und einer Sonnenbrille in die Sonne starrte. ›Kümmere dich nicht‹, sagte ich, ›du bist dran mit Fahren.‹ Ich trat auf die Bremse und zielte auf den großen roten Hai am Rand der Landstraße. Es hat keinen Sinn, die Fledermäuse zu erwähnen, dachte ich. Der arme Bastard wird sie früh genug zu sehen bekommen.«

Das überraschte nicht mehr, nachdem er den Proviant beschrieben hatte, den er auf seine Exkursion mitgenommen hatte:

»Zwei Beutel mit Gras, 75 Pillen mit Mescalin, fünf Bögen hochdosiertes LSD, einen Salzstreuer, halbvoll mit Kokain, eine ganze Galaxis aus verschiedenfarbigen Uppers, Downers, Screamers, Laughers … und auch einen Liter Tequila, einen Liter Rum, eine Kiste Budweiser, einen halben Liter rohen Äther und zwei Dutzend Poppers.«

Kein Wunder, dass »Sports Illustrated« die Geschichte und auch die Spesenrechnung ablehnte. Aber der »Rolling Stone« war begeistert von dem Lebensgefühl, das Thompson verbreitete und heuerte den Gonzo-Journalisten an. Für den »Rolling Stone« schrieb Thompson insbesondere eine Serie von Artikeln über den Präsidentschaftswahlkampf des Jahres 1972 (mit Richard Nixon und George McGovern als Hauptfiguren), die später unter dem Titel »Fear and Loathing on the Campaign Trail '72« als Buch herauskamen. Es lohnt sich, den Anfang von Thompsons Reportage zu lesen, weil sie die, sagen wir einmal, etwas unkonventionelle Arbeitsweise eines Journalisten erkennen lässt, der der Rock-and-Roll-Szene angehörte:[617]

»Eines Nachmittags vor ungefähr drei Tagen war die Kommandoeinheit des Rolling-Stone-Büros für die redaktionelle Zwangsvollstreckung ohne Vorwarnung an meiner Haustür erschienen und hatte ungefähr zwanzig Kilo an Versorgungsgütern in meinem Zimmer abgeladen: 2 Kästen mit mexikanischem Bier, vier Liter Gin, ein Dutzend Grapefruits und genug Speed, um die Ergebnisse von sechs Superbowls abzuändern. Außerdem war eine elektrische Schreibmaschine dabei, zwei

---

616 Hunter S. Thompson: Fear and Loathing in Las Vegas. A Savage Journey to the Heart of the American Dream. Rolling Stone vom 11.11.1971.

617 Hunter S. Thompson: Fear and Loathing on the Campaign Trail in '72. Rolling Stone vom 5.7.1973.

Stapel Papier, ein Klafter Kaminholz aus Eiche und drei Diktiergeräte – für den Fall, dass die Situation so verzweifelt wird, dass ich mich am Ende auf sprachliche Äußerungen beschränken müsste.«

Es folgte eine Anmerkung der Redaktion: »An dieser Stelle erlitt Dr. Thompson in seiner Suite im Seal Rock Inn eine Reihe von nervösen Krampfanfällen. Es wurde offensichtlich, dass sowohl wegen der bizarren Qualität seiner ersten Entwurfsarbeit als auch wegen seines extrem unorganisierten Lebensstils der einzige Weg, diese Geschichte zu einem Ende zu bringen, darin bestand, sprachliche Äußerungen zu erzwingen. Trotz wiederholter Warnungen von Dr. Thompsons persönlichem Arzt entschieden wir, dass das Werk aus ästhetischen, historischen und vertraglichen Gründen, koste es was es wolle, fertiggestellt werden müsse.«

Der eigentliche Artikel war entsprechend. Thompson schrieb, was damals nicht nur völlig unüblich war, sondern einen Rauswurf aus jeder Journalistenschule provoziert hätte, sehr persönlich über seine Eskapaden während der Recherchen, die auf den ersten Blick nichts mit seinem Gegenstand zu tun hatten, die es aber auf den zweiten Blick plausibel machten, warum er den Politikern, über die er schreibt, näherkommen konnte als die arrivierten Journalisten der großen Zeitungen und Magazine. Das Vertrauen, das er über seine Kumpanei mit dem demokratischen Präsidentschaftskandidaten McGovern aufbauen konnte, ermöglichte ihm exklusive Einblicke in den ganzen Schmutz des politischen Geschäfts: psychische Erkrankungen, Medikamentenabhängigkeit, Erpressung.

Der 34 Seiten lange Artikel war ein Meilenstein des New Journalism. Er enthielt Elemente, die vorher nicht bekannt waren: Das Eintauchen des Reporters in seinen Gegenstandsbereich, ausgedehnte Dialoge, wechselnde Perspektiven, Unmittelbarkeit der Stimme, strukturelle Varianz, die Ich-Perspektive der persönlichen Befindlichkeiten und Eskapaden des Autors (einschließlich des Konsums illegaler Drogen), schließlich die selbstironische Wir-Perspektive der Redaktion. Aber der Artikel war nicht nur stilistisch innovativ, sondern auch inhaltlich. Man kann wohl sagen, dass kein anderer Journalist dem demokratischen Präsidentschaftskandidaten so nahegekommen ist wie der Reporter des Musikmagazins und dass kein anderes Medium derart offen über die Abgründe des Politikbetriebs berichtet hat.

Dabei konnte Thompson noch nicht einmal ahnen, welche Schlünde sich noch auftun würden, als der Watergate-Skandal publik wurde. Der republikanische Präsident Richard Nixon war Thompson von Anfang an unsympathisch gewesen. Nach Nixons Tod im Jahr 1994 beschrieb ihn Thompson – natürlich im »Rolling Stone« – als einen Mann, der »dir die Hand schüttelt und dir gleichzeitig ein Messer in den Rücken steckt«. Sein Sarg sollte »in einen dieser offenen Abwasserkanäle geworfen werden, die sich südlich von Los Angeles in den Ozean ergießen. Er war ein Schwein von Mann und als Präsident ein brabbelnder Betrüger. Er war ein bösartiger Mann – bösartig in dem Sinne, dass es nur diejenigen verstehen können, die an die physische Realität des Teufels glauben.«[618]

Als die »Washington Post« über den »einsamen und deprimierten« Zustand Nixons lamentierte, der zum Rücktritt gezwungen worden war, wies Thompson darauf hin, dass Nixon es geschafft hatte, sich eine jährliche Pension von 400.000 Dollar zu sichern, indem er zurückgetreten war, bevor er wegen seiner Straftaten förmlich verurteilt werden konnte. »Wenn es in dieser Welt so etwas wie wahre Gerechtigkeit gibt«, ereiferte sich Thompson, »dann wäre sein ranziger Kadaver jetzt irgendwo bei den Osterinseln, im Magen eines Hammerhais.«[619]

Schon im Jahr 1974 verschlechterte sich das Verhältnis zwischen Wenner, dem Herausgeber des »Rolling Stone«, und Thompson, der immer öfter seine Reportagen vermasselte, weil er betrunken in seinem Hotelzimmer lag. Ein Kollege berichtete davon, dass er im Herbst 2004 nur noch ein Wrack angetroffen habe, das sich von Alkohol und Tabletten ernährte.[620] Am 20. Februar 2005 erschoss sich der von schweren Rückenschmerzen geplagte Journalist. Wie er es gewollt hatte, wurde seine Asche am 20. August mit einer Kanone in die Luft geschossen, während dazu Norman Greenbaums »Spirit in the Sky« und Bob Dylans »Mr. Tambourine Man« erklangen. Die drei Millionen Dollar, die das aufwendig inszenierte Begräbnis gekostet hatte, brachte der Schauspieler Johnny Depp auf, ein enger Freund Thompsons.

Sein fünfzigjähriges Bestehen im Jahr 2017 hat der »Rolling Stone« euphorisch gefeiert – mit reichlich Selbstlob, wie es der Tradition des Hauses immer entsprochen hat. Aber es gibt auch kritische Stimmen. Rich Cohen ist selbst ein Insider der Rockszene. Nicht nur dass er regelmäßig für den »Rolling Stone« schreibt, er hat auch mit Mick Jagger, Martin Scorsese und Terence Winter die Fernsehserie »Vinyl« konzipiert. Jann Wenner hat ihn sogar dreimal gebeten, seine Biografie zu schreiben. Und Cohen hat dreimal abgelehnt, weil er, wie er selbst schreibt, keine Lust verspürte, Jahre seines Lebens mit den Neurosen eines eingebildeten, egomanen und chaotischen Herausgebers zu verbringen.[621] Aber muss man nicht neurotisch, eingebildet, egoman und chaotisch sein, um ein Rockmusikmagazin herauszugeben?

Cohen erkennt an, dass Wenner es verstanden hat, Rock nicht nur als musikalisches, sondern auch als kulturelles und politisches Phänomen zu begreifen. Und er erkennt an, dass Wenner die Rockmusik auch als Business verstanden hat – denn ein Magazin kann nicht existieren, wenn es nicht Kunden gibt, die Anzeigen schalten, und es werden nur Anzeigen geschaltet, wenn es genügend Leser gibt, die man mit diesen Anzeigen erreichen kann. Und jetzt setzt die übliche linke Nostalgie ein.

618 Hunter S. Thompson: »He Was a Crook«. Hunter S. Thompson on the Death of Richard Nixon. Rolling Stone vom 15.6.1994.

619 Hunter S. Thompson: Fear and Loathing at Rolling Stone: The Essential Writings of Hunter S. Thompson. New York: Rolling Stone Publishing 2011, S. 337.

620 Rich Cohen: The Rise and Fall of Rolling Stone. The Atlantic, Dezember 2017.

621 Auch zum Folgenden: Ebd.

Ja, in den ersten Jahren war der »Rolling Stone« noch ein kleines Szenemagazin, dass nicht nur über die Großen im Geschäft geschrieben hat, sondern dessen Berichte überhaupt erst die Karrieren junger Bands in Gang gebracht haben. Aber Mitte der 1970er Jahre habe sich das Magazin, um seine Leserschaft zu steigern, nach dem Geschmack des Massenpublikums gerichtet und zunehmend über die Stars berichtet, die bereits Stars waren, weil die Fans das wollten.

»Es war ein Symbol«, schreibt Cohen, »für das, was die Jugendlichen wollten und wie sie sich in ihre eigene Art von Bourgeoisie verwandelten. Indem der ›Rolling Stone‹ ihnen folgte, tat er lediglich das, was die großen Zeitschriften schon immer getan hatten – den Geschmack bedienen, was in diesem Fall hieß, zu akzeptieren, dass der Rock and Roll verklungen war. Seine Stars setzten nicht mehr die Maßstäbe, wie sie es vorher getan hatten. Schauspieler begannen auf dem Cover zu erscheinen und Komödianten.«[622]

Dass sich das führende Musikmagazin änderte, als das strahlende Licht der Rockmusik verblasste, verwundert nicht. Aber es war der »Rolling Stone«, der die Ära der Rockmusik schriftlich dokumentierte. Und es war auch der »Rolling Stone«, der dafür sorgte, dass die Rockmusik ihre Helden bekam (Mick Jagger), ihre Schurken (Keith Richards – oder war es umgekehrt?), ihre Märtyrer (Brian Jones, Jimi Hendrix, Janis Joplin, Jim Morrison, John Lennon), ihre Heiligen (Sir Paul), ihre Engel (Marianne Faithfull, Joan Baez) und ihren Gott (Bob Dylan).

622 Ebd.

9.6. The Empire Strikes Back

Bob Dylan hat Marianne Faithfull einmal dafür angeraunzt, dass ihm die Art, wie sie ihn in ihrer ersten Autobiografie beschrieben hatte, nicht gefiel. Dabei hatte sie ihn als »Gott höchstpersönlich« bezeichnet.[623] Aber selbst das war dem Protestsänger nicht gut genug. »Machst du Witze?«, entgegnete ihm die Kollegin daraufhin, »du bist der verdammte, verfickte *Star* des Buches! Schwachkopf!«[624] Kann es sein, dass der rebellische Barde den einen oder anderen narzisstischen Wesenszug aufweist?

Ohne einen Funken Narzissmus bringt man es in der Rockmusik höchstens zum Bassisten oder, wie der extrem introvertierte J. J. Cale, zum Komponisten, der für andere schreibt, aber kaum selbst performt. Narzissmus kann man messen. Der Durchschnitt der Bevölkerung erreicht einen Wert von 15,2 Skalenpunkten – Prominente im US-amerikanischen Showgeschäft liegen jedoch bei 17,8. Die größten Unterschiede zur Gesamtbevölkerung weisen Musiker und andere Prominente aus dem Showbusiness bei der Unterkategorie *Exhibitionismus* auf, also der Lust daran, sich und den eigenen Körper öffentlich zur Schau zu stellen. Interessant ist, dass die Wissenschaftler keine Beziehung zwischen Narzissmus und Dauer der Tätigkeit in der Unterhaltungsindustrie finden konnten: Das heißt, dass man bereits narzisstische Züge aufweisen muss, um überhaupt eine Karriere im Showgeschäft machen zu können.[625]

Neben Exhibitionismus benötigen Musiker aber auch Autoritarismus (der Frontmann muss halt der Chef auf der Bühne sein), das Bewusstsein, einzigartig zu sein (wer traut sich schon auf die Bühne, wenn er sich nicht selbst für gut hält?), Anspruchsdenken (es geht nicht ohne Dom Perignon und Luxussuiten), Angeberei (wie soll man sonst bekannt werden?) sowie Manipulation und Ausbeutung anderer (man braucht halt eine Backing-Band, Roadies, Groupies und die Kollegen, die einem die »Inspiration« für die Kompositionen geben, für die man dann selber die Tantiemen einheimst). Also: Ohne einen ordentlichen Schuss Narzissmus kann man kein Rockstar werden. Aber genau dieser Schuss Narzissmus ist auch die Achillesferse eines Rockmusikers. Will man einen Protestsänger überwinden, macht man das nicht mit Angriff. Man macht es genau umgekehrt, indem man sein Ego streichelt.

Das Establishment hat tatsächlich zurückgeschlagen. Es hat sich gut fünfzig Jahre Zeit dafür genommen, aber das Establishment wäre nicht das Establishment, hätte es nicht Zeit. Da hatte im Jahr 1964 ein rebellischer Jungspund gesungen: »Die Zeiten ändern sich / die alte Ordnung löst sich rasend schnell auf / und der Erste

623 Faithfull, Faithfull, a. a. O., S. 51.

624 Marianne Faithfull: Memories, Dreams and Reflections. London etc.: Harper Perennial 2008, S. 1.

625 S. Mark Young, Drew Pinsky: Narcissism and Celebrity. Journal of Research in Personality, Bd. 40, Nr. 5, Oktober 2006, S. 463–471.

von heute wird später der Letzte sein«. Der Song »The Times They Are a-Changin'« war ein Frontalangriff auf das Establishment, und Bob Dylan ließ dieser Attacke weitere folgen, beispielsweise auf Kriege im Allgemeinen und den Vietnamkrieg im Besonderen, auf die Unterdrückung der Afroamerikaner, auf Autoritäten und den bürgerlichen Lebensstil. Aber »The Times They Are a-Changin'« war nicht nur kritisch – es war auch aggressiv. Abgeordnete, Mütter und Väter wurden bedroht – mit einer »Schlacht«, die schon im Gange sei. Die Krawalle von 1968 kamen mit Ansage, und dieses Lied war die Ansage.

Die 1960er Jahre hatten reichlich Protestsängerinnen und -sänger hervorgebracht, darunter Joan Baez (mit der Dylan zusammenarbeitete und mit der er vorübergehend liiert war), Pete Seeger, Buffy Sainte-Marie, Barry McGuire, Woody Guthrie und sein Sohn Arlo, aber Bob Dylan überstrahlte alle. Für Marianne Faithfull war Dylan »Gott höchstpersönlich« und »nichts Geringeres als der hipste Mensch auf Erden«, nachdem sie erlebt hatte, wie der Sänger im Jahr 1965 während seiner England-Tournee in einer Suite des Londoner Savoy Hotels die britische Musikszene empfing und geradezu Hof hielt.[626] Dylan wurde zur Ikone, und es gab kaum einen Rockmusiker, der ihm nicht die Reverenz erwies, indem er mindestens einen Dylan-Song coverte (meist mit einem deutlich besseren musikalischen Arrangement). Jeder spielte Dylan, jeder kannte Dylan. Mit seinen Melodien, mit seinen politischen Texten, seinen poetischen Texten, seinen enigmatischen Texten war Bob Dylan wahrscheinlich der einflussreichste Musiker des Rockzeitalters überhaupt. Über 350 Lieder hat er geschrieben und über hundert Millionen Aufnahmen verkauft. Fünf Jahrzehnte lang hat dieser Mann die Jugend verdorben.

Aber am 13. Oktober 2016 schlug das Establishment zurück – indem die ehrwürdige Akademie in Stockholm Bob Dylan den Nobelpreis für Literatur zuerkannte. Durch die Verleihung des Preises wurde der ehemalige Bürgerschreck in eine Art bürgerlichen Adelsstand erhoben, so dass er nun auf gleicher Stufe mit Preisträgern wie Theodor Mommsen (»Römische Geschichte«), Rudolf Eucken (»Die Einheit des Geisteslebens in Bewusstsein und That der Menschheit«), Pearl S. Buck (»Die gute Erde«) oder Winston Churchill (»Der Zweite Weltkrieg«) steht. Der Friedenssänger erhielt den gleichen Preis wie der Oberkommandierende des Zweiten Weltkriegs, der keine moralischen Skrupel hatte, die Wohngebiete der Zivilbevölkerung mit Flächenbombardements zu überziehen! Konnte man einen pazifistischen Protestsänger noch mehr erniedrigen?

Wenn es irgendetwas gab, das Marx' These bestätigte, dass der ideologische Überbau, zu dem auch die Kunst gehört, nichts als der Reflex der ökonomischen Verhältnisse ist (»die herrschenden Ideen waren stets die Ideen der Herrschenden«), dann war es die Vergabe des Literaturnobelpreises an Bob Dylan. Und um die Erniedrigung noch zu vervollständigen, beeilte sich auch der amtierende Präsident der USA, der gerade mehrere Kriege führte, dem Protestsänger zu gratulieren. Wenn der Präsident schrieb, dass er Bob Dylan zu seinen »bevorzugten Dichtern«

626 Faithfull, Faithfull, a. a. O., S. 51.

zählte, war das wohl der ernüchterndste Beweis dafür, dass die Langzeitwirkung von Songs wie »Blowin' in the Wind« gleich null war.

Es war nicht nur die Erniedrigung, in eine Reihe mit Pearl S. Buck und Winston Churchill gestellt zu werden. Bob Dylan hatte schon jahrzehntelang als nobelpreiswürdig gegolten, aber das Nobelkomitee hatte sich Zeit gelassen. Als der Preis dann schließlich vergeben wurde, waren die Reaktionen gemischt. Der indische Romancier Salman Rushdie, der ebenfalls als möglicher Nobelpreisträger gehandelt worden war, brachte die Weisheit des Nobelkomitees, einen Liedermacher als Lyriker zu würdigen, bei Twitter auf den Punkt: »Von Orpheus bis Faiz waren Gesang und Poesie in enger Verbindung. Dylan ist der brillante Erbe der Tradition der Barden. Großartige Wahl.«[627] Irvine Welsh, den schottischen Autor des Kultromans »Trainspotting«, brachte die Preisvergabe zur sprachlichen Hochform: »Ich bin ein Dylan-Fan, aber das ist ein schlecht durchdachter Nostalgie-Preis, der aus den ranzigen Prostatas von senilen, idiotischen Hippies gerissen wurde.«[628]

Rushdie war höflich, Welsh war ehrlich. Im Jahr 2016 stellte sich die Frage, wer die Auszeichnung eigentlich nötiger hatte, Dylan oder das Nobelkomitee. Bob Dylan brauchte den Preis nicht mehr. 2016 war der Sänger längst Multimillionär und das Preisgeld für ihn nicht mehr als ein Trinkgeld. Und die Ehre? – Mehr als zweifelhaft, wenn ein Preis aus dem Vermögen eines Kapitalisten und Sprengstoffproduzenten gestiftet wurde, der schon an bürgerliche, massentaugliche Literaten gegangen war. Vom Establishment anerkannt zu werden, ist für einen Protestsänger ein vergiftetes Lob. Umgekehrt nützte die Auszeichnung dem Nobelkomitee viel mehr als dem Ausgezeichneten, konnte es dadurch doch dem Zeitgeist hinterherlaufen und moderne Aufgeschlossenheit gegenüber der Popkultur demonstrieren. Um es auf den Punkt zu bringen: Das Nobelkomitee wollte seine Jugendlichkeit unter Beweis stellen, indem es den Nobelpreis für Literatur an einen 75-Jährigen vergab. Der Ausgezeichnete hatte nun zwei Möglichkeiten, darauf zu reagieren.

Entweder hätte er sich einen Smoking anziehen können (wäre nicht das erste Mal gewesen), um den Preis entgegenzunehmen. Er hätte sich würdig bedanken können, er hätte die Nobelpreisrede nutzen können, um eine bewegende, aufrüttelnde Jahrhundertrede darüber zu halten, dass der unbequeme, schmerzhafte, kritische Geist der Jugend unabdingbar ist, um die Welt ein wenig gerechter zu machen. Und er hätte das Preisgeld für einen politisch-sozialen Zweck spenden können. 833.000 Euro sind eine Stange Geld, um eine Wirkung zu entfalten.

Oder er hätte den Preis verweigert und die dadurch erzeugte mediale Aufmerksamkeit genutzt, um dem Nobelkomitee Folgendes ins Stammbuch zu schreiben: »Ihr habt eure Chance verpasst. Vor fünfzig Jahren, auch noch vor vierzig, vielleicht auch noch vor dreißig Jahren hätte der Preis die symbolische Anerkennung der Protestbewegung und ihrer Ziele bedeutet und dazu beigetragen, die Ungerechtigkeiten, die wir angeprangert haben, etwas schneller zu überwinden. Und das Preisgeld

627 Twitter. @SalmanRushdie 2:35 PM – 13 Oct 2016.

628 Twitter. @IrvineWelsh, 2:11 PM – 13 Oct 2016.

hätten wir damals bitter nötig gehabt, um unschuldig Inhaftierte und Notleidende zu unterstützen. Aber jetzt wollt ihr mich nur noch benutzen, um eure angebliche Modernität zu demonstrieren. Verpisst euch!«

Bob Dylan konnte sich für keine der beiden Alternativen entscheiden. Erst ließ er überhaupt nichts von sich hören und strafte die Schwedische Akademie der Wissenschaften mit Nichtachtung. Erst als ein Mitglied des Nobelkomitees, der Schriftsteller Per Wästberg, sagte: »Wenn er sich in nächster Zeit, sagen wir innerhalb des nächsten Monats, nicht melden würde, dann fände ich das unhöflich und arrogant«,[629] bequemte sich der Barde zu einer Reaktion. Zur Preisverleihung erschien er nicht, sondern schickte seine Kollegin Patti Smith, um den Preis entgegenzunehmen. Er habe »wichtigere« Termine.

Dann musste er noch eine Vorlesung halten. Das Nobelpreiskomitee wies darauf hin, dass er nicht persönlich vorsprechen müsse, es wäre auch zulässig, die Vorlesung in Form eines Videos nach Stockholm zu schicken. Diese Regelung war eigentlich für Preisträger gedacht, die zu alt, zu krank, zu gebrechlich sind, um sich persönlich auf die Reise nach Schweden zu begeben. Oder für Preisträger, die politisch verfolgt sind und keine Reiseerlaubnis erhalten. Um das Fass voll zu machen, schöpfte Dylan die Frist, die ihm gesetzt war, auch noch richtig aus. Erst fünf Tage vor Fristablauf ließ er sich herab, das Video mit seiner Vorlesung nach Stockholm zu schicken. Und was war das für eine Vorlesung?[630] Im Wesentlichen war es ein 27 Minuten kurzes Referat über drei Bücher, die Dylan als Jugendlicher gelesen hatte und die ihn beeindruckt hatten (Homers »Odyssee«, Erich Maria Remarques »Im Westen nichts Neues«, Herman Melvilles »Moby Dick«), begleitet von Klaviermusik. Das klingt schon langweilig genug. Aber der Gipfel war, dass Dylan in diesem Referat schamlos von der Website »SparkNotes« abgeschrieben hat, die High-School-Schülern online Interpretationshilfen bereitstellt.

Von den 78 Sätzen, die Dylan in seiner Rede über »Moby Dick« schrieb, wiesen mindestens zwanzig deutliche Parallelen zu der Website auf. Das ist aufgefallen, weil er an mehreren Stellen dem Roman Formulierungen unterschiebt, die sich in dem Buch gar nicht finden, sondern die Interpretationen von »SparkNotes« darstellen. Ähnliches ist ihm mit seinen Bemerkungen über Remarques »Im Westen nichts Neues« unterlaufen.[631] Die besondere Ironie dieser Plagiate liegt darin, dass Dylan von einer Website abschrieb, die dem Urheberrecht unterliegt, und nicht aus »Moby Dick« selber, das nach Ablauf des Urheberrechts längst Gemeingut geworden ist.[632] Eingefleischte Bob-Dylan-Fans haben die miserable Vorlesung noch als besonderen

629 Rolling Stone vom 22.10.2016.

630 Bob Dylan's Nobel Lecture. Svenska Akademien, Stockholm 2017.

631 Andrea Pitzer: The Freewheelin' Bob Dylan. Did the Singer-Songwriter Take Portions of His Nobel Lecture from SparkNotes? Website Slate vom 13.6.2017. http://www.slate.com/articles/arts/culturebox/2017/06/did_bob_dylan_take_from_sparknotes_for_his_nobel_lecture.html, zugegriffen am 1.7.2020.

632 Ebd.

Geniestreich gelobt: Das Nobelpreiskomitee habe eben das bekommen, was es verdiente. Man kann es auch anders sehen: Gibt es für einen Schriftsteller Schlimmeres als den Diebstahl geistigen Eigentums? Wenn Dylans Absicht darin bestanden hatte, durch sein Referat – völlig überflüssigerweise – zu zeigen, dass er als Songschreiber auf Augenhöhe mit Schriftstellern steht, so ist das gründlich danebengegangen. Und dann ausgerechnet »SparkNotes« – das ist so, als würde ein deutscher Schriftsteller aus »Fit fürs Abi – Oberstufenwissen« abkupfern!

Die Plagiate in seiner Nobelpreisrede führten dazu, dass man in ihm schon in seinen jungen Jahren eine Elster erkennen konnte, die schamlos Melodien unbekannter Kollegen klaute und Textbausteine von Verlaine oder Rimbaud verwendete. Der enigmatische (»dylaneske«) Charakter seiner Lieder kam auch dadurch zustande, dass er Zitate Dritter so montierte, dass Kontexte und Zusammenhänge nicht mehr erkennbar waren. »Seine einzigartige, erkennbare amerikanische Stimme«, schreibt der Musiker und Schriftsteller Scott Warmuth, »ist tatsächlich ein Amalgam der Stimmen sehr vieler anderer.«[633] Den Spitznamen »Bob Scharlatan« hat er sich mit seinen Anleihen bei anderen selbst eingebrockt. Schade, dass das Establishment am Ende doch noch gewonnen hat. Aber es war nur ein Sieg über eine Person, nicht über die Bewegung.

Mit seiner lange durchdachten und am Ende hingeschluderten Reaktion auf die Nobelpreisvergabe hat Dylan Wasser auf die Mühlen derjenigen gegossen, die schon immer der Meinung waren, dass auch Protestsongs politisch korrumpiert waren und zu den besonders raffinierten Mitteln gehörten, mit denen Herrschaft durch Manipulation der Bevölkerung stabilisiert wurde: Protestsongs als Mittel, um der pubertären Jugend ein Ventil zu geben, ihren hormonell bedingten Zorn in einer Weise abzureagieren, die das System nicht ernsthaft gefährdete. Diese Meinung wurde – wen wundert es? – von Theodor W. Adorno vertreten, der selbst großbürgerlichen Verhältnissen entstammte, eine klassische Musikerziehung genossen hatte und sich mit seinem extrem eng gefassten persönlichen Musikgeschmack (eigentlich ließ er nur die atonale Musik der Schönberg-Schule gelten) als ausgesprochen elitär gerierte. Die populäre Musik war ihm, wie den meisten Konservativen seiner Zeit, ein Gräuel. Das wusste er aber soziologisch zu sublimieren:

»Ich glaube allerdings, dass Versuche, politischen Protest mit der popular music, also mit der Unterhaltungsmusik, zusammenzubringen, deshalb zum Scheitern verurteilt sind, weil die ganze Sphäre der Unterhaltungsmusik, auch wo sie irgendwo modernistisch sich aufputzt, so mit dem Warencharakter, dem Amusement, mit dem Schielen nach dem Konsum verbunden ist, dass also Versuche, dem eine geänderte Funktion zu geben, ganz äußerlich bleiben, und ich muss sagen, wenn also dann irgendjemand sich hinstellt und auf eine im Grunde doch schnulzenhafte Musik dann irgendwelche Dinge darüber singt, dass Vietnam nicht zu ertragen sei, dann finde ich, dass gerade dieser Song nicht zu ertragen ist, weil er, indem er das

633 Scott Warmuth: Bob Charlatan. Deconstructing Dylan's Chronicles: Volume One. New Haven Review, Januar 2008, S. 70–83.

Entsetzliche noch irgendwie konsumierbar macht, schließlich auch daraus noch so etwas wie Konsumqualitäten herauspresst.«[634]

Mit der »Schnulze« hatte Adorno das Lied »Saigon Bride« gemeint, das Joan Baez mit extremem Vibrato gesungen hatte. Wissenschaftsmethodologisch ist das, was Adorno trieb, allerdings als »Immunisierung« seiner Theorie zu bezeichnen. Wenn man alles, was »konsumierbar« ist (was man also überhaupt zu hören, zu sehen, zu Lesen in der Lage ist), mit dem bösen Wort »Warencharakter« als ideologisch-manipulativ abstempelt, dann gewinnt die »Totalität« einen selbststabilisierenden Charakter.

Darüber hinaus hatte Adorno, wie die meisten zur Rationalität erzogenen Wissenschaftler, Schwierigkeiten mit der Emotionalität des Menschen. Ein Lied, das mehr Emotionen anspricht als ein kompliziert geschriebenes Buch, ist aufgrund seiner Emotionalität »konsumierbar«. Nun ist auch Politik, wenn sie mit Leidenschaft betrieben wird, emotional. Die Teilnahme an einer Demonstration ist ein höchst emotionales Erlebnis, was noch durch gemeinsames Singen (von Protestliedern) verstärkt wird. Weisen Demonstrationen damit »systemstabilisierende Konsumqualitäten« auf? Lieder über schreckliche Dinge werden nicht nur »konsumiert«; sie können auch informieren, aufklären, trösten, heilen, empören, aufrütteln, mobilisieren und damit zur Änderung der Missstände beitragen.

Wenn jedes gesellschaftliche Phänomen als herrschaftsstabilisierend interpretiert wird, wird eine Theorie zirkulär und tautologisch. Als *Tautologie* bezeichnen wir eine Aussage, deren Informationsgehalt gleich null ist, also eine Aussage, die immer wahr ist, weil sie nicht an der Realität scheitern kann. Die Kritische Theorie entzieht sich jeglicher empirischer Widerlegung, die als »positivistisch« denunziert wird,[635] und verliert dadurch ihren Informationsgehalt. Adorno hielt es mit Hegel: Wenn die Realität nicht mit der Theorie übereinstimmt, umso schlimmer für die Realität. Die Theorie einer gesellschaftlichen Totalität, die so perfekt ist, dass sie jede menschliche Lebensäußerung der Warenlogik unterwirft und dadurch in den Dienst der Systemstabilisierung stellt, ist die Theorie einer statischen Gesellschaft. Adornos berühmte Sentenz »Es gibt kein richtiges Leben im falschen« bringt seine Überzeugung zum Ausdruck, dass der politische Aktivismus der Rockmusik-Generation zum Scheitern verdammt war. Baez, Dylan und all die anderen sollen ruhig singen, sie können doch nichts ändern.

Sie haben aber die Welt geändert. Adorno selber hat es nicht mehr erlebt. Er ist am 9. August 1969 gestorben. Vielleicht hätte er sich über die Widerlegung seiner Theorie am Ende doch noch gefreut.

---

634 Theodor W. Adorno, Filminterview. In: Theodor W. Adorno – Wer denkt, ist nicht wütend. Fernsehdokumentation, 3sat, verfügbar unter: https://www.youtube.com/watch?v=-1dbBpVlKi0, zugegriffen am 1.7.2020, ab 37:14.

635 Theodor W. Adorno, Ralf Dahrendorf, Harald Pilot, Hans Albert, Jürgen Habermas, Karl R. Popper: Der Positivismusstreit in der deutschen Soziologie. Neuwied, Berlin: Luchterhand 1969.

9.7. Ob-La-Di, Ob-La-Da

Okay, in jedem Gewerbe gibt es hin und wieder mal schlechte Qualität. Aber man kann sich dagegen schützen. Ein mieses Produkt erhält schlechte Bewertungen in Testberichten, die Qualitätsmängel sprechen sich herum und man kauft es einfach nicht. Bei einem schlechten Stück Rockmusik ist das schwieriger. Es gibt Situationen, da ist man schlechter Rockmusik unausweichlich ausgesetzt. Man sitzt als Beifahrer im Auto und muss die Musikauswahl des Fahrers ertragen. Es gibt DJs, die scheinen Partygäste regelrecht ärgern zu wollen. Oder man will ein romantisches Tête-a-Tête im Restaurant genießen und wird mit dieser grausamen Musik beschallt. Oder mit der Hintergrundmusik im Einkaufzentrum. Sogar auf Skipisten kann man der akustischen Tortur manchmal nicht ausweichen (und wenn »Anton aus Tirol« gespielt wird, wünscht man sich, es wäre Rockmusik, und sei es die schlechteste).

Wir wollen in diesem Kapitel nicht unfair sein. Wir werden uns nicht über die Kranken und Schwachen lustig machen, nicht über den misslungenen Versuch einer Schülerband, nicht über die Rockband aus Südostgeorgien, die mit der englischen Aussprache kämpft, auch nicht über eine Fußballnationalmannschaft, die von ihrem Marketingchef gezwungen wird, einen Song aufzunehmen. Wir werden auch die frühen Schnulzen der Beatles durch ihre Jugend entschuldigen. Nein, im Folgenden werden wir uns nur auf Stücke beziehen, die es bis in die oberen Ränge der Charts gebracht haben oder die von Musikern stammen, die richtig erfolgreich gewesen sind, also auf die schlechtesten großen Rocksongs. Wir nehmen nur die, die durch ein Expertenurteil oder ein repräsentatives Hörervotum auf die Schlechtestenliste gekommen sind.

»I Got You Babe« von Sonny and Cher (1965)

Der Song war drei Wochen auf Platz eins der amerikanischen Charts, stand auch an der Spitze der Charts im Vereinigten Königreich und in Kanada und erreichte in Deutschland immerhin Platz drei. Für das Duo Sonny and Cher war es der Durchbruch einer erfolgreichen Karriere, die für die Sängerin mehr als fünfzig (!) Jahre lang andauern sollte. Und dann landete er auf der Liste der schlechtesten Songs? Tatsächlich, und es waren keine bösartigen Kritiker, sondern die breite Masse der Leserinnen und Leser des Fachmagazins »Rolling Stone«, die den Song auf Platz acht der Liste der schlechtesten Songs der 60er Jahre wählten. Warum?

Dazu muss man die Vorgeschichte kennen. Sonny Bono hatte den Song geschrieben, um Bob Dylans traurigem »It Ain't Me, Babe« ein optimistisches Stück entgegenzusetzen. Tatsächlich ist Dylans Song eine intelligente Absage an eine Frau, weil der Angebetete glaubt, ihre Ansprüche nicht erfüllen zu können: »Du sagst, du suchst jemand, der niemals schwach ist, sondern immer stark, um dich zu beschützen und zu verteidigen. Gleich ob du recht hast oder nicht, das bin nicht ich, Babe.« Es ist zugleich eine Absage an Geschlechterstereotypen, die in den Mann den starken Teil der Ehe projizierten. 1964 war das ein starkes gesellschaftspolitisches Statement und ein früher Beitrag zur Emanzipationsbewegung aus männlicher Sicht. Und was setzten Sonny and Cher dagegen?

I Got You Babe	**Ich hab' dich, Kleines**
HER: They say we're young and we don't know We won't find out until we grow HIM: Well I don't know if all that's true 'Cause you got me, and baby I got you BOTH: I got you babe, I got you babe	SIE: Sie sagen, wir seien jung und wir wüssten nichts. Wir würden es nicht herausfinden, bis wir erwachsen sind. ER: Nun, ich weiß nicht, ob all das wahr ist, Denn du hast mich, und Kleines, ich habe dich. BEIDE: Ich hab' dich, Kleines, ich hab' dich, Kleines.
HER: They say our love won't pay the rent Before it's earned, our money's all been spent HIM: I guess that's so, we don't have a plot, But at least I'm sure of all the things we got ...	SIE: Sie sagen, unsere Liebe könnte nicht unsere Miete bezahlen, wir hätten unser Geld immer schon ausgegeben, bevor es verdient ist. ER: Ich schätze, da ist was dran, wir haben keinen Plan, aber wenigstens bin ich mir all der Dinge sicher, die wir haben ...
HIM: I got flowers in the spring I got you to wear my ring HER: And when I'm sad, you're a clown And if I get scared, you're always around HER: So let them say your hair's too long 'Cause I don't care, with you I can't go wrong HIM: Then put your little hand in mine There ain't no hill or mountain we can't climb, Babe ...	ER: Im Frühling habe ich Blumen, Ich habe dich, um meinen Ring zu tragen. SIE: Und wenn ich traurig bin, spielst du den Clown, Und wenn ich Angst bekomme, bist du immer für mich da. SIE: Lass sie doch lästern, dein Haar sei zu lang. Das ist mir egal, denn mit dir kann ich gar nicht falsch liegen. ER: Dann leg deine kleine Hand in meine. Es gibt keinen Hügel oder Berg, den wir nicht erklimmen könnten, Kleines ...
HIM: I got you to hold my hand HER: I got you to understand HIM: I got you to walk with me HER: I got you to talk with me HIM: I got you to kiss goodnight HER: I got you to hold me tight HIM: I got you, I won't let go HER: I got you to love me so BOTH: I got you babe	ER: Ich hab dich, damit du meine Hand hältst. SIE: Ich hab dich, um zu verstehen. ER: Ich hab dich, damit du mit mir spazierengehst. SIE: Ich hab dich, damit du dich mit mir unterhältst. ER: Ich hab dich, damit du mir einen Gutenachtkuss gibst. SIE: Ich hab dich, damit du mich an dich drückst. ER: Ich hab dich, ich lasse dich nicht gehen. SIE: Ich hab dich, damit du mich so liebst. BEIDE: Ich hab' dich, Kleines.

Sonny and Cher, 1965. Text & Musik: Sonny Bono (Charly)

Es beginnt damit, dass die Eltern kein Verständnis für das junge Paar haben und von ihnen verlangen, dass sie erst einmal eine solide Existenz aufbauen. Und was antworten die Jungen darauf: »Ja, natürlich habt Ihr recht, aber wir lieben uns so sehr!« – Meine Güte, da ist kein rebellischer Geist eines Bob Dylan, das hätten auch ihre Großeltern schon sagen können! Was dann folgt, ist eine Sammlung romantischer Plattitüden, die man schon aus hundert Jahren Schlagermusik kannte, einschließlich der Heraufbeschwörung uralter Rollenklischees. Das einzig Rebellische sind die langen Haare des Mannes. Eigentlich mag sie die gar nicht, aber die Frau kann es doch nicht wagen, ihren Helden zu kritisieren. Seinen Tiefpunkt erreicht der Song, wenn Sonny flötet »Dann leg deine kleine Hand in meine«. Natürlich, das Mädchen hat kleine Hände. Und ist überhaupt klein. Und zart. Und schwach. Und muss von einem starken Mann beschützt werden. Dem Haushaltsvorstand und Ernährer. Und Bestimmer. Noch hat er keinen Plan, aber er ist noch jung. Sie werden es schon schaffen, kein Berg ist ihnen zu hoch. Der amerikanische Selfmademan eben, auch wenn er im Moment noch lange Haare hat. Der Rest ist Liebesgesäusel.

Wenn Sonny Bono beabsichtigt hatte, Bob Dylans sensibler Demontage der Geschlechterrollen das Gegenteil entgegenzusetzen, dann ist es ihm gelungen. Wer das alles immer noch nicht so schlimm findet, soll sich die Aufnahme des Auftritts von Sonny and Cher bei »Top of the Pops« im Jahr 1965 ansehen. Das dümmliche Grinsen der beiden spricht ebenso Bände wie das devote Aufschauen Chers zu Sonny Bono, der damals schon ein ziemlicher Patriarch war (die Ehe sollte nicht lange halten, auch weil Bono Cher um ihre Anteile an den Tantiemen gebracht hatte). Und wenn Cher ihre (gar nicht so kleine) Hand bei Sonny genauso einschlägt, wie es Viehhändler bei einem Geschäftsabschluss zu tun pflegen, wird das Ganze unfreiwillig komisch.

»Sugar, Sugar« von The Archies (1969)

Die Radiomoderatorin Gisela Marx hatte einmal einen Witz gemacht über eine zukünftige Zeit, in der Nachrichten gesungen und Lieder gesprochen werden. Zu ihrem Abschied in den Ruhestand produzierte der Westdeutsche Rundfunk eine Sendung, in der genau diese Vision Realität wurde. Ein Nachrichtentext wurde äußerst komisch von einer Opernsängerin vorgetragen und dann kam ein Sprecher, der in ernstem Ton sagte: »Zucker. Ah. Honig, Honig. Du bist mein Süßigkeitenmädchen. Und du hast es hingekriegt, dass ich dich will. Honig. Ah. Zucker, Zucker …« Viel mehr Text enthält der Song nicht, dafür ganz viele Kohlenhydrate.

Das war die deutsche Übersetzung von »Sugar, Sugar«, der Nummer-eins-Single des Jahres 1969 in den USA. Die Spitzenpositionen der Charts erreichte der Song auch in Deutschland, Österreich, dem Vereinigten Königreich und in vielen anderen Ländern. Auch beim »Rolling Stone« kam der Song unter die Top Ten – allerdings der schlechtesten Songs der 60er Jahre. Erstaunlich, was man mit einem dümmlichen Text und Schrammelgitarre erreichen kann.

»Ob-La-Di, Ob-La-Da« von The Beatles (1968)
Das »Weiße Album« gilt als das Meisterwerk der Beatles und des Psychedelic Rock überhaupt. Aber diese Nummer ist weder meisterhaft noch psychedelisch, sondern einfach nur schlecht:

Ob-La-Di, Ob-La-Da	**Ob-La-Di, Ob-La-Da**
Desmond has a barrow in the market place Molly is the singer in a band Desmond says to Molly »girl I like your face« And Molly says this as she takes him by the hand	Desmond hat einen Stand auf dem Markt Molly singt in einer Band Desmond sagt zu Molly: »Mädel, ich mag dein Gesicht« Und Molly sagt das auch, als sie seine Hand ergreift
Ob-la-di ob-la-da life goes on brah La-la how the life goes on	Ob-la-di ob-la-da das Leben geht weiter, Bruder La-la wie das Leben weitergeht
Desmond takes a trolley to the jewellers stores Buys a twenty carat golden ring Takes it back to Molly waiting at the door And as he gives it to her she begins to sing …	Desmond nimmt die Bahn zum Juwelier Kauft einen goldenen Ring von zwanzig Karat Nimmt ihn mit zu Molly, die an der Tür wartet Und als er ihn ihr überreicht, beginnt sie zu singen …
In a couple of years they have built A home sweet home With a couple of kids running in the yard Of Desmond and Molly Jones	In ein paar Jahren haben sie Ein Haus gebaut, ein süßes Haus Mit ein paar Kindern, die im Hof rumrennen Von Desmond und Molly Jones
Happy ever after in the market place Desmond lets the children lend a hand Molly stays at home and does her pretty face And in the evening she still sings it with the band …	Glücklich wie nie auf dem Marktplatz Lässt sich Desmond von den Kindern helfen Molly bleibt zuhause und pflegt ihr schönes Gesicht Und am Abend singt sie immer noch in der Band …
… Yeah, happy ever after in the market place Molly lets the children lend a hand Desmond stays at home and does his pretty face And in the evening she's a singer with the band …	… Ja, glücklich wie nie auf dem Marktplatz Lässt sich Molly von den Kindern helfen Desmond bleibt zuhause und pflegt sein schönes Gesicht Und am Abend singt sie immer noch in der Band …

The Beatles, 1968. Text & Musik: John Lennon, Paul McCartney (Apple)

Wie immer bei den Beatles, zeichnen Lennon/McCartney als Autoren verantwortlich, aber es ist kein Geheimnis, dass dieser Song komplett aus der Feder von Paul McCartney stammte. Musikalisch ist es ein lustig-fröhlich-einfältiger karibischer Calypso, wie er in den 60er Jahren vor allem beim bürgerlichen Publikum der Elterngeneration populär war. Die Hauptfigur Desmond ist eine Reverenz an den jamaikanischen Reggaemusiker Desmond Dekker, und der Refrain »ob-la-di, ob-la-da, life goes on, brah« war ein Spruch des nigerianischen Conga-Spielers Jimmy Scott-Emuakpor.

Musikalisch wie textlich ist der Song auf dem Niveau eines Kinderliedes, nicht zuletzt auch wegen des albernen »ob-la-di, ob-la-da«, afrikanisch hin oder her. Die kleinbürgerliche Lebensgeschichte driftet endgültig in den Kitsch ab, wenn die Ehefrau in einer Band singt (was den Song wohl »modern« machen soll). Traditionelle Lebensmuster und Geschlechterrollen wurden zum gleichen Zeitpunkt (Juli 1968) gefeiert, als die Studentenrevolte im vollen Gang war und die Pflastersteine flogen. Man könnte die Umkehrung der Geschlechterrollen in der letzten Strophe noch als feine, subversive Ironie preisen – allerdings handelte es sich wohl nur um einen schlichten Fehler, den Paul beim Einsingen gemacht hatte. Immerhin hatten die übrigen Beatles den Humor, die Verwechslung zu belassen. Despektierliche Zwischenrufe von John Lennon sorgen ebenfalls für etwas Selbstdistanzierung.

Mit dem Stück haben sich die Beatles gehörig lächerlich gemacht. Kritiker nannten das Stück »miesen alten Müll« und eine »vernünftige Wahl für das Gespött«. Es schaffte es in die Liste der fünfzig schlechtesten Songs aller Zeiten des Magazins »Blender« und wurde 2004 in einer Online-Befragung sogar zum schlechtesten Song aller Zeiten gewählt. Noch deutlicher fiel das Urteil von John Lennon aus, der die Peinlichkeit des offiziellen Co-Autors auf sich nehmen musste: Er nannte »Ob-La-Di, Ob-La-Da« Pauls »Oma-Musik-Scheiße«.[636]

»Yummy Yummy Yummy« von Ohio Express (1968)

Ohio Express war gar keine Band und stammte schon gar nicht aus Ohio, sondern war nur eine Marke, unter der die Super K Productions von Jerry Kasenetz und Jeffrey Katz wechselnde Studiomusiker versammelten, um Platten zu produzieren. Auf den Plattencovern waren nicht die tatsächlichen Musiker abgebildet, sondern (männliche) Fotomodelle, die mit Musik gar nichts zu tun hatten. Das Video zu »Yummy Yummy Yummy« zeigt Schauspieler, die völlig übertriebene Bewegungen an zwei Gitarren ausüben, die mit dem Sound nichts zu tun haben (was sich teilweise auch daraus erklärt, dass beide Gitarren in der Hand halten, obwohl nur eine Gitarre und ein Bass zu hören sind).

»Yummy Yummy Yummy« war ein regelrechter Ohrwurm, der einem ins Gehirn gekrochen ist und es nicht mehr verlassen wollte. Die Platte 1968 stieg in den deutschen Charts bis auf Platz drei, in Österreich auf Platz fünf, ebenso im Vereinigten Königreich, in den USA auf Platz vier, in Kanada sogar auf Platz eins und bekam eine Goldene Schallplatte. Musikalisch wird der Song zum Genre Bubblegum Pop gezählt: leicht, seicht, gefällig, repetitiv und eben mit diesem verdammten Ohrwurmcharakter. Was diesen Song aber auf die Schlechtestenliste gebracht hat, ist der Text. Hier eine Kostprobe:

636 Geoff Emerick, Howard Massey: Here, There and Everywhere: My Life Recording the Music of The Beatles. New York: Penguin Books 2006, S. 246.

Yummy Yummy Yummy	Lecker lecker lecker
Yummy Yummy Yummy. I got love in my tummy, And I feel like a-lovin you: Love, you're such a sweet thing, Good enough to eat thing ...	Lecker lecker lecker. Ich habe Liebe in meinem Bauch. Und ich fühle mich, als ob ich dich liebe: Liebe, du bist ein solch süßes Ding, gut genug, um Ding zu essen ...
And your love is like Peaches and cream.	Und deine Liebe ist wie Pfirsiche und Sahne.

Ohio Express, 1968. Text & Musik: Arthur Resnick, Joey Levine (Buddah)

Die grausamen Verse werden auch noch wiederholt! Kein Wunder, dass es der Song zu einigen Auszeichnungen gebracht hat: Platz acht in der Liste der Lieder mit den schwachsinnigsten Texten vom »Time Magazine« (2011), Platz zwei in Dave Barrys Buch der schlechten Lieder und sogar Platz eins der »Rolling Stone«-Leserumfrage für die zehn schlechtesten Songs der 60er Jahre. Noch ehrenvoller sind allerdings die Würdigungen durch die »Simpsons«, »Futurama«, »Monty Python's Flying Circus« und in dem McDonald's-kritischen Film »Super Size Me«. Lohnenswert sind auch einige Userkommentare zum Youtube-Clip von »Yummy Yummy Yummy«:[637]

»Ich höre normalerweise kein Death Metal, aber das ist ziemlich gut.«

»Als die Bullen Jimi Hendrix wegen eines Drogenvergehens hochnahmen, erzwangen sie ein Geständnis, indem sie diesen Song gespielt haben.«

»Osama Bin Laden hatte diesen Song aufgedreht und hörte nicht, wie das Einsatzkommando in sein Haus eindrang. Er kostete ihn sein Leben. Wahre Geschichte.«

»Ich kann immer noch meine Mutter an meine Zimmertür klopfen hören: ›ICH WEISS, DASS DU MEHR PLATTEN ALS DIESE EINE HAST!!! SPIEL ETWAS ANDERES!!!‹ Ich habe sie mit dieser verrückt gemacht.«

»Das WAR der Teenybopper-Mist der späten 60er. Das war Kaugummimusik. Musik für Kinder, unter Dreizehnjährige und einige Teenager, die die Lücke schloss, seit die Beatles drogenabhängige, psychedelische Propheten wurden. Musik für Kinder, die nicht mit Jimi Hendrix oder Jefferson Airplane umgehen konnten. Sie wurde speziell für diese Altersgruppe geschaffen, etikettiert und vermarktet.«

637 Youtube.com: Ohio Express – Yummy Yummy Yummy (1968). https://www.youtube.com/watch?v=-4aQiFaCod8, zugegriffen am 20.6.2019.

10. Live Fast, Die Young

10.1. 2000 Light Years from Home

Die 1960er Jahre waren das Jahrzehnt des naturwissenschaftlich-technischen Fortschritts. Zumindest war es das Jahrzehnt – wie keines zuvor und keines danach –, in dem die große Masse der Bevölkerung zum ersten Mal in ihrem Leben unmittelbaren Zugang zu modernen Technologien bekam: Fernseher, Automobile, Düsenflugzeuge, Kunststoffe (»Ein Wort: Plastik« hieß es 1967 im Film »Die Reifeprüfung«), Computer, Tiefkühltruhen, aber auch Raketen und Atombomben. Vor allem aber waren die 1960er Jahre das Jahrzehnt der Raumfahrt. 1961 wurde mit Juri Gagarin der erste Mensch ins Weltall geschossen, bevor nur acht Jahre später die ersten Spaziergänge auf der Mondoberfläche unternommen wurden.

In den 1960er Jahren glaubte man an den technischen Fortschritt, und man nahm wirklich an, es würde in rasantem Tempo so weitergehen. Die 1962/63 produzierte Zeichentrickfernsehserie »The Jetsons« zeigte, wie man sich damals das Familienleben in der Zukunft vorstellte: Mit fliegenden, selbststeuernden Autos, Förderbändern für Menschen, Robotern, elektrischen Schiebetüren und Videotelefonie. Vor allem aber faszinierte die Menschen in den 1960er Jahren die Perspektive, demnächst ins Weltall reisen und ferne Planeten und Galaxien besuchen und dort fremde Lebensformen treffen zu können. Es boomte nicht nur die Science-Fiction-Literatur, sondern auch Science-Fiction-Filme und -Fernsehserien.

Dabei war das Genre gar nicht so neu. Im zweiten Jahrhundert nach Christus hatte der Satiriker Lukian von Samosata mit seinen »Wahren Geschichten« bereits zentrale Merkmale eines Science-Fiction-Romans erfüllt: eine Reise in den Weltraum, die Begegnung mit außerirdischen Lebensformen, ein interplanetarer Krieg, die Kolonisierung anderer Planeten und die Beschreibung von Welten, die nach anderen physikalischen Gesetzen funktionieren. 1788 hatte Giacomo Casanova in seinem Roman »Icosaméron« eine fantastische Welt beschrieben, die sich im Inneren der Erde befinden sollte. In den 1860er Jahren schrieb Jules Verne eine Reihe von Romanen, in denen Menschen zum Mittelpunkt der Erde reisten, mit einem U-Boot die Meerestiefen durchstreiften und zum Mond flogen. Aber so richtig in Fahrt kam die Science-Fiction-Welle erst in der zweiten Hälfte des 20. Jahrhunderts.

1963 startete in England die Science-Fiction-Serie »Dr. Who« um einen Zeitreisenden, 1966 in den USA »Star Trek« und in Deutschland »Raumpatrouille Orion«, wo das Kontrollpanel des Raumschiffs von einem Bügeleisen verziert wurde. Einen Qualitätssprung erreichte der Science-Fiction-Film 1968 mit dem Film »2001: Odyssee im Weltraum«, worin ein sprechender Supercomputer die Macht an sich reißt und Raumfahrer tötet, indem er ihre Raumkapseln führerlos durchs

All schweben lässt, bis die Sauerstoffvorräte erschöpft sind. Im englischen Original heißt der Film »A Space Odyssey«, was David Bowie zu einem Wortspiel veranlasste, indem er einen Song, der Motive aus dem Film mit der Apollo-11-Mission verknüpfte, »Space Oddity« nannte, also etwa »Merkwürdiges im Weltraum«.

Space Oddity

Ground Control to Major Tom ...
Take your protein pills and put your helmet on

(Ten, Nine, Eight)
Ground Control to Major Tom
(Seven, Six, Five)
Commencing countdown, engines on
(Four, Three, Two)
Check ignition and may God's love be with you
(One, Lift off)

This is Ground Control to Major Tom
You've really made the grade
And the papers want to know whose shirts you wear
Now it's time to leave the capsule if you dare

This is Major Tom to Ground Control
I'm stepping through the door
And I'm floating in a most peculiar way
And the stars look very different today ...

Though I'm past one hundred thousand miles
I'm feeling very still
And I think my spaceship knows which way to go
Tell my wife I love her very much she knows

Ground Control to Major Tom
Your circuit's dead, there's something wrong
Can you hear me, Major Tom? ...

Here am I floating round my tin can
Far above the Moon
Planet Earth is blue
And there's nothing I can do.

Merkwürdiges im Weltraum

Kontrollzentrum an Major Tom ...
Nehmen Sie Ihre Proteinpillen ein und setzen Sie Ihren Helm auf.

(Zehn, neun, acht)
Kontrollzentrum an Major Tom.
(Sieben, sechs, fünf)
Der Countdown beginnt, Triebwerke ein.
(Vier, drei, zwei)
Überprüfen Sie die Zündung, und möge Gottes Liebe mit Ihnen sein.
(Eins, Start)

Hier ist das Kontrollzentrum an Major Tom.
Sie haben es wirklich geschafft,
Und die Zeitungen wollen wissen, wessen Hemden Sie tragen.
Jetzt ist es Zeit, die Raumkapsel zu verlassen, wenn Sie sich das trauen.

Hier ist Major Tom an Kontrollzentrum.
Ich trete gerade durch die Tür,
Und ich schwebe auf eine sehr seltsame Weise,
Und die Sterne sehen heute ganz anders aus ...

Obwohl ich Hunderttausend Meilen weit weg bin,
Fühle ich mich ganz ruhig.
Und ich glaube, mein Raumschiff kennt den Weg.
Sagen Sie meiner Frau, dass ich sie sehr liebe, wie sie weiß.

Kontrollzentrum an Major Tom.
Ihr Schaltkreis ist tot, da stimmt was nicht.
Können Sie mich hören, Major Tom? ...

Ich schwebe hier um meine Blechbüchse,
Hoch über dem Mond.
Planet Erde ist blau,
Und es gibt nichts, was ich noch tun kann.

David Bowie, 1969. Text & Musik: David Bowie (RCA Victor)

Bowie nahm das Lied am 20. Juni 1969 auf und brachte es bereits am 11. Juli heraus, fünf Tage, bevor Apollo 11 zum Mondflug startete. Das Timing hätte nicht besser sein können. Das Publikum war mit dem Countdown und dem Sprechfunk zwischen Kontrollzentrum (in Houston) und Astronauten vertraut. Doch aus dem realistischen Kontext heraus entsteht ein seltsam faszinierendes, metaphysisches Krisenszenario wie in Kubricks Film, wo der todgeweihte Astronaut es geradezu zu genießen scheint, über der blauen Erde, die er nie wiedersehen wird, durch das All dem Tod (oder dem Schöpfer?) entgegen zu schweben. Auch einen Seitenhieb auf die Konsumgesellschaft kann Bowie sich nicht verkneifen. Beschreibt das Lied nicht vielleicht die Sehnsucht, die bürgerliche Gesellschaft der 60er Jahre zu verlassen, um eine andere Wahrnehmungsebene zu erreichen? – Letztere Interpretation hat David Bowie selbst vorgenommen, allerdings erst elf Jahre später mit seinem Song »Ashes to Ashes«, auf den wir noch zurückkommen.

»Space Oddity« machte nicht nur Bowie schlagartig zum Star, es wurde ein Nummer-eins-Hit im Vereinigten Königreich und brachte den Musiker in die Rock and Roll Hall of Fame. Er erhielt auch eine der bemerkenswertesten Coverversionen, die je ein Rocksong bekam. Der kanadische Astronaut Chris Hadfield nahm im Mai 2013 an Bord der Raumstation ISS eine geniale Version auf. Mit leicht verändertem, natürlich optimistischem Text war die Aufnahme das erste Musikvideo, das im Weltall gedreht wurde. Hadfield widmete das Video dem »Genie« David Bowies, der Hadfields (visuell und musikalisch wirklich gut gemachtes) Video als »ergreifendstes« Cover überhaupt bezeichnete.[638]

1982, als die Neue Deutsche Welle mit Texten zu Techno-Punkrock-inspirierter Musik aufkam, griff der Stuttgarter Sänger Peter Schilling die Legende von Major Tom wieder auf. Mit dem Lied »Major Tom (völlig losgelöst)« gelang ihm ein Ohrwurm um den Raumfahrer, der in den Weltraum entschwebt. Im Prinzip erzählt Schilling die gleiche Geschichte des Astronauten wie Bowie: Er erliegt der Faszination des Weltraums und will nicht mehr zur Erde zurückkehren. Dennoch ist der Text konkreter (um nicht zu sagen »deutscher«). Die Crew am Boden, die den Raumflug peinlich genau vorbereitet und überwacht, besteht aus »Egoisten«, die nicht begreifen wollen, dass sich der Astronaut durch ein geheimnisvolles Licht in eine Anderswelt entführen lässt und sein irdisches Leben aufgibt.

Der eigentliche Ohrwurm des Lieds ist der Refrain »Völlig losgelöst von der Erde schwebt das Raumschiff völlig schwerelos«, der von der Jugend der frühen 80er Jahre als Chiffre für die Befreiung von den Fesseln gesellschaftlicher Zwänge gedeutet wurde. Nicht sie wollen Egoisten genannt werden (wie es eigentlich der Astronaut ist, der sich ins All schießen lässt und dort auf seine Mission pfeift), sondern sie kehren den Spieß um: Die Repräsentanten der Gesellschaft – Eltern, Lehrer, Arbeitgeber, Ordnungsbehörden – sind die Egoisten, die ihr Gesellschaftsmodell zum Maß aller Dinge erheben und damit die Jugend in ihrer Selbstentfaltung hemmen.

638 https://www.youtube.com/watch?v=KaOC9danxNo, zugegriffen am 20.6.2019.

Nach dem Erfolg von »Space Oddity« ist David Bowie noch länger auf der Science-Fiction-Welle geritten. 1972 legte er sich mit dem Album »The Rise and Fall of Ziggy Stardust and the Spiders from Mars« ein Alter Ego als androgynes Alien mit exaltiertem Outfit und bisexueller Ausstrahlung zu. Im Kontext des Albums wird die Menschheit innerhalb von fünf Jahren ihr Ende erleben, weil der Erde die natürlichen Ressourcen ausgehen. Durch Schwarze Löcher im Universum werden die »Unendlichen« kommen, und ein Alien, das seine Existenz dem Glauben der Menschen verdankt, wird die Welt retten. Allerdings wird Ziggy Stardust bei dem Lied »Rock 'n' Roll Suicide« auf der Bühne in Stücke gerissen.

Das extraterrestrische Ambiente gab Bowie die Chance, den Glam Rock zu erfinden, der sich durch schrille Kostümierungen auszeichnete. Nachdem Musiker traditionell Bühnenanzüge zu tragen hatten, demokratisierten die Rockmusiker die Musik, indem sie in Freizeitkleidung auftraten. Sie wurde mit der Zeit immer antibürgerlicher und provokanter, bis es von Mick Jaggers Bühnenkostümen nur noch ein kleiner Schritt zu Bowies Plateausohlen und Glitzeranzügen war. Diese wiederum begründeten ein ganzes Genre, zu dem auch Musiker wie T. Rex, Slade, Gary Glitter (nomen est omen) oder die deutschen Scorpions gehören sollten. 1980 griff Bowie, der damals schwer drogenabhängig war, die Figur des Major Tom mit dem Song »Ashes to Ashes« wieder auf.

Ashes to Ashes	**Asche zu Asche**
Do you remember a guy that's been In such an early song? I've heard a rumor from Ground Control Oh no, don't say it's true They got a message from the Action Man »I'm happy, hope you're happy too I've loved all I've needed, love Sordid details following«	Erinnert ihr euch an den Burschen, der in diesem alten Lied vorgekommen ist? Ich hörte ein Gerücht vom Kontrollzentrum Oh nein, sag nicht, dass es wahr ist Sie erhielten eine Botschaft von der Hauptperson »Ich bin glücklich, hoffe, ihr seid es auch, ich habe alle geliebt, die ich gebraucht habe, alles Liebe Die schmutzigen Details folgen«
The shrieking of nothing is killing, just Pictures of Jap girls in synthesis and I Ain't got no money and I ain't got no hair But I'm hoping to kick but the planet it's glowing	Das Gekreische des Nichts ist tödlich, nur Bilder synthetischer japanischer Mädchen und ich Habe kein Geld und keine Haare Aber ich hoffe, vom Heroin loszukommen, aber der Planet glüht
Ashes to ashes, funk to funky We know Major Tom's a junkie Strung out in heaven's high Hitting an all-time low	Asche zu Asche, Angst zu bange, Wir wissen, Major Tom ist ein Junkie Hing herum in himmlischer Höhe Stürzte ab in ein Allzeittief

Time and again I tell myself I'll stay clean tonight But the little green wheels are following me Oh no, not again	Immer wieder sage ich mir Ich werde heute Abend clean bleiben Aber die kleinen grünen Rädchen verfolgen mich Oh nein, nicht schon wieder!
I'm stuck with a valuable friend »I'm happy, hope you're happy too« One flash of light but no smoking pistol I never done good things ... I never done bad things ... I never did anything out of the blue Want an axe to break the ice Wanna come down right now	Ich bin an einen wertvollen Freund gefesselt »Ich bin glücklich, hoffe, ihr seid es auch« Ein Lichtblitz, aber keine rauchende Pistole Ich habe niemals Gutes getan ... Ich habe niemals Böses getan ... Ich habe niemals etwas aus dem Nichts heraus getan ... Will eine Axt, um das Eis zu brechen Will genau jetzt herunterkommen ...
My mother said, to get things done You'd better not mess with Major Tom ...	Meine Mutter sagte, wenn du etwas erreichen willst Leg' dich besser nicht mit Major Tom an ...

David Bowie, 1980. Text & Musik: David Bowie (RCA Victor)

Das Lied, das voller Mehrdeutigkeiten steckt, knüpft eigentlich nur an den alten Song vom Astronauten Major Tom an, um sich der Drogenabhängigkeit des Sängers zu widmen. Major Tom wird auf einen Junkie reduziert, sein Ausflug in den Weltraum als Drogensucht (auch eine Form der Weltflucht) interpretiert. Bowie reflektiert seine vergeblichen Mühen, vom Heroin loszukommen, wie auch seine eigene Existenz, die weder die eines Wohltäters der Menschheit, noch die eines Schurken ist.

Ein letztes Mal griff David Bowie die Figur von Major Tom in seinem Song »Blackstar« auf. Das dazugehörige Video zeigt eine Außerirdische, die auf einem fernen Planeten den Raumanzug von Major Tom findet. Sie findet darin einen mit Edelsteinen geschmückten Totenschädel und macht daraus einen Kult. Das Skelett treibt unterdessen durchs Weltall.

Blackstar

In the Villa of Ormen ...
Stands a solitary candle
At the centre of it all ...
Your eyes

On the day of execution ...
Only women kneel and smile ...

Something happened on the day he died
Spirit rose a metre and stepped aside
Somebody else took his place, and bravely cried
I'm a Blackstar ...

How many times does an angel fall?
How many people lie instead of talking tall?
He trod on sacred ground
He cried loud into the crowd
I'm a Blackstar ...
I'm not a gangster

I can't answer why ...
Just go with me
I'm not a filmstar
I'm-a take you home ...
Take your passport and shoes
I'm not a popstar
And your sedatives, boo ...
You're a flash in the pan
I'm not a marvel star
I'm the great I am ...

I'm a blackstar, way up, oh honey, I've got game
I see right so white, so open-heart it's pain
I want eagles in my daydreams, diamonds in my eyes ...

I can't answer why
I'm not a gangster
But I can tell you how
I'm not a flam star
We were born upside-down ...
Born the wrong way 'round
I'm not a white star
I'm a Blackstar
I'm not a gangster ...
I'm not a porn star ...
I'm not a wandering star
I'm a Blackstar ...

Dunkler Star

In der Villa der Ormen [altnord. Schlange] ...
Steht eine einzelne Kerze
Im Mittelpunkt von allem ...
Deine Augen

Am Tag der Vollstreckung ...
Werden allein die Frauen knien und lächeln ...

Etwas geschah an dem Tag, als er starb
Sein Geist stieg einen Meter empor und trat beiseite
Jemand anderes nahm seinen Platz ein und rief tapfer
Ich bin ein dunkler Star ...

Wie oft fällt ein Engel?
Wie viele Menschen lügen, anstatt die Wahrheit zu sprechen?
Er betrat heiligen Boden
Er rief laut in die Menge:
Ich bin ein dunkler Star ...
Ich bin kein Gangster

Ich kann nicht beantworten, warum ...
Komm einfach mit mir mit
Ich bin kein Filmstar
Ich bringe Dich nach Hause ...
Nimm deinen Pass und deine Schuhe
Ich bin kein Popstar
Und Deine Beruhigungspillen, Schatz ...
Ich bin ein dunkler Star
Ich bin kein Superheld
Ich bin der Große, der ich bin ...

Ich bin ein dunkler Star, ganz oben, Schätzchen, ich habe Knete, ich sehe das Richtige, so klar, so offenherzig, dass es schmerzt, ich möchte Adler in meinen Tagträumen, Diamanten in meinen Augen ...

Ich kann nicht beantworten, warum
Ich bin kein Gangster
Aber ich kann euch sagen, wie
Ich bin kein Möchtegern-Star
Wir wurden kopfüber geboren ...
Falsch herum geboren
Ich bin kein glänzender Star
Ich bin ein dunkler Star
Ich bin kein Gangster ...
Ich bin kein Porno-Star ...
Ich bin kein vagabundierender Star
Ich bin ein dunkler Star ...

David Bowie, 2015. Text & Musik: David Bowie (Columbia)

Es ist eine mythologische Geschichte, die Bowie in seinem zehnminütigen Song aufgreift: Die von den Menschen verehrten Götter waren einst Raumfahrer von einem fremden Planeten. Doch hier ist es umgekehrt: Der in den Weltraum steuernde Major Tom landet auf einem fernen Planeten, wo eine archaische Gesellschaft seinen Totenschädel kultisch verehrt. Zugleich werden unterschiedliche mythologische Motive vermischt: die Schlange, der Drachen, die Kreuzigung Jesu Christi. Major Toms menschlicher Geist tritt aus dem Schädel heraus und eine andere, spirituelle Wesenheit nimmt seinen Platz ein: der Blackstar, ein Spiel mit der Doppeldeutigkeit des englischen Worts *star*, der einerseits einen schwarzen, durch das Universum streifenden Stern meint, andererseits aber auch einen düsteren, gebrochenen Star.

Der dunkle Star ist keine Heilsgestalt, sondern ein gefallener, sogar mehrfach gefallener Engel. Hier kommt David Bowie selbst ins Spiel, indem er heiligen Boden betritt und zum Objekt des Kults wird. Jetzt, den nahen Tod vor Augen, blickt er selbstkritisch auf sein Leben zurück. Er sieht sich nicht als glänzendes Idol, sondern als »falsch herum geboren«. Trotzdem (oder deshalb) brachte er es zum Star, allerdings zu einem dunklen – mit allen Facetten der Bedeutung von *dunkel*. Besser kann man den Geist der Rockmusik nicht beschreiben. Sie ist eben nicht sauber und adrett, sondern weist diese düsteren Elemente auf: das Harte, das Rebellische, das Sexuelle, das Schmutzige, die Drogen. Schon 1976 hatte David Bowie die Rockmusik mit folgenden Worten charakterisiert: »Rock ist immer Teufelsmusik gewesen. Ich glaube, dass Rock and Roll gefährlich ist. Er könnte dem Westen eine sehr bösartige Stimmung geben. Ich möchte die Welt beherrschen. … Ich spüre, dass wir etwas verkünden, dass sogar düsterer ist als wir selber. … Und es ist böse, weil es mit den Gefühlen der Menschen spielt.«[639]

Bowie war längst nicht der Einzige, der Science-Fiction in die Rockmusik brachte. Schon zwei Jahre vor »Space Oddity«, im Juli 1967, hatten die Rolling Stones mit »2000 Light Years from Home« einen Space-Rock-Song aufgenommen.

639 David Bowie. Interviewin: Cameron Crowe: David Bowie: Ground Control to Davy Jones. Rolling Stone vom 12.2.1976.

2000 Light Years from Home	2000 Lichtjahre von zuhause entfernt
Sun turnin' 'round with graceful motion We're setting off with soft explosion Bound for a star with firy oceans	Die Sonne dreht sich mit majestätischer Bewegung Wir heben ab mit sanfter Explosion Auf dem Weg zu einem Stern mit Feuerozeanen
It's so very lonely You're a 100 light years from home	Es ist so furchtbar einsam Du bist 100 Lichtjahre von zuhause entfernt
Freezing red deserts turn to dark Energy here in every part It's so very lonely You're 600 light years from home	Frostige rote Wüsten verdunkeln sich Überall ist Energie Es ist so furchtbar einsam Du bist 600 Lichtjahre von zuhause entfernt
It's so very lonely You're 1000 light years from home …	Es ist so furchtbar einsam Du bist 1000 Lichtjahre von zuhause entfernt …
Bell flight fourteen you now can land See you on Aldebaran Safe on the green desert sand It's so very lonely You're 2000 light years from home …	Flug Bell 14, Sie können jetzt landen Wir sehen uns auf Aldebaran Sicher auf dem grünen Wüstensand Es ist so furchtbar einsam Du bist 2000 Lichtjahre von zuhause entfernt …

The Rolling Stones 1967. Text & Musik: Mick Jagger, Keith Richards (Decca)

Der Sound des Songs wird von sphärischen Klängen geprägt, die Brian Jones auf dem Mellotron erzeugte. Der Text handelt von der Einsamkeit der Astronauten, die durch die unendliche Weite des Alls reisen und nach anfänglicher Faszination auf unwirtliche Welten stoßen. Versatzstücke aus der Science-Fiction-Literatur (»Der Wüstenplanet« von Frank Herbert) werden eingestreut. Mick Jagger hatte den traurigen Song geschrieben, als er der Erde ganz nahe war: Nämlich als er am 29. Juni 1967 für einen Tag im Gefängnis saß, weil er angeblich bei einer Razzia im Haus von Keith Richards mit Amphetamin-Tabletten erwischt worden war. Die Einsamkeit des Gefängnisaufenthalts (der nach dem Richterspruch volle drei Monate dauern sollte) verquickte er mit dem Motiv der Raumfahrer.

Sphärische Weltklänge erzeugten 1967 auch Pink Floyd mit »Interstellar Overdrive« und »Astronomy Domine« (mit Motiven aus Gustav Holsts Planeten-Suite aus dem Jahr 1918). Den zwar nicht musikalisch, aber soziologisch bedeutendsten Beitrag zum Space Rock brachte ein Jahr später das Duo Zager & Evans mit dem Song »In the Year 2525 (Exordium & Terminus)« heraus, der sie zu einem One-Hit-Wonder machen sollte.

In the Year 2525 (Exordium & Terminus)

In the year 2525
If man is still alive
If woman can survive
They may find ...

In the year 3535
Ain't gonna need to tell the truth, tell no lies
Everything you think, do and say
Is in the pill you took today

In the year 4545
Ain't gonna need your teeth, won't need your eyes
You won't find a thing to chew
Nobody's gonna look at you

In the year 5555
Your arms are hangin' limp at your sides
Your legs got nothing to do
Some machine doing that for you

In the year 6565
Ain't gonna need no husband, won't need no wife
You'll pick your son, pick your daughter too
From the bottom of a long glass tube

In the year 7510
If God is coming he oughta' make it by then
Maybe he'll look around himself and say
»Guess it's time for the Judgement day«

In the year 8510
God is gonna shake his mighty head
He'll either say »I'm pleased where man has been«
Or tear it down and start again

In the year 9595
I'm kind of wondering if man is gonna be alive
He's taken everything this old earth can give
And he ain't put back nothing ...

Im Jahr 2525 (Anfang & Ende)

Im Jahr 2525
Falls noch Menschen leben,
Falls die Frauen überleben können,
werden sie vielleicht finden ...

Im Jahr 3535
Brauchst du nicht mehr die Wahrheit zu sagen oder zu lügen,
denn alles was du denkst, tust und sagst,
ist in der Pille, die du täglich nimmst.

Im Jahr 4545
Brauchst du nicht mehr deine Zähne,
brauchst du nicht mehr deine Augen.
Du wirst nichts zum Kauen finden.
Niemand wird dich anschauen.

Im Jahr 5555
Hängen deine Arme schlaff an dir herunter.
Deine Beine haben nichts zu tun.
Eine Maschine erledigt das für dich.

Im Jahr 6565
Braucht keiner mehr einen Ehemann, keiner mehr eine Frau.
Du holst dir deinen Sohn und auch deine Tochter
vom Grund eines Reagenzglases.

Im Jahr 7510
Wenn Gott kommt, dann sollte er es jetzt tun.
Vielleicht schaut er sich um und sagt:
»Ich glaube, es ist Zeit für den Jüngsten Tag.«

Im Jahr 8510
Schüttelt Gott seinen gewaltigen Kopf.
Entweder wird er sagen: »Ich freue mich darüber, was die Menschheit erreicht hat.«
Oder er löscht sie aus und fängt noch einmal von vorn an.

Im Jahr 9595
Frage ich mich, ob es dann noch Menschen gibt.
Sie haben der guten, alten Erde alles genommen, was sie geben kann,
aber nichts zurückgegeben.

Now it's been 10,000 years
Man has cried a billion tears
For what he never knew
Now man's reign is through
But through eternal night
The twinkling of starlight
So very far away
Maybe it's only yesterday ...

Nun sind zehntausend Jahre vergangen.
Die Menschheit hat eine Milliarde Tränen
geweint.
Doch was sie nicht weiß,
die Herrschaft der Menschheit ist vorbei.
Aber durch die ewige Nacht
funkelt das Licht der Sterne.
So weit weg.
Vielleicht ist es erst gestern ...

Zager & Evans, 1968. Text & Musik: Rick Evans (RCA Victor)

Obwohl der Song musikalisch seicht daherkommt, weist er einen intelligenten, fortschrittsskeptischen Text auf, der dem fortschrittsgläubigen bürgerlichen Zeitgeist der 1960er Jahre komplett entgegenlief, aber die Kritik der konsumkritischen und umweltbewussten Jugend aufnahm. Gleich der erste Zeitsprung wird von der skeptischen Frage eingeleitet, ob die Menschheit die Zukunft überhaupt erleben wird – eine Frage, die in den 1960er Jahren häufig gestellt wurde. Erstens wegen der allgegenwärtigen Gefahr eines atomaren Vernichtungskrieges und zweitens wegen der zunehmenden Umweltzerstörung. Die zweite Strophe besingt einen futuristischen »Nürnberger Trichter«, den George Orwells »1984« mit seinem Televisor zum Kinderspielzeug werden lässt. Die totale Manipulation der menschlichen Gedanken- und Gefühlswelt erklärt nach Zager & Evans aber ein uraltes philosophisches Phänomen – nämlich, dass der Mensch gut und böse zugleich ist, die Wahrheit spricht und lügt. Wenn der freie Wille chemisch besiegt ist, erübrigen sich ethische Fragen. Mit dem weiteren technischen Fortschritt verkommt der Mensch schließlich zu einer Amöbe, die nur noch vor sich dahinvegetiert.

Am Ende kommt Gott ins Spiel. Ist seine Erschaffung des Menschen gelungen? Die Sänger sind skeptisch: Eigentlich müsste er die Welt auslöschen und von vorn anfangen, dieses Mal aber besser. Denn die Menschheit hat den Planeten ausgebeutet, ohne die Welt zu verbessern. Aber die Welt ist größer als die Menschheit. Das Universum ist unendlich. Wenn die Menschheit aus der Welt vertrieben ist, verkündet das funkelnde Licht der Sterne ein neues Zeitalter. Es ist ein endloser Kreislauf, und die Wiederholung der ersten Strophe zum Ende des Songs symbolisiert das zyklische Auf und Ab des Universums. Die zeitkritischen Themen der 60er Jahre finden sich in dem Song: Umweltzerstörung, Ausbeutung der Ressourcen, politische Entmündigung, Manipulation, perverse Effekte des medizinischen und technologischen Fortschritts.

Die beiden Musiker hatten den Song nicht gerade mit Hightech-Mitteln aufgenommen. Sie produzierten ihn für ihr eigenes Mikrolabel Truth Records in einem kleinen Tonstudio in Odessa, Texas. Die Hintergrundinstrumentierung wurde von Schülern der örtlichen High School übernommen. Zager & Evans hatten nur tausend Exemplare gepresst, die sie aus dem Kofferraum ihres Autos heraus verkauften. Nachdem die ersten Radiosender auf die Platte aufmerksam geworden waren, vergrößerte sich die Nachfrage, es wurde nachgepresst und schließlich stieg der Gigant RCA in den Vertrieb ein. Der Song sollte in den USA zum erfolgreichsten Nummer-eins-Hit des Jahres 1969 werden. Nicht schlecht für eine Dystopie – also eine Schreckensvision der Zukunft.

Das 1973 erschienene Konzeptalbum »Solar Fire« von Manfred Mann's Earth Band ist ein Beispiel für den esoterisch aufgeladenen Space Rock, der kosmologische Motive aufnimmt, indem die Erschaffung des Sonnensystems einer göttlichen Kraft zugeordnet wird. Immerhin konnte auch ein metaphysisches Album zum Gegenstand politischen Zanks werden: In Manfred Manns Heimatland Südafrika war der (aus der Feder von Bob Dylan stammende) Song »Father of Night, Father of Day« umstritten, weil der darin vorkommende Vers »Vater von Schwarz, Vater von Weiß« nahelegte, dass sich die Apartheid nicht in den unendlichen Weltraum erstreckte – ein Bild des Universums, das sich ein rassistischer Bure nicht vorstellen konnte.

Kosmologisch-metaphysische Themen gingen mitunter eine Verschmelzung mit Motiven aus Science-Fiction, Fantasy und Esoterik ein, beispielsweise in Iron Maidens »Seventh Son of a Seventh Son«. Heavy Metal bediente das Bedürfnis des Publikums nach Kitsch, wie praktisch jedes Plattencover dieses Genres bezeugt. Aber Kitsch erzeugt auch seine eigene Gegenbewegung. In der Rockmusik erfolgte diese in Form eines Musicals, das am 19. Juni 1973 in London seine Uraufführung erlebte. Es war als Parodie gemeint, die sowohl den Horrorfilm (vor allem in Form von B-Movies mit Frankenstein- und Dracula-Motiven), den Science-Fiction-Boom als auch die Pornowelle auf die Schippe nehmen wollte. »The Rocky Horror Picture Show« handelte von einem braven jungen Paar, das während einer nächtlichen Überlandfahrt infolge einer Autopanne in ein Spukschloss gerät. In diesem erschafft ein vom Planeten »Transsylvanien« geschickter bisexueller Transvestit wie einst Dr. Frankenstein ein künstliches Wesen, dessen einziger Zweck darin besteht, seine sexuellen Bedürfnisse zu stillen. Also: Dracula, Frankenstein, Alien, Transvestit und Stripper in Einem.

Rocky Horror Picture Show (Auszüge)

Das rockige Horror-Lichtspiel

Science Fiction / Double Feature
... They got caught in a celluloid jam
Then at a deadly pace
It Came From Outer Space ...

Doctor X will build a creature
See androids fighting Brad and Janet ...
At the late night, double feature, picture show

Science-Fiction / Doppelte Thematik
... Sie [Science-Fiction- und Horrorfilmfiguren] waren im Bandsalat gefangen
Dann, mit tödlichem Tempo
Kam es aus dem Weltraum ...

Doktor X wird eine Kreatur erschaffen
Ich sehe, wie Androiden gegen Brad und Janet kämpfen ...
In der Spätvorstellung des Films mit doppelter Thematik

Eine kurze Ankündigung, worum es geht: die Verknüpfung von Science-Fiction mit der Frankenstein-Thematik.

Over at the Frankenstein Place
In the velvet darkness
Of the blackest night
Burning bright
There's a guiding star
No matter what or who you are ...

There's a light
Over at the Frankenstein place
Burning in the fireplace
There's a light, light
In the darkness of everybody's life

Drüben, in Frankensteins Haus
In der samtigen Dunkelheit
Der schwärzesten Nacht
brennt hell
Ein leitender Stern
gleich, was oder wer du bist ...

Da ist ein Licht
Drüben, in Frankensteins Haus
Es brennt im Kamin
Da ist ein Licht, schwach
in der Dunkelheit von jedermanns Leben

Mit kitschigen Worten hofft Janet auf das Gute ...

The Time Warp
It's astounding
Time is fleeting
Madness takes its toll ...

I've got to keep control
I remember doing the Time Warp
Drinking those moments when
The blackness would hit me
And the void would be calling

Der Zeitsprung
Es ist erstaunlich
Die Zeit rennt
Verrücktheit fordert ihren Tribut ...

Ich muss die Kontrolle behalten
Ich erinnere mich, den Zeitsprung gemacht zu haben
Ich saugte die Momente ein, als
Die Dunkelheit mich traf
Und das Nichts mich rief

Let's do the Time Warp again ...
It's just a jump to the left
And then a step to the right
With your hands on your hips
You bring your knees in tight
But it's the pelvic thrust
That really drives you insane ...

Lasst uns den Zeitsprung noch einmal machen ...
Es ist nur ein Sprung nach links
Und dann ein Schritt nach rechts
Mit den Händen auf deinen Hüften
Presst du deine Knie zusammen
Aber es ist der Stoß mit dem Becken
Der dich wirklich verrückt macht ...

It's so dreamy
Oh, fantasy free me
So you can't see me
No, not at all
In another dimension
With voyeuristic intention
Well secluded, I see all
With a bit of a mind flip
You're into the time slip
And nothing can ever be the same
You're spaced out on sensation
Like you're under sedation ...

Es ist, als ob ich träume
O Fantasie, befreie mich
Du kannst mich also nicht sehen
Nein, überhaupt nicht,
In einer anderen Dimension
Mit voyeuristischer Absicht
Gut versteckt, sehe ich alle
Wenn du ein bisschen schräg denkst
Bist du im Zeitloch
Und nichts ist mehr so, wie es war
Deine Wahrnehmung ist getrübt
Als ob du unter Beruhigungsmitteln stündest ...

Science-Fiction-Themen – Zeitsprünge, Reisen durch den Hyperraum – werden verknüpft mit Verrücktheit, bewusstseinsverändernden Drogen und Sex.

Sweet Transvestite
... Don't get strung out by the way I look
Don't judge a book by its cover
I'm not much of a man by the light of day
But by night I'm one hell of a lover
I'm just a sweet transvestite
From transsexual Transylvania ...

Süßer Transvestit
... wundere dich nicht, wie ich aussehe
Beurteile ein Buch nicht nach dem Umschlag
Ich bin kein Mann des Tageslichts
Aber bei Nacht bin ich ein Teufel von einem Liebhaber
Ich bin einfach ein süßer Transvestit
Aus dem transsexuellen Transsylvanien ...

Why don't you stay for the night?
Or maybe a bite
I could show you my favorite obsession
I've been making a man
With blonde hair and a tan
And he's good for relieving my tension ...

Warum bleibt ihr nicht über Nacht?
Oder vielleicht auf einen Bissen?
Ich könnte euch meine liebste Besessenheit zeigen
Ich habe einen Mann erschaffen
Mit blonden Haaren und gebräunter Haut
Er ist gut darin, meine Spannung zu lösen ...

So come up to the lab
And see what's on the slab
I see you shiver with antici ...pation ...
So I'll remove the cause
But not the symptom

So kommt hoch ins Labor
Schaut, was auf dem Operationstisch liegt
Ich sehe euch zittern vor lauter Erwartung ...
Ich werde die Ursache dafür beseitigen
Aber nicht das Symptom

Die SF-Version von Dr. Frankenstein stellt sich vor als bisexuelles Sexmonster, das sich einen künstlichen Lover erschafft.

I Can Make You A Man
... The sweat from his pores
As he works for his cause
Will make him glisten
And gleam, and with massage
And just a little bit of steam
He'll be pink and quite clean
He'll be a strong man ...
When in just seven days
I can make you a man ...

Ich kann dir einen Mann erschaffen
... Der Schweiß aus seinen Poren
Wenn er für eine Figur trainiert
Wird ihn glänzen lassen
Und schimmern, und mit einer Massage
Und einem kleinen bisschen Dampf
Wird er rosa sein und ganz sauber
Er wird ein starker Mann sein ...
Wenn ich in gerade einmal sieben Tagen
Dir einen Mann erschaffen kann ...

Die Kreatur wird verdammt sexy sein.

Touch-A, Touch-A, Touch Me
... I thought there's no use getting
Into heavy petting
It only leads to trouble
And seat wetting
Now all I want to know
Is how to go
I've tasted blood and I want more ...

'll put up no resistance
I want to stay the distance
I've got an itch to scratch
I need assistance
Touch-a touch-a touch-a touch me
I wanna be dirty
Thrill me, chill me, fulfill me
Creature of the night

Then if anything grows
While you pose
I'll oil you up
And rub you down

And that's just one small fraction
Of the main attraction
You need a friendly hand
And I need action ...

Fasse, fasse, fasse mich an
... Ich dachte, es ergibt keinen Sinn
heftiges Petting zu machen
es führt nur zu Schwierigkeiten
und zum Einnässen von Sitzen
aber alles, was ich jetzt wissen will
ist, wie es geht
ich habe Blut geschmeckt und ich will mehr ...

Ich werde keinen Widerstand leisten
ich will es durchhalten
ich verspüre ein Jucken, das gekratzt werden will
ich brauche Beistand
Fasse, fasse, fasse mich an
ich will schmutzig sein
errege mich, befriedige mich, erfülle mich
Geschöpf der Nacht

Wenn etwas wächst
während du dich zeigst
werde ich dich einölen
und abrubbeln

Und das ist nur ein kleiner Teil
der wesentlichen Anziehung
du brauchst eine freundliche Hand
und ich brauche Action ...

Die brave Janet wird sich ihrer Lust bewusst und lässt alle Hemmungen hinter sich.

Eddie

From the day he was born
He was trouble
He was the thorn
In his mother's side
She tried in vain
But he never caused her nothing but shame

He left home the day she died
From the day she was gone
All he wanted
Was rock and roll porn
And a motorbike
Shooting up junk
He was a low down cheap little punk
Taking everyone for a ride

When Eddie said he didn't like his teddy
You knew he was a no good kid
But when he threatened your life
With a switch blade knife

Everybody shoved him
I very nearly loved him
I said hey listen to me
Stay sane inside insanity
But he locked the door
And threw away the key

I'm out of my head
Oh hurry, or I may be dead
They mustn't carry out their evil deeds

Eddie

Von dem Tag seiner Geburt an
Machte er Ärger
Er war der Stachel
im Fleisch seiner Mutter
Sie bemühte sich vergebens
er machte ihr nichts als Schande

Er haute von zuhause ab, am Tag, an dem sie starb
Von dem Tag, als sie gegangen war
war alles, was er wollte
Rock-and-Roll-Porno
Und ein Motorrad
Dreck aufwühlen
Er war ein mieser kleiner billiger Dreckskerl
Der jeden anpumpte

Als Eddie sagte, dass er seinen Teddy nicht mochte
Musste dir klar sein, dass er kein gutes Kind war
spätestens, als er dein Leben bedrohte
Mit einem Klappmesser

Alle haben ihn herumgeschubst
Ich habe ihn beinahe geliebt
Ich sagte, komm, hör mir zu
Bleib gesund in deinem Wahnsinn
Aber er schloss die Tür
Und warf den Schlüssel weg

Ich habe meinen Kopf verloren
Beeil dich, oder ich bin tot
Sie dürfen ihre bösen Taten nicht ausführen

Der gewalttätige junge Mann.

Wild and Untamed Thing

... I'm a wild and an untamed thing
I'm a bee with a deadly sting
You get a hit and your mind goes ping
Your heart'll pump and your blood will sing
So let the party and the sounds rock on
We're gonna shake it 'till the life has gone
Rose tint my world
Keep me safe from my trouble and pain

Wild und ungezähmt

... Ich bin wild und ungezähmt
Ich bin eine Biene mit tödlichem Stachel
Du kriegst einen ab und in meinem Kopf macht es »ping«
Dein Herz klopft und dein Blut singt
Also lasst die Party und die Sounds weiter rocken
Wir tanzen, bis das Leben vorbei ist
Ich färbe meine Welt rosarot
Halt mir Kummer und Sorgen fern

Frank'n'Furter, it's all over Your mission is a failure Your lifestyle's too extreme I'm your new commander You now are my prisoner We return to Transylvania Prepare the transit beam	Frank'n'furter, es ist alles vorbei Deine Mission ist ein Fehlschlag Dein Lebensstil ist zu extrem Ich bin dein neuer Befehlshaber Du bist jetzt mein Gefangener Wir kehren nach Transsylvanien zurück Macht den Transitstrahl fertig

Er erhält die Quittung für seine Perversionen und seinen Hedonismus.

Super Heroes ... And super heroes Come to feast To taste the flesh Not yet deceased And all I know Is still the beast is Feeding	**Superhelden** ... und Superhelden Kommen, um zu speisen Um das Fleisch zu kosten Das noch nicht verwest ist Und alles, was ich weiß, Ist, dass die Bestie Immer noch beim Fressen ist
And crawling on the planet's face Some insects called the human race Lost in time, and lost in space And meaning	Und auf der Oberfläche des Planeten kriechen Insekten, die man die Menschen nennt Verloren in der Zeit und verloren im Raum Und im Sinn

Eine Endzeitvision des Universums, in der die Nichtigkeit der menschlichen Existenz offenbar wird.

Rocky Horror Picture Show, 1975. Text & Musik: Richard O'Brien (Ode)

Der Film spielt mit den Schreckensvorstellungen besorgter Mütter. Zwei frisch Verlobte, selbstverständlich jungfräulich, geraten aufgrund einer trivialen Autopanne in die falschen Kreise. Ein perverser Wissenschaftler. Ein gestörtes Kind, das zum geistesgestörten Gewalttäter wird (»Eddie« ist das verstörendste Lied des Films, weil es so realistisch ist). Ein Sexprotz. Ein bisexueller Transvestit. Überhaupt überall ungehemmter Hedonismus, Sex, Rock and Roll, Drogen, Wahnsinn. Das Ganze ist so pervers, dass es nicht von dieser Welt sein kann.

Und dann fällt das brave Blondchen auch noch der Versuchung zum Opfer (ihr dümmlicher Verlobter auch, und zwar einer homosexuellen). Am Ende erwartet alle Beteiligten ein dicker Kater. Der Perverse hat es überzogen und scheitert an seiner eigenen Gier. Das junge Paar hat seine Unschuld verloren. Die Außerirdischen haben ihr Ziel erreicht und laben sich an ihrer Beute. Was sind schon die Menschen? Schwach, dekadent und sinnlos. Im Universum nur Insekten. Und alles ist sinnlos. Die Aliens Frank'n'Furter und Konsorten waren natürlich Symbole für die Rockmusiker, die nicht minder extraterrestrisch waren als die Transsylvanier. Wundert es jemanden, dass Mick Jagger großes Interesse hatte, die Rolle des Frank'n'Furter zu spielen? (Hätte er sie überhaupt *spielen* müssen?)

Die Handlung war übertrieben, albern und durchaus lahm, aber die Verfilmung, die 1975 als »The Rocky Horror Picture Show« in die Kinos kam, sollte sich zum Kult entwickeln, auch aufgrund der durchaus fetzigen Rock-and-Roll-Musik. Dabei hatte auch der Film mäßige Kritiken hervorgerufen und drohte sogar, aufgrund des mäßigen Erfolgs bereits kurz nach dem Start abgesetzt zu werden. Aber er konnte eine kleine, aber stabile Fangemeinde für sich gewinnen, die wieder und wieder ins Kino ging.

In New York kam das Waverly Theatre auf die brillante Idee, den Slogan des Songs »late night picture show« auch ernst zu nehmen und dieser kleinen Fangemeinde den Film in Form einer Mitternachtsvorstellung zu bieten, wenn das übliche Kinopublikum schon längst gegangen war. Und ein schlechter Film animiert das Publikum zum Mitmachen. Nachdem der Film ungefähr fünf Monate lang gelaufen war, rief während einer dieser Vorstellungen Louis Farese, ein normalerweise recht ruhiger Lehrer, laut in den Kinosaal: »Kauf dir einen Regenschirm, du billige Schlampe.« Er bezog sich auf die Protagonistin Janet, die in einer Szene ihren Kopf mit einer Zeitung vor dem Regen schützen wollte. Damit löste er eine Lawine aus.

Rasch ließen sich auch andere Kinobesucher Zwischenrufe zu den Filmszenen einfallen, mit denen sie einen »Gegendialog« kreierten, der bei den nachfolgenden Vorführungen nahezu wortwörtlich wiederholt wurde. Eine halbprofessionelle Theatertruppe mischte sich unter das Publikum und spielte auf dem Parkett quasi die Gegenrollen zum Filmgeschehen.

Wenn der Erzähler sprach, rief das Publikum »boring« (›langweilig‹). Wenn Janet auftrat, wurde »slut« (›Schlampe‹) gerufen, bei Brad »asshole« (›Arschloch‹). Bei der Gewitterszene erzeugten die Zuschauer mit Wasserpistolen Regen und schützten sich mit Zeitungen. Bei »there's a light ...« wurden Feuerzeuge und Wunderkerzen angezündet. Als das Faktotum Riff-Raff die Tür öffnete, rief das Publikum »Hey Riff-Raff, schau zwischen ihre Beine!«, bevor er im Film sagte, »sie ist nass«. Mit mitgebrachten Gummihandschuhen verstärkte man das Geräusch, das Frank'n'Furter im Film mit seinen Laborhandschuhen machte. Wenn die Kreatur Rocky aus ihren Bandagen gewickelt wurde, wickelte das Publikum Rollen von Toilettenpapier ab. Bei der Hochzeitsszene warfen sie mit Reis, beim Erscheinen von Eddie mit Mehl (um Nebel nachzuahmen), bei der Dinnerszene mit Toastbrotscheiben und beim Vers »... cards for sorrow, cards for pain« mit Spielkarten. Sie klingelten mit mitgebrachten Glöckchen und tanzten wild zu »Time Warp«, gern auch in Reizwäsche. Das Publikum feierte sich selbst.

Die 1960er Jahre waren ein Jahrzehnt der sexuellen Befreiung. Auf der bürgerlichen Seite trugen die Aufklärungsfilme und -bücher von Autoren wie Alfred Kinsey oder Oswald Kolle dazu bei, den Sex aus der Dunkelkammer der Schlafzimmer zu holen, während bei den Nonkonformisten wie den Hippies und den Kommunarden unverblümte Promiskuität ausgelebt wurde. Dabei wurde natürliche Nacktheit demonstriert, gern auch in der Öffentlichkeit. Lingerie galt als Instrumentarium der sexuellen Ausbeutung der Frau und war verpönt, als Feministinnen (!) begannen, auf Büstenhalter zu verzichten. Reizwäsche war Ende der 60er Jahre unter den Progressiven ein No-Go.

Die Aufklärungsfilme gingen dagegen nahtlos in die Pornowelle über, die auch auf die Progressiven eine gewisse Faszination ausübte. Dann kam Tim Curry, der als Mann Reizwäsche trug. Damit war die Reizwäsche vom Nimbus der Frauenunterdrückung reingewaschen. Wenn man in die Nachtvorstellung von »The Rocky Horror Picture Show« ging, war das nur ein ironisches Spiel, eine Parodie, oder nicht? Tim Curry brachte es selbst auf den Punkt: Der Besuch einer Vorführung der »Rocky Horror Picture Show« ist »eine Garantie für eine Wochenendparty, zu der du mit oder ohne Verabredung gehen konntest und wahrscheinlich eine finden würdest, wenn du keine hattest. Es ist außerdem eine Gelegenheit für Leute, ein paar neue Rollen auszuprobieren. Finde es heraus, hilf ihnen vielleicht dabei, ihre eigene Sexualität herauszufinden.«[640]

Die Soundtrack-CD enthielt auch Instrumentalversionen von »Time Warp«, extra zum Mitsingen. Eine Mitternachtsvorstellung der »Rocky Horror Picture Show« zu erleben, wurde nicht nur in New York, sondern weltweit zu einem Spektakel. Am 23. Juni 2017 feierte das Münchener Kino Museum Lichtspiele einen weltweiten Rekord, weil es den Film seit vierzig Jahren ununterbrochen im Programm hatte. – Er wurde (bis zur Corona-Krise 2020) von Freitag, 23 Uhr, alle zwei Stunden aufs Neue bis Sonntagvormittag gezeigt, inklusive Mitmachpäckchen für nicht ausreichend vorbereitete Kinobesucher. Allerdings waren die Wunderkerzen zwischenzeitlich aus Brandschutzgründen durch Knicklichter ersetzt worden. Immerhin zog der Film nach vierzig Jahren immer noch rund hundert Zuschauer pro Wochenende an.

Für einige Mitwirkende erwies sich die »Rocky Horror Picture Show« als förderlich für ihre Karriere. Tim Curry übernahm danach zahlreiche Rollen am Broadway und in Filmproduktionen. Meat Loafs sehr durchwachsener Karriere dürfte es ebenfalls nicht geschadet haben, dass er Eddie gespielt hatte. Vor allem aber war der Film der Durchbruch für Susan Sarandon, die so kongenial die brave Janet gespielt hatte, die sich in Dr. Frank'n'Furters Bett in eine Nymphomanin verwandelte. Sarandon sollte 1983 noch einmal im Erotik-Horror-Genre Furore machen, als sie an der Seite von Catherine Deneuve und einem genial aufspielenden David Bowie in dem Vampirfilm »The Hunger« (deutscher Titel »Begierde«) eine der drei Hauptrollen übernahm.

640 Tim Curry im Radiointerview auf Fresh Air: Star of 'Spamalot,' Actor Tim Curry. Radiosendung vom 3.6.2005. http://www.npr.org/templates/story/story.php?storyId=4679116, zugegriffen am 15.3.2021.

10.2. Welcome to My Nightmare

»Ich bringe dich zum Kochen, genau zur rechten Zeit. Ich lasse meinen schmierigen Finger dein glitschiges Rückgrat hochwandern … lerne meine Libido kennen« – das ist schon starker Tobak. Kannibalismus, gepaart mit sexueller Lust. Der das singt, liest jeden Morgen zwanzig Minuten in der Bibel, hat niemals seine Frau betrogen, mit der er jahrzehntelang verheiratet ist, kümmert sich liebevoll um seine Kinder, trinkt inzwischen keinen Tropfen Alkohol mehr, nimmt keine Drogen, spendet für ein Jugendzentrum und ist Ehrendoktor einer christlichen Universität. Wie passt das zusammen?

Feed My Frankenstein

Yes, yes, I know you're hungry
Ah, and here comes dinner!
Feed my Frankenstein!

Well, I ain't evil
I'm just good lookin'
Start a little fire
And baby start cookin'
I'm a hungry man
But I don't want pizza
I'll blow down your house
And then i'm gonna eat ya

Bring you to a simmer
Right on time
Run my greasy fingers
Up your greasy spine

Feed my Frankenstein
Meet my libido
(He's a psycho)
Feed my Frankenstein
Hungry for love,
and it's feeding time …

Well, I ain't no veggie
Like my flesh on the bone
Alive and lickin' on
Your ice cream cone

… Hungry for love, and it's lunch time …

Füttere meinen Frankenstein

Ja, ja, ich weiß, du hast Hunger!
Ah, und hier kommt das Abendessen!
Füttere meinen Frankenstein!

Nein, ich bin nicht bösartig
Ich sehe nur gut aus
Ich mache ein kleines Feuer
Und Baby, fang schon mal an zu kochen.
Ich bin ein hungriger Mann
Aber ich will keine Pizza
Ich puste dein Haus um
Und dann werde ich dich essen

Ich bringe dich zum Köcheln
Genau zur rechten Zeit
Ich lasse meinen fettigen Finger
Dein fettiges Rückgrat hochwandern

Füttere meinen Frankenstein!
Lerne meine Libido kennen!
(Er ist ein Psycho)
Füttere meinen Frankenstein!
Er ist hungrig nach Liebe
Und es ist Essenszeit …

Ja, ich bin kein Vegetarier
Mag mein Fleisch auf den Knochen
Lebendig und lecke an
Deinem Eishörnchen

… Hungrig nach Liebe, und es ist
Essenszeit …

Alice Cooper, 1992. Text & Musik: Mark Manning, Ian Richardson, Nick Coler, Alice Cooper (Epic)

Was Alice Cooper macht, ist Shock Rock. Der wohlbehütete Sohn eines Pfarrers hatte schon als Jugendlicher Spaß am Theaterspielen, und als er eine Rockband gründete, schuf er eine neue Nische: Die Verbindung von Rockmusik und Schauspielerei. Und ihm fiel auf, dass es in der Rockmusik zwar unendlich viele Machos und durchgeknallte Typen gab, aber keinen Schurken. Warum also nicht den Schurken auf die Rockbühne bringen? Und geboren war ein, wie Cooper ihn selbst charakterisiert, »arroganter, bösartiger Typ« mit viel Mascara im Gesicht und einem Stock in der Hand, der ihn wie eine Mischung aus Graf Dracula, Dr. Frankenstein und einem Zirkusdirektor erscheinen lässt.

Was die Band macht, ist eine Bühnenshow mit Schauspielszenen und fetziger Hardrockmusik. Und es ist eine Horrorshow. Die Bühnenkulisse aus düsteren Katakomben bedient alle Klischees des Genres, ebenso wie die auftretenden Figuren: Vampirfürsten, Frankenstein mit seinem Monster, Massenmörder, Vergewaltiger, Sadisten. Er trägt eine lebende Schlange auf den Schultern. Da wird schon einmal seine Gitarristin (natürlich im schwarzen Leder-Mini-Look) ausgepeitscht und das Auditorium mit gespielter Strenge finster angeblickt. Überhaupt agiert der Fürst der Finsternis viel mit seinem Publikum, das zum Song »Billion Dollar Babies« bündelweise Perlenketten zugeworfen bekommt. Funkenregen, Explosionen, Blitz und Donner fehlen nicht. Kurzum, es werden alle Klischees des Horror-Genres bedient. Aber hin und wieder kann sich der Meister ein Lachen nicht verkneifen. Die Show ist nämlich derart aufgedonnert, dass es ins Selbstironisch-Absurde kippt. Letztlich ist alles ein großer Witz. In Alice Coopers eigenen Worten:

»Im Rock- und Horror-Genre gibt es zweifelsohne ein humoristisches Element. Offensichtlich gibt es düstere Elemente in meiner Show, aber auch viel zu lachen. Doch ehrlich gesagt ist bei mir längst nichts so schockierend wie in Shakespeares ›Macbeth‹. Heutzutage kann man kein Publikum mehr schocken. CNN ist immer schockierender.«[641]

Zum Höhepunkt der Show kommt es, wenn Alice Cooper auf der Bühne hingerichtet wird, mal durch eine riesige Giftspritze, mal durch eine Guillotine, mal auf dem elektrischen Stuhl, mal durch den Strang. Und die Henkerin ist entweder seine Tochter Calico oder seine Ehefrau Sheryl. Warum er hingerichtet wird? Es ist keine satanische Botschaft, die Cooper verbreiten will, sondern eine christliche. Die Show stellt den ewigen Kampf zwischen dem Guten und dem Bösen dar, und am Ende verliert immer das Böse. »Es ist also eine schlechte Idee, auf das Böse zu setzen.« Das ist die christliche Botschaft des Shock-Rockers. Wie drückte es der Sänger aus:

»Bei mir gibt es keine Anspielungen auf den Satanismus. Ich spiele manchmal den Bösen, den Schurken, aber er wird am Ende jedes Mal getötet. Am Schluss ist Auferstehung, es ist Alice im weißen Frack. … Wir führen ein klassisches Moralstück auf. Mein Pastor kam einmal in die Vorstellung und sagte, dass er eine Figur zwischen Gut und Böse erlebt habe, wobei am Ende das Gute die Oberhand

641 Interview mit Alice Cooper in Saarbrücker Zeitung vom 28.7.2013.

behielt. Das ist es, was die Bibel im Buch der Offenbarung lehrt: Satan hebt seinen Kopf, doch wird er vernichtet.«[642]

Im Übrigen ist alles derart übertrieben, dass es zum Lachen reizt. »Bewusst absurdes Rock-Theater« nennt es die Saarbrücker Zeitung, »irgendwo zwischen der blutigen Offenherzigkeit der französischen Grand-Guignol-Bühnenkunst, dem naiven Jux der Muppet Show und der offenkundig nur gespielten Bösartigkeit eines Räuber Hotzenplotz. Beim Finale tobt die Halle, zu ›Poison‹ und ›School's Out‹ regnet es Konfetti und Luftballons, es hat etwas von einem Kindergeburtstag. Cooper mag Dr. Frankenstein spielen und Gasmaske tragen, aber im Grunde ist er der nette Onkel, der seinen Neffen und Nichten am Lagerfeuer Gruselgeschichten erzählt.«[643]

Oder in den Worten von Alice Cooper selber: »Es ist Entertainment. ... Du gehst in meine Show, weil es eine Art von Kunst-, Bizarr-, Burlesque-, Cirque-de-Soleil-, Rock-and-Roll-Show ist. ... Es ist so schräg, aber es macht Spaß.«[644] Musikalisch hat sich Alice Cooper vom Mainstream-Rock immer weiter in Richtung Hardrock und Metal entwickelt, insbesondere seit er mit Orianthi (Ex-Michael-Jackson) und Nita Strauss (Ex-Iron-Maiden) Tapping- und Shredding-Spezialistinnen angeheuert hat.

Im Laufe seiner Karriere hat sich Alice Cooper mit über 300 Songs als außerordentlich produktiver Songschreiber erwiesen. »Feed My Frankenstein« ist natürlich eine reine Horrornummer, und bei »Welcome to My Nightmare« oder »Along Came a Spider« handelt es sich um Konzeptalben, die dem Horror gewidmet sind. Aber Cooper konnte auch mehr, vor allem gesellschaftskritische und politische Songs. Gleich der erste Erfolg der Band Alice Cooper, »Elected«, war eine bitter-ironische Abrechnung mit dem Politikbetrieb. Cooper machte 2016 ein Remake, als er sich mit einer eigenen Kandidatur in den amerikanischen Präsidentschaftswahlkampf einmischte. Sein Wahlkampfslogan »Make America sick again« war die Antwort auf Donald Trumps »Make America great again«.

»Lost in America« prangert die Hoffnungslosigkeit der Ghettokids an, die in einem Teufelskreis aus zerrütteten Familienverhältnissen, fehlender Schulbildung, Arbeitslosigkeit und Armut stecken, aus dem sie nicht herauskommen. Der bitterste Vers des ganzen Lieds bringt die sozialen Verhältnisse in den amerikanischen Innenstädten auf den Punkt: »Ich kann nicht zur Schule gehen, weil ich keine Knarre habe.« Was ihm bleibt, ist auf der Gitarre »Stairway to Heaven« spielen zu lernen, denn im Himmel wird er die Frau finden, die ihn erretten kann. Noch eindringlicher ist »Only Women Bleed«, das für die unterdrückten Frauen in den traditionellen Geschlechterrollen Partei ergreift.

---

642 Alice Cooper im Interview: »Ohne Musik wären wir nur ein Kasperltheater«. Süddeutsche Zeitung vom 18.7.2008.

643 Tobias Kessler: Räuber Hotzenplotz. In: Saarbrücker Zeitung vom 31.7.2013.

644 Alice Cooper im Interview in der Fernsehsendung »Enough Rope« mit Andrew Denton, 2005.

Only Women Bleed

Man's got his woman to take his seed
He's got the power, yeah, and she's got the need
She spends her life through pleasing up her man
She feeds him dinner or anything she can
She cries alone at night too often
And I smoke and drink I don't come home at all

Only women bleed …

And man makes your hair gray,
I'm your life's mistake
All you're really lookin' for is an even break
I lie right at her, you know you hate this game
I slaps her once in a while, she live and love in pain

She cries alone … Only women bleed …

Black eyes all of the time,
don't spend a dime
Clean up this grime
and you there down on your knees
Begging me »please come watch me bleed« …

Nur Frauen bluten

Der Mann hat seine Frau, um seinen Samen aufzunehmen
Er hat die Macht, ja, und sie hat die Not
Sie verbringt ihr Leben damit, ihren Mann zu verwöhnen
Sie serviert ihm Abendessen oder alles, was sie kann
Sie weint zu oft allein in der Nacht
Und ich rauche und trinke und komme überhaupt nicht nach Hause

Nur Frauen bluten …

Und der Mann lässt dein Haar ergrauen
Ich bin der Fehler deines Lebens
Was du wirklich suchst, ist eine faire Chance
Ich lüge ihr ins Gesicht, du weißt, du hasst dieses Spiel
Ich schlage sie von Zeit zu Zeit, sie lebt und liebt im Schmerz

Sie weint allein … Nur Frauen bluten …

Immer blaue Augen,
Gib keinen Pfennig aus
Wische diesen Schmutz auf
Und du da gehst in die Knie
und bettelst mich an: »Bitte komm und sieh mich bluten« …

Alice Cooper, 1975. Text & Musik: Alice Cooper, Dick Wagner (CBS)

Unkundige glaubten, es ging in dem Stück um Menstruation. Tatsächlich stellte es 1975 einen Beitrag dar, durch die Anprangerung der alltäglichen Unterdrückung der Frauen auch die Männer für die Emanzipationsbewegung zu gewinnen. Vor allem jene, die eher der Hardrockszene angehörten, denn sie hätten sich von einem Softie nicht überzeugen lassen. Ein Meisterstück ist auch »Hey Stoopid«. Der Song ist musikalische Sozialarbeit.

Hey Stoopid

... Hey bro, take it slow
You ain't livin' in a video
You're flying low with a high velocity
No doubt, you're stressin' out
That ain't what rock 'n' roll's about
Get off that one way trip down lonely street

Now, I know you've been kicked around
You ain't alone in this ugly town
You stick a needle in your arm
You bite the dust, you buy the farm

Hey, hey, hey, hey, hey stupid
What ya tryin' to do? ...
They win, you lose ...

C'mon girl, it's a better day
Get your foot out of that grave
Don't let that one love tear your world apart
C'mon babe, kick that stuff
But show the street it ain't so tough
Quit lyin' around with a crippled, broken heart

Now, I know you've been seeing red
Don't put a pistol to your head
Sometimes your answer's heaven sent
Your way is so damn permanent ...

This ain't your daddy talkin'
You know, I know
Your story ain't so shocking
You know, I know
Blow some steam
C'mon and scream ...

Ej, Dummkopf

... Ej, Bruder, nimm's gelassen
Du lebst nicht in einem Video
Du fliegst tief mit einer hohen Geschwindigkeit
Kein Zweifel, du verausgabst dich
Das hat nichts mit Rock and Roll zu tun
Komm raus aus dieser einsamen Einbahnstraße

Ich weiß, du wurdest rumgeschubst
Du bist nicht allein in dieser hässlichen Stadt
Du steckst eine Nadel in deinen Arm
Du beißt ins Gras, du gehst drauf

Ej, ej, ej, ej, ej Dummkopf
Was hast du vor? ...
Sie gewinnen, du verlierst ...

Komm schon Mädchen, es ist ein besserer Tag
Nimm deinen Fuß aus diesem Grab
Lass dir nicht von dieser einen Liebe die Welt zerreißen
Komm schon Kleines, kick das Zeug weg
Aber zeig der Straße, dass es ist nicht so hart ist
Hör auf, mit einem verkrüppelten, gebrochenen Herzen herumzuliegen

Ich weiß jetzt, du hast Rot gesehen
Halte keine Pistole an deinen Kopf
Manchmal schickt dir der Himmel die Antwort
Du bist so verdammt halsstarrig ...

Es ist nicht dein Papi, der hier spricht
Du weißt es, ich weiß es
So schockierend ist deine Geschichte nun auch wieder nicht
Du weißt es, ich weiß es
Lass mal Dampf ab
Komm schon und schreie ...

Alice Cooper, 1991. Text & Musik: Alice Cooper, Vic Pepe, Jack Ponti, Bob Pfeifer (Epic)

Das Lied wendet sich an gestrandete Jugendliche beider Geschlechter, die sich aber nicht in ihre Nöte hineinsteigern sollen. Sie sollen erst recht nicht in Drogen oder Selbstmord die Lösung sehen. So schockierend ist das gar nicht, was ihr erlebt, lasst einfach mal Dampf ab, seid cool und ihr werdet sehen, der Himmel wird euch eine

Lösung schicken. Wirkt der Schock-Rocker nicht viel überzeugender als der spießige Vater mit dem erhobenen Zeigefinger?

Cooper hat an seinem Image durchaus hart gearbeitet. Und manchmal half der Zufall. So bei jenem Konzert im September 1969 in Toronto. Ein Fan hatte aus irgendeinem Grund ein lebendes Huhn mitgebracht, das er Alice Cooper mitten in einem Lied vor die Füße warf. Das Detroiter Stadtkind Cooper nahm an, dass das Huhn fliegen könne, weil es ja Flügel hatte. Er nahm es und warf es in hohem Bogen in Richtung Publikum, in der Annahme, es würde davonfliegen. Stattdessen plumpste es in die erste Reihe, die für Rollstuhlfahrer reserviert war. Augenzeugen berichteten, sie hätten es sofort in Stücke gerissen, weil sie annahmen, es sei ein ausgestopftes Plüschtier. Am Tag darauf fand sich Cooper auf den Titelseiten aller Zeitungen. Frank Zappa, der die Band damals managte, rief Cooper sofort an und fragte, ob die Geschichte wahr sei, dass er auf der Bühne einem lebenden Huhn den Kopf abgebissen und das Blut getrunken hätte. Cooper stritt das sofort ab, worauf Zappa sagte: »Wie auch immer es war, erzähle ja niemandem, dass du es nicht getan hast.«[645]

Wenn Eltern entsetzt waren, dass ihre Kinder Alice Cooper hörten, war sich die Band sicher, alles richtig gemacht zu haben. Als sich Coopers Mutter bei ihm beschwerte, dass ihr Kirchenkreis sein Auftreten schockierend fand, schrieb er als Antwort »No More Mr. Nice Guy«, einen Song, in dem er beklagt, als »krank und obszön« aus der Gesellschaft ausgeschlossen zu werden. Seine Mutter wurde aus dem sozialen Zirkel geworfen, heißt es in dem Song, und als er inkognito in die Kirche ging, erkannte ihn der Pastor trotzdem und gab ihm eins auf die Nase.

Cooper begann durchaus mit einem veritablen Rockstarleben. Er nahm Drogen, wurde alkoholabhängig, hatte eine Freundin, die an einer Überdosis starb, danach wechselnde Affären, darunter mit der Schauspielerin Raquel Welch. Immerhin fand er dann in Sheryl eine Ehefrau, die ihn stabilisierte, auch wenn die Ehe am seidenen Faden hing, als Drogen- und Alkoholsucht Mitte der 1980er Jahre ihren Höhepunkt fanden. Cooper machte einen Entzug und ist seitdem trocken. Zwei Dinge hätten ihn seiner Ansicht nach gerettet: die Wiederkehr zum christlichen Glauben und das Golfspielen, das sich zu einer neuen Obsession entwickelte. Inzwischen hat er einen geregelten Tagesablauf. Nach dem Frühstück liest er in der Bibel, dann spielt er Golf und danach bereitet er sich auf die Show vor. In über vierzig Jahren hat er, nach eigenem Bekunden, nicht einmal seine Frau betrogen. Im privaten Leben seien die »bösen Buben« der Rockmusik ohnehin ganz anders als in der öffentlichen Wahrnehmung, während es bei den Popstars genau umgekehrt sei: »Iggy, Alice, Lou Reed, Ozzy, all die Leute, um die wir uns Sorgen machten: alles Familienmenschen. – Paris Hilton, Lindsay Lohan, Britney Spears: Knastschwestern. Gefährlich.«[646]

---

645 Kory Grow: Hear How Alice Cooper's Infamous Chicken Incident Really Happened. Rolling Stone vom 8.3.2016.

646 Alice Cooper im Interview in der Fernsehsendung »SkyNews« mit Adam Boulton, 2008.

Im Musikgeschäft überleben nur die, die die Professionalität aufbringen, ihre private Existenz nicht von ihren Bühnenpersönlichkeiten vereinnahmen zu lassen: »Jim Morrison, Jimi Hendrix oder Kurt Cobain sind gestorben, weil sie zu jeder Zeit wie ihr Bühnencharakter sein wollten. Dafür haben sie gesoffen und Drogen genommen. Ich habe das bei Jim Morrison beobachtet, der ein sehr guter Freund war. Nur um sein Image leben zu können, hat er sich Pillen eingeschmissen, wie andere Leute Bonbons essen, und dann noch mit Jack Daniels runtergespült. Als ich mit dem Saufen aufgehört habe, war das eine Entscheidung. Ich will mit der Bühnenfigur Alice Cooper koexistieren. Ich will sie aber nicht ständig sein. ... Wenn der Vorhang fällt, bin ich eine völlig andere Person als auf der Bühne.«[647]

Cooper leistet nicht nur musikalische Sozialarbeit mit seinen Songs. Seit 1995 finanziert er die Solid Rock Foundation, ein pädagogisches Zentrum für Jugendliche aus schwierigen sozialen Verhältnissen, das von der Grand Canyon University in Phoenix betreut wird. Sie ernannte ihn 2004 ehrenhalber zum Doctor of Music. Solid Rock – ›harter Fels‹ – ist ein Zufluchtsort, wo Jugendliche nicht erschossen, nicht erstochen und nicht mit Drogendealern konfrontiert werden. Das sozialpädagogische Konzept basiert auf einem Empowerment: der Überzeugung, dass auch Jugendliche, die extrem gefährdet sind, kreative Potentiale aufweisen, die es zu wecken gilt.[648]

Alice Cooper hat die Rebellion konstruktiv gewendet. Er hat das Bürgertum schockiert. Er hat die Finger in die Wunden eines kranken Gesellschaftssystems gelegt. Er hat sich für die Unterdrückten und Schwachen eingesetzt und versucht, ihnen Hoffnung zu machen, musikalisch wie praktisch. Er hat Autorität angezweifelt. Er war obszön. Und dafür wird er zur Hölle fahren – wie alle anderen Rockmusiker auch.

647 Alice Cooper im Interview in Westdeutsche Allgemeine Zeitung vom 27.7.2017.

648 Vgl. Norbert Herriger: Empowerment in der sozialen Arbeit. Stuttgart: Kohlhammer 2002.

Go to Hell	**Fahr zur Hölle**
For criminal acts and violence on the stage For being a brat Refusing to act your age For all of the decent citizens you've enraged You can go to Hell	Für kriminelle Handlungen und Gewalt auf der Bühne, dafür, ein Blag zu sein, sich zu weigen, altersgemäß zu handeln, für all die braven Bürger, die du erzürnt hast, kannst du zur Hölle fahren.
For gambling and drinking alcohol constantly For making us doubt our parents authority For choosing to be a living obscenity You can go to Hell ...	Für ständiges Spielen und Saufen, für Anzweifeln der Autorität unserer Eltern, dafür, dass du eine lebende Obszönität sein willst, kannst du zur Hölle fahren ...
You're something that never should have happened You even make your Grandma sick ...	Du bist etwas, das es niemals hätte geben sollen, davon wird sogar deiner Oma schlecht ...

Alice Cooper, 1976. Text & Musik: Alice Cooper, Robert A. Ezrin, Dick Wagner (Epic)

Vincent Damon Furnier war mit seiner Band Alice Cooper nicht der Einzige, der die naheliegende Verbindung von Rockmusik und Horror-Genre gesehen hat. Bereits die Rolling Stones hatten schon ein bisschen mit Schock- und Horrorelementen gespielt, wenn sie ein Lied über den Teufel (ebenfalls mit einer christlichen Grundbotschaft) oder über den »Midnight Rambler« spielten. Das Musical »Rocky Horror Picture Show« veralberte die Klischees des Horror-Genres mit Rock-and-Roll-Musik. Aber so richtig extrem wurde die Kombination mit Heavy Metal.

Woher die Bezeichnung *Heavy Metal* stammt, ist seltsamerweise nicht wirklich klar. Es gibt mindestens drei verschiedene Erklärungen, warum die besonders harte, schnelle und laute Stilrichtung der Rockmusik, die in Bandnamen, Habitus, Bühnenshow und Texten zahlreiche Horrorelemente verwendet, als *Heavy Metal* bezeichnet wird. Die älteste Verwendung von *Heavy Metal* stammt von dem Schriftsteller der Beat-Generation William S. Burroughs. Er hatte *Heavy Metal* bereits im Jahr 1961 in seinem Roman »The Soft Machine« als Metapher für harte Drogen verwendet. In »Nova Express« aus dem Jahr 1964 entwickelte Burroughs die Metapher weiter und bezog sie erstmals auf Musik (die von Außerirdischen gemacht wird): »Mit ihren Krankheiten und Orgasmusdrogen und ihren geschlechtslosen parasitären Lebensformen – das Heavy-Metal-Volk von Uranus, das sich in den kalten blauen Nebel verdampfter Banknoten einhüllte – und das Insektenvolk von Minraud mit metallischer Musik.«[649]

Eine zweite mögliche Herkunft des Gattungsbegriffs für die neuartige Musik wird auf verschiedene Musiker und Musikkritiker zurückgeführt, die die Metapher

649 William S. Burroughs: Nova Express (1964).

Metall benutzten, um die Härte der Musik auszudrücken. Nach Hardrock wäre Heavy Metal eine Steigerung – von hartem Felsgestein zu Schwermetall. Die Hardrock-Band Steppenwolf hatte 1968 in ihrem »Born to Be Wild« den Klang schwerer Motorräder als »heavy metal thunder« – ›schweren metallischen Donner‹ – bezeichnet.

Die dritte Erklärung hat mit der sozialen Herkunft der Musiker zu tun. Die Beat- und Rockmusik wurde im Wesentlichen von englischen Bürgersöhnchen und Vorstadtkids gemacht. Heavy Metal wurde dagegen von Stahlarbeitern gespielt, die mit Schwermetall im wahrsten Sinne des Wortes hantierten. So spielte der Titel des Judas-Priest-Albums »British Steel« mit der Mehrdeutigkeit des Begriffs Metall, denn British Steel war einerseits der Name eines riesigen Stahlkonzerns, andererseits konnte man den Titel auch als ›britische Stahlmusik‹ deuten.

Musikalisch ist Heavy Metal »härter« als Hardrock, aus dem es hervorgegangen ist. Deep Purple war ein wichtiger Vorgänger, vor allem aber auch Led Zeppelin, insbesondere der von Jimmy Page komponierte Song »Heartbreaker« (1969), dessen Gitarrensolo erstmals innovative Spieltechniken zeigte, die später die Bezeichnung *shredding* erhalten sollten. Was sagte Steve Vai darüber: »Dieses Stück hatte den größten Einfluss auf mich als Jugendlicher. Es war frech, gewagt und schärfer als die Hölle. Es ist wirklich das definitive Rockgitarrensolo.«[650] Eddie Van Halen übernahm Elemente seiner Spieltechnik ebenfalls von Jimmy Page.

Led Zeppelin stand dem Heavy Metal nicht nur musikalisch nahe, sondern auch durch die Vorlieben der Band für das Okkulte. Das sollte Heavy Metal allerdings noch weitaus drastischer kultivieren. Schon Bandnamen wie *Black Sabbath* und *Judas Priest* implizieren schwarze Magie, die sich mit Versatzstücken aus Horror- und Splatterfilmen vermischte. Andere Bands nannten sich *Death*, *Slayer*, *Iron Maiden*, *Cannibal Corpse*, *Darkthrone* oder *Mayhem*. Da erscheint *Metallica* geradezu fantasielos. Das Erscheinungsbild der Musiker war von schwarzen Klamotten, Stachelhalsbändern und -armbändern, Waffenattrappen, Masken, Elementen von Ritterrüstungen und Ähnlichem geprägt. Gutturale Gesangstechniken wie Grunting, Growling, Screaming und Shouting sollten die Stimmen von Monstern, Dämonen, Teufeln, Kannibalen oder Leichen nachahmen. Plattencover und Accessoires bedienten sich der visuellen Elemente, die von Plakaten zu B- und C-Horrorfilmen sowie Titelblättern von Horrorgroschenheften bekannt waren. Mit einem Wort: Heavy Metal war (und ist) der reinste Kitsch.

Die Schockelemente, mit denen die »braven« Rockmusiker der 1960er Jahre die Elterngeneration bereits konfrontiert hatten, wurden von den Metallern auf die Spitze getrieben. Aber waren (und sind) Heavy-Metal-Musiker wirklich noch radikaler und gewalttätiger als die Rocker, mit denen sie die Vorliebe für schwarzes Leder teilen? Nehmen wir eines der erfolgreichsten Stücke des Heavy Metal, das sich bei Live-Konzerten von Iron Maiden zu so etwas wie einer Hymne entwickelte:

---

650 Steve Vai. Zitiert in: Jeff Kitts / Brad Tolinski: Guitar World Presents the 100 Greatest Guitarists of All Time. Milwaukee: Hal Leonard 2002, S. 189.

»Fear of the Dark«, dessen instrumentales Intro vom Publikum regelmäßig mit lautstarkem Gesang begleitet wurde.

Fear of the Dark

I am a man who walks alone
And when I'm walking a dark road
At night or strolling through the park
When the light begins to change
I sometimes feel a little strange
A little anxious when it's dark

Fear of the dark ...
I have a constant fear that something's always near ...
I have a phobia that someone's always there

Have you run your fingers down the wall
And have you felt your neck skin crawl
When you're searching for the light?
Sometimes when you're scared to take a look
At the corner of the room
You've sensed that something's watching you ...

Angst vorm Dunklen

Ich bin ein Mann, der allein unterwegs ist
Und wenn ich nachts durch eine dunkle Straße laufe
Oder durch den Park spaziere
Wenn sich das Licht zu ändern beginnt
Fühle ich mich manchmal ein bisschen seltsam
Ein bisschen ängstlich, wenn es dunkel ist

Angst vom Dunklen ...
Ich habe eine ständige Angst, dass dauernd etwas in der Nähe ist ...
Ich habe eine Phobie, dass dauernd jemand da ist

Hast du jemals mit deinen Fingern über die Wand getastet
Und hast du gespürt, wie kalte Schauer über deinen Rücken liefen
Wenn du den Lichtschalter gesucht hast?
Manchmal, wenn du zu verängstigt warst, um
Einen Blick in die Ecke des Zimmers zu werfen,
Hast du gespürt, dass dich etwas beobachtet hat ...

Iron Maiden, 1992. Text & Musik: Steve Harris (EMI)

Das mit Tempiwechseln und atemberaubenden Soli von den harten Kerlen in martialischem Outfit intonierte und von noch härteren Kerlen im Publikum mitgegrölte Lied handelt von den Ängsten von Kleinkindern! Da hat ein Mann (allen Ernstes, Bruce Dickinson singt »I am a man«!) Angst, eine Straße entlangzugehen oder durch den Park zu laufen, wenn die Dämmerung hereinbricht. Aber die erste Strophe findet noch eine Steigerung: Nämlich in der Panik, die einen ergreift, wenn man im eigenen (Kinder-)Zimmer im Dunklen nicht auf Anhieb den Lichtschalter findet! Und dann könnte noch ein Monster in der Zimmerecke hocken!

»Fear of the Dark« sagt mehr über die Subkultur des Heavy Metal aus als alle soziologischen Analysen. Im Kern sind die Metaller – Musiker wie Fans – liebe, schüchterne, ängstliche Jungen und Mädchen, die den Katharsis-Effekt des Horrors nutzen, um sich stärker zu fühlen als sie sind. Wie sehr die ganze Symbolik und die Brutalität der Texte nur ein selbstironisches Spiel mit Klischees ist, zeigt sich nicht zuletzt am Frontmann von Iron Maiden: Bruce Dickinson ist im Hauptberuf Flugzeugpilot, der mit kurzen Haaren und gebundener Krawatte zum weißen Hemd am Steuer sitzt. Übrigens ist die Krawatte auch gebunden, wenn Dickinson den bandeigenen Jet mit den Totenköpfen auf dem Triebwerk fliegt.

Und das erfolgreichste Heavy-Metal-Stück überhaupt?

Paranoid

Finished with my woman
'Cause she couldn't help me with my mind
People think I'm insane
Because I am frowning all the time

All day long I think of things
But nothing seems to satisfy
Think I'll lose my mind
If I don't find something to pacify

Can you help me occupy my brain? ...
I need someone to show me
The things in life that I can't find
I can't see the things that make true happiness
I must be blind

Make a joke and I will sigh
And you will laugh and I will cry
Happiness I cannot feel
And love to me is so unreal

And so as you hear these words
Telling you now of my state
I tell you to enjoy life
I wish I could but it's too late

Paranoid

Habe Schluss gemacht mit meiner Frau
Weil sie mir mit meiner Psyche nicht helfen konnte
Die Leute denken, ich bin verrückt
Weil ich immer schlecht gelaunt bin

Den ganzen Tag grüble ich
Aber nichts befriedigt mich
Ich glaube, ich verliere den Verstand
Ich finde nichts, das mir Ruhe gibt

Kannst du mir helfen, wieder zu Verstand zu kommen? ...
Ich brauche jemanden, der mir
Die Dinge im Leben zeigt, die ich nicht finden kann
Ich kann nicht sehen, was wahres Glück erzeugt
Ich muss blind sein

Mach einen Witz und ich werde seufzen
Und du wirst lachen und ich werde weinen
Glück kann ich nicht empfinden
Und Liebe ist für mich unwirklich

Wenn du diese Worte hörst
Mit denen ich dir von meinem Zustand erzähle
Sage ich dir, genieße das Leben
Ich wünschte, ich könnte es, aber es ist zu spät

Black Sabbath, 1970. Text & Musik: Geezer Butler, Tony Iommi, Ozzy Osbourne, Bill Ward (Vertigo)

Das ist ein Lied über einen depressiven (nicht wirklich paranoiden) Menschen, der sich einfach nach Glück und Liebe sehnt – ohne jede Anklage und jede Aggression, sogar noch mit guten Wünschen für die, denen es besser geht. Das Stück hätte auch als langsamer Blues oder als tieftraurige Ballade mit der brüchigen Stimme eines Leonard Cohen gesungen sein können, stattdessen ist es ein Metal-Song mit einem peitschenden Riff geworden. Heavy-Metal-Musiker sind bei ihrem martialischen Auftreten alles andere als aggressiv – sie versuchen damit nur, ihre eigenen Ängste und Unsicherheiten zu überdecken. Überharte Rockmusik als Katharsis in einer harten Welt.

10.3. Let It Bleed

Woodstock war das ultimative Festival von Love and Peace. Verkehrsstaus, eine unzureichende Soundanlage, überquellende Toiletten, schlechtes LSD (Brown Acid) und sintflutartiger Regen hatten der Stimmung keinen Abbruch tun können. Aber Woodstock war im Osten der USA, und ein Zentrum der amerikanischen Rockmusik war auf der anderen Seite des Kontinents, in San Francisco. So spielten die beiden wichtigsten Bands aus San Francisco, Jefferson Airplane und Greateful Dead, mit dem Gedanken, ein Woodstock der Westküste zu veranstalten. Und sie wollten als Headliner die Rolling Stones gewinnen. Die Stones waren gerade auf Tournee durch die USA, wo sie heftige Kritik wegen der hohen Ticketpreise erfuhren.

Und dann hatte Mick Jagger eine Idee: Zum Abschluss ihrer USA-Tournee würden sie am 6. Dezember 1969 in San Francisco ein kostenloses Konzert geben, das sich durch Einnahmen aus einem Film, der darüber gedreht werden sollte, refinanzieren sollte. Und jetzt passten die Pläne der Bands zusammen. Der Film wurde auch tatsächlich gedreht, erhielt dann aber den flehenden Titel »Gimme Shelter«, weil alles ganz anders kam als gedacht. Für das Konzert waren vorgesehen (in der Reihenfolge der Auftritte): Santana, The Flying Burrito Brothers, Jefferson Airplane, Crosby, Stills, Nash & Young, Grateful Dead (die ihren Auftritt aber absagten, als sie sahen, dass es schiefgehen würde) und zum krönenden Abschluss die Rolling Stones.

Doch das Konzert stand von Anfang an unter keinem guten Stern. Eigentlich sollte das Festival in den Sportanlagen der San Jose State University stattfinden, wo schon zuvor ein großes Festival abgehalten wurde. Doch die Stadt hatte keine Lust auf ein zweites, noch größeres Festival. Dann wünschten sich Jefferson Airplane den Golden Gate Park als Austragungsort, aber die Stadt San Francisco, die bereits genug Ärger mit den Hippies von Ashbury-Haight hatte, verweigerte ebenfalls die Genehmigung. Die dritte Wahl war die Rennstrecke von Sears Point, aber die Gebühr, die der Eigentümer dafür forderte, war den Rolling Stones zu hoch. Schließlich wurde das Festival in letzter Minute, ganze zwanzig Stunden vor Beginn, auf die Rennstrecke Altamont Speedway verlegt. Das war nicht nur ein trostloses Fleckchen Erde, durch die kurzfristige Verlegung war auch ein großer Teil der Logistik zusammengebrochen. Es gab beispielsweise viel zu wenig Toiletten, es fehlten Sanitätszelte, Autos und Motorräder parkten in unmittelbarer Nähe zur Bühne. Diese war mit nur einem Meter Höhe viel zu niedrig und auch noch falsch positioniert, nämlich in einer Senke am Grund eines Abhangs. Das führte dazu, dass die Zuschauer praktisch auf die Bühne gedrückt wurden – was die als Ordner angeheuerten Hells Angels verhindern sollten.

Die Redaktion des »Rolling Stone« war damals in San Francisco und damit im Publikum gut vertreten. Die Journalisten hatten von Anfang an den Eindruck, dass etwas Schlimmes passieren würde. Die Reporter nahmen wahr, dass die Zuschauer angespannt und verängstigt waren. Die Zeichen des Unheils mehrten sich. Einige Leute rissen Holzzäune heraus und setzten sie in Brand. Ein Reporter, der nahe der Bühne stand, sah, wie die als Ordner engagierten Hells Angels einen nackten Mann mit Billardstöcken traktierten. Dann wurde eine nackte Frau gesehen, die mit Schrammen und Blut bedeckt war. Die Angels hatten eine Gruppe von Nudisten, die ja für Woodstock so ikonisch gewesen waren, aufgerieben. Zuschauer und Journalisten wurden herumgeschubst, auf die Bühne und wieder herunter. Sie brachten sich am Ende auf dem Dach eines VW-Busses in Sicherheit. Unter der Last der Menschen brach er jedoch zusammen. Es wurden Unmengen von Wein getrunken. Zahlreiche Weinflaschen waren heimlich mit LSD versetzt worden, so dass Tausende von Festivalbesuchern auf Horrortrips gingen.

Schon während Santana performte, spielten sich Gewaltszenen unmittelbar vor der Bühne und auch auf der Bühne ab. Jefferson Airplanes Sänger Marty Balin wurde während des Auftritts von einem Hells Angel bewusstlos geschlagen. Seine Kollegin Grace Slick versuchte etwas hilflos, die Menge zu beruhigen. Ein Fotograf, der später durch seine Aufnahmen blätterte, stellte fest, dass kein einziger Musiker während des gesamten Konzerts auch nur einmal lächelte – mit Ausnahme des notorischen Junkies Gram Parsons von The Flying Burrito Brothers, mit dem Keith Richards seine Heroin-Eskapaden beging. Ansonsten merkte jeder, dass etwas nicht stimmte.

Dass der achtzehnjährige Afroamerikaner Meredith Hunter vor der Bühne von den Hells Angels erstochen worden war, als er eine Pistole zückte, erfuhren auch die Journalisten erst am nächsten Morgen. Die Tageszeitungen veröffentlichten euphorische Berichte über das Festival auf dem Altamont Speedway, die offensichtlich vorfabriziert waren. In der Redaktionskonferenz zeigte sich der Herausgeber des »Rolling Stone«, Jann Wenner, entschlossen, der Katastrophe investigativ nachzugehen und die Schuldfrage zu klären. Die Musikjournalisten zogen los, Musiker zu interviewen, die auf der Bühne gewesen waren, sowie Polizisten, Ärzte und Ordnungskräfte, und machten auch die Schwester des Ermordeten ausfindig. Das Ergebnis war eine Geschichte, die sich über vierzehn Seiten erstreckte.[651] Der Titel »Let It Bleed« war eine sarkastische Anspielung darauf, dass die Band es zugelassen hatte, dass der Titel einer ihrer Songs zur traurigen Wirklichkeit wurde. Der folgende Bericht stützt sich, soweit nicht anders angegeben, auf den Artikel im »Rolling Stone«.

Die Berichterstattung beginnt mit der Aussage eines Augenzeugen, der einen Meter entfernt stand: »Ich kannte seinen Namen nicht, aber er stand neben mir. Ihr wisst, wir haben beide Mick Jagger zugesehen. So wie der fette Hells Angel. Ich kannte seinen Namen nicht oder irgendetwas von ihm, er langte zu uns herüber. Ihm gefiel wohl nicht, dass wir so nahe waren, dass wir Mick Jagger zu gut sahen oder so etwas. Er war angespannt. Er langte herüber und griff den Typen neben mir am Ohr und die Hells Angels schlugen ihn auf den Mund und er fiel rückwärts ins Publikum … Er versuchte, vor den Hells Angels wegzulaufen. Vier andere Hells Angels stürzten sich auf ihn. Sie raubten ihn aus. … Er lief vor den Hells Angels weg.

651 The Rolling Stones Disaster at Altamont: Let It Bleed. Rolling Stone vom 21.1.1970.

Sie verfolgten ihn durch die Menge. Und sie schlugen ihn. Ein Hells Angel zog ein Messer und stach ihm in den Rücken. ... Ich sah das Blitzen der Klinge. Alles passierte zu schnell. Er traf ihn am Rücken und er zog eine Pistole hervor und hielt sie in die Luft ... als ob es seine letzte Möglichkeit wäre ... Er hatte zu viel Angst zu schießen, weil er jeden in der Menge hätte treffen können. Also schoss er nicht. Und einer der Hells Angels nahm ihm die Pistole ab ... Dann stachen sie ihm wieder in den Rücken. ... Aber die Hells Angels waren verantwortlich. Das ist alles.«

Mit diesem Interview war die Schuldfrage geklärt. Eigentlich. Die Geschworenen sollten das später anders sehen. Sie sprachen den angeklagten Hells Angel frei, wegen Notwehr, denn Hunter habe ja, wie man auch auf einer Filmaufnahme sehen konnte, eine Pistole gezogen. Dass dieser die Pistole erst gezogen hatte, nachdem er einen – möglicherweise bereits tödlichen – Messerstich in den Rücken erhalten hatte, also seinerseits in Notwehr war, und dass er durch weitere Stiche verletzt wurde, nachdem ihm die Waffe abgenommen worden war, beeindruckte die Jury nicht. Das war wohl ein Fall von Rassismus in der Justiz. Immerhin hatten die Journalisten des »Rolling Stone« die Wahrheit herausgefunden und die Schuldfrage geklärt. Zumindest die Frage der unmittelbaren Schuld.

Aber es gab noch mehr Schuldige. Es dauerte geschlagene fünfzehn Minuten, bis der schwerverletzte Hunter hinter die Bühne gebracht wurde, wo es medizinische Hilfe gab. Einerseits weil Mick Jagger nicht hörte, dass er aufhören sollte, um den Verletzten direkt über die Bühne zu transportieren (Jagger hielt sich sogar die Hand hinter das Ohr, konnte aber nicht verstehen, was ihm zugerufen wurde, und bemühte sich auch nicht weiter, das herauszubekommen), andererseits weil die Angels den Weg blockierten, wohl um zu vermeiden, dass Hunter gerettet werden würde und als Zeuge aussagen könnte. Und dann hatten die Ärzte, die zur Stelle waren, keine Instrumente, um die lebenserhaltenden Operationen durchführen zu können. Die Hubschrauber, die die Rolling Stones von ihrem Luxushotel in San Francisco zum Festivalgelände brachten, wurden nicht für die Rettung eines Menschenlebens zur Verfügung gestellt. Hunter verstarb noch auf dem Festivalgelände.

Es gab übrigens noch drei weitere Tote: Zwei starben bei einem Verkehrsunfall mit anschließender Fahrerflucht, ein weiterer ertrank in einem reißenden Bewässerungsgraben. Waren die »bad vibrations«, die die anwesenden Journalisten gespürt hatten, Zufall? Der »Rolling Stone« schreibt, die Organisation vom Altamont Speedway war »wie eine Blaupause für ein Desaster«. Festivalort, Festivalgelände, Bühnengestaltung, Organisationsmängel und die Idee, die Hells Angels als Ordner einzusetzen, mussten zwangsläufig zu Chaos und Aggression führen: »Altamont war das Produkt von teuflischem Egoismus, Pressewirbel, Unfähigkeit, finanzieller Manipulation und, in seinem Kern, eines grundlegenden Mangels an Sorge für die Menschen.«[652] Und die Musiker, die ja die Auftraggeber für die Organisatoren des Festivals waren?

---

652 Ebd.

Der »Rolling Stone« schreibt, dass Mick Jagger hin- und hergerissen war. Einerseits war er total scharf darauf, in Kalifornien zu spielen. Andererseits wollte er das Konzert absagen, als im Huntington Hotel die ersten Nachrichten eintrafen, dass die Stimmung schlecht war. Bevor er auf der Bühne stand, hatte Jagger schon den ersten Faustschlag ins Gesicht bekommen. Eine zwischenzeitlich erwogene Verkürzung des Auftritts wurde wieder verworfen, im Gegenteil, wegen der vielen Unterbrechungen spielten die Stones sogar viel länger als geplant.

Der junge Gitarrist Mick Taylor nahm von Anfang an wahr, dass Gefahr von den Hells Angels ausging und ängstigte sich auf der Bühne zu Tode. Keith Richards markierte dagegen den harten Mann. Altamont »war im Grunde gut organisiert, aber eine Menge von Leuten waren müde und einige Temperamente sind durchgegangen«, sagte er, als er schon wieder in London war. Mick Jagger, vor dessen Augen sich alles abspielte, unterbrach immer wieder die Songs, um zur Beruhigung aufzurufen: »Brüder und Schwestern, kommt schon ... beruhigt euch ... Jeder ist jetzt cool, kommt schon.« Zu seinen Mitmusikern gewandt, fragte er: »Wie geht es uns dort drüben? Jeder in Ordnung? Können wir uns noch zusammenreißen? Ich weiß nicht, was passiert ist, ich konnte nichts sehen, ich hoffe, ihr seid alle in Ordnung. ... Okay, lasst uns eine halbe Minute zum Luft holen. Jeder fährt jetzt runter. Ist da jemand, der verletzt ist? Okay, ich denke, wir sind cool, wir können grooven. Es passiert uns jedes Mal etwas sehr Lustiges, wenn wir diese Nummer beginnen.«

Es gab erneut eine Rangelei der Hells Angels. Jagger: »Warum schlagen wir uns? ... Wir wollen uns nicht schlagen. ... Wir hören jetzt auf ...« Aber die Prügelei wurde noch heftiger. Jagger wirkte hilflos, wusste nicht mehr, was er sagen sollte, hatte die Kontrolle über sein Publikum verloren. »Ein seltener Moment«, schreibt der »Rolling Stone«. Und Keith Richards trat nach vorn: »Entweder beruhigen sich diese Typen oder wir spielen nicht ...« Es nützte alles nichts, ein Angel ging sogar zum Mikrofon und schrie hinein: »Fuck you!«

Dann nahm sich Jagger wieder das Mikrofon und rief einen Arzt. Leute aus dem Publikum, die Meredith Hunter geholfen hatten, reckten ihre blutverschmierten Hände hoch, um dem Sänger zu zeigen, was passiert ist. Und die Stones spielten einen instrumentalen Blues, um die Stimmung zu beruhigen. Aber irgendwann ging die Gewalt wieder los. Die Drohgebärden der Hells Angels gegen Jagger nahmen zu. Sie verachteten ihn wegen seines androgynen Auftretens. Aber die Stones spielten ihre Setlist durch, »Midnight Rambler«, »Gimme Shelter«, »Little Queenie«, »Satisfaction«, »Honky Tonk Women«, »Street Fighting Man«. Der »Rolling Stone« bewunderte sogar die Qualität der Musik und die Professionalität der Band, in diesem Chaos noch derart gut zu spielen.

Wer war auf die Idee gekommen, die Hells Angels als Ordner einzusetzen? Mick Taylor gab zu Protokoll, man hätte nicht gedacht, dass die kalifornischen Hells Angels so viel brutaler seien als die Hells Angels, die man aus England kannte. Den Stones wurde auch Naivität vorgeworfen: Sie würden immer noch im Jahr 1965 leben und hätten die Hells Angels als etwas »zwischen Peter Fonda und Dennis Hopper« betrachtet – sagte David Crosby, der im Vorprogramm aufgetreten war. Angeheuert waren die Angels durch den britischen Tourmanager der Stones, Sam

Cutler, der ihnen als Honorar für ihre Dienste auch noch Bier im Wert von 500 Dollar auszahlte. Einer der Angels, Bill »Sweet William« Fritsch, erinnerte sich an das Meeting, das die Rocker vor dem Konzert mit Cutler hatten:[653]

»›Wir machen keine Polizeiarbeit. Wir sind kein Sicherheitsdienst. Wir gehen zu Konzerten, um eine gute Zeit und Spaß zu haben.‹

›Gut, aber wie steht es damit, Leuten zu helfen – ihr wisst, ihnen den Weg zu zeigen und dergleichen?‹

›Okay, das können wir tun.‹«

Als Cutler fragte, wie sie bezahlt werden wollten, antworte William: »Wir lieben Bier.« Im Film hört man den Chef der Hells Angels, Sonny Barger, sagen, dass sie nicht daran interessiert waren, Polizeiarbeit zu leisten, und dass die Organisatoren ihm gesagt hatten, dass sie von ihnen nicht viel mehr verlangten, als am Rand der Bühne zu sitzen, Bier zu trinken und sicherzustellen, dass es keine Morde oder Vergewaltigungen gab. Cutler sagte später, ihm sei es darum gegangen, dass die Angels die Unversehrtheit der Stromgeneratoren neben der Bühne gewährleisten.

Mit seiner Entscheidung konfrontiert, sagte Cutler noch, die Hells Angels seien »hilfsbereit« gewesen in einer Situation, die sehr unübersichtlich war. Im Übrigen hätten die Angels nach eigenem Gutdünken handeln müssen (obwohl Cutler die ganze Zeit über auf der Bühne gewesen war). Tatsächlich deckte der »Rolling Stone« auf, dass die Hells Angels Cutler vor Beginn des Konzerts gefragt hatten, wie sie mit dem Publikum umgehen sollten. »We don't give a fuck«, habe Cutler gesagt, »haltet einfach die Leute fern.«

Und was sagte Sonny Barger in einem Fernsehinterview zu der Angelegenheit? Er gab dem »hysterischen Engländer« Sam Cutler die Schuld. Er habe sie mit einem unmöglichen Sicherheitsjob betraut. Dann hätten Leute gegen zwei oder drei Motorräder der Angels getreten. Dafür müsse es eben Prügel geben. Im Übrigen seien die Angels nicht gewalttätig. Sie hätten versucht, gewaltfrei für Ordnung zu sorgen. Aber Gewaltfreiheit hätte ihre Grenzen. Als diese nackte Frau versucht hatte, auf die Bühne zu klettern, habe man Gewalt anwenden müssen, um sie zurückzuhalten. Und dann hätte noch jemand ein Motorrad der Angels in Brand gesetzt. Dafür habe man einige Leute schlagen müssen. Es sei auch dazu gekommen, dass sich sechs oder sieben Hells Angels auf einen einzigen Zuschauer stürzten, um ihn ordentlich durchzuprügeln. Außerdem hätten sich die Hells Angels von dem »Idioten« Mick Jagger »verarscht« gefühlt. Das hätten sie sich nicht bieten lassen. Tatsächlich haben die Stones die Hells Angels sogar noch angestachelt. Sonny Barger erzählte später:

»Ein großes, fettes Mädchen versuchte, auf die Bühne zu kommen. Sie zeigte ihre nackten Brüste und stand wahrscheinlich stark unter Drogen. Einige der Angels wollten sie stoppen. Es sah für mich so aus, als ob sie versuchten, sie von der Bühne zu kriegen, ohne sie zu verletzen. Keith Richards lehnte sich zu mir herüber und sagte: ›Mann, ich bin mir sicher, dass es drei oder vier von den großen starken

---

653 Nach: Dennis McNally: Inside History of the Grateful Dead. New York: Crown Archetype 2003, S. 344.

Hells Angels braucht, um diesen Vogel von der Bühne zu bekommen.‹ Ich ging einfach zum Rand der Bühne und trat ihr gegen den Kopf.«[654]

Die Stones ließen ihrerseits von ihrem Sprecher verlauten, dass die Empfehlung, die Hells Angels als Ordner zu engagieren, von Rock Scully und Grateful Dead gekommen sei. Als wäre das alles nicht schon schlimm genug, kam noch hinzu, dass der Sanitätsdienst nicht funktionierte. Bei einem Konzert mit 300.000 Besuchern eigentlich ein absolutes Muss. Es gab ja nicht nur die Hells Angels. Es gab auch viele schlechte Drogentrips, die in Gewalt ausarteten, weil die Stimmung des gesamten Festivals so geladen war. Die psychiatrische Abteilung registrierte 700 hysterische Anfälle, die in Wellen auftraten. Es gab nicht nur vier Tote, sondern Dutzende von schweren Verletzungen. Zwölf Schädelverletzungen mussten behandelt werden, von denen die meisten auf das Konto der Hells Angels gingen. Aber das Tourmanagement verweigerte dem medizinischen Dienst jegliche Unterstützung. Es gab keine Telefone für die Ärzte und Sanitäter. Der versprochene Helikopter war nicht da (obgleich die Stones natürlich per Hubschrauber zu ihrem Luxushotel geflogen wurden). Als es dunkel war und Dutzende Verletzte behandelt werden mussten, weigerte sich das Tourmanagement, die Backstage-Beleuchtung für die Mediziner einzuschalten. Die Ärzte müssten halt warten, bis die Stones herauskämen. Die Verletzten waren nicht so wichtig wie die Stones. Es gab Fehler über Fehler. Und wer hatte letztlich die Verantwortung für die Katastrophe? Für David Crosby stank der Fisch vom Kopfe her. Er machte die Stones verantwortlich:

»Ich denke, der Hauptfehler war, dass das, was im Grunde eine Party sein sollte, zu einem Egotrip der Stars wurde. Ein Egotrip von der Art ›Schau wie viele von uns hier sind‹. Und ein Star-Trip der Rolling Stones, … die nach meiner Meinung Snobs sind. Ich habe mit ihnen viele Male gesprochen und ich halte sie immer noch für Snobs. … Ich denke, sie haben eine überzogene Sicht von ihrer eigenen Wichtigkeit; ich glaube, sie sind auf einem grotesken Egotrip. Ich glaube, sie haben den Kontakt zu den Leuten verloren, mit denen sie zu sprechen versuchen. Ich glaube, sie sind auf einem verdammt negativen Trip, insbesondere die beiden Frontmänner.« Ein namentlich nicht genannter Musiker aus San Francisco (von Grateful Dead?) wurde deutlicher: »Wenn ich dieses Arschloch jemals zu fassen kriege, ist er dran.« Gemeint war niemand anderes als Mick Jagger. Und Don McLean verglich den Stones-Chef in seinem ikonischen Song »American Pie« gar mit dem Satan, der mit dem Feuer spielte und den Altamont Speedway in Brand setzte.

Auch die Hells Angels waren nicht glücklich, wie alles verlaufen war. Immerhin wurde einer ihrer Kumpels vor Gericht gestellt (wenn auch hinterher freigesprochen). Außerdem kündigten die Stones ihnen den Vertrag. Für die Hells Angels war die Frage nach dem Hauptverantwortlichen klar, und sie planten, auf ihre Weise Rache zu nehmen. Es passierte schon im Dezember 1969, unmittelbar nach dem

654 Sonny Barger. Zitiert nach: David Curry: Altamont – What Really Happened. The Canberra Times vom 5.12.2009. Auch unter: http://davrosky.blogspot.de/2012/06/altamont-what-really-happened.html, zugegriffen am 15.3.2021.

Konzert, aber es kam erst im Jahr 2008 heraus:[655] Der ehemalige FBI-Agent Mark Young berichtete in einer Radiosendung der BBC, dass die Hells Angels Mick Jagger ermorden wollten. Sie wollten sein Haus auf Long Island stürmen. Sie charterten ein Boot und beluden es mit einem Arsenal von Waffen. Aber unterwegs zog ein Sturm auf, das Boot geriet in Seenot und ging beinahe unter, so dass die Angels froh waren, sich retten zu können. »Sie waren unterwegs, ihn zu töten, als Rache dafür, sie als Ordner zu feuern«, sagte Young in der Sendung. Der gescheiterte Mordplan wurde nie wieder aufgenommen. Ob Jagger davon überhaupt etwas mitbekommen hatte, blieb unklar.

Tatsächlich zeigte der Hauptverantwortliche für das Festival nicht besonders viel Einsicht oder Reue. Mick Jaggers erste Reaktion war, zitiert der »Rolling Stone« einen Zeugen: »Mann, ich wollte nicht, dass es so kommt.« Aber kurz darauf sagte Jagger: »Da lief eine Menge Scheiße, aber es war ein Konzert, es war kostenlos, die Kinder waren fantastisch drauf und …« Direkt nach dem desaströsen Konzert hatte Mick Jagger nichts anderes zu tun, als Michelle Phillips von The Mamas and the Papas auf sein Hotelzimmer bringen zu lassen. Dann schob er seine Zunge in den Mund des Super-Groupies Miss Pamela und schlug ihr einen Dreier mit Michelle vor.[656] Der Anwalt der Stones, der glamouröse Strafverteidiger Melvin Belli, bezeichnete hinterher die Frage nach der Verantwortung für die Todesfälle als »töricht«. Auf die Frage, wie die Stones versichert waren und ob die Versicherung auch eine Entschädigung für die Familie des Ermordeten abdecken würde, gab sich der Anwalt herablassend. Es sei ja nicht geklärt, ob der junge Mann nicht selbst schuld an seinem Tod war.

»Wäre es möglich, dass jeder, der in Altamont gewesen war, irgendwie Schuld hatte, und dass deshalb die Stones keine Verantwortung für die Verletzten, die Verwundeten und die Verstümmelten trügen?«, fragte ein Reporter, offensichtlich vom »Rolling Stone«-Magazin. Und das Magazin schreibt weiter: »Das war eine Frage, für die Belli keine Zeit hatte. Er war ein vielbeschäftigter Mann und hatte nicht den ganzen Tag Zeit. Viele Telefonanrufe. Weiß im Übrigen nicht, wovon Sie reden. – Guten Tag noch. Gut, fick Mel Belli. Wir wollen nicht den mittelalten Jetset-Anwalt der Stones hören. Die Stones sollen sich selbst äußern. Wen kümmert es, wenn sie Meredith Hunters Familie ein paar Brotkrumen hinwerfen? Es wird ihn nicht wieder lebendig machen. Aber ein Hauch von Mitgefühl – das ist doch das Mindeste, was man erwarten kann. Ein Mann starb vor ihren Augen. Geben sie einen Scheiß darauf? Ja oder nein?«

---

655 BBC Radio 4, Sendung »The FBI at 100« vom 11.3.2008. Siehe auch: http://news.bbc.co.uk/2/hi/entertainment/7274829.stm, zugegriffen am 15.03.2021.

656 Joel Selvin: The dark truth about Mick Jagger and his notorious gig: How the Altamont Sixties dream concert turned into a night of murderous mayhem for the Rolling Stones and their fans. The Mail On Sunday vom 20.8.2016.

Die Antwort gab Gwen, die siebzehnjährige Schwester des Toten. Niemand, weder Mick Jagger noch jemand vom Management, hat gegenüber der Mutter oder einem anderen Familienmitglied auch nur ansatzweise sein Bedauern ausgedrückt. Ron Schneider, die rechte Hand des Stones-Managers Allen Klein, fand ohnehin, dass zu viel Negatives über Altamont gesagt wurde: »Wenn du fünfzehn Meter von der Bühne entfernt standest, dachtest du, du bist auf einem fantastischen Konzert. Weil dort niemand wusste, was geschah. Die jungen Leute, die an den Rändern standen, hielten es für das Beste. Jeder war begeistert, es war wirklich gut. Es ist nun mal passiert, das ist alles, was ich darüber sagen kann. Es geschah einfach, wie es geschah, und das müssen wir akzeptieren. So ärgerlich wir das auch finden. Wie können wir den Todesfall leugnen? Ich meine, der Mann starb, das ist bedauerlich. Der Mann hätte keine Pistole ziehen sollen, wie er es tat, aber das ist kein Grund zu sterben. Wir haben versucht, Spaß zu haben und die Leute zu unterhalten.«

Das eigentliche Opfer von Altamont – zumindest seiner Meinung nach – war aber Sam Cutler, der Tourmanager der Stones. Er hatte mit den Hells Angels vereinbart, ihnen als Honorar Bier im Wert von 500 Dollar zukommen zu lassen. Noch vierzig Jahre später jammerte er: »Die Bands – alle Bands – sollten dieses Geld [die 500 Dollar] bezahlen. Die Person, die es bezahlt hat, war ich. Ich habe es nie zurückbekommen, bis zu diesem verfickten Tag.«[657]

---

657 Interview mit Sam Cutler. In: David Curry: Altamont – What Really Happened. The Canberra Times vom 5.12.2009. Auch unter: http://davrosky.blogspot.de/2012/06/altamont-what-really-happened.html, zugegriffen am 3.1.2018.

10.4. Goodbye My Friend It's Hard to Die

Im Jahr 1973 war die Sturm-und-Drang-Zeit der Rockmusik vorbei. Ihr Höhepunkt, den Woodstock markiert hatte, war überschritten und damit auch die Hippie-Ära mit ihrer unbeschwerten Flower-Power. Die Beatles hatten sich aufgelöst und kamen auch nicht mehr zusammen. Die ersten Rockstars waren tot: Brian Jones, Jimi Hendrix, Jim Morrison, Janis Joplin. 1973 war die Zeit gekommen, sich mit dem Sterben zu beschäftigen. Das tat der aus Kanada stammende Produzent Terry Jacks mit dem Lied »Seasons in the Sun«.

Seasons in the Sun	**Sonnige Zeiten**
Goodbye to you my trusted friend We've known each other since we were nine or ten Together we've climbed hills and trees Learned of love and ABC's Skinned our hearts and skinned our knees	Lebwohl, mein vertrauter Freund Wir kannten uns, seit wir neun oder zehn waren Zusammen sind wir Hügel und Bäume hinaufgeklettert Lernten die Liebe kennen und das ABC Wir schrammten uns die Herzen und die Knie auf
Goodbye my friend it's hard to die When all the birds are singing in the sky Now that spring is in the air Pretty girls are everywhere Think of me and I'll be there	Lebwohl, mein Freund, es ist schwer zu sterben Wenn all die Vögel am Himmel singen Jetzt, wo Frühling in der Luft liegt Überall hübsche Mädchen sind Denk an mich und ich werde da sein
We had joy, we had fun We had seasons in the sun But the hills that we climbed Were just seasons out of time	Wir hatten Freude, hatten Spaß Wir hatten sonnige Zeiten Aber die Hügel, die wir heraufgestiegen sind Waren nur Phasen außerhalb der Zeit
Goodbye Papa please pray for me I was the black sheep of the family You tried to teach me right from wrong Too much wine and too much song Wonder how I got along	Lebwohl, Paps, bitte bete für mich Ich war das schwarze Schaf der Familie Du hast versucht, mich zu lehren, richtig und falsch zu unterscheiden Zu viel Wein und zu viel Gesang Ich frage mich, wie ich zurechtkam
Goodbye Papa it's hard to die When all the birds are singing in the sky Now that the spring is in the air Little children everywhere When you see them, I'll be there	Lebwohl, Papa, es ist schwer zu sterben Wenn all die Vögel am Himmel singen Jetzt, wo Frühling in der Luft liegt Überall kleine Kinder sind Wenn du sie siehst, werde ich da sein

We had joy, we had fun We had seasons in the sun But the wine and the song Like the seasons have all gone ...	Wir hatten Freude, hatten Spaß Wir hatten sonnige Zeiten Aber der Wein und der Gesang Sind wie alle Zeiten vorbei ...
Goodbye Michelle my little one You gave me love and helped me find the sun And every time that I was down You would always come around And get my feet back on the ground	Lebwohl, Michelle, meine Kleine Du gabst mir Liebe und halfst mir, die Sonne zu finden Und jedes Mal, wenn ich niedergeschlagen war Kamst du stets vorbei und richtetest mich wieder auf
Goodbye Michelle it's hard to die When all the birds are singing in the sky Now that the spring is in the air With the flowers everywhere I wish that we could both be there	Lebwohl, Michelle, es ist schwer zu sterben Wenn all die Vögel am Himmel singen Jetzt, wo Frühling in der Luft liegt Überall Blumen sind Ich wünschte, wir könnten beide dort sein

Terry Jacks, 1973. Text & Musik: Jacques Brel, Rod McKuen (Bell)

Das Lied über einen Sterbenden, der sich verabschiedet, war bereits 1961 von Jacques Brel unter dem französischen Titel »Le Moribond« veröffentlicht worden. Der Lyriker und Songwriter Rod McKuen hatte den belgischen Chansonnier in Frankreich kennengelernt und dessen Texte ins Englische übersetzt. Die englische Fassung von »Le Moribond« hatte gegenüber Brels düsterem Original einen leichteren, sentimentaleren Klang. Erstmals wurde »Seasons in the Sun« bereits 1963 von der Folkgruppe The Kingston Trio gespielt, allerdings ohne nachhaltige Aufmerksamkeit zu erregen. Ein Lied über das Sterben passte damals noch nicht in die Zeit.

Als Terry Jacks Produzent der Beach Boys war, nahm er mit ihnen »Seasons in the Sun« auf. Die Band veröffentlichte es jedoch nicht, so dass es Jacks kurzerhand selbst herausbrachte und einen Megaerfolg damit erzielte. Der Song kam auf Platz eins der Charts in USA, Kanada, Deutschland, Großbritannien und vielen anderen europäischen Ländern, wurde erfolgreichste Single des Jahres, erfolgreichste Musikproduktion Kanadas aller Zeiten und verkaufte sich vierzehn Millionen Mal. Gecovert wurde die Komposition auch etliche Male, unter anderem von The Mamas and the Papas, Nirvana und später noch einmal von den Beach Boys, die ihre Chance zunächst versäumt hatten. Terry Jacks hat das Lied auch auf Deutsch gesungen – allerdings in einer sehr freien, sehr sentimentalen und sehr kitschigen Übersetzung, über die wir besser nicht reden.

Man muss sich das einmal vorstellen: Ein Lied über das Sterben wird nicht nur zum Charterfolg, sondern zum größten Hit des Jahres! Offenbar traf der Song den Nerv der Zeit. Der Sterbende ist noch relativ jung, denn er stirbt vor seinem Vater. Nicht nur das zeichnet ihn als Angehörigen der Generation Rock aus, sondern auch sein Lebensstil: Er war der typische rebellische Jugendliche, der nicht auf die guten Ratschläge seines Vaters hörte. Alkohol, Musik, Sex und Depressionen prägten sein

Leben – damit konnten sich viele identifizieren, die den Rausch der 1960er mitgemacht und 1973 das magische Alter von 27 erreicht oder überschritten hatten.

Rockstars sterben jung – und selten auf der Bühne. Bei vielen ist der Tod früh gekommen, und oft erbärmlich. An ihrem eigenen Erbrochenen sind sie erstickt oder auf Toilettenschüsseln verblutet. Oft genug war eine Überdosis Drogen oder Alkohol im Spiel. Oder zumindest hatte der jahrelange Alkohol- und Drogenmissbrauch, verbunden mit einem auch ansonsten ungesunden Leben, die Gesundheit der Musiker ruiniert. Gefährlich war aber auch das Reisen, das mit dem Beruf des Musikers verbunden war, und die Bühne. Die Todesfälle von Rockmusikern sind immer tragisch. Sie geschehen plötzlich und reißen junge Menschen aus der Mitte ihres Lebens.

So wie Buddy Holly, der im Alter von 22 Jahren auf dem Weg zu einem Konzert bei einem Flugzeugabsturz ums Leben kam, zusammen mit Ritchie Valens und The Big Bopper. Nach einem Auftritt am Abend des 2. Februar 1959 setzte sich Buddy Hollys Band in einen Tourbus, um zum nächsten Konzert zu fahren. Holly, Valens und The Big Bopper bestiegen dagegen eine viersitzige Beechcraft Bonanza. Sie startete gegen ein Uhr morgens, während ein Schneesturm heranzog. Wenige Minuten später, kaum fünf Meilen hinter dem Flugplatz, stürzte die Maschine ab. Alle vier Insassen waren sofort tot. Wahrscheinlich hatte der Pilot im Schneesturm die Orientierung verloren und die Maschine wohl wegen eines technischen Fehlers abwärts statt aufwärts gelenkt. Am Morgen des 3. Februar 1959 faltete ein dreizehnjähriger die Zeitungen, die er gleich austragen würde, als er im Radio vom Unfalltod Buddy Hollys erfuhr. »February made me shiver / with every paper I'd deliver«, sang der Junge, der Don McLean hieß, zwölf Jahre später in dem Lied »American Pie«, das dem »Tag, an dem die Musik starb« gewidmet war.

Flugzeuge sollten sich zum Fluch für Rockstars entwickeln. Neben Holly, Valens und The Big Bopper starben Patsy Cline (1963), Otis Redding und vier Mitglieder seiner Backing-Band The Bar-Kays (1967), Jim Croce und sein Leadgitarrist Maury Muehleisen (1973), Ronnie Van Zant, Steve und Cassie Gaines von Lynyrd Skynyrd (1977), Ricky Nelson (1985) und John Denver (1997) durch Flugzeugabstürze. Durch einen Helikopterabsturz zu Tode kam der Bluesrocker Stevie Ray Vaughan (1990).

Zumeist kamen die Musiker in kleinen, gecharterten Maschinen um, mit denen sie von Konzert zu Konzert hetzten. Ein Flug aus reinem Vergnügen wurde dem Gitarristen Randy Rhoads zum Verhängnis. Ozzy Osbourne war mit seiner neuen Band Quiet Riot unterwegs, und als sie im Hauptquartier des Busunternehmens hielten, bot ihnen der Busfahrer, der auch über eine Pilotenlizenz verfügte, einen Rundflug mit seiner 1955er Beechcraft Bonanza an. Am ersten Flug nahm der Keyboarder Don Airey (u.a. Judas Priest, Black Sabbath, Jethro Tull, Whitesnake, Deep Purple) teil. Für den zweiten Flug stieg Randy Rhoads zusammen mit der 59-jährigen Schneiderin der Band Rachel Youngblood in die Maschine. Der Pilot machte sich den Spaß, in knapper Höhe über den Tourbus zu brausen, wo die anderen Bandmitglieder schliefen. Dies gelang ihm zweimal; beim dritten Versuch berührte eine Tragfläche das Verdeck des Busses und das Flugzeug rauschte unkontrolliert in die Garage eines nahen Hauses, wo es sofort in Flammen aufging. Alle drei Insassen starben.

Tragisch war, dass Rhoads eigentlich Flugangst hatte. Allerdings reizte den passionierten Fotografen die Chance, Luftaufnahmen zu machen. Trotzdem stieg er erst ins Flugzeug, nachdem der Pilot versprochen hatte, mit Rücksicht auf die Herzkrankheit der Schneiderin keine riskanten Manöver zu fliegen. Die Autopsie sollte später zeigen, dass der Pilot Spuren von Kokain im Blut hatte, während Rhoads nüchtern war. Ozzy Osbourne, der für einen weiteren Rundflug auserkoren war, sagte nach dem Unfall zu seiner Frau Sharon: »Ich glaube, ich will kein Rock-'n'-Roller mehr sein.«

Genauso häufig wie im Flugzeug fanden Rockmusiker bei Autounfällen den Tod, unter anderem Eddie Cochran (1960), die T.-Rex-Musiker Marc Bolan (1977) und Steve Currie (1981), Steppenwolf-Bassist Rushton Moreve (1981), Metallica-Bassist Cliff Burton (1986), Steppenwolf-Drummer Jerry Edmonton (1993). Die häufigsten Todesursachen von Rockmusikern gründen in Alkohol und Drogen – einschließlich Ersticken am Erbrochenen, Ertrinken im Pool oder in der Badewanne, Tod durch Leberzirrhose oder misslungene Lebertransplantation.

1963 starb die Bluessängerin Dinah Washington an einer Überdosis Barbiturate. Durch Europa ging die erste Schockwelle am 23. August 1967, als der 32-jährige Manager der Beatles, Brian Epstein, den Tod durch Barbiturate fand. Am 3. Juli 1969 wurde der Gründer der Rolling Stones, Brian Jones, tot in seinem Swimmingpool aufgefunden. Der Polizeibericht stellte »Tod durch Unglücksfall« fest; zugleich ergab die Obduktion, dass Herz und Leber durch Alkohol- und Drogenmissbrauch angeschwollen waren. Jedem, der Brian Jones gekannt hatte, war klar gewesen, dass der ausschweifende Lebensstil die Gesundheit des Gitarristen ruiniert hatte. Die Stones hatten ihn deshalb wenige Tage vor seinem Tod aus der Band geworfen. Ob es der Drogenrausch war oder das durch den jahrelangen Drogenkonsum verursachte Asthma oder ein allgemeiner Schwächeanfall des bereits gesundheitlich angeschlagenen Musikers, ist letztendlich zweitrangig.

1970 war ein schlimmes Jahr für die Pop- und Rockmusik. Am 14. Mai starb Mary Ann Ganser von The Shangri-Las an einer Überdosis Barbiturate. Am 3. September waren ebenfalls Barbiturate für den Tod des Canned-Heat-Gitarristen Alan »Blind Owl« Wilson verantwortlich. Am 18. September erstickte Jimi Hendrix an seinem Erbrochenen. Laut seiner Freundin hatte er zuvor neun Schlaftabletten genommen, deren Stärke er falsch eingeschätzt hatte, weil er das Präparat noch nicht kannte. Sein Arzt behauptete, dass er hauptsächlich Rotwein erbrochen hatte, der dann seine Lungen füllte. Am 4. Oktober wurde Janis Joplin tot neben ihrem Hotelbett aufgefunden. Als Todesursache wurde eine Überdosis Heroin in Verbindung mit Alkohol festgestellt.

Das folgende Jahr sollte nicht besser werden. Nie geklärt wurden die genauen Umstände des Todes von Jim Morrison, dem genialen Rockpoeten und Frontmann der Doors. Der »Lizard King« war von einem Gerichtsverfahren wegen obszönen Verhaltens auf der Bühne derart aus der Bahn geworfen worden, dass er die Doors aufgelöst hatte und mit seiner Frau Pamela Courson nach Paris geflohen war.[658] Am 3. Juli 1971 ging beim Rettungsdienst der Pariser Feuerwehr ein Hilferuf wegen Atemstillstands ein. Als die Sanitäter wenige Minuten später in der Rue Beautreillis 17 eintrafen, konnten sie nur noch den Tod Jim Morrisons feststellen. Da kein Fremdverschulden erkennbar war, verzichtete der französische Arzt auf eine Obduktion. Als Todesursache wurde lapidar »Herzstillstand« angegeben. Der Legendenbildung war Tür und Tor geöffnet.

Was sich in der Nacht zum 3. Juli wirklich ereignet hatte, wird wohl niemals geklärt werden. Mit dem Tod zu tun hatten Pamela Courson, Morrisons alte Freunde Alain Ronay und Agnès Varda, der Heroindealer Jean de Breteuil und womöglich auch noch eine ganze Gang von Rockmusikern und Bohemians einschließlich Marianne Faithfull, die mit Morrison die letzte Party gefeiert hatten. Einer Version zufolge habe Jim Morrison schon seit langem unter Asthma gelitten, das er versuchte zu behandeln, indem er Heroin schnupfte. Courson habe ihn am Morgen des 3. Juli aufgeweckt, weil er starke Atembeschwerden hatte, und ihn in die Badewanne gebracht, um ihn dort kalt abzuduschen. Dort habe er sich mehrfach erbrochen und aus der Nase geblutet. Als Atemstillstand einsetzte, habe sie den Rettungsdienst gerufen. Nach einer anderen Version war Jim Morrison an einer Überdosis Heroin gestorben, das Courson gehörte und das er mit Kokain verwechselt hatte. Alain Ronay bestätigte, dass Morrison versehentlich eine Überdosis Heroin genommen hatte und an einer Blutung gestorben war. Denn Courson war eingeschlafen, anstatt unverzüglich Hilfe zu rufen. Andere sagen, dass es Ronay war, der mit dem Hilferuf gewartet hatte, weil er Angst hatte, in einen Drogenunfall verwickelt zu werden.

36 Jahre nach Morrisons Tod tauchte noch eine weitere Version auf.[659] Sie stammt von Sam Bernett, der damals Geschäftsführer des Rock & Roll Circus Club in Paris war. Bernett berichtet, dass Morrison in den frühen Morgenstunden den Club aufgesucht habe, um Heroin für seine Freundin Pamela Courson zu kaufen. Nachdem er das Heroin genommen habe, sei er in der Toilette verschwunden und nicht mehr wiedergekehrt. Nach über einer halben Stunde habe Bernett die Toilettentür mit Gewalt geöffnet und Morrisons leblosen Körper über dem Toilettensitz gefunden. Bernett ist sicher, dass Morrison Heroin geschnupft hatte, weil Schaum und Blut aus seinem Mund gekommen seien. Weil Morrison Angst vor Nadeln hatte, habe er niemals Drogen gespritzt. Bernett habe einen Kunden zu Rate gezogen, der Mediziner gewesen sei und Morrison für tot erklärte. In diesem Moment seien Morrisons Dealer erschienen, die darauf bestanden hätten, dass der Musiker immer noch am Leben sei und dass sie sich um ihn kümmern würden. Offensichtlich hätten sie den Leichnam in seine Wohnung gebracht und in die Badewanne gelegt. Dies wird bestätigt durch den Fotografen Patrick Chauvel: »Wir wickelten ihn in eine Decke und brachten ihn schnell raus. Die fünf oder sechs Leute, die Bescheid wussten

658 Vgl. auch zum Folgenden Joe Guse: Forever 27 – A Psychological Profile of Kurt Cobain, Janis Joplin, Jim Morrison, & Jimi Hendrix. New York: Crown Publishing 2007.

659 Elizabeth Goodman: Jim Morrison's Death May Be Reinvestigated. Rolling Stone, 10.7.2007.

und in dieser Nacht dabei waren, verständigten sich darauf, das Ganze einfach zu vergessen.«[660] Kurz darauf sei, so Bernett, ein Vertreter des Clubbesitzers gekommen und habe ihn gewarnt, niemandem zu erzählen, was wirklich passiert sei, um einen Skandal zu vermeiden. Unter den Clubgästen habe auch die damals 24-jährige Marianne Faithfull Verschwiegenheit geschworen. Die französische Polizei nahm Bernetts Geständnis ernst genug, um Ermittlungen einzuleiten. Allerdings war der Straftatbestand zu diesem Zeitpunkt bereits verjährt.

Jim Morrisons Grab auf dem pittoresken Pariser Friedhof Père Lachaise, nicht weit von Heinrich Heines letzter Ruhestätte entfernt, hat sich seitdem zur Pilgerstätte für Fans entwickelt, die zeitweise von der Friedhofsverwaltung mit Eisengittern abgesperrt werden musste. Dieser Hype steht in einem merkwürdigen Kontrast zum Begräbnis selber, das von einer unbeteiligten Augenzeugin als »erbärmlich« bezeichnet wurde. Sie berichtete, dass nur eine Handvoll Menschen an Morrisons Bestattung teilgenommen hatte, von denen einige ein paar kurze Worte murmelten. Es handelte sich um Alain Ronay und Agnès Varda, Morrisons Manager Bill Siddons, Pamela Courson und Morrisons Privatsekretärin Robin Wertle. Dann wurden Blumen auf den Sarg geworfen, und alle verschwanden derart hastig, als ob ihr Leben davon abhinge.[661]

Irgendwann scheint es auch die Konsumenten harter Drogen zu erwischen. Keith Richards spricht in seiner Autobiografie von seinem Drogenkumpel Gram Parsons (The Byrds, The Flying Burrito Brothers) geradezu verklärend als bestem Freund, mit dem er manchen Rausch und manchen Entzug geteilt hatte. Parsons, von dem Richards die Open-G-Stimmung gelernt hatte, die zum Markenzeichen seiner Riffs und des Stones-Sounds werden sollte, liebte es, zum kalifornischen Joshua-Tree-National-Park zu fahren, wo er tagelang unter dem Einfluss von LSD oder Psilocybin-Pilzen die Wüste durchstreifte, um nach UFOs zu suchen.[662] Als er im September 1973 wieder einmal in den Park reiste, beließ er es nicht bei den halluzinogenen Drogen. Parsons bildete sich ein, mehr als die dreifache Morphium-Dosis zu vertragen, die für normale Konsumenten tödlich wäre. In Kombination mit Alkohol starb allerdings auch er daran. Sein alter Kumpel Phil Kaufman fuhr Parsons Freundin und seine weiteren Begleiter zurück nach Los Angeles und verstreute Parsons restliche Drogen in der Wüste.

Nach Gram Parsons Tod entstand eine Legende, die nahezu genauso halluzinogen war wie sein Leben. Gram Parsons selbst hatte noch zu Lebzeiten erklärt, dass er wünschte, im Joshua-Tree-Park verbrannt zu werden und dass seine Asche über dem Cap Rock verstreut werden solle. Sein Stiefvater Bob Parsons hatte allerdings bereits eine Trauerfeier in New Orleans arrangiert, zu der niemand aus der Musikszene eingeladen worden war. Bob Parsons bestand darauf, dass Gram in seiner Heimat Louisiana beerdigt werden sollte. Böse Zungen behaupten, damit sollte

660 Vivienne Walt: Postcard Paris. Time, 19.7.2007.

661 Wikipedia.org: Jim Morrison. http://en.wikipedia.org/wiki/Jim_morrison, zugegriffen am 15.03.2021.

662 Wikipedia.org: Gram Parsons. http://en.wikipedia.org/wiki/Gram_Parsons, zugegriffen am 15.03.2021.

bewiesen werden, dass Gram Parsons ein Bürger Louisianas war. Das war Voraussetzung dafür, dass Bob Parsons den Anteil seines Stiefsohnes am Landbesitz von dessen Großvater erben konnte. Der Sarg stand am Flughafen von Los Angeles, bereit für die Überführung nach New Orleans.

Jetzt kam Parsons alter Kumpel Phil Kaufman ins Spiel. Kaufman stahl den Sarg zusammen mit einem Freund und brachte ihn mit einem Leihwagen zum Joshua-Tree-Park, um Gram dort seinem Wunsch gemäß einzuäschern. Dort gossen die beiden zwanzig Liter Benzin in den offenen Sarg und warfen ein Streichholz hinein. Das Resultat war ein enormer Feuerball. Die Polizei verfolgte die beiden, die zunächst entkommen konnten. Einige Tage später wurden sie dann doch noch festgenommen. Da es allerdings in Kalifornien kein Gesetz gab, dass den Diebstahl von Leichen verbietet, wurde ihnen lediglich eine Strafe von 750 Dollar für die Entwendung des Sargs auferlegt. Die Anklage auf Zurücklassung von 35 Pfund verkohlter sterblicher Überreste wurde nicht weiterverfolgt.

Der Ort der Einäscherung wurde später mit einer kleinen Betonplatte markiert, die unter Felskletterern als *The Gram Parsons Memorial Hand Traverse* bekannt wurde. Der U.S. National Park Service hat den Grabstein allerdings entfernt, so dass er schließlich in das Joshua Tree Inn gebracht wurde, wo Parsons an seinem Todestag übernachtet hatte. An der Stelle der Einäscherung werden heute immer wieder kleine Steine aufgetürmt, Plastikblumen und Gitarren niedergelegt und Inschriften in den Sandstein geritzt, die der National Park Service von Zeit zu Zeit mit Hilfe eines Sandstrahlgebläses entfernt. Die Grabplatte befindet sich unter einer Gitarrenskulptur im Garten des Hotels, wo sie mit Blumen, Figuren, Haschischpfeifen, Whiskyflaschen und ähnlichen Beigaben geschmückt wird, die Gram Parsons die Existenz im Jenseits erleichtern sollen.

1980 erwischte es den AC/DC-Sänger Bon Scott. Am 19. Februar hatte er im Londoner Music Machine Club heftig gesoffen. Sein Freund Alistair Kinnear fuhr ihn im Auto zu seinem Haus, war dann aber nicht in der Lage, Scott aus dem Auto zu ziehen, um ihn in sein Haus zu bringen. Also ließ er Scott im Auto, damit er darin seinen Rausch ausschlafen konnte. Am anderen Morgen gelang es ihm nicht, ihn aufzuwecken. Und so fuhr er mit ihm ins Krankenhaus, wo man nur noch den Tod durch Ersticken am eigenen Erbrochenen feststellen konnte. Die offizielle Todesursache lautete dann »akute Alkoholvergiftung«.

Nicht sehr schön für dessen Begleitung war der Tod von The-Who-Bassist John Entwistle. Er starb am 27. Juni 2002, einen Tag bevor die US-Tour der Band starten sollte, in Zimmer Nr. 658 des Hard Rock Hotel and Casino in Las Vegas. Er war zusammen mit seinem Groupie, der Striptease-Tänzerin Alycen Rowse, ins Bett gegangen. Sie fand ihn, als sie am anderen Morgen gegen 10 Uhr aufwachte, kalt und leblos im Bett. Der Amtsarzt stellte einen Herzinfarkt fest, ausgelöst durch Kokain.

In den 1990er und 2000er Jahren, als die Rockmusiker ins höhere Alter kamen, traten vermehrt Krankheiten als Todesursache auf, wobei Lungenkrebs und Lebererkrankungen auffällig häufig vertreten sind. Aber die Drogentode nahmen kein Ende; sie waren auch nicht auf das Rockgenre beschränkt. Die Sängerin Amy Winehouse starb am 23. Juli 2011 mit 4,2 Promille Alkohol in ihrem Blut, die von drei Flaschen Wodka stammten. Whitney Houston hatte Alkohol und einen ganzen Cocktail von Medikamenten im Blut, als man sie in der Nacht zum 11. Februar 2012 leblos in einer Hotelbadewanne fand, darunter das Psychopharmakon Alprazolam.

Man kann aber auch auf der Bühne sterben. Leslie Harvey, der brillante Gitarrist und Frontmann der schottischen Bluesrock-Band Stone the Crows, die oft im Vorprogramm von Led Zeppelin spielte, starb am 3. Mai 1972 während eines Konzerts im Top Rank Club in Swansea, als er mit feuchten Händen das Mikrofon griff. Es war nicht geerdet, weil es vermutlich an einen falsch verdrahteten Verstärker angeschlossen war.[663] Überhaupt scheint die elektrische Gitarre nicht ungefährlich zu sein. John Rostill von The Shadows starb 1973 an einem Stromschlag, als er in seinem Kellerstudio die Bassgitarre spielte. Den ehemaligen Yardbird Keith Relf erwischte es im Jahr 1976, als er seine Gitarre einstöpselte.[664]

Die vielen frühen und unnatürlichen Todesfälle durch Drogenmissbrauch oder Unfälle sollten zum Mythos der Rockmusik beitragen. Denn war es nicht besser, intensiv und kurz gelebt zu haben, als im Alter von 64 Jahren im Garten zu werkeln (wie es Paul McCartneys persönliche Horrorvision vom bürgerlichen Altern gewesen war)? Und hatte es in der Rockmusik nicht genügend Todes- und Andersweltfantasien gegeben?

---

663 Is Playing the Electric Guitar Dangerous? The Straight Dope. June 26, 2003. http://www.straightdope.com/columns/read/2106/is-playing-the-electric-guitar-dangerous, zugegriffen am 15.03.2021.

664 Ebd.

10.5. Mortalize My Memory

Um 1978, so schreibt Dave Thompson bei »Allmusic«,[665] war der Dichter John Cooper Clarke zu Gast bei der abendlichen Rocksendung des Senders London Capital Radio, um dort Platten aufzulegen. Er nutzte die Gelegenheit, um einige selten gespielte Song zu senden, darunter »Janitor of Lunacy« der deutsch-amerikanischen Sängerin Nico (eigentlich Christa Päffgen). Das Lied sollte, so Nico selber, wie ein »Gedicht auf dem Grabstein« des kurz zuvor verstorbenen Brian Jones sein, mit dem sie eine Affäre hatte. Auf dem Monterey Pop Festival machten die beiden gehörig Eindruck: Jones in einer seiner üblichen psychedelischen Jacken mit Fellapplikationen und farbenfrohen Tüchern, während Nico ganz in Prä-Punk-Schwarz gekleidet war. So flamboyant wie sie gekleidet waren, so exklusiv war ihr Umgang mit Stars wie Frank Zappa, Dennis Hopper, Jimi Hendrix oder The Mamas and the Papas. So dunkel wie ihr Rock damals gewesen war, so düster war der Song, den sie dem Verstorbenen gewidmet hatte. Nur zu den Klängen eines Harmoniums (das Brian Jones selbst gern gespielt hatte) ertönt die Stimme eines Todesengels. »Wenn ein offenes Grab singen könnte«, schreibt Thompson, »dann würde es sich so anhören.«[666]

Janitor of Lunacy

Janitor of lunacy
Paralyze my infancy
Petrify the empty cradle
Bring hope to them and me

Janitor of tyranny
Testify my vanity
Mortalize my memory
Deceive the devil's deed

Tolerate my jealousy
Recognize the desperate need

Janitor of lunacy
Identify my destiny
Revive the living dream
Forgive their begging scream

Seal the giving of their seed
Disease the breathing grief

Wächter des Wahnsinns

Wächter des Wahnsinns
Lähme meine Kindheit
Versteinere die leere Wiege
Bringe ihnen und mir Hoffnung

Wächter der Tyrannei
Bezeuge meine Eitelkeit
Lass meine Erinnerung sterblich werden
Täusche des Teufels Tat

Toleriere meine Eifersucht
Erkenne das verzweifelte Bedürfnis

Wächter des Wahnsinns
Erkenne mein Schicksal
Lass meinen lebenden Traum wiederaufleben
Vergib ihren bettelnden Schrei

Versiegele die Spende ihrer Saat
Lass die atmende Trauer erkranken

Nico, 1970. Text & Musik: Christa Päffgen (Visionary/Cast In Stone)

---

665 Dave Thompson: Song Review of Nico, Janitor of Lunacy. Allmusic, https://www.allmusic.com/song/janitor-of-lunacy-mt0010723993, zugegriffen am 15.03.2021.

666 Ebd.

Der Song enthält ein paar Referenzen an die Affäre, die die beiden hatten, er handelt von Eitelkeit und Eifersucht. Vor allem aber ist er eines der eindrucksvollsten vorstellbaren Trauerlieder. »Mortalize my memory« – ›Lass meine Erinnerung sterblich werden‹ – ist das nicht eine der großartigsten Formulierungen, um das Vergessen zu erbitten? Und: »Disease the breathing grief« (dt. ›Lass die atmende Trauer erkranken‹) ein höchst poetischer Weg, das Abklingen der Trauer zu erflehen. Die Bosse des Radiosenders waren übrigens entsetzt, dass John Cooper Clarke dieses Lied aufgelegt hatte. Aber wie so oft lagen sie mit ihrer Einschätzung des Publikums falsch. Denn die Herzen der Hörer gewann es im Sturm.

In den 1970ern waren die Rockmusiker noch überwiegend fit, aber ihre Vorgänger, die Rock-and-Roller, waren schon in das gesetzte Alter gekommen. Das hieß, sie waren bereits in den Vierzigern! Eigentlich hatte der Spruch ja geheißen: »Trau keinem über Dreißig!« Irgendwann musste die Zeit der rebellischen Jugend enden, spätestens, wenn die Phase der Familiengründung einsetzte und der Lebensstil so bürgerlich wurde, wie man ihn bei den eigenen Eltern kritisiert hatte. Das musste auch der Protagonist des Jethro-Tull-Konzeptalbums »Too Old to Rock 'n' Roll: Too Young to Die!« spüren. Er trauert seinen alten Kumpels aus der Motorradgang nach, die alle längst einen bürgerlichen Lebensstil ergriffen haben – mit Familie, Häuschen im Vorort, Fünftagewoche und Tennisclub.

Too Old to Rock 'n' Roll: Too Young to Die!

The old rocker wore his hair too long
Wore his trouser cuffs too tight
Unfashionable to the end
Drank his ale too light
Death's head belts buckle
Yesterday's dreams
The transport caf' prophet of doom
Ringing no change in his double-sewn seams
In his post-war-babe gloom

Now he's too old to rock 'n' roll
But he's too young to die ...

Zu alt für Rock and Roll: Zu jung zum Sterben!

Der alte Rocker trug sein Haar zu lang
Und seinen Hosenbund einen Tick zu eng
Am Ende aus der Mode
Trank sein Bier zu locker
Ein Totenschädel auf der Gürtelschnalle
Die Träume von gestern
Der Weltuntergangsprophet aus der
Raststätte
Bewirkt nichts in seinen uralten Jeans
Mit seinem Trübsal der Nachkriegsgeneration

Jetzt ist er zu alt für Rock and Roll
Aber er ist zu jung zum Sterben ...

He once owned a Harley Davidson
And a Triumph Bonneville
Counted his friends in burned-out spark plugs
And prays that he always will
But he's the last of the blue blood greasers boys
And all of his mates are doing time
Married with three kids up by the ring road
Sold their souls straight down the line
And some of them own little sports cars
And meet at the tennis club do's
For drinks on a Sunday, work on Monday
They've thrown away their blue suede shoes ...

Er besaß einst eine Harley Davidson
Und einen Triumph Bonneville
Freunde hatte er so viele gehabt wie ausgebrannte Zündkerzen
Und betet, dass es so bleiben soll
Aber er ist der letzte von den Schmieröljungs
Und alle seine Kumpel sitzen ihre Zeit ab
Verheiratet mit drei Kindern im Vorort
Verkauften ihre Seelen geradewegs
Und einige von ihnen haben kleine Sportwagen
Und treffen sich bei Veranstaltungen des Tennisclubs
Auf ein Glas am Sonntag, gehen zur Arbeit am Montag
Und haben ihre blauen Wildlederschuhe weggeworfen ...

So the old rocker gets out his bike
To make a ton before he takes his leave
Up on the A1 by Scotch Corner
Just like it used to be
And as he flies, tears in his eyes
His wind-whipped words echo the final take
And he hits the trunk road doing around a 120
With no room left to brake ...

Also holt der alte Rocker noch einmal seine Maschine heraus
Um noch einmal 100 Meilen die Stunde zu machen, bevor er abtritt
Die A1 hoch bis zum Kreuz Scotch Corner
So, wie er es immer gemacht hatte
Und während er fliegt, mit Tränen in den Augen
Seine verwehten Worte nehmen das letzte Mal vorweg
Und er fährt mit 120 Meilen pro Stunde auf die Fernstraße
Ohne Abstand zum Bremsen ...

Jethro Tull 1976. Text & Musik: Ian Anderson (Chrysalis)

Der alte Rocker ist aus der Zeit gefallen. Er hinkt der Mode hinterher, pflegt die martialischen Symbole, die bei einem alten Sack nur noch lächerlich wirken. Der Rock and Roll ist vorbei, zum Sterben ist es noch zu früh. Was macht man eigentlich, wenn man nicht bürgerlich werden will? Die Story mit dem Selbstmord ist wohl ziemlich überzogen. Der heimliche – und ironische – Höhepunkt des Songs ist der zweite Refrain: Sie, die bürgerlich Gewordenen, sind eigentlich zu jung zum Sterben, aber so wie sie leben, sind sie bereits tot. Die Generation, über die Ian Anderson singt, waren die zwischen 1930 und 1945 Geborenen. Einige von ihnen hatten als Kinder noch den Krieg erlebt, vor allem aber die Tristesse der Nachkriegszeit, als die Schrecken des Krieges noch präsent waren, als der Kalte Krieg mit einem nuklearen Weltuntergang drohte, als die Spießigkeit regierte und das Wirtschaftswunder noch nicht richtig angesprungen war.

Die Rebellion der Rock-and-Roll-Generation war jedoch nicht politisch, sondern pubertär. Als Jugendlicher nahm man sich eine gewisse sexuelle Freizügigkeit, indem man lasziv zu einer Musik tanzte, deren Wildheit bislang unbekannt war, und indem die Männer wieder Hosen trugen, die erkennen ließen, was darin war. Das Outfit und die Schmalzlocke sollten die Elterngeneration schockieren und symbolisieren, dass man sich deren Normen nicht unterwerfen wollte. Der knatternde Motorroller zeigte Aufbegehren und Stärke. Die Rocker, von denen Ian Anderson singt, waren noch ein Kaliber größer, denn statt der Vespa fuhren sie die Harley (oder eine andere schwere Maschine). Die Haare waren noch länger, die Bärte ebenfalls, und sie waren nicht mehr mit Pomade gebändigt. Um noch antibürgerlicher zu erscheinen, mussten auch noch Totenkopfsymbole her. Das war eine symbolische Rebellion, die pubertär war (bei einigen dauerte die Pubertät ziemlich lange). Diese Rebellion lief sich irgendwann tot, genau wie der gesamte Rock and Roll. Man begann, sich die Haare wieder schneiden zu lassen, hängte die Lederjacke in den Schrank, heiratete seine Freundin, setzte Kinder in die Welt und wurde braver Familienvater. Bis auf Ian Andersons Protagonisten, der den Schuss verpasst hatte.

Die Generation, die danach kam, rebellierte anders und viel politischer. Die aus den Mods (Modernists) hervorgegangene Rockgeneration begnügte sich nicht damit, sich in einer spießigen Gesellschaft individuelle Freiräume zu erkämpfen, sondern sie hatte keinen geringeren Anspruch, als die Gesellschaft selbst zu verändern. Das führte auch zu einer anderen Jugendkultur. Die Kultur der Rock-and-Roller war eine Machokultur, mit ostentativ zur Schau gestellter männlicher Sexualität, aber auch mit Demonstration von Härte und Stärke. Eine kleine Minderheit, die Szene der Motorradrocker, sollte diesen Habitus dann auch noch weiter kultivieren.

Die Mehrheit der Generation, die ihre Jugend in den 1960ern erlebte, war in gewisser Hinsicht das Gegenteil davon, nämlich soft. Die Rock-and-Roller hatten zwar Schmalzlocken, ließen mit ihren Koteletten aber keine Zweifel an ihrem Geschlecht. Die jungen Männer der 60er ließen sich die Haare so lang wachsen, dass sie wie junge Frauen aussahen (ein zeitgenössischer Satiriker schrieb über Twiggy, das ultraschlanke Model der Jahre 1966/67, man könne sie nur deshalb als Mädchen erkennen, weil sie ihre Haare kürzer trüge als die Männer). Feminismus und Gleichberechtigung kamen auf, und die alte Machosymbolik der Rock-and-Roller war out.

Der antibürgerliche Habitus der 60er – Jeans, Parka, Batikhemd und Cannabis – war weder machohaft noch explizit jugendlich und konnte, mit graduellen Abstufungen, auch noch bis ins hohe Alter getragen werden, während der Rock-and-Roller mit Bierbäuchlein und Halbglatze eine lächerliche Figur abgab. Es gab noch etwas, das der 60er-Generation das Altern erleichterte: die Bildungsexpansion. Für die Rock-and-Roller begann die Erwachsenenzeit mit rund zwanzig Jahren. Wichtige biografische Zäsuren waren die Ableistung des Wehrdienstes (mit dem die Haare abkamen, in Deutschland 1957 eingeführt) und die Vollendung der Berufsausbildung sowie der Eintritt in das reguläre Erwerbsleben.

Die Bildungsexpansion der 1960er Jahre führte dagegen zu einer Verlängerung der Adoleszenz. Während der Studentenzeit und einer sich möglicherweise anschließenden Assistenz an der Hochschule konnte der antibürgerliche Habitus weiter kultiviert werden. Wer in den 70er Jahren ein Lehramt ausübte oder in andere Bereiche des öffentlichen Dienstes ging, konnte etwas längere Haare und legere Kleidung in die Phase der Berufstätigkeit mitnehmen. Das führte zu einer generellen Aufweichung des gesellschaftlichen Dresscodes, der zehn Jahre zuvor noch strikt gewesen war (Männer hatten im Büro Anzug und Krawatte zu tragen, das Haar war kurz und gescheitelt, Bärte waren in manchen Betrieben sogar verboten). Um es kurz zu machen: Die Generation Rock hatte die Chance, in Würde zu altern, ohne sich komplett aufgeben zu müssen. Die Rock-and-Roller waren irgendwann *too old to rock 'n' roll* – aber man wurde niemals *too old to rock.* Siebzigjährige Fans konnten ohne Weiteres zu Konzerten siebzigjähriger Rockstars gehen.

David Bowie war 66 Jahre alt, als er im November 2014 dem Regisseur seines Musicals »Lazarus« vertraulich mitteilte, dass er wegen einer Krebserkrankung die Fertigstellung des Projekts möglicherweise nicht mehr erleben würde. Sowohl das Musical als auch sein letztes Album »Blackstar«, auf dem sich der gleichnamige Titelsong von »Lazarus« findet, waren, typisch für Bowie, so etwas wie seine eigenen Epitaphe.

Bowie vermengte schon immer eigene Persönlichkeit und Performance. 1976 spielte er im Film »The Man Who Fell to Earth« (deutsch: »Der Mann, der vom Himmel fiel«) die Hauptrolle des Außerirdischen Thomas Jerome Newton, der seinen aussterbenden Heimatplaneten verlassen hatte, um auf der Erde tief in den US-amerikanischen Way of Success einzutauchen. Nach einer erfolgreichen Businesskarriere zerbricht er an der Rücksichtslosigkeit, Oberflächlichkeit, Schnelllebigkeit und Brutalität der Menschen. Dabei hatte man den Eindruck, als würde Bowie mehr sich selbst spielen als die Romanfigur.

Das Musical »Lazarus« war insofern eine doppelte Fortsetzung von »The Man Who Fell to Earth«. Vordergründig geht es um den gealterten Thomas Jerome Newton, der sich danach sehnt, seine irdische Existenz zu beenden und in den Himmel aufzusteigen. Mit Hilfe eines Geistwesens (einer Hybride aus Muse, Geist und Engel) gelingt ihm das schließlich, wozu »Heroes« gesungen wird. Tatsächlich ist die Fortsetzung der Geschichte Newtons auch eine Parabel auf Bowies eigenes Sterben (wie er seinem Librettoautor einmal verriet).

Bowie, der den Proben bis zum Ende tadellos gekleidet, mit hoher Konzentration und der Attitüde eines echten britischen Gentlemans beiwohnte, hatte aber keine traurige Story über Schmerzen und Chemotherapie geschrieben. Er verfasste ein philosophisch-spirituelles Werk darüber, wie das Ende des irdischen Lebens in eine andere Existenzebene hinüberführt, wie es auch der Titelsong »Lazarus« ausdrückt.

Lazarus

Look up here, I'm in heaven
I've got scars that can't be seen
I've got drama, can't be stolen
Everybody knows me now

Look up here, man, I'm in danger
I've got nothing left to lose
I'm so high it makes my brain whirl
Dropped my cell phone down below
Ain't that just like me?

By the time I got to New York
I was living like a king
Then I used up all my money
I was looking for your ass
This way or no way
You know, I'll be free
Just like that bluebird
Now ain't that just like me? ...

Lazarus

Schau hoch, ich bin im Himmel
Ich habe Narben, die keiner sehen kann
Ich hatte Dramatik, die keiner stehlen kann
Jeder kennt mich jetzt

Schau hoch, Mann, ich bin in Gefahr
Ich habe nichts mehr zu verlieren
Ich bin so hoch, dass mein Hirn sich dreht
Habe mein Mobilfon fallen lassen
Ist das nicht typisch für mich?

Als ich nach New York kam
Lebte ich wie ein König
Dann habe ich all mein Geld verbraucht
Ich habe nach deinem Hintern gesucht
So und nicht anders
Du weißt, ich werde frei sein
Wie das blaue Vögelchen
Na, ist das nicht typisch für mich? ...

David Bowie 2015. Text & Musik: David Bowie (Columbia)

Der Song ist ein Rückblick auf ein reichlich bewegtes Leben. Selbstbewusste Individualität und Freiheit waren die obersten Werte und bleiben die Hoffnung für das himmlische Leben nach dem Tod. Der Bezug zur biblischen Figur des Lazarus von Bethanien, der nach dem Johannesevangelium (11,1–45) von Jesus vom Tod erweckt worden war, passt nur bedingt. Denn Lazarus wurde in das irdische Leben zurückgeholt, was sich der unheilbar kranke Bowie nicht mehr erhoffte. Das Video zu dem Song zeigt Bowie als Kranken (oder bereits Toten?), der im Pyjama auf dem Sterbebett liegt. Sein Gesicht ist, einer Mumie gleich, mit einer Mullbinde verbunden, auf der zwei Knöpfe die Augen ersetzen. Am Ende taucht noch einmal ein gesunder Bowie auf, der den ungewöhnlich gestreiften Anzug trägt, in dem er 1991 auf dem Cover des Albums »Station to Station« posierte. Er zeichnete den kabbalistischen Baum des Lebens, der zehn Zustände des Bewusstseins benennt, die die Verbindung zwischen dem physischen und dem spirituellen Leben schaffen. Zum Schluss des Videos verlässt Bowie die Welt, indem er in einen dunklen Wandschrank tritt, der auch ein aufrecht stehender Sarg sein könnte.

Die Rockmusik war angetreten, die Gesellschaft, also das Leben, zu verändern. Das war ihr auch gelungen – in einem weitaus größeren Maße, als sich das die Zwanzigjährigen in den 1960er Jahren zu erhoffen wagten. Wer von den Rockmusikern lang genug zu leben verstand, war schließlich auch noch in der Lage, den Tod zu verändern.

11. Rockmusik und gesellschaftlicher Wandel: Ein sozialwissenschaftliches Fazit

Analysiert man die Rockmusik in den Jahren um 1968, zeigen sich enge Parallelitäten zwischen der Musik und der jugendlichen Protestbewegung, nicht nur was die Themen betrifft, sondern auch hinsichtlich der Schwerpunktsetzungen. Das beginnt damit, dass Musik wie Studentenbewegung ihre soziale Basis im intellektuellen Bürgertum hatten, dessen Distanz zur Arbeiterschaft unverkennbar war. Es ging auch mehr um gesellschaftliche, kulturelle, politische und philosophische Anliegen wie Liberalisierung, Selbstverwirklichung, Lebensformen, Sexualität, Demokratisierung, Frieden, Grundrechte und Sinn als um die Umgestaltung des kapitalistischen Wirtschaftssystems, dessen Auswüchse zwar angeprangert wurden, dessen ökonomische Strukturen aber kaum Thema der Musik waren und die auch von den Gesellschaftstheoretikern der Kritischen Theorie, ganz anders als noch bei Karl Marx, eher nachlässig behandelt wurden.

Sogar hinsichtlich der quantitativen Verteilung unterschiedlich radikaler politischer Positionen waren erstaunliche Parallelitäten zu beobachten: Die zahlreichen Rocksongs, die mit lyrischer und musikalischer Aggressivität gegen die repressive Gesellschaft der 1960er Jahre opponierten, korrespondierten mit den Massen junger Leute, die auf den Straßen demonstrierten und in Schulen und Universitäten Aktionen organisierten. Aber Lieder, aus denen man Aufrufe zu terroristischer Gewalt herauslesen konnte, machten einen ebenso geringen Anteil aus wie diejenigen, die sich tatsächlich terroristischen Zirkeln anschlossen. Dafür finden sich in erstaunlich vielen, darunter auch sehr einflussreichen Rocksongs differenzierte politische Argumente, mitunter gepaart mit (Selbst-)Kritik an der eigenen Bewegung, was seine Parallele darin findet, dass sich der »Kinderkreuzzug« (Marianne Faithfull) der Protestbewegung letztlich doch nicht in einer echten, gewalttätigen Revolution entlud, sondern zu einer Politik der schrittweisen Reformen und einem langen Marsch durch die Institutionen führte.

Die Paralellitäten waren kein Zufall. Die Rockmusik stellte einen Transmissionsriemen dar, der in mehrere Richtungen wirkte. Die Rockmusik übersetzte die spröden Analysen der Gesellschaftstheoretiker und emotionalisierte sie. Die Rockmusik griff die Erfahrungswelt der rebellischen Jugend auf, verallgemeinerte und verstärkte sie. Die Rockmusik wirkte bei Demonstrationen und Protestaktionen stimulierend, aber sie stellte auch ein Ventil dar, um Aggressionen abzureagieren, und sie spendete in traurigen Situationen Trost.

In der Sprache der Wissenschaft, die nach Kausalzusammenhängen fragt, wirkte die Rockmusik als intermediäre Variable, wenn sie Probleme aus der realen Welt oder gesellschaftstheoretische Analysen thematisierte und mit ihren Rhythmen und ihren Texten auf ihr Publikum einwirkte. Mit dieser vermittelnden Rolle gingen aber auch Zuspitzung, Verstärkung und Emotionalisierung einher, so dass die Rockmusik über ihre Transmissionsfunktion hinaus auch eigene Impulse setzte.

Und wenn sie, wie es insbesondere bei den frühen Songs Bob Dylans der Fall war, überhaupt erst Bewusstsein schuf, dann war sie sogar ursächlich für die politische, gesellschaftliche und kulturelle Mobilisierung ihres Publikums. Die Rockmusik war damit mehr als nur eine Begleiterscheinung des gesellschaftlichen, kulturellen und politischen Wandels, sie war mehr als nur ein Symptom einer sozialen Pathologie, sie war auch ein Agens movens, ein aktiver Antrieb jener Bewegung, die die Gesellschaft so nachhaltig umgestalten sollte.

Wie verändern sich eigentlich Gesellschaften? – In der gesellschaftstheoretischen Diskussion hat es einmal eine große Kontroverse gegeben. Da gab es einerseits Theorien, die den gesellschaftlichen Wandel zu erklären (und bestenfalls vorherzusagen) versuchten, indem sie gesellschaftliche Phänomene auf andere gesellschaftliche Phänomene zurückführten. Das heißt, man entwickelte Kausalmodelle mit Variablen auf der Makroebene gesellschaftlicher Strukturen. Zu den Begründern dieser Denkrichtung, die man als »strukturalistisch«, »kollektivistisch«, »emergenztheoretisch« oder »makrotheoretisch« bezeichnet hat, gehörte der französische Soziologe Émile Durkheim, der gefordert hatte, Soziales nur durch Soziales zu erklären.[667] Zu den Strukturalisten zählten auch Karl Marx und Friedrich Engels, die glaubten, ein gesellschaftliches »Bewegungsgesetz« gefunden zu haben, das mit naturgesetzlicher Zwangsläufigkeit die geschichtliche Entwicklung der Gesellschaft determiniert. Zu diesem Bewegungsgesetz gehörte die dialektische Geschichtsauffassung, das heißt, dass die Formen der Ausbeutung der Beherrschten durch die Beherrschenden, also die Produktionsverhältnisse, vom Entwicklungsstand der Technologie, also der Produktivkräfte abhängen. Dass es die Produktionsverhältnisse sind, die den politisch-juristisch-kulturell-ideologischen Überbau bestimmen und dass, wenn die Produktionsverhältnisse mit der Entwicklung der Produktivkräfte nicht mehr schritthalten, Klassenkämpfe zur revolutionären Umgestaltung der Gesellschaft führen. Produktionsverhältnisse, Produktivkräfte, Ideologie, Klassenkampf, Revolution sind alles Variablen, die auf der Makroebene der Gesellschaft angesiedelt sind. Wo kommen die einzelnen Menschen in der Theorie vor?

In ihrem Frühwerk »Die Deutsche Ideologie« gehen Marx und Engels sogar von den einzelnen Menschen aus, die soziale Beziehungen miteinander eingehen, die letztlich eine derartige Herrschaft über sie gewinnen, dass sie durch gesellschaftliche Strukturen gezwungen werden, in einer bestimmten Art und Weise zu handeln.[668] In einem späten, kaum beachteten Brief hat Friedrich Engels ausgeführt, dass es zwar einzelne Individuen sind, die in der Gesellschaft agieren, dass deren Handlungen aber erstens gesellschaftlichen Zwängen unterliegen und sich zweitens derart durchkreuzen, dass das geschichtliche Ergebnis als »das Produkt einer, als Ganzes, bewußtlos und willenlos wirkenden Macht angesehen werden kann«,

667 Émile Durkheim: Les règles de la méthode sociologique (1895). Deutsch: Die Regeln der soziologischen Methode.

668 Marx, Engels, Ideologie, a. a. O., I, A.

die »nach Art eines Naturprozesses« verläuft.[669] Gesellschaftliche Strukturen sind »emergente« Phänomene (von lat. *emergere*, dt. ›auftauchen‹), die durch das soziale Handeln der Individuen entstehen und die auf der gesellschaftlichen Makroebene eine eigene Qualität gewinnen, so dass das Durkheim'sche Postulat, »Soziales nur durch Soziales« zu erklären, zum Tragen kommt. Ganz ähnlich hat das ein politisch-ideologisch konservativer Soziologe, der Systemtheoretiker Niklas Luhmann, gesehen, als er schrieb: »Die Menschen mögen in ihrem Kleinkram denken, etwas wollen und Ziele suchen, in der Großstruktur spielt das keine Rolle mehr, sondern was herauskommt, wird durch die Evolution entschieden.«[670]

Diesen Emergenztheorien steht der »methodologische Individualismus« gegenüber, der sich auf ein Postulat von Marx' großem Gegenspieler Max Weber beruft, der geschrieben hatte, dass nur »einzelne Personen« handeln können und dass es für die Soziologie noch nicht einmal eine »handelnde Kollektivpersönlichkeit« (wie Staat, Genossenschaft oder Stiftung) geben könne.[671] Aus dieser Denktradition sind die Handlungstheorien hervorgegangen, die die Bestimmungsgründe individuellen Handelns zu erklären versuchen und soziale Phänomene auf individuelles Handeln zurückführen.[672]

Beide Denkrichtungen warfen sich gegenseitig vor, unlogisch zu sein, und standen in einer derart erbitterten Kontroverse, dass sogar von »zwei Soziologien« gesprochen wurde.[673] Tatsächlich löst sich jedoch der Widerspruch zwischen strukturalistischen und individualistischen Gesellschaftstheorien auf, wenn man eine Prozessperspektive einnimmt. Die Strukturalisten argumentieren nämlich nach dem Muster: Struktur A ist die Ursache für Struktur B, wobei das individuelle Handeln die intervenierende Variable darstellt, also Struktur A ⇒ individuelles Handeln ⇒ Struktur B. Bei den Individualisten haben wir ein bestimmtes individuelles Handeln A, das eine gesellschaftliche Struktur beeinflusst, die wiederum eine intervenierende Variable für das nächste individuelle Handeln B darstellt, also Handeln A ⇒ Struktur ⇒ Handeln B. Man braucht jetzt nur noch beide Kausalmodelle miteinander zu verknüpfen, um eine unendliche Kette aus Handlungen und Strukturen zu erhalten, die sich gegenseitig verursachen, beeinflussen und entwickeln.[674]

Ein Gesellschaftstheoretiker, der das vorweggenommen hatte, dessen wissenschaftliche Laufbahn jedoch von den Nationalsozialisten unterbrochen wurde, war Norbert Elias. Er wurde 1969, nicht zufällig während der Studentenbewegung,

669 Friedrich Engels: Brief an Joseph Bloch in Königsberg vom 21.9.1890.

670 Niklas Luhmann: Einführung in die Theorie der Gesellschaft. Heidelberg: Auer 2005.

671 Max Weber: Wirtschaft und Gesellschaft. 1. Teil, 1. Kap., § 1, I, Nr. 9.

672 Insbesondere James S. Coleman: Foundations of Social Theory. Cambridge/Mass.: Harvard University Press 1990 (Deutsch: Grundlagen der Sozialtheorie. München: Oldenbourg 1991).

673 Viktor Vanberg: Die zwei Soziologien: Individualismus und Kollektivismus in der Sozialtheorie. Tübingen: Mohr 1975.

674 Bruce H. Mayhew: Structuralism versus individualism: Part 1, Shadowboxing in the Dark. Social Forces, Bd. 59, S. 335–375.

wiederentdeckt. Sein gesellschaftstheoretischer Ansatz lässt sich in aller Kürze wie folgt zusammenfassen:[675]

1. Weil Menschen in Gesellschaften hineingeboren werden, in Gesellschaften aufwachsen und als Individuen überhaupt nicht überlebensfähig sind, kommen Menschen nur als Pluralitäten vor.
2. Die Persönlichkeitsmerkmale der Menschen und auch die Art ihres Verhaltens hängt von der Gesellschaftsform ab, in der sie aufwachsen, sozialisiert werden und in der sie leben (Psychogenese).
3. Die Pläne und Handlungen der einzelnen Menschen verflechten sich in einer Weise, dass sich bestimmte Figurationen herausbilden. Diese führen zu Entwicklungen, die keiner der Beteiligten angestrebt oder vorausgesehen hat und die eine relative Autonomie gegenüber den individuellen Akteuren gewinnen (Soziogenese).
4. Entwicklungsprozesse auf der individuellen Ebene (Psychogenese) und auf der gesellschaftlichen Ebene (Soziogenese) stehen in wechselseitiger kausaler Abhängigkeit (Interdependenz). Das Ergebnis ist eine Koevolution von psychischen und gesellschaftlichen Strukturen.
5. Wegen dieser Interdependenz verlaufen Soziogenese und Psychogenese in langen Zeiträumen, so dass gesellschaftstheoretische Analysen in den Kontext langfristiger Prozesse zu stellen sind.

Diese prozess- und figurationstheoretische Interpretation gesellschaftlicher Entwicklung hält monokausale Erklärungen grundsätzlich für unzureichend, weil sich innerhalb komplexer Verflechtungsprozesse individuelle und strukturelle Variablen gegenseitig beeinflussen und somit in einer Interdependenz stehen. Die Frage nach »letzten Ursachen«, nach »in letzter Instanz bestimmenden« Faktoren (Engels), nach »entscheidenden Variablen«, nach Henne oder Ei ist deshalb sinnlos, wenn wir die gesellschaftliche Entwicklung als einen unendlichen Strom der Verflechtung menschlicher Handlungen und gesellschaftlicher Strukturen betrachten.

Die Fruchtbarkeit einer prozess- und figurationstheoretischen Perspektive hat sich auch bei unserer Analyse des Verhältnisses von Rockmusik und gesellschaftlichem Wandel bestätigt. Die Strukturen, das sind das Wirtschaftssystem, der Staat, die Gesetze, die Institutionen, die gesellschaftlichen Werte und Normen, die Kultur der (spieß-)bürgerlichen Gesellschaft und anderes mehr. Diese Strukturen haben einzelne Menschen dazu getrieben, als Väter, Mütter, Lehrer, Polizisten, Behördenleiter und so weiter autoritär zu handeln, und es waren einzelne Jugendliche, die darunter litten. Einzelne Musiker und Musikerinnen haben aus diesen Erfahrungen Lieder gemacht, die sich, über audiovisuelle und auch gedruckte Medien verbreitet, zu einer neuen Struktur, der Rockkultur, verdichteten, die wiederum einzelne Menschen anregte und ermutigte, freier zu handeln, was auf gesellschaftliche Strukturen

675 Elias, Prozess, a. a. O.; Eichener, Baumgart, Elias, a. a. O.

zurückwirkte, so dass daraus der Veränderungsprozess resultierte, dem wir bis heute so viele Liberalisierungen und Demokratisierungen verdanken. Wir können den komplexen Prozess knapp zusammenfassen:

1. Die Wurzeln der Rockmusik reichen über mehrere Jahrhunderte in die Geschichte zurück und sie reichen bis nach Afrika, in die Heimat der Menschen, die als Sklaven nach Nordamerika verschleppt worden sind und die ihre Musik mitnahmen. Von den afrikanischen Fieldhollers, Worksongs und Gesängen der Barden hat es eine nicht immer geradlinige, durchaus komplexe und andere, auch uralte europäische Musiktraditionen aufnehmende, Entwicklung über den Blues, Rhythm and Blues, Rock and Roll, Soul, Skiffle und Beat bis hin zur Rockmusik gegeben.
2. Im Laufe dieser jahrhundertelangen Entwicklungen ist es immer wieder zu Koevolutionen von gesellschaftlichen Strukturen und Lebensbedingungen der Menschen einerseits und von musikalischen Ausdrucksformen und Liedtexten andererseits gekommen. Aus verschiedenen afrikanischen Musiktraditionen hatte sich die Bluesmusik entwickelt. Ihre musikalische Form nahm die Traurigkeit der Menschen auf, die unter unwürdigen Bedingungen lebten, und deren Texte die Härte des Daseins offen thematisierten. Ganz anders tat es die Mainstream- und Populärmusik, die den Menschen, so als ob sie die Marxsche Ideologiekritik bestätigen wollte, heile Welten intakten Liebeslebens vorgaukelte.
3. Der rebellische, antibürgerliche Charakter der Bluesmusik zeigte sich nicht nur in gesellschaftskritischen Texten, sondern auch in einem hohen Maß an sexueller Freizügigkeit einer rhythmusbetonten Musik sowie mehr oder weniger expliziten, mitunter ungehörigen Liedtexten, die in provokanter Weise bürgerliche Moralvorstellungen, sexuelle Verklemmungen und Tabus angriffen.
4. Wegen seiner Traurigkeit, aber auch seines Potentials, eine melancholische Stimmung zu überwinden und sogar in Euphorie zu münden, wurde der Blues auch für die Jugendlichen in Europa attraktiv, die nicht nur unter der Pubertät litten, sondern auch unter den restriktiven Bedingungen einer extrem spießbürgerlichen Nachkriegsgesellschaft. Das sexuell Freizügige, das Rhythmische und das Gesellschaftskritische der Bluesmusik übten eine zusätzliche Anziehungskraft aus, so dass der Blues, der sich in seinem Heimatland bereits von anderen Musikrichtungen verdrängt sah, vor allem durch junge britische Musiker wiederbelebt und ganz unmittelbar zu einem integralen Bestandteil der Rockmusik wurde.
5. Mittelbar führte der Blues, indem er urbaner, elektrisch, schneller, lauter, rhythmischer und tanzbar wurde, zu musikalischen Innovationen. Über verschiedene Zwischenstufen, namentlich den Rock and Roll, Seiteneinflüsse und wechselseitige Beeinflussungen trug er zur Evolution der Rockmusik bei. Freizügig, ekstatisch, provokant und stimulierend wirkte diese über das

tröstende Element des Blues hinaus und heizte die rebellische Stimmung der jungen Generation an – eine weitere Koevolution von Musik und Gesellschaft.

6. Parallel zur Entwicklung der Musik, aber unabhängig davon, entwickelte sich in der Gesellschaftstheorie aus dem Marxismus heraus die Kritische Theorie. Sie gab die Marx'sche Idee der Verelendung des Proletariats zugunsten einer kritischen Analyse der konsumorientierten, aber gleichwohl autoritären Wohlstandsgesellschaft auf, die die Manipulation und Verblendung der Massen in der Totalität des spätkapitalistischen Gesellschaftssystems prophezeite.
7. Diese kritische Gesellschaftsanalyse stand in enger Interdependenz mit einer politischen Mobilisierung in den USA, die aus der Arbeiterbewegung hervorgegangen war, dann aber insbesondere für Bürgerrechte diskriminierter Minderheiten kämpfte. Die Bürgerrechtsbewegung stand wiederum in enger Verbindung mit der Protestsängerbewegung, die politische Songs veröffentlichte, die musikalisch anspruchslos waren und der Tradition der Volkslieder entstammten. Diese Protestsängerbewegung entwickelte sich, ebenso wie die Kritische Theorie, nicht nur in Nordamerika, sondern auch in beiden deutschen Staaten. Damit stand wiederum eine kleine, avantgardistische Szene in Verbindung, die mit einer kulturellen Liberalisierung zu experimentieren begann, die politisch-philosophisch diskutierte, neue Stile im Bereich von Kleidung, Habitus, Frisuren und Musik entwickelte.
8. Anfang der 1960er Jahre war die Zeit reif für die große Fusion aus politischer Mobilisierung, kritischen Liedtexten, stilistischen Innovationen – und Rockmusik. Bob Dylan legte seinen Schwerpunkt auf politische Texte; The Who und die Rolling Stones hatten die Riffs und die Powerchords, die Beatles die Harmonien. Allmählich wurde Dylan rockiger, die Stones und dann auch die Beatles politischer, und alle waren sich einig, bürgerliche Tabus zu brechen, illegale Drogen zu konsumieren, sexuell frei zu sein und überhaupt exaltiert zu leben: Das Zeitalter des Rock hatte begonnen.
9. Die Entwicklungen waren derart miteinander verflochten, dass es keinen Sinn ergibt, nach Kausalitäten oder zeitlichen Reihenfolgen zu fragen. Die Entwicklung hatte viele Stränge. Die Theorie, die immer rockiger werdende Musik, die politische Lyrik, die Stilinnovationen hatten jeweils ihre Pioniere, ihre Avantgarden, ihre Szenen und irgendwann den Durchbruch zur Massenbewegung. Anfang der 1960er Jahre war die Zeit reif dafür, dass alles zusammenkam. Die unmittelbare Nachkriegszeit war vorbei, aber die autoritären Persönlichkeiten dominierten noch auf beiden Seiten des Atlantiks das Geschehen. Der Kapitalismus produzierte das Wirtschaftswunder; die gesellschaftliche Stimmung war von Konformismus und restriktiver Moral geprägt. Minderheiten wurden unterdrückt, Frauen benachteiligt und die Jugend fühlte sich unverstanden. Sie nahm die Ungerechtigkeit des kapitalistischen Wirtschaftssystems wahr, die Brutalität der Staatsgewalt nach innen und nach außen (Vietnam!) sowie die Hohlheit der Konsumgesellschaft.

10. Die Gefühle und Visionen der jungen Generation stellten in den 1960er Jahren einen brisanten Cocktail dar. Das thematische Spektrum der Rocksongs spiegelte diese Mischung wider. Da gab es diese alte marxistische Kritik am Kapitalismus. Aber sowohl die theoretische Diskussion als auch die Rockmusik hatten eine erhebliche Distanz zur Orthodoxie der Arbeiterbewegung entwickelt. Die Kritische Theorie hatte kein Interesse mehr an den mit viel Mathematik erarbeiteten wirtschaftstheoretischen Analysen von Karl Marx. Sie legte ihren Schwerpunkt auf die kulturellen Erscheinungsformen der kapitalistischen Gesellschaft. Die avantgardistische Jugendbewegung kam aus den mittleren und oberen sozialen Schichten, mit einer erheblichen Distanz zu der – mitunter durch ziemlich konservative Normen geprägten – Kultur der Arbeiterschicht. Die Rockmusik spiegelte diese Distanz wider. Die Rockmusik war nicht sozialistisch. Sie versuchte nicht, sich bei der Arbeiterklasse anzubiedern. Im Gegenteil, zahlreiche Rocksongs, namentlich die der Rolling Stones, thematisierten die Entfremdung der Arbeiterschaft.
11. Es waren andere Themen, die die Jugend in den 1960er Jahren berührte und die von der Rockmusik aufgegriffen wurden. Primär war das die Hohlheit des Konsummaterialismus, die durch ikonische Songs wie »Satisfaction« von den Stones oder »Mercedes Benz« von Janis Joplin angeprangert wurde. Es war der Generationenkonflikt – das Gefühl der jungen Generation, von ihren Eltern, Lehrern und sonstigen Vorgesetzten nicht verstanden und unterdrückt zu werden – der in vielen Rocksongs von The Who, den Beatles und anderen thematisiert wurde. Es war das Bedürfnis nach Freiheit, nach Selbstentfaltung, die Thema zahlreicher Lieder waren, die sich mit Sexualität, Drogen und Lifestyle befassten. Es war die Provokation, das Aufbegehren gegen die restriktiven Normen. Zur Aggressivität, mit der die Jugend ihre Bedürfnisse artikulierte, passten die hämmernden Rhythmen ebenso wie der spektakuläre Habitus der Rockmusiker und ihrer Entourage.
12. Am politischsten wurde die Rockmusik, vor allem in den USA, wenn es um Krieg ging, um den Vietnamkrieg oder die Gefahr einer nuklearen Apokalypse. Rockmusik war auch Friedensmusik. Oder wenn es um Bürgerrechte und Gleichberechtigung ging. Der Klassenkonflikt war schon damals nicht mehr so wichtig wie das, was heute *Identity Politics* heißt, also das Eintreten für die Rechte unterdrückter Minderheiten, in den USA insbesondere der Afroamerikaner und der Ersteinwohner. Allmählich rückte auch die Sorge um die Umwelt in den Fokus der Rockmusik.
13. Rockmusik wurde nie als Medium betrachtet, wirtschaftstheoretische Analysen zu transportieren. Sie thematisierte aber die Auswirkungen ökonomischer Benachteiligung, das heißt Armut, das Leben im Ghetto, auch die Ödnis der Arbeiterexistenz, insbesondere aber die Konsequenzen gesellschaftlicher Missstände für heranwachsende Jugendliche, die oft genug in Gewalt und Selbstzerstörung abdrifteten.

14. Auch wenn sich die Rockmusik tendenziell kapitalismuskritisch gab, benutzte sie die kapitalistischen Strukturen der Musikindustrie, die nicht immer nach den Maximen des ehrlichen Kaufmanns arbeitete. Unabhängige Plattenfirmen (*independent labels*), also inhabergeführte mittelständische Unternehmen, die mitunter schneller, flexibler und innovativer agierten und kleinere Nischen besetzten als die behäbigeren Großkonzerne, arbeiteten nicht weniger gewinnmaximierend. Die Plattenverträge waren faustische Pakte und immerwährende Quellen von Spannungen zwischen den tendenziell chaotischen, individualistischen und anarchistischen Kreativen auf der einen Seite und den betriebswirtschaftlich geschulten, marketingorientierten Plattenmanagern auf der anderen Seite. Die Chance, eine gemeinwirtschaftliche Alternative zur Musikindustrie aufzubauen (etwa durch ein genossenschaftliches Vertriebssystem), hatte die Rockmusik verpasst. Stattdessen optimierte jeder individuell für sich – was mitunter bis zur Gründung eigener Labels oder Verwertungsgesellschaften reichte.
15. Nicht nur die rebellischen und freizügigen Texte, die sich gegen Autoritäten richteten und Regelbruch und Nonkonformismus feierten, wirkten auf die Generation, die man heute im weitesten Sinne als 68er bezeichnet, sondern auch der Lebensstil der Musiker, die einen unkonventionellen Habitus zelebrierten. Frei ausgelebte Sexualität, neue Lebensformen, die Verlängerung der Adoleszenz, Nonkonformismus, Individualismus, Selbstentfaltung, Drogenexperimente, Exaltiertheit und Hedonismus wurden in der Rockmusikszene derart ostentativ gelebt und zur Schau gestellt, dass die Rockstars als Rollenvorbilder dienten. Die konservativen Medien leisteten, indem sie diesen Lifestyle mit einer Mischung aus Abscheu und Faszination dokumentierten, ihren Beitrag dazu, verbotene Früchte attraktiv erscheinen zu lassen.
16. Die Rockmusikszene war stil- und kulturbildend. Sie beeinflusste Haartracht, Mode, Designstile. Eine ganz unmittelbare Folgewirkung der Rockmusik, die über ihr wichtigstes Magazin vermittelt wurde, war die Entstehung neuer Formen des Journalismus, auch des politischen Journalismus, und neuer Formen von Literatur, die sorgfältige journalistische Recherchen zu fiktiven, aber zugleich realitätsnahen Charakteren und Handlungen in Form von Romanen und Filmen gerinnen ließ.
17. Ein dominierendes Thema der Rockmusik der 1960er Jahre war aber auch die Suche nach Sinn. »Where do I go?«, fragte das Musical »Hair«. Warum lebe ich und warum sterbe ich? Die Frage war berechtigt, denn der Konsummaterialismus gab auf diese philosophischen Fragen keine Antwort. Philosophische Themen, häufig in gefällige Rhythmen und Melodien verpackt und in leichten Worten formuliert, spielten in den Rocksongs zahlreicher Bands eine erhebliche Rolle. Die Stones, Deep Purple, Alice Cooper, Black Sabbath oder Iron Maiden beschäftigten sich immer wieder mit der Natur des Menschen, die das Gute wie das Böse in sich vereint. Andere suchten nach Spiritualität, teilweise im christlichen Glauben, der

mal schroff abgelehnt wurde (insbesondere von John Lennon), der mal traditionell als Kampf zwischen Gut und Böse (The Rolling Stones, Alice Cooper) und mal in sublimer Weise als Erlösungsperspektive thematisiert wurde (Leonard Cohen, Whitesnake, Black Sabbath). Es war die Unzufriedenheit mit den christlichen Kirchen, die sich nur allzu willig am repressiven Regime der Gesellschaft beteiligt hatten, die allerlei esoterischen Bewegungen, von indischen Gurus bis zum Zeitalter des Wassermanns, Vorschub leistete.

18. Rockmusik wirkte in der Zeit der Rebellion gegen eine repressive Gesellschaft befreiend und stimulierend. Die Texte mancher Rocksongs lesen sich wie lyrische Umsetzungen der gesellschaftstheoretischen Analysen der Kritischen Theorie, namentlich Herbert Marcuses Schrift »Der eindimensionale Mensch«. Die Rockmusik lieferte den Soundtrack für die 68er-Studentenbewegung, sie wahrte aber zugleich auch eine kritische Distanz. Mick Jagger wollte kein Straßenkämpfer sein, John Lennon kein Revolutionär, Reinhard Mey nicht mit den Wölfen heulen. Am Ende zogen sich auch Ton Steine Scherben, die zwischenzeitlich so enge Verbindungen zur linksterroristischen Szene hatten, enttäuscht auf ihren Bauernhof zurück, weil sie sich von der linken Szene verraten fühlten. Die Rockmusik produzierte keine Agitations- und Kampflieder, sondern sie produzierte Songs für alle Gefühlslagen, von der Traurigkeit über Aggressivität über Euphorie bis hin zur endzeitlichen Melancholie.
19. Die 1960er Jahre waren auch von Endzeitstimmung geprägt. Die nukleare Vernichtung der Welt war seit der Kubakrise in greifbare Nähe gerückt. Die Zerstörung der natürlichen Lebensgrundlagen der Menschheit schritt voran. Der naive Glaube an den technologischen Fortschritt war enttarnt. Die Hoffnung der Hippies, mit Flower-Power und transzendentaler Meditation die Welt zu retten, war enttäuscht worden. Die Drogen hielten nicht, was sie versprachen. Und die Rockmusik reflektierte auch diese Stimmung. Das ging so weit, dass auch Sterben und Tod zu Themen von Rocksongs wurden – was bislang in der populären Musik undenkbar schien.
20. Die Rockmusik lebte und thematisierte aber auch die Widersprüchlichkeiten und Unzulänglichkeiten der 68er-Bewegung. Man(n) setzte sich vehement für die Gleichberechtigung gesellschaftlicher Minderheiten ein, missbrauchte aber die sexuelle Freiheit für das Ausleben einer Machokultur, zu der auch die Groupie-Szene gehörte. Man(n) klagte Repression und Autorität an, trat aber selber narzisstisch, autoritär und gurumäßig auf (was insbesondere das Musical »Hair« thematisierte, ob absichtlich oder nicht). Man(n) prangerte den Konsummaterialismus an, genoss es aber, selbst Luxuskarossen zu fahren und andere Statussymbole zu pflegen (und dieses Mal beteiligte sich auch frau, beispielsweise Janis Joplin). Man(n) kritisierte den Kapitalismus, verhielt sich aber selber nicht fair oder wenigstens ehrlich, wenn es darum ging, zu Lasten anderer dem eigenen Mammon zu frönen.

21. Die Rockmusik-Generation forderte Freiheit und nahm sich Freiheit, aber nicht immer zum eigenen Vorteil. Mancher Musiker und manche Musikerin wurden auch zum Opfer der eigenen Exaltiertheit. Es lässt sich im Nachhinein wohl kein einziger Fall belegen, dass Drogenexperimente wirklich bewusstseinserweiternd oder kreativitätsfördernd gewirkt hätten. Stattdessen ist die Geschichte der Rockmusik voller Opfer des Missbrauchs von Drogen und Alkohol. Einige sind bereits mit jungen Jahren daran zugrunde gegangen. Andere haben sich früher oder später wieder fangen können, darunter manche erst nach vielen verlorenen Jahren voller Qualen. Es gibt noch die unzähligen Namenlosen, die es nie zu Prominenz gebracht haben, bevor sie abstürzten. Die »riskanten Spiele«, wie es Udo Lindenberg, ausdrückte, boten mehr Risiko als Spiel.
22. So individualistisch und vielfältig die Generation Rock war, so unterschiedlich ist sie auch gealtert. Es gab das Altern in Würde, voller Rhythmus und Kreativität bis zum bitteren Ende, wie es David Bowie gelang. Es gibt auch diejenigen, denen die Generation ihrer eigenen Enkel, wenn nicht Urenkel, zujubeln, wenn sie als Achtzigjährige noch auf der Bühne rocken. Es sind die, die uns zeigen, dass die Ideen der 1968er von nachhaltiger Wirkung sind.
23. Im Rückblick war die Blütezeit der Rockmusik von einer historisch derart einmaligen explosiven Kreativität geprägt, dass man kaum glauben kann, in welcher kurzen Zeitspanne musikalische Werke geschaffen wurden, die heute als Klassiker gelten, immer noch von Radiosendern gespielt werden, immer noch live aufgeführt werden, immer noch gecovert werden und immer noch gekauft und gehört werden. Die Riffs, die Rhythmen, die Melodien, die Texte vieler Rocksongs scheinen zeitlos geworden zu sein und ebenso beständig wie die Ideen, die sie transportieren. Nahezu alle politischen Ideen, die auch die heutige Debatte immer noch prägen, finden sich bereits in den Songtexten der Rockmusik der 1960er und frühen 1970er Jahre, selbstverständlich mit musikalischen und theoretischen Weiterentwicklungen.

Es waren kollektive Erfahrungen und Stimmungen, die Anfang der 1960er Jahre dazu führten, dass einzelne junge Leute begannen, Blues- und Skifflemusik zu hören, sich das Gitarrespielen oder Trommeln beizubringen und ganz nebenbei, ohne dass sie das jemals beabsichtigt oder gar geplant hätten, eine neue Musikform zu entwickeln. Auch wenn Multiplikatoren wie Chris Barber, Alexis Korner oder John Mayall und Katalysatoren wie der Londoner Marquee Club oder die Liverpooler Musikzeitschrift »Mersey« Beat dabei halfen, die einzelnen Musiker zu vernetzen, waren es die aus einem bestimmten Zeitgeist hervorgehenden Verflechtungen individuellen Handelns, die nicht nur eine neue Musikform schufen, sondern auch eine neue Kultur. Durch Schallplatten, Radiosender und andere Massenmedien verbreitete sie sich wie ein Lauffeuer rund um den Globus. Die musikalische Revolution der Rockmusik erzeugte eine kulturelle Revolution, und zwar weniger in der

Form, dass eine neue Kultur die bisherige (spießbürgerliche) verdrängte. Stattdessen schob sich eine neue Kultur neben die bis dahin dominierende, um eine bisher so nicht gekannte kulturelle Vielfalt zu erzeugen, die das konservative Bürgertum damals massiv überforderte.

Dazu müssen wir ein wenig in die Kultursoziologie einsteigen. Das Wort *Kultur* kommt vom lateinischen *cultura*, womit ursprünglich Anbau und Pflege landwirtschaftlicher Produkte gemeint war (so wie wir heute noch von Pflanzenkulturen, Bakterienkulturen oder Aquakultur sprechen), bald aber auch die Pflege bestimmter Riten, die der Verehrung einer Gottheit dienten. Heute bezeichnen wir mit *Kultur* einerseits die Erzeugnisse menschlichen Handelns, die (im Unterschied zu Technik oder Ökonomie) mit besonderen ästhetischen oder symbolischen Qualitäten einhergehen, und andererseits die Pflege (Kultivierung) bestimmter Verhaltensmuster, die sinnliche, ästhetische oder symbolische Funktionen aufweisen. Dass der Übergang zwischen Hochkultur – zum Beispiel Architektur, Kunst, Literatur, Theater, Film, »ernste« Musik, Religion – und Populär- oder Alltagskultur – zum Beispiel Ess- und Trinkkultur, Kleidungs-, Haar- und Körperkultur, Freizeitkultur, Feierkultur, Sportkultur, »populäre« Musik – fließend geworden ist, ist auch der Rockmusik zu verdanken, die zur Demokratisierung einer Musik beigetragen hat, die hohe Virtuosität auf der Bühne nahtlos mit der Möglichkeit des Mitsingens, Mittanzens, Mittrommelns und Nachspielens verband.

Noch bedeutsamer war aber der Effekt für das Kulturverständnis. In der Geschichte hatten Kulturen, Alltagskultur wie Artefakte der Hochkultur, häufig in verschiedenen ethnischen Gruppen unterschiedliche Ausprägungen. Sie dienten mitunter sogar dazu, ethnische oder religiöse Gruppen voneinander abzugrenzen. Wir denken an ethnische oder religiöse Gruppen, deren Identitätsmarker bestimmte Arten sich zu kleiden, sich zu frisieren, sich zu ernähren oder bestimmte religiöse Riten zu praktizieren sind. Solchen Bestrebungen kultureller Segregation standen aber ebenfalls bereits sehr früh interkulturelle Begegnung, interkultureller Austausch, interkulturelle Diffusion, interkulturelle Vermischung und kulturelle Innovation gegenüber, beispielsweise als der Hellenismus zu einer Verbreitung von Sprache, Architektur, Philosophie und anderen Kulturmerkmalen der Griechen vom Indus bis nach Irland führte. Auch danach sollte ganz Europa zwei Jahrtausende lang viele gemeinsame Kulturelemente aufweisen, von der Lingua franca der Gebildeten (erst Lateinisch, dann Französisch, nach dem Zweiten Weltkrieg Englisch) über Architektur, Kunst, Musik bis hin zur Philosophie. Als dann jedoch ein vollkommen neues, bisher unbekanntes Phänomen auftauchte, das als *Nationalstaat* bezeichnet wurde – nämlich territorial zusammenhängende Staaten mit einigermaßen stabilen Grenzen und einer dominierenden sprachlichen Gruppe –, entstand die Notwendigkeit, den ziemlich unpräzisen Begriff der *Nation* mit Leben zu füllen.

Die jungen Nationalstaaten, die mit dem Herrschaftsmodell des Absolutismus entstanden waren oder sogar wie das Deutsche Reich erst 1871 durch Eroberung und Vereinigung, suchten jetzt nach eigenen Identitäten, die ihnen auch dabei halfen, sich von anderen, konkurrierenden Nationalstaaten abzugrenzen. Und dabei kam ihnen die von Johann Gottfried Herder zwischen 1784 und 1791 entwickelte

Vorstellung entgegen, dass Kultur stets von einem Volk (was immer das sein soll) hervorgebracht wird.[676] Also begannen die Nationalstaaten, mit erheblichem Getöse so etwas wie »Nationalkulturen« zu erzeugen, eine französische, eine britische, eine deutsche Kultur etc. Dass jede Nation, insbesondere aber die deutsche, meinte, dass ihre Kultur den anderen überlegen sei, gehörte zu den Gründen, zwei Weltkriege zu entfachen und das eigene Volk mit Begeisterung in die Katastrophe zu lenken.

Nach dem Ende des Zweiten Weltkriegs war der Nationalismus längst nicht tot. Auch wenn man sich in Deutschland zerknirscht zurückhielt, nationale Symbole zu pflegen, die ja so viel Unheil angerichtet hatten, herrschte hier wie in beinahe allen westlichen Ländern die Vorstellung, dass die Kultur einschließlich der Alltagskulturen *homogen* zu sein habe. Homogen hieß damals: Man kleidete sich gleich, man trug die gleichen Frisuren, man aß und trank das Gleiche, man lachte über die gleichen Witze, man sah die gleichen Fernsehsendungen, man hörte auch im Wesentlichen – natürlich mit einer Differenzierung nach Bildungsschichten – die gleiche Musik: Klassische Musik, wenn man sich dem Bildungsbürgertum zurechnete, Schlager, wenn einem diese Musik zu kompliziert war.

Diese Vorstellung von kultureller Homogenität brachte unendlich viel Leid über die Menschen. Wer nicht an der Kultur der Mehrheitsgesellschaft teilnahm, wurde gnadenlos ausgegrenzt. In Nordamerika waren das zum Beispiel die Afroamerikaner, die Ersteinwohner und bestimmte, noch nicht vollständig akkulturierte (oder assimilierte) Immigrantengruppen (wie die Hispanics). In Deutschland hatten die Nationalsozialisten alle, die eigene kulturelle Formen praktizierten, in die Konzentrationslager geschickt, um sie zu vernichten – die Menschen jüdischen Glaubens, die Sinti, die Roma, Kriegsgefangene und andere. Als man dann die Gastarbeiter nach Deutschland lockte und entsetzt feststellte, dass nicht Arbeitskräfte gekommen waren, sondern Menschen (Max Frisch), sah man sich wieder in seiner kulturellen Homogenität bedroht und reagierte mit vielfältigen Diskriminierungen, Ausgrenzungen und Segregationen und verhinderte auch ganz bewusst eine soziale Integration, weil man ja hoffte, dass die Fremdarbeiter im Zuge des Rotationsprinzips wieder in ihre Heimatländer zurückkehren würden.

Und dann platzte die Rockmusik in die heile Nachkriegswelt. Das war ein Kulturschock, und kein geringer. Alles war anders. Die Musik selbst war ungeheuerlich. Sie hatte afrikanische Wurzeln und ging auf die Musik von Menschen schwarzer Hautfarbe zurück. Sie war laut. Sie war rhythmisch (eine gängige Karikatur der 1960er Jahre zeigte einen Rockmusikkomponisten, der seinen Notenzettel neben einem Presslufthammer bekritzelte). Sie erzeugte mit ihren elektrischen Gitarren nicht nur »schmutzige« Noten (Blue Notes), sondern auch jaulende und kreischende Töne, die viele abscheulich fanden. Der Musikkritiker der eigentlich eher liberalen Süddeutschen Zeitung Max Fellmann bezeichnete noch im Jahr 2008 (!) Bluesrock als »unangenehme Musik«.[677] Und sie war, ogott ogott!, sexy.

---

676 Johann Gottfried Herder: Ideen zur Philosophie der Geschichte der Menschheit (1784–1791).

677 Fellmann, Blues, a. a. O.

War die Musik selbst schon gefährlich, stellten auch Habitus und Lebensstil der Rockszene einen Angriff auf die Homogenität der spießbürgerlichen Nachkriegskultur dar. Eine der schlimmsten Provokationen – man kann es heute gar nicht mehr glauben – bestand darin, dass sich Männer die Haare lang wachsen ließen. Dazu passte neuartige Kleidung, die alle Normen verletzte: Jeans, T-Shirts, Batikhemden, Parkas (von den Vietnam-Veteranen popularisiert), Felljacken, Turnschuhe. Es war noch im Jahr 1985 unerhört, dass sich der Grüne Joschka Fischer in Turnschuhen als hessischer Umweltminister vereidigen ließ. Hinzu kamen Tabubrüche wie Drogen, Ovulationshemmer, Zusammenleben ohne Trauschein und vieles mehr.

Damit wurde eine Lebenslüge der westlichen Nationen erschüttert, nämlich die Vorstellung einer homogenen nationalen Kultur. Das war das eigentlich Gefährliche an der Rockmusik. Das Herdersche Modell brach in sich zusammen wie ein Kartenhaus. Mit Migranten hatte man ja noch umgehen können: Entweder sie wurden akkulturiert oder am Rande der Gesellschaft segregiert. Aber jetzt waren es Söhne und Töchter aus den eigenen bildungsbürgerlichen Schichten, die eine alternative Kultur entwickelten und damit die Homogenität angriffen. Das erklärt die Aggressivität, mit der die Gesellschaft damals den 68ern entgegentrat.

Und es passierte noch etwas. Nicht nur, dass sich innerhalb jedes Landes so etwas wie eine Alternativkultur der rebellischen Jugend entwickelte. Diese alternative Kultur war auch noch, bei stark angelsächsischer Prägung, international. In den 1960er Jahren beherrschte kaum ein erwachsener Deutscher die englische Sprache. Auf einmal waren im Radio Lieder zu hören, die in einer Sprache gesungen wurden, die man selbst nicht verstand, während die eigenen Kinder die Texte mitsangen und begannen, Wörter zu verwenden, die man nicht kannte: *Party*, *Beat*, *Song*, *Sex*.

Als man merkte, dass die ausländischen Arbeitnehmer ihre Familienangehörigen nachholten und sich auf Dauer niederließen, entwickelte sich erstmals ein Nachdenken über kulturelle Vielfalt. Lange Zeit forderte man von den Migranten, die Kultur des Aufnahmelandes vollständig zu übernehmen, sich eben anzupassen oder zu assimilieren. Die ersten, die erkannten, dass dies menschenrechtswidrig war (Art. 2 Abs. 1 Grundgesetz gewährt jedem »die freie Entfaltung seiner Persönlichkeit, soweit er nicht die Rechte anderer verletzt«), forderten die multikulturelle Gesellschaft, mit interkultureller Begegnung zwischen den Kulturen. Aber auch dieses Modell blieb innerhalb der Vorstellung in sich geschlossener, homogener Kulturkreise.

Der Philosoph Wolfgang Welsch hat dagegen festgestellt, dass die Entwicklung in eine ganz andere Richtung ging, nämlich in Richtung einer »Transkulturalität«, also internationaler, wenn nicht globaler kultureller Elemente.[678] Diese Transkulturalität war eigentlich nichts Neues; sie hat die europäische Kulturgeschichte seit Jahrtausenden geprägt. Transkulturalität ist heute für uns nichts weniger als eine Alltagserfahrung. Auf der ganzen Welt essen die Menschen belgische Pommes

678 Wolfgang Welsch: Transkulturalität – Die veränderte Verfassung heutiger Kulturen. VIA REGIA – Blätter für internationale kulturelle Kommunikation, Heft 20/1994.

frites, italienische Pizza, US-amerikanische Hamburger, französisches Baguette, japanisches Sushi, Wiener Schnitzel und Frankfurter Würstchen. Auf der ganzen Welt bewundern wir die Werke derselben Künstler, handele es sich um alte Meister wie Leonardo da Vinci oder um moderne Künstler wie Pablo Picasso oder um Gegenwartskünstler wie Gerhard Richter. Architekten wie Norman Foster, Frank O. Gehry, Zaha Hadid, Jean Nouvel, Arata Isozaki oder Herzog/de Meuron errichten ihre preisgekrönten Bauten auf der ganzen Welt. Weltweit tragen die Menschen in ihrer Freizeit Jeans und T-Shirt und im Beruf Anzug, Hemd und Krawatte – von wenigen Ausnahmen, die die Regel sogar noch bestätigen, abgesehen. Und überall auf der Welt hören wir die gleiche Musik.

Für den großen Transkulturalisierungsschub, der in den 1960er Jahren begann und sich bis heute fortsetzt, war die Rockmusik ganz wesentlich verantwortlich. Rockmusik war von Anfang an transkulturell. Was die englischen und US-amerikanischen Bands spielten, wurde sofort weltweit begierig aufgesogen. Man werfe nur einen Blick auf Charts oder Tourneepläne. Ebenso Rockgruppen, die sich in nahezu allen Ländern der Welt gründeten, um diese Stilrichtung aufzunehmen. Das gemeinnützige Projekt Playing for Change führt Musiker aus der ganzen Welt zusammen, um auf ihren zum Teil traditionellen Instrumenten gemeinsam Klassiker der Rockmusik zu spielen. Die Rockmusiker haben nicht nur eine neue Kultur für eine neue Generation begründet. Sie bewirkten auch eine Abkehr von der Vorstellung der Homogenität. Kulturelle Vielfalt hat einen Transkulturalisierungsschub ausgelöst, der bis heute anhält, und zwar weltweit. Der »Wind of Change« weht seit sechs Jahrzehnten um den Erdball. Und es ist ein Wind der Toleranz, die vielleicht die Hauptforderung der rebellischen Jugend in den 1960er Jahren darstellte.

Toleranz gegenüber einer Vielfalt von Kulturen und Lebensstilen ist ein zentrales Element der Liberalisierung, die von kritischen Wissenschaftlern und der 68er-Bewegung eingefordert und von der Rockmusik besungen wurde. Die Heterogenisierung der Lebensstile (und auch der Lebensformen), die durch die Kultur der Rockmusik bewirkt wurde, hat in der Gesellschaft vielfältige Spuren hinterlassen. Eine Konsequenz war die Veränderung des Parteiensystems. Die politische Szene in Deutschland war die gesamte Nachkriegszeit hindurch bis in die 1970er Jahre von einem Zweieinhalbparteiensystem geprägt, das die Sozialstruktur einer vertikal geschichteten Gesellschaft widerspiegelte: Es gab eine große, sogenannte Volkspartei, die die Interessen der Arbeiterschaft vertrat, eine zweite Volkspartei, die die konservativen Interessen der bürgerlichen Mittel- und Oberschichten aufnahm, und dann noch eine ziemlich kleine Partei am Rande der Fünfprozenthürde, die den Besserverdienenden nahestand, aber liberalere Werte vertrat und die deshalb mal mit der Union, mal mit der SPD koalierte.

Die 68er-Bewegung hatte diesem Zweieinhalbparteiensystem die APO, die außerparlamentarische Opposition, entgegengesetzt. Die SPD und die FDP verstanden die Botschaften und nahmen die Forderungen der Jugendbewegung auf. Tatsächlich wurde der 1969 zum Bundeskanzler gewählte Willy Brandt mit seiner Regierungserklärung »Wir wollen mehr Demokratie wagen« zum Hoffnungsträger der rebellischen Bewegung, während die Aktivisten der Studentenbewegung den

Marsch durch die Institutionen antraten, das heißt, innerhalb von Ministerien, Behörden, Schulen und Hochschulen versuchten, in Positionen zu kommen, in denen sie zur Veränderung der Gesellschaft beitragen konnten.

Die SPD war die Partei, die wirtschaftspolitische, sozialpolitische und bildungspolitische Forderungen der rebellischen Jugendbewegung am ehesten umsetzte. Sie fremdelte aber mit der kulturellen Heterogenisierung, zu der die Rockmusik beigetragen hatte. Die kulturelle Distanz zwischen der Rockmusik der 1960er Jahre und dem Arbeitermilieu haben wir deutlich herausgearbeitet. Außerdem tat sich die SPD, die die Bundesregierung, zahlreiche Landesregierungen und noch mehr Stadträte beherrschte, schwer mit der Protestbewegung, die sich nach 1969 zunehmend ökologischen Themen zu widmen und in der Bürgerinitiativbewegung auszudrücken begann. In den Bürgerinitiativen, die gegen Atomkraft, gegen atomare Nachrüstung und für die Erhaltung der natürlichen Lebensgrundlagen agierten, sammelten sich politisch, ideologisch und kulturell extrem bunte Gruppen. Als die Bürgerinitiativbewegung ab 1976 den logisch folgerichtigen Schritt unternahm, mit grünen Listen und ab 1980 mit den Grünen in Parlamente einzuziehen, entwickelte sich eine politische Partei, die eine extreme Vielfalt von politisch-ideologischen Orientierungen, Lebensstilen, Lebensformen und Kulturen widerspiegelt. Da fanden sich alte SDS-Aktivisten aus der Studentenbewegung (wie Joschka Fischer), ehemalige Angehörige von K-Gruppen (wie der spätere baden-württembergische Ministerpräsident Winfried Kretschmann), unzufriedene Sozialdemokraten (wie Petra Kelly), ehemalige Jungdemokraten (wie Claudia Roth, die spätere Managerin der Politrock-Band Ton Steine Scherben), Esoteriker (wie Baldur Springmann) und sogar enttäuschte Konservative (wie der Generalmajor Gert Bastian).

Dass die Grünen – wie damals von vielen vorausgesagt – keine Zwei-Themen-Protestpartei blieben, sondern sich derart nachhaltig zu etablieren vermochten, dass sie die Pluralisierung des Parteiensystems einleiteten, lag auch daran, dass sie nicht nur die Themen aufnahmen, die in der Studentenbewegung und auch in der Rockmusik eine so große Rolle spielten (Frieden, Umweltschutz, Gleichberechtigung, Liberalisierung, Toleranz …). Sie stellten auch – schon rein stilistisch – die antibürgerliche Kultur der Rockgeneration zur Schau: legere Kleidung, Turnschuhe, Selbstgestricktes, Haartracht, Cannabiskonsum, Rockmusik. Unter allen politischen Parteien waren es die Grünen, die am intensivsten Toleranz gegenüber multikultureller Vielfalt einforderten, wobei die Forderung nach Toleranz gegenüber den Kulturen der Migranten, die man vom Assimilationsdruck entlastet wissen wollte, perfekt mit der Forderung nach Toleranz gegenüber der eigenen antibürgerlichen Kultur harmonierte.

Kulturelle Vielfalt erzeugte aber auch eine Gegenbewegung. Die Rockmusik hat ganz unmittelbar zur soziokulturellen Differenzierung beigetragen: zur Differenzierung der Musik selber, zur Differenzierung von Stilen, Moden, Habitus, zur Differenzierung von Lebensformen und Lebensstilen, zur Differenzierung des Denkens und des Fühlens, kurzum: zur Differenzierung der Kultur. Zunehmende Differenzierung bedeutet in der Sprache der Systemtheorie, dass sich die Gesellschaft in immer mehr Teilsysteme gliedert, die sich gegenseitig irritieren, weil ihre

Kommunikationsformen, Werte und Normen auseinanderdriften. Das Resultat ist, wie Luhmann es ausdrückte, eine »sich selbst hyperirritierende Gesellschaft«.[679] Teile der Bevölkerung reagieren auf diese Hyperirritationen mit einer Selbstisolierung, die für neue Selbstgewissheit und partielle Abschottung gegenüber den verunsichernden Irritationen sorgt. Zum Widerstand gegen äußere Irritationen gehört das Insistieren auf absoluten Werten. Absolute Werte beinhalten bereits ihre Gegnerschaft: Wer meine Werte nicht teilt, ist mein Feind und muss bekämpft werden, notfalls auch mit Gewalt.[680] Da man »gegen Komplexität … nicht protestieren« kann, müssen die Protestbewegungen die Verhältnisse »plattschlagen«, also komplexe Zusammenhänge durch einfache, am besten dichotome Schwarz-Weiß-Schemata ersetzen.[681]

Neben ökologischen Fundamentalismen, die Luhmann selbst im Auge hatte, fallen zahlreiche Gruppen auf, die absolute Werte und Monopole auf Wahrheit und Moral für sich beanspruchen: radikale Evangelikale, Islamisten, militante Tierschützer, Vegetarier und Veganer, Esoteriker, Verschwörungstheoretiker und andere mehr. Hinzugekommen ist eine weitere Gruppe, die Komplexität insbesondere in Form von kultureller Vielfalt und Globalisierung nicht ertragen zu können meint: die Rechtspopulisten.[682]

Mit Liedern, die eine Emanzipation unterdrückter Bevölkerungsgruppen, insbesondere der Afroamerikaner und der amerikanischen Ersteinwohner, gefordert haben, hat die Rockmusik auch der Segmentierung der Gesellschaft in Gruppen Vorschub geleistet, die sich durch ihre kulturelle Identität voneinander abgrenzen. Die Identitäre Bewegung zeigt jedoch, »wie die Rechte die Sprache und das Einordnen in einen Deutungsrahmen [framing] von der Linken übernommen hat: Die Vorstellung, dass meine eigene Gruppe ungerecht behandelt wird, dass ihre Situation und ihre Leiden von der übrigen Gesellschaft nicht gesehen werden und dass die Gesamtheit der sozialen und politischen Struktur, die für diese Situation verantwortlich ist (lies: die Medien und die politischen Eliten), zerstört werden muss«.[683] Paradoxerweise gehören auch diese späten Gegenbewegungen der Identitären und Rechtspopulisten zu den Indikatoren, die zeigen, wie nachhaltig die Rockmusik die Gesellschaft irritiert hat und dass die kulturelle Pluralisierung, zu der die Rockmusik ganz unmittelbar beigetragen hat, die Gesellschaft mindestens so nachhaltig verändert hat wie die politische Liberalisierung, die die Rockmusik musikalisch begleitet hat.

679 Niklas Luhmann: Die Gesellschaft der Gesellschaft. Frankfurt/Main: Suhrkamp 1998, S. 800.

680 Ebd., S. 795–801.

681 Ebd., S. 861.

682 Klaus von Beyme: Rechtspopulismus. Ein Element der Neodemokratie? Wiesbaden: Springer VS 2018.

683 Francis Fukuyama: Identity. Contemporary Identity Politics and the Struggle for Recognition. London: Profile 2018, S. 122.

In den wenigen Jahren vor und nach 1968 hat es einen gesellschaftlichen Wandel gegeben, den man getrost als *revolutionär* bezeichnen kann, obwohl er einigermaßen friedlich und ohne Umsturz der politischen Systeme erfolgt ist. Genauso revolutionär waren die musikalischen Innovationen in derselben Zeit. Gesellschaftliche und musikalische Innovationen waren eng miteinander verknüpft – thematisch, personell, kulturell und stilistisch. Die Rockmusik hat die Stimmungen aufgenommen, die in der jungen Generation vorhanden waren. Sie hat die junge Generation aber auch stimuliert und aktiviert. Die Rockmusik war ein integraler Bestandteil jenes revolutionären gesellschaftlichen Wandels, den wir heute als *68er-Zeit* bezeichnen.

12. Epilog

Wir schreiben das Jahr 1972. Ein dreizehnjähriger Junge, der das Privileg eines älteren Bruders hatte, war schon früh an die Blues- und Rockmusik herangeführt worden. Im Juli 1969, mit zehn Jahren, war ihm schon ein Schauer über den Rücken gelaufen, als ihm ein glücklicher Zufall ermöglichte, Ohrenzeuge der ersten Ausstrahlung der neuen Rolling-Stones-Single »Honky Tonk Women« im deutschsprachigen Raum durch Radio Luxemburg zu werden. Kurz zuvor hatte er bereits seine erste Single gekauft, »The Ballad of John and Yoko« von den Beatles, für den damals wirklich hohen Preis von 4,95 D-Mark.

Mit dreizehn Jahren hatte man in jenen Zeiten auch schon ein politisches Bewusstsein. 1968 war der Neunjährige durch Fernsehbilder gewalttätiger Demonstrationen beeindruckt worden, ohne wirklich zu verstehen, was es mit dieser APO auf sich hatte. Aber ein Jahr später, mit zehneinhalb, hatte er sich bereits einen »Willy Wählen«-Button besorgt, weil er spürte, dass Willy Brandt etwas verändern würde. Willy Brandt hielt Wort. Er wollte mehr Demokratie wagen und wagte es – wovon wir noch heute zehren.

1972, mit dreizehn, hatte der Junge aufgehört, sich die Haare schneiden zu lassen. Und er begann, sich jeden Monat die Zeitschrift »Pardon« zu besorgen. Eigentlich war er noch zu jung, um sie kaufen zu dürfen, aber er fand Mittel und Wege. Drei Dinge faszinierten ihn an der Satirezeitschrift: Erstens der subversive Nonsense-Humor, der sich insbesondere (aber nicht nur) in den Comics und Geschichten von F.K. Waechter, Robert Gernhardt und F. W. Bernhardt zeigte und der die spießbürgerlichen Tabus und Autoritäten so herrlich infrage stellte. Zweitens gefiel dem Dreizehnjährigen die satirische Art, mit der die Zeitschrift ultrakonservative Politiker aufs Korn nahm, allen voran den CSU-Granden Franz-Josef Strauß, der alles personifizierte, was einem rebellischen jungen Menschen verhasst war. Und drittens, das sei hier nicht verschwiegen, war in der Zeitschrift, in der eine gewisse Alice Schwarzer regelmäßig und durchaus humorvoll für die Emanzipation der Frau schrieb, immer wieder mal ein blanker Busen zu sehen, um auch durch diesen Tabubruch gegen die Bürgerlichkeit zu opponieren.

In dieser Zeitschrift gab es den »Pardon«-Shop, bei dem sich der Dreizehnjährige ein T-Shirt, Größe S, bestellte, auf dem das Symbol der Satirezeitschrift prankte, nämlich ein Teufelchen, das seine Melone lüftete. Der Versandhandel, der den »Pardon«-Shop betrieb, hieß Zweitausendeins. Der Junge erhielt dann regelmäßig den Katalog desselben, der zunächst den Namen »Hauspostille« trug und später »Merkheft«. Bei Zweitausendeins versorgte er sich mit Hunderten von Platten und Büchern, später auch CDs und DVDs. Dass er selbst einmal ein Buch über Rockmusik schreiben würde, das bei Zweitausendeins erscheint, konnte er sich damals in seinen kühnsten Träumen nicht ausmalen.

3 Days of Peace & Music: 50 Jahre Woodstock. Jubiläumsband in deutscher Erstausgabe.

Die Hommage zum 50. Jahrestag der »Mutter aller Festivals« (Focus): 32 Bands und Solokünstler, darunter Jimi Hendrix, Janis Joplin und The Who, boten circa 400.000 Besuchern eine Show, die in die Geschichte einging. Doch Woodstock kann mit den Musikevents, die heute landauf, landab stattfinden, nicht verglichen werden. Vielmehr erscheint das ausgeuferte Happening auf einem Acker im Bundesstaat New York rückblickend als Kulminationspunkt der Sechzigerjahre. Landy, der mit seinen Fotografien maßgeblich zum Ruhm des Festivals beitrug, zeichnet das Bild einer Generation, die die Welt verändert hat.

»Im Kern jedoch ging es bei Woodstock um Freiheit: nämlich um die Freiheit, du selbst zu sein. (…) Diese Freiheit gilt es zu feiern – am besten jeden Tag.«
(Auszug aus dem Vorwort von Michael Lang)

»Elliott Landy ist ein Synonym für die Sixties.«
(Mojo)

Elliott Landy
Woodstock Vision. The Spirit of a Generation
224 Seiten.
Fester Einband mit Schutzumschlag.
29,90 €.
ISBN 978-3-96318-033-0